P9-ARO-698

SCARLETT

Alexandra Ripley

Continuación de

LO QUE EL VIENTO SE LLEVO

LIBRO PRIMERO

PERDIDA EN LA OSCURIDAD

1

«Esto terminará pronto, y entonces podré volver a Tara.»

Scarlett O'Hara Hamilton Kennedy Butler estaba sola, a pocos pasos de los demás asistentes al entierro de Melanie Wilkes. Estaba lloviendo, y los hombres y mujeres vestidos de negro sostenían negros paraguas para protegerse del aguacero. Se apoyaban los unos en los otros, llorando las mujeres, compartiendo el cobijo y el dolor.

Scarlett no compartía con nadie su paraguas y tampoco su dolor. Las ráfagas de viento entre la lluvia hacían que, a pesar del paraguas, se deslizasen frías gotas molestas por su cuello, pero ella no se daba cuenta. No sentía nada, estaba aturdida por aquella pérdida. Más tarde lloraría, cuando pudiese soportar el dolor. Ahora se mantenía aislada de todo: del dolor, del sentimiento, de las ideas. De todo, salvo de las palabras que se repetían una y otra vez en su mente, las palabras que prometían la curación de la aflicción venidera y la fuerza para sobrevivir hasta que estuviese curada.

«Esto terminará pronto y entonces podré volver a Tara.»

—... ceniza a la ceniza, polvo al polvo...

La voz del pastor traspasaba la coraza de su aturdimiento y las palabras se grababan en su conciencia. «¡No! —gritó en silencio Scarlett—. Melly, no. Ésa no es la tumba de Melly; es demasiado grande, y ella es muy menuda; sus huesos no son mayores que los de un pájaro. ¡No! No puede estar muerta, no puede estarlo.»

Scarlett volvió la cabeza a un lado, para no ver la tumba abierta ni el sencillo ataúd de pino que estaban depositando en ella. En la blanda madera se observaban unas marcas en forma de pequeños semicírculos, señales dejadas por los martillos que habían clavado la tapa del féretro sobre la cara gentil, amable, en forma de corazón, de Melanie.

«¡No! No podéis, no debéis hacer esto; está lloviendo, no podéis dejarla en un lugar donde la lluvia caerá sobre ella. Siente tanto el frío que no hay que dejarla a merced de la lluvia helada. No puedo mirarlo, no puedo soportarlo, no quiero creer que haya muerto. Ella me quiere, es mi amiga, mi única verdadera amiga. Melly me quiere, no me dejaría cuando más la necesito.»

Contempló a los que rodeaban la fosa y la invadió la cólera. «Ninguno de ellos lo siente tanto como yo, ninguno de ellos ha perdido tanto como yo. Nadie sabe lo mucho que la quiero. Pero Melly sí que lo sabe, ¿verdad? Lo sabe. Tengo que creer que lo sabe.

»En cambio, ellos nunca lo creerán. Ni la señora Merriwether ni los Meade ni los Whiting ni los Elsing. Vedlos, agrupados alrededor de India Wilkes y de Ashley como una bandada de cuervos mojados, con sus trajes de luto. Están consolando a tía Pittypat, sí, aunque todo el mundo sabe que llora desaforadamente por cualquier cosilla, incluso cuando se le quema una tostada. No comprenden que yo pueda necesitar consuelo porque estaba más próxima a Melanie que cualquiera de ellos. Actúan como si yo no estuviese aquí. Nadie me ha prestado la menor atención. Ni siquiera Ashley. Bien sabía que yo estaba allí durante los dos terribles días que siguieron a la muerte de Melly, cuando me necesitaba para arreglar las cosas. Todos me necesitaban, incluso India, que balaba como una cabra. "¿Qué haremos acerca del entierro, Scarlett? ¿Y acerca del refrigerio para los visitantes? ¿Y acerca del ataúd, de los portadores del féretro, del sitio en el cementerio, de la inscripción de la lápida, de la esquela en el periódico?" Ahora están todos juntitos, apoyados los unos en los otros, gimiendo y llorando. Bueno, no les daré la satisfacción de verme llorar a solas, sin nadie en quien recostarme. No debo llorar. No aquí, todavía no. Si empiezo, tal vez no podré detenerme. Cuando llegue a Tara podré llorar.»

Scarlett levantó la barbilla, apretados los dientes para que no castañeteasen con el frío, para contener el sollozo que se formaba en su garganta. «Esto terminará pronto, y entonces podré volver a Tara.»

Retazos mellados de la vida destrozada de Scarlett salpicaban el cementerio Oakland, de Atlanta. Una alta aguja de granito, piedra gris surcada por la lluvia gris, era triste recordatorio de un mundo que se había ido para siempre, el mundo despreocupado de su juventud, de la época anterior a la guerra. Era el Monumento a los Confederados, símbolo del valor orgulloso y descuidado que había lanzado al Sur hacia la destrucción, agitando sus brillantes banderas. Conmemoraba a muchos que habían perdido la vida, amigos de su infancia, galanes que le habían suplicado valses y besos en los días en que su mayor problema era decidir qué traje de baile de vueluda falda iba a ponerse. Conmemoraba a su primer marido, Charles Hamilton, el hermano de Melanie. Conmemoraba a los hijos, hermanos, maridos, padres de todos los que, mojados por la lluvia, se hallaban en la pequeña loma donde estaban enterrando a Melanie.

Había otras tumbas, otras lápidas. Frank Kennedy, el segundo marido de Scarlett. Y la diminuta, angustiosamente diminuta fosa, con una lápida en la que se leía *«Eugenie Victoria Butler»* y, debajo, *«Bonnie»*. Su última hija, y la más querida.

Todos los vivos, y también los muertos, estaban a su alrededor, pero ella se mantenía apartada. Al parecer, media Atlanta estaba allí. La muchedumbre no había cabido en la iglesia y ahora se extendía en un amplio y desigual círculo oscuro alrededor del implacable tajo de color, bajo la lluvia gris: la tumba excavada en la roja tierra de Georgia para el cuerpo de Melanie Wilkes.

En primera fila se hallaban los que habían estado más unidos a ella. Vestidos de negro y blanco, surcadas de lágrimas las caras, salvo la de Scarlett. El viejo cochero, el tío Peter, formaba, con Dilcey y Cookie, un triángulo negro protector alrededor de Beau, el desconcertado hijito de Melanie.

La vieja generación de Atlanta estaba allí, con los trágicamente escasos descendientes que les quedaban. Los Meade, los Whiting, los Merriwether, los Elsing; sus hijas y yernos, y el lisiado Hugh Elsing, único hijo superviviente; tía Pittypat Hamilton y su hermano, el tío Henry Hamilton, olvidada su antigua enemistad en el mutuo dolor por su sobrina. Más joven, pero pareciendo tan vieja como los demás, India Wilkes se había refugiado en el grupo y observaba a su hermano Ashley, con ojos dolientes y sombreados por la culpa. Estaba solitaria, como Scarlett. Llevaba descubierta la cabeza bajo la lluvia, sin reparar en los paraguas que le ofrecían, sin sentir la fría mojadura, incapaz de aceptar la rotundidad de las palabras del pastor ni el estrecho ataúd que estaban bajando en la fangosa tumba roja.

Ashley. Alto, delgado y descolorido, con los claros cabellos rubios ahora casi grises, y su rostro pálido y macilento tan inexpresivo como sus ojos grises, que miraban fijamente sin ver. Permanecía erguido, en actitud de firmes, herencia de sus años de oficial uniformado de gris. Permanecía inmóvil, sin sentir ni comprender.

Ashley. Era el centro y el símbolo de la vida arruinada de Scarlett. Por amor a él, había rechazado ésta la felicidad que estaba al alcance de su mano. Había vuelto la espalda a su marido sin ver que él la amaba, sin reconocer que ella le amaba, porque su deseo de Ashley se interponía siempre en su camino. Y ahora Rhett se había ido; su única presencia aquí era un ramo de doradas flores otoñales entre todos los demás. Ella había traicionado a su única amiga, menospreciado la terca lealtad y el amor de Melanie. Y ahora Melanie se había ido. E incluso el amor de Scarlett por Ashley se había ido, pues se daba cuenta, demasiado tarde, de que el hábito de amarle había sustituido hacía tiempo al propio amor.

No le amaba y nunca volvería a amarle. Pero ahora, cuando no lo deseaba, Ashley era suyo, era el legado de Melanie. Porque había prometido a Melly que cuidaría de él y de su hijo Beau.

Ashley era la causa de la destrucción de su vida y lo único que le quedaba de ella.

Scarlett permanecía apartada y sola. Entre ella y sus conocidos de Atlanta, únicamente había un frío espacio gris, un espacio que Melanie había llenado salvándola del aislamiento y el ostracismo. Y debajo del paraguas, en el sitio donde hubiese debido estar Rhett para resguardarla con sus firmes y anchos hombros y su amor, solamente había el húmedo viento frío.

Scarlett mantenía alta la barbilla contra el viento, aceptando su ataque sin sentirlo. Todos sus sentidos estaban concentrados en las palabras que eran su fuerza y su esperanza.

«Esto terminará pronto, y entonces podré volver a Tara.»

—Mírala —murmuró una dama de velo negro a la compañera que compartía su paraguas—. Dura como el acero. Oí decir que durante todo el tiempo en que preparó el entierro no vertió una sola lágrima. Scarlett sólo piensa en los negocios. No tiene corazón.

—Ya sabes lo que dice la gente —fue la respuesta en voz baja—. Ha entregado su corazón a Ashley Wilkes. ¿Crees que realmente hubo...?

Los más cercanos a ellas les impusieron silencio, pero todos estaban pensando lo mismo. Todo el mundo lo pensaba. Nadie podía ver el dolor en los ojos sombríos de Scarlett, ni su corazón destrozado debajo de la lujosa pelliza de foca.

El horrible y sordo ruido de tierra cayendo sobre madera hizo que Scarlett apretase los puños. Quería taparse los oídos con las manos, chillar, gritar, cualquier cosa para apagar el terrible sonido de la tumba al cerrarse sobre Melanie. Se mordió dolorosamente el labio. No gritaría, no gritaría.

El grito que turbó la solemnidad del acto fue de Ashley.

—¡Melly... Mellyyy! —Y de nuevo—: ¡Mellyyy!

Era el grito de un alma atormentada, llena de soledad y de miedo.

Ashley avanzó tambaleándose hacia el profundo hoyo fangoso, como un hombre recién aquejado de ceguera, buscando con las manos la pequeña y tranquila criatura que era toda su fuerza. Pero no había nada que agarrar; solamente los hilos de plata de la lluvia fría.

Scarlett miró a Tommy Wellburn, al doctor Meade, a India, a Henry Hamilton. ¿Por qué no hacían algo? ¿Por qué no le hacían callar? ¡Había que hacerle callar!

—Mellyyy...

«¡Por el amor de Dios! Va a desgañitarse, y todos están plantados ahí, observándole boquiabiertos, mientras él se tambalea al borde de la tumba.»

—¡Basta, Ashley! —gritó Scarlett—. ¡Ashley!

Empezó a correr, resbalando y deslizándose sobre la hierba mojada. El paraguas que había arrojado a un lado rodó sobre el suelo, empujado por el viento, hasta que quedó atrapado en los montones de flores. Scarlett sujetó a Ashley por la cintura, tratando de apartarle del peligro, pero él la rechazó.

—¡No, Ashley! —Scarlett luchó contra la fuerza superior de él—. Melly no puede ayudarte ahora.

Su voz era dura, para penetrar a través del dolor sordo y enloquecido de Ashley.

Él se detuvo, dejando caer los brazos. Gimió débilmente y, entonces, su cuerpo se derrumbó en los brazos de Scarlett. Y cuando su peso iba a hacer que ella le soltase, el doctor Meade e India asieron los brazos fláccidos de Ashley para sostenerle en pie.

—Ya puedes irte, Scarlett —dijo el doctor Meade—. Ya no puedes hacer más daño aquí.

—Pero yo...

Miró los semblantes que la rodeaban, los ojos ávidos de sensaciones. Después se volvió y se alejó bajo la lluvia. La gente retrocedió, como si el roce de su falda fuera a ensuciarlos.

No debían saber que a ella le importaba; no debía dejar que viesen que podían herirla. Scarlett levantó desafiante la barbilla, dejando que la lluvia cayese sobre su cara y su cuello. Avanzó tiesa y con los hombros erguidos hasta que llegó a la puerta del cementerio y se perdió de vista. Entonces se agarró a uno de los barrotes de la cerca. Se sentía mareada a causa del agotamiento, y a punto de perder el equilibrio.

Su cochero, Elias, corrió hacia ella, abriendo el paraguas para sostenerlo sobre la cabeza inclinada de su ama. Scarlett caminó hacia su coche, haciendo caso omiso de la mano que él le tendía para ayudarla. En el tapizado interior del carruaje, se acurrucó en un rincón y se cubrió las rodillas con la manta de lana. Estaba helada hasta los huesos, horrorizada por lo que había hecho. ¿Cómo podía haber avergonzado a Ashley de aquella manera y delante de todo el mundo, cuando hacía solamente unas pocas noches que había prometido a Melanie que cuidaría de él, que le protegería como siempre había hecho Melly? Pero ¿qué otra cosa podía hacer? ¿Dejar que se arrojase dentro de la tumba? Había sido preciso detenerle.

El carruaje se bamboleó al hundirse las altas ruedas en los profundos surcos del fangoso camino. Scarlett estuvo en un tris de caer al suelo. Su codo chocó con el marco de la ventanilla y un fuerte dolor se extendió por su brazo.

Sólo era un dolor físico; podía soportarlo. Era el otro dolor, aquel difuso dolor negado, retrasado, pospuesto, lo que le resultaba insoportable. Todavía no, no aquí, no cuando estaba absolutamente sola. Tenía que ir a Tara, sí, Mamita estaba allí. Mamita la rodearía con sus brazos morenos; Mamita la estrecharía con fuerza, mecería su cabeza sobre el pecho donde Scarlett había calmado, sollozando, todos los males de su infancia. Lloraría en brazos de Mamita hasta verter todo su dolor; podría apoyar la cabeza en el pecho de Mamita, descansar en el amor de Mamita su herido corazón. Mamita la sostendría y la querría, compartiría su dolor y la ayudaría a soportarlo.

—De prisa, Elias —dijo Scarlett—. De prisa.

—Ayúdame a quitarme estas ropas mojadas, Pansy —ordenó Scarlett a su doncella—. Date prisa. —Su cara, terriblemente pálida, hacía que sus ojos verdes pareciesen más oscuros, más brillantes, más amenazadores. El nerviosismo aumentaba la torpeza de la joven negra—. He dicho que te des prisa. Si pierdo el tren por tu culpa, te daré de azotes.

No podía hacerlo; Pansy sabía que no podía hacerlo. Los días de esclavitud habían quedado atrás; Scarlett no era su dueña, y ella podía marcharse cuando quisiera. Pero el brillo desesperado, febril, de los ojos verdes de Scarlett hizo que Pansy dudase de su propia certidumbre. Scarlett parecía capaz de todo.

—Pon el vestido negro de lana en la maleta, pues va a hacer más frío —dijo Scarlett.

Examinó el armario abierto: lana negra, seda negra, algodón negro, sarga negra, terciopelo negro. Podría ir de luto durante el resto de sus días. Llevaba todavía luto por Bonnie, y ahora lo llevaría por Melanie. «Debería encontrar algo más oscuro que el negro para llevar luto por mí misma —se dijo—. No quiero pensar en esto; no ahora, pues me volvería loca. Pensaré en ello cuando llegue a Tara. Allí podré soportarlo.»

—Abrígate, Pansy, Elias está esperando. Y no te olvides del brazal de crespón. Esta casa está de luto.

El cruce de calles de Five Points era un tremedal. Carros, calesas y coches se atascaban en el barro. Sus conductores maldecían la lluvia, las calles, sus caballos y a los demás conductores que se atravesaban en su camino. Se oían gritos y chasquidos de látigos y el rumor del gentío. Siempre había una muchedumbre en Five Points; gente que corría, discutía, se quejaba o reía. Five Points era una turbulencia de vida, de empujones, de energía. Five Points era la Atlanta que adoraba Scarlett.

Pero no hoy. Hoy, Five Points le impedía el paso, Atlanta la retenía. «Tengo que tomar ese tren; me moriré si lo pierdo; tengo que llegar a Tara, junto a Mamita, o me derrumbaré.»

—Elias —gritó—, no me importa que mates a latigazos a los caballos, que atropelles a todos los que andan por la calle, pero llega a la estación.

Sus caballos eran los más vigorosos; su cochero, el más hábil; su coche, el mejor que podía comprarse con dinero. Nada mejor le podía cerrar el paso; nada.

Le sobró tiempo para tomar el tren.

Hubo un sonoro escape de vapor. Scarlett contuvo el aliento, esperando oír la primera y rechinante vuelta de las ruedas que indicaría que el tren se había puesto en movimiento. Aquí estaba. Después, otra y otra. Y las sacudidas y el balanceo del vagón. Por fin emprendía el camino.

Ahora todo iría bien. Se dirigía a su Tara. Se la imaginaba, soleada y brillante, con la resplandeciente casa blanca y las cortinas níveas ondeando en las ventanas abiertas sobre el reluciente verdor de los jazmines salpicados de blancos capullos, céreos y perfectos.

Una fuerte lluvia oscura salpicó el cristal de la ventanilla al salir el tren de la estación, pero no importaba. En Tara habría fuego en el cuarto de estar, chisporrotearían piñas entre los leños y las cortinas estarían corridas, aislándola de la lluvia y de la oscuridad y del mundo. Apoyaría la cabeza en el blando y amplio pecho de Mamita y le contaría todas las cosas horribles que habían sucedido. Entonces podría pensar, planificarlo todo...

Un silbido de vapor y un chirrido de ruedas hizo que Scarlett levantase la cabeza.

¿Estaban ya en Jonesboro? Debía de haberse dormido, lo cual no era de extrañar con lo cansada que estaba. No había podido pegar ojo durante las dos últimas noches, ni siquiera bebiendo brandy para calmarse los nervios. No; era la estación de Rough and Ready. Todavía faltaba una hora para Jonesboro. Al menos había dejado de llover; incluso se veía un pedazo de cielo azul allá en lo alto. Tal vez brillaba el sol en Tara. Se imaginó el paseo de la entrada, los cedros oscuros que lo flanqueaban y, después, el ancho prado verde y su adorada casa en la cima de una baja colina.

Scarlett suspiró profundamente. Su hermana Suellen era ahora la señora de la casa en Tara. ¡Ay!, la llorona de la casa era un término más adecuado. Lo único que hacía Suellen era gimotear; siempre lo había hecho, desde que eran pequeñas. Y ahora tenía sus propias hijas, unas niñas gemebundas como había sido ella.

Los hijos de Scarlett estaban también en Tara. Wade y Ella. Los había enviado con Prissy, su niñera, cuando había recibido la noticia de que Melanie se estaba muriendo. Probablemente hubiera sido mejor llevarlos al entierro de Melanie. Su ausencia había dado a los gatos viejos de Atlanta otro tema para chismorrear acerca de lo desnaturalizada que era como madre. Pero que hablasen lo que quisieran. No habría podido pasar aquellos días y noches terribles después de la muerte de Melly si hubiese tenido que habérselas también con Wade y Ella.

No pensaría en ellos, y se acabó. Iba a casa, a Tara y a Mamita, y no quería pensar en cosas que pudiesen inquietarla. «Sabe Dios que ya tengo bastantes motivos de inquietud sin meter también a los niños en esto. Y estoy tan cansada...» Inclinó la cabeza y cerró los ojos.

—Jonesboro, señora —dijo el revisor.

Scarlett pestañeó y se incorporó.

—Gracias.

Miró a su alrededor, buscando a Pansy y sus maletas. «Despellejaré viva a esa chica si se ha ido a otro vagón. Ojalá no tuviese una dama que ir acompañada cada vez que pone un pie fuera de casa. Viajaría mucho mejor sola. Bueno, allí está.»

—Pansy. Baja las maletas de la rejilla. Estamos llegando.

«Sólo faltan ocho kilómetros para Tara. Pronto estaré en casa. ¡En casa!»

Will Benteen, el marido de Suellen, estaba esperando en el andén. Scarlett se sintió impresionada al ver a Will; siempre le ocurría lo mismo en los primeros momentos. Ella quería y respetaba de veras a Will. Si hubiese podido tener un hermano, como siempre había deseado, le habría gustado que fuese como Will. Salvo la pata de palo y que desde luego no era un tipo como los blancos del Sur. No se podía confundir a Will con un caballero; era indudablemente de una clase inferior. Pero ella lo olvidaba en cuanto estaba lejos de él y también después de estar un minuto con él, porque era muy bueno y amable. Incluso Mamita tenía en gran estima a Will, y Mamita era el juez más severo del mundo cuando se trataba de saber quién era una dama o un caballero.

—¡Will!

Él caminó hacia ella, balanceándose a su modo especial. Ella le echó los brazos al cuello y le estrechó con fuerza.

—Oh, Will, me alegro tanto de verte que estoy casi llorando de alegría.

Will aceptó el abrazo sin entusiasmo.

—También yo me alegro de verte. Scarlett. Ha pasado mucho tiempo.

—Demasiado. Es una vergüenza. Casi un año.

—Más bien dos.

Scarlett se quedó pasmada. ¿Tanto tiempo había pasado? No era extraño que su vida hubiese llegado a un estado tan lastimoso. Tara le había dado siempre nueva vida, nueva fuerza, cuando lo había necesitado. ¿Cómo podía haber estado tanto tiempo lejos de allí?

Will hizo una seña a Pansy y se dirigió al carro que esperaba fuera de la estación.

—Será mejor que nos pongamos en camino si queremos llegar antes de que anochezca —dijo—. Espero que no te importe estar un poco incómoda, Scarlett. Mientras venía a la población, pensé que podía aprovechar para comprar algunas cosas.

El carro estaba lleno de sacos y paquetes.

—No me importa en absoluto —dijo sinceramente Scarlett. Iba a casa, y cualquier cosa que la llevase allí le parecía bien—. Sube sobre aquellos sacos de forraje, Pansy.

Estuvo tan callada como Will durante el largo trayecto hasta Tara, sumiéndose en la añorada tranquilidad del campo, refrescándose con ella. El aire estaba recién lavado y el sol de la tarde era cálido sobre sus hombros. Había hecho bien en ir a casa. Tara sería para ella el refugio que necesitaba y, con Mamita, podría encontrar una manera de reparar su mundo arruinado. Se inclinó hacia delante al entrar en el paseo familiar, y sonrió ilusionada.

Pero cuando avistó la casa, lanzó un grito de desesperación.

—Will, ¿qué ha pasado?

La fachada de Tara estaba cubierta de enredaderas, que eran como feas cuerdas de las que colgaban hojas muertas; cuatro ventanas tenían desvencijados los postigos y dos carecían absolutamente de ellos.

—No ha pasado nada, salvo el verano, Scarlett. Yo arreglo la casa en invierno, cuando no tengo que cuidar de las cosechas. Empezaré con estos postigos dentro de unas semanas. Todavía no estamos en octubre.

—Oh, Will, ¿por qué diablos no dejas que te dé algún dinero? Podrías contratar a alguien que te ayudase. Mira, se pueden ver los ladrillos del encalado. La casa está hecha un desastre.

Will replicó con paciencia:

—No se puede conseguir ayuda de ningún modo. A los que quieren trabajar les sobra el trabajo, y los que no quieren no me sirven. Nos apañamos bien Big Sam y yo. No necesitamos tu dinero.

Scarlett se mordió los labios y se tragó las palabras que estaba a punto de decir. Había tropezado a menudo con el orgullo de Will y sabía que era inflexible. Cierto que las cosechas y el ganado tenían que ser lo primero, sus exigencias no admitían demora; pero el enjabelgar la fachada sí que podía esperar. Ahora veía los campos que se extendían detrás de la casa. No había una mala hierba en ellos, estaban recién arados y allanados y se percibía el débil y fructífero olor del estiércol esparcido para la próxima siembra. La tierra roja parecía cálida y fértil, y Scarlett se calmó. Ahí estaba el corazón, el alma de Tara.

—Tienes razón —dijo a Will.

La puerta de la casa se abrió de par en par y el porche se llenó de gente. Suellen se hallaba delante de todos, sosteniendo en brazos a su hija más pequeña. Su vientre hinchado atirantaba las costuras del descolorido vestido de algodón, y el chal que llevaba sobre los hombros le había resbalado hasta el brazo. Scarlett fingió una alegría que no sentía.

—Dios mío, Will, ¿va a tener Suellen otro crío? Tendrás que construir más habitaciones.

Will rió entre dientes.

—Todavía estamos buscando un chico.

Levantó una mano saludando a su esposa y a sus tres hijas.

Scarlett hizo lo propio, lamentando no haber pensado en comprar algún juguete para los niños. Dios mío, ¡había que verlos! Suellen estaba ceñuda. Scarlett recorrió con la mirada las otras caras, buscando las negras... Prissy estaba allí; Wade y Ella se ocultaban detrás de su falda..., y también estaba la mujer de Big Sam, Delilah, sosteniendo la cuchara con la que sin duda había estado revolviendo algo..., y... ¿cómo se llamaba?, ah, sí, Lutie, la niñera de los chiquillos de Tara. Pero ¿dónde estaba Mamita? Scarlett llamó a su pequeños:

—Hola, queridos, mamá ha llegado.

Después se volvió de nuevo a Will y apoyó una mano en su brazo.

—¿Dónde está Mamita, Will? No es tan vieja como para que no pueda venir a recibirme.

El miedo hacía temblar las palabras en la garganta de Scarlett.

—Está en la cama, enferma.

Scarlett saltó del carro, que aún no se había parado. Dio un traspié, se rehízo y corrió hacia la casa.

—¿Dónde está Mamita? —preguntó a Suellen sin prestar oído a los excitados saludos de las niñas.

—Una buena manera de llegar, Scarlett, pero no peor de lo que esperaba de ti. ¿Cómo se te ocurrió enviar a Prissy y a tus hijos aquí sin pedir permiso, sabiendo que estoy agobiada de trabajo?

Scarlett levantó la mano, dispuesta a abofetear a su hermana.

—Suellen, si no me dices dónde está Mamita, empezaré a gritar.

Prissy tiró de la manga a Scarlett.

—Yo sé dónde está Mamita, señorita Scarlett; lo sé. Está muy enferma y por esto arreglamos la pequeña habitación junto a la cocina para ella; la que solíamos emplear para colgar todos los jamones cuando había tantos. Es un cuartito caldeado, cerca de la chimenea. Mamita estaba ya allí cuando yo llegué, por lo que no puedo decir exactamente que arreglamos nosotras la habitación; pero yo traje una silla para que hubiera donde sentarse si quería levantarse o recibía una visita...

Prissy estaba hablando sola, porque Scarlett se hallaba ya en la puerta de la habitación de Mamita, apoyándose en el marco para sostenerse.

Aquella... aquella... cosa que estaba en la cama no era su Mamita. Mamita era una mujer alta, fuerte y rolliza, de cálida piel morena. Hacía sólo poco más de seis meses que Mamita había salido de Atlanta, muy poco tiempo para haberse desmejorado tanto. No podía ser. Scarlett no podía soportarlo. No era Mamita, no podía creer que lo fuese. Esta criatura era gris y apergaminada, apenas hacía bulto debajo de la descolorida colcha que la cubría y sobre cuyos pliegues movía débilmente los dedos.

Entonces oyó su voz. Baja y balbuciente, pero la voz amada y amante de Mamita.

—Oh, niña, ¿no le he dicho una y otra vez que no salga sin sombrero y sin llevar una sombrilla...? Se lo he dicho una y otra vez...

—¡Mamita! —Scarlett cayó de rodillas junto a la cama—. Soy Scarlett, Mamita. Tu Scarlett. Por favor, no estés enferma; no puedo soportarlo.

Posó la cabeza sobre la cama, junto a los delgados y huesudos hombros de Mamita, y lloró ruidosamente, como una niña pequeña.

Una mano ingrávida acarició la cabeza inclinada.

—No llores, chiquilla. No hay nada tan malo que no tenga arreglo.

—Todo —gimió Scarlett—. Todo ha ido mal, Mamita.

—Calla, calla; no es más que una taza. Y tienes otro juego de té, tan bonito como aquél. Podrás celebrar tu té, tal como te había prometido Mamita.

Scarlett se echó atrás, horrorizada. Miró fijamente la cara de Mamita y vio brillar amor en aquellos ojos hundidos, unos ojos que no la veían.

—No —murmuró.

No podía soportarlo. Primero Melanie, después Rhett y ahora Mamita; todos aquellos a los que quería la dejaban. Era demasiado cruel. No podía ser.

—Mamita —dijo, levantando la voz—. Escúchame, Mamita. Soy Scarlett. —Agarró el borde del colchón y trató de sacudirlo—. Mírame —sollozó—, mírame a la cara. Tienes que conocerme, Mamita. Soy Scarlett.

Las manazas de Will se cerraron sobre sus muñecas.

—No debes hacer esto —dijo. Su voz era suave, pero sus manos parecían de hierro—. Ella es feliz cuando está así, Scarlett. Vuelve a estar en Savannah, cuidando de tu madre cuando era pequeña. Fueron tiempos felices para ella. Era joven, era fuerte, nada le dolía. Déjala tranquila.

Scarlett luchó por desprenderse.

—Pero quiero que me conozca, Will. Nunca le he dicho lo mucho que significa para mí. Tengo que decírselo.

—Tendrás ocasión de hacerlo. Muchas veces es diferente, conoce a todo el mundo. Y también sabe que se está muriendo. Entonces podrás hacerlo mejor. Ahora ven conmigo. Todos te están esperando. Delilah podrá oír a Mamita desde la cocina.

Scarlett dejó que Will la ayudase a ponerse en pie. Todo su ser estaba entumecido, incluso su corazón. No podía sentir nada. Le siguió en silencio hasta el cuarto de estar. Suellen empezó inmediatamente a regañarla, continuando con sus quejas, pero Will la hizo callar.

—Scarlett ha sufrido un fuerte golpe, Sue; déjala en paz.

Vertió whisky en un vaso y puso éste en la mano de Scarlett.

El whisky le sentó bien. Su ardor se extendió por todo su cuerpo, mitigando el dolor. Tendió el vaso vacío a Will, que vertió más whisky en él.

—Hola, queridos —dijo Scarlett a sus hijos—, venid a darle un abrazo a mamá.

Oyó su propia voz como si fuese de otra persona; pero al menos estaba diciendo lo adecuado.

Pasaba todo el tiempo que podía en la habitación de Mamita, al lado de Mamita. Había puesto toda su esperanza en que los brazos de Mamita la estrecharían; pero ahora eran sus propios brazos, jóvenes y fuertes, los que sostenían a la vieja negra moribunda. Scarlett levantaba aquel cuerpo esmirriado para bañar a Mamita, para cambiar la ropa a Mamita, para ayudarla cuando la respiración se hacía demasiado fatigosa, para introducir una cucharada de caldo entre sus labios. Le cantaba las nanas que Mamita le había cantado tantas veces a ella y, cuando Mamita deliraba hablándole a la madre muerta de Scarlett, Scarlett le respondía con las palabras que sabía que habría dicho su madre.

A veces, los ojos legañosos de Mamita la reconocían, y los agrietados labios de la mujer sonreían al ver a su niña predilecta. Entonces reñía a Scarlett con voz temblorosa, como la había reñido desde que era pequeña. «Sus cabellos están revueltos, señorita Scarlett; páseles cien veces el cepillo, como le enseñó Mamita.» O: «No puede llevar un delantal tan arrugado como ése. Cámbiese antes de que la vea la gente.» O: «Está pálida como un fantasma, señorita Scarlett. ¿Se pone polvos en la cara? Lávese inmediatamente.»

Scarlett prometía hacer todo lo que Mamita le ordenaba. Pero nunca tenía tiempo de obedecer antes de que Mamita se sumiese de nuevo en la inconsciencia o en aquel otro mundo donde Scarlett no existía.

Durante el día, Suellen o Dilcey o incluso Will se repartían el trabajo en el cuarto de la enferma, y Scarlett podía dormir media hora, acurrucada en la desvencijada mecedora. Pero, por la noche, Scarlett velaba sola. Bajaba la llama de la lámpara de petróleo y sostenía la mano reseca de Mamita entre las suyas. Mientras la casa y Mamita dormían, podía llorar al fin y sus amargas lágrimas mitigaban un poco su dolor.

Una vez, en la hora callada que precede al amanecer, Mamita se despertó.

—¿Por qué llora, querida? —murmuró—. La vieja Mamita está dispuesta a dejar su carga y descansar en brazos del Señor. No debe tomarlo así. —Movió la mano entre las de Scarlett, la liberó y acarició la inclinada cabeza—. Ahora, calle. Nada es tan malo como se imagina.

—Lo siento —sollozó Scarlett—, pero no puedo dejar de llorar.

Los dedos encorvados de Mamita apartaron los cabellos revueltos de la cara de Scarlett.

—Dígale a Mamita lo que aflige a su niñita.

Scarlett miró aquellos ojos viejos, prudentes, amables, y sintió el dolor más profundo que jamás había conocido.

—Lo he hecho todo mal, Mamita. No sé cómo pude cometer tantos errores. No lo comprendo.

—Ha hecho lo que tenía que hacer, señorita Scarlett. Nadie puede hacer más. El buen Dios le envió algunas cargas pesadas, y usted las llevó. Es tonto preguntar por qué le fueron enviadas o lo que tuvo que hacer para llevarlas. A lo hecho, pecho. No se inquiete ahora.

Los pesados párpados de Mamita se cerraron sobre unas lágrimas que relucían bajo la pálida luz, y su respiración entrecortada se hizo más tranquila con el sueño.

«¿Cómo no inquietarme? —tuvo Scarlett ganas de gritar—. Mi vida está arruinada y no sé qué hacer. Necesito a Rhett, y se ha ido. Te necesito a ti, y también vas a dejarme.»

Levantó la cabeza, se enjugó las lágrimas con la manga e irguió los doloridos hombros. Las ascuas de la panzuda estufa estaban casi apagadas, y no había más carbón en el cubo. Tenía que volver a llenarlo. Tenía que alimentar el fuego. Empezaba a hacer frío en la habitación, y había que mantenerla caldeada para Mamita. Scarlett arrebujó el frágil cuerpo de Mamita con la descolorida colcha y después sacó el cubo a la fría oscuridad del patio. Se dirigió apresuradamente a la carbonera, lamentando no haberse puesto un chal.

No había luna; ésta estaba en cuarto creciente y se había ocultado detrás de una nube. El aire se notaba pesado, cargado de humedad nocturna, y las pocas estrellas no tapadas por las nubes parecían muy lejanas y tenían un brillo helado. Scarlett se estremeció. La negrura que la rodeaba parecía amorfa, infinita. Había corrido ciegamente hasta el centro del patio, y ahora no podía distinguir las siluetas familiares del granero y de la caseta donde se ahumaban diversos comestibles y que deberían estar cerca. Se volvió, presa de un súbito pánico, para mirar la mole blanca de la casa de la que acababa de salir. Pero también ésta era oscura y amorfa. No había luz en parte alguna. Era como si se hubiese perdido en un mundo desolado, desconocido y silencioso. Nada se movía en la noche; ni una hoja, ni una pluma en el ala de un pájaro. El terror atenazaba sus nervios tensos, y quería correr. Pero ¿hacia dónde? Había tinieblas en todas partes.

Scarlett apretó los dientes. «¿Qué tontería es ésta? Estoy en casa, en Tara, y la fría negrura desaparecerá en cuanto salga el sol.» Rió forzadamente, y el estridente y artificial sonido la sobresaltó.

«Dicen que siempre es mayor la oscuridad antes del amanecer, —pensó—. Supongo que esto es prueba de ello. Tengo baja la moral, eso es todo. Pero no es momento de deprimirme, la estufa necesita combustible.» Alargó una mano ante sí en la noche y caminó hacia donde debía estar la carbonera, junto al montón de leña. Tropezó en un hoyo y se cayó. El cubo resonó con fuerza y desapareció.

Todos los átomos agotados y asustados de su cuerpo le gritaban que renunciase a su empeño, que se quedase donde estaba, acurrucada en la seguridad del suelo invisible bajo su cuerpo hasta que llegase el día y pudiese ver. Pero Mamita necesitaba el calor y la alegre luz amarilla de las llamas a través de las placas de mica de la estufa.

Scarlett se puso lentamente de rodillas y buscó a tientas el cubo del carbón. Seguro que nunca se había dado una oscuridad tan absoluta en el mundo. O un aire nocturno tan húmedo y frío. Tenía que esforzarse para respirar. ¿Dónde estaba el cubo? ¿Dónde estaba la aurora?

Sus dedos rozaron un metal frío. Scarlett avanzó de rodillas en aquella dirección y agarró los mellados bordes del cubo de hojalata. Se sentó sobre los talones, apretándolo desesperadamente contra el pecho.

«Dios mío, estoy completamente desorientada. Ni siquiera sé dónde está la casa, y mucho menos la carbonera. Estoy perdida en la noche.» Miró frenéticamente hacia arriba, buscando alguna luz; pero el cielo estaba negro. Incluso las frías y lejanas estrellas habían desaparecido.

Por un momento tuvo ganas de gritar, de chillar y chillar hasta despertar a alguien de la casa, a alguien que encendiese una lámpara y saliese a buscarla y a llevarla adentro.

Su orgullo se lo prohibió. ¡Perdida en su propio patio, a sólo unos pasos de la puerta de la cocina! Se moriría de vergüenza.

Se colgó en un brazo el asa del cubo y empezó a arrastrarse torpemente de rodillas sobre la oscura tierra. Más pronto o más tarde tropezaría con algo, con la casa, el montón de leña, el granero o el pozo, y se orientaría. Claro que sería más rápido levantarse y andar. Y se sentiría menos tonta. Pero podía caerse de nuevo y, esta vez, torcerse un tobillo u otra cosa. Entonces tendría que esperar a que alguien la encontrase. Hiciese lo que hiciese, cualquier cosa sería mejor que estar tumbada allí, sola, impotente y perdida.

¿Dónde había una pared? Tenía que haber una en alguna parte, le parecía como si hubiese andado a rastras la mitad del camino de Jonesboro. Sintió pánico. ¿Y si la oscuridad no se acababa nunca? ¿Y si continuaba arrastrándose y arrastrándose para siempre, sin llegar a ninguna parte?

«¡Basta! —se dijo—, no pienses más así.» Su garganta emitía unos sonidos ahogados.

Se esforzó en ponerse en pie, respiró despacio, resolvió dominar su palpitante corazón. Era Scarlett O'Hara, pensó. Estaba en Tara y conocía cada centímetro del lugar mejor que su propia mano. Aunque no pudiese ver a un palmo delante de ella, sabía lo que había allí; lo único que tenía que hacer era encontrarlo.

Y lo encontraría andando de pie, no a cuatro patas como un bebé o un perro. Levantó el mentón e irguió los esbeltos hombros. Gracias a Dios, nadie la había visto despatarrada en el suelo o arrastrándose por él, temerosa de levantarse. Nunca había sido vencida; ni por el ejército del viejo Sherman ni por los politicastros del Norte. Nadie, nada podía vencerla, a menos que ella lo permitiese, y entonces lo tendría bien merecido. ¡Y pensar que le asustaba la oscuridad, como a una cría cobarde y llorona!

«Supongo que me he dejado llevar a lo más bajo que puede llegar una persona —pensó con repugnancia, y su propio desprecio la animó—. No dejaré que ocurra de nuevo, pase lo que pase. Cuando se ha bajado hasta el final, el camino sólo puede empezar a subir. Si destrocé mi vida, limpiaré los fragmentos. No me tumbaré encima de ellos.»

Sosteniendo el cubo del carbón delante de ella, avanzó con paso firme. Casi inmediatamente, el cubo de hojalata chocó contra algo, y ella se echó a reír cuando olió el penetrante aroma a resina de pino recién cortado. Estaba junto al montón de leña, con la carbonera inmediatamente al lado. Era precisamente el sitio al que quería ir.

La puerta de hierro de la estufa se cerró sobre las reavivadas llamas con un fuerte chasquido que hizo que Mamita se agitase en su cama. Scarlett se apresuró a subirle de nuevo la colcha. La habitación estaba fría.

Mamita miró a Scarlett con ojos entrecerrados y dolientes.

—Tiene la cara sucia... y también las manos —gruñó con voz débil.

—Lo sé —dijo Scarlett—. Me lavaré en seguida. —Y antes de que la vieja desvariase, la besó en la frente—. Te quiero, Mamita.

—No hace falta que me diga lo que sé.

Mamita se sumió en el sueño, librándose del dolor.

—Sí que hace falta —le dijo Scarlett. Sabía que Mamita no podía oírla, pero hablaba de todos modos en voz alta, en parte consigo misma—. Hay muchas clases de necesidades. Yo nunca se lo dije a Melanie, y a Rhett no se lo dije hasta que fue demasiado tarde. Nunca me tomé tiempo para averiguar que los quería, o que te quería a ti. Pero al menos no cometeré contigo el error que cometí con ellos.

Scarlett miró la cara cadavérica de la anciana.

—Te quiero, Mamita —murmuró—. ¿Qué va a ser de mí cuando no estés tú para quererme?

2

Prissy asomó la cabeza por la puerta entreabierta del cuarto de la enferma.

—Señorita Scarlett, dice el señor Will que venga yo a hacer compañía a Mamita mientras usted come algo para desayunar. Delilah dice que va usted a fatigarse demasiado con todo lo que hace y que le ha preparado una buena loncha de jamón con salsa junto con la sémola.

—¿Y dónde está el caldo de buey para Mamita? —preguntó Scarlett en tono apremiante—. Delilah sabe que servirle caldo caliente es lo primero que ha de hacer por la mañana.

—Lo traigo yo aquí. —Prissy acabó de abrir la puerta con el codo; llevaba una bandeja—. Pero Mamita está durmiendo, señorita Scarlett. ¿Quiere que la despierte para que tome el caldo?

—Tápalo y deja la bandeja cerca de la estufa. Se lo daré yo cuando vuelva.

Scarlett tenía un hambre atroz. El rico aroma del caldo humeante hizo que se le contrajese el estómago vacío.

Se lavó apresuradamente la cara y las manos en la cocina. Su vestido también estaba sucio, pero tendría que aguantar. Se pondría otro limpio cuando hubiese comido.

Will se estaba levantando de la mesa cuando entró Scarlett en el comedor. Los agricultores no podían perder tiempo, sobre todo en un día tan espléndido y templado como el que prometían los rayos dorados del sol tempranero al otro lado de la ventana.

—¿Puedo ayudarte, tío Will? —preguntó esperanzado Wade.

El chico se levantó de un salto, casi derribando su silla. Entonces vio a su madre y su cara perdió la expresión de impaciencia. Tendría que quedarse en la mesa y hacer gala de sus mejores modales, o ella se molestaría. Avanzó despacio para acercarle la silla a Scarlett.

—¡Qué bien educado, Wade! —le elogió Suellen—. Buenos días, Scarlett. ¿No te enorgulleces de tu joven caballero?

Scarlett miró inexpresivamente a Suellen y después a Wade. Bueno, éste no era más que un niño; ¿por qué se mostraba Suellen tan amable? Por su manera de hablar, hubiérase dicho que Wade era una pareja de baile con la que pretendía coquetear.

Era un chico guapo, se dijo Scarlett, sorprendida. También alto para su edad; parecía tener trece años en lugar de once y pico. Pero Suellen no pensaría que era tan maravilloso si tuviese que comprar ropa que en seguida le quedaba pequeña.

«¡Cielo santo! ¿Qué voy a hacer con la ropa de Wade? Rhett siempre sabe lo que hay que hacer; yo no sé qué llevan los chicos, ni siquiera dónde comprarlo. Las muñecas le salen de las mangas; probablemente lo necesita todo de una talla mayor. Y de prisa. El colegio seguramente empieza pronto, si no ha empezado ya; ni siquiera sé qué día es hoy.»

Scarlett se dejó caer en la silla que sostenía Wade. Esperaba que él le dijera lo que necesitaba saber. Pero primero tenía que desayunar. «La boca se me hace agua, como si estuviese haciendo gárgaras.»

—Gracias, Wade Hampton —dijo distraídamente ella.

El jamón parecía perfecto, rosado y jugoso, con una tira de grasa tostada a su alrededor. Dejó caer la servilleta sobre la falda sin tomarse el trabajo de desplegarla, y levantó el cuchillo y el tenedor.

—Madre —dijo, vacilando, Wade.

—¿Qué?

Scarlett cortó el jamón.

—Por favor, ¿puedo ir a ayudar a tío Will en el campo?

Scarlett violó una regla imperativa de urbanidad en la mesa y habló con la boca llena. El jamón estaba delicioso.

—Sí, sí, puedes ir.

Tenía las manos atareadas cortando otro pedazo de jamón.

—Yo también —gritó Ella.

—Yo también —la imitó la Susie de Suellen.

—Vosotras no estáis invitadas —dijo Wade—. Los campos son cosa de hombres. Las niñas se quedan en casa.

Susie empezó a llorar.

—¡Mira lo que has hecho! —dijo Suellen a Scarlett.

—¿Yo? No es mi hija la que mete tanto ruido.

Scarlett pretendía siempre evitar las disputas con Suellen cuando iba a Tara, pero el hábito de toda una vida era demasiado fuerte. Habían empezado a pelearse de pequeñas y nunca habían dejado realmente de hacerlo.

«Pero no voy a permitir que estropee la primera comida que me ha apetecido desde sabe Dios cuánto tiempo», se dijo Scarlett, y centró su atención en untar con mantequilla el blanco montoncito de sémola de maíz que tenía en el plato. Ni siquiera levantó los ojos cuando Wade salió del comedor en pos de Will y Ella unió sus gemidos a los de Susie.

—Callaos las dos —dijo Suellen, con voz fuerte.

Scarlett vertió salsa sobre la sémola, puso ésta sobre un trozo de jamón y lo pinchó todo con el tenedor.

—El tío Rhett me dejaría ir —sollozó Ella.

«No escucharé —pensó Scarlett—; sólo cerraré los oídos y disfrutaré del desayuno.» Se metió jamón y maíz con salsa en la boca.

—Madre..., madre, ¿cuándo vendrá tío Rhett a Tara?

La niña tenía una voz aguda y penetrante. Scarlett oyó sus palabras sin querer, y la sabrosa comida se convirtió en serrín en su boca. ¿Qué podía decir? ¿Cómo podía contestar la pregunta de Ella? ¿Era «nunca» la respuesta? No podía, no quería creerlo. Miró irritada a su rubicunda hija. La chiquilla lo había estropeado todo. «¿No podía haberme dejado en paz, al menos para comer mi desayuno?»

Ella tenía los cabellos rojizos y rizosos de su padre, Frank Kennedy. Orlaban su cara manchada de lágrimas como rollos enmohecidos de alambre, escapando siempre de las apretadas trenzas con que la peinaba Prissy, por mucho que los humedeciese con agua. El cuerpo de Ella era también como de alambre, flaco y anguloso. Contaba casi siete años y por tanto era mayor que Susie, que sólo tenía seis; pero Susie le pasaba ya media cabeza, y era tan robusta que podía intimidar a Ella con toda impunidad.

«No es extraño que Ella quiera que venga Rhett —pensó Scarlett—. Él se preocupa realmente de ella, y yo no. La niña me ataca los nervios, lo mismo que hacía Frank, y por mucho que me esfuerce no puedo quererla.»

—¿Cuándo vendrá tío Rhett, madre? —preguntó de nuevo Ella.

Scarlett apartó la silla de la mesa y se levantó.

—Son cosas de mayores —dijo—. Voy a ver a Mamita.

Ahora no podía soportar pensar en Rhett; pensaría más tarde en todo esto, cuando no estuviese tan inquieta. Era más importante, mucho más importante, conseguir que Mamita se tomase el caldo.

—Sólo una cucharadita más, querida Mamita, y estaré contenta.

La anciana volvió la cabeza.

—Cansada —suspiró.

—Lo sé —dijo Scarlett—, lo sé. Entonces, duerme y no te fastidiaré más.

Miró el tazón casi lleno. Mamita comía menos cada día.

—Señora Ellen... —llamó débilmente Mamita.

—Estoy aquí —respondió Scarlett.

Le dolía cuando Mamita no la conocía, cuando creía que las manos que la cuidaban con tanto amor eran las de la madre de Scarlett. «No debería disgustarme por esto —se decía cada vez—. Siempre era mi madre, no yo, quien cuidaba a los enfermos. Mi madre era buena con todos, era un ángel, era una dama perfecta. Debería considerar un honor que me confunda con ella. Supongo que iré al infierno por tener celos de mamá cuando veo que Mamita la quería más..., aunque ya no creo mucho en el infierno... y tampoco en el cielo.»

—Señora Ellen...

—Estoy aquí, Mamita.

La vieja entreabrió los ojos.

—Usted no es la señora Ellen.

—Soy Scarlett, Mamita; tu Scarlett.

—Señorita Scarlett... Quiero que venga el señor Rhett. Tengo que decirle algo...

Scarlett se mordió el labio. «También yo quiero que venga —gimió en silencio—. Pero se ha ido, Mamita. No puedo darte lo que quieres.»

Vio que Mamita estaba de nuevo casi en coma, y se alegró de ello. Al menos no sufría. En cambio, su propio corazón le dolía como si tuviese muchos cuchillos clavados en él. ¡Cuánto necesitaba a Rhett, especialmente ahora, con Mamita deslizándose cada vez más de prisa por la pendiente de la muerte! «Si pudiese estar aquí conmigo, compartiendo mi dolor...» Pues Rhett quería también a Mamita, y Mamita le quería a él. Rhett decía que él nunca se había esforzado tanto en ganarse a alguien, y nunca le había importado la opinión de alguien tanto como la de Mamita. Se le partiría el corazón cuando supiese que había fallecido. ¡Cuánto lamentaría no haber podido despedirse de ella...!

Scarlett levantó la cabeza y abrió mucho los ojos. ¡Claro! ¡Qué tonta era! Miró a la arrugada anciana, tan pequeña e ingrávida debajo de las colchas.

—¡Oh, Mamita, gracias! —murmuró—. Vine en busca de tu ayuda, para que lo arreglases todo una vez más, y lo harás, como siempre lo hiciste.

Encontró a Will en el establo, almohazando al caballo.

—¡Oh, cuánto me alegro de encontrarte, Will! —dijo Scarlett. Le brillaban los ojos y tenía arreboladas las mejillas, pero no gracias al colorete que solía ponerse—. ¿Puedo usar el caballo y la calesa? Tengo que ir a Jonesboro. A menos que... Tú pensabas ir a Jonesboro para algo, ¿no?

Contuvo el aliento mientras esperaba su respuesta.

Will la miró tranquilamente. Comprendía a Scarlett más de lo que ella se imaginaba.

—¿Puedo hacer algo por ti? Es decir, en el caso de que pensara ir a Jonesboro...

—Oh, eres un encanto, Will. No quisiera separarme de Mamita, pero tengo que informar a Rhett de su estado. Ella pregunta por él, y él la ha querido siempre tanto que no se perdonaría fallarle en estos momentos. —Jugueteó con la crin del caballo—. Está en Charleston por un asunto de familia; su madre es incapaz de dar un paso sin pedirle consejo.

Scarlett miró hacia arriba, vio la cara inexpresiva de Will y desvió la mirada. Empezó a trenzar mechones de la crin, contemplando su trabajo como si fuese de vital importancia.

—Si quieres enviarle un telegrama, te daré la dirección. Y será mejor que lo firmes con tu nombre, Will. Rhett sabe cuánto quiero a Mamita. Podría pensar que exagero en lo de su enfermedad. —Levantó la cabeza y sonrió—. Él cree que tengo tanto sentido común como un escarabajo.

Will sabía que esto era mentira.

—Creo que tienes razón —dijo pausadamente—. Rhett debería venir lo antes posible. Saldré ahora mismo e iré a caballo. Será más rápido que el coche.

Scarlett descansó las manos.

—Gracias —dijo—. Tengo la dirección en el bolsillo.

—Estaré de vuelta antes de la cena —dijo Will.

Bajó la silla de la percha. Scarlett le ayudó a sujetarla. Se sentía llena de energía. Estaba segura de que Rhett vendría. Podría estar en Tara dentro de dos días si salía de Charleston en cuanto recibiese el telegrama.

Pero Rhett no apareció en dos días. Ni en tres, ni en cuatro, ni en cinco. Scarlett dejó de escuchar por si oía ruido de ruedas o de cascos de caballo en el paseo de entrada. Se había destrozado los nervios aguzando el oído. Y ahora había otro ruido que atraía toda su atención: el horrible estertor de Mamita al esforzarse en respirar. Parecía imposible que aquel cuerpo frágil y agotado pudiese tener la fuerza necesaria para introducir aire en sus pulmones y exhalarlo. Pero lo hacía, una y otra vez, tensos y temblorosos los tendones de su arrugado cuello.

Suellen compartía ahora las velas de Scarlett.

—Ella también es mi Mamita, Scarlett.

Los celos y las querellas de toda la vida fueron olvidados en su común afán de ayudar a la vieja negra. Bajaron todas las almohadas de la casa para reclinarla en ellas, y mantenían la olla despidiendo vapor constantemente. Le untaban con mantequilla los labios agrietados y vertían cucharadas de agua entre ellos.

Pero nada aliviaba la lucha de Mamita. Las miraba lastimosamente.

—No se cansen —jadeaba—. Nada pueden hacer.

Scarlett ponía los dedos en los labios de Mamita.

—Silencio —le suplicaba—. No te esfuerces en hablar. Ahorra las fuerzas.

«¿Por qué, oh, por qué —le decía en silencio a Dios— no pudiste dejar que muriese tranquilamente cuando imaginaba estar en el pasado? ¿Por qué tuviste que despertarla y dejar que sufra de este modo? Mamita ha sido buena durante toda su vida, siempre pensando en los demás y nunca en ella misma. Se merece algo mejor; no volveré a inclinar la cabeza delante de Ti mientras viva.»

Pero leía a Mamita pasajes de la gastada Biblia que estaba en la mesita de noche. Leía los salmos, y su voz no delataba el dolor y la cólera impía que agitaban su corazón. Cuando se hizo de noche, Suellen encendió la lámpara y sustituyó a Scarlett, leyendo, volviendo las finas páginas, leyendo. Después la reemplazó Scarlett. Y después nuevamente Suellen, hasta que Will la envió a descansar un poco.

—Tú también, Scarlett —dijo—. Yo velaré a Mamita. No soy un buen lector, pero me sé muchos pasajes de la Biblia de memoria.

—Entonces, recítalos. Pero yo no abandonaré a Mamita. No puedo hacerlo.

Y sentándose en el suelo apoyó la cansada espalda en la pared, escuchando los sonidos terribles de la muerte.

Cuando brilló la primera débil luz del día en las ventanas, aquellos sonidos cambiaron de pronto; la respiración se hizo más ruidosa y los silencios se espaciaron. Scarlett se puso en pie. Will se levantó de la silla.

—Iré a buscar a Suellen —dijo.

Scarlett ocupó su sitio al lado de la cama.

—¿Quieres que te sostenga la mano, Mamita? Deja que te sostenga la mano.

La frente de Mamita se arrugó con el esfuerzo.

—Estoy tan... cansada.

—Lo sé, lo sé; no te canses más hablando.

—Quería... esperar... al señor Rhett.

Scarlett tragó saliva. Ahora no podía llorar.

—No pienses más en esto, Mamita. Descansa. Él no ha podido venir. —Oyó pasos apresurados en la cocina—. Ahora viene Suellen. Y el señor Will. Todos estaremos aquí contigo, Mamita. Todos te queremos.

Una sombra se proyectó sobre la cama, y Mamita sonrió.

—Ella quiere verme a mí —dijo Rhett, y Scarlett le miró con incredulidad—. Apártate un poco —dijo amablemente él—. Deja que me acerque a Mamita.

Scarlett se puso en pie, sintiendo su proximidad, la grandeza y la fuerza del varón, y le flaquearon las piernas. Rhett pasó junto a ella y se arrodilló al lado de Mamita.

Había venido. Ahora todo iría bien. Scarlett se arrodilló a su lado, rozándole el brazo con el hombro, y se sintió feliz en medio de su aflicción por Mamita. Él había venido, Rhett estaba aquí. ¡Qué tonta había sido al renunciar a toda esperanza!

—Quiero que haga algo por mí —estaba diciendo Mamita.

Su voz sonaba más firme, como si hubiese ahorrado fuerzas para este momento. Su respiración era superficial y rápida, casi jadeante.

—Lo que tú digas, Mamita —le dijo Rhett—. Haré todo lo que tú quieras.

—Haga que me entierren con aquellas bonitas enaguas rojas que usted me regaló. Hágalo. Sé que Lutie les tiene puesta la vista encima.

Rhett se echó a reír. Scarlett se escandalizó. ¡Reír junto a un lecho de muerte! Entonces se dio cuenta de que Mamita reía también, aunque en silencio.

Rhett se llevó una mano al corazón.

—Te juro que Lutie no las verá siquiera, Mamita. Me aseguraré de que vayan contigo al Cielo.

Mamita alargó una mano y le hizo ademán de que acercase el oído a sus labios.

—Cuide de la señorita Scarlett —dijo—. Necesita cuidados, y yo no puedo ya dárselos.

Scarlett contuvo el aliento.

—Lo haré, Mamita —dijo Rhett.

—Júrelo.

Una orden pronunciada con voz débil, pero severa.

—Lo juro —dijo Rhett, y Mamita suspiró suavemente.

Scarlett soltó el aliento, con un sollozo.

—¡Oh, Mamita querida, gracias! —gritó—. Mamita...

—No puede oírte, Scarlett. Ha muerto. —La manaza de Rhett rozó delicadamente la cara de Mamita y le cerró los ojos—. Es todo un mundo el que se va; ha terminado una era —dijo a media voz—. Descanse en paz.

—Amén —dijo Will, desde la puerta.

Rhett se levantó y se volvió.

—Hola, Will, Suellen.

—Su último pensamiento fue para ti, Scarlett —gimió Suellen—. Siempre fuiste su preferida.

Empezó a llorar ruidosamente. Will la tomó en brazos y le dio palmadas en la espalda, dejándola gemir sobre su pecho.

Scarlett corrió hacia Rhett y abrió los brazos para abrazarle.

—¡Te he echado tanto en falta! —dijo.

Rhett le asió las muñecas y le hizo bajar los brazos junto a los costados.

—No, Scarlett —dijo—. Nada ha cambiado.

Su voz era tranquila. Scarlett fue incapaz de contenerse.

—¿Qué quieres decir? —gritó.

Rhett hizo una mueca.

—No me obligues a decirlo de nuevo, Scarlett. Sabes muy bien lo que quiero decir.

—No lo sé. No te creo. No puedes dejarme, no cuando te amo y te necesito desesperadamente. Oh, Rhett, no me mires de esa manera. ¿Por qué no me abrazas y me consuelas? Lo has prometido a Mamita.

Rhett sacudió la cabeza con una débil sonrisa entre los labios.

—Eres una chiquilla, Scarlett. Hace años que me conoces y, sin embargo, puedes, cuando quieres, olvidar todo lo que has aprendido. He mentido. He mentido para hacer feliz a una querida anciana en sus últimos momentos. Recuerda, querida, que soy un bribón, no un caballero.

Se dirigió a la puerta.

—No te vayas, Rhett, por favor —sollozó ella.

Después se llevó ambas manos a la boca para imponerse silencio. Se despreciaría si le suplicaba de nuevo. Volvió vivamente la cabeza, incapaz de verle marchar. Leyó una satisfacción triunfal en los ojos de Suellen y compasión en los de Will.

—Volverá —dijo, manteniendo alta la cabeza—. Siempre vuelve.

«Si lo digo bastante a menudo —pensó—, tal vez lo creeré. Tal vez será verdad.»

—Siempre —dijo. Respiró hondo—. ¿Dónde están las enaguas de Mamita, Suellen? Yo cuidaré de que la entierren con ellas.

Scarlett pudo conservar su aplomo hasta que hubo terminado el triste trabajo de lavar y vestir el cadáver de Mamita. Pero, cuando Will trajo el ataúd, empezó a temblar. Huyó sin decir palabra.

Llenó medio vaso de whisky en el comedor y lo bebió de tres tragos que le quemaron la garganta. El calor de licor se extendió por su agotado cuerpo, que dejó de estremecerse.

«Necesito aire —pensó—; necesito salir de esta casa, alejarme de todos ellos.» Podía oír las voces asustadas de los niños en la cocina. Tenía los nervios a flor de piel. Se arremangó las faldas y corrió.

Fuera, el aire de la mañana era puro y fresco. Scarlett respiró hondo, gozando con aquella frescura. Una ligera brisa le levantó los cabellos pegados al cuello sudoroso. ¿Cuándo se los había cepillado por última vez? No podía recordarlo. Mamita se pondría furiosa... Oh... Se llevó los nudillos de la mano derecha a la boca para sofocar su dolor, y caminó tambaleándose entre las altas hierbas del pastizal, cuesta abajo, en dirección a los altos árboles que bordeaban el río. Los copudos pinos exhalaban un olor fuerte y dulzón; daban sombra a una gruesa alfombra de agujas, caídas allí durante siglos. Al abrigo de aquellos árboles, Scarlett estaba sola, invisible desde la casa. Se dejó caer cansadamente sobre el blando suelo, y quedó sentada, reclinando la espalda en el tronco de un pino. Tenía que pensar; debía haber alguna manera de rescatar su vida de las ruinas; se negaba a creer que no la hubiese.

Pero no podía impedir que su mente divagase. ¡Estaba tan confusa, tan cansada!

Otras veces había estado cansada. Más que ahora. Cuando tuvo que ir a Tara desde Atlanta, con el ejército yanqui en todas partes, no había dejado que la detuviese el cansancio. Cuando tuvo que recorrer el campo en busca de comida, no había abandonado, aunque los brazos y las piernas le pesaban como si fuesen de plomo. Cuando recolectaba algodón hasta despellejarse las manos, cuando tiraba del arado como si fuese una mula, cuando tenía que encontrar fuerzas para seguir adelante a pesar de todo, no había renunciado porque estuviese cansada. No iba a darse por vencida ahora. Sería impropio de ella.

Miró hacia delante, enfrentándose a todos sus demonios. La muerte de Melanie... La muerte de Mamita... Rhett abandonándola, diciéndole que su matrimonio estaba muerto.

Esto era lo peor, que Rhett se hubiese marchado. Tenía que hacer frente a esto. Oía su voz. «Nada ha cambiado.»

¡No podía ser verdad...! Pero lo era.

Tenía que encontrar la manera de hacerle volver. Siempre había sido capaz de conquistar al hombre que había querido, y Rhett era un hombre como los demás, ¿no?

No; no era como los demás, y precisamente por eso le quería. Pero ¿y si esta vez no ganaba? Siempre había ganado, de un modo u otro. Siempre había conseguido lo que quería, de alguna manera. Hasta ahora.

Un arrendajo silbó roncamente sobre su cabeza. Scarlett miró hacia arriba; oyó un segundo gorjeo burlón.

—¡Déjame en paz! —gritó.

El pájaro se alejó volando; un aleteo de brillante azul.

Tenía que pensar, recordar lo que Rhett había dicho. No esta mañana o la noche pasada o cuando fuese que había muerto Mamita, ¿qué había dicho él en nuestra casa, la noche en que se fue de Atlanta? Había hablado y hablado, explicando cosas. Estaba demasiado tranquilo, terriblemente paciente, como sólo se puede estar con una persona a quien no se aprecia lo bastante para enfadarse con ella.

Entonces recordó una frase casi olvidada, y olvidó su agotamiento. Había encontrado lo que necesitaba. Sí, sí, lo recordaba claramente. Rhett le había ofrecido el divorcio. Y entonces, al rechazar furiosamente ella la proposición, había dicho aquello. Scarlett cerró los ojos y volvió a oír su voz: «Volveré lo bastante a menudo para acallar los rumores.» Sonrió. Todavía no había ganado, pero existía una posibilidad. Y una posibilidad era suficiente para seguir adelante. Se levantó y se sacudió las agujas de pino del vestido y de los cabellos. Debía de estar hecha un asco.

El fangoso y amarillo río Flint discurría, lento y profundo, al pie de la margen donde crecían los pinares. Scarlett miró hacia abajo y arrojó un puñado de agujas de pino. Éstas se alejaron girando en la corriente.

—Adelante —murmuró—. Haced como yo. No hay que mirar atrás; a lo hecho, pecho. Adelante.

Entrecerró los ojos y miró el brillante cielo. Lo cruzaba una franja de resplandecientes nubes blancas. Parecían hinchadas por el viento. «Va a hacer más frío —pensó automáticamente—. Será mejor que busque algo de más abrigo para llevar esta tarde en el entierro.» Se volvió hacia la casa. El pastizal resultaba, cuesta arriba, más empinado de lo que recordaba. Daba lo mismo. Tenía que volver a la casa y arreglarse un poco. Se lo debía a Mamita. Mamita siempre la reprendía cuando parecía desaliñada.

3

Scarlett se tambaleaba. Sin duda había estado alguna vez en su vida tan cansada como ahora; pero no podía recordarlo. Estaba demasiado cansada para recordar.

«Estoy cansada de entierros; estoy cansada de la muerte; estoy cansada de que mi vida se vaya deshaciendo en pedazos y me deje sola.»

El cementerio de Tara no era muy grande. La tumba de Mamita sí que lo era, mucho más grande que la de Melly, pensó tontamente Scarlett; pero Mamita se había encogido tanto que, probablemente, no era mayor que Melanie. No necesitaba una tumba tan grande.

El viento era cortante, a pesar de que el cielo estaba muy azul y de que brillaba mucho el sol. Hojas amarillas revoloteaban sobre el camposanto, arrastradas por el viento. «El otoño se acerca, si no ha llegado ya —pensó Scarlett—. A mí me gustaba el otoño en el campo. Cuando cabalgaba por el bosque parecía haber oro en el suelo y el aire tenía un sabor a sidra. Pero esto era mucho tiempo atrás. No ha habido en Tara un buen caballo para montar desde que murió papá.»

Miró las lápidas de las tumbas. Gerald O'Hara, nacido en County Meath, Irlanda. Ellen Robillard O'Hara, nacida en Savannah, Georgia. Gerald O'Hara, Jr.: tres pequeñas piedras, todas parecidas. Los hermanos a quienes nunca había conocido. Al menos enterraban a Mamita aquí, junto a la «señora Ellen», su primer amor, y no en el sector de los esclavos. «Suellen protestó enérgicamente, pero yo gané esta batalla en cuanto Will se puso de mi parte. Cuando Will se mantiene firme, es inconmovible. Lástima que sea tan testarudo al no querer aceptar dinero mío. La casa tiene un aspecto horrible.

»Y también el cementerio, dicho sea de pasada. Hay hierbajos en todas partes; es realmente lastimoso. Todo este entierro es lastimoso; Mamita lo habría aborrecido. El pastor negro habla y habla, y apuesto a que ni siquiera la conocía. A Mamita le importaban un comino los de su clase; ella era católica romana, como todos los de la casa Robillard, salvo el abuelo, y éste era poco tenido en cuenta, según decía Mamita. Hubiésemos debido llamar a un cura, pero el más próximo está en Atlanta; habría tardado días. ¡Pobre Mamita! ¡Y también pobre madre! Murió y fue enterrada sin que viniese un cura. Papá también, pero creo que a él le importaba poco. Solía dormitar durante las devociones que dirigía mi madre cada noche.»

Scarlett observó el descuidado cementerio y después la decrépita fachada de la casa. «Me alegro de que mi madre no esté aquí para ver esto —pensó con súbito dolor e irritación—. Le habría partido el corazón.» A Scarlett se le apareció durante un momento la alta y graciosa figura de su madre, tan claramente como si Ellen O'Hara estuviese entre los asistentes al entierro. Siempre impecablemente acicalada, con las blancas manos atareadas en alguna labor de aguja o enguantadas para ir a realizar alguna obra de caridad, siempre apacible, siempre ocupada en el continuo trabajo requerido para conseguir la ordenada perfección que era la vida en Tara bajo su dirección. «¿Cómo podía hacerlo? —Scarlett gimió en silencio—. ¿Cómo pudo hacer que fuese el mundo tan maravilloso mientras estuvo ella aquí? ¡Qué felices éramos entonces todos! Pasara lo que pasara, mamá podía arreglarlo. ¡Lástima que ya no esté! Me estrecharía sobre su pecho y desaparecerían todas mis preocupaciones.

»No, no; prefiero que no esté aquí. Se pondría muy triste al ver lo que ha sido de Tara, lo que ha sido de mí. Yo la decepcionaría, y no podría soportarlo. Cualquier cosa antes que esto. No quiero, no debo pensar en ello. Pensaré en otra cosa. Me pregunto si Delilah habrá tenido el buen criterio de preparar algo de comer para los asistentes al entierro. Suellen no habrá pensado en ello y, de todos modos, es demasiado tacaña para gastar dinero en una colación.

»Aunque no se habría arruinado con ello: apenas si ha venido nadie. Claro que el pastor negro parece capaz de comer por veinte. Si no para de hablar sobre descansar en el seno de Abraham y cruzar el río Jordán, creo que empezaré a gritar. Esas tres mujeres flacas que, según él, forman el coro, son las únicas que no parecen estar nerviosas y azoradas. ¡Menudo coro! ¡Panderetas y espirituales! Mamita se merecía algo solemne en latín, no *Subiendo la escalera de Jacob*. ¡Oh, qué vulgar es todo! Es mejor que no haya casi nadie aquí; sólo Suellen y Will y yo y los niños y la servidumbre. Al menos, todos queríamos de veras a Mamita y lamentamos que se haya ido. Big Sam tiene los ojos enrojecidos de tanto llorar. Y mirad al pobre y viejo Pork, llorando también como una Magdalena. Oh, tiene casi enteramente blancos los cabellos; yo nunca me lo había imaginado viejo. Y Dilcey no parece tener la edad que tiene, sea ésta la que fuere; ella no ha cambiado en absoluto desde que vino a Tara...»

La mente agotada y confusa de Scarlett se aclaró de repente. «¿Qué están haciendo Pork y Dilcey aquí? No han trabajado en Tara desde hace años. Desde que Pork se convirtió en el criado de Rhett, y Dilcey, la esposa de Pork, fue a casa de Melanie, como niñera de Beau. ¿Cómo están aquí, en Tara? No se han podido enterar de la muerte de Mamita. A menos que Rhett se lo haya dicho.»

Scarlett miró por encima del hombro. ¿Había vuelto Rhett? No había señales de él. En cuanto terminó la ceremonia, se acercó a Pork, dejando que Will y Suellen se entendiesen con el locuaz pastor.

—Es un día muy triste, señora Scarlett —dijo Pork, con los ojos todavía llenos de lágrimas.

—Sí, Pork —dijo ella.

Sabía que no debía apremiarle, o nunca descubriría lo que quería saber.

Caminó al lado del viejo criado negro, escuchando sus recuerdos del señor Gerald y de Mamita y de los viejos tiempos en Tara. Scarlett había olvidado que Pork estuvo siempre con su padre. Había venido a Tara con Gerald, cuando no había nada aquí salvo un viejo edificio incendiado y unos campos de cultivo convertidos en herbazales. Bueno, Pork debía de tener setenta años o más.

Poco a poco, le fue sacando la información que quería. Rhett había vuelto a Charleston para quedarse allí. Pork empaquetó toda la ropa de Rhett y la envió a la estación para ser facturada. Había sido su último servicio como criado de Rhett; ahora estaba retirado, con una gratificación suficiente para que tuviese casa propia donde quisiera.

—Y puedo mantener también a mi familia —dijo con orgullo.

Dilcey no tendría que volver a trabajar, y Prissy tendría algo que ofrecer al hombre que quisiera casarse con ella.

—Prissy no es ninguna belleza, señora Scarlett, y pronto cumplirá veinticinco años; pero, si cuenta con una herencia, puede pescar marido con la misma facilidad que una joven bonita que no tenga dinero.

Scarlett sonrió una y otra vez y estuvo de acuerdo con Pork en que el señor Rhett era todo un caballero. Pero, por dentro, estaba rabiando. La generosidad de aquel «caballero» le complicaba mucho las cosas. ¿Quién iba a cuidar de Wade y Ella si se marchaba Prissy? ¿Y cómo diablos iba a encontrar una buena niñera para Beau? Éste acababa de perder a su madre y su padre estaba medio loco de dolor, y ahora la única persona de la casa con un poco de sentido común se marchaba también. Lamentó no poder largarse igualmente, dejarlo todo y a todos detrás. «¡Virgen santa! Vine a Tara para descansar un poco, para arreglar mi vida, y lo único que encuentro son más problemas que resolver. ¿Podré estar tranquila alguna vez?»

Will, discretamente y con firmeza, le dio aquel respiro. La envió a la cama y ordenó que no la molestasen. Y ella durmió casi dieciséis horas y se despertó con una idea más clara de cómo tenía que empezar.

—Espero que hayas dormido bien —dijo Suellen cuando bajó Scarlett a desayunar. Su voz era desagradablemente meliflua—. Debías estar terriblemente cansada, después de todo lo que has pasado.

Ahora que Mamita había muerto, la tregua se había terminado.

Los ojos de Scarlett centellearon peligrosamente. Sabía que Suellen estaba pensando en la vergonzosa escena que había representado al suplicar a Rhett que no la dejase. Pero cuando respondió, sus palabras fueron igualmente dulces.

—Apenas poner la cabeza en la almohada me quedé dormida. ¡El aire del campo es tan apaciguador y refrescante!

«Antipática», añadió mentalmente. El dormitorio que todavía consideraba suyo pertenecía ahora a Susie, la hija mayor de Suellen, y Scarlett se había sentido como una extraña. Estaba segura de que Suellen lo sabía también. Pero no importaba. Necesitaba estar en buena relación con Suellen, si quería llevar adelante su plan. Sonrió a su hermana.

—¿Qué encuentras tan divertido, Scarlett? ¿Tengo una mancha en la nariz o algo parecido?

La voz de Suellen dio dentera a Scarlett, pero conservó su sonrisa.

—Discúlpame, Suellen. Sólo estaba recordando un sueño tonto que tuve la noche pasada. Soñé que volvíamos a ser pequeñas y que mamá me azotaba las piernas con una varilla tomada del melocotonero. ¿Recuerdas cómo escocían aquellas varillas?

Suellen se rió.

—Claro que me acuerdo. Lutie las emplea con las niñas. Casi puedo sentir el escozor en mis piernas cuando lo hace.

Scarlett observó la cara de su hermana.

—Me sorprende no tener un millón de cicatrices —dijo—. Era una niña horrible. No sé cómo Carreen y tú podíais aguantarme.

Untó un bizcocho con mantequilla como si fuese ésta su única preocupación.

Suellen parecía recelosa.

—Nos atormentabas, Scarlett. Y de alguna manera conseguías que pareciese que las peleas eran por nuestra culpa.

—Lo sé. Yo era terrible. Incluso cuando fuimos mayores. Os hice trabajar a Carreen y a ti como mulas cuando tuvimos que ir a recoger el algodón, después de que los yanquis lo robaran todo.

—Casi nos mataste. Estábamos medio muertas de resultas del tifus, y nos sacabas de la cama bajo un sol abrasador...

Suellen se animaba y se hacía más vehemente a medida que repetía unos agravios que había estado albergando en su interior durante años.

Scarlett asintió con la cabeza, mostrándose contrita. «¡Cuánto le gusta a Suellen lamentarse! —pensó—. Es algo esencial para ella.» Esperó a que empezase a calmarse antes de proseguir:

—Ahora me avergüenzo, pero nada puedo hacer para reparar los malos ratos que os hice pasar. Creo que Will hace mal en no permitir que os dé algún dinero. A fin de cuentas, es para Tara y Tara es también mi casa, en cierto modo.

—Yo se lo he dicho cien veces —dijo Suellen.

«Apuesto a que sí», pensó Scarlett.

—Los hombres son muy obstinados —declaró. Y después añadió—: Oh, Suellen, se me ha ocurrido algo. Di que sí y me harás feliz. Y Will no podrá oponerse. ¿Qué te parecería si dejase a Ella y a Wade aquí y os enviase dinero para su manutención? Están muy pálidos por vivir siempre en la ciudad, y el aire del campo les sentaría muy bien.

—No lo sé, Scarlett. No nos sobrará sitio cuando nazca el pequeño.

La expresión de Suellen era codiciosa, pero todavía cauta.

—Lo sé —la compadeció Scarlett—. Y Wade Hampton come como un caballo. Pero sería muy bueno para ellos, pobres criaturitas de la ciudad. Creo que podría enviar unos cien dólares al mes para que les dieses de comer y les comprases zapatos.

Dudaba de que Will ganase cien dólares al año en dinero efectivo, a pesar del duro trabajo que realizaba en Tara. Observó con satisfacción que Suellen se había quedado pasmada. Estaba segura de que recobraría pronto la voz para aceptar. «Le extenderé un bonito cheque después del desayuno», pensó.

—Son los mejores bizcochos que jamás he comido —dijo—. ¿Puedo tomar otro?

Empezaba a sentirse mucho mejor después de un buen sueño y un buen desayuno, y gracias a la certeza de que alguien cuidaría de los niños. Sabía que tenía que volver a Atlanta; tenía que hacer algo por Beau y también por Ashley: se lo había prometido a Melanie. Pero más tarde pensaría en esto. Había venido a Tara para gozar de la paz y la tranquilidad del campo, y estaba resuelta a disfrutar un poco de todo ello antes de marcharse.

Después del desayuno, Suellen se fue a la cocina. Probablemente para quejarse de algo, pensó sarcásticamente Scarlett. Pero no importaba. Eso le daba una oportunidad de quedarse a solas y tranquila...

«¡Qué silenciosa está la casa! Los niños deben de estar desayunando en la cocina y, desde luego, hará tiempo que Will ha salido al campo, con Wade pisándole los talones tal como solía hacer cuando vino Will por primera vez a Tara. Wade será mucho más feliz aquí que en Atlanta, sobre todo después de marcharse Rhett... No, no quiero pensar ahora en esto. Me volvería loca. Sólo quiero tener paz y tranquilidad; por eso vine.»

Se sirvió otra taza de café, sin importarle que sólo estuviese templado. La luz del sol que entraba por la ventana a sus espaldas iluminaba el cuadro colgado en la pared opuesta sobre el maltrecho aparador. Will había hecho un buen trabajo reparando el mobiliario roto por los soldados yanquis, pero no había podido eliminar las profundas cuchilladas causadas por sus espadas, ni el tajo de bayoneta que atravesaba el retrato de la abuela Robillard.

El soldado que había cometido ese atentado tenía que estar borracho, pensó Scarlett, porque no había dado en la cara arrogante, casi burlona y de fina nariz de la abuela ni en los pechos que sobresalían de su escotado traje. Lo único que había hecho era estropear el pendiente izquierdo, y ahora la abuela parecía incluso más interesante llevando solamente uno.

La madre de su madre era el único antepasado que interesaba realmente a Scarlett, y le contrariaba que nadie le hablara lo bastante de su abuela. Su madre le había dicho que se había casado tres veces pero no le había dado detalles. Y Mamita siempre interrumpía los relatos sobre la vida en Savannah cuando empezaban a ponerse interesantes. Hombres se habían batido en duelo por causa de la abuela, y la moda de su tiempo había sido escandalosa, pues las damas solían humedecer deliberadamente sus finos vestidos de muselina para que se pegasen a sus piernas. Y al resto de su cuerpo, a juzgar por el retrato...

«Debería ruborizarme por pensar en las cosas en que estoy pensando —se dijo Scarlett. Pero volvió la cabeza para mirar el retrato por encima del hombro al salir del comedor—. Me pregunto cómo sería ella en realidad.»

El cuarto de estar mostraba las huellas de la pobreza y del uso constante que de él hacía una joven familia. Scarlett pudo apenas reconocer el sofá tapizado de terciopelo donde solía sentarse remilgadamente cuando se le declaraban sus pretendientes. Y todo había sido dispuesto de otra manera. Tenía que admitir que Suellen podía arreglar la casa como mejor le pareciese, pero le dolía a pesar de todo. Esto, en realidad, ya no era Tara.

Su desánimo fue en aumento al pasar de una habitación a otra.

Nada era como había sido. Cada vez que iba a su casa, encontraba más cambios y más desaliño. Oh, ¿por qué era tan terco Will? Todos los muebles tenían que ser tapizados de nuevo; las cortinas estaban prácticamente hechas jirones, y se podía ver el suelo a través de las alfombras. Ella traería cosas nuevas a Tara, si Will se lo permitía. Entonces no tendría el pesar de ver tan deteriorado todo aquello que recordaba.

«¡Esto debería ser mío! Lo cuidaría mejor. Papá siempre decía que me dejaría Tara. Pero no hizo testamento. Algo muy propio de papá, que nunca pensaba en el día de mañana.» Scarlett frunció el ceño, pero no podía guardarle rencor a su padre. Nadie le había guardado nunca rencor a Gerald O'Hara; era como un adorable niño travieso incluso cuando tenía más de sesenta años.

«Con quien todavía estoy furiosa es con Carreen. Aunque sea la hermana pequeña, no debió hacer lo que hizo, y nunca se lo perdonaré. Nunca. Se mostró terca como una mula cuando decidió ingresar en el convento, y yo lo acepté al fin. Pero nunca me dijo que iba a aportar su tercera parte de Tara como dote.

»¡Hubiese debido decírmelo! Yo habría encontrado de algún modo el dinero. Y entonces habría sido dueña de dos tercios. No de toda la propiedad, como debería ser, pero al menos habría tenido un control indiscutible. Habría tenido voz y voto. En cambio, ahora he de morderme la lengua, he de observar cómo rueda todo cuesta abajo y dejar que Suellen me imponga su voluntad. No es justo. Yo soy quien salvó a Tara de los yanquis y de los politicastros del Norte que querían mandar en el Sur. La finca es mía, diga lo que diga la ley, y algún día será de Wade; cueste lo que cueste, haré que sea así.»

Scarlett apoyó la cabeza en el rajado forro de cuero del viejo sofá de la salita desde la que Ellen O'Hara había gobernado tranquilamente la plantación. Después de tantos años, todavía parecía flotar en el aire el olor a agua de verbena de su madre. Ésta era la paz que había venido a buscar. No importaban los cambios, el desaliño. Tara seguía siendo Tara, seguía siendo el hogar. Y su centro estaba aquí, en la habitación de Ellen.

Una puerta cerrándose de golpe rompió el silencio.

Scarlett oyó que Ella y Susie llegaban por el pasillo, disputando acerca de algo. Tenía que irse de allí; no podía soportar el ruido y las riñas. Salió apresuradamente. En todo caso, quería ver los campos. Habían sido cuidados con tanta solicitud que volvían a ser fértiles y rojos como siempre.

Cruzó rápidamente el jardín cubierto de maleza y pasó por delante del establo. Nunca podría dominar su aversión a las vacas, aunque viviese cien años. Unos animales repulsivos y de cuernos afilados. En el borde del primer campo se apoyó en la valla y aspiró el rico olor a amoníaco de la tierra y el estiércol recién revueltos. Era curioso que el estiércol oliese tan mal en la ciudad y fuese como un perfume en el campo.

«Will es desde luego un buen agricultor. Es lo mejor que podía ocurrirle a Tara. Por mucho que yo me hubiese esforzado, nunca habríamos podido salir adelante si él no se hubiese detenido en su camino hacia Florida y decidido quedarse. Se enamoró de esta tierra como se enamoran otros hombres de una mujer. ¡Y ni siquiera es irlandés! Hasta que llegó Will yo había pensado siempre que sólo un irlandés como papá podía entusiasmarse tanto con la tierra.»

Scarlett vio cómo, en el otro lado del campo, Wade ayudaba a Will y a Big Sam a reparar un trozo de valla que se había caído. «Está bien que aprenda —pensó—. Ésta es su herencia.» Observó durante varios minutos cómo trabajaban juntos el chico y los hombres. «Será mejor que vuelva a la casa —se dijo—. Olvidé extender aquel cheque para Suellen.»

Su firma en el cheque era característica de Scarlett: clara y sencilla, sin borrones ni líneas temblorosas. Una firma práctica y franca. La miró durante un momento, la secó y volvió a contemplarla.

Scarlett O'Hara Butler.

Cuando escribía notas personales o invitaciones, seguía la moda de la época, añadiendo complicados rasgos a todas las mayúsculas y subrayando su nombre con una rúbrica hecha de remolinos. Ahora firmó de este modo en un trozo de papel castaño de envolver. Después miró de nuevo el cheque que acababa de extender. La fecha (tuvo que preguntar a Suellen el día que era y le sorprendió su respuesta) era 11 de octubre de 1873. Habían pasado más de tres semanas desde la muerte de Melly. Había estado veintidós días en Tara, cuidando a Mamita.

La fecha indicaba también otras cosas. Hacía más de seis meses que había muerto Bonnie. Ahora podía Scarlett quitarse el luto riguroso. Podía aceptar invitaciones sociales y tener visitas en su casa. Podía volver a entrar en el mundo.

«Quiero regresar a Atlanta —pensó—. Quiero alegrarme un poco. Ha habido demasiado dolor, demasiadas muertes. Necesito vida.»

Dobló el cheque para Suellen. «También echo en falta el almacén. Los libros de contabilidad deben de estar hechos un lío.

»Y Rhett vendrá a Atlanta "para acallar los rumores". Tengo que estar allí.»

El único sonido que oía era el lento tictac del reloj en el pasillo, al otro lado de la puerta cerrada. El silencio que había ansiado tanto de pronto la estaba volviendo loca. Se levantó bruscamente.

«Daré el cheque a Suellen después de comer, en cuanto vuelva Will a los campos. Entonces tomaré la calesa y haré una rápida visita a la gente de Fairhill y Mimosa. No me lo perdonarían si no fuese a visitarlos. Después, esta noche, haré mis bártulos y mañana tomaré el primer tren.

»Mi casa está en Atlanta. Tara ya no lo es, por mucho que la quiera. Es hora de que me vaya.»

La carretera de Fairhill estaba llena de baches y de maleza. Scarlett recordaba el tiempo en que era limpiada cada semana y regada para que no hubiese polvo. «Entonces —pensó tristemente—, podían visitarse al menos diez plantaciones y siempre había gente que iba y venía. Ahora sólo queda Tara, y los Tarleton y los Fontaine. Todo lo demás son chimeneas quemadas o paredes derrumbadas. Realmente, tengo que volver a la ciudad. Todo lo del campo me entristece.» El viejo y lento caballo y los muelles de la calesa eran casi tan malos como los caminos. Recordó su carruaje tapizado y el tronco de caballos, y a Elias, el cochero. Necesitaba volver a Atlanta.

La alegría ruidosa que reinaba en Fairhill la sacó de su malhumor. Como de costumbre, Beatrice Tarleton no paraba de hablar de sus caballos. No le interesaba nada más. Las caballerizas, observó Scarlett, tenían un tejado nuevo. El de la casa había sido reparado hacía poco. Jim Tarleton parecía viejo, tenía blancos los cabellos, pero había conseguido una buena cosecha de algodón con ayuda de su yerno manco, el marido de Betsy. Las otras tres hijas se estaban convirtiendo en solteronas.

—Desde luego, esto nos aflige día y noche —dijo Hetty, y todos rieron.

Scarlett no los comprendía en absoluto. Los Tarleton se reían de todo. Tal vez esto se debía, de algún modo, a que eran pelirrojos.

La punzada de envidia que sintió Scarlett no era nueva. Siempre había deseado formar parte de una familia tan afectuosa y bromista como los Tarleton, pero reprimió aquella envidia porque era una deslealtad para con su madre. Permaneció demasiado tiempo en casa de los Tarleton (¡era tan divertido estar con ellos!), de manera que habría de visitar a los Fontaine al día siguiente. Era casi de noche cuando volvió a Tara. Antes de abrir la puerta, pudo oír a la hija pequeña de Suellen lloriqueando por algo. Definitivamente, había llegado el momento de volver a Atlanta.

Pero había una noticia que hizo que cambiase inmediatamente de idea. Suellen tomó en brazos a su llorosa criatura para hacerla callar en el momento en que Scarlett cruzaba la puerta. A pesar de sus cabellos desgreñados y de su cuerpo deformado, Suellen parecía más bonita de lo que jamás había sido de muchacha.

—¡Oh, Scarlett! —exclamó—. Hay una gran noticia; nunca te imaginarías... Ahora cállate, encanto; te daré un buen pedazo de hueso con la cena, para que puedas morderlo y hacer que salte ese viejo diente y no te duela más.

«Si la caída de un diente es una gran noticia, no quiero imaginarme lo que vas a anunciar», tuvo Scarlett ganas de decir. Pero Suellen no le dio tiempo a hablar.

—¡Tony está en casa! —dijo—. Sally Fontaine ha venido a decírnoslo cuando tú acababas de salir. ¡Tony ha vuelto! Sano y salvo. Mañana por la noche, en cuanto acabe Will con las vacas, iremos a cenar a casa de los Fontaine. Oh, ¿no es maravilloso, Scarlett? —La sonrisa de Suellen era radiante—. El condado se está llenando de nuevo.

Scarlett tuvo ganas de abrazar a su hermana, un impulso que nunca había sentido hasta ahora. Suellen tenía razón. Era maravilloso que Tony hubiese vuelto. Ella había temido que nadie volviese a verle. Ahora podía borrar para siempre de su memoria el horrible recuerdo de la última vez que lo vio: Tony estaba rendido y preocupado, calado hasta los huesos y temblando. ¿Quién no habría tenido frío y miedo? Los yanquis le estaban pisando los talones y él huía para salvar su vida después de matar al negro que estaba manoseando a Sally y después al canalla que había incitado a aquel negro imbécil a ir detrás de una mujer blanca.

¡Tony, de nuevo en casa! Apenas podía esperar a la tarde de mañana. El condado estaba renaciendo.

4

La plantación de los Fontaine recibía el nombre de Mimosa a causa del bosquecillo que rodeaba la descolorida casa estucada de amarillo. Las flores de un rosa aterciopelado de aquellos árboles habían caído al final del verano, pero las hojas, parecidas a las de los helechos, eran todavía de un verde vívido en las ramas. Oscilaban como bailarinas bajo el viento ligero, proyectando cambiantes dibujos de sombra sobre las moteadas paredes de color de mantequilla de la casa. Ésta parecía cálida y acogedora a la luz baja y sesgada del sol.

«Oh, espero que Tony no haya cambiado demasiado —pensó nerviosamente Scarlett. Siete años son mucho tiempo. Cuando Will la hubo bajado en brazos de la calesa, Scarlett avanzó arrastrando los pies—. Supongamos que Tony parezca viejo y cansado y..., bueno, derrotado, como Ashley. No lo podría soportar.» Se rezagó detrás de Will y de Suellen, que se dirigían a la entrada de la casa.

Entonces la puerta se abrió de golpe y desaparecieron todas sus aprensiones.

—¿Quiénes son esos que caminan como si fuesen a la iglesia? ¿Es que no podéis correr para dar la bienvenida al héroe que vuelve a casa?

La voz de Tony era alegre, como había sido siempre; sus cabellos y sus ojos, tan negros como antaño, y su sonrisa, igualmente amplia y brillante y maliciosa.

—¡Tony! —exclamó Scarlett—. No has cambiado en absoluto.

—¿Eres tú, Scarlett? Ven y dame un beso. Y tú también, Suellen. En los viejos tiempos, no eras generosa como Scarlett con los besos, pero Will te habrá enseñado algunas cosas desde que os casasteis. Ahora que he vuelto, me propongo besar a todas las mujeres de más de seis años del Estado de Georgia.

Suellen rió nerviosamente y miró a Will. Éste le dio permiso con una ligera sonrisa de su cara plácida y delgada, pero Tony no se había tomado la molestia de esperar. La asió por la gruesa cintura y la besó ruidosamente en los labios. Cuando la soltó, Suellen estaba colorada de confusión y satisfacción. Los apuestos hermanos Fontaine habían prestado poca atención a Suellen en los años de galanes y beldades de antes de la guerra. Will puso un brazo cariñoso y tranquilizador encima de sus hombros.

—¡Scarlett, encanto! —gritó Tony, abriendo los brazos.

Scarlett los aceptó y le abrazó a su vez, rodeándole el cuello.

—Has crecido mucho en Tejas —exclamó.

Tony rió al besar los labios que ella le ofrecía. Después se levantó una pernera del pantalón, para que todos viesen las botas de tacón alto que llevaba. En Tejas crecía todo el mundo, dijo; no le sorprendería que estuviese ordenado por la ley.

Alex Fontaine sonrió asomando la cabeza por encima del hombro de Tony.

—Oiréis acerca de Tejas más de lo que cualquiera necesita saber —dijo, arrastrando las palabras—. Es decir, si Tony os deja entrar en la casa. Ha olvidado todas estas cosas. En Tejas, todo el mundo vive alrededor de fogatas de campamento, bajo las estrellas, en vez de tener paredes y un techo para cobijarse.

Alex estaba rebosante de satisfacción. «Parece como si también quisiera abrazar y besar a Tony —pensó Scarlett—. ¿Y por qué no?» Desde que eran pequeños estaban más unidos que dos dedos de una mano. Alex debió de echar terriblemente de menos a Tony. De pronto, Scarlett sintió un escozor de lágrimas en los ojos. El entusiasta regreso de Tony a casa era el único acontecimiento alegre del condado desde que las tropas de Sherman habían devastado el país y segado las vidas de su gente. Scarlett casi no sabía cómo responder a tanta dicha.

Cuando entró en el destartalado cuarto de estar, Sally, la esposa de Alex, le asió de la mano.

—Sé lo que sientes, Scarlett —murmuró—. Casi habíamos olvidado lo que es estar alegres. Hoy se ha reído más en esta casa que en los últimos diez años juntos. Esta noche haremos temblar las vigas.

Los ojos de Sally estaban también llenos de lágrimas.

Entonces empezaron las vigas a temblar. Habían llegado los Tarleton.

—Gracias a Dios que has vuelto de una pieza, muchacho —dijo Beatrice Tarleton a Tony—. Puedes elegir a cualquiera de mis tres chicas. Sólo tengo un nieto y me estoy haciendo vieja.

—¡Oh, mamá! —gimieron a coro Hetty, Camilla y Miranda Tarleton.

Después se echaron a reír. La afición de su madre a emparejar caballos y personas era demasiado conocida en el condado para que fingiesen turbación. Pero Tony se había puesto colorado.

Scarlett y Sally soltaron la carcajada.

Antes de que oscureciese, Beatrice Tarleton insistió en ver los caballos que había traído Tony de Tejas y se inició una acalorada discusión sobre los méritos de los pura sangre del Este comparados con los mustangs del Oeste, que duró hasta que todos los demás pidieron una tregua.

—Y un trago —dijo Alex—. Incluso he encontrado un whisky de verdad para la celebración, en vez de imitaciones.

Jim Tarleton dio unas palmadas en el brazo de su esposa.

—Podrías estar discutiendo sobre esto con Tony durante meses. Incluso durante años.

La señora Tarleton frunció el ceño, pero después se encogió de hombros, aceptando la derrota. Para ella no había nada tan importante como los caballos, pero los hombres eran hombres, y ésta era la noche de Tony. Además, el joven Fontaine se había ido, siguiendo a Alex, hacia la mesa donde los vasos y el whisky auténtico «de marca» estaban esperando.

Scarlett deseó, no por primera vez, que echar un trago no fuese un placer del que las damas estaban automáticamente excluidas. Le habría gustado tomar una copa. Más aún, le habría gustado charlar con los hombres, en vez de ser desterrada al otro lado de la habitación para hablar de hijos y del cuidado de la casa con las mujeres. Nunca había comprendido ni aceptado la discriminación tradicional de los sexos. Pero ésta era la costumbre, siempre había sido así, y se resignó. Al menos podía divertirse observando cómo fingían las doncellas Tarleton, que no pensaban exactamente lo mismo que su madre. ¡Si al menos mirase Tony en su dirección, en lugar de estar tan enfrascado en lo que decían los hombres!

—El pequeño Joe debe estar emocionado por tener a su tío en casa —estaba diciendo Hetty Tarleton a Sally.

Hetty podía hacer caso omiso de los hombres. Su gordo y manco marido era uno de ellos, y ella era la única joven Tarleton que había encontrado quien se casara con ella.

Sally respondió con detalles sobre su pequeño que aburrieron terriblemente a Scarlett. Ésta se preguntó cuánto tardarían en cenar. No podía ser mucho, pues todos los hombres eran agricultores y tendrían que levantarse mañana al amanecer. Eso significaba que la festiva velada terminaría temprano.

Acertó en lo referente a la cena; después de tomar solamente una copa los hombres anunciaron que estaban dispuestos a cenar.

Pero se equivocó en lo de terminar pronto la fiesta. Todos se divertían demasiado para ponerle fin. Tony los fascinaba con relatos de sus aventuras.

—Apenas había pasado una semana cuando me incorporé a los Rangers de Tejas —dijo, soltando una carcajada—. El Estado se hallaba bajo un régimen militar yanqui como todos los demás lugares del Sur, pero, caray..., pido disculpas a las damas..., aquellos hombres de guerreras azules no tenían la menor idea de lo que habían de hacer con los indios. Los Rangers habían estado luchando todo el tiempo contra ellos, y la única esperanza que tenían los rancheros era que los Rangers continuasen protegiéndolos. Y esto fue lo que hicieron. Yo comprendí en seguida que había encontrado la gente que me convenía y me uní a ellos. ¡Era estupendo! Nada de uniformes, nada de marchas con el estómago vacío hacia donde quisiera ir algún estúpido general; nada de instrucción, ¡no, señor! Uno monta a caballo y se dirige, con un puñado de compañeros, adonde haya jaleo.

Los ojos negros de Tony brillaban de entusiasmo. Los de Alex hacían lo propio. A los Fontaine les había gustado siempre la lucha. Y odiaban la disciplina.

—¿Cómo son los indios? —preguntó una de las jóvenes Tarleton—. ¿Es verdad que torturan a la gente?

—Será mejor que no os lo cuente —dijo Tony, nublándose de pronto sus ojos alegres. Después sonrió—. Son listos como el hambre cuando se trata de luchar. Los Rangers aprendieron muy pronto que, si querían vencer a los diablos rojos, tenían que hacer las cosas como ellos. Bueno, ahora podemos seguir la pista de un hombre o de un animal sobre la roca desnuda o incluso en el agua mejor que cualquier sabueso. Y vivir de escupitajos y huesos mondos si no hay otra cosa. Nada puede vencer a un Ranger de Tejas o escapar de él.

—Muéstrales a todos tus revólveres, Tony —le pidió Alex.

—Oh, ahora no. Tal vez mañana o pasado mañana. Sally no querrá que le agujeree las paredes.

—No he dicho que los dispares, sino que se los muestres. —Alex hizo un guiño a sus amigos—. Tienen la culata de marfil tallado —se jactó—, y esperad a que mi hermanito vaya a visitaros a caballo sobre su grande y vieja silla del Oeste. Tiene tanta plata que os quedaréis casi ciegos con su brillo.

Scarlett sonrió. Podía haberlo pensado. Tony y Alex habían sido siempre los más lechuguinos de todo el norte de Georgia. Por lo visto, Tony no había cambiado en absoluto. Tacones altos en sus botas de fantasía y plata en su silla de montar. Habría apostado a que había vuelto a casa con los bolsillos tan vacíos como cuando se había marchado para librarse de la soga del verdugo. Era una enorme tontería tener sillas de montar de plata cuando la casa de Mimosa necesitaba urgentemente un tejado nuevo. Pero a Tony eso le cuadraba. Significaba que seguía siendo Tony. Y Alex estaba tan orgulloso de él como si hubiese llegado con un carro cargado de oro. ¡Cuánto los apreciaba Scarlett a los dos! Podían haberse quedado solamente con una finca que tenían que cultivar ellos mismos, pero los yanquis no habían derrotado a los Fontaine, no habían podido hacer mella en ellos.

—¡Señor, cómo les habría gustado a los muchachos pavonearse erguidos como un palo y puliendo plata con los traseros! —dijo Beatrice Tarleton—. Me parece estar viéndolos.

Scarlett contuvo el aliento. ¿Por qué la señora Tarleton tenía que estropearlo todo de este modo? ¿Por qué echar a perder unos momentos tan felices recordando a todo el mundo que casi todos sus viejos amigos habían muerto?

Pero no se echó a perder nada.

—No habrían podido conservar sus sillas una sola semana, señora Beatrice, lo sabe usted muy bien —dijo Alex—. Las habrían perdido en una partida de póquer o vendido para comprar champán para una fiesta que se estuviese desanimando. ¿Recuerda cuando Brent vendió todos los muebles de su habitación en la universidad y compró cigarros de un dólar para todos los muchachos que no habían fumado nunca?

—¿Y cuando Stuart perdió su traje de etiqueta jugando a las cartas y salió de aquella fiesta envuelto en una alfombra? —añadió Tony.

—Lo mejor fue cuando empeñaron los libros de leyes de Boyd precisamente antes de su primera actuación en el tribunal del condado —dijo Jim Tarleton—. Creí que ibas a despellejarlos vivos, Beatrice.

—Siempre recobraban su piel —dijo sonriendo la señora Tarleton—. Yo traté de romperles las piernas cuando prendieron fuego a la fábrica de hielo; pero corrían demasiado para que pudiese darles alcance.

—Fue cuando vinieron a Lovejo y se escondieron en nuestro establo —dijo Sally—. Las vacas se secaron durante una semana cuando los gemelos trataron de hacerse con un cubo de leche para beber.

Todos tenían alguna anécdota que contar sobre los gemelos Tarleton, y estas anécdotas provocaban otras sobre sus amigos y hermanos mayores: Lafe Munroe, Cade y Raiford Calvert, Tom y Boyd Tarleton, Joe Fontaine, todos los muchachos que nunca volverían a casa. Los relatos eran un tesoro compartido de recuerdos y de amor, y hacían que las sombras de los rincones de la habitación se animasen con la sonriente y brillante juventud de aquellos que estaban muertos, pero ahora no perdidos, al fin, porque podían ser recordados con risas cariñosas en vez de con amargura desesperada.

La vieja generación tampoco era olvidada. Todos los que estaban alrededor de la mesa tenían gratos recuerdos de la vieja señora Fontaine, la abuela de afilada lengua y dulce corazón de Tony y Alex. Y recuerdos de su madre, llamada «joven señora» hasta el día en que murió al cumplir los sesenta años. Scarlett descubrió que incluso podía compartir las afectuosas risas acerca del hábito revelador de su padre de cantar canciones irlandesas de rebelión cuando había, según decía él, «tomado un par de gotas», y que incluso podía oír hablar de la bondad de su madre sin que se le rompiese el corazón, como le había ocurrido siempre en cuanto mencionaban el nombre de Ellen O'Hara.

Hora tras hora, mucho después de que se vaciasen los platos y quedase reducido a un rescoldo el fuego de la chimenea, continuó la charla, y la docena de supervivientes fue resucitando a los seres queridos que no podían estar allí para dar la bienvenida a Tony. Eran unas horas felices, saludables. La débil y vacilante luz de la lámpara de petróleo en el centro de la mesa no revelaba ninguna de las cicatrices dejadas por los hombres de Sherman en la habitación tiznada de humo y en sus muebles restaurados. Las caras de alrededor de la mesa no tenían arrugas, ni la ropa, remiendos. En aquellos dulces momentos de ilusión, era como si Mimosa hubiese sido transportada a un lugar y un tiempo en los que no existía el dolor ni había habido nunca guerra.

Muchos años antes, se había jurado Scarlett que nunca volvería la vista atrás. Recordar los días felices de antes de la guerra, llorarlos, añorarlos, solamente la heriría y debilitaría, y necesitaba toda su fuerza y determinación para sobrevivir y proteger a su familia. Pero los recuerdos compartidos en el comedor de Mimosa no eran en modo alguno debilitadores. Le daban valor, eran una prueba de que la buena gente podía sufrir toda clase de pérdidas y conservar la capacidad de amar y reír. Se enorgullecía de estar incluida en su número, de llamarlos amigos, de que fuesen lo que eran.

Will caminaba delante de la calesa al volver a casa, llevando una antorcha de pino de tea y conduciendo el caballo. Era una noche oscura y, además, muy tarde. Brillaban las estrellas en un cielo sin nubes, y su brillo era tan fuerte que el cuarto de luna parecía de una palidez casi transparente. El único sonido era el de los cascos del caballo.

Suellen dormitaba; en cambio, Scarlett luchaba contra el sueño. No quería que acabase la velada; deseaba que su calor y su dicha durasen para siempre. ¡Qué fuerte parecía Tony!, y tan lleno de vida, tan satisfecho de sus flamantes botas, de sí mismo, de todo. Las jóvenes Tarleton se habían portado como unas gatitas pelirrojas delante de un tazón de crema. «Me pregunto cuál de ellas le cazará. Beatrice Tarleton cuidará sin duda de que lo haga una de ellas.»

Un búho ululó en el bosque junto a la carretera: *«Whoo, whoo?»**, y Scarlett rió por lo bajo.

Estaban a más de medio camino de casa cuando se dio cuenta de que hacía horas que no había pensado en Rhett. Entonces, la melancolía y la preocupación cayeron sobre ella como pesas de plomo y se dio cuenta, por primera vez, de que el aire de la noche era frío y de que su cuerpo estaba helado. Se arrebujó en el chal y rogó en silencio a Will que se diese prisa. «No quiero pensar en nada, no esta noche. No quiero echar a perder los buenos momentos que he pasado. Apresúrate, Will, la noche está fría y oscura.»

La mañana siguiente, Scarlett y Suellen llevaron a los niños a Mimosa, en el carro. A Wade le brillaron los ojos de veneración por el héroe, cuando Tony le mostró sus revólveres. Incluso Scarlett se quedó boquiabierta de asombro cuando Tony los hizo girar al unísono en sus dedos, los lanzó al aire, los agarró y los dejó caer en las fundas que pendían de un cinturón de cuero con incrustaciones de plata, que le ceñía las caderas.

—¿Y también disparan? —preguntó Wade.

—Sí, señor. Y cuando seas un poco mayor te enseñaré a utilizarlos.

—¿Y también a darles vueltas en los dedos?

—Claro que sí. Es una tontería tener un revólver si no se saben todos los trucos. —Tony revolvió los cabellos de Wade con mano tosca, de hombre a hombre—. Y también te enseñaré a montar al estilo del

* En inglés *who* (pronunciado «hu») significa «quién», de ahí que Scarlett se sonría. *(N. del T.)*

Oeste, Wade Hampton. Supongo que serás el único muchacho de estos andurriales que sabrá cómo tiene que ser una verdadera silla de montar. Pero no podemos empezar hoy. Mi hermano va a darme lecciones de agricultura. Como puedes ver, todos tenemos que aprender continuamente cosas nuevas.

Tony besó rápidamente a Suellen y a Scarlett en la mejilla, a las niñas pequeñas en la cabeza, y se despidió.

—Alex me está esperando en el riachuelo. ¿Por qué no vais a buscar a Sally? Creo que está tendiendo la colada detrás de la casa.

Sally se alegró de verlas, pero Suellen rechazó su invitación a tomar un café.

—Tengo que volver a casa para hacer exactamente lo que estás haciendo tú, Sally; no podemos quedarnos. Pero no queríamos marcharnos sin saludarte.

Y empujó a Scarlett hacia el carro. Ésta protestó.

—No sé por qué has sido tan brusca con Sally, Suellen. Tu colada podía esperar a que tomásemos un café y hablásemos de la fiesta.

—Tú no entiendes nada de la manera de llevar una granja. Si Sally se retrasa en la colada, irá todo el día retrasada en lo demás. Aquí, en el campo, no podemos tener un montón de sirvientes como tenéis vosotros en Atlanta. Nos toca hacer personalmente casi todo el trabajo.

A Scarlett la irritó el tono de la voz de su hermana.

—Podría volver a Atlanta en el tren de esta noche —dijo malhumorada.

—Nos facilitarías mucho las cosas si lo hicieses —replicó Suellen—. Sólo nos das más trabajo, y necesito esa habitación para Susie y Ella.

Scarlett abrió la boca para discutir, pero volvió a cerrarla. De todos modos, prefería estar en Atlanta. Si no hubiese vuelto Tony, ahora estaría ya allí. Y la gente se alegraría de verla. Tenía en Atlanta muchos amigos con tiempo para tomar café o jugar al whist o celebrar una fiesta. Sonrió forzadamente a sus hijos, volviendo la espalda a Suellen.

—Wade Hampton, Ella, mamá tiene que ir hoy a Atlanta después de comer. Quiero que prometáis que seréis buenos y no molestaréis a tía Suellen.

Scarlett esperaba protestas y lágrimas, pero los niños estaban demasiado ocupados hablando de los resplandecientes revólveres de Tony para prestarle la menor atención. En cuanto llegaron a Tara, Scarlett ordenó a Pansy que hiciese las maletas. Fue entonces cuando Ella empezó a llorar.

—Prissy se ha ido, y no tendré a nadie que me haga las trenzas —gimió.

Scarlett resistió el impulso de dar un cachete a la pequeña. No podía quedarse en Tara ahora que había resuelto marcharse; se volvería loca sin nada que hacer y nadie con quien hablar. Pero no podía irse sin Pansy; era inconcebible que una dama viajase sola. ¿Qué iba a hacer? Su hijita quería que Pansy se quedase. Podía tardar muchos días en acostumbrarse a Lutie, la niñera de la pequeña Susie. Y si Ella molestaba de día y de noche, Suellen tal vez cambiase de idea sobre tener a los niños en Tara.

—Está bien —dijo vivamente Scarlett—. No armes más ruido, Ella. Dejaré a Pansy aquí durante el resto de la semana. Podrá enseñar a Lutie a peinarte.

«Tendré que buscar alguna mujer en la estación de Jonesboro. Siempre habrá alguien respetable que vaya a Atlanta y que pueda acompañarme. Me iré en el tren de esta tarde, y se acabó. Will podrá llevarme a la estación y volver con tiempo sobrado para ordeñar sus feas y viejas vacas.»

A medio camino de Jonesboro, Scarlett dejó de hablar animadamente sobre el regreso de Tony Fontaine. Guardó silencio unos momentos y, después, soltó lo que ocupaba sus pensamientos:

—Will..., acerca de Rhett..., quiero decir de su apresurada marcha..., espero que Suellen no vaya a propagarlo por todo el condado.

Will la miró con sus pálidos ojos azules.

—Vamos, Scarlett, no deberías decir esto. La familia nunca habla mal de la familia. Siempre pensé que era una lástima que no parecieses capaz de ver lo que hay de bueno en Suellen. Lo lleva dentro, pero, por alguna razón no lo muestra. Tendrás que conformarte con mi palabra. Piense lo que piense de ti, Suellen nunca contará a nadie tus disgustos privados. Quiere tan poco como tú que los O'Hara anden en boca de la gente.

Scarlett se tranquilizó un poco. Confiaba enteramente en Will. Su palabra era más segura que el dinero en el banco. Y también era inteligente. Nunca había visto que Will se equivocase en algo..., salvo tal vez con respecto a Suellen.

—Tú crees que volverá, ¿eh, Will?

Will no tuvo que preguntarle a quién se refería. Percibió ansiedad detrás de aquellas palabras, y masticó en silencio la paja que tenía entre los labios, mientras decidía lo que debía contestar. Por fin dijo despacio:

—No puedo decírtelo, Scarlett, porque no tengo elementos de juicio. Sólo le he visto cuatro o cinco veces en mi vida.

Ella sintió como si le hubiese dado una bofetada. Entonces, la irritación borró el dolor.

—¡Tú no entiendes nada de nada, Will Benteen! Rhett está ahora trastornado, pero lo superará. Es incapaz de hacer algo tan ruin como marcharse y dejar a su esposa en la estacada.

Will asintió con la cabeza. Scarlett podía tomarlo, si quería, como una señal de asentimiento. Pero él no había olvidado la sarcástica definición que había hecho Rhett de sí mismo. Era un bribón. Según decía le gente, siempre lo había sido y siempre lo sería.

Scarlett miraba fijamente el camino de tierra roja que tenía delante. Apretaba los dientes, y su mente discurría furiosamente. Rhett volvería. Tenía que hacerlo, porque ella lo quería y siempre se salía con la suya. Lo único que tenía que hacer era empeñarse en ello.

5

El ruido y la actividad de Five Points eran un tónico para el espíritu de Scarlett. También lo era el desorden que encontró sobre su mesa. Después de aquella entumecedora serie de muertes necesitaba vida y acción a su alrededor, necesitaba trabajar.

Había montañas de periódicos que leer, montones de cuentas del almacén que poseía en el centro de Five Points, gran cantidad de facturas por pagar y de circulares para rasgar y tirar. Scarlett suspiró satisfecha y acercó su silla a la mesa.

Comprobó que hubiese tinta fresca en el tintero y plumilla de repuesto para el mango. Después encendió la lámpara. Anochecería mucho antes de que terminase con todo esto; tal vez haría que le trajesen esta noche la cena en una bandeja mientras trabajaba. Alargó ansiosamente una mano para tomar las cuentas del almacén, pero la detuvo en el aire cuando vio un sobre grande y cuadrado encima de los periódicos. Iba dirigido simplemente a «Scarlett» y la caligrafía era de Rhett.

«No quiero abrirlo ahora —pensó al momento—; sólo entorpecería todo lo que tengo que hacer. No me preocupa lo que diga..., en absoluto. No quiero verlo ahora. Lo guardaré, para los postres.» Y tomó un puñado de hojas de cuentas.

Pero no paraba de equivocarse en los cálculos aritméticos que hacía mentalmente y, por fin, dejó las cuentas a un lado. Rasgó el sobre.

«Créeme —empezaba la carta de Rhett— si te digo que siento profundamente tu aflicción. La muerte de Mamita ha sido una gran pérdida. Te agradezco que me avisaras con tiempo para que pudiese verla antes de morir.»

Scarlett levantó enfurecida la mirada de los fuertes rasgos manuscritos y dijo en voz alta:

—Me lo agradeces, ¿eh? Para poder mentirnos a ella y a mí, bribón.

Lamentó no poder quemar la carta y arrojar las cenizas a la cara de Rhett, gritándole aquellas palabras. Oh, le haría pagar que la hubiese avergonzado delante de Suellen y de Will. Por mucho que tuviese que esperar y proyectar, encontraría como fuese el medio. No tenía derecho a tratarla de aquel modo ni a tratar de aquella manera a Mamita ni de burlarse así de su último deseo.

«La quemaré ahora, no quiero leer el resto, ¡no quiero ver más mentiras de él!» Buscó la caja de cerillas, pero cuando la tuvo la dejó caer inmediatamente. «Me moriría preguntándome lo que había escrito en la carta», se confesó, y bajó la cabeza para seguir leyendo.

Su vida no se alteraría en absoluto, declaraba Rhett. Las facturas de la casa serían pagadas por los abogados de él, según habían convenido años antes, y todo el dinero sacado por cheque de la cuenta bancaria de Scarlett sería reemplazado automáticamente. Si abría cuentas con nuevas tiendas, podía decirles que siguiesen el mismo procedimiento que ella empleaba con todos sus actuales proveedores: enviar directamente sus facturas a los abogados de Rhett. También podía pagarlas por cheque, y los importes serían ingresados en su banco.

Scarlett lo leyó todo, fascinada. Todo lo que tuviese que ver con el dinero le interesaba siempre, le había interesado desde el día en que el Ejército de la Unión le había hecho descubrir lo que era la pobreza. Creía que el dinero daba seguridad. Ahorraba el que ganaba, y ahora, al ver la generosidad de Rhett, se quedó impresionada.

«¡Qué tonto es! Podría estafarle si quisiera. Probablemente sus abogados le habrán estado timando en las cuentas.

»Pero Rhett debe de ser terriblemente rico si puede gastar sin preocuparse de adónde va a parar su dinero. Siempre supe que era rico, pero no tanto. Me pregunto cuánto tendrá.

»Bueno, esto demuestra que todavía me ama. Ningún hombre mimaría a una mujer como me ha mimado Rhett durante todos estos años, a menos de que la amase locamente, y él seguirá dándome todo lo que yo quiera. Debe de sentir lo mismo que antes, o tiraría de las riendas. ¡Oh, lo sabía! Lo sabía. No quiso decir todo aquello que dijo. Simplemente, no me creyó cuando le dije que ahora sabía que le amaba.»

Scarlett sostuvo la carta de Rhett contra la mejilla, como si fuese la mano que la había escrito. Se lo demostraría; le demostraría que le amaba de todo corazón, y entonces serían felices, ¡la pareja más feliz del mundo!

Llenó la carta de besos antes de guardarla cuidadosamente en un cajón. Entonces empezó a trabajar con entusiasmo en las cuentas del almacén. Los negocios le daban energía. Cuando una doncella llamó a la puerta y le preguntó tímidamente acerca de la cena, Scarlett apenas si levantó la mirada.

—Tráeme algo en una bandeja —dijo— y enciende el fuego en la chimenea.

Hacía frío al anochecer, y tenía un hambre de lobo.

Aquella noche durmió muy bien. El almacén había rendido durante su ausencia y la cena había sido satisfactoria. Era buena cosa estar en casa, especialmente con la carta de Rhett debajo de la almohada.

Se despertó y se estiró voluptuosamente. El crujido del papel debajo de la almohada la hizo sonreír. Después de llamar pidiendo el desayuno, empezó a hacer planes para el día. Primero iría al almacén. Sin duda escaseaban muchas cosas; Kershaw llevaba bastante bien los libros, pero tenía menos sentido común que un pavo real. Se acabarían la harina y el azúcar antes de que pensara en reponerlos, y probablemente no había pedido un poco de queroseno o al menos unos leños ahora que el frío aumentaba día a día.

La noche anterior no había leído los periódicos y si iba al almacén se ahorraría la tediosa lectura. Todo lo que valiese la pena de saber en Atlanta se lo dirían Kershaw y los dependientes. No había nada como unos grandes almacenes para recoger todos los chismes que circulaban en la población. A la gente le gustaba hablar mientras esperaba que le envolviesen sus compras. La mitad de las veces sabía lo que publicaría el periódico en primera página incluso antes de que éste se imprimiese. Ahora probablemente podría tirar todo el montón sin perderse nada.

La sonrisa se extinguió en sus labios. No, no podía hacerlo. A buen seguro llevaría la reseña del entierro de Melanie, quería leerlo.

Melanie...

Ashley...

El almacén tendría que esperar. Antes debía atender otras obligaciones.

«¿Qué me hizo prometer a Melly que cuidaría de Ashley y de Beau?

»Pero lo prometí. Será mejor que vaya primero allí. Y será mejor que lleve conmigo a Pansy, para hacer las cosas como es debido. Toda la ciudad andará chismorreando después de aquella escena en el cementerio. Sería estúpido dar más que hablar viendo a Ashley a solas.» Scarlett caminó apresuradamente sobre la gruesa alfombra hasta el adornado cordón de la campanilla, y tiró con furia de él. ¿Dónde estaba su desayuno?

Ah, no; Pansy estaba todavía en Tara. Tendría que llevar a otra sirvienta; Rebecca, la nueva chica, le iría bien. Esperaba que Rebecca supiese ayudarla a vestirse sin embrollarlo todo. Ahora quería darse prisa; ponerse en marcha y acabar de una vez con lo que debía hacer.

Cuando su coche se detuvo delante de la casita de Ashley y Melanie, en Ivy Street, vio Scarlett que la corona de luto había desaparecido ya de la puerta y que todas las ventanas estaban cerradas.

«India —pensó al instante—. Desde luego. Ha llevado a Ashley y a Beau a vivir en casa de tía Pittypat. Debe de estar muy satisfecha de sí misma.»

La hermana de Ashley, India, era y había sido siempre enemiga implacable de Scarlett. Ésta se mordió el labio y consideró la situación. Estaba segura de que Ashley se había trasladado a la casa de tía Pitty con Beau; era lo más sensato que podía hacer. Sin Melanie, y habiéndose marchado Dilcey, no había nadie que pudiese dirigir la casa de Ashley y cuidar de su hijo. En la de Pittypat había comodidad, orden y un afecto constante para el pequeño por parte de unas mujeres que siempre le habían querido.

«Dos solteronas —pensó Scarlett con desdén—. Están dispuestas a adorar cualquier cosa que lleve pantalones, aunque sean cortos.» Si al menos no viviese India con tía Pitty. Scarlett podía manejar a tía Pitty. La tímida y vieja dama no se atrevería a replicarle a un gato, y mucho menos a Scarlett.

Pero la hermana de Ashley era diferente. A India le encantaría tener una disputa, decirle cosas feas con su voz fría y agria, y mostrarle la puerta.

Ojalá no lo hubiese prometido a Melanie; pero lo había hecho.

—Llévame a casa de la señorita Pittypat Hamilton —ordenó a Elias—. Tú, Rebecca, vuelve a casa. Puedes ir andando.

Ya habría bastante carabinas en casa de Pitty.

India respondió a su llamada. Miró el elegante traje de luto ribeteado de piel que vestía Scarlett, y una seca sonrisa satisfecha se pintó en sus labios.

«Sonríe cuanto quieras, viejo cuervo», pensó Scarlett. El traje de luto de India era de crespón negro mate, sin un solo botón de adorno.

—Vengo a ver cómo está Ashley —dijo.

—No eres bien recibida en esta casa —dijo India, y empezó a cerrar la puerta.

Scarlett empujó el batiente.

—India Wilkes, no te atrevas a cerrarme la puerta en las narices. Hice una promesa a Melly y la cumpliré, aunque tenga que matarte para hacerlo.

India reaccionó apoyando un hombro en la puerta y resistiendo la presión de las dos manos de Scarlett. La ridícula lucha duró solamente unos segundos. Entonces oyó Scarlett la voz de Ashley.

—¿Es Scarlett, India? Me gustaría hablar con ella.

La puerta se abrió y Scarlett entró, observando con satisfacción que la cara de India estaba moteada de manchas rojas de cólera.

Ashley salió al vestíbulo a recibirla, y los pasos vivos de Scarlett vacilaron. Ashley parecía terriblemente enfermo. Unos círculos oscuros orlaban sus pálidos ojos, y profundas arrugas se extendían desde la nariz hasta el mentón. La ropa le estaba grande; la chaqueta pendía de sus hombros encogidos como las alas rotas de un pájaro negro.

A Scarlett le dio un vuelco el corazón. Ya no amaba a Ashley como le había amado durante todos aquellos años, pero él seguía siendo parte de su vida. Tenían altos recuerdos compartidos, durante tanto tiempo... No podía soportar verle tan afligido.

—Querido Ashley —le dijo amablemente—, ven y siéntate. Pareces cansado.

Estuvieron sentados en un sofá del pequeño y atestado salón de tía Pitty durante más de una hora. Scarlett habló poco. Escuchaba, mientras Ashley hablaba repitiendo e interrumpiéndose en un confuso vaivén de recuerdos. Se refería a la bondad, el desprendimiento y la nobleza de su esposa muerta, a lo mucho que ella había querido a Scarlett, a Beau y a él mismo. Su voz era baja e inexpresiva, apagada por el dolor y la desesperación. Buscó a tientas la mano de Scarlett y la estrechó con tanta fuerza que ella sintió que sus huesos se juntaban dolorosamente. Apretó los labios y dejó que le estrujase la mano.

India se plantó en el umbral, como una sombría y muda espectadora.

Por fin, Ashley se interrumpió y volvió la cabeza a uno y otro lado, como cegado y perdido.

—No puedo vivir sin ella, Scarlett —gimió—. No puedo.

Scarlett retiró la mano. Debía romper aquella red de desesperación que le tenía sujeto, o eso acabaría matándole, estaba segura.

—Escúchame, Ashley Wilkes —dijo—. Te he estado escuchando todo este rato mientras desgranabas tus dolores; ahora debes escucharme tú a mí. ¿Crees que eres la única persona que amaba a Melly y dependía de ella? Yo la quería más de lo que me imaginaba, más de lo que pensaban todos los demás. Y supongo que otras muchas personas la querían también. Pero ¿hemos de acurrucarnos y morir por ello? Es lo que estás haciendo. Y me avergüenzo de ti.

»Y Melly se avergüenza también, si es que te está mirando desde el Cielo. ¿Tienes idea de lo que pasó para tener a Beau? Bueno, yo sé lo que sufrió, y te digo que ni el hombre más vigoroso lo hubiese soportado. Ahora, él sólo te tiene a ti. ¿Quieres que Melly vea esto? ¿Que vea que su hijo está solo, como un huérfano, porque su papá se compadece demasiado para ocuparse de él? ¿Quieres romperle el corazón, Ashley Wilkes? Porque esto es lo que estás haciendo. —Le asió la barbilla con la mano y le obligó a mirarla—. Tienes que serenarte, ¿me oyes, Ashley? Ve a la cocina y di a la cocinera que te prepare una comida caliente. Y cómela. Si te hace vomitar, come otra. Y busca a tu hijo y tómalo en brazos y dile que no tenga miedo, que su padre cuidará de él. Y entonces, hazlo. Piensa en alguien, además de en ti mismo.

Scarlett se enjugó la mano en la falda, como si la hubiese ensuciado el apretón de Ashley. Después salió de la habitación, empujando a India a un lado.

Al abrir la puerta del porche, pudo oír a India que decía:

—Mi pobre y querido Ashley. No prestes atención a las cosas horribles que te ha dicho Scarlett. Es un monstruo.

Scarlett se detuvo y se volvió. Sacó una tarjeta de visita del bolso y la dejó caer sobre una mesa.

—Te dejo una tarjeta, tía Pitty —gritó—, ya que tienes miedo de verme en persona.

Cerró de golpe la puerta a su espalda.

—Conduce, Elias —dijo al cochero—. Ve a cualquier sitio.

No habría podido estar un minuto más en aquella casa. Pero ¿qué iba a hacer? ¿Había causado algún efecto en Ashley? Había sido muy dura..., bueno, había tenido que serlo, ya que él se estaba ahogando de tanto compadecerse a sí mismo. Pero ¿habría servido de algo? Ashley adoraba a su hijo; tal vez se sobrepondría por amor a Beau. «Tal vez» no era bastante. Era preciso que lo hiciera. Ella tenía que lograr que lo hiciera.

—Llévame al despacho del señor Henry Hamilton —dijo a Elias.

«Tío Henry» daba miedo a la mayoría de las mujeres, pero no a Scarlett. Ésta comprendía que el hecho de haberse criado en la misma casa con tía Pittypat le había convertido en un misógino. Y sabía que él la apreciaba bastante. Decía que no era tan tonta como la mayoría de las mujeres. Él era su abogado y sabía lo sagaz que era ella en cuestiones de negocios.

Cuando Scarlett entró en su despacho sin hacerse anunciar, Hamilton dejó la carta que estaba leyendo y rió entre dientes.

—Adelante, Scarlett —dijo, poniéndose en pie—. ¿Tienes prisa por ponerle pleito a alguien?

Ella empezó a pasear de un lado a otro, prescindiendo del sillón de delante de la mesa.

—Preferiría matar a alguien —dijo—, pero no creo que sirviese de gran cosa. ¿No es verdad que cuando murió Charles me dejó todos sus bienes?

—Ya sabes que sí. Pero no te muevas tanto y siéntate. Dejó los almacenes próximos a la estación que quemaron los yanquis. Y dejó algunas tierras de labranza en las afueras de la ciudad, que serán zona urbana dentro de poco si Atlanta sigue creciendo como hasta ahora.

Scarlett se sentó en el borde del sillón y le miró fijamente.

—Y la mitad de la casa de tía Pitty en Peachtree Street —dijo llanamente—. ¿No me dejó también eso?

—Dios mío, Scarlett, no me digas que piensas trasladarte allí.

—Claro que no. Pero quiero sacar de allí a Ashley. India y tía Pitty van a llevarle a la tumba de tanto compadecerle. Él puede volver a su propia casa. Le encontraré un ama de llaves.

Henry Hamilton la miró con ojos inexpresivos.

—¿Estás segura de que quieres que vuelva a su casa sólo porque sufre de un exceso de compasión?

Scarlett se picó.

—¡Por Dios, tío Henry! —dijo—. ¿Vas a convertirte en un chismoso a tu edad?

—No me enseñes las uñas, jovencita. Siéntate en ese sillón y escucha algunas verdades. Tienes, quizá, la mejor cabeza para los negocios que he visto jamás; pero, en todo lo demás, eres casi tan estúpida como el tonto del pueblo.

Scarlett frunció el ceño, pero obedeció.

—Mira, la casa de Ashley —dijo pausadamente Hamilton— ha sido ya vendida. Ayer redacté los documentos. —Levantó una mano para atajar a Scarlett antes de que pudiese hablar—. Le aconsejé que se mudase a la casa de Pitty y vendiese la suya. No por los recuerdos dolorosos que podía tener en ella, ni porque me preocupase quién iba a cuidar de él y del chico, aunque ambas consideraciones eran dignas de tenerse en cuenta. Se lo aconsejé porque necesita el dinero de la venta para evitar que se hunda su negocio maderero.

—¿Qué quieres decir? Ashley no conoce los trucos para ganar dinero, pero no puede arruinarse. Los constructores siempre necesitarán madera.

—Si construyen. Baja de las nubes durante un momento, Scarlett, y escúchame. Sé que no te interesa nada de lo que sucede en el mundo, a menos que te afecte directamente, pero hace un par de semanas hubo un gran escándalo financiero en Nueva York. Un especulador llamado Jay Cooke calculó mal y se estrelló. Arrastró consigo a su ferrocarril, una empresa llamada Northern Pacific. También arrastró en su caída a otros especuladores que participaban en su ferrocarril y en algunos de sus otros negocios. Y al hundirse con él, hicieron quebrar a otras muchas empresas de los que eran accionistas, empresas que no dependían de las de Cooke. Entonces quebraron otros que eran socios de esas empresas, arrastrando consigo a más negocios y más socios. Lo mismo que un castillo de naipes. En Nueva York lo llaman «el pánico». Y se está extendiendo. Supongo que afectará a todo el país antes de que termine.

Scarlett sintió una punzada de terror.

—¿Y mi almacén? —gritó—. ¿Y mi dinero? ¿Son seguros los bancos?

—Ése con el que tú operas, sí. Yo tengo allí mi dinero, de modo que procuré enterarme bien. En realidad, no es probable que Atlanta sufra mucho. Todavía no estamos bastante desarrollados para los grandes negocios, y éstos son los que se derrumban. Pero las empresas están estancadas en todas partes. La gente tiene miedo de invertir. Y esto afecta también a la construcción. Y si nadie construye, nadie necesita madera.

Scarlett frunció el entrecejo.

—Así pues, Ashley no ganará dinero alguno con sus aserraderos. Esto lo entiendo. Pero, si nadie invierte, ¿por qué se vendió tan rápidamente la casa? A mí me parece que, si hay pánico, los precios de los inmuebles deberían ser lo primero en caer.

Tío Henry sonrió.

—En caer a plomo. Eres lista, Scarlett. Por esto aconsejé a Ashley que vendiese mientras pudiera. Atlanta no ha sentido todavía el pánico, pero lo sentirá pronto. Hemos estado creciendo durante los últimos ocho años; ahora tenemos aquí más de veinte mil habitantes; pero no se puede crecer sin inyecciones de dinero.

Rió su propio ingenio. Scarlett rió también, aunque no creía que hubiese nada gracioso en un colapso económico. Sabía que a los hombres les gusta que los aplaudan.

La risa de tío Henry se interrumpió bruscamente, como un chorro de agua cuando se cierra el grifo.

—Bueno, el caso es que ahora está Ashley con su hermana y su tía, por buenas razones y siguiendo mi consejo. Y esto no te satisface.

—No, señor, no me satisface en absoluto. Ashley tiene un aspecto horrible y ellas hacen que lo tenga aún peor. Es como un muerto ambulante. Le eché un buen rapapolvo; traté de sacarle a gritos del estado en que se encuentra. Pero no sé si sirvió de algo. Aunque haya sido así, no será por mucho tiempo. No, mientras permanezca en aquella casa.

Observó la expresión escéptica de tío Henry. La cólera enrojeció su semblante.

—No me importa lo que te hayan dicho o lo que pienses, tío Henry. No estoy persiguiendo a Ashley. Prometí a Melanie, en su lecho de muerte, que cuidaría de él y de Beau. Ojalá no lo hubiese hecho, pero lo hice.

Su arrebato incomodó a Henry. No le gustaba la emoción, especialmente en las mujeres.

—Si empiezas a llorar, Scarlett, haré que te echen de aquí.

—No voy a llorar. Estoy furiosa. Tengo que hacer algo y tú no me ayudas.

Henry Hamilton se retrepó en su sillón. Juntó las puntas de los dedos y apoyó los brazos en su abultada panza. Era su aire de abogado, casi de juez.

—Precisamente ahora eres la persona que menos puedes ayudar a Ashley, Scarlett. Te dije que iba a cantarte algunas verdades, y ésta es una de ellas. Con razón o sin ella, y esto me tiene sin cuidado, se habló mucho sobre ti y Ashley durante un tiempo. Melly te defendió y la mayoría de la gente siguió su ejemplo; lo hicieron por ella, fíjate bien, no porque sintiesen por ti un aprecio especial.

»India pensaba lo peor y lo decía. Reunió un grupito de adeptos. La situación no era agradable, pero la gente empezaba a olvidarla, como hace siempre. La cosa habría podido seguir así, incluso después de la muerte de Melanie. En realidad, a nadie le gustan los trastornos y los cambios. Pero tú no podías estarte quieta. ¡Oh, no! Tuviste que dar un espectáculo junto a la tumba misma de Melanie. Abrazando a su marido, apartándole de su esposa muerta, a quien muchos consideraban casi una santa.

Hamilton levantó una mano.

—Sé lo que vas a decir; por consiguiente, no hace falta que lo digas, Scarlett. —Volvió a juntar las puntas de los dedos—. Ashley estaba a punto de arrojarse dentro de la fosa, donde tal vez se habría roto el cuello. Yo estaba allí y lo vi. Pero ésta no es la cuestión. Por ser una chica tan lista, no sabes nada del mundo.

»Si Ashley se hubiese arrojado sobre el ataúd, todos lo habrían calificado de "conmovedor". Si se hubiese matado, lo habrían sentido de veras, pero hay maneras de soportar el dolor. La sociedad necesita normas, Scarlett. ¿Por qué tenías que romperlas todas? Hiciste una escena en público. Pusiste las manos sobre un hombre que no era tu marido. En público. Armaste un jaleo que interrumpió el entierro, una ceremonia de la que todo el mundo conoce las reglas. Estropeaste el último ritual de una santa.

»Actualmente, no hay una sola dama en esta ciudad que no esté de parte de India. Es decir, contra ti. No tienes ningún amigo que te defienda, Scarlett. Y si tienes algo que ver con Ashley harás que le rechacen tanto como a ti.

»Las damas están contra ti. Que Dios te ayude, Scarlett, porque yo no puedo. Cuando las damas cristianas se vuelven contra ti, no esperes caridad cristiana ni perdón. No lo llevan dentro. Ni permitirán que otros lo ejerzan, en especial sus hombres. Son dueñas de ellos en cuerpo y alma. Por esto me he mantenido siempre apartado del mal llamado "sexo débil".

»Yo te quiero bien, Scarlett. Sabes que siempre te he apreciado. Es cuanto puedo ofrecerte: mis buenos deseos. Has embrollado las cosas y no sé si podrás nunca desenredarlas.

El viejo abogado se levantó.

—Deja a Ashley donde está. Alguna damita zalamera llegará uno de estos días y se lo llevará. Ella cuidará de él. Deja que la casa de Pittypat siga como está, incluida tu mitad. Y no dejes de enviar dinero por mi mediación, para pagar las facturas de su conservación, como has hecho siempre. De este modo cumplirás lo que prometiste a Melanie.

»Vamos. Te acompañaré hasta tu coche.

Scarlett tomó el brazo que le ofrecía él y caminó sumisa a su lado. Pero por dentro estaba hirviendo. Hubiese debido saber que tío Henry no la ayudaría.

Tenía que averiguar si lo que decía tío Henry era verdad; si había un pánico financiero y, sobre todo, si su dinero estaba seguro.

6

Henry Hamilton lo había llamado «pánico». La crisis financiera que había empezado en Wall Street, en Nueva York, se estaba extendiendo por todo el país. Scarlett tenía miedo de perder el dinero que había ganado y atesorado. Al salir del despacho del viejo abogado, fue inmediatamente a su banco. Estaba temblando por dentro cuando entró en el despacho del director.

—Comprendo su preocupación, señora Butler —dijo él, pero Scarlett pudo ver que no era así.

Al director le ofendía que pusiese en duda la seguridad de la banca y, en particular, del banco que dirigía él. Cuanto más hablaba y más tranquilizadoras parecían sus palabras, menos le creía Scarlett.

Entonces, sin darse cuenta, el director calmó todos los temores de ella.

—Mire, no sólo pagaremos el dividendo acostumbrado a los accionistas —dijo—, sino que será un poco más elevado que de costumbre. —La miró por el rabillo del ojo—. No he tenido esta información hasta esta mañana —dijo con irritación—. Ciertamente, me gustaría saber cómo tomó su marido la decisión de aumentar su participación en acciones hace un mes.

Scarlett respiró aliviada. Si Rhett estaba comprando acciones del banco, éste debía ser el más seguro de Estados Unidos. Siempre ganaba dinero cuando el resto del mundo se derrumbaba en pedazos. Ella no sabía cómo se había enterado de la solidez del banco, y no le importaba. Le bastaba con que Rhett tuviese confianza en esa entidad.

—Tiene una linda bola de cristal —dijo, con una risa ligera que enfureció al director.

Se sentía un poco ebria.

Pero no lo bastante atolondrada como para olvidar convertir todo el dinero de su caja de seguridad en oro. Recordaba con claridad los elegantemente impresos bonos confederados sin valor de los que había dependido su padre. No confiaba en absoluto en el papel.

Al salir del banco, se detuvo en la escalinata para disfrutar del templado sol de otoño y del bullicio de las calles del distrito comercial. Había que ver cómo corría aquella gente en su prisa por ganar dinero, no porque tuviese miedo de nada. El tío Henry estaba loco como una cabra. El pánico no existía.

Su próxima parada fue en su almacén. «KENNEDY'S EMPORIUM» decía el gran rótulo en letras doradas de la fachada del edificio. Era la herencia de su breve matrimonio con Frank Kennedy. Esto y Ella. Las satisfacciones que le producía el almacén compensaban sobradamente la desilusión que le causaba la niña. El escaparate resplandecía, exhibiendo un magnífico surtido de artículos. Allí había de todo, desde brillantes hachas hasta resplandecientes alfileres. Pero tendría que quitar de allí aquellas piezas de percal. El sol las decoloraría en un santiamén, y entonces habría que rebajar el precio. Entró dispuesta a despellejar a Willie Kershaw, su encargado.

Pero en definitiva, tenía pocos motivos de queja. El percal exhibido había llegado deteriorado por el agua durante el transporte y había sido ya rebajado. Los fabricantes habían accedido a descontar dos tercios del coste para compensar el perjuicio. Kershaw había cursado el pedido de una nueva remesa, sin que se lo dijesen, y la pesada caja de caudales del fondo del local guardaba fajos de billetes pulcramente sujetos, y exactas pilas de monedas bien envueltas; los ingresos diarios.

—He pagado a los dependientes, señora Butler —dijo nerviosamente Kershaw—, espero que le parezca bien. Lo he incluido en las cuentas del sábado. Los muchachos dijeron que no podían arreglarse sin su salario semanal. Yo no he tomado el mío, pues no sabía lo que quería usted que hiciese, pero le agradecería mucho si pudiese...

—Desde luego, Willie —dijo amablemente Scarlett—, en cuanto haya comprobado la caja y los libros de contabilidad.

Kershaw lo había hecho mucho mejor de lo que ella esperaba, pero esto no quería decir que estuviese dispuesta a que la tomase por tonta. Una vez hecho el arqueo de caja hasta el último centavo, contó los doce dólares y veinticinco centavos de la paga de tres semanas. Añadiría mañana un dólar extra cuando le pagase esta semana, decidió. Se merecía una gratificación por desenvolverse tan bien mientras ella estaba fuera.

También estaba proyectando añadir algo a sus deberes.

—Willie —le dijo en privado—, quiero que abra una cuenta de crédito.

Los ojos saltones de Kershaw se abrieron todavía más. Nunca se había recurrido al crédito en el almacén desde que había asumido Scarlett la dirección. Él escuchó cuidadosamente sus instrucciones. Cuando le hizo jurar que no diría nada de esto a nadie, se llevó una mano al corazón y lo juró. Sería mejor que cumpliese su palabra, pensó Kershaw, o la señora Butler se enteraría de alguna manera. Estaba convencido de que Scarlett tenía ojos en el cogote y podía leer en la mente de la gente. Pero no importaba. Si lo decía, nadie lo creería.

Scarlett se fue a comer a casa al salir del almacén. Después de lavarse la cara y las manos, revisó el montón de periódicos. El relato del entierro de Melanie era exactamente como había esperado: un mínimo de palabras. Daban el nombre de Melanie, el lugar de su nacimiento y la fecha de su muerte. El nombre de una dama sólo podía aparecer tres veces en los periódicos: al nacer, al casarse y al morir. Y nunca debían darse detalles. Scarlett había escrito ella misma la noticia y añadido unas líneas a su parecer dignas y adecuadas sobre lo trágico que era que hubiese muerto Melanie tan joven y lo mucho que sería echada en falta por su afligida familia y por todos sus amigos de Atlanta. India debía de haberlo suprimido, pensó con irritación. Si la casa de Ashley estuviese en manos de otra persona que no fuese India, la vida sería mucho más fácil.

El número siguiente del periódico hizo que a Scarlett le sudasen de miedo las palmas de las manos. Y el siguiente, y el siguiente, y el siguiente: los hojeó rápidamente, con creciente alarma.

—Déjala en la mesa —dijo cuando la doncella le anunció la comida.

La pechuga de pollo estava envuelta en salsa congelada cuando se sentó a la mesa, pero no importaba. Se hallaba demasiado trastornada para comer. Tío Henry había tenido razón. Había pánico, y con motivo. El mundo de los negocios estaba en desesperada confusión, incluso colapsado. La Bolsa de Nueva York había sido cerrada por diez días después del que los reporteros llamaban «viernes negro», día en que los precios de los valores habían bajado de una manera drástica porque todo el mundo vendía y nadie compraba. En las ciudades norteamericanas más importantes, los bancos cerraban porque sus clientes querían su dinero y éste había desaparecido, invertido por los bancos en valores «seguros» que ahora casi no valían nada. En las zonas industriales, las fábricas estaban cerrando a razón de una cada día, dejando a miles de obreros sin trabajo y sin dinero. Tío Henry decía que no podía suceder en Atlanta, se repetía Scarlett una y otra vez. Pero tuvo que frenar su impulso de ir al banco y traer a casa el oro que guardaba en la caja de seguridad. Si Rhett no hubiese comprado acciones de aquel banco, lo habría hecho.

Pensó en lo que había proyectado hacer aquella tarde, lamentó fervientemente que la idea le hubiese pasado por la cabeza y decidió que tenía que hacerlo aunque reinase el pánico en el país. En realidad, con mayor razón.

Tal vez debería tomar una copita de brandy para calmar su revuelto estómago. El frasco estaba allí, en el aparador. Eso impediría también que se le alteraran los nervios... No, el alcohol podría olerse en su aliento, aunque después comiese perejil y hojas de menta. Respiró hondo y se levantó de la mesa.

—Ve a la cochera y dile a Elias que voy a salir —dijo a la doncella que acudió en respuesta al sonido de la campanilla.

Su llamada a la puerta de tía Pittypat no obtuvo respuesta. Scarlett estaba segura de haber visto moverse una de las cortinas de encaje en una ventana del salón. Tocó de nuevo la campanilla. Ésta repiqueteó en el vestíbulo, al otro lado de la puerta, y se oyó también un rumor apagado de movimiento. Scarlett llamó de nuevo. Cuando se extinguió el sonido, se hizo el silencio. Esperó contando hasta veinte. Un caballo y una calesa pasaron por la calle a sus espaldas.

«Si alguien me ha visto plantada aquí sin que me abriesen la puerta, nunca podré mirarles a la cara sin morirme de vergüenza», pensó. Sintió que se ponía colorada. Tío Henry había tenido razón en todo. No querían recibirla. Durante toda su vida había oído hablar de gente tan escandalosa que ninguna persona honrada le abría la puerta; pero nunca había imaginado que esto pudiese ocurrirle a ella. Era

Scarlett O'Hara, hija de Ellen Robillard, de los Robillard de Savannah. Esto no podía sucederle.

«Además, he venido para hacer una buena obra», pensó con dolido asombro. Sentía en los ojos un calor precursor de lágrimas. Pero entonces, como le ocurría a menudo, fue arrastrada por una oleada de cólera y resentimiento. ¡Maldita sea! ¡La mitad de esta casa era suya! ¿Cómo se atrevía alguien a cerrarle la puerta?

La golpeó con el puño y sacudió el pomo, pero la puerta tenía echado el cerrojo.

—Sé que estás ahí, India Wilkes —gritó por el ojo de la cerradura.

«¡Hala! Ojalá tengas puesto ahí el oído y te quedes sorda.»

—He venido a hablar contigo, India, y no me iré hasta que lo haga. Estaré sentada en la escalera del porche hasta que abras la puerta o hasta que llegue Ashley con su llave. Elige.

Scarlett se volvió y se recogió la cola del vestido. Ya daba un paso cuando oyó un chirrido de cerrojos detrás de ella y, después, el ruido de los goznes.

—Por el amor de Dios, entra —murmuró roncamente India—. Seremos la comidilla del barrio.

Scarlett miró fríamente a India por encima del hombro.

—Tal vez deberías salir y sentarte en la escalera conmigo, India. Podría pasar un vagabundo ciego por aquí y casarse contigo a cambio de techo y comida.

En cuanto lo hubo dicho, lamentó no haberse mordido la lengua. No había venido a pelearse con India. Pero la hermana de Ashley había sido siempre un incordio para ella, y le escocía la humillación de la puerta cerrada.

India empujó el batiente para cerrarlo de nuevo. Scarlett dio media vuelta y corrió a fin de impedírselo.

—Te pido disculpas —dijo, apretando los dientes.

Su colérica mirada se cruzó con la de India. Por fin, ésta se echó atrás.

«¡Cómo le habría gustado esto a Rhett!», pensó de pronto Scarlett. En los buenos tiempos de su matrimonio, ella siempre le había contado sus triunfos en los negocios y en el pequeño mundo social de Atlanta. Esto le hacía reír largamente a carcajadas, y llamarla su «fuente inagotable de diversión». Tal vez Rhett volvería a reírse cuando le contase cómo resoplaba India como un dragón obligado a retroceder.

—¿Qué quieres?

La voz de India era helada, aunque estaba temblando de furor.

—Eres muy amable al invitarme a sentarme y tomar una taza de té —le dijo Scarlett, con su aire más despreocupado—. Pero acabo de comer.

En realidad, tenía hambre. Su ánimo luchador había vencido a su pánico. Esperó que sus tripas no hiciesen ruido; las sentía tan vacías como un pozo seco.

India se apoyó en la puerta del salón.

—Tía Pitty está descansando —dijo.

«Estará deprimida, es mucho más probable», se dijo Scarlett, pero esta vez se mordió la lengua. No estaba enfadada con Pittypat. Además, le convenía ir al grano. Quería hallarse fuera de allí cuando llegase Ashley a casa.

—Tal vez no lo sepas, India, pero Melly, en su lecho de muerte, me hizo prometer que cuidaría de Beau y de Ashley.

India dio un respingo, como si le hubiesen pegado un tiro.

—No digas una palabra —le advirtió Scarlett—, porque todo lo que puedas decir no significaría nada comparado con las que fueron, prácticamente, las últimas palabras de Melly.

—Arruinarás el buen nombre de Ashley como has arruinado el tuyo. No quiero que rondes por aquí detrás de él, deshonrándonos a todos.

—Lo último que quisiera hacer en este mundo de Dios, India Wilkes, es pasar en esta casa un minuto más de lo estrictamente necesario. He venido a deciros que he dado órdenes en mi almacén para que os faciliten todo lo que os haga falta.

—Los Wilkes no aceptamos limosna, Scarlett.

—No estoy hablando de limosnas, tonta, sino de lo que prometí a Melly. Tú no tienes la menor idea de la rapidez con que gastan los pantalones los chicos de la edad de Beau y de lo de prisa que les quedan pequeños los zapatos. Ni de lo mucho que todo eso cuesta. ¿Quieres que Ashley tenga que ocuparse de estas pequeñeces cuando está afligido por cosas mucho más graves? ¿O quieres que sea Beau el hazmerreír de su colegio?

»Sé la renta que percibe tía Pitty. Yo he vivido aquí, ¿te acuerdas? Sólo le alcanza para mantener a tío Peter y el coche, poner un poco de comida en la mesa y pagar sus sales. Y también hay una cosita a la que llaman "el pánico". La mitad de los negocios del país están cerrando las puertas. Lo más probable es que Ashley gane menos dinero que nunca.

»Si yo puedo tragarme mi orgullo y llamar a vuestra puerta como una loca, tú también puedes tragarte el tuyo y tomar lo que te doy. No eres quién para rechazarlo, porque, si sólo se tratase de ti, dejaría que te murieses de hambre sin pestañear. Pero se trata de Beau, y de Ashley, y de Melly, porque le prometí lo que ella me pidió.

»"Cuida de Ashley, pero que él no lo sepa", me dijo. Y no podrá dejar de saberlo si tú no me ayudas, India.

—¿Cómo sé que fue esto lo que dijo Melly?

—Porque yo lo digo, y soy una mujer de palabra. Puedes pensar de mí todo lo mal que quieras, India, pero no encontrarás a nadie que diga que no he cumplido una promesa o que he faltado a mi palabra.

India vaciló, y Scarlett supo que estaba ganando.

—No tienes que ir personalmente al almacén —dijo—. Puedes enviar la lista por medio de otra persona.

India respiró hondo.

—Sólo por la ropa de Beau —dijo, de mala gana.

Scarlett reprimió una sonrisa. Cuando viese India lo agradable que era adquirir algo de balde, compraría más cosas. Estaba segura de ello.

—Entonces te doy los buenos días, India. El señor Kershaw, el encargado, es el único que está enterado de esto, y no dirá nada a nadie. Pon su nombre en el sobre que contenga la lista y él cuidará de todo.

Cuando volvió a su coche, el estómago de Scarlett emitió un ruido audible. Sonrió ampliamente; gracias a Dios, había esperado.

De regreso en casa, ordenó a la cocinera que calentase la comida y la sirviese de nuevo. Mientras esperaba que la llamasen a la mesa, echó un vistazo a las otras páginas de los periódicos, evitando las noticias sobre el pánico. Había una columna que nunca le había llamado la atención pero que ahora la fascinaba. Contenía noticias y chismorreos de Charleston, y era posible que mencionase a Rhett o a su madre o a sus hermanos. No era así, pero en realidad no había esperado gran cosa. Si pasaba algo que de verdad valiese la pena en Charleston, ya lo sabría por Rhett la próxima vez que éste viniese a casa. El verla interesarse por su gente y por la ciudad donde él se había criado sería para Rhett una prueba de que Scarlett le amaba, pensara él lo que pensara. ¿Cuán a menudo era, se preguntó, «lo bastante a menudo para acallar los rumores»?

Scarlett no podía dormir aquella noche. Cada vez que cerraba los ojos veía la ancha puerta de la casa de tía Pitty, con el cerrojo echado para impedirle a ella la entrada. Tenía que ser obra de India, se dijo. Tío Henry no podía tener razón cuando decía que iban a cerrarle todas las puertas de Atlanta.

Pero tampoco había pensado que tuviese razón en lo del pánico. Hasta que había leído los periódicos y descubierto que la situación era aún peor de lo que él le había anunciado.

El insomnio no era extraño para ella; hacía años que había aprendido que dos o tres copas de brandy la tranquilizaban y ayudaban a dormir. Bajó sin ruido la escalera y se dirigió al aparador del comedor. La botella de cristal tallado descompuso en un arco iris la luz de la lámpara que llevaba ella en la mano.

La mañana siguiente durmió hasta más tarde de lo acostumbrado. No a causa del brandy, sino porque, incluso con su ayuda, no había conseguido dormirse hasta muy poco antes de la aurora. No podía dejar de preocuparse por lo que había dicho tío Henry.

De camino hacia el almacén, se detuvo en la panadería de la señora Merriwether. El dependiente que estaba detrás del mostrador pareció no verla e hizo oídos sordos cuando ella habló.

«Me ha tratado como si no existiese», pensó horrorizada. Al cruzar la acera desde la panadería hacia su coche, vio que la señora Elsing y su hija se acercaban a pie. Se detuvo, presta a sonreír y saludarlas. Las dos damas Elsing se pararon en seco cuando la vieron, y entonces, sin decir palabra ni mirarla por segunda vez, dieron media vuelta y se alejaron. Scarlett se quedó un momento paralizada. Después se metió en su coche y ocultó la cara en su rincón más oscuro. Durante un terrible instante, temió que fuera a vomitar sobre el suelo.

Cuando Elias detuvo el carruaje delante del almacén, Scarlett se quedó en el refugio de su coche. Envió a Elias con los sobres de la paga de los empleados. Si se apeaba, podía verla algún conocido, alguien que le volvería la espalda. La mera idea le resultaba insoportable.

India Wilkes debía de estar detrás de esto. «¡Y después de haberme mostrado tan generosa con ella! Pero no dejaré que se salga con la suya. Nadie puede tratarme de esta manera y salirse con la suya.»

—Vamos al aserradero —ordenó a Elias cuando éste volvió.

Se lo diría a Ashley. Él tendría que hacer algo para contrarrestar el veneno de India. Ashley no lo permitiría; haría que India se portase bien, así como todas sus amigas.

Su ya abrumado corazón se encogió todavía más cuando vio el aserradero. Estaba demasiado lleno. Montones y montones de tablas de pino resplandecían doradas y resinosas bajo el sol del otoño. No se veía un solo carro, ni un cargador. Nadie compraba.

Scarlett tuvo ganas de llorar. Tío Henry dijo que ocurriría esto, pero ella no había pensado que pudiese ser tan grave. ¿Cómo podía alguien no querer aquella madera tan bonita y pulcra? Inhaló profundamente. El olor a pino recién cortado era, para ella, el mejor perfume del mundo. ¡Oh, cómo añoraba el negocio de la madera! Nunca comprendería por qué se había dejado convencer por Rhett y accedido a vendérselo a Ashley. Si hubiese seguido ella dirigiéndolo, esto no habría ocurrido nunca. De algún modo habría vendido la madera a alguien. El pánico asomó en el borde de su mente y lo apartó de ella. El panorama era espantoso, pero no debía inquietar a Ashley si quería que él la ayudase.

—¡Esto tiene un aspecto maravilloso! —dijo alegremente—. Debes de tener el aserradero funcionando día y noche para disponer de tanto material, Ashley.

Él levantó la mirada de los libros de contabilidad que tenía sobre la mesa y Scarlett comprendió que, por más que tratase de animarle, sería trabajo perdido. No parecía estar mejor que cuando le había endilgado su sermón.

Ashley se levantó y trató de sonreír. Su cortesía innata era más fuerte que su agotamiento, pero su desesperación era mayor que ambas cosas.

«No puedo decirle nada acerca de India —pensó Scarlett—, y tampoco acerca del negocio. Necesita todas sus fuerzas para respirar. Es como si únicamente la ropa le mantuviese de una pieza.»

—Querida Scarlett, has sido muy amable al entrar a verme. ¿No quieres sentarte?

«Amable, ¿eh? ¡Cielo santo! Ashley suena como una caja de música con un repertorio de cumplidos. No, no es así. Habla como si no supiese lo que sale de su boca, y presumo que esto está más cerca de la verdad. ¿Por qué habría de importarle que ponga en peligro lo que puede quedar de mi reputación al venir aquí sin una carabina? Si no le importa nada de lo que le atañe a él, cosa que cualquier imbécil podría ver, ¿por qué habría de preocuparse por lo que a mí concierne? No puedo sentarme aquí y sostener una conversación cortés; no podría soportarlo. Pero tengo que hacerlo.»

—Gracias, Ashley —dijo, y se sentó en la silla que le ofrecía él. Se quedaría quince minutos y haría vanas y animadas observaciones sobre el tiempo, contaría cosas divertidas sobre lo bien que lo había pasado en Tara. No podía hablarle de Mamita; le afligiría demasiado. En cambio, la vuelta a casa de Tony era diferente. Era una buena noticia. Scarlett empezó a hablar.

—He estado en Tara...

—¿Por qué me detuviste, Scarlett? —dijo Ashley.

Su voz era opaca, desprovista de vida, y su tono no era realmente interrogativo. Scarlett no supo qué decir.

—¿Por qué me detuviste? —preguntó de nuevo él, y esta vez había emoción en sus palabras: cólera, desengaño, dolor—. Yo quería estar en la tumba. En cualquier tumba, no precisamente en la de Melanie. No sirvo para otra cosa... No, no digas lo que ibas a decir, Scarlett. He sido tan consolado y animado por tantas personas bienintencionadas que he oído cien veces todo lo que tenían que decir. De ti espero algo mejor que las vulgaridades de costumbre. Te agradeceré que me digas lo que debes de estar pensando: que dejo que se hunda el negocio maderero. Tu negocio maderero, en el que pusiste todo tu corazón. Soy una calamidad, Scarlett. Tú lo sabes. Yo lo sé. Todo el mundo lo sabe.

¿Por qué tenemos todos que actuar como si no fuese así? Posiblemente, no podrás encontrar palabras más duras que las que yo mismo me dirijo; no puedes «herir mis sentimientos». Dios mío, ¡cómo odio esta frase! Como si me quedase algún sentimiento para poder herirlo. Como si pudiese sentir algo.

Ashley sacudió la cabeza, moviéndola lenta y pesadamente de un lado a otro. Era como un animal mortalmente herido, derribado por una manada de predadores. Brotó un sollozo desgarrador de su garganta, y volvió la cara.

—Perdóname, Scarlett, te lo suplico. No tenía derecho a abrumarte con mis problemas. Ahora habré de añadir la vergüenza de este arrebato a mis otros motivos para estar avergonzado. Ten compasión, querida, y déjame solo. Si te marchas ahora te lo agradeceré.

Scarlett se fue sin decir palabra.

Más tarde, se sentó a su mesa con todos sus papeles legales limpiamente amontonados delante de ella. Cumplir la promesa que había hecho a Melly sería todavía más difícil de lo que se había imaginado. La ropa y los artículos caseros no eran en modo alguno suficientes.

Ashley no levantaría un dedo para ayudarse a sí mismo. Tendría que hacerlo ella, tanto si él colaboraba como si no. Se lo había prometido a Melanie.

Y no quería ver cómo se hundía el negocio que ella misma había montado.

Scarlett hizo una lista de sus bienes.

El almacén, con el edificio y el negocio. Producía casi cien dólares mensuales de beneficios, pero éstos disminuirían casi con toda seguridad cuando llegase el pánico a Atlanta y la gente no tuviese dinero para gastar. Tomó nota de que debía adquirir artículos más baratos y dejar de sustituir los de lujo, como las anchas cintas de terciopelo.

El bar instalado en su solar próximo a la estación. En realidad, no podía disponer de él, porque había alquilado la tierra y el edificio a un individuo por treinta dólares al mes. La gente bebería probablemente más que nunca en una época difícil; tal vez debería subir el alquiler. Pero unos pocos dólares más al mes no serían suficientes para sacar del apuro a Ashley. Necesitaba dinero en cantidad.

El oro de su caja de seguridad. Esto sí que era dinero, más de veinticinco mil dólares en dinero efectivo. Era una mujer rica en opinión de la mayoría de la gente; pero no en la suya. Todavía no se sentía segura.

Podría comprar de nuevo el negocio de Ashley, pensó, y por un momento, su mente hirvió de excitación mientras consideraba las posibilidades. Después suspiró. Esto no resolvería nada. Ashley era tan imbécil que insistiría en cobrar únicamente el precio de mercado, que era casi nada. Y entonces, si ella triunfaba en el negocio, se sentiría más fracasado que nunca. No, por mucho que la entusiasmase hacerse cargo del aserradero del almacén de madera, tenía que hacer que fuese Ashley quien triunfase con ellos.

«No creo que no haya mercado para la madera —pensó—. Con pánico o sin pánico, la gente tiene que construir algo, aunque no sea más que un corral para un caballo o una vaca.»

Scarlett revolvió el montón de libros y papeles. Se le había ocurrido una idea.

Aquí estaba, la parcela de tierra labrantía que le había dejado Charles Hamilton. Las tierras de labor apenas producían renta alguna. ¿Qué significaban para ella un par de cestos de maíz o una sola bala de mísero algodón? Dedicar el terreno a aparcería era malgastar una buena tierra, a menos que uno tuviese quinientas hectáreas y una docena de buenos agricultores. Pero sus cuarenta hectáreas estaban ahora en las afueras de Atlanta, habida cuenta de cómo crecía la ciudad. Si encontraba un buen constructor (y éstos debían estar ansiosos por trabajar) podría edificar allí cien casas baratas, o tal vez doscientas. Todos los que estaban perdiendo dinero se verían forzados a apretarse el cinturón. Lo primero de lo que habrían de prescindir sería de sus grandes casas, y entonces tendrían que encontrar algún lugar donde vivir.

«Yo no ganaré dinero, pero al menos no perderé mucho. Y haré que el constructor emplee solamente madera de Ashley, y de la mejor. Éste sí que ganará dinero, no una fortuna, pero al menos obtendrá unos ingresos regulares, y nunca sabrá que proceden de mí. Ya me las apañaré para que así sea. Lo único que necesito es un constructor que mantenga la boca cerrada. Y que no robe demasiado.»

El día siguiente, Scarlett se dirigió a la finca para avisar a los aparceros de que daba por terminados sus contratos.

7

—Sí, señora Butler, necesito trabajar —dijo Joe Colleton. El constructor era un hombre bajo y delgado, de cuarenta y pico de años, que parecía mucho más viejo porque tenía los espesos cabellos blancos como la nieve y la cara curtida por la prolongada exposición al sol y a la intemperie. Tenía el ceño fruncido y arrugada la frente sobre sus ojos negros—. Necesito trabajar, pero no tanto como para hacerlo para usted.

Scarlett estuvo a punto de dar media vuelta y marcharse; no estaba dispuesta a aguantar insultos de un blanco pobre pero con ínfulas. Sin embargo, necesitaba a Colleton. Era el único constructor honrado hasta la médula de Atlanta; Scarlett había podido comprobarlo cuando les vendía madera a todos en los años de auge de la construcción que siguieron a la guerra. Tenía ganas de patalear. Todo era por culpa de Melly. Si no hubiese puesto la tonta condición de que Ashley no debía saber que ella le ayudaba, habría podido valerse de cualquier constructor, porque lo habría vigilado como un halcón y revisado personalmente todo el trabajo. Además, le habría encantado hacerlo.

Pero no podía aparecer como parte interesada en el asunto. Y no podía confiar en nadie, salvo en Colleton. Éste tenía que aceptar el trabajo; ella debía hacer que lo aceptase. Apoyó en su brazo una manita que parecía muy delicada bajo el ajustado guante de cabritilla.

—Señor Colleton, me causará un terrible disgusto si me dice que no. Necesito que me ayude alguien muy especial. —Le miró con una conmovedora expresión de impotencia en los ojos. Lástima que él no fuese más alto. Era difícil mostrarse como una damita débil con alguien de su misma talla. Sin embargo, esos hombrecillos pequeñajos eran con frecuencia los que se mostraban más protectores con las mujeres—. No sé qué haré si me deja usted en la estacada.

El brazo de Colleton se puso rígido.

—Señora Butler, en una ocasión me vendió usted madera verde después de decirme que estaba en perfectas condiciones. No vuelvo a hacer negocios con alguien que me estafó una vez.

—Debió de ser un error, señor Colleton. Yo también estaba verde; empezaba a aprender el negocio de la madera. Recordará usted cómo eran aquellos tiempos. Los yanquis nos atosigaban continuamente. Yo esta aterrorizada. —Tenía los ojos anegados en lágrimas retenidas, y temblaban sus labios ligeramente pintados. Era una personita desamparada—. Mi marido, el señor Kennedy, resultó muerto cuando los yanquis disolvieron una reunión del Klan.

La mirada directa y conocedora de Colleton era desconcertante. Sus ojos estaban al nivel de los de ella, y eran duros como el mármol. Scarlett apartó la mano de su manga. ¿Qué iba a hacer? No podía fracasar en esto. Él tenía que aceptar el trabajo.

—Hice una promesa a mi más querida amiga en su lecho de muerte, señor Colleton. —Sus lágrimas fueron ahora impremeditadas—. La señora Wilkes me pidió ayuda, y ahora yo se la pido a usted.

Y le contó toda la historia: cómo Melanie había protegido siempre a Ashley..., la ineptitud de Ashley como hombre de negocios..., su tentativa de enterrarse con su esposa..., los montones de madera sin vender..., la necesidad de secreto...

Colleton levantó la mano para interrumpirla.

—Está bien, señora Butler. Si es en nombre de la señora Wilkes, aceptaré el trabajo. —Tendió la mano—. Le prometo que tendrá las casas mejor construidas, con los mejores materiales.

Scarlett le estrechó la mano.

—Gracias —dijo, y sintió como si hubiese alcanzado el mayor triunfo de su vida.

Sólo después de algunas horas recordó que no había pretendido emplear lo mejor de todo, sino solamente la mejor madera. Las malditas casas iban a costarle una fortuna, un dinero ganado con su esfuerzo. Tampoco se le reconocería mérito alguno por ayudar a Ashley. Todos seguirían cerrándole la puerta en las narices.

«Pero no todo el mundo. Tengo muchos amigos, y mucho más divertidos que la gente chapada a la antigua de Atlanta.»

Scarlett apartó a un lado el esbozo que había dibujado Joe Colleton sobre una bolsa de papel para que ella lo estudiase y aprobase. Le interesaría mucho más que él le diese los números del coste. ¿Qué le importaba el aspecto de las casas ni dónde pusiese Colleton las escaleras?

Sacó de un cajón el libro de direcciones y empezó a hacer una lista. Iba a dar una fiesta. Una fiesta magnífica, con músicos y ríos de champán y grandes cantidades de la comida mejor y más cara. Ahora que había terminado con el luto riguroso, era el momento de hacer saber a sus amigos que podían invitarla a sus fiestas, y la mejor manera era invitarlos a una ofrecida por ella.

Pasó rápidamente por alto los nombres de las antiguas familias de Atlanta. «Todos creen que debería llevar aún luto riguroso por Melly; sería una tontería invitarlos. Y tampoco tengo necesidad de envolverme en crespones. Ella no era mi hermana, sino solamente mi cuñada, y ni siquiera estoy segura de que esto cuente, ya que Charles Hamilton fue mi primer marido y he tenido dos después de él.»

Scarlett se encogió de hombros. Charles Hamilton no tenía nada que ver con todo eso, ni el hecho de llevar luto o no. Ella llevaba luto en el alma por la muerte de Melanie; era un peso y una preocupación continua en su corazón. Echaba en falta a la amable y cariñosa amiga que había sido mucho más importante para ella de lo que jamás se había imaginado; el mundo era más frío y más oscuro sin Melanie. Y solitario. Sólo hacía dos días que había vuelto Scarlett del campo, pero en aquellas dos noches había conocido la soledad lo bastante como para que infundiese un miedo profundo en su corazón.

Habría podido hablar a Melanie del abandono de Rhett; Melanie era la única persona a quien hubiera podido confiar un hecho tan vergonzoso. Melly le habría dicho, también, lo que necesitaba oír. «Desde luego volverá, querida —le habría dicho—. ¡Te ama tanto!» Lo mismo que le había dicho antes de morir: «Sé buena con el capitán Butler. ¡Te ama tanto!»

El mero recuerdo de las palabras de Melanie hizo que Scarlett se sintiese mejor. Si Melly había dicho que Rhett la amaba, era verdad, no eran simples ilusiones suyas. Sacudió su melancolía y enderezó la espalda. No tenía que estar sola en absoluto. Y no importaba que la Vieja Atlanta no volviese a hablarle nunca. Tenía muchos amigos. La lista para la fiesta ocupaba ya dos páginas y sólo había llegado a la letra G de su libreta de direcciones.

Los amigos a quienes pensaba Scarlett invitar eran los miembros más flamantes y afortunados de la horda que había caído sobre Georgia en los días de la Reconstrucción. Muchos componentes del primitivo grupo se habían marchado cuando había sido derribado el Gobierno en 1871, pero otros muchos se habían quedado para disfrutar de sus grandes casas y de las tremendas fortunas que habían hecho recogiendo los huesos de la muerta Confederación. No se habían sentido tentados a volver a «casa». Era mejor olvidar sus orígenes.

Rhett les había despreciado siempre. Los llamaba «la escoria» y se iba de la casa cuando daba Scarlett sus brillantes fiestas. Scarlett opinaba que su marido se portaba tontamente, y así se lo decía. «Los ricos son siempre mucho más divertidos que los pobres. Sus trajes y coches y joyas son mejores, y te dan la mejor comida y la mejor bebida cuando te invitan a sus casas.»

Pero nada de lo que ofrecían sus amigos era, ni con mucho, tan elegante como los refrigerios en las fiestas de Scarlett. Y estaba resuelta a que ésta fuese la mejor de todas. Empezó una segunda lista titulada «Cosas que he de recordar» con una nota sobre pedir cisnes de hielo para la comida fría y diez nuevas cajas de champán. También un traje de noche nuevo. Tendría que ir inmediatamente a su modista, después de encargar las invitaciones en la imprenta.

Scarlett inclinó la cabeza a un lado para admirar los almidonados frunces blancos de la toca estilo María Estuardo. La punta sobre la frente era realmente muy apropiada. Resaltaba el arco negro de las cejas y el verde brillante de los ojos. Sus cabellos parecían de seda negra al caer en rizos a ambos lados de los frunces de la toca. ¿Quién habría pensado que el luto pudiese ser tan favorecedor?

Se volvió a un lado y otro, mirando por encima de los hombros su imagen en el espejo de cuerpo entero. El ribete de cuentas de azabache y borlas de su vestido negro resplandecía de manera muy satisfactoria.

El luto «de alivio» no era tan horrible como el riguroso; dejaba mucho libertad de acción, si una tenía la piel blanca de magnolia y podía lucirla con un escotado traje negro.

Se acercó rápidamente al tocador y se dio unos toques de perfume en los hombros y en el cuello. Debía apresurarse, pues sus invitados llegarían de un momento a otro. Oía a los músicos que afinaban sus instrumentos en la planta baja. Se regocijó mirando el desordenado montón de gruesas tarjetas blancas entre los cepillos y espejos de mango de plata. Las invitaciones habían empezado a llegar en cuanto se enteraron sus amigos de que volvía a incorporarse al torbellino social; estaría muy ocupada durante semanas y semanas. Y entonces habría más invitaciones, y ella tendría que ofrecer otras recepciones. O tal vez un baile durante la temporada de Navidad. Sí, todo marcharía bien. Estaba tan entusiasmada como una muchacha que no hubiese asistido nunca a una fiesta. Bueno, no era de extrañar. Habían pasado más de siete meses desde que tomó parte en una de ellas.

Salvo la fiesta de vuelta a casa de Tony Fontaine. Sonrió al recordarlo. El bueno de Tony, con sus botas de tacón alto y su silla de montar con incrustaciones de plata. Lástima que no estuviese en su fiesta esta noche. Sus invitados se quedarían viendo visiones si Tony hacía el truco de hacer girar los revólveres.

Tenía que bajar; los músicos estaban tocando; debía de ser tarde.

Descendió apresuradamente la escalera alfombrada de rojo, aspirando con satisfacción el aroma de las flores de invernadero que, colocadas en grandes jarrones, adornaban cada habitación. Sus ojos brillaron complacidos al pasar de una sala a otra para comprobar que todo estuviese en orden. Era perfecto. Gracias a Dios, Pansy había vuelto de Tara. Era muy eficaz obligando a los otros criados a hacer su trabajo, mucho más que el nuevo mayordomo contratado para sustituir a Pork. Scarlett tomó una copa de champán de la bandeja que le presentó el mayordomo. Al menos servía bien, tenía estilo, y a Scarlett le gustaba que se hiciesen las cosas con estilo.

Precisamente entonces sonó la campanilla. El criado se quedó sorprendido al verla sonreír satisfecha; después Scarlett se dirigió al vestíbulo para recibir a sus amigos.

Éstos llegaron en una corriente continua durante casi una hora, y la casa se llenó del ruido de sus fuertes voces, del penetrante olor de los perfumes y los polvos, de los brillantes colores de sedas y satenes, de rubíes y zafiros.

Scarlett circulaba entre la muchedumbre, riendo y sonriendo, flirteando ligeramente con los hombres, aceptando los exagerados cumplidos de las mujeres. Se alegraban tanto de verla de nuevo, la habían echado tanto de menos; no había fiestas como las suyas; nadie tenía una casa tan magnífica, ni vestía tan a la última moda, ni tenía tan brillantes los cabellos, ni una figura tan juvenil, ni un cutis tan perfecto y delicado.

«Me estoy divirtiendo. Es una fiesta magnífica.»

Echó un vistazo a los platos y las bandejas de plata sobre la larga mesa barnizada, para asegurarse de que los criados los mantenían llenos. Para ella era importante que hubiera gran cantidad de comida, un exceso de comida, pues nunca había olvidado del todo lo muy cerca que habían estado de morir de hambre al final de la guerra. Su amiga Mamie Bart la miró y sonrió. Tenía en la mano una empanada de ostras a medio comer, y un hilo de salsa mantecosa le goteaba de la comisura de los labios sobre el collar de brillantes que llevaba colgado del gordo cuello. Scarlett se volvió, asqueada. Mamie se pondría como un elefante el día menos pensado. Gracias a Dios, yo puedo comer todo lo que me apetece sin engordar un gramo.

Sonrió seductoramente a Harry Connington, el marido de su amiga Sylvia.

—Debes de haber descubierto algún elixir, Harry; pareces diez años más joven que la última vez que te vi.

Observó con malicioso regocijo cómo encogía Harry el estómago. La cara se le puso colorada, después débilmente purpúrea, hasta que renunció al esfuerzo de aguantar la respiración. Scarlett soltó la carcajada y se apartó de él.

Unas fuertes risotadas llamaron su atención, y se dirigió hacia el trío masculino del que procedían. Le gustaría mucho oír algo divertido, aunque fuese uno de aquellos chistes que las damas tenían que fingir que no entendían.

—... y por esto me digo: «Bill, el pánico de uno es ganancia para otro, y sé cuál de estos dos va a ser el viejo Bill.»

Scarlett empezó a volverse. Esta noche quería divertirse, y hablar del pánico no le parecía divertido. Sin embargo, tal vez aprendiera algo. Ella era más lista, incluso profundamente dormida, que Bill Weller en su mejor día; estaba convencida de ello. Si él ganaba dinero con el pánico, quería saber cómo lo hacía. Se acercó más sin hacer ruido.

—... Estos tontos del Sur han sido un problema para mí desde que vine aquí —confesó Bill—. No se puede hacer nada con personas que no sienten la codicia natural, de modo que fue inútil que les ofreciera bonos para triplicar su dinero y certificados de minas de oro. Trabajaban más duro que cualquier negro y guardaban todo lo que ganaban por si llegaban malos tiempos. Resultó que muchos de ellos tenían ya una caja llena de bonos y otras cosas parecidas... ¡del Gobierno de la Confederación!

La estruendosa risa de Bill se contagió a los otros hombres.

Scarlett echaba chispas. ¡Los «tontos del Sur»! Su propio padre tenía una caja llena de bonos de la Confederación, igual que toda la buena gente del condado de Clayton. Quiso alejarse, pero se lo impidieron los que estaban detrás de ella y habían sido atraídos por las risas del grupo que rodeaba a Bill Weller.

—Al cabo de un tiempo comprendí la situación —siguió diciendo Weller—. No se fiaban mucho del papel, ni de las otras cosas que intenté. Les propuse negocios médicos y pararrayos y todos esos sistemas a prueba de fuego de ganar dinero, pero nada de ello dio el menor resultado. Os digo, muchachos, que esto hirió mi orgullo.

Hizo una lúgubre mueca y después sonrió ampliamente, mostrando tres grandes muelas de oro.

—No es preciso que os diga que Lula y yo no íbamos a quedarnos en la inopia si no se me ocurría algo. En los buenos y prósperos tiempos en que los republicanos tenían a Georgia en un puño, gané lo bastante con aquellas concesiones sobre ferrocarriles que me otorgaron, para poder darme la gran vida aunque hubiese sido lo bastante estúpido para construir aquellas vías férreas. Pero me gusta la actividad y Lula empezaba a preocuparse porque yo estaba demasiado tiempo en casa sin tener ningún negocio al que atender. Entonces, por fortuna, llegó el pánico y todos los rebeldes sacaron sus ahorros de los bancos y guardaron el dinero en sus colchones. Cada casa, incluso las barracas, era una oportunidad de oro que yo no podía dejar de aprovechar.

—Basta de parloteo, Bill. ¿Qué se te ocurrió? Me está entrando sed esperando que acabes de darte coba y vayas al grano.

Amos Bart recalcó su impaciencia lanzando un salivazo que no llegó a dar en la escupidera.

Scarlett también estaba impaciente. Impaciente por marcharse.

—No te sulfures, Amos, pues a ello voy. ¿De qué modo podía yo meter mano en aquellos colchones? Yo no tengo madera de predicador. Me gusta sentarme detrás de mi mesa y dejar que mis empleados se ajetreen. Y esto era lo que estaba haciendo, sentado en mi silla giratoria, cuando miré por la ventana y vi pasar un entierro. Fue como si hubiese brillado un relámpago. No hay un solo techo en Georgia que no haya albergado a un ser querido hoy difunto.

Scarlett miró horrorizada a Bill Weller al describir éste el timo con que estaba aumentando su caudal.

—Las madres y las viudas son las más asequibles, y son las que más abundan. No pestañean cuando mis chicos les dicen que los Veteranos de la Confederación están levantando monumentos en todos los campos de batalla, y vacían sus colchones con más rapidez de lo que canta un gallo para que el nombre de su muchacho sea grabado en el mármol.

Era peor de lo que Scarlett había podido imaginar.

—Bill, viejo zorro, ¡esto es genial! —exclamó Amos, y los hombres del grupo rieron aún más fuerte que antes.

Scarlett sintió ganas de vomitar. Los ferrocarriles y minas de oro inexistentes nunca la habían preocupado, pero las madres y las viudas a quienes estafaba Bill Weller eran sus amigas. Tal vez estaba ahora enviando a sus hombres a visitar a Beatrice Tarleton, o a Cathleen Calvert, o a Dimity Munroe, o a cualquier otra mujer del condado de Clayton que hubiese perdido un hijo o un hermano o un marido.

Su voz cortó las risas como un cuchillo.

—Éste es el más vil y asqueroso relato que he oído en mi vida. Me das asco, Bill Weller. Todos me dais asco. ¿Qué sabéis vosotros de la gente del Sur, de la gente honrada de cualquier parte? ¡Jamás habéis tenido una idea decente o hecho una cosa decente en vuestra vida!

Se abrió paso con los codos y las manos entre los atónitos hombres y mujeres que se habían reunido alrededor de Weller, y después corrió, enjugándose las manos con la falda como si se las hubiese manchado al tocarlos.

El comedor y las brillantes fuente de plata, llenas de comida refinada, se ofrecían a su vista; su garganta se contrajo al aspirar los olores mezclados de las ricas y oleosas salsas y las salpicadas escupideras. Recordó la mesa iluminada por una lámpara de petróleo en la casa de los Fontaine, la sencilla comida a base de jamón curado en casa, pan de maíz cocido en casa y verduras cultivadas en casa. Eran los suyos, eran su pueblo; no como esos vulgares, insustanciales y rufianescos hombres y mujeres.

Scarlett se volvió para enfrentarse a Weller y a su grupo.

—¡Escoria! —gritó—. Esto es lo que sois. ¡Escoria! ¡Fuera de mi casa, fuera de mi vista! ¡Me dais ganas de vomitar!

Mamie Bart cometió el error de tratar de apaciguarla.

—Vamos, querida... —dijo, alargando la enjoyada mano.

Scarlett se echó atrás antes de que pudiese tocarla.

—Especialmente tú, cerda grasienta.

—¡Qué barbaridad! —farfulló Mamie Bart—. Que Dios me confunda si tolero que me hablen de esta manera. No me quedaría aunque me lo pidieses de rodillas, Scarlett Butler.

En seguida empezó una irritada y atropellada fuga y, en menos de diez minutos las habitaciones quedaron vacías, salvo por los escombros dejados atrás. Scarlett pasó entre restos esparcidos de comida y de champán, platos y vasos rotos, sin mirar al suelo. Debía mantener alta la cabeza, como le había enseñado su madre. Se imaginó que estaba de regreso en Tara, con un pesado volumen de las novelas de Waverley sobre la cabeza, y subió la escalera con la espalda rígida como el tronco de un árbol y con la barbilla perfectamente perpendicular a los hombros.

Como una dama. Como le había enseñado su madre. La cabeza le daba vueltas y le temblaban las piernas, pero subió sin detenerse. Una dama nunca demostraba que estaba cansada o trastornada.

—Ya era hora de que hiciese esto, y lo ha hecho bien —dijo el trompeta.

El octeto había tocado valses desde detrás de las palmeras en muchas fiestas de Scarlett.

Uno de los violinistas escupió acertadamente en la maceta de una palma.

—Demasiado tarde, diría yo. Duerme con perros y te despertarás con pulgas.

Arriba, Scarlett yacía boca abajo en su cama con colcha de seda, sollozando como si tuviese roto el corazón. Había pensado que iba a divertirse mucho.

Aquella noche, más tarde, cuando la casa quedó tranquila y a oscuras, Scarlett bajó para beber algo que la ayudase a dormir. Todo rastro de la fiesta había desaparecido, salvo los primorosos ramos de flores y las velas medio consumidas en los candelabros de seis brazos, sobre la mesa desnuda del comedor.

Scarlett encendió las velas y apagó su lámpara. ¿Por qué tenía que ir de un lado a otro casi a oscuras, como una ladrona? Era su casa, era su brandy, y podía hacer lo que quisiera.

Eligió un vaso, llevó éste y la botella a la mesa y se sentó en la butaca situada en la cabecera. También era su mesa.

El brandy le produjo un calor relajante por todo el cuerpo, y Scarlett suspiró. «Gracias a Dios. Otra copa, y mis nervios deberían calmarse.» Llenó de nuevo la elegante copita de licor y se bebió el brandy de un trago tras un hábil quiebro de la muñeca. «No debo darme prisa —pensó—, sirviéndose otra copa. No es propio de una dama.»

Sorbió la tercera dosis. ¡Qué bonita era la luz de las velas, y las llamas doradas que se reflejaban sobre la barnizada superficie de la mesa! La copa vacía lo era también. Sus facetas talladas proyectaban todos los colores del arco iris cuando la hacía girar entre sus dedos.

Reinaba un silencio sepulcral. El chasquido del cristal contra el cristal hizo que se sobresaltase al escanciar el brandy. Esto demostraba que necesitaba beberlo, ¿no? Todavía estaba demasiado agitada para poder dormir.

Las velas se iban consumiendo y la botella se vaciaba despacio, y Scarlett estaba perdiendo su acostumbrado control sobre la mente y la memoria. Ésta era la habitación donde había empezado todo. La mesa estaba desnuda como ahora, sin más adorno que las velas y la bandeja de plata con la botella de brandy y las copas. Rhett estaba borracho. Nunca le había visto realmente embriagado de tal modo; siempre aguantaba bien el licor. Pero aquella noche estaba borracho y se mostró cruel. Le dijo cosas horribles e hirientes, y le retorció el brazo, haciendo que gritase de dolor.

Pero entonces... él la había subido en brazos a su habitación y la había poseído por la fuerza. Aunque en realidad no había tenido que forzarla para que le aceptase. Ella se había sentido revivir al abrazarla él, al besarla en los labios y en el cuello y en el cuerpo. Ardía bajo su tacto y gritaba pidiendo más, y su cuerpo se arqueaba y estiraba para apretarse una y otra vez contra el de Rhett...

No podía ser verdad. Tenía que haberlo soñado; pero ¿cómo podía haber soñado estas cosas cuando nunca había imaginado que existiesen? Ninguna dama habría sentido jamás el salvaje afán que había experimentado ella; ninguna dama habría hecho lo que había hecho ella. Scarlett trató de arrinconar sus pensamientos en el oscuro y atestado repliegue de su mente donde guardaba lo insoportable y lo inconcebible. Pero había bebido demasiado.

Ocurrió, le gritaba su corazón; ocurrió. No le he inventado.

Y aunque su madre le había enseñado cuidadosamente que las damas no han de tener impulsos animales, su mente no podía controlar las demandas apasionadas de su cuerpo, que quería sentir el éxtasis y rendirse de nuevo.

Las manos de Scarlett se cerraron sobre sus doloridos pechos, pero no eran las manos que ansiaba su cuerpo. Dejó caer los brazos sobre la mesa y apoyó en ellos la cabeza. Y se abandonó a las oleadas de deseo y de dolor que hacían que se estremeciese, que hacían que gritase con voz entrecortada, en la vacía y silenciosa habitación iluminada por las velas:

—¡Rhett, oh, Rhett, te necesito!

8

Se estaba acercando el invierno y Scarlett se ponía cada día más frenética. Joe Colleton había excavado el suelo para construir el sótano de la primera casa, pero las repetidas lluvias hacían imposible asentar los cimientos de hormigón.

—El señor Wilkes se olería algo si le comprase madera antes de poder colocarla —dijo Joe Colleton con mucha lógica, y Scarlett comprendió que tenía razón.

Pero no por ello era menos fastidiosa la demora.

Tal vez la idea de edificar había sido un error. Día tras día el periódico informaba de más desastres en el mundo de los negocios. Había colas en las cocinas de beneficiencia y en las panaderías de las grandes ciudades de Estados Unidos, porque miles de personas perdían su empleo todas las semanas al quebrar las empresas. ¿Por qué estaba arriesgando su dinero ahora, en los peores momentos? ¿Por qué había hecho aquella tonta promesa a Melly? Si al menos dejase de llover...

Y si al menos los días dejasen de acortarse... Podía estar ocupada durante el día, pero la oscuridad la encerraba en su casa vacía sin más compañía que la de sus propios pensamientos. Y no quería pensar, porque no podía encontrar respuesta a nada. ¿Cómo se había metido en este lío? Si nunca había hecho deliberadamente nada para que la gente se volviese contra ella, ¿por qué se mostraban todos tan odiosos? ¿Por qué tardaba tanto Rhett en volver a casa? ¿Qué podía hacer ella para mejorar las cosas? Tenía que haber alguna solución; no podía estar eternamente pasando de una habitación a otra en aquella casa tan grande, como un guisante rodando de un lado a otro en un cubo vacío de hojalata.

Le habría gustado que Wade y Ella viniesen a casa para hacerle compañía; pero Suellen le había escrito que estaba toda la familia bajo cuarentena mientras, niño tras niño, los críos iban pasando por el largo e irritante tormento de la varicela.

Podía relacionarse de nuevo con los Bart y todos sus amigos. No importaba que hubiese llamado cerda a Mamie, pues ésta era tan insensible como una pared de ladrillos. Una de las razones de que a Scarlett le hubiese gustado tener amistad con «la escoria» era que podía fustigarlos con su lengua mordaz siempre que quería y ellos volvían siempre pidiendo más. «Pero, gracias a Dios, no he caído tan bajo. No voy a arrastrarme hacia ellos ahora que sé lo ruines que son.

»Lo malo es que anochece tan temprano y que las noches son tan largas y que yo no puedo dormir como debiera. Todo irá mejor cuando pare de llover..., cuando termine el invierno..., cuando Rhett venga a casa...»

Por fin cambió el tiempo y llegaron días brillantes, fríos, soleados, con altos jirones de nubes en el resplandeciente cielo azul. Colleton bombeó el agua acumulada en el hueco que había cavado, y el fuerte viento secó la arcilla roja de Georgia hasta darle una dureza de ladrillo. Entonces hizo pedidos de hormigón y de madera para construir los cimientos.

Scarlett se entregó ahora a la compra de regalos. Se acercaba Navidad. Compró muñecas para Ella y para cada una de las hijas de Suellen. Muñecos bebés para las más pequeñas, con los cuerpos de serrín y caras y manos y pies de porcelana. Susie y Ella recibirían sendas muñecas idénticas representando damas, con bonitos baúles de cuero llenos de hermosos vestidos. Wade era un problema; Scarlett nunca sabía qué hacer con respecto a él. Entonces se acordó de la promesa de Tony Fontaine de enseñarle a hacer girar los revólveres en un dedo, y compró un par de revólveres para Wade, con las iniciales del chico grabadas en las culatas con incrustaciones de marfil. Lo de Suellen fue fácil: un bolsito de seda bordado con perlitas, demasiado elegante para llevarlo en el campo, pero con una moneda de oro de veinte dólares dentro. Para Will era muy difícil escoger un regalo, era imposible. Scarlett estuvo buscando hasta que renunció y le compró otra chaqueta de piel de cordero, igual a la que le había regalado el año pasado y el año anterior. «La intención es lo que cuenta», se dijo firmemente.

Lo pensó largamente antes de decidir no regalar nada a Beau. Sin duda India devolvería el paquete sin abrirlo. Además, Beau no carecía de nada, pensó amargamente. La cuenta de los Wilkes en su almacén iba en aumento cada semana.

Compró un cortapuros de oro para Rhett, pero le faltó valor para enviarlo. En cambio, los regalos para su dos tías de Charleston eran mucho más bonitos que de costumbre. Tal vez dirían a la madre de Rhett lo amable que había sido, y la señora Butler se lo diría a Rhett.

«Me pregunto si él me enviará algo. O si me traerá algo. Tal vez vendrá por Navidad para acallar las habladurías.»

Esta posibilidad era lo bastante real como para que Scarlett empezase a decorar frenéticamente la casa. Cuando la tuvo convertida en una especie de pérgola hecha con ramas de pino, acebo y hiedra, llevó las sobras al almacén.

—Siempre hemos puesto una guirnalda de oropel en el escaparate, señora Butler. No hace falta nada más —dijo Willie Kershaw.

—No me diga lo que hace o no hace falta. Ponga esas guirnaldas de pino alrededor de todos los mostradores y la corona de acebo en la puerta. Hará que la gente se sienta navideña y gaste más en obsequios. No tenemos bastantes cosas bonitas para regalos. ¿Dónde está aquella caja grande de abanicos de papel encerado?

—Usted me dijo que la quitase de ahí. Dijo que no debíamos malgastar espacio con un estante para fruslerías, cuando la gente quería clavos y tablas de lavar.

—No sea estúpido; aquello fue entonces y esto es ahora. Saque la caja.

—Bueno, no sé exactamente donde la puse. Hace mucho tiempo.

—¡Virgen santa! Vaya a ver lo que quiere aquel hombre. Yo encontraré la caja.

Y se dirigió rápidamente al depósito de mercancías que había detrás de los locales destinados a la venta.

Scarlett estaba en lo alto de una escalera rebuscando entre los montones de cosas polvorientas de un estante, cuando oyó las voces conocidas de la señora Merriwether y su hija Maybelle.

—Creía que habías dicho que nunca volverías a poner el pie en el almacén de Scarlett, madre.

—Cállate; el dependiente podría oírte. Hemos buscado en todas las tiendas de la población y no hay manera de encontrar un trozo de terciopelo negro. Y no puedo terminar mi traje sin esto. ¿Acaso la reina Victoria ha llevado alguna vez una capa de color?

Scarlett frunció el entrecejo. ¿De qué diablos estaban hablando? Bajó de la escalera sin hacer ruido y caminó de puntillas para aplicar una oreja a la pared.

—No, señora —oyó que decía el dependiente—. No suelen pedir terciopelo.

—Tenía que habérmelo figurado. Vamos, Maybelle.

—Ya que estamos aquí, tal vez podría encontrar las plumas que necesito para mi disfraz de Pocahontas —dijo Maybelle.

—Tonterías. Vamos. No hubiésemos debido entrar aquí. Supón que nos viese alguien.

El andar de la señora Merriwether era pesado pero rápido. Cerró la puerta de golpe al salir.

Scarlett subió de nuevo la escalera. Toda su animación navideña se había extinguido. Alguien iba a dar un baile de disfraces y no la habían invitado. Lamentó no haber dejado que Ashley se rompiese el cuello en la tumba de Melanie. Encontró la caja que estaba buscando y la arrojó al suelo, donde se rompió, esparciendo los abanicos de brillantes colores en un amplio arco.

—Recójanlos y quítenles el polvo a todos —ordenó—. Me voy a casa.

Antes morir que empezar a patalear delante de sus empleados.

El periódico del día yacía sobre el asiento de su carruaje. Había estado demasiado ocupada con la decoración para leerlo. Y ahora tampoco le interesaba mucho, pero le serviría para esconder tras él la cara frente a los fisgones que quisieran mirarla. Se irguió y lo abrió en la página central, buscando «Nuestra carta de Charleston». Sólo trataba del Hipódromo Washington, recién abierto, y del próximo día de las Carreras Hípicas en enero. Leyó por encima las entusiastas descripciones de las Semanas Hípicas de antes de la guerra, las acostumbradas afirmaciones de que Charleston había tenido lo mejor y más cuidado de todo, y las predicciones de que las próximas carreras igualarían o superarían a sus predecesoras. Según el corresponsal, habría fiestas todos los días y un baile todas las noches durante semanas.

—Y apuesto a que Rhett Butler asistirá a todos —murmuró Scarlett, y arrojó el periódico al suelo.

Un titular en primera página le llamó la atención. EL CARNAVAL CONCLUIRÁ CON UN BAILE DE MÁSCARAS. «La vieja arpía y Maybelle debían de haber estado hablando de esto —pensó—. Todo el mundo, salvo yo, va a ir a fiestas maravillosas.» Tomó de nuevo el periódico.

«Terminados los preparativos —leyó—, podemos ahora anunciar que Atlanta celebrará el próximo 6 de enero un carnaval que sin duda rivalizará en magnificencia con el famoso martes de carnaval de Nueva Orleans. "Los juerguistas de la duodécima noche" es un grupo formado recientemente por las personalidades más sobresaliente de nuestra ciudad, pertenecientes a los círculos sociales y de negocios, y que ha promocionado este fabuloso acontecimiento. El Rey del Carnaval reinará en Atlanta, servido por una Corte de Nobles. Entrará en la ciudad y la cruzará en la carroza real, al frente de un desfile que según se calcula casi alcanzará dos kilómetros de longitud. Todos los ciudadanos, que serán sus súbditos aquel día, están invitados a presenciar el desfile y asombrarse con sus maravillas. La hora y el recorrido del desfile serán anunciados oportunamente en este periódico.

»Los actos del día terminarán con un Baile de Máscaras, para el cual será transformado el Teatro de la Ópera DeGives en un verdadero País de las Maravillas. "Los juerguistas" han cursado casi trescientas invitaciones a los caballeros más nobles y a las damas más bellas de Atlanta.»

—¡Maldita sea! —dijo Scarlett.

Entonces se desesperó y empezó a llorar como una chiquilla. No era justo que Rhett estuviera bailando y riendo en Charleston y que todos sus enemigos de Atlanta se divirtieran mientras ella permanecía encerrada en su vasta mansión silenciosa. Nunca había hecho nada lo bastante malo para merecer este castigo.

«Nunca habías sido tan timorata como para permitirles que te hiciesen llorar», se dijo con irritación.

Se enjugó las lágrimas con el dorso de las manos. No iba a revolcarse en la aflicción. Conseguiría lo que quería. Iría al baile; ya encontraría una manera.

No era imposible obtener una invitación para el baile; ni siquiera era difícil. Scarlett se había enterado de que el proclamado desfile se compondría en su mayor parte de carros adornados que anunciarían productos y establecimientos. Desde luego, los participantes tenían que pagar una cuota, así como el costo de decoración de la carroza; pero todos ellos recibían dos invitaciones para el baile. Envió a Willie Kershaw con el dinero para inscribir al Kennedy's Emporium en el desfile.

Esto reforzó su creencia de que casi todo podía ser comprado. El dinero lo podía todo.

—¿Cómo decorará la carroza, señora Butler? —preguntó Kershaw.

Esta pregunta brindaba cien posibilidades.

—Lo pensaré, Willie.

Bueno, podía pasar horas y horas y emplear muchas veladas pensando en la manera de hacer que todas las demás carrozas pareciesen lastimosas comparadas con la suya.

También tenía que pensar en su traje para el baile. Esto no iba a llevarle mucho tiempo. Tendría que repasar todas las revistas de modas, encontrar lo que lucía la gente, escoger la tela, convenir las pruebas, elegir el estilo de peinado...

¡Oh, no! Todavía estaba de luto de alivio. Seguramente no quería esto decir que debiera vestir de negro para un baile de máscaras. Nunca había asistido a uno; ignoraba las reglas. Pero lo que se pretendía era engañar a la gente, ¿no? Parecer otra persona, ir disfrazada. Desde luego, no vestiría de negro. El baile le atraía más a cada instante.

Se apresuró a realizar su trabajo de rutina en el almacén y corrió a casa de su modista, la señora Marie.

La corpulenta y jadeante Marie se quitó una serie de alfileres de la boca para decirle que las damas habían encargado los siguientes disfraces: Capullo de Rosa, un vestido de baile rosa adornado con rosas de seda; Copo de Nieve, un vestido de baile blanco adornado con puntillas almidonadas blancas y con lentejuelas; la Noche, terciopelo azul oscuro con estrellas de plata bordadas; la Aurora, rosa sobre un rosa más oscuro; Pastora, traje a rayas con un delantal blanco ribeteado de encaje...

—Está bien, está bien —dijo Scarlett con impaciencia—. Ya veo lo que van a llevar. Mañana le diré de qué voy a disfrazarme.

La señora Marie levantó las manos.

—Pero no tendré tiempo de hacer su traje, señora Butler. He tenido que buscar dos costureras más, y todavía no sé cómo me las voy a arreglar para acabar a tiempo... No veo el modo de añadir otro disfraz a los que ya he prometido.

Scarlett rechazó la negativa de la mujer con un movimiento de la mano. Sabía que podía obligarla a hacer lo que quería. Lo difícil era decidir lo que se pondría.

La solución se le ocurrió cuando estaba haciendo un solitario mientras esperaba la hora de cenar. Echó una ojeada a la baraja para ver si iba a salir el rey que necesitaba con objeto de llenar un espacio vacío. No; había dos reinas antes del próximo rey. No podría sacar el juego.

¡Una reina! Desde luego. Podría llevar un traje maravilloso con una larga cola adornada con piel blanca. Y muchas joyas.

Arrojó sobre la mesa las cartas que quedaban y subió corriendo las escaleras para mirar en su joyero. Oh, ¿por qué había sido Rhett tan reacio en comprarle joyas? Le compraba todo lo demás que ella quería, pero las únicas joyas que a él le gustaban eran las perlas. Sacó una sarta tras otra, amontonándolas sobre la cómoda. ¡Aquí! Sus pendientes de brillantes. Por descontado, se los pondría. Y podía llevar perlas en los cabellos, así como alrededor del cuello y en las muñecas. Lástima que no pudiese arriesgarse a lucir su anillo de compromiso, de esmeralda y brillantes. Demasiada gente lo reconocería y, si adivinaban quién era, podrían echarlo todo a perder. Contaba con el disfraz y la máscara para protegerse de la señora Merriwether e India Wilkes y de las otras mujeres. Pretendía divertirse mucho, bailar todos los bailes, integrarse de nuevo en el ambiente.

El 5 de enero, el día anterior al carnaval, toda Atlanta competía en los preparativos. La alcaldía había ordenado que todos los establecimientos estuviesen cerrados el día 6 y que todos los edificios del trayecto del desfile se adornasen con colgaduras rojas y blancas, los colores de Rex, el rey del carnaval.

Scarlett pensó que era una lástima cerrar el almacén un día en que la ciudad estaría atestada de gente llegada del campo para las celebraciones. Pero colgó grandes coronas de cintas en el escaparate del almacén y en la verja de hierro que bordeaba su casa y, como todo el mundo, se maravilló ante la transformación de las calles Whitehall y Marietta. Banderas y gallardetes adornaban todas las farolas y las fachadas de los edificios formando un verdadero túnel de brillantes y ondeantes colores rojo y blanco para la última etapa del desfile de Rex hacia su trono.

«Tendría que haber traído a Wade y Ella de Tara para que viesen el desfile —pensó—. Pero probablemente estén todavía débiles después de la varicela —recordó rápidamente—. Y no tengo entradas de baile para Suellen y Will. Además, les envié montones de regalos de Navidad.»

La lluvia incesante de aquel día de carnaval borró todo vestigio de remordimiento en lo tocante a los niños. En todo caso, no habrían podido estar en la calle bajo la humedad y el frío para contemplar el desfile.

Pero ella sí que podía. Se envolvió en un chal de abrigo y se plantó sobre el banco de piedra próximo a la verja, bajo un gran paraguas, de modo que podía ver perfectamente por encima de las cabezas y los paraguas de los espectadores que se hallaban en la acera.

Tal como habían prometido, la comitiva tenía más de un kilómetro de longitud. Era un espectáculo valiente y lamentable: la lluvia casi había destrozado los disfraces de los cortesanos medievales; los tintes rojos se habían desleído; las plumas de avestruz pendían lacias; los que habían sido airosos sombreros de terciopelo colgaban sobre los rostros como lechugas muertas. Los heraldos y los pajes estaban mojados y sin duda padecían frío, pero marchaban resueltos; los jinetes forcejeaban con cara hosca con sus también mojados caballos tratando de hacerlos avanzar sobre el barro pegajoso y resbaladizo. Scarlett unió su aplauso al de la multitud cuando pasó el maestro de ceremonias. Era el tío Henry Hamilton, que parecía ser el único que se estaba divirtiendo. Chapoteaba descalzo, llevando los zapatos en una mano y el sombrero manchado de barro en la otra, e iba saludando alternativamente con cada mano a la muchedumbre y sonriendo ampliamente.

Scarlett sonrió para sí cuando pasaron lentamente las Damas de la Corte en coches descubiertos. Las mujeres más distinguidas de la sociedad de Atlanta llevaban máscaras, pero su estoica aflicción se traslucía claramente en sus semblantes. La Pocahontas que era Maybelle Merriwether lucía sobre sus cabellos unas plumas mustias que iban goteando agua en sus mejillas y cuello. Las señoras Elsing y Whiting eran fácilmente reconocibles como una Betsy Ross y una Florence Nightingale caladas hasta los huesos y temblorosas. La señora Meade representaba, estornudando, los Buenos Tiempos Pasados, con un miriñaque de húmedo tafetán. Solamente la señora Merriwether no se veía afectada por la lluvia. La reina Victoria sostenía un gran paraguas negro sobre su seca cabeza real. Su manto de terciopelo estaba impecable.

Cuando las damas hubieron pasado, se produjo una larga interrupción y los espectadores empezaron a marcharse. Pero entonces se oyeron los lejanos acordes de *Dixie.* Un minuto después, la multitud empezó a aclamar estruendosamente, y siguió haciéndolo hasta que llegó la banda y se hizo el silencio.

Era una banda reducida, compuesta sólo por dos tambores, dos hombres que tocaban flautines y uno que tocaba una trompeta de sonido agudo y melodioso. Pero vestían de gris, con fajas doradas y brillantes botones de latón. Y delante de ellos marchaba un manco que sostenía el asta de la bandera de la Confederación con la mano que le quedaba. El estandarte de las barras y las estrellas estaba honrosamente hecho jirones, y volvía a desfilar por la calle Peachtree. La gente tenía la garganta demasiado oprimida por la emoción para prorrumpir en aclamaciones.

Scarlett sintió que rodaban lágrimas por sus mejillas, pero no eran de aflicción sino de orgullo. Los hombres de Sherman habían incendiado Atlanta y los yanquis habían saqueado Georgia, pero no habían podido destruir el Sur. Vio lágrimas como las suyas en las caras de las mujeres y de los hombres que tenía delante. Todos habían cerrado sus paraguas para permanecer descubiertos en honor a la bandera.

Se mantuvieron erguidos y orgullosos, soportando la fría lluvia durante un largo rato. La banda iba seguida de una columna de veteranos confederados, vestidos con los raídos uniformes de confección casera con que habían llegado a su hogar. Marchaban al compás de *Dixie* como si volviesen a ser jóvenes, y los sudistas calados por la lluvia que los veían pasar recobraron la voz para aclamarles y silbar y lanzar el grito estremecedor que era el *Rebel Yell*.

Los vítores duraron hasta que los veteranos se perdieron de vista. Entonces volvieron a abrirse los paraguas y la gente empezó a marcharse. Se habían olvidado del Rex y de la Noche de Reyes. El elemento culminante del desfile había llegado y había pasado, dejándolos mojados y helados, pero entusiasmados. «Magnífico», oyó Scarlett que decían docenas de bocas sonrientes, al pasar la gente por delante de su verja.

—Todavía no ha acabado el desfile —les dijo a algunos de ellos.

—Nada puede superar a *Dixie*, ¿eh? —respondió un hombre.

Scarlett sacudió la cabeza. Tampoco ella tenía interés en ver las carrozas aunque había trabajado mucho en la suya. Y había gastado mucho dinero en papel de seda y en adornos que la lluvia debía de haber estropeado. Pero al menos podía ahora sentarse para observar, lo cual ya era algo. No quería cansarse demasiado, cuando se celebraba esa noche el baile de máscaras.

Transcurrieron unos minutos interminables antes de que apareciese la primera carroza. Scarlett comprendió la razón al verla acercarse: las ruedas del carro se atascaban en el fango de la revuelta arcilla roja de la calle. Suspiró y se arrebujó en su chal. «Parece que la espera va a ser larga.»

Los carros decorados tardaron más de una hora en acabar de pasar por delante de ella. Antes de que terminase el desfile le castañeteaban los dientes. Pero, al menos, su carroza era la mejor. Las brillantes flores de papel que adornaban los costados del carro estaban empapadas, pero todavía resplandecían. Y el rótulo «Kennedy's Emporium», en letras doradas, leíase claramente a través de las gotas de lluvia prendidas en él. Sabía que los grandes barriles cuyos rótulos rezaban «harina», «azúcar», «harina de maíz», «melaza», «café», «sal», estaban vacíos, por lo que nada se echaba a perder. Y los barreños y tablas de lavar de cinc no se oxidarían. Las ollas de hierro eran de por sí defectuosas, de modo que Scarlett había pegado flores de papel sobre las melladuras. Lo único que no funcionaría bien serían las herramientas con mango de madera. Incluso las piezas de tela que había dispuesto artísticamente sobre un panel de tela metálica podría aprovecharlas para venderlas como saldos. Si alguien había esperado lo bastante para ver su carroza, estaba segura de que habría quedado impresionado.

Scarlett se encogió de hombros e hizo una mueca al ver la última carroza. Estaba rodeada de docenas de chiquillos que gritaban y hacían cabriolas. Un hombre disfrazado de duende arrojaba caramelos a derecha e izquierda. Scarlett miró el nombre del rótulo encima de su cabeza: «Rich's». Willie no paraba de hablar de estos nuevos almacenes de Five Points. Estaba preocupado porque sus precios eran más bajos y Kennedy's Emporium perdía algunos clientes. «Tonterías —pensó desdeñosamente Scarlett—. Rich's no se mantendrá en el negocio el tiempo suficiente para perjudicarnos. Recortar los precios y malbaratar las mercancías no es manera de triunfar en los negocios. Me alegro mucho de haber visto esto. Ahora puedo decirle a Willie Kershaw que no sea tan tontaina.»

Todavía se alegró más al ver la grande y última carroza detrás de la de Rich's. Era el trono del Rex. Había una gotera en el dosel a rayas rojas y blancas, de modo que caía continuamente agua sobre la cabeza coronada de oro y la capa de algodón imitando armiño del doctor Meade. Éste parecía terriblemente contristado.

—Y espero que pilles una pulmonía doble y te mueras —dijo Scarlett en voz baja.

Después entró corriendo en casa para tomar un baño caliente.

Scarlett iba disfrazada de Reina de Corazones. Habría preferido ser la Reina de Diamantes, con una resplandeciente corona de diamantes de imitación, una gargantilla y broches. Sin embargo, no hubiera podido entonces llevar sus perlas, que el joyero le había dicho que eran «dignas de la propia reina». Además, había encontrado unos bonitos y enormes rubíes de imitación para coserlos alrededor del profundo escote de su traje de terciopelo rojo. ¡Era magnífico poder llevar prendas de color!

La cola de su vestido estaba ribeteada de zorro blanco. Se estropearía antes de terminar el baile, pero no importaba; parecía muy elegante recogida sobre su brazo para bailar. Llevaba un misterioso antifaz de satén rojo que le cubría la cara hasta la punta de la nariz, y se había pintado los labios del mismo tono de rojo. Se sentía audaz y completamente segura. Esta noche podría bailar a su satisfacción sin que nadie la reconociese y pudiese insultarla. Celebrar un baile de disfraces había sido una idea maravillosa.

A pesar del antifaz, inquietaba a Scarlett entrar en el salón de baile sin un acompañante, pero su aprensión era infundada. Un grupo numeroso de caballeros enmascarados estaba entrando en el vestíbulo cuando se apeó ella de su coche, y se unió a ellos sin que nadie hiciese comentarios. Una vez dentro, miró asombrada a su alrededor. El Teatro de la Ópera DeGives había sido completamente transformado. Ahora, el bello teatro era un palacio real muy convincente.

Habían instalado una pista sobre la mitad inferior de la platea, alargando así el amplio escenario para convertirlo en un inmenso salón de baile. En el fondo, hallábase el doctor Meade sentado en el trono, en su papel de Rex, flanqueado por servidores uniformados entre los cuales se encontraba un copero real. En el centro del anfiteatro estaba la orquesta más numerosa que jamás hubiese visto Scarlett, y en la planta baja había masas de bailarines, observadores y paseantes. Reinaba un ambiente tangible de bulliciosa alegría, un desenfado fruto del anonimato proporcionado por las máscaras y los disfraces. En cuanto hubo entrado Scarlett en el salón, un hombre vestido de chino y con una larga coleta le rodeó la cintura con el brazo envuelto en seda y la llevó hacia la pista de baile. Podía ser un perfecto desconocido. La situación era peligrosa y excitante.

Tocaban un vals y su pareja era un bailarín consumado. Mientras daban vueltas, Scarlett vio hindúes enmascarados, payasos, arlequines, pierrots, monjas, osos, piratas, ninfas y cardenales, todos bailando tan locamente como ella. Cuando cesó la música, estaba sin aliento.

—Maravilloso —jadeó—, es maravilloso. ¡Tanta gente! Toda Georgia debe estar bailando aquí.

—No toda —dijo su pareja—. Algunos no tenían invitación.

Señaló hacia arriba con el dedo pulgar. Scarlett vio que el gallinero estaba lleno de espectadores en traje corriente. Aunque algunos no eran tan corrientes. Mamie Bart estaba allí, luciendo todos sus diamantes y rodeaba de otros miembros de «la escoria». «Hiçe bien en no volver a mezclarme con esa pandilla. Son demasiado bastos para ser invitados a ningún sitio.» Scarlett había conseguido olvidar el origen de su propia invitación.

La presencia de espectadores hacía que el baile le pareciese todavía más atractivo. Scarlett echó la cabeza atrás y rió. Sus pendientes de brillantes resplandecieron; pudo verlos reflejados en los ojos del mandarín a través de los agujeros de su antifaz.

Entonces, el hombre desapareció, empujado a un lado por un monje con la capucha echada hacia delante para cubrir su cara enmascarada. Sin decir palabra, éste asió la mano de Scarlett y la abrazó por la cintura cuando la orquesta atacó una animada polca.

Ella bailó como no había bailado en muchos años. Estaba atolondrada, contagiada por la excitante locura de la mascarada, intoxicada por la novedad de todo aquello, por el champán que iban ofreciendo en bandejas de plata unos pajes vestidos de satén, por el gozo de participar de nuevo en una fiesta, por su indiscutible éxito. Porque estaba triunfando y creía que nadie la conocía, que era invulnerable.

Reconoció a las damas de la Vieja Guardia. Llevaban los mismos trajes que habían lucido en el desfile. Ashley iba enmascarado, pero Scarlett le identificó en cuanto le vio. Llevaba un brazal de luto en la manga de su traje blanco y negro de arlequín. Sin duda le había arrastrado India hasta aquí para tener una compañía. Muy ruin por su parte, pensó Scarlett. «Desde luego, a ella no le importa que sea ruin con tal de que sea correcto, y los hombres enlutados no tienen que renunciar a ir a ningún lado, como les pasa a las mujeres. Pueden ponerse un brazal en su mejor traje y empezar a cortejar a otra mujer antes de que se haya enfriado su esposa en la tumba. Pero salta a la vista que el pobre Ashley aborrece encontrarse aquí. Sólo hay que ver lo abatido que está en su flamante disfraz. Bueno, no te preocupes, querido. Habrá muchas más casas como la que está construyendo ahora Joe Colleton. Cuando llegue la primavera estarás tan ocupado vendiendo madera que no tendrás tiempo de estar triste.»

Con el transcurso de la velada, el ambiente del baile de disfraces se iba haciendo aún más agitado. Algunos admiradores de Scarlett le preguntaron su nombre; uno trató incluso de levantarle el antifaz. Ella les esquivó sin dificultad. «No he olvidado cómo hay que manejar a los muchachos fogosos —pensó sonriendo—. Y son muchachos, con independencia de la edad que puedan tener. Incluso se van a escondidas a la esquina para tomar algo más fuerte que el champán. Antes de que te des cuenta, empezarán a lanzar el *Rebel Yell.*»

—¿De qué se ríe mi reina del misterio? —preguntó el apuesto jinete que, al parecer, estaba empeñado en pisarla mientras bailaban.

—Oh, de usted, naturalmente —respondió Scarlett, sonriendo.

No, no había olvidado nada.

Cuando el jinete le soltó la mano, para cederla al ansioso mandarín que había vuelto por tercera vez, Scarlett pidió delicadamente una silla y una copa de champán. El jinete le había magullado un dedo del pie.

Pero cuando su acompañante la conducía a un lado del salón para que se sentara, Scarlett declaró súbitamente que la orquesta estaba tocando su pieza favorita y que no podía abstenerse de bailarla.

Había visto, al pasar, a tía Pittypat y a la señora Elsing. ¿La habrían reconocido?

Una mezcla de irritación y temor nubló la gozosa excitación que sentía. Era consciente de que le dolía el pie magullado y de que el aliento del mandarín apestaba a whisky.

«Ahora no quiero pensar en esto; ni en la señora Elsing ni en mi pie dolorido. No dejaré que nada estropee mi diversión.» Trató de apartar a un lado sus pensamientos y de entregarse por entero a la fiesta. Pero, contra su voluntad, miraba a menudo hacia los bordes del salón de baile y a lós hombres y mujeres que estaban sentados o de pie allí.

Pasaron junto a un pirata alto y barbudo que estaba apoyado en la jamba de una puerta, y él hizo una reverencia. Scarlett contuvo el aliento. Volvió la cabeza para mirarle de nuevo. Había algo..., un aire de insolencia...

El pirata llevaba camisa blanca almidonada y pantalón negro de etiqueta. Aquello no era un disfraz, salvo por la ancha faja de seda roja y las dos pistolas introducidas en ella. Y se había atado unos lazos azules en las puntas de su espesa barba. Su máscara era un sencillo antifaz negro. No era ningún conocido, ¿verdad? Muy pocos hombres llevaban barbas espesas hoy en día. Sin embargo, la manera en que estaba plantado... y su modo de mirarla fijamente a través del antifaz...

Cuando Scarlett le miró por tercera vez, él sonrió, y sus dientes relucieron muy blancos en contraste con la barba oscura y la piel morena. Scarlett pensó que iba a desmayarse. Era Rhett.

No podía ser..., debía ser cosa de su imaginación... Pero no; no se sentiría de esta manera si fuese otra persona. ¿Y no era muy propio de él comparecer en un baile al que la mayoría de la gente no conseguía ser invitada? ¡Rhett era capaz de todo!

—Disculpe, pero tengo que dejarle. No, lo digo en serio.

Se apartó del mandarín y corrió hacia su marido.

Rhett se inclinó de nuevo.

—Edward Teach, a su servicio, señora.

—¿Quién?

¿Creía Rhett que no le había reconocido?

—Edward Teach, comúnmente llamado Barba Negra, el mayor villano que jamás surcó las aguas del Atlántico.

Rhett se atusó un mechón de la barba.

A Scarlett le dio un vuelco el corazón. «Se está divirtiendo —pensó—; haciendo bromas que sabe que casi nunca comprendo. Como solía hacer antes..., antes de que las cosas se estropeasen. No debo meter la pata ahora. No debo hacerlo. ¿Qué habría dicho yo, antes de quererle tanto?»

—Me sorprende que hayas venido a un baile en Atlanta, cuando se celebran fiestas tan espléndidas en tu preciosa Charleston —dijo.

Bien. Eso estaba bien. No era exactamente malicioso, pero tampoco demasiado afectuoso.

Rhett arqueó las negras cejas sobre el antifaz y Scarlett contuvo el aliento. Él hacía siempre esto cuando algo le divertía. Ella representaba bien su papel.

—¿Cómo estás tan bien informada sobre la vida social de Charleston, Scarlett?

—Leo el diario. Una periodista algo chiflada se empeña en no hablar más que de cierta carrera de caballos.

¡Maldita barba! Le pareció que él estaba sonriendo, pero no podía verle bien los labios.

—Yo también leo los periódicos —dijo Rhett—. Incluso en Charleston es noticia el que una población rural en auge como Atlanta decida pretender que es Nueva Orleans.

Nueva Orleans. Él la había llevado allí para su luna de miel. «Llévame otra vez —quería decirle—; empezaremos de nuevo y todo será diferente.»

Pero no debía decirlo, todavía no. Su mente saltó rápidamente de un recuerdo a otro. Estrechas calles empedradas, altas y sombreadas habitaciones con grandes espejos de marco dorado mate, manjares raros y maravillosos.

—Confieso que aquí los refrigerios no son tan refinados —dijo, ofendida.

Rhett rió entre dientes.

—Un elocuente eufemismo —comentó.

«Le estoy haciendo reír. No le oía reír desde hace un siglo... Habrá visto cómo se atropellaban los hombres para bailar conmigo.»

—¿Cómo me has reconocido? —preguntó Scarlett—. Llevo puesto un antifaz.

—Sólo he tenido que buscar a la mujer más ostentosamente vestida, Scarlett. Tenías que ser tú.

—Oh..., bribón. —Olvidó que estaba tratando de divertirle—. No estás muy apuesto, Rhett Butler, con esa estúpida barba. Igual hubieses podido ponerte una piel de oso sobre la cara.

—Fue el mejor disfraz que se me ocurrió. Hay muchas personas en Atlanta que no deseo que me reconozcan fácilmente.

—Entonces, ¿por qué has venido? Supongo que no sólo para insultarme.

—Te prometí que me haría ver lo bastante a menudo para acallar los rumores, Scarlett. Ésta era una ocasión perfecta.

—¿Crees que lo es un baile de disfraces? Nadie conoce a nadie.

—A medianoche todos se quitan las máscaras. Faltan aproximadamente cuatro minutos. Bailaremos para que nos vean y después nos marcharemos.

Rhett la tomó en brazos y Scarlett olvidó su enojo, olvidó el peligro de desenmascararse delante de sus enemigos, se olvidó del mundo. Nada era importante, salvo que él estaba allí y la estaba abrazando.

Scarlett permaneció despierta la mayor parte de la noche, esforzándose en comprender lo que había pasado: «Todo marchó bien en el baile... Cuando dieron las doce, el doctor Meade dijo que todo el mundo debía quitarse la máscara, y Rhett se echó a reír arrancándose también la barba. Juraría que se estaba divirtiendo. Saludó al doctor, hizo una reverencia a la señora Meade y luego me sacó de allí con toda facilidad. Ni siquiera advirtió que la gente me volvía la espalda; al menos, no dio señales de haberlo advertido. No dejaba de sonreír alegremente.

»Mientras nos dirigíamos a casa, el coche estaba demasiado oscuro para verle la cara, pero su voz sonaba bien. Yo no sabía qué decir, aunque no tuve necesidad de pensar porque Rhett me preguntó cómo iban las cosas en Tara y si su abogado pagaba puntualmente mis facturas, y cuando hube contestado a todo, estábamos en casa. Y entonces ocurrió aquello. Rhett estaba aquí, en el vestíbulo de la planta baja, y de pronto me dio las buenas noches, dijo que estaba cansado y subió a su vestidor.

»No se mostró antipático ni frío; sólo me dio las buenas noches y subió. ¿Qué significa esto? ¿Por qué se molestó en hacer el largo viaje? No sería para asistir a una fiesta cuando siempre es fiesta en Charleston. No porque fuese un baile de disfraces, ya que si eso le apetecía, podía ir al *Mardi Gras.* En fin de cuentas, tiene muchos amigos en Nueva Orleans.

»Él dijo "para acallar los rumores". ¡Y un cuerno! En todo caso, él los provocó al quitarse de aquella manera su estúpida barba.»

La mente de Scarlett volvió atrás, repasando una y otra vez todo lo de aquella velada hasta que empezó a dolerle la cabeza. Cuando consiguió dormirse, su sueño fue breve y agitado. Sin embargo, se despertó a tiempo de bajar a desayunar ataviada con su bata más atractiva. No se hizo llevar la bandeja a su habitación, porque Rhett siempre desayunaba en el comedor.

—¿Tan temprano, querida? —dijo él—. Eres muy amable. Así no tendré que escribir una nota de despedida. —Arrojó la servilleta sobre la mesa—. He empaquetado algunas cosas que olvidó Pork. Volveré más tarde a buscarlas, cuando me dirija a la estación.

«No me dejes», suplicó el corazón de Scarlett. Volvió la cara, para que no viese él la súplica de sus ojos.

—Por el amor de Dios, termínate el café, Rhett —dijo—. No voy a hacerte ninguna escena.

Se dirigió al aparador y se sirvió café, observándole en el espejo. Debía estar tranquila. Tal vez así él se quedaría.

Rhett se había puesto en pie y tenía el reloj abierto en la mano.

—No tengo tiempo —dijo—. He de ir a ver a algunas personas antes de marcharme. Estaré muy ocupado hasta el verano; por consiguiente, diré que me voy a América del Sur para asuntos de negocios, de este modo nadie chismorreará sobre mi larga ausencia. La mayoría de la gente de Atlanta no sabe siquiera dónde está América del Sur. Ya ves, querida, que hago honor a mi promesa de velar por tu reputación. —Sonrió maliciosamente, cerró el reloj y se lo metió en el bolsillo—. Adiós, Scarlett.

—¿Por qué no te vas de veras a América del Sur y te pierdes allí para siempre?

Cuando se hubo cerrado la puerta tras él, Scarlett tomó la botella de brandy. ¿Por qué se había portado ella de esta manera? Había dicho lo que no sentía. Él siempre había hecho lo mismo: incitarla a decir cosas que no quería decir; hubiese debido pensarlo mejor antes de salirse de sus casillas de esta manera. «Pero él no tenía que haberme lanzado pullas sobre mi reputación. ¿Cómo se habrá enterado de que he sido rechazada por la sociedad?»

Nunca se había sentido tan desgraciada.

9

Más tarde, Scarlett se avergonzó de sí misma. ¡Beber por la mañana! Sólo lo hacían los borrachos de la peor estofa. En realidad, se dijo, la situación no era tan mala. Al menos sabía ahora cuándo volvería Rhett. Tardaría demasiado, pero era algo. No perdería el tiempo preguntándose si sería hoy... o mañana... o pasado mañana.

Febrero empezó con un tiempo sorprendentemente templado, que hizo que brotasen hojas prematuras en los árboles y llenó el aire del aroma de la tierra que despertaba.

—Abrid todas las ventanas —dijo Scarlett a la servidumbre— y que desaparezca este olor a cerrado.

La brisa, que levantaba mechones sueltos de cabellos en sus sienes, era deliciosa. De pronto, añoró terriblemente Tara. ¡Si pudiese dormir allí, con un viento cargado de primavera que llevaría a su habitación un perfume a tierra caliente!

«Pero no puedo ir. Colleton podrá empezar al menos otras tres casas cuando este tiempo deshiele el suelo; pero no lo hará, a menos que yo esté aquí para pincharle. No he visto un hombre tan exigente en toda mi vida. Todo tiene que estar a punto. Por su gusto, Colleton esperaría a que el suelo estuviese tan caliente que pudiese cavar hasta China sin encontrar escarcha.

»¿Y si fuese a Tara sólo por unos pocos días? Unos pocos días no cambiarían mucho las cosas, ¿verdad?» Entonces recordó la palidez y el aire desalentado de Ashley en el baile de carnaval y lanzó un pequeño gruñido de contrariedad.

Si iba a Tara, no podría descansar tranquila.

Envió a Pansy a decir a Elias que trajese el coche. Tenía que ir en busca de Joe Colleton.

Aquella tarde, como para recompensarla por cumplir con su deber, sonó la campanilla de la puerta justo cuando había anochecido.

—Scarlett, encanto —gritó Tony Fontaine cuando el mayordomo le abrió la puerta—, un viejo amigo necesita una habitación para esta noche. ¿Te apiadarás de él?

—¡Tony!

Scarlett salió corriendo del cuarto de estar para abrazarle.

Él dejó caer el equipaje al suelo y abrió los brazos para estrechar con fuerza a Scarlett.

—¡Dios santo, Scarlett!, veo que te desenvuelves muy bien —dijo—. Cuando vi esta casa tan grande, pensé que algún imbécil me había dado la dirección de un hotel. —Miró la lujosa lámpara, el papel aterciopelado de las paredes y los grandes espejos de marco dorado del vestíbulo, e hizo un guiño—. No me extraña que te casaras con aquel charlestoniano en vez de esperarme. ¿Dónde está Rhett? Me gustaría conocer al hombre que me quitó a mi amada.

Los dedos fríos del miedo recorrieron la espina dorsal de Scarlett. ¿Había dicho Suellen algo a los Fontaine?

—Rhett está en América del Sur —dijo con animación—. ¿Te imaginas? ¡Yo creía que los misioneros eran las únicas personas que iban a un lugar tan alejado!

Tony se echó a reír.

—También yo lo creía. Siento no poder saludarle, aunque es una suerte para mí. Así te tendré para mí solo. ¿Y si dieses algo de beber a un sediento?

Ahora estaba segura de que no sabía que Rhett la había dejado.

—Creo que una visita tuya requiere champán.

Tony dijo que el champán sería muy bien recibido más tarde, pero que ahora sólo deseaba un buen whisky bourbon y un baño. Seguro que todavía olía a boñiga de vaca.

Scarlett le preparó personalmente la bebida y después le envió arriba, con el mayordomo como guía, a una de las habitaciones para invitados. Gracias a Dios, la servidumbre vivía en la casa; no habría escándalo, aunque Tony se quedara todo el tiempo que quisiera. Y ella tendría un amigo con quien hablar.

Bebieron champán con la cena, y Scarlett se puso sus perlas. Tony comió cuatro grandes pedazos del pastel de chocolate que había hecho a toda prisa la cocinera para postre.

—Diles que envuelvan lo que quede, para que pueda llevármelo —suplicó—. Lo que más me pirra en este mundo es un pastel de chocolate con una gruesa capa de glaseado, como éste. Siempre me ha gustado lo dulce.

Scarlett rió y envió el mensaje a la cocina.

—¿Qué me dices de Sally, Tony? ¿No es una buena cocinera?

—¿Sally? ¿Qué te hace pensar eso? Prepara un postre estupendo cada noche, sólo para mí. Alex no tiene esta debilidad mía por los dulces.

Scarlett pareció intrigada.

—¿Quieres decir que no lo sabías? —dijo Tony—. Pensaba que Suellen te lo habría dicho por carta. Me vuelvo a Tejas, Scarlett; lo decidí en Navidad.

Hablaron durante horas. Al principio, ella le suplicó que se quedase, hasta que la desmañada turbación de Tony se convirtió en el famoso genio de los Fontaine.

—¡Maldita sea, Scarlett, cállate de una vez! Lo intenté, sabe Dios que lo intenté, pero no puedo aguantar más. Por consiguiente, será mejor que no me chinches.

Su voz fuerte hizo que los prismas de la lámpara oscilasen y tintineasen.

—Deberías pensar en Alex —insistió ella.

La expresión del semblante de Tony hizo que se detuviera. La voz de él era tranquila cuando habló.

—Realmente, lo intenté —dijo.

—Lo siento, Tony.

—Yo también, encanto. ¿Por qué no dices a tu flamante mayordomo que descorche otra botella y hablamos de otra cosa?

—Cuéntame cosas de Tejas.

Los ojos negros de Tony se iluminaron.

—No hay una valla en ciento cincuenta kilómetros. —Se echó a reír y añadió—: Es porque no hay muchas cosas que valga la pena cercar, a menos que te gusten el polvo y la maleza seca. Pero uno aprende a conocerse cuando tiene que desenvolverse solo en aquel vacío. Allí no hay pasado; no puedes aferrarte a lo poco que te queda. Todo depende del minuto presente, o tal vez de mañana, pero no de ayer.

Levantó su copa.

—Estás más hermosa que una pintura, Scarlett. Rhett no debe ser muy inteligente o no se habría marchado sin ti. Yo me insinuaría, si pensara que podría darme resultado.

Scarlett sacudió la cabeza con coquetería. Era divertido jugar a los antiguos juegos.

—Tú te insinuarías a mi abuela, si fuese la única mujer en estos andurriales, Tony Fontaine. Ninguna dama está segura contigo en una habitación, cuando la miras con esos ojos tan negros y sonríes con esa sonrisa tan blanca.

—Vamos, encanto, ya sabes que no es así. Soy el hombre más caballeroso del mundo..., siempre que la belleza de la dama no me haga perder la cabeza.

Charlaron ingeniosamente, hasta que el mayordomo trajo la botella de champán. Entonces brindaron por los dos. A Scarlett aquel rato de diversión le bastaba para achisparse, de modo que dejó que Tony terminase la botella. Y éste, entre copa y copa, le contó historias de Tejas que la hicieron reír hasta dolerle los costados.

—Tony, quisiera que te quedases unos días —dijo ella cuando él declaró que estaba a punto de dormirse sobre la mesa—. No me había divertido tanto en mucho tiempo.

—Ojalá pudiese hacerlo. Me gusta beber y comer hasta hartarme con una linda joven riendo a mi lado. Pero tengo que aprovechar el buen tiempo. Mañana tomaré el tren hacia el Oeste, antes de que vuelvan las heladas. Sale muy temprano. ¿Tomarás café conmigo, antes de que me vaya?

—No me lo impedirías aunque quisieras.

Elias los condujo a la estación bajo la penumbra gris que precede a la salida del sol y, cuando Tony subió al tren, Scarlett le despidió con el pañuelo. Él llevaba un maletín de cuero y una enorme bolsa de lona en la que había metido la silla de montar. Cuando hubo dejado el equipaje en la plataforma del vagón, Tony se volvió y saludó con su gran sombrero de Tejas adornado con una cinta de piel de serpiente. Este ademán hizo que se abriese su chaqueta, y Scarlett alcanzó a ver los dos revólveres que colgaban del cinturón.

«Al menos se habrá quedado lo bastante para enseñar a Wade a hacer girar el suyo —pensó—. Espero que no se pegue un tiro en un pie.» Lanzó un beso a Tony. Éste tendió el sombrero para recogerlo, metió la mano en él, la sacó y guardó el beso en el bolsillo del chaleco donde llevaba el reloj. Scarlett reía todavía cuando arrancó el tren.

—Llévame a la finca donde está trabajando el señor Colleton —dijo a Elias.

El sol habría salido cuando llegasen allí, y sería mejor que la brigada estuviese trabajando o la iban a oír. Tony tenía razón. Había que aprovechar el intervalo de buen tiempo.

Joe Colleton se mostró inconmovible.

—Yo he hecho lo que dije que haría, señora Butler, pero ha ocurrido lo que esperaba. El deshielo no ha profundizado lo bastante para poder cavar un sótano. Pasará otro mes antes de que pueda empezar.

Scarlett intentó engatusarlo y después se puso furiosa, pero no sirvió de nada. Y todavía estaba rabiando como consecuencia de su frustración, cuando, un mes más tarde, un mensaje de Colleton la hizo acudir de nuevo a aquel lugar.

No vio a Ashley hasta que fue demasiado tarde para volverse atrás. ¿Qué voy a decirle? No tengo ninguna excusa para estar aquí, y Ashley es tan listo que no se dejará engañar por las mentiras que yo pueda inventar. Scarlett esbozó una apresurada sonrisa que sin embargo le salió tan apagada como ella se sentía.

Pero Ashley no pareció advertirlo. La ayudó a bajar del coche con su acostumbrada e innata cortesía.

—Me alegro de que hayas venido, Scarlett; siempre es agradable verte. El señor Colleton me dijo que vendrías y por esta razón me he entrenido aquí lo más posible. —Sonrió tristemente—. Los dos sabemos que no soy un hombre de negocios, querida, de modo que mi consejo no vale gran cosa, pero quiero decirte que, si realmente construyes otro almacén aquí, no puedes fallar en absoluto...

«¿De qué estaba hablando? Ah..., sí, ya veo. ¡Qué listo es Joe Colleton! Él le ha dado ya un pretexto para justificar mi presencia aquí.» Volvió de nuevo su atención a Ashley.

—... y he oído decir que es muy probable que la ciudad instale una línea de tranvías por aquí, hasta el borde de la zona urbana. ¿No es sorprendente cómo está creciendo Atlanta?

Ashley parecía más animoso. Muy cansado por el esfuerzo de vivir, pero más capaz de hacerlo. Scarlett deseó fervientemente que esto fuera un síntoma de que el negocio de la madera marchaba mejor. No podría soportar que el aserradero y el almacén de madera se extinguiesen también. Nunca podría perdonárselo a Ashley.

Él le tomó la mano entre las suyas y la miró con preocupación.

—Pareces cansada, querida. ¿Va todo bien?

Ella deseó apoyar la cabeza en su pecho y gemir y decirle que todo era horrible. Pero sonrió.

—Oh, perfectamente, Ashley; no seas tonto. La noche pasada estuve en una fiesta y me acosté tarde; eso es todo. Nunca deberías insinuarle a una dama que no parece estar como una rosa.

«Aunque puedes decírselo a India y a todas sus ruines y viejas amigas», añadió mentalmente.

Ashley aceptó su explicación sin discutirla. Empezó a hablarle de las casas de Joe Colleton como si ella no lo supiese todo, especificando hasta el número de clavos necesarios para cada una de ellas.

—Será una construcción de alta calidad —dijo Ashley—. Por una vez, los menos afortunados serán tratados igual que los ricos. Es algo que nunca pensé ver en estos días de descarado oportunismo. Parece que, a fin de cuentas, no se han perdido todos los antiguos valores. Es para mí un honor participar en esto. Mira, Scarlett, el señor Colleton quiere que yo suministre la madera.

Ella puso cara de asombro.

—¡Oh, Ashley! ¡Esto es estupendo!

Y lo era. Estaba realmente satisfecha de que su plan para ayudarle funcionase tan bien. Pero, después de hablar en privado con Colleton, pensó que ella no había imaginado que Ashley se lo iba a tomar tan a pecho, pues según le dijo Joe, Ashley se proponía pasar todos los días algún rato en la obra. Por el amor de Dios, ella había pretendido proporcionarle unos ingresos a Ashley, ¡no un entretenimiento! Ahora ella no podía ir allí.

Salvo los domingos, cuando no se trabajaba. Esa excursión semanal se convirtió casi en una obsesión para Scarlett. Apenas si pensaba en Ashley cuando veía la limpia y sólida madera de la armazón y las vigas y, después, la que formaba las paredes y los suelos al ir alzándose la casa. Pasaba entre los montones de material y de escombros con el corazón anhelante. ¡Cuánto le gustaría participar en todo esto, oír los martillazos, observar las virutas saltando enroscadas de los cepillos, ver el progreso diario! ¡Estar ocupada!

«Sólo tengo que esperar a que llegue el verano —estas palabras eran para ella una letanía, su cuerda de salvamento— para que venga Rhett. A él puedo contárselo, es el único a quien se lo puedo contar, es el único que se preocupa por mí. No querrá que viva de esta manera, rechazada y desgraciada, cuando sepa lo espantoso que es todo. ¿Qué fue lo que anduvo mal? Yo creía que, si tenía el dinero suficiente, estaría segura. Ahora soy rica, pero siento más miedo del que sentí en toda mi vida.»

No obstante, llegó el verano y Rhett no la visitó ni ella tuvo noticias de él. Scarlett volvía apresuradamente del almacén a casa todas las mañanas, para estar dispuesta por si acaso él llegaba en el tren del mediodía. Por la tarde, se ponía su vestido más atractivo y sus perlas para la cena, por si acaso venía él por otro camino. La larga mesa resplandecía ante ella con su plata y su grueso damasco almidonado. Fue entonces cuando empezó a beber de una manera constante, para combatir el silencio mientras aguzaba el oído a fin de escuchar sus pisadas.

Empezó a tomar jerez por la tarde, sin darle importancia; a fin de cuentas, tomar una copa o dos de jerez era propio de una dama. Y apenas se dio cuenta cuando pasó del jerez al whisky... o cuando necesitó beber para hacer las cuentas del almacén, porque la deprimía que el negocio decayese tanto... o cuando empezó a dejar comida en el plato, porque el alcohol satisfacía mejor su hambre... o cuando empezó a tomar una copa de brandy al levantarse por la mañana...

Apenas se dio cuenta de que el verano daba paso al otoño.

Pansy llevó el correo de la tarde al dormitorio en una bandeja. En los últimos tiempos, Scarlett había tomado la costumbre de intentar dormir un rato después de comer. Así llenaba parte de la tarde vacía y podía descansar un poco; un descanso que le era negado por la noche.

—¿Quiere que le prepare una taza de café u otra cosa, señora Scarlett?

—No. Ve a lo tuyo, Pansy.

Scarlett tomó la carta de encima y la abrió. Echó una rápida mirada a Pansy, que estaba recogiendo las prendas que había arrojado ella al suelo. ¿Por qué no salía de una vez esa estúpida de la habitación?

La carta era de Suellen, y Scarlett no se molestó en sacar del sobre las dobladas hojas de papel. Sabía lo que le diría Suellen. Más quejas sobre la mala conducta de Ella, como si sus propias hijitas fuesen unas santas. Y sobre todo, maliciosas insinuaciones sobre lo mucho que costaba todo y lo poco que rendía Tara y lo rica que era Scarlett. Ésta arrojó la carta al suelo. Ahora no tenía ganas de leerla. Lo haría mañana... Oh, gracias a Dios que se había ido Pansy.

«Necesito un trago. Casi es de noche y no hay nada malo en beber un poco al anochecer. Sólo tomaré una copita de brandy, muy despacio, mientras acabo de leer la correspondencia.»

La botella escondida detrás de las cajas de sombreros estaba casi vacía. Scarlett se puso furiosa. «¡Maldita Pansy! Si no me peinase tan bien, la despediría mañana mismo. Tiene que haber sido Pansy quien se lo ha bebido. O una de las otras doncellas. Yo no he podido beber tanto. Sólo hace unos días que puse la botella ahí. Pero no importa. Me llevaré las cartas al comedor. Después de todo, ¿qué importa si los criados observan lo de prisa que baja el nivel del licor en la botella? Es mi casa y ésta es mi botella y mi brandy, y puedo hacer lo que me plazca. ¿Dónde está mi bata? Allí está. ¿Por qué resulta tan difícil abrochar los botones? Tardaré una eternidad.»

Se sentó tranquilamente a la mesa para leer la correspondencia.

Una circular de un dentista recién llegado. ¡Bah! Gracias, sus dientes eran perfectos. Otra de un repartidor de leche. Un anuncio de una nueva obra en DeGives. Scarlett revolvió los sobres con irritación. ¿No había ninguna carta que valiese la pena? Su mano se detuvo cuando tocó un fino y crujiente sobre de papel cebolla, escrito con una caligrafía de patas de mosca. Tía Eulalie. Apuró el brandy y abrió la carta. Siempre había aborrecido las amonestadoras y remilgadas misivas de la hermana de su difunta madre. Pero tía Eulalie vivía en Charleston. Tal vez mencionaría a Rhett, ya que la madre de éste era su más íntima amiga.

Scarlett repasó rápidamente la carta con los ojos, entrecerrándolos para distinguir las palabras. Tía Eulalie siempre escribía en ambas caras del fino papel y, con frecuencia, de través, llenando una página y después volviendo ésta en ángulo recto y escribiendo sobre las líneas anteriores. Y todo para decir mucho sobre muy poco.

El calor impropio del otoño... Esto lo decía cada año... Que tía Pauline estaba mal de la rodilla... Había estado mal de la rodilla desde que Scarlett recordara... Una visita a sor Mary Joseph... Scarlett hizo una mueca. Nunca pensaba en Carreen, su hermana pequeña, por su nombre de religiosa, aunque ésta llevaba ocho años en el convento de Charleston... Las obras de la catedral estaban muy retrasadas porque no había aportaciones, ¿no podría Scarlett...? ¡Caray! Ella cuidaba de que sus tías tuviesen un techo bajo el que cobijarse, ¿tenía que cuidar también de la catedral? Volvió la hoja, frunciendo el ceño.

El nombre de Rhett saltó de entre la maraña de palabras cruzadas.

«A una se le alegra el corazón al ver que una amiga querida como Eleanor Butler encuentra la felicidad después de tantos años de amarguras. Rhett se desvive por su madre, y este cariño ha servido mucho para redimirle a los ojos de todos aquellos que deploraban las costumbres desenfrenadas de cuando era más joven. Yo no alcanzo a comprender, y tampoco lo comprende tu tía Pauline, por qué te empeñas en continuar con tu inexplicable preocupación por el comercio, cuando no tienes la menor necesidad de explotar el almacén. En muchas ocasiones he deplorado tu actuación a este respecto, y nunca atendiste mis súplicas de que abandones una actividad tan impropia de una dama. Por consiguiente, hace ya unos años que dejé de referirme a ello. Pero ahora, cuando esto te aparta del sitio que te corresponde al lado de tu marido, me creo en el deber de aludir una vez más a esta desagradable cuestión.»

Scarlett arrojó la carta sobre la mesa. ¡Conque era ésta la versión que daba Rhett! Que ella no quería abandonar el almacén e ir a Charleston con él. ¡Maldito embustero! Ella le había suplicado que la llevase con él cuando se había marchado. ¿Cómo se atrevía a calumniarla de esta manera? Tendría que cantarle las cuarenta al señor Rhett Butler cuando viniese.

Se dirigió al aparador y vertió brandy en su copa. Parte de él se derramó sobre la brillante superficie de madera, y lo enjugó con la manga. Probablemente lo negaría, el muy canalla. Bueno, le pondría ante las narices la carta de tía Eulalie. ¡A ver si llamaba embustera a la mejor amiga de su madre!

De pronto, la abandonó la cólera y sintió frío. Sabía lo que diría él: «¿Preferirías que hubiese dicho la verdad? ¿Que te dejé porque vivir contigo era insoportable?»

¡Qué vergüenza! Cualquier cosa era mejor que esto. Incluso su soledad, mientras esperaba que él volviese a casa. Se llevó la copa a los labios y la apuró.

Le llamó la atención este movimiento al reflejarse en el espejo de encima del aparador. Poco a poco, bajó la mano y dejó la copa. Se miró a los ojos. Éstos se abrieron, impresionados por lo que veían. En realidad, no se había mirado en el espejo desde hacía meses y no podía creer que aquella mujer pálida, delgada y ojerosa tuviese algo que ver con ella. ¡Oh, parecía que no se había lavado los cabellos en muchas semanas!

¿Qué le había sucedido?

Su mano buscó automáticamente la botella, y esto le dio la respuesta. Scarlett retiró la mano y vio que estaba temblando.

—¡Oh, Dios mío! —murmuró. Se apoyó en el borde del aparador y miró fijamente su imagen—. ¡Imbécil! —exclamó.

Cerró los ojos y unas lágrimas rodaron lentamente por sus mejillas; las enjugó con dedos temblorosos.

Deseaba beber como nunca había ansiado nada en su vida. Se pasó la lengua por los labios. Su mano derecha se movió de propio acuerdo y se cerró alrededor del cuello de la resplandeciente botella de cristal tallado. Scarlett miró aquella mano como si perteneciese a una desconocida, y después se fijó en la bella y pesada botella de cristal, con la promesa de evasión que contenía. Poco a poco, observando sus movimiento en el espejo, levantó el frasco y se echó atrás para no ver su propia y espantosa imagen.

Entonces respiró hondo y extendió el brazo con toda su fuerza. La botella lanzó destellos azules y rojos y violeta bajo la luz del sol al estrellarse contra el gran espejo. Por un instante, vio Scarlett que su cara se quebraba, y vio también su torcida sonrisa victoriosa. Entonces se rompió el cristal azogado y pequeños trozos se esparcieron sobre el aparador. La parte alta del espejo pareció inclinarse hacia delante desde el marco, y grandes pedazos dentados chocaron estruendosamente contra el aparador, el suelo y los fragmentos que habían caído primero.

Scarlett lloraba y reía y gritaba ante la destrucción de su propia imagen.

—¡Cobarde! ¡Cobarde! ¡Cobarde!

No sentía los pequeños cortes que los trocitos voladores de cristal le habían producido en los brazos, el cuello y la cara. Sintió un sabor salado en la lengua; se tocó el hilo de sangre que resbalaba por una de sus mejillas y se miró con sorpresa los dedos enrojecidos.

Contempló el sitio donde su imagen se había reflejado, pero ésta había desaparecido. Rió espasmódicamente: era un alivio.

Los criados habían acudido corriendo hasta la puerta al oír el estrépito. Permanecían apiñados, temerosos de entrar en la estancia, mirando con miedo la figura rígida de Scarlett. Ésta volvió de pronto la cabeza en su dirección y Pansy lanzó un débil grito de espanto al ver su cara manchada de sangre.

—Marchaos —dijo tranquilamente Scarlett—. Estoy perfectamente. Marchaos. Quiero estar sola.

Ellos la obedecieron sin pronunciar palabra.

Estaba sola, tanto si quería como si no, y el brandy no lo remediaría. Rhett no volvía a casa; esta mansión ya no constituía un hogar para él. Ella lo sabía desde hacía mucho tiempo, pero se había negado a creerlo. Había sido cobarde y estúpida. No era extraño que no hubiese reconocido a la mujer del espejo. Aquella tonta cobarde no era Scarlett O'Hara. Scarlett O'Hara no..., ¿cómo lo decían?, ahogaba sus penas. Scarlet O'Hara no se escondía y esperaba. Hacía frente a lo peor que podía darle el mundo. Y asumía cualquier riesgo con tal de tomar lo que quería.

Scarlett se estremeció. ¡Qué cerca había estado de destruirse!

Pero se acabó. Ya era hora, hora sobrada, de cuidar de su propia vida. No más brandy. Había arrojado aquella muleta.

Todo su cuerpo le pedía una copa, pero se negó a prestarle atención. Había hecho cosas más difíciles en su vida; podía hacer ésta. Tenía que hacerlo.

Sacudió el puño hacia el espejo roto.

—Trae tus siete años de mala suerte, ¡maldito seas!

Su risa era desafiante y entrecortada.

Se apoyó un momento en la mesa, para recobrar las fuerzas. Tenía mucho que hacer.

Entonces cruzó la habitación, desmenuzando con los tacones los fragmentos de espejo.

—¡Pansy! —gritó desde la puerta—. Quiero que me laves los cabellos.

Estaba temblando de los pies a la cabeza, pero obligó a sus piernas a llevarla hasta la escalera y subir el largo tramo de peldaños.

—Mi piel debe de estar toda rasposa —dijo en voz alta, esforzándose en no pensar en lo que le pedía el cuerpo—. Necesitaré litros de agua de rosas y de glicerina. Y tengo que renovar todo mi vestuario. La señora Marie puede contratar costureras extras.

No debía tardar más de unas pocas semanas en superar su flaqueza y recobrar su mejor aspecto. No tardaría más.

Debía ser fuerte y parecer hermosa, y no tenía tiempo que perder. Ya había perdido demasiado.

Rhett no había vuelto a ella; por consiguiente ella tendría que ir a él. A Charleston.

LIBRO SEGUNDO

APOSTANDO FUERTE

10

Una vez tomada su resolución, la vida de Scarlett cambió radicalmente. Ahora tenía un objetivo y puso toda su energía en lograrlo. Más tarde pensaría en cómo haría exactamente que volviese Rhett después de llegar ella a Charleston. De momento, había de prepararse para el viaje.

La señora Marie levantó las manos y declaró que era imposible confeccionar un vestuario completo en unas pocas semanas; tío Henry Hamilton juntó las puntas de los dedos y expresó su desaprobación cuando Scarlett le dijo lo que quería que hiciese. Su oposición hizo que los ojos de Scarlett brillasen con el entusiasmo del combate y, al fin, salió ella triunfante. A principios de noviembre tío Henry había asumido la dirección financiera del almacén y del bar, con el compromiso de que el dinero iría a parar a Joe Colleton. Y el dormitorio de Scarlett era un caos de colores y encajes: los de sus vestidos nuevos, a punto de ser empaquetados para el viaje.

Todavía estaba delgada y tenía unas leves ojeras. Porque las noches habían sido tormentos de insomnio y de fuerza de voluntad para resistirse a gozar del descanso prometido por la botella de brandy. Pero también había ganado aquella guerra y recobrado su apetito normal. Su cara estaba ya lo bastante llena para que se formase en ella un fugaz hoyuelo al sonreír, y su busto era seductoramente rollizo. Estaba segura de que, después de pintarse hábilmente los labios y las mejillas, volvería a parecer casi una niña.

Era hora de emprender la marcha.

«Adiós, Atlanta —dijo mentalmente Scarlett al salir el tren de la estación—. Trataste de derrotarme, pero no te lo permití. Tu aprobación me tiene sin cuidado.»

Se dijo que el escalofrío que sentía debía de ser causado por una corriente de aire. No tenía miedo, en absoluto. Iba a pasarlo estupendamente en Charleston. ¿Acaso no se decía siempre que era la ciudad más alegre de todo el Sur? Y sin duda sería invitada a todas partes; tía Pauline y tía Eulalie conocían a todo el mundo. Lo sabrían todo acerca de Rhett: donde vivía, qué estaba haciendo. Lo único que tendría que hacer ella sería...

Era una tontería pensar ahora en esto. Ya lo decidiría cuando estuviese allí. Si pensaba en esto ahora, se pondría nerviosa y flaquearía en su decisión de ir a Charleston, cuando ya lo había resuelto.

¡Dios mío! También sería tonto ponerse nerviosa. Charleston no era el fin del mundo. Bueno, Tony Fontaine se marchó a Tejas, que estaba a un millón de kilómetros de distancia, con la misma facilidad con que habría dado un paseo a caballo hasta Decatur. Además, ella había estado en Charleston antes de ahora. Sabía a dónde iba...

No importaba que hubiese aborrecido esa ciudad, a fin de cuentas, entonces era muy joven; sólo tenía diecisiete años y era viuda y tenía un pequeño, por añadidura. A Wade Hampton todavía no habían empezado a salirle los dientes. De esto hacía más de doce años. Ahora sería todo completamente distinto. Y todo saldría bien, exactamente como quería ella.

—Pansy, ve y dile al mozo del vagón que cambie de sitio nuestro equipaje; quiero estar más cerca de la estufa. Entra una corriente de aire por esta ventanilla.

Scarlett envió un telegrama a sus tías desde la estación de Augusta, donde hizo transbordo al tren de Carolina del Sur:

> LLEGO TREN 4 TARDE PARA VISITA STOP SÓLO UNA CRIADA STOP SALUDOS SCARLETT

Lo había pensado bien. Exactamente diez palabras y no había peligro de que sus tías respondiesen con alguna excusa para impedirle el viaje, puesto que estaba ya en camino. Aunque probablemente no lo habrían hecho. Eulalie le pedía siempre que fuese a visitarlas y la hospitalidad era todavía de rigor en las tierras del Sur. Pero era tonto arriesgarse cuando se podía actuar sobre seguro, y ella necesitaba en primer lugar la casa y la protección de sus tías. Charleston era una ciudad muy engreída, y era evidente que Rhett estaba tratando de volver a la gente contra ella.

No; no quería pensar en esto. Esta vez le encantaría Charleston. Estaba resuelta. Todo sería diferente, su vida sería diferente. No mires atrás, se había dicho siempre. Y ahora lo decía más convencida que nunca. Su vida entera quedaba atrás, más atrás a cada vuelta que daban las ruedas. Todo lo que requerían sus negocios estaba en manos de tío Henry, otra persona cuidaba de sus responsabilidades para con Melanie, y sus hijos estaban aposentados en Tara. Por primera vez en su vida de adulta podía hacer todo lo que quisiera, y sabía lo que esto era. Demostraría a Rhett que se había equivocado al negarse a creer que ella le amaba. Se lo demostraría, seguro. Y entonces, Rhett lamentaría haberla dejado. La abrazaría y besaría, y serían felices para siempre..., incluso en Charleston, si él insistía en quedarse allí.

Perdida en su ensueño, no se fijó en el hombre que subió al tren en Ridgeville hasta que éste tropezó con el brazo de su asiento. Entonces Scarlett se echó atrás como si la hubiese golpeado: el tipo llevaba el uniforme azul del Ejército de la Unión.

¡Un yanqui! ¿Qué estaba haciendo aquí? Aquellos tiempos habían pasado y ella quería olvidarlos para siempre, pero volvió a recordarlo todo al ver aquel uniforme. El miedo que había sentido durante el sitio de Atlanta; la brutalidad de los soldados que despojaron a Tara de sus pocas reservas de comida y prendieron fuego a la casa; el chorro de sangre que brotó cuando disparó contra un soldado rezagado antes de que pudiese violarla... Scarlett sintió que su corazón volvía a palpitar de terror y a punto estuvo de lanzar un grito. ¡Maldito sea, malditos sean todos por destruir el Sur! Malditos, sobre todo, por hacer que se sintiese impotente y asustada. Aborrecía esta impresión y los aborrecía a ellos.

«No dejaré que esto me trastorne. No dejaré que nada me turbe ahora, cuando necesito estar en plenas facultades para Charleston y Rhett. No miraré al yanqui ni pensaré en el pasado. Ahora sólo cuenta el futuro.» Contempló resueltamente por la ventanilla el paisaje de colinas bajas, tan parecido al de los alrededores de Atlanta. Caminos de arcilla roja a través de bosquecillos de pinos oscuros y campos de rastrojos ennegrecidos por la helada. Llevaba más de un día viajando y parecía que no había salido de casa. Date prisa, pidió a la máquina; date prisa.

—¿Cómo es Charleston, señora Scarlett? —preguntó Pansy por centésima vez cuando la luz empezaba a declinar al otro lado de la ventanilla.

—Muy bonita; te gustará mucho —respondió por centésima vez Scarlett—. ¡Mira! —Señaló hacia fuera—. ¿Ves aquello que cuelga de aquel árbol? Es el liquen de que te hablé.

Pansy apretó la nariz contra el cristal sucio de hollín.

—¡Ooooh! —gimoteó—. Parece un fantasma que se estuviese moviendo. A mí me dan miedo los fantasmas, señora Scarlett.

—¡No seas mema!

Pero Scarlett se estremeció. Las largas y oscilantes hebras grises de los líquenes eran espectrales bajo la luz gris, que tampoco le gustaba. Sin embargo, todo eso significaba que estaban entrando en las Tierras Bajas, próximas al mar y a Charleston. Scarlett miró el reloj que llevaba colgado de la solapa. Las cinco y media. El tren llevaba más de dos horas de retraso. Sus tías la esperarían, estaba segura de ello. Pero aún así habría preferido no llegar después de anochecido. Había algo hostil en la oscuridad.

La cavernosa estación de Charleston estaba débilmente iluminada. Scarlett estiró el cuello, buscando a sus tías o a un cochero a su servicio que pudiera estar esperándola. En vez de esto, vio media docena de soldados de uniforme azul, con fusiles colgados del hombro.

—Señora Scarlett... —Pansy le tiró de la manga—. Hay soldados en todas partes —dijo, con voz temblorosa.

El miedo obligó a Scarlett a mostrarse valiente.

—Pórtate como si no estuviesen aquí. No pueden hacerte daño. Hace casi diez años que terminó la guerra. Vamos. —Hizo un ademán al mozo que empujaba la carretilla con su equipaje—. ¿Dónde puedo encontrar el carruaje que me estará esperando? —preguntó con altivez.

El hombre las condujo al exterior, pero el único vehículo que había allí era una calesa desvencijada con un jamelgo y un desaliñado cochero negro. A Scarlett se le encogió el corazón. ¿Y si sus tías no estuviesen en la ciudad? Sabía que iban a veces a Savannah a visitar al padre de ellas. ¿Y si su telegrama estuviese tirado en la escalera de entrada de una casa vacía y oscura?

Respiró hondo. Pasara lo que pasara, tenía que alejarse de la estación y de los soldados yanquis. «Si no tengo más remedio, romperé una ventana para entrar en la casa. ¿Por qué no habría de hacerlo? Pagaré para que la arreglen, como pagué el arreglo del tejado y todo lo demás.» Había estado enviando dinero a sus tías para la manutención desde que lo habían perdido todo durante la guerra.

—Pon mis cosas en este cacharro —ordenó al mozo—, y dile al cochero que baje y que ayude. Me llevará a la casa de la señora Carey Smith, en el Battery.

La mágica palabra «Battery» produjo exactamente el efecto esperado. Tanto el cochero como el mozo se mostraron ahora respetuosos y prestos a servirla. «Por lo visto, sigue siendo el barrio más distinguido de Charleston», pensó Scarlett con alivio. Afortunadamente. Sería espantoso que Rhett se enterara de que vivía en un barrio bajo.

Pauline y Eulalie abrieron de par en par la puerta de su casa en el momento en que se detuvo el coche. Una luz dorada iluminaba el camino desde la acera y Scarlett corrió hacia el refugio que aquélla le prometía.

«¡Pero qué viejas están! —pensó cuando se acercó a sus tías—. No recuerdo que tía Pauline estuviese flaca como un palo y toda arrugada. ¿Y cuándo habrá engordado tanto tía Eulalie? Parece un globo coronado por una cabellera gris.»

—¡Hay que ver! —exclamó Eulalie—. ¡Cuánto has cambiado, Scarlett! Si apenas te reconozco.

Scarlett se acobardó. No habría envejecido también, ¿eh? Aceptó los abrazos de sus tías y se forzó a sonreír.

—Fíjate en Scarlett, hermana —farfulló Eulalie—. Se ha convertido en la viva imagen de Ellen.

Pauline resopló.

—Sabes muy bien que Ellen no estuvo nunca tan delgada, hermana. —Asió a Scarlett del brazo y la apartó de Eulalie—. Pero sí que hay un claro parecido, lo reconozco.

Scarlett sonrió, ahora satisfecha. No podían hacerle un cumplido mejor. Las tías se ajetrearon y discutieron sobre el modo de instalar a Pansy en las dependencias de la servidumbre y hacer subir los baúles y maletas a la habitación de Scarlett.

—Tú no levantes un dedo, querida —dijo Eulalie a Scarlett—. Debes estar rendida después de un viaje tan largo.

Scarlett se instaló agradecida en un sofá del salón, lejos de todo el jaleo. Ahora que estaba por fin aquí, la energía febril que había mostrado durante los preparativos parecía haberse evaporado, y se dio cuenta de que su tía tenía razón. Estaba rendida.

Y a punto estuvo de dormirse durante la cena. Sus dos tías tenían suave la voz pero con el acento característico de las Tierras Bajas, que alargaba las vocales y hacía confusas las consonantes. Aunque su conversación consistía principalmente en desacuerdos cortésmente expresados acerca de todos los temas, el sonido era adormecedor. Además, no decían nada que le interesase. Se había enterado de todo lo que quería saber casi en el mismo instante de cruzar el umbral. Rhett vivía en casa de su madre, pero estaba fuera de la ciudad.

—Ha ido al Norte —dijo Pauline, con hosca expresión.

—Pero por buenas razones, hermana —le recordó Eulalie—. Está en Filadelfia para volver a comprar parte de la plata de la familia que se llevaron los yanquis.

Pauline se ablandó.

—Es un consuelo ver cómo cuida de la felicidad de su madre al tratar de recobrar todo lo que ella perdió.

Esta vez fue Eulalie la que se mostró crítica.

—Aunque, si me lo preguntas, diré que habría podido hacerlo mucho antes.

Scarlett no se lo preguntó. Estaba sumida en sus propios pensamientos, consistentes sobre todo en cuándo podría irse a la cama. Esta noche no padecería insomnio, estaba segura de ello.

Y acertó. Ahora que había tomado las riendas de su vida y estaba en camino de conseguir lo que quería, podía dormir como una niña pequeña. Por la mañana se despertó con una impresión de bienestar que no había sentido en muchos años. Había sido bien recibida en la casa de sus tías, no se sentía rechazada y sola como en Atlanta, y ni siquiera tenía que pensar aún en lo que le diría a Rhett cuando le viese. Podía relajarse y dejarse mimar un poco mientras esperaba que volviese él de Filadelfia. Su tía Eulalie la desilusionó antes de que hubiese terminado su primera taza de café del desayuno.

—Sé que tendrás muchas ganas de ver a Carreen, querida, pero sólo recibe visitas los martes y los sábados; por consiguiente hemos proyectado otra cosa para hoy.

¡Carreen! Scarlett apretó los labios. No quería ver en absoluto a la traidora. Tirar su parte de Tara como si no significara nada... Pero ¿qué iba a decirles a sus tías? Nunca comprenderían que una hermana no estuviese suspirando por ver a la otra. «Bueno, ellas incluso viven juntas, ¡están tan unidas! Tendré que simular que deseo ver a Carreen más que nada en el mundo y fingir una jaqueca cuando sea el momento de ir allá.» De pronto se dio cuenta de lo que estaba diciendo Pauline y empezaron a latirle dolorosamente las sienes.

—... por consiguiente enviamos a nuestra doncella, Susie, con una nota para Eleanor Butler. Iremos a verla esta mañana. —Alargó una mano hacia el platito de la mantequilla—. ¿Quieres pasarme el almíbar, Scarlett?

Scarlett extendió automáticamente la mano, pero volcó la jarrita, derramando el almíbar. La madre de Rhett. Todavía no estaba dispuesta a visitar a la madre de Rhett. Sólo había visto una vez a Eleanor Butler, en el entierro de Bonnie, y casi no se acordaba de cómo era, salvo que la señora Butler era muy alta y solemne e imponía con su silencio. «Sé que tendré que verla —pensó—; pero no ahora, todavía no. No estoy preparada.» Le palpitaba el corazón y enjugó torpemente con la servilleta la pegajosa mancha que se extendía sobre el mantel.

—Scarlett, querida, no frotes la mancha de esa manera.

Pauline apoyó una mano en la muñeca de Scarlett. Ésta retiró la suya con presteza. ¿Cómo podía preocuparse alguien por un viejo mantel en un momento como éste?

—Lo siento, tiíta —consiguió decir.

—Está bien, querida. Pero es que prácticamente lo estabas agujereando, y nos quedan tan pocas cosas bonitas...

La voz de Eulalie se extinguió lúgubremente.

Scarlett apretó los dientes. Tenía ganas de chillar. ¿Qué importaba un mantel cuando tenía que enfrentarse con la madre a quien Rhett adoraba? ¿Y si él le había explicado el verdadero motivo de que se hubiese marchado de Atlanta rompiendo su matrimonio?

—Será mejor que vaya a echar un vistazo a mi ropa —dijo, aunque tenía un nudo en la garganta—. Pansy tendrá que plancharme todas las prendas que vaya a llevar.

Debía apartarse de Pauline y Eulalie; debía sobreponerse.

—Diré a Susie que empiece a calentar la plancha —propuso Eulalie, y agitó la campanilla de plata que tenía junto a su cubierto.

—Será mejor que Susie lave este mantel antes de hacer otras cosas —dijo Pauline—. Si el almíbar lo empapa...

—Deberías darte cuenta, hermana, de que todavía no he terminado mi desayuno. No esperarás que deje que se enfríe mientras Susie quita todo lo demás de encima de la mesa.

Scarlett corrió a su habitación.

—No necesitarás esa capa de piel tan pesada, Scarlett —dijo Pauline.

—Claro que no —dijo Eulalie—. Hoy tenemos un día de invierno típico de Charleston. Yo no llevaría siquiera este chal si no estuviese acatarrada.

Scarlett se desabrochó la capa y la tendió a Pansy. Si Eulalie quería que todos los demás se acatarrasen también, la complacería con mucho gusto. Sus tías debían de tomarla por imbécil. Sabía por qué no querían que llevase su capa. Eran como la Vieja Guardia de Atlanta. Una persona tenía que ser desaliñada como ellas para ser respetable. Advirtió que Eulalie miraba el sombrero de última moda, adornado con plumas, que llevaba, y levantó el mentón con aire de reto. Si tenía que enfrentarse a la madre de Rhett, al menos lo haría con elegancia.

—Está bien, salgamos —dijo, capitulando, Eulalie.

Susie abrió la puerta y Scarlett siguió a sus tías bajo el brillante sol. Lanzó una exclamación al bajar la escalera de la entrada. Parecía un día de mayo, no de noviembre. El sol reflejaba el calor de la blanca calle y lo depositaba sobre sus hombros como una manta ingrávida. Scarlett levantó la cabeza para sentirlo en la cara y cerró los ojos con una satisfacción sensual.

—Oh, tiítas, esto es maravilloso —dijo—. Espero que vuestro coche tenga una capota plegable.

Las tías se echaron a reír.

—Querida niña —dijo Eulalie—, ya no hay alma viviente en Charleston que tenga coche, a excepción de Sally Brewton. Iremos andando. Es lo que hace todo el mundo.

—Hay coches, hermana —la corrigió Pauline—. Los politicastros venidos del Norte los tienen.

—Difícilmente podrías llamarlos «almas vivientes», hermana. No tienen alma; si la tuviesen, no serían lo que son.

—Buitres —convino Pauline, resoplando.

—Aves de rapiña —dijo Eulalie.

Las hermanas rieron de nuevo y Scarlett rió con ellas. El hermoso día hacía que se sintiese casi mareada de contento. Nada podía salir mal en un día como éste. De pronto sintió un gran aprecio por sus tías, incluso por sus inofensivas disputas. Las siguió mientras cruzaban la ancha calle desierta delante de la casa y subían la corta escalera del otro lado. Al llegar arriba, una ráfaga de brisa agitó las plumas de su sombrero y puso en sus labios un sabor a sal.

—¡Oh, Dios mío! —dijo.

Al otro lado del paseo elevado, las aguas pardo verdosas del puerto de Charleston se extendían ante su vista hasta el horizonte. A su izquierda, ondeaban las banderas de los altos mástiles de los barcos fondeados a lo largo de los muelles. A su derecha, los árboles de una isla larga y baja relucían con un tono verde brillante. La luz del sol resplandecía en las crestas de las pequeñas olas como si hubiera diamantes esparcidos sobre el agua. Un trío de inmaculados pájaros blancos se cernió en el despejado cielo azul y se lanzó después en picado hasta rozar las olas. Parecía que estuviesen jugando a un pillapilla ingrávido y despreocupado. La ligera brisa salada y dulce acarició su cuello.

Había hecho bien en venir, estaba segura de ello. Se volvió hacia sus tías.

—Es un día maravilloso —dijo.

El paseo era muy ancho y caminaban de frente las tres. Se cruzaron con otras personas en dos ocasiones; primero fue un anciano caballero de anticuada levita y sombrero de castor, y después una dama acompañada por un chico delgado que se ruborizó cuando le hablaron. Las tías se detuvieron cada vez y presentaron a Scarlett como «...nuestra sobrina de Atlanta. Su madre era nuestra hermana Ellen, y ella está casada con Rhett, el hijo de Eleanor Butler». El viejo caballero hizo una reverencia y besó la mano a Scarlett; la dama presentó a su nieto, que miró a Scarlett como fulminado por un rayo. Para Scarlett, el día se hacía mejor a cada minuto que pasaba. Entonces vio que los nuevos transeúntes que se acercaban a ella eran hombres uniformados de azul.

Vaciló y asió el brazo de Pauline.

—Tiíta —murmuró—, se acercan unos soldados yanquis.

—Sigue andando —dijo claramente Pauline—. Tendrán que cedernos el paso.

Scarlett miró sorprendida a Pauline. ¿Quién habría pensado que su flaca y vieja tía podía ser tan valerosa? Su propio corazón palpitaba tan fuerte que estaba segura de que los soldados yanquis lo oirían; pero obligó a sus pies a seguir andando.

Cuando solamente lo separaban tres pasos, los soldados se hicieron a un lado, apretando el cuerpo contra la baranda de tubos metálicos emplazada en el borde del paseo junto al agua. Pauline y Eulalie transitaron delante de ellos como si no advirtieran su presencia. Scarlett alzó la barbilla imitando el ademán de sus tías y caminó al mismo paso que ellas.

En la lejanía, una banda empezó a tocar *Oh, Susanna.* La animada y alegre tonada era tan brillante y soleada como el día. Eulalie y Pauline caminaron más de prisa, siguiendo el ritmo de la música, pero Scarlett tenía la impresión de que sus pies eran de plomo. ¡Cobarde!, se reprendió. Sin embargo, no podía dejar de temblar por dentro.

—¿Por qué hay tantos malditos yanquis en Charleston? —preguntó, irritada—. También vi algunos en la estación.

—Dios mío, Scarlett —dijo Eulalie—, ¿no lo sabías? Charleston está todavía bajo ocupación militar. Probablemente nunca nos dejarán en paz. Nos odian porque les echamos de Fort Sumter y lo conservamos contra toda su flota.

—Y sabe Dios cuántos regimientos —añadió Pauline.

Las caras de las hermanas resplandecían de orgullo.

—¡Madre de Dios! —murmuró Scarlett.

¿Qué había hecho? Se había echado en brazos del enemigo. Sabía lo que significaba «gobierno militar»: la impotencia y la ira, el temor constante de que te confiscasen la casa o te metiesen en la cárcel o te fusilasen si vulnerabas una de sus leyes. El gobierno militar era todopoderoso. Ella había vivido bajo su caprichoso régimen durante cinco terribles años. ¿Cómo podía haber sido tan tonta como para volver a meterse en el mismo fregado?

—Tienen una buena banda, eso sí —dijo Pauline—. Vamos, Scarlett, cruzaremos aquí. La casa Butler es aquella que está recién pintada.

—Es una suerte —dijo Eulalie— tener un hijo tan cariñoso. Rhett adora realmente a su madre.

Scarlett contempló la casa. Más que una casa, era una mansión. Blancas columnas resplandecientes de una alzada de diez metros sostenían el tejado saledizo sobre el ancho porche que bordeaba un costado del imponente edificio de ladrillos. Scarlett sintió que le flaqueaban las rodillas. No podía entrar allí, le era imposible. Nunca había visto una casa tan grande, tan imponente. ¿Qué podría decirle a la mujer que vivía con semejante lujo? ¿Esa mujer que podía destruir todas sus esperanzas con una sola palabra dicha a Rhett?

Pauline la tenía asida del brazo y tiraba de ella para cruzar de prisa la calle. «... con un banjo sobre la rodilla», estaba cantando en voz baja. Scarlett se dejó conducir como una sonámbula. Y se encontró plantada al otro lado de una puerta, mirando a una mujer alta y elegante, con una lustrosa cabellera blanca sobre una cara arrugada pero adorable.

—Querida Eleanor... —dijo Eulalie.

—Habéis traído a Scarlett —dijo la señora Butler—. Mi querida niña —dijo a Scarlett—, estás muy pálida.

Apoyó las manos sobre los hombros de Scarlett y se inclinó para besarla en la mejilla.

Scarlett cerró los ojos. La envolvió el débil olor a verbena que brotaba del vestido de seda y del cabello sedoso de Eleanor Butler. Era la fragancia que siempre había acompañado a Ellen O'Hara, el aroma que para Scarlett significaba comodidad, seguridad, amor y vida de antes de la guerra.

Sintió que lágrimas imposibles de dominar brotaban de sus ojos.

—Vamos, vamos —dijo la madre de Rhett—. Todo está bien, querida. Ahora todo está bien. Por fin has venido a casa. Estaba deseando que lo hicieses.

Rodeó a su nuera con los brazos y la estrechó con fuerza.

11

Eleanor Butler era una dama del Sur. Su voz pausada y suave y sus movimientos indolentes y graciosos disimulaban una energía y una eficacia formidables. A las damas se les enseñaba desde la cuna a ser decorativas, a ser simpáticas y fascinadas oyentes, a ser seductoramente desvalidas e insustanciales, y a demostrar admiración. También se les enseñaba a asumir las intrincadas y exigentes responsabilidades de una casa grande y de una servidumbre numerosa y a menudo díscola, pero dando siempre la impresión de que la casa, el jardín, la cocina y los sirvientes marchaban por sí solos impecablemente mientras la dueña concentraba toda su atención en tratar de armonizar los colores de las sedas para sus delicados bordados.

Cuando las calamidades de la guerra redujeron a uno o dos los treinta o cuarenta componentes de la servidumbre, aumentaron en proporción geométrica las ocupaciones de las damas, pero siguió esperándose lo mismo de ellas. Las casas deterioradas debían seguir recibiendo invitados, acogiendo a familias, reluciendo con sus limpias ventanas y sus brillantes accesorios de metal, y debían tener una atildada, imperturbable y competente ama de casa disfrutando del ocio en el salón. De alguna manera, las damas del Sur lo conseguían.

Eleanor tranquilizó a Scarlett con palabras amables y té aromático, halagó a Pauline pidiéndole su opinión sobre la mesa recientemente emplazada en el salón, y distrajo a Eulalie pidiéndole que probase el pastel de mantequilla y le dijese si el extracto de vainilla era lo bastante fuerte. También le susurró a Manigo, su criado, que la doncella Celie le ayudaría, a él y a la doncella de Scarlett, a trasladar las cosas de ésta desde la casa de sus tías al gran dormitorio del señor Rhett, con vistas al jardín.

En menos de diez minutos, se habían tomado todas las medidas para trasladar a Scarlett, sin oposición ni resentimiento ni interrupción del ritmo regular de la tranquila existencia bajo el techo de Eleanor Butler. Scarlett se sentía de nuevo como una niña; a salvo de todo mal, protegida por el amor todopoderoso de una madre.

Miró a Eleanor con ojos empañados y admirados. Era lo que ella quería ser, lo que siempre había querido ser: una dama como su madre, como Eleanor Butler. Ellen O'Hara le había enseñado a ser una señora, había pretendido y querido que lo fuese. «Ahora puedo hacerlo —se dijo Scarlett—. Puedo compensar todos los errores que he cometido. Puedo hacer que mamá esté orgullosa de mí.»

Cuando era pequeña, Mamita le había descrito el Paraíso como un lugar de nubes como colchones donde los ángeles reposaban y se divertían observando, entre rendijas del cielo, lo que pasaba aquí abajo. Desde que había muerto su madre, Scarlett había tenido la inquietante e infantil convicción de que Ellen la estaba observando con preocupación.

«Ahora haré que todo sea mejor», prometió a su madre. El afectuoso recibimiento de Eleanor había eliminado, de momento, todos los temores y recuerdos que llenaron su corazón y su mente al ver los soldados yanquis. Incluso había aliviado la no confesada inquietud de Scarlett sobre su decisión de seguir a Rhett a Charleston. Se sentía segura y amada e invencible. Podía hacer cualquier cosa, lo podía todo. Y lo haría. Volvería a conquistar el amor de Rhett. Sería la dama que Ellen había querido siempre que fuese. Sería admirada y respetada y adorada por todos, y nunca, nunca, volvería a estar sola.

Cuando Pauline cerró el último cajoncito de la mesa de palisandro con incrustaciones de marfil y Eulalie hubo engullido apresuradamente el último pedazo de pastel, Eleanor Butler se levantó e invitó a Scarlett a que la imitase.

—Esta mañana tengo que ir a recoger mis botas en el taller del zapatero —dijo—; por consiguiente, llevaré a Scarlett conmigo y le mostraré la calle King. Ninguna mujer puede sentirse en casa hasta que sabe dónde están las tiendas. ¿Queréis acompañarnos?

Para gran alivio de Scarlett, sus tías rehusaron. Quería a la señora Butler para ella sola.

El paseo hasta las tiendas de Charleston resultó una delicia bajo la cálida y brillante luz del sol invernal. La calle King fue una revelación y un placer. Las tiendas se sucedían manzana tras manzana; artículos de mercería, quincalla, botas, tabaco y cigarros puros, sombreros, joyas, porcelanas, semillas, medicamentos, vinos, libros, guantes, caramelos. Parecía que todo podía adquirirse en la calle King. También había multitud de compradores y docenas de calesas elegantes y coches descubiertos, con cocheros de librea y ocupantes vestidos a la última moda. Charleston no era en modo alguno tan espantosa como Scarlett la recordaba y temía que fuese. Era mucho más grande y bulliciosa que Atlanta. Y no había la menor señal del «pánico».

Desgraciadamente, la madre de Rhett se comportaba como si no existiesen aquel colorido y aquella animación y aquellos negocios. Pasaba por delante de los escaparates llenos de plumas de avestruz y de abanicos pintados sin mirarlos, y cruzó la calle sin dar siquiera las gracias a las señoras instaladas en un carruaje que se había detenido para no atropellarlas. Scarlett recordó lo que le habían dicho sus tías: que no había un solo coche en Charleston, salvo los que tenían los yanquis, los politicastros del Norte y los pícaros. Sintió un arrebato de rabia contra los buitres que estaban engordando a costa del derrotado Sur. Cuando entró detrás de la señora Butler en una de las zapaterías, le gustó ver que el dueño encargaba a una joven dependienta que atendiese a una clienta ricamente ataviada para poder servir él a la madre de Rhett. Era un placer estar con un miembro de la Vieja Guardia de Charleston. Lamentó de veras que la señora Merriwether o la señora Elsing no estuviesen allí para verla.

—Dejé unas botas para que les pusiesen medias suelas, señor Braxton —dijo Eleanor—, y también quiero que mi nuera sepa adónde tiene que ir para encontrar el calzado mejor y el servicio más agradable. Scarlett, querida, el señor Braxton te atenderá tan bien como me ha atendido a mí durante todos estos años.

—Será un honor para mí, señora. —Y el señor Braxton hizo una elegante reverencia.

—Mucho gusto, señor Braxton, y muchas gracias —respondió refinadamente Scarlett—. Creo que hoy voy a comprarme unas botas.

—Levantó unos centímetros la falda para mostrar sus delgados zapatos de cuero—. Algo más adecuado para andar por la ciudad —dijo con orgullo.

Nadie iba a tomarla por una cualquiera.

El señor Braxton sacó un inmaculado pañuelo blanco del bolsillo y sacudió la impecable tapicería de dos butacas.

—Si las damas tienen la bondad...

Cuando desapareció detrás de una cortina en el fondo de la tienda, Eleanor se acercó más a Scarlett y le murmuró al oído:

—Fíjate en sus cabellos cuando se arrodille para probarte las botas. Se los pinta con betún.

Scarlett tuvo que hacer un gran esfuerzo para no reírse cuando vio que la señora Butler tenía razón, y en especial cuando Eleanor la miró y le guiñó uno de sus ojos negros. Al salir de la tienda, empezó a reír entre dientes.

—No debió decirme eso, señora Eleanor. Casi doy un espectáculo ahí dentro.

La señora Butler sonrió serenamente.

—Así le reconocerás fácilmente en el futuro —dijo—. Ahora vayamos a Onslow's a tomar un helado. Uno de los camareros destila el mejor alcohol ilegal de Carolina del Sur, y quiero pedirle unos cuartillos para embeber los pasteles de fruta. Los helados son también excelentes.

—¡Señora Eleanor!

—El brandy no puede conseguirse por nada en el mundo. Todos tenemos que apañarnos lo mejor que podamos, ¿no? Y hay algo muy emocionante en el mercado negro, ¿no crees?

Lo que creía Scarlett era que no podía reprochar a Rhett que adorase a su madre.

Eleanor Butler continuó iniciando a Scarlett en la vida secreta de Charleston, yendo a una pañería de fantasía a comprar un ovillo de algodón blanco (la mujer de detrás del mostrador había matado a su marido clavándole una afilada aguja de hacer punto en el corazón, pero el juez falló que el tipo se había caído sobre ella estando borracho, porque hacía años que todos veían cardenales en la cara y en los brazos de la mujer) y a la farmacia en busca de un poco de solución alcohólica de corteza de olmo escocés (el pobre farmacéutico era tan corto de vista que, una vez, pagó una pequeña fortuna por un extraño pez tropical conservado en alcohol, pues estaba convencido de que era una sirena muy pequeña).

—Para medicamentos de veras —añadió la señora Butler— ve siempre a la farmacia de la calle Broad que te mostraré.

Scarlett se sintió contrariada cuando Eleanor dijo que era hora de volver a casa. No recordaba haberse divertido nunca tanto, y a punto estuvo de suplicar que visitasen unas cuantas tiendas más. Pero la señora Butler dijo:

—Creo que tal vez será mejor que tomemos el tranvía tirado por caballos para volver al centro de la ciudad. Me siento un poco cansada.

Y Scarlett empezó en seguida a preocuparse. ¿Sería la palidez de Eleanor un síntoma de alguna enfermedad y no la blancura de cutis de que se vanagloriaban las mujeres distinguidas? Sostuvo a su suegra por un codo cuando subieron al tranvía brillantemente pintado de verde y amarillo y la acompañó hasta el asiento cubierto de mimbre. Rhett no la perdonaría nunca si dejaba que le sucediese algún percance a su madre. Y ella misma tampoco se lo perdonaría.

Miró de reojo a la señora Butler mientras el vehículo circulaba lentamente por las vías, pero no percibió ninguna señal externa de dolencia. Eleanor hablaba alegremente de más compras que harían juntas.

—Mañana iremos al mercado, donde encontraremos a muchas personas a quienes tienes que conocer. También es un lugar tradicional para enterarse de todas las noticias, ya que el periódico nunca publica cosas realmente interesantes.

El vehículo dio una sacudida y torció a la izquierda; después recorrió una manzana y se detuvo en un cruce de calles. Scarlett reprimió una exclamación. Precisamente al otro lado de la ventanilla abierta junto a Eleanor, vio a un soldado de uniforme azul y fusil al hombro, que marchaba a la sombra de una alta columnata.

—Yanquis —murmuró.

La señora Butler siguió la mirada de Scarlett.

—Es verdad que Georgia se libró de ellos hace algún tiempo. Aquí la ocupación se ha prolongado tanto que casi no nos damos cuenta. Hará diez años en febrero próximo. Y en diez años, uno se acostumbra a casi todo.

—Yo nunca me acostumbraré a ellos —susurró Scarlett—. Nunca.

Un súbito estrépito la sobresaltó. Entonces se dio cuenta de que era la campana de un gran reloj colocado muy en lo alto por encima de ellas. El tranvía arrancó en el cruce y torció a la derecha.

—La una —dijo la señora Butler—. No es extraño que esté cansada; ha sido una mañana muy larga. —Detrás de ellas, las campanas acabaron de tocar su cuarteto de notas. Después, una sola campana sonó una única vez—. Es el cronómetro de todos los charlestonianos —dijo Eleanor—: las campanas de la torre de Saint Michael. Ellas anuncian nuestros nacimientos y nuestras defunciones.

Scarlett estaba mirando las altas casas y los jardines vallados ante los que pasaban. Todos mostraban, sin excepción, cicatrices de la guerra. Todas las superficies parecían picadas de viruela por los proyectiles, y la pobreza era visible por doquier: pintura desconchada, tablas clavadas en ventanas destrozadas que no podían ser sustituidas, melladuras y herrumbre desfiguraban las complicadas verjas y las barandas de los balcones, que parecían encajes de hierro forjado. Los árboles que flanqueaban la calle tenían los troncos muy delgados; eran jóvenes y habían reemplazado a los gigantes derribados por las granadas. ¡Malditos yanquis!

Y sin embargo, el sol resplandecía en los bruñidos pomos de las puertas y se percibía el aroma de las plantas que florecían detrás de los muros de los jardines. «Es valerosa esta gente de Charleston —pensó Scarlett—. No se rinde.»

Ayudó a su suegra a bajar del tranvía en la última parada, en el extremo de la calle Meeting. Delante de ellas había un parque, con la hierba limpiamente cortada y senderos blancos y relucientes que convergían y giraban alrededor de un quiosco de música de techo brillante, parecido al de una pagoda. Más allá estaba el puerto. Podía oler el agua y la sal. La brisa agitaba las hojas en forma de espada de las palmeras del parque y hacía oscilar las largas y sutiles matas de líquenes en las melladas ramas de los robles. Niños pequeños correteaban de un lado a otro haciendo rodar aros o lanzando pelotas sobre la hierba bajo la mirada vigilante de niñeras negras con turbantes blancos sentadas en los bancos.

—Scarlett, espero que me perdonarás; sé que no debería hacerlo, pero tengo que pedirte una cosa.

La señora Butler tenía arreboladas las mejillas.

—¿Qué, señora Butler? ¿Se encuentra mal? ¿Quiere que vaya a buscarle algo? Venga y siéntese.

—No, no; me encuentro perfectamente. Sólo quisiera saber... ¿Habéis pensado Rhett y tú en tener otro hijo? Comprendo que tengas miedo de que se repita el dolor que padeciste cuando murió Bonnie...

—Un hijo... —dijo Scarlett, y se extinguió su voz.

¿Había leído Eleanor en su mente? Su deseo era quedar encinta lo más pronto posible. Entonces, Rhett no volvería a rechazarla nunca. Los niños le volvían loco, y la amaría para siempre si le daba uno. Su tono no podía ser más sincero cuando dijo:

—Señora Eleanor, deseo un hijo más que nada en el mundo.

—Dios sea loado —dijo la señora Butler—. Yo ansío volver a ser abuela. Cuando Rhett trajo a Bonnie, la abracé tan fuerte que estuve a punto de ahogarla. Mira, Margaret..., la esposa de mi otro hijo, hoy la conocerás..., la pobre Margaret es estéril. Y Rosemary..., la hermana de Rhett..., mucho me temo que no habrá nadie que se case con ella.

La mente de Scarlett funcionaba a toda velocidad, juntando las piezas de la familia de Rhett y deduciendo lo que podían significar para ella. Rosemary podía ser un problema. Las solteronas eran difíciles. Pero el hermano..., ¿cómo se llamaba? Ah, sí, Ross. Ross era un hombre, y nunca había tenido dificultades en atraer a los hombres. Margaret, la estéril, no debía preocuparle. No era probable que tuviese influencia sobre Rhett. ¡Tonterías! La única que importaba era la madre, a quien Rhett quería tanto, y ésta deseaba que estuviesen juntos, que tuviesen un hijo, dos hijos, una docena. Rhett tendría que aceptarla.

Besó rápidamente a su suegra en la mejilla.

—Ardo en deseos de tener un hijito, señora Eleanor. Entre las dos convenceremos a Rhett.

—Me has hecho muy feliz, Scarlett. Vayamos ahora a casa; está aquí mismo, a la vuelta de la esquina. Creo que descansaré un poco antes de comer. Mi comité se reúne esta tarde en mi casa, y tengo que estar muy despabilada. Espero que te unas a nosotras, aunque sólo sea para el té. Margaret vendrá también. No quiero apremiarte para que trabajes, pero si te interesa, desde luego me complacería mucho. Recaudamos dinero mediante ventas benéficas de pasteles y de artículos de confección casera. Para el Hogar de Viudas y Huérfanos de la Confederación.

Santo Cielo, ¿eran todas iguales las damas del Sur? Esto era lo mismo que en Atlanta. Siempre con la Confederación arriba y abajo. ¿No podían reconocer que la guerra había terminado y seguir adelante con sus vidas? Tendría jaqueca. Se retrasó un poco al andar, pero reemprendió la marcha normal al lado de la señora Butler. No; asistiría a la reunión del comité; incluso trabajaría para el comité si se lo pedían. No cometería el mismo error que había cometido en Atlanta. No volvería a verse rechazada y sola, aunque tuviese que llevar las barras y las estrellas bordadas en el corsé.

—Me parece magnífico —dijo—. Yo siempre lamenté un poco no tener tiempo para otros quehaceres en Atlanta. Mi primer marido, Frank Kennedy, dejó a nuestra niña pequeña un buen negocio como herencia. Creí que era mi deber conservarlo para ella.

Esto confirmaría la historia que contaba Rhett.

Eleanor Butler asintió comprensivamente con la cabeza. Scarlett bajó los ojos para disimular la satisfacción que se pintaba en ellos.

Mientras la señora Butler descansaba, Scarlett estuvo paseando por la casa. Bajó apresuradamente la escalera para ver lo que Rhett andaba comprando de nuevo a los yanquis con tanto empeño a fin de contentar a su madre.

La casa le pareció bastante desnuda. Scarlett no tenía educado el gusto para apreciar la perfección de lo que había hecho Rhett. En la segunda planta, los magníficos salones dobles contenían exquisitos sofás, mesas y sillones colocados de manera que cada uno de ellos pudiese ser apreciado y utilizado. Scarlett admiró la evidente calidad de la tapicería de seda y el brillo de la madera, pero la belleza del espacio que rodeaba el mobiliario le pasó completamente inadvertida. Le gustó mucho más la pequeña sala de juego. La mesa y las sillas la llenaban más y, aparte de esto, a ella le encantaba jugar a las cartas.

El comedor de la planta baja no fue para ella más que un comedor; nunca había oído hablar de Hepplewhite. Y la biblioteca era simplemente una habitación repleta de libros y, por consiguiente, aburrida. Lo que más le gustó fue los profundos porches, porque el día era templado y la vista sobre el puerto incluía gaviotas y pequeñas barcas de vela que parecían capaces de elevarse en el aire en el momento menos pensado. Encerrada toda su vida en tierra, aquella vasta extensión de agua se le antojaba increíblemente exótica. ¡Y el aire olía tan bien! Y le daba apetito. Se alegraría de que su suegra acabase de descansar y pudiesen comer.

—¿Te apetecería tomar el café en la galería, Scarlett? —preguntó Eleanor Butler cuando estaban terminando el postre—. Podría ser nuestra última oportunidad por una temporada, pues por lo visto va a cambiar el tiempo.

—Oh, sí, me gustaría mucho.

La comida había sido muy buena, pero todavía se sentía inquieta, casi encerrada. Al aire libre se estaría muy bien.

Siguió a la señora Butler al porche de la segunda planta. «Por desgracia esto se ha enfriado desde que estuve aquí antes de comer», fue lo primero que pensó. El café caliente le sentaría muy bien.

Apuró rápidamente la primera taza y a punto estaba de pedir otra cuando Eleanor Butler se echó a reír y señaló hacia la calle.

—Ahí viene mi comité —dijo—. Reconocería ese sonido en cualquier parte.

Scarlett lo oyó también: un tintineo de campanillas. Corrió hacia la baranda que daba a la calle para mirar.

Un par de caballos trotaban en dirección a ella, tirando de una preciosa berlina de color verde oscuro y radios amarillos en las ruedas. Éstas despedían destellos de plata y producían aquel alegre sonido metálico. El carruaje redujo la marcha y después se detuvo delante de la casa. Scarlett observó entonces las campanillas, una campanillas de trineo sujetas a una tira de cuero entrelazada en los radios amarillos. Nunca había visto cosa igual, ni alguien como la persona que conducía los caballos desde el alto asiento de la parte anterior del carruaje. Era una mujer y llevaba un traje de amazona de color pardo oscuro y guantes amarillos. Se había incorporado y tiraba de las riendas con toda su fuerza y con una expresión resuelta en el semblante. Tenía todo el aspecto de un mono vestido de gala.

Se abrió la puerta de la berlina y lanzando una carcajada un joven se apeó de un salto delante de la casa. Tendió una mano. Una robusta dama se apoyó en ella y bajó del carruaje. También ella reía. El joven la ayudó a descender del estribo y después hizo lo propio con una mujer más joven que sonreía ampliamente.

—Entremos, querida —dijo la señora Butler—, y me ayudarás a servir el té.

Scarlett la siguió, llena de curiosidad. «Una concurrencia peculiar, —pensó—. El comité de la señora Eleanor es, sin duda, diferente de los grupos de vejestorios que lo dirigen todo en Atlanta. ¿Dónde habían encontrado aquel cochero que parecía una mona? ¿Y quién podía ser el hombre? Los hombres no confeccionan pasteles para obras de beneficencia.» Y parecía bastante guapo. Scarlett se detuvo delante de un espejo para arreglarse los cabellos revueltos por el viento.

—Pareces un poco nerviosa, Emma —estaba diciendo la señora Butler. Ella y la robusta mujer se rozaron las mejillas; primero una y luego la otra—. Una taza de té te sentará bien, pero deja primero que te presente a Scarlett, la esposa de Rhett.

—Tomaré más de una taza de té para calmar mis nervios después de este corto viaje, Eleanor —dijo la mujer. Tendió una mano—. ¿Cómo estás, Scarlett? Soy Emma Anson, o mejor dicho, los restos de Emma Anson.

Eleanor abrazó a la mujer más joven y la acercó a Scarlett.

—Ésta es Margaret, querida; la esposa de Ross. Margaret, te presento a Scarlett.

Margaret Butler era una joven pálida y de cabellos rubios, con unos hermosos ojos de un azul zafiro que resaltaban en el delgado e incoloro semblante. Cuando sonrió, una red de profundas arrugas prematuras se formó alrededor de sus ojos.

—Estoy encantada de conocerte al fin —dijo. Tomó las manos de Scarlett en las suyas y la besó en la mejilla—. Siempre deseé tener una hermana, y una cuñada es prácticamente lo mismo. Espero que Rhett y tú vendréis pronto a cenar con nosotros. Ross estará también deseoso de conocerte.

—Estaré encantada, Margaret, y también lo estará Rhett —dijo Scarlett.

Sonrió, esperando que esto fuese verdad. ¿Quién podía saber si Rhett la acompañaría a la casa de su hermana o a cualquier otro lugar?

Pero le sería muy difícil decir que no a su propia familia. La señora Eleanor y ahora Margaret estaban de su parte. Scarlett devolvió el beso a Margaret.

—Scarlett —dijo la señora Butler—, quiero que conozcas a Sally Brewton.

—Y a Edward Cooper —añadió una voz masculina—. No me prives de la oportunidad de besar la mano a la señora Butler, Eleanor. Ya estoy prendado de ella.

—Espera tu turno, Edward —dijo Eleanor Butler—. Vosotros, los jóvenes, no tenéis modales.

Scarlett apenas si miró a Edward Cooper y su lisonja le pasó totalmente inadvertida. Estaba tratando de disimular, pero no podía dejar de mirar fijamente a Sally Brewton, la conductora de cara de mono del carruaje.

Sally Brewton era una mujer menuda y cuarentona. Tenía el aspecto de un muchacho delgado y activo, y su cara se parecía realmente mucho a la de un mono. En modo alguno pareció molesta por la fija mirada de Scarlett. Estaba acostumbrada a esta reacción: su notable fealdad, a la que se había habituado hacía mucho, mucho tiempo, y su comportamiento nada convencional asombraban a menudo a quienes no la conocían. Ahora se acercó a Scarlett, arrastrando la cola de la falda como un río fangoso.

—Mi querida señora Butler, debe usted pensar que estamos más locas que unas cabras. La verdad es que, aunque parezca extraño, nuestra..., ¿cómo lo diré?, espectacular llegada tiene una explicación perfectamente racional. Soy la única superviviente poseedora de un coche en la ciudad y me resulta imposible conservar a ningún cochero. Todos los cocheros se resisten a transportar a mis desposeídos amigos, y yo insisto en que lo hagan. Por consiguiente, he renunciado a contratar a unos hombres que se despedirán casi inmediatamente. Y, si mi marido tiene otras ocupaciones, conduzco yo misma el carruaje. —Apoyó una manita en el brazo de Scarlett y la miró a la cara—. Ahora le pregunto: ¿no es esto perfectamente lógico?

—Sí —consiguió decir Scarlett.

—Sally, no debes comprometer a la pobre Scarlett de esta manera —dijo Eleanor Butler—. ¿Qué otra cosa podía responderte? Cuéntale lo demás.

Sally se encogió de hombros y después hizo un guiño.

—Supongo que su suegra se refiere a mis campanillas. Es muy cruel. Lo cierto es que soy un pésimo cochero. Por esto, siempre que saco el coche, mi humanitario esposo me exige que lo adorne con campanas para avisar con tiempo a la gente de que se aparte de mi camino.

—Como de una leprosa —añadió la señora Anson.

—Pasaré por alto este comentario —dijo Sally con aire de dignidad ofendida. Sonrió a Scarlett con una sonrisa de tan sincera buena voluntad que Scarlett se sintió atraída por ella—. Espero —añadió—, que me lo dirá cuando necesite la berlina, pese a todo lo que ha visto.

—Gracias, señora Brewton; es usted muy amable.

—En absoluto. Lo cierto es que me encanta rodar por las calles espantando a los pícaros y a los truhanes del Norte. Pero la estoy acaparando. Permita que le presente a Edward Cooper antes de que el pobre expire...

Scarlett respondió automáticamente a las galanterías de Edwar Cooper, sonriendo para crear aquel encantador hoyuelo junto a su boca y fingiendo confusión con sus cumplidos, pero invitándole con los ojos a continuar.

—Oh, señor Cooper —dijo—, es usted muy locuaz. Confieso que hace que me dé vueltas la cabeza. Yo no soy más que una lugareña del Condado de Clayton, en Georgia, y no sé cómo corresponder a un charlestoniano tan refinado como usted.

—Señora Eleanor, discúlpeme —oyó que decía otra voz. Scarlett se volvió y reprimió una exclamación. Había una muchacha en el umbral, una chica muy joven de brillantes cabellos castaños que terminaban en punta sobre la frente, y de dulces ojos también castaños—. Siento haberme retrasado —añadió la muchacha.

Su voz era suave, un poco jadeante. Llevaba un vestido marrón con cuello y puños blancos, y un sombrero anticuado cubierto de seda también marrón

«Se parece mucho a Melanie la primera vez que la vi —pensó Scarlett—. Como un pajarillo de color castaño. ¿Podía ser una prima? Nunca oí decir que los Hamilton tuviesen parientes en Charleston.»

—No llegas tarde, Anne —dijo Eleanor Butler—. Tomarás un poco de té; pareces medio muerta de frío.

Anne sonrió agradecida.

—Se está levantando el viento y nublando el cielo muy de prisa. Creo que sólo me he adelantado unos pasos a la lluvia... Buenas tardes, señora Emma, señora Sally, Margaret, señor Cooper... —Se interrumpió, entreabiertos los labios, y miró a Scarlett—. Buenas tardes. Creo que no nos conocemos. Soy Anne Hampton.

Eleanor Butler se acercó rápidamente a la muchacha. Llevaba una taza humeante en la mano.

—¡Qué tonta soy! —exclamó—. Estaba tan atareada con el té que me olvidé de que no conoces a Scarlett, mi nuera. Toma, Anne, bebe esto en seguida. Estás blanca como un fantasma... Scarlett, Anne es nuestra experta del Hogar Confederado. Se graduó el año pasado y ahora está enseñando allí. Anne Hampton... Scarlett Butler.

—¿Cómo está usted, señora Butler?

Anne tendió una manita fría. Scarlett la sintió temblar en la suya al estrecharla.

—Por favor, llámame Scarlett —dijo.

—Gracias... Scarlett. Yo soy Anne.

—¿Té, Scarlett?

—Gracias, señora Eleanor.

Se apresuró a tomar la taza, contenta de librarse de la confusión que había sentido al mirar a Anne Hampton. «Es la viva imagen de Melly. Igualmente frágil, igualmente tímida, igualmente dulce, estoy segura. Debe de ser huérfana si está en el Hogar. Melanie también era huérfana. Oh, Melly, ¡cuánto te echo en falta!»

El cielo se estaba oscureciendo según veían a través de las ventanas. Eleanor Butler pidió a Scarlett que corriese las cortinas cuando terminase su té.

Ésta así lo hizo y, al correr la de la última ventana, oyó el rumor de un trueno en la lejanía y un repiqueteo de lluvia sobre el cristal.

—Vayamos a lo nuestro —dijo Eleanor Butler—. Tenemos mucho que hacer. Que se siente todo el mundo. Margaret, ¿quieres pasar las pastas del té y los bocadillos? No quiero que nadie se distraiga por tener el estómago vacío. Emma, tú seguirás llenando las tazas, ¿verdad? Llamaré para que traigan más agua caliente.

—Deje que vaya yo a buscarla, señora Eleanor —dijo Anne.

—No, querida; te necesitamos aquí. Scarlett, tira de aquel cordón, por favor. Y ahora, señoras y caballeros, lo primero que hemos de tratar es muy interesante. He recibido un cheque importante de una dama de Boston. ¿Qué haremos con él?

—Rasgarlo y devolverle los pedazos.

—¡Emma! ¿Has perdido el juicio? Necesitamos todo el dinero que podamos conseguir. Además, la donante es Patience Bedford. Debes recordarla, en los viejos tiempos solíamos encontrarlos, a ella y a su marido, en Saratoga, casi todos los años.

—¿No había un general Bedford en el Ejército de la Unión?

—No. Había un general Nathan Bedford Forrest en nuestro Ejército.

—El mejor soldado de caballería que tuvimos —dijo Edward.

—Creo que Ross no estaría de acuerdo contigo en esto, Edward. —Margaret Butler posó ruidosamente un plato de pan con mantequilla sobre la mesa—. A fin de cuentas, él estuvo en caballería con el general Lee.

Scarlett tiró por segunda vez del cordón de la campanilla. ¡Por mil diablos! ¿Tenían todos los del Sur que hablar de la guerra cada vez que se encontraban? ¿Qué importaba si el dinero venía del propio Ulysses

Grant? El dinero era el dinero, y había que tomarlo donde se encontrase.

—¡Una tregua! —Sally Brewton agitó una servilleta blanca en el aire—. Anne está tratando de decir algo, si se lo permitís.

Los ojos de Anne resplandecían de emoción.

—Hay nueve niñas pequeñas a las que estoy enseñando a leer, y solamente tengo un libro para ello. Si se me apareciese el fantasma de Abe Lincoln y me ofreciese algunos libros, yo le... ¡le daría un beso!

«Bravo», la aclamó Scarlett en silencio. Miró las caras de asombro de las otras mujeres. La expresión de Edward Cooper era muy diferente. «Bueno, está enamorado de ella —pensó—. Sólo hay que ver cómo la mira. Y ella no le presta la menor atención; ni siquiera se da cuenta de que bebe los vientos por ella como un idiota. Tal vez debería yo decírselo. Él es muy atractivo si a una le gusta ese tipo, esbelto y de aire soñador. No muy diferente de Ashley, ahora que lo pienso.»

Sally Brewton estaba también observando a Edward, advirtió Scarlett. La mirada de Sally se cruzó con la suya y ambas intercambiaron una discreta sonrisa.

—Estamos de acuerdo, ¿no? —dijo Eleanor—. ¿Emma?

—De acuerdo. Los libros son más importantes que el rencor. Me estoy volviendo demasiado emotiva. Debe de ser por deshidratación. ¿Va a traer alguien esa agua caliente?

Scarlett llamó de nuevo. Tal vez la campanilla estaba rota. ¿Debería ir a la cocina y avisar a la servidumbre? Empezaba a encaminarse allí desde su rincón cuando vio que se abría la puerta.

—¿Ha llamado usted pidiendo el té, señora Butler? —Rhett empujó la puerta con el pie. Sostenía una gran bandeja de plata con la reluciente tetera, el azucarero, el jarrito de la leche, el colador y tres botes de té—. ¿India, China o Manzanilla?

Sonreía satisfecho de la sorpresa que les había dado.

¡Rhett! Scarlett se había quedado sin aliento. ¡Qué apuesto era! Sin duda había estado en algún sitio con mucho sol; estaba moreno como un indio. ¡Dios mío, cuánto le amaba! Su corazón latía tan fuerte que todos debían de oírlo.

—¡Rhett! Oh, querido, temo que voy a dar un espectáculo. —Eleanor Butler tomó una servilleta y se enjugó los ojos—. Dijiste que traerías «algo de plata» de Filadelfia. No tenía idea de que fuese el servicio de té. Y además, intacto. Es un milagro.

—Y muy pesado. Señora Emma, ¿tiene la bondad de apartar a un lado ese servicio provisional? Me pareció oírle decir que tenía sed. Me encantará que satisfaga su deseo... Sally, querida, ¿cuándo vas a dejar que me bata en duelo a muerte con tu marido y te seduzca?

Rhett puso la bandeja sobre la mesa, se inclinó sobre ésta y besó a las tres mujeres que estaban sentadas en el sofá detrás de ella. Después miró a su alrededor.

«Mírame —le suplicó en silencio Scarlett desde el oscuro rincón—. Bésame.» Pero él no la veía.

—Margaret, estás adorable con ese traje. Ross no te merece. Hola, Anne, me alegro mucho de verte. Edward, no puedo decir lo mismo de ti. No apruebo que te organices un harén en mi casa mientras yo viajo bajo la lluvia por América del Norte en el más destartalado cabriolé, apretando la plata de la familia contra el pecho para protegerla de esos explotadores foráneos. —Rhett miró a su madre con tanta ternura que Emma Anson sintió un nudo en la garganta—. Vamos, deja de llorar, mamá querida —dijo él—, o creeré que no te ha gustado esta sorpresa.

Eleanor le miró, con el semblante rebosante de amor.

—Bendito seas, hijo mío. Me haces muy feliz.

Scarlett no pudo aguantar un momento más. Corrió hacia su marido.

—Rhett, querido...

Él volvió la cabeza y ella se detuvo. El rostro de Rhett estaba rígido, inexpresivo, desprovisto de toda emoción mediante una voluntad de hierro. Pero le brillaban los ojos. Se enfrentaron los dos durante un terrible instante. Entonces torció él los labios hacia abajo, en una de aquellas irónicas sonrisas que ella conocía tan bien y temía tanto.

—Dichoso el hombre —dijo despacio y articulando con claridad— que recibe una sorpresa mayor que la que da.

Le tendió las manos. Scarlett puso los dedos temblorosos en sus palmas, consciente de la distancia que sus brazos extendidos ponían entre ellos. El bigote le rozó la mejilla derecha y después la izquierda.

«Rhett quisiera matarme», pensó, y el peligro le causó una extraña emoción. Rhett pasó un brazo alrededor de sus hombros y su mano se cerró como una tenaza sobre la parte superior del brazo de ella.

—Estoy seguro, señoras... y Edward, de que nos disculparéis si os dejamos —dijo. Había una curiosa mezcla de tonos en su voz, infantil y sin embargo pícara—. Hace mucho tiempo que no he tenido ocasión de hablar con mi esposa. Nos iremos arriba y dejaremos que resolváis vosotros los problemas del Hogar Confederado.

Empujó a Scarlett fuera de la puerta sin darle oportunidad de despedirse.

12

Rhett no dijo nada mientras la apremiaba escaleras arriba hacia su habitación. Después cerró la puerta y se quedó apoyado de espaldas contra ella.

—¿Qué diablos estás haciendo aquí, Scarlett?

Ella quería tenderle los brazos, pero la cólera que vio en su mirada le advirtió que no debía hacerlo. Abrió los ojos con candorosa incomprensión. Su voz era atropellada y jadeante cuando dijo:

—Tía Eulalie me escribió y me contó lo que tú decías, Rhett: que ansiabas que estuviese aquí contigo pero que yo no quería abandonar el almacén. Oh, querido, ¿por qué no me lo dijiste? Comparado contigo, el almacén me importa un bledo. —Le miró cautelosamente.

—No sirve, Scarlett.

—¿Qué quieres decir?

—Nada de eso. Ni la ferviente explicación ni la inocente falta de comprensión. Ya sabes que nunca has podido mentirme y salirte con la tuya.

Era verdad, y lo sabía. Tenía que ser sincera.

—He venido porque quería estar contigo.

Esta llana declaración tenía una dignidad sencilla.

Rhett miró la erguida espalda y la cabeza orgullosamente levantada de su esposa, y su voz se suavizó.

—Mi querida Scarlett —dijo—, podríamos haber sido amigos con el tiempo, cuando los recuerdos se hubiesen convertido en una agridulce nostalgia. Y tal vez podamos llegar a serlo, si los dos somos caritativos y pacientes. Pero nada más. —Caminó impaciente de un lado a otro de la habitación—. ¿Qué he de hacer para convencerte? No quiero herirte, pero tú me obligas a hacerlo. No quiero que estés aquí. Vuelve a Atlanta, Scarlett, y déjame en paz. Ya no te amo. No puedo hablarte con más claridad.

Scarlett palideció. Sus ojos verdes relucían en contraste con su piel blanca como la de un espectro.

—Yo también puedo hablar con claridad, Rhett. Soy tu esposa y tú eres mi marido.

—Una desafortunada circunstancia que te ofrecí remediar.

Sus palabras fueron como un latigazo. Scarlett olvidó que tenía que dominarse.

—¿Con el divorcio? Nunca, nunca, nunca. Y nunca te daré motivo para que te divorcies de mí. Soy tu esposa, y como buena esposa he abandonado todo lo que me es querido para venir a tu lado. —Una sonrisa de triunfo levantó las comisuras de sus labios al jugar su mejor carta—. Tu madre está encantada de tenerme aquí. ¿Qué vas a decirle si me echas? Porque yo le diré la verdad, y esto le destrozará el corazón.

Rhett caminó pesadamente de un extremo a otro de la vasta habitación, murmurando maldiciones, palabrotas y groserías que nunca había oído Scarlett de sus labios. Era el Rhett a quien sólo conocía por referencias, el Rhett que había seguido la carrera del oro hacia California y defendido su derecho con las fuertes botas y el cuchillo. Era el Rhett contrabandista de ron, asiduo a las tabernas más sórdidas de La Habana; el aventurero al margen de la ley, amigo y compañero de renegados como él mismo. Scarlett le observaba, impresionada, fascinada y emocionada a pesar de su aire amenazador. De pronto, él interrumpió sus pasos de animal enjaulado y se volvió de cara a ella. Sus ojos negros brillaban, pero ya no de cólera. Reflejaban una ironía sombría y amarga y cautelosa. Volvía a ser Rhett Butler, caballero de Charleston.

—Jaque —dijo él, con una sonrisa torcida y sarcástica—. Olvidé los imprevisibles movimientos de la reina. Pero no mate, Scarlett.

Y extendió las palmas de las manos en ademán de momentánea rendición.

Ella no comprendió lo que le estaba diciendo, pero el gesto y el tono de la voz le dijeron que había ganado... algo.

—Entonces, ¿me quedaré?

—Te quedarás hasta que quieras irte. Bien, espero que no tardarás mucho.

—¡Te equivocas, Rhett! Esto me encanta.

Una expresión conocida se pintó en la cara de él. Una expresión divertida, escéptica, de buen conocedor.

—¿Cuánto tiempo llevas en Charleston, Scarlett?

—Desde la noche pasada.

—Y ya has aprendido a quererla. Muy de prisa; te felicito por tu sensibilidad. Te echaron de Atlanta, milagrosamente sin emplumarte; aquí has sido bien recibida por damas que no saben tratar de otra manera a las personas, y por eso te imaginas que has encontrado un refugio. —Se rió al ver la cara que ponía ella—. Oh, sí, todavía tengo relaciones en Atlanta. Sé todo lo referente a tu ostracismo allí. Ni siquiera la escoria que solías frecuentar quiere saber nada de ti.

—Eso no es cierto —gritó ella—. Yo les eché de casa.

Rhett se encogió de hombros.

—No hace falta que discutamos esto. Lo que importa es que ahora estás aquí, en casa de mi madre y bajo su protección. Como me importa mucho que ella sea feliz, nada puedo hacer de momento acerca de esto. Sin embargo, en realidad no me hace falta. Tú harás lo necesario sin acción alguna por mi parte. Te manifestarás como lo que eres y entonces todos se apiadarán de mí y compadecerán a mi madre. Y yo te enviaré de nuevo a Atlanta, con los plácemes, cortésmente mudos, de toda la comunidad. Crees que puedes hacerte pasar por una dama, ¿eh? No engañarías ni a un ciego sordomudo.

—Soy una dama, ¡maldito seas! Eres tú quien no sabe cómo son las personas decentes. Te doy las gracias por recordarme que mi madre era una Robillard de Savannah y que los O'Hara descendemos de los reyes de Irlanda.

La sonrisa con que le respondió Rhett era de una tolerancia exasperante.

—Dejemos esto, Scarlett. Muéstrame la ropa que has traído. —Se sentó en el sillón más próximo y estiró las largas piernas.

Scarlett le miró fijamente, demasiado decepcionada por su brusca calma para hablar sin farfullar. Rhett sacó un cigarro del bolsillo y lo hizo rodar entre sus dedos.

—Espero que no te opondrás a que fume en mi habitación —dijo.

—Claro que no.

—Gracias. Ahora muéstrame tu ropa. Seguramente será nueva; no te habrías embarcado en un intento de recobrar mis favores sin un arsenal de enaguas y ligeros vestidos de seda, todo ello del gusto execrable que es en ti característico. No quiero que pongas en ridículo a mi madre. Por consiguiente, muéstramelos, Scarlett, y veré lo que se puede salvar. —Sacó un cortapuros del bolsillo.

Scarlett frunció el entrecejo, pero entró en el cuarto de vestir para recoger sus cosas. Tal vez esto era una buena señal. Rhett había supervisado siempre su guardarropa. Le había gustado verla con prendas elegidas por él, se había enorgullecido de lo elegante y bella que estaba. Si quería intervenir de nuevo en su aspecto, enorgullecerse nuevamente de ella, estaba dispuesta a colaborar. Se probaría todos los trajes en su obsequio. Así la vería en ropa interior. Movió rápidamente los dedos para desabrochar el vestido que llevaba y el armazón almohadillado del polisón. Salió de entre el montón de ricas telas, tomó en brazos sus vestidos nuevos y volvió despacio al dormitorio, desnudos los brazos, medio descubierto el pecho y sin haberse quitado las medias de seda.

—Déjalos sobre la cama —dijo Rhett— y envuélvete en una bata antes de que te enfríes. Ha refrescado con la lluvia, ¿no te habías dado cuenta? —Echó una bocanada de humo hacia su izquierda, volviendo la cabeza—. No vayas a pillar un resfriado tratando de mostrarte seductora, Scarlett. Estás perdiendo el tiempo.

La cara de Scarlett se puso lívida de rabia. Sus ojos eran como un fuego verde. Pero Rhett no la miraba. Estaba examinando los vestidos de encima de la cama.

—Arranca todas esas puntillas —dijo, refiriéndose al primer traje— y conserva únicamente uno de ese montón de lazos del costado. Entonces no estará mal... Este otro puedes regalarlo a tu doncella, pues no tiene remedio... Éste podría pasar si le quitases los adornos, cambiases los botones dorados por otros negros y sencillos y acortases la cola...

Sólo tardó unos minutos en revisarlos todos.

—Necesitarás algunas botas sólidas, negras —dijo, cuando hubo acabado con los vestidos.

—Compré unas esta mañana —dijo Scarlett con voz glacial—. Cuando fui de tiendas con tu madre —añadió, recalcando cada palabra—. No sé por qué no le compras un coche, ya que la quieres tanto. Se cansa mucho de tanto andar.

—Tú no entiendes nada de Charleston. Por eso te sentirás muy pronto desgraciada aquí. Yo pude comprarle esta casa, porque la nuestra fue destruida por los yanquis y todos sus conocidos conservan todavía la suya, igualmente grande. Puedo amueblarla mejor que la de sus amigas, porque cada pieza nos había sido arrebatada por los yanquis o es una copia de las que tuvo antaño, y sus amigas disfrutan todavía de muchas de sus pertenencias. Pero no puedo distanciarla de sus relaciones comprándole algo lujoso que éstas no pueden permitirse.

—Sally Brewton tiene un coche.

—Sally Brewton es diferente de todas las demás. Siempre lo ha sido, es original. Charleston respeta, incluso aprecia, la excentricidad, pero no tolera la ostentación. Y tú, mi querida Scarlett, nunca has podido resistir la ostentación.

—Espero que disfrutes insultándome, Rhett Butler.

Rhett se echó a reír.

—En realidad, así es. Ahora puedes empezar a adecentar uno de esos vestidos para esta noche. Yo tendré que llevar al comité a casa. Sally no debería hacerlo con esta tormenta.

Cuando se hubo marchado, Scarlett se endosó la bata de Rhett. Era más de abrigo que la suya, y él tenía razón: hacía mucho más frío que antes, y estaba temblando. Se levantó el cuello de la bata para taparse las orejas, y fue a sentarse en el sillón donde había estado él. Sentía todavía su presencia en la habitación y se sumió en ella. Acarició con los dedos el suave fular; era extraño que Rhett hubiese elegido una bata tan ligera, casi frágil, cuando él era tan vigoroso y sólido. Pero había en Rhett muchas cosas que la desconcertaban. No le conocía en absoluto; nunca le había conocido. Por un momento, se sintió terriblemente impotente. Pero sacudió esta impresión y se levantó apresuradamente. Tenía que vestirse antes de que volviese Rhett. Cielo santo, ¿cuánto tiempo había estado abstraída en este sillón? Casi había anochecido. Llamó a Pansy. Había que quitar los lazos y las puntillas del vestido de color de rosa para poder llevarlo esa noche, y poner inmediatamente a calentar las tenacillas para los cabellos. Quería estar muy bonita y femenina para Rhett... Miró la espléndida colcha de la amplia cama y sus pensamientos hicieron que se ruborizara.

El farolero no había llegado todavía a la parte alta de la ciudad donde vivía Emma Anson, y Rhett tenía que conducir despacio el coche, inclinándose hacia delante para ver a través de la lluvia torrencial en la oscura calle. Detrás de él sólo quedaban la señora Anson y Sally Brewton en el carruaje cerrado. Margaret Butler había sido depositada la primera en la casita de la calle Water donde vivía con Ross; luego, Rhett se había dirigido a la calle Broad, donde Edward Cooper había acompañado a Anne Hampton hasta la puerta del Hogar Confederado, cubriéndola con su gran paraguas.

—Iré andando el resto del camino —había gritado Edward a Rhett desde la acera—; sería una tontería meter este paraguas chorreando donde están las damas.

Vivía en la calle Church, a sólo una manzana de distancia. Rhett se tocó la ancha ala del sombrero a modo de saludo, y arrancó de nuevo el coche.

—¿Crees que Rhett puede oírnos? —murmuró Emma Anson.

—Apenas puedo oírte yo, Emma, y sólo estoy a un palmo y medio de distancia —respondió Sally con algo de aspereza—. Por el amor de Dios, habla. Este aguacero es ensordecedor. —Estaba irritada a causa de la lluvia que le impedía conducir la berlina.

—¿Qué opinas de su esposa? —dijo Emma—. No es en absoluto como yo me la había imaginado. ¿Habías visto algo tan grotescamente adornado como el traje de calle que llevaba?

—Oh, la ropa se arregla fácilmente, y muchas mujeres tienen un gusto espantoso. No; lo interesante es que tiene posibilidades —dijo Sally—. La única cuestión es si sabrá aprovecharlas. Ser bonita y haber sido una beldad puede representar un gran obstáculo. Muchas mujeres nunca logran superarlo.

—Fue ridícula su manera de coquetear con Edward.

—Yo diría automática, no realmente ridícula. Hay también muchos hombres que esperan estas cosas. Tal vez las necesitan ahora más que antes. Han perdido todo lo que les hacía sentirse unos hombres de verdad: su riqueza, sus tierras y su poder.

Las dos mujeres guardaron silencio durante un rato, pensando en cosas que era mejor que no reconociese un pueblo orgulloso aplastado bajo las botas de una fuerza militar de ocupación.

Sally carraspeó, disipando el humor sombrío de ambas.

—Hay una cosa buena —dijo en tono positivo—. La mujer de Rhett está locamente enamorada de él. Su rostro se iluminó como la aurora al aparecer él en la puerta, ¿no lo viste?

—No, no lo vi —dijo Emma—. Ojalá lo hubiese visto. Lo que vi fue la misma expresión..., pero en la cara de Anne.

13

Scarlett miraba continuamente hacia la puerta. ¿Por qué tardaba tanto Rhett? Eleanor Butler fingía no advertirlo, pero una pequeña sonrisa persistía en las comisuras de sus labios. Sus dedos movían rápidamente una reluciente lanzadera de marfil, tejiendo una intrincada red de lazos. Era un momento que hubiese debido prestarse a la intimidad. Las cortinas del salón estaban corridas contra la tormenta y la oscuridad; había lámparas encendidas sobre las mesas de las dos habitaciones contiguas, y un fuego dorado y crepitante desterraba el frío y la humedad. Pero los nervios de Scarlett estaban demasiado tensos para ser aliviados por la escena doméstica. ¿Dónde estaba Rhett? ¿Estaría todavía enfadado cuando volviese?

Trataba de prestar atención a lo que decía la madre de Rhett, pero no podía. No le importaba un comino el Hogar para Viudas y Huérfanos de la Confederación. Sus dedos tocaban el corpiño de su traje, pero no había encajes para juguetear con ellos. Seguramente él no se preocuparía de sus vestidos si realmente le tuviese ella sin cuidado, ¿no?

—... y la escuela podemos decir que creció por sí sola, porque no había otro lugar al que pudiesen ir los huérfanos —estaba diciendo la señora Butler—. Ha tenido más éxito de lo que nos habíamos atrevido a esperar. En junio pasado hubo seis graduados, todos los cuales son ahora maestros. Dos de las chicas han ido a Walterboro a enseñar, y una pudo elegir en Yemassee o Camden. Otra, una joven encantadora, nos escribió: te mostraré la carta...

Oh, ¿dónde estaba él? ¿Por qué tardaba tanto? «Si tengo que estar sentada aquí mucho más rato, empezaré a gritar.»

El reloj de bronce de la repisa de la chimenea sonó y Scarlett se sobresaltó. Dos... tres...

—Me pregunto por qué se retrasa Rhett —dijo la madre de éste... Cinco... seis—. Sabe que cenamos a las siete, y siempre le gusta tomar primero un ponche. Llegará calado hasta los huesos; tendrá que cambiarse. —La señora Butler dejó su labor sobre la mesa—. Iré a ver si ha parado de llover —dijo.

Scarlett se puso en pie de un salto.

—Iré yo.

Caminó rápidamente, aliviada, y entreabrió la pesada cortina de seda. Fuera, una espesa niebla se extendía sobre el paseo del rompeolas. Se infiltraba en la calle y se enrollaba hacia arriba como algo vivo. La luz de la farola tenía un brillo indefinido entre la blancura móvil que la rodeaba. Scarlett volvió la espalda al misterioso y amorfo ambiente y dejó caer la cortina de seda.

—Hay mucha niebla —dijo—, pero no llueve. ¿Cree que Rhett estará bien?

Eleanor Butler sonrió.

—Ha soportado cosas peores que la niebla y un poco de humedad; ya lo sabes, Scarlett. Claro que está bien. Le oirás entrar en cualquier momento.

Como respondiendo a estas palabras, escucharon el ruido del portalón de la entrada al abrirse. Scarlett oyó entonces la risa de Rhett y la voz grave de Manigo, el mayordomo.

—Será mejor que me dé la ropa mojada, señó Rhett; las botas también. Le he traído sus zapatillas.

—Gracias, Manigo. Subiré a cambiarme. Dile a la señora Butler que me reuniré con ella dentro de un minuto. ¿Está en el salón?

—Sí, señor; con la señora Rhett.

Scarlett aguzó el oído para captar la reacción de Rhett, pero solamente oyó sus rápidas y firmes pisadas en la escalera. Pareció pasar un siglo antes de que bajase. El reloj de la chimenea tenía que estar estropeado. Cada minuto tardaba una hora en pasar.

—Pareces cansado, querido —exclamó Eleanor Butler cuando entró Rhett en el salón.

Rhett tomó la mano de su madre y la besó.

—No te preocupes por mí, mamá; estoy más hambriento que cansado. ¿Cenaremos pronto?

La señora Butler empezó a levantarse.

—Diré a la cocina que sirvan la cena en seguida.

Rhett tocó delicadamente el hombro de su madre para detenerla.

—Primero beberé algo; no te des prisa. —Se acercó a la mesa donde estaba la bandeja de las bebidas. Mientras vertía whisky en un vaso, miró a Scarlett por primera vez—. ¿Quieres tú también, Scarlett?

Rhett arqueó una ceja, tentándola. También la tentó el olor del whisky. Pero Scarlett volvió la cabeza, como ofendida. Conque iba Rhett a jugar al gato y al ratón, ¿eh? Tratar de obligarla o inducirla a hacer algo para que su madre se volviese contra ella. Bueno, tendría que ser muy listo para sorprenderla. Torció la boca y sus ojos centellearon. Debería ser a su vez muy lista para superarle. Sintió unos latidos excitados en el cuello. Siempre la emocionaban las competiciones.

—¿Ha oído lo que ha dicho Rhett, señora Eleanor? —Scarlett se echó a reír—. ¿Era ya tan malo cuando era pequeño?

Percibió que Rhett se movía bruscamente detrás de ella. ¡Ah! Había dado en el blanco. Él había lamentado durante años el dolor que había causado a su madre cuando sus escapadas provocaron el rechazo de su padre.

—La cena está servida, señora Butler —dijo Manigo desde la puerta.

Rhett ofreció el brazo a su madre y Scarlett sintió una punzada de celos. Entonces recordó que el amor que sentía él por su madre era lo único que le permitía quedarse, y se tragó su enojo.

—Estoy tan hambrienta que podría comerme media vaca —dijo, con animación—, y a Rhett le pasa lo mismo, ¿verdad, querido?

Ahora tenía el as de triunfo en la mano; él lo había reconocido. Si lo perdía, perdería toda la partida y nunca podría recobrarle.

En realidad, Scarlett no hubiese debido preocuparse. Rhett tomó el mando de la conversación en el momento en que se sentaron. Refirió su búsqueda del servicio de té en Filadelfia, transformándola en una aventura, retratando hábilmente a la serie de personas con quienes había hablado, imitando sus acentos y sus ademanes característicos con un ingenio que hizo que su madre y Scarlett se riesen hasta dolerles los costados.

—Y después de seguir aquella larga pista para llegar hasta él —concluyó Rhett con un teatral gesto de aflicción—, imaginaos mi horror cuando el nuevo dueño resultó ser demasiado honrado para vender el servicio de té por el precio que yo le ofrecía y que era de veinte veces su valor. Temí por un momento que tendría que robárselo; pero, afortunadamente, le gustó la sugerencia de que nos divirtiésemos con una amigable partida de cartas.

Eleanor Butler trató de asumir una expresión desaprobadora.

—Espero que no hicieras nada censurable, Rhett —dijo. Pero había risa detrás de aquellas palabras.

—¡Mamá! Me sorprendes. Yo sólo hago trucos cuando juego con profesionales. Aquel infeliz ex coronel de las tropas de Sherman era un simple aficionado y tuve que hacer trampa para dejarle recuperar unos pocos cientos de dólares que mitigasen su dolor. Era el reverso de la medalla de un Ellinton.

La señora Butler se echó a reír.

—¡Pobre hombre! Y su esposa..., la compadezco. —La madre de

Rhett se inclinó hacia Scarlett—. Tengo algunas ovejas negras en mi familia —dijo Eleanor Butler en un murmullo burlón.

Rió de nuevo y empezó a recordar.

Entonces se enteró Scarlett de que los Ellinton fueron famosos en toda la costa Este por cierta debilidad familiar: su afición a las apuestas. El primer Ellinton que se estableció en la América colonial se embarcó porque había ganado una concesión de tierra en una apuesta con el dueño, apuesta que consistía en cuál de los dos podía beber más cerveza sin caerse al suelo.

—Cuando ganó la apuesta —concluyó la señora Butler— estaba tan borracho que creyó que era lógico ir a echar un vistazo a lo que había ganado. Dicen que ni siquiera supo adónde iba hasta que llegó allí, porque les ganó la mayor parte de la ración de ron a los marineros jugando a los dados.

—¿Qué hizo cuando se serenó? —quiso saber Scarlett.

—Oh, nunca llegó a serenarse, querida. Murió diez días después de atracar el barco. Pero durante esos días había jugado a los dados con otro como él y ganado una muchacha, contratada para formar parte del servicio del barco. Y como más tarde resultó que la joven estaba embarazada, se celebró una especie de boda *ex post facto* junto a su tumba, y su hijo se convirtió en uno de mis tatarabuelos.

—Que también fue un buen jugador, ¿no? —preguntó Rhett.

—Desde luego. Salió a la familia.

Y la señora Butler fue repasando la historia de todo el árbol genealógico de la familia.

Scarlett miraba a menudo a Rhett. ¿Cuántas sorpresas le tenía reservadas aquel hombre? Nunca le había visto tan tranquilo, satisfecho y totalmente hogareño. «Yo jamás construí un hogar para él, —pensó—. Ni siquiera le gustó nunca la casa. Era mía, hecha a mi manera; un regalo de él, pero no suya.» Scarlett tenía ganas de interrumpir los relatos de su suegra para decirle a Rhett que lamentaba el pasado, que quería reparar todos sus errores. Pero guardó silencio. Él estaba contento, disfrutando con la charla de su madre. No debía hacerle cambiar de humor. Las velas, en sus candeleros de plata. se reflejaban en la pulida mesa de caoba y en las pupilas de los brillantes ojos negros de Rhett, bañando la mesa y los tres comensales con una luz cálida y tranquila, creando una isla de suave brillantez en las sombras de la vasta habitación. El mundo exterior estaba excluido por los gruesos pliegues de las cortinas de las ventanas y por la intimidad de aquella pequeña isla iluminada por las velas. La voz de Eleanor Butler era amable, y la risa de Rhett, un murmullo suave y alentador. El amor tendía una red sutil pero irrompible entre madre e hijo. Scarlett sintió un súbito y ardiente afán de ser incluida en aquella red.

Entonces dijo Rhett:

—Cuéntale a Scarlett lo del primo Townsend, mamá.

Y ella se sintió segura en el calor de la luz de las velas, incluida en el ambiente de dicha que envolvía la mesa. Deseó que esto pudiese durar para siempre, y suplicó a la señora Butler que le hablase del primo Townsend.

—Townsend no es primo hermano, ¿sabes?, sino solamente un primo muy lejano, pero desciende directamente del tatarabuelo Ellinton, único hijo de un hijo mayor de un hijo mayor. Por consiguiente, heredó aquella concesión de tierra original y la fiebre de los Ellinton por el juego, y también la suerte de los Ellinton. Porque los Ellinton fueron siempre afortunados. Salvo por una cosa, otro rasgo de la familia Ellinton: los hijos varones nacen siempre bizcos. Townsend se casó con una muchacha bellísima de una buena familia de Filadelfia; Filadelfia llamó a aquel enlace la boda de la bella y la bestia. Pero el padre de la chica era abogado y apreciaba mucho la propiedad, y Townsend era fabulosamente rico. Townsend y su esposa se instalaron en Baltimore. Entonces estalló la guerra. La esposa volvió corriendo junto a su familia en el momento en que se incorporó Townsend al ejército del general Lee. A fin de cuentas, ella era yanqui y, probablemente, Townsend resultaría muerto en la contienda. No podía hacer blanco en un granero y mucho menos en la puerta de un granero, debido a su estrabismo. Sin embargo, tuvo la suerte de los Ellinton. De lo peor que sufrió fue de sabañones, a pesar de que sirvió durante todo el tiempo hasta Appomattox. En cambio, los tres hermanos y el padre de su esposa murieron luchando en el Ejército de la Unión. Por consiguiente, su esposa heredó todo lo acumulado por su precavido padre y sus precavidos antepasados. Townsend vive como un rey en Filadelfia y le importa un comino que todas sus propiedades de Savannah fuesen confiscadas por Sherman. ¿Le viste, Rhett? ¿Cómo está?

—Más bizco que nunca, con dos hijos bizcos y una hija que, gracias a Dios, se parece a su madre.

Scarlett apenas oyó la respuesta de Rhett.

—¿Dijo usted que los Ellinton eran de Savannah, señora Eleanor? Mi madre era de Savannah —dijo ansiosamente.

Las relaciones de vecindad y parentesco eran un aspecto de la vida en el Sur que a ella le había faltado. Todas las personas a quienes conocía poseían una red de primos y tíos y tías que abarcaba generaciones y cientos de kilómetros. En cambio, ella no la tenía. Pauline y Eulalie no tenían hijos. Los hermanos de Gerald O'Hara, de Savannah, tampoco los tenían. A buen seguro había montones de O'Hara en Irlanda, pero esto le servía de poco, y todos los Robillard, a excepción de su abuelo, se habían ido de Savannah.

Y aquí estaba ella, oyendo hablar una vez más de la familia de otra persona. Rhett tenía parientes en Filadelfia. Sin duda estaba también emparentado con media Charleston. No era justo. Pero tal vez los Ellinton estaban relacionados de alguna manera con los Robillard. Si era así, ella formaría parte de la red que incluía a Rhett. Tal vez podría encontrar una conexión con el mundo de los Butler y de Charleston, el mundo que Rhett había elegido y en el que ella estaba resuelta a entrar.

—Recuerdo muy bien a Ellen Robillard —dijo la señora Butler—. Y a su madre. Tu abuela, Scarlett, fue probablemente la mujer más fascinadora de toda Georgia, y también de Carolina del Sur.

Scarlett se inclinó hacia delante, embelesada. Sólo había oído algunos episodios y rumores acerca de su abuela.

—¿Era realmente escandalosa, señora Eleanor?

—Era extraordinaria. Pero cuando la conocí mejor no era en absoluto escandalosa. Estaba demasiado ocupada teniendo hijos. Primero tu tía Pauline, después Eulalie y luego tu madre. En realidad, yo estaba en Savannah cuando nació tu madre. Recuerdo los fuegos artificiales. Tu abuelo contrataba a unos famosos italianos de Nueva York y disparaba un magnífico castillo de fuegos artificiales cada vez que tu abuela le daba un bebé. Tú no lo recordarás, Rhett, y creo que no me darás las gracias por recordártelo; te daban miedo los cohetes. Yo te saqué fuera de casa para que los vieses, y tú lloraste tan fuerte que a punto estuve de morirme de vergüenza. Todos los demás niños aplaudían y gritaban de alegría. Desde luego, eran mayores que tú. Tú llevabas todavía pañales; tenías poco más de un año.

Scarlett miró fijamente a la señora Butler y después a Rhett. ¡No era posible! Rhett no podía ser más viejo que Ellen, la madre de Scarlett. Bueno, su madre era... su madre. Scarlett había dado siempre por sabido que su madre era vieja, que había dejado atrás la edad de las emociones fuertes. ¿Cómo podía ser Rhett mayor que ella? ¿Cómo podía amarle tan desesperadamente, si era tan viejo?

Entonces añadió Rhett una impresión a la impresión. Dejó la servilleta sobre la mesa, se levantó, pasó al lado de Scarlett, la besó en la cabeza y siguió adelante para tomar y besar la mano de su madre.

—Tengo que irme, mamá —dijo.

«¡Oh, no, Rhett!», quiso gritar Scarlett. Pero estaba demasiado aturdida para decir algo, incluso para preguntarle adónde iba.

—No quisiera que salieses en una noche tan oscura y lluviosa, Rhett —protestó su madre—. Y Scarlett está aquí. Apenas has tenido oportunidad de saludarla.

—Ha dejado de llover y ha salido la luna llena —dijo Rhett—. No puedo desperdiciar la ocasión de navegar río arriba con la marea alta, y tengo el tiempo justo para hacerlo antes de que cambie. Scarlett comprende que hay que controlar a los trabajadores cuando uno se ha marchado y los ha dejado solos; es una mujer de negocios. ¿Verdad que sí, querida?

La miró y sus ojos centellearon con el reflejo de la llama de la vela. Después se dirigió al vestíbulo.

Scarlett se levantó de la mesa, casi volcando la silla con su prisa, y sin decir una palabra a la señora Butler corrió frenéticamente tras él.

Rhett estaba en el zaguán, abrochándose el abrigo con una mano y agarrando el sombrero con la otra.

—¡Rhett, Rhett, espera! —gritó Scarlett. Hizo caso omiso de la mirada de advertencia que le dirigió él al volverse—. Todo ha sido delicioso durante la cena —dijo—. ¿Por qué quieres irte?

Rhett pasó junto a ella y cerró la puerta del corredor con un fuerte chasquido del pestillo, aislando el vestíbulo del resto de la casa.

—No hagas una escena, Scarlett. Perderás el tiempo.

Como si pudiese leer dentro de su cerebro, arrastró las últimas palabras:

—Tampoco cuentes con compartir mi cama, Scarlett.

Abrió la puerta de la calle. Antes de que ella pudiese decir una palabra, Rhett se había marchado. La puerta se cerró despacio detrás de él. Scarlett dio una patada en el suelo..., una manera inadecuada de desfogar su cólera y su desilusión. ¿Por qué tenía que ser él tan ruin? Hizo una mueca, medio de enojo, medio de risa involuntaria, reconociendo de mala gana la astucia de Rhett. Se había imaginado fácilmente lo que tramaba ella. Bueno, en tal caso, tendría que ser más lista que él; esto era todo. Tendría que renunciar a la idea de concebir inmediatamente un hijo y pensar en otra cosa. Tenía el ceño fruncido cuando volvió a reunirse con la madre de Rhett.

—Vamos, querida, no te inquietes —dijo Eleanor Butler—, no le pasará nada. Rhett conoce el río como la palma de su mano. —Se había quedado plantada junto a la chimenea, no queriendo salir al vestíbulo y arriesgarse a interrumpir el adiós de Rhett a su esposa—. Vayamos a la biblioteca; allí se está muy cómodo, y los criados podrán quitar la mesa.

Scarlett se acomodó en un sillón de alto respaldo, a cubierto de las corrientes de aire. No, dijo, no quería echarse una manta sobre las rodillas; así estaba bien, muchas gracias.

—Deje que la arrope bien, señora Eleanor —se ofreció tomando el chal de casimir de su suegra—. Ahora siéntese y póngase cómoda.

—Eres encantadora, Scarlett, igual que tu querida madre. Recuerdo sus atenciones, sus buenos modales. Desde luego, todas las jóvenes Robillard eran muy educadas, pero Ellen era algo especial...

Scarlett cerró los ojos e inhaló el débil perfume de verbena. Todo acabaría bien. Eleanor la quería, haría que Rhett volviese a casa, y todos vivirían felices para siempre.

Scarlett dormitó tranquilamente en el mullido sillón, arrullada por los dulces recuerdos de unos tiempos mejores. Un alboroto en el pasillo, al otro lado de la puerta, hizo que, de pronto, recobrase a medias el conocimiento.

Por un instante, no supo dónde estaba ni cómo había llegado allí, y pestañeó y miró con ojos nublados al hombre que estaba en la puerta. ¿Rhett? No, no podía ser Rhett, a menos que se hubiese afeitado el bigote.

El hombre alto que no era Rhett cruzó tambaleándose el umbral.

—He venido a conocer a mi hermana —dijo con voz estropajosa.

Margaret Butler corrió hacia Eleanor.

—Traté de detenerle —gimió—, pero cuando se pone de este modo...; no me ha hecho ningún caso, señora Eleanor.

La señora Butler se levantó.

—Cállate, Margaret —dijo en tono pausado pero autoritario—. Ross, estoy esperando que saludes como es debido.

Su voz era desacostumbradamente fuerte, y sus palabras, muy claras.

Ahora tenía Scarlett la mente completamente despejada. Conque ése era el hermano de Rhett. Y por lo visto, estaba borracho. Bueno, había visto borrachos antes de ahora; no se trataba de ninguna novedad especial. Se puso en pie y sonrió a Ross, temblando los hoyuelos de sus mejillas.

—¿Cómo es posible, señora Eleanor, que una dama sea tan afortunada como para tener dos hijos a cuál más apuesto? ¡Rhett no me había dicho nunca que tuviese un hermano tan guapo!

Ross avanzó hacia ella dando traspiés. Repasó su cuerpo con la mirada y después la fijó en los revueltos rizos y en la cara maquillada con colorete. Su sonrisa fue más lasciva que amistosa.

—Conque ésta es Scarlett —dijo con voz confusa—. Debía suponer que Rhett acabaría cazando una pieza tan selecta como ella. Vamos, Scarlett, dale un beso amistoso a tu nuevo hermano. Estoy seguro de que sabes cómo complacer a un hombre.

Sus manazas recorrieron los brazos de ella, como enormes arañas, y se cerraron sobre el cuello descubierto. Entonces aplicó la boca abierta sobre la de Scarlett y forzó la lengua entre sus dientes mientras ella olía el agrio aliento.

Scarlett trató de levantar las manos para empujarle y separarse de él, pero Ross era demasiado vigoroso y tenía demasiado apretado el cuerpo contra el de ella.

Pudo oír las voces de Eleanor Butler y de Margaret, pero no distinguir lo que estaban diciendo. Toda su atención estaba concentrada en la necesidad de librarse del repulsivo abrazo, y en la ofensa de las palabras insultantes de Ross. ¡La había llamado ramera! Y la estaba tratando como a tal.

De pronto, Ross la apartó, haciéndola caer de nuevo en su sillón.

—Apuesto a que no eres tan fría con mi hermano mayor —gruñó.

Margaret Butler sollozaba sobre el hombro de Eleanor.

—¡Ross!

El nombre fue como un cuchillo afilado lanzado por la señora Butler. Ross se volvió torpemente, derribando una mesita contra el suelo.

—¡Ross! —dijo de nuevo su madre—. He llamado a Manigo. Él te ayudará a volver a casa y escoltará dignamente a Margaret. Cuando te hayas serenado, escribirás cartas de disculpa a la esposa de Rhett y a mí. Te has deshonrado, nos has deshonrado a Margaret y a mí, y no serás recibido en esta casa hasta que me haya recobrado de la vergüenza que me has causado.

—Lo siento, señora Eleanor —dijo llorando Margaret.

La señora Butler apoyó las manos en los hombros de Margaret.

—Lo siento por ti —dijo. Después empujó delicadamente a Margaret—. Ahora, vete a casa. Desde luego, tú siempre serás bien recibida aquí.

Los viejos e inteligentes ojos de Manigo captaron la situación con una sola mirada, y el hombre empujó a Ross que, sorprendentemente, no pronunció una sola palabra de protesta. Margaret se escabulló tras ellos.

—Lo siento —continuó repitiendo una y otra vez, hasta que el sonido de su voz fue apagado por la puerta de la entrada al cerrarse.

—Hija mía —dijo Eleanor a Scarlett—, no hallo forma de excusarle. Ross está borracho y no sabe lo que dice. Pero esto no es una excusa.

Scarlett estaba temblando de los pies a la cabeza. De asco, de humillación, de cólera. ¿Por qué había permitido que ocurriese aquello, permitido que el hermano de Rhett la injuriase y le pusiese encima las manos y la boca? «Hubiese debido escupirle a la cara, cegarle con las uñas, golpear su asquerosa boca con los puños. Pero no lo he hecho. Sólo lo he aceptado, como si lo mereciese, como si lo que ha dicho fuese verdad.» Scarlett nunca se había sentido tan avergonzada. Avergonzada por las palabras de Ross, avergonzada por su propia debilidad. Se sentía mancillada, sucia y eternamente humillada. Habría sido mejor que Ross le hubiese pegado o clavado un cuchillo. Su cuerpo se habría recobrado de la contusión o de la herida, pero su orgullo no sanaría nunca del mal que sentía.

Eleanor se inclinó sobre ella, trató de rodearla con sus brazos; pero Scarlett rehuyó su contacto.

—¡Déjeme sola! —trató de gritar, pero lo dijo en un gemido.

—No te dejaré —dijo la señora Butler— hasta que me hayas escuchado. Tienes que comprender, Scarlett, tienes que oírme. Hay muchas cosas que ignoras. ¿Me escuchas?

Acercó un sillón al de Scarlett y se sentó, a sólo unos centímetros de distancia de ella.

—¡No! Váyase.

Scarlett se tapó los oídos con las manos.

—No te dejaré —repitió Eleanor—. Y te lo diré una y otra vez, mil veces si es necesario, hasta que me escuches... —Su voz era amable pero insistente, mientras la mano acariciaba la cabeza inclinada de Scarlett, consolándola, mimándola, insinuando su amabilidad y su amor, a pesar de negarse Scarlett a oírla—. Lo que ha hecho Ross es imperdonable —dijo—. No te pido que le perdones. Pero yo debo hacerlo, Scarlett. Es mi hijo y sé que ha sido su sufrimiento lo que le ha hecho portarse así. No ha tratado de ofenderte, querida. Ha estado atacando a Rhett a través de ti; mira, sabe que Rhett es demasiado fuerte para él, que nunca será capaz de emularle en nada. Rhett alarga la mano y toma lo que quiere, hace que todo suceda como él desea. Y el pobre Ross es un fracaso en todo.

»Margaret me dijo esta tarde en privado que, cuando Ross fue a su trabajo esta mañana, le dijeron que estaba despedido. Porque bebe, ¿sabes? Siempre ha bebido, como suelen hacer todos los hombres, pero no de la manera en que lo ha estado haciendo desde que Rhett volvió hace un año a Charleston. Ross trataba de hacer que la plantación rindiese; estuvo trabajando en ella como un esclavo desde que volvió de la guerra, pero siempre había algo que salía mal y nunca consiguió una buena cosecha de arroz. Apenas si bastaba para pagar los impuestos. Por esto, cuando Rhett le ofreció comprar la plantación, Ross tuvo que vendérsela. Habría sido de Rhett en todo caso, si él y su padre... Pero ésta es otra historia.

»Ross consiguió un empleo como cajero en un banco, pero temo que creyó que manejar dinero era una vulgaridad. En los viejos tiempos, los caballeros siempre firmaban las facturas o daban simplemente su palabra, y sus administradores cuidaban de todo lo demás. Fuese como fuere, Ross cometió errores en la caja; sus cuentas nunca cuadraban, y un día el error fue tan grave que perdió el empleo. Peor aún, el banco dijo que le pondría pleito para recuperar el dinero que la entidad había pagado de más por su descuido. Rhett reintegró la cantidad. Fue como un puñal en el corazón de Ross. Entonces empezó a beber desaforadamente, y esto le ha costado ahora otro empleo. Por si fuera poco, algún imbécil o villano se fue de la lengua diciendo que Rhett le había conseguido a su hermano aquel primer empleo. Ross fue directamente a casa y se emborrachó hasta el punto de que apenas podía caminar. Como una cuba.

»Yo quiero más a Rhett, que Dios me perdone; siempre le he querido más. Fue mi primogénito y puse mi corazón en sus manitas en el momento en que lo depositaron en mis brazos. Quiero a Ross y a Rosemary, pero no tanto como a Rhett, y me temo que ellos lo saben. Rosemary cree que esto se debe a que Rhett estuvo tanto tiempo ausente y volvió después como un genio salido de una redoma, comprando para mí todo lo que hay en esta casa y, para ella, los bonitos vestidos que siempre había deseado. Rosemary no recuerda cómo estaban las cosas antes de que él se marchase, pues era muy pequeña, y no sabe que Rhett fue siempre lo primero para mí. Ross sí que lo sabe, lo ha sabido siempre; pero era el predilecto de su padre y por esto mi indiferencia le importaba poco. Steven echó de casa a Rhett y nombró heredero a Ross. Le quería mucho y estaba orgulloso de él. Pero ahora Steven está muerto; hará siete años este mes. Y Rhett está de nuevo en casa, y esto llena mi vida de alegría, y Ross no puede dejar de verlo.

La voz de la señora Butler era ronca, entrecortada por el esfuerzo de revelar los graves secretos de su corazón. Se interrumpió y lloró amargamente.

—¡Mi pobre muchacho, mi pobre y dolido Ross!

«Debería decir algo —pensó Scarlett—, para que se sintiese mejor.» Pero no podía hacerlo. Estaba también demasiado dolida.

—No llore, señora Eleanor —dijo inútilmente—. No sienta remordimientos. Y ahora, por favor, tengo que preguntarle algo.

La señora Butler respiró hondo, se enjugó los ojos y compuso el semblante.

—¿Qué, querida?

—He de saberlo —dijo Scarlett en tono apremiante—. Tiene usted que decírmelo. Sinceramente, ¿parezco... lo que él dijo?

Necesitaba tranquilizarse, tener la aprobación de la cariñosa dama que olía a verbena.

—No importa en absoluto lo que parezcas, preciosa —dijo Eleanor—. Rhett te ama y, por consiguiente, yo te quiero también.

«¡Madre de Dios! Está diciendo que parezco una ramera, pero que no importa. ¿Acaso está loca? Claro que importa; más que nada en el mundo. Quiero ser una dama, ¡debo serlo!»

Agarró las manos de la señora Butler en un desesperado apretón, sin darse cuenta de que le estaba haciendo un daño terrible.

—¡Oh, señora Eleanor, ayúdeme! Por favor, necesito que me ayude.

—Claro que sí, querida. Dime lo que quieras.

Sólo había serenidad y afecto en el semblante de la señora Butler. Hacía muchos años que había aprendido a disimular el dolor.

—Necesito saber qué es lo que hago mal, por qué no parezco una dama. Y soy una dama, señora Eleanor, lo soy. Usted conoció a mi madre y debe saber que es así.

—Claro que lo eres, Scarlett, y desde luego lo sé. Las apariencias son muy engañosas, y esto no es justo. Podremos arreglarlo todo sin hacer el menor esfuerzo. —La señora Butler desprendió delicadamente los doloridos e hinchados dedos del apretón de Scarlett—. Tienes muchísima vitalidad, querida niña, todo el vigor del mundo en el que te criaste. Y esas características son engañosas para la gente de las viejas y cansadas Tierras Bajas. Pero no debes perderlas; son demasiado valiosas. Encontraremos la manera de que sean menos visibles, de que te parezcas más a nosotros. Entonces te sentirás más tranquila.

«Y yo también», pensó Eleanor Butler. Defendería hasta su último aliento a la mujer a quien creía que amaba Rhett, pero le sería mucho más fácil si Scarlett dejaba de pintarse la cara y de llevar vestidos caros y atrevidos. Eleanor acogió de buen grado la oportunidad de moldear a Scarlett al estilo de Charleston. Scarlett aceptó agradecida la diplomática valoración de su problema por la señora Butler. Era demasiado inteligente para creerla del todo: había visto cómo manejaba su suegra a Eulalie y Pauline. Pero la madre de Rhett la ayudaría, y esto era lo que contaba, al menos por ahora.

14

La Charleston que había moldeado a Eleanor Butler y atraído de nuevo a Rhett después de decenios de aventuras era una vieja ciudad, una de las más viejas de Estados Unidos. Estaba embutida en una estrecha península triangular entre dos amplios ríos que se juntaban en un ancho puerto conectado con el Atlántico. Fundada en 1682, tenía, desde sus primeros días, una languidez romántica y una sensualidad completamente distintas del paso vivo y la abnegación puritana de las colonias de Nueva Inglaterra. La brisa salada agitaba palmeras y glicinas, florecían plantas durante todo el año. La tierra era negra, fértil, sin piedras que mellasen los arados; las aguas abundaban en peces, cangrejos, camarones, tortugas acuáticas y ostras, y los bosques, en piezas de caza. Era una tierra ubérrima, hecha para que se gozase de ella.

Barcos procedentes de todo el mundo anclaban en el puerto para cargar el arroz cultivado en las vastas plantaciones de los charlestonianos a orillas de los ríos, y descargaban artículos de lujo para solaz y adorno de la reducida población. Era la ciudad más rica de Estados Unidos.

Favorecida por la circunstancia de haber alcanzado la madurez en la era de la razón, Charleston empleaba su riqueza en la búsqueda de belleza y conocimiento. Sensible a su clima y a los dones de la naturaleza, empleaba también aquella riqueza para satisfacción de los sentidos. Cada casa tenía su jefe de cocina y su salón de baile; cada dama, sus brocados de Francia y sus perlas de la India. Había sociedades culturales y sociedades dedicadas a la música y la danza, escuelas de ciencias y escuelas de esgrima. La ciudad era civilizada y hedonista en un equilibrio que creaba una cultura de gracia exquisitamente refinada, en la que el lujo incomparable era moderado por una disciplina exigente del intelecto y la educación.

Los charlestonianos pintaban sus casas con todos los colores del arco iris y las adornaban con porches sombreados donde la brisa marina llevaba el aroma de las rosas como una caricia. Dentro de cada casa había una habitación con un globo terráqueo, un telescopio y paredes llenas de libros en muchos idiomas. A mediodía sus moradores consumían una comida de seis platos, cada uno de ellos con manjares variados y servidos en resplandecientes fuentes de plata de varias generaciones de antigüedad. La conversación era la salsa de la comida, el ingenio su especia preferida.

Éste era el mundo que Scarlett O'Hara, ayer belleza de un condado rural en las tierras fronterizas del norte de Georgia, pretendía ahora conquistar, armada solamente de energía, obstinación y una espantosa necesidad. El tiempo apremiaba.

Durante más de un siglo, los charlestonianos se habían hecho famosos por su hospitalidad. No era extraordinario recibir a un centenar de invitados, la mitad de los cuales sólo eran conocidos por los anfitriones mediante cartas de presentación. Durante la Semana Hípica, acontecimiento culminante de la temporada social, criadores de Inglaterra, Francia, Irlanda y España traían a menudo sus caballos con antelación para acostumbrarlos al clima y al agua. Los dueños se alojaban en las casas de sus competidores de Charleston; sus caballos se trataban también como invitados y ocupaban las cuadras junto a los de Charleston que correrían contra ellos. Era una ciudad de manos y corazón abiertos.

Hasta que estalló la guerra. Adecuadamente, los primeros tiros de la Guerra Civil fueron disparados en Fort Sumter, en el puerto de Charleston. Esta ciudad fue, para la mayor parte del mundo, símbolo del misterioso, musgoso y perfumado Sur. Y también para los charlestonianos.

Y para el Norte. «La orgullosa y arrogante Charleston» era un estribillo en los periódicos de Nueva York y de Boston. Los oficiales de la Unión estaban resueltos a destruir la florida y pintada vieja ciudad. Ante todo, fue bloqueada la entrada del puerto; más tarde, piezas de artillería emplazadas en islas próximas dispararon granadas contra las estrechas calles y las casas, en un asedio que duró casi seiscientos días; por último, llegó el ejército de Sherman con sus antorchas para incendiar las casas de las plantaciones a orillas de los ríos. Cuando las tropas de la Unión entraron para ocupar la ciudad confiscada, se encontraron con unas desoladas ruinas. En las calles crecían hierbajos que habían invadido asimismo los jardines de las casas sin ventana, de tejados hundidos y fachadas estropeadas por los proyectiles. También se encontraron con una población diezmada, que se había vuelto tan orgullosa y arrogante como decían los norteños.

Los forasteros ya no eran bien recibidos en Charleston.

Sus habitantes repararon lo mejor que pudieron los techos y ventanas y cerraron sus puertas. Restablecieron entre ellos sus alegres costumbres. Se reunían para bailar en salones saqueados donde brindaban por el Sur con agua servida en copas rotas y pegadas. Llamaban «fiestas del hambre» a sus reuniones, y se reían. Los días del champán francés en copas altas de cristal podían haber quedado atrás, pero ellos seguían siendo charlestonianos. Habían perdido sus bienes, pero poseían casi dos siglos de tradición y estilo compartidos. Nadie podía quitárselos. La guerra había terminado; no obstante no habían sido derrotados. Nunca lo serían, por más que hicieran los malditos yanquis, nunca, mientras permaneciesen unidos y mantuviesen a todos los demás fuera de su círculo cerrado.

La ocupación militar y los ultrajes de la Reconstrucción pusieron a prueba su temple; pero se mantuvieron firmes. Uno a uno, los otros Estados de la Confederación fueron readmitidos en la Unión, y sus gobiernos estatales, restablecidos para su población. Pero después de terminar la guerra, soldados armados patrullaban por las viejas calles imponiendo el toque de queda. Reglamentos que cambiaban constantemente lo determinaban todo, desde el precio del papel a las licencias para los matrimonios y los entierros. Charleston se convirtió cada vez más en un desecho por fuera, pero siguió todavía más firme en su resolución de conservar los antiguos estilos de vida. Renació el Cotillón de los Solteros, pues una nueva generación llenó los vacíos causados por las carnicerías de Bull Run, Antietam y Chancellorsville. Después de sus horas de trabajo como dependientes y obreros, los antiguos dueños de plantaciones tomaban los tranvías o iban andando hasta las afueras de la ciudad para reconstruir la pista oval de más de tres kilómetros del hipódromo de Charleston y plantar hierba (comprada con óbolos de las viudas) en la tierra fangosa empapada en sangre que la rodeaba. Poco a poco, a través de símbolos y centímetros, iban recobrando los charlestonianos la esencia de su amado mundo perdido. Pero no había sitio para nadie que no fuese de allí.

15

Pansy no pudo disimular su sorpresa al oír las órdenes que le dio Scarlett antes de acostarse, en su primera noche en la casa Butler.

—Toma el vestido verde de calle que llevé esta mañana y cepíllalo bien. Después arranca todos los adornos, incluidos los botones dorados, y pon otros negros y sencillos en su lugar.

—¿Dónde voy a encontrar botones negros, señora Scarlett?

—No me fastidies con preguntas tontas como ésta. Pregúntaselo a la doncella de la señora Butler..., ¿cómo se llama? Celie. Y despiértame a las cinco de la mañana.

—¿A las cinco?

—¿Estás sorda? Ya me has oído. Y ahora vete. Quiero que mi vestido verde esté listo para ponérmelo cuando me levante.

Scarlett se acostó de buen grado sobre el colchón y las almohadas de plumas de la espléndida cama. Había sido un día completo y lleno de emociones. El encuentro con su suegra y el ir de tiendas con ella; después, la tonta reunión para el Hogar Confederado; luego, la aparición de Rhett que surgió de la nada, con el servicio de té de plata... Alargó la mano sobre el espacio vacío a su lado. Quería que él estuviese aquí, pero tal vez era mejor esperar unos días, hasta que fuese realmente aceptada en Charleston. ¡El miserable Ross! No debía pensar en él ni en las cosas horribles que había dicho y hecho. Pensaría en otras cosas. Pensaría en la señora Eleanor, que la quería e iba a ayudarle a recuperar a Rhett, aunque no supiese lo que estaba haciendo.

El mercado, había dicho la señora Eleanor, era el sitio donde se encontraba a todo el mundo y se oían todas las noticias. Por consiguiente, iría al mercado... mañana. Habría preferido que no fuese necesario ir tan temprano: a las seis. Pero no había más remedio. Tenía que reconocer, pensó soñolienta, que Charleston era una ciudad muy activa, y esto le gustaba. Estaba en la mitad de un bostezo cuando se quedó dormida.

El mercado era el lugar perfecto para empezar Scarlett la vida de una dama de Charleston. El mercado era la destilación externa y visible de la esencia de Charleston. Desde los primeros días de la ciudad, había sido el sitio donde los charlestonianos compraban la comida. El ama de casa, y el amo en raras ocasiones, la elegía y pagaba; la doncella o el cochero la recogían y depositaban en la cesta colgada del brazo. Antes de la guerra, los productos alimenticios eran vendidos por esclavos que los habían transportado desde las plantaciones de sus dueños. Muchos de esos vendedores seguían en los mismos sitios donde habían estado antes, aunque ahora eran libres, y las cestas eran llevadas por criados que cobraban por su servicio; muchos de ellos eran las mismas personas y acarreaban las mismas cestas que antes. Lo importante, para Charleston, era que las antiguas costumbres no habían cambiado.

La tradición era la base de la sociedad, el patrimonio de la gente de Charleston, la inestimable herencia que ningún politicastro del Norte y ningún soldado podían robar. Esto se manifestaba en el mercado. Los forasteros podían comprar allí, porque era una institución pública. Pero les resultaba difícil. Por alguna razón, nunca conseguían atraer la mirada de la mujer que vendía hortalizas o el hombre que vendía cangrejos. Los ciudadanos negros eran unos charlestonianos tan orgullosos como los blancos. Cuando se marchaba el forastero, todo el mercado se mondaba de risa. El mercado era solamente para la gente de Charleston.

Scarlett encogió los hombros y se levantó más el cuello del abrigo. Pero a pesar de sus esfuerzos el viento introducía allí un dedo frío, y se estremeció violentamente. Parecía tener los ojos llenos de ceniza, y estaba segura de que sus botas habían sido forradas de plomo. ¿Cuántos kilómetros podían ocupar cinco manzanas de la ciudad? No veía nada. Los faroles de la calle no eran más que círculos brillantes de niebla dentro de la niebla, en la penumbra gris que precede a la salida del sol.

¿Cómo puede ser tan animosa la señora Eleanor? Charlando como si no hiciese un frío atroz y no estuviese todo tan negro como la pez. Había un poco de luz más adelante, mucho más adelante. Scarlett avanzó tambaleándose en aquella dirección. Ojalá el maldito viento amainase de una vez. ¿Qué era este aroma que traía el viento? Olió el aire. ¡Sí! Era café. Tal vez sobreviviría, a fin de cuentas. Sus pisadas igualaron las de la señora Butler adoptando un ritmo ansioso y acelerado.

El mercado era como un bazar, un oasis de luz y de tibieza, de color y de vida en la neblina amorfa y gris que anuncia la aurora. Sobre los pilares de ladrillos que sostenían unos altos y anchos arcos abiertos a las calles circundantes, resplandecían unas antorchas que iluminaban los brillantes delantales y pañuelos de la cabeza de sonrientes mujeres negras y hacían resaltar sus mercancías, exhibidas en cestas de todas formas y tamaños sobre largas mesas de madera pintadas de verde. El mercado estaba atestado, con la mayoría de personas pasando de una mesa a otra, hablando con otros compradores o con los vendedores en un ritual desafiador y alegre de regateo, que por lo visto encantaba a todos.

—¿Tomamos primero café, Scarlett?

—Oh, sí, por favor.

Eleanor Butler se dirigió hacia un grupo próximo de mujeres. Sostenían tazas de hojalata humeantes en las manos enguantadas, e iban tomando sorbitos mientras hablaban y reían, indiferentes al bullicio que las rodeaba.

—Buenos días, Eleanor... ¿Cómo estás, Eleanor?... Apártate, Mildred, deja pasar a Eleanor... Oh, Eleanor, ¿te has enterado de que en Kerrinson's hay medias de pura lana a la venta? El periódico no lo publicará hasta amañana. ¿Te gustaría ir allá con Alice y conmigo? Saldremos después de comer... Oh, Eleanor, estábamos hablando de la hija de Lavinia. Perdió a su bebé la noche pasada. Lavinia está abrumada de dolor. ¿Crees que tu cocinera podría preparar un poco de su maravillosa jalea de vino? Nadie la hace como ella. Mary tiene una botella de clarete, y yo pondré el azúcar...

—Buenos días, señora Butler. La he visto venir; su café está a punto.

—Y otra taza para mi nuera, por favor, Sukie. Señoras, quiero presentaros a Scarlett, la esposa de Rhett.

Se interrumpió el parloteo y todas las cabezas se volvieron para mirar a Scarlett.

Ésta sonrió e inclinó la cabeza en una pequeña reverencia. Miró con aprensión al grupo de damas, imaginándose que lo que había dicho Ross habría corrido por toda la ciudad. No hubiese debido venir; no podría soportarlo. Su mandíbula inferior se puso tensa y renació en ella una invisible susceptibilidad. Esperaba lo peor, y toda su antigua hostilidad contra las aristocráticas pretensiones de Charleston revivió instantáneamente en su interior.

Pero sonrió y saludó a cada una de las damas al presentarla Eleanor. «... Sí, me encanta Charleston... Sí, señora, soy sobrina de Pauline Smith... No, señora, no he visto todavía la exposición de arte, sólo estoy aquí desde hace dos noches. Sí, creo que el mercado es realmente fascinante... De Atlanta, diría mejor del condado de Clayton; mi familia tenía una plantación de algodón allí... Oh, sí, señora, el tiempo es realmente espléndido, esos días de invierno tan cálidos... No, señora, no creo haber conocido a su sobrino cuando estuvo en Valdosta; eso queda bastante lejos de Atlanta... Sí, me gusta jugar al whist... Oh, muchas gracias, me estaba muriendo por un sorbo de café...»

Se llevó la taza a la boca, terminados los cumplidos. «La señora Eleanor tiene menos sentido común que una pava real —pensó, contrariada—. ¿Cómo ha podido meterme así entre tanta gente? Debe de creer que tengo una memoria de elefante. Me hago un lío con tantos nombres. Y todas me miran como si fuese también un elefante u otro animal de un zoo. Saben lo que dijo Ross, sé que lo saben. Sus sonrisas pueden engañar a la señora Eleanor pero no a mí. ¡Atajo de gatas viejas!» Sus dientes rechinaron contra el borde de la taza.

No mostraría sus sentimientos aunque tuviese que quedarse ciega por intentar contener las lágrimas. Pero las mejillas se le pusieron como la grana.

Cuando hubo terminado su café, la señora Butler tomó la taza de Scarlett y la tendió junto con la suya a la atareada vendedora de café.

—Tendré que pedirte cambio, Sukie —dijo.

Le alargó un billete de cinco dólares. Sin movimientos inútiles, Sukie sumergió y agitó las tazas dentro de un gran cubo de agua de color pardusco, las puso sobre la mesa junto a su codo, se enjugó las manos con el delantal, tomó el billete y lo depositó en una raída bolsa de cuero que pendía de su cinturón, sacando de ella un billete de un dólar sin mirar.

—Tome usted, señora Butler; espero que les haya gustado.

Scarlett se quedó horrorizada. ¡Dos dólares por una taza de café! Bueno, con dos dólares se podía comprar el mejor par de botas en la calle King.

—Siempre me gusta, Sukie, aunque tenga que privarme de comida para pagarlo. ¿No te da vergüenza ser tan ladrona?

Los blancos dientes de Sukie resplandecieron en contraste con su piel morena.

—No, señora, ¡claro que no! —dijo, riendo divertida—. Puedo jurar sobre el Libro Santo que nada turba mi sueño.

Las otras bebedoras de café se echaron a reír. Todas ellas habían sostenido muchas veces una conversación parecida con Sukie.

Eleanor Butler miró a su alrededor hasta que localizó a Celie y su cesta.

—Vamos, querida —dijo a Scarlett—, hoy tenemos una lista muy larga. Debemos comprarlo todo antes de que se acabe.

Scarlett siguió a la señora Butler hasta el final del mercado, donde había hileras de mesas con mellados barreños de zinc, llenos de pescado que emitía un olor fuerte y acre. Scarlett frunció la nariz y miró los barreños con desagrado. Creía entender bastante de pescados: los feos bagres, bigotudos y huesudos, abundaban en el río que discurría junto a Tara. Se habían visto obligados a comerlos cuando no había nada más. No comprendía cómo alguien podía comprar aquellas repulsivas y pequeñas criaturas, pero muchas damas se habían quitado un guante y metido la mano en los barreños. ¡Caramba! Su suegra la presentaría a cada una de ellas. Scarlett preparó su sonrisa.

Una señora menuda y de cabellos blancos sacó un gran pescado plateado de la tina que tenía delante.

—¿Qué te parece esta platija, Eleanor? Pensaba comprar algún espárido, pero no han llegado todavía y no puedo esperar. No sé por qué no son más puntuales las barcas de pesca, y no me digas que no ha soplado viento para hinchar las velas; esta mañana casi se me ha llevado el sombrero de la cabeza.

—Yo prefiero la platija, Minnie; con salsa está mucho mejor. Deja que te presente a Scarlett, la esposa de Rhett... Ésta es la señora Wentworth, Scarlett.

—Hola, Scarlett. Dime, ¿qué te parece esta platija?

A Scarlett le parecía repelente, pero murmuró:

—Siempre me han gustado las platijas.

Esperó que las otras amigas de la señora Eleanor no le preguntasen su opinión. Nunca había sabido lo que era una platija, y mucho menos si sabía bien o mal.

En la hora siguiente fue presentada a más de veinte señoras y a una docena de variedades de pescado. Estaba recibiendo una enseñanza completa sobre la materia. La señora Butler compró cangrejos hembras acudiendo a cinco pescaderos diferentes hasta que hubo reunido ocho.

—Supongo que te pareceré terriblemente exigente —dijo cuando estuvo satisfecha—, pero la sopa no es la misma si está hecha con cangrejos machos. Las huevas le dan un sabor especial. En esta época del año, las hembras son mucho más difíciles de encontrar, pero creo que el esfuerzo vale la pena.

A Scarlett le importaba un comino el género de los cangrejos. Le asombraba que estuviesen todavía vivos, agitándose en los barreños, alargando las pinzas, trepando unos encima de los otros con nerviosos crujidos al tratar de alcanzar los bordes para salir. Y ahora los oía agitarse en la cesta de Celie, golpeando la bolsa de papel en la que estaban metidos.

Los camarones eran peores, aunque estaban muertos. Sus ojos eran unas horribles bolitas negras y tenían largas barbas y antenas, y panzas espinosas. Creía que nunca había comido nada que tuviese aquel aspecto y, menos aún, que le hubiese gustado.

Las ostras no le impresionaron; parecían piedras sucias. Pero cuando la señora Butler tomó un cuchillo curvo de encima de la mesa y abrió una de ellas, sintió Scarlett que se le revolvía el estómago. «Parece un escupitajo flotando en agua sucia», pensó.

Después del pescado, la carne le resultaba tranquilizadoramente familiar, aunque los enjambres de moscas que revoloteaban alrededor de los papeles de periódico empapados en sangre que la sustentaban le producían náuseas. Consiguió sonreír a un negrito que las espantaba con un gran abanico en forma de corazón y hecho de algo semejante a paja seca entretejida. Cuando llegaron a las ristras de aves de cuello fláccido, Scarlett se había recobrado lo bastante como para pensar en adornar un sombrero con algunas de sus plumas.

—¿Qué plumas, querida? —le preguntó la señora Butler—. ¿Las de faisán? Desde luego podemos comprarte algunas.

Regateó vivamente con la negra gorda que vendía las aves y, por fin le compró por un centavo un gran puñado de plumas que arrancó ella misma.

—¿Qué diablos está haciendo Eleanor? —dijo una voz al lado de Scarlett.

Ésta se volvió y vio la cara de mono de Sally Brewton.

—Buenos días, señora Brewton.

—Buenos días, Scarlett. ¿Por qué está comprando Eleanor las partes no comestibles de esa ave? ¿O ha descubierto alguien una manera de cocer las plumas? Yo tengo varios colchones que ahora no utilizo.

Scarlett le explicó para qué las quería. Sintió que se ponía colorada. Tal vez solamente las «fulanas» llevaban sombreros con adornos en Charleston.

—¡Magnífica idea! —dijo Sally, con sincero entusiasmo—. Tengo un viejo sombrero de copa de amazona que podría animar con una escarapela de cintas y algunas plumas. Si consigo encontrarlo, ya que hace mucho tiempo que me lo puse por última vez. ¿Montas a caballo, Scarlett?

—No, desde hace años. Desde...

Trató de recordar.

—Desde antes de la guerra —dijo Sally—. También yo. Lo echo terriblemente de menos.

—¿Qué echas de menos, Sally? —La señora Butler se reunió con ellas. Tendió las plumas a Celie—. Sujétalas con un cordel, por ambos extremos, y ten cuidado de no aplastarlas. —Entonces lanzó una exclamación ahogada—. Disculpadme —dijo riendo—, pero me olvidaba del salchichón de Brewton. Menos mal que te he visto, Sally; se me había ido de la cabeza.

Se alejó apresuradamente, con Celie pisándole los talones.

Sally sonrió al ver la expresión perpleja de Scarlett.

—No temas, no se ha vuelto loca. Los mejores salchichones del mundo se venden solamente los sábados. Y se acaban pronto. El hombre que los hace era criado nuestro en tiempos de la esclavitud. Se llama Lucullus. Al ser liberado, se puso Brewton como apellido. La mayoría de los esclavos hicieron lo mismo; la aristocracia de Charleston es muy numerosa a juzgar por los apellidos. Desde luego, también hay muchos Lincoln. Acompáñame, Scarlett. Tengo que comprar mis hortalizas. Eleanos nos encontrará.

Sally se detuvo delante de una parada de cebollas.

—¿Dónde diablos está Lila? Oh, aquí estás. Scarlett, esta joven criatura, aunque no lo creas, gobierna toda mi casa como si fuese Iván el Terrible. Ésta es la señora Butler, Lila, la esposa del señor Rhett.

La linda y joven doncella hizo una reverencia.

—Necesitamos muchas cebollas, señora Sally —dijo—, para las alcachofas en conserva que estoy preparando.

—¿Has oído eso, Scarlett? Cree que padezco demencia senil. Ya sé que necesitamos muchas cebollas.

Agarró una bolsa de papel castaño de encima de la mesa y empezó a llenarla de cebollas. Scarlett la observó con consternación y alargó impulsivamente una mano para tapar la bolsa.

—Discúlpeme, señora Brewton, pero esas cebollas no son buenas.

—¿Que no son buenas? ¿Cómo pueden no ser buenas las cebollas? No están podridas ni grilladas.

—Fueron arrancadas demasiado pronto —explicó Scarlett—. Tienen bastante buen aspecto, pero son sosas. Lo sé, porque yo cometí este mismo error. Cuando tuve que gobernar nuestra casa, planté cebollas; como no entendía nada en esto, las arranqué en el momento en que empezaron las hojas a ponerse amarillas, temerosa de que se muriesen y pudriesen. Eran bonitas como las que pintan en los cuadros, y yo estaba orgullosa como un pavo real porque la mayoría de las cosas que plantaba eran un desastre. Las comimos hervidas y guisadas y estofadas, para dar mayor sabor a las ardillas y los mapaches. Pero lo cierto es que no valían nada. Más tarde, cuando cavé allí para plantar otra cosa, encontré una que me había pasado por alto y ésa era como debe ser una cebolla. El caso es que necesita un tiempo para adquirir sabor. Le mostraré cómo tiene que ser una buena cebolla. —Repasó con ojos expertos, y con las manos y el olfato, las cestas que había encima de la mesa—. Éstas son las que necesita —dijo al fin.

Había levantado la barbilla en aire de desafío. «Puedes pensar que soy una paleta —dijo para sus adentros—, pero no me avergüenzo de ensuciarme las manos cuando tengo que hacerlo. Vosotras, las engreídas charlestonianas, creéis que sois el no va más, pero no es así.»

—Gracias —dijo Sally, con una mirada reflexiva—, te lo agradezco. Fui injusta contigo, Scarlett. Creí que ninguna joven tan bonita como tú podía tener sentido común. ¿Qué otras cosas plantaste? Me gustaría aprender algo acerca del apio.

Scarlett estudió el semblante de Sally. Vio un sincero interés en él y respondió con la misma sinceridad.

—El apio era demasiado lujoso para mí. Tenía que dar de comer a una docena de boas. Pero sé todo lo que hay que saber acerca de las batatas, las zanahorias, la patatas y los nabos. Y también sobre el algodón.

No le importaba si parecía jactanciosa. Hubiese apostado cualquier cosa a que ninguna dama de Charleston había sudado nunca bajo el sol recolectando algodón.

—Debiste trabajar hasta agotarte.

El respeto se pintaba claramente en los ojos de Sally Brewton.

—Teníamos que comer. —Scarlett sacudió la cabeza para borrar el pasado—. Gracias a Dios, eso ha quedado atrás. —Entonces sonrió. Sally Brewton hacía que se sintiese a gusto—. Pero mi especialidad eran ciertas raíces. Rhett dijo una vez que había conocido a muchas personas que devolvían el vino a la cocina, pero que yo era la única que lo hacía con las zanahorias. Estábamos en el restaurante de moda de Nueva Orleans, ¡y se armó un buen jaleo!

Sally rió a carcajadas.

—Creo que conozco ese restaurante. Dime una cosa. ¿Se arregló el camarero la servilleta sobre el brazo y te miró de arriba abajo con desaprobación?

Scarlett rió entre dientes.

—Soltó la servilleta y ésta fue a caer sobre una de esas sartenes con las que flamean el postre.

—¿Y se inflamó? —preguntó Sally, sonriendo maliciosamente.

Scarlett asintió con la cabeza.

—¡Santo Dios! —gritó Sally—. Daría cualquier cosa por haber estado allí.

Entonces llegó Eleanor Butler.

—¿De qué estáis hablando? No me vendría mal reír un poco. A Brewton sólo le quedaban dos libras de salchichón y las había prometido a Minnie Wentworth.

—Que te lo diga Scarlett —respondió Sally, riendo todavía—. Tu nuera es una maravilla, Eleanor, pero tengo que irme. —Apoyó una mano sobre el cesto de cebollas que le había mostrado Scarlett—. Me llevaré éste —dijo a la vendedora—. Sí, Lena, todo el cesto. Mételas en un saco y dáselo a Lila. ¿Cómo está tu chico? ¿Tiene todavía tos? —Antes de enzarzarse en un diálogo sobre remedios contra la tos, se volvió a Scarlett y la miró a la cara—. Espero que me llames Sally y vengas a verme, Scarlett. Estoy en casa el primer miércoles de cada mes, por la tarde.

Scarlett no lo sabía, pero acababa de subir al más alto nivel de la exclusiva y estratificada sociedad de Charleston. Puertas que se habrían entreabierto cortésmente para la nuera de Eleanor Butler se abrirían de par en par para una protegida de Sally Brewton.

Eleanor Butler aceptó de buen grado el juicio de Scarlett sobre las patatas y las zanahorias que debía adquirir. Después hizo sus compras de harina de maíz, harina de trigo y arroz. Por último, compró mantequilla, suero, crema, leche y huevos. La cesta de Celia estaba llena a rebosar.

—Tendremos que sacarlo todo y colocarlo de nuevo —dijo nerviosamente la señora Butler.

—Yo llevaré algo —se ofreció Scarlett.

Estaba impaciente por marcharse antes de que le presentaran a más amigas de la señora Butler. Se habían detenido tan a menudo que habían tardado más de una hora en ir desde los puestos de hortalizas a los de productos lácteos. No le importaba conocer a las vendedoras; quería grabarlas con claridad en su mente, porque estaba segura de que habría de tratar con ellas en el futuro. La señora Eleanor era demasiado blanda, y Scarlett estaba segura de que ella obtendría precios más baratos. Sería divertido. En cuanto se hubiese ambientado, se ofrecería para comprar algunas cosas. No el pescado, desde luego. La ponía enferma.

Pero cuando lo comió, descubrió que estaba equivocada. La comida fue una revelación. La sopa de cangrejos hembras tenía una delicada mezcla de sabores que hizo que abriese los ojos de par en par. Nunca había probado nada tan sutilmente delicioso, salvo en Nueva Orleans. ¡Claro! Ahora que lo recordaba, Rhett había descubierto que muchos de los platos que les servían allí estaban compuestos de una u otra clase de pescado o de marisco.

Scarlett tomó un segundo tazón de sopa, disfrutando con cada cucharada; después hizo honor al resto de la espléndida comida, incluido el postre: un pastel de fruta y nueces crujientes, cubierto de crema batida que la señora Butler identificó como «tarta Hugonote».

Aquella tarde Scarlett sufrió una indigestión por primera vez en su vida. No por comer demasiado, sino a causa de Eulalie y Pauline.

—Vamos a visitar a Carreen —anunció Pauline cuando entraron— y pensamos que Scarlett querría venir con nosotros. Siento interrumpiros. No sabía que estaríais terminando de comer.

Apretó los labios, desaprobando que una comida durase tanto. Eulalie lanzó un suspiro disimulado de envidia.

¡Carreen! Scarlett no quería ver a Carreen. Pero, si lo decía, a sus tías les daría un ataque.

—Me gustaría mucho ir con vosotras, tiítas —exclamó—, pero, en realidad, no me encuentro bien. Ahora iba a ponerme un paño mojado en agua fría en la frente y a acostarme. —Bajó los ojos—. Ya sabéis lo que pasa.

¡Esto estaba bien! Que pensaran que tenía trastornos propios de su sexo. Eran demasiado remilgadas para hacer preguntas.

Había acertado. Sus tías se despidieron lo más rápidamente posible. Scarlett las acompañó a la puerta, teniendo buen cuidado en andar como si le doliese la barriga. Eulalie le propinó unas palmaditas compasivas en el hombro al darle el beso de despedida.

—Ahora descansa mucho y bien —dijo, y Scarlett asintió sumisamente con la cabeza—. Y ven a casa a las nueve y media de la mañana. Hay media hora de camino hasta la iglesia de Saint Mary, donde oiremos la misa.

Scarlett la miró fijamente, boquiabierta de espanto. Asistir a misa no había pasado nunca por su imaginación.

En aquel momento, una auténtica punzada de dolor hizo que casi se doblase por la mitad.

Estuvo toda la tarde en la cama, con el corsé aflojado y una botella de agua caliente sobre el estómago. La indigestión era molesta y extraña en ella; por consiguiente, espantosa. Pero mucho, mucho más espantoso era su temor de Dios.

Ellen O'Hara había sido católica devota y había hecho lo posible para que la religión fuese parte del estilo de vida de Tara. Se rezaba el rosario y la letanía por las tardes, y Ellen recordaba amable y constantemente a sus hijas sus deberes y obligaciones de cristianas. El aislamiento de la plantación era doloroso para Ellen, pues la privaba de los consuelos de la Iglesia. A su manera tranquila, ella trataba de proporcionárselos a su familia. Cuando cumplieron los doce años, Scarlett y sus hermanas tenían firmemente implantados los imperativos del catecismo gracias a las pacientes enseñanzas de su madre.

Ahora le remordía a Scarlett la conciencia, porque había descuidado durante muchos años las prácticas religiosas. Su madre debía de estar llorando en el Cielo. Oh, ¿por qué tenían que vivir en Charleston las hermanas de su madre? Nadie había esperado nunca en Atlanta que Scarlett fuese a misa. La señora Butler no la habría atosigado o, en el peor de los casos, habría esperado que su nuera la acompañase a la iglesia episcopaliana. Esto no estaría tan mal. Scarlett tenía la vaga idea de que Dios no prestaba atención a lo que pasaba en una iglesia protestante. En cambio, en el momento en que ella cruzase la puerta de la de Saint Mary, Dios sabría que era una miserable pecadora que no se había confesado desde... desde.., no podía recordar cuándo había sido la última vez. No podría comulgar, y todo el mundo adivinaría la razón. Se imaginaba a los invisibles ángeles de la guarda de que le hablaba Ellen cuando era pequeña. Todos ellos fruncían el ceño, y Scarlett se tapó la cabeza con la sábana.

No sabía que su concepto de la religión era tan supersticioso y deformado como el de cualquier hombre de la Edad de Piedra. Sólo sabía que estaba asustada y afligida e irritada al verse atrapada en un dilema. ¿Qué iba a hacer?

Recordó el rostro sereno de su madre, iluminado por las velas, cuando decía a su familia y a su servidumbre que Dios amaba sobre todo a la oveja extraviada; pero esto no la consolaba. No se le ocurría ningún procedimiento para librarse de ir a misa.

¡No era justo! Y precisamente cuando las cosas empezaban a ir tan bien. La señora Butler le había dicho que Sally Brewton organizaba interesantes partidas de whist, y estaba segura de que ésta la invitaría.

16

Desde luego, Scarlett fue a misa. Para sorpresa suya, el antiguo ritual y las respuestas eran extrañamente tranquilizadores, como viejos amigos en la nueva vida que estaba empezando. Era fácil recordar a su madre cuando sus labios murmuraban el Padrenuestro, y las pulidas cuentas del rosario resultaban muy familiares a sus dedos. Estaba segura de que Ellen debía de sentirse complacida de verla allí de rodillas, y esto a ella le reconfortaba.

Porque era inevitable, se confesó y fue también a ver a Carreen. El convento y su hermana fueron para ella otras dos sorpresas. Scarlett se había imaginado siempre los conventos como lugares parecidos a fortalezas, donde tras las puertas cerradas las monjas fregaban los suelos de piedra desde la mañana hasta la noche. En Charleston, las Hermanas de la Merced vivían en una magnífica mansión de ladrillo y daban clases en el hermoso salón de baile.

Carreen era sumamente feliz en su vocación; tan diferente de la niña callada y retraída que recordaba Scarlett que no parecía la misma persona. ¿Y cómo podía enfadarse con una desconocida? Especialmente con una desconocida que parecía ser mayor que ella, en vez de su hermana pequeña. Además, Carreeen (sor Mary Joseph) se alegró extraordinariamente de verla. Scarlett se sintió animada por ese cariño y esa admiración tan libremente expresados. Si Suellen fuese solamente la mitad de simpática, pensó, ella no se sentiría tan desplazada en Tara. Fue una experiencia positiva visitar a Carreen y tomar el té en el delicioso y formal jardín del convento, aunque Carreen habló tanto de las niñas de su clase de aritmética que Scarlett estuvo casi a punto de dormirse.

En lo que le pareció un santiamén, la misa del domingo seguida de un desayuno en la casa de sus tías, y el té de la tarde el martes con Carren, fueron momentos agradables de tranquilidad en el apretado programa de Scarlett.

Porque estaba muy atareada.

Una lluvia de tarjetas de visita cayó sobre la casa de Eleanor Butler en la semana siguiente al día en que Scarlett había instruido a Sally Brewton sobre las cebollas. Eleanor se lo agradeció a Sally; al menos, eso creía la propia Eleanor. Ducha en las costumbres de Charleston, Eleanor temía por Scarlett. Incluso en las condiciones espartanas de la vida de posguerra, la sociedad era una arena movediza de tácitas normas de comportamiento, un laberinto bizantino de rebuscados refinamientos a la espera de atrapar a los incautos y a los no iniciados.

Trató de guiar a Scarlett.

—No tienes necesidad de visitar a todas las personas que han dejado tarjetas, querida —le dijo—. Basta con que dejes la tuya con una punta doblada hacia abajo. Con esto agradeces la que has recibido, expresas tu deseo de conocer a la persona y le dices que en este momento no puedes ir a verla.

—¿Es por eso que muchas de las tarjetas estaban dobladas? Yo creí que sólo eran viejas y gastadas. Bueno, iré a visitar a todas esas personas. Me alegro de que quieran ser amigas mías; yo también lo deseo.

Eleanor se mordió la lengua. Lo cierto era que la mayoría de las tarjetas eran «viejas y gastadas». Nadie, casi nadie, podía comprarlas nuevas. Y los que podían no querían avergonzar a aquellos que no estaban en condiciones de encargar tarjetas nuevas. Ahora era una costumbre aceptada dejar todas las que se recibían en una bandeja, en la entrada, para que pudiesen ser discretamente recuperadas por sus poseedores. Pero Eleanor decidió que, de momento, no complicaría la instrucción de Scarlett con esta información particular. Su querida nuera le había mostrado una caja de cien blancas tarjetas nuevas que había traído de Atlanta. Tan nuevas eran que aún tenían hojitas en blanco intercaladas. Durarían mucho tiempo. Observó cómo salía Scarlett con animada determinación y volvió a sentir lo que había sentido cuando Rhett tenía tres años y la había llamado, con acento triunfal, desde la rama más alta de un gigantesco roble.

Las aprensiones de Eleanor Butler eran innecesarias. Sally Brewton había sido explícita. «La niña carece totalmente de educación y tiene el gusto de una hotentote. Pero tiene vigor y energía y es una superviviente. Necesitamos gente como ella en el Sur; sí, incluso en Charleston. Yo la patrocino, y espero que todas mis amigas hagan que se sienta bien recibida aquí.»

Los días de Scarlett pronto fueron un torbellino de actividad. Empezaban con una hora o más en el mercado, seguida de un copioso desayuno en la casa (que incluía generalmente salchichón de Brewton), y luego Scarlett salía a eso de las diez después de cambiarse de traje, con Pansy trotando detrás de ella llevando su caja de tarjetas y su ración personal de azúcar, aditamento esperado por todos en aquellos tiempos de racionamiento. Había tiempo más que suficiente para hacer cinco visitas antes de volver a la casa para la comida. Las tardes eran destinadas a visitar a damas que tenían su día «de recibo», o a jugar al whist o a ir de tiendas en la calle King con sus nuevas amigas, o a recibir visitas con la señora Eleanor.

A Scarlett le gustaba la actividad constante. Pero aún le agradaban más las atenciones que recibía. Y sobre todo, le gustaba oír el nombre de Rhett en labios de todo el mundo. Unas pocas viejas se mostraban francamente críticas con respecto a él. Le habían censurado cuando era joven y nunca dejarían de hacerlo. Pero la mayoría le perdonaba sus antiguos pecados. Ahora Rhett era todo un hombre y se había corregido. Y adoraba a su madre. Las damas que habían perdido a sus hijos o a sus nietos en la guerra podían comprender muy bien la dicha que irradiaba Eleanor Butler.

Las mujeres más jóvenes miraban a Scarlett con mal disimulada envidia. Les encantaba referir todos los hechos y todos los rumores sobre lo que hacía Rhett cuando se marchaba de la ciudad sin dar explicaciones. Algunas decían que sus maridos sabían de fijo que Rhett estaba financiando un movimiento político para echar del Capitolio del Estado al gobierno de politicastros del Norte. Otras murmuraban que estaba recuperando retratos y muebles de la familia Butler a punta de pistola. Y todas contaban anécdotas sobre sus hazañas durante la guerra, cuando su elegante barco negro burlaba el bloqueo de la flota de la Unión, como una sombra que jugara con la muerte. Y tenían una expresión peculiar en el semblante cuando hablaban de él, una mezcla de curiosidad y romántica fantasía. Rhett, más que un hombre, era un mito. Y era el marido de Scarlett. ¿Cómo podían no envidiarla?

Scarlett se sentía como nunca cuando estaba constantemente ocupada, y aquéllos eran días buenos para ella. Trato social era precisamente lo que necesitaba después de la terrible soledad de Atlanta, y olvidó rápidamente la desesperación que había sentido. Atlanta tenía que estar equivocada; esto era todo. Ella no había hecho nada para merecer aquella crueldad de lo contrario, no sería tan apreciada en Charleston. Y lo era, porque si no, no la invitarían.

Esta idea era sumamente satisfactoria. La acariciaba a menudo. Siempre que hacía sus visitas o las recibía con la señora Butler, o iba a ver a su amiga predilecta, Anne Hampton, en el Hogar Confederado, o charlaba mientras tomaba café en el mercado, deseaba que Rhett pudiese verla. A veces, incluso miraba rápidamente a su alrededor imaginando que él estaba allí; tan intenso era su deseo. ¡Oh, si al menos volviese a casa!

Cuando parecía intimar más con su suegra era después de la cena, al sentarse con ella en el estudio y escuchar fascinada la charla de la señora Eleanor. Ésta estaba siempre dispuesta a recordar cosas que había hecho o dicho Rhett cuando era pequeño.

Scarlett disfrutaba también con otros relatos de su suegra, que a veces eran terriblemente divertidos. Eleanor Butler, como la mayoría de sus contemporáneas de Charleston, había sido educada por las institutrices y los viajes. Era culta, pero no intelectual; hablaba correctamente las lenguas romances, aunque con un acento atroz; conocía Londres, París, Roma, Florencia, pero sólo sus monumentos históricos y sus tiendas de lujo. Era fiel a su época y a su clase. Nunca había discutido la autoridad de sus padres o de su marido, y cumplía todas sus obligaciones sin quejarse.

Lo que la distinguía de la mayoría de las mujeres de su tipo era que tenía un sentido incontenible, pero tranquilo, del humor. Disfrutaba de todo lo que le daba la vida y encontraba que la condición humana era fundamentalmente divertida; era una buena relatora de anécdotas, con un repertorio que iba desde incidentes graciosos de su propia vida hasta la clásica colección sureña de vergonzosos secretos ocultos en el pasado de todas las familias de la región.

Scarlett, si hubiese conocido la referencia, habría podido llamar acertadamente a Eleanor su Sherezade particular. No se había dado cuenta de que la señora Butler estaba tratando indirectamente de ensanchar su mente y su corazón. Eleanor percibía la vulnerabilidad y el valor de Scarlett, que eran lo que había atraído a su adorado hijo. Percibía también que algo había ido terriblemente mal en el matrimonio, tan mal que Rhett no quería saber nada más de él. Sabía, sin que nadie se lo hubiese dicho, que Scarlett estaba desesperadamente resuelta a recuperarle, y Eleanor, por sus propias razones, ansiaba la reconciliación todavía más que Scarlett. No estaba segura de que ésta pudiese hacer feliz a Rhett, pero creía de todo corazón que otro hijo salvaría el matrimonio. Rhett la había visitado con Bonnie; nunca olvidaría Eleanor la alegría que aquello le había causado. Había amado a la pequeña y la había entusiasmado aún más ver a su hijo tan feliz. Quería que volviese a disfrutar de aquella felicidad y gozar ella misma de aquella alegría. Estaba dispuesta a hacer todo lo posible para conseguirlo.

Como se hallaba tan ocupada, Scarlett tardó más de un mes, desde su llegada a Charleston, en darse cuenta de que se aburría. Esto ocurrió en la casa de Sally Brewton, el lugar menos aburrido de la ciudad, cuando todas estaban hablando de la moda, un tema que antes había sido de primordial interés para Scarlett. Al principio le fascinó oír que Sally y su círculo de amigas se referían a París. Una vez, Rhett le había traído un sombrero de París, el regalo más bonito y emocionante que había recibido en su vida. Verde (para que hiciese juego con sus ojos, había dicho él), con brillantes y anchas cintas de seda para sujetarlo debajo del mentón. Se obligó a escuchar lo que estaba diciendo Alicia Savage, aunque no lograba imaginarse lo que sabía de moda aquella dama flaca y vieja. O incluso Sally. Con su cara y su pecho liso, nada podía darle un buen aspecto.

—¿Recordáis las pruebas de Worth's? —dijo la señora Savage—. Yo creí que iba a desmayarme por estar tanto tiempo de pie en la plataforma.

Media docena de voces hablaron a la vez, quejándose de la brutalidad de los modistos de París. Otras lo discutieron, diciendo que todas esas molestias eran un precio pequeño para obtener la calidad que solamente París podía ofrecer. Varias damas suspiraron al evocar recuerdos de guantes, botas, abanicos y perfumes.

Scarlett se volvía automáticamente hacia la persona que estaba hablando, con una expresión interesada en el semblante. Cuando oía reír, se reía. Pero pensaba en otras cosa: en si habría quedado algo de aquel sabroso pastel de la comida para tomar con la cena, en que debería poner un cuello nuevo a su vestido azul, en Rhett... Miró el reloj que estaba detrás de la cabeza de Sally. No podía marcharse antes de que pasaran al menos ocho minutos. Y Sally había visto lo que estaba mirando. Debía tener cuidado.

Los ocho minutos le parecieron ocho horas.

—Todas hablaban solamente de vestidos, señora Eleanor. Creía que me volvería loca de lo aburrida que estaba.

Scarlett se derrumbó en el sillón colocado frente al de la señora Butler. Los vestidos habían perdido todo su interés cuando se vio reducida a los cuatro trajes «útiles» y de colores serios que la madre de Rhett le había ayudado a encargar a la modista. Incluso los trajes de baile que le estaban confeccionando tenían poco aliciente para ella. Eran solamente dos, para seis semanas durante las que se celebrarían bailes casi todas las noches. Y además eran sosos, de colores serios, uno de seda azul y el otro de terciopelo de color burdeos, y de línea sobria, sin apenas adornos. No obstante, incluso el baile más serio significaba música y danza, y a Scarlett le gustaba muchísimo bailar. Rhett volvería de la plantación, le había asegurado Eleanor. Si al menos no tuviese que esperar tanto tiempo a que empezase la temporada... Tres semanas le parecieron de pronto insoportablemente aburridas, sin nada que hacer salvo sentarse a hablar con mujeres.

¡Oh, cuánto deseaba que ocurriese algo excitante!

Su deseo se cumplió muy pronto, pero no de la manera que quería ella. Fue una excitación terrorífica.

Empezó como un rumor malicioso que hizo que la gente se riese en toda la ciudad. Mary Elizabeth Pitt, una solterona de más de cuarenta años, afirmaba que se había despertado en mitad de la noche y que había visto a un hombre en su habitación.

—Lo vi con toda claridad —dijo—. Llevaba la cara tapada con un pañuelo, como Jesse James.

—No ha sido más que una mera ilusión —comentó cruelmente alguien—. Mary Elizabeth debe de tener veinte años más que Jesse James.

El periódico había publicado una serie de artículos fantaseando sobre las audaces hazañas de los hermanos James y su pandilla.

Sin embargo, al día siguiente el suceso tomó un feo aspecto. Alicia Savage era también cuarentona, pero se había casado dos veces y todo el mundo sabía que era una mujer tranquila y razonable. También ella se había despertado y visto un hombre en su dormitorio, plantado junto a su cama y contemplándola a la luz de la luna. Sostenía abierta la cortina para que entrase la luz, y miraba por encima de un pañuelo que le cubría la parte inferior de la cara. La parte superior estaba sombreada por la visera de la gorra.

Llevaba uniforme de soldado de la Unión.

La señora Savage chilló y le arrojó un libro que tenía sobre la mesita de noche. El hombre se deslizó entre las cortinas y salió al porche antes de que el marido de ella llegase a la habitación.

¡Un yanqui! De pronto, todo el mundo tuvo miedo. Las mujeres que vivían solas lo tenían por sí mismas; las casadas, por ellas mismas y todavía más por sus maridos, porque si un hombre causaba daño a un soldado de la Unión iba a parar a la cárcel o incluso a la horca.

La noche siguiente y la siguiente, el soldado se materializó en la habitación de una mujer. La tercera fue la peor de todas. No fue la luz de la luna lo que despertó a Theodosia Herding, sino el movimiento de una mano cálida sobre la colcha, encima de su pecho. Solamente vio oscuridad cuando abrió los ojos, pero pudo oír una respiración ahogada y sentir una presencia al acecho. Gritó y se desmayó a causa del miedo. Nadie supo lo que ocurrió después. Theodosia había sido enviada a casa de unos primos en Summerville. Todos decían que se hallaba trastornada. Se había quedado casi idiota, añadían los más truculentos.

Una delegación de ciudadanos de Charleston se presentó en el cuartel general del Ejército, con el viejo abogado Josiah Amson como portavoz. Organizarían patrullas nocturnas en la parte vieja de la ciudad. Si sorprendían al intruso, ellos mismos le ajustarían las cuentas.

El jefe accedió a lo de las patrullas, pero advirtió que si algún soldado de la Unión sufría daño, el responsable o los responsables serían ejecutados. Nadie se tomaría la justicia por su mano ni atacaría a soldados del Norte bajo el pretexto de proteger a las mujeres de Charleston.

Los temores de Scarlett, acumulados durante años, estallaron ahora como una ola enorme sobre ella. Había llegado a desdeñar a las tropas de ocupación; como las demás personas de Charleston, hacía caso omiso de los soldados, actuaba como si no existiesen, y ellos le cedían el paso al caminar ella a paso vivo por la acera cuando iba de visita o de compras. Ahora tenía miedo de todos los uniformes azules que veía. Cualquiera de ellos podía ser el intruso de medianoche. Se lo imaginaba demasiado bien: una figura saliendo de la oscuridad.

Su descanso era interrumpido por terribles sueños; en realidad, recuerdos. Una y otra vez veía al yanqui rezagado que había ido a Tara, percibía su olor fétido, veía sus manos sucias y peludas revolviendo las chucherías de la cesta de labores de su madre, con sus ojos enrojecidos mirándola con violenta lascivia y su húmeda boca desdentada torcida en anticipado regocijo. Ella le había disparado. Había destruido aquella boca y aquellos ojos en una explosión de sangre en la que trozos de hueso se mezclaban con viscosos fragmentos de cerebro surcados de rojo.

Nunca había podido olvidar el estruendo del disparo y los terribles y sanguinolentos despojos, y su furiosa y tajante sensación de triunfo.

¡Oh, si tuviese ahora una pistola para protegerse y proteger a Eleanor del yanqui!

Pero no había ningún arma en la casa. Registró alacenas y baúles, armarios y cajones, incluso los estantes de la biblioteca, detrás de los libros. Estaba indefensa, desamparada. Por primera vez en su vida se sentía débil e incapaz de enfrentarse y de superar un obstáculo en su camino. Estaba casi paralizada. Suplicó a Eleanor Butler que enviase un mensaje a Rhett.

Eleanor contemporizó. Sí, sí, le mandaría unas líneas. Sí, le contaría lo que había dicho Alicia sobre la corpulencia de aquel hombre y el fantasmal brillo de la luz de la luna en sus negros ojos inhumanos. Sí, le recordaría que ella y Scarlett estaban solas por la noche en la mansión; que todos los criados se iban a sus casas después de cenar, salvo Manigo, que era viejo, y Pansy, que era una muchacha pequeña y débil.

Sí, diría que la nota era urgente, y la enviaría en seguida, en el primer viaje de la barca que traía caza de la plantación.

—Pero ¿cuándo será eso? ¡Rhett tiene que venir ahora! ¡Ese magnolio es prácticamente una escalera desde el suelo hasta la galería de nuestras habitaciones!

Scarlett agarró el brazo de la señora Butler y lo sacudió para dar más énfasis a sus palabras. Eleanor le acarició la mano.

—Pronto, querida; será pronto. No hemos recibido ningún pato desde hace un mes, y el pato asado es uno de mis platos predilectos. Rhett lo sabe. Además, ahora todo irá bien. Ross y sus amigos van a patrullar todas las noches.

¡Ross! Scarlett chilló mentalmente. ¿Qué podía hacer un borracho como Ross Butler? ¿O cualquiera de los hombres de Charleston? La mayoría de ellos eran viejos o estaban lisiados o no eran más que muchachos. Si hubiesen servido para algo no habrían perdido la estúpida guerra. ¿Por qué había de confiar nadie en que ahora lucharían contra los yanquis?

Opuso su necesidad al optimismo impenetrable de Eleanor Butler, y perdió.

Durante algún tiempo, pareció que las patrullas eran eficaces. No circularon rumores sobre intrusos y todo el mundo se tranquilizó. Scarlett celebró su primer día «de recibo», y asistió tanta gente que tía Eulalie se quejó de que no había bastante pastel para todos. Eleanor Butler rasgó la nota que había escrito para Rhett. La gente fue a la iglesia y de compras, jugó al whist, sacó sus trajes de noche para airearlos y reformarlos antes de que empezase la temporada social.

Scarlett volvió de sus visitas mañaneras con las mejillas coloradas de caminar a paso demasiado vivo.

—¿Dónde está la señora Butler? —preguntó a Manigo. Al responderle éste que estaba en la cocina, corrió hacia la parte de atrás de la casa.

Eleanor Butler levantó la mirada al entrar precipitadamente Scarlett en la cocina.

—¡Una buena noticia, Scarlett! Esta mañana he recibido una carta de Rosemary. Llegará pasado mañana.

—Será mejor que le diga que no venga —dijo Scarlett. Su voz era dura y fría—. El yanqui visitó a Harriet Madison la noche pasada. Acabo de enterarme. —Miró hacia la mesa—. ¿Patos? ¡Son patos lo que está desplumando! ¡Ha llegado la barca de la plantación! ¡Puedo ir en ella a buscar a Rhett!

—No puedes ir sola en la barca con cuatro hombres, Scarlett.

—Puedo llevarme a Pansy, tanto si a ella le gusta como si no. Bueno, déme una bolsa y algunos de estos bizcochos. Tengo hambre. Los comeré durante el viaje.

—Pero Scarlett...

—No hay pero que valga, señora Eleanor. Déme los bizcochos. Me voy.

«¿Qué estoy haciendo? —pensó Scarlett, casi con pánico—. No hubiese debido precipitarme; Rhett se pondrá furioso. Y seguramente tendré un aspecto horrible. Ya es bastante malo presentarme donde no debo; al menos debería aparecer bonita. Lo había proyectado todo de un modo muy diferente. Había pensado mil veces en lo que pasaría cuando volviese a ver a Rhett.»

A veces se había imaginado que él llegaría tarde a casa; ella llevaría su salto de cama, el de la cinta en el cuello (medio desabrochada) y se estaría cepillando el cabello antes de acostarse. A Rhett le habían gustado siempre sus cabellos, decía que eran una cosa viva; a veces, en los primeros tiempos, se los había cepillado él mismo para ver cómo saltaban azules chispas de electricidad.

Con frecuencia se veía sentada a la mesa del té, dejando caer un terrón de azúcar en la taza con las pinzas de plata que sostenía elegantemente entre los dedos.

Había estado charlando afablemente con Sally Brewton y se había sentido como en su casa; era bien recibida por las personas más interesantes de Charleston. Él le tomaría la mano y la besaría, y las pinzas se caerían, pero daría lo mismo...

O estaba con Eleanor después de la cena, cada cuál en su sillón delante del fuego, cómodamente juntas y muy unidas, pero con un sitio vacío que le esperaba a él. Solamente en una ocasión había pensado en ir a la plantación, porque nada sabía de aquel lugar, salvo que los hombres de Sherman la habían incendiado. Su sueño empezaba muy bien: Eleanor y ella llegaban con cestas de pasteles y champán en una bonita barca pintada de verde, reclinadas en montones de cojines de seda y sosteniendo brillantes sombrillas floreadas. «¡Merienda!», gritaban, y

Rhett reía y corría hacia ellas con los brazos abiertos. Pero entonces se desvanecía el sueño. Rhett aborrecía las meriendas en el campo. Decía que daría igual vivir en una cueva si uno estaba dispuesto a comer sentado en el suelo como un animal en vez de hacerlo instalado en una silla y delante de una mesa como un ser humano civilizado.

Ciertamente, Scarlett nunca se había imaginado que se presentaría así, embutida entre cajas y barriles de Dios sabía qué, en una destartalada barca que no olía precisamente a rosas.

Ahora que estaba lejos de la ciudad, le preocupaba más la cólera de Rhett que el yanqui que andaba rondando por Charleston. Tal vez tendría que decirles a los barqueros que diesen media vuelta y volviesen atrás.

Los barqueros sólo sumergían los remos en el agua verde pardusca para guiar la embarcación, ya que la marea producía una lenta y fuerte corriente invisible que los empujaba. Scarlett miraba con impaciencia las riberas del ancho río. Tenía la impresión de que la barca no avanzaba en absoluto. Todo era igual: vastas extensiones de hierbas altas y amarillas que oscilaban lentamente, sí, muy lentamente, en la corriente y, detrás de ellas, espesos bosques adornados con inmóviles cortinas grises de líquenes bajo las que crecía la enmarañada vegetación de crecidos arbustos de hojas perennes. ¡Estaba todo tan callado! Por el amor de Dios, ¿por qué no había pájaros cantores? ¿Y por qué oscurecía tan temprano?

Empezó a llover.

Mucho antes de que los remos empezaran a empujarlos hacia la orilla izquierda, Scarlett estaba calada hasta los huesos y tiritaba, abatida en cuerpo y en espíritu. El choque de la proa contra un embarcadero la sacó de su confusa aflicción. Miró a través de la cortina de lluvia y vio una figura envuelta en un impermeable negro de hule e iluminada por una resplandeciente antorcha. La cara era invisible bajo la capucha.

—Arrojadme una cuerda. —Rhett se inclinó hacia delante con un brazo extendido—. ¿Habéis tenido un buen viaje, muchachos?

Scarlett se apoyó en las cajas más próximas para ponerse en pie. Sus piernas estaban demasiado entumecidas para sostenerla y cayó hacia atrás, volcando la caja de encima con gran estruendo.

—¿Qué diablos es eso? —Rhett agarró el cabo que le lanzó el barquero y lo anudó a un poste de amarre—. Echadme el cabo de popa —ordenó—. ¿Qué es lo que arma ese ruido? ¿Estáis borrachos?

—No, señor Rhett —dijeron a coro los barqueros.

Era lo primero que decían desde que habían zarpado del muelle de Charleston. Uno de ellos señaló hacia las dos mujeres que iban en la popa de la barca.

—¡Dios mío! —exclamó Rhett.

17

—¿Te sientes mejor ahora?

La voz de Rhett era cuidadosamente controlada.

Scarlett asintió con la cabeza. Estaba envuelta en una manta, bajo la que vestía una áspera camisa de trabajo de Rhett, y sentada en un taburete cerca del fuego con los pies metidos en una jofaina llena de agua caliente.

—¿Cómo estás, Pansy?

La doncella de Scarlett, sentada en otro taburete y envuelta en otra manta, sonrió y dijo que se encontraba bien, aparte de que estaba hambrienta.

Rhett rió entre dientes.

—También yo. Cuando os hayáis secado, comeremos.

Scarlett se arrebujó más en la manta. «Es demasiado amable, —pensó—; le he visto así otras veces, sonriente y caluroso como los rayos del sol. Después resultará que estaba furioso, echando mentalmente sapos y culebras. Hace esta comedia porque Pansy está aquí. Cuando ésta se haya ido, se volverá contra mí. Tal vez podría decir que necesito a Pansy..., pero ¿para qué? Ya me he quitado la ropa y no puedo volver a ponérmela hasta que esté seca, y sabe Dios cuándo será, con la lluvia fuera y esta humedad aquí dentro. ¿Cómo puede vivir Rhett en este lugar? ¡Es horrible!»

La habitación donde se hallaban estaba solamente iluminada por el fuego. Era grande y cuadrada, tal vez de seis metros de lado, tenía el suelo de tierra apisonada, y las sucias paredes habían perdido la mayor parte de su yeso. Olía a whisky barato y a jugo de tabaco, y también a madera y tela quemadas. Los únicos muebles eran una serie de rústicos bancos y taburetes, amén de unas cuantas melladas escupideras de metal.

La repisa de la amplia chimenea y los marcos de las puertas y ventanas parecían haber sido puestos allí por equivocación. Eran de madera de pino, bellamente tallada con delicados dibujos de grecas y barnizada para darle un brillante tono castaño dorado. En un rincón había una tosca escalera de astillados peldaños e insegura y combada baranda. La ropa de Scarlett y de Pansy estaba colgada a lo largo de este pasamanos. Las enaguas blancas se hinchaban a veces, cuando soplaba una corriente de aire, como fantasmas acechando en la sombra.

—¿Por qué no te quedaste en Charleston, Scarlett?

Habían terminado de cenar y Pansy había sido enviada a dormir con la vieja negra que cocinaba para Rhett. Scarlett irguió la espalda.

—Tu madre no quería molestarte en tu paraíso. —Miró desdeñosamente a su alrededor—. Pero creo que deberías saber lo que sucede en Charleston. Hay un soldado yanqui que se introduce de noche en las habitaciones, en habitaciones de mujeres, para manosearlas. Una muchacha se volvió loca y tuvo que ser enviada a otra parte.

Trató de leer en el rostro de él, pero era inexpresivo. Rhett la miraba en silencio, como si esperase algo más.

—¿No te importa que tu madre y yo podamos ser asaltadas?

Rhett torció la boca hacia abajo en una sonrisa burlona.

—¿He oído bien? ¿Se ha vuelto tímida y recatada la mujer que condujo un carro a través de todo el Ejército yanqui porque éste se interpuso en su camino? Vamos, Scarlett. Tenías fama de ser sincera. ¿Por qué has hecho este largo viaje bajo la lluvia? ¿Esperabas sorprenderme en brazos de una amante? ¿O te lo recomendó tu tío Henry para ver de conseguir que empezase de nuevo a pagar tus facturas?

—¿De qué diablos estás hablando, Rhett Butler? ¿Qué tiene que ver el tío Henry Hamilton con esto?

—¡Una ignorancia muy convincente! Te felicito. Pero no puedes esperar que crea por un instante que tu experto y viejo abogado no te lo notificó cuando dejé de enviar el dinero que remitía a Atlanta. Aprecio demasiado a Henry Hamilton para atribuirle tanta negligencia.

—¿Que dejaste de enviar el dinero? ¡No puedes hacerlo!

Le flaquearon las rodillas. Rhett no podía hablar en serio. ¿Qué sería de ella? La casa de la calle Peachtree: las toneladas de carbón necesarias para calentarla, los criados requeridos para hacer la limpieza y cocinar y lavar la ropa y cuidar del jardín y de los caballos y dar brillo a los carruajes, y la comida para todos ellos... Sí, costaba una fortuna. ¿Cómo iba el tío Henry a pagar las facturas? ¡Con dinero de ella! No, esto no podía ser. Ella había tenido que trabajar en el campo como una negra con el estómago vacío, los zapatos rotos, la espalda dolorida y las manos ensangrentadas para no morirse de hambre. Había tenido que tragarse su orgullo, había vuelto la espalda a todo lo que le enseñaron, había negociado con gente de baja estofa indigna de toda consideración, intrigado y engañado, trabajado día y noche por su dinero. No renunciaría a él, no podía hacerlo. Era suyo. Era lo único que tenía.

—¡No puedes quitarme mi dinero! —le gritó a Rhett; pero lo hizo en un ronco murmullo.

Él se echó a reír.

—No te he quitado nada, querida. Sólo he dejado de aumentar lo que ya tienes. Mientras vivas en la casa que tengo en Charleston no hay razón para que mantenga otra vacía en Atlanta. Desde luego, si volvieses a ella, ya no estaría vacía. Entonces me creería obligado a empezar de nuevo a pagar sus gastos.

Rhett se acercó a la chimenea para poder verle la cara a la luz de las llamas. Entonces se extinguió su sonrisa desafiadora y frunció el ceño con preocupación.

—Realmente no lo sabías, ¿eh? Espera un momento, Scarlett, y te serviré un brandy. Parece que estés a punto de desmayarte.

Tuvo que sujetarle las manos para que se llevase la copa a los labios. Ella no podía dominar su temblor. Cuando la copa estuvo vacía, Rhett la dejó en el suelo y frotó aquellas manos hasta que se calentaron y dejaron de temblar.

—Ahora dime la verdad. ¿Hay realmente un soldado que irrumpe en los dormitorios?

—No hablaste en serio, ¿verdad, Rhett? No vas a dejar de enviar el dinero a Atlanta, ¿eh?

—Al diablo con el dinero, Scarlett. Te he hecho una pregunta.

—Al diablo contigo —dijo ella—. Yo te he hecho otra.

—Debí saber que no podrías pensar en otra cosa si mencionaba el dinero. Está bien, le enviaré algo a Henry. Y ahora, ¿quieres contestarme?

—¿Lo juras?

—Lo juro.

—¿Mañana?

—¡Sí! Sí, maldita sea, mañana. Y ahora dime de una vez qué es eso del soldado yanqui.

El suspiro de Scarlett pareció durar una eternidad. Después se llenó de aire los pulmones y le contó todo lo que sabía sobre el intruso.

—¿Dices que Alicia Savage vio su uniforme?

—Sí —respondió Scarlett. Y añadió maliciosamente—: No le importa la edad que tengan las mujeres. Tal vez está violando a tu madre en este momento.

Rhett apretó las manazas.

—Debería estrangularte, Scarlett. Entonces el mundo sería mejor.

La interrogó durante casi una hora, hasta que le hubo sacado a Scarlett todo lo que había oído decir.

—Muy bien —dijo Rhett—, nos marcharemos mañana en cuanto

cambie la corriente. —Se acercó a la puerta y la abrió—. Bueno —añadió—, el cielo está despejado. Será un viaje sencillo.

Más allá de su silueta distinguió Scarlett el cielo nocturno. Había tres cuartos de luna. Se levantó cansadamente. Entonces vio la niebla del río que cubría el suelo en el exterior. La luz de la luna la teñía de blanco y, durante un momento de confusión, se preguntó Scarlett si había nevado. Una ráfaga de niebla envolvió los pies y los tobillos de Rhett y luego se disipó en la habitación. Él cerró la puerta y se volvió. Sin la luz de la luna, la estancia pareció muy oscura hasta que se encendió una cerilla, iluminando desde abajo el mentón y la nariz de Rhett. Éste la aplicó a la mecha de la lámpara y Scarlett pudo verle la cara y sintió una dolorosa añoranza. Él puso el tubo de cristal sobre la lámpara y la levantó.

—Ven conmigo. Arriba hay un dormitorio donde podrás dormir.

Esta habitación era menos primitiva que la de abajo. La alta cama de cuatro columnas tenía un colchón grueso, almohadas mullidas y una espléndida manta de lana sobre las almidonadas sábanas. Scarlett no miró los otros muebles. Dejó caer la manta que llevaba sobre los hombros y subió los escalones que había al lado de la cama para meterse en ella.

Rhett la contempló un momento antes de salir de la habitación; ella escuchó sus pisadas. No, no bajaba la escalera; estaría cerca. Scarlett sonrió y se quedó dormida.

La pesadilla empezó como empezaba siempre: con la niebla. Hacía años que Scarlett no soñaba esto, pero su mente inconsciente lo recordó al mismo tiempo que creaba el sueño. Y entonces Scarlett empezó a retorcerse y agitarse y a gimotear roncamente, temiendo lo que vendría después. Se vio corriendo de nuevo, con el cansado corazón palpitando en sus oídos, y siguió corriendo, tropezando y corriendo, a través de una espesa niebla blanca cuyos fríos zarcillos se enrollaban en su cuello, sus piernas y sus brazos. Se sentía helada, fría como la muerte, y hambrienta y aterrorizada. Era lo mismo, lo mismo de siempre, y cada vez era peor que la anterior, como si el terror y el hambre y el frío se fueran acumulando y haciendo más intensos.

Y sin embargo, no era igual. Pues en el pasado, ella corría y alargaba los brazos buscando algo anónimo e incognoscible, y ahora distinguía delante de ella, al hacerse más tenue la niebla, la ancha espalda de Rhett, siempre alejándose. Y sabía que era él lo que estaba buscando; sabía que, cuando le alcanzase, la pesadilla perdería su fuerza y se desvanecería para no volver. Corría y corría pero él estaba siempre muy lejos, siempre vuelto de espaldas. Entonces se espesó la niebla y él empezó a desaparecer y ella le llamaba: «Rhett... Rhett... Rhett... Rhett... Rhett...»

—Silencio, silencio. Estás soñando; no es real.

—Rhett...

—Sí, estoy aquí. Ahora calla. No pasa nada.

Unos brazos vigorosos la levantaron y la sostuvieron, y al fin se sintió amparada y segura.

Se despertó, sobresaltada. No había niebla. En vez de ella, la lámpara de encima de la mesa proyectaba una luz resplandeciente, y Scarlett descubrió la cara de Rhett inclinada sobre la suya.

—¡Oh, Rhett! —exclamó—. ¡Era horrible!

—¿La pesadilla de siempre?

—Sí, sí..., bueno, casi. Había algo diferente, no puedo recordarlo... Pero yo tenía frío y hambre y no podía ver a causa de la niebla, y estaba muy asustada. Rhett, era terrible.

Él la estrechó y su voz vibró en su pecho junto al oído de ella.

—Claro que tenías frío y hambre. La cena ha sido una porquería y te has quitado las mantas de encima al revolverte. Ahora te taparé de nuevo y dormirás bien.

Hizo que se reclinase sobre las almohadas.

—No te vayas —suplicó Scarlett—. Volveré a tener la misma pesadilla.

Rhett la cubrió con las mantas.

—Tendrás bizcochos para el desayuno, y granos de maíz machacados y tostados y mantequilla suficiente para que éstos se vuelvan amarillos. Piensa en eso, y en jamón del país y en huevos frescos, y dormirás como una niña pequeña. Siempre has tenido buen apetito, Scarlett.

Su voz tenía un tono divertido, pero también cansado. Ella cerró los pesados párpados.

—¿Rhett?

Fue un sonido confuso, soñoliento. Él se detuvo en el umbral, haciendo pantalla a la lámpara con la mano.

—¿Qué, Scarlett?

—Gracias por venir a despertarme. ¿Cómo lo has sabido?

—Chillabas con fuerza suficiente para romper las ventanas.

El último sonido que oyó ella fue su amable y suave risa. Era como una canción de cuna.

Como había pronosticado Rhett, Scarlett consumió su copioso desayuno antes de ir a buscarle. La cocinera le dijo que él se había levantado antes del amanecer, que siempre lo hacía antes de que saliese el sol. Miró a Scarlett con no disimulada curiosidad.

«Debería regañarla por su descaro», pensó Scarlett, pero estaba tan contenta que no podía enfadarse de veras. Rhett la había sostenido, consolado; incluso había reído. Lo mismo que solía hacer antes de que se torciesen las cosas. Había hecho bien en venir a la plantación. Hubiese debido hacerlo antes, en vez de perder el tiempo con tantas visitas para tomar el té.

La luz del sol hizo que entrecerrase los ojos al salir de la casa. Brillaba con fuerza y calentaba ya su cabeza, aunque era muy temprano. Se protegió los ojos con la mano y miró a su alrededor.

Un suave gemido fue su primera reacción.

La terraza de ladrillos que pisaba se extendía hacia la izquierda unos cien metros. Rota, ennegrecida e invadida por la hierba, era el marco adecuado para una ruina monumental carbonizada. Restos de paredes y chimeneas eran cuanto quedaba de lo que había sido una magnífica mansión. Montones de ladrillos manchados por el humo y el fuego en el interior de las paredes derruidas eran tristes recordatorios del ejército de Sherman.

Scarlett estaba afligida. Esto había sido la casa de Rhett, la vida de Rhett..., perdida para siempre antes de que pudiese volver para recuperarla.

Nada en su propia y agitada vida había sido tan malo como esto. Ella no había experimentado nunca el grado de dolor que tenía que haber sentido él, que debía sentir aún cien veces al día cuando veía las ruinas de su hogar. No era extraño que estuviese resuelto a reconstruir, a encontrar y recobrar todo lo que pudiese de sus antiguas posesiones.

¡Y ella podía ayudarle! ¿Acaso no había arado y plantado los campos de Tara y recolectado sus cosechas? Apostaba a que Rhett no sabía distinguir siquiera la buena semilla de maíz de la mala. Se enorgullecería de ayudarle, porque sabía lo mucho que significaba conseguir que la tierra renaciese con nuevos cultivos: era una victoria sobre los expoliadores.

«Comprendo la situación —pensó animadamente—. Percibo lo que siente él. Puedo trabajar con él. Podemos hacer esto juntos. No me importa que el suelo de la casa sea de tierra. No me importa, si lo comparto con Rhett. ¿Dónde está él? ¡Tengo que decírselo!»

Scarlett se volvió de espaldas a lo que quedaba de la casa y contempló un panorama distinto de cuanto había visto en su vida. La terraza de ladrillos donde se encontraba conducía a un parterre cubierto de césped, el más alto de una serie de terraplenes tapizados de hierba que se desplegaban armoniosamente y descendían hasta un par de lagos artificiales en forma de gigantescas alas de mariposa. Entre ellos, una ancha senda herbosa llevaba hacia el río y un desembarcadero. La exorbitante escala estaba tan bien proporcionada que las grandes distancias parecían reducidas y todo el conjunto era como una habitación exterior alfombrada. La exuberante hierba disimulaba las cicatrices de la guerra, como si nunca hubiesen existido. Era un panorama tranquilo y soleado, de la naturaleza en armonía con el hombre. A lo lejos, un pájaro cantó una larga melodía como celebrándolo.

—¡Oh, qué bello! —dijo en voz alta.

Un movimiento a la izquierda del terraplén inferior llamó la atención de Scarlett. Debía de ser Rhett. Empezó a correr. Al bajar, la pendiente del terreno aumentó su rapidez y notó una vertiginosa, embriagadora y alegre sensación de libertad; rió y abrió los brazos, como un pájaro o una mariposa a punto de elevarse en el cielo azul.

Estaba sofocada cuando llegó al lugar donde se hallaba Rhett observándola. Scarlett jadeó, apoyándose una mano en el pecho, hasta que recobró el aliento.

—¡Nunca me había divertido tanto! —dijo entonces, todavía jadeando un poco—. Es un lugar maravilloso, Rhett. No es de extrañar que lo adores. ¿Bajabas corriendo por aquel prado cuando eras pequeño? ¿Tenías la impresión de que podías volar? Oh, querido, ¡debió ser horrible ver la casa incendiada! Se me rompe el corazón al pensar lo que debió ser para ti. ¡Quisiera matar a todos los yanquis del mundo! ¡Oh, Rhett, tengo tanto que decirte! He estado pensado. Todo puede volver a ser como antes, querido, lo mismo que la hierba. Comprendo, comprendo realmente lo que estás haciendo.

Rhett la miró de un modo extraño, cauteloso.

—¿Qué es lo que «comprendes», Scarlett?

—Por qué estás aquí, en vez de quedarte en la ciudad. Por qué tienes que resucitar la plantación. Dime lo que has hecho y lo que vas a hacer. ¡Es emocionante!

El rostro de Rhett se iluminó, y éste señaló las largas hileras de plantas que había detrás de él.

—Ardieron —dijo—, pero no murieron. Se diría que incluso fueron vigorizadas por el fuego. Las cenizas debieron darles algo que necesitaban. He de saber lo que es. Tengo mucho que aprender.

Scarlett miró los achaparrados restos. No sabía de qué eran aquellas hojas brillantes y de un verde oscuro.

—¿Qué clase de árbol es? ¿Cultiváis melocotoneros aquí?

—No son árboles, Scarlett, sino arbustos. Camelias. Las primeras que se trajeron a América fueron plantadas aquí, en Dunmore Landing. Ésos son retoños, más de trescientos en total.

—¿Quieres decir que dan flores?

—Desde luego. La flor que más se acerca a la perfección en el mundo. Los chinos la veneran.

—Pero las flores no pueden comerse. ¿Qué productos cultivas?

—No puedo pensar en cultivos. Tengo que recuperar cuarenta hectáreas de jardín.

—Esto es una locura, Rhett. ¿De qué sirve un jardín? Podrías cultiva algo para venderlo. Sé que aquí no se cultiva algodón, pero tiene que haber otras cosas que rindan dinero. Mira, en Tara aprovechamos hasta el último palmo de tierra. Aquí podrías plantar todo este terreno llegando hasta las paredes de la casa. Mira qué verde y espesa es la hierba. La tierra debe de ser muy fértil. Lo único que has de hacer es ararla y dejar caer la semilla, y probablemente germinará antes de que tengas tiempo de alejarte.

Le miró seriamente, dispuesta a comunicarle unos conocimientos duramente aprendidos.

—Eres una bárbara, Scarlett —dijo gravemente Rhett—. Sube a la casa y dile a Pansy que se prepare. Nos encontraremos en el muelle.

¿Qué error había cometido ella? Al principio él estaba lleno de vida y de excitación y, de pronto, todo había cambiado y era un hombre frío, un extraño. Nunca le comprendería, aunque viviese cien años. Subió rápidamente por los verdes terraplenes, ciega ahora a su belleza, y entró en la casa.

El barco atracado en el embarcadero era muy diferente de la tosca gabarra que había traído a Scarlett y a Pansy a la plantación. Era una esbelta balandra pintada de color marrón, con brillantes accesorios de cobre amarillo y doradas volutas de adorno. Más allá había otra embarcación, que ella habría preferido, pensó con irritación Scarlett. Era cinco veces más grande que la balandra y tenía dos cubiertas y una recargada decoración en blanco y azul así como una rueda de paletas de un rojo brillante. Banderas de alegres colores estaban colgadas de una chimenea a otra, y mujeres y hombres elegantemente vestidos se apretujaban detrás de las barandillas de ambas cubiertas. Parecía alegre y divertido.

«Es muy propio de Rhett —pensó Scarlett—, ir a la ciudad en este barquichuelo en vez de llamar al vapor para que nos recoja.» Llegó al embarcadero en el momento en que Rhett se quitaba el sombrero y saludaba ceremoniosamente a la gente del barco.

—¿Los conoces? —preguntó ella.

Tal vez se había equivocado; tal vez les estaba haciendo señales.

Rhett se volvió de espaldas al río, calándose el sombrero.

—Claro que sí. No individualmente, supongo, pero sí en su conjunto. Es el barco que hace semanalmente una excursión río arriba, desde Charleston, y regresa. Un negocio muy provechoso para uno de nuestros ciudadanos venidos del Norte. Los yanquis adquieren los billetes con gran satisfacción, por el placer de ver los esqueletos de las casas incendiadas de nuestas plantaciones. Yo siempre los saludo si me viene en gana; me divierte ver la confusión que esto les produce.

Scarlett estaba demasiado horrorizada para decir una palabra. ¿Cómo podía Rhett tomar a broma un grupo de buitres yanquis que se reían de lo que habían hecho a su casa?

Se sentó sumisamente en un banco almohadillado del pequeño camarote; pero, en cuanto subió Rhett a la cubierta, se levantó para examinar la intrincada disposición de alacenas, estantes, provisiones y equipo, cada cosa en un sitio evidentemente destinado para ella. Todavía estaba satisfaciendo su curiosidad cuando la balandra se movió lentamente junto a la orilla del río durante un breve trecho y se detuvo de nuevo. Rhett gritó, dando vivamente órdenes.

—Traed esos bultos y atadlos en la proa.

Scarlett asomó la cabeza a la escotilla para ver lo que pasaba. Dios mío, ¿qué era todo aquello? Docenas de negros estaban apoyados en picos y palas, observando cómo otros tipos arrojaban una serie de abultados sacos a uno de los tripulantes de la balandra. ¿Dónde diablos se encontraban? Aquel lugar parecía la cara oculta de la luna. Había un gran claro en el bosque, con un hoyo excavado en él y gigantescos fragmentos que parecían ser de piedra amontonados a un lado. Un polvo cretáceo llenaba al aire y pronto la hizo estornudar.

El estornudo de Pansy, que sonó a modo de eco desde la parte de atrás de la cubierta, le llamó la atención. «No era justo —pensó—. Pansy puede verlo todo bien.»

—Voy a subir —gritó.

—¡Soltar amarras! —dijo Rhett al mismo tiempo.

La balandra se movió rápidamente, arrastrada por la rápida corriente del río, e hizo que Scarlett se tambalease en la corta escalera y cayese despatarrada en el camarote.

—Maldito seas, Rhett Butler; hubiese podido romperme el cuello.

—Pero no te lo has roto. Quédate ahí. Bajaré en seguida.

Scarlett oyó un chirrido de cuerdas y la balandra adquirió velocidad. Se arrastró hasta uno de los bancos y se levantó.

Casi inmediatamente, Rhett bajó fácilmente la escalera, agachando la cabeza para no golpeársela contra la escotilla. Se irguió y rozó la madera barnizada del techo con la cabeza. Scarlett le miró echando chispas por los ojos.

—Lo has hecho adrede —gruñó.

—¿Qué? —Rhett abrió una de las pequeñas portillas y cerró la escotilla—. Bien —dijo entonces—, tenemos viento de popa y hay una fuerte corriente. Estaremos en la ciudad en un tiempo récord. —Se dejó caer en el banco frente al de Scarlett y se recostó en él, ágil y sinuoso como un gato—. Supongo que no te importará que fume. —Introdujo los largos dedos en el bolsillo interior de su chaqueta y extrajo un puro cortado por ambos extremos.

—Me importa mucho. ¿Por qué estoy encerrada a oscuras aquí abajo? Quiero subir arriba, a la luz del sol.

—Subir a cubierta —la corrigió automáticamente Rhett—. Esta embarcación es bastante pequeña, la tripulación es negra, Pansy es negra y tú eres mujer y blanca. Ellos ocupan la caseta del timón y tú el camarote. Pansy puede coquetear con los dos hombres y reír sus piropos bastante ordinarios, y los tres lo pasan bien. Tu presencia estropearía su diversión.

»Y mientras la clase baja disfruta del viaje, tú y yo, la elite privilegiada, estaremos tristemente enjaulados en mutua compañía y tú seguirás haciendo pucheros y gimoteando.

—¡No hago pucheros ni gimoteo! ¡Y te agradeceré que no me hables como a una niña pequeña! —Scarlett se pellizcó el labio inferior. Aborrecía que Rhett la hiciese sentirse como una tonta—. ¿Qué es aquella cantera ante la cual nos detuvimos?

—Aquello, querida, fue la salvación de Charleston y mi pasaporte para volver al seno de mi pueblo. Es una mina de fosfato. Hay docenas de ellas desparramadas junto a los dos ríos. —Encendió su puro, prolongando la satisfacción, y el humo subió en espiral hacia la portilla—. Veo que te brillan los ojos, Scarlett. Pero esto no es como una mina de oro, no pueden fabricarse monedas o joyas con fosfato. Sin embargo, triturado, lavado y tratado con ciertos productos químicos, se convierte en el mejor y más rápido abono del mundo. Hay clientes esperando todo el que podamos producir.

—Y sigues haciéndote cada vez más rico.

—Sí, así es. Pero, y esto es importante, es un negocio respetable, dinero de Charleston. Puedo gastar todo lo que quiera de mis ganancias mal adquiridas como especulador sin que nadie me censure. Todos pueden decirse que procede de los fosfatos, aunque la mina sea muy pequeña.

—¿Por qué no la agrandas?

—Porque no hace falta. Sirve para mis fines tal como está. Tengo un capataz que no me tima demasiado, dos docenas de obreros que trabajan casi tanto como haraganean, y respetabilidad. Puedo emplear mi tiempo y mi dinero y mi sudor en lo que me interesa, lo cual es, en este momento, restaurar los jardines.

Scarlett estaba indignada. ¿No era propio de Rhett tropezar con una buena ocasión y despreciarla? Por muy rico que fuese no sería mala cosa enriquecerse más. El dinero nunca estaba de sobra. Si Rhett realizaba las funciones del capataz y hacía que aquellos hombres trabajasen como era debido, podría triplicar el rendimiento. Y con otras dos docenas de trabajadores, podría doblar los beneficios...

—Disculpa que interrumpa tus castillos en el aire, Scarlett, pero tengo que hacerte una pregunta muy seria. ¿Cómo podría convencerte de que me dejes en paz y vuelvas a Atlanta?

Scarlett le miró boquiabierta. Estaba realmente asombrada. Él no podía hablar en serio, después de haberla abrazado con tanta ternura la noche pasada.

—Bromeas —le acusó.

—No, no bromeo. Nunca hablé tan en serio en mi vida, y quiero que lo consideres así. Jamás ha entrado en mis costumbres explicar a nadie lo que estoy haciendo o pensando; ni confío mucho en que comprendas lo que voy a decirte. Pero lo intentaré.

»Estoy trabajando más duro de lo que jamás tuve que hacerlo, Scarlett. Quemé mis naves en Charleston tan enteramente y con tanta publicidad que el hedor del incendio persiste todavía en la nariz de todos los ciudadanos. Es muchísimo más fuerte que lo peor que hizo Sherman, porque yo era uno de los suyos y desafié todo aquello en lo que se basaban sus vidas. Recuperar el favor de Charleston es como trepar a oscuras por una montaña cubierta de hielo. Un resbalón, y es la muerte. Hasta ahora he actuado con mucha prudencia y muy lentamente, y he conseguido avanzar un poco. No puedo arriesgarme a que tú destruyas todo lo que he logrado. Quiero que te marches, y te pregunto el precio.

Scarlett se echó a reír, aliviada.

—¿Es esto todo? Puedes estar tranquilo, si es lo único que te preocupa. En Charleston me aprecia todo el mundo. No puedo dar abasto a las invitaciones y no pasa un día en que no se me acerque alguien en el mercado para pedirme consejo sobre sus compras.

Rhett aspiró humo de su puro.

Después observó cómo se enfriaba la punta encendida y se convertía en ceniza.

—Temí que perdería el tiempo —dijo al fin—. Y acerté. Confieso que has durado más y has sido más comedida de lo que esperaba... Sí, recibo algunas noticias de la ciudad cuando estoy en la plantación, pero eres como un barril de pólvora sujeto a mi espalda en aquella montaña de hielo, Scarlett. Eres un peso muerto; inculta, incivilizada, católica y rechazada por todas las personas decentes de Atlanta. Podrías estallar encima de mí en el momento menos pensado. ¿Cuánto me costará?

Scarlett aprovechó la única acusación de la que podía defenderse.

—Te agradeceré que me digas qué hay de malo en ser católica,

Rhett Butler. Nosotros temíamos a Dios mucho antes de que existiesen los episcopalianos.

La súbita risa de Rhett no tuvo sentido para ella.

—*Pax*, Henry Tudor —dijo él, y ella tampoco lo comprendió. Pero sus siguientes palabras dieron exactamente en el blanco—. No perderemos el tiempo discutiendo sobre teología, Scarlett. Lo cierto es, y tú lo sabes tan bien como yo, que, por ninguna razón defendible, los católicos romanos son despreciados en la sociedad del Sur. En Charleston, puedes asistir solamente a Saint Phillip o Saint Michael o a la iglesia hugonote, o a la primera presbiteriana escocesa. Pero incluso las otras iglesias episcopalianas y presbiterianas son ligeramente sospechosas, y cualquier otra confesión protestante es considerada como una grosera manifestación individualista. El catolicismo romano está al margen de la sociedad. Lo cual no es razonable, y sabe Dios que no es cristiano, pero es un hecho.

Scarlett guardó silencio. Sabía que él tenía razón. Rhett aprovechó la momentánea derrota para repetir su pregunta:

—¿Qué quieres, Scarlett? Puedes decírmelo. Nunca me han escandalizado los rincones más oscuros de tu personalidad.

«Realmente, habla en serio —pensó desesperadamente ella—. Todos los tés a los que he asistido, los horribles vestidos que he tenido que llevar y todas mis idas al mercado en la fría oscuridad de la mañana temprana no han servido para nada.» Había venido a Charleston para recuperar a Rhett, y no había triunfado.

—Te quiero a ti —dijo sinceramente Scarlett.

Ahora fue Rhett quien guardó silencio. Ella distinguía únicamente su silueta y el humo pálido del cigarro. Estaba tan cerca que, si movía ella el pie unos centímetros, tocaría el de él. Le quería tanto que sentía un dolor físico. Deseaba doblarse por la cintura para aliviarlo y retenerlo en su interior de modo que el dolor no pudiese hacerse más fuerte. Pero permaneció tiesa, esperando que él hablase.

18

Scarlett percibió, arriba, un ruido de voces puntuado por la risa estridente de Pansy. Ello hizo que el silencio del camarote fuese todavía peor.

—Medio millón en oro —dijo Rhett.

—¿Qué has dicho?

«Sin duda he oído mal —pensó ella—. Yo le he confesado lo que llevo en el corazón y él no me ha contestado.»

—He dicho que te daré medio millón de dólares en oro si te marchas. Las satisfacciones que puedes encontrar en Charleston difícilmente valdrán tanto para ti. Es un espléndido soborno el que te ofrezco. Es imposible que tu corazoncito codicioso prefiera un intento inútil de salvar nuestro matrimonio a una fortuna mayor de lo que jamás podías esperar. Y además, si estás de acuerdo, volveré a hacerme cargo de los gastos de aquella monstruosidad de la calle Peachtree.

—La noche pasada me prometiste que enviarías hoy el dinero a tío Henry —dijo automáticamente ella.

Deseaba que él estuviese un minuto callado. Necesitaba pensar. ¿Era realmente «un intento inútil»? Se negaba a creerlo.

—Las promesas se hacen para romperlas —dijo tranquilamente Rhett—. ¿Aceptas mi oferta, Scarlett?

—Tengo que pensarlo.

—Entonces, piénsalo mientras termino mi cigarro. Pero después quiero que me respondas. Piensa en lo que pasarías si tuvieses que gastar tu propio dinero en aquella casa horrible que tanto aprecias de la calle Peachtree, no tienes idea de lo que cuesta. Y piensa en tener mil veces más dinero que el que has ahorrado durante todos estos años; el rescate de un rey, Scarlett, y pagado de una vez. Es más de lo que nunca podrías gastar. Por si fuera poco, pagaré los gastos de la casa. Incluso la pondré a tu nombre.

La punta del cigarro brilló con más intensidad.

Scarlett empezó a pensar con desesperada concentración. Tenía que encontrar una manera de quedarse. No podía irse, ni por todo el dinero del mundo.

Rhett se levantó y se acercó a la portilla. Arrojó el cigarro y miró hacia la orilla del río durante un momento, hasta que vio un punto de referencia. La luz del sol brilló sobre su cara. «¡Cuánto ha cambiado desde que se fue de Atlanta!», pensó Scarlett. Entonces se dedicaba a beber como si tratase de borrar el mundo de su mente. Pero ahora volvía a ser Rhett, con la piel tostada y tensa sobre los planos angulosos de su semblante, y los claros ojos tan oscuros como el deseo. Bajo su elegante traje hecho a la medida, los músculos eran visibles y se hinchaban cuando se movía. Era todo lo que debía ser un hombre. Ella quería que volviese a ser suyo, y lo lograría, costase lo que costara. Respiró hondo. Estaba preparada cuando él se volvió y levantó una ceja con ademán interrogante.

—¿Qué me respondes, Scarlett?

—Has dicho que querías hacer un trato, Rhett. —El tono de Scarlett era ahora práctico—. Pero no negocias, sino que me lanzas amenazas como si fuesen piedras. Además, sé que te estás echando un farol cuando dices que dejarás de enviar dinero a Atlanta. Te interesa muchísimo ser bien visto en Charleston, y la gente no tiene en muy alta opinión al hombre que no cuida de su esposa. Si se supiese, tu madre no podría caminar con la cabeza alta.

»En lo que respecta al dinero, tienes razón. Me gustaría tenerlo. Pero no, si significa volver ahora a Atlanta. Puedo poner mis cartas boca arriba porque tú ya las conoces. Hice algunas tonterías y no tengo manera de deshacerlas. En este instante, no tengo una sola amiga en todo el estado de Georgia. En cambio, estoy haciendo amistades en Charleston. Tal vez no lo creas, pero es verdad. Y estoy aprendiendo mucho. En cuanto la gente de Atlanta haya tenido tiempo de olvidar algunas cosas, me imagino que podré reparar mis errores.

»Por consiguiente, voy a proponerte un trato. Deja de portarte de una manera tan odiosa conmigo; muéstrate amable y ayúdame a pasarlo bien. Viviremos esta temporada como si fuésemos un matrimonio abnegado y feliz. Después, cuando llegue la primavera, me marcharé a mi casa y empezaré de nuevo.

Contuvo el aliento. Él tenía que decir que sí; tenía que hacerlo. La temporada duraba casi ocho semanas, y estarían juntos todos los días. No había un hombre que se resistiera a comer de su mano si estaba tanto tiempo cerca de ella. Rhett era diferente de los otros hombres, pero no tanto. Nunca habría un hombre al que no pudiese conquistar.

—¿Quieres decir con el dinero?

—Naturalmente. ¿O me has tomado por tonta?

—Esto no me parece exactamente un trato, Scarlett. No me das nada. Tomas el dinero que estoy dispuesto a pagar para que te marches, pero no te vas. ¿Qué gano con ello?

—Que no me quede para siempre y que no diga a tu madre lo canalla que eres. —Estuvo casi segura de que le veía sonreír.

—¿Sabes el nombre del río que baña este lugar, Scarlett?

¡Qué pregunta más tonta! Y todavía no había accedido a lo de la temporada. ¿En qué estaría pensando Rhett?

—Es el río Ashley. —Rhett pronunció el nombre con exagerada claridad—. Trae a mi memoria a aquel distinguido caballero, el señor Wilkes, cuyas atenciones ambicionaste antaño. Yo fui testigo de tu capacidad para desplegar una abnegación tenaz, Scarlett, y de tu resolución cuando persigues un solo objetivo, es algo inconcebible. Últimamente has tenido la amabilidad de mencionar que has decidido colocarme en la elevada situación que ocupó un día Ashley. La perspectiva es para mí terriblemente alarmante.

Scarlett le interrumpió; tenía que hacerlo. Estaba segura de que él iba a decir que no.

—¡Oh, tonterías, Rhett! Sé que es inútil andar detrás de ti. No eres lo bastante bueno para soportarlo. Además, me conoces demasiado.

Rhett se echó a reír, pero sin alegría.

—Si te dieses cuenta de que tienes en esto mucha razón, todavía podríamos hacer un trato —dijo.

Scarlett tuvo buen cuidado en no sonreír. Probablemente él podía ver en la oscuridad.

—Estoy dispuesta a regatear —dijo— ¿Qué me propones?

Esta vez, la risa brusca de Rhett fue auténtica.

—Creo que ésta es la verdadera señorita O'Hara —dijo—. Éstas son mis condiciones: dirás a mi madre que ronco y que debido a esto dormimos siempre en habitaciones separadas; después del baile de santa Cecilia, que pone fin a la temporada, expresarás un deseo apremiante de volver a Atlanta, y una vez allí, designarás inmediatamente un abogado, que puede ser Henry Hamilton u otro cualquiera, para que se ponga al habla con los míos y negocien un acuerdo de separación. Además, nunca volverás a poner los pies en Charleston, ni escribirás ni enviarás ningún mensaje a mi madre o a mí.

La mente de Scarlett galopaba. Casi había ganado. Salvo por lo de las «habitaciones separadas». Tal vez debería pedir más tiempo. No, no pedir. Se presumía que estaba negociando.

—Podría acceder a tus condiciones, Rhett, pero no a tu calendario. Si me marcho el día siguiente de aquél en que terminen las fiestas, todo el mundo se dará cuenta. Tú volverás a tu plantación después del baile. Entonces no sería extraño que yo empezase a pensar en Atlanta. ¿Por qué no decimos que me marcharé a mediados de abril?

—Estoy de acuerdo en que te quedes un tiempo en la ciudad cuando me haya yo marchado al campo. Pero el primero de abril sería una fecha más adecuada.

¡Mejor de lo que ella había esperado! La temporada y luego, más de un mes. Y ella no había dicho que se quedaría precisamente en la ciudad cuando él se marchase a la plantación. Podía seguirle hasta allí.

—No quiero saber cuál de nosotros es el «inocente* del primero de abril» a quien te has referido, Rhett Butler; pero si juras que serás amable durante todo el tiempo, hasta que me marche, puedes dar por cerrado el trato. En cambio, si te portas mal, serás tú quien lo habrá roto y no me marcharé.

—Señora Butler, la devoción de su marido hará que sea la envidia de todas las mujeres de Charleston.

Se estaba chanceando, pero a Scarlett no le importó. Había ganado.

* Alusión al día de los Inocentes, que en Inglaterra se celebra el 1 de abril. *(N. del T.)*

Rhett abrió la escotilla para que entrase aire salado y luz de sol y, sorprendentemente, una fuerte brisa.

—¿Te mareas, Scarlett?

—No lo sé. Hasta ayer nunca había embarcado.

—Pronto lo sabrás. El puerto está delante de nosotros y hay una marejada bastante fuerte. Saca un cubo del armario que hay detrás de ti, por si acaso. —Subió corriendo a cubierta—. Izad ahora el foque y virad. Estamos perdiendo el rumbo —gritó contra el viento.

Un minuto más tarde, el barco se había inclinado en un ángulo alarmante y Scarlett descubrió que estaba resbalando irremediablemente hacia el suelo. El lento viaje río arriba en la ancha y plana gabarra del día anterior, no la había preparado para la maniobra de una embarcación de vela. Navegar río arriba contra la corriente y con un viento suave hinchando la vela mayor había sido más rápido, pero igualmente tranquilo que la travesía de la gabarra. Se dirigió tambaleándose a la corta escalera y se irguió de modo que la cabeza asomó por encima del nivel de la cubierta. El viento la dejó sin aliento y le arrancó el sombrero adornado con plumas. Ella miró hacia arriba y lo vio volar en el aire, mientras una gaviota chillaba frenéticamente y aleteaba para alejarse de aquel objeto que también parecía un pájaro. Scarlett rió, divertida. La balandra escoró y saltó espuma sobre el costado más inclinado. ¡Era emocionante! Entre el zumbido del viento, Scarlett oyó chillar aterrorizada a Pansy. ¡Qué cobarde era aquella muchacha!

Scarlett recuperó el equilibrio y empezó a subir la escalerilla. La voz tonante de Rhett la detuvo. Él hizo girar la rueda del timón y la cubierta de la balandra volvió a su nivel normal; restallaron las velas. Rhett hizo un ademán, y un tripulante se puso al timón. El otro estaba sosteniendo a Pansy mientras ésta vomitaba en la popa. Rhett se plantó en dos zancadas en lo alto de la escalerilla y miró a Scarlett con el ceño fruncido.

—Pequeña idiota, habrías podido romperte la cabeza con el botalón. Vuelve abajo, que es donde debes estar.

—¡Oh, no, Rhett! Déjame subir donde pueda ver lo que pasa. Es muy divertido. Quiero sentir el viento y gustar la espuma.

—¿No estás mareada? ¿O asustada?

Ella le respondió con una mirada desdeñosa.

—¡Oh, Eleanor, han sido los momentos más maravillosos que he pasado en mi vida! No sé por qué no se hacen marineros todos los hombres.

—Me alegro de que te hayas divertido, querida; pero Rhett hizo mal en exponerte al viento y a tanto sol. Estás colorada como una india.

La señora Butler envió a Scarlett a su habitación, después de aplicarle glicerina y compresas de agua de rosas en la cara. Luego riñó a su alto y regocijado hijo, hasta que éste agachó la cabeza fingiéndose avergonzado.

—Si preparo los adornos de Navidad que te he traído, ¿podré tomar postre después de la comida o tendré que quedarme en el rincón? —preguntó humildemente.

Eleanor Butler extendió los brazos con resignación.

—No sé lo que voy a hacer contigo, Rhett —dijo, pero su esfuerzo para no sonreír fue un fracaso total.

Quería locamente a su hijo.

Aquella tarde, mientras Scarlett se sometía a un tratamiento de lociones para las quemaduras de sol, Rhett llevó a Alicia Savage una de las coronas de acebo que había traído de la plantación, como regalo de su madre.

—Eleanor y tú sois muy amables, Rhett. Gracias. ¿Quieres tomar un ponche de pretemporada?

Rhett aceptó de buen grado la bebida, charlaron sobre el tiempo desacostumbrado y el invierno de hacía treinta años en que había nevado de verdad, y sobre el año en que había llovido treinta y ocho días seguidos. Se conocían desde que eran pequeños. Las casas de sus respectivas familias compartían una pared del jardín y una morera con dulces y pringosos frutos purpúreos cuyas ramas pendían a ambos lados de aquel muro.

—Scarlett está loca de miedo por culpa de ese yanqui que irrumpe en los dormitorios —dijo Rhett cuando Alicia y él terminaron de recordar tiempos pasados—. Espero que no te importará hablar de esto con un viejo amigo que te vio sin enaguas cuando tenías cinco años.

—Hablaré libremente si consigues olvidar la antipatía que sentía de pequeña por la ropa interior. —La señora Savage rió de buena gana—. Fui la desesperación de toda la familia durante al menos un año. Ahora parece gracioso... Pero esta cuestión del yanqui no es en modo alguno divertida. Alguien se pondrá nervioso y disparará contra un soldado, y entonces se armará la gorda.

—Dime cómo era ese hombre, Alicia. Tengo una teoría acerca de él.

—Sólo le vi un momento, Rhett...

—Debería bastar. ¿Alto o bajo?

—Alto, sí, muy alto. La cabeza llegaba a unos treinta centímetros por debajo del borde superior de las cortinas y esas ventanas tienen una altura de dos metros veinticinco.

Rhett hizo un guiño.

—Sabía que podía contar contigo. Eres la única persona que he conocido capaz de descubrir el helado más grande en una fiesta de cumpleaños desde el otro lado de la habitación. Te llamábamos «Ojos de Águila» a espaldas tuyas.

—Y también a la cara, creo recordar, junto con otras desagradables observaciones personales. Eras un chiquillo horrible.

—Y tú eras una niña odiosa. Pero te habría querido aunque hubieses llevado enaguas.

—Y yo te habría querido si no las hubieses llevado. Miré muchas veces por debajo de tu falda y no conseguí ver nada.

—Ten compasión, Alicia. Al menos reconoce que mi faldita de entonces se llama *kilt*.

Los dos sonrieron amigablemente. Entonces prosiguió Rhett su interrogatorio. Alicia recordó muchos detalles en cuanto empezó a pensar. El soldado era joven, ciertamente muy joven, con los desgarbados movimientos del muchacho que no se ha acostumbrado aún a su pleno crecimiento. También era muy delgado. El uniforme pendía holgado de su cuerpo. Las muñecas se veían claramente debajo de las bocamangas; posiblemente, el uniforme no era suyo.

—Sus cabellos eran oscuros, pero no tan negros como los tuyos, Rhett, y de paso te diré que esas hebras grises te caen muy bien.

No, su cabello debía de ser castaño aunque parecía más oscuro en la sombra. Sí, bien cortado y casi ciertamente descuidado, pues ella hubiese percibido el olor a brillantina. Poco a poco, la señora Savage fue juntando sus recuerdos. Y entonces vaciló y dejó de hablar.

—Sabes quién es, ¿verdad, Alicia?

—Puedo estar equivocada.

—Puedes estar en lo cierto. Tienes un hijo de la edad adecuada, de unos catorce o quince años, y seguro que conoces a sus amigos. En cuanto oí hablar de esto, pensé que tenía que ser un muchacho de Charleston. ¿Crees realmente que un soldado yanqui irrumpiría en el dormitorio de una mujer sólo para contemplar su forma debajo de una colcha? Esto no es nada terrorífico, Alicia; se trata de un pobre chico que está confuso sobre lo que su cuerpo le está pidiendo. Quiere saber cómo es el de una mujer, sin corsé ni polisón; lo quiere hasta el punto de ir a mirar a hurtadillas a mujeres dormidas. Probablemente se avergüenza de sus pensamientos cuando ve a una completamente vestida y despierta. ¡Pobre diablillo! Supongo que mataron a su padre en la guerra y que no tiene a ningún hombre con quien hablar.

—Tiene un hermano mayor...

—¿Sí? Entonces tal vez estoy equivocado. O tú te equivocas al pensar que es él.

—Temo que no. El muchacho se llama Tommy Cooper. Es el más alto y pulcro de todo su grupo. Y casi se muere del susto cuando le saludé en la calle, dos días después del incidente en mi dormitorio. Su padre murió en Bull Run. Tommy no le conoció. Su hermano tiene diez u once años más que él.

—¿Te refieres a Edward Cooper, el abogado?

Alicia asintió con la cabeza.

—Entonces no es de extrañar. Cooper forma parte del comité del Hogar Confederado de mi madre; le conocí en nuestra casa. Es poco más que un eunuco. Tommy no recibirá ayuda de él.

—No tiene nada de eunuco; lo que pasa es que está demasiado enamorado de Anne Hampton para darse cuenta de las necesidades de su hermano.

—Como quieras, Alicia. Pero voy a celebrar una pequeña conferencia con Tommy.

—No puedes hacerlo, Rhett. Darías un susto de muerte al pobre chico.

—El «pobre chico» está dando un susto de muerte a la población femenina de Charleston. Gracias a Dios, no ha ocurrido todavía nada realmente grave. La próxima vez, podría perder el control. O recibir un tiro. ¿Dónde vive, Alicia?

—En la calle Church, justo detrás de la esquina con Broad. Hay varias casas de ladrillos en el lado sur de Saint Michael's Alley, y él vive en la de en medio. Pero, Rhett, ¿qué vas a decir? No puedes entrar allí y agarrar a Tommy por el cogote.

—Confía en mí, Alicia.

Alicia apoyó las manos en las mejillas de Rhett y le besó suavemente en los labios.

—Me alegro de que hayas vuelto a casa, vecino. Que tengas suerte con Tommy.

Rhett estaba sentado en la galería de los Cooper, tomando té con la madre de Tommy, cuando llegó el muchacho. La señora Cooper presentó su hijo a Rhett y después le dijo al chico que fuese a dejar los libros de texto y a lavarse las manos y la cara.

—El señor Butler te va a llevar a su sastre, Tommy. Tiene un sobrino en Aiken que crece tan de prisa como tú y necesita que te pruebes algunos trajes para poder elegir uno para él que le esté a la medida, como regalo de Navidad.

Cuando no le vieron los adultos, Tommy hizo una mueca horrible.

Entonces recordó los rumores que había oído sobre la tormentosa juventud de Rhett y pensó que le gustaría ir con el señor Butler para ayudarle. Tal vez incluso tendría valor para hacerle al señor Butler unas cuantas preguntas sobre cosas que le preocupaban.

Tommy no tuvo que preguntarle. En cuanto se hubieron alejado de la casa, Rhett puso un brazo sobre los hombros del chico.

—Tom —le dijo—, me he propuesto darte unas cuantas lecciones valiosas. La primera es cómo mentir de manera convincente a una madre. Iremos en tranvía y, mientras tanto, tú y yo hablaremos detalladamente de mi sastre y su tienda y sus costumbres. Practicarás con mi ayuda hasta que hayas aprendido bien la lección, porque yo no tengo ningún sobrino en Aiken, y no vamos a ir al sastre. Viajaremos hasta el final de trayecto, en avenida Rutledge, y daremos un saludable paseo hasta una casa donde quiero que conozcas a algunas amigas mías.

Tommy Cooper asintió sin discutir. Estaba acostumbrado a que sus mayores le dijesen lo que tenía que hacer, y le gustaba que el señor Butler le hubiese llamado Tom. Antes de que terminase la tarde y fuese Tom devuelto a su madre, el muchacho miraba a Rhett con tanta adoración como si fuese un héroe, y Rhett comprendió que tendría que cargar durante años con Tom Cooper.

También confiaba en que Tom nunca olvidaría a las amigas a quienes habían ido a visitar. Entre las muchas «primicias» históricas de Charleston estaba el primer prostíbulo registrado «sólo para caballeros». Había cambiado muchas veces de sitio en sus casi dos siglos de existencia, pero no había cerrado un sólo día, a pesar de las guerras, las epidemias y los huracanes. Una de las especialidades de la casa era la amable y discreta iniciación de adolescentes en los placeres de la virilidad. Era una de las apreciadas tradiciones de Charleston. Rhett especulaba a veces sobre lo diferente que hubiese podido ser su propia vida si su padre hubiese sido tan diligente en seguir esta tradición como en enseñarle todas las demás cosas que se esperaban de un caballero de Charleston... Pero esto era agua pasada. Torció los labios en una triste sonrisa. Al menos había podido sustituir al padre muerto de Tommy, que habría hecho lo mismo para el chico. Las tradiciones tenían sus ventajas. Una de ellas sería que se habrían acabado las correrías de un yanqui a medianoche. Rhett se fue a casa a echar un trago para premiarse, antes de ir a recoger a su hermana en la estación del ferrocarril.

19

—¿Y si el tren llega temprano, Rhett? —Eleanor Butler miró el reloj de pared por décima vez en dos minutos—. No quiero pensar en Rosemary plantada en la estación sin nadie que la acompañe cuando está anocheciendo. Ya sabes que su doncella es todavía una novata. Y además medio tonta, diría yo. No sé por qué la soporta Rosemary.

—Ese tren no ha llevado nunca, en toda su historia, menos de cuarenta minutos de retraso, mamá, y aunque hoy llegase puntual todavía faltaría media hora.

—Te he pedido que fueses allí con tiempo sobrado. Hubiese tenido que ir yo, como había proyectado cuando no sabía que estarías en casa.

—No te inquietes, mamá. —Repitió una vez más lo que ya le había contado a su madre—. He alquilado un simón que vendrá a recogerme dentro de diez minutos. Hay cinco desde aquí hasta la estación. Llegaré con quince minutos de anticipación; el tren llevará una hora o más de retraso y Rosemary entrará en casa, colgada de mi brazo, con el tiempo justo para la cena.

—¿Puedo ir contigo, Rhett? Me gustaría respirar un poco de aire fresco.

Scarlett se imaginó la hora que pasaría encerrada con él en el pequeño coche de alquiler: le preguntaría a Rhett muchas cosas acerca de su hermana y eso a él le gustaría porque estaba loco por Rosemary. Y si Rhett hablaba lo bastante, tal vez ella sabría lo que le esperaba. La aterrorizaba que Rosemary no simpatizase con ella, que fuese como Ross. La florida carta de disculpa de su cuñado no había hecho que dejase de aborrecerle.

—No, querida, no puedes acompañarme. Quiero que te quedes donde estás, en ese diván, con las compresas sobre los ojos. Todavía los tienes hinchados por el sol.

—¿Quieres que vaya yo, querido? —La señora Butler enrolló el encaje que estaba haciendo, dispuesta a guardarlo—. Temo que la espera va a ser larga.

—No me importa esperar, mamá. Tengo que meditar y planificar lo que hay que plantar en la finca en primavera.

Scarlett se reclinó de nuevo en los cojines, deseando que la hermana de Rhett no viniese a casa. No tenía una idea clara de cómo sería Rosemary, y prefería no descubrirlo. Sabía, por rumores que había oído, que el nacimiento de Rosemary había provocado muchas sonrisas disimuladas. Fue una criatura «tardía», nacida cuando Eleanor Butler pasaba de los cuarenta años. También era una solterona, una de esas víctimas domésticas causadas por la guerra: demasiado joven para casarse antes de que empezase la contienda, demasiado vulgar y pobre para llamar la atención de los pocos hombres disponibles cuando hubo terminado. El regreso de Rhett a Charleston y su fabulosa riqueza habían dado que hablar a las malas lenguas. Rosemary tendría ahora una dote importante. Pero siempre parecía estar lejos, visitando a una prima o a una amiga en otra ciudad. ¿Estaba buscando allí un marido? ¿No eran bastante buenos para ella los varones de Charleston? Todo el mundo había estado esperando el anuncio de un noviazgo durante más de un año, pero no había el menor indicio de esto y mucho menos de unos esponsales. Emma Anson describía la situación como «muy propicia a la especulación».

Scarlett especulaba por su cuenta. Le encantaría que Rosemary contrajese matrimonio, por mucho dinero que le costara a Rhett. No le interesaba tenerla en la casa. Aunque no tuviese ningún atractivo, era más joven que Scarlett y hermana de Rhett. Éste le prestaría demasiada atención. Se puso tensa cuando oyó que se abría la puerta de la calle, unos minutos antes de la hora de cenar. Rosemary había llegado.

Rhett entró en la biblioteca y sonrió a su madre.

—Tu hija pródiga ha vuelto al fin —dijo—. Está más sana que una manzana y tiene más hambre que un león. En cuanto se haya lavado las manos, probablemente entrará aquí, dispuesta a devoraros.

Scarlett miró hacia la puerta con aprensión. La joven que entró por ella un momento más tarde tenía una agradable sonrisa en el semblante. No había nada selvático en ella. Pero impresionó tanto a Scarlett como si hubiese rugido y llevado una melena. «¡Se parece mucho a Rhett! No, no es esto. Tiene los mismos ojos y cabellos negros y dientes blancos, pero no está ahí el parecido. Es más bien su manera de ser, su aire dominante, como el de Rhett. No me gusta, no me gusta en absoluto.»

Entrecerró los ojos verdes para observar a Rosemary. «En realidad, no es tan feucha como dicen, pero no hace nada para mejorar su aspecto. Mira cómo lleva recogido todo el cabello en un gran moño sobre la nuca. Y ni siquiera lleva pendientes, a pesar de que sus orejas son muy lindas. Tiene cetrina la tez. Supongo que la de Rhett sería igual si no estuviese siempre al sol. Pero un vestido de brillantes colores remediaría esto. Ese tono verde pardusco es el peor que podía haber elegido. Bueno, tal vez pueda yo ayudarle un poco a este respecto.»

—Conque ésta es Scarlett.

Rosemary cruzó la habitación en cuatro zancadas. «Oh, tendré que enseñarle a andar», pensó Scarlett. A los hombres no les gustan las mujeres que dan esas zancadas. Scarlett se puso en pie antes de que llegase Rosemary junto a ella, esbozó una sonrisa fraternal y levantó la cara para un social intercambio de besos.

Pero, en vez de rozar la mejilla de su cuñada con la suya, como era de rigor, Rosemary la miró francamente a la cara.

—Rhett dijo que eras felina —declaró—, y ahora veo que lo dijo por esos ojos verdes. Espero que ronronees y no me escupas, Scarlett. Quisiera que fuésemos amigas.

Scarlett abrió la boca, pero no emitió el menor sonido. Estaba demasiado sorprendida para hablar.

—Mamá, ordena que sirvan la cena —dijo Rosemary, que ya se había vuelto—. Ya le he dicho a Rhett que es un bruto por no haber llevado una cesta con comida a la estación.

Scarlett buscó con la mirada a Rhett y entonces montó en cólera. Estaba apoyado en la jamba de la puerta, con la boca torcida en una sonrisa irónica y divertida. «¡Bruto! —pensó—. Conque le dijiste eso, ¿no? Que soy felina. Quisiera poder demostrarte que lo soy. Me gustaría arrancarte esa sonrisa de la cara.» Miró rápidamente a Rosemary. ¿Se estaba riendo también? No; estaba abrazando a Eleanor Butler.

—La cena —dijo Rhett—. Veo que se acerca Manigo para anunciarla.

A Scarlett le dolían las quemaduras del sol, y la engreída verborrea de Rosemary le daba dolor de cabeza. Pues la hermana de Rhett era apasionada y ruidosamente testaruda y discutidora. Declaró que los primos a quienes había visitado en Richmond eran idiotas sin remedio, y que había aborrecido todos los minutos que había pasado allí. Estaba absolutamente segura de que ninguno de ellos había leído jamás un libro... o al menos un libro que valiese la pena.

—¡Oh, querida! —dijo Eleanor Butler a media voz, y miró a Rhett con muda súplica.

—Los primos son siempre un tormento, Rosemary —dijo sonriendo él—. Deja que te cuente la última del primo Townsend Ellinton. Le vi recientemente en Filadelfia y el encuentro me dejó borrosa la visión durante una semana. Traté continuamente de mirarle a los ojos y, desde luego, me dio vértigo.

—¡Yo prefiero el vértigo a morirme de aburrimiento! —le interrumpió su hermana—. ¿Te imaginas lo que es tener que permanecer sentada después de la cena y escuchar a la prima Miranda leyendo en voz alta las novelas de Waverley? ¡Esas gansadas sentimentales!

—A mí siempre me gustó bastante Scott, querida, y creí que también te gustaba a ti. —Eleanor trató de calmar la vehemencia de Rosemary. Pero fue inútil.

—Entonces no entendía de eso, mamá; fue hace muchos años.

Scarlett pensó con añoranza en las horas tranquilas de después de la cena que había compartido con Eleanor. Evidentemente, eso no volvería a repetirse estando Rosemary en la casa. ¿Cómo podía apreciarla tanto Rhett? Ahora la hermana parecía resuelta a entablar una disputa con él.

—Si yo fuese un hombre, me dejaríais ir —le gritaba Rosemary a Rhett—. He estado leyendo los artículos que Henry James escribe sobre Roma, y tengo la impresión de que voy a morirme de ignorancia si no veo personalmente esa ciudad.

—Pero tú no eres un hombre, querida —dijo tranquilamente Rhett—. ¿Y dónde diablos conseguiste ejemplares de *The Nation*? Podrían colgarte por leer ese periodicucho liberal.

Scarlett aguzó los oídos y terció en la conversación.

—¿Por qué no la dejas ir, Rhett? Roma no está tan lejos. Y estoy convencida de que debemos conocer a alguien que tenga parientes allí. No puede estar más lejos que Atenas, y los Tarleton tienen un millón de primos en Atenas.

Rosemary se quedó boquiabierta.

—¿Quienes son esos Tarleton y qué tiene que ver Atenas con Roma? —dijo.

Rhett tosió para disimular su risa. Después carraspeó.

—Atenas y Roma son los nombres de dos poblaciones rurales de Georgia, Rosemary —dijo pausadamente—. ¿Te gustaría visitarlas?

Rosemary se llevó las manos a la cabeza en un gesto dramático de desesperación.

—No puedo dar crédito a mis oídos. Por el amor de Dios, ¿quién puede querer ir a Georgia? Yo quiero ir a Roma, la Roma real, la Ciudad Eterna. ¡En Italia!

Scarlett sintió que se ponía colorada. Hubiese debido imaginar que se refería a Italia.

Pero antes de que pudiese replicar tan ruidosamente como Rosemary, se abrió la puerta del comedor con un estrépito que los hizo callar a todos impresionados, y Ross entró tambaleándose y jadeando en la habitación iluminada por las velas.

—Ayudadme —gimió—, la Guardia me persigue. Le he disparado al yanqui que se metía en dormitorios de mujeres.

Rhett se plantó en unos segundos al lado de su hermano, y le asió de un brazo.

—La balandra está en el muelle, y no hay luna; podemos manejarla entre los dos —dijo con tranquilizadora autoridad. Al salir de la habitación, volvió la cabeza para hablar a media voz por encima del hombro—. Decidles que en cuanto hube dejado a Rosemary en casa me marché para aprovechar la corriente de la marea, y que no habéis visto a Ross ni sabéis nada de nada. Os enviaré noticias.

Eleanor Butler se levantó sin prisa de su silla, como si fuese una noche normal y hubiese acabado de cenar. Se acercó a Scarlett y la rodeó con un brazo. Scarlett estaba temblando. Venían los yanquis. Colgarían a Ross por disparar contra uno de ellos y a Rhett por tratar de ayudarle a escapar. ¿Por qué no podía dejar Rhett que Ross se las apañase? No tenía derecho a abandonar a su esposa sola e indefensa cuando venían los yanquis.

Eleanor habló, y su voz era acerada, aunque suave y lenta como siempre.

—Llevaré los platos y los cubiertos de Rhett a la cocina. Hay que informar a los criados de lo que tienen que decir y no dejar indicios de que él ha estado aquí. ¿Queréis, Rosemary y tú, arreglar la mesa para tres?

—¿Y qué vamos a hacer nosotras? Los yanquis vienen. —Scarlett sabía que debía permanecer tranquila; se despreciaba por estar tan asustada, pero no podía dominar su miedo. Había llegado a pensar que los yanquis eran inofensivos, unos estorbos risibles. Era terrible recordar que el Ejército de ocupación podía hacer lo que quisiera y decir que era legal.

—Vamos a terminar nuestra cena —dijo la señora Butler. Sus ojos empezaron a reír—. Después, creo que leeré *Ivanhoe* en voz alta.

—¿No tienen nada mejor que hacer que atropellar a una familia compuesta de mujeres?

Rosemary miró al capitán de la Unión echando chispas y con los brazos en jarras.

—Siéntate y cállate, Rosemary —dijo la señora Butler—. Le pido disculpas por la mala educación de mi hija, capitán.

El oficial no se ablandó por la cortesía conciliadora de Eleanor.

—Registren la casa —ordenó a sus hombres.

Scarlett estaba tumbada en el sofá, con compresas de manzanilla sobre la cara quemada por el sol y los ojos hinchados. Se alegraba de esta protección; así no tenía que mirar a los yanquis. ¡Qué serenidad tenía Eleanor! ¡Pensar en preparar una escena de enfermería en la biblioteca! Sin embargo, ella se estaba casi muriendo de curiosidad. No podía saber lo que pasaba guiándose solamente por el ruido. Oyó pasos, puertas que se cerraban y, después, silencio. ¿Había salido el capitán? ¿Se habían ido también Eleanor y Rosemary? No pudo soportarlo. Se llevó lentamente una mano a los ojos y levantó una punta del paño mojado que los cubría.

Rosemary estaba sentada en el sillón, cerca de la mesa, leyendo tranquilamente un libro.

—Ssst —susurró Scarlett.

Rosemary cerró rápidamente el libro y cubrió el título con la mano.

—¿Qué quieres? —dijo, también en voz baja—. ¿Has oído algo?

—No, nada. ¿Qué están haciendo? ¿Dónde está tu madre? ¿La han detenido?

—Por el amor de Dios, Scarlett, ¿por qué hablas en voz baja? —la voz normal de Rosemary sonó terriblemente fuerte—. Los soldados están registrando la casa en busca de armas; confiscan todas las armas de fuego de Charleston. Mamá los sigue para asegurarse de que no confiscan nada más.

¿Era esto todo? Scarlett se tranquilizó. No había armas en la casa; lo sabía porque ella misma había buscado una. Cerró los ojos y se adormiló. Había sido un día muy largo. Recordó lo emocionante que había sido ver el agua levantando espuma en los costados de la veloz balandra y durante un instante envidió a Rhett por estar navegando bajo las estrellas. Lástima que no estuviese ella con él en vez de Ross. No tenía miedo de que los yanquis alcanzasen a Rhett; nunca se preocupaba por él. Era invencible.

Cuando Eleanor Butler volvió a la biblioteca al marcharse los soldados de la Unión, abrigó con su chal de casimir a Scarlett, que había caído en un profundo sueño.

—No hace falta molestarla —dijo en voz baja—; aquí estará cómoda. Vayamos a acostarnos, Rosemary. Has hecho un viaje largo y yo estoy cansada, y mañana será un día muy ajetreado.

Sonrió para sus adentros cuando vio la señal colocada entre unas páginas avanzadas de *Ivanhoe*. Rosemary leía de prisa. Y no era, ni con mucho, tan moderna como pretendía ser.

La mañana siguiente, el mercado ardía de indignación y de planes mal pergeñados. Scarlett escuchaba con desdén las agitadas conversaciones a su alrededor. ¿Qué esperaban los charlestonianos? ¿Que los yanquis se dejasen disparar sin hacer nada? Si los charlestonianos trataban de discutir o protestar, lo único que harían sería empeorar las cosas. ¿Qué importaba, después de tanto tiempo, que el general Lee hubiese convencido a Grant para que permitiese a los oficiales de la Confederación conservar sus armas cortas después de la rendición en Appomattox? Eso era de todos modos el extremo del Sur, ¿y de qué los servía un revólver a quienes eran demasiado pobres para comprar municiones? ¡Y las pistolas de duelo! ¿A quién diablos podía interesarle conservarlas? Sólo eran buenas para que los hombres mostrasen su valor y se hiciesen volar la cabeza.

Scarlett mantuvo la boca cerrada y se concentró en la compra. De no hacerlo así, no acabarían nunca. Incluso Eleanor corría de un lado a otro como un pollo con la cabeza cortada, hablando con todo el mundo en un tono apremiante y apenas audible.

—Dicen que todos los hombres quieren acabar lo que empezó Ross —le contó a Scarlett cuando volvían a casa—. No pueden soportar que sus hogares sean registrados por la tropa. Las mujeres tendremos que arreglar las cosas; los hombres están demasiado acalorados.

Scarlett sintió un escalofrío de terror. Había pensado que todo aquello era pura palabrería, que nadie querría empeorar la situación.

—¡No hay nada que arreglar! —exclamó—. Lo único que se puede hacer es estarse quieto hasta que amaine el temporal. Rhett debe de haber puesto a salvo a Ross o, de lo contrario, nos habríamos enterado.

La señora Butler pareció asombrada.

—No podemos permitir que el Ejército de la Unión se salga con la suya en esto, Scarlett; supongo que lo comprendes. Ya han registrado nuestras casas, han anunciado que impondrán el toque de queda y están deteniendo a todos los que trafican en artículos racionados. Si les dejamos seguir así, pronto volveremos a estar como en el año sesenta y cuatro, cuando nos tenían acogotados, aplastándonos el cuello con sus botas y controlando hasta nuestro aliento. Sencillamente, no puede ser.

Scarlett se preguntó si no se estaba volviendo loco todo el mundo. ¿Qué creían que podían hacer un puñado de damas de Charleston aficionadas al té y a los encajes contra un Ejército?

Lo descubrió dos noches más tarde.

La boda de Lucinda Wragg había sido fijada para el 23 de enero. Las invitaciones habían sido escritas y esperaban a ser entregadas el 2 de enero, pero nunca se emplearon. «Una terrible eficacia» fue el comentario con que Rosemary Butler rindió tributo a los esfuerzos de la madre de Lucinda, de su propia madre y de todas las otras damas de Charleston. La boda de Lucinda se celebró el 19 de diciembre en la iglesia de Saint Michael, a las nueve de la noche. Los majestuosos acordes de la marcha nupcial sonaron a través de las puertas y ventanas abiertas de la atestada y bellamente adornada iglesia, exactamente a la hora en que empezaba el toque de queda. Se oyeron claramente en el cuartel de la Guardia del otro lado de la calle frente a Saint Michael. Algún oficial dijo más tarde a su esposa, a oídas de la cocinera, que nunca había visto tan nerviosos a los hombres bajo su mando, ni siquiera antes de salir de campaña. Toda la ciudad se enteró al día siguiente de lo ocurrido. Todos se rieron de buen grado, pero nadie se sorprendió.

A las nueve y media, la entera población de la Vieja Charleston salió de Saint Michael y recorrió a pie la calle Meeting hasta la recepción en la Casa Consistorial de Carolina del Sur. Hombres, mujeres y niños, desde cinco hasta noventa y siete años de edad, caminaban riendo bajo el cálido aire nocturno, quebrantando la ley con flagrante desafío. El mando de la Unión no podía alegar ignorancia, porque aquello se desarrollaba ante sus narices. Ni había manera de detener a los bellacos. El cuartel de la Guardia contaba con veintiséis celdas. Aunque se hubiesen habilitado los despachos y los pasillos, no habría habido espacio suficiente para aquel gentío. Ya los bancos de Saint Michael habían tenido que ser sacados al tranquilo cementerio para que todos pudiesen caber, apretujados, en el interior de la iglesia.

Durante la recepción, la gente debió salir por turnos del atestado salón de baile al porche para tomar un poco el aire y contemplar a los soldados impotentes que patrullaban con fútil disciplina a lo largo de la calle desierta.

Rhett había vuelto aquella tarde a la ciudad llevando la noticia de que Ross estaba a salvo en Wilmington. Scarlett le confesó en el porche, que había tenido miedo de asistir a la boda, incluso escoltada por él.

—No podía creer que un puñado de señoras de su casa pudiesen darle un palo al Ejército yanqui. Tengo que confesarlo, Rhett. La gente de Charleston se las sabe todas.

Él sonrió.

—Me gustan esos chalados arrogantes. Todos y cada uno de ellos. Incluso el pobre Ross. Espero que nunca se entere de que erró el blanco por un kilómetro, pues sería para él una gran desilusión.

—¿Ni siquiera le alcanzó? Supongo que estaría borracho. —Su voz no podía ser más despectiva. Después se agudizó, con súbito temor—. Entonces, ¡el merodeador anda todavía suelto!

Rhett le dio unas palmadas en el hombro.

—No. Puedes estar tranquila, querida, pues no volverás a oír hablar de él. Mi hermano y la apresurada boda de la pequeña Lucinda han infudido el temor de Dios a los yanquis. —Rió entre dientes, divertido.

—¿Qué es eso tan gracioso? —preguntó recelosamente Scarlett.

No le gustaba que la gente se riese sin que ella supiese por qué.

—No lo entenderías —dijo Rhett—. Me estaba felicitando por haber resuelto un problema sin ayuda de nadie, y entonces mi chapucero hermano hace algo todavía mejor: sin darse cuenta, ha dado a toda la ciudad algo con que divertirse y de lo que sentirse orgullosa. Míralos, Scarlett.

El porche estaba más lleno que nunca. Lucinda Wragg, ahora Lucinda Grimball, estaba arrojando flores de su ramo a los soldados.

—¡Hum! ¡Yo más bien les arrojaría trozos de ladrillo!

—Lo creo. Siempre te ha gustado lo evidente. El estilo de Lucinda requiere imaginación. —Su tono divertido y perezoso se había vuelto cruelmente mordaz.

Scarlett levantó la cabeza.

—Me voy adentro. Prefiero ahogarme de calor a que me insulten.

Invisible a la sombra de una columna próxima, Rosemary se encogió al percibir crueldad en la voz de Rhett e irritación doliente en la de Scarlett. Aquella noche, más tarde, pasada la hora de acostarse, llamó a la puerta de la biblioteca donde estaba Rhett leyendo. Después entró y cerró la puerta a su espalda.

Tenía la cara enrojecida de llorar.

—Creí que te conocía, Rhett —dijo bruscamente—, pero no te conozco en absoluto. Esta noche oí que le hablabas a Scarlett en el porche de la Casa Consistorial. ¿Cómo puedes ser tan cruel con tu propia esposa? ¿Contra quién te volverás ahora?

20

Rhett se levantó rápidamente del sillón y avanzó hacia su hermana con los brazos tendidos. Pero Rosemary levantó las manos con las palmas hacia fuera, y retrocedió. El semblante de él se ensombreció y se quedó inmóvil, con los brazos colgando junto a los costados. Quería por encima de todo ser el amparo de Rosemary, y ahora era la causa de su angustia.

Su mente estaba llena de la corta y breve historia de Rosemary y del papel que él mismo había representado en ella. Rhett no había lamentado ni explicado nunca lo que había hecho en su tormentosa juventud. No se avergonzaba de nada, salvo de los efectos causados en su hermana menor.

Debido a su rebelde oposición a la familia y a la sociedad, su padre le había repudiado. El nombre de Rhett no era más que una línea tachada con tinta en la Biblia de la familia Butler cuando registraron en el Libro Santo el nacimiento de Rosemary. Ésta tenía veinte años menos que él. Rhett ni siquiera la vio hasta que ella cumplió trece años: una niña desgarbada, de piernas largas, pies grandes y pechos incipientes. Una de las escasas ocasiones en que su madre desobedeció a su marido fue cuando inició Rhett su peligrosa vida de burlador del bloqueo del puerto de Charleston por la flota de la Unión. La señora Butler acudió de noche al muelle donde estaba amarrado el barco de Rhett llevando consigo a Rosemary para que se conociesen. La ternura oculta que Rhett llevaba dentro brotó de un modo inefable cuando éste percibió la confusión y la necesidad que padecía su hermana menor, y la acogió en su corazón con el calor que su padre nunca pudo darle. Rosemary, a su vez, le entregó la confianza y la fidelidad que su padre no le había inspirado jamás. Y el lazo entre hermano y hermana no se desató nunca, a pesar de que no se vieron más de una docena de veces desde su primer encuentro hasta que Rhett volvió a su casa de Charleston once años más tarde.

Él no se había perdonado nunca el haber aceptado las afirmaciones de su madre en el sentido de que Rosemary estaba bien, era feliz y se sentía amparada por el dinero que él les enviaba con prodigalidad desde que su padre había muerto y ya no podía interceptarlo y devolverlo. Hubiese tenido que estar más alerta, que prestar más atención, se acusó Rhett más tarde. Tal vez entonces su hermana no habría desconfiado tanto de los hombres. Tal vez se habría enamorado y casado y tenido hijos.

De hecho, cuando volvió a casa, encontró a una mujer de veinticuatro años, tan desgarbada como la niña de trece a quien había conocido. Rosemary se sentía incómoda con todos los hombres, salvo con él; empleaba las vidas distantes de las novelas para consolarse de la incertidumbre que le causaba la vida en el mundo; rechazaba los convencionalismos de la sociedad sobre cómo debía parecer, pensar y comportarse una mujer.

Rosemary era una marisabidilla, terriblemente franca y carente de las artimañas y la vanidad femeninas.

Rhett la quería, y respetaba su susceptible independencia. No podía recuperar los años perdidos, pero podía ofrecerle a su hermana el don más raro: su yo interior. Era totalmente sincero con Rosemary, la trataba como a una igual y en ocasiones incluso le confiaba los secretos de su corazón, como jamás había hecho con ninguna otra persona. Ella reconocía la inmensidad de aquel don, y le adoraba. En los catorce meses que Rhett había estado en casa, la alta, inquieta e inocente soltera y el sofisticado y desilusionado aventurero se habían convertido en los más íntimos amigos.

Ahora Rosemary se sentía traicionada. Había visto una faceta de Rhett que no sabía que existiese, un rasgo de crueldad en aquel hermano que siempre había conocido infaliblemente amable y afectuoso. Estaba confusa y desconfiaba.

—No has contestado mi pregunta, Rhett. —Los ojos enrojecidos de Rosemary eran acusadores.

—Lo siento, Rosemary —dijo cautelosamente él—. Lamento profundamente que me hayas oído. Era algo que tenía que hacer. Quiero que se vaya y nos deje en paz.

—¡Pero es tu esposa!

—Yo me separé de ella, Rosemary. Le ofrecí el divorcio y no lo aceptó, pero Scarlett sabía que nuestro matrimonio había terminado.

—Entonces, ¿por qué está aquí?

Rhett encogió los hombros.

—Tal vez deberíamos sentarnos. Es una historia larga y fatigosa.

Lentamente, metódicamente, sin pizca de emoción, Rhett contó a su hermana los dos matrimonios anteriores de Scarlett; su declaración y la decisión de Scarlett de casarse con él por su dinero. También le refirió el amor casi obsesivo que Scarlett sintió por Ashley durante todo el tiempo que la había conocido.

—Pero, si sabías esto, ¿por qué diablos te casaste con ella? —preguntó Rosemary.

—¿Por qué? —Rhett torció la boca en una sonrisa—. Porque era muy fogosa y de una valentía temeraria y tenaz. Porque era infantil, a pesar de todo lo que pretendía ser. Porque era diferente de todas las mujeres a quienes había conocido. Me fascinaba, me enfurecía, me volvía loco. La amaba tanto como ella a él. Desde el día en que la vi por primera vez. Fue una especie de enfermedad.

Su voz era doliente. Apoyó la cabeza entre las manos y rió espasmódicamente. Su voz salía amortiguada por entre sus dedos.

—La vida es una broma muy grotesca. Ahora, Ashley Wilkes es un hombre libre y se casaría con Scarlett sin pensarlo un momento, y yo quiero librarme de ella. Naturalmente, esto hace que ella quiera recuperarme. Sólo desea lo que no puede tener. —Rhett levantó la cabeza—. Temo —dijo a media voz—, temo que todo vuelva a empezar. Sé que es despiadada y completamente egoísta, que es como un niño que llora para que le den un juguete y lo rompe en cuanto lo tiene. Pero hay momentos en que inclina la cabeza de un modo singular, o sonríe jubilosa, o parece de pronto perdida..., y entonces estoy a punto de olvidar todo lo que sé.

—¡Mi pobre Rhett!

Rosemary apoyó una mano en su brazo.

Él la cubrió con la suya. Después le sonrió y volvió a ser el de siempre.

—Tienes ante ti, querida, al hombre que fue antaño el asombro de los barcos fluviales del Mississippi. He jugado durante toda mi vida y nunca he perdido. Ganaré también este juego. Scarlett y yo hemos hecho un trato. No podía arriesgarme a tenerla demasiado tiempo en esta casa. O volvería a enamorarme de ella o la mataría. Por consiguiente, agité una bolsa de oro delante de ella, y su afán de dinero superó el eterno amor que me profesa. Se marchará definitivamente en cuanto termine la temporada. Hasta entonces tendré que mantenerla a distancia, resistir más que ella y superarla en astucia. Casi lo espero con ilusión. Ella aborrece perder, y lo manifiesta. No es divertido derrotar a alguien que es un buen perdedor. —Miró a su hermana con ojos sonrientes. Después se puso de nuevo serio—. Mamá sucumbiría si se enterase de la verdad sobre mi infeliz matrimonio, pero se avergonzaría si supiese que yo abandoné el hogar, por muy desgraciado que fuese. Un dilema terrible. En cambio, de esta manera será Scarlett quien me abandone, yo seré la parte ofendida pero valientemente estoica, y no habrá nada deshonroso.

—¿Ni arrepentimiento?

—Sólo de haber sido estúpido una vez, hace años. Tendré el eficaz consuelo de no reincidir. Esto contribuye mucho a borrar la humillación de aquella primera vez.

Rosemary le miró fijamente, con no disimulada curiosidad.

—¿Y si Scarlett hubiese cambiado? Podría haber madurado.

Rhett hizo una mueca.

—Para citarla a ella misma: eso sólo ocurrirá «cuando los cerdos vuelen».

21

—Vete.

Scarlett enterró la cara en la almohada.

—Es domingo, señorita Scarlett; no puede dormir hasta muy tarde. La señorita Pauline y la señorita Eulalie la están esperando.

Scarlett gimió. Esto sería razón suficiente para que una se volviese episcopaliana. Al menos, los miembros de esta Iglesia se iban a dormir más tarde, ya que en Saint Michael el oficio no empezaba hasta las once. Suspiró y saltó de la cama.

Sus tías no perdieron tiempo y empezaron de inmediato a explicarle lo que se esperaría de ella en la próxima temporada. Scarlett escuchó con impaciencia mientras Eulalie y Pauline le exponían la importancia del decoro, la discreción, la deferencia a sus mayores, el comportamiento propio de una dama. ¡Por el amor de Dios! Se sabía de memoria todas estas reglas. Su madre y Mamita se las habían machacado desde que aprendiera a andar. Scarlett guardó silencio y se miró los pies mientras caminaba hacia la iglesia de Saint Mary. No quería escuchar; esto era todo.

Sin embargo, cuando estuvieron de regreso en la casa de las tías y empezaron a desayunar, Pauline comentó algo que la obligó a prestar atención.

—No debes mirarme con ceño, Scarlett. Sólo te repito, por tu propio bien, lo que dice la gente. Circula el rumor de que tienes dos vestidos de baile nuevos. Es un escándalo, cuando todas las demás se contentan con el que han llevado durante años. Tú eres nueva en la ciudad y tienes que velar por tu reputación. Y también por la de Rhett. La gente todavía no se ha formado una opinión definitiva sobre él, ¿sabes?

A Scarlett le dio un salto el corazón. Rhett la mataría si lo echaba todo a perder en perjuicio de él.

—¿Qué es eso acerca de Rhett? Dímelo, por favor, tía Pauline.

Pauline se lo dijo. Con fruición. Todas las viejas historias: Rhett había sido expulsado de West Point; su padre le había repudiado por su mal comportamiento; tenía fama de haber ganado dinero de manera vergonzosa como jugador profesional en los barcos fluviales del Mississippi, en los turbulentos campos de oro de California y, peor aún, asociándose con pícaros y estafadores. Cierto que había sido un bravo soldado de la Confederación, que burló el bloqueo y manejó un cañón en el Ejército de Lee, y que había dado la mayor parte de su dinero sucio para la causa...

«¡Ya! —pensó Scarlett—. Rhett es sin duda muy hábil en difundir historias.»

... pero, sin embargo, su pasado era ciertamente sospechoso. Estaba bien que hubiese vuelto a casa para cuidar de su madre y de su hermana, pero había tardado bastante tiempo en hacerlo. Si su padre no se hubiese matado de hambre para pagar un importante seguro de vida, su madre y su hermana habrían muerto probablemente en el abandono.

Scarlett apretó los dientes para no gritarle a Pauline. ¡No era verdad lo del seguro! Rhett no había dejado nunca, ni un solo instante, de preocuparse por su madre, pero su padre no había permitido que ella aceptase nada de él. Sólo cuando el señor Butler hubo muerto pudo Rhett comprar la casa para Eleanor y darle dinero. E incluso la señora Butler tuvo que inventar la historia del seguro para explicar su prosperidad, porque el dinero de Rhett era considerado sucio. El dinero era el dinero, ¿cómo no lo comprendían los envarados charlestonianos? ¿Qué importaba su procedencia, si servía para cobijarlas bajo un techo y alimentarlas?

¿Por qué no dejaba Pauline de sermonearla? ¿De qué diablos estaba hablando ahora? Del estúpido negocio de los fertilizantes. Esto era otra broma. No había bastante abono en el mundo para justificar el dinero que estaba tirando Rhett en tonterías tales como recuperar los muebles viejos y la plata de su madre y los cuadros de sus bisabuelos, y en pagar a hombres perfectamente sanos para que cuidasen de sus preciosas camelias en vez de cultivar plantas que rindiesen provechosas cosechas.

—... hay varios charlestonianos que se ganan bien la vida con los fosfatos, pero no alardean de ello. Has de guardarte de esta tendencia al derroche y a la ostentación. Él es tu marido, y tienes el deber de advertirle. Eleanor Butler cree que él no puede hacer nada malo; siempre le ha mimado, pero, por su bien y el tuyo y el de Rhett, tienes que procurar que los Butler no llamen demasiado la atención.

—Yo traté de advertírselo a Eleanor —murmuró Eulalie—, pero estoy segura de que no oyó una sola palabra de lo que le dije.

Los ojos entrecerrados de Scarlett brillaron peligrosamente.

—No puedo expresaros cuánto os lo agradezco —dijo con exagerada dulzura—, y tendré en cuenta todas vuestras palabras. Y ahora he de irme. Gracias por el delicioso desayuno.

Se levantó, dio un beso en la mejilla a cada una de sus tías y corrió hacia la puerta. Si no se marchaba en este mismo instante, empezaría a gritar. Sin embargo, ¿debía contarle a Rhett lo que habían dicho sus tías?

—¿Comprendes, Rhett, por qué creí que tenía que decírtelo? La gente critica a tu madre. Sé que mis tías son unas viejas cotorras fastidiosas, pero son las viejas cotorras fastidiosas las que parecen causar siempre las mayores dificultades. Acuérdate de la señora Merriwether y la señora Meade y la señora Elsing.

Scarlett había esperado que Rhett le diese las gracias. Ciertamente no estaba preparada para su risa.

—Benditos sean sus viejos y entrometidos corazones —dijo, riendo entre dientes—. Ven conmigo, Scarlett, tienes que decírselo a mamá.

—Oh, Rhett, no puedo hacerlo. Se inquietaría mucho.

—Es preciso. Esto es serio. Absurdo, pero siempre son absurdas las cuestiones más serias. Vamos. Y borra de tu cara esa expresión de preocupación filial. A ti te importa un bledo lo que le pueda ocurrir a mi madre mientras sigan llegando invitaciones para fiestas, y los dos lo sabemos.

—¡Esto no es justo! Yo quiero a tu madre.

Rhett estaba saliendo por la puerta, pero dio media vuelta y retrocedió para enfrentarse a ella. La asió de los hombros y la sacudió para hacerle levantar la cara. Sus ojos eran fríos y examinaba la expresión de Scarlett como si la estuviese sometiendo a un juicio.

—No me mientas acerca de mi madre, Scarlett. Te lo advierto: es peligroso.

Estaba muy cerca de ella, tocándola. Scarlett entreabrió los labios; sabía que sus ojos le decían lo mucho que ansiaba que la besara. Si Rhett bajase un poco la cabeza, sus labios se encontrarían. El aliento se atascó en su garganta.

Sintió que las manos de Rhett la apretaban con más fuerza; iba a atraerla hacia él. Un pequeño sollozo de alegría vibró en su atrapado aliento.

—¡Maldita seas! —gruñó Rhett en voz baja. Se apartó de ella—. Vayamos abajo. Mamá está en la biblioteca.

Eleanor Butler dejó caer su labor sobre la falda y apoyó las manos en ella, la izquierda encima de la derecha. Era señal de que tomaba en serio el relato de Scarlett y le prestaba toda su atención. Cuando hubo terminado, Scarlett esperó nerviosamente la reacción de la señora Butler.

—Sentaos los dos —dijo serenamente Eleanor—. Eulalie se equivoca. La escuché atentamente cuando me dijo que gastaba demasiado dinero. —Scarlett abrió mucho los ojos—. Y después reflexioné mucho acerca de ello —prosiguió Eleanor—. Particularmente con referencia a ofrecer la gran gira a Rosemary como regalo de Navidad, Rhett. Nadie en Charleston ha podido hacer esto en muchos años. Casi desde aquella ocasión en que tú habrías ido, de no haber sido tan malo que tu padre prefirió enviarte a la Academia Militar.

»Sin embargo, he decidido que no existe un verdadero peligro de que nos hagan el vacío. Los charlestonianos son pragmáticos; las viejas civilizaciones siempre lo son. Reconocemos que la riqueza es deseable, y la pobreza, sumamente desagradable. Y al que es pobre le conviene tener amigos ricos. La gente consideraría imperdonable, no sólo deplorable, que le sirviese vino aromatizado en vez de champán.

Scarlett tenía el ceño fruncido. Le costaba comprender, aunque esto tenía poca importancia; el tono pausado y tranquilo de la voz de la señora Butler le decía que todo marchaba bien.

—Tal vez nos hemos dejado ver demasiado —estaba diciendo Eleanor—, pero, precisamente ahora, ningún ciudadano de Charleston puede permitirse censurar a los Butler, porque Rosemary podría aceptar el galanteo de un hijo o un hermano o un primo de la familia, y su dote podría resolver muchos problemas.

—Mamá, tu cinismo es desvergonzado —dijo Rhett soltando una carcajada.

Eleanor Butler simplemente sonrió.

—¿De qué os reís? —preguntó Rosemary abriendo la puerta. Su mirada pasó rápidamente de Rhett a Scarlett y de nuevo a aquél—. Alcancé a oír desde la mitad del pasillo que te mondabas de risa, Rhett. Cuéntame el chiste.

—Mamá se está mostrando práctica y mundana —dijo él.

Rosemary y Rhett habían concertado hacía tiempo un pacto para proteger a su madre de las realidades del mundo, y se sonrieron como conspiradores. Scarlett se sintió excluida y les volvió la espalda.

—¿Puedo hablar un rato con usted, señora Eleanor? Quiero pedirle consejo sobre lo que he de ponerme para el baile.

«Mira si me preocupa, Rhett Butler, que mimes a tu hermana solterona como si fuese la Reina de Mayo. Y si crees que puedes irritarme o darme celos, ¡tendrás que pensarlo mejor!»

Eleanor Butler observó, intrigada, cómo entreabría Scarlett la boca, sorprendida, y cómo brillaban sus ojos de excitación. Eleanor miró por encima del hombro a su nuera preguntándose qué estaría viendo Scarlett.

Pero aunque ésta tenía la mirada fija, no miraba nada en especial. Estaba cegada por el brillo de la idea que se le acababa de ocurrir.

«¡Celos! ¡Qué tonta he sido! Desde luego, es esto. Lo explica todo. ¿Por qué he tardado tanto tiempo en verlo? Lo he tenido una y otra vez delante de las narices. El río, la vieja dama a quien Rhett aprecia tanto..., Ashley. Rodeada de Ashley por todas partes, y yo no había percibido las señales. Rhett siempre estuvo locamente celoso de Ashley, y por esto me deseó tanto. Lo único que tengo que hacer es darle celos de nuevo. No con Ashley, claro que no, porque bastaría con que le dirigiera a éste una sonrisa para que me mirase con aire lastimero y me pidiese que me casara con él. No; encontraré a otro, a alguien de aquí, de Charleston. Esto no será difícil. La temporada empieza dentro de seis días y habrá fiestas y bailes y salidas para tomar un trozo de pastel y una copa de ponche. Esta ciudad puede que sea la vieja y remilgada Charleston, pero los hombres no cambian con la geografía. Tendré una sarta de galanes yendo detrás de mí antes de que la primera fiesta llegue a la mitad. Lo espero con impaciencia.»

Después de la comida del domingo, toda la familia fue al Hogar Confederado llevando cestas llenas de ramas verdes procedentes de la plantación y dos pasteles de fruta empapados en whisky, confeccionados por Eleanor. Scarlett avanzaba por la acera medio bailando, agitando la cesta y cantando un villancico. Su alegría era contagiosa, y pronto cantaron los cuatro al pasar por delante de las casas que les pillaban de camino. «Entren», gritaban los dueños de las casas al oír la serenata. «Vengan ustedes con nosotros —replicaba la señora Butler—. Vamos a decorar el Hogar.» Tenían más de una docena de ayudantes cuando llegaron a la vieja, destartalada y querida casa de la calle Broad.

Los huérfanos chillaron ilusionados cuando fueron desenvueltos los pasteles; pero Eleanor dijo firmemente:

—Esto es sólo para los mayores. Sin embargo...

Y sacó las galletas azucaradas que había traído para ellos. Dos de las viudas que vivían en el Hogar fueron a buscar tazas de leche e instalaron a los niños en sillas alrededor de una mesa baja en la galería.

—Ahora podremos colgar las ramas verdes en paz —dijo la señora Butler—. Por favor, Rhett, encarámate tú en la escalera.

Scarlett se sentó al lado de Anne Hampton. Le gustaba mostrarse especialmente amable con la tímida jovencita, porque Anne se parecía mucho a Melanie. Scarlett tenía la impresión de que así reparaba de algún modo todos los pensamientos crueles que le había dedicado a Melly en los años en que ésta le había sido tan fiel. Además, Anne la admiraba tan francamente que su compañía era siempre una satisfacción. La voz suave de la joven casi se animó cuando alabó los cabellos de Scarlett.

—Debe de ser maravilloso tener unos cabellos tan negros y brillantes —dijo—. Parecen de seda negra. O como una pintura que vi una vez de una bella y lustrosa pantera negra.

La cara de Anne resplandeció de inocente veneración; después se ruborizó por la impertinencia que constituía el haber hecho una observación tan personal.

Scarlett le dio unas palmadas cariñosas en la mano. Anne no podía evitar ser como un suave y pardo y tímido ratón campestre. Más tarde, cuando hubieron colocado los adornos y las altas habitaciones olieron a la dulce resina de las ramas de los pinos, Anne se excusó para ir a buscar a los niños que iban a cantar un villancico. ¡Cómo le habría gustado esto a Melly!, pensó Scarlett. Se le hizo un nudo en la garganta cuando miró a Anne que rodeaba con los brazos a dos niñas pequeñas y nerviosas que cantaban a dúo. A Melly le gustaban con locura los niños. Por un instante, Scarlett se sintió culpable de no haber enviado más regalos de Navidad a Wade y Ella, pero entonces terminó el dúo y llegó el momento de participar en el canto y tuvo que esforzarse en recordar todos los versos de *La primera Navidad.*

—¡Qué divertido ha sido! —exclamó cuando salieron del Hogar—. Me encantan las fiestas de Navidad.

—A mí también —dijo Eleanor—. Permiten disfrutar de un respiro antes de la temporada. Aunque este año las Navidades no serán tan tranquilas como de costumbre. Es más que probable que los pobres soldados yanquis se nos echen encima. Su coronel no puede olvidar que vulneramos todos el toque de queda con aquel estruendo. —Lanzó unas risitas sofocadas como una niña— ¡Aquello sí que fue divertido!

—Sinceramente, mamá —dijo Rosemary—, ¿cómo puedes llamar «pobres» yanquis a esos tipejos de uniforme azul?

—Porque preferirían estar en casa con sus familias para las fiestas, en vez de estar importunándonos aquí. Creo que se sienten violentos.

Rhett chascó la lengua.

—Apuesto a que tú y tus camaradas guardáis algo en la adornada manga.

—Sólo si nos vemos obligadas a emplearlo. —La señora Butler rió de nuevo—. Suponemos que la tranquilidad de hoy se ha debido únicamente a que su coronel cumple tan celosamente lo que dice la Biblia que no quiere ordenar ninguna acción en sábado. Mañana veremos lo que pasa. Antes solían hostigarnos registrando nuestras cestas en busca de contrabando cuando salíamos del mercado. Si lo intentan de nuevo, meterán las manos en algunas cosas interesantes debajo de los rábanos y el arroz.

—¿Entrañas? —preguntó Rosemary.

—¿Huevos rotos? —conjeturó Scarlett.

—Polvos de picapica —sugirió Rhett.

Eleanor rió por tercera vez.

—Y algunas cosas más —dijo, satisfecha—. Inventamos una serie de tácticas interesantes en los viejos tiempos. Estos soldados no andaban entonces por aquí; será nuevo para ellos. Apuesto a que nunca oyeron hablar del zumaque venenoso. No me gusta ser tan poco caritativa en Navidad, pero han de enterarse de que hemos dejado de tenerles miedo. Ojalá estuviese Ross en casa —añadió bruscamente dejando de reír—. ¿Cuándo crees que podrá volver sin correr peligro, Rhett?

—Depende de lo que tardéis tú y tus amigas en darles una lección a los yanquis, mamá. Desde luego, volverá a tiempo para la fiesta de santa Cecilia.

—Muy bien. No importa que se pierda lo demás si está en casa para el «Baile».

Y Scarlett pudo oír la B mayúscula en la voz de Eleanor.

Scarlett estaba segura de que las horas se le harían largas hasta el veintiséis y el principio de la temporada. Pero, con gran sorpresa por su parte, el tiempo pasó tan de prisa que apenas se dio cuenta. La parte más divertida fue la guerra contra los yanquis. Desde luego, el coronel ordenó represalias por la humillación del toque de queda. Y el lunes, el mercado se desternilló de risa cuando las damas de Charleston introdujeron en sus cestas las armas de su elección.

El día siguiente, los soldados tuvieron buen cuidado de llevar puestos los guantes. Meter la mano en alguna sustancia repelente o sufrir de pronto una fuerte picazón e hinchazón en ella no eran experiencias para repetirlas de buen grado.

—Los muy tontos hubiesen debido saber que nos esperábamos que hiciesen lo que hicieron —dijo Scarlett a Sally Brewton durante una partida de whist, aquella tarde.

Sally asintió con una alegre carcajada.

—Yo llevaba una caja de negro de humo con la tapa suelta en mi bolsa —dijo—. ¿Qué llevabas tú?

—Pimienta de Cayena. Tenía miedo de empezar a estornudar y perder la baza... Y hablando de bazas, creo que ésta es mía.

El día anterior se habían dictado nuevas normas de racionamiento, y ahora las damas de Charleston se jugaban café en vez de dinero. Con el mercado negro eliminado de momento, las apuestas de este juego de cartas eran las más altas en que jamás había participado Scarlett. Y le encantaba.

También le encantaba atormentar a los yanquis. Todavía había patrullas en las calles de Charleston, pero las damas las habían burlado y volverían a hacerlo una y otra vez hasta que los yanquis reconociesen la derrota. Y ella sería una de las autoras.

—Reparte las cartas —dijo—. Creo que tengo suerte.

Sólo unos pocos días más y estaría en un baile, danzando con Rhett. Éste se mantenía ahora apartado de ella, organizando las cosas de manera que no estuviesen nunca juntos a solas; pero en la pista de baile lo estarían: juntos, y tocándose, y solos, por muchas parejas que hubiese a su alrededor.

Scarlett sostuvo las camelias blancas que le había enviado Rhett junto a los rizos recogidos sobre su nuca, y volvió la cabeza para mirarse al espejo.

—Parecen gotas de grasa sobre un puñado de salchichas —dijo, con disgusto—. Tendrás que peinarme de un modo diferente, Pansy. Con los cabellos sujetos encima de la cabeza.

Así podría prenderse las flores entre las ondas y no estaría del todo mal. Oh, ¿por qué tenía que ser Rhett tan ruin, afirmando que las flores de su amada y vieja plantación eran las únicas joyas que podía llevar? Ya era bastante malo que su traje de baile fuese tan poco elegante. Pero, sin nada que compensara la vulgaridad de éste salvo un puñado de flores, igual podría llevar un saco de harina con un agujero para meter la cabeza. Ella había contado con sus perlas y sus pendientes de brillantes.

—No tienes que agujerearme el cuero cabelludo con el cepillo —gruñó a Pansy.

—Sí, señora.

Pansy continuó cepillando la larga mata oscura de cabellos con golpes vigorosos, deshaciendo los rizos que tanto trabajo le habían costado. Scarlett contempló su imagen con creciente satisfacción. Sí, así estaba mucho mejor. El cuello era realmente demasiado hermoso para taparlo. Era mucho mejor llevar el cabello peinado hacia arriba. Y luciría más los pendientes. Porque iba a ponérselos, a pesar de lo que le había dicho Rhett. Tenía que estar deslumbradora, ganarse la admiración de todos los hombres que asistiesen al baile y el corazón de al menos unos pocos. Esto haría que Rhett reaccionara y lo advirtiese.

Sujetó los brillantes a los lóbulos de las orejas. ¡Bien! Inclinó la cabeza a un lado y a otro, complacida.

—¿Le gusta así, señorita Scarlett? —dijo Pansy señalando su obra.

—No. Dale más volumen sobre las orejas.

Afortunadamente, Rosemary había rehusado su ofrecimiento de prestarle a Pansy esta tarde. Aunque la razón de que Rosemary no hubiese aprovechado la oportunidad era un misterio, porque necesitaba toda la ayuda que le pudiesen aportar. Probablemente se recogería los cabellos en el mismo moño vulgar de solterona que llevaba siempre. Scarlett sonrió. Cuando entrara en el salón de baile con la hermana de Rhett, su belleza llamaría todavía más la atención.

—Así está bien, Pansy —dijo, recobrando el buen humor. Sus cabellos brillaban como las alas de un cuervo. Las flores blancas la favorecerían mucho—. Dame algunas horquillas.

Media hora más tarde, Scarlett estaba lista. Echó un último vistazo al espejo de cuerpo entero. La seda azul tornasolada de su traje resplandecía a la luz de la lámpara y hacía que los hombros y el busto empolvados adquiriesen una palidez de alabastro. Los brillantes resplandecían lo mismo que sus ojos verdes. La cola del traje estaba ribeteada con una cinta ondulada de terciopelo negro, y un gran lazo también de terciopelo negro forrado de seda de un azul más pálido, colocado sobre el polisón, hacía resaltar su fina cintura. Los zapatos eran de terciopelo azul con cordones negros, y llevaba una estrecha cinta de terciopelo negro en el cuello y en cada muñeca. También lucía unas camelias blancas sujetas sobre los hombros con unos lazos de terciopelo negro. Nunca había parecido más adorable, y se daba cuenta de ello. La excitación coloreaba sus mejillas de un rosa natural.

El primer baile de Scarlett en Charleston estuvo lleno de sorpresas. Casi nada salió como ella esperaba. En primer lugar, le dijeron que tendría que ponerse las botas en vez de los escarpines. Irían a pie al baile. Si hubiese sabido esto, Scarlett habría pedido un coche; no comprendía por qué no lo había hecho Rhett. De poco sirvió que los demás hubiesen supuesto que Pansy llevaría los zapatos en un artilugio al que llamaban en Charleston «bolsa de zapatos», porque ella no lo tenía y la doncella de Eleanor tardó quince minutos en encontrar una cesta que hiciese las veces de bolsa. ¿Por qué no le dijo nadie que necesitaría uno de esos malditos chismes?

—No se nos ocurrió —dijo Rosemary—. Todo el mundo tiene bolsas de zapatos.

«En Charleston tal vez sí —pensó Scarlett—, pero no en Atlanta. Allí la gente no va a pie a los bailes, sino en coche.» Su ilusión por el primer baile en Charleston empezó a trocarse en inquieta aprensión. ¿Qué otras cosas resultarían diferentes?

Pronto descubrió que todas. En los largos años de su historia, Charleston había creado formalidades y ritos que eran desconocidos en el mundo vigoroso y semifronterizo del norte de Georgia. Cuando la derrota de la Confederación puso fin a la riqueza que en Charleston había permitido el desarrollo de las formalidades, sobrevivieron los ritos, que eran lo único que quedaba del pasado y eran apreciados e inmutables por esta misma razón.

Había una hilera de recepción en la entrada del salón de baile, situado en el piso alto de la casa Wentworth. Todos tenían que hacer cola en la escalera para entrar de uno en uno en el salón y estrechar la mano y murmurar un saludo a Minnie Wentworth, y después a su marido, a su hijo, a la esposa de su hijo, al marido de su hija, a su hija casada y a su hija soltera. Mientras tanto, la música iba tocando sin parar y los que habían llegado primero estaban bailando, y a Scarlett se le iban los pies de ganas de imitarlos.

«En Georgia —pensó con la impaciencia—, los que daban una fiesta salían a recibir a sus invitados, no los hacían esperar en una cola como una brigada de obreros. Era una actitud mucho más acogedora que esta tontería.»

Precisamente antes de que siguiese a la señora Butler al interior del salón, un majestuoso criado le presentó una bandeja. Había en ella un montón de papeles doblados, como pequeños cuadernos sujetos con un fino cordón azul y con un lápiz diminuto colgando de él. ¿Carnets de baile? Debían de ser carnets de baile. Scarlett había oído hablar a Mamita de bailes en Savannah, cuando Ellen O'Hara era una jovencita, pero nunca había acabado de creer que las fiestas fuesen tan ordenadas hasta el punto de que una muchacha tuviese que consultar un cuaderno para saber con quién tenía que bailar. Vaya, los gemelos Tarleton y los jóvenes Fontaine se habrían mondado de risa si alguien les hubiese dicho que tenían que escribir su nombre en un pedacito de papel, con un lápiz tan diminuto que se rompería entre los dedos de un verdadero hombre. Scarlett ni siquiera estaba segura de querer bailar con un tipo afeminado que estuviese dispuesto a hacer tal cosa.

¡Sí que querría! Danzaría con el mismo diablo, con cuernos y cola y todo lo demás, con tal de poder bailar. Le parecía que habían pasado diez años, y no uno, desde aquel baile de disfraces en Atlanta.

—Aquí me siento feliz —dijo a Minnie Wentworth, y su voz rebosaba sinceridad.

Sonrió por turno a los otros Wentworth y acabó de recorrer la hilera. Se volvió hacia los que bailaban, moviendo ya los pies al compás de la música, y respiró profundamente. ¡Oh, qué hermoso era todo aquello! Tan extraño y sin embargo tan familiar, como un sueño sólo recordado a medias.

El salón iluminado por las velas estaba lleno de vida, con la música y los colores y el frufrú de las faldas arremolinadas. Junto a las paredes, se hallaban sentadas las señoras mayores en frágiles sillas pintadas de oro, como habían hecho siempre, cotilleando detrás de los abanicos sobre lo que siempre habían cotilleado: los jóvenes que bailaban demasiado juntos, la última historia de horror del prolongado parto de la hija de alguien, el más reciente escándalo que atañía a sus amigas más queridas. Camareros vestidos de etiqueta pasaban de un grupo a otro de hombres y mujeres que no bailaban, llevando bandejas de plata con vasos ya servidos y tazas de plata llenas de jarabe helado. Había un rumor de voces mezcladas, puntuadas por risas estridentes y graves; el eterno y agradable ruido de los afortunados que se divertían. Era como si el viejo mundo, el bello y despreocupado mundo de su juventud existiese todavía, como si nada hubiese cambiado y nunca hubiese habido una guerra.

Sus ojos agudos advirtieron la pintura desconchada de las paredes y las huellas de espuelas en el suelo debajo de las capas de cera; pero Scarlett no quiso admitirlo. Era mejor entregarse a la ilusión, olvidar la guerra y las patrullas yanquis en la calle. Aquí había música y había baile y Rhett le había prometido ser amable. No deseaba nada más.

Rhett se mostraba más que simplemente amable; estaba encantador. Y nadie podía ser más encantador que Rhett cuando se proponía serlo. Desgraciadamente, era tan encantador con los demás como con ella. Scarlett se debatía furiosamente entre el orgullo de sentirse envidiada por todas las otras mujeres y los celos que provocaba en ella Rhett al prestar atención a tantas otras. Era atento con ella, no podía acusarle de negligencia. Pero también lo era con su madre y con Rosemary y con docenas de otras mujeres que en opinión de Scarlett eran aburridas y viejas matronas.

Se dijo que esto no debía preocuparla, y al cabo de un rato dejó de inquietarse, pues al terminar cada baile se veía inmediatamente rodeada por hombres que insistían en serle presentados por su última pareja a fin de poderle pedir el baile siguiente.

No era simplemente debido a que era nueva en la ciudad, una cara nueva entre una multitud de personas que se conocían. Scarlett era irresistiblemente atractiva. Su decisión de dar celos a Rhett había añadido resplandor a sus fascinadores y extraordinarios ojos verdes, y el rubor producido por la animación coloreaba sus mejillas como una bandera roja señalando peligro.

Muchos de los hombres que la sacaban a bailar eran maridos de amigas que Scarlett había hecho, de mujeres a las que había visitado, con quienes había jugado en la mesa de whist y chismorreado mientras tomaban café en el mercado. Le tenía sin cuidado. Le sobraría tiempo para reparar el daño cuando Rhett volviese a ser suyo. Mientras tanto era admirada y halagada y requebrada, y estaba en su elemento. En realidad, nada había cambiando. Los hombres respondían todavía de la misma manera al parpadeo y al hoyuelo temblón y al halago descarado. «Se creerán todas las mentiras que les diga, con tal de que los haga sentirse como héroes», pensó con una sonrisa maliciosa de satisfacción que hizo que su pareja perdiese el compás. Retiró los dedos de los pies de debajo del pie de él.

—¡Oh, perdóneme, por favor! —suplicó Scarlett—. Debo haberme enganchado el tacón con el dobladillo de mi vestido. Un error lamentable, sobre todo cuando tengo la suerte de bailar con un bailarín tan maravilloso como usted.

Sus ojos eran seductores y el mohín de pesar con que acompañó su disculpa hizo que sus labios pareciesen prestos para un beso. Una chica nunca olvidaba la manera de hacer ciertas cosas.

—¡Una fiesta deliciosa! —dijo satisfecha, cuando volvían andando a casa.

—Me alegro de que lo hayas pasado bien —dijo Eleanor Butler—. Y también me alegro mucho, muchísimo, por ti, Rosemary. Me pareció que te divertías.

—¡Bah! Aborrezco todo eso, mamá; deberías saberlo. Pero estoy tan contenta de ir a Europa que no me ha importado asistir a ese estúpido baile.

Rhett se echó a reír. Iba caminando detrás de Scarlett y Rosemary, con la mano de su madre apoyada en su brazo izquierdo. Su risa era cálida en la fría noche de diciembre. Scarlett pensó en el calor de su cuerpo, se imaginó que podía sentirlo en su espalda. ¿Por qué no era ella la que iba cogida de su brazo, sintiendo de cerca su calor? Sabía por qué: la señora Butler era vieja; era lógico que se apoyase en su hijo. Pero esto no mitigaba el deseo de Scarlett.

—Ríete si quieres, querido hermano —dijo Rosemary—, pero no creo que sea divertido. —Se volvió hacia él y caminó hacia atrás, medio tropezando con la cola de su vestido—. No pude decir dos palabras a la señorita Julia Ashley en toda la noche porque tuve que bailar con todos aquellos hombres ridículos.

—¿Quién es la señorita Julia Ashley? —preguntó Scarlett, a quien había llamado la atención el apellido.

—Es el ídolo de Rosemary —dijo Rhett— y la única persona a quien he tenido miedo en mi vida adulta. Te habrías fijado en la señorita Ashley si la hubieses visto, Scarlett. Siempre va vestida de negro y parece que haya estado bebiendo vinagre.

—¡Oh, mira que eres...! —exclamó Rosemary, que corrió hacia Rhett y le golpeó el pecho con los puños.

—*¡Pax!* —gritó él rodeándola con un brazo y atrayéndola hacia su costado.

Scarlett sintió el viento helado del río. Levantó la barbilla haciéndole frente, se volvió hacia delante y caminó sola el corto trecho hasta la casa.

22

Otro domingo significaba otro sermón por parte de Eulalie y de Pauline; Scarlett estaba segura de ello. En realidad, estaba bastante asustada por su comportamiento en el baile. Tal vez se había mostrado un poquito demasiado... animada; sí, era esto. Pero hacía mucho tiempo que no se había divertido tanto, y no era culpa suya que hubiese llamado la atención mucho más que las remilgadas damas de Charleston, ¿verdad? Además, sólo lo había hecho por Rhett, para que dejase de mostrarse tan frío y distante con ella. Nadie podía censurar a una esposa que tratase de defender su matrimonio.

Sufrió en silencio la tácita desaprobación de sus igualmente silenciosas tías durante el camino de ida y vuelta de Saint Mary. Los tristes resoplidos de Eulalie durante la misa le daban dentera, pero consiguió no pensar en ellos imaginando soñadora el momento en que Rhett renunciaría a su estirado orgullo y confesaría que todavía la amaba. Porque la amaba, ¿no? Siempre que él la había tomado en brazos para bailar, ella había sentido que le flaqueaban las rodillas. Y seguramente ella no habría sentido la electricidad que había en el aire cuando ambos se tocaban, a menos que él la sintiese también, ¿no era eso cierto?

Pronto lo sabría. Rhett tendría que hacer algo más que apoyar la mano enguantada en su cintura para bailar, cuando celebrasen la Noche Vieja. Tendría que besarla al dar las doce. Solamente faltaban cinco días. Y entonces se encontrarían sus labios y él se vería obligado a creer lo mucho que le amaba ella. Su beso le diría más de lo que podría decirle nunca con palabras...

La antigua belleza y el misterio de la misa se desarrollaban ante los ojos distraídos de Scarlett, mientras ésta se imaginaba que sus deseos iban a hacerse realidad. El codo afilado de Pauline la pinchaba siempre que se retrasaba en las respuestas.

El silencio continuó cuando se sentaron a desayunar. Scarlett tenía la impresión de que todos los nervios de su cuerpo estaban expuestos al aire, a la mirada helada de Pauline, al sonido de los resoplidos de Eulalie. No pudo aguantar más y se lanzó a un furioso ataque antes de que ellas empezasen a atacarla.

—Me dijisteis que todo el mundo iba a pie a todas partes, y tengo los pies llenos de ampollas por hacer lo que decíais, pero la noche pasada, la calle de delante de la casa de los Wentworth donde se celebraba el baile estaba llena de carruajes.

Pauline arqueó las cejas y apretó los labios.

—¿Ves lo que quiero decir, hermana? —dijo a Eulalie—. Scarlett está resuelta a volver la espalda a todo lo que defiende Charleston.

—No veo la importancia que puedan tener los carruajes, hermana, comparados con las cosas que convinimos que deberíamos decirle.

—Pero esto —insistió Pauline— es un excelente ejemplo de su actitud con respecto a todo lo demás.

Scarlett apuró la taza de claro y flojo café que había servido Pauline y la dejó de golpe sobre el platito.

—Os agradeceré que dejéis de hablar de mí como si estuviese sorda y muda. Podéis predicarme hasta desgañitaros si así os place, ¡pero decidme primero de quiénes eran todos aquellos carruajes!

Las tías la miraron con los ojos muy abiertos.

—De los yanquis, desde luego —dijo Eulalie.

—De los estafadores del Norte —concretó Pauline.

Con correcciones y apostillas a las respectivas frases, las hermanas explicaron a Scarlett que los cocheros seguían siendo fieles a sus dueños de antes de la guerra, aunque ahora trabajaban para los nuevos ricos de la parte residencial de la ciudad. Durante la temporada, engatusaban sagazmente a sus patronos para poder llevar en los coches a «su gente blanca» hasta los bailes y recepciones, si la distancia era demasiado larga o el tiempo demasiado inclemente para que fuesen andando.

—En la noche de santa Cecilia, insisten simplemente en tener la noche libre y el coche a su disposición —añadió Eulalie.

—Todos ellos son cocheros muy expertos y muy susceptibles —dijo Pauline—, y los yanquis tienen miedo de ofenderlos. —Estaba a puntor de reír—. Saben que los cocheros los desprecian. Los servidores domésticos han sido siempre las criaturas más estiradas del mundo.

—Cierto —dijo Eulalie, con satisfacción—. A fin de cuentas son tan charlestonianos como nosotros. Por eso se toman con tanto interés la temporada. Los yanquis se llevaron todo lo que pudieron y trataron de destruir todo lo demás, pero tenemos todavía nuestra temporada.

—¡Y nuestro orgullo! —declaró Pauline.

Con su orgullo y un centavo podían ir en tranvía adonde quisieran, pensó agriamente Scarlett. Pero se alegró de que se hubiesen desviado hacia comentarios sobre los fieles y viejos servidores domésticos, tema que las tuvo ocupadas durante el resto del desayuno. Scarlett incluso tuvo buen cuidado en consumir solamente la mitad de su almuerzo para que Eulalie pudiese terminarlo en cuanto ella se marchase. Tía Pauline era sumamente tacaña en los gastos de la casa.

Le sorprendió agradablemente encontrar a Anne Hampton en la casa de los Butler. Sería delicioso disfrutar un rato de la admiración de Anne, después de horas de fría desaprobación por parte de sus tías.

Pero Anne y la viuda del Hogar que la acompañaba estaban atareadas con los cuencos llenos de camelias enviadas desde la plantación.

Y también lo estaba Rhett.

—Quemado y arrasado —estaba diciendo—, pero más fértil que nunca cuando hayan arrancado los hierbajos.

—¡Oh, miren! —exclamó Anne—. Aquí está la *Reine des Fleurs.*

—¡Y una *Rubra plena*! —La delgada y anciana viuda juntó las pálidas manos para sostener la espléndida flor roja—. Yo solía poner las mías en un jarrón de cristal sobre el piano.

Anne pestañeó rápidamente.

—También lo hacíamos nosotros, señorita Harriet, y las *Alba plena* las poníamos sobre la mesa del té.

—Mi *Alba plena* no parece estar tan sana como yo quisiera —dijo Rhett—. Los brotes no se desarrollan como debieran.

La viuda y Anne se echaron a reír.

—No verá ninguna flor hasta el mes de enero, señor Butler —le explicó Anne—. El *Alba* florece tarde.

Rhett torció la boca en una sonrisa compungida.

—Parece que también yo voy atrasado en lo que respecta a la jardinería.

«¡Maldita sea! —pensó Scarlett—. Supongo que ahora empezarán a hablar sobre si las boñigas de vacas son mejores que el estiércol de caballo como abono. ¡Vaya unas tonterías para decirlas un hombre como Rhett!» Les volvió la espalda y se sentó en un sillón junto al sofá donde estaba Eleanor Butler ocupada en su labor de *frivolité.*

—Este trozo es casi lo bastante largo para guarnecer con él el cuello de tu vestido de color burdeos cuando tengas que reformarlo. —dijo sonriendo a Scarlett—. A media temporada siempre conviene disfrutar de algún cambio. Para entonces habré terminado la tira de puntilla.

—¡Oh, Eleanor, usted siempre tan amable y precavida! Hace que se desvanezca mi malhumor. Sinceramente, me maravilla que usted y mi tía Eulalie sean tan buenas amigas. Ella no se le parece en absoluto. Siempre está resoplando y quejándose y discutiendo con tía Pauline.

Eleanor dejó caer su lanzadera de marfil.

—Me asombras, Scarlett. Claro que Eulalie es amiga mía; la considero prácticamente una hermana. ¿No sabes que estuvo a punto de casarse con mi hermano menor?

Scarlett se quedó boquiabierta.

—No puedo imaginarme que alguien quisiera casarse con tía Eulalie —dijo francamente.

—Pero, querida, era una muchacha adorable, sencillamente adorable. Vino de visita cuando Pauline se casó con Carey Smith y se quedó en Charleston. La casa donde viven era la residencia de Smith en la ciudad; su plantación estaba a orillas del río Wando. Mi hermano Kemper se prendó de inmediato de Eulalie. Todo el mundo esperaba que se casarían. Pero entonces, él se mató al caerse del caballo. Desde aquel día, Eulalie se ha considerado poco menos que una viuda.

¡Tía Eulalie enamorada! Scarlett no podía creerlo.

—Estaba convencida de que lo sabías —dijo la señora Butler—. Es de tu familia.

«Pero yo no tengo familia —reflexionó Scarlett—; no en el sentido que da Eleanor a esta palabra. Nadie con quien intimar y compartir los secretos del corazón. Lo único que tengo es la antipática Suellen, y Carreen, con su velo de monja y sus votos en el convento.» De pronto se sintió muy sola, a pesar de las caras alegres y de las conversaciones animadas a su alrededor. «Debo de tener hambre, y por esto siento ganas de llorar. Hubiese debido terminarme el desayuno.»

Estaba haciendo honor a la comida cuando entró Manigo y le dijo algo en voz baja a Rhett.

—Disculpadme —dijo éste—, pero parece que tenemos un oficial yanqui en la puerta.

—¿Qué suponéis que se proponen ahora? —preguntó Scarlett en voz alta.

Rhett estaba riendo cuando volvió un momento más tarde.

—Suponía cualquier cosa, menos una bandera blanca de rendición —dijo—. Habéis ganado, mamá. Invitan a todos los hombres a ir a recoger las armas que les habían sido confiscadas.

Rosemary aplaudió con entusiasmo.

Eleanor la hizo callar.

—No debemos vanagloriarnos demasiado, pues lo cierto es que no pueden arriesgarse a dejar todas las casas sin protección el Día de la Emancipación. —Después respondió a la mirada interrogante de Scarlett—. El día de Año Nuevo no es como solía ser, un tiempo tranquilo para curarse los dolores de cabeza causados por beber demasiado en Noche Vieja. Lincoln hizo la Proclama de Emancipación un primero de enero y por eso es ahora día de gran fiesta para todos los antiguos esclavos. Se apoderan del parque que hay al final de la calle Battery y disparan petardos y pistolas durante todo el día y toda la noche, mientras se emborrachan más y más. Desde luego, nosotros cerramos las casas, incluidos todos los postigos, igual que hacemos cuando sopla un huracán. Pero es mejor tener un hombre armado en la casa.

Scarlett frunció el ceño.

—Aquí no hay armas.

—Las habrá —dijo Rhett—. Y además dos hombres. Vendrán de Landing para la ocasión.

—¿Y cuándo te irás tú? —preguntó Eleanor.

—El treinta. Tengo una cita con Julia Ashley para el treinta y uno. Hemos de planear una estrategia común.

¡Rhett se marchaba! Iba a su dichosa y maloliente y vieja plantación. No estaría aquí para besarla en Noche Vieja. Ahora Scarlett tuvo la certeza de que iba a llorar.

—Yo iré a Landing contigo —dijo Rosemary—. Hace meses que no he estado allí.

—No puedes venir a Landing, Rosemary —dijo pacientemente Rhett.

—Creo que Rhett tiene razón, querida —dijo la señora Butler—. Tu hermano no podría estar todo el tiempo contigo; tiene demasiadas cosas que hacer. Y tú no podrías permanecer en la casa ni en cualquier otro lugar sin más compañía que la de esa chiquilla que tienes como doncella. Hay demasiado movimiento y demasiados hombres rudos.

—Entonces me llevará a tu Celie. Scarlett te prestará su Pansy para que te ayude a vestirte, ¿no es verdad, Scarlett?

Scarlett sonrió. No tendría que llorar.

—Iré contigo, Rosemary —dijo cariñosamente—. Y Pansy vendrá también.

En la plantación sería también Noche Vieja. Sin un salón de baile lleno de gente; solamente Rhett y ella.

—Eres muy generosa, Scarlett —dijo Eleanor—. Sé que echarás en falta los bailes de la próxima semana. Tienes más suerte de la que te mereces, Rosemary, por tener una cuñada tan solícita.

—No creo que deba venir ninguna de ellas, mamá, y no lo permitiré —dijo Rhett.

Rosemary abrió la boca para protestar, pero la mano ligeramente levantada de su madre la contuvo. La señora Butler habló pausadamente:

—Eres bastante desconsiderado, Rhett; a Rosemary le gusta Landing tanto como a ti, y no puede ir y venir como tú. Creo que deberías llevarla, sobre todo habida cuenta de que irás también a la casa de Julia Ashley. Ésta quiere mucho a tu hermana.

Scarlett había olvidado a medias su éxito en los bailes de las noches del lunes y martes. Sólo podía pensar en estar a solas con Rhett en Dunmore Landing. Estaba segura de que conseguiría librarse de algún modo de Rosemary; tal vez la señorita Ashley la invitaría a alojarse en su casa. Entonces se quedarían solos Rhett y ella.

Recordó a Rhett en su habitación, la primera vez que ella estuvo en Landing. ¿La sostendría y consolaría y le hablaría ahora con la misma ternura?

—Espera a ver la plantación de la señorita Julia, Scarlett —dijo Rosemary, levantando la voz—. Es como deben ser las plantaciones.

Rhett cabalgaba delante de ellas, apartando o arrancando las madreselvas que habían crecido en el sendero del bosque de pinos. Scarlett seguía a Rosemary, desinteresándose de momento de lo que estaba haciendo Rhett y pensando en otras cosas. «Gracias a Dios, este jamelgo está gordo y es perezoso. Hace tanto tiempo que no he montado que cualquier caballo nervioso me arrojaría al suelo con toda seguridad. ¡Cuánto me gustaba cabalgar... allá abajo..., cuando los establos de Tara estaban llenos! Papá se enorgullecía de sus caballos. Y de mí. Suellen tenía las manos pesadas como yunques; le hubiera estropeado la boca a un caimán. Y Carreen tenía miedo, incluso de su poni. Pero yo solía cabalgar con papá, hacía carreras con él y, a veces, casi le ganaba. "Katie Scarlett —decía él—, tienes manos de ángel y los nervios del mismo diablo. Es la sangre O'Hara que llevas dentro; un caballo reconoce siempre a un irlandés y le da lo mejor que tiene." Querido papá... Los bosques de Tara exhalaban, como éstos, un fuerte olor a pino que me picaba en la nariz. Y los pájaros cantaban y las hojas crujían bajo los pies y todo estaba en paz. Me pregunto cuántas hectáreas tendrá Rhett. Rosemary me lo dirá. Probablemente conoce hasta el último centímetro cuadrado. Espero que la señorita Ashley no sea la arpía que dice Rhett. ¿Qué era lo que dijo Rhett? Que parecía que bebiese vinagre. Resulta gracioso cuando habla mal de alguien..., con tal de que no sea acerca de mí.»

—¡Scarlett! Date prisa; estamos llegando —gritó Rosemary desde delante.

Scarlett dio un golpecito con la fusta en el cuello de su caballo y éste avanzó un poco más de prisa. Rhett y Rosemary habían salido ya del bosque cuando ella los alcanzó. Al principio, sólo pudo ver a Rhett destacándose claramente bajo la brillante luz del sol. «¡Qué apuesto es, y qué gallardo sobre su caballo! Ése no es un viejo penco como el mío sino un caballo de verdad y muy fogoso. Mira cómo le tiemblan los músculos bajo la piel, y sin embargo está inmóvil como una estatua, sumiso a la presión de las rodillas de Rhett y a sus manos sobre las riendas. Sus manos...»

Rosemary hizo un ademán llamando la atención a Scarlett y le indicó que mirara la escena que tenían delante. Scarlett contuvo el aliento. Nunca le había preocupado la arquitectura; ni siquiera se había fijado en ella. Incluso las magníficas mansiones que habían hecho mundialmente famosa la calle Battery de Charleston no eran para ella más que casas. Sin embargo, había en la severa belleza de la casa de Julia Ashley, en Ashley Barony, algo que reconoció como diferente de todo lo que había visto hasta entonces, una grandeza que no podía definir. Hallábase aislada en una vasta extensión de terreno cubierto de hierba pero desprovisto de jardín; alejada de los viejos y grandes robles que eran como centinelas espaciados en el perímetro del césped. Cuadrada, hecha de ladrillos, blancos los marcos de las puertas y de las ventanas, aquella casa era... «especial», murmuró Scarlett. No era extraño que fuese la única finca de las plantaciones próximas al río que se había librado de las antorchas de las tropas de Sherman. Ni siquiera los yanquis se habían atrevido a profanar el majestuoso edificio que se había alzado ante sus ojos.

Se oyeron risas, seguidas de una canción. Scarlett volvió la cabeza. La casa le infundía respeto y la intimidaba. Lejos, hacia la izquierda, vio campos de un verde fuerte, completamente distinto al de la hierba. Docenas de negros, hombres y mujeres, trabajaban y cantaban en aquel verde extraño. Eran obreros del campo, cultivaban algo que ella desconocía. Y eran muchos. Recordó los campos de algodón de Tara, que antaño se habían extendido hasta donde alcanzaba la vista, lo mismo que este verde terreno sin fronteras a lo largo del río. Sí, Rosemary tenía razón. Ésta era una plantación verdadera, como debía ser. Nada había sido quemado, nada había cambiado, nada cambiaría nunca. El propio tiempo respetaba la majestad de Ashley Barony.

—Ha sido muy amable al recibirme, señorita Ashley —dijo Rhett. Se inclinó sobre la mano que Julia Ashley le tendía; la sostuvo respetuosamente con el dorso de la suya enguantada y detuvo los labios a la distancia de los dos centímetros de rigor, pues ningún caballero que se preciase de tal cometería la impertinencia de besar realmente la mano de una dama soltera, por muy avanzada que fuese su edad.

—Es útil para los dos, señor Butler —dijo Julia—. Tú sigues tan mal arreglada como de costumbre, Rosemary, pero me alegro de verte. Preséntame a tu cuñada.

«Desde luego, es una arpía —pensó nerviosamente Scarlett—. Me pregunto si espera que le haga una reverencia.»

—Le presento a Scarlett, señorita Julia —dijo, sonriendo, Rosemary. La censura de la mujer no parecía afectarla en absoluto.

—¿Cómo está usted, señora Butler?

Scarlett tenía el convencimiento de que a Julia Ashley le importaba un comino cómo estuviese ella.

—¿Cómo está usted? —le preguntó a su vez, e inclinó ligeramente la cabeza, correspondiendo con ello a la fría cortesía de la señorita Ashley.

¿Quién se figuraba que era esa vieja?

—Hay una bandeja con té en el salón —dijo Julia—. Puedes servirle a la señora Butler, Rosemary. Llama si necesitas más agua caliente. Nosotros hablaremos en la biblioteca, señor Butler, y tomaremos el té después.

—Oh, señorita Julia, ¿no puedo escuchar mientras hablan usted y Rhett? —suplicó Rosemary.

—No, Rosemary; no puedes.

«Supongo que esto pone fin a la cuestión», dijo Scarlett para sus adentros. Julia Ashley se alejaba ya, seguida sumisamente por Rhett.

—Vamos, Scarlett; el salón está por aquí.

Rosemary abrió una alta puerta e hizo un ademán a Scarlett.

La habitación en la que entró sorprendió a Scarlett. No tenía en absoluto la frialdad de su dueña, ni había nada intimidatorio en ella. Era muy grande, más grande que el salón de baile de Minnie Wentworth. Pero el suelo estaba cubierto con una vieja alfombra persa de descolorido fondo rojo, y las cortinas de las altas ventanas eran de un cálido color rosa. Un fuego alegre chisporroteaba en la amplia chimenea y entraba la luz del sol por los resplandecientes cristales de las ventanas, incidiendo en el brillante servicio de té de plata y en la tapicería de terciopelo azul, dorado y rosa de los anchos y cómodos sofás y los sillones de orejas. Una enorme gata amarilla dormía junto al hogar.

Scarlett sacudió ligeramente la cabeza con admiración. Era difícil creer que este alegre y acogedor salón tuviese algo que ver con la mujer estirada y vestida de negro a la que había conocido al otro lado de la puerta. Se sentó junto a Rosemary en un sofá.

—Háblame de la señorita Ashley —dijo con ávida curiosidad.

—¡La señorita Julia es extraordinaria! —exclamó Rosemary—. Dirige personalmente Ashley Barony; dice que nunca ha tenido un capataz y que no lo necesita. Y prácticamente tiene tantos campos de arroz como antes de la guerra. Podría extraer fosfato, como Rhett, pero no quiere saber nada de esto. Las plantaciones son para plantar, dice, no para... —y bajó la voz, en un murmullo impresionado y complacido— «saquear la tierra y arrancarle lo que tiene dentro». Lo conserva todo tal como estaba. Hay caña de azúcar y tiene una prensa para hacer su propia melaza, y una herrería para calzar las mulas y hacer ruedas para las carretas, y un tonelero para hacer barriles para el arroz y la melaza, y un carpintero para reparar las cosas y un curtidor para las guarniciones. Lleva el arroz a la ciudad para que lo muelan y compra harina y café y té, pero todo lo demás procede de la finca. Tiene vacas y corderos y aves de corral y cerdos, y una vaquería, una caseta para conservar frescos los productos, otra para ahumarlos, y despensas llenas de maíz y de hortalizas y frutas en conserva, procedentes de las cosechas del verano. También elabora su propio vino. Rhett dice que tiene incluso una destilería en el pinar, donde hace trementina.

—¿Tiene todavía esclavos? —dijo sarcásticamente Scarlett.

Los días de las grandes plantaciones habían pasado y ya no volverían.

—Oh, Scarlett, a veces hablas como Rhett. Me dan ganas de sacudiros a los dos. La señorita Julia paga salarios como todo el mundo. Pero hace que la plantación rinda lo bastante para pagarlos. Yo haré lo mismo en Landing, si se me ofrece un día la oportunidad. Creo que es horrible que Rhett no lo intente siquiera.

Rosemary empezó a afanarse ruidosamente con las tazas y los platitos de la bandeja del té.

—No me acuerdo si lo tomas con leche o con limón, Scarlett.

—¿Qué? Oh..., con leche, por favor.

A Scarlett no le interesaba el té. Estaba reviviendo la fantasía que había tenido antes, de que Tara volvía a la vida con sus campos salpicados de algodón blanco hasta donde alcanzaba la vista y sus graneros llenos, y la casa tal como había sido cuando vivía su madre. Sí, en esta habitación había algo del aroma largo tiempo olvidado a aceite de limón, metal pulido y suelo encerado. Era un perfume débil, pero estaba segura de que lo sentía a pesar del fuerte olor a resina de los leños que ardían en la chimenea.

Su mano aceptó automáticamente la taza de té que le tendía Rosemary, y la sostuvo, dejando que se enfriase un poco mientras seguía soñando despierta. ¿Por qué no hacer de Tara lo que había sido? «Si esa vieja puede dirigir esta plantación, yo puedo también dirigir Tara. Will no sabe lo que es Tara, la verdadera Tara, la mejor plantación del condado de Clayton. "Una finca de dos mulas", la llama él ahora. No, por todos los santos, ¡Tara es mucho más que eso! ¡Apuesto a que yo también podría hacerlo! ¿No dijo papá cien veces que yo era una verdadera O'Hara? Entonces, puedo hacer lo que hizo él, lograr que Tara sea como él la hizo. Tal vez incluso mejor. Yo sé llevar los libros de contabilidad, sacar un beneficio de donde nadie ve posibilidad de obtenerlo. Prácticamente, todas las tierras alrededor de Tara se han convertido en monte bajo. ¡Apuesto a que podría comprarlas casi por nada!»

Su mente saltaba de una imagen a otra: campos ricos, ganado bien cebado, su antiguo dormitorio con las almidonadas cortinas blancas hinchándose a impulsos de la brisa de primavera perfumada de jazmín, los paseos a caballo a través del bosque limpio de maleza, y kilómetros de valla de madera de castaño limitando su finca, extendiéndose más y más en los campos de tierra roja... Tenía que borrar aquella visión de su memoria. De mala gana, fijó la atención en la voz fuerte e insistente de Rosemary.

¡Arroz, arroz, arroz! ¿Acaso Rosemary Butler sólo sabía hablar de arroz? ¿Y por qué tenía Rhett que hablar tanto rato con aquel espantajo de la señorita Ashley? Scarlett cambiaba continuamente de posición en el sofá. La hermana de Rhett tenía la costumbre de inclinarse sobre su oyente cuando sus propias palabras la emocionaban. Rosemary casi había acorralado a Scarlett en el extremo del largo sofá. Ésta se volvió ansiosamente hacia la puerta al oír que se abría. ¡Maldito Rhett! ¿De qué se estaba riendo con Julia Ashley? Quizá le parecía divertido dejarla durante un siglo para tenerla sobre ascuas; pero a ella no se lo parecía.

—Siempre fue usted un bribón, Rhett Butler —estaba diciendo Julia—, pero no sabía que la impertinencia figurase en su lista de pecados.

—Que yo sepa, señorita Ashley, la impertinencia es una característica que suele atribuirse a los servidores con respecto a sus señores y a los jóvenes con respecto a los que son mayores que ellos. Y aunque yo soy, en todo caso, su seguro servidor, no puede usted sugerir que es mayor que yo. De la misma edad, lo acepto complacido; pero mayor, ¡ni hablar!

¡Ahora está flirteando con ese vejestorio! Supongo que andará desesperadamente detrás de algo, para hacer el tonto de esta manera.

Julia Ashley emitió un sonido que sólo podía describirse como un solemne bufido.

—Muy bien —dijo—, accederé, aunque sólo sea para poner fin a este absurdo. Ahora siéntese y déjese de tonterías.

Rhett acercó una silla a la mesa del té y se inclinó ceremoniosamente cuando Julia se acomodó en ella.

—Gracias, señorita Julia, por su condescendencia.

—No sea estúpido, Rhett.

Scarlett los miró con ceño. ¿A qué venía esto, ese cambio de «señorita Ashley» y «señor Butler» a «Rhett» y «señorita Julia»? Rhett era un estúpido, como decía la vieja. Pero la «señorita Julia» estaba muy cerca de actuar también como una estúpida. Ahora sonreía a Rhett como una boba. ¡Era repelente la manera en que Rhett podía hacer bailar a las mujeres a su antojo!

Una doncella entró apresuradamente en la habitación y levantó la bandeja con las cosas del té de la mesa ante el sofá. Fue seguida de una segunda doncella, que retiró sin ruido aquella mesa para colocarla delante de Julia Ashley, y de un criado con una gran bandeja de plata en la que traía un servicio de té también de plata, diferente y de mayor tamaño que el anterior, y una buena cantidad de bocadillos y pastas. Scarlett tuvo que confesar que, por muy desagradable que fuese Julia Ashley, sabía hacer las cosas con estilo.

—Rhett me ha dicho que vas a hacer la gran gira, Rosemary —dijo Julia.

—Sí, señorita Julia. A veces temo que me moriré de la emoción.

—Sería un gran inconveniente, digo yo. ¿Has empezado a trazar tu itinerario?

—No, señorita Julia. Hace pocos días que sé que voy a ir. Lo único que puedo asegurar es que pasaré el mayor tiempo posible en Roma.

—Debes acertar al escoger la época. El calor del verano es allí intolerable, incluso para los charlestonianos. Y todos los romanos abandonan la ciudad para ir a la montaña o al mar. Yo sostengo aún correspondencia con algunas personas muy simpáticas y que te gustarán. Te daré cartas de presentación. Si puedo hacerte una sugerencia...

—Oh, sí, señorita Julia, por favor. Hay muchas cosas que quisiera saber.

Scarlett lanzó un breve suspiro de alivio. Había temido que Rhett contase a la señorita Ashley el error que había cometido ella al creer que la única Roma estaba en Georgia; pero él había desaprovechado la oportunidad. Ahora intervenía en la conversación, hablando con la vieja de todas las personas con nombres raros que citaba ella, mientras Rosemary escuchaba embelesada.

La charla no interesaba en absoluto a Scarlett, pero no se aburría. Observaba fascinada todos los movimientos que hacía Julia Ashley al presidir la mesa del té. Sin interrumpir los comentarios sobre las antigüedades romanas, salvo para preguntar a Scarlett si tomaba leche o limón con el té y cuántos terrones de azúcar quería, Julia llenaba las tazas y las sostenía una a una a un nivel ligeramente inferior al de su hombro derecho, para que las cogiese una de las doncellas. Solamente las sostenía durante tres segundos antes de retirar la mano.

¡Ni siquiera mira!, se maravilló Scarlett. Si la doncella no estuviese allí o no fuese lo bastante rápida, la taza se estrellaría contra el suelo. Pero una de las doncellas estaba siempre allí y la taza era entregada en silencio a la persona debida sin verter una sola gota.

¿De dónde había salido el criado? Scarlett se sorprendió al verle aparecer a su lado para ofrecerle una servilleta desdoblada y una fuente de tres pisos con bocadillos. Iba a tomar uno de éstos cuando el hombre le tendió un plato.

¡Oh, ya lo veo! Hay una doncella que le entrega las cosas para que el criado me las ofrezca. Una operación muy complicada para un bocadillo de pasta de pescado que podría comerme de un bocado.

Pero le impresionaba la elegancia de todo aquello, sobre todo cuando el hombre tomó unas adornadas pinzas de plata con la mano enguantada de blanco y puso una serie de bocadillos en su plato. El toque final fue la mesita con un mantel ribeteado de encaje, que la segunda doncella colocó junto a sus rodillas justo cuando Scarlett se estaba preguntando cómo iba a arreglárselas con una taza y su platillo en una mano y un plato en la otra.

A pesar de su apetito y de su curiosidad acerca de los bocadillos (¿qué clase de comida de fantasía requería un servicio tan esmerado?), Scarlett se sentía todavía más interesada por la silenciosa y eficaz rutina de los criados al suministrar el plato, los bocadillos y la mesa, primero a Rosemary y después a Rhett. Casi sintió desilusión al ver que la señorita Ashley no recibía un trato especial sino que se repetía la operación en la mesa que tenía ante ella. ¡Vaya! Incluso desplegaba ella misma su servilleta. Y la desilusión fue mayor cuando Scarlett mordió el primer bocadillo y comprobó que era solamente de pan y mantequilla, aunque la mantequilla tenía algo más en ella; perejil, pensó; pero no, era algo más fuerte, tal vez cebolletas. Comió con satisfacción. Todos los bocadillos eran sabrosos. Y las pastas colocadas en la fuente de tres pisos parecían aún mejores.

«¡Dios mío! ¡Todavía están hablando de Roma.» Scarlett miró hacia los criados. Se mantenían rígidos como estacas junto a la pared de detrás de la señorita Ashley. Evidentemente, no iban a servir pronto las pastas. Dios mío, Rosemary solamente había comido la mitad de un bocadillo.

—... pero estamos siendo desconsiderados —dijo Julia Ashley—. Señora Butler, ¿qué ciudad le gustaría visitar? ¿O comparte usted el convencimiento de Rosemary de que todos los caminos conducen a Roma?

Scarlett adoptó su mejor sonrisa.

—Me encanta demasiado Charleston para pensar en ir a otro sitio, señorita Ashley.

—Una respuesta muy delicada —dijo Julia—, aunque pone punto final a la conversación. ¿Puedo ofrecerle un poco más de té?

Antes de que Scarlett pudiese aceptar, dijo Rhett:

—Lo siento, pero tenemos que irnos, señorita Julia. Todavía no he puesto los senderos del bosque en condiciones de cabalgar por ellos en la oscuridad, y los días son muy cortos.

—Podría tener avenidas, no senderos, si obligase a sus hombres a trabajar la tierra en vez de bregar en aquella dichosa mina de fosfato.

—Bueno, señorita Julia, creía que habíamos celebrado una tregua.

—Es verdad. Y haré honor a ella. Además, confieso que les conviene estar en casa antes de que anochezca. Me he dejado llevar por mis agradables recuerdos de Roma y no he reparado en el tiempo. Tal vez podría Rosemary quedarse esta noche conmigo. Yo la llevaría a Landing mañana por la mañana.

«¡Oh, sí!», pensó Scarlett.

—Lo lamento, pero no puede ser —dijo Rhett—. Es posible que tenga que marcharme esta noche y no quiero que Scarlett se quede en la casa sin más persona conocida que su doncella de Georgia.

—A mí no me importa, Rhett —dijo Scarlett alzando la voz—; de veras, no me importa. ¿O crees que soy una timorata y me da miedo la oscuridad?

—Tiene usted razón, Rhett —dijo Julia Ashley—. Y usted debe andarse con cuidado, señora Butler. Vivimos unos tiempos poco seguros.

El tono de Julia era decisivo. Y también lo fue su brusco movimiento. Se puso en pie y se dirigió a la puerta.

—Entonces, saldré a despedirles. Hector traerá sus caballos.

23

Había varios nutridos grupos de negros de hosco aspecto y un grupito de negras en el sector herboso en forma de herradura que bordeaba la parte posterior de la casa de Landing. Rhett ayudó a Scarlett y a Rosemary a bajar del montador próximo al improvisado establo y las asió del codo mientras el mozo de cuadra tiraba de las riendas y se llevaba los caballos. Cuando el mozo no pudo oírle, Rhett habló en tono bajo y apremiante.

—Os llevaré hasta la entrada de la casa. Penetrad en ella y subid en seguida a uno de los dormitorios. Cerrad la puerta y quedaos allí hasta que vaya a buscaros. Os enviaré a Pansy. Quiero que esté con vosotras.

—¿Qué pasa, Rhett?

La voz de Scarlett era un poco temblorosa.

—Os lo diré más tarde; ahora no hay tiempo. Haced lo que os digo.

Siguió sujetando a las dos mujeres, obligándolas a seguir su paso resuelto pero no apresurado hacia la casa, cuyo perímetro exterior, recorrieron a fin de entrar por la puerta principal.

—¡Señó Butler! —gritó uno de los hombres.

Éste echó a andar en dirección a Rhett, seguido de media docena de individuos. «No me gusta —pensó Scarlett— que le llamen señor Butler en vez de señor Rhett. No es un tratamiento amistoso, y casi debe de haber cincuenta de ellos.»

—Quedaos donde estáis —gritó Rhett a su vez—. Volveré para hablar con vosotros en cuanto haya acomodado a las damas.

Rosemary tropezó con una piedra suelta del camino y Rhett la sostuvo para que no se cayese.

—Aunque te hayas roto una pierna —murmuró—, sigue andando.

—Estoy bien —dijo Rosemary.

«Parece fría como el hielo», pensó Scarlett. Se despreció por estar tan nerviosa. Gracias a Dios, casi estaban en casa. Sólo unos pasos más y la habrían rodeado. No se dio cuenta de que contenía el aliento hasta que se acercaron a la fachada principal. Cuando vio las terrazas cubiertas de verde que conducían a los lagos en forma de mariposa y al río, respiró con alivio.

Pero entonces aspiró de nuevo bruscamente. Al doblar la esquina y pisar la terraza de ladrillos, vio a diez hombres blancos sentados en ella con la espalda apoyada en la pared de la casa. Todos ellos eran delgados, desgarbados, y sus tobillos desnudos asomaban entre los pesados zapatos y el borde de sus descoloridos monos. Sostenían rifles o escopetas de caza sobre las rodillas con una naturalidad fruto de la costumbre. Los raídos sombreros de ala ancha inclinados sobre la frente ocultaban sus ojos, pero Scarlett supo que estaban mirando a Rhett y a sus mujeres. Uno de ellos escupió un chorro de jugo de tabaco delante de las lustrosas botas de montar de Rhett.

—Puedes dar gracias a Dios de que no has salpicado a mi hermana, Clinch Dawkins —dijo Rhett—, o habría tenido que matarte. Hablaré con vosotros dentro de unos minutos, muchachos; ahora tengo otras cosas que hacer.

Lo dijo con naturalidad. Pero Scarlett sintió la tensión en la mano con que Rhett le sujetaba el brazo. Levantó la barbilla y caminó con paso firme junto a Rhett. Ningún miserable blanco iba a amilanar a Rhett y tampoco a ella.

Pestañeó ante la súbita oscuridad al entrar en la casa. ¡Qué peste! Su mirada se adaptó rápidamente y entonces vio Scarlett la razón de los bancos y las escupideras que había en la habitación principal de la planta baja. Más blancos de piel curtida y aspecto hambriento estaban despatarrados en los asientos, llenando todo el espacio. También ellos iban armados, y las alas de sus sombreros les tapaban los ojos. El suelo estaba manchado de escupitajos y charquitos de jugo de tabaco rodeaban las escupideras. Scarlett soltó el brazo que le asía Rhett, se recogió la falda sobre los tobillos y caminó hacia la escalera. En el segundo peldaño, dejó caer de nuevo la falda y la cola de su traje de amazona se arrastró sobre el polvo. Antes la muerte que permitir que aquella chusma contemplase los tobillos de una dama. Subió la desvencijada escalera como si nada le preocupase en el mundo.

—¿Qué pasa, señorita Scarlett? ¡Nadie quiere decirme nada! —gimoteó Pansy en cuanto Scarlett hubo cerrado la puerta del dormitorio detrás de ella.

—¡Cállate! —le ordenó Scarlett—. ¿Quieres que te oiga toda Carolina del Sur?

—No quiero saber nada de nadie de Carolina del Sur, señorita Scarlett. Quiero volver a Atlanta con los míos. No me gusta este lugar.

—A nadie le importa un comino lo que te guste o deje de gustar; por consiguiente, ve a aquel rincón, siéntate en aquel taburete y no digas nada. Si te oigo decir una sola palabra, te... te haré algo terrible.

Miró a Rosemary. Si la hermana de Rhett se derrumbaba también, no sabía qué hacer. Rosemary parecía muy pálida, pero bastante serena. Estaba sentada en el borde de la cama, examinando los dibujos de la colcha como si fuesen algo nuevo para ella.

Scarlett se dirigió a la ventana que daba al prado de atrás. Si atisbaba con cuidado por una esquina, ninguno de los que estaban abajo podría verla. Levantó la cortina con dedos cuatelosos y miró al exterior. ¿Estaba Rhett allí? ¡Dios mío, sí que estaba! Sólo distinguía la copa de su sombrero, un círculo oscuro en medio de una multitud de cabezas negras y de manos negras que gesticulaban. Los grupos separados de negros se habían juntado en una masa amenazadora.

«Serían capaces de patearlo hasta darle muerte —pensó—, y nada podría hacer yo para impedirlo.» Arrugó la fina cortina con la mano, irritada por su impotencia.

—Será mejor que te apartes de la ventana, Scarlett —dijo Rosemary—. Si Rhett empieza a preocuparse por ti y por mí, se distraerá de lo que tenga que hacer.

Scarlett giró en redondo para responder a su ataque.

—¿No te importa lo que está ocurriendo?

—Me importa mucho, pero no sé lo que es. Y tampoco tú lo sabes.

—Sé que Rhett está a punto de ser aplastado por una pandilla de negros furiosos. ¿Por qué no emplean esos desharrapados masticadores de tabaco las armas que llevan?

—Entonces sí que estaríamos en un aprieto. Conozco a algunos de los negros; trabajan en la mina de fosfato. No quieren que le ocurra algo a Rhett o perderían sus empleos. Además, muchos de ellos son gente de Butler. Pertenecen a este lugar. Son los blancos los que me dan miedo. Supongo que también se lo dan a Rhett.

—¡Rhett no le tiene miedo a nada!

—¡Claro que lo tiene! Sería tonto si no lo tuviese. Yo estoy muy asustada y tú también lo estás.

—¡Yo no!

—Entonces eres tonta.

Scarlett se quedó boquiabierta. La energía de la voz de Rosemary la impresionó más que el insulto. ¡Vaya, su cuñada parecía Julia Ashley! Media hora con aquella vieja arpía, y Rosemary se había convertido en un monstruo.

Se volvió de nuevo apresuradamente hacia la ventana. Empezaba a anochecer. ¿Qué sucedía?

No podía ver nada. Solamente unas formas oscuras sobre el suelo oscuro. ¿Era Rhett una de ellas? No había modo de saberlo. Apoyó una oreja en el cristal de la ventana y aguzó el oído. El único sonido era el lloriqueo ahogado de Pansy.

«Si no hago algo me volveré loca», pensó, y empezó a pasear arriba y abajo en la pequeña habitación.

—¿Por qué una gran plantación como ésta tiene unos dormitorios tan pequeños y atestados? —se lamentó—. Dos habitaciones de este tamaño cabrían en una de las de Tara.

—¿Quieres saberlo realmente? Entonces siéntate. Hay una mecedora junto a la otra ventana. Puedes mecerte en vez de caminar. Encenderé la lámpara y te lo contaré todo sobre Dunmore Landing, si quieres saberlo.

—¡No puedo estarme quieta! Bajaré y veré lo que pasa.

Buscó a tientas el tirador de la puerta.

—Si lo haces, él nunca te perdonará —dijo Rosemary.

Scarlett bajó la mano.

El chasquido de la cerilla fue tan fuerte como un tiro de pistola. Scarlett sintió que los nervios se le erizaban debajo de la piel. Entonces se volvió y se sorprendió al ver que Rosemary parecía la misma de siempre. También estaba en el mismo sitio, sentada en el borde de la cama. La lámpara de queroseno hacía que los colores de la colcha pareciesen muy brillantes. Scarlett vaciló un momento, después se acercó a la mecedora y se dejó caer en ella.

—Está bien. Háblame de Dunmore Landing.

Empezó a mecerse, empujándose fuertemente con los pies. La mecedora rechinaba mientras Rosemary hablaba de la plantación que tanto significaba para ella. Scarlett siguió meciéndose con malévola satisfacción.

La casa donde se hallaban, empezó diciendo Rosemary, tenía pequeños los dormitorios porque había sido construida para albergar solamente a invitados solteros. Encima de la planta donde se encontraban, había otra compuesta también de pequeñas habitaciones destinadas a los criados de los huéspedes. Las habitaciones de la planta baja donde estaban ahora el despacho de Rhett y el comedor, habían sido también designadas para que los invitados pudiesen beber por la noche y jugar a las cartas y conversar.

—Todos los sillones eran de cuero rojo —dijo suavemente Rosemary—. A mí me gustaba entrar ahí y aspirar el olor del cuero y el whisky y el humo de los cigarros cuando todos los hombres habían salido de caza.

»Landing tomó su nombre del lugar donde vivían los Butler antes de que nuestro tatarabuelo se trasladase desde Inglaterra a Barbados. Nuestro bisabuelo vino a Charleston desde Barbados hace unos ciento cincuenta años. Construyó la casa y plantó los jardines. La esposa del bisabuelo se llamaba, de soltera, Sophia Rosemary Ross. De ella tomamos nuestros nombres Ross y yo.

—¿De quién tomó Rhett el suyo?

—De nuestro abuelo.

—Rhett me dijo que vuestro abuelo era un pirata.

—¿Sí? —Rosemary se echó a reír—. No me extraña que dijese eso. El abuelo burló el bloqueo inglés durante la Revolución precedente a la Guerra de Independencia, lo mismo que burló Rhett el de los yanquis durante nuestra guerra. El abuelo estaba obligado y resuelto a sacar su cosecha de arroz y no dejó que nada se lo impidiese. Me imagino que haría algún negocio provechoso además, pero principalmente fue un cultivador de arroz. Dunmore Landing ha sido siempre una finca arrocera. Por esto me enfado tanto con Rhett...

Scarlett se meció más de prisa. «Empezará a hablar de nuevo del arroz, y gritaré.»

Dos fuertes disparos de escopeta retumbaron en la noche, y Scarlett, en efecto, gritó. Se puso en pie de un salto y se precipitó a la puerta. Rosemary se levantó también y corrió tras ella. Rodeó la cintura de Scarlett con sus vigorosos brazos y la detuvo.

—Suéltame; Rhett puede estar... —dijo Scarlett con voz ahogada.

Rosemary la estrechaba con tal fuerza que no podía respirar. Todavía la apretó con más fuerza. Scarlett trató de liberarse. Oía su propia respiración sofocada, pero aunque parezca extraño todavía oía más claramente los crujidos de la mecedora que se hacían cada vez más lentos, siguiendo el ritmo de su propio jadear. La habitación iluminada pareció oscurecerse.

Agitó débilmente las manos y un sonido ronco brotó de su tensa garganta. Rosemary la soltó. «Lo siento», creyó Scarlett que decía. No importaba. Lo único importante era llenarse de aire los pulmones; ni siquiera importaba que se hubiese caído de rodillas. De esta manera le era más fácil respirar.

Pasó un largo rato antes de que pudiese hablar. Entonces levantó la mirada y vio que Rosemary estaba plantada de espaldas a la puerta.

—Casi me has matado —dijo.

—Lo siento. No quería hacerte daño, pero tenía que detenerte.

—¿Por qué? Iba en busca de Rhett. Tengo que ir con Rhett.

Esto significaba para ella más que nada en el mundo. ¿No podía comprenderlo esa estúpida muchacha? No, no podía; ella no había querido nunca a nadie, ni había tenido a nadie que la quisiera.

Scarlett trató de ponerse en pie. Oh, Virgen santa, ¡qué débil estoy! Sus manos encontraron una columna de la cama. Poco a poco, se levantó. Estaba blanca como un fantasma y sus ojos verdes resplandecían como llamas frías.

—Voy en busca de Rhett —dijo.

Entonces le propinó Rosemary un fuerte golpe. No con las manos ni siquiera con los puños. Esto habría podido aguantarlo.

—Él no te quiere —dijo pausadamente Rosemary—. Así me lo dijo.

24

Rhett se detuvo a media frase. Miró a Scarlett y dijo:

—¿Qué es eso? ¿No tienes apetito? Y dicen que el aire del campo lo aumenta. Me asombras, querida. Creo que es la primera vez que veo que desdeñas la comida.

Ella levantó los ojos del plato intacto y le miró con ira. ¿Cómo se atrevía a dirigirle la palabra después de haber estado hablando de ella a sus espaldas? ¿Qué más le había dicho a Rosemary? ¿Sabía todo el mundo en Charleston que Rhett la había plantado en Atlanta y que ella se había puesto en ridículo al correr tras él?

Bajó de nuevo la mirada y continuó empujando trocitos de comida de un lado a otro del plato.

—Entonces, ¿qué ha pasado? —preguntó Rosemary—. Todavía no lo entiendo.

—Ha sido exactamente lo que esperábamos la señorita Julia y yo. Sus jornaleros y mis trabajadores de la mina de fosfato habían urdido un plan. Ya sabes que los contratos de trabajo se firman el día de Año Nuevo para el año siguiente. Los hombres de la señorita Julia iban a decir a ésta que yo pagaba a mis mineros casi el doble de lo que pagaba ella y que tendría que aumentarles el salario o vendrían a trabajar para mí. Mis hombres iban a hacer el mismo juego, pero al revés. No se les ocurrió pensar que la señorita Julia y yo estábamos sobre aviso y conocíamos sus designios.

»Empezaron a circular rumores en el momento en que nos dirigimos a Ashley Barony. Todos comprendieron que el juego había terminado. Ya visteis con qué afán trabajaban todos los jornaleros de Barony en los campos de arroz. No quieren arriesgarse a perder sus empleos y todos le tienen un miedo atroz a la señorita Julia.

»Aquí las cosas se pusieron más difíciles. Había cundido el rumor de que los negros de Landing estaban tramando algo, y los aparceros blancos del otro lado de la carretera de Summerville se pusieron nerviosos. Hicieron lo que hacen siempre los blancos pobres: agarrar sus escopetas y prepararse para un pequeño tiroteo. Vinieron a la casa, irrumpieron en ella y robaron mi whisky; entonces se pasaron la botella los unos a los otros para animarse.

»Cuando vosotras estuvisteis a salvo, fuera de su alcance, les dije que yo cuidaría sólo de mis asuntos y me dirigí a la parte de atrás de la casa. Los negros estaban asustados, como era lógico, pero los convencí de que podría apaciguar a los blancos y de que ellos debían marcharse a sus casas. Cuando volví, dije a los aparceros que lo había arreglado todo con los trabajadores y que debían marcharse también a sus casas. Probablemente me precipité. Estaba tan contento de que no hubiese habido dificultades que me descuidé. La próxima vez tendré más cuidado. Suponiendo, Dios no lo quiera, que haya una próxima vez. Sea como fuere, Clinch Dawkins se pasó de la raya. Buscaba jaleo. Me llamó amante de los negros y amartilló aquella escopeta que parece un cañón y la volvió en mi dirección. No esperé a descubrir si estaba lo bastante borracho para disparar; me eché encima de él y le levanté el arma. El cielo recibió un par de tiros.

—¿Es esto todo? —casi gritó Scarlett—. Podías habérnoslo dicho.

—Estaba demasiado ocupado, querida. Clinch había sido herido en su orgullo y sacó un cuchillo. Yo saqué el mío y peleamos durante unos diez minutos antes de que le cortase la nariz.

Rosemary lanzó una exclamación ahogada.

Rhett le acarició la mano.

—Solamente la punta. Además, la tenía demasiado larga. Su aspecto ha mejorado mucho.

—Pero, Rhett, vendrá a por ti.

Rhett sacudió la cabeza.

—No; puedes estar segura de que no lo hará. Ha sido una pelea noble, y Clinch es uno de mis más viejos compañeros. Estuvimos juntos en el Ejército de la Confederación. Él era cargador del cañón que estaba bajo mi mando. Hay un lazo entre nosotros que no puede romperse por un pequeño corte en la nariz.

—Lástima que no te haya matado —dijo claramente Scarlett—. Estoy cansada y me voy a la cama.

Empujó la silla hacia atrás y salió con paso digno de la habitación.

La siguieron las palabras de Rhett, deliberadamente pronunciadas con voz cansina:

—No hay mejor dicha para un hombre que la devoción de una esposa amante.

El corazón de Scarlett ardió de cólera.

—Ojalá esté Clinch Dawkins delante de esta casa en este instante —murmuró— para pegarte un tiro.

Y, ciertamente, no lloraría a moco tendido si el segundo disparo alcanzaba a Rosemary.

Rosemary levantó su vaso de vino brindando por Rhett.

—Muy bien, ahora sé por qué dijiste que esta cena sería una celebración. Por mi parte, celebro que haya terminado el día.

—¿Está enferma Scarlett? —preguntó Rhett a su hermana—. Sólo dije medio en broma lo de su apetito. No comer es algo impropio de ella.

—Está muy afectada.

—La he visto afectada más veces de lo que puedas imaginarte, y siempre ha comido como un estibador.

—No se trata solamente de su mal talante, Rhett. Mientras tú estabas cortando narices, Scarlett y yo sostuvimos también una lucha. —Rosemary refirió el pánico de Scarlett y su resolución de ir en busca de él—. Yo no sabía el peligro que podía correr abajo; por consiguiente se lo impedí. Confío en que hice bien.

—Hiciste perfectamente. Podía haber ocurrido cualquier cosa.

—Pero temo que la apreté con demasiada fuerza —confesó Rosemary—. Estuvo a punto de desmayarse; no podía respirar.

Rhett echó la cabeza atrás con una carcajada.

—Por Dios que me habría gustado verte. Scarlett O'Hara sujetada sobre la lona por una chica. Seguro que hay unas cien mujeres en Georgia que se habrían despellejado las manos aplaudiéndote.

Rosemary pensó si debía confesarle lo demás. Se daba cuenta de que lo que había dicho a Scarlett le había hecho más daño que la pelea. Decidió callar. Rhett estaba todavía riendo entre dientes; hubiese sido estúpido enturbiar su buen humor.

Scarlett se despertó antes del amanecer. Permaneció muy quieta en la habitación a oscuras, temerosa de moverse. «Respira como si estuvieses todavía durmiendo —se dijo—; no te despertarías en mitad de la noche si no hubieses oído algún ruido.» Escuchó durante lo que le pareció una eternidad, pero nada interrumpió el absoluto silencio.

Cuando se dio cuenta de que era el hambre lo que la había despertado, casi lloró de alivio. ¡Desde luego, estaba hambrienta! No había comido nada desde el desayuno del día anterior, salvo unos pocos bocadillos en Ashley Barony.

El aire nocturno era demasiado frío para ponerse la elegante bata de seda que había traído consigo. Se envolvió en la colcha de la cama. Era gruesa y de lana, y todavía conservaba el calor de su cuerpo. La arrastró torpemente alrededor de los pies descalzos al recorrer silenciosamente el oscuro pasillo y bajar la escalera. Afortunadamente las brasas de la gran chimenea daban todavía algún calor y luz suficiente para que viese la puerta del comedor, más allá del cual estaba la cocina. No le importaba lo que podía encontrar en ella; incluso arroz y estofado fríos le resultarían apetitosos.

Sujetando con una mano la colcha en que se envolvía, buscó a tientas el pomo de la puerta con la otra. ¿Estaba a la derecha o a la izquierda? No se había fijado.

—¡Alto ahí, o te meteré una bala en mitad del cuerpo!

La áspera voz de Rhett le hizo dar un salto. La colcha se desprendió y Scarlett sintió la frialdad del aire.

—¡Por todos los diablos! —Scarlett se volvió hacia él y se inclinó para recoger el cobertor de lana—. ¿No me asustaste lo bastante ayer? ¿Tienes que empezar de nuevo? ¡Me has dado un susto de muerte!

—¿Por qué estás rondando por la casa a estas horas, Scarlett? Hubiese podido dispararte.

—¿Y por qué andas tú por ahí asustando a la gente? —Scarlett se envolvió los hombros con la colcha como si ésta fuese un manto imperial de armiño—. Voy a la cocina a comer algo —dijo, con toda la dignidad de que fue capaz.

Rhett sonrió al ver su ademán de absurda altivez.

—Encenderé el fuego en la cocina —dijo—. También yo estaba pensando en tomar un poco de café.

—Estás en tu casa. Supongo que puedes tomar café si te apetece. —Scarlett dio una patada a los pliegues de la colcha detrás de ella, como si fuesen la cola de un traje de baile—. Bueno, ¿vas a abrirme la puerta?

Rhett arrojó unos leños en la chimenea. Las brasas prendieron fuego a las hojas secas de una rama de pino. Él borró la expresión divertida de su semblante antes de que ella la advirtiera. Abrió la puerta del comedor y retrocedió. Scarlett pasó por delante de él, pero tuvo que detenerse casi inmediatamente. La habitación estaba completamente a oscuras.

—Si me permites...

Rhett encendió una cerilla, la aplicó a la lámpara posada encima de la mesa y reguló cuidadosamente la llama.

Scarlett percibió risa en su voz, pero por alguna razón esto no la irritó.

—Tengo un hambre tan atroz que me comería un caballo —confesó.

—Un caballo no, por favor —dijo riendo Rhett—. Sólo tengo tres, y dos de ellos no sirven para nada. —Colocó el tubo de cristal sobre la lámpara y sonrió—. ¿Qué te parecerían unos huevos y una loncha de jamón?

—Dos lonchas —dijo Scarlett.

Le siguió a la cocina y se sentó en un banco junto a la mesa, envolviéndose los pies con la colcha, mientras él encendía el fuego en la gran cocina de hierro. Cuando empezó a crepitar la leña, Scarlett sacó los pies para acercarlos al calor.

Rhett tomó un pedazo de jamón, un cuenco de mantequilla y unos huevos en la despensa.

—El molinillo está sobre la mesa detrás de ti —dijo—, y el café en aquella lata. Si mueles un poco mientras corto el jamón, antes estará listo el desayuno.

—¿Por qué no mueles tú el café mientras preparo yo los huevos?

—Porque la cocina no está todavía caliente, señorita glotona. Hay una cacerola con pan de maíz frío al lado del molinillo. Esto podría mitigar tu hambre. Yo me encargaré de la cocina.

Scarlett se volvió en redondo. En la cacerola, cubierta con una servilleta, había cuatro pedazos de pan de maíz. Soltó la colcha para coger un trozo. Mientras lo masticaba, puso un puñado de grano de café en el molinillo. Después alternó los bocados de pan de maíz con la tarea de darle vueltas a la manivela. Casi había terminado su trozo de pan cuando de pronto oyó crepitar las lonchas de jamón que Rhett arrojaba en la sartén.

—Eso huele a gloria —dijo, encantada. Acabó de moler el café con una serie de rápidas vueltas a la manivela—. ¿Dónde está la cafetera?

Se volvió, vio a Rhett y se echó a reír. Su marido se había sujetado un paño de cocina en la pretina del pantalón y llevaba un largo tenedor en una mano. Rhett señaló con ésta hacia un estante al lado de la puerta.

—¿Qué resulta tan divertido?

—Tú..., esquivando las salpicaduras de la grasa. Tapa el fogón de la cocina o se inflamará lo que hay en la sartén. Debí pensar que no sabrías cómo hacerlo.

—Tonterías, señora. Prefiero la aventura de las llamas no reprimidas. Me recuerda los deliciosos tiempos en que freía carne de búfalo en la fogata de un campamento.

Pero apartó la sartén hacia un lado del fogón abierto de la cocina.

—¿Comías realmente búfalo, en California?

—Búfalo y cabra y mula, y carne arrancada del cuerpo de la persona muerta que no hacía el café cuando yo lo pedía.

Scarlett soltó una risita. Corrió sobre el frío suelo de piedra para asir la cafetera.

Comieron en silencio en la mesa de la cocina, concentrando ambos su atención en el yantar. Se estaba caliente y a gusto en la oscura estancia. Una puertecilla abierta del horno producía una desigual luz rojiza. El olor del café hirviendo sobre el fogón era fuerte y dulce. Scarlett deseaba que el desayuno durase eternamente. «Rosemary debió de mentir —pensó—. Rhett no pudo decirle que no me quería.»

—¿Rhett?

—¿Eh? —dijo él, mientras servía el café.

Scarlett quería preguntarle si aquella tranquilidad y aquellas risas podían durar, pero tuvo miedo de echarlo todo a perder.

—¿Hay un poco de crema? —preguntó.

—En la despensa. Iré a buscarla. Caliéntate los pies cerca del horno.

Sólo estuvo fuera unos segundos. Mientras revolvía el azúcar y la crema en su café, hizo ella acopio de valor.

—¿Rhett?

—¿Sí?

Las palabras brotaron tan rápidamente de la boca de Scarlett que él no pudo detenerla.

—¿Por qué no podemos pasar siempre buenos ratos como éste, Rhett? Porque lo pasamos bien y tú lo sabes. ¿Por qué has de comportarte como si me odiases?

Rhett suspiró.

—Scarlett —dijo cansadamente—, cualquier animal ataca si se ve acorralado. El instinto es más fuerte que la razón, más fuerte que la voluntad. Cuando viniste a Charleston, me estuviste acorralando en un rincón, presionándome y atosigándome como lo haces ahora. No puedes dejarme en paz. Quiero portarme bien, pero tú no me dejas.

—Te dejaré, te dejaré. Quiero que seas amable.

—Tú no quieres amabilidad, Scarlett, quieres amor. Un amor sin condiciones, sin exigencias, inequívoco. Yo te lo di una vez, cuando no lo querías. Lo gasté todo, Scarlett.

El tono de Rhett era cada vez más frío, matizado de dura impaciencia. Scarlett se encogió acobardada, tocando insconscientemente el banco a su lado, tratando de encontrar el calor de la colcha desechada.

—Deja que lo diga a tu manera, Scarlett. Tenía amor por valor de mil dólares en mi corazón. En oro, no en billetes. Y lo gasté en ti hasta el último centavo. En lo tocante al amor, estoy en quiebra. Tú me dejaste seco.

—Hice mal, Rhett, y lo siento. Estoy tratando de reparar mi error.

La mente de Scarlett galopaba frenéticamente. «Yo puedo darle mil dólares de amor —pensó—. Dos mil, cinco mil, veinte mil, un millón. Entonces podrá amarme, porque ya no estará en quiebra. Se lo habré devuelto todo y más. Sólo tendrá que tomarlo. Debo hacer que lo tome...»

—Scarlett —estaba diciendo Rhett—, no se puede «reparar» el pasado. No destruyas lo poco que queda. Deja que sea amable; así me sentiré mejor.

Ella le tomó la palabra.

—¡Oh, sí! Sí, Rhett, por favor. Sé amable como lo eras antes de que yo echase a perder nuestros tiempos felices. No te atosigaré. Pasémoslo bien, seamos amigos hasta que vuelva a Atlanta. Estaré contenta si podemos reírnos juntos, ¡lo he pasado tan bien durante el desayuno! ¡Oh, qué facha tienes con ese delantal!

Sofocó una risita. Gracias a Dios, él no podía verla mejor que ella a él.

—¿Es esto todo lo que quieres?

La voz de Rhett denotaba alivio. Scarlett tomó un largo sorbo de café mientras pensaba lo que tenía que decir. Después consiguió reír alegremente.

—Claro que sí, tonto. Me doy cuenta de mi derrota. Me imaginé que valía la pena intentarlo, esto es todo. No te atosigaré más; pero, por favor, haz que la temporada sea buena para mí. Sabes lo mucho que disfruto con las fiestas. —Rió de nuevo—. Y si quieres realmente ser amable, Rhett Butler, puedes servirme otra taza de café. No tengo nada con que asir la cafetera sin quemarme, y tú sí.

Después de desayunar, Scarlett subió a vestirse. Todavía era de noche, pero estaba demasiado excitada para pensar en acostarse de nuevo. Había llevado bastante bien el asunto, caviló. Él había bajado la guardia. Y estaba segura de que también había disfrutado con el desayuno.

Se puso el vestido marrón de viaje que había llevado en la embarcación. Después se peinó los negros cabellos hacia atrás desde las sienes y prendió horquillas para sujetarlos. Luego se frotó las muñecas y el cuello con un poco de agua de colonia, como un débil recordatorio de que era femenina y dulce y deseable.

Anduvo por el pasillo y bajó la escalera con el menor ruido posible. Cuanto más rato estuviese Rosemary durmiendo, tanto mejor. La ventana que en el rellano daba al este se distinguía claramente en la oscuridad. Pronto amanecería. Scarlett apagó la llama de la lámpara que llevaba en la mano. «Oh, ojalá sea hoy un buen día, ojalá lo haga todo bien. Que sea todo el día como en la hora del desayuno. Y toda la noche. Hoy es víspera de Año Nuevo.»

La casa tenía esa quietud especial que envuelve la tierra justo antes de amanecer. Scarlett caminó cuidadosamente para no hacer ruido, hasta que llegó a la habitación central de la planta baja. El fuego ardía alegremente; Rhett debió de añadir más leña mientras ella se estaba vistiendo. Distinguió a duras penas la silueta oscura de sus hombros y de su cabeza contra la penumbra gris de una ventana que había detrás de él. Estaba en su despacho con la puerta entreabierta, de espaldas a ella. Scarlett cruzó de puntillas la habitación y golpeó suavemente el marco de la puerta con las puntas de los dedos.

—¿Puedo entrar? —murmuró.

—Creía que habías vuelto a la cama —dijo Rhett.

Parecía muy cansado. Scarlett recordó que había estado levantado toda la noche guardando la casa. Y a ella. Lamentó no poder mecer la cabeza de Rhett sobre su corazón y hacerle olvidar su cansancio con caricias.

—Habría sido una tontería pretender dormir: los gallos empezarán a cantar como locos en cuanto salga el sol. —Adelantó un pie vacilante en el umbral—. ¿Te importa que me siente aquí? En tu despacho hay menos humo.

—Entra —dijo Rhett, sin mirarla.

Scarlett se dirigió con sigilo hacia un sillón próximo a la puerta del despacho. Por encima del hombro de Rhett observó que la ventana se iba aclarando.

«Me pregunto qué estará mirando con tanta atención. ¿Están otra vez esos chiflados allá fuera? ¿O Clinch Dawkins?» Cantó un gallo, y todo su cuerpo se estremeció.

Entonces, los primeros y débiles rayos de la roja aurora alumbraron el paisaje más allá de la ventana. Las derrocadas piedras de lo que un día fue la casa de Dunmore Landing adquirieron un rojo tinte dramático resaltando contra el fondo oscuro del cielo. Scarlett lanzó una exclamación. Parecía que estuviesen todavía ardiendo. Rhett evocaba la agonía de su hogar.

—No mires, Rhett —suplicó ella—, no mires. Eso destrozará tu corazón.

—Hubiese debido estar aquí; tal vez los habría detenido.

La voz de Rhett era lenta, remota, como si no fuese consciente de estar hablando.

—No habrías podido. Seguramente había cientos de hombres. Te habrían matado y lo habrían incendiado igualmente todo.

—No mataron a Julia Ashley —dijo Rhett.

Pero ahora su voz sonaba diferente. Había un matiz de ironía, casi de buen humor, en sus palabras. La luz roja del exterior estaba cambiando, se hacía más dorada, y las ruinas eran solamente ladrillos y chimeneas ennegrecidos que brillaban con el rocío al ser tocados por el sol.

Rhett dio vuelta a su sillón giratorio. Se frotó el mentón con la mano y Scarlett casi pudo oír el roce de la barba sin afeitar. Rhett tenía ojeras, visibles incluso en la oscura habitación, y sus negros cabellos desgreñados formaban un mechón erizado en la coronilla y otro que le caía sobre la frente. Se levantó, bostezó y se estiró.

—Creo que ahora podré dormir un poco sin peligro. Rosemary y tú quedaos en la casa hasta que me despierte.

Se tumbó en un banco de madera y al instante se quedó dormido.

Scarlett lo contempló durante su sueño.

«No debo volver a decirle que le amo. Esto hace que se sienta presionado. Y cuando se pone impertinente, me siento empequeñecida y envilecida por lo que he dicho. No; nunca volveré a decirlo, hasta que él me diga primero que me ama.»

25

Rhett estuvo atareado desde el momento en que se despertó, después de una hora de pesado sueño, e indicó sin rodeos a Rosemary y a Scarlett que se mantuviesen lejos de los lagos en forma de mariposa. Estaba construyendo allí una plataforma para los discursos y las ceremonias de contratación del día siguiente.

—Los trabajadores no aceptan de buen grado la presencia de mujeres. —Sonrió a su hermana—. Y ciertamente, no quiero que mamá me pregunte por qué he permitido que aprendieses un nuevo vocabulario tan pintoresco.

A petición de Rhett, Rosemary llevó a Scarlett a dar una vuelta por los jardines cubiertos de una vegetación exuberante. Los senderos habían sido limpiados, pero no recubiertos de gravilla, y pronto el dobladillo del vestido de Scarlett estuvo negro a causa del fino polvo. Todo era muy diferente de Tara, incluso el suelo. Le parecía raro que los senderos y el polvo no fuesen rojos. La vegetación era además muy espesa y muchas de las plantas le eran desconocidas. Demasiada frondosidad para su gusto de moradora de la altiplanicie.

En cambio, la hermana de Rhett adoraba la plantación Butler con una pasión que a Scarlett sorprendía. «Bueno, siente por este lugar lo mismo que siento yo por Tara —pensó—. Tal vez pueda llevarme bien con ella a fin de cuentas.» Rosemary no advertía los esfuerzos que Scarlett estaba haciendo por encontrar un terreno común. Se hallaba absorta en un mundo perdido: Dunmore Landing antes de la guerra.

—A éste le llamaban «el jardín oculto», porque los altos setos a lo largo de los caminos impedían que uno lo viese hasta que se encontraba de pronto dentro de él. Cuando yo era pequeña me escondía aquí siempre que se acercaba la hora del baño. Las criadas eran maravillosas; daban vueltas alrededor de los setos, gritando que no podían encontrarme. Yo me imaginaba que había sido muy lista. Y cuando mi Mamita cruzaba la verja, siempre simulaba que se sorprendía al verme... Yo la quería muchísimo.

—Yo también tenía una Mamita. Ella...

Pero Rosemary había echado a andar de nuevo.

—Ahí abajo está el estanque reflectante. Había cisnes, unos negros y otros blancos. Rhett dice que tal vez volverán cuando hayan cortado las cañas y arrancado las sucias algas. ¿Ves aquellos arbustos? En realidad es una isla, construida para que los cisnes anidasen en ella. Desde luego, estaba toda cubierta de hierba, que se cortaba cuando no era la temporada de anidar. Y había un templo griego en miniatura, de mármol blanco. Tal vez haya todavía restos de él entre aquella maraña. Mucha gente tiene miedo a los cisnes. Pueden causar mucho daño con los picos y las alas. Pero los nuestros me dejaban nadar con ellos cuando sus pequeños habían salido del nido. Mamá solía leerme *El patito feo*, sentada en un banco junto al estanque. Cuando hube aprendido a leer, yo se lo leía a los cisnes...

»Este sendero conduce a la rosaleda. En mayo, se percibía el aroma de las rosas durante kilómetros cuando navegábamos por el río hacia Landing. Dentro de la casa, con las ventanas cerradas en días de lluvia, el perfume de los grandes ramos de rosas me mareaba terriblemente...

»Allí, junto al río, estaba el gran roble con una caseta instalada en sus ramas. Rhett la construyó cuando era un muchacho y después pasó a ser de Ross. Yo subía a ella con un libro y unos bizcochos con mermelada, y me pasaba allí horas y horas. Era mucho mejor que la casita de juguete que papá había hecho construir a los carpinteros. Ésta era demasiado lujosa, con alfombras en el suelo y muebles a mi medida y juegos de té y muñecos...

»Ven por aquí. Allí está la ciénaga de los cipreses. Tal vez podremos ver algún caimán. El tiempo es tan templado que no es probable que estén en sus refugios de invierno.

—No, gracias —dijo Scarlett—. Me estoy fatigando; las piernas me pesan. Creo que me sentaré en aquella piedra grande durante un rato.

La piedra grande resultó ser la base de una estatua que yacía rota en el suelo y que representaba una doncella con vestidura clásica. Scarlett distinguió la cara manchada en medio de una espesura de zarzas. En realidad, no estaba cansada de andar; estaba cansada de Rosemary. Y ciertamente no tenía el menor deseo de ver caimanes. Se sentó, sintiendo en la espalda el calor del sol, y pensó en lo que había visto. Dunmore Landing empezaba a cobrar vida en su mente. Se dio cuenta de que no había sido en modo alguno como Tara. Aquí se había vivido la vida a una escala y según un estilo del que ella nada sabía. No era extraño que la gente de Charleston tuviese fama de pensar que todo empezaba y terminaba allí. Habían vivido como reyes.

A pesar del calor del sol, sentía frío. Aunque Rhett trabajase día y noche durante el resto de su vida, no conseguiría que este lugar fuese como había sido antaño, y esto era exactamente lo que él se proponía.

No quedaría mucho tiempo en la vida de Rhett para su esposa. Y los conocimientos que ella poseía sobre cebollas y batatas tampoco le servirían de mucho para compartir la vida de su marido.

Rosemary volvió, contrariada. No había visto un solo caimán. Habló sin parar mientras regresaban a la casa, denominando con sus viejos nombres a unos jardines que ahora no eran más que terrenos cubiertos de hierbajos, aburriendo a Scarlett con complicadas descripciones de las variedades de arroz que se habían cultivado en campos convertidos ahora en herbazales pantanosos; recordando cosas de su infancia.

—¡Aborrecía que llegase el verano! —se lamentó.

—¿Por qué? —le preguntó Scarlett.

A ella le había encantado siempre el verano, cuando se celebraban fiestas todas las semanas, había numerosos visitantes y tenían lugar ruidosas carreras en los caminos apartados, entre los campos de algodón maduro.

La respuesta de Rosemary borró las aprensiones que estaban haciendo presa en su mente. Scarlett se enteró de que, en las Tierras Rojas, resultaba prudente pasar el verano en la ciudad. Los terrenos pantanosos producían una fiebre que atacaba a los blancos. Malaria. Por eso se iban de las plantaciones a mediados de mayo y permanecían fuera hasta las primeras heladas de finales de octubre.

Después de todo, Rhett tendría tiempo para ella. Y además estaba la temporada social, de casi dos meses. Él debería estar allí para acompañar a su madre y a su hermana... y a ella. De buen grado le dejaría jugar con sus flores durante cinco meses al año, si podía tenerle con ella durante los otros siete. Incluso aprendería los nombres de las camelias.

¿Qué era aquello? Scarlett contempló un enorme objeto de piedra blanca. Parecía un ángel de pie sobre una caja grande.

—Oh, es nuestro panteón —dijo Rosemary—. Un siglo y medio de familia Butler, todos ellos enterrados en limpias hileras. Cuando yo estire la pata, también me meterán allí. Los yanquis rompieron las alas del ángel, pero tuvieron el decoro de dejar en paz a los muertos. Oí decir que, en algunos lugares, profanaron las tumbas en busca de joyas.

Hija de un padre irlandés inmigrante, Scarlett se sintió impresionada por la permanencia del panteón. Tantas generaciones pasadas y tantas otras venideras, por los siglos de los siglos, amén. «Vuelvo a un sitio donde las raíces son muy hondas», había dicho Rhett. Ahora comprendía lo que había querido decir. Lamentaba lo que él había perdido, y le envidiaba porque ella no lo había tenido nunca.

—Vamos, Scarlett. Te has quedado ahí como plantada. Estamos muy cerca de la casa y no estarás tan cansada como para no poder caminar un trecho tan corto.

Scarlett recordó por qué había accedido a dar aquel paseo con Rosemary.

—No estoy cansada —dijo—. Creo que deberíamos cortar algunas ramas de pinos y otras cosas para adornar un poco la casa. A fin de cuentas, éstos son días de fiesta.

—Buena idea. Así quitaremos el mal olor. Hay muchos pinos, y también acebos, en el bosque vecino al antiguo emplazamiento de los establos.

«Y muérdago», añadió Scarlett para sus adentros. No estaba dispuesta a prescindir del rito de la medianoche en la víspera de Año Nuevo.

—Muy bonito —dijo Rhett, cuando volvió a la casa después de que él y sus hombres hubiesen levantado la plataforma y la hubiesen adornado con banderas rojas, blancas y azules—. Parece alegre, lo adecuado para la fiesta.

—¿Qué fiesta? —preguntó Scarlett.

—He invitado a las familias de los aparceros. Esto hace que se sientan importantes y, Dios mediante, los hombres tendrán mañana una resaca tan fuerte después del whisky matarratas, que no armarán jaleo cuando estén aquí los negros. Rosemary, tú y Pansy subiréis al piso de arriba antes de que vengan. Probablemente será una escena tormentosa.

Scarlett contempló desde la ventana de su dormitorio los arcos que trazaban los cohetes en el cielo. Los fuegos artificiales para celebrar el Año Nuevo duraron desde la medianoche hasta cerca de la una. Lamentó de todo corazón no haberse quedado en la ciudad. Estaría encerrada todo el día siguiente mientras los negros celebrasen la fiesta, y el sábado cuando llegase de regreso a la ciudad, probablemente no tendría tiempo de lavarse el cabello para el baile.

Y Rhett no la había besado.

Durante los días que siguieron, Scarlett revivió toda la vertiginosa excitación de lo que recordaba como los mejores tiempos de su vida. Volvía a ser una beldad, con los hombres arracimados a su alrededor en las recepciones, con su carnet de baile lleno en cuanto entraba en el salón, con todos sus viejos juegos de coqueteo produciendo la misma admiración que antes. Era como si volviese a tener dieciséis años, sin nada en qué pensar salvo en la última fiesta y en los cumplidos de que había sido objeto, y en la próxima fiesta y en qué peinado llevaría.

Pero su entusiasmo no duró mucho. Ya no tenía dieciséis años y, en realidad, no quería que se la disputasen los galanes. Quería a Rhett, y no estaba más cerca que antes de conquistarle de nuevo. Él mantenía el trato: era atento con ella en las fiestas, amable cuando estaban juntos en casa... con otras personas. Sin embargo, estaba segura de que Rhett miraba el calendario, contando los días que faltaban para librarse de ella. Empezó a sentir momentos de pánico. ¿Y si perdía?

El pánico siempre engendra cólera, y Scarlett la centró en el joven Tommy Cooper. El muchacho estaba siempre rondando a Rhett, con la adoración ante el héroe pintada en su semblante. Y a Rhett le hacía gracia el muchacho. Esto enfurecía a Scarlett. Tommy había recibido una pequeña barca de vela como regalo de Navidad y Rhett le enseñaba a manejarla. Había un magnífico telescopio de metal en el salón de juego de la segunda planta, y Scarlett se apresuraba a utilizarlo siempre que podía, en las tardes en que Rhett salía con Tom Cooper. Sus celos eran como tocar con la lengua un diente cariado, pero no podía resistir el impulso de causarle dolor. ¡No es justo! Están riendo, divirtiéndose y surcando el agua, libres como pájaros. ¿Por qué Rhett no me lleva a mí? Si navegar me gustó tanto cuando volvimos de Landing, todavía me gustaría más en esa pequeña barca del joven Cooper. Parece viva, rápida, ligera y tan... ¡tan divertida!

Afortunadamente eran pocas las tardes en que estaba en casa y cerca de la lente espía. Aunque las recepciones y los bailes nocturnos eran los principales acontecimientos de la temporada, tenía también otras cosas que hacer. Las devotas del whist seguían jugando; el comité del Hogar Confederado de Eleanor celebraba reuniones para convenir la manera de recaudar fondos destinados a comprar libros para la escuela y a reparar una filtración que había aparecido de pronto en el tejado; además, había que hacer y recibir visitas. Scarlett se quedó pálida y ojerosa a causa de la fatiga.

Todo habría valido la pena, si hubiese sido Rhett y no ella quien hubiese estado celoso. Pero él parecía no advertir la admiración que despertaba Scarlett, o peor aún, daba la impresión de que no le interesaba. Pero ella haría que lo advirtiese, ¡que le preocupase! Decidió elegir un hombre entre sus docenas de admiradores. Un hombre apuesto, rico... y más joven que Rhett. Alguien de quien él tuviese que sentirse celoso.

Dios mío, ¡pero si parecía un fantasma! Scarlett se puso colorete y un perfume fuerte, y adoptó su expresión más inocente para la caza.

Middleton Courtney era alto y rubio; tenía unos ojos claros de mirar somnoliento y unos dientes sumamente blancos que mostraba al sonreír maliciosamente. Era la personificación de lo que Scarlett consideraba un hombre sofisticado de la ciudad. Mejor aún, también él tenía una mina de fosfato, veinte veces mayor que la de Rhett.

Cuando Courtney se inclinó sobre la mano de ella al saludarla, Scarlett le apretó los dedos.

Él se irguió y sonrió.

—¿Puedo esperar que me haga el honor de concederme el baile siguiente, señora Butler?

—Si no me lo hubiese pedido, señor Courtney, habría destrozado mi pobre corazón.

Cuando terminó la polca, Scarlett abrió el abanico, desplegándolo despacio en lo que se llamaba una «caída lánguida». Se dio aire delante de la cara, para que revolotearan los lindos mechones que le caían sobre los ojos.

—Dios mío —dijo jadeante—, temo que si no tomo un poco de aire fresco me desplomaré en sus brazos, señor Courtney. ¿Tendría la amabilidad...?

Tomó el brazo que él le ofrecía y se apoyó en él, y los dos se dirigieron hacia un banco al pie de una ventana.

—Oh, por favor, señor Courtney, siéntese a mi lado. Me va a dar una tortícolis si tengo que levantar la cabeza para mirarle.

Courtney se sentó. Bastante cerca.

—Lamentaría ser causa de cualquier molestia en un cuello tan hermoso —dijo.

Su mirada siguió despacio el cuello hasta el blanco pecho. Era tan hábil como Scarlett en el juego al que estaban jugando.

Ella mantuvo los ojos modestamente bajos, como si no supiese lo que estaba haciendo Courtney. Después le miró a través de las pestañas entrecerradas, y los bajó de nuevo.

—Espero que mi tonto desfallecimiento no le impedirá bailar con la dama que está más cerca de su corazón, señor Courtney.

—Oh, la dama a quien usted se refiere es la que está ahora más cerca de mí, señora Butler.

Scarlett le miró directamente a los ojos y sonrió, seductora.

—Tenga usted cuidado, señor Courtney. Podría hacer que me encaprichara de usted.

—Ciertamente, es lo que pretendo —murmuró él muy cerca de su oído y rozándole el cuello con el aliento.

Muy pronto, el flirteo que ellos dos mantenían en público fue el tema más comentado de la temporada. El número de veces que danzaban juntos en cada fiesta..., aquella ocasión en que Courtney tomó la copa de ponche de la mano de Scarlett y bebió por el borde donde había puesto ella los labios, fragmentos de bromas cargadas de insinuaciones maliciosas que ambos se hacían y que alguien captaba por casualidad...

La esposa de Middleton, Edith, parecía cada día más macilenta y pálida. Y nadie podía comprender la imperturbabilidad de Rhett.

¿Por qué no hacía algo?, se preguntaba el pequeño mundo de la sociedad de Charleston.

26

Las carreras de caballos anuales sólo eran superadas por el baile de santa Cecilia como acontecimiento cumbre de la temporada social de Charleston. Sin embargo, había muchas personas, y principalmente los solteros, que las consideraban el único acontecimiento a tener en cuenta. «No se puede apostar entre varios valses», gruñían en son de queja.

Antes de la guerra, había habido una Semana de Carreras, de la misma manera que la Sociedad de santa Cecilia había celebrado siempre tres bailes durante la temporada. Entonces llegaron los años de asedio; una granada trazó un sendero de fuego en la ciudad que consumió el edificio donde se habían celebrado siempre los bailes, y el largo, ovalado y ajardinado hipódromo, con su club y sus caballerizas, fue empleado como campamento del Ejército de la Confederación y como hospital para los heridos.

En 1865 se rindió la ciudad. En 1866, un emprendedor y ambicioso banquero de Wall Street, llamado August Belmont, compró los monumentales pilares de piedra tallada de la entrada del viejo hipódromo y los hizo trasladar al Norte para la entrada de la pista de carreras de su Belmont Park.

El baile de santa Cecilia tomó de prestado un local sólo dos años después de terminada la guerra, y los charlestonianos se alegraron de que pudiese empezar de nuevo la temporada. Más tiempo se requirió para recuperar y restaurar el terreno estropeado y lleno de baches del hipódromo. Pero nada volvió a ser lo mismo; se celebró un baile, no tres; la Semana de Carreras se convirtió en Día de Carreras; los pilares de la entrada no pudieron recuperarse, y la casa club fue sustituida por filas medio cubiertas de bancos de madera. Pero la brillante tarde de finales de enero de 1875, toda la población restante de la vieja Charleston estaba *en fête* para el segundo año de carreras. Los tranvías de las cuatro líneas de la City Railway fueron desviados hacia la avenida Rutledge, que terminaba cerca del hipódromo; los carruajes fueron engalanados con banderas verdes y blancas, que eran los colores del club, y los caballos que tiraban de esos coches llevaban cintas verdes y blancas entrelazadas en la crin y la cola.

Cuando se disponían a salir de la casa, Rhett ofreció sombrillas a rayas verdes y blancas a sus tres damas y prendió una camelia blanca en su ojal. Una sonrisa resplandecía en su cara tostada por el sol.

—Los yanquis están mordiendo el anzuelo —dijo—; el propio y apreciado señor Belmont ha enviado dos caballos, y Guggenheim, uno. No saben nada de las yeguas que Miles Brewton escondió en el pantano. Sus crías dieron origen a una espléndida familia, de no muy buen aspecto por la vida en los pantanos y los cruces con corceles extraviados de las fuerzas de caballería; pero Miles tiene una maravilla de tres años que va a aligerar los repletos bolsillos más de lo que se espera.

—¿Quieres decir que habrá apuestas? —preguntó Scarlett, brillándole los ojos.

—¿Que otro motivo pueden tener las carreras? —Rhett se echó a reír. Introdujo billetes de banco doblados en el pequeño bolso de su madre, en el bolsillo de Rosemary y en el guante de Scarlett—. Apostadlo todo a Sweet Sally y compraos algunas chucherías con las ganancias.

«Está de muy buen humor —pensó Scarlett—. Ha puesto el billete dentro de mi guante. Habría podido tendérmelo; entonces no habría tenido que tocarme la mano, no, ni la muñeca desnuda. Prácticamente, ha sido una caricia. Se está fijando en mí, ahora que cree que me interesa otra persona. Se fija realmente en mí, no son simples atenciones. ¡La cosa dará resultado!» Había tenido miedo de haberse pasado de la raya al conceder a Middleton un baile de cada tres. Sabía que la gente lo había comentado. Bueno, podían hablar si un poco de chismorreo le devolvía a Rhett.

Cuando entraron en el hipódromo, Scarlett lanzó una exclamación ahogada. ¡No se había imaginado que pudiese ser tan grande! ¡Ni que hubiese una banda! ¡Ni tanta gente! Miró entusiasmada a su alrededor. Después tiró a Rhett de la manga.

—Rhett..., Rhett..., hay soldados yanquis por todas partes. ¿Qué significa? ¿Van a impedir las carreras?

Rhett sonrió.

—¿Crees que los yanquis no apuestan? ¿O que no deberíamos quitarles algún dinero? Sabe Dios que ellos no pusieron reparos en quitarnos todo el nuestro. Me alegra ver que ese bizarro coronel y sus oficiales comparten los sencillos placeres de los vencidos. Pueden perder mucho más dinero que nuestra gente.

—¿Por qué estás tan seguro de que lo perderán? —Scarlett entrecerró los ojos, calculando—. Los caballos yanquis son de pura sangre y Sweet Sally no es más que una jaca de los pantanos.

Rhett torció la boca.

—El orgullo y la lealtad no pesan mucho para ti cuando se trata de dinero, ¿verdad, Scarlett? Bueno, ve a lo tuyo, querida; apuesta por la potra de Belmont para ganar. Te he dado el dinero; haz lo que quieras con él. —Se apartó de ella, asió el brazo de su madre y señaló hacia la tribuna—. Creo que podrás verlo mejor desde arriba, mamá. Ven, Rosemary.

Scarlett trató de correr tras él.

—No quise... —dijo, pero la ancha espalda de Rhett era como una muralla.

Encogió los hombros con irritación y miró a derecha e izquierda. ¿Adónde tenía que ir para apostar?

—¿Puedo servirla en algo, señora? —dijo un hombre, cerca de ella.

—Bueno, sí, tal vez sí. —Parecía un caballero y su acento podía ser de Georgia. Le sonrió agradecida—. No estoy acostumbrada a estas carreras tan complicadas. En mi tierra, alguien gritaría: «Apuesto cinco dólares a que llego antes que vosotros al cruce de caminos», y los demás gritarían aceptando el reto, y empezaría la carrera a todo galope.

El hombre se quitó el sombrero y lo sostuvo sobre el pecho con ambas manos. «Creo que me mira de una manera peculiar —pensó Scarlett con inquietud—. Tal vez no hubiese debido hablarle.»

—Discúlpeme, señora —dijo seriamente él—. No me sorprende que no me recuerde, pero yo la conozco. Usted es la señora Hamilton, ¿verdad? De Atlanta. Me cuidó en el hospital cuando estuve herido. Me llamo Sam Forrest, de Moultrie, Georgia.

¡El hospital! Scarlett arrugó la nariz; fue una reacción involuntaria al recordar el hedor de la sangre, la gangrena y los cuerpos sucios y llenos de piojos.

La cara de Forrest reveló inquietud y confusión.

—Le pido perdón, señora Hamilton —balbució—; no debía decirle que la conocía. No quise ofenderla.

Scarlett volvió a guardar el hospital en el rincón de su mente reservado para el pasado y cerró la puerta. Apoyó una mano en el brazo de Sam Forrest y le sonrió.

—No se preocupe, señor Forrest; no me ha ofendido en absoluto. Sólo me sorprendió que me llamase señora Hamilton. Volví a casarme, ¿sabe?, y hace años que soy la señora Butler. Mi marido es de Charleston; por eso estoy aquí. Y debo decir que el oír su acento de Georgia me hace añorar mi tierra. ¿Qué le trae por aquí?

Los caballos, explicó Forrest. Después de cuatro años en caballería, lo sabía todo acerca de los caballos. Cuando terminó la guerra, había ahorrado el dinero que ganaba como jornalero y empezado a comprar caballos.

—Ahora tengo una cuadra y un negocio de hospedería. He traído lo mejor de mi cuadra para ver si gano algún dinero. Le digo, señora Hamil..., perdón, señora Butler, que fue para mí un día feliz cuando recibí la noticia de que volvía a abrirse el hipódromo de Charleston. No hay nada igual en ningún lugar del Sur.

Scarlett tuvo que fingir que escuchaba su charla sobre los caballos mientras él la acompañaba a la taquilla donde se hacían las apuestas, y después, de nuevo a la tribuna. Se despidió de él con una sensación de alivio.

La tribuna estaba casi llena, pero no le costó encontrar su sitio porque las sombrillas a rayas verdes y blancas eran como un faro. Scarlett agitó la suya en dirección a Rhett y empezó a subir la escalera. Eleanor Butler le devolvió el saludo. Rosemary miró a otra parte.

Rhett sentó a Scarlett entre Rosemary y su madre. Apenas se había instalado ella cuando sintió que Eleanor Butler se ponía rígida. Middleton Courtney y su esposa Edith se estaban aposentando en la misma hilera, no lejos de ellos. Los Courtney saludaron con la cabeza y sonrieron amistosamente. Los Butler correspondieron al saludo. Entonces, Middleton empezó a señalar a su esposa la puerta de salida y la línea de terminación de la carrera. Al mismo tiempo, dijo Scarlett:

—Nunca adivinaría a quién he encontrado, señora Eleanor: a un soldado que estaba en Atlanta cuando fui a vivir allí.

Notó que la señora Butler se relajaba.

La muchedumbre se agitó. Los caballos estaban saliendo a la pista. Scarlett se quedó mirando boquiabierta y con los ojos brillantes. Nada la había preparado para el herboso hipódromo ovalado ni para el atuendo de los jockeys, hecho de abigarrados cuadrados y rayas y rombos arlequinados. Llamativos y alegres, los jinetes desfilaron por delante de la tribuna mientras la banda tocada una pieza de ritmo vivo y jovial. Scarlett rió en voz alta sin darse cuenta. Era una risa infantil, libre y despreocupada, que expresaba una pura y alegre sorpresa.

—¡Oh, mirad! —dijo—. ¡Mirad!

Estaba tan entusiasmada que no reparó en que Rhett la estaba observando, en vez de fijarse en los caballos.

Hubo un intervalo para tomar algo después de la tercera carrera. Una tienda adornada con banderitas verdes y blancos albergaba varias mesas largas repletas de manjares, y entre la multitud circulaban camareros con bandejas de copas llenas de champán. Scarlett tomó una de las copas de Emma Anson de una de las bandejas marcadas con las iniciales de Sally Brewton, simulando que no reconocía al mayordomo de Minnie Wentworth, que estaba sirviendo. Había aprendido de qué modo se las arreglaba la sociedad de Charleston para compensar la escasez y los bienes perdidos: todos compartían sus tesoros y sus criados, actuando como si éstos perteneciesen al anfitrión o anfitriona del acontecimiento. «Es la cosa más tonta que he oído en mi vida», había dicho Scarlett cuando la señora Butler le explicó el truco. Prestar y tomar prestado era comprensible, pero pretender que las iniciales de Emma Anson correspondían a las servilletas de Minnie Wentworth era una insensatez. Sin embargo, se sometió al engaño, suponiendo que ésta fuera la palabra adecuada. No era más que una de las muchas peculiaridades de Charleston.

—Scarlett. —Ésta se volvió rápidamente al oír que la llamaban. Era Rosemary—. Van a tocar la campana dentro de un momento. Volvamos a nuestro sitio antes de que empiece la avalancha.

El público se estaba dirigiendo a sus asientos. Scarlett lo contemplaba a través de los gemelos que había tomado prestados de Eleanor. Allí estaban sus tías; afortunadamente, no había tropezado con ellas en la tienda. Y Sally Brewton con Miles, su marido. Éste parecía casi tan excitado como ella. ¡Vaya! La señorita Julia Ashley estaba con ellos. ¡Quién hubiera dicho que ella apostaba en las carreras!

Scarlett dirigía los gemelos de un lado a otro. Era divertido observar a las personas que no se daban cuenta de que las estaban mirando. ¡Oh! Allí estaba el viejo Josiah Anson, dormitando mientras Emma le hablaba. ¡Menuda bronca le echaría ésta, si descubría que estaba durmiendo! ¡Ross! Lástima que hubiese vuelto, aunque Eleanor estuviese satisfecha. Margaret parecía nerviosa; pero esto era habitual en ella.

«¡Oh, allí está Anne! ¡Caramba! Parece una gallina con sus polluelos, rodeada de todos estos chiquillos. Deben de ser los huérfanos. ¿Me verá? Se está volviendo en esta dirección. No; no mira lo bastante arriba. Oh, está realmente radiante. ¿Se le habrá declarado Edward Cooper al fin? Sin duda; lo está mirando como si Edward fuese capaz de caminar sobre el agua. Anne se está derritiendo.»

Scarlett dirigió los gemelos hacia arriba, para ver si a Edward se le notaba el enamoramiento tan claramente como a Anne... Un par de zapatos, un pantalón, una chaqueta...

El corazón le dio un salto. Era Rhett, que debía de estar hablando con Edward. Detuvo un momento la mirada en él. ¡Qué elegante estaba Rhett! Desvió los prismáticos y vio a Eleanor Butler. Se quedó helada, sin atreverse a respirar. No podía ser. Registró la zona próxima a

Rhett y su madre. Seguía sin haber nadie allí. Poco a poco, enfocó de nuevo los gemelos para mirar a Anne, después a Rhett, y de nuevo a Anne. No cabía la menor duda. Scarlett sintió mareo. A continuación, una cólera abrasadora.

«¡Miserable pequeña lagarta! Me ha estado lisonjeando a la cara, y enamorándose como una loca de mi marido a espaldas mías. ¡Sería capaz de estrangularla!»

Le sudaban las manos y casi resbalaron de ellas los prismáticos cuando los fijó de nuevo en Rhett. ¿Estaba mirando a Anne? No, estaba riendo con Eleanor... Y ahora ambos charlaban con los Wentworth..., saludaban a los Huger..., los Halsey..., los Savage..., al viejo señor Pinckney... No perdió de vista a Rhett hasta que su visión se hizo confusa.

Rhett no había mirado ni una sola vez a Anne. Ella sí que le miraba fijamente, comiéndoselo con los ojos; pero él ni siquiera lo advertía. No había nada que temer. Anne no era más que una niña tonta encaprichada de un hombre mayor.

¿Por qué no había Anne de enamorarse de él? ¿Por qué no habían de hacerlo todas las mujeres de Charleston? Era tan apuesto y tan vigoroso y tan...

Ella le contempló sin disimular su afán, después de dejar los gemelos sobre la falda. Rhett se había inclinado para sujetar el chal sobre los hombros de Eleanor. El sol estaba bajo en el cielo y había empezado a soplar un caprichoso viento frío. Rhett colocó una mano debajo del codo de Eleanor y ambos empezaron a subir los peldaños hasta sus asientos: la viva imagen de un hijo deferente con su madre. Scarlett esperó ansiosamente su llegada.

El techo que cubría parte de la tribuna proyectaba una sombra sesgada sobre los asientos. Rhett cambió de sitio con su madre, para que pudiesen calentarla los últimos rayos del sol, y Scarlett le tuvo al fin a su lado. Inmediatamente se olvidó de Anne.

Cuando salieron los caballos a la pista para la cuarta carrera, los espectadores se pusieron en pie; primero dos, luego varios grupos de personas, después todo el mundo, en una oleada de expectación. Scarlett casi bailaba de entusiasmo.

—¿Lo estás pasando bien? —dijo sonriendo Rhett.

—¡Estupendamente! ¿Qué caballo es el de Miles Brewton, Rhett?

—Sospecho que Miles lo ha lustrado con betún de zapatos. Es el número cinco, el negro resplandeciente. El candidato secreto, podrías decir. El número seis es el de Guggenheim; Belmont ha conseguido una *post position*, su *pace-setter* es el número cuatro.

Scarlett quería preguntarle qué significaban *pace-setter* y *post position*, pero no había tiempo; la carrera estaba a punto de empezar.

El jockey del número cinco se anticipó al disparo de salida, y sonaron fuertes murmullos en las gradas.

—¿Qué ha ocurrido? —preguntó Scarlett.

—Una falsa salida; tendrán que alinearse de nuevo —le explicó Rhett. Señaló con la cabeza—. Mira a Sally.

Scarlett miró. La cara de Sally Brewton parecía más que nunca la de un mono; estaba furiosa y agitaba un puño en el aire. Rhett rió afectuosamente.

—Yo saltaría la valla y seguiría galopando si estuviese en el lugar del jockey —dijo—. Sally está dispuesta a convertir su pellejo en una alfombra para la chimenea.

—Yo no la censuro en absoluto —declaró Scarlett—, y no creo que esto sea nada divertido, Rhett Butler.

Él rió de nuevo.

—¿Puedo suponer que has apostado a fin de cuentas tu dinero por Sweet Sally?

—Claro que sí. Sally Brewton es una buena amiga... y además, si pierdo, será tu dinero, no el mío.

Rhett miró sorprendido a Scarlett, que sonreía maliciosamente.

—Apúntate un tanto, señora —murmuró.

La pistola disparó de nuevo y empezó la carrera. Scarlett no se daba cuenta de que estaba gritando, saltando y golpeando el brazo de Rhett. Incluso estaba sorda a los gritos de los que les rodeaban. Cuando Sweet Sally ganó por medio cuerpo, soltó una exclamación de triunfo.

—¡Hemos ganado! ¡Hemos ganado! ¡Qué maravilla! ¡Hemos ganado!

Rhett se frotó los magullados bíceps.

—Creo que me has dejado inválido para toda la vida, pero estoy de acuerdo contigo —dijo—. Es una maravilla. La rata de los pantanos ha humillado a los mejores pura sangre de Estados Unidos.

Scarlett lo miró frunciendo el ceño.

—¿Vas a decirme que ha sido una sorpresa para ti? ¿Después de lo que has estado diciendo esta tarde? ¡Con lo confiado que parecías estar!

—Es que desprecio el pesimismo —contestó él sonriendo—. Y quería que todos os lo pasaráis muy bien.

—Pero ¿no apostaste también por Sweet Sally? No me digas que has apostado por los yanquis.

—No he apostado por ninguno —declaró Rhett, y con la mandíbula tensa agregó en tono resuelto—: Cuando haya dejado limpios y sembrados los jardines de Landing empezaré a ocuparme de las caballerizas. He recuperado parte de las copas que ganaron los caballos de Butler cuando el mundo entero conocía nuestros colores. Haré mi primera apuesta cuando pueda apostar por mi propio caballo. —Se volvió hacia su madre—. ¿En qué piensas gastarte tus ganancias, mamá?

—Eso es algo que sólo sé yo y que no debes preguntar —respondió Eleanor empinando bruscamente la barbilla con alegre descaro.

Scarlett, Rhett y Rosemary soltaron una carcajada al unísono.

27

Scarlett recibió muy poco beneficio espiritual de la misa a la que asistió el día siguiente. Tenía centrada toda la atención en su propio estado de ánimo, el cual era muy bajo. Apenas había visto a Rhett en la gran fiesta organizada por el Jockey Club después de las carreras.

Al volver de misa, trató de excusarse para no tener que comer con sus tías, pero Pauline no quiso saber nada de esto.

—Tenemos que hablar contigo de algo muy importante —dijo.

Su tono era de mal agüero. Scarlett se aprestó para un sermón acerca de que bailaba demasiado con Middleton Courtney.

Pero resultó que el nombre de éste no fue mencionado en absoluto. Eulalie estaba triste y Pauline indignada por algo del todo distinto.

—Nos hemos enterado de que hace años que no escribes a tu abuelo Robillard, Scarlett.

—¿Por qué habría de escribirle? No es más que un viejo gruñón que no ha hecho nada por mí en toda mi vida.

Eulalie y Pauline se quedaron pasmadas. «¡Bien! —pensó Scarlett. Sus ojos resplandecieron triunfantes encima del borde de la taza mientras sorbía el café—. No sabéis qué responder a esto, ¿eh? Nunca hizo nada por mí, y tampoco por vosotras. ¿Quién os dio el dinero para que no exhalaseis el último suspiro cuando estaban a punto de subastar esta casa para cobrar los impuestos? No vuestro precioso padre, desde luego. Fui yo. Y fui yo quien pagó un entierro decente cuando murió el tío Carey, y es mi dinero el que os viste y pone comida en vuestra mesa..., si Pauline soporta abrir la puerta de la despensa para sacar lo que atesora en ella. Por consiguiente, podéis mirarme boquiabiertas como un par de ranas de ojos saltones, ¡pero no se os ocurre nada que decir!»

Sin embargo, Pauline, apoyada por Eulalie, encontró muchas cosas que decir con respecto a los antepasados, a la fidelidad a la propia familia, a los deberes, los modales y la buena educación.

Scarlett dejó ruidosamente la taza sobre el platillo.

—No me sermonees, tía Pauline. ¡Estoy harta de sermones! Me importa un bledo el abuelo Robillard. Fue insoportable para mi madre y lo ha sido para mí; le odio. ¡Y no me importa si he de arder por ello en el infierno!

Le sentaba bien perder los estribos. Se había estado conteniendo demasiado tiempo. Había participado en demasiados tés, demasiadas colas de recepción, demasiadas visitas hechas y recibidas. Demasiadas veces había tenido que morderse la lengua, ella que siempre había dicho lo que pensaba aunque se la llevase el diablo. Y sobre todo, demasiadas horas escuchando cortésmente cómo cantaban los charlestonianos las glorias de sus padres y sus abuelos y sus bisabuelos, etcétera, remontándose hasta la Edad Media.

Lo último que hubiese debido mencionar Pauline era el respeto debido a su familia.

Las tías se acobardaron ante el exabrupto de Scarlett, y sus caras asustadas infundieron a Scarlett una embriagadora y gozosa sensación de poder. Siempre había desdeñado la debilidad y durante los meses que llevaba en Charleston no había tenido el menor poder, había sido la parte débil, y había empezado a despreciarse. Ahora descargaba en sus tías toda la repugnancia que había sentido por su propio afán de complacer.

—No os quedéis mirándome como si tuviese cuernos en la cabeza y una horca en la mano. Sabéis que tengo razón, pero sois demasiado cobardes para decir lo mismo. El abuelo trata de mala manera a todo el mundo. Apuesto cien dólares a que nunca responde a las cartas almibaradas que le escribís. Probablemente, ni siquiera las lee. Por mi parte, nunca leí una de vuestras cartas hasta el final. No era necesario porque siempre eran iguales: ¡lloriqueos, pidiendo más dinero!

Scarlett se tapó la boca con la mano. Había ido demasiado lejos. Había quebrantado tres de las normas inviolables no escritas del código de comportamiento del Sur: había pronunciado la palabra «dinero», había recordado su caridad a personas que dependían de ella y había hablado mal de un enemigo derrotado. Sus ojos estaban llenos de vergüenza cuando miró a sus llorosas tías.

La vajilla recompuesta con pegamento y la mantelería zurcida le reprochaban su actitud. «Nunca he sido muy generosa —pensó—. Hubiese podido enviarles mucho más dinero sin siquiera notarlo.»

—Perdonadme —mumuró, y se echó a llorar.

Pasó un momento; después, Eulalie se enjugó los ojos y se sonó.

—He oído decir que Rosemary tiene un nuevo pretendiente —dijo con voz lacrimosa—. ¿Le conoces, Scarlett? ¿Es una persona interesante?

—¿Es de buena familia? —añadió Pauline.

Scarlett hizo una ligera mueca.

—Eleanor conoce a su familia y dice que son muy buena gente. Pero Rosemary no quiere saber nada de él. Ya sabéis cómo es.

Miró las caras marchitas de sus tías con verdadero afecto y respeto. Habían observado el código. Y sabía que lo observarían hasta el día en que muriesen y que nunca contarían cómo lo había quebrantado ella. Ningún sudista avergonzaría deliberadamente a otro.

Enderezó la espalda y levantó la barbilla.

—Se llama Elliot Marshall —dijo— y es el tipo más raro que jamás he visto. ¡Seco como un palo y serio como un búho! —Puso un deje malicioso en su voz—. Pero debe ser valiente, porque Rosemary podría romperle en cien pedazos si se irritase lo bastante. —Se inclinó hacia delante y abrió mucho los ojos—. ¿Habéis oído decir que es yanqui?

Pauline y Eulalie se quedaron boquiabiertas.

Scarlett asintió rápidamente con la cabeza, recalcando el impacto de su revelación.

—De Boston —dijo lentamente, subrayando cada palabra—. Y me imagino que nadie puede ser más yanqui que él. Una importante fábrica de abonos abrió una oficina aquí abajo, y él es el gerente...

Se retrepó más cómodamente en su silla, dispuesta a pasar un largo rato.

Transcurrida la mañana se maravilló de lo de prisa que había pasado el tiempo y corrió al vestíbulo para recoger su chal.

—No hubiese debido quedarme hasta tan tarde; prometí a Eleanor que estaría en casa a la hora de comer. —Puso los ojos en blanco—. Espero que no venga el señor Marshall de visita. Los yanquis no tienen el sentido común necesario para saber cuándo son inoportunos.

Se despidió con un beso de Pauline y de Eulalie en la puerta de la casa.

—Gracias —dijo simplemente.

—Vuelve y quédate a comer con nosotras, si el yanqui está allí —dijo riendo Eulalie.

—Sí, hazlo —dijo Pauline—. Y trata de venir con nosotras a Savannah, para la fiesta de cumpleaños de papá. Tomaremos el tren el día quince, después de la misa.

—Gracias, tía Pauline; pero temo que no podré arreglarlo. Hemos aceptado ya invitaciones para todos los días y noches de la temporada.

—Pero, querida, la temporada ya habrá terminado entonces. La fiesta de santa Cecilia es el viernes trece. Creo que ese número trae mala suerte, pero a nadie parece importarle.

Las palabras de Pauline zumbaron en los oídos de Scarlett. ¿Cómo podía ser tan corta la temporada? Había creído que aún le quedaba mucho tiempo para recuperar a Rhett.

—Ya veremos —dijo apresuradamente—. Ahora tengo que irme.

Scarlett se sorprendió al encontrar a la madre de Rhett sola en la casa.

—Julia Ashley ha invitado a Rosemary a comer en su casa —le dijo Eleanor—. Y Rhett se ha apiadado del joven Cooper. Han salido a navegar en la barca.

—¿Hoy? Hace mucho frío.

—Cierto. Precisamente ahora empezaba a pensar que tampoco este año tendríamos invierno. Pero sentí frío ayer en las carreras. El viento era cortante. Creo que me enfrié un poco. —La señora Butler sonrió de pronto, con aire de conspiración—. ¿Qué te parecería si comiésemos tranquilamente en la mesa de juego, delante del fuego, en la biblioteca? Sé que Manigo se sentirá ofendido, pero podré soportarlo si tú puedes. Estaremos muy cómodas las dos solitas.

—Me gustaría muchísimo, señora Eleanor; de veras.

De pronto, fue lo que más deseaba en el mundo. «Era tan agradable cuando cenábamos las dos de esta manera —pensó—, antes de que empezase la temporada, antes de que viniese Rosemary. —Y una voz en su mente añadió—: Antes de que Rhett volviese de Landing.» Era verdad, aunque no le gustase reconocerlo. La vida era mucho más fácil cuando no estaba escuchando constantemente las pisadas de su marido, observando sus reacciones, tratando de adivinar lo que él pensaba. El calor del fuego era tan relajante que Scarlett bostezó sin darse cuenta.

—Discúlpeme, señora Eleanor —se apresuró a decir—; no es por la compañía.

—Yo siento exactamente lo mismo —dijo la señora Butler—. ¿No es agradable?

Bostezó también, y ambas se contagiaron hasta que la risa sustituyó a los bostezos. Scarlett había olvidado lo divertida que podía ser la madre de Rhett.

—La quiero mucho, señora Eleanor —dijo impulsivamente.

Eleanor Butler le tomó la mano.

—Me alegro, mi querida Scarlett. Yo también te quiero. —Suspiró suavemente—. Tanto que no voy a hacerte preguntas ni comentarios desagradables. Sólo espero que sepas lo que estás haciendo.

Scarlett se intranquilizó, pero después se picó por la censura implícita.

—¡No estoy haciendo nada! —dijo, y retiró la mano.

Eleanor hizo caso omiso de su enfado.

—¿Cómo están Eulalie y Pauline? —preguntó con naturalidad—. Hace un siglo que no he visto a ninguna de las dos. La temporada me agota.

—Están bien. Mandonas como siempre. Están tratando de llevarme con ellas a Savannah, para el cumpleaños del abuelo.

—¡Dios mío! —exclamó la señora Butler, con incredulidad—. ¿Quieres decir que todavía no ha muerto?

Scarlet empezó a reír de nuevo.

—Esto fue también lo primero que pensé, pero tía Pauline me habría despellejado viva si lo hubiese dicho. El abuelo debe de tener unos cien años.

Eleanor frunció el ceño reflexivamente, e hizo por lo bajo un cálculo aritmético.

—Desde luego, más de noventa —dijo al fin—. Sé que estaba cerca de los cuarenta cuando se casó con tu abuela en 1820. Yo tenía una tía..., murió hace tiempo..., que nunca digirió esa boda. Estaba loca por él, y él se había mostrado muy atento con ella. Pero entonces, Solange, tu abuela, decidió ir por él, y la pobre tía Alice no tuvo ninguna posibilidad. Yo contaba entonces solamente diez años, pero era lo bastante mayor como para saber lo que pasaba. Alice trató de suicidarse, y se armó un gran alboroto.

Scarlett estaba ahora completamente despierta.

—¿Qué hizo?

—Se bebió una botella de tintura de opio alcanforada. Estuvo a las puertas de la muerte.

—¿Por el abuelo?

—Era un hombre increíblemente atractivo. Muy guapo, con ese porte noble que tienen los soldados. Y tenía acento francés, desde luego. Cuando decía «Buenos días», parecía el protagonista de una ópera. Docenas de mujeres estaban enamoradas de él. Una vez oí decir a mi padre que Pierre Robillard era el único responsable de que arreglaran el tejado de la iglesia hugonote. Venía de vez en cuando de Savannah para asistir a los oficios, porque eran en francés. Esos días la iglesia estaba prácticamente a reventar, atestada de mujeres, y la bandeja se llenaba a rebosar. —Eleanor sonrió al recordarlo—. Y ahora que me acuerdo, mi tía Alice acabó casándose con un profesor de literatura francesa de Harvard. De modo que las prácticas que había hecho de aquel idioma debieron de servirle para algo.

Scarlett no quiso dejar que la señora Butler se apartase del tema.

—Dejemos eso y hábleme más del abuelo. Y de la abuela. Una vez le pregunté acerca de ella, pero usted no me respondió.

Eleanor sacudió la cabeza.

—No sé cómo describir a tu abuela. Era distinta de todo el mundo.

—¿Era muy hermosa?

—Sí, y no. Éste es el problema cuando se habla de ella, pues cambiaba continuamente. Era muy... muy francesa. Hay un dicho francés, según el cual ninguna mujer puede ser realmente hermosa si no es algunas veces realmente fea. Los franceses son muy sutiles, además de inteligentes, y los anglosajones no podemos comprenderlos.

Scarlett no entendía qué estaba tratando de decirle Eleanor.

—Hay un retrato de ella en Tara, y parece hermosa —insistió.

—Sí, lo estaría para el retrato. Podía ser bella o no serlo, a su elección. Podía ser lo que quisiera. A veces permanecía absolutamente inmóvil, y uno casi se olvidaba de que estaba allí. Pero entonces volvía hacia ti sus ojos sesgados y te sentías, de pronto, irresistiblemente atraída hacia ella. Los niños hormigueaban a su alrededor. Y también los hombres se volvían locos por ella.

»Tu abuelo era militar de la cabeza a los pies; estaba acostumbrado a mandar. Pero tu abuela sólo tenía que sonreír para que él se convirtiese en su esclavo. Ella era bastante mayor que él, pero no importaba. Era católica, pero tampoco importaba; insistía en tener un hogar católico y educar a los hijos en el catolicismo, y él accedía a todo, aunque era protestante riguroso. Habría permitido que los educase como druidas, si ella lo hubiese deseado. Tu abuela lo era todo para él.

»Recuerdo cuando tu abuela decidió rodearse de luces rosadas porque empezaba a hacerse vieja. Él decía que ningún soldado podía estar en una habitación si la lámpara tenía la pantalla de color de rosa. Era algo demasiado afeminado. Pero ella dijo que el rosa la hacía feliz, y no sólo se pintaron de rosa las paredes de las habitaciones, sino también la propia casa. Él era capaz de todo para que fuese dichosa. —Eleanor suspiró—. Todo era maravillosamente extraño y romántico. ¡Pobre Pierre! Cuando ella murió, él murió también, en cierto sentido. Conservó todo lo de la casa exactamente como lo había dejado ella. Temo que esto fue duro para tu madre y sus hermanas.

En el retrato, Solange Robillard llevaba un vestido tan ceñido que parecía que no llevase nada debajo. «Debía de ser esto lo que volvía locos a los hombres, e incluso a su marido», pensó Scarlett.

—Tú me la recuerdas con frecuencia —dijo Eleanor, y Scarlett se sintió de pronto nuevamente interesada.

—¿Por qué, Eleanor?

—Tus ojos tienen la misma forma que los de ella, algo inclinados hacia arriba en los extremos. Y tú tienes la misma intensidad que ella, una intensidad vibrante. Ambas me parecéis, por alguna razón, más vivaces que la mayoría de la gente.

Scarlett sonrió. Se sentía satisfecha.

Eleanor Butler la miró cariñosamente.

—Ahora creo que voy a hacer la siesta —dijo.

Eleanor pensó que había llevado muy bien la conversación. No había dicho nada que no fuese verdad, pero había evitado decir demasiado. Ciertamente, no quería que la esposa de su hijo supiese que su abuela había tenido muchos amantes y que docenas de hombres se habían batido en duelo por ella. Era imposible saber lo que habría pensado Scarlett de todo esto.

Eleanor estaba profundamente afligida por la visible discordia existente entre su hijo y su nuera. No podía interrogar a Rhett acerca de esta cuestión. Si él hubiese querido que lo supiese, se lo habría dicho. Y la reacción de Scarlett a su insinuación acerca de la desagradable situación creada con Courtney había dejado bien claro que tampoco su nuera quería confiarle sus sentimientos.

La señora Butler cerró los ojos y trató de descansar. A fin de cuentas, lo único que podía hacer era esperar que todo terminase lo mejor posible. Rhett era un hombre maduro, y Scarlett, una mujer madura. Aunque en su opinión, los dos se comportaban como chiquillos indisciplinados.

Scarlett trataba también de descansar. Estaba en el salón de juego, con el telescopio en la mano. No había visto señales de la barca de Tommy Cooper cuando había mirado por él. Rhett debió de haberle llevado río arriba, en vez de poner rumbo hacia el puerto.

Tal vez sería mejor que no los buscase. Cuando había mirado con los gemelos durante las carreras, había perdido su confianza en Anne, y esto le dolía todavía. Por primera vez en su vida, se sentía vieja. Y muy cansada. ¿Qué importaba aquello? Anne Hampton estaba perdidamente enamorada del marido de otra mujer. ¿No le había pasado a ella lo mismo cuando tenía la edad de Anne? Se había enamorado de Ashley y arruinado su vida con Rhett aferrándose a aquel amor sin esperanza mucho después de descubrir (pero sin querer reconocerlo) que el Ashley a quien amaba era solamente un sueño. ¿Malgastaría Anne su juventud de la misma manera, soñando con Rhett? ¿De qué servía el amor, si no hacía más que estropear las cosas?

Scarlett se frotó los labios con el dorso de la mano. ¿Qué me pasa?

Estoy rumiando como una gallina vieja. Tengo que hacer algo, dar un paseo, cualquier cosa, para borrar este horrible sentimiento.

Manigo llamó suavemente a la puerta.

—Tiene usted visita, si está en casa, señora Rhett.

Scarlett se alegró tanto de ver a Sally Brewton que a punto estuvo de besarla.

—Siéntate en ese sillón, Sally; es el que está más cerca del fuego. Parece que por fin ha llegado el invierno. Le he dicho a Manigo que traiga la bandeja del té. Sinceramente, creo que ver a Sweet Sally ganar aquella carrera tan disputada fue una de las cosas más emocionantes que he visto en mi vida.

Su parloteo era fruto del alivio que sentía.

Sally la divirtió con un vivo relato de Miles besando a su caballo y también al jockey. Esto duró hasta que Manigo hubo dejado la bandeja del té sobre la mesa, delante de Scarlett, y se hubo marchado.

—Eleanor está descansando; por esto no le he dicho que estabas aquí —dijo Scarlett—. Cuando se despierte...

—Me habré marchado —la interrumpió Sally—. Sé que Eleanor duerme la siesta, que Rhett ha salido en barca y que Rosemary está en casa de Julia. Por eso he elegido este momento para venir. Quiero hablar contigo a solas.

Scarlett echó las hojas de té en la tetera. Estaba confusa. Sally Brewton parecía inquieta, y nada desconcertaba nunca a Sally. Scarlett vertió agua caliente sobre las hojas y cerró la tapa de la tetera.

—Voy a hacer algo imperdonable, Scarlett —le dijo vivamente Sally—. Voy a entrometerme en tu vida. Y lo que es mucho peor, voy a darte un consejo que no me has pedido.

»Ten una aventura con Middleton Courtney si quieres, pero, por el amor de Dios, sé discreta. Lo que estás haciendo es de un mal gusto espantoso.

Scarlett abrió mucho los ojos, impresionada. ¿Tener una aventura? Sólo las mujeres licenciosas hacían estas cosas. ¿Cómo se atrevía Sally Brewton a insultarla de esta manera? Se irguió.

—Debes saber, señora Brewton, que soy tan señora como tú —dijo, secamente.

—Entonces, actúa como tal. Encuéntrate con Middleton en algún lugar, por la tarde, y diviértete cuanto quieras; pero no hagas que tu marido y la esposa de Middleton y toda la ciudad os observen cuando jadeáis en un salón de baile, como un perro tras una perra en celo.

Scarlett pensó que nada podía ser tan horrible como las palabras de Sally. Las que pronunció ésta a continuación demostraron que estaba equivocada.

—Pero debo advertirte que no es muy bueno en la cama. Es un

don Juan en el salón de baile, pero un patán en cuanto se quita los zapatos de baile y el frac.

Sally alargó la mano hacia la bandeja y sacudió la tetera.

—Si dejas que el té macere mucho más, podremos teñir con esa infusión hasta cueros de vacas. ¿Quiéres que lo sirva ahora? —dijo Sally.

Miró fijamente la cara de Scarlett.

—Dios mío —añadió lentamente—, eres tan ignorante como una niña recién nacida, ¿eh? Lo siento, Scarlett, no me había dado cuenta. Mira, deja que te sirva una taza de té con mucho azúcar.

Scarlett se echó atrás en su sillón. Quería llorar, taparse los oídos. Había admirado a Sally, se había enorgullecido de ser su amiga. ¡Y ahora resultaba que Sally era repelente!

—Mi pobre niña —dijo Sally—, si lo hubiese sabido, habría sido mucho menos dura contigo. Tal como ha ido la cosa, considéralo como una instrucción acelerada. Estás en Charleston y casada con un charlestoniano, Scarlett. No puedes envolverte en tu rústica inocencia para que te sirva de escudo. Ésta es una vieja ciudad con una vieja civilización. Para un ser civilizado, es esencial tener en cuenta la sensibilidad de los demás. Puedes hacer lo que quieras, con tal de que lo hagas con discreción. Lo imperdonable es obligar a tus amigos a aceptar tus pecadillos. Tienes que hacer que los otros puedan fingir que no saben lo que haces.

Scarlett no podía creer lo que estaba oyendo. Esto no era como simular que unas servilletas con iniciales pertenecían a otra persona. Esto era... asqueroso. Aunque se había casado tres veces estando enamorada de otra persona, nunca había pensado en ser físicamente infiel a ninguno de sus maridos. Podía haber deseado a Ashley, imaginado los abrazos de Ashley, pero nunca se habría escabullido para pasar una hora con él en la cama.

«No quiero ser civilizada», pensó con desesperación. Nunca podría volver a mirar a ninguna mujer de Charleston sin preguntarse si era o había sido amante de Rhett.

¿Por qué había venido a este lugar? Ella no era de aquí. No quería pertenecer a un sitio como el que describía Sally Brewton.

—Creo que deberías irte a casa —dijo—. No me encuentro muy bien.

Sally asintió tristemente con la cabeza.

—Te pido perdón por haberte disgustado, Scarlett. Tal vez te sientas mejor si te digo que hay otras muchas mujeres inocentes en Charleston, querida; que no eres tú la única. A las jóvenes y a las damas solteras de todas las edades nunca se les dicen cosas que es mejor que no sepan. También hay muchas esposas fieles. Yo tengo la suerte de ser una de ellas. Estoy segura de que Miles me ha engañado una o dos veces, pero yo nunca he sentido esta tentación. Tal vez tú seas de la misma manera; así lo deseo, por tu bien. Te pido de nuevo perdón por mi torpeza, Scarlett.

»Ahora me marcho. Serénate y tómate el té... Y compórtate mejor con Middleton.

Sally se puso los guantes con rápidos movimientos fruto de la práctica, y se dirigió a la puerta.

—¡Espera! —dijo Scarlett—. Espera, Sally, por favor. Tengo que saberlo. ¿Quién es ella? ¿Con quién anda Rhett?

La cara simiesca de Sally se frunció en una expresión de simpatía.

—Con nadie, que se sepa —dijo amablemente—. Te lo juro. Él tenía solamente diecinueve años cuando se marchó de Charleston y a esa edad los muchachos van a un burdel o al encuentro de una muchacha blanca pobre y complaciente. Desde que volvió, ha demostrado una gran delicadeza al rehusar todos los ofrecimientos sin herir los sentimientos de ninguna mujer.

»Charleston no es un pozo de iniquidad, querida. Ninguna presión social empuja a la gente a estar constantemente en celo. Estoy segura de que Rhett te es fiel.

»Y ahora me voy.

En cuanto se hubo marchado Sally, Scarlett subió corriendo a su dormitorio y se encerró en él. Se arrojó sobre la cama y lloró desaforadamente. Visiones grotescas asaltaron su mente: Rhett con una mujer... y otra... y otra..., con todas las damas que veía diariamente en las fiestas. ¡Qué tonta había sido al creer que ella le daría celos!

Cuando no pudo soportar por más tiempo sus pensamientos, llamó a Pansy; después, se lavó y se empolvó la cara. No podría quedarse sentada y sonreír y hablar con Eleanor cuando ésta se despertase. Tenía que marcharse de allí, al menos por un rato.

—Vamos a salir —dijo a Pansy—. Dame la pelliza.

Scarlett caminó durante kilómetros, rápidamente y en silencio, sin importarle que Pansy se retrasara. Al pasar antes las antiguas mansiones de Charleston, tan altas y hermosas, no veía en sus desconchadas paredes de estuco pastel una orgullosa prueba de supervivencia; veía únicamente que les tenía sin cuidado el aspecto que ofreciesen a los transeúntes, que volvían la espalda a la calle para mirar hacia sus jardines privados y cercados.

«Secretos, guardan sus secretos —pensó—. Salvo entre ellas. Todo el mundo simula acerca de todo.»

28

Era casi de noche cuando volvió Scarlett, y la casa parecía callada e insólita. Ninguna luz se filtraba a través de las cortinas, que se corrían todos los días al ponerse el sol. Abrió la puerta con cuidado, sin hacer ruido.

—Dile a Manigo que tengo jaqueca y no quiero cenar —dijo a Pansy mientras estaban todavía en el vestíbulo—. Después sube a desabrocharme la ropa. Me acostaré en seguida.

Manigo tendría que notificarlo a la cocina y a la familia, pues ella no podía conversar con nadie. Subió silenciosamente la escalera; pasó por delante de la puerta abierta del iluminado cuarto de estar. La fuerte voz de Rosemary proclamaba la opinión de la señorita Julia Ashley sobre algo.

Scarlett apretó el paso.

Cuando Pansy la hubo desnudado, Scarlett apagó la lámpara y se acurrucó en la cama, tratando de ocultarse de su propio y desesperado infortunio. Si al menos pudiese dormir, olvidar a Sally Brewton, olvidarse de todo, escapar... La envolvía la oscuridad, burlándose de sus ojos insomnes. Ni siquiera podía llorar; había agotado las lágrimas en la tormenta emocional que había seguido a las diabólicas revelaciones de Sally.

Chirrió el pestillo de la cerradura y entró luz en la habitación al abrirse la puerta. Scarlett volvió la cabeza hacia ella, sobresaltada por el súbito resplandor.

Rhett estaba plantado en el umbral, sosteniendo en la mano levantada una lámpara que proyectaba rígidas sombras sobre los planos de su cara curtida por el viento y sus negros cabellos erizados por la sal. Todavía conservaba la ropa que había llevado para navegar y ésta se pegaba, mojada, a su duro pecho y a sus brazos y piernas musculosos. Su expresión era sombría, mostrando una emoción a duras penas controlada, y su aspecto, imponente y amenazador.

El corazón de Scarlett palpitó con un miedo primitivo; sin embargo, la excitación hizo que respirase más de prisa. Esto era lo que había estado soñando: que Rhett entrase en su habitación, impulsado por una pasión que había arrollado su sangre fría.

Él cerró la puerta de una patada y se acercó a la cama.

—No puedes esconderte de mí, Scarlett —dijo—. Levántate.

Derribó con el brazo la lámpara apagada que había sobre la mesa estrellándola contra el suelo, y en su lugar depositó la que llevaba en la mano, con tanta brusquedad que osciló peligrosamente. Retiró la ropa de la cama, asió a Scarlett de los brazos y la obligó a ponerse en pie.

Los oscuros cabellos de ella cayeron sobre su cuello y sus hombros, y sobre las manos de él. La puntilla que bordeaba el cuello abierto de la camisa de noche tembló con los latidos de su corazón. La sangre caliente arreboló sus mejillas y oscureció el verde de sus ojos, fijos en los de él. Rhett la arrojó cruelmente contra una de las gruesas columnas talladas de la cama y retrocedió.

—¡Maldita estúpida entrometida! —dijo con voz ronca—. Hubiese debido matarte en cuanto pusiste los pies en Charleston.

Scarlett se agarró a la columna de la cama para no caer. Sintió la fuerte emoción del peligro en sus venas. ¿Qué había sucedido para ponerle en este estado?

—No juegues a la doncella asustada conmigo, Scarlett. Te conozco demasiado. No voy a matarte; ni siquiera voy a pegarte, aunque sabe Dios que lo mereces.

Rhett torció la boca.

—Pareces muy atractiva, querida. Con el pecho jadeante y los ojos llenos de inocencia. Lo peor es que tal vez seas inocente según tu perverso punto de vista. No te importa el dolor que has causado a una mujer indefensa por arrojar tu red sobre su incauto marido.

Scarlett arqueó los labios en una involuntaria sonrisa de triunfo: ¡estaba furioso porque ella había conquistado a Middleton Courtney! Lo había conseguido: le había hecho confesar que estaba celoso. Ahora tendría que reconocer que la amaba; ella le obligaría a decirlo.

Pero en vez de esto, dijo Rhett:

—Me importa un bledo que te pongas en evidencia. En realidad, era bastante divertido observar cómo se convencía una mujer de edad mediana de que todavía era una joven irresistible. No puedes pasar de los dieciséis años, ¿verdad, Scarlett? El colmo de tu ambición es ser eternamente la bella del condado de Clayton.

»Pero hoy, el juego ha dejado de ser divertido —gritó. Scarlett se echó atrás ante el súbito estallido. Él cerró los puños, visiblemente para contener su furia—. Al salir de la iglesia esta mañana —prosiguió, bajando la voz—, un viejo amigo, que también es primo mío, me llevó a un lado y se ofreció a ser mi padrino cuando me bata en duelo con Middleton Courtney. No dudaba de que ésta era mi intención. Con independencia de lo que haya de verdad en el asunto, a su juicio debíamos defender tu buen nombre, por mor de la familia.

Scarlett se mordió el labio inferior con sus blancos dientecitos.

—¿Y qué le dijiste?

—Exactamente lo mismo que voy a decirte a ti. «Un duelo no será necesario. Mi esposa no está acostumbrada a la vida de sociedad y ha actuado, por pura ignorancia, de una manera que podía ser mal interpretada. La instruiré sobre lo que se espera de ella.»

Avanzó rápidamente el brazo, como una serpiente presta a morder, y cerró la mano con fuerza sobre la muñeca de Scarlett.

—Lección número uno —dijo. La atrajo hacia sí con un brusco tirón. Scarlett quedó apretada sobre su pecho, con el brazo retorcido hacia arriba detrás de la espalda. La cara de Rhett estaba encima de la suya, fijos sus ojos en los de ella—. No me importa que todo el mundo crea que soy un cornudo, mi querida y amante esposa, pero nadie me obligará a batirme en duelo con Middleton Courtney.

El aliento de él era cálido y salobre en la nariz y los labios de ella.

—Lección número dos —dijo—. Si matase a ese imbécil, tendría que huir de la ciudad para que no me ahorcasen los militares, y esto sería un grave inconveniente para mí. Y ciertamente, no tengo intención de convertirme en un blanco fácil para él. Por casualidad, podría acertar y herirme, lo cual sería otro inconveniente.

Scarlett quiso golpearle con la mano libre, pero él se la sujetó con facilidad y se la retorció junto a la otra. Sus brazos eran como los barrotes de una jaula que la aplastaban contra él. Y ella sintió que la humedad de la camisa de Rhett se filtraba hasta su piel a través de la tela del camisón.

—Lección número tres —dijo Rhett—. Sería una estupidez por mi parte, e incluso por la de un imbécil como Courtney, poner la vida en peligro para salvar de la deshonra a una almita tan poco honrada como la tuya. Por consiguiente, lección número cuatro: Seguirás mis instrucciones sobre comportamiento en público hasta que termine la temporada. Nada de manifestaciones de pesar, querida. No es tu estilo, y sólo añadiría leña al fuego de las habladurías. Llevarás alto la rizada cabeza y continuarás tu desaforada búsqueda de la juventud perdida. Pero distribuirás tus atenciones más equitativamente entre la encandilada población masculina. Me encantará aconsejarte sobre el caballero a quien tienes que favorecer. En realidad, insistiré en aconsejarte.

Le soltó las muñecas y la sujetó por los hombros, apartándola de sí.

—Lección número cinco: Harás exactamente lo que yo te diga.

Alejada del calor del cuerpo de Rhett, el húmedo camisón de seda era como hielo sobre los pechos y el estómago de Scarlett. Cruzó los brazos para entrar en calor, pero fue inútil. Su mente estaba tan helada como su cuerpo, y en ella resonaba claramente todo lo que había dicho él. A Rhett no le importaba su mujer..., se había estado riendo de ella..., sólo le interesaba su propia conveniencia.

¿Cómo se atrevía? ¿Cómo se atrevía a reírse de ella en público y a denigrarla delante de sus familiares, a zarandearla en su propia habitación como a un saco de harina? Un «caballero de Charleston» era un concepto tan falso como un «dama de Charleston». Tenían dos caras, eran embusteros, jugaban con dos barajas...

Scarlett levantó los puños para pegarle, pero él la tenía todavía sujeta de los hombros, y sus manos contraídas cayeron inútilmente sobre el pecho de su marido.

Se retorció para liberarse. Rhett levantó las palmas de las manos para parar sus golpes y brotó una risa ronca de su garganta morena.

Scarlett alzó las manos..., sólo para apartar de su cara los revueltos cabellos.

—Puedes ahorrarte el trabajo, Rhett Butler. No necesito tus consejos porque no estaré aquí para rechazarlos. Odio tu preciosa Charleston y desprecio a todos sus habitantes y, en particular, a ti. Me marcharé mañana.

Se enfrentó a él, con los brazos en jarras, erguida la cabeza, levantada la barbilla. Su cuerpo temblaba visiblemente bajo la pegadiza seda.

Rhett desvió la mirada.

—No, Scarlett —dijo. Su tono era helado—. No te marcharás. Tu huida sólo serviría para confirmar tu culpa, y aún tendría que matar a Courtney. Me coaccionaste, Scarlett, para que dejase que te quedaras durante la temporada social, y te quedarás.

»Y harás lo que yo te diga, y fingirás que lo haces a gusto. O juro ante Dios que romperé, uno a uno, todos los huesos de tu cuerpo.

Se dirigió a la puerta. Con la mano en el tirador, miró hacia atrás y sonrió, burlón

—Y no trates de pasarte de lista, querida. Estaré observando todos tus movimientos.

—¡Te odio! —gritó Scarlett cuando se estaba cerrando la puerta.

Y al oír girar la llave en la cerradura, arrojó contra la puerta el reloj de la repisa de la chimenea y después el hurgón.

Demasiado tarde; pensó en la galería y en los otros dormitorios, de modo que cuando se precipitó a abrir sus puertas, éstas estaban también cerradas por fuera. Volvió a su propia habitación y paseó arriba y abajo hasta quedar agotada.

Por fin se derrumbó en un sillón y golpeó débilmente los brazos de éste, hasta que le dolieron las manos.

—Voy a marcharme —declaró en voz alta— y no podrá impedírmelo.

La alta, maciza y cerrada puerta la desmintió en silencio.

Era inútil luchar contra Rhett; tenía que burlarle de alguna manera. Seguro que habría un modo de hacerlo, ella lo encontraría. No hacía falta cargar con el equipaje; se marcharía con lo que llevase puesto. He aquí lo que haría: iría a un té o a una partida de whist o a otra parte, se largaría antes de acabar, tomaría un tranvía y se dirigiría a la estación. Tenía dinero para el billete..., ¿hacia dónde?

Como siempre que estaba afligida, pensó en Tara. Allí había paz y nueva fuerza...

... y estaba Suellen. Si Tara fuese suya, sólo suya... Vio de nuevo lo que había soñado despierta al visitar la plantación de Julia Ashley. ¿Cómo había podido tirar Carreen su parte de aquel modo?

Scarlett irguió de golpe la cabeza como un animal selvático al oler agua. ¿De qué le servía al convento de Charleston poseer una parte de Tara? Las monjas no podrían venderla aunque hubiese un comprador, porque Will no se avendría a esto, y tampoco ella. Tal vez obtenían la tercera parte de los beneficios de la cosecha de algodón, pero ¿cuánto podía eso significar? En el mejor de los casos, treinta o cuarenta dólares al año. Bueno, no desaprovecharían la oportunidad de vendérsela a ella. Rhett quería que se quedase, ¿no? Pues bien, se quedaría, pero sólo si él la ayudaba a conseguir la tercera parte de Tara correspondiente a Carreen. Entonces, con dos tercios en sus manos, ofrecería a Will y a Suellen comprar la parte de ésta. Si Will se negaba a vender, los echaría de allí.

Un remordimiento de conciencia interrumpió sus pensamientos, pero lo borró de la mente. ¿Qué importaba lo mucho que Will amase a Tara? Ella la amaba todavía más. Y la necesitaba. Era lo único que apreciaba, el único lugar donde todos se habían preocupado de ella. Will lo comprendería; había visto que Tara era su única esperanza.

Corrió hacia el cordón de la campanilla y tiró de él. Pansy acudió a la puerta, vio que estaba cerrada, hizo girar la llave y la abrió.

—Dile al señor Butler que quiero verle; aquí, en mi habitación —dijo Scarlett—. Y sube una bandeja con la cena. Me he dado cuenta de que tengo hambre.

Se cambió la camisa de dormir por otra seca, se puso una bata de terciopelo, se cepilló los cabellos y los sujetó sobre la nuca con una cinta también de terciopelo. Sus ojos oscuros se fijaron en los de su imagen en el espejo.

Había perdido. No iba a recuperar a Rhett.

No había esperado una cosa así.

Su mundo se había vuelto del revés demasiado deprisa, en sólo unas pocas horas. Todavía le daba vueltas la cabeza de resultas de la impresión que le había causado lo que le había dicho Sally Brewton. No podía permanecer en Charleston después de lo que había oído. Sería como tratar de construir una casa sobre arenas movedizas.

Se apretó la frente con las manos, como para contener el torbellino de confusos pensamientos. No podía poner orden en las muchas cosas que giraban a la vez en su cerebro. Tenía que haber una en la que pudiese concentrarse. Durante toda su vida, había triunfado cuando había prestado toda su atención a un solo objetivo.

Tara...

Sería Tara. Cuando hubiese conseguido el control de Tara, pensaría en todo lo demás...

—Su cena, señora Scarlett.

—Ponla sobre la mesa, Pansy, y déjame sola. Llamaré cuando haya terminado.

—Sí. El señor Rhett dice que vendrá cuando haya acabado de comer.

—Vete.

La expresión de Rhett era indescifrable, salvo por la fatiga que se reflejaba en sus ojos.

—¿Querías verme, Scarlett?

—Sí. No te preocupes, no estoy buscando pelea. Quiero ofrecerte un trato.

La expresión de él no cambió. Guardó silencio.

Scarlett prosiguió, manteniendo frío y práctico el tono de su voz:

—Los dos sabemos que no puedes obligarme a quedarme en Charleston y a asistir a los bailes y las recepciones. Y los dos sabemos que, si asisto, no podrás evitar que yo diga o haga lo que quiera. Te ofrezco quedarme y actuar como tú quieres si me ayudas a conseguir algo que me hace falta y que nada tiene que ver contigo ni con Charleston.

Rhett se sentó, sacó un puro delgado, le cortó la punta y lo encendió.

—Te escucho —dijo.

Ella le explicó su plan, animándose a cada palabra que pronunciaba. Hacía mucho tiempo, Rhett le había prestado dinero para comprar su primer aserradero. A él siempre le había interesado su éxito en los negocios; ciertamente, había sido la única persona que no había considerado que dedicarse a los negocios fuese impropio de una dama. Cuando hubo terminado, esperó con ansiedad que Rhett le diese su opinión.

—Tengo que admirar tu valor, Scarlett —dijo él—. Nunca puse en tela de juicio que fueras capaz de plantarles cara al general Sherman y a todo su ejército, pero tratar de burlar a la Iglesia católica romana puede ser una empresa superior a tus fuerzas.

Se estaba riendo de ella; pero era una risa amistosa, incluso de admiración. Como si también él hubiese vuelto a los viejos tiempos, cuando eran amigos.

—No estoy tratando de burlar a nadie, Rhett, sino solamente de hacer un trato honrado.

Rhett hizo una mueca.

—¿Tú? ¿Hacer un trato honrado? Me decepcionas, Scarlett. ¿Estás perdiendo facultades?

—¡Vaya! No sé por qué tienes que decir esas cosas. Sabes muy bien que jamás trataría de beneficiarme en perjuicio de la Iglesia.

La susceptibilidad de Scarlett hizo que Rhett riese todavía con más fuerza.

—Me extraña —dijo—. Dime la verdad. ¿Por eso has ido a misa todos los domingos, haciendo repicar las cuentas de tu rosario? ¿Has estado todo el tiempo proyectando esto?

—No. Y no comprendo cómo he tardado tanto en pensar en ello. —Scarlett se tapó la boca con la mano. ¿Cómo lo hacía Rhett para hacerle decir siempre más de lo que pretendía? Bajó la mano y le miró con ceño—. ¿Y bien? ¿Vas a ayudarme o no?

—Estoy dispuesto a hacerlo, pero no sé cómo. ¿Y si la madre superiora rechaza tu propuesta? ¿Te quedarás hasta el final de la temporada?

—Ya he dicho que lo haría, ¿no? Además, no hay motivo para que ella la rechace. Voy a ofrecerle mucho más dinero del que puede enviarle Will. Y tú puedes emplear tu influencia. Conoces a todo el mundo, siempre te sales con la tuya.

Rhett sonrió.

—Tienes una fe conmovedora en mí, Scarlett. Conozco a todos los pícaros, políticos truhanes y hombres de negocios sucios en mil kilómetros a la redonda, pero no tengo ninguna influencia sobre la buena gente de este mundo. Lo más que puedo hacer es darte un pequeño consejo. No trates de dar gato por liebre a la madre superiora. Dile la verdad, si puedes, y accede a cuanto te pida. No regatees.

—¡Qué bobo eres, Rhett Butler! Nadie paga lo que le piden, salvo los tontos. En todo caso, el convento no necesita en realidad el dinero. Tienen una casa grande y todas las hermanas trabajan sin cobrar, y hay candelabros de oro y una cruz grande de oro en el altar de la capilla.

—«Aunque hablo con las lenguas de los hombres y los ángeles...» —murmuró Rhett, chascando la suya.

—¿De qué diablos estás hablando?

—No es más que una cita.

Rhett adoptó una expresión seria, pero sus ojos negros expresaban regocijo.

—Te deseo toda la suerte del mundo, Scarlett —dijo—. Considéralo una bendición.

Salió impertérrito de la habitación, pero después se echó a reír con auténtica satisfacción. Scarlett cumpliría su promesa, como siempre había hecho. Con su ayuda, él acallaría el escándalo; luego, al cabo de dos semanas, terminaría la temporada y Scarlett se marcharía. Él se vería libre de la tensión que había causado ella en la existencia que trataba de rehacer en Charleston, y podría volver a Landing. ¡Era tanto lo que quería hacer en la plantación! El asalto que Scarlett se preparaba a hacerle a la madre superiora del convento de Carreen sería una diversión que a él le entretendía hasta que su vida recobrase su ritmo normal.

«Yo apostaría por la Iglesia católica romana —se dijo Rhett—. Ésta calcula el tiempo en eras, no en semanas. Pero no apostaría demasiado. Cuando se le mete a Scarlett una cosa entre ceja y ceja, es una fuerza formidable con la que hay que contar.» Rió en silencio durante un largo rato.

Como había esperado Rhett, las relaciones de Scarlett con la madre superiora distaron mucho de ser sencillas.

—No dice que sí ni que no, y ni siquiera me escucha cuando trato de explicarle la conveniencia de vender —se lamentó Scarlett después de su primera visita al convento.

Y lo mismo en su segunda visita y en la tercera y en la quinta. Se sentía desconcertada y frustrada. Rhett escuchaba con amable y paciente atención las furiosas lamentaciones de Scarlett, pero se reía por lo bajo. Sabía que él era la única persona con la que ella podía hablar.

Además, los esfuerzos de Scarlett le daban nuevos motivos de diversión casi diariamente, al verla aumentar su asalto a la Santa Madre Iglesia. Scarlett empezó a ir a misa todas las mañanas, esperando que la noticia de su devoción llegase hasta el convento. Después visitó a Carreen tan a menudo que aprendió los nombres de todas las restantes monjas y de casi la mitad de las estudiantes. Al cabo de una semana de respuestas amables de la madre superiora, respuestas que no obstante a nada compremetían, Scarlett estaba tan desesperada que incluso empezó a acompañar a sus tías cuando visitaban a amigas que, como ellas, eran ancianas damas católicas cuya existencia era apurada.

—Creo que estoy desgastando de tal modo las cuentas de mi rosario que quedarán reducidas a la mitad de su tamaño, Rhett —exclamó con irritación—. ¿Cómo puede ser tan ruin esa horrible vieja?

—Tal vez cree que así salvará tu alma —sugirió Rhett.

—¡Tonterías! Mi alma está perfectamente, gracias. El olor del incienso me da náuseas. Y parezco una piltrafa, porque nunca duermo lo bastante. Ojalá no se celebrase una fiesta de altos vuelos cada noche.

—No te inquietes. Esas ojeras te dan un aire espiritual, seguramente impresionan enormemente a la madre superiora.

—¡Oh, Rhett, qué cosas tan horribles dices! Tengo que ir a empolvarme inmediatamente.

En realidad, la falta de sueño empezaba a manifestarse en el semblante de Scarlett. Y la frustración trazaba pequeñas líneas verticales entre sus dejas. Todos los habitantes de la vieja Charleston comentaban la actitud de Scarlett, que tomaban por una especie de fervor religioso. Scarlett era ahora una persona diferente. En las recepciones y los bailes se mostraba cortés pero abstraída. La bella tentadora se había retirado. Ya no aceptaba invitaciones para jugar al whist y había dejado de visitar en los días «de recibo» a las damas a quienes solía frecuentar.

—Yo creo que hay que honrar a Dios —dijo un día Sally Brewton—. Incluso renuncio a cosas que realmente me encantan durante la cuaresma, pero creo que Scarlett va demasiado lejos. Exagera.

Emma Anson no estaba de acuerdo.

—Yo la tengo ahora en mucho mejor concepto que antes. Ya sabes que consideraba una tontería la protección que le brindabas, Sally. Scarlett era, a mi modo de ver, una ignorante y vana arribista. Ahora me desdigo de buen grado. Hay algo admirable en las personas que tienen serias convicciones religiosas. Aunque sean papistas.

Durante la segunda semana del asedio de Scarlett, la mañana del miércoles amaneció oscura, fría y lluviosa.

—No puedo ir andando al convento con este aguacero —gimió—. Destrozaría mi único par de botas.

Pensó con añoranza en Ezekiel, el antiguo cochero de los Butler, que había aparecido, como un genio surgido de una redoma, en las dos noches de lluvia en que la familia se disponía a salir. «Todas esas pretensiones de Charleston son tontas y repelentes. Pero las aceptaría hoy si pudiese viajar en un carruaje seco y abrigado. Pero no puedo. Sin embargo, tengo que ir y, por consiguiente, iré.»

—La madre superiora ha salido esta mañana temprano para Georgia, para una reunión en el colegio de la Orden —dijo la monja que le abrió la puerta del convento.

Nadie sabía exactamente cuánto duraría la reunión. Tal vez un día, o varios, o tal vez una semana o más. «Yo no dispongo de una semana o más —gritó Scarlett para sus adentros—; ni siquiera puedo perder un día.»

Volvió a casa chapoteando bajo la lluvia.

—Tira esas malditas botas —ordenó a Pansy—. Y tráeme alguna ropa seca.

Pansy estaba todavía más empapada que ella. Con un ostentoso acceso de tos, salió cojeando para cumplir las órdenes de Scarlett. «Debería azotar a esa chica», dijo Scarlett para sí; pero estaba más afligida que irritada.

Por la tarde, dejó de llover. Eleanor y Rosemary decidieron ir de compras a la calle King. Scarlett no quiso acompañarlas. Permaneció sentada en su habitación, rumiando, hasta que le pareció que las paredes le caían encima, y entonces bajó a la biblioteca. Tal vez estaría Rhett allí y la consolaría un poco. No podía hablar con nadie más de su fracaso, porque a nadie más había contado lo que estaba haciendo.

—¿Cómo va la reforma de la Iglesia católica? —preguntó él arqueando una ceja.

Ella refirió, indignada, la huida de la madre superiora. Él emitió unos sonidos de simpatía mientras cortaba y encendía un delgado cigarro.

—Saldré a fumar a la galería —dijo él, cuando la punta del cigarro brilló a su satisfacción—. Ven a tomar un poco el aire. El chaparrón ha traído de nuevo el verano; y ahora que la tormenta se ha alejado hacia el mar hace mucho calor.

La luz del sol era cegadora al salir de la penumbra del comedor. Scarlett se resguardó los ojos con la mano y respiró el húmedo perfume del verde jardín, el aroma salobre del puerto y el olor penetrante y varonil del humo del cigarro. De pronto se dio viva cuenta de la presencia de Rhett. Estaba tan agitada que se apartó varios pasos, y cuando él habló tuvo la impresión de que lo hacía desde una gran distancia.

—Creo que el colegio que tienen las hermanas en Georgia está en Savannah. Podrías ir allí después de santa Cecilia, para el cumpleaños de tu abuelo. Tus tías han insistido bastante en que lo hagas. Si la reunión eclesiástica es importante, asistirá el obispo; tal vez tendrás más suerte con él.

Scarlett trató de pensar en la sugerencia de Rhett, pero no podía concentrarse estando él tan cerca. Era extraño que se sintiese tan tímida, después de haberse hallado últimamente tan cómoda en su compañía. Él estaba apoyado en una columna fumando plácidamente.

—Lo pensaré —dijo Scarlett, y salió corriendo antes de echarse a llorar.

«¿Qué diablos me pasa? —pensó mientras brotaban lágrimas de sus ojos—. Me estoy convirtiendo en una niña llorona, precisamente en la clase de criatura que tanto desprecio. ¿Qué importa que tarde un poco más en conseguir lo que quiero? Tendré Tara... y también a Rhett, aunque tarde cien años.»

29

—¡Vaya un fastidio! —dijo Eleanor Butler.

Le temblaban las manos al servir el té. Una arrugada hoja de papel fino yacía en el suelo junto a sus pies. El telegrama había llegado mientras Rosemary y ella estaban de compras: el primo Townsend Ellinton y su esposa venían de Filadelfia para visitarlos.

—¡Y avisan con sólo dos días de anticipación! —exclamó Eleanor—. ¿Os imagináis? Se diría que nunca oyeron hablar de la guerra.

—Se alojarán en una habitación del hotel Charleston, mamá —dijo Rhett en tono apaciguador—, y los llevaremos al baile. No estará tan mal.

—Será horrible —dijo Rosemary—. No veo ninguna razón para que tengamos que ser amables con los yanquis.

—Porque son parientes nuestros —dijo severamente su madre—. Y serás sumamente atenta con ellos. Además, tu primo Townsend no es yanqui. Combatió con el general Lee.

Rosemary frunció el ceño y guardó silencio.

Eleanor empezó a reír.

—No debo quejarme —dijo—. Será divertido ver el encuentro entre Townsend y Henry Wragg. Townsend es bizco y Henry tiene los ojos desviados hacia fuera. ¿Creéis que podrán darse la mano?

«Los Ellinton no están tan mal —pensó Scarlett—, aunque una no sabe dónde mirar al hablar con el primo Townsend.»

Su esposa Hannah no era tan hermosa como había anunciado Eleanor, y esto resultaba agradable. Sin embargo, su traje de baile de brocado de color rubí y gris perla y su collar de brillantes hicieron que Scarlett se sintiese desaliñada con un usado vestido de terciopelo burdeos y sus camelias. Gracias a Dios, era el último baile y el fin de la temporada.

«Habría llamado embustero a cualquiera que me hubiese dicho que podía cansarme de bailar, pero estoy más que harta de esto. ¡Oh, si al menos hubiese arreglado lo de Tara!» Siguiendo el consejo de Rhett había decidido ir a Savannah.

Pero la perspectiva de un día tras otro con sus tías era insoportable y, por ello, resolvió esperar a que la madre superiora regresase a Charleston. Rosemary se marcharía a visitar a la señorita Julia Ashley, lo cual era un consuelo. Y la señora Eleanor era siempre una buena compañera.

Rhett iría a Landing.

Pero ahora ella no quería pensar en esto. Si lo hacía, no podría aguantar la velada.

—Háblame del general Lee, primo Townsend —dijo animadamente Scarlett—. ¿Es realmente tan guapo como dicen?

Ezekiel había limpiado el carruaje y cepillado los caballos hasta que parecieron dignos de llevar a un rey. Estaba plantado junto al coche, manteniendo abierta la portezuela y presto a colaborar, en caso necesario, cuando Rhett ayudase a las damas a subir al coche.

—Insisto en que los Ellinton deberían venir con nosotros —bufó Eleanor.

—Iríamos tan apretujados que nos ahogaríamos —gruñó Rosemary.

Rhett la hizo callar.

—No te inquietes, mamá —dijo—. Van delante de nosotros, en el vehículo más lujoso que puede alquilar Hannah con su dinero. Cuando lleguemos a la calle Meeting, los adelantaremos para llegar antes que ellos y acompañarlos al entrar. No tienes que preocuparte por nada.

—Hay muchas cosas que me preocupan, Rhett, y tú lo sabes. Sí, son simpáticos y Townsend es pariente nuestro, pero esto no altera el hecho de que Hannah es yanqui de los pies a la cabeza. Temo que la maten a cumplidos.

—¿Qué quiere decir? —preguntó Scarlett.

Rhett se lo explicó. Los charlestonianos habían inventado, después de la guerra, un juego particularmente astuto y cruel. Trataban a los forasteros con tanta cortesía y consideración que su amabilidad se convertía en un arma.

—Los visitantes acaban sintiendo como si llevasen zapatos por primera vez en su vida. Se dice que sólo los más fuertes se recobran de esta experiencia. Espero que esta noche no nos hagan una exhibición de ello. Los chinos no inventaron nunca una tortura semejante, aunque son gente muy sutil.

—¡Basta, Rhett, por favor! —le suplicó su madre.

Scarlett no dijo nada. «Esto es lo que me han estado haciendo a mí —pensó tristemente—. Bueno, que hagan lo que quieran. No tendré que soportar Charleston durante mucho más tiempo.»

Después de entrar en la calle Meeting el carruaje ocupó su sitio al final de una larga hilera de vehículos. Éstos se detenían uno a uno, para que se apeasen sus pasajeros, y luego seguían despacio hacia delante. «A esta velocidad, la fiesta habrá terminado cuando lleguemos», pensó Scarlett. Miró por la ventanilla a la gente que iba a pie, seguidas las damas por sus doncellas con las bolsas de los zapatos de baile.

«Ojalá hubiésemos venido también andando. Sería delicioso respirar el aire tibio, en vez de estar apretujados en este pequeño y sofocante espacio.» La sorprendió el fuerte toque de la campana de un tranvía a su izquierda.

«¿Cómo puede funcionar un tranvía a estas horas?», se preguntó. El servicio terminaba siempre a las nueve. Oyó las campanas de Saint Michael que sonaban dos veces. Eran las nueve y media.

—¿No es bonito ver un tranvía que sólo transporta personas vestidas para un baile? —dijo Eleanor Butler—. ¿Sabías, Scarlett, que los tranvías dejan de funcionar más pronto en la noche de santa Cecilia, con objeto de poder limpiarlos antes de hacer trayectos especiales para llevar gente al baile?

—No lo sabía, Eleanor. ¿Y cómo vuelve la gente a casa?

—Hay otro servicio especial a las dos, cuando ha terminado el baile.

—¿Y si quiere subir alguien que no vaya al baile?

—No puede hacerlo, naturalmente. A nadie se le ocurriría. Todo el mundo sabe que los tranvías no funcionan después de las nueve.

Rhett se echó a reír.

—Mamá, hablas igual que la duquesa en *Alicia en el país de las maravillas.*

Eleanor Butler rió también.

—Supongo que sí —balbució alegremente, y después rió aún más fuerte.

Todavía reía cuando el carruaje avanzó y se detuvo y alguien abrió la portezuela. Scarlett contempló una escena que le hizo contener el aliento. ¡Así debía ser un baile! Altos postes negros de hierro sostenían un par de enormes faroles con seis mecheros de gas encendidos. Iluminaban el profundo pórtico y las imponentes columnas blancas de un edificio que parecían un templo y se hallaba aislado de la calle por una alta verja de hierro. Una resplandeciente estera de lona blanca conducía desde el gastado bloque de mármol donde se apeaban los pasajeros de los coches hasta la escalinata del pórtico. Sobre todo ello, se había tendido un toldo también de lona blanca.

—¡Quién iba a pensarlo! —dijo, maravillada, Scarlett—. Se puede ir desde el coche hasta el baile mientras llueve a cántaros sin que te toque una gota de agua.

—Esto es lo que se pretende —convino Rhett—, pero no se ha comprobado nunca. Porque nunca llueve en la noche de santa Cecilia. Dios no puede permitirlo.

—¡Rhett! —dijo Eleanor Butler, sinceramente escandalizada.

Scarlett sonrió a Rhett, satisfecha de que él pudiese tomar a broma algo que consideraba tan serio como este baile. Rhett le había hablado de él, de los años que hacía que se celebraba (todo parecía, en Charleston, tener una antigüedad de al menos un siglo) y de que sus organizadores eran todos hombres. Sólo los varones podían ser miembros de esa Sociedad.

—Baja, Scarlett —dijo Rhett—; aquí deberías sentirte como en casa. Este edificio es el Hibernian Hall. Dentro verás una placa con el arpa de Irlanda pintada en el oro más fino.

—No seas bruto —le riñó su madre.

Scarlett se apeó manteniendo muy alta la belicosa barbilla, tan parecida a la de su padre irlandés.

¿Qué estaban haciendo aquellos soldados yanquis? La garganta de Scarlett se contrajo con un miedo momentáneo. ¿Pensaban armar jaleo porque poco tiempo antes habían sido derrotados por las damas? Entonces vio una muchedumbre detrás de ellos; unas caras ansiosas que se movían de un lado a otro en su esfuerzo por distinguir a los personajes que se apeaban de los coches. «Bueno, los yanquis contienen a la gente para abrirnos paso. Como si fueran criados, vigilantes o lacayos. Les está bien empleado. ¿Por qué no se largan de una vez? Nadie les hace ya caso.»

Miró por encima de las cabezas de los soldados y sonrió alegremente a la multitud boquiabierta antes de descender del carruaje. ¡Si al menos llevara un traje nuevo en vez de esta ropa vieja y tan usada! Tendría que sacarle el mejor partido. Dio tres pasos al frente y, después, se soltó la cola del vestido, que llevaba plegada sobre el brazo, y dejó que cayese tras ella. La cola se desplegó sobre la blanca estera sin rozar siquiera el polvo, y ella la arrastró majestuosamente para entrar en el gran baile de la temporada.

Se detuvo en el vestíbulo, esperando a los demás. Miró hacia arriba, siguiendo con los ojos la graciosa curva de la escalinata hasta el amplio rellano de la segunda planta y la resplandeciente lámpara de cristal con velas encendidas, suspendida sobre el espacio abierto. Era como la joya más grande y más brillante del mundo.

—Aquí están los Ellinton —dijo la señora Butler—. Ven por aquí, Hannah; dejaremos nuestros abrigos en el guardarropa de señoras.

Pero Hannah Ellinton se detuvo en seco en el umbral y se echó involuntariamente hacia atrás. Rosemary y Scarlett tuvieron que apartarse rápidamente a un lado para no chocar con la dama envuelta en brocado carmesí que estaba delante de ellas.

¿Qué había pasado? Scarlett estiró el cuello para ver. La escena se le había hecho tan familiar durante la temporada que no comprendía por qué había impresionado tanto a Hannah. Varias señoras y muchachas estaban sentadas en un banco bajo, junto a la pared. Tenían las faldas arremangadas encima de las rodillas y los pies sumergidos en barreños de agua jabonosa. Mientras charlaban y reían entre ellas, sus doncellas les lavaban, secaban y empolvaban los pies; después les ponían las remendadas medias y las calzaban con los escarpines de baile. Era la rutina regular de todas las mujeres que habían recorrido las polvorientas calles de la ciudad antes de asistir a los bailes de la temporada. ¿Qué esperaba la señora yanqui? ¿Que las damas bailasen con botas? Scarlett dio un codazo a la señora Ellinton.

—Estás obstruyendo la puerta —le dijo.

Hannah se disculpó y entró. Eleanor Butler, que se había estado arreglando unas horquillas ante el espejo se volvió hacia ellas.

—Bueno —dijo—. Creí, por un momento, que os había perdido. —No había observado la reacción de Hannah—. Quiero que conozcas a Sheba. Ella te atenderá en todo lo que necesites esta noche.

La señora Ellinton se dejó conducir, sin protestar, hasta el rincón de la estancia donde la mujer más gorda que había visto jamás se hallaba sentada en un ancho, gastado y descolorido sillón de orejas, tapizado de brocado de un color dorado sólo ligeramente más claro que su piel. Sheba se levantó de su trono para ser presentada a la invitada de la señora Butler.

Y a la nuera de la señora Butler. Scarlett se adelantó apresuradamente, deseosa de conocer a la mujer de la que tanto había oído hablar. Sheba era famosa. Todo el mundo sabía que era la mejor costurera de Charleston; cuando era esclava de los Rutledge, le había enseñado el oficio la modista que la señora Rutledge había traído de París para que confeccionase el traje de novia de su hija. Sheba todavía cosía para la señora Rutledge, su hija y unas cuantas damas selectas de su elección. Sheba podía convertir los harapos y los sacos de harina en creaciones tan elegantes como las del Godey's Ladies Book. Bautizada *Reina de Saba* por el predicador laico que era su padre, era ciertamente una reina en su propio mundo. Todos los años, por santa Cecilia, gobernaba en el guardarropa de las señoras, supervisando a sus dos doncellas pulcramente uniformadas y a todas las doncellas que acompañaban a las damas, solventando con rapidez y eficacia todas y cada una de las dificultades femeninas: dobladillos descosidos, manchas, botones perdidos, rizos caídos, desvanecimientos, indigestiones, empeines contusos, corazones rotos..., Sheba y sus ayudantes lo resolvían todo. Todos los bailes tenían una habitación donde unas doncellas de servicio atendían a las necesidades de las damas, pero solamente el de santa Cecilia tenía a la *Reina de Saba.* Ésta rehusaba cortésmente ejercer su magia en cualquier baile que no fuese el mejor.

Podía permitirse ser muy exigente. Rhett había dicho a Scarlett lo que sabía casi todo el mundo pero nadia decía en voz alta. Sheba era dueña del más lujoso y rentable prostíbulo de la famosa «Mulatto Alley», que era la prolongación de la calle Chalmers y se hallaba solamente a dos manzanas del edificio de la Sociedad de santa Cecilia. En ese burdel los oficiales y los soldados de las fuerzas militares de ocupación se gastaban la mayor parte de la paga en whisky barato, juegos de azar trucados y mujeres de todas las edades, colores y precios.

Scarlett se fijó en la expresión desconcertada de Hannah Ellinton. «Apuesto a que es una de esas abolicionistas que jamás ha visto a un negro de cerca en su vida —pensó—. Me pregunto lo que haría si alguien le contase lo del otro negocio de Sheba. Rhett dijo que ésta tenía más de un millón de dólares en oro en una caja de seguridad de un banco de Inglaterra. Dudo que los Ellinton puedan igualarla en esto.»

30

Cuando llegó Scarlett a la entrada del salón de baile, fue ella quien se detuvo en seco sin darse cuenta de que otros la seguían. Se había quedado pasmada por una belleza que era mágica, demasiado adorable para ser real.

El vasto salón de baile estaba brillante pero suavemente iluminado con velas. La luz de éstas procedía de cuatro arañas de cristal que parecían flotar en lo alto; de dorados apliques gemelos de cristal colocados en las largas paredes laterales; de altos espejos con marco dorado, que reflejaban una y otra vez las llamas e imágenes opuestas; de altas ventanas negras como la noche, encuadradas por cortinas de brocado de oro que actuaban como espejos; de candelabros de plata de brazos múltiples colocados en unas largas mesas que flanqueaban la puerta. Sobre las mesas reposaban monumentales poncheras de plata que hacían espejear luz dorada en sus redondeadas panzas.

Scarlett se echó a reír, entusiasmada, y cruzó el umbral.

—¿Lo estás pasando bien? —le preguntó Rhett mucho más tarde.

—¡Pues sí! Es realmente el mejor baile de la temporada.

Lo había dicho con sinceridad; la velada había sido todo lo que cabía esperar de ella, llena de música, risas y alegría. Scarlett se había sentido menos complacida cuando le entregaron su carnet de baile, aunque iba acompañado de un ramo de gardenias envueltas en papel de estaño. Al parecer, los organizadores llenaban de antemano los carnets de las damas con los nombres de sus parejas. Pero entonces vio que la operación estaba magníficamente orquestada. Bailaría con caballeros a quienes conocía, con otros a quienes no había visto nunca, con viejos y jóvenes, con charlestonianos de toda la vida, con visitantes invitados, con charlestonianos que vivían en otros muchos lugares pero que volvían siempre a casa para el baile de santa Cecilia. Así, cada pieza tenía el atractivo de la sorpresa y la seguridad del cambio, pero nada que pudiese ponerla en una situación difícil. El nombre de Middleton Courtney no figuraba en su carnet. No tendría que pensar en nada, salvo en la satisfacción de encontrarse en aquel salón exquisito, bailando al son de una bella música.

Y eso era igual para todo el mundo. Scarlett rió disimuladamente cuando vio que sus tías no se perdían un baile; incluso la cara generalmente triste de Eulalie rebosaba satisfacción. Ninguna mujer se quedaba sentada. Y no había situaciones violentas. Las jovencísimas debutantes, con sus blancos trajes nuevos, estaban emparejadas con hombres duchos en el baile y en la conversación. Vio a Rhett con al menos tres de ellas, pero nunca con Anne Hampton. Scarlett se preguntó, por un instante, cuánto sabían los viejos organizadores. No le importaba. Se sentía feliz y tenía ganas de reír al ver a los Ellinton.

Evidentemente, Hannah se sentía como la bella del baile. «Debe de estar danzando con los más grandes aduladores de Charleston», pensó maliciosamente Scarlett. Pero Townsend parecía divertirse todavía más que su esposa. Sin duda alguien le estaba murmurando palabras dulces. Ciertamente, nunca olvidarían esta noche. Pero tampoco la olvidaría ella. Pronto tocarían el décimosexto baile. Estaba reservado, según le había dicho Josiah Anson al bailar con ella, para los novios y las parejas casadas. En el baile de santa Cecilia, los maridos y las mujeres volvían siempre a enamorarse, había dicho con burlona solemnidad. Anson era presidente de la Sociedad y, por ello, estaba bien enterado. Era una de las normas del santa Cecilia. Ella bailaría con Rhett.

Y así, cuando él la tomó en sus brazos y le preguntó si lo pasaba bien, respondió que sí de todo corazón.

A la una, la orquesta tocó los últimos compases de *El Danubio azul*, y terminó el baile.

—Pero yo quisiera que no se acabase nunca —dijo Scarlett.

—Bueno —replicó Miles Brewton, que era uno de los organizadores—, esto es precisamente lo que esperamos que sienta todo el mundo. Ahora bajaremos todos a cenar. La Sociedad se enorgullece de su estofado de ostras casi tanto como de su ponche. Espero que hayas probado una copita de nuestra famosa mezcla.

—Ciertamente, lo he hecho. Y creí que se me iba la cabeza.

El ponche de santa Cecilia estaba compuesto principalmente de excelente champán mezclado con brandy de primerísima calidad.

—A los viejos nos sirve de mucho en una noche de baile. No se nos sube a la cabeza, sino que baja a los pies.

—¡Tonterías, Miles! Sally siempre decía que eras el mejor bailarín de Charleston, y yo creía que era jactancia. Pero ahora sé que decía la pura verdad.

Las alegres y exageradas bromas de Scarlett eran tan automáticas que ni siquiera tenía que pensar lo que decía. ¿Por qué tardaba tanto Rhett? ¿Por qué se entretenía tanto hablando con Edward Cooper, en vez de acompañarla a cenar? Sally Brewton nunca le perdonaría que acaparase a Miles de esta manera.

Oh, gracias a Dios, Rhett ya venía.

—Nunca permitiría que te llevases a tu encantadora esposa si no fueses mucho más corpulento que yo, Rhett. —Miles se inclinó sobre la mano de Scarlett—. Ha sido un gran privilegio para mí, señora.

—Un gran placer para mí, caballero —replicó ella haciendo una reverencia.

—Dios mío —dijo Rhett con su hablar lento—, tal vez debería pedirle a Sally que se fugue conmigo. Me ha rechazado las últimas cincuenta veces, pero mi suerte podría haber cambiado.

Los tres fueron, riendo, en busca de Sally. Ésta se hallaba sentada junto a una ventana, con los escarpines en la mano.

—¿Quién dijo que la prueba de un baile perfecto es que una gaste bailando las suelas de los zapatos? —preguntó en tono quejumbroso—. Yo lo he hecho y ahora tengo ampollas en ambos pies.

Miles la levantó.

—Te llevaré en brazos hasta abajo, fastidiosa mujer; pero entonces te calzarás como una persona respetable y continuarás a pie aunque sea renqueando.

—¡Bruto! —dijo Sally.

Scarlett vio la mirada que intercambiaban los dos y se le encogió el corazón de envidia.

—¿De qué fascinante tema estuviste hablando tanto rato con Edward Cooper? Estoy muerta de hambre —le dijo a Rhett.

Al mirar a su marido su dolor se agudizó. «No quiero pensar en esto, no quiero arruinar esta noche perfecta.»

—Miles me ha estado diciendo que, debido a mi mala influencia, las notas de Tommy en el colegio son cada vez peores. Como castigo, ha vendido la barquita que tanto le gusta al muchacho.

—¡Es una crueldad! —exclamó Scarlett.

—El chico la recobrará. Yo la he comprado. Ahora vayamos a cenar antes de que se acaben todas las ostras. Por una vez en la vida,

Scarlett, vas a tener más comida de la que puedes tragar. Aquí, incluso las damas se atracan, es tradicional. Ha terminado la temporada y casi estamos en cuaresma.

Eran poco más de las dos cuando se abrieron las puertas del Hibernian Hall. Los jóvenes negros que portaban las antorchas estaban bostezando cuando ocuparon sus sitios para alumbrar a los trasnochadores. Al prenderse las antorchas, el tranvía que esperaba a oscuras en la calle Meeting cobró vida sobre los raíles. El conductor encendió el globo azul del techo y las linternas provistas de altos protectores de vidrio enganchados junto a las puertas. Los caballos patearon el suelo y sacudieron arriba y abajo la cabeza. Un hombre con delantal blanco barrió las hojas que se habían acumulado sobre la estera de lona, descorrió el largo cerrojo de hierro y después de abrir la puerta de par en par desapareció en la sombra justo cuando el rumor de voces empezaba a salir del interior del edificio. Los carruajes, estacionados a lo largo de tres manzanas, aguardaban turno para ir a recoger a sus pasajeros.

—Despertaos, que ya vienen —gruñó Ezekiel a los chicos ataviados con libreas de lacayo, que estaban durmiendo. Éstos se sobresaltaron al sentir que les pinchaba con el dedo, pero después sonrieron y se pusieron rápidamente en pie.

La gente salió en tropel por la puerta abierta, hablando, riendo, deteniéndose en el porche, reacia a dar por terminada la velada. Como cada año, decían que éste había sido el mejor baile de santa Cecilia de todos los tiempos, con la mejor orquesta, la mejor comida y el mejor ponche, y que se habían divertido como nunca.

El conductor del tranvía dijo a sus caballos:

—Os llevaré a vuestra cuadra, muchachos; no os impacientéis.

Tiró de una correa junto a su cabeza y la bruñida campana que colgaba junto a la lámpara azul empezó a sonar llamando a sus clientes.

—Buenas noches, buenas noches —gritaron éstos despidiéndose de los que estaban en el porche; y primero una pareja y después tres y después toda una alegre avalancha de jóvenes corrieron sobre la blanca estera de lona.

Sus mayores sonrieron e hicieron comentarios acerca de la incansable juventud. Ellos avanzaron a un paso más lento, más digno. En algunos casos, su dignidad no conseguía disimular cierta inseguridad de las piernas.

Scarlett tiró de la manga de Rhett.

—Oh, vayamos en el tranvía Rhett. El aire es muy agradable, y en el coche nos ahogaremos.

—Tendremos que caminar bastante cuando nos apeemos.

—No me importa. Me gustaría andar un poco.

Él aspiró el aire fresco de la noche.

—También a mí —dijo—. Se lo diré a mamá. Sube al tranvía y guárdame un sitio.

No tenían que ir muy lejos. El tranvía giró hacia el este en la calle Broad, a sólo unas manzanas de distancia, y después rodó majestuosamente por la ciudad en silencio hasta el final de Broad, delante del edificio de Correos. Fue una alegre y ruidosa continuación de la fiesta. Casi todos los que viajaban en el atestado tranvía corearon la canción iniciada por tres regocijados hombres cuando el vehículo dobló la esquina. «¡Oh, la líneea de Rock Island es formidable! Hay que viajar por la lína de Rock Island...»

Musicalmente la actuación dejaba mucho que desear, pero los cantores no lo sabían ni les importaba. Scarlett y Rhett cantaban tan fuerte como los demás. Cuando se apearon del tranvía, ella siguió cantando cada vez que se repetía el estribillo: «Compra el billete en la estación de la línea de Rock Island.» Rhett y otros tres voluntarios ayudaron al conductor a desenganchar los caballos, a llevarlos al otro extremo del vehículo y a engancharlos para el trayecto de regreso por Broad y después por Meeting hasta la terminal. Devolvieron los saludos y los gritos de «buenas noches» cuando el tranvía se alejó llevándose a los cantores.

—¿Crees que saben alguna otra canción? —preguntó Scarlett.

Rhett se echó a reír.

—Ni siquiera saben ésta y, si he de serte sincero, tampoco yo la sé. Pero parece que esto importa poco.

Scarlett se rió, pero después se tapó la boca con la mano. Su risa había sonado muy fuerte, ahora que *La línea de Rock Island* se oía débilmente a lo lejos. Observó cómo el tranvía iluminado se iba empequeñeciendo, se detenía, arrancaba de nuevo y desaparecía al doblar la esquina. Todo estaba en silencio y muy oscuro alrededor del círculo de luz proyectada por la farola frente al edificio de Correos. Una ráfaga de viento jugueteó con el fleco de su chal. El aire era fragante y suave.

—Hace realmente calor —murmuró Scarlett a Rhett.

Él asintió con un murmullo inarticulado, sacó el reloj del bolsillo y lo sostuvo bajo la luz de la farola.

—Escucha —dijo en voz baja.

Scarlett escuchó. Todo estaba callado. Contuvo el aliento para oír mejor.

—¡Ahora! —dijo Rhett. Las campanas de Saint Michael tocaron dos veces. Las notas resonaron en la templada noche durante largo rato—. La media —dijo Rhett con aprobación, y volvió a guardar el reloj en el bolsillo.

Ambos habían bebido bastante ponche. Estaban lo que suele llamarse «animados», en ese estado en que todo se exagera un poco. La oscuridad era más negra; el aire, más cálido; el silencio, más profundo; el recuerdo de la agradable velada, todavía más divertido que el baile mismo. Los dos experimentaban una sensación interior de tranquilo bienestar. Scarlett bostezó, satisfecha, y deslizó una mano bajo el codo de Rhett. Sin decir palabra, empezaron a andar en la oscuridad, en dirección a casa. Sus pisadas resonaban muy fuerte sobre la acera de baldosas, y ese ruido repercutía en las fachadas de los edificios. Scarlett miró inquieta a un lado y otro y, por encima del hombro, hacia la imponente oficina de Correos. No reconocía nada. «Está tan silencioso —pensó—, como si fuésemos las dos únicas personas sobre la faz del mundo.»

La alta figura de Rhett se confundía con las tinieblas, al llevar cubierta con la capa negra la pechera de la camisa blanca. Scarlett le asió el brazo con más fuerza, por encima del codo; era firme y vigoroso, el brazo poderoso de un hombre poderoso. Se acercó un poco más a su costado. Pudo sentir el calor de su cuerpo, su corpulencia y su fuerza.

—¿Verdad que ha sido una fiesta maravillosa? —dijo con voz demasiado alta, que retumbó y pareció extraña a sus propios oídos—. Temí no poder contener la risa al mirar a la encopetada Hannah. Oh, cuando empezó a disfrutar del trato que la gente del Sur le daba, se puso tan hueca que pensé que de un momento a otro se echaría a volar.

Rhett rió entre dientes.

—Pobre Hannah —dijo—, tal vez nunca en su vida volverá a sentirse tan atractiva e ingeniosa. Townsend no es tonto. Me dijo que quiere volver al Sur. Esta visita hará probablemente que Hannah esté de acuerdo. Hay un palmo y medio de nieve sobre el suelo de Filadelfia.

Scarlett rió en voz baja en la fragante oscuridad; después sonrió con satisfacción. Cuando pasó con Rhett bajo la luz de la siguiente farola, vio que también él estaba sonriendo. Ya no había necesidad de hablar. Bastaba con que los dos se sintiesen a gusto, sonriendo, caminando juntos, sin prisa por llegar a ningún sitio.

Su camino los condujo más allá de los muelles. La acera discurría junto a una larga hilera de estrechos edificios, con tiendas cerradas al nivel de la calle, rematadas por oscuras ventanas. Muchas de ellas estaban abiertas al calor casi veraniego de la noche. Un perro ladró con poco entusiasmo al oír sus pisadas. Rhett le impuso silencio a media voz. El perro gimió una vez y se calló.

Siguieron adelante dejando atrás las espaciadas farolas. Rhett moderaba automáticamente sus largas zancadas para igualar los pasos más cortos de Scarlett, y el sonido de los tacones sobre los ladrillos se convirtió en un solo repiqueteo, testimonio de la agradable armonía del momento.

Una farola se había apagado. En aquel trecho de mayor oscuridad, advirtió Scarlett por primera vez que el cielo parecía estar muy cerca y que las estrellas eran más brillantes de lo que nunca le habían parecido. Hubiérase dicho que una de ellas estaba lo bastante cerca como para poder tocarla.

—Mira hacia el cielo, Rhett —dijo suavemente—. Las estrellas parecen muy próximas.

Él se detuvo y apoyó la mano en la de ella, como señal de que también se detuviese.

—Es a causa del mar —dijo, con voz grave y cálida—. Ahora hemos dejado atrás los almacenes y aquí no hay más que agua. Si escuchas, podrás oír cómo respira.

Permanecieron inmóviles. Scarlett aguzó el oído. El rítmico rumor del agua al romper contra los pilotes invisibles del dique se hizo audible. Pareció aumentar gradualmente, hasta que ella se sorprendió de no haberlo oído antes. Entonces otro sonido se mezcló con la cadencia de la marea en el río. Era música, una fina, aguda y lenta serie de notas. La pureza de éstas hizo que los ojos de Scarlett se llenasen inesperadamente de lágrimas.

—¿Oyes eso? —preguntó temerosa. ¿Se estaba imaginando cosas?

—Sí. Es un marinero nostálgico, en el barco que está anclado allí. La tonada es *A través del ancho Missouri.* Ellos mismos hacen esos silbatos que parecen flautas. Algunos tocan realmente muy bien. Éste debe de estar de guardia. Mira, hay un farol encendido en el aparejo, y allí es donde se encuentra el barco. El farol es para avisar a las otras embarcaciones que está anclado allí; pero siempre hay un hombre vigilando, por si se acerca algo. O tal vez dos, en lugares de mucho tráfico como este río. Siempre hay barcas pequeñas y gente que conoce el río y se mueve en él de noche, cuando nadie puede verlos.

—¿Por qué hacen eso?

—Por mil razones, todas ellas censurables o nobles, según la opinión del que refiere la historia.

Diríase que Rhett hablaba consigo mismo más que con Scarlett.

Ésta le miró, pero estaba demasiado oscuro para que pudiese distinguir su cara. Volvió la vista hacia el farol del barco, que había confundido con una estrella, y escuchó el oleaje y la música del anónimo y nostálgico marinero. Las campanas de Saint Michael dieron los tres cuartos.

Scarlett gustó la sal en sus labios.

—¿Añoras los días en que burlabas el bloqueo, Rhett?

Él soltó una risa breve.

—Digamos que me gustaría ser diez años más joven. —Rió de nuevo, mofándose ligeramente de sí mismo—. Ahora juego con barcas de vela bajo el pretexto de ser amable con jóvenes desconcertados. Eso me procura la satisfacción de estar sobre el agua y sentir cómo sopla el viento en libertad. No hay nada como esto para que un hombre se sienta como un dios.

Empezó a andar de nuevo, tirando de Scarlett. Los pasos de ambos eran ahora un poco más rápidos, pero todavía acordes.

Scarlett paladeó el aire y pensó en las aladas velas de las barquitas que surcaban el puerto casi volando.

—Quiero hacer eso —dijo—: deseo navegar a vela más que nada en el mundo. ¿Quieres llevarme, Rhett? Hace tanto calor como en verano y mañana no tienes que volver a Landing. Dime que sí, Rhett, por favor.

Él lo pensó un momento. Muy pronto saldría ella de su vida para siempre.

—¿Por qué no? Es una vergüenza desperdiciar el buen tiempo —dijo.

Scarlett le tiró del brazo.

—Vamos, démonos prisa. Es tarde, y quiero que salgamos pronto.

Rhett la contuvo.

—No podré llevarte si te rompes el cuello; vigila tus pasos. —Scarlett volvió a acompasar el paso con el de él, sonriendo para sus adentros. Era maravilloso tener algo que esperar.

Estaban a punto de llegar a la casa cuando Rhett se paró y la detuvo.

—Espera un segundo.

Había levantado la cabeza, escuchando. Scarlett se preguntó qué oía. Oh, por el amor de Dios, volvía a ser el reloj de Saint Michael. Acabó de sonar el carrillón y la tonante y grave campana tocó tres veces. Lejos pero claramente, en la tibia oscuridad, la voz del vigilante en el campanario gritó a la vieja ciudad dormida:

—Las tres... ¡y sereno!

31

Rhett miró el traje que se había puesto Scarlett con tanto cuidado, y arqueó una ceja mientras torcía hacia abajo un lado de la boca.

—Bueno, no quiero quemarme otra vez con el sol —dijo ella a la defensiva.

Llevaba un sombrero de paja de ala ancha que guardaba la señora Butler junto a la puerta del jardín para protegerse del sol cuando salía a cortar flores. Scarlett había enrollado metros de tul de un azul intenso alrededor de la copa del sombrero y se había atado los extremos debajo de la barbilla, en un lazo que le parecía muy atractivo. Había tomado su sombrilla predilecta, de seda floreada azul pálido en forma de pagoda, con un fleco de borlas azul oscuro. Pensaba que de este modo su discreto traje marrón de paseo resultaba menos monótono.

Y a fin de cuentas, ¿por qué creía Rhett que podía criticar a todos los demás? «Parece un mozo de labranza —pensó—, con esos viejos pantalones raídos y esa tosca camisa sin cuello, por no hablar de que va sin corbata ni chaqueta.» Scarlett no dio su brazo a torcer.

—Dijiste a las nueve, Rhett, y ahora han dado. ¿Nos vamos?

Rhett se inclinó, tomó una vieja bolsa de lona y se la cargó sobre los hombros.

—Nos vamos —dijo.

Había algo sospechoso en su voz. «Lleva algo entre ceja y ceja —pensó Scarlett—, pero no voy a dejar que se salga con la suya.»

No tenía idea de que la barca fuese tan pequeña, ni de que estuviese al pie de una larga escalera que parecía muy resbaladiza. Miró acusadoramente a Rhett.

—Casi es marea baja —dijo él—. Por eso teníamos que estar aquí a las nueve y media. Después de que empiece a subir a las diez, nos costaría mucho meternos en el puerto. Desde luego, la marea alta será una ayuda para remontar después el río y atracar... Esto si estás segura de que quieres que salgamos.

—Completamente segura, gracias.

Apoyó una mano enguantada de blanco en una de las barandillas de la escalera y empezó a volverse.

—¡Espera! —dijo Rhett, y ella le miró con semblante frío y resuelto—. No voy a dejar que te rompas el cuello para ahorrarme el trabajo de pasearte en barco durante una hora. La escalera es muy resbaladiza. Yo bajaré un peldaño antes que tú, para asegurarme de que no pierdes pie con esas tontas botas de ciudad. Espera a que me prepare.

Soltó el cordón de la bolsa de lona y sacó de ella un par de zapatos también de lona con suela de goma.

Scarlett le observó en silencio.

Rhett realizó sin prisa todas las operaciones: se quitó las botas, se puso los zapatos, metió las botas en la bolsa, ató el cordón e hizo con él un nudo de complicado aspecto.

Después la miró, con una súbita sonrisa que la dejó sin aliento.

—Quédate ahí, Scarlett; el hombre prudente reconoce su derrota. Guardaré esto y volveré a buscarte.

En un santiamén se cargó la bolsa sobre un hombro y bajó la mitad de la escalera antes de que Scarlett comprendiese de qué estaba hablando.

—Has bajado y subido con la rapidez del rayo —dijo ella, sinceramente admirada cuando Rhett volvió a estar a su lado.

—O como un mono —la corrigió él—. Vamos, querida; el reloj y la marea no esperan a ningún hombre, ni siquiera a una mujer.

A Scarlett no le asustaban las escaleras y las alturas no le daban vértigo. De pequeña había trepado hasta las ramas más altas y oscilantes de los árboles y subido por la escalerilla del henil como si fuese una ancha escalinata. Pero agradeció el brazo de Rhett alrededor de su cintura, mientras descendía por los peldaños revestidos de algas, y se alegró mucho al alcanzar la relativa estabilidad de la barquita.

Se sentó muy quieta en el asiento de la popa, mientras Rhett sujetaba eficazmente las velas al palo y comprobaba los cabos. La blanca lona estaba amontonada en la proa cubierta y dentro de la abierta caseta del timón.

—¿Lista? —dijo.

—¡Oh, sí!

—Entonces, zarpemos. —Soltó los cabos que sujetaban la pequeña balandra al muelle y empujó con un remo para apartarla del muro cubierto de lapas. La fuerte corriente hizo presa de la pequeña embarcación y tiró de ella río abajo—. Quédate sentada donde estás y apoya la cabeza sobre las rodillas —ordenó.

Izó el foque, tiró de la driza y la estrecha vela se hinchó con el viento, orzando suavemente.

—Vamos allá.

Rhett se sentó al lado de Scarlett y sujetó con el codo la caña del timón. Con las dos manos, empezó a izar la vela mayor. Se oyeron fuertes crujidos y chasquidos.

Scarlett miró de reojo sin levantar la cabeza. Rhett tenía los ojos entrecerrados para protegerlos del sol y fruncía reflexivamente el entrecejo. Pero parecía contento, más contento de lo que Scarlett le había visto nunca.

La vela mayor se hinchó con un fuerte chasquido, y Rhett se echó a reír.

—¡Buena chica! —dijo, y Scarlett comprendió que no se refería a ella.

—¿Estás dispuesta a darte un chapuzón?

—¡Oh, no, Rhett! ¡Eso nunca!

Scarlett estaba entusiasmada con la delicia del viento y del mar, sin parar mientes en las salpicaduras que mojaban su ropa, en el agua que empapaba sus botas, en la ruina total de sus guantes y del sombrero de Eleanor, en la pérdida de su sombrilla. No pensaba; sólo sentía. La balandra no tenía más de cinco metros de eslora y, a veces, sólo sobresalía unos cuantos centímetros del mar. Surcaba las olas y la corriente como un joven animal ansioso, trepando a las crestas y cayendo en los senos de las olas con una fuerza que hacía que a Scarlett le subiese el estómago a la garganta y recibiese gotas saladas en la cara y la boca abierta. Ella era parte de aquel espectáculo: era el viento y el agua y la sal y el sol. Rhett observó su expresión arrobada, y sonrió al ver el mojado lazo de tul debajo de su barbilla.

—Agáchate —ordenó, moviendo la caña del timón para una breve virada contra el viento. Seguirían navegando un rato más—. ¿Te gustaría empuñar el timón? —ofreció—. Te enseñaré a gobernar la barca.

Scarlett sacudió la cabeza. No deseaba dirigir; le bastaba con existir para sentirse feliz. Rhett sabía lo extraordinario que era que Scarlett rechazase una oportunidad de gobernar, y comprendió cuán intensa era su reacción a la alegre libertad de navegar en el mar. Él había sentido a menudo el mismo entusiasmo en su juventud. Incluso ahora lo sentía durante breves momentos de vez en cuando, unos momentos que hacían que volviese una y otra vez al agua en busca de más.

—Agáchate —dijo de nuevo, y preparó la pequeña embarcación para una larga bordada.

El súbito aumento de la velocidad hizo espumear el agua contra el borde sesgado del casco. Scarlett lanzó un grito de entusiasmo. El grito fue repetido en lo alto por una gaviota que se cernía, blanca y brillante, en el vasto cielo azul sin nubes. Rhett miró hacia arriba y sonrió. Sentía el calor del sol en su espalda, y el viento cortante y salado en la cara. Era un buen día para vivirlo. Sujeto la caña del timón y avanzó agachado hacia proa para asir la bolsa de lona. Los suéters que sacó de ella estaban estirados y deformados por los años, y rígidos por el agua salada que se había secado en ellos. Eran de lana gruesa y de un azul tan oscuro que casi parecía negro. Rhett retrocedió hasta la popa arrastrándose como un cangrejo, y se sentó en el inclinado borde exterior de la caseta del timón. El casco del barco se ladeó con su peso, y la ligera y pequeña embarcación surcó el agua sobre una quilla bien nivelada.

—Ponte esto, Scarlett —dijo, tendiéndole uno de los suéteres.

—No lo necesito. Hoy parece un día de verano.

—El aire es bastante caliente, pero no el agua. Estamos en febrero, tanto si parece verano como si no. Las salpicaduras te enfriarían sin que te dieses cuenta. Ponte el suéter.

Scarlett hizo una mueca, pero tomó el suéter.

—Tendrás que sostenerme el sombrero.

—Lo sostendré.

Rhett se pasó el segundo suéter, que era el más sucio, por encima de la cabeza. Después ayudó a Scarlett. Al sacar ésta la cabeza, el viento atacó sus desgreñados cabellos, liberándolos de horquillas y peinetas y haciéndolos ondear en el aire. Ella chilló, tratando furiosamente de sujetarlos.

—¡Mira lo que has hecho! —gritó. El viento agitó un grueso mechón de cabellos y lo introdujo en su boca abierta haciéndola farfullar y resoplar. Cuando consiguió liberarlo, el mechón se le escapó de la mano y se unió serpenteante y como embrujado a los demás—. Dame el sombrero antes de que quede calva —le dijo—. ¡Estaré hecha una facha!

Nunca había estado tan hermosa. Su cara resplandeciente de alegría y sonrosada por el viento brillaba entre la nube oscura de cabellos. Scarlett sujetó firmemente el ridículo sombrero sobre la cabeza e introdujo las puntas de los enmarañados cabellos debajo de la espalda del suéter.

—¿No tendrás algo que comer en esa bolsa? —dijo, esperanzanda.

—Solamente raciones de marinero —dijo Rhett—: galletas y ron.

—Me parece delicioso. Nunca las he probado.

—Son poco más de las once, Scarlett, estaremos en casa a la hora de comer. Aguanta un poco.

—¿No podemos quedarnos aquí todo el día? ¡Lo estoy pasando tan bien!

—Otra hora; esta tarde tengo una cita con mis abogados.

—¡Al diablo con tus abogados! —dijo Scarlett, pero en voz muy baja.

No quería enfadarse y echarlo todo a perder. Contempló el cabrilleo del sol sobre el agua y los blancos rizos de espuma a ambos lados de la proa y entonces abrió los brazos y arqueó la espalda, estirándose perezosamente como un gato. Las mangas del suéter eran tan largas que se prolongaban más allá de las manos y ondeaban al viento.

—Ten cuidado, querida —rió Rhett—, o podrías caerte.

Soltó la caña del timón, preparándose para una virada y echando automáticamente una ojeada a su alrededor, por si alguna otra embarcación se interponía en su rumbo.

—Mira, Scarlett —dijo, en tono apremiante—; de prisa. A estribor..., a tu derecha. Apuesto a que nunca has visto eso.

Scarlett recorrió con la vista la costa pantanosa y no muy lejana. Entonces, a mitad de la distancia entre la barca y la costa, una forma gris y reluciente trazó una curva sobre el agua y desapareció rápidamente debajo de la superficie.

—¡Un tiburón! —exclamó—. No; dos..., tres tiburones. Vienen hacia nosotros, Rhett. ¿Querrán comernos?

—Mi querida niña tonta, son delfines, no tiburones. Deben de dirigirse al océano. Sujétate bien y agáchate. Voy a virar en redondo. Tal vez podamos viajar con ellos. Navegar en medio de una bandada de delfines es lo más divertido del mundo. Les gusta jugar.

—¿Jugar? ¿Los peces? Debes pensar que soy muy crédula, Rhett.

Se agachó para no chocar con el botalón en movimiento.

—No son peces. Obsérvalos y verás.

Había siete delfines en la bandada. Cuando Rhett hubo maniobrado para que la balandra siguiese el mismo rumbo que los ágiles mamíferos, éstos se habían adelantado mucho. Rhett se puso en pie e hizo pantalla con la mano para resguardarse los ojos del sol.

—¡Maldita sea! —dijo.

Entonces, inmediatamente delante de ellos, un delfín saltó en el agua, arqueó el lomo y se sumergió de nuevo con un chasquido.

Scarlett golpeó el muslo de Rhett con su puño cubierto por la manga del suéter.

—¿Has visto eso?

Rhett se dejó caer en el asiento.

—Sí. Ha venido a decirnos que sigamos adelante. Probablemente, los otros nos están esperando. ¡Mira!

Dos delfines habían salido del agua delante de ellos. Sus graciosos saltos hicieron que Scarlett palmotease. Se arremangó las mangas del suéter y aplaudió de nuevo, esta vez eficazmente. A dos metros a su derecha, emergió el primer delfín produciendo un surtidor de espuma, y después, perezosamente, volvió a sumergirse en el auga.

—¡Oh, Rhett, nunca había visto algo tan sorprendente! ¡Nos ha sonreído!

Rhett sonreía también.

—Yo siempre creo que sonríen, y les correspondo. Me encantan los delfines; siempre me han gustado.

Los delfines obsequiaron a Rhett y a Scarlett con lo que sólo podía definirse como un juego. Nadaban junto a la balandra, por debajo de ella, delante de la proa, a veces en solitario, a veces en pareja o trío. Sumergiéndose y emergiendo, resoplaban, daban vueltas, saltaban, mirando con unos ojos que parecían humanos, que parecían reír sobre la atractiva boca sonriente, burlándose de los torpes seres humanos que tenían que ir en barca...

—¡Allí!

Rhett señaló a uno que saltaba sobre la superficie, y Scarlett repitió «¡Allí!», al saltar otro en dirección contraria. «¡Allí!», «¡Allí!» y «¡Allí!», gritaban siempre que los delfines emergían del agua. Cada vez era una sorpresa, siempre en un lugar distinto de aquél al que miraban Scarlett y Rhett.

—Están bailando —dijo Scarlett.

—Jugando —sugirió Rhett.

—Exhibiéndose —convinieron los dos.

El espectáculo era delicioso.

Debido a ello, Rhett se descuidó. No vio la negra nube que se extendía sobre el horizonte a sus espaldas. La primera advertencia fue cuando amainó de pronto el continuo y fresco viento. Las velas hinchadas pendieron fláccidas y los delfines se sumergieron bruscamente en el agua y desaparecieron. Entonces, y demasiado tarde, miró él por encima del hombro y vio que la borrasca se extendía rápidamente sobre el agua y el cielo.

—Túmbate en el fondo de la barca, Scarlett —dijo pausadamente— y agárrate bien. Tendremos tormenta. No te asustes; he navegado en medio de otras mucho peores.

Ella miró hacia atrás y abrió mucho los ojos. ¿Cómo podía estar el cielo tan azul delante de ellos y tan negro a su espalda? Sin decir palabra, se tumbó y encontró un agarradero debajo del asiento donde habían estado instalados Rhett y ella.

Él ajustaba rápidamente el aparejo.

—Tendremos que capear el temporal —dijo, y después sonrió—. Te mojarás, pero será un viaje magnífico.

En aquel momento, descargó la turbonada. El día se convirtió casi en noche líquida al cubrir las nubes el cielo y descargar una lluvia torrencial sobre ellos. Scarlett abrió la boca para gritar, e inmediatamente se le llenó de agua.

«Dios mío, me estoy ahogando», pensó. Se inclinó, escupió y tosió hasta despejarse la boca y la garganta. Trató de levantar la cabeza para ver lo que ocurría, para preguntar a Rhett qué era aquel terrible ruido. Pero el caprichoso y estropeado sombrero le había caído sobre la cara, y no podía ver nada. «Tengo que librarme de él, o me asfixiaré.» Tiró del lazo de tul de debajo de la barbilla con la mano libre. Con la otra se agarraba desesperadamente al asidero de metal que había encontrado. La barca saltaba y daba bandazos, crujiendo como si fuese a romperse. Ahora sintió que la balandra bajaba y bajaba; debía de estar en posición casi vertical, apuntando al fondo del mar. «¡Oh, santa Madre de Dios, no quiero morir!»

La balandra se estremeció y se detuvo en su caída. Scarlett tiró del tul mojado por encima de la barbilla y la cara, y quedó libre de los sofocantes pliegues del mojado sombrero de paja. ¡Podía ver!

Miró hacia el agua y después levantó los ojos y siguió viendo agua, pero arriba... arriba... arriba. Había allí una muralla de agua más alta que la punta del mástil, presta a caer y hacer pedazos el frágil casco de madera. Scarlett quiso gritar, pero su garganta estaba paralizada por el miedo. La balandra se estremecía y gruñía; con una inclinación vertiginosa, ascendió por el lado de la muralla y luego se mantuvo oscilando en la cima durante un momento interminable y terrible.

Scarlett tenía los ojos entrecerrados para protegerlos de la lluvia que caía con fuerza terrible sobre su cabeza y se deslizaba por su cara. Por todos lados surgían furiosas olas gigantescas de crestas curvas y blancas que proyectaban abanicos de espuma contra el viento y la lluvia. Trató de gritar, llamando a Rhett. Pero, Dios mío, ¿dónde estaba Rhett? Volvió la cabeza a un lado y a otro, intentando percibirle a través de la lluvia. Y entonces, precisamente cuando el balandro descendía vertiginosamente por el otro lado de la ola, le encontró.

¡Que Dios le confunda! Estaba arrodillado, pero erguidos los hombros y la espalda, levantados la cabeza y el mentón, y se estaba riendo del viento, de la lluvia y de las olas. Su mano izquierda sujetaba la caña del timón con fuerza extraordinaria, y la derecha estaba tendida, sosteniendo la cuerda de la hinchada vela mayor que se había enrollado en el codo, el antebrazo y la muñeca. «¡Está disfrutando! —pensó ella—. Le encanta la lucha contra el viento, el peligro de muerte. ¡Le odio!»

Vio alzarse ante ella la enorme amenaza de la próxima ola y, durante un frenético y desesperado instante, temió que cayese sobre ella, que la atrapase, que la destrozase. Entonces se dijo que nada tenía que temer. Rhett podía con todo, incluso con el propio océano. Levantó la cabeza, como la tenía levantada él, y se entregó a la peligrosa y salvaje diversión.

Scarlett conocía la fuerza caótica del viento. Al ascender la pequeña balandra por el flanco de la ola de nueve metros, el viento cesó. Fue sólo cuestión de unos segundos, un fenómeno del centro de la turbonada, pero la vela mayor se deshinchó y la embarcación se escoró de costado, impulsada caprichosamente por la corriente de agua hacia una peligrosa escalada. Scarlett se dio cuenta de que Rhett se liberaba rápidamente el brazo del cabo destensado enrollado en él, y manejaba de un modo diferente la oscilante caña del timón; pero no advirtió que algo andaba mal hasta que la cresta de la ola estuvo casi debajo de la quilla y Rhett le gritó «¡Aguanta! ¡Aguanta!», y se lanzó brutalmente encima de ella.

Oyó un fuerte chasquido cerca de su cabeza y sintió el lento y después más rápido paso del pesado botalón encima de ella. Todo ocurrió muy de prisa y, sin embargo, pareció terrible y extraordinariamente lento, como si el mundo entero se estuviese deteniendo. Miró sin comprender la cara de Rhett, tan próxima a la suya, y entonces aquélla se apartó y él volvió a ponerse de rodillas para hacer algo, Scarlett no sabía qué, sólo se dio cuenta de que unos pesados rollos de cabo grueso le caían encima.

No vio cómo el viento de costado agitaba y después de pronto inflaba la lona mojada de la vela mayor, empujándola hacia el lado opuesto de la balandra sin rumbo con una fuerza tal que se oyó un estampido como de un rayo y el grueso mástil se partió y fue a caer en el mar llevado por su propio impulso y el peso de la vela. El barco se sacudió y, después, se levantó hacia estribor y se inclinó lentamente, arrastrado por el peso del embrollado aparejo, hasta quedar boca abajo. Volcado en el mar helado agitado por la tormenta.

Scarlett no había pensado nunca que pudiese existir un frío tan intenso. La lluvia fría la azotaba; un agua todavía más fría la envolvía y tiraba de ella. Todo su cuerpo debía de estar helado. Le castañeteaban los dientes de un modo irrefrenable retumbando de tal modo en su cabeza que no era capaz de pensar ni de comprender lo que ocurría, salvo que debía de estar paralizada porque no podía moverse. Y sin embargo se movía, en un balanceo nauseabundo, subiendo y bajando, subiendo y bajando.

«Me estoy muriendo. ¡Oh, Dios mío, no permitas que muera! Quiero vivir.»

—¡Scarlett!

El sonido de su nombre fue más fuerte que el castañeteo de los dientes y penetró en su conciencia.

—¡Scarlett!

Conocía aquella voz, era la voz de Rhett. Y era el brazo de Rhett lo que la rodeaba, sosteniéndola. Pero ¿dónde estaba él? No podía ver nada a través del agua que seguía azotándole la cara y empañando e irritando sus ojos.

Abrió la boca para responder y al instante se le llenó de agua. Levantó la cabeza lo más que pudo y escupió el agua de la boca. ¡Sí al menos los dientes se estuviesen quietos!

—Rhett —se esforzó en decir.

—Gracias a Dios.

La voz de él sonó muy cerca, detrás de ella. Scarlett empezaba a dar algún sentido a las cosas.

—Rhett —dijo de nuevo.

—Escucha con cuidado, querida; escucha con más atención de la que hayas prestado en tu vida. Tenemos una oportunidad y hemos de aprovecharla. La balandra está aquí. Hemos de meternos debajo de ella y emplearla como protección. Esto significa que hemos de sumergirnos y volver a salir debajo del casco del barco. ¿Lo entiendes?

Todo en ella le gritaba: «¡No!» Si se sumergía, se ahogaría. El agua tiraba ya de ella, la arrastraba. Si se hundía no volvería a salir. El pánico se apoderó de ella. No podía respirar. Quería agarrarse a Rhett, y chillar, chillar, chillar...

«¡Basta!» La palabra era clara. Y la voz era la de ella. «Tienes que salvar la vida, y no lo conseguirás si te portas como una idiota.»

—¿Q...qué he... he d-d-d-e hacer?

¡Maldito castañeteo!

—Voy a contar. Cuando diga «tres», respira hondo y cierra los ojos. Te tengo bien sujeta. Te meteré ahí debajo. Y todo irá bien. ¿Preparada? —No esperó su respuesta, sino que empezó en seguida a gritar—: Uno... dos...

Scarlett inhaló a sacudidas. Rhett tiró de ella hacia abajo, y el agua le llenó la nariz y los oídos y los ojos y la conciencia. Todo acabó en unos segundos. Aspiró aire, ávidamente.

—Te he sujetado los brazos, Scarlett, para que no me agarrases y nos ahogásemos los dos.

Rhett la asió ahora de la cintura. La sensación de libertad era maravillosa. ¡Si no tuviese las manos tan frías! Empezó a frotarlas.

—Así se hace —dijo Rhett—. Es bueno para la circulación. Pero debes esperar un poco. Agárrate a esta abrazadera. He de dejarte durante unos momentos. No tengas miedo. No tardaré. Voy a sumergirme y cortar las cuerdas enredadas en el mástil, antes de que hundan la balandra. También cortaré los cordones de tus botas, Scarlett. No patalees cuando sientas que algo te sujeta el pie. Seré yo. Además, tendré que quitarte esas faldas y enaguas tan pesadas. Tú agárrate bien. No tardaré.

Pareció tardar una eternidad.

Scarlett aprovechó el tiempo para observar lo que la rodeaba. La situación no parecía muy mala... si podía hacer caso omiso del frío. La balandra volcada ponía un techo sobre su cabeza, de modo que la lluvia no la alcanzaba. Por alguna razón, el mar estaba también más tranquilo. No podía verlo; el interior del casco estaba totalmente a oscuras; pero sabía que era así. Aunque la embarcación subía y bajaba a impulso de las olas, con el mismo ritmo vertiginoso, la superficie del agua resguardada era casi plana, y no había olitas que rompiesen contra su cara.

Sintió que Rhett tocaba su pie izquierdo. ¡Bien! Realmente, no estaba paralizada. Respiró hondo por primera vez desde que había estallado la tormenta. ¡Qué sensación tan extraña la de sus pies! Hasta ahora no se había dado cuenta de lo pesadas y engorrosas que eran las botas. ¡Oh! La mano en su cintura también le producía una rara sensación. Notaba el movimiento del cuchillo. De pronto, un peso enorme resbaló sobre sus piernas, y sus hombros surgieron del agua. Lanzó un grito de sorpresa que resonó en el espacio vacío de debajo del casco de madera. Fue tan fuerte que casi se soltó de la impresión que le causó.

Entonces salió Rhett de debajo del agua. Estaba muy cerca de ella.

—¿Cómo te sientes? —preguntó, y su voz sonó como si hablase a gritos.

—¡Chss...! —dijo Scarlett—. No grites tanto.

—¿Cómo te sientes? —repitió él, pero en voz baja.

—Muerta de frío, si quieres que te diga la verdad.

—El agua está fría, pero no tanto. Si estuviésemos en el norte del Atlántico...

—Rhett Butler, si me cuentas una de tus aventuras de cuando burlabas el bloqueo, ¡te ahogaré!

La risa de él llenó el aire que los envolvía y pareció calentarlo. Pero Scarlett estaba furiosa.

—No sé cómo puedes reír en un momento como éste. No es divertido estar balanceándose en un agua helada en medio de una terrible tormenta.

—Cuando la situación es pésima, Scarlett, lo único que hay que hacer es encontrar algo que nos haga reír. Hace que uno se mantenga sereno... y que los dientes dejen de castañetear de miedo.

Ella estaba demasiado exasperada para hablar. Y lo peor era que él tenía razón. El castañeteo había cesado en cuanto dejó de pensar que iba a morir.

—Ahora voy a cortar las cintas de tu corsé, Scarlett. No puedes respirar fácilmente dentro de esa jaula. Estáte quieta, para que no te corte la piel.

Había una intimidad embarazosa en el movimiento de sus manos debajo del suéter, desgarrando el corpiño y la blusa. Hacía años que él no había puesto las manos en su cuerpo.

—Ahora respira fuerte —dijo Rhett cuando le hubo quitado el corsé y el cubrecorsé—. Las mujeres actuales no aprendéis nunca a respirar. Llena bien los pulmones. Voy a instalar un soporte para los dos con un cabo que corté. Entonces podrás soltar esa abrazadera y frotarte las manos y los brazos. Sigue respirando hondo; esto te calentará la sangre.

Scarlett trató de hacer lo que le decía Rhett, pero los brazos le pesaban terriblemente al levantarlos. Era mucho más fácil dejar que el cuerpo descansase en aquel soporte de cuerda parecido a unos arreos que la sujetaba por debajo de los brazos, y mecerse al compás de las olas que subían y bajaban. Empezaba a adormecerse... ¿Por qué hablaba tanto Rhett? ¿Por qué le fastidiaba, insistiendo en que se frotase los brazos?

—¡Scarlett! —La voz era muy fuerte—. No te duermas. Tienes que moverte. Patalea. Dame patadas si quieres, pero mueve las piernas.

Rhett empezó a frotarle vigorosamente los hombros y, después, los brazos; su tacto era rudo.

—¡Basta! Me haces daño.

La voz de Scarlett era débil, como los maullidos de un gatito. Cerró los ojos y la oscuridad se hizo más densa. Ya no sentía frío; solamente cansancio, y sueño.

Sin previo aviso, Rhett le dio un bofetón tan fuerte que su cabeza fue a chocar contra el casco de madera del balandro, con un golpe que resonó en el espacio cerrado. Scarlett se despertó del todo, impresionada y furiosa.

—¿Cómo te atreves? Me las pagarás cuando salgamos de aquí, Rhett Butler, ¡te lo aseguro!

—Así está mejor —dijo Rhett, y siguió friccionándole rudamente los brazos, aunque ella trataba de apartarle las manos—. Continúa hablando. Yo cuidaré del masaje. Dame las manos para que pueda frotarlas.

—¡De ninguna manera! Deja mis manos en paz y ten las tuyas quietas. Me estás despellejando.

—Vale más que yo te friccione la piel que te la coman los cangrejos —dijo Rhett con aspereza—. Escúchame. Si te abandonas al frío, Scarlett, morirás. Sé que tienes ganas de dormir, pero éste es el sueño de la muerte. Y juro por Dios que aunque tenga que llenarte de moraduras, no dejaré que te mueras. Permanece despierta y respira, y no pares de moverte. Habla; sigue hablando; me importa un bledo lo que digas; me basta con oír tu arisco lenguaje de verdulera para saber que estás con vida.

Scarlett tomó nuevamente conciencia del frío paralizador, al reaccionar su carne con los masajes de Rhett.

—¿Vamos a salir de ésta? —preguntó sin emoción mientras trataba de mover las piernas.

—Desde luego.

—¿Cómo?

—La corriente nos lleva hacia tierra, y empieza a subir la marea. Ésta nos conducirá al sitio del que vinimos.

Scarlett asintió con la cabeza en la oscuridad. Recordaba el empeño de Rhett en salir antes de que cambiase la marea. Nada en su voz revelaba ahora que sabía que la fuerza del viento en pleno temporal podía anular la actividad normal de la marea. Quizá la tormenta los estaba llevando, a través de la bocana del puerto, hacia la inmensidad del océano Atlántico.

—¿Cuánto tardaremos en llegar allí?

El tono de Scarlett era quejumbroso. Sus piernas estaban insensibles como troncos de árbol. Y Rhett le frotaba los hombros hasta dejarlos casi en carne viva.

—No lo sé —respondió éste—. Tienes que hacer acopio de valor, Scarlett.

«¡Parece que me esté echando un sermón! Rhett, que siempre se burla de todo. ¡Oh, Dios mío!» Scarlett obligó a sus piernas sin vida a moverse y rechazó el terror con voluntad de hierro.

—Más que valor, necesito algo que comer —dijo—. ¿Por qué diablos no agarraste aquella sucia y vieja bolsa cuando volcamos?

—Está guardada debajo de la proa. Por Dios, Scarlett, que tu glotonería puede ser nuestra salvación. Me había olvidado de ella, reza para que todavía esté allí.

El ron extendió lo que parecía unos tentáculos de calor vital a lo largo de sus muslos, sus piernas y sus pies, y Scarlett empezó a patalear. Al restablecerse su circulación, le produjo un dolor intenso, pero ella lo aceptó de buen grado. Significaba que toda ella estaba viva. «Bueno, el ron es tal vez mejor que el brandy —pensó después del segundo trago—. Hace que una entre en calor.»

Lástima que Rhett insistiese en racionarlo; pero comprendió que tenía razón. Sería espantoso agotar el calor de la botella antes de hallarse sanos y salvos en tierra. Mientras tanto, pudo incluso unirse a Rhett en su tributo al preciado licor.

—«¡Oh, oh, oh, la botella de ron!» —cantó con él repitiendo el estribillo de cada estrofa de la canción de marineros.

Y después pensó Scarlett en *Botellita marrón, cuánto te quiero.*

Sus voces resonaban tan fuerte dentro del casco que era posible simular que no se debilitaban a medida que sus cuerpos se enfriaban. Rhett rodeó a Scarlett con los brazos y la sostuvo junto a su cuerpo para compartir su calor. Y entonaron todas las canciones que eran capaces de recordar, mientras los sorbos de ron se hacían más frecuentes y menos eficaces.

—¿Qué te parece *La rosa amarilla de Tejas*? —sugirió Rhett.

—Ya la hemos cantado dos veces. Canta aquello que tanto le gustaba a papá, Rhett. Me acuerdo de cuando os tambaleabais los dos por las calles de Atlanta, berreando como cerdos degollados.

—Sí, pero sonábamos como un coro de ángeles —dijo Rhett, imitando el acento de Gerald O'Hara—. «Conocí a la dulce Peg en un día de mercado...» —Entonó el primer verso de *Peg en un coche descubierto* y después confesó que no conocía la continuación—. Tú debes de saberla toda, Scarlett. Canta el resto.

Ella lo intentó, pero le fallaron las fuerzas.

—Lo he olvidado —dijo, para disimular su debilidad.

Estaba muy cansada. Si pudiese apoyar la cabeza en el cuerpo caliente de Rhett y dormir... Los brazos que la sostenían eran maravillosos. Agachó la cabeza. Le pesaba demasiado para mantenerla erguida. Rhett la sacudió.

—Scarlett, ¿me oyes? ¡Scarlett! Siento que cambia la corriente; te juro que estamos cerca de tierra. No puedes rendirte ahora. Vamos, querida, dame una prueba más de tu energía. Levanta la cabeza; esto casi ha terminado.

—... tanto frío...

—¡Maldita seas por tu cobardía, Scarlett O'Hara! Hubiese debido dejar que Sherman se apoderase de ti en Atlanta. No valía la pena salvarte.

Las palabras se grabaron lentamente en su apagada conciencia y produjeron solamente una débil reacción de cólera. Pero fue suficiente.

Scarlett abrió los ojos y alzó la cabeza para responder al desafío vagamente percibido.

—Aspira aire —le ordenó Rhett—. Vamos a sumergirnos.

Le tapó la boca y la nariz con una de sus manazas y se sumergió en el agua, sujetando aquel cuerpo que se debatía débilmente. Emergieron fuera del casco, cerca de una línea de encrespadas olas.

—Casi hemos llegado, amor mío —jadeó Rhett.

Pasó un brazo alrededor del cuello de Scarlett y le sostuvo la cabeza con la mano mientras nadaba hábilmente entre las olas que rompían, aprovechando su impulso para llegar a los bajíos.

Caía una fina lluvia que el fuerte viento inclinaba en sentido casi horizontal. Rhett apretó el cuerpo fláccido de Scarlett sobre su pecho y se inclinó sobre él arrodillándose en la orilla espumosa del agua. Una ola enorme se alzó a lo lejos, detrás de él, y se precipitó hacia la playa; empezó a doblarse sobre sí misma y, entonces, la masa gris coronada de espuma rompió y se extendió hacia la tierra, golpeando con toda su fuerza la espalda de Rhett, y sacudiendo su cuerpo protector.

Cuando la ola hubo pasado por encima de él y perdido su fuerza, Rhett se puso en pie, vacilante, y avanzó tambaleándose en la playa, sujetando fuertemente a Scarlett. Sus pies descalzos y sus piernas habían sufrido innumerables cortes producidos por los fragmentos de conchas que la ola había arrojado contra él, pero esto le tenía sin cuidado. Corrió torpemente sobre la blanda y pegajosa arena hacia una brecha abierta en la hilera de grandes dunas y trepó durante un corto trecho hasta una oquedad resguardada del viento. Allí depositó suavemente el cuerpo de Scarlett sobre la mullida arena.

Con voz quebrada repitió una y otra vez el nombre de Scarlett mientras trataba de reanimar su cuerpo pálido y helado frotando todas sus partes con ambas manos. Los enmarañados y brillantes cabellos negros de Scarlett estaban extendidos alrededor de la cabeza y los hombros, y sus negras cejas y pestañas eran como terribles trazos oscuros sobre la cara mojada y exangüe. Rhett le golpeó suave y repetidamente las mejillas con el dorso de los dedos.

Cuando ella abrió los ojos, parecieron dos esmeraldas, tan vivo era su color. Rhett lanzó un alarido primitivo de triunfo.

Los dedos de Scarlett se cerraron débilmente sobre la quebradiza solidez de la arena endurecida por la lluvia.

—Tierra —dijo, y empezó a llorar con jadeantes sollozos.

Rhett pasó un brazo por debajo de sus hombros y la incorporó al socaire de su propio cuerpo inclinado y acuclillado. Con la mano libre le acarició los cabellos, las mejillas, la boca, el mentón.

—Mi amor, mi vida. Creí que te había perdido. Creí que te había matado. Creí... ¡Oh, Scarlett, estás viva! No llores querida; todo ha terminado. Estás a salvo. Todo está bien, todo...

La besó en la frente, en el cuello, en las mejillas. La piel pálida de Scarlett recuperó el color, y ella volvió la cabeza para corresponder a los besos de él.

Y ya no hubo frío, ni lluvia, ni debilidad, sino solamente el ardor de los labios de Rhett sobre los suyos, sobre su cuerpo, y el calor de sus manos. Y la fuerza que ella sintió bajo los dedos cuando se aferró a sus hombros. Y las palpitaciones del corazón en la garganta contra los labios de él, y los fuertes latidos del corazón de Rhett bajo las palmas de sus manos, cuando enredó los dedos en la espesa maraña de vello de su pecho.

«¡Sí! —se decía Scarlett—. No me equivocaba al recordarlo, no era un sueño. Sí, éste es el oscuro remolino que me atrae y me aisla del mundo y hace que viva, que viva y me libere y suba en espiral hasta el corazón del sol.»

—¡Sí! —gritó una y otra vez, respondiendo a la pasión de Rhett con su pasión, a sus exigencias con sus exigencias. Hasta que en el arrebatado éxtasis no hubo ya palabras ni pensamientos, sino solamente una unión más allá de la mente, más allá del tiempo, más allá del mundo.

32

«¡Me ama! ¡Qué tonta fui al dudar de lo que ya sabía!» Los labios hinchados de Scarlett se torcieron en una sonrisa perezosa y satisfecha, y los ojos se abrieron lentamente.

Rhett estaba sentado a su lado. Tenía los brazos cruzados sobre las rodillas y ocultaba el rostro entre ellos.

Scarlett se estiró voluptuosamente. Por primera vez sintió la áspera arena contra su piel y prestó atención a lo que la rodeaba. «¡Oh, está lloviendo a cántaros! Cogeremos una pulmonía. Tendremos que buscar un refugio antes de volver a hacer el amor.» Temblaron los hoyuelos de sus mejillas, y reprimió una risita. «O tal vez no; hace un momento, no reparamos en el tiempo que hacía.»

Alargó la mano y recorrió con las uñas la espina dorsal de Rhett.

Éste se apartó como si le hubiese quemado y se volvió en redondo para enfrentarse a ella. Después, se puso en pie de un salto. Scarlett no supo interpretar su expresión.

—No quería despertarte —dijo él—. Procura descansar un poco más, si puedes. Yo voy a buscar algún sitio donde secarnos y encender fuego. Hay chozas en todas estas islas.

—Iré contigo.

Scarlett trató de levantarse. Tenía el suéter de Rhett sobre las piernas, y todavía llevaba puesto el suyo. Los dos pesaban mucho, pues estaban empapados en agua.

—No. Quédate aquí.

Se alejaba ya, subiendo las empinadas dunas. Scarlett exclamó tontamente, sin dar crédito a sus ojos:

—¡Rhett! No puedes dejarme. No lo permitiré.

Pero él siguió subiendo y Scarlett sólo veía su ancha espalda, con la camisa mojada pegada a ella. Él se detuvo en la cima de la duna. Volvió lentamente la cabeza a un lado y otro. Entonces irguió los encorvados hombros, y dando media vuelta bajó deslizándose temerariamente por la empinada pendiente.

—Hay una cabaña. Sé dónde estamos. Levántate.

Alargó una mano para ayudar a Scarlett a ponerse en pie. Ella la asió afanosamente.

Las cabañas que algunos charlestonianos habían construido en las islas próximas tenían por objeto aprovechar la fresca brisa marina en los cálidos y húmedos días del largo verano del Sur. Se evadían de la ciudad y sus formalidades, en esos refugios que eran poco más que sencillas chozas con profundos y sombreados porches y paredes de tablas desgastadas por la intemperie, construidas sobre postes recubiertos de creosota para aislarlas de la candente arena. Bajo el frío aguacero, aquel abrigo que había encontrado Rhett parecía desvencijado e incapaz de resistir los embates del viento. Pero él sabía que las casas de estas islas habían aguantado durante generaciones y tenían chimeneas a modo de cocina donde podían prepararse comidas. Precisamente era el refugio que necesitaban los supervivientes de un naufragio.

Rhett abrió la puerta de la cabaña de una sola patada. Scarlett entró detrás de él. ¿Por qué estaba tan callado? Apenas le había dicho una palabra, ni siquiera mientras la llevaba en brazos a través de la maleza que crecía en la base de las dunas. «Quiero que hable —pensó Scarlett—, quiero oír su voz diciendo lo mucho que me ama. Sabe Dios que ya me ha hecho esperar demasiado.»

Rhett encontró en un armario una raída manta hecha de coloridos retazos.

—Quítate esas prendas mojadas y envuélvete en esto —dijo arrojándole la manta sobre la falda—. Encenderé fuego en un momento.

Scarlett dejó caer los rasgados pantalones sobre el mojado suéter y se secó con la manta. Ésta era suave y agradable. Se envolvió en ella como si fuese un chal y volvió a sentarse en la dura silla de cocina. La manta llegaba hasta el suelo cubriéndole hasta los pies. Por primera vez durante horas, Scarlett estaba seca; pero empezó a temblar.

Rhett trajo madera seca de una caja que había en el porche, junto a la cocina. A los pocos minutos en la enorme chimenea ardía un pequeño fuego que de inmediato se propagó al montón de leños, de los que surgió una alta llama anaranjada. Ésta iluminó su reflexivo rostro.

Scarlett cruzó cojeando la habitación para calentarse junto al fuego.

—¿Por qué no te quitas tú también la ropa mojada, Rhett? Te dejaré la manta para que te seques con ella; tiene un tacto maravilloso.

Bajó los ojos como si se avergonzase de su atrevimiento, y luego pestañeó. Rhett no se inmutó.

—Volveré a mojarme cuando salga —dijo—. Estamos a poco más de tres kilómetros de Fort Moultrie. Iré a pedir ayuda.

Entró en la pequeña despensa contigua a la cocina.

—¡Caray con Fort Moultrie! —murmuró Scarlett.

Ella deseaba que Rhett dejase de hurgar en la despensa. ¿Cómo podía hablarle, si estaba en otra habitación?

Rhett salió de allí con una botella de whisky en la mano.

—Los estantes están casi vacíos —dijo con una breve sonrisa—, pero hay lo indispensable. —Abrió un armario y tomó dos tazas—. Bastante limpias —dijo—. Echaremos un trago.

Dejó las tazas y la botella sobre la mesa.

—Yo no quiero beber, quiero...

Él la interrumpió antes de que pudiese expresar su deseo.

—Yo necesito un trago —dijo. Llenó la taza hasta la mitad, la apuró de golpe y sacudió la cabeza—. No es extraño que lo dejasen aquí; es un matarratas. Sin embargo...

Se sirvió más.

Scarlett le observaba con una expresión de divertida indulgencia. ¡Qué nervioso estaba el pobrecillo!

—No tienes que ser tan mojigato, Rhett —dijo, en un tono de cariñosa paciencia—. No es como si me hubieses comprometido. Estamos casados y nos queremos; eso es todo.

Rhett la miró por encima del borde de la taza, que después dejó cuidadosamente sobre la mesa.

—Lo que ha ocurrido ahí fuera, Scarlett, nada tiene que ver con el amor. Ha sido una manera de celebrar la supervivencia. Esto suele suceder en tiempo de guerra, después de cada batalla. Los hombres que no resultan muertos se echan encima de la primera mujer que encuentran y demuestran que están vivos sirviéndose de su cuerpo. En este caso, tú te has servido también del mío, porque te has librado por los pelos de la muerte. No ha tenido nada que ver con el amor.

La dureza de estas palabras dejó a Scarlett sin aliento.

Pero entonces recordó la ronca voz junto a su oído, repitiendo cien veces las palabras «querida», «mi vida», «te amo». Dijese lo que dijese, Rhett la amaba. Ella lo sabía en el centro de su alma, un lugar donde no caben las mentiras. «Todavía tiene miedo de que yo no le ame de veras, —pensó—. Por esto no quiere reconocer lo mucho que me ama.»

Empezó a acercarse a él.

—Puedes decir lo que quieras, Rhett, pero esto no altera la verdad. Yo te amo y tú me amas, y hemos hecho el amor para demostrárnoslo.

Rhett bebió el whisky. Después rió ásperamente.

—Nunca pensé que fueses una tontuela romántica, Scarlett. Me decepcionas. Solías tener un poco de sentido común en tu cabecita. El impulso sexual no debería confundirse nunca con el amor. Aunque sabe Dios que, con frecuencia, hace que abunden en las iglesias las ceremonias nupciales.

Scarlett siguió avanzando y le respondió:

—Puedes hablar hasta desgañitarte, pero esto no cambiará nada. —Se llevó una mano a la cara y enjugó las lágrimas que brotaban de sus ojos. Ahora estaba muy cerca de él. Podía oler la sal en su piel y el whisky en su aliento—. Me amas —sollozó—, sí, sí, me amas. —La manta cayó al suelo cuando la soltó para tender los brazos a Rhett—. Abrázame y dime que no me amas, y entonces te creeré.

Rhett le asió bruscamente la cabeza y la besó con fuerza lacerante, posesiva. Scarlett cruzó los brazos detrás de la nuca de su marido mientras él le acariciaba el cuello y los hombros. Scarlett se abandonó con arrebato a la pasión.

Pero los dedos de Rhett se cerraron de pronto sobre sus muñecas para desprenderse del abrazo, su boca ya no buscó la de ella, y su cuerpo se apartó.

—¿Por qué? —gritó Scarlett—. Tú me deseas.

Él le soltó las muñecas y la empujó, tambaleándose hacia atrás en la primera acción incontrolada que le había visto realizar jamás.

—¡Sí, por Dios! Te deseo y me muero por ti. Eres un veneno en mi sangre, Scarlett, una enfermedad del alma. He conocido a hombres que deseaban el opio como yo te deseo a ti. Y sé lo que les ocurre a los adictos. La droga los esclaviza y los destruye después. Casi me ocurrió lo mismo, pero me libré a tiempo. No volveré a arriesgarme. No quiero que me destruyas.

Salió de estampía y se alejó bajo la tormenta.

El viento entró aullando por la puerta abierta, helado sobre la piel desnuda de Scarlett. Ésta agarró la manta del suelo y se envolvió en ella. Se aproximó a la puerta forcejeando contra el viento, pero nada pudo ver a través de la lluvia. Necesitó de toda su energía para cerrar la puerta. Le quedaba muy poca fuerza.

Todavía sentía calientes los labios por el beso de Rhett. Pero el resto de su cuerpo estaba temblando. Se acurrucó delante del fuego, arrebujada en la manta. Estaba cansada, muy cansada. Dormiría un poco hasta que volviese Rhett.

Se sumió en un sueño tan profundo que era casi comatoso.

—Agotamiento —dijo el médico militar que trajo Rhett de Fort Moultrie— y entumecimiento corporal debido al frío. Es un milagro que su esposa no haya muerto, señor Butler. Esperemos que no quede inválida de las piernas; casi no tiene circulación en ellas. Envuélvala en esas mantas y llevémosla al fuerte.

Rhett arrebujó rápidamente el cuerpo inerte de Scarlett y la levantó en sus brazos.

—Bueno, deje que la lleve el sargento. Usted tampoco está en muy buenas condiciones.

Scarlett abrió los ojos. Su nublada mente percibió los uniformes azules que la rodeaban; después se le entornaron los ojos y perdió el conocimiento. El médico le cerró los párpados con una habilidad fruto de la práctica en los campos de batalla.

—Debemos darnos prisa —dijo—; se está acabando.

—Beba esto, querida. —Era una voz de mujer, suave pero autoritaria; una voz que casi reconoció. Scarlett abrió sumisamente los labios—. Así me gusta; tome otro sorbito. No, no quiero que ponga una cara tan fea. ¿No sabe que, si hace esta mueca, puede quedar grabada en su cara para siempre? ¿Qué sería de usted? Una niña bonita convertida en fea. Así es mejor. Ahora abra la boca. Más. Va a beber esta rica leche caliente y el medicamento, aunque tardemos en ello toda la semana. Vamos, encanto. Le pondré un poco más de azúcar.

No, no era la voz de Mamita. Muy parecida, casi igual pero no la misma. Bajo los párpados cerrados de Scarlett brotaron unas lágrimas. Por un instante, había creído que estaba en casa, en Tara, con Mamita que la miraba.

Haciendo un esfuerzo, abrió los ojos y enfocó la vista. La negra inclinada sobre ella sonrió. Su sonrisa era bella, compasiva, sabia, amable, paciente y autoritaria. Scarlett sonrió a su vez.

—Bueno, ¿no es lo que yo digo? Lo que necesita esta niña es un ladrillo caliente en la cama y una cataplasma de mostaza sobre el pecho y una buena fricción de la vieja Rebekah para quitarle el frío de los huesos, con un ponche de leche y una charla con Jesús para terminar la curación. Yo hablo con Jesús mientras doy el masaje, y Él te reanima como yo sé que lo hace. «Señor —le digo—, esto no es lo mismo que hiciste con Lázaro; aquí hay solamente una niña que se encuentra mal. No necesitarás más que un momento de tu eternidad para volver la mirada hacia acá y hacer que ella se reanime.»

»Él lo hace y yo le doy las gracias. Termine pronto de beber la leche. Vamos, encanto, he puesto dos cucharadas más de azúcar. Beba. No querrá que el buen Jesús esté esperando a que Rebekah le dé las gracias, ¿verdad? Esto no está bien visto en el Cielo.

Scarlett tomó un sorbito y luego bebió a largos tragos. La leche azucarada sabía mejor que todo lo que había gustado durante semanas.

Cuando hubo terminado, se enjugó la boca con el dorso de la mano para borrar el blanco bigote.

—Tengo un hambre atroz, Rebekah. ¿Podría comer algo?

La corpulenta negra asintió con la cabeza.

—Será cuestión de un segundo —dijo.

Después cerró los ojos y juntó las palmas de las manos para rezar. Movió los labios en silencio, balanceándose hacia delante y hacia atrás, dando gracias en una charla íntima con su Señor.

Cuando hubo terminado, subió la colcha sobre los hombros de Scarlett y la arrebujó en ella. Scarlett se había dormido. El medicamento que había en la leche era láudano.

Scarlett se revolvía agitada en la cama mientras dormía. Cuando se destapaba, Rebekah volvía a cubrirla y le acariciaba la frente hasta que desaparecían las arrugas. Pero nada podía hacer para librarla de los sueños.

Eran fragmentos inconexos y caóticos de recuerdos y temores de Scarlett. Sentía hambre, el hambre desesperada y continua de los malos tiempos en Tara. Y había soldados yanquis, que se acercaban más y más a Atlanta, surgiendo entre las sombras de la galería de delante de su ventana, tocándola y murmurando que se quedaría sin piernas, soldados tendidos en un charco de sangre sobre el suelo de Tara, una sangre que surgía y se derramaba y se convertía en un torrente rojo que se alzaba en una ola gigantesca y cada vez más alta sobre una pequeña y llorosa Scarlett. Y había frío, y hielo cubriendo los árboles y marchitando las flores y formando una concha a su alrededor, de manera que no podía moverse ni podrían oírla aunque gritaba «Rhett, Rhett, vuelve, Rhett» entre carámbanos de hielo que pendían de sus labios. Su madre pasaba a través de su sueño y Scarlett olía el perfume de verbena, pero Ellen nunca hablaba. Gerald O'Hara saltaba una valla y después otra y otras hasta el infinito, cabalgando de espaldas en un blanco y brillante corcel que cantaba con Gerald, con voz humana, algo sobre Scarlett en un coche descubierto. Entonces cambiaban las voces, se convertían en voces de mujer y se apagaban. No podía oír lo que estaban diciendo.

Scarlett se lamió los secos labios y abrió los ojos. «Oh, es Melly. Y parece muy preocupada, la pobrecilla.»

—No te asustes —dijo, con voz ronca—. Todo está bien. Él ha muerto. Yo le maté.

—Ha tenido una pesadilla —dijo Rebekah.

—Las pesadillas se han acabado, Scarlett. El médico ha dicho que te pondrás bien en seguida.

Los ojos oscuros de Anne Hampton brillaban con sincero ardor. La cara de Eleanor Butler apareció por encima de su hombro.

—Hemos venido para llevarte a casa, querida —dijo ésta.

—Esto es ridículo —se lamentó Scarlett—; puedo andar perfectamente.

Rebekah apoyó una mano sobre su hombro y continuó empujando despacio la silla de ruedas a lo largo del camino de fina gravilla.

—Me siento muy tonta —gruñó Scarlett, pero se sentó en la silla. Le dolía la cabeza como si le clavasen afilados cuchillos, y entrecerraba los ojos para protegerlos de la luz brillante que se reflejaba en el camino. No podía creer que fuese todavía de día, el mismo día en que había salido de la casa de Battery, tocada con el sombrero de paja de Eleanor. La tormenta había traído consigo un tiempo más propio del mes de febrero. Aunque no se veía una nube en el cielo vespertino, el aire era frío, y cortante el viento que seguía soplando. «Menos mal que Eleanor ha traído mi capa de pieles —pensó—. He debido de estar muy grave, si se me permite llevar las pieles que ella tenía por demasiado ostentosas.»

—¿Dónde está Rhett? ¿Por qué no me lleva él a casa?

—No le he dejado salir —dijo con firmeza la señora Butler—. He enviado a buscar a nuestro médico y le he dicho a Manigo que metiese a Rhett en la cama; estaba morado de frío.

Anne habló con voz baja al oído de Scarlett.

—La señora Eleanor se alarmó cuando estalló de pronto la tormenta. Corrimos del Hogar al embarcadero y, cuando dijeron que la barca no había vuelto, se puso frenética. Creo que no se sentó una sola vez en toda la tarde; no hacía más que ir de un lado a otro en la galería, mirando la lluvia.

«Bajo un agradable techo —pensó con impaciencia Scarlett—. Está muy bien que Anne se preocupe tanto por Eleanor, ¡pero ella no estuvo a punto de morir congelada!»

—Me ha dicho mi hijo que ha hecho usted un milagro cuidando a su esposa —dijo Eleanor a Rebekah—. No sé cómo darle las gracias.

—No he sido yo, señora, sino Dios nuestro Señor. Hablé con Jesús y le supliqué en nombre de la pobrecilla. Le dije que no era lo mismo que hizo con Lázaro...

Mientras Rebekah repetía su relato a la señora Butler, Anne contestó la pregunta de Scarlett sobre Rhett. Éste se había quedado esperando hasta que el médico dijo que Scarlett estaba fuera de peligro; entonces tomó el ferry de Charleston para ir a tranquilizar a su madre, sabiendo lo preocupada que debía estar.

—Nos asustamos al ver llegar a un soldado yanqui —le explicó Anne, y se echó a reír—. Pero es que el sargento le había prestado a Rhett ropa seca.

Scarlett se negó a desembarcar del ferry en la silla de ruedas. Insistió en que era perfectamente capaz de caminar hasta la casa y así lo hizo, andando como si nada hubiese ocurrido.

Pero estaba cansada cuando llegaron; tan cansada que aceptó la ayuda de Anne para subir la escalera. Y después de tomar una sopa de alubias caliente y unos panecillos de maíz, se sumió de nuevo en un profundo sueño.

Esta vez no tuvo pesadillas. Se hallaba a gusto entre las familiares sábanas de hilo y sobre el colchón de plumas, sabiendo que Rhett estaba solamente a unos pasos de distancia. Durmió catorce horas seguidas, sumida en un sueño reparador.

Vio las flores en el momento en que se despertó. Rosas de invernadero. Había un sobre apoyado en el jarrón y Scarlett lo tomó afanosamente.

La enérgica caligrafía de Rhett se destacaba negra sobre el papel de color crema.

Scarlett lo acarició antes de empezar a leer.

> *Nada puedo decir sobre lo que sucedió ayer, salvo que estoy terriblemente avergonzado y arrepentido de haber sido la causa del gran dolor y del peligro que experimentaste.*

Scarlett se estremeció de placer.

> *Tu valor y tu ánimo fueron realmente heroicos, y siempre te trataré con admiración y respeto.*
>
> *Lamento amargamente todo lo que sucedió después de escapar de la larga ordalía. Dije cosas que ningún hombre debería decir a una mujer, y mis acciones fueron reprobables.*
>
> *Sin embargo, no puedo negar la verdad de todo lo que te dije. No debo volver a verte y no lo haré.*
>
> *De acuerdo con lo que convinimos, tienes derecho a permanecer en la casa de mi madre en Charleston hasta el mes de abril. Francamente, espero que no lo hagas, porque no visitaré la casa de la ciudad ni Dunmore Landing hasta que reciba la noticia de que has regresado a Atlanta. No podrás encontrarme, Scarlett. No lo intentes.*

El dinero que te prometí será transferido inmediatamente, a tu tío Henry Hamilton.

Te pido que aceptes mis sinceras disculpas por todo lo referente a nuestra vida en común. No podía ser. Te deseo un futuro más feliz.

Rhett.

Scarlett contempló fijamente la carta, al principio demasiado impresionada para sentir dolor. Después, encolerizada.

Por último, la tomó con las dos manos y rasgó lentamente el grueso papel, murmurando mientras destruía las ofensivas palabras:

—No, esta vez no te saldrás con la tuya, Rhett Butler. Huiste una vez de mí, en Atlanta, después de hacerme el amor. Y yo me quedé desolada, enferma de amor, esperando que volvieses. Bueno, ahora sé mucho más que entonces. Sé que no puedes borrarme de tu mente, por más que te esfuerces en ello. No puedes vivir sin mí. Ningún hombre puede hacer el amor a una mujer como me lo hiciste tú y no volver a verla. Volverás, como volviste antes. Pero no me encontrarás esperándote. Tendrás que venir a buscarme. Dondequiera que esté.

Oyó que Saint Michael daba la hora..., seis... siete... ocho... nueve... diez. Los otros domingos, había ido a misa de diez. Hoy no lo haría. Tenía cosas más importantes que hacer.

Saltó de la cama y corrió hacia el cordón de la campanilla. «Pansy deberá darse prisa —se dijo—. Quiero que empaquete mis cosas para estar en la estación a tiempo de tomar el tren de Augusta. Iré a casa, me aseguraré de que el tío Henry ha recibido mi dinero y entonces empezaré mi trabajo en Tara...

»... Pero todavía no tengo el dinero.»

—Buenos días, señora Scarlett. Me alegro de verla tan bien después de lo que pasó...

—No hables y ve a buscar mis maletas. —Scarlett hizo una pausa—. Voy a ir a Savannah. Es el cumpleaños de mi abuelo.

Encontraría a sus tías en la estación del ferrocarril. El tren salía para Savannah a las doce menos diez. El día siguiente iría en busca de la madre superiora y haría que hablase con el obispo. Era inútil dirigirse a Atlanta sin tener la escritura de la propiedad de Tara.

—No quiero aquel vestido viejo tan horroroso —dijo a Pansy—. Saca los que compré cuando vine aquí. Llevaré lo que me parezca. Se acabó mi afán de gustar a los demás.

—Me preguntaba a qué venía todo este jaleo —dijo Rosemary. Miró con curiosidad el elegante vestido de Scarlett—. ¿Vas a alguna parte? Mamá dijo que probablemente dormirías todo el día.

—¿Dónde está Eleanor? Quiero despedirme de ella.

—Ha salido ya para la iglesia. ¿Por qué no le escribes una nota? ¿O quieres que le dé yo algún recado?

Scarlett miró el reloj. No tenía mucho tiempo. El coche estaba esperando. Corrió a la biblioteca y tomó pluma y papel. ¿Qué diría?

—Su coche está esperando, señora Rhett —dijo Manigo.

Scarlett garrapateó unas frases diciendo que se marchaba para asistir a la fiesta de cumpleaños de su abuelo y que lamentaba no poder despedirse de Eleanor. «Rhett se lo explicaré todo —añadió—. La quiero.»

—Señora Scarlett... —la llamó nerviosamente Pansy.

Scarlett dobló la nota y la metió en un sobre.

—Por favor, entrega esto a tu madre —dijo a Rosemary—. Tengo que darme prisa. Adiós.

—Adiós, Scarlett —dijo la hermana de Rhett.

Se quedó en la puerta, observando cómo Scarlett y su doncella subían al coche y se alejaban calle abajo. La noche anterior, Rhet no había preparado tan bien su propia partida. Ella le había suplicado que no se marchase, porque tenía mal aspecto. Pero Rhett le había dado un beso de despedida y se había alejado a pie en la oscuridad. No era difícil imaginarse que su marcha se debía de algún modo a Scarlett.

Con lentos y resueltos movimientos, Rosemary encendió una cerilla y quemó la nota de Scarlett.

—Que tengas buen viaje —dijo en voz alta.

LIBRO TERCERO

NUEVA VIDA

33

Scarlett palmoteó con entusiasmo cuando el coche de alquiler se detuvo delante de la casa de su abuelo Robillard. Ésta era de color de rosa, como había dicho Eleanor. ¡Y pensar que no se había dado cuenta de eso cuando la había visitado anteriormente! Bueno, ya había pasado mucho tiempo; lo que importaba era el presente.

Subió corriendo por uno de los tramos curvos de la doble escalera con barandilla de hierro y entró por la puerta abierta. Sus tías y Pansy cuidarían del equipaje; se moría de curiosidad por ver la casa por dentro.

Sí, el color rosa estaba en todas partes: rosa, blanco y oro. Las paredes eran de color de rosa, así como la tapicería de los sillones y las cortinas. Toda la madera y las columnas eran de un blanco brillante, con resplandecientes adornos dorados. Todo parecía perfecto, no desconchado y raído como la pintura y la tapicería de la mayoría de las casas de Charleston y de Atlanta. Un lugar magnífico para encontrarse en él cuando viniese Rhett a buscarla. Entonces vería que la familia de ella era tan importante y digna de respeto como la suya.

Y también rica. Echó un rápido vistazo calculando el valor del mobiliario tan bien cuidado que distinguía a través de la puerta abierta del salón. ¡Caramba!, con lo que debió de costar el pan de oro de las molduras del techo, ella podría pintar todas las paredes de Tara por dentro y por fuera.

«¡Vaya viejo roñoso! El abuelo nunca me envió un centavo para ayudarme después de la guerra, y tampoco hace nada por las tías.»

Scarlett se preparó para el combate. Las tías temían a su padre, pero ella no. La terrible soledad que Scarlett había conocido en Atlanta la había hecho tímida, aprensiva y deseosa de complacer durante su estancia en Charleston. Ahora había vuelto a tomar las riendas de su vida y se sentía vibrante de energía. Nada la atemorizaba. Rhett la amaba y ella era la reina del mundo. Se quitó tranquilamente el sombrero y la capa de pieles y los dejó sobre la consola de tablero de mármol que había en el vestíbulo. Después empezó a quitarse los guantes de cabritilla de color verde manzana. Notó que sus tías la miraban fijamente. Lo habían hecho ya en otras muchas ocasiones. Pero Scarlett estaba muy satisfecha de lucir su traje de viaje a cuadros verdes y marrones, en vez de los vestidos tristones que había llevado en Charleston. Esponjó el lazo de tafetán verde oscuro que hacía resaltar el brillo de sus ojos. Cuando hubo dejado los guantes junto al sombrero y la capa, señaló las tres prendas con un dedo.

—Pansy, lleva esas cosas arriba y ponlas en la habitación más bonita que encuentres. No te quedes acobardada en un rincón; nadie va a morderte.

—Scarlett, no puedes...

—Tienes que esperar...

Las tías se estaban retorciendo las manos.

—Si el abuelo es demasiado arisco para salir a recibirnos, tendremos que apañarnos solas. ¡Por Dios, tía Eulalie! Tú y tía Pauline os criasteis aquí; deberíais sentiros como en vuestra casa.

Las palabras y la actitud de Scarlett eran bastante atrevidas; pero, cuando una voz de bajo gritó «¡Jerome!» en el fondo de la casa, sintió que se le humedecían las palmas de las manos. Recordó de pronto que su abuelo tenía unos ojos tan penetrantes que le hacían desear a una estar en cualquier parte salvo ante aquella mirada.

El imponente criado negro que le había abierto la puerta hizo ademán a Scarlett y a sus tías de que avanzasen hacia la habitación situada en el final del pasillo. Scarlett dejó que Eulalie y Pauline cruzasen primero el umbral. El dormitorio era una estancia de techo enormemente elevado que había sido antes un espacioso salón. Estaba llena de muebles, de todos los sillones, sofás y mesas que habían ocupado el salón más una maciza cama de cuatro columnas rematadas por unas águilas doradas. En un rincón de la habitación había una bandera francesa y un maniquí sin cabeza vestido con el uniforme de doradas charreteras cuajado de medallas que había llevado Pierre Robillard cuando era un joven oficial del ejército de Napoleón. El viejo Pierre Robillard estaba sentado en la cama, con la erguida espalda apoyada en un montón de grandes almohadas, mirando con fiereza a sus visitantes.

«Bueno, se ha encogido de un modo terrible —pensó Scarlett—. Era un hombrón, pero ahora está como perdido en esta cama tan grande, reducido a la piel y los huesos.»

—Hola, abuelo —dijo Scarlett—. He venido a verte por tu cumpleaños. Soy Scarlett, la hija de Ellen.

—No he perdido la memoria —dijo el viejo. Su voz fuerte contrastaba con su cuerpo frágil—. Pero, por lo visto, a ti te falla. En esta casa, los jóvenes no hablan hasta que se les dirige la palabra.

Scarlett se mordió la lengua para guardar silencio. «No soy una chiquilla para que me hables de esa manera, y deberías estar agradecido de que alguien venga a verte. No es de extrañar que mamá se alegrase tanto de que papá la sacase de esta casa.»

—*Et vous, mes filles. Qu'est-ce-que vous voulez cette fois?*—gruñó Pierre Robillard, dirigiéndose a sus hijas.

Eulalie y Pauline se acercaron corriendo a la cama, hablando las dos al mismo tiempo.

«¡Caray! ¡Hablan en francés! ¿Qué diablos estoy haciendo aquí? —Scarlett se dejó caer en un sofá tapizado de brocado de oro, lamentando no estar en otro sitio, en otro sitio cualquiera—. Ojalá venga Rhett a buscarme pronto —pensó—, o me volveré loca en esta casa.»

El día se iba apagando y los sombríos rincones de la habitación estaban llenos de misterio. El soldado sin cabeza parecía a punto de moverse. Scarlett sintió unos dedos fríos en la espina dorsal y se dijo que no debía ser estúpida. Pero se alegró cuando entraron Jerome y una negra de aire resuelto llevando una lámpara. Mientras la doncella corría las cortinas, Jerome encendió las lámparas de gas de cada pared, y le pidió respetuosamente a Scarlett que se levantase para que él pudiera pasar por detrás del sofá. Cuando Scarlett se puso en pie, se percató de que su abuelo la estaba mirando, y se dio la vuelta para evitar su mirada. Al hacerlo se encontró de cara a un cuadro muy grande con recargado marco dorado. Jerome encendió una lámpara y después otra, y la pintura cobró vida.

Era un retrato de su abuela. Scarlett la reconoció al momento, por su parecido con otro retrato suyo que había en Tara. Pero éste era muy diferente. Los cabellos oscuros de Solange Robillard no estaban recogidos sobre la cabeza como en el retrato de Tara, sino que, sujetos solamente por un hilo de relucientes perlas, caían como una cálida nube sobre los hombros y los brazos desnudos. Su nariz fina y arrogante era la misma, pero sus labios esbozaban una sonrisa amable en vez de burlona, y sus ojos oscuros y oblicuos miraban de soslayo a Scarlett con aquella intimidad alegre y magnética que había desafiado y seducido a todos los que la habían conocido. En esta pintura la abuela era más joven, pero ya no una muchacha. Los provocativos senos redondos, medio descubiertos en Tara, estaban aquí velados por la fina seda blanca del vestido. Velados pero todavía visibles a través del tenue tejido como un resplandor de carne blanca y pezones rosados. Scarlett sintió que se ruborizaba. «Desde luego, la abuela Robillard no parece en absoluto una dama», pensó censurándola automáticamente tal como le habían enseñado a hacer. Recordó involuntariamente los momentos en que había estado en brazos de Rhett deseando afanosamente el contacto de sus manos. Su abuela debió de haber sentido el mismo afán, el mismo éxtasis; lo decían sus ojos y su sonrisa. «Entonces, no ha podido ser tan malo lo que yo sentía. ¿O tal vez sí?» ¿Había acaso una pizca de descaro en su sangre, transmitido por la mujer que le sonreía desde el cuadro? Scarlett la observó, fascinada.

—Scarlett —le murmuró Pauline al oído—. Papá quiere que nos marchemos. Dale las buenas noches en voz baja y ven conmigo.

La cena fue frugal. Apenas suficiente, en opinión de Scarlett, para uno de los pájaros de fantasía y brillante plumaje pintados en los platos que la contenían.

—Es porque la cocinera está preparando el banquete de cumpleaños de papá —explicó Eulalie en un murmullo.

—¿Con cuatro días de anticipación? —preguntó Scarlett en voz alta—. ¿Qué está haciendo? ¿Observando cómo crece el pollo?

Dios mío, gruñó para sí, si la comida seguía siendo tan escasa, el jueves estaría tan delgada como el abuelo Robillard. Cuando estuvieron todos durmiendo, bajó en silencio a la cocina del sótano y se atracó de pan de maíz y crema de leche que había en la despensa. «Dejemos que la servidumbre pase un poco de hambre para variar», pensó, satisfecha de haber acertado en sus sospechas. Pierre Robillard podía contar con la fidelidad de sus hijas aunque sus estómagos estuviesen medio vacíos; pero sus criados no se quedarían a su servicio a menos que tuviesen mucho que comer.

La mañana siguiente Scarlett ordenó a Jerome que le sirviese huevos con tocino y bizcochos.

—Vi que los había en abundancia en la cocina —añadió.

Y consiguió lo que quería. Eso hizo que no se avergonzase tanto de su docilidad de la noche pasada. «Pasar por el aro de aquella manera no es propio de mí —pensó—. El hecho de que tía Pauline y tía Eulalie estuviesen temblando como hojas no era motivo para que yo me dejase asustar por el viejo. No volverá a ocurrir.»

Sin embargo, se alegraba de tener que tratar con los criados y no con su abuelo. Percibió que Jerome estaba ofendido y esto le gustó bastante. No se había enfrentado a nadie desde hacía tiempo y le complacía ganar.

—Las otras damas comerán también huevos con tocino —dijo a Jerome—. Y no hay bastante mantequilla para mis bizcochos.

Jerome fue a informar al resto de los criados. Las exigencias de Scarlett eran una afrenta para todos, pero no porque significasen más trabajo para ellos, ya que, en realidad, sólo les pedía lo que comían siempre los sirvientes para desayunar. No, lo que molestaba a Jerome y a los demás era la juventud y la energía de Scarlett. Trastornaba ruidosamente el ambiente callado y como de santuario de la casa. Los criados no podían hacer otra cosa que esperar que se marchase pronto y sin armar demasiado jaleo.

Después del desayuno, Eulalie y Pauline la condujeron a las habitaciones del primer piso charlando animadamente de las fiestas y recepciones que habían presenciado en su juventud, corrigiéndose constantemente y discutiendo sobre detalles de un pasado remoto. Scarlett se detuvo largo rato ante el retrato de tres chiquillas, tratando de descubrir las serenas facciones adultas de su madre en la niña carirredonda de cinco años pintada en el cuadro. Scarlett se había sentido aislada de la red de generaciones entrelazadas de Charleston. Era buena cosa estar en la casa donde había nacido y se había criado su madre, en una ciudad donde era parte de la red.

—Seguramente tenéis un millón de primos en Savannah —dijo a sus tías—. Habladme de ellos. ¿Podré conocerlos? Son también primos míos.

Pauline y Eulalie parecieron confusas. ¿Primos? Estaban los Prudhomme, de la familia de su madre. Pero sólo un caballero muy anciano residía en Savannah; era el viudo de la hermana de su madre. El resto de la familia se había trasladado a Nueva Orleans hacía muchos años.

—En Nueva Orleans todo el mundo habla francés —explicó Pauline. En cuanto a los Robillard, sólo estaba la rama de su padre—. Papá tenía muchos primos en Francia, y también dos hermanos. Pero él fue el único que vino a América.

Eulalie la interrumpió:

—Pero tenemos muchos, muchos amigos en Savannah, Scarlett. Podrás conocerlos. Mi hermana y yo iremos hoy de visita y a dejar tarjetas, si papá no necesita que nos quedemos en casa con él.

—Yo tengo que estar de vuelta a las tres —dijo rápidamente Scarlett.

No quería estar fuera cuando viniese Rhett, y ella había de aparecer ante él con su mejor aspecto. Necesitaría mucho tiempo para bañarse y vestirse antes de que llegase el tren de Charleston.

Pero Rhett no vino, y cuando Scarlett abandonó el banco cuidadosamente elegido del primoroso jardín de detrás de la casa, estaba helada hasta la médula. Había rehusado la invitación de sus tías a acompañarlas esa noche a una velada musical a la que habían sido invitadas. Si iba a ser algo parecido a los tediosos recuerdos que las viejas damas habían evocado por la mañana, se aburriría terriblemente. Pero los ojos maliciosos de su abuelo, cuando éste recibió a su familia durante diez minutos antes de la cena, la hicieron cambiar de idea. Cualquier cosa sería mejor que estar sola en la casa con el abuelo Robillard.

Las hermanas Telfair, Mary y Margaret, eran las reconocidas guardianas culturales de Savannah, y su velada musical no se pareció en nada a aquellas a las que hasta el presente había asistido Scarlett. Generalmente, sólo había unas damas que cantaban haciendo alarde de su «talento», acompañadas al piano por otras damas. Era obligatorio que las damas cantasen un poco, tocasen un poco el piano, pintasen un poco a la acuarela e hiciesen un poco de labor de aguja. En la casa Telfair, de la plaza Saint James, las normas eran mucho más rigurosas. El magnífico salón doble tenía en el centro varias hileras de sillas doradas encaradas hacia el fondo curvo de uno de los extremos donde había un piano, un arpa y seis sillas colocadas frente a sendos atriles de música; era una especie de escenario que prometía alguna actuación digna de este nombre.

Scarlett tomó nota mental de toda la disposición. El salón doble de la casa Butler podría arreglarse fácilmente de la misma manera, y ella celebraría en él fiestas diferentes de las que ofrecían todos los demás, creándose inmediatamente fama de elegante anfitriona. Y no sería vieja y chapada a la antigua como las hermanas Telfair, ni desaliñada como las mujeres más jóvenes que estaban allí. ¿Por qué en todos los lugares del Sur la gente creía que una había de parecer pobre y remendada para demostrar su respetabilidad?

El cuarteto de cuerda la aburrió, y creyó que la arpista no acabaría nunca. En cambio, le gustaron los cantantes, aunque nunca había oído ópera; al menos se trataba de un hombre cantando con una mujer, en vez de dos muchachas solas. Después de unas canciones en lengua extranjera, entonaron otras que ella conocía. La voz del hombre sonó deliciosamente romántica en *La bella soñadora* y tembló de emoción cuando cantó *Vuelve a Erin, Mavoureen, Mavoureen.* Scarlett tuvo que confesar que cantaba mucho mejor que Gerald O'Hara cuando éste empinaba el codo.

«Me pregunto qué diría papá de todo esto.» Scarlett casi rió en voz alta. Probablemente su padre cantaría también y añadiría al ponche un chorrito de su frasco. Entonces pediría esa canción, *Peg en un coche descubierto*, como ella se la había pedido a Rhett.

El salón, la gente allí reunida y la música desaparecieron para ella, y oyó la voz de Rhett retumbando dentro de la balandra volcada y sintió sus brazos que la sostenían y le daban calor. «No puede vivir sin mí. Volverá a mí esta vez. Es mi turno.»

No se dio cuenta de que estaba sonriendo durante una conmovedora interpretación de *Hilos de plata en los cabellos de oro.*

El día siguiente envió un telegrama al tío Henry comunicándole su dirección en Savannah. Vaciló, y añadió una pregunta: ¿le había transferido Rhett algún dinero?

¿Qué pasaría si Rhett trataba de hacerle otra jugarreta y dejaba de enviar dinero para mantener la casa de la calle Peachtree? No, seguramente no lo haría. Haría precisamente lo contrario. Su carta decía que enviaba el medio millón.

No podía ser verdad. Rhett se había estado echando un farol cuando había escrito aquello. «Como el opio», había dicho. No podía vivir sin ella. Vendría a buscarla. Tragarse el orgullo sería para él más duro que para cualquier otro hombre; pero vendría. Tenía que hacerlo. No podía vivir sin ella. Especialmente después de lo que había ocurrido en la playa...

Scarlett sintió una cálida debilidad en todo el cuerpo e hizo un esfuerzo para recordar dónde se hallaba. Pagó el telegrama y escuchó atentamente al telegrafista cuando éste le dio la dirección del convento de las Hermanas de la Merced. Entonces echó a andar tan de prisa que Pansy casi tuvo que correr para alcanzarla. Mientras esperaba que llegase Rhett, tendría el tiempo justo para localizar a la madre superiora de Carreen y hacer que hablase con el obispo, como había sugerido Rhett.

El convento de las Hermanas de la Merced, en Savannah, era un gran edificio blanco con una cruz sobre el alto portalón cerrado, y se hallaba rodeado de una elevada verja de hierro cuyas puertas cerradas estaban también rematadas con cruces de hierro. Scarlett aflojó el paso y se detuvo. Esto era muy diferente de la hermosa casa de ladrillos de Charleston.

—¿Va a entrar ahí, señora Scarlett? —dijo Pansy con voz temblorosa—. Yo esperaré fuera. Soy baptista.

—¡No seas boba! —El temor de Pansy dio valor a Scarlett—. Esto no es una iglesia, sino solamente una casa para mujeres buenas como la señorita Carreen.

Llamó y se abrió la puerta.

Sí, dijo la monja anciana que abrió la puerta al llamar Scarlett, sí, la madre superiora de Charleston estaba allí. No; no podía pedirle que recibiese a la señora Butler en este momento. Se estaba celebrando una reunión. No, no sabía cuánto duraría ni si la madre superiora podría recibir a la señora Butler cuando hubiese terminado. Tal vez le gustaría a la señora Butler ver las aulas; el convento estaba orgulloso de su colegio. O tal vez podría visitar la nueva catedral. Después de esto, quizás podría enviar recado a la madre superiora, si había terminado la reunión.

Scarlett sonrió forzadamente. Lo último que quería hacer era admirar a un puñado de chiquillos, pensó con irritación, o visitar una iglesia. Iba a decir que volvería más tarde, cuando las palabras de la monja le dieron una idea. Estaban construyendo una nueva catedral, ¿eh? Esto costaba dinero. Tal vez su oferta de comprar la parte de Carreen de Tara sería considerada aquí más favorablemente de lo que lo había sido en Charleston, como predijo Rhett. Después de todo, Tara era un bien de Georgia, probablemente controlado por el obispo de Georgia. ¿Y si ella se ofreciese a comprar un ventanal de cristales de colores para la nueva catedral, como dote de Carreen? El coste sería mucho más elevado que el valor de la participación de Carreen en Tara, y ella dejaría bien claro que el ventanal sería a cambio, no además, de esa participación. El obispo comprendería lo razonable de su propuesta y, después, diría a la madre superiora lo que tenía que hacer.

La sonrisa de Scarlett se hizo más amplia, más afectuosa.

—Sería para mí un honor ver la catedral, hermana, si no he de causar demasiada molestia.

Pansy se quedó boquiabierta cuando contempló las altas agujas gemelas de la hermosa catedral de estilo gótico. Los obreros subidos en el andamiaje que rodeaba las casi terminadas torres parecían pequeños y ágiles, como ardillas de brillante pelaje en lo alto de dos árboles parejos. Pero Scarlett no tenía ojos para lo que pasaba allá arriba. Le emocionaba todo aquel alboroto a ras del suelo, el ruido de los martillos y las sierras, y especialmente el conocido olor a resina de la madera recien cortada. ¡Oh, cuánto añoraba los aserraderos y los almacenes de madera! Las palmas de las manos le hormigueaban con el deseo de pasarlas sobre madera limpia, de ocuparlas en algo, de hacer algo que no fuera tomar el té en delicadas tazas en compañía de delicadas y descoloridas señoras de edad.

Scarlett casi no oía una palabra de las maravillas que describía el joven sacerdote que la acompañaba. Ni siquiera advertía las subrepticias miradas de admiración de los fornidos trabajadores que retrocedían para dejar pasar al cura y a su acompañante. Estaba demasiado preocupada para escuchar o reparar en estas cosas. ¿De qué árboles de rectos troncos procedía esta madera? Era la mejor calidad de pino que jamás había visto. Se preguntó dónde estaría el aserradero, qué clase de sierras y qué energía se emplearían en él. ¡Oh, si ella fuese un hombre! Entonces podría preguntar, podría ir a ver el aserradero en vez de visitar esta iglesia. Scarlett arrastró los pies entre un montón de virutas recientes y aspiró su fuerte y tonificante aroma.

—Debo volver al colegio para la comida —se disculpó el sacerdote.

—Desde luego, padre; yo también iba a marcharme.

No era verdad, pero ¿qué otra cosa podía decir? Scarlett le siguió fuera de la catedral y hasta la acera.

—Perdone usted, padre —dijo un hombrón de cara colorada y camisa roja blanqueada por polvo de mortero. El cura parecía bajito y pálido a su lado—. ¿Podría echar una pequeña bendición a la obra, padre? Hace menos de una hora que hemos montado el dintel de la capilla del Sagrado Corazón.

«¡Caramba! Parece papá, cuando se sentía más irlandés.» Scarlett inclinó la cabeza durante la bendición, lo mismo que el grupo de trabajadores. Le escocían los ojos por el fuerte olor de la madera de pino recién cortada y por las lágrimas provocadas por el recuerdo de su padre. Las enjugó pestañeando. «Iré a ver a los hermanos de papá —decidió—. No importa que tal vez tengan casi cien años; papá querría que fuese al menos a saludarles.»

Regresó al convento con el cura y recibió otra tranquila negativa por parte de la vieja monja cuando volvió a preguntar si la madre superiora podía recibirla. Scarlett contuvo su irritación, pero los ojos le brillaron peligrosamente.

—Dígale que volveré esta tarde —dijo.

Cuando la alta puerta de hierro se cerró detrás de ella, oyó Scarlett el sonido de las campanas de una iglesia a pocas manzanas de distancia.

—¡Caray! —exclamó.

Iba a llegar tarde a la comida.

34

Scarlett notó el olor a pollo frito en cuanto abrió la puerta de la gran casa rosada.

—Llévate estas cosas —dijo a Pansy, y se despojó de la capa, el sombrero y los guantes con una rapidez insuperable.

Estaba hambrienta.

Eulalie la miró con ojos tristes cuando entró en el comedor.

—Nuestro padre quiere verte, Scarlett.

—¿No puede esperar hasta después de la comida? Estoy muerta de hambre.

—Dijo que fueses en cuanto llegaras.

Scarlett tomó un panecillo humeante de la cesta y lo mordió con furia mientras giraba sobre sus talones. Lo terminó mientras se dirigía a la habitación de su abuelo.

El viejo la contempló frunciendo el ceño, por encima de la bandeja apoyada en sus rodillas sobre el amplio lecho. Scarlett vio que en su plato no había más que puré de patatas y un montoncito de zanahoria trinchada de pastoso aspecto.

«¡Oh! No es extraño que parezca tan malhumorado. Ni siquiera hay mantequilla en las patatas. Aunque no tenga un diente en la boca, podría alimentarse un poco mejor.»

—No tolero que se vulnere el horario establecido en esta casa —dijo el viejo.

—Lo siento, abuelo.

—La disciplina hizo grande el ejército del emperador; sin disciplina, es el caos.

Su voz era fuerte, profunda, imponente.

Pero Scarlett vio el relieve de los viejos huesos debajo del grueso camisón, y no tuvo miedo.

—Ya he dicho que lo siento. ¿Puedo irme ahora? Tengo hambre.

—No seas impertinente, jovencita.

—No es una impertinencia tener hambre, abuelo. El hecho de que usted no quiera comer no significa que los demás estemos obligados a ayunar.

Pierre Robillard empujó, irritado, su bandeja.

—¡Puah! —gruñó—. Esto no es bueno ni para los cerdos.

Scarlett se dirigió a la puerta.

—No te he dicho que te vayas, señorita.

Ella sintió que le hacía ruido el estómago. Los panecillos ya estarían fríos, y el pollo tal vez se habría acabado, con el apetito que tenía tía Eulalie.

—Por Dios, abuelo, ¡que no soy uno de sus soldados! Y tampoco le tengo miedo como mis tías. ¿Qué piensa hacerme? ¿Fusilarme por desertora? Si quiere morirse de hambre, allá usted. Pero yo estoy hambrienta y voy a zamparme lo que quede de la comida.

Estaba a medio camino de la puerta cuando un sonido extraño y ahogado hizo que volviese la cabeza. «Dios mío, ¿le habré causado un ataque de apoplejía? ¡Que no se muera por mi culpa!»

Pierre Robillard se estaba riendo.

Scarlett puso los brazos en jarras y le miró echando chispas por los ojos. Le había dado un buen susto.

Él la despidió con un ademán de la mano huesuda y de largos dedos.

—Come, come —dijo.

Y se echó a reír de nuevo.

—¿Qué ha pasado? —preguntó Pauline.

—No le he oído gritar, Scarlett —dijo Eulalie.

Estaban sentadas a la mesa, esperando el postre. La comida había finalizado.

—No ha pasado nada —dijo Scarlett con los dientes apretados.

Tomó la campanilla de plata de encima de la mesa y la sacudió furiosamente. Cuando apareció la robusta negra trayendo dos platitos de budín, Scarlett se acercó a ella. Apoyó las manos en sus hombros y le obligó a darse la vuelta.

—Camina —dijo— y date prisa. Baja a la cocina y trae mi comida. Caliente y abundante y en seguida. No me importa quién de vosotras pensaba comérsela, pero tendrá que conformarse con la osamenta y las patas del pollo. Quiero un muslo y una pechuga, mucha salsa en las patatas y una taza con mantequilla, y panecillos blandos y calientes. ¡Andando!

Se sentó con un movimiento brusco, dispuesta a pelearse con sus tías si decían una sola palabra. Reinó el silencio en la habitación mientras les servían la comida.

Pauline se contuvo hasta que Scarlett hubo dado cuenta de la mitad de su plato. Entonces preguntó delicadamente:

—¿Qué te ha dicho papá?

Scarlett se enjugó la boca con la servilleta.

—Trató de intimidarme como hace contigo y con tía Lalie; por consiguiente, le dije lo que pensaba. Y esto le hizo reír.

Las dos hermanas intercambiaron unas miradas impresionadas. Scarlett sonrió y echó más salsa sobre las patatas que quedaban en su plato. ¡Qué bobas eran sus tías! ¿No sabían que había que plantar cara a los brutos como su padre para no ser pisoteadas?

No se le ocurrió pensar que, si podía resistir las intimidaciones era porque ella misma era belicosa, y que la risa de su abuelo procedía del reconocimiento de que su nieta se parecía a él.

Cuando sirvieron el postre, los tazones de tapioca eran por alguna razón más grandes que de costumbre. Eulalie sonrió agradecida a su sobrina.

—Mi hermana y yo estábamos diciendo lo mucho que nos alegra tenerte en nuestra antigua casa, Scarlett. ¿No te parece que Savannah es una pequeña ciudad adorable? ¿Has visto la fuente de la plaza Chippewa? ¿Y el teatro? Es casi tan viejo como el de Charleston. Recuerdo que mi hermana y yo solíamos mirar desde las ventanas del colegio a los actores que entraban y salían de él. ¿Te acuerdas, hermana?

Pauline se acordaba. También recordó que Scarlett no les había informado de que iba a salir aquella mañana, ni de dónde había estado. Cuando Scarlett les dijo que había estado en la catedral, Pauline se llevó un dedo a los labios. Desgraciadamente, dijo, su padre era resuelto enemigo del catolicismo romano. Esto tenía algo que ver con la historia de Francia; no sabía exactamente qué, pero lo cierto era que el anciano aborrecía la Iglesia. Por esa razón Eulalie y ella siempre salían de Charleston después de la misa cuando venían a Savannah, y abandonaban Savannah en sábado para volver a Charleston. Este año presentaba una dificultad particular: como la Pascua caía tan pronto, estarían en Savannah el miércoles de ceniza. Naturalmente, tenían que ir a misa y podrían salir de casa temprano sin ser observadas, pero ¿cómo impedir que su padre advirtiese las manchas de ceniza que ellas mostrarían en la frente cuando volviesen a casa?

—Lavaos la cara —dijo Scarlett con impaciencia, revelando con ello su ignorancia y el poco tiempo transcurrido desde su vuelta a la religión. Dejó la servilleta sobre la mesa—. Tengo que irme —dijo vivamente—. Voy..., voy a visitar a mis tíos y tías O'Hara.

No quería que nadie supiese que trataba de comprarle al convento su participación en la propiedad de Tara. En especial sus tías. Se iban demasiado de la lengua. Tal vez escribirían a Suellen acerca de esto. Sonrió amablemente.

—¿A qué hora hemos de salir por la mañana para ir a misa?

Debería mencionarle esto a la madre superiora. No hacía falta decirle que se había olvidado completamente del miércoles de ceniza.

Lástima que se hubiese dejado el rosario en Charleston. Bueno, podía comprar uno en la tienda de sus tíos O'Hara. Si no recordaba mal, allí había de todo, desde gorras hasta arados.

—¿Cuándo vamos a volver a Atlanta, señora Scarlett? No me encuentro a gusto con la gente de la cocina de su abuelo. Son todos tan viejos... Y casi he desgastado del todo las suelas de los zapatos de tanto andar. ¿Cuándo vamos a volver a casa, donde hay aquellos coches tan cómodos?

—Basta de quejas, Pansy. Nos iremos cuando yo quiera y a donde yo quiera.

La respuesta de Scarlett no fue en realidad acalorada; estaba tratando de recordar dónde se hallaba la tienda de sus tíos, sin conseguirlo. «Se me habrá contagiado la mala memoria de los viejos —pensó—. Pansy tiene razón en esto. Todas las personas a quienes conozco en Savannah son viejas. El abuelo, tía Eulalie, tía Pauline y todas sus amigas. Y los hermanos de papá son los más viejos de todos. Sólo los saludaré, dejaré que me den secos besos de anciano en las mejillas, compraré mi rosario y me marcharé. En realidad, no hace falta que vea a sus esposas. Si éstas hubiesen deseado verme, habrían mantenido la relación durante todos estos años. Por lo que saben de mí, podría estar muerta y enterrada y ni siquiera habrían enviado una carta de pésame a mi marido y a mis hijos. Una manera muy mala de tratar a una parienta consanguínea, digo yo. Tal vez abandone mi proyecto de ir a visitar a cualquiera de ellos. No se merecen mi visita después de haberme desatendido hasta tal punto», concluyó, olvidando las cartas de Savannah, que nunca había contestado y al fin dejaron de llegar.

Estaba dispuesta a relegar para siempre al olvido a los hermanos de su padre y a sus esposas. Ahora tenía solamente dos objetivos: alcanzar el control de Tara e imponerse a Rehtt. No importaba que fuesen dos metas contradictorias; encontraría la manera de lograr las dos cosas. Y esto requería toda su atención. «No voy a ir de un lado a otro buscando esa vieja tienda —decidió—. Tengo que encontrar a la madre superiora y al obispo. Lástima que me dejara el rosario en Charleston.» Miró rápidamente los escaparates del otro lado de la calle Broughton, la calle comercial de Savannah. Tenía que haber alguna joyería cerca de allí.

Las grandes letras doradas del apellido O'Hara se extendían a lo largo de la pared, sobre cinco brillantes escaparates, casi directamente delante de ella. «Por lo visto han prosperado desde que estuve aquí la última vez —pensó Scarlett—. La tienda no parece vieja en absoluto.»

—Vamos —dijo a Pansy, cruzó la calle entre el intenso tráfico de carros, calesas y carretillas.

Los almacenes O'Hara olían a pintura reciente, no a persistente polvo. Un rótulo en letras doradas pintado sobre una pieza de tarlatana verde colgada delante del mostrador del fondo daba la razón de tanto esmero: GRAN INAUGURACIÓN. Scarlett miró con envidia a su alrededor. El almacén era el doble de grande que el suyo de Atlanta, y asimismo observó que los artículos eran más nuevos y más variados. Cajas cuidadosamente rotuladas y piezas de brillantes tejidos llenaban los estantes hasta el techo; barriles de comestibles y harinas estaban alineados en el suelo, no lejos de la panzuda estufa en el centro del local, y grandes jarras de cristal con caramelos se alzaban, tentadoras, sobre el alto mostrador. Ciertamente, sus tíos prosperaban. La tienda que había visitado en 1861 no se hallaba en la parte central y más lujosa de la calle Broughton, y era incluso más oscura y estaba más atestada que la suya de Atlanta. Sería interesante averiguar cuánto les había costado a sus tíos esta gran ampliación. Tal vez algunas de sus ideas le serían útiles a ella para su propio negocio.

Se dirigió rápidamente al mostrador.

—Quisiera ver al señor O'Hara, por favor —dijo a un hombre alto y con delantal que estaba vertiendo aceite de lámpara en la jarra de cristal de un parroquiano.

—Dentro de un momento, si tiene usted la bondad de esperar, señora —dijo el hombre, con ligero acento irlandés y sin levantar la cabeza.

«Es lógico —pensó Scarlett—. Personal irlandés para una tienda de irlandeses.» Contempló las etiquetas de las cajas que había en los estantes frente a ella mientras el hombre envolvía la jarra del aceite en papel castaño y entregaba el cambio al comprador. Vaya, ella haría bien en tener los guantes clasificados de esta manera, por el tamaño y no por el color. Los colores se podían distinguir rápidamente cuando se abría la caja, pero era realmente fastidioso tener que buscar el número adecuado en una caja llena de guantes negros. ¿Por qué no se le había ocurrido antes?

El hombre de detrás del mostrador tuvo que repetir lo que decía para que Scarlett le oyese.

—Soy el señor O'Hara. ¿En qué puedo servirla?

Oh, no, ésta no era a fin de cuentas la tienda de sus tíos. El almacén debía hallarse todavía donde había estado siempre. Scarlett dijo apresuradamente que se había equivocado. Preguntaba por un señor O'Hara de más edad, Andrew o James.

—¿Puede indicarme dónde está su tienda?

—Su tienda es ésta. Yo soy su sobrino.

—¡Oh..., oh, Dios mío! Entonces tú debes ser mi primo. Soy Katie Scarlett, la hija de Gerald. De Atlanta.

Scarlett le tendió ambas manos. ¡Un primo! Un primo alto y vigoroso, y nada viejo. Era una agradable sorpresa.

—Yo soy Jamie —dijo su primo, riendo y estrechándole las manos—. Jamie O'Hara, para servirte, Scarlett O'Hara. Eres como un regalo para un atareado hombre de negocios, desde luego. Bonita como la aurora y caída del cielo como una estrella fugaz. Y ahora dime, ¿cómo se te ha ocurrido venir el día de la inauguración de la nueva tienda? Ven, iré a buscarte una silla.

Scarlett se olvidó del rosario que pensaba comprar. También se olvidó de la madre superiora. Y de Pansy, que se había sentado en un taburete bajo en un rincón y se había quedado dormida con la cabeza apoyada en un montón de mantas para caballo.

Jaime O'Hara murmuró algo a media voz cuando volvió del fondo de la tienda con una silla para Scarlett. Había cuatro clientes esperando. En la media hora siguiente entraron muchos más, de modo que no pudo decir una palabra a Scarlett. La miraba de vez en cuando como disculpándose, pero ella le sonreía y sacudía la cabeza. Holgaban las disculpas. Le gustaba estar allí, en una tienda caldeada, bien dirigida y que representaba un buen negocio, con un primo recién encontrado cuya competencia y cuyo hábil modo de tratar a los clientes eran dignos de observar.

Por fin hubo un breve instante en que la clientela de la tienda quedó reducida a una madre y tres hijas que estaban examinando cuatro cajas de encajes.

—Tendré que hablar de prisa, ahora que puedo hacerlo —dijo Jamie—. Tío James estará encantado de verte, Katie Scarlett. Es un caballero anciano, pero todavía bastante activo. Está aquí todos los días hasta la hora de comer. Tal vez no lo sepas, pero su esposa murió, Dios la tenga en la gloria, y la de tío Andrew murió también. Se llevó el corazón de tío Andrew, que la siguió al cabo de un mes. Descansen todos ellos en brazos de los ángeles. Tío James vive en la casa conmigo, mi esposa y mis hijos. No está lejos de aquí. ¿Quieres venir a tomar el té esta tarde y los conocerás a todos? Mi hijo Daniel volverá pronto de unos recados y entonces te acompañaré a nuestra casa. Hoy celebramos el cumpleaños de mi hija. Toda la familia estará allí.

Scarlett dijo que le encantaría ir a tomar el té. Después se quitó el sombrero y la capa y se dirigió a las damas que examinaban los encajes. No era él el único O'Hara que sabía llevar una tienda. Además, estaba demasiado excitada para quedarse quieta. ¡El cumpleaños de la hija de su primo! «Veamos, ella será prima segunda mía.» Aunque Scarlett no se había criado en el seno de la red familiar compuesta por muchas generaciones, normal en el Sur, era de esta región y podía nombrar la relación exacta de parentesco con sus primos hasta el décimo grado. Había disfrutado viendo trabajar a Jamie, porque éste era la viva confirmación de todo lo que le había contado Gerald O'Hara. Tenía el cabello oscuro y rizado y los ojos azules de los O'Hara; y la boca grande y la nariz corta, en la cara redonda y colorada. Sobre todo, era un hombrón, alto y ancho de pecho, y de piernas vigorosas y robustas, como troncos de árboles capaces de resistir cualquier tormenta. Era un personaje imponente. «Tu papá es el más bajo de la camada —le había dicho Gerald sin avergonzarse de sí mismo, pero enorgulleciéndose de sus hermanos—. Ocho hijos tuvo mi madre, todos varones, y yo soy el último y el único que no es tan alto como una casa.» Scarlett se preguntó cuál de los hermanos sería el padre de Jamie. Bueno, ya lo averiguaría durante el té. No, no era un té, ¡era la fiesta de cumpleaños de su prima segunda!

35

Scarlett observó a su primo Jamie con curiosidad cuidadosamente disimulada. A la luz del día, en la calle, las arrugas y las bolsas de debajo de los ojos no quedaban disimuladas por la penumbra, como ocurría dentro del almacén. Era un hombre de mediana edad que empezaba a engordar. Dado que era primo suyo, Scarlett había presumido que tendría su misma edad. Cuando llegó el hijo de Jamie, a Scarlett le impresionó ver a un hombre adulto, no a un muchacho que iba a entregar paquetes. Y un hombre adulto de flamantes cabellos rojos. Costaba un poco acostumbrarse a él.

Y también al aspecto de Jamie a la luz del día. Él... no era un caballero. Scarlett no hubiese podido decir cómo lo sabía, pero estaba claro como el agua. Había algo en su ropa que desentonaba; el traje era azul oscuro, pero no lo bastante oscuro, y se ceñía demasiado al pecho y a los hombros mientras que era excesivamente holgado en el resto. Scarlett sabía que la indumentaria de Rhett era fruto de un corte y una confección exquisitos, y, por parte de él, de un perfeccionismo exigente. No esperaba que Jamie vistiera como Rhett, porque no había conocido a ningún hombre que vistiese como él. Pero Jamie habría podido hacer algo, como hacían otros hombres, para no parecer tan... tan vulgar. Gerald O'Hara siempre había parecido un caballero, por muy gastados o arrugados que estuviesen sus trajes. A Scarlett no se le ocurrió pensar que la serena autoridad y la influencia de su madre podían haber contribuido a convertir a su padre en un caballero terrateniente. Scarlett sólo sabía que había perdido casi toda la ilusión que sintió al descubrir la existencia de su primo. «Bueno, sólo tendré que tomar una taza de té y comer un trozo de pastel, y podré marcharme.» Sonrió alegremente a Jamie.

—Estoy tan emocionada por conocer a tu familia que no sé lo que hago, Jamie. Hubiese debido comprar un regalo para el cumpleaños de tu hija.

—¿No crees que le haré el mejor regalo al entrar contigo del brazo, Katie Scarlett?

«Tiene una mirada guasona, como papá —se dijo Scarlett—. Y el mismo tonillo bromista de papá. Pero ¿por qué ha de llevar ese sombrero hongo? Nadie lleva ya sombrero hongo.»

—Pasaremos por delante de la casa de tu abuelo —dijo Jamie, provocando horror en el corazón de Scarlett.

¿Y si sus tías los viesen y tuviese que presentárselo? Ellas siempre habían pensado que su madre se había casado con un hombre que no era de su clase; Jamie les daría una buena prueba de ello. ¿Qué estaba diciendo él ahora? Tenía que prestar atención.

—... dejar a tu criada en casa. Se sentiría desplazada con nosotros. Nosotros no tenemos criados.

«¿No tienen criados? ¡Dios mío! Todo el mundo los tiene, ¡todo el mundo! ¿Dónde vivirán? ¿En un piso?» Scarlett apretó los dientes. «Éste es hijo de un hermano de papá, y tío James es hermano de papá. No insultaré su memoria negándome cobardemente a tomar una taza de té con ellos, aunque haya ratas corriendo por el suelo.»

—Pansy —dijo—, cuando pasemos por delante de la casa, entra en ella y quédate. Diles que yo iré en seguida... Tú me acompañarás después, ¿verdad, Jamie?

Era lo bastante valerosa para enfrentarse con una rata corriendo por encima de su pie, pero no estaba dispuesta a arruinar para siempre su reputación caminando sola por la calle. Una señora no podía hacerlo.

Para alivio de Scarlett pasaron por la calle de detrás de la casa de su abuelo, no por la plaza que había delante de ella, donde sus tías gustaban de dar un «paseo higiénico» a la sombra de los árboles. Pansy cruzó de buen grado la verja y entró en el jardín, bostezando al prever que podría volver a dormir. Scarlett trató de no parecer inquieta. Había oído a Jerome quejarse a sus tías del deterioro de la vecindad. Sólo a pocas manzanas hacia el este, las viejas mansiones de calidad habían degenerado convirtiéndose en destartaladas pensiones para los marineros de los barcos que entraban y salían del bullicioso puerto de Savannah. Y para las oleadas de inmigrantes que llegaban en algunos de aquellos barcos. Según el exigente y elegante viejo negro, la mayoría de ellos eran sucios irlandeses.

James siguió adelante sin detenerse y ella suspiró en silencio, aliviada. Después, muy pronto, su primo torció hacia la hermosa y bien cuidada avenida llamada South Broad.

—Ya hemos llegado —anunció delante de una alta y sólida casa de ladrillos.

—¡Qué bonita! —dijo sinceramente Scarlett.

Fue casi lo último que pronunció durante un tiempo. En vez de subir la escalera hasta el portalón del elevado pórtico, Jamie abrió otra puerta más pequeña situada al nivel de la calle, e introdujo a Scarlett en una cocina llena de pelirrojos personajes, todos los cuales le dieron ruidosamente la bienvenida cuando él gritó, dominando el vocerío:

—Os presento a Scarlett, la bella hija de mi tío Gerald O'Hara, que ha venido de Atlanta para ver al tío James.

«¡Cuántos son!», pensó Scarlett cuando todos se abalanzaron hacia ella. La risa de Jamie, encantado de que la niña más pequeña y un chiquillo se le agarraran a las piernas, le impidió comprender lo que éste estaba diciendo.

Entonces, una mujer alta y robusta, de cabellos más rojos que todos los demás, tendió una mano áspera a Scarlett.

—Bienvenida a casa —dijo, plácidamente—. Soy Maureen, la esposa de Jamie. No prestes atención a estos salvajes; ven, siéntate junto al fuego y toma una taza de té. —Asió firmemente a Scarlett de un brazo y la hizo entrar en la habitación—. Y vosotros, estaos quietos, ¿no podéis dejar que papá recobre el aliento? Lavaos la cara y venid a conocer a Scarlett uno a uno. —Retiró la capa de pieles de encima de los hombros de Scarlett—. Pon esto en lugar seguro, Mary Kate, o el pequeño creerá que es un gatito y querrá tirarle de la cola, tan suave es la piel.

La niña mayor hizo una reverencia en dirección a Scarlett y tendió con afán las manos hacia la capa. Sus ojos azules estaban llenos de admiración. Scarlett le sonrió. Y también a Maureen, aunque la esposa de Jamie la empujaba hacia una silla Windsor como si creyese que Scarlett era uno de sus críos y podía darle órdenes.

En un instante se encontró Scarlett sosteniendo con una mano la taza más grande que jamás había visto, mientras estrechaba con la otra la de una muchacha sorprendentemente hermosa que murmuró dirigiéndose a su madre:

—Parece una princesa. —Y luego le dijo a Scarlett—: Soy Helen.

—Deberías tocar las pieles, Helen —dijo Mary Kate dándose importancia.

—¿Es Helen la invitada, ya que te diriges a ella? —dijo Maureen—. ¡Qué desgracia para una madre tener una hija tan tonta!

Su voz era afectuosa y temblaba en ella una risa reprimida.

Mary Kate se ruborizó, confusa. Hizo otra reverencia y tendió la mano.

—Prima Scarlett, te pido perdón. Me distraje al verte tan elegante. Soy Mary Kate, y es un orgullo para mí ser prima de una dama tan distinguida.

Scarlett quiso decirle que no tenía nada que perdonar, pero no tuvo tiempo. Jamie se había quitado el sombrero y la chaqueta y desabrochado el chaleco. Debajo del brazo derecho sostenía al pequeño, un chiquillo pelirrojo y mofletudo, que pataleaba y chillaba divertido

—Y este diablillo es Sean, llamado John como un buen niño americano porque nació aquí, en Savannah. Nosotros le llamamos Jacky. Saluda a tu prima, Jacky, si no te has tragado la lengua.

—¡Hola! —gritó el pequeño, que chilló excitado cuando su padre le hizo dar una voltereta.

—¿Qué es todo este jaleo?

El ruido se extinguió al momento, salvo la risa de Jacky. Una voz estridente y quejumbrosa se había alzado en medio del barullo. Scarlett miró hacia el otro lado de la cocina y vio a un viejo alto que debía ser su tío James. Junto a él se hallaba una muchacha de oscuros cabellos rizados que parecía tímida y asustada.

—Jacky ha despertado a tío James, que estaba descansando.

—¿Acaso se ha hecho daño para que todos gritéis así y que Jamie haya vuelto tan pronto a casa? —dijo.

—En absoluto —dijo Maureen. Después levantó la voz—. Tienes visita, tío James. Ha venido especialmente para verte. Jamie ha dejado a Daniel en la tienda para poder acompañarla hasta aquí. Acércate al fuego, tío James, el té está a punto. Y ésta es Scarlett.

Scarlett se levantó y sonrió.

—Hola, tío James, ¿se acuerda de mí?

El viejo la miró fijamente.

—La última vez que te vi, llevabas luto de tu marido. ¿Has encontrado ya otro?

La mente de Scarlett galopó hacia atrás. ¡Santo Dios, el tío James tenía razón! Ella había estado en Savannah después de nacer Wade, cuando llevaba luto de Charles Hamilton.

—Sí —dijo.

«¿Y qué dirías si te contase que encontré dos maridos desde entonces, viejo entrometido?»

—Bien —declaró su tío—. Hay demasiadas mujeres solteras en esta casa.

La muchacha que estaba a su lado lanzó un débil grito, se volvió y salió corriendo de la habitación.

—No deberías atormentarla así, tío James —dijo Jamie.

El viejo se acercó al fuego y se frotó las manos para calentarlas.

—No debería ser tan llorona —dijo—. Los O'Hara no lloran por sus penas. Tomaré el té ahora, Maureen, mientras charlo con la hija de Gerald. —Se sentó en una silla junto a la de Scarlett—. Háblame de las exequias. ¿Enterraste a tu padre como es debido? Mi hermano Andrew tuvo el entierro más bello que se ha visto en esta ciudad desde hace muchos años.

Scarlett recordó el triste grupo de acompañantes alrededor de la tumba de Gerald en Tara. ¡Eran tan pocos! Muchos que hubieran asistido al entierro habían muerto prematuramente antes que su padre.

Scarlett fijó sus ojos verdes en los azules y apagados del viejo.

—Tuvo un coche fúnebre de caja de vidrio tirado por cuatro caballos negros con penachos también negros, un ataúd cubierto de flores, más flores sobre el techo del coche, y doscientos acompañantes que seguían la carroza fúnebre en sus vehículos. Reposa en un sepulcro de mármol, no en una fosa, y encima del sepulcro se alza la escultura de un ángel de más de dos metros de altura.

Su voz era fría y dura. «Zámpate esto, viejo —pensó—, y deja a papá en paz.»

James se frotó las resecas manos.

—Dios dé descanso a su alma —dijo, satisfecho—. Yo siempre dije que Gerald tenía más estilo que todos nosotros, ¿no es verdad, Jamie? El pequeño de la camada, y el más rápido en reaccionar si le insultaban. Gerald era un hombrecillo magnífico. ¿Sabéis cómo consiguió su plantación? Jugando al póquer con mi dinero. Y no me ofreció un solo centavo de las ganancias.

La risa de James era sonora y fuerte, la risa de un hombre joven. Animada y divertida.

—Cuenta cómo salió de Irlanda, tío James —dijo Maureen, volviendo a llenar la taza del anciano—. Tal vez Scarlett no haya oído nunca esta historia.

«¡Por todos los diablos! ¿Vamos a celebrar un velatorio?», se dijo Scarlett rebullendo irritada en su silla.

—La he oído cien veces —declaró.

Gerald O'Hara alardeaba de haber huido de Irlanda cuando pusieron precio a su cabeza porque había matado de un puñetazo al administrador de un terrateniente inglés. Todos los del condado de Clayton lo habían oído cien veces, y nadie se lo había creído. Gerald vociferaba cuando estaba furioso, pero todo el mundo advertía la bondad que trataba de disimular con ello.

Maureen sonrió.

—Un hombre cabal a pesar de su pequeña estatura; lo he oído decir siempre. Un padre del que una mujer puede sentirse orgullosa.

Scarlett sintió un nudo en la garganta.

—Sí que lo era —dijo James—. ¿Cuándo comeremos el pastel de cumpleaños, Maureen? ¿Y dónde está Patricia?

Scarlett miró el círculo de rostros coronados de rojos cabellos. No; estaba segura de no haber oído antes el nombre de Patricia. Tal vez era la muchacha de cabellos oscuros que se había marchado corriendo.

—Está preparando su propia fiesta, tío James —dijo Maureen—.

Ya sabes que es muy especial. Tendremos que ir a la puerta de al lado cuando Stephen venga a avisarnos de que está lista.

¿Stephen? ¿Patricia? ¿La puerta de al lado?

Maureen leyó las preguntas en el semblante de Scarlett.

—¿No te lo ha dicho Jamie, Scarlett? Aquí hay ahora tres casas O'Hara. Sólo has empezado a conocer a tu familia.

«Nunca los distinguiré a todos —pensó con desespero Scarlett—. ¡Si al menos se estuviesen quietos!»

Pero eso era imposible. Patricia celebraba su fiesta de cumpleaños en el salón doble de la casa, y la puerta corredera que separaba ambas mitades estaba abierta de par en par. Los niños, que eran muy numerosos, jugaban a juegos que requerían correr mucho y esconderse y salir de detrás de sillones y cortinas. Los adultos corrían también de vez en cuando detrás de un chiquillo demasiado revoltoso, o se agachaban para levantar a uno de los pequeños que se había caído y necesitaba consuelo. Parecía importar poco de quién fuese la criatura. Todos los adultos hacían de padres a todos los niños.

Scarlett se alegró de que Maureen tuviese rojos los cabellos. Al menos todos sus hijos (los que había conocido en la puerta de al lado, más Patricia y Daniel, el que estaba en la tienda, más otro chico mayor cuyo nombre no recordaba) eran reconocibles. Con todos los demás, Scarlett se hacía irremediablemente un lío.

Y también con sus padres. Scarlett sabía que uno de los hombres se llamaba Gerald, pero ¿cuál? Todos eran corpulentos, de rizados cabellos oscuros, ojos azules y atractivas sonrisas.

—Es fácil confundirlos, ¿no? —dijo Maureen a su lado—. Pero no te preocupes, Scarlett; ya los distinguirás con el tiempo.

Scarlett sonrió y asintió amablemente con la cabeza. Pero no tenía la menor intención de «distinguirlos». En cuanto pudiese pediría a Jamie que la acompañase a casa. Aquí había demasiado ruido con todos aquellos mocosos corriendo de un lado a otro. La silenciosa casa rosa de la plaza le parecía un refugio. Al menos tenía allí a sus tías para hablar. Aquí no podía decir una palabra a nadie; estaban todos demasiado atareados persiguiendo a los niños o abrazando y besando a Patricia. Y por el amor de Dios, ¡preguntándole por su bebé! Como si no supiesen que lo correcto era fingir que no se advertía que una mujer estuviera embarazada. Se sentía como una forastera: aislada, insignificante, como en Atlanta, como en Charleston. ¡Y éstos eran sus parientes! Lo cual empeoraba cien veces las cosas.

—Ahora cortaremos el pastel —dijo Maureen pasando un brazo bajo el de Scarlett—. Después disfrutaremos de un poco de música.

Scarlett apretó los dientes. «Dios mío, ya he asistido a una velada musical en Savannah. ¿No sabe esta gente hacer nada más?» Caminó con Maureen hasta un sofá tapizado de felpa roja y se sentó muy tiesa en el borde.

Un cuchillo repicó contra un vaso, pidiendo que todos prestasen atención. Casi se hizo el silencio entre los reunidos.

—Gracias por estar callados, mientras dure —dijo James. Blandió amenazador el cuchillo al sonar una risas—. Hemos venido aquí para celebrar el cumpleaños de Patricia, aunque no será hasta la semana próxima. Hoy es martes de carnaval, una día mucho mejor que en plena cuaresma para celebrar una fiesta. —Amenazó de nuevo a los que reían—. Y tenemos otro motivo de celebración: una hermosa O'Hara largo tiempo perdida ha sido encontrada. Levanto este vaso en nombre de todos los O'Hara para brindar por la prima Scarlett y darle la bienvenida en nuestros corazones y en nuestro hogares. —Jamie echó la cabeza atrás y engulló de un trago el contenido de su vaso—. ¡Traed el pastel! —ordenó con un amplio ademán—. ¡Y los violines!

Hubo un estallido de risas en el umbral, y silbidos pidiendo silencio. Patricia entró y se sentó junto a Scarlett. Entonces, en un rincón, un violín empezó a tocar *Cumpleaños feliz*. La bella hija de Jamie, Helen, trajo una fuente de humeantes empanadillas de carne. Se inclinó para mostrarlas a Patricia y a Scarlett y, después, las llevó cuidadosamente hasta la pesada mesa redonda del centro del salón depositando la fuente sobre el mantel de terciopelo que la cubría. Detrás de Helen entró Mary Kate, seguida por la bonita muchacha que había estado con el tío James y por la más joven de las esposas O'Hara. Todas ellas mostraron a Scarlett y a Patricia las fuentes que llevaban antes de dejarlas encima de la mesa: un rosbif, un jamón mechado con clavo y un pavo muy gordo.

De nuevo apareció Helen con un enorme cuenco de patatas humeantes, seguida ahora más rápidamente por las otras mujeres que portaban zanahorias con crema, cebollas asadas y puré de batata. Y el desfile se repitió una y otra vez, hasta que la mesa quedó cubierta de manjares y exquisiteces de todas clases. El violín (Scarlett vio que lo tocaba Daniel, el de la tienda) inició un animado arpegio, y Maureen entró con un pastel alto como una torre, abundantemente adornado con grandes rosas escarchadas.

—¡Pastel de panadería! —gritó Timothy.

Jamie iba inmediatamente detrás de su mujer. Levantó los dos brazos sobre la cabeza mostrando que llevaba tres botellas de whisky en cada mano. El violín empezó a tocar una alegre y rápida tonada, y todos rieron y aplaudieron, incluso Scarlett. El espectáculo del desfile era irresistible.

—Brian —dijo Jamie—. Tú y Billy, llevad a las reinas en su trono y dejadlas cerca de la chimenea.

Antes de que Scarlett se diese cuenta de lo que pasaba, el sofá fue levantado y ella tuvo que agarrarse a Patricia mientras las transportaban con un balanceo a pocos pasos de las brillantes ascuas de la chimenea.

—Ahora el tío James —ordenó Jamie, y el anciano aceptó riendo que lo levantaran en su sillón de alto respaldo para depositarlo en el otro lado del hogar.

La muchacha que había estado con James empezó a empujar a los niños, como si fuesen polluelos, hacia el salón contiguo donde Mary Kate tendió un mantel en el suelo para que se sentasen delante de la segunda chimenea. En un lapso sorprendentemente corto se hizo la calma en lo que había sido un caos. Y mientras todos comían y hablaban, Scarlett trató de identificar a los adultos.

Los dos hijos de Jamie se parecían tanto que le costaba creer que Daniel, de veintiún años, tuviese casi tres más que Brian. Cuando se lo comentó sonriendo a éste, el muchacho se ruborizó como sólo pueden hacerlo los pelirrojos. Otro chico, el único varón tan joven como él, empezó a embromarle sin piedad pero se interrumpió cuando la muchacha de mejillas coloradas que estaba a su lado apoyó una mano en la suya y le dijo:

—Basta, Gerald.

Conque éste era Gerald. «Papá se habría alegrado mucho de saber que el alto y guapo mozo lleva su nombre. Gerald llama Polly a la chica; los dos están tan visiblemente enamorados que deben de ser recién casados. Y Patricia parece tener mucha autoridad sobre el que Jamie llamó Billy, de manera que también serán marido y mujer.»

Pero Scarlett dispuso de poco tiempo para escuchar los nombres de los demás. Por lo visto, todos querían hablar con ella. Y todo lo que ella decía era recibido con exclamaciones de admiración, y muchos repetían sus palabras con asombro. Así, Scarlett habló de su tienda a Daniel y a Jamie; de su modista, a Polly y Patricia, y del incendio de Tara por los yanquis, a tío James. Pero sobre todo habló de su negocio de madera y de cómo había pasado de tener un pequeño aserradero a poseer dos serrerías, almacenes de madera, y ahora todo un barrio de casas nuevas en las afueras de Atlanta. Todos le dieron ruidosas muestras de aprobación. Por fin había encontrado Scarlett a unas personas que no consideraban que hablar de dinero fuese tabú. Eran como ella, estaban dispuestas a trabajar de firme y ganar dinero con su esfuerzo. Ella lo había ganado ya, y ellos le dijeron que era maravillosa. No comprendía por qué antes había deseado abandonar esta magnífica fiesta para volver al abrumador silencio de la casa de su abuelo.

—¿Quieres tocar un poco de música, Daniel, si has acabado de comer la mayor parte del pastel de tu hermana? —dijo Maureen cuando Jamie destapó una botella de whisky y todos, a excepción del tío James, se levantaron de pronto y empezaron a trajinar de un lado a otro en lo que parecía ser la rutina acostumbrada.

Daniel comenzó a tocar una rápida y chirriante tonada en el violín, y los otros le criticaron a gritos, mientras las mujeres quitaban la mesa y los hombres arrimaban los muebles a las paredes, dejando a Scarlett y a su tío sentados como en una isla. Jamie ofreció un vaso de whisky a James y esperó, inclinado a medias, a que el viejo diese su opinión.

—No está mal —fue el dictamen.

—Espero que así sea, viejo —rió Jamie—, pues no tenemos de otra clase.

Scarlett trató de cruzar su mirada con la de Jamie, pero no lo consiguió y, por fin, le llamó. Tenía que marcharse ahora. Todo el mundo estaba colocando sillas en círculo alrededor del hogar, y los niños más pequeños se sentaban en el suelo a los pies de los adultos. Evidentemente, se estaban preparando para la velada musical y, cuando ésta hubiese empezado, sería de mala educación levantarse y marcharse.

Jamie evitó pisar a un niño pequeño para llegar junto a Scarlett.

—Toma —dijo.

Ante el horror de Scarlett, le tendió un vaso con varios dedos de whisky. ¿Qué clase de persona se imaginaba que era ella? Las damas no bebían whisky. Ella no bebía nada más fuerte que el té, salvo champán o ponche en una fiesta o, tal vez, una copita de jerez. Él no podía saber que estaba acostumbrada a beber brandy. ¡La estaba insultando! No; Jamie era incapaz de esto; debía de ser una broma. Lanzó una risita forzada.

—Es hora de que me vaya, Jamie. He pasado un rato delicioso, pero ya es tarde...

—No vas a marcharte cuando empieza la fiesta, Scarlett. —Jamie se volvió a su hijo—. Daniel, estás echando de aquí a tu prima recién encontrada con tus chirridos. Toca una canción para nosotros, muchacho, no una riña de gatos.

Scarlett trató de hablar, pero sus palabras fueron ahogadas por gritos de «toca, Daniel», «toca una balada» y «un *reel**, muchacho, toca un *reel*».

Jamie hizo una mueca.

—No te oigo —gritó por encima del estruendo—. Estoy sordo como una tapia para quien trate de marcharse.

Scarlett sintió que se encolerizaba. Cuando Jamie le ofreció de

* Baile escocés o irlandés muy rápido. *(N. del T.)*

nuevo el vaso de whisky, se levantó furiosa. Pero, antes de que pudiese tirarle el vaso de la mano, se dio cuenta de que Daniel había empezado a tocar *Peg en un coche descubierto.*

La pieza favorita de papá. Miró la irlandesa cara colorada de Jamie y vio la imagen de su padre. «¡Oh, ojalá él pudiera estar aquí, esto le habría encantado!» Scarlett se sentó. Sacudió la cabeza rehusando la bebida, y sonrió débilmente a Jamie. Estaba a punto de llorar.

La música no permitía la tristeza. El ritmo era demasiado contagioso, demasiado alegre, y todos cantaban y aplaudían ahora. Los pies de Scarlett empezaron a seguir involuntariamente el compás debajo de las faldas.

—Vamos, Billy —dijo Daniel, cantando la tonada—. Toca conmigo.

Billy levantó la tapa de un asiento junto a la ventana y sacó una concertina. El fuelle de cuero se abrió con un zumbido. Después Billy se colocó detrás de Scarlett y alargando un brazo por encima de su cabeza tomó un objeto reluciente de la repisa de la chimenea.

—Hagamos un poco de verdadera música. Stephen... —Arrojó un fino tubo brillante al hombre silencioso—. Tú también, Brian. —Un segundo tubo trazó otro arco de plata en el aire—. Y para ti, mi querida suegra... —Dejó caer algo en la falda de Maureen.

Un muchachito aplaudió frenéticamente.

—¡Los huesos! La prima Maureen va a tocar los huesos.

Scarlett miró con atención. Daniel había dejado de tocar y, al enmudecer la música, ella se sintió de nuevo triste. Pero ya no quería marcharse. Esta fiesta era completamente distinta de la velada musical de los Telfair. Aquí había campechanía, calor, risas. Los salones que habían estado antes tan ordenados estaban ahora hechos un lío, con los muebles cambiados de sitio y las sillas de ambas habitaciones juntadas en cerrado semicírculo alrededor del fuego. Maureen levantó la mano con un chasquido y Scarlett vio que los «huesos» eran en realidad gruesos trozos de pulida madera.

Jamie seguía escanciando y repartiendo whisky. «¡Y las mujeres también beben! —pensó Scarlett—. No en secreto, no avergonzadas. Se están divirtiendo tanto como los hombres. Yo beberé también. Celebraré la fiesta de los O'Hara. —Iba a llamar a Jamie, cuando se acordó de algo—. Tengo que volver a casa del abuelo, de modo que no puedo beber porque alguien lo olería en mi aliento. Pero no importa. Noto el mismo calor interior que si acabase de echar un trago. No lo necesito.»

Daniel tendió el arco sobre las cuerdas.

—*La muchacha detrás del bar* —anunció.

Todos se echaron a reír, incluso Scarlett, aunque ella no sabía por qué. Al cabo de un instante, el gran salón retembló con la música de un *reel* irlandés. La concertina de Billy gimió ruidosamente; Brian tocó la tonada con su silbato de hojalata; Stephen moduló con el suyo un animado contrapunto, entrelazándolo con la melodía de Brian. Jamie seguía el compás con el pie, los niños aplaudían, Scarlett aplaudía, todos aplaudían, excepto Maureen. Ésta tenía levantada la mano que sujetaba los huesos y el vivo repiqueteo marcaba un ritmo insistente que unía todo lo demás. Más de prisa, ordenaban los huesos, y los otros instrumentos obedecían. Los silbatos sonaron más fuerte, el violín chirrió con más energía y la concertina resopló para mantenerse a su altura. Media docena de chiquillos se levantaron y empezaron a saltar y hacer cabriolas sobre el suelo en el centro de la habitación. Scarlett tenía calientes las manos de tanto aplaudir y movía los pies como si quisiera brincar con los pequeños. Cuando terminó el *reel*, se retrepó agotada en el sofá.

—Vamos, Matt, muestra a los niños cómo se baila —gritó Maureen, repicando tentadoramente los huesos.

El hombre mayor que estaba cerca de Scarlett se levantó.

—Por Dios, esperad un poco —suplicó Billy—. Necesito descansar un ratito. Canta una canción, Katie.

Arrancó unas notas de la concertina.

Scarlett iba a protestar. Aquí no podía cantar. No conocía ninguna canción irlandesa, salvo *Peg* y la otra favorita de su padre: *Vestida de verde.*

Pero vio que Billy no se refería a ella, a Katie Scarlett. Una mujer morena de grandes dientes tendió su vaso a Jamie y se puso en pie. «Había un indómito chico colonial», cantó con una voz aguda, pura y dulce. Antes de que terminase el verso, Daniel, Brian y Billy la acompañaron. «Se llamaba Jack Duggan», cantó Katie. «Nacido y criado en Irlanda», y el silbato de Stephen intervino en una octava más alta y en un extraño tono gemebundo que partía el corazón, «... en una casa llamada Castlemaine...» Todos empezaron a cantar, excepto Scarlett. Pero a ésta no le importaba ignorar la letra. Se sentía integrada en la música, que la envolvía completamente. Y cuando la triste canción terminó, vio que los ojos de todos los demás brillaban igual que los suyos.

Siguió una canción alegre, comenzada por Jamie, y después otra que hizo que Scarlett riese y se ruborizase al mismo tiempo al comprender el doble significado de las palabras.

—Ahora yo —dijo Gerald—. Cantaré el *Aire de Londonderry* a mi dulce Polly.

—¡Oh, Gerald!

Polly se sonrojó y se tapó la cara con las manos. Brian tocó las primeras notas. Entonces empezó Gerald a cantar y Scarlett contuvo el aliento. Había oído hablar del tenor irlandés, pero no estaba preparada para la realidad. Y aquella voz, como la de un ángel, procedía del tocayo de su padre. El joven corazón amante de Gerald se reflejaba de un modo patente en su rostro y en las puras notas agudas que surgían de su vibrante y potente garganta. Scarlett sintió un nudo en la suya causado por la belleza de la canción y por el vivo y doloroso afán de conocer un amor como aquél, tan dulce y sincero. ¡Rhett!, clamó su corazón, aunque su mente consideró risible la idea de que éste, con su sombrío y complicado carácter, fuese capaz de amar con tanta sencillez.

Al terminar la canción, Polly rodeó el cuello de Gerald con los brazos y ocultó la cara en su hombro. Maureen levantó los huesos.

—Ahora bailaremos un *reel* —anunció con firmeza—. Se me van los pies.

Daniel rió y empezó a tocar.

Scarlett había bailado cien veces o más el *reel* de Virginia, pero nunca había visto nada parecido a lo que siguió en la fiesta de cumpleaños de Patricia. Comenzó Matt O'Hara. Erguidos los hombros y rígidos los brazos junto a los costados, parecía un soldado cuando se apartó del círculo de sillas. Entonces se puso a repicar y mover los pies con tal rapidez que se confundieron en la visión de Scarlett. El suelo se convirtió en un tambor sonoro bajo sus pies y pareció una pista de hielo bajo sus intrincados e inverosímiles pasos hacia delante y hacia atrás. Debía de ser el mejor bailarín del mundo, pensó Scarlett. Y entonces bailó Katie delante de él, levantándose la falda con las dos manos para poder seguir sus pasos. La siguió Mary Kate y, después, Jamie se unió a su hija. Ya la bella Helen danzaba con un primo, un chiquillo que no tendría más de ocho años. «No lo creo —pensó Scarlett—. Son unos magos, todos ellos. Y la música es mágica también. —Sus pies se movieron, más de prisa de lo que se habían movido jamás, tratando de imitar lo que estaba viendo, tratando de expresar la excitación de la música—. Tengo que aprender a bailar así, tengo que conseguirlo. Es como... como ascender dando vueltas hacia el sol.»

Un niño que dormía debajo del sofá se despertó a causa del ruido que armaban los pies de los bailarines y empezó a llorar. Entonces, el llanto se contagió a los niños más pequeños. El baile y la música cesaron.

—Haced unos colchones con mantas dobladas en el otro salón —dijo tranquilamente Maureen—, y secadles el culito. Después cerraremos herméticamente las puertas y seguirán durmiendo. Jamie, la mujer de los huesos tiene una sed terrible. Mary Kate, alarga mi vaso a tu papá.

Patricia le pidió a Billy que llevase en brazos a su hijo de tres años.

—Yo me encargaré de Betty —dijo, buscando debajo del sofá—. Calla, calla. —Meció a la niña que lloraba—. Helen, corre las cortinas de atrás, querida. Esta noche brillará mucho la luna.

Scarlett estaba todavía medio en trance, arrobada por el embrujo de la música. Miró vagamente hacia las ventanas y volvió de pronto a la realidad. Estaba oscureciendo. La taza de té que había venido a tomar se había alargado durante horas.

—Oh, Maureen, llegaré tarde para la cena —exclamó—. Debo irme a casa. Mi abuelo estará furioso.

—Deja que lo esté, el viejo chocho. Quédate para la fiesta. Sólo está empezando.

—Ojalá pudiera —dijo sinceramente Scarlett—. Es la mejor fiesta a la que he asistido en mi vida. Pero prometí que volvería a casa.

—Entonces, no hay nada que decir, una promesa es una promesa. ¿Vendrás otro día?

—Me encantaría hacerlo. ¿Me invitaréis?

Maureen rió plácidamente.

—¿Oís lo que dice esta chica? —preguntó, dirigiéndose a todos—. Aquí no se cursan invitaciones. Somos una familia y tú formas parte de ella. Puedes venir siempre que quieras. La puerta de mi cocina no tiene cerradura, y siempre hay fuego en la chimenea. Y Jamie es un buen violinista... ¡Jamie! Scarlett tiene que irse Ponte la chaqueta, hombre, y ofrécele el brazo.

Justo antes de doblar la esquina, oyó Scarlett que la música empezaba de nuevo. Sonaba débilmente, porque las paredes de ladrillo de las casas eran gruesas y las ventanas estaban cerradas para combatir la noche invernal. Pero reconoció lo que estaban cantando los O'Hara. Era *Vestida de verde.* «De ésta conozco la letra; ¡oh, ojalá no tuviera que marcharme!» Sus pies dieron unos cortos pasos de baile. Jamie se echó a reír y la imitó.

—Te enseñaré a bailar el *reel* la próxima vez —le prometió.

36

Scarlett recibió la muda desaprobación de sus tías con indiferencia. Ni siquiera la inquietó la regañina de su abuelo. Recordó el desdén de Maureen O'Hara al referirse a él. «Viejo chocho», recordó que le había llamado, y se rió para sus adentros. Eso le comunicó el valor y la impertinencia suficientes como para abalanzarse sobre la cama del abuelo y besarle en la mejilla, después de que él la hubiese despedido.

—Buenas noches, abuelo —le dijo alegremente—. Viejo chocho —murmuró, cuando estuvo a salvo en el pasillo.

Reía cuando se reunió con sus tías en la mesa. Le sirvieron rápidamente la cena.

La fuente estaba cubierta con una brillante tapadera de plata para conservar calientes los alimentos. Scarlett estuvo segura de que la habían abrillantado recientemente. «Esta casa podría marchar perfectamente —pensó— si alguien tuviese a raya a la servidumbre. El abuelo se lo permite todo. El viejo chocho.»

—¿Qué es lo que te parece tan divertido, Scarlett?

El tono de Pauline era helado.

—Nada, tía Pauline.

Al ver la montaña de comida que apareció cuando Jerome levantó ceremoniosamente la tapadera de plata, Scarlett se rió en voz alta. Por primera vez en su vida, no tenía hambre; no podía tenerla, después del festín en casa de los O'Hara. Y aquí había comida para media docena de personas. Debió de haber sembrado el pánico en la cocina.

La mañana siguiente, en la misa del miércoles de ceniza, se sentó al lado de Eulalie en el banco predilecto de sus tías. Era un lugar discreto, en el que se entraba por un pasillo lateral, y situado en la parte posterior de la iglesia. Las rodillas empezaban a dolerle por tenerlas hincadas sobre el frío suelo, cuando vio entrar a sus primos. Avanzaron por el pasillo central («naturalmente», pensó Scarlett) hacia las primeras filas, donde ocuparon enteramente dos bancos. «¡Qué corpulentos son todos ellos, y llenos de vida... y de color!» Las cabezas de los hijos de Jamie resplandecían como el fuego a la luz de las rojas vidrieras, y ni siquiera los sombreros podían disimular los brillantes cabellos de Maureen y las chicas. Scarlett estaba tan absorta en su admiración y en los recuerdos de la fiesta de cumpleaños que casi le pasó inadvertida la llegada de las monjas del convento. Y esto después de haber apremiado a sus tías para que llegasen temprano a la iglesia. Quería asegurarse de que la madre superiora de Charleston continuaba todavía en Savannah.

Sí, allí estaba. Scarlett hizo oídos sordos a los frenéticos murmullos que le ordenaban volverse de cara al altar. Observó la serena expresión de la monja cuando ésta pasó junto a ella. Hoy la madre superiora la recibiría. Scarlett estaba resuelta. Durante toda la misa estuvo soñando en la fiesta que daría después de devolver a Tara su antigua belleza. Habría música y baile, como la noche pasada, y la fiesta duraría días y días.

—¡Scarlett! —siseó Eulalie—. No tararees de esa manera.

Scarlett sonrió, tapándose la cara con el misal. No se había dado cuenta de que tarareaba. Tenía que reconocer que *Peg en un coche descubierto* no era exactamente música religiosa.

—¡No lo creo! —dijo Scarlett.

Sus ojos pálidos estaban pasmados y dolidos debajo de la tiznada frente, y sus dedos se cerraron como garras sobre el rosario que le había prestado Eulalie.

La vieja monja repitió el mensaje con paciencia desprovista de emoción.

—La madre superiora estará de retiro todo el día, en oración y ayuno. —Se compadeció de Scarlett y añadió una explicación—. Hoy es miércoles de ceniza.

—Ya sé que es miércoles de ceniza —casi gritó Scarlett. Después se mordió la lengua—. Tenga la bondad de decirle que lo lamento mucho —dijo suavemente— y que volveré mañana.

En cuanto llegó a la casa Robillard, se lavó la cara.

Eulalie y Pauline se escandalizaron visiblemente cuando bajó y se reunió con ellas en el cuarto de estar, pero no dijeron nada. El silencio era la única arma que creían poder emplear sin peligro cuando Scarlett estaba enojada. Pero cuando anunció que iba a pedir el desayuno, Pauline la reprendió.

—Lamentarás esto antes de que acabe el día, Scarlett.

—No sé por qué —replicó ésta, y apretó los dientes.

Pero los aflojó cuando Pauline se explicó. La reincorporación de Scarlett a la religión era tan reciente que creía que el ayuno significaba simplemente comer pescado los viernes en vez de carne. Nunca se había opuesto a esta regla porque le gustaba el pescado. Pero lo que le dijo Pauline era sumamente discutible.

Sólo una comida diaria durante los cuarenta días de la cuaresma, y nada de carne en aquella comida. Los domingos eran una excepción. Tampoco se podía comer carne, pero sí tres comidas.

—¡No lo creo! —exclamó Scarlett por segunda vez en una hora—. En casa no lo hicimos nunca.

—Erais pequeños —dijo Pauline—, pero estoy segura de que tu madre ayunaba como era debido. No comprendo cómo no te enseñó a observar la cuaresma cuando saliste de la infancia; pero se encontraba aislada en el campo, sin la guía de un sacerdote, y hay que tener en cuenta la influencia del señor O'Hara.

Su voz se extinguió. A Scarlett le brillaron los ojos al prepararse para el combate.

—Quisiera saber qué has querido decir con eso de «la influencia del señor O'Hara».

Pauline bajó la mirada.

—Todo el mundo sabe que los irlandeses se toman ciertas libertades con las leyes de la Iglesia. En realidad, no se les puede culpar por ello, pues son una nación de analfabetos.

Se santiguó piadosamente. Scarlett dio una patada en el suelo.

—No voy a aguantar este empingorotado esnobismo francés. Mi papá fue siempre un buen hombre, y su «influencia» fue siempre en favor de la amabilidad y la generosidad, algo que vosotras ignoráis completamente. Además, quiero que sepáis que ayer pasé toda la tarde con sus parientes, y son muy buena gente, todos y cada uno de ellos. Preferiría su influencia a la de vuestra mojigatería religiosa.

Eulalie rompió a llorar. Scarlett la miró con ceño. «Supongo que ahora se pasará horas haciendo ruiditos al sorber por la nariz como si estuviese resfriada —pensó—. No puedo soportarlo.»

Pauline sollozó ruidosamente. Scarlett se volvió hacia ella abriendo mucho los ojos: Pauline no lloraba nunca.

Scarlett contempló desalentada las dos grises cabezas inclinadas y los encogidos hombros, tan delgados y de aspecto frágil los de Pauline. ¡Dios mío! Se acercó a Pauline y le tocó la huesuda espalda.

—Lo siento, tiíta. He dicho algo que no pienso de verdad.

Cuando se restableció la paz, Eulalie sugirió que Scarlett las acompañase, a ella y a Pauline, en su paseo por la plaza.

—Mi hermana y yo creemos que un paseo higiénico es un gran resconstituyente —dijo con animación. Después, su boca adquirió una expresión patética—. Y hace que una no piense en la comida.

Scarlett accedió inmediatamente. Tenía que salir de la casa. Estaba segura de haber olido que estaban friendo tocino en la cocina. Dio una vuelta con sus tías en torno del redondel de césped que había delante de la casa; después, caminaron el breve trecho hasta la plaza próxima, y continuaron hasta la siguiente y la siguiente y la siguiente. Cuando volvieron a casa, Scarlett arrastraba los pies casi tanto como Eulalie y estaba convencida de haber atravesado o recorrido el perímetro de cada una de las veinte y pico de plazas que daban a Savannah un encanto único. También pensaba que estaba medio muerta de hambre y a punto de chillar de aburrimiento. Pero al menos era la hora de comer... No recordaba haber tomado nunca un pescado tan delicioso.

«¡Qué alivio!», pensó cuando Eulalie y Pauline subieron al piso de arriba para dormir la siesta. Escucharlas contar unos cuantos recuerdos de Savannah era tolerable, pero tener que soportar tantos de ellos inducía al asesinato. Paseó inquieta por el caserón, levantando objetos de porcelana y de plata de las mesas y volviéndolos a dejar en su sitio sin verlos realmente.

¿Por qué se mostraba tan difícil la madre superiora? ¿Por qué no quería al menos hablar con ella? ¿Por qué caramba tenía que pasar una mujer todo un día de retiro, aunque fuese miércoles de ceniza? La madre superiora era sin duda una persona excelente. ¿Por qué tenía que pasar un día de oración y ayuno? ¡Ayuno! Scarlett corrió al cuarto de estar y miró el reloj. No podían ser solamente las cuatro, e incluso menos de las cuatro. Faltaban siete minutos. Y tendría que ayunar hasta mañana a la hora de comer. No, no era posible. Era absurdo.

Tiró cuatro veces del cordón de la campanilla.

—Ponte el abrigo —dijo a Pansy cuando ésta llegó corriendo—. Vamos a salir.

—Señora Scarlett, ¿por qué vamos a la panadería? La cocinera dice que todo lo de la panadería es malo. Ella misma cuece el pan.

—Me importa un comino lo que dice la cocinera. Y si le cuentas a alguien que hemos estado aquí, te despellejaré viva.

Comió dos galletas y un panecillo en la tienda. Y se llevó a casa dos bolsas de productos de la panadería, escondiéndolas debajo de la capa hasta dejarlas en su habitación.

Había un telegrama colocado en el centro de su cómoda. Scarlett dejó caer las bolsas de panecillos y galletas al suelo y se apresuró a abrirlo. Lo firmaba Henry Hamilton. ¡Maldita sea! Había creído que era de Rhett y que le diría que volviese a casa o que venía a buscarla. Arrugó el fino papel cerrando el puño.

Después lo alisó. Era mejor saber lo que tenía que decirle el tío Henry. Mientras leía el mensaje, Scarlett empezó a sonreír.

> RECIBIDO TU TELEGRAMA STOP TAMBIÉN IMPORTANTE TRANSFERENCIA DE TU MARIDO STOP QUÉ TONTERÍA ES ESTE INTERROGANTE: RHETT ME PIDE LE NOTIFIQUE TU PARADERO STOP SIGUE CARTA STOP
> HENRY HAMILTON

Conque Rhett la estaba buscando. Lo que ella había esperado. ¡Oh! Había hecho bien en venir a Savannah. Confiaba en que tío Henry habría tenido el sentido común suficiente para informar a Rhett inmediatamente y por telegrama, no por carta. Tal vez Rhett lo estaba leyendo en este momento como ella leía éste.

Scarlett tarareó un vals y bailó alrededor de la habitación, apretando el telegrama contra su corazón. Era posible que él estuviese en camino. El tren de Charleston llegaba aproximadamente a esa hora. Corrió hacia el espejo para alisarse el cabello y colorearse un poco las mejillas. ¿Debía cambiarse el vestido? No; Rhett se daría cuenta y creería que lo único que hacía ella era esperarle. Se frotó el cuello y las sienes con agua de colonia. Muy bien. Estaba lista. Vio que sus ojos verdes resplandecían como los de un gato al acecho. Tenía que acordarse de bajar los párpados para lucir también las pestañas. Acercó un taburete a la ventana y se sentó de manera que quedase oculta por la cortina pero pudiese observar el exterior.

Una hora más tarde, Rhett no había llegado. Scarlett hincó los blancos dientecitos en uno de los panecillos que había traído en la bolsa de la panadería. ¡La cuaresma era una lata! ¡Mira que tener que esconderse en su habitación para comer unos panecillos sin untarlos siquiera con mantequilla! Estaba de muy mal humor cuando bajó la escalera.

Y allí se hallaba Jerome, con la bandeja de la cena de su abuelo. Casi valía la pena hacerse hugonote o presbiteriano como el anciano.

Scarlett detuvo al sirviente en el vestíbulo.

—Esta comida parece horrible —dijo—. Llévatela y añade una buena cantidad de mantequilla al puré de patata. Pon también una gruesa loncha de jamón en el plato; sé que lo tenéis allí, pues lo vi colgado en la despensa. Y una jarrita de crema de leche para verterla sobre el budín. También una tacita de jalea de fresa.

—El señor Robillard no puede masticar el jamón. Y su médico dice que no debe comer nada dulce, ni tampoco crema o mantequilla.

—El médico tampoco quiere que se muera de hambre. Haz lo que te he dicho.

Miró irritada la espalda rígida de Jerome al desaparecer éste en la escalera.

—Nadie debería tener hambre —dijo—. Nunca. —Su humor cambió de pronto, y rió entre dientes—. Ni siquiera un viejo chocho.

37

Fortalecida por los panecillos, Scarlett tarareaba alegremente en voz baja cuando bajó el jueves la escalera. Encontró a sus tías frenéticas y nerviosas, preparando la comida de cumpleaños del abuelo.

Mientras Eulalie se atrafagaba con ramas de magnolia de verdes hojas para adornar el aparador y la campana de la chimenea, Pauline revolvía montones de manteles y servilletas tratando de encontrar los que recordaba que prefería su padre.

—¿Qué importa esto? —preguntó Scarlett con impaciencia. ¡Era una tempestad en un vaso de agua! El abuelo ni siquiera vería el comedor desde su habitación—. Elige el juego en que se vean menos los zurcidos.

Eulalie dejó caer una brazada de ramas.

—No te he oído entrar, Scarlett. Buenos días.

Pauline la saludó fríamente con la cabeza. Había perdonado a Scarlett sus insultos, como correspondía a una buena cristiana, pero probablemente no los olvidaría nunca.

—En las mantelerías de mamá no hay zurcidos, Scarlett —dijo—. Todas están en perfectas condiciones.

Scarlett miró los montones de tela que cubrían la larga mesa y recordó los manteles raídos y remendados que tenían sus tías en Charleston.

Si ella estuviese en su lugar, empaquetaría todo esto y lo llevaría a Charleston al marcharse el sábado. El abuelo no lo echaría en falta, y a las tías les sería de utilidad. «Jamás he temido a nadie como temen ellas al viejo tirano. Pero si dijese lo que pienso, tía Eulalie empezaría a sorber por la nariz y tía Pauline me endilgaría un sermón de una hora sobre el respeto debido a los mayores.»

—Tengo que ir a comprar un regalo para él —dijo en voz alta—. ¿Queréis que compre algo por vosotras?

«Y no os ofrezcáis a acompañarme —añadió en silencio—. Voy a ir al convento a ver a la madre superiora. Su retiro habrá terminado. En caso necesario, me plantaré junto a la puerta y la agarraré cuando salga. Estoy harta de que me rechace.»

Sus tías dijeron que tenían demasiado trabajo en casa para ir de compras, y que se extrañaban de que Scarlett no hubiese elegido y comprado ya un regalo para su abuelo. Scarlett se marchó antes de que se extendieran sobre la importancia de su propio trabajo y la profundidad de su propio asombro.

—Viejas chochas —dijo en voz baja.

Lo dijo en irlandés y no sabía exactamente lo que significaba la expresión, pero le bastó su sonido para hacerla sonreír.

Los árboles de la plaza parecían más frondosos y el césped más verde que el día anterior. También el sol calentaba. Scarlett sintió el renuevo de optimismo que acompañaba siempre a los primeros atisbos de la primavera. Estaba segura de que sería un buen día. A pesar de la fiesta de cumpleaños de su abuelo.

—Ánimo, Pansy —dijo automáticamente—; no te arrastres como una tortuga.

Y echó a andar a paso vivo a lo largo de la acera de arena y fina gravilla.

El ruido de los martillos y las voces de los obreros que trabajaban en la catedral se transmitía con claridad a través de la tranquila atmósfera iluminada por el sol. Scarlett deseó por un instante que el cura la llevase a dar otra vuelta por el lugar. Pero no había venido para esto. Se dirigió a la puerta del convento.

La misma monja anciana respondió a su llamada. Scarlett se aprestó para el combate. Pero la monja dijo:

—La madre superiora la está esperando. Si quiere seguirme...

Scarlett estaba radiante cuando salió del convento diez minutos más tarde. ¡Había sido tan fácil! La madre superiora accedió al instante a hablar con el obispo. Le enviaría recado muy pronto, dijo. No, no podía decir exactamente cuándo, pero ciertamente dentro de poco, pues tenía que volver a Charleston la semana próxima.

El buen humor de Scarlett la acompañó durante los últimos preparativos para la comida de cumpleaños, a los que se entregó al volver a la casa Robillard. Pero empezó a perderlo ligeramente cuando se enteró de que su abuelo comería en la mesa. Visitarle en su habitación no era tan terrible, porque siempre la despedía rápidamente. En cambio, ella no podría levantarse de la mesa y, a juzgar por lo que decían sus tías, la comida se compondría de cinco o seis platos.

Sin embargo, sólo era una comida. No sería tan grave. ¿Qué podía hacer un viejo?

Scarlett se enteró en seguida de que una de las cosas que podía hacer era obligarlas a que hablaran solamente en francés. El anciano pasó por alto su felicitación en inglés, como si ella no la hubiese pronunciado. Su abuelo correspondió con un frío movimiento de cabeza a los saludos de las tías y se sentó en la cabecera de la mesa, en aquel enorme sillón que parecía un trono.

Pierre Auguste Robillard ya no era un débil anciano en camisón. Impecablemente ataviado con una anticuada levita y camisa almidonada, su cuerpo terriblemente descarnado parecía más lleno, y su tieso porte militar era imponente, incluso estando sentado. Sus cabellos blancos eran como la melena de un viejo león; los ojos parecían los de un halcón bajo las gruesas cejas blancas, y la grande y huesuda nariz era semejante al pico de un ave de rapiña. La certidumbre de que sería un buen día pareció fundirse en el ánimo de Scarlett como agua fría que rezumara sobre sus pies. Desplegó la gran servilleta almidonada sobre su falda y sus rodillas y se aprestó no sabía para qué.

Jerome entró llevando una enorme sopera de plata sobre una bandeja también de plata y del tamaño de una mesita. Scarlett abrió mucho los ojos. Nunca había visto un objeto de plata parecido a ése. Estaba lleno de adornos. Todo un bosque de árboles rodeaba la base de la sopera, alzando las ramas y las hojas alrededor de la tapa. Dentro del bosque había pájaros y otros animales: osos, ciervos, jabalíes, liebres, faisanes, incluso búhos y ardillas en las ramas de los árboles. La tapa tenía la forma de un tocón de árbol cubierto de espesos sarmientos, cada uno de ellos con racimos de uvas perfectas en miniatura. Jerome dejó la sopera delante de su señor y levantó la tapa con una mano enguantada. Del recipiente brotó una nube de vapor que empañó la plata y esparció un delicioso olor a sopa de tortuga por toda la habitación.

Pauline y Eulalie se inclinaron hacia delante, sonriendo ansiosamente.

Jerome tomó un plato sopero del aparador y lo sostuvo junto a la sopera. Pierre Robillard levantó un cucharón de plata y llenó en silencio el plato. Después observó con los ojos entrecerrados cómo se llevaba Jerome el plato y lo depositaba delante de Pauline.

La ceremonia se repitió para Eulalie y después para Scarlett. Ésta ardía en deseos de agarrar la cuchara, pero mantuvo las manos sobre la falda mientras su abuelo se servía y probaba la sopa. Éste mostró su desagrado con un elocuente encogimiento de hombros y dejó caer la cuchara en su plato.

Eulalie lanzó un sollozo ahogado.

«¡Viejo monstruo!», pensó Scarlett. Empezó a comer la sopa. Era excelente. Trató de captar la mirada de Eulalie para demostrarle a su tía que le encantaba la comida; pero Eulalie mantenía los ojos bajos. Pauline había posado la cuchara en el plato, como su padre. Scarlett dejó de compadecerse de sus tías. Si se dejaban aterrorizar tan fácilmente, merecían pasar hambre. ¡Ella no iba a permitir que el viejo la privase de su comida!

Pauline preguntó algo a su padre; pero, como lo hizo en francés, Scarlett no supo qué había dicho. La respuesta de su abuelo fue muy breve, y Pauline palideció tanto, que aquél debió de haberle dicho algo muy ofensivo. Scarlett empezó a enojarse. «El viejo va a echarlo todo a perder deliberadamente. Lástima que yo no sepa hablar francés. No aguantaría su mal genio.»

Guardó silencio mientras Jerome retiraba los platos soperos y los salvamanteles de plata y colocaba los platos llano y los cubiertos para el pescado. Pareció tardar una eternidad.

Pero el sábalo a la plancha que les sirvieron merecía la pena haber esperado. Scarlett miró a su abuelo. Éste no se atrevería a fingir que no le gustaba. El anciano comió dos pequeños bocados. El ruido de los cuchillos y los tenedores al tocar los platos era terriblemente fuerte.

Pauline primero y Eulalie después dejaron la mayor parte de su pescado en los platos. Scarlett miraba con desafío a su abuelo cada vez que se llevaba el tenedor a la boca. Pero incluso ella empezaba a perder el apetito. El desagrado del viejo era abrumador.

Las palomas en adobo que fueron servidas a continuación no podían ser más tiernas y su salsa era como un rico río pardo sobre el puré de patata y nabos moldeado en forma de nidos para la carne de las pequeñas aves. Pierre Robillard sumergió las púas de su tenedor en la salsa y se tocó la lengua con ellas. Esto fue todo.

Scarlett pensó que iba a estallar. Solamente la desesperada súplica que leyó en los ojos de sus tías hizo que guardara silencio. ¿Cómo podía ser su abuelo tan odioso? Era imposible que no le gustase aquella comida. Ella la había probado y cada pedazo se deshacía en su boca. No era demasiado dura para que él no pudiese comerla, aunque tuviese estropeados lo dientes, incluso aunque no tuviese ninguno. Además, Scarlett sabía que le gustaba la comida sabrosa: después de que a ella se le hubiera ocurrido añadir mantequilla y salsa a la papilla que solían servirle, su plato volvía a la cocina tan limpio como si lo hubiese lamido un perro. No; el abuelo debía tener otro motivo para no comer ahora, ella lo veía en sus ojos que brillaban al observar la terrible aflicción de las tías. Prefería que sufriesen a disfrutar él de su comida. Y de su comida de cumpleaños, por añadidura.

¡Qué diferencia entre este banquete de cumpleaños y el de su prima Patricia! En casa de los O'Hara había amor, risas y música. Aquí, en la mesa de su abuelo, sólo había silencio, miedo y crueldad.

Scarlett trató de concentrarse en la exquisita y sutil mezcla de aromas de la salsa que había hervido largo rato a fuego lento junto con las pequeñas aves. Pero su cólera se lo impedía.

Miró el cuerpo rígido y esquelético de su abuelo y su semblante impasible y satisfecho, y le despreció por la manera en que atormentaba a sus tías. Ella había sido la protectora y proveedora de esas dos mujeres desde que la guerra había destruido su pequeño y seguro mundo, y estaba dispuesta a luchar contra su perseguidor. Pero todavía más que a él, las despreciaba a ellas por tolerar sus tormentos. No tenían ni pizca de energía. ¿Cómo podían permanecer allí, humilladas y sumisas? Sentada en silencio a la mesa de su abuelo en el elegante comedor rosado de la magnífica casa rosada, Scarlett ardía de indignación contra todo y contra todos. Incluso contra ella misma. «Soy tan mala como ellos. ¿Por qué no puedo hablar y decirle lo asquerosamente que se está portando? Para ello no necesito hablar francés, pues él comprende el inglés tan bien como yo. Y soy una mujer adulta, no una muchacha que debe callar hasta que le hablen. ¿Qué me sucede? Esto es una estupidez.»

Pero siguió sentada sin decir nada, sin apoyarse en el respaldo de la silla y con la mano izquierda sobre la falda, como si fuese una niña en su mejor actitud de urbanidad. La presencia de su madre era invisible, incluso inimaginable, pero Ellen Robillard O'Hara estaba allí, en la casa donde se había criado, en la mesa a la que se había sentado como se sentaba Scarlett ahora, con la mano izquierda descansando sobre la almidonada servilleta de hilo desplegada en su falda. Y por amor a ella, por necesidad de su aprobación, era Scarlett incapaz de desafiar la tiranía de Pierre Robillard. Permaneció así durante lo que pareció una eternidad, observando el lento y ceremonioso servicio de Jerome. Los platos eran cambiados una y otra vez por otros limpios, y los cuchillos y tenedores, por otros diferentes. Se llevaron las palomas y trajeron carne de ternera asada, servida bajo abultadas tapas individuales de plata; siguió *soufflé* de queso y después, como culminación de la comida, el pastel de cumpleaños. Pierre Robillard había probado y rechazado sin falta cada uno de los guisos cuidadosamente elegidos y preparados que le habían ofrecido. Cuando Jerome trajo el pastel, la tensión y la aflicción de las tías de Scarlett eran palpables, y la propia Scarlett era casi incapaz de estarse quieta en su silla, tan grande era su afán de escapar de allí.

El pastel estaba revestido de brillante merengue abundantemente salpicado de confites plateados. Un jarroncito afiligranado de plata colocado en la cima contenía rizadas hojas de helecho fabricadas con cabello de ángel, y diminutas banderas de seda con los colores de Francia, del ejército del emperador Napoleón y del regimiento en que había servido Pierre Robillard. El anciano gruñó, tal vez de satisfacción, cuando colocaron el pastel delante de él. Volvió los ojos de caídos párpados hacia Scarlett.

—Córtalo —dijo en inglés.

«El abuelo espera que derribe las banderas —pensó ella—, pero no voy a darle esta satisfacción.» Mientras tomaba con la mano derecha el cuchillo que le ofrecía Jerome, levantó rápidamente con la izquierda el brillante jarrito de la cima del pastel y lo dejó sobre la mesa. Miró a su abuelo a los ojos y le dedicó su más dulce sonrisa.

Él crispó los labios.

—¿Acaso se lo comió? —dijo dramáticamente Scarlett—. ¡Qué va! El horrible viejo sólo tomó dos migajas con la punta del tenedor, después de rascar aquel hermoso merengue como si fuese moho o algo repugnante, y se las metió en la boca como si nos estuviese haciendo un gran favor. Entonces dijo que estaba muy cansado para abrir sus regalos y volvió a su habitación. ¡Me habría gustado retorcerle el flaco cuello!

Maureen O'Hara se tronchaba de risa meciéndose de atrás hacia adelante.

—No veo que sea tan divertido —dijo Scarlett—. Se mostró grosero y ruin.

La decepcionaba la esposa de Jamie. Había esperado simpatía, no regocijo.

—Claro que lo ves, Scarlett. Es la picardía que hay en todo ello. Tus pobres tías desviviéndose por complacerle, y él, envuelto en su camisón como un bebé desdentado, tramando cosas contra ellas. ¡El viejo villano! En el fondo, siempre he tenido debilidad por la malicia de los bribones. Me lo imagino muy bien oliendo los guisos que le preparan y urdiendo sus planes.

»¿Pero no sabes que hizo que su criado le llevase a escondidas aquellos platos maravillosos, para comer hasta hartarse detrás de su puerta cerrada? ¡El viejo tunante! Me hace reír su pícara astucia.

La risa de Maureen era tan contagiosa que Scarlett rió a su vez; había hecho bien en acudir a la puerta siempre abierta de la cocina de Maureen, después del desastroso banquete de cumpleaños.

—Bueno, comamos nuestro trozo de pastel —dijo sosegadamente Maureen—. Como has adquirido práctica, córtalo tú; está debajo de ese paño, en el aparador. Y corta también otros pedazos, pues los jovencitos no tardarán en volver del colegio. Yo prepararé un poco de té.

Scarlett acababa de sentarse cerca del fuego con la taza y el platillo, cuando se abrió de golpe la puerta y cinco jóvenes O'Hara invadieron la tranquila cocina. Reconoció a las dos hijas pelirrojas de Maureen, Mary Kate y Helen. El niño pequeño, según se enteró muy pronto, era Michael O'Hara, y la dos niñas más jóvenes eran sus hermanas Clare y Peg. Todos ellos tenían oscuro y rizado el cabello, que evidentemente no se molestaban en desenredar; azules los ojos bajo las negras pestañas, y unas manos muy sucias que Maureen les ordenó lavarse en seguida.

—Pero no necesitamos lavarnos las manos —repuso Michael—. Vamos a ir al establo a jugar con los cerdos.

—Los cerdos viven en la pocilga —dijo la pequeña Peg dándose importancia—. ¿No es verdad, Maureen?

Scarlett se quedó pasmada. En su mundo, los niños nunca llamaban a los adultos por el nombre de pila. Pero Maureen no pareció encontrar nada raro en ello.

—Viven en la pocilga, si nadie los saca de ella —dijo, guiñando un ojo—. No estaréis pensando en sacar a los cerditos de la pocilga para jugar con ellos, ¿eh?

Michael y sus hermanas se echaron a reír como si la broma de

Maureen fuese lo más divertido que habían oído jamás. Después salieron corriendo de la cocina por la puerta de atrás, que daba a un gran patio común a todas las casas.

Los ojos de Scarlett se fijaron en las resplandecientes ascuas del hogar, la brillante tetera de cobre colgada de un gancho y las cacerolas suspendidas sobre la campana de la chimenea. Era curioso: había pensado que nunca volvería a poner los pies en una cocina, ahora que ya habían terminado los malos tiempos en Tara. Pero esto era diferente. Era un lugar donde vivir, un lugar agradable donde estar, no simplemente la habitación donde se preparaba la comida y se lavaban los platos. Le habría gustado quedarse allí. La belleza helada del salón de su abuelo le daba escalofríos cuando pensaba en ella.

Pero Scarlett pertenecía a un salón, no a una cocina. Era una dama, acostumbrada a los criados y al lujo. Apuró rápidamente su taza y la dejó sobre el platito.

—Me has salvado la vida, Maureen; pensé que me volvería loca si tenía que quedarme con mis tías. Pero ahora tengo que volver allá.

—Lástima. Ni siquiera has comido tu trozo de pastel. Dicen que vale la pena probar mi repostería.

Helen y Mary Kate se acercaron a la silla de su madre con sendos platos vacíos en la mano.

—Tomad un pedazo pero no os lo comáis todo. Los pequeños llegarán pronto.

Scarlett empezó a ponerse los guantes.

—Tengo que irme —repitió.

—Lo siento, pero haz lo que debas. Espero que puedas quedarte más tiempo en el baile del sábado. Jamie me ha dicho que va a enseñarte a bailar el *reel*. Tal vez Colum estará entonces ya de vuelta.

—¡Oh, Maureen! ¿Vais a celebrar otra fiesta el sábado?

—No es propiamente una fiesta, pero siempre hay un poco de música y de baile cuando termina la semana de trabajo y los hombres traen sus pagas a casa. ¿Vendrás?

Scarlett sacudió la cabeza.

—No podré. Me gustaría, pero ya no estaré en Savannah.

Sus tías esperaban que volviese a Charleston con ellas en el tren de la mañana del sábado. Aunque no creía que lo hiciese; nunca lo había creído. Seguramente vendría Rhett a buscarla mucho antes. Tal vez estaba ahora en casa del abuelo. No hubiese debido salir de ella.

Se puso en pie de un salto.

—Tengo que darme prisa. Gracias, Maureen. Volveré a pasar por aquí antes de marcharme.

Tal vez traería a Rhett para que conociese a los O'Hara. Se acoplaría bien aquí: otro hombretón de cabellos oscuros entre los corpulentos O'Hara de oscuros cabellos. Pero tal vez se apoyaría en la pared, en aquella elegante e irritante actitud que le era propia, y se reiría de todos ellos. Siempre se había burlado de la sangre medio irlandesa de Scarlett, y la imitaba cuando ella repetía lo que papá le había contado cien veces: que los O'Hara habían sido grandes y poderosos terratenientes durante siglos, hasta la batalla del Boyne.

No sabía por qué lo encontraba tan divertido. «Casi todos nuestros conocidos perdieron sus tierras arrebatadas por los yanquis; es lógico que la familia de papá perdiese las suyas de las misma manera, arrebatadas por otros, creo que por los ingleses. Preguntaré a Jamie o Maureen acerca de esto si tengo ocasión... Si Rhett no viene antes a buscarme.»

38

La carta prometida por Henry Hamilton llegó a la casa Robillard cuando estaba anocheciendo. Scarlett la agarró como se agarra a una cuerda la persona que se está ahogando. Había estado escuchando a sus tías discutiendo durante más de una hora sobre cuál de las dos tenía la culpa de la reacción de su padre en la fiesta de cumpleaños.

—Esta carta trata de mis bienes de Atlanta —dijo Scarlett—. Disculpadme, por favor; subiré a mi habitación para leerla.

No esperó a que le diesen permiso.

Cerró la puerta de su habitación. Quería saborear cada palabra en privado.

«¿Qué lío has armado esta vez?», comienza la misiva sin preámbulos. La caligrafía del viejo abogado revelaba tal nerviosismo que era difícil leerla. Scarlett hizo una mueca y acercó más el papel a la lámpara.

> *¿Qué lío has armado esta vez? El lunes me visitó un viejo tonto y presuntuoso al que procuro generalmente evitar. Me mostró una transferencia asombrosa a tu favor en su banco. La cantidad era de medio millón de dólares, y había sido pagada por Rhett.*
>
> *El martes me importunó otro viejo estúpido, éste abogado, para preguntarme dónde estabas. Su cliente (tu marido) quería saberlo. No le dije que estabas en Savannah.*

Scarlett gruñó. ¿A quién llamaba viejo estúpido el tío Henry, cuando este calificativo se le podía aplicar a él? No era de extrañar que Rhett no hubiese venido a buscarla. Miró de nuevo los garabatos de Henry.

Porque tu telegrama llegó después de marcharse él y, cuando llegó, yo no sabía dónde estabas. Todavía no se lo he dicho, porque no sé lo que te propones y tengo la impresión de que no querré participar en ello.

Este abogado tenía que hacer dos preguntas en nombre de Rhett. La primera era sobre tu paradero. La segunda, si querrías el divorcio.

Bueno, Scarlett, no sé qué arma esgrimes contra Rhett para que te dé tanto dinero, y no quiero saberlo. Tampoco me interesa lo que puede haber hecho para darte causas de divorcio. Nunca me he ensuciado las manos con pleitos de divorcio, y no voy a empezar ahora. Además, perderías tiempo y dinero. No existe el divorcio en Carolina del Sur, que es ahora la residencia legal de Rhett.

Si insistes en esta necedad, te daré el nombre de un abogado de Atlanta que es muy respetable, aunque sólo ha llevado dos divorcios que yo sepa. Pero te advierto que tendrás que encargarle a él o a otro todos tus asuntos jurídicos. Yo no quiero cuidarme de ningún otro asunto tuyo. Si piensas divorciarte de Rhett para casarte con Ashley Wilkes, permite que te diga que harás bien en pensártelo mucho. Ashley se desenvuelve mucho mejor de lo que todos esperábamos. La señorita India y la tonta de mi hermana cuidan de una casa cómoda para él y su chico. Si te metes en su vida, lo echarás todo a perder. Deja al pobre hombre en paz, Scarlett.

«Conque debo dejar a Ashley en paz, ¿eh? Me gustaría saber lo cómodo y bien que estaría si le hubiese dejado en paz. Y el tío Henry debería tener el sentido común de no regañarme como a una solterona mojigata y sacar toda clase de feas conclusiones. Sabe todo lo referente a la construcción de casas en las afueras de la población.» Scarlett se sintió profundamente herida en sus sentimientos. El tío Henry Hamilton era lo más parecido a un padre o a un amigo que tenía ella en Atlanta, y sus acusaciones calaban hondo. Leyó rápidamente las pocas líneas que quedaban y garrapateó una respuesta para que la llevase Pansy a la oficina de telégrafos.

DIRECCIÓN EN SAVANNAH NO SECRETA STOP NO QUIERO DIVORCIO STOP DINERO EN ORO INTERROGANTE

Si el tío Henry no hubiese parecido una gallina clueca, le habría encargado que comprase oro y lo guardase en su caja de seguridad. Pero, si no tenía bastante sentido común para comunicarle a Rhett su dirección, podía no tenerlo tampoco para otras cosas. Se mordió el nudillo del pulgar izquierdo, preocupada por el dinero. Tal vez tendría que ir a Atlanta y hablar con Henry y sus banqueros y con Joe Colleton. Tal vez debería comprar más tierras en las afueras de la población y levantar algunas casas más. Las cosas no volverían a estar más baratas que ahora, con los efectos del «pánico» entorpeciendo todavía los negocios.

¡No! Lo primero era lo primero. Rhett estaba tratando de encontrarla. Sonrió y, con los dedos de la mano derecha, se acarició la piel enrojecida del nudillo del pulgar. «No me engaña con eso del divorcio, ni transfiriendo el dinero como si estuviera cumpliendo nuestro trato. Lo que cuenta, lo único que cuenta, es que quiere saber dónde estoy. No permanecerá mucho tiempo lejos de mí, cuando se lo diga tío Henry.»

—No seas ridícula, Scarlett —dijo fríamente Pauline—, claro que irás mañana a casa. Nosotras siempre volvemos a Charleston en sábado.

—Esto no quiere decir que yo tenga que hacerlo. Ya te he dicho que he decidido quedarme una temporada en Savannah.

Scarlett no dejaría que Pauline la fastidiase, y menos ahora que sabía que Rhett la estaba buscando. Le recibiría aquí, en esta elegante habitación de tonos rosa y oro, y haría que le suplicase que volviese con él. Después de haberle humillado adecuadamente, accedería, y él la tomaría en brazos y la besaría...

—¡Scarlett! ¿Tendrás la bondad de contestarme si te hago una pregunta?

—¿Cuál, tía Pauline?

—¿Qué piensas hacer? ¿Dónde vas a alojarte?

—Oh, aquí, naturalmente.

No se le había ocurrido pensar que podía no ser acogida todo el tiempo que quisiera en la casa de su abuelo. La tradición de hospitalidad seguía siendo rigurosamente observada en el Sur, y era inaudito que se pidiese a un invitado que se marchara antes de que él, o ella, decidiesen hacerlo.

—A papá no le gustan las sorpresas —dijo tristemente Eulalie.

—Creo que puedo instruir a Scarlett en las costumbres de esta casa sin tu ayuda, hermana.

—Claro que puedes, hermana; nunca he dicho lo contrario.

—Iré a preguntárselo al abuelo —dijo Scarlett poniéndose en pie—. ¿Queréis acompañarme?

«Están temblando —pensó—. Tienen miedo de que el abuelo se

enfurezca por visitarle sin una invitación expresa. ¡Por todos los diablos! ¿Qué mala pasada puede hacerles que no les haya hecho ya?» Caminó por el pasillo, seguida de sus tías que murmuraban con inquietud, y llamó a la puerta del anciano.

—*Entrez*, Jerome.

—No es Jerome, abuelo; soy yo, Scarlett. ¿Puedo pasar?

Hubo un momento de silencio. Entonces, se oyó la sonora voz profunda de Pierre Robillard.

—Entra.

Scarlett sacudió la cabeza y sonrió a sus tías con aire triunfal antes de abrir la puerta.

Su audacia flaqueó un poco cuando miró la cara severa del anciano, parecida a la de un ave de rapiña. Pero ahora no podía detenerse. Avanzó hasta la mitad de la gruesa alfombra en actitud confiada.

—Sólo quería decirle, abuelo, que voy a quedarme un tiempo cuando se hayan marchado tía Eulalie y tía Pauline.

—¿Por qué?

Scarlett se quedó perpleja. No iba a explicarle sus motivos. No sabía por qué tenía que hacerlo.

—Porque lo deseo —dijo.

—¿Por qué? —preguntó de nuevo el viejo.

Los resueltos ojos verdes de Scarlett se fijaron en los azules ojos desvaídos y recelosos de su abuelo.

—Tengo mis razones —dijo—. ¿Tiene algún inconveniente?

—¿Y si lo tengo?

Esto era intolerable. No podía, no quería volver a Charleston. Equivaldría a una rendición. Debía quedarse en Savannah.

—Si no me quiere aquí, iré a casa de mis primos. Los O'Hara me han invitado ya.

Pierre Robillard torció la boca en un remedo de sonrisa.

—Vaya, no te importa dormir en un despacho con los cerdos.

Scarlett se puso colorada. Siempre había sabido que su abuelo desaprobaba el matrimonio de su madre. Él nunca había recibido a Gerald O'Hara en su casa. A Scarlett le habría gustado defender a su padre y a sus primos rebatiendo los prejuicios del abuelo contra los irlandeses. Pero tenía la horrible sospecha de que los niños metían a los cerditos dentro de la casa para jugar con ellos.

—Lo mismo da —dijo su abuelo—. Quédate, si quieres. A mí me tiene sin cuidado.

Cerró los ojos para no verla y dejó de prestarle atención.

Scarlett se abstuvo con dificultad de dar un portazo al salir de la habitación. ¡Qué hombre tan horrible! Sin embargo, había conseguido lo que quería. Sonrió a sus tías.

—Todo ha ido bien —dijo.

Durante el resto de la mañana y toda la tarde, Scarlett acompañó alegremente a sus tías a dejar tarjetas en las casas de todas sus amigas y conocidas de Savannah. «P.P.C.» habían escrito las tías en el ángulo inferior izquierdo de la cartulina. *«Pour prendre congé.»* Esta costumbre no había sido nunca observada en Atlanta, pero en las viejas ciudades costeras de Georgia y Carolina del Sur era un ritual obligado. Scarlett pensó que era una lamentable pérdida de tiempo informar a la gente de su marcha. Sobre todo cuando sus tías se habían fatigado tanto, pocos días antes, al dejar tarjetas en las mismas casas avisando de su reciente llegada. Estaba segura de que la mayoría de aquellas personas no se habían molestado en dejar tarjetas en la casa Robillard. Ciertamente, no había habido visitantes.

El sábado, Scarlett insistió en ir con las tías a la estación del ferrocarril y cuidar de que Pansy colocase exactamente las maletas como ellas querían, donde las viesen bien y nadie pudiese robarlas. Besó sus apergaminadas y arrugadas mejillas, volvió al bullicioso andén y agitó el pañuelo a modo de despedida, mientras el tren salía resoplando de la estación.

—Nos detendremos en la panadería de la calle Broughton antes de volver a casa —dijo al cochero del carruaje alquilado.

Todavía faltaba mucho tiempo para la hora de comer.

Envió a Pansy a la cocina para pedir café y después se quitó el sombrero y los guantes. ¡Qué tranquila y silenciosa estaba la casa después de marcharse sus tías! Pero había una fina capa de polvo sobre la mesa del vestíbulo. Tendría que decirle algo a Jerome, y a los otros criados, en caso necesario. No quería cosas sucias cuando llegase Rhett.

Como si hubiese leído sus pensamientos, apareció Jerome detrás de ella. Scarlett se sobresaltó. ¿Por qué diablos no podía aquel hombre hacer un poco de ruido al andar?

—Ha llegado este mensaje para usted señora Scarlett.

Le tendió una bandeja de plata con un telegrama en ella.

¡Rhett! Scarlett agarró el fino papel con dedos torpes y demasiado nerviosos.

—Gracias, Jerome. Ahora tráigame el café, por favor.

En su opinión, el mayordomo era demasiado curioso. No quería que leyese por encima de su hombro.

En cuanto él hubo salido, abrió el telegrama.

—¡Maldición! —dijo.

Era de tío Henry.

El normalmente ahorrativo abogado debía de estar muy agitado porque no había escatimado las palabras en el telegrama.

NO HE INTERVENIDO NI QUIERO INTERVENIR EN ABSOLUTO EN LA INVERSIÓN O MANEJO DEL DINERO TRANSFERIDO POR TU MARIDO STOP ESTÁ EN TU CUENTA DEL BANCO STOP YA HE EXPRESADO MI REPUGNANCIA POR LAS CIRCUNSTANCIAS DE ESTA TRANSACCIÓN STOP NO ESPERES NINGUNA AYUDA DE MI PARTE STOP.

Scarlett se derrumbó en un sillón cuando lo hubo leído. Le flaqueaban las rodillas y le palpitaba el corazón. ¡El viejo estúpido! Medio millón de dólares; probablemente más dinero del que jamás había visto el banco desde antes de la guerra. ¿Qué podía impedir a sus directores embolsarse el dinero y cerrar el banco? Los periódicos publicaban continuamente cierres de banco en todo el país. Tendría que viajar inmediatamente a Atlanta, cambiar el dinero en oro y guardarlo en su caja de seguridad. Pero esto requería días. Aunque hubiese hoy un tren, no podría ir al banco antes del lunes. Tiempo sobrado para que desapareciese su dinero.

Medio millón de dólares. Más de lo que obtendría si vendiese todo lo que poseía por el doble de su valor. Más de lo que rendirían su almacén y su bar y sus nuevas casas durante treinta años. Tenía que protegerlo; pero ¿cómo? ¡Oh, habría matado a tío Henry!

Cuando Pansy subió llevando orgullosamente la pesada bandeja de plata con el resplandeciente servicio de café, se encontró con una Scarlett pálida y de ojos febriles.

—Deja esas cosas y ponte el abrigo —le dijo Scarlett—. Vamos a salir.

Había recobrado el aplomo y el paseo había puesto un poco de color en sus mejillas cuando entró apresuradamente en la tienda de los O'Hara. Aunque Jamie fuese su primo, no quería que supiese demasiado de sus negocios. Por consiguiente, su voz pareció deliciosamente infantil cuando le pidió que le recomendase un banquero.

—He estado tan atolondrada que no he prestado atención al dinero que he gastado, y como he decidido quedarme más tiempo, necesito que me transfieran unos cuantos dólares desde mi banco; pero no conozco a nadie en Savannah. Pensé que tú podrías influir en mi favor, ya que eres un próspero hombre de negocios.

Jamie sonrió.

—Me complacerá acompañarte a ver al presidente del banco, y puedo responder de él, porque ha estado en tratos con el tío James desde hace más de cincuenta años. Pero será mejor, Scarlett, que le digas que eres nieta del viejo Robillard más que prima de los O'Hara. Tu abuelo tiene fama de ser un caballero muy listo. ¿Acaso no envió su dinero a Francia cuando el estado de Georgia decidió seguir el ejemplo de Carolina del Sur y separarse de la Unión?

¡Pero significaba que su abuelo había traicionado al Sur! No era extraño que conservase aún toda la plata y su casa hubiese quedado indemne. ¿Por qué no le habían linchado? ¿Y cómo podía Jamie tomarlo a risa? Scarlett recordó que Maureen también se había reído cuando habían hablado de su abuelo, en vez de escandalizarse. Todo era muy complicado. No sabía qué pensar. En todo caso, no tenía tiempo para pensar en ello ahora; debía ir al banco y arreglar lo de su dinero.

—Cuida de la tienda, Daniel, mientras yo acompaño a la prima Scarlett —ordenó Jamie colocándose a su lado y tomándola del brazo.

Scarlett apoyó la mano en el antebrazo de Jamie y se despidió de Daniel. Esperó que el banco no estuviese lejos, pues era casi mediodía.

—Maureen estará encantada de que te quedes un poco más con nosotros —dijo Jamie mientras caminaban por la calle Broughton seguidos de Pansy—. ¿Vendrás esta tarde, Scarlett? Podría pasar a recogerte cuando me dirija a casa.

—Me encantaría, Jamie —dijo ella.

Se volvería loca en el caserón, sin nadie con quien hablar salvo su abuelo, y con él sólo durante diez minutos. Si venía Rhett, enviaría a Pansy a la tienda con una nota diciendo que había cambiado de idea.

El caso fue que cuando llegó Jamie ya ella lo esperaba con impaciencia en el vestíbulo.

Su abuelo se había mostrado más antipático que nunca cuando Scarlett le dijo que iba a salir aquella tarde.

—Esto no es un hotel donde puedas entrar y salir a tu antojo, señorita. Tienes que adaptar tu horario a las costumbres de mi casa, y eso quiere decir que has de acostarte a las nueve.

—Desde luego, abuelo —había dicho sumisamente ella.

Estaba segura de que estaría en casa mucho antes de aquella hora. Además, su abuelo le inspiraba un creciente respeto desde su visita al presidente del banco. Su abuelo debía ser mucho, mucho más rico de lo que ella había imaginado. Cuando Jamie la presentó como nieta de Pierre Robillard, el hombre casi reventó sus pantalones de tantas reverencias. Scarlett sonrió al recordarlo. «Una vez que Jamie se hubo marchado y dije que quería alquilar una caja de seguridad para guardar en ella medio millón, creí que el tipo iba a desmayarse a mis pies. No me importa lo que diga la gente, pero tener mucho dinero es lo mejor del mundo.»

—No podré quedarme hasta muy tarde —le dijo a Jamie en cuanto lo vio—. Espero no causarte demasiadas molestias, pero ¿querrás acompañarme de vuelta aquí a las ocho y media?

—Será para mí un honor acompañarte a la hora que sea —declaró Jamie.

Ciertamente, Scarlett no tenía la menor idea de que no regresaría hasta casi el amanecer.

39

La velada empezó con bastante tranquilidad. Tanta que, de hecho, Scarlett se sintió decepcionada. Había esperado música y baile y alguna clase de celebración, pero Jamie la introdujo en la ahora familiar cocina de su casa. Maureen la recibió con un beso en cada mejilla y una taza de té en la mano; después volvió a sus preparativos para la cena. Scarlett se sentó junto a tío James, que estaba dormitando a medias. Jamie se quitó la chaqueta, se desabrochó el chaleco y encendió la pipa; después se acomodó en una mecedora para fumar tranquilamente. Mary Kate y Helen estaban poniendo la mesa en el comedor contiguo, charlando entre ellas mientras manejaban ruidosamente los cuchillos y tenedores. Era una agradable escena familiar, aunque no muy excitante. Pero al menos, pensó Scarlett, cenaría. Sabía que tía Pauline y tía Eulalie debían estar equivocadas en lo del ayuno. Nadie podía vivir durante semanas con una sola comida al día.

Al cabo de unos minutos, la tímida muchacha de cabellos oscuros entró desde el vestíbulo llevando al pequeño Jacky de la mano.

—¡Ah, ya estás aquí, Kathleen! —dijo Jamie. Scarlett tomó mentalmente nota del nombre. Muy adecuado para la niña, tan delicada y joven—. Trae al muchachito a su viejo papá.

Jacky se soltó de la mano de Kathleen y corrió hacia su padre, y a partir de ahí se acabó la breve tranquilidad. Scarlett hizo una mueca al oír los gritos de alegría del pequeño. El tío James roncó y se despertó de pronto. Se abrió la puerta de la calle y entró Daniel con Brian, su hermano menor.

—Mira lo que he encontrado husmeando en la puerta, mamá —dijo Daniel.

—Oh, ya veo que has decidido honrarnos con tu presencia, Brian —dijo Maureen—. Tendré que notificarlo al periódico para que lo publiquen en primera página.

Brian agarró a su madre por la cintura y la estrechó con fuerza.

—No echarás a un hombre a la calle para que se muera de hambre, ¿verdad?

Maureen simuló enojo, pero estaba sonriendo. Brian besó la mata de cabellos que su madre llevaba recogida sobre la cabeza y la soltó.

—Mira lo que has hecho con mis cabellos, indio salvaje —se lamentó Maureen—. Y además me has avergonzado al no saludar a tu prima Scarlett. Y también tú, Daniel.

Brian dobló su alto cuerpo por la mitad y sonrió a Scarlett.

—¿Me perdonas? —dijo—. Eres tan pequeña y estabas tan callada que no te vi, prima Scarlett. —Sus espesos cabellos rojos brillaban bajo el rojo resplandor del fuego, y sus ojos azules eran contagiosamente alegres—. ¿Intecerderás por mí ante esta madre tan cruel para que me dé unas cuantas migajas de su mesa?

—Bueno, salvaje, ve a lavarte el polvo de las manos —le ordenó Maureen.

Daniel ocupó el sitio de su hermano cuando Brian se dirigió al fregadero.

—Todos nos alegramos de tenerte con nosotros, prima Scarlett.

Scarlett sonrió. Incluso con el ruido que armaba Jacky saltando sobre la rodilla de Jamie, ella también se alegraba de estar allí. ¡Había tanta vida en sus altos y pelirrojos primos! Hacía que la fría perfección de la casa de su abuelo pareciese una tumba.

Mientras comían en la mesa grande del comedor, Scarlett se enteró del motivo de la fingida cólera de Maureen contra su hijo. Hacía pocas semanas que Brian había abandonado la habitación que compartía con Daniel, y Maureen sólo le había perdonado a medias su arranque de independencia. Cierto que estaba solamente a pocos pasos de distancia, en la casa de su hermana Patricia; pero se había ido. Sin embargo, a Maureen le satisfacía enormemente que Brian siguiese prefiriendo sus guisos a los menús más caprichosos de Patricia.

—Bueno, ¿qué se puede esperar de Patricia —dijo satisfecha—, si no quiere que el olor a pescado impregne sus bellas cortinas de encaje? —Y puso cuatro trozos de pescado frito untado de mantequilla en el plato de su hijo—. La cuaresma debe de ser muy dura para una dama como ella.

—Muérdete la lengua, mujer —dijo Jamie—; estás hablando mal de tu propia hija.

—¿Y quién tiene más derecho a hacerlo que su madre?

Entonces habló el viejo James.

—Maureen tiene razón. Recuerdo muy bien la lengua afilada de mi madre... —Se perdió en una serie de recuerdos de su juventud. Scarlett prestó atención cuando oyó que mencionaba a su padre—. Bueno —dijo el viejo James, y ella se inclinó hacia él—, Gerald fue siempre la niña de los ojos de nuestra madre, tal vez porque era el pequeño. Siempre se libraba con una ligera regañina.

Scarlett sonrió. Era natural que papá fuese el favorito de su madre. ¿Quién podía resistirse a la ternura que él trataba de disimular con su jactancia? ¡Oh, qué lástima que él no pudiese estar ahora aquí con toda su familia!

—¿Iremos a casa de Matthew después de cenar? —preguntó el viejo James—. ¿O vendrán todos aquí?

—Iremos a casa de Matt —respondió Jamie.

Scarlett recordó que Matt era el que había iniciado el baile en la fiesta de cumpleaños de Patricia. Empezó a repicar con los pies.

Maureen le sonrió.

—Creo que estamos deseando bailar un *reel* —dijo.

Levantó la cuchara de su plato, tomó la de Daniel y entonces, juntando las piezas ovaladas de ambos cubiertos por su lado convexo, mantuvo flojos los mangos y los hizo repicar contra la palma de su mano, contra su muñeca y su antebrazo, y contra la frente de Daniel. El ritmo era parecido al que lograba con los huesos, pero más ligero, y la singularidad de hacer música con un par de cucharas regocijó a Scarlett, provocando en ella una risa espontánea. Sin pensarlo, empezó a golpear la mesa con las palmas de las manos, siguiendo el compás de las cucharas.

—Ya es hora de que vayamos allá —dijo riendo Jamie—. Iré a buscar mi violín.

—Nosotras llevaremos las sillas —dijo Mary Kate.

—Matt y Katie sólo tienen dos sillas —explicó Daniel a Scarlett—. Son los O'Hara que se intalaron más tarde en Savannah.

No importaba en absoluto que el doble salón de Matt y Katie O'Hara estuviese casi desprovisto de muebles. Tenían chimeneas para el calor, globos de gas en el techo para la luz, y un amplio suelo de madera barnizada para el baile. Las horas que pasó Scarlett aquel sábado en aquellas habitaciones desnudas fueron de las más felices que vivió jamás.

Los O'Hara compartían el amor y la felicidad dentro de la familia tan libre e inconscientemente como el aire que respiraban. Scarlett sentía crecer en su interior algo perdido hacía tanto tiempo que no podía recordarlo. Se volvía, a semejanza de ellos, natural, espontánea y abierta a una alegría despreocupada. Podía prescindir de los artificios y los cálculos que había aprendido a emplear en las batallas para la conquista y el dominio, unos ardides que resultaban indispensables para una belleza en la sociedad del Sur.

Aquí no tenía necesidad de hechizar o conquistar; era bien recibida tal como era, como un miembro más de la familia. Por primera vez en su vida estaba dispuesta a retirarse de las candilejas para que fuesen otros el centro de atención. Sus parientes la fascinaban, en primer lugar porque eran su familia recién encontrada, pero también porque no había conocido a nadie como ellos en su vida.

O casi nunca. Scarlett miró a Maureen; Brian y Daniel tocaban detrás de ella y Helen y Mary Kate palmoteaban al compás del ritmo que marcaba Maureen con los huesos, y por un instante le pareció que los animados pelirrojos eran los jóvenes Tarleton resucitados: los gemelos, altos y apuestos, y las muchachas rebullendo con juvenil impaciencia por lanzarse a la próxima aventura que les brindase la vida. Scarlett había envidiado siempre a Camilla y Hetty Tarleton el trato libre y fácil que tenían con su madre. Ahora veía la misma libertad entre Maureen y sus hijos. Y sabía que también ella era invitada a reír con Maureen, a gastar y aceptar bromas, a compartir el generoso afecto que mostraba la esposa de Jamie por todos los que la rodeaban.

En aquel momento, la casi adoración de Scarlett por su serena y reservada madre vaciló y se quebró ligeramente, y ella empezó a liberarse de la culpa que siempre había sentido por no poder seguir las enseñanzas de Ellen. Tal vez estaba bien que ella no fuese una dama perfecta. Esta idea era demasiado prometedora, demasiado complicada; reflexionaría más tarde acerca de esto. Ahora no quería pensar en nada, ni en ayer, ni en mañana. Lo único que importaba era este momento y la dicha que contenía, la música, el canto, el palmoteo y el baile.

Después de los ritos formales de los bailes de Charleston, los espontáneos placeres hogareños eran embriagadores. Scarlett respiró profundamente llenándose de la alegría y las risas a su alrededor, y sintió una especie de vértigo.

Peggy, la hija de Matt, le enseñó los pasos más sencillos del *reel.* Por alguna extraña razón resultaba apropiado que aprendiese de una niña de siete años. Y eran apropiadas la descarada animación e incluso las chanzas de los demás, tanto de los adultos como de los niños, porque iban dirigidas a Peggy lo mismo que a ella. Bailó hasta que le flaquearon las rodillas y entonces se derrumbó riendo en el suelo, a los pies del viejo James que le acarició la cabeza como si fuese una mocosa, y esto la hizo reír todavía más hasta que exclamó jadeando:

—¡Me divierto demasiado!

Había habido muy poca diversión en la vida de Scarlett, y quería que esta alegría limpia y sencilla durase para siempre. Miró a sus altos y satisfechos primos, y se enorgulleció de su fuerza, energía y talento para la música y para la vida. «Nosotros, los O'Hara, somos estupendos. Nadie puede con nosotros.» Scarlett creyó oír la voz de su padre repitiendo jactanciosa las palabras que tantas veces le había dicho, y comprendió por primera vez lo que él había querido decir.

—¡Oh, Jamie, qué noche tan maravillosa ha sido! —dijo, cuando él la acompañó a su casa. Estaba tan cansada que prácticamente se tambaleaba; pero charlaba como una cotorra, demasiado entusiasmada para aceptar el tranquilo silencio de la ciudad dormida—. Somos estupendos, los O'Hara.

Jamie se echó a reír. Sus vigorosas manos la asieron por la cintura, y la levantó haciéndole dar una vuelta vertiginosa.

—Nadie puede con nosotros —añadió al dejarla en el suelo.

—Señora Scarlett..., señora Scarlett. —Pansy la despertó a las siete para darle un recado de su abuelo—. Él quiere verla inmediatamente.

El viejo soldado estaba perfectamente vestido y recién afeitado. Desde su majestuosa posición en el gran sillón situado a la cabecera de la mesa del comedor miró con desaprobación los cabellos peinados al desgaire y la bata de Scarlett.

—Mi desayuno deja mucho que desear —declaró.

Scarlett le miró, boquiabierta. ¿Qué tenía ella que ver con su desayuno? Tal vez el anciano había perdido la cabeza, como papá. No, no como papá. Papá se vio obligado a aguantar más de lo que podía soportar, y por esto se había retirado a un tiempo y a un mundo donde no habían ocurrido aquellas cosas horribles. Era como un niño aturrullado. Pero no había nada infantil ni aturrullado en el abuelo. Éste sabía exactamente quién era y lo que hacía. ¿Qué pretendía obligándola a levantarse después de solamente dos horas de sueño para quejarse del desayuno?

Scarlett dijo, con voz deliberadamente tranquila:

—¿Qué tiene de malo su desayuno, abuelo?

—Es insípido y está frío.

—Entonces, ¿por qué no lo devuelve a la cocina? Dígales lo que quiere que le traigan, y que tiene que estar caliente.

—Díselo tú. La cocina es cosa de mujeres.

Scarlett puso los brazos en jarras. Miró a su abuelo con unos ojos tan acerados como los de él.

—¿Quiere decir que me ha sacado de la cama para darle un recado a la cocinera? ¿Por quién me ha tomado? ¿Por una criada? Pida usted su desayuno o pase hambre, que a mí me da igual. Me vuelvo a la cama.

—Esa cama es mía, jovencita, y la utilizas gracias a mí. Espero que cumplas mis órdenes mientras estés bajo mi techo.

Ahora estaba Scarlett furiosa; ya no podría dormir. «Haré mis bártulos sin perder instante —pensó—. No tengo por qué aguantar esto.»

El agradable aroma de café recién hecho le impidió hablar. Primero tomaría café y después le diría al viejo... Sería mejor que lo pensara un poco. No le convenía marcharse de Savannah. Ahora seguramente Rhett sabía ya que ella estaba ahí. Y ella recibiría un mensaje de la madre superiora acerca de Tara en cualquier momento.

Se dirigió hacia el cordón de la campanilla, junto a la puerta, y tiró de él. Después se sentó a la derecha de su abuelo. Cuando entró Jerome, Scarlett le miró echando chispas por los ojos.

—Tráigame una taza para mi café. Y llévese este plato. ¿Qué es, abuelo? ¿Gachas de harina de maíz? Sea lo que fuere, Jerome, dígale a la cocinera que se lo coma ella. Y que prepare unos huevos revueltos con jamón y tocino, y sémola y bizcochos. Con mucha mantequilla. Y yo quiero una jarrita de crema de leche con el café; inmediatamente.

Jerome miró al tieso anciano, suplicándole en silencio que pusiese a Scarlett en su sitio. Pero Pierre Robillard miraba al frente, eludiendo los ojos del mayordomo.

—No se quede plantado ahí como una estatua —dijo Scarlett—. Haga lo que le he dicho.

Tenía hambre.

Su abuelo era así. Aunque el desayuno transcurrió tan silencioso como el banquete de su cumpleaños, esta vez el anciano comió todo lo que le sirvieron. Scarlett le observaba recelosamente de reojo. ¿Qué se proponía el viejo zorro? No podía creer que no hubiese algo escondido detrás de su extraña actitud. Sabía por experiencia que obtener lo que uno quería de los criados era la cosa más fácil del mundo. Lo único que había que hacer era gritarles. «Y por Dios que el abuelo sabe aterrorizar a la gente. O si no, que lo digan tía Pauline y tía Eulalie —pensó—. O yo, dicho sea de paso. He saltado de la cama con bastante rapidez cuando me ha enviado a buscar. No volveré a hacerlo.»

El viejo dejó la servilleta sobre el plato vacío.

—Espero que, en lo sucesivo, te vistas como es debido para las comidas —dijo a Scarlett—. Saldremos exactamente dentro de una hora y siete minutos, para ir a la iglesia. Tienes tiempo de sobra para arreglarte.

Scarlett no había tenido intención de ir a la iglesia: ahora sus tías no estaban aquí para esperar que lo hiciese y además ya había obtenido lo que quería de la madre superiora. Pero había de atajar las arbitrariedades del abuelo. Según sus tías, era un furibundo anticatólico.

—No sabía que fuese a misa, abuelo —dijo, rezumando dulzura.

Las gruesas cejas blancas de Pierre Robillard se juntaron en un ceño amenazador.

—Espero que no compartas esa idiotez papista con tus tías —dijo.

—Soy buena católica, si es esto lo que quieres decir. Y voy a ir a misa con mis primos, los O'Hara. A propósito, éstos me invitaron a quedarme con ellos cuando quiera y todo el tiempo que quiera.

Scarlett se levantó y salió triunfalmente de la habitación. Estaba subiendo la escalera cuando recordó que no hubiese debido comer nada antes de la misa. No importaba. No tenía que comulgar si no quería. Y se apuntaría un tanto contra su abuelo. Cuando entró en su habitación, dio unos cuantos pasos de *reel* que había aprendido la noche anterior.

No creyó por un instante que el viejo se hubiese tragado su farol de alojarse en casa de sus primos. Aunque le encantaba ir a casa de los O'Hara para la música y el baile, había allí demasiados críos. Además, no tenían criadas, y ella no podía vestirse sin que Pansy le abrochase el corsé y la peinara.

«Me pregunto qué se propondrá», pensó de nuevo. Después se encogió de hombros. Probablemente lo sabría pronto. En realidad no era importante. Seguramente vendría Rhett a buscarla antes de que el abuelo hiciese nada.

40

Una hora y cuatro minutos después de subir Scarlett a su habitación, Pierre Auguste Robillard, soldado de Napoleón, dejó el bello santuario de su casa para ir a la iglesia. Vestía un grueso abrigo y una bufanda de lana, y cubría sus finos cabellos blancos con un alto sombrero de marta cebellina que había pertenecido a un oficial ruso muerto en Borodino. A pesar del brillante sol y de la promesa de primavera en el aire, el flaco anciano sentía frío. Sin embargo, caminaba muy tieso, apoyándose raras veces en el bastón de caña que llevaba. Correspondía con una correcta y breve inclinación a las personas que le saludaban por la calle. Era muy conocido en Savannah.

En la iglesia presbiteriana independiente de la plaza Chippewa, ocupó su sitio en el quinto banco de delante, un sitio que tenía reservado desde la inauguración de gala de la iglesia, hacía más de cincuenta años. James Monroe, a la sazón presidente de Estados Unidos, había asistido a la ceremonia inaugural y pedido que le presentasen al hombre que había luchado con Napoleón desde Austerlitz hasta Waterloo. Pierre Robillard se había mostrado respetuoso con el viejo, aunque un presidente no podía impresionar a un hombre que había batallado junto a un emperador.

Cuando terminó el oficio, Pierre Auguste Robillard cruzó unas palabras con varios hombres que habían respondido a su ademán y se habían reunido rápidamente con él en la escalinata de la iglesia. Hizo varias preguntas y recibió muchísimas respuestas. Después volvió a casa, casi sonriente el adusto semblante, para dormir hasta que le sirviesen la comida en una bandeja. La salida semanal para ir a la iglesia resultaba cada vez más fatigosa.

Durmió ligeramente, como suelen hacer los ancianos, y se despertó antes de que Jerome le trajese la bandeja. Mientras la esperaba, pensó en Scarlett. No sentía curiosidad por su vida ni por su carácter. No había pensado en ella durante muchos años, y cuando la joven se presentó en su habitación con sus hijas no le había complacido ni disgustado verla. Solamente le prestó atención cuando Jerome se quejó de ella. Estaba desorganizando la cocina con sus exigencias, dijo Jerome. Y causaría la muerte de *monsieur* Robillard si seguía insistiendo en añadir mantequilla, salsa y dulces a sus comidas.

Ella era la respuesta a las oraciones del viejo. Éste ya no esperaba nada de la vida salvo más meses o años de la inmutable rutina del sueño, las comidas y la excursión semanal a la iglesia. A él no le inquietaba que su existencia fuese tan monótona; tenía el retrato de su amada esposa ante sus ojos y la certidumbre de que a su debido tiempo se reuniría con ella después de la muerte. Pasaba los días y las noches soñando con ella cuando dormía y recordándola cuando estaba despierto. Para él, esto era suficiente. Casi. Echaba en falta la buena comida, pues en los últimos años ésta había sido insípida, fría cuando no quemada, y de una monotonía fatal. Quería que Scarlett cambiase este estado de cosas.

Los recelos que Scarlett tenía sobre los motivos del viejo eran infundados. Pierre Robillard había descubierto inmediatamente su energía. Quería que la emplease en su beneficio, ahora que él carecía ya del vigor necesario para imponer su voluntad. Los criados sabían que era demasiado viejo y estaba demasiado cansado para dominarlos. Pero Scarlett era joven y fuerte; él no buscaba su compañía ni su amor. Quería que dirigiese su casa como la había dirigido él antaño. Es decir, de acuerdo con sus normas y sometida a su dominio. Necesitaba encontrar una manera de lograrlo, y por esto pensaba en Scarlett.

—Dile a mi nieta que venga —dijo cuando entró Jerome.

—Aún no ha llegado —respondió el mayordomo con una sonrisa. Preveía, satisfecho, la irritación del anciano. Jerome odiaba a Scarlett...

Scarlett estaba en el gran mercado municipal con los O'Hara. Después del enfrentamiento con su abuelo se había vestido, había despedido a Pansy y escapado a través del jardín para recorrer a toda prisa las dos breves manzanas que la separaban de la casa de Jamie.

—He venido para ir a misa acompañada —le dijo a Maureen, pero su verdadera razón era estar en algún lugar donde la gente fuese amable.

Después de la misa, los hombres se marcharon en una dirección y las mujeres y los niños, en otra.

—Irán a que les corten el pelo y a charlar en la peluquería del hotel Pulasky House —le explicó Maureen a Scarlett—. Y probablemente a tomar un par de cervezas en el bar. Es mejor que el periódico para saber lo que sucede. Nosotras nos enteraremos de las noticias en el mercado, mientras compro unas ostras para hacer una buena empanada.

El mercado municipal tenía el mismo objeto y el mismo interés que el de Charleston. Hasta que volvió a experimentar el familiar bullicio del regateo, las compras, las noticias y los saludos a las amigas, no se dio cuenta Scarlett de lo mucho que lo había echado de menos cuando las fiestas de la temporada ocuparon la mayor parte del tiempo de las damas.

Ahora lamentó no haber traído consigo a Pansy. Habría podido llenar una cesta con los frutos exóticos que llegaban a través del atareado puerto de Savannah, si hubiese tenido a su doncella para acarrearla.

Mary Kate y Helen hacían este trabajo para las mujeres O'Hara. Scarlett dejó que le llevasen algunas naranjas, e insistió en pagar el café y los bollos dulces que consumieron en uno de los puestos.

En cambio, rehusó cuando Maureen la invitó a comer con ellos. No había advertido a la cocinera de su abuelo que no estaría en casa. Y quería recuperar el sueño perdido. No deseaba parecer una muerta resucitada si llegaba Rhett en el tren de la tarde.

Se despidió de Maureen con un beso ante la puerta de la casa Robillard y dijo adiós a las demás, que estaban a casi una manzana de distancia, retrasadas por el andar vacilante de los más pequeños y por el embarazo de Patricia. Helen acudió corriendo con una abultada bolsa de papel en la mano.

—No te olvides de las naranjas, prima Scarlett.

—Déme eso, señora Scarlett.

Era Jerome.

—¡Oh! Está bien, tome. No debería andar sin hacer ruido, Jerome; me ha dado un susto. No le he oído abrir la puerta.

—La estaba buscando. El señor Robillard la llama.

Jerome miró a las O'Hara rezagadas con no disimulado desdén. Scarlett apretó los dientes.

Tendría que hacer algo para acabar con las impertinencias del mayordomo. Entró en la habitación de su abuelo dispuesta a quejarse enérgicamente.

Pierre Robillard no le dio tiempo de hablar.

—Vas despeinada —dijo fríamente— y has quebrantado las normas de mi casa. Mientras estabas de palique con esos paletos irlandeses, ha pasado la hora de comer.

Scarlett reaccionó acaloradamente.

—Le agradeceré que hable con cortesía cuando se refiera a mis primos.

Los párpados del viejo sólo ocultaban a medias el brillo de sus ojos.

—¿Cómo llamas tú a un tendero? —dijo, sin alzar la voz.

—Si lo dice por Jamie O'Hara, le llamo un hombre de negocios próspero y trabajador, y le respeto por lo que ha conseguido.

Su abuelo tiró del anzuelo.

—Y sin duda admiras también a su llamativa esposa.

—¡Claro que sí! Es una mujer amable y generosa.

—Creo que ésta es la impresión que trata de causar. Supongo que sabrás que estuvo de camarera en un bar irlandés.

Scarlett se quedó boquiabierta como un pez fuera del agua. ¡No podía ser verdad! Imágenes no deseadas llenaron su mente. Maureen levantando su vaso para que le sirviesen otro whisky..., repiqueteando los huesos y cantando con entusiasmo todos los versos de canciones obscenas..., apartándose los revueltos cabellos de su cara enrojecida, sin tratar de sujetarlos de nuevo..., levantándose la falda hasta las rodillas para bailar el *reel*...

Vulgar. Maureen era vulgar.

Todos eran vulgares.

Scarlett tuvo ganas de llorar. Había sido tan feliz con los O'Hara que no quería perderlos. Pero... aquí, en esta casa donde se había criado su madre, el abismo entre los Robillard y los O'Hara era demasiado profundo para hacer caso omiso de él. «No es de extrañar que el abuelo se avergüence de mí. A mamá se le rompería el corazón si me hubiese visto caminando por la calle con una pandilla como la que acabo de dejar. Una mujer que no disimula en público su vientre de embarazada y un millón de chiquillos corriendo de un lado a otro como indios salvajes, y ni siquiera una doncella para llevar la cesta de la compra. Debí parecer tan de baja estofa como todos ellos. ¡Y mamá que se esforzó tanto en enseñarme a ser una dama! Se alegraría de haber muerto si supiese que su hija es amiga de una mujer que trabajó en un bar.»

Scarlett miró con inquietud al viejo. ¿Era posible que tuviese conocimiento de que ella había arrendado al dueño de un bar la casa que poseía en Atlanta?

Pierre Robillard tenía los ojos cerrados. Parecía haberse sumido de pronto en un sopor de anciano. Scarlett salió de puntillas de la habitación. Cuando cerró la puerta a su espalda, el viejo soldado sonrió y, después, se durmió de veras.

Jerome le trajo su correspondencia en una bandeja de plata. Llevaba guantes blancos. Scarlett tomó los sobres de la bandeja asintiendo brevemente con la cabeza. No debía darle las gracias si quería mantener a Jerome en su sitio. La tarde anterior, después de esperar una eternidad a Rhett en el salón, había propinado a la servidumbre un rapapolvo que jamás olvidarían. En particular a Jerome. Había sido una suerte que el mayordomo fuese tan impertinente; Scarlett necesitaba poder descargar en alguien su cólera y su decepción.

El tío Henry Hamilton estaba furioso porque ella había transferido el dinero al banco de Savannah. Peor para él. Scarlett arrugó su concisa carta y la arrojó al suelo.

El sobre más abultado era de tía Pauline. Sus difusas quejas podían esperar, porque seguramente eran quejas. Scarlett abrió el siguiente sobre, cuadrado y rígido.

No reconoció la letra de la dirección.

Era una invitación. El nombre no le era familiar y tuvo que pensar un rato antes de recordarlo. Claro. Hodgson era el apellido de casada de una de las hermanas Telfair. La invitación era para la ceremonia de inauguración de Hodgson Hall, seguida de una recepción. «Nueva sede de la Sociedad de Historia de Georgia.» Sonaba todavía peor que aquella horrible velada musical. Scarlett hizo una mueca y dejó la invitación a un lado. Tendría que encontrar papel de carta y decir que lamentaba no poder asistir. A las tías les gustaba morirse de aburrimiento; pero a ella no.

Las tías. Tal vez sería mejor acabar con esto de una vez. Abrió la carta de Pauline.

> *... profundamente avergonzadas por tu mal comportamiento. Si hubiésemos sabido que venías con nosotras a Savannah sin dar siquiera una explicación a Eleanor Butler, habríamos insistido en que bajases del tren y volvieses atrás.*

¿Qué diablos decía tía Pauline? ¿Era posible que Eleanor no hubiese mencionado la nota que había dejado para ella? ¿O que no la hubiese recibido? No; era imposible. La tía Pauline estaba simplemente enmarañándolo todo.

Leyó rápidamente las lamentaciones de Pauline sobre la locura de Scarlett al emprender un viaje después de haber naufragado con la balandra y sobre la «renuncia antinatural» de Scarlett a contarles a sus tías el accidente.

¿Por qué no le decía Pauline lo que ella quería saber? No había una palabra acerca de Rhett. Recorrió con la vista una página tras otra de la puntiaguda escritura de Pauline, buscando el nombre de él. ¡Santo Dios! Su tía podía ser más prolija que un sermón sobre el fuego del infierno. Aquí estaba. Por fin.

> *... la querida Eleanor está comprensiblemente preocupada porque Rhett ha creído necesario viajar a Boston para ocuparse de sus envíos de fertilizante. No hubiese debido exponerse al gélido clima del Norte inmediatamente después de su larga inmersión en agua fría al naufragar su balandra...*

Scalett dejó caer las hojas sobre la falda. ¡Claro! ¡Gracias a Dios! Por esto no había venido Rhett todavía a buscarla. «¿Por qué no me dijo el tío Henry que el telegrama de Rhett procedía de Boston? Entonces no me habría vuelto loca esperando que apareciese en la puerta en cualquier momento. ¿Dice tía Pauline cuando volverá?» Scarlett manoseó las revueltas hojas de la carta. ¿Dónde había interrumpido la lectura?

Encontró el pasaje y leyó ansiosamente hasta el final. Pero allí no se hacía mención de lo que quería saber. «¿Qué voy a hacer ahora? Rhett puede estar ausente durante semanas. O puede estar de regreso en este mismo instante.»

Scarlett tomó de nuevo la invitación de la señora Hodgson. Al menos tendría un sitio adonde ir. Le daría un ataque si tenía que quedarse día tras día en esta casa.

Si al menos pudiese ir de vez en cuando a casa de Jamie a tomar una taza de té... Pero no, esto era inconcebible.

Y sin embargo, no podía dejar de pensar en los O'Hara. La mañana siguiente, fue con la enfurruñada cocinera al mercado municipal para ver lo que compraba y lo que pagaba por ello. Sin nada más de que ocuparse, se hallaba resuelta a poner orden en la casa de su abuelo. Mientras estaba tomando café, oyó que una voz suave y vacilante pronunciaba su nombre. Era la adorable y tímida Kathleen.

—No conozco todos los pescados que se venden aquí —dijo—. ¿Quieres ayudarme a escoger las mejores gambas?

Scarlett se quedó perpleja hasta que la chica señaló los crustáceos.

—Deben de haberte enviado los ángeles, Scarlett —dijo Kathleen cuando hubo hecho su compra—. Habría estado perdida sin ti. Maureen quiere solamente lo mejor. Estamos esperando a Colum, ¿sabes?

«Colum..., ¿tengo que conocerle? Maureen u otra persona mencionó este nombre una vez.»

—¿Por qué es Colum tan importante?

Los ojos azules de Kathleen se abrieron con asombro al oír su pregunta.

—Bueno..., porque Colum es Colum. Es... —No conseguía encontrar las palabras que buscaba—. Es Colum y nada más. Él me trajo aquí, ¿no lo sabes? Es hermano mío, como Stephen.

Stephen. Aquel que estaba tan callado. Scarlett no había caído en la cuenta de que era hermano de Kathleen. Tal vez ésta era la causa de que el chico fuera tan callado. Tal vez todos eran tímidos como ratones en aquella familia.

—¿Cuál de los hermanos de tío James es tu padre? —preguntó a Kathleen.

—Oh, mi padre está muerto. Descanse en paz.

¿Era tonta esa niña?

—¿Cómo se llamaba, Kathleen?

—Ah, quieres saber su nombre. Se llamaba Patrick, Patrick O'Hara. Patricia fue llamada como él, por ser su nieta y la primogénita de su hijo Jamie.

Scarlett arrugó la frente concentrándose. Así pues, Jamie era también hermano de Kathleen. ¡Y ella había pensado que toda la familia era tímida!

—¿Tienes otros hermanos? —preguntó.

—Oh, sí —dijo Kathleen, sonriendo satisfecha—, hermanos y también hermanas. Entre todos, somos catorce. Quiero decir vivos.

Y se santiguó.

Scarlett se apartó de la muchacha. ¡Oh, Señor! Era más que probable que la cocinera hubiese estado escuchando y lo contase todo al abuelo. Le pareció estar oyéndole comentar que las católicas parían como conejas.

Pero, en realidad, Pierre Robillard no mencionó a los primos de Scarlett. La llamó antes de cenar, le dijo que sus comidas eran ahora satisfactorias y la despidió.

Ella detuvo a Jerome para comprobar la bandeja de la cena y examinó la plata a fin de asegurarse de que resplandecía y no había en ella huellas dactilares. Cuando posó la cucharilla del café, ésta chocó con la cuchara de la sopa. «Me pregunto si Maureen me enseñaría a tocar con las cucharas», se dijo. Esta idea la pilló desprevenida. Aquella noche soñó con su padre. Se despertó por la mañana con una sonrisa en los labios, pero tirantes las mejillas por las lágrimas que se habían secado en su rostro.

En el mercado municipal, oyó la impetuosa risa característica de Maureen O'Hara con el tiempo justo para esconderse detrás de uno de los gruesos pilares de ladrillos a fin de que no la viesen. Pero ella podía ver a Maureen y a Patricia, ésta muy voluminosa, seguidas de una caterva de chiquillos.

—Tu padre es el único que no está deseando que llegue tu tío —oyó que decía Maureen—, porque disfruta con las cenas especiales que preparo cada noche esperando a Colum.

«También a mí me gustaría algún plato especial —pensó con rebeldía Scarlett—; me estoy cansando de los blandos alimentos que preparan en consideración al abuelo.» Se volvió a la cocinera.

—Compra también un pollo —ordenó— y fríe un par de trozos para mi almuerzo.

Sin embargo, su malhumor se desvaneció mucho antes de la comida. Cuando llegó a casa, encontró una nota de la madre superiora. El obispo estudiaría la propuesta de Scarlett de comprar la dote de Carreen.

«Tara. ¡Tara será mía!» Y tan enfrascada estaba en sus planes para el renacimiento de Tara que no advirtió el paso del tiempo ni se dio cuenta de lo que había en su plato a la hora de comer.

Podía verlo todo claramente en su imaginación. La casa, de nuevo blanca y resplandeciente en la cima de la colina, el verde césped recortado cuajado de tréboles; y el pastizal de un verde deslumbrante, con su espesa hierba satinada inclinándose bajo la brisa, desplegándose como una alfombra en la pendiente hasta el verde más oscuro y misterioso de los pinos que bordeaban el río ocultándolo a la vista. La primavera, con nubes de tiernos capullos de cornejo y el embriagador aroma de la glicina, y después, el verano, con las almidonadas cortinas blancas hinchándose en las ventanas abiertas, el fuerte y dulce perfume de la madreselva introduciéndose en las habitaciones, todas ellas perfectamente restauradas como ella había soñado. Sí, el verano era lo mejor. El largo y perezoso verano de Georgia, cuando el crepúsculo duraba horas y relucían las luciérnagas en la penumbra que se iba espesando lentamente. Y después, las estrellas, grandes y próximas en el cielo de terciopelo, o una luna redonda y blanca, tan blanca como la casa que dormía iluminada por ella en la oscura y suavemente encumbrada colina.

El verano... Scarlett abrió mucho los ojos. ¡Ésta era la cuestión! ¿Cómo no se había dado cuenta antes? Desde luego. En verano, que era cuando Tara le gustaba más, Rhett no podría ir a Dunmore Landing a causa de las fiebres. Sería perfecto. Pasarían desde octubre hasta junio en Charleston, con la temporada de fiestas para romper la monotonía de los aburridos tés, y la promesa del verano en Tara para romper la monotonía de la temporada. Podría soportarlo, sabía que podría. Con tal de pasar el largo verano en Tara.

¡Ojalá se diese prisa el obispo!

41

Pierre Robillard acompañó a Scarlett a la ceremonia de inauguración de Hodgson Hall. Era un personaje imponente, con su anticuado traje de etiqueta compuesto de pantalón de satén hasta la rodilla y frac de terciopelo, y luciendo la pequeña insignia de la Legión de Honor en el ojal y una ancha banda de seda roja sobre el pecho. Scarlett no había visto nunca a nadie de aspecto tan distinguido y aristocrático como su abuelo.

Pero pensó que también él podía sentirse orgulloso de ella. Sus perlas y brillantes eran de primera calidad y su vestido era magnífico: una reluciente columna de tisú de oro, ribeteada de encaje dorado y con una cola de brocado de oro de más de un metro de largo. Nunca había tenido ocasión de llevarlo, porque en Charleston tenía que vestir modestamente. Después de todo, era una suerte que hubiese encargado todos aquellos trajes antes de dirigirse a Charleston. Bueno, eran media docena de vestidos que casi no se había puesto nunca. Incluso sin los adornos que Rhett le había hecho quitar, eran mucho más bonitos que todos los que había visto lucir en Savannah. Scarlett se sentía muy ufana cuando Jerome la ayudó a subir al carruaje alquilado para que se sentase frente a su abuelo.

Ambos guardaron silencio durante el trayecto hasta el extremo sur de la ciudad. Pierre Robillard cabeceaba, adormilado. Pero se irguió de pronto cuando Scarlett exclamó: «¡Oh, mire!» En la calle, ante la verja de hierro del clásico edificio, se había congregado una multitud deseosa de observar la llegada de la alta sociedad de Savannah. Como en el baile de santa Cecilia. Scarlett mantuvo orgullosamente alta la cabeza cuando un criado de librea la ayudó a bajar del carruaje a la acera. Escuchó los murmullos de admiración de la muchedumbre. Mientras su abuelo se apeaba lentamente para reunirse con ella, Scarlett sacudió la cabeza a fin de que los pendientes resplandeciesen a la luz del farol y soltó la cola del vestido, que llevaba recogida sobre el brazo, dejando que se extendiese detrás de ella mientras ascendía por la alfombrada escalinata de la entrada.

«¡Oooh!», oyó que decía la gente, y «¡Aaah!», «Muy bella», «¿Quién es?» Y cuando extendía la mano enguantada de blanco para apoyarla en la manga de terciopelo de su abuelo, una voz conocida exclamó claramente:

—Katie Scarlett, querida, ¡estás más deslumbrante que la reina de Saba!

Presa del pánico, miró rápidamente hacia su izquierda, y entonces, todavía con más rapidez, volvió la espalda a Jamie y a su prole como si no los conociese, y se adaptó al paso lento de Pierre Robillard para subir majestuosamente la escalera. Pero la escena quedó grabada en su mente. Jamie, con el sombrero hongo echado hacia atrás sobre la rizada cabeza, rodeaba con el brazo derecho los hombros de su sonriente esposa de brillantes cabellos pero porte descuidado. Otro hombre estaba de pie a su derecha, iluminado por la farola. Sólo llegaba al hombro de Jamie, y su figura, envuelta en un abrigo, era robusta y achaparrada, como un bloque oscuro de piedra. Su cara redonda era alegre, sus ojos, como centellas azules, y su cabeza descubierta, un halo de rizos de plata. Era la viva imagen de Gerald O'Hara, el padre de Scarlett.

El interior de Hodgson Hall era elegante y sobrio como correspondía a su finalidad docente. Ricos paneles de madera pulida cubrían las paredes y servían de fondo a la colección de antiguos mapas y dibujos de la Sociedad de Historia. Grandes lámparas de bronce, con globos blancos sobre mecheros de gas, pendían del alto techo. Proyectaban una luz desagradable, brillante y blanquecina sobre las pálidas y arrugadas caras aristocráticas que había debajo de ellas. Scarlett buscó instintivamente alguna zona de sombra. Viejos, todos parecían viejos.

Sintió pánico, como si envejeciese rápidamente, como si la vejez fuese algo contagioso. Su trigésimo cumpleaños había llegado y pasado inadvertido mientras ella estaba en Charleston; pero ahora se daba cuenta de ello. Todo el mundo sabía que, cuando una mujer contaba treinta años era como si estuviese muerta. A los treinta era una tan vieja que nunca creyó que eso pudiese ocurrirle a ella. No podía ser verdad.

—Scarlett —dijo su abuelo.

Sujetando el brazo de su nieta por encima del codo la empujó hacia la hilera de recepción. Tenía los dedos fríos como la muerte; Scarlett sentía aquel frío a través de la fina piel del guante que le cubría el brazo casi hasta el hombro.

Delante de ella, los ancianos dirigentes de la Sociedad de Historia daban la bienvenida a los ancianos invitados, uno a uno. «¡No puedo! —pensó frenéticamente Scarlett—. No puedo estrechar todas esas manos frías y muertas y decir que me alegro de estar aquí. Tengo que irme.»

Se colgó del hombro rígido de su abuelo.

—No me encuentro bien —le dijo—. Me siento indispuesta de pronto, abuelo.

—No puedes encontrarte mal —dijo él—. Manténte tiesa y haz lo que se espera de ti. Podrás marcharte después de la ceremonia inaugural, no antes.

Scarlett irguió la espalda y avanzó. ¡Qué monstruo era su abuelo! No era extraño que nunca hubiese oído a su madre hablar mucho de él; no había nada agradable que decir a su respecto.

—Buenas noches, señora Hodgson —dijo—. Me alegro mucho de estar aquí.

El tránsito de Pierre Robillard por delante de la hilera de recepción era mucho más lento que el de Scarlett. Todavía se inclinaba él rígidamente sobre la mano de una dama en mitad de la fila, cuando Scarlett había ya terminado. Ésta se abrió paso entre un grupo de personas y se dirigió de prisa hacia la puerta. Fuera, aspiró el aire frío con avidez. Después echó a correr. La cola de su vestido resplandeció a la luz de la farola sobre la roja alfombra de ala de la escalinata, extendiéndose detrás de ella como si flotase en el aire.

—El coche de los Robillard. ¡De prisa! —ordenó al criado.

Respondiendo a su requerimiento, corrió él hacia la esquina. Scarlett se apresuró a seguirle, sin preocuparse de que arrastraba la cola sobre los toscos ladrillos de la acera. Tenía que marcharse de allí antes de que alguien pudiese impedírselo.

Cuando estuvo a salvo dentro del carruaje, respiró en breves jadeos.

—Lléveme a South Broad —le indicó al cochero cuando pudo hablar—. Ya le mostraré la casa.

«Mi madre dejó a esta gente —pensó—, y se casó con papá. No puede desaprobar el que yo también me escape.»

Pudo oír la música y las risas a través de la puerta de la cocina de Maureen. Golpeó con los dos puños hasta que Jamie abrió.

—¡Es Scarlett! —dijo, agradablemente sorprendido—. Entra, querida Scarlett, y te presentaré a Colum. Por fin ha llegado el mejor de los O'Hara, exceptuándote a ti.

Ahora que lo tenía más cerca, Scarlett descubrió que Colum era bastantes años más joven que Jamie y no muy parecido a su padre salvo por la cara redonda y la corta estatura en relación con sus primos y sobrinos. Los ojos azules de Colum eran más oscuros y más serios, y su barbilla redonda tenía una firmeza que Scarlett sólo había visto en la cara de su propio padre cuando montaba a caballo y obligaba a su montura a saltar un obstáculo más alto de lo que aconsejaba la cordura.

Colum sonrió cuando Jamie los presentó, y sus ojos casi desaparecieron entre una red de arrugas. Sin embargo, el afecto que emanaba de ellos daba a entender que el hecho de conocer a Scarlett era la experiencia más feliz de toda su vida.

—¿Verdad que somos la familia más afortunada del mundo por tener una criatura así entre nosotros? —dijo—. Sólo te falta una tiara para completar tu dorado esplendor, querida Scarlett. Si pudiese verte la reina de las hadas, se rasgaría de envidia sus alas adornadas con lentejuelas. Deja que las niñas pequeñas le echen una mirada, Maureen; eso les dará ganas de llegar a ser tan deslumbrantes como su prima.

Scarlett, halagada, sonrió radiante mostrando sus hoyuelos.

—Me estás obsequiando con la famosa coba irlandesa —dijo.

—En absoluto. Sólo desearía tener el don de la poesía para decir lo que estoy pensando.

Jamie palmeó el hombro de su hermano.

—No lo haces del todo mal, bribón. Apártate a un lado y ofrece una silla a Scarlett. Iré a buscar un vaso para ella... Colum nos ha traído un barrilito de cerveza irlandesa auténtica, que encontró en uno de sus viajes; debes probarla, querida Scarlett.

Jamie pronunció el nombre y el adjetivo cariñoso de un tirón, como lo hacía Colum: Queridascarlett.

—Oh, no, gracias —dijo automáticamente ella. Y después—: ¿Por qué no? Nunca he probado esa clase de cerveza.

Habría bebido champán sin vacilar. La oscura cerveza espumosa era más amarga, e hizo una mueca.

Colum le tomó el vaso de la mano.

—Cada segundo que pasa Scarlett se muestra más perfecta —dijo—. Incluso deja toda la bebida para los que están más sedientos que ella.

Sus ojos sonrieron por encima del borde del vaso mientras bebía.

Scarlett le devolvió la sonrisa. Era imposible no hacerlo. A medida que iba transcurriendo la noche, advirtió que todos sonreían mucho a Colum, como reflejando su satisfacción. Estaba claro que él se divertía mucho. Se hallaba retrepado en su silla, cuyo respaldo había inclinado hacia atrás hasta apoyarlo en la pared contigua a la chimenea, y agitaba la mano para dirigir y animar a Jamie, que tocaba el violín, y a Maureen, que repicaba los huesos. Colum se había quitado las botas, y sus pies, calzados solamente con calcetines, medio bailaban sobre los barrotes de la silla. Era la viva imagen de la comodidad; incluso se había quitado el cuello de la camisa y abierto ésta para poder reír más a gusto.

—Háblanos de tus viajes, Colum —le pedía alguien de vez en cuando, pero él se escabullía siempre.

Quería música, decía, y un vaso para refrescar su corazón y su seca garganta. Mañana habría tiempo sobrado para hablar.

Scarlett sentía también refrescado su corazón por la música. Pero no podía quedarse mucho tiempo. Tenía que estar en casa y en la cama antes de que volviese su abuelo. «Espero que el cochero cumpla su palabra y no le diga que me ha traído aquí —pensó—. El abuelo no comprendería mi enorme necesidad de salir de aquel mausoleo y divertirme un poco.»

Consiguió, aunque por muy poco, lo que se proponía. Jamie acababa de perderse de vista cuando el carruaje se detuvo delante de la puerta de la casa del abuelo. Scarlett subió corriendo la escalera, con los zapatos en la mano y la cola del traje recogida debajo del brazo. Apretó los labios para contener la risa. Hacer picardías era divertido cuando todo acababa bien.

Sin embargo, para ella no fue así. Su abuelo nunca se enteró de lo que había hecho, pero ella lo sabía y este conocimiento agitó unas emociones que la habían acosado durante toda su vida. La personalidad esencial de Scarlett era, como su apellido, herencia de su padre. Ella era impetuosa, voluntariosa, y tenía la misma ruda y franca vitalidad y el valor que habían llevado a Gerald a atravesar las peligrosas aguas del Atlántico hasta el pináculo de sus sueños: ser dueño de una gran plantación y marido de una gran dama.

Por otro lado, la sangre de su madre había dado a Scarlett los huesos finos y la piel cremosa que revelaban siglos de buena crianza. Ellen Robillard había infundido también a su hija las reglas y los principios de la aristocracia.

Ahora, su instinto y su educación estaban en guerra. Los O'Hara la atraían como una piedra imán: el vigor elemental y la franca alegría de sus parientes sintonizaban con la parte más profunda y mejor de la personalidad de Scarlett. Pero ella no podía responder porque todo lo que le había enseñado su venerada madre le prohibía aquella libertad.

Este dilema la atormentaba, y no lograba comprender qué era lo que la hacía sentir tan desgraciada. Vagó inquieta por las silenciosas habitaciones de la casa de su abuelo, ciega a su austera belleza, imaginándose la música y el baile de los O'Hara, deseando de todo corazón estar con ellos, pero pensando, como le habían enseñado, que aquella ruidosa diversión era vulgar y propia de la clase baja.

En realidad, no le importaba que su abuelo mirase por encima del hombro a sus primos; era un hombre egoísta, pensó acertadamente, que miraba a todos de aquel modo, incluso a sus propias hijas. Pero la suave influencia de su madre había marcado a Scarlett para toda la vida. Ellen habría estado orgullosa de ella en Charleston. A pesar de la burlona predicción de Rhett, Scarlett había sido reconocida y aceptada allí como una dama. Y a ella le había gustado, ¿no? Claro que sí. Era también lo que ella quería, lo que ella pretendía ser. Entonces, ¿por qué le costaba tanto dejar de envidiar a sus parientes irlandeses?

«No quiero pensar en esto —decidió—. Pensaré en ello más tarde. Ahora pensaré en Tara.» Y se refugió en su visión idílica de Tara, de cómo había sido y de cómo haría ella que volviese a ser.

Entonces llegó una nota de la secretaría del obispo y su visión se hizo añicos. El obispo no accedía a su petición. Scarlett no pensó en absoluto. Apretó la nota contra su pecho y corrió, desatinada y sin sombrero, hacia la puerta nunca cerrada de la casa de Jamie O'Hara. Ellos comprenderían lo que sentía. «Papá me lo había dicho una y otra vez: "Para cualquiera que tenga una gota de sangre irlandesa, la tierra en la que vive es como su madre. Es lo único que dura, lo único por lo que vale la pena trabajar y luchar."»

Cruzó de golpe la puerta, con la voz de Gerald O'Hara resonando en sus oídos, y vio delante de ella el cuerpo sólido y achaparrado y la cabeza de plata de Colum O'Hara, tan parecido a su padre. Por esto sería él, con toda seguridad, quien comprendería como ningún otro lo que ella sentía.

Colum estaba plantado en el umbral mirando hacia el comedor. Cuando se abrió la puerta de fuera y Scarlett entró tambaleándose en la cocina, Colum se volvió.

Vestía un traje oscuro. Scarlett le miró a través de la neblina de su dolor y observó fijamente la inesperada raya blanca que el cuello clerical trazaba sobre su garganta. ¡Un sacerdote! Nadie le había dicho que Colum fuese sacerdote. Dio gracias a Dios. A un sacerdote se le podía contar todo, incluso los secretos más profundos del corazón.

—Ayúdame, padre —exclamó—. Necesito que alguien me ayude.

42

—Conque ésta es la situación —concluyó Colum—. Bien, ¿qué podemos hacer para remediarla? Es lo que debemos descubrir.

Estaba sentado a la cabecera de la larga mesa del comedor de Jamie. Todos los adultos de las tres casas O'Hara ocupaban sillas alrededor de la mesa. Se oían las voces de Mary Kate y Helen a través de la puerta cerrada de la cocina donde estaban dando de comer a los pequeños. Scarlett se hallaba instalada al lado de Colum, y tenía la cara manchada por la anterior tormenta de lágrimas.

—¿Quieres decir, Colum, que la finca no pasa directamente al primogénito en América? —preguntó Matt.

—Así parece, Matthew.

—Entonces, el tío Gerald fue un estúpido al no otorgar testamento.

Scarlett se irguió y le miró con indignación. Pero antes de que pudiese hablar, intervino Colum:

—El pobre hombre no disfrutó de una vejez tranquila; no tuvo tiempo de pensar en su muerte y en lo que pasaría después. Descanse en paz.

—Descanse en paz —repitieron los otros santiguándose.

Scarlett miró sin esperanza sus caras solemnes. ¿Qué pueden hacer ellos? No son más que inmigrantes irlandeses.

Pero pronto comprendió que estaba equivocada. A medida que proseguía la conversación, Scarlett se fue sintiendo más optimista, porque era mucho lo que podían hacer aquellos inmigrantes irlandeses.

El marido de Patricia, Billy Carmody, era el capataz de los albañiles que trabajaban en la catedral. Había tenido ocasión de conocer bien al obispo.

—Para mi desgracia —se lamentó—. Interrumpe el trabajo tres veces al día para decirme que no lo hacemos lo bastante de prisa.

Era un caso realmente urgente, explicó Billy, porque un cardenal de la propia Roma visitaría América del Norte en otoño, y tal vez acudiría a Savannah para la consagración.

Si ésta coincidía con su agenda.

Jamie asintió con la cabeza.

—Nuestro obispo Gross es un hombre ambicioso, ¿no os parece? No le disgustaría que la curia se fijase en él.

Miró a Gerald. Lo mismo hicieron Billy, Matt, Brian, Daniel y el viejo James; y las mujeres: Maureen, Patricia y Katie. Scarlett le miró también, aunque no sabía por qué lo hacían todos los demás.

Gerald asió la mano de su joven esposa.

—No seas tímida, querida Polly —dijo—: ahora eres una O'Hara, como todos nosotros. Dinos a cuál de nosotros escogerías para hablar con tu papá.

—Tom MacMahon es el contratista de toda la obra —murmuró Maureen al oído de Scarlett—. Si Tom insinuase que la obra podría retrasarse, el obispo Gross prometería cualquier cosa. Es seguro que le tiene miedo a MacMahon. Todo el mundo se lo tiene.

—Que lo haga Colum —dijo Scarlett en voz alta.

No tenía la menor duda de que era el que mejor haría cuanto fuese necesario. A pesar de su pequeña estatura y de su plácida sonrisa, había fuerza y energía en Colum O'Hara.

Todos los O'Hara asintieron a coro. Colum era la persona indicada.

Éste sonrió en conjunto a los que estaban alrededor de la mesa y después dirigió su sonrisa particularmente a Scarlett.

—Bueno, te ayudaremos. ¿No es magnífico tener una familia, Scarlett O'Hara? Especialmente si hay parientes políticos que pueden ayudarte. Tendrás tu Tara, ya lo verás.

—¿Tara? ¿Qué es eso de Tara? —preguntó el viejo James.

—Es el nombre que dio Gerald a su plantación, tío James.

El viejo se echó a reír y no paró hasta que empezó a toser.

—¡Ese Gerald! —dijo, cuando pudo hablar de nuevo—. Aun siendo tan bajito siempre tuvo una elevada opinión de sí mismo.

Scarlett se puso tiesa. Nadie iba a burlarse de su papá; ni siquiera su hermano.

Pero Colum le habló en voz muy baja.

—Mira, no ha querido insultarle. Te lo explicaré más tarde.

Y así lo hizo, cuando la acompañó hasta la casa de su abuelo.

—Tara es una palabra mágica para todos los irlandeses, Scarlett, y un lugar mágico. Era el centro de toda Irlanda, la sede de los Grandes Reyes. Antes de que existiese Roma o Atenas, antiguamente, muy antiguamente, cuando el mundo era joven y había esperanza para él, gobernaban Irlanda grandes reyes que eran justos y bellos como el sol. Dictaron leyes de enorme sabiduría y dieron albergue y riqueza a los poetas. Eran unos hombres valientes y gigantescos, que castigaban el mal con terrible cólera y combatían a los enemigos de la verdad, de la belleza y de Irlanda con espadas ensangrentadas y corazones inmaculados. Durante cientos y miles de años, gobernaron su dulce isla verde, y había música en todo el país. Cinco carreteras conducían al monte de Tara desde cada rincón de la nación, y cada tres años, acudía todo el pueblo a comer en el salón del banquete y a oír cantar a los poetas. Esto no es un cuento sino una gran verdad, pues todas las historias de otros países lo refieren, y las tristes palabras del final están escritas en los grandes libros de los monasterios. «En el año de gracia de quinientos cincuenta y cuatro se celebró el último festín de Tara.»

La voz de Colum se extinguió lentamente al pronunciar la última palabra, y Scarlett sintió que le escocían los ojos. Estaba como hechizada por el relato y por la voz.

Caminaron en silencio durante un rato.

Entonces dijo Colum:

—Tu padre acarició el noble sueño de construir una nueva Tara en este nuevo mundo de América. Ciertamente, debió de ser un hombre magnífico.

—Lo era, Colum; yo le quería muchísimo.

—La próxima vez que vaya a Tara, pensaré en él y en su hija.

—¿La próxima vez que vayas? ¿Quieres decir que todavía sigue allá? ¿Es un sitio real?

—Tan real como el suelo que pisamos. Es un monte delicioso y verde, lleno de magia y de ovejas que pastan en él, y desde su cima puede verse, a su alrededor y hasta gran distancia, el mismo mundo hermoso que vieron los Grandes Reyes. No está lejos del pueblo donde yo vivo, donde nacieron tu padre y el mío, en el condado de Meath.

Scarlett estaba pasmada.

«Seguro que también papá estuvo allí, seguro que se plantó en el sitio que ocupaban los Grandes Reyes.» Se lo imaginaba sacando el pecho y pavoneándose como solía hacer cuando estaba satisfecho de sí mismo.

Y se rió en voz baja.

Cuando llegaron a la casa Robillard, ella se detuvo de mala gana. Le habría gustado caminar durante horas escuchando la voz cantarina de Colum.

—No sé cómo darte las gracias por todo —le dijo—. Ahora me encuentro un millón de veces mejor. Estoy segura de que harás cambiar de idea al obispo.

Colum sonrió.

—Cada cosa a su tiempo, prima. Primero, el feroz MacMahon. Pero ¿cuál he de decirle que es tu nombre, Scarlett? Veo el anillo que llevas. Tú no eres una O'Hara para el obispo.

—No, claro que no. Mi apellido de casada es Butler.

Colum dejó de sonreír y, después, sonrió de nuevo.

—Un apellido influyente.

—En Carolina del Sur, lo es; pero no veo que me haya servido de gran cosa aquí. Mi marido es de Charleston. Se llama Rhett Butler.

—Me sorprende que no te ayude en tus dificultades.

Scarlett sonrió alegremente.

—Lo haría si pudiese; pero tuvo que ir al Norte para asuntos de negocios. Es un hombre de negocios muy afortunado.

—Lo comprendo. Bueno, me alegro de ser tu ayudante; lo haré lo mejor que pueda.

Ella tuvo ganas de abrazarle, como solía abrazar a su padre cuando le daba lo que quería.

Pero tenía la idea de que no había que ir por ahí abrazando a los curas, aunque fuesen primos. Le dio simplemente las buenas noches y se metió en la casa.

Colum se alejó silbando *Vestida de verde.*

—¿Dónde has estado? —preguntó Pierre Robillard—. Mi cena ha sido un desastre.

—He estado en casa de mi primo Jamie. Mandaré que te traigan otra bandeja.

—¿Has visitado a esa gente?

El viejo tembló de indignación. La cólera de Scarlett corrió pareja con la de él.

—Sí, y pienso verlos de nuevo. Me gustan mucho.

Salió de la habitación. Pero, antes de subir a la suya, cuidó de que sirviesen otra cena a su abuelo.

—¿Y qué va usted a cenar, señora Scarlett? —preguntó Pansy—. ¿Quiere que vaya a buscarle una bandeja?

—No; ven y ayúdame a quitarme toda esta ropa. No tengo ganas de cenar.

«Es curioso; ahora no tengo hambre, y sólo he tomado una taza de té. Lo único que quiero es dormir un poco. De tanto llorar me quedé agotada. Estaba tan exhausta que apenas podía hablarle a Colum del obispo. Creo que podría dormir una semana; en mi vida me he sentido tan rendida.» Sentía ligera la cabeza y pesado y relajado todo el cuerpo. Se tumbó en la blanca cama y se sumió inmediatamente en un profundo sueño reparador.

Durante toda su vida, se había enfrentado a solas con sus problemas. A veces se había negado a reconocer que necesitaba ayuda; más a menudo, no había tenido a quién acudir. Ahora su situación era diferente, y su cuerpo reconocía la diferencia antes que su mente. Había personas que podían ayudarla. Su familia había levantado de buen grado la carga de sus hombros. Ya no estaba sola. Podía seguir adelante.

Pierre Robillard durmió poco aquella noche. Le inquietaba el desafío de Scarlett. La madre de ésta le había retado, hacía muchos años, y él la había perdido para siempre. Y esto le había partido el corazón; Ellen era su hija preferida, la hija que más se parecía a su madre. Él no amaba a Scarlett.

Todo su amor había quedado enterrado con su esposa. Pero no quería soltar a Scarlett por las buenas. Quería que sus últimos días fuesen agradables, y ella podía hacer que fuese así. Estaba sentado muy tieso en su cama mientras se iba apagando la lámpara por falta de aceite, y planeaba su estrategia como un general que tuviese que enfrentarse con un ejército más numeroso que el suyo.

Después de una hora de agitado descanso, poco antes del amanecer se despertó habiendo tomado una decisión. Cuando Jerome le trajo el desayuno, Pierre Robillard estaba firmando una carta que había escrito. La dobló y la cerró antes de despejar la colcha sobre sus rodillas a fin de dejar un sitio para la bandeja.

—Lleva este mensaje —dijo, tendiendo la carta al mayordomo—. Y espera respuesta.

Scarlett entreabrió la puerta y asomó la cabeza.

—¿Me llamaba, abuelo?

—Entra, Scarlett.

Ella se sorprendió al ver que había otra persona en la habitación, pues su abuelo nunca recibía visitas. El hombre hizo una reverencia y ella inclinó la cabeza.

—Éste es el señor Jones, mi abogado. Llama a Jerome, Scarlett. Él le mostrará el salón, Jones. Espere allí hasta que envíe a buscarle.

Apenas había tirado Scarlett del cordón de la campanilla cuando Jerome abrió la puerta.

—Acerca más aquella silla, Scarlett; tengo mucho que decirte y no quiero forzar la voz.

Scarlett estaba perpleja. Sólo había faltado que el viejo le dijera «por favor». Y también parecía débil. «Dios mío, espero que no vaya a morirse ahora mismo. No quisiera tener que habérmelas con Eulalie y Pauline en su entierro.» Acercó una silla a la cabecera de la cama.

Mientras tanto, Pierre Robillard la observaba entre los párpados entornados.

—Scarlett —dijo pausadamente cuando ella se hubo sentado—, tengo casi noventa y cuatro años. Gozo de buena salud, teniendo en cuenta mi edad, pero no es probable, por simples matemáticas, que viva mucho más. Quiero pedirte, nieta, que estés conmigo durante el tiempo que me queda.

Scarlett iba a hablar, pero él levantó su mano para impedírselo.

—Todavía no he terminado —dijo—. No apelo a tu sentido del deber familiar, aunque sé que has atendido a las necesidades de tus tías durante muchos años. Voy a hacerte una buena oferta, incluso una oferta generosa. Si te quedas aquí y cuidas de la casa, procurando que esté cómodo y cumpliendo mis deseos, heredarás todo mi caudal cuando yo muera. Y no es desdeñable.

Scarlett se quedó pasmada. ¡Le estaba ofreciendo una fortuna! Pensó en la obsequiosidad del director del banco y se preguntó a cuánto ascendería aquélla.

Pierre Robillard interpretó mal la vacilación de Scarlett, que estaba reflexionando. Creyó que se sentía rebosante de gratitud. El anciano sabía muchas cosas pero no había recibido ningún informe del director del banco y, por tanto, nada sabía del oro que guardaba ella en las cajas de seguridad. La satisfacción iluminaba sus ojos apagados.

—No sé —dijo— ni quiero saber las circunstancias que te han inducido a pensar en la disolución de tu matrimonio. —Su actitud y su voz eran más firmes, ahora que creía que tenía las de ganar—. Pero abandonarás toda idea de divorcio...

—¡Ha estado leyendo mi correspondencia!

—Tengo derecho a enterarme de todo lo que entra en esta casa.

Scarlett estaba tan furiosa que no encontraba palabras para expresarse. Su abuelo seguía hablando. Con precisión. Fríamente. En términos que eran como agujas de hielo.

—Desprecio la imprudencia y la estupidez, y tú fuiste estúpidamente imprudente al dejar a tu marido sin pensar en tu posición. Si hubieses tenido la sensatez de consultar a un abogado, como he hecho yo, sabrías que las leyes de Carolina del Sur no permiten el divorcio por ninguna causa. Es un caso único en Estados Unidos a este respecto. Tú huiste a Georgia, es verdad, pero tu marido reside, desde el punto de vista legal, en Carolina del Sur. No puede haber divorcio.

Scarlett estaba indignada por la violación de su correspondencia. Tenía que haber sido el chivato de Jerome. «Él ha estado revolviendo mis cosas, ha registrado mi mesa escritorio. Y alguien de mi propia sangre, mi abuelo, le ordenó que lo hiciese.» Se levantó y se inclinó hacia delante, apoyando los puños en la cama, al lado de la mano esquelética de Pierre Robillard.

—¿Cómo se atreve a enviar a ese hombre a mi habitación? —gritó, golpeando la gruesa colcha.

La mano del abuelo se alzó con la rapidez de una serpiente que ataca. Agarró las dos muñecas en una presa de sus largos dedos.

—No levantarás la voz en esta casa, jovencita. Detesto el ruido. Y te comportarás con el decoro que debe observar mi nieta. Yo no soy uno de tus desastrados parientes irlandeses.

A Scarlett le impresionó su fuerza, y le dio también un poco de miedo. ¿Qué había sido del hombre débil a quien casi había compadecido? Sus dedos parecían de hierro.

Se soltó y se echó atrás hasta que tropezó con la silla.

—No es extraño que mi madre se marchase de esta casa y no volviese nunca —dijo.

Aborreció su propia voz, temblorosa de miedo.

—No seas melodramática, muchacha. Tu madre se marchó de esta casa porque era testaruda y demasiado joven para atender a razones. Había sido desgraciada en el amor y se agarró al primer hombre que se le declaró. Tuvo que lamentarlo durante toda su vida; pero lo hecho, hecho estaba. Tú no eres una chiquilla como ella; eres lo bastante mayor para pensar con la cabeza. El contrato está ya redactado. Haz pasar a Jones; firmaremos el documento y procederemos como si tu arrebato no se hubiese producido jamás.

Scarlett le volvió la espalda. «No le creo —pensó—. No escucharé lo que me dice.» Levantó la silla y la llevó a su sitio acostumbrado posándola con gran cuidado, de modo que sus patas coincidiesen con las huellas que habían marcado sobre la alfombra en el curso de los años. Ya no temía al viejo, ni le compadecía, ni estaba siquiera furiosa contra él. Cuando se volvió de nuevo en su dirección, fue como si nunca le hubiese visto en su vida. Era un extraño. Un anciano tiránico, rastrero y fastidioso, al que no conocía ni quería conocer.

—No hay bastante dinero en el mundo para retenerme aquí —dijo, hablándose a sí misma más que a él—. El dinero no puede hacer soportable la vida en una tumba. —Miró a Pierre Robillard con unos ojos que echaban chispas en su semblante mortalmente pálido—. Usted sí que puede vivir aquí, porque ya está muerto, aunque no quiera reconocerlo. Me marcharé temprano por la mañana.

Se dirigió rápidamente a la puerta y la abrió.

—Me imaginé que estaría aquí escuchando, Jerome. Entre.

43

—No seas llorona, Pansy; nada va a ocurrirte. El tren va directamente a Atlanta y se queda allí. No te apees antes de que esté parado. He envuelto algún dinero en un pañuelo que he prendido con alfileres en el bolsillo de tu abrigo. El revisor tiene ya tu billete y me ha prometido cuidar de ti. ¡Por todos los diablos! Has estado gimoteando porque querías volver a casa y ahora vas a hacerlo; por consiguiente, deja de comportarte así.

—Es que nunca he viajado sola en tren, señora Scarlett.

—¡Tonterías! No vas a ir sola. Viaja mucha gente en el tren. Mira por la ventanilla, cómete lo que hay en la cesta que te ha preparado la señora O'Hara y estarás en casa sin darte cuenta. He enviado un telegrama diciéndoles que vayan a recibirte a la estación.

—Pero, señora Scarlett, ¿qué voy a hacer si usted no está allí? Yo soy la doncella de una dama. ¿Cuándo va a volver a casa?

—Cuando sea. Sube al vagón; el tren está a punto de partir.

«Depende de Rhett —pensó—, y ojalá venga pronto. No sé si voy a escontrarme a gusto con mis primos.» Se volvió y sonrió a la esposa de Jamie.

—No sé cómo darte las gracias por acogerme, Maureen. Me horroriza pensar en las molestias que os estoy causando.

Lo dijo con voz infantil, animada, educada.

Maureen la asió del brazo y se la llevó lejos del tren y de la cara afligida de Pansy pegada al polvoriento cristal de la ventanilla.

—Todo va bien, Scarlett —dijo—. Daniel está encantado de cederte su habitación, porque va a trasladarse a casa de Patricia con Brian. Quería hacerlo, pero no se atrevía a decirlo. Y Kathleen está rebosante de alegría, porque dice que va a ser la doncella de una dama. Es el oficio que quería aprender, y adora el suelo que pisas. Es la primera vez que la tontuela se siente feliz desde que vino aquí. Tú eres de los nuestros; no aceptas órdenes de aquel viejo chalado. ¡Mira que esperar que te quedases allí como su ama de llaves! Nosotros te queremos por lo que eres.

Scarlett se sintió mejor. Era imposible resistirse al afecto de Maureen. Sin embargo, esperaba que su estancia no se prolongase mucho tiempo. ¡Demasiados chiquillos!

«Es como una potranca a punto de dar una espantada», pensó Maureen. Bajo la ligera presión de su mano notaba la tensión del brazo de Scarlett. «Lo que ella necesita —decidió— es abrir su corazón y desfogarse a la buena y antigua manera. No es natural que una mujer no hable nunca de sí misma, y Scarlett no ha mencionado en absoluto a su marido. Hace que una se pregunte...» Pero Maureen no perdió tiempo preguntándose cosas. Había observado, cuando era jovencita y limpiaba los cristales de la taberna de su padre, que, con el tiempo, todo el mundo acababa aireando sus problemas. No podía creer que Scarlett fuese un caso diferente.

Las viviendas de los O'Hara eran cuatro altas casas de ladrillos en hilera, con ventanas delante y detrás y paredes interiores medianeras. La disposición de todas ellas era idéntica. Cada planta tenía dos habitaciones: cocina y comedor en la planta baja, un doble salón en el primer piso y dos dormitorios en cada uno de los dos pisos altos. Un estrecho pasillo con una magnífica escalera discurría a lo largo de cada casa, y detrás de cada vivienda había un amplio patio y una cochera.

La habitación de Scarlett estaba en el tercer piso de la casa de Jamie. Tenía dos camas individuales (Daniel y Brian la habían compartido hasta que éste se había mudado a la casa de Patricia) y era muy sencilla, como correspondía a dos jóvenes varones. Aparte de las camas no poseía más mobiliario que un armario, una mesa escritorio y una silla. Pero había colchas de brillantes colores sobre las camas y una gran alfombra roja y blanca sobre el pulido suelo. Maureen había colgado un espejo en la pared junto a la mesa cubriendo el tablero con un tapete de encaje de modo que Scarlett tuviese un tocador. Kathleen peinaba a Scarlett con mucha maña y no deseaba más que complacerla; siempre estaba a su disposición. Dormía con Mary Kate y Helen en el otro dormitorio del tercer piso.

El único niño pequeño, en casa de Jamie, era Jacky, de cuatro años, y el chiquillo se pasaba la mayor parte del tiempo en una de las otras casas, jugando con primitos de su edad.

Durante el día, mientras los hombres se encontraban en el trabajo y los niños mayores en el colegio, la hilera de casas era un mundo de mujeres. Scarlett pensó que lo aborrecería. Pero nada en su vida la había preparado para las mujeres O'Hara.

Entre ellas no existían secretos ni reticencias. Decían lo que pensaban, confesaban intimidades que ponían colorada a Scarlett, disputaban cuando no estaban de acuerdo y se abrazaban llorando cuando hacían las paces. Consideraban todas las casas como si fuesen una sola, entraban y salían indistintamente de cualquier cocina a cualquier hora para tomar una taza de té; compartían los deberes de la compra y los guisos, y cuidaban de los animales en los patios y en las cocheras que habían sido convertidas en corrales.

Sobre todo, disfrutaban riendo, murmurando, haciéndose confidencias y urdiendo intrincados e inofensivos complots contra sus hombres. Hicieron partícipe de todo esto a Scarlett desde el momento de su llegada, presumiendo que era una de ellas. Y como una de ellas se sintió a los pocos días. Iba al mercado municipal con Maureen o Katie todos los días, en busca de los mejores ingredientes y los mejores precios; reía con las jóvenes Polly y Kathleen sobre trucos para embellecerse con las tenacillas de rizar y las cintas, y examinaba muestras de tapicería con Patricia, siempre orgullosa de su casa, mucho después de que Maureen y Katie hubiesen renunciado a hacerlo por lo melindrosa que era la joven. Bebía innumerables tazas de té y escuchaba relatos de triunfos y preocupaciones, y aunque no les comunicaba ninguno de sus propios secretos, nadie la apremiaba para que los contase ni reprimía la franca confesión de los suyos.

—Nunca pensé que a la gente le ocurrían tantas cosas interesantes —dijo a Maureen con auténtica sorpresa.

Las veladas discurrían de un modo diferente. Los hombres trabajaban de firme y estaban cansados cuando volvían a casa. Querían una buena comida, una pipa y algo que beber. Y siempre lo obtenían. Después, la velada se desenvolvía por sí sola. Con frecuencia, toda la familia iba a parar a la casa de Matt, porque éste tenía cinco hijos pequeños durmiendo arriba. Maureen y Jamie podían dejar a Jacky y Helen al cuidado de Mary Kate, y Patricia se llevaba consigo a los suyos de dos y tres años, que dormían y no se despertaban. Al poco rato, empezaba la música. Después, cuando llegaba Colum, éste se convertía en el director.

La primera vez que Scarlett vio el *bodhran*, pensó que era una pandereta desmesurada. El círculo de cuero tensado dentro de un marco de metal tenía más de sesenta centímetros de diámetro, pero el instrumento era llano como una pandereta, y Gerald lo sostenía en la mano como si fuera una de éstas. Después Gerald se sentó y colocándose el *bodhran* sobre las rodillas lo golpeó con un palito que sostenía por la mitad, de manera que golpease la piel primero con un extremo y después con el otro. Entonces Scarlett se dio cuenta de que en realidad era un tambor.

Y como tambor, no valía gran cosa, pensó. Hasta que Colum empezó a tocarlo: extendió la mano izquierda debajo del cuero tirante, como acariciándolo, y su muñeca derecha fue de pronto tan fluida como el agua. Movía el brazo de arriba abajo y de arriba al centro del tambor, mientras realizaba con la mano derecha un curioso y al parecer descuidado movimiento que hacía que el palillo repicase con un ritmo continuo y excitante. El tono y el volumen cambiaron, pero el hipnótico e imponente redoble no varió en absoluto cuando se unieron a él el violín y después el silbato y luego la concertina. Maureen sostenía inmóviles los huesos en la mano, demasiado absorta en aquella música para acordarse de ellos.

Scarlett se rindió a aquel redoble. La hacía reír, la hacía llorar, la hacía bailar como nunca había soñado que podría hacerlo. Sólo cuando Colum depositó el *bodhran* en el suelo, y pidió una bebida diciendo «me he quedado seco», Scarlett comprobó que todo el mundo estaba tan arrebatado como ella.

Miró al bajo y sonriente personaje de nariz achatada con un estremecimiento de respeto y de pasmo. Ese hombre no era como los demás.

—Querida Scarlett, tú entiendes de ostras más que yo —dijo Maureen cuando entraron en el mercado municipal—. ¿Quieres buscar las mejores? Hoy quiero hacer un buen guisado de ostras para el té de Colum.

—¿Para el té? El guisado de ostras es muy rico para una comida.

—Lo sé. Pero esta noche tiene que hablar en una reunión, y no cenará antes de hacerlo. Suele quedarse en su habitación repasando su discurso mientras los demás comemos.

—¿Qué clase de reunión, Maureen? ¿Asistiremos todos?

—Es de los Jasper Greens, el grupo americano irlandés de soldados voluntarios. Por consiguiente, no asistirán mujeres. No seríamos bien recibidas.

—¿Qué hace allí Colum?

—Bueno, primero les recuerda que son irlandeses, por mucho tiempo que lleven siendo americanos; después los hace llorar de añoranza y amor por el viejo país, y luego consigue que se vacíen los bolsillos para ayudar a los pobres de Irlanda. Jamie dice que es un orador muy elocuente.

—Me lo imagino. Hay algo mágico en Colum.

—Entonces, a ver si encuentras algunas ostras mágicas.

Scarlett se echó a reír.

—No tendrán perlas —dijo imitando el acento irlandés de Maureen—, pero harán un caldo magnífico.

Colum miró el cuenco humeante y lleno hasta el borde, y arqueó las cejas.

—Sirves un té espléndido, Maureen.

—Las ostras parecían particularmente gordas hoy en el mercado —dijo ella, haciendo un guiño.

—¿No imprimen calendarios en Estados Unidos?

—Vamos, Colum, come tu guisado antes de que se enfríe.

—Estamos en cuaresma, Maureen, y ya conoces las reglas del ayuno. Una comida al día, y ésta sin carne.

¡Conque sus tías tenían razón! Scarlett dejó despacio la cuchara sobre la mesa.

Miró compasivamente a Maureen. Una comida tan buena, echada a perder. Tendría que cumplir una fuerte penitencia y debía sentirse terriblemente culpable.

¿Por qué tenía que ser Colum sacerdote?

Se asombró al ver que Maureen sonreía e introducía su cuchara para capturar una ostra.

—Yo no temo al infierno, Colum —dijo—. Tengo la dispensa de los O'Hara. Tú eres también un O'Hara; por consiguiente, come tus ostras a gusto.

Scarlett estaba intrigada.

—¿Qué es la dispensa de los O'Hara? —preguntó a Maureen.

Le respondió Colum, pero sin el buen humor de Maureen.

—Hace unos treinta años —dijo—, hubo una hambruna en Irlanda. Durante un año y el siguiente, la gente pasó hambre. No había alimentos, por lo que comían hierbas, hasta que ni siquiera dispusieron de hierba. Fue algo terrible, terrible. Murieron muchos sin que hubiese manera de ayudarlos. Los que sobrevivieron recibieron una dispensa otorgada por los curas de algunas parroquias. Los O'Hara vivían en una de estas parroquias, por eso no han de ayunar, aunque sí abstenerse de comer carne.

Contemplaba fijamente el líquido espeso y salpicado de mantequilla de su tazón.

Maureen miró a Scarlett. Ésta se llevó un dedo a los labios para imponerle silencio, y le hizo con la cuchara una señal para que comiese.

Después de un largo rato, Colum tomó su cuchara. No levantó la mirada mientras consumía las suculentas ostras, y dio las gracias sin entusiasmo. Después se fue a casa de Patricia, donde compartía una habitación con Stephen.

Scarlett observó con curiosidad a Maureen.

—¿Estuvisteis allí durante la hambruna? —preguntó cautelosamente.

Maureen asintió con la cabeza.

—Yo estuve. Mi padre poseía una taberna; por consiguiente, no lo pasamos tan mal como algunos. La gente siempre encuentra dinero para beber, de modo que nosotros podíamos comprar pan y leche. Fueron los pobres agricultores quienes lo pasaron peor. Oh, fue terrible. —Cruzó los brazos sobre el pecho y se estremeció. Tenía los ojos llenos de lágrimas, y se le quebró la voz al tratar de hablar—. Solamente tenían patatas; ya ves como estaba la cosa. El maíz que cultivaban y las vacas que criaban, y la leche y la mantequilla que obtenían de ellas, todo lo vendían para poder pagar el arrendamiento de sus fincas. Guardaban un poco de mantequilla y de leche desnatada para sí mismos y, quizás, unas pocas gallinas para poder comer a veces un huevo los domingos. Pero la mayoría tenía que comer patatas, solamente patatas, y con esto iba tirando. Después, a las patatas les dio por pudrirse bajo el suelo, y ya no tuvieron nada.

Guardó silencio, balanceándose. De sus labios temblorosos, que no pudo mantener cerrados, se escapó un áspero gemido de dolor al recordar lo sucedido.

Scarlett se puso en pie de un salto y rodeó los estremecidos hombros de Maureen con los brazos.

Maureen lloró sobre el pecho de Scarlett.

—No puedes imaginarte lo que es no tener nada que comer.

Scarlett miró las brasas de la chimenea.

—Sé lo que es —dijo.

Estrechó a Maureen y le habló de cuando había ido a Tara huyendo de la incendiada Atlanta. No había lágrimas en sus ojos ni en su voz mientras le contaba la desolación y los largos meses de hambre incesante que la habían llevado a las puertas de la muerte. Pero después de relatarle cómo al llegar a Tara había encontrado a su madre muerta y a su padre lastimosamente trastornado, Scarlett se derrumbó.

Entonces fue Maureen quien la abrazó mientras ella lloraba.

44

Pareció que los cornejos habían florecido de la noche a la mañana. Un día, cuando Scarlett y Maureen se dirigían al mercado había nubes de flores sobre la avenida tapizada de hierba que se extendía ante la casa.

—¿No es una vista magnífica? —Maureen suspiró con entusiasmo—. La luz de la mañana se filtra a través de los tiernos pétalos y los tiñe casi de color de rosa. Al mediodía serán blancos como el pecho de un cisne. Es estupenda una ciudad que planta cosas tan bellas para que todo el mundo las vea. —Respiró hondo—. Celebraremos una comida en el parque, Scarlett, para saborear el verdor de la primavera en el aire. Démonos prisa porque tenemos que comprar muchas cosas. Esta tarde prepararé la comida y mañana, después de la misa, iremos al parque y pasaremos allí todo el día.

¿Era ya sábado? La mente de Scarlett galopó, calculando y recordando. ¡Oh, hacía casi un mes que estaba en Savannah! Fue como si un torno le estrujase el corazón. ¿Por qué no había venido Rhett? ¿Dónde estaba? Sus gestiones en Boston no podían haberle llevado tanto tiempo.

—... Boston —dijo Maureen, y Scarlett se detuvo en seco y le agarró el brazo, mirándola recelosamente.

¿Cómo podía saber Maureen que Rhett estaba en Boston? ¿Cómo podía saber algo acerca de él? Ella no le había dicho una palabra.

—¿Qué te pasa, querida Scarlett? ¿Te has torcido un tobillo?

—¿Qué decías acerca de Boston?

—Decía que es una lástima que Stephen no esté con nosotros para la comida en el parque. Hoy se marcha para Boston. Y apuesto a que allí no habrá árboles en flor. Sin embargo, tendrá ocasión de ver a Thomas y a su familia y podrá traer noticias de ellos. Esto complacerá al viejo James. Pensar en todos los hermanos desparramados en Estados Unidos es una cosa maravillosa...

Scarlett caminó rápidamente al lado de Maureen. Estaba avergonzada. ¿Cómo había sido tan injusta? «Maureen es mi amiga, la mejor amiga que tuve jamás. Sería incapaz de espiarme, de meterse en mi vida privada. Es que ha pasado mucho tiempo, y ni siquiera me había dado cuenta. Probablemente por eso estoy tan nerviosa y le he gritado a Maureen. Porque ha pasado mucho tiempo y Rhett no ha venido.»

Distraída, asintió con murmullos a las sugerencias de Maureen sobre lo que había que comprar para la comida al aire libre de mañana, mientras saltaban las preguntas entre las paredes de su mente como pájaros enjaulados. ¿Había cometido un error al no volver a Charleston con sus tías? ¿Lo había cometido antes, al marcharse de allí?

«Esto me está volviendo loca. ¡No puedo pensar en ello, o gritaré!»

Pero su mente no paraba de preguntar.

Tal vez debería hablar de esto con Maureen. Maureen la tranquilizaría, y era lista, sabía realmente mucho acerca de muchas cosas. La comprendería. Tal vez podía ayudarla.

«No; hablaré con Colum. Mañana habrá tiempo sobrado para ello. Le diré que quiero que hablemos, le pediré que demos un paseo. Colum sabrá lo que hay que hacer.» A su manera, Colum se parecía a Rhett. Era un hombre cabal, como Rhett, y todos los demás parecían insignificantes comparados con él, de la misma manera que los hombres parecían convertirse en simples muchachos al lado de Rhett, que era el único hombre en la habitación. Colum conseguía hacer muchas cosas, lo mismo que Rhett, y se reía al hacerlas, igual que éste.

Scarlett se rió a su vez al recordar a Colum hablando del padre de Polly. «Sí, es un hombre importante y audaz, el poderoso constructor MacMahon. Tiene unos brazos como almádenas, que amenazan con reventar las costuras de su costosa chaqueta, probablemente elegida por la señora MacMahon para que haga juego con la tapicería de su salón; pues, de no ser así, ¿por qué llevaría una prenda tan lujosa? Y es también un hombre temeroso de Dios, que contempla con la debida reverencia el lustre que da a su alma edificar la casa del Señor aquí, en Savannah, Estados Unidos. Yo le bendije, a mi humilde manera. "¡A fe mía!", le dije. "Creo sinceramente que es usted tan religioso que no obtiene un centavo más del cuarenta por ciento de beneficios por construir la parroquia." Entonces sus ojos centellearon y sus músculos se hincharon como los de un toro y las costuras de seda de las lujosas mangas emitieron unos débiles sonidos, como si fuesen a reventar. "Estoy seguro, señor constructor", le dije, "de que cualquier otro hombre se habría embolsado un cincuenta por ciento habida cuenta de que el obispo no es irlandés." Y entonces el buen hombre hizo gala de su mérito, "¡Qué barbaridad!", rugió, y temí que las ventanas saltasen por los aires. "¿Cómo llaman a esto los católicos?" Entonces me contó unos chismes sobre las iniquidades del obispo que mi condición de cura me impide creer. Compartí su indignación y un par de vasos con él y, después, le conté los sufrimientos de mi pobre primita. El buen hombre mostró una justa indignación. Lo único que pude hacer fue impedir que derribase el campanario con sus propias y vigorosas manos. No creo que haga que todos sus obreros se declaren en huelga, pero no estoy seguro de ello. Me dijo que expresará al obispo su preocupación por la tranquilidad mental de Scarlett en términos que el nervioso hombrecillo no podrá dejar de comprender, y lo repetirá todas las veces que sean necesarias para convencerle de la gravedad del problema.»

—Quisiera saber por qué estás sonriendo a las coles —dijo Maureen.

Scarlett dirigió la sonrisa a su amiga.

—Porque estoy contenta de que sea primavera y vayamos a comer en el parque —dijo.

Y porque estaba segura de que conseguiría la propiedad de Tara.

Scarlett no habría visto nunca el parque Forsyth, pues, aunque Hodgson Hall estaba precisamente frente a él, al otro lado de la calle, era de noche cuando ella había asistido a la ceremonia de la inauguración. Su visión la pilló desprevenida e hizo que se quedase sin aliento. Un par de esfinges de piedra flanqueaban la entrada. Los niños contemplaron con anhelo aquellos animales a los que les estaba prohibido subir, y después corrieron velozmente por el camino central. Tuvieron que dar un rodeo para evitar a Scarlett, que se había quedado plantada en medio del camino mirando al frente.

La fuente estaba a dos manzanas de la entrada, pero era tan enorme que parecía hallarse muy cerca. Arcos y chorros de agua se alzaban y caían como esparciendo diamantes en todas direcciones. Scarlett estaba como hechizada; nunca había visto nada tan espectacular.

—Vamos —dijo Jamie—, es más bonita cuanto más se acerca uno.

Y así era. El brillante sol ponía reflejos irisados en las aguas danzarinas que resplandecían, se desvanecían y reaparecían a cada paso que daba Scarlett. Los blanqueados troncos de los árboles que bordeaban el camino brillaban tenuemente en la jaspeada sombra de sus hojas, conduciendo hacia la deslumbrante blancura de la fuente de mármol. Cuando llegó a la valla de hierro que cercaba la taza de la fuente, Scarlett tuvo que echar la cabeza atrás hasta casi sentir mareo, para mirar la ninfa que se alzaba en el tercer nivel, una estatua mayor que ella cuyo brazo levantado sujetaba una vara que arrojaba un chorro de agua hacia lo alto, en dirección al brillante cielo azul.

—A mí me gustan los hombres serpiente —comentó Maureen—. Siempre me dan la impresión de que se están divirtiendo.

Scarlett dirigió la vista hacia donde señalaba Maureen.

Los tritones de bronce estaban arrodillados en la enorme taza sobre sus colas escamosas elegantemente dobladas, con una mano en la cadera y llevándose con la otra un cuerno a los labios.

Los hombres tendieron mantas al pie del roble que eligió Maureen y las mujeres dejaron sus cestas. Mary Kate y Kathleen depositaron a la hija menor de Patricia y al niño más pequeño de Katie en el suelo, para que se arrastrasen sobre la hierba. Los niños mayores corrían y saltaban en algún juego de su invención.

—Descansaré un poco los pies —dijo Patricia. Billy la ayudó a sentarse apoyando la espalda en el tronco del árbol—. Ve tú a lo tuyo —dijo ella maliciosamente—; no hace falta que pases todo el día a mi lado.

Él la besó en la mejilla y se desprendió del hombro las correas de la concertina posándola en el césped al lado de su mujer.

—Más tarde tocaré una bonita canción para ti —prometió.

Después caminó hacia un grupo de hombres que a lo lejos jugaban a béisbol.

—Ve con él y diviértete, Matt —sugirió Katie a su marido.

—Sí, id todos —dijo Maureen.

Agitó las manos como echándolos de allí. Jamie y sus altos hijos se alejaron corriendo. Colum y Gerald caminaron detrás de ellos, con Matt y Billy.

—Estarán muertos de hambre cuando vuelvan —dijo Maureen. Su voz rebosaba alegría—. Hicimos bien en traer comida para un ejército.

«Una montaña de comida», pensó Scarlett al principio. Luego se dio cuenta de que, probablemente, habría desaparecido toda dentro de una hora. Las familias numerosas eran así. Miró con verdadero afecto a esas mujeres, y sentiría lo mismo por los hombres cuando volviesen con las chaquetas y los sombreros en la mano, desabrochados los cuellos y arremangadas las mangas de las camisas. Había dejado a un lado su presunción de clase, sin advertirlo. Ya no recordaba su inquietud al enterarse de que sus primos habían prestado sus servicios en la gran finca cerca de la cual vivían en Irlanda. Matt había trabajado allí de carpintero y Gerald, a sus órdenes, hacía reparaciones en las docenas de edificios y kilómetros de vallas. Katie había sido lechera, y Patricia, doncella. No importaba. Scarlett estaba orgullosa de ser una O'Hara.

Se arrodilló al lado de Maureen y empezó a ayudarla.

—Espero que los hombres no se retrasen —dijo—. Este aire fresco me está dando mucho apetito.

Cuando sólo quedaban dos trozos de pastel y una manzana, Maureen empezó a hervir agua para el té en un hornillo de alcohol. Billy Carmody tomó su concertina y guiñó un ojo a Patricia.

—¿Qué quieres que toque, Patsy? Te prometí una canción.

—Todavía no, Billy —dijo Katie—. Los pequeños casi se han dormido.

Cinco cuerpos menudos yacían sobre una de las mantas en el sitio donde era más densa la sombra del árbol. Billy empezó a silbar suavemente y, después, siguió el tono con la concertina, casi en sordina. Patricia le sonrió. Alisó los cabellos de Timothy, apartándolos de la frente, y empezó a cantar la nana que estaba tocando Billy.

En alas del viento sobre el mar oscuro
vienen los ángeles a guardar tu sueño,
vienen los ángeles a velar por ti.
Escucha pues el viento que llega sobre el mar,
oye el susurro amoroso del viento,
inclina la cabeza, escuchando su soplo.
Las barcas navegan sobre el agua azul
persiguiendo el arenque de color plateado,
plata en el arenque y plata en el mar,
plata para mi amor y para mí.
Oye el susurro amoroso del viento,
inclina la cabeza, escuchando su soplo.

Hubo un momento de silencio; entonces Timothy abrió los ojos.

—Otra vez, por favor —dijo, soñoliento.

—Oh, sí, señora, por favor; cántelo otra vez.

Todos levantaron la cabeza y miraron, sorprendidos, a un jovencito que estaba plantado cerca de ellos; sostenía una gorra raída en sus toscas manos sucias, delante de su chaqueta remendada. Hubiérase dicho que tenía unos doce años, a no ser por la barba incipiente en el mentón.

—Les pido perdón, señoras y caballeros —dijo seriamente—. Sé que soy demasiado atrevido al entrometerme en su fiesta. Pero mi madre solía cantarnos esta canción, a mí y a mis hermanas, y cuando la he oído me ha dado un vuelco el corazón.

—Siéntate, muchacho —dijo Maureen—. Aquí hay unos trozos de pastel que están diciendo «cómeme», y pan y un buen queso en la cesta. ¿Cómo te llamas y de dónde eres?

El muchacho se arrodilló a su lado.

—Me llamo Danny Murray, señora. —Se apartó los fibrosos cabellos negros de la frente, se enjugó en la manga la mano y la tendió para tomar el pan que había sacado Maureen de la cesta—. Mi pueblo es Connemara, cuando estoy allí.

Mordió con fuerza el pan. Billy empezó a tocar, y el chico bajó la mano junto al costado.

—«En alas del viento...» —cantó Katie.

El hambriento muchacho tragó un bocado y cantó con ella.

—«... inclina la cabeza, escuchando su soplo» —terminaron después de la tercera repetición.

Los ojos negros de Danny Murray brillaban como el azabache.

—Vamos, come, Danny Murray —dijo Maureen. Su voz era ruda pero afectuosa—. Más tarde necesitarás todas tus fuerzas. Voy a preparar el té, y después te pediremos que cantes más. Tu voz de ángel es como un don del Cielo.

Y era verdad. La voz de tenor del joven irlandés era tan pura como la del Gerald.

Los O'Hara se ajetrearon preparando las tazas de té, a fin de que el hambriento muchacho pudiese comer sin ser observado.

—Aprendí una nueva canción que creo que tal vez les gustará —dijo, mientras Maureen servía el té—. Estoy en un barco que hizo escala en Filadelfia antes de venir aquí. ¿Quieren que se la cante?

—¿Cómo se llama, Danny? Tal vez la conozca —dijo Billy.

—*Te llevaré a casa.*

Billy sacudió la cabeza.

—Me gustará aprenderla.

Danny Murray sonrió.

—Y a mí me gustará enseñársela.

Se apartó los cabellos de la cara y respiró hondo. Después abrió los labios y las notas brotaron de ellos como un brillante hilo de plata.

Te llevará de nuevo a casa, Kathleen,
a través del océano ancho y salvaje,
adonde ha estado siempre tu corazón
desde que fuiste mi hermosa desposada.
Las rosas ya no están en tus mejillas,
las he visto marchitarse y morir.
Tu voz es triste cuando hablas
y las lágrimas nublan tus amantes ojos.
Y yo te llevaré de nuevo, Kathleen,
adonde tu corazón no sentirá dolor.
Cuando los montes estén frescos y verdes
te llevaré a tu patria, Kathleen.

Scarlett aplaudió con los demás. Era una bella canción.

—Me ha gustado tanto que no he podido aprenderla —dijo tristemente Billy—. Cántala otra vez, Danny, para que capte la tonada.

—¡No! —Kathleen O'Hara se puso en pie de un salto. Tenía las mejillas surcadas de lágrimas—. No puedo escucharla de nuevo, ¡no puedo! —Se enjugó los ojos con las palmas de las manos—. Perdonadme —sollozó—. Tengo que irme.

Pasó cuidadosamente sobre los niños dormidos y se alejó corriendo.

—Lo siento —dijo el joven.

—Oh, no ha sido culpa tuya, muchacho —dijo Colum—. Nos ha gustado mucho lo que has cantado. Lo cierto es que la pobre muchacha añora mucho Irlanda y da la casualidad de que se llama Kathleen. Dime, ¿conoces *La barca de Kildare*? Es una especialidad de Billy, el de la caja de música. Nos harías un favor si la cantases con su acompañamiento; tal vez así parecería que Billy toca como un músico.

La música prosiguió hasta que el sol se ocultó detrás de los árboles y la brisa se hizo más fría. Entonces se marcharon a casa. Danny Murray no pudo aceptar la invitación de Jamie a cenar. Tenía que estar en su barco al anochecer.

—Jamie, creo que debería llevarme a Kathleen cuando me marche —dijo Colum—. Lleva aquí bastante tiempo para haber superado su añoranza, pero todavía le duele el corazón.

Scarlett estuvo a punto de verterse el agua hirviente en la mano en vez de echarla en la tetera.

—¿Adónde vas, Colum?

—Vuelvo a Irlanda, querida. Sólo estoy aquí de visita.

—Pero el obispo todavía no ha cambiado de idea sobre Tara. Y hay algo más de lo que quiero hablar contigo.

—Bueno, no voy a marcharme en este momento, querida Scarlett. Habrá tiempo para todo. Y ahora dime qué piensas, como mujer. ¿Debería Kathleen volver a Irlanda?

—No lo sé. Pregúntaselo a Maureen. Ha estado todo el rato con ella desde que regresamos.

¿Qué importaba lo que hiciese Kathleen? Quien le interesaba era Colum. ¿Cómo podía hacer los bártulos y marcharse cuando ella le necesitaba tanto? «Oh, ¿por qué me estuve sentada allí, cantando con aquel sucio muchacho? Debiera haber dado un paseo con Colum, como tenía proyectado.»

Scarlett sólo probó la tostada con queso y la sopa de patatas que tenían para la cena. Sentía ganas de llorar.

—¡Uf! —resopló Maureen cuando hubieron limpiado la cocina—. Esta noche me acostaré temprano. Estar sentada en el suelo durante tantas horas me ha dejado tiesa como el mango de un arado. Vosotras debéis hacer lo mismo, Mary Kate y Helen. Mañana es día de colegio.

Scarlett se sentía también entumecida. Se estiró delante del fuego.

—Buenas noches —dijo.

—Quédate un poco más —dijo Colum—, mientras termino de fumar mi pipa. Jamie está bostezando tanto que sé que está a punto de abandonarme.

Scarlett se sentó en una silla delante de Colum.

Jamie le acarició la cabeza al dirigirse a la escalera.

Colum chupó su pipa. El olor del tabaco era agridulce.

—Es agradable charlar junto al fuego —dijo al cabo de un rato—. ¿Qué hay en tu mente y en tu corazón, Scarlett?

Ella suspiró profundamente.

—No sé qué hacer en lo tocante a Rhett, Colum. Temo que lo he estropeado todo.

La cocina estaba caliente y débilmente iluminada, un lugar perfecto para abrir su corazón. Además, Scarlett tenía una idea confusa de que, por ser Colum sacerdote, todo lo que le dijese lo mantendría en secreto frente al resto de la familia, como si aquel lugar fuese el pequeño y cerrado confesionario de una iglesia. Empezó desde el principio, contándole la verdad sobre su matrimonio.

—Yo no le amaba; al menos, no sabía que le amaba. Estaba enamorada de otro. Y después, cuando supe que era Rhett el hombre a quien amaba, éste había dejado de quererme. Bueno, esto es lo que dijo él. Pero no creo que sea verdad, Colum; no puede serlo.

—¿Te abandonó él?

—Sí, pero después yo le dejé. Es esto lo que me pregunto si fue un error:

—A ver si lo entiendo yo...

Con infinita paciencia, Colum desenredó la maraña del relato de Scarlett. Era bastante más de medianoche cuando sacudió las cenizas de la pipa, que llevaba rato apagada, y se la guardó en el bolsillo.

—Hiciste lo que debías, querida —dijo—. Algunos creen que, porque llevamos el cuello de la camisa al revés, los sacerdotes no somos hombres. Se equivocan. Yo puedo comprender a tu marido. Incluso puedo compadecerle de veras por su problema. Es más profundo y más doloroso que el tuyo, Scarlett. Está luchando consigo mismo y, para un hombre de carácter fuerte, éste es un combate terrible. Volverá a ti y, cuando lo haga, debes ser generosa con él, porque estará rendido después de la lucha.

—¿Pero cuándo será, Colum?

—Esto no puedo decírtelo, aunque sé una cosa: es él quien debe buscarte; no tú a él. Tiene que luchar solo, hasta que vea que te necesita y se lo confiese a sí mismo.

—¿Estás seguro de que vendrá?

—Sí, estoy seguro. Y ahora me voy a la cama. Haz tú lo mismo.

Scarlett reclinó la cabeza en la almohada y trató de vencer la pesadez de sus párpados. Quería alargar este momento, gozar de la satisfacción que le había dado el convencimiento de Colum. Rhett vendría; tal vez no tan pronto como ella quería, pero podía esperar.

45

Scarlett no se sintió muy complacida cuando Kathleen la despertó la mañana siguiente. Después de haber estado levantada hasta tan tarde, hablando con Colum, lo que deseaba era seguir durmiendo.

—Te he traído el té —dijo Kathleen a media voz—. Y Maureen pregunta si querrás ir con ella al mercado esta mañana.

Scarlett volvió la cabeza y cerró de nuevo los ojos.

—No; creo que dormiré un poco más. —Notó que Kathleen permanecía allí. ¿Por qué no se marchaba la muy tonta y la dejaba dormir?— ¿Qué quieres, Kathleen?

—Perdona, Scarlett, pero me preguntaba si querrías que te ayudase a vestirte. Maureen quiere que vaya en tu lugar, si tú no la acompañas, y no sé cuándo volveremos.

—Puede ayudarme Mary Kate —murmuró Scarlett sin levantar la cabeza de la almohada.

—Oh, no. Ella se ha ido al colegio hace un siglo. Y son las nueve.

Haciendo un esfuerzo, abrió Scarlett los ojos. Tenía la impresión de que podría dormir eternamente. Si la dejaban.

—Está bien —suspiró—, saca mis cosas. Me pondré el vestido a cuadros rojos y azules.

—Oh, estás guapísima con él —dijo, entusiasmada, Kathleen.

Decía lo mismo cada vez que Scarlett elegía un vestido. La consideraba la mujer más elegante y hermosa del mundo.

Scarlett bebió su té mientras Kathleen la peinaba con un moño en forma de ocho sobre la nuca. «Parezco dejada de la mano de Dios», pensó. Había débiles sombras debajo de sus ojos. «Tal vez debería ponerme el vestido rosa; sienta mejor a mi piel, pero Kathleen tendría que abrocharme de nuevo el corsé, pues aquel vestido tiene una cintura más estrecha, y ella me está volviendo loca con sus aspavientos.»

—Así está bien —dijo cuando Kathleen le hubo colocado la última horquilla—. Ahora vete.

—¿No quieres otra taza de té?

—No. Vete.

«En realidad, me gustaría tomar café —pensó Scarlett—. Tal vez podría ir al mercado, después de todo... No, estoy demasiado cansada para andar arriba y abajo, observándolo todo.» Se empolvó debajo de los ojos e hizo una mueca al espejo antes de bajar en busca de algo para desayunar.

—¡Caramba! —exclamó, cuando vio a Colum leyendo el periódico en la cocina.

Creía que no había nadie en la casa.

—He venido para pedirte un favor —dijo él. Quería un consejo femenino para elegir regalos para los de Irlanda—. Los chicos y sus padres no ofrecen dificultades, pero las chicas son un misterio. Scarlett sabrá, me dije, cuál es la última moda de Estados Unidos.

Ella se echó a reír al ver su expresión perpleja.

—Me encantará ayudarte, Colum; pero tendrás que pagarme... con una taza de café y un panecillo azucarado de la panadería de la calle Broughton.

Ya no se sentía cansada en absoluto.

—No sé por qué me has pedido que te acompañase, Colum. No te gusta nada de lo que te aconsejo.

Scarlett miró desesperada los montones de guantes de cabritilla, pañuelos de encaje, medias de seda con dibujos, bolsos con abalorios, abanicos pintados y piezas de seda, terciopelo y satén. Los dependientes habían sacado todos los mejores artículos de la tienda más elegante de Savannah, y Colum no hacía más que sacudir la cabeza.

—Pido disculpas por todas las molestias que he causado —dijo a los dependientes que sonreían forzadamente. Le ofreció el brazo a Scarlett—. También a ti te pido perdón. Temo que no expresé claramente lo que quería. Vamos, pagaré mi deuda contigo y después probaremos otra vez. Una taza de café nos vendrá bien.

Scarlett necesitaría más de una taza de café para que le perdonase esa estúpida búsqueda. Hizo caso omiso del brazo que él le ofrecía y salió bruscamente de la tienda.

Su humor mejoró cuando Colum sugirió que fuesen a Pulaski House a tomar café. El enorme hotel era muy distinguido y Scarlett nunca había estado en él. Cuando se hubieron sentado en un sofá tapizado de terciopelo, en uno de los adornados salones con columnas de mármol, miró satisfecha a su alrededor.

—Esto está muy bien —dijo, encantada, cuando un camarero de guantes blancos depositó una cargada bandeja de plata sobre la mesa de mármol que tenían delante.

—Con tu elegante vestido pareces estar en tu ambiente, en este majestuoso escenario de mármoles y de palmeras en macetas —dijo sonriendo Colum—. Por esto se cruzaron nuestros caminos en lugar de discurrir juntos.

En Irlanda, explicó, la gente vivía con sencillez. Con más sencillez, quizá, de lo que podía imaginarse Scarlett. Vivían en sus casas de labranza, lejos de toda ciudad, sólo cerca de un pueblo que únicamente contaba con una iglesia, una herrería y una posada donde se detenía la diligencia. La única tienda era una habitación en la esquina de la posada, donde se podía echar una carta y comprar tabaco y unos pocos comestibles. Pasaban por allí carros de vendedores ambulantes con cintas y chucherías y papeles de alfileres. La gente se distraía yendo de una casa a otra.

—Pero eso es igual que la vida en las plantaciones —exclamó Scarlett—. Mira, Tara está a ocho kilómetros de Jonesboro y, cuando llegas allí, sólo encuentras una estación de ferrocarril y una pequeña tienda de comestibles.

—Oh, no, Scarlett. Las plantaciones tienen mansiones, no simples casas de labranza enjabelgadas.

—¡No sabes de lo que estás hablando, Colum O'Hara! Los Doce Robles de Wilkes era la única mansión que había en todo el condado de Clayton. La mayoría de la gente tiene casas que empezaron con un par de habitaciones y una cocina y a las que añadieron después lo que necesitaban.

Colum sonrió y confesó su derrota. Sin embargo, dijo, los regalos para la familia no podían ser cosas de ciudad. Las muchachas se apañarían mejor con un corte de algodón que de satén, y no sabrían qué hacer con un abanico pintado.

Scarlett dejó la taza sobre el platillo con un rotundo chasquido.

—¡Percal! —dijo—. Apuesto a que les encantará el percal. Lo hay de todas clases y de brillantes colores, y se pueden hacer con él lindos vestidos. Nosotras usábamos percal para andar por casa.

—Y botas —dijo Colum. Sacó un trozo de papel del bolsillo y lo desplegó—. Aquí tengo los nombres y los números.

Scarlett se echó a reír al ver la longitud de la nota.

—Te vieron venir, Colum.

—¿Qué?

—Nada. Es una expresión americana.

«Todos los hombres, mujeres y niños del condado de Meath deben de haber puesto su nombre en la lista de Colum», pensó. Ocurría como con tía Eulalie cuando decía: «Ya que vas de compras, ¿quisieras traer algo para mí?» Por alguna razón, nunca se acordaba de pagar lo que fuese, y Scarlett sospechó que los amigos irlandeses de Colum serían igualmente olvidadizos.

—Cuéntame más acerca de Irlanda —dijo.

Todavía quedaba mucho café en la cafetera.

—Oh, es una isla extraña y hermosa —dijo suavemente Colum.

Había mucho amor en su voz cantarina cuando le habló de los montes verdes coronados con castillos; de riachuelos bordeados de flores y llenos de peces saltarines; de paseos entre fragantes setos vivos bajo la llovizna; de música en todas partes; de un cielo más ancho y más alto que otro cualquiera, con un sol tan amable y cálido como el beso de una madre...

—Pareces casi tan nostálgico como Kathleen.

Colum rió para sí.

—No lloraré cuando zarpe el barco, ciertamente. Nadie admira Estados Unidos más que yo, y me gusta visitarlo; pero no derramaré una lágrima cuando despliegue el barco las velas para volver a casa.

—Tal vez la verteré yo. No sé lo que haré sin Kathleen.

—Entonces, no te prives de ella. Ven con nosotros y conoce la tierra de tu gente.

—No puedo hacerlo.

—Sería una gran aventura. Irlanda es hermosa siempre, pero en primavera su frescura te rompería el corazón.

—No quiero romperme el corazón; gracias, Colum. Lo que necesito es una doncella.

—Te enviaré a Brigid, que se muere de ganas por venir aquí. Supongo que hubiese debido venir antes, en vez de Kathleen; pero queríamos que Kathleen estuviera lejos.

Scarlett se olió algún chismorreo.

—¿Por qué queríais alejar a una chica tan encantadora?

Colum sonrió.

—Las mujeres, siempre con sus preguntas —dijo—; todas sois iguales a ambos lados del océano. No nos gustaba el hombre que quería cortejarla. Era soldado, y pagano por añadidura.

—Querrás decir protestante. ¿Le amaba ella?

—Se le había subido a la cabeza su uniforme; eso era todo.

—¡Pobrecilla! Espero que él la esté esperando cuando vuelva ella a casa.

—Gracias a Dios, su regimiento regresó a Inglaterra. No la molestará más.

El semblante de Colum se había endurecido como el granito. Scarlett se mordió la lengua.

—¿Qué hay de esta lista? —preguntó, viendo que Colum no se decidía a hablar—. Será mejor que volvamos a nuestras compras. Mira, Colum, Jamie tiene todo lo que necesitas en su almacén. ¿Por qué no vamos allí?

—No puedo ponerle en un brete. Se creería obligado a ofrecerme un precio especial, en perjuicio suyo.

—Sinceramente, Colum, ¡tienes el cerebro de una pulga para los negocios! Aunque Jamie te vendiese sus artículos a precio de coste, quedaría mejor ante sus proveedores y obtendría un descuento mayor en el próximo pedido. —Se echó a reír al ver el asombro de él—. Yo tengo también unos almacenes y sé lo que digo. Deja que te explique...

Habló por los codos mientas se dirigían al almacén de Jamie. Colum estaba fascinado y visiblemente impresionado, y le hacía una pregunta tras otra.

—¡Colum! —exclamó Jamie cuando entraron en la tienda—. Precisamente estábamos hablando de ti. Tío James, Colum está aquí.

El viejo salió del almacén, cargado de piezas de tela.

—Tú eres la respuesta a una oración, hombre —dijo—. ¿Cuál es el color que preferimos?

Dejó las piezas sobre el mostrador. Todas eran verdes, pero de cuatro tonos algo diferentes.

—Éste es el más bonito —dijo Scarlett.

Jamie y su tío pidieron a Colum que eligiese.

Scarlett se sintió ofendida. Ella les había dicho ya cuál era el mejor. ¿Qué sabían los hombres, incluso Colum, de colores?

—¿Dónde queréis ponerlo? —preguntó él.

—En la ventana, por dentro y por fuera —respondió Jamie.

—Entonces lo miraremos allí, para que le dé la luz —dijo Colum.

Parecía tan serio como si estuviese eligiendo el color para imprimir billetes de banco, pensó maliciosamente Scarlett. ¿Por qué tanto jaleo?

Jamie advirtió la expresión mohína de su semblante.

—Es para adorno, el día de san Paddy*, querida Scarlett. Colum es el único que sabe qué tono de verde se parece más al del trébol. Hace demasiado tiempo que el tío James y yo no lo hemos visto.

Los O'Hara habían estado hablando del día de san Patricio desde el momento en que ella los conoció.

—¿Cuándo es? —preguntó Scarlett, con más cortesía que interés.

Los tres hombres la miraron boquiabiertos.

—¿No lo sabes? —preguntó el viejo James con incredulidad.

—Si lo supiese, no lo preguntaría.

—Es mañana —dijo Jamie—, mañana. ¡Y vas a pasarlo como nunca, querida Scarlett!

* *Paddy:* forma familiar empleada, por ejemplo en Irlanda, de Patrick, en español Patricio. *(N. del T.)*

Los irlandeses de Savannah, como los irlandeses de todas partes, siempre habían celebrado el 17 de marzo. Era la fiesta del santo patrón de Irlanda, una fiesta que tenía un significado secular además de canónico. Aunque cayese en cuaresma, el día de san Patricio no era de ayuno. Había comida y bebida, música y baile. Las escuelas y los establecimientos católicos estaban cerrados, salvo los bares, que esperaban y conseguían uno de los mayores éxitos del año.

Había habido irlandeses en Savannah desde los primeros tiempos (los Jasper Greens lucharon primero en la Revolución Americana) y el día de san Patricio había sido siempre una fiesta importante para ellos. Pero, durante la triste década de depresión que siguió a la derrota del Sur, toda la ciudad había empezado a participar en la celebración. El 17 de marzo era el festival de primavera de Savannah y, por un día, todos sus habitantes eran irlandeses. En todas las plazas había puestos alegremente decorados que vendían comida y refrescos, vino, café y cerveza. Malabaristas y amaestradores de perros atraían a las multitudes en las esquinas de las calles. Violinistas tocaban en las escaleras del Ayuntamiento y de las desconchadas pero orgullosas casas de la población. Ondeaban cintas verdes en las ramas floridas de los árboles, y hombres, mujeres y niños emprendedores iban de plaza en plaza vendiendo tréboles hecho de papel o de seda. En la calle Broughton, todos los escaparates de las tiendas estaban engalanados con banderas verdes, y entre los postes de los faroles pendían enredaderas verdes que formaban un dosel para el desfile.

—¿Un desfile? —exclamó Scarlett cuando se lo mencionaron. Tocó las escarapelas de seda verde que Kathleen le había prendido en el cabello—. ¿Hemos terminado? ¿Estoy bien así? ¿Es hora de irnos?

Era hora. Primero, una misa temprana, y después una celebración que duraría todo el día y parte de la noche.

—Jamie me ha dicho que habrá fuegos artificiales que alumbrarán el cielo sobre el parque, de tal modo que dará mareo presenciar su esplendor —dijo Kathleen.

Su cara y sus ojos resplandecían de ilusión. Los ojos verdes de Scarlett adquirieron de pronto una expresión calculadora.

—Apuesto a que no hay desfiles ni fuegos artificiales en tu pueblo, Kathleen. Te arrepentirás de no haberte quedado en Savannah.

La muchacha sonrió con entusiasmo.

—Lo recordaré siempre y lo contaré junto al fuego en todas las casas. Una vez que esté en mi país, será estupendo haber visto Estados Unidos. Una vez que esté en mi país.

Scarlett desistió. No había manera de convencer a aquella niña tonta.

La calle Broughton estaba llena de gente, y todos los paseantes lucían algún adorno de color verde. Scarlett se rió en voz alta cuando vio una familia cuya chiquillería recién lavada llevaba lazos verdes, bufandas verdes o plumas verdes en el sombrero. Eran como los O'Hara... salvo que todos eran negros.

—¿No te dije que hoy todo el mundo es irlandés? —dijo Jamie con una sonrisa.

Maureen le dio un codazo.

—Incluso los personajes importantes llevan algo verde —dijo señalando con la cabeza a una pareja próxima.

Scarlett estiró el cuello para ver. ¡Dios mío! Era el pomposo abogado de su abuelo y un muchacho que debía de ser su hijo. Ambos llevaban corbata verde. Miró con curiosidad calle arriba y calle abajo, buscando otras caras conocidas entre la sonriente muchedumbre. Allí estaba Mary Telfair con un grupo de damas, todas ellas con cintas verdes en los sombreros. ¡Y Jerome! ¿Dónde diablos había encontrado una chaqueta verde? Seguramente, su abuelo no estaría aquí; Dios no lo quisiera, pues eso haría que el sol dejase de brillar. No; Jerome estaba con una mujer negra que llevaba una faja verde. «Imagínate, ¡el viejo y hosco Jerome con una amiguita! Al menos es veinte años más joven que él.»

Un vendedor ambulante iba sirviendo refrescos y caramelos de coco a cada uno de los O'Hara, empezando por los afanosos chiquillos. Cuando llegó hasta ella, Scarlett tomó sonriendo la golosina y la mordió. ¡Estaba comiendo en la calle! Ninguna dama lo haría aunque se estuviese muriendo de hambre. «¡Chúpate esa, abuelo!», pensó, satisfecha de su propia malicia. El coco era fresco, húmedo, dulce. A Scarlett le gustó mucho, aunque aquello dejó de ser como un desafío cuando vio que la señorita Delfair mordisqueaba algo que sostenía entre el índice y el pulgar de una de sus enguantadas manos.

—Yo sigo diciendo que el vaquero de sombrero verde era el mejor —insistió Mary Kate—. Hacía cosas maravillosas con el lazo, y era muy guapo.

—Dices eso porque nos ha sonreído —replicó despreciativa Helen. Diez años eran pocos para simpatizar con los sueños románticos de los quince—. Lo mejor ha sido esa carroza que transportaba unos gnomos que bailaban.

—No eran gnomos, tonta. No los hay en Estados Unidos.

—Estaban bailando alrededor de un gran saco de oro. Nadie más que los gnomos tendría un saco de oro.

—Eres una chiquilla, Helen. Eran muchachos disfrazados. ¿No viste que sus orejas eran falsas? Una de ellas se había caído.

Maureen intervino antes de que se agriase la discusión.

—Ha sido un gran desfile, desde el principio hasta el fin. Vamos, niñas, y coged de la mano a Jacky.

Extraños el día anterior y de nuevo extraños el día siguiente, todos se asían de la mano bailando y cantando a coro en la fiesta de san Patricio. Compartían el sol, el aire, la música y las calles.

—Es maravilloso —dijo Scarlett, cuando probó un muslo de pollo comprado en uno de los tenderetes de comestibles—. Es maravilloso —repitió, cuando vio los tréboles pintados con tiza verde en los senderos enladrillados de la plaza Chatham—. Es maravilloso —dijo una vez más, refiriéndose al águila majestuosa de granito, con una cinta verde alrededor del cuello, en el monumento a Pulaski—. Es un día estupendo, estupendo, estupendo —exclamó dando vueltas y más vueltas sobre sí misma, antes de dejarse caer agotada en un banco vacío, al lado de Colum—. Mira, Colum, tengo un agujero en la suela de la bota. En el sitio del que vengo, dicen que las mejores fiestas son aquellas en las que agujereas los escarpines de tanto bailar. Y éstos no son siquiera escarpines sino botas. ¡Debe de ser la mejor fiesta de todas!

—Es un gran día, desde luego, y todavía falta la noche, con los fuegos artificiales y todo lo demás. No gastarás solamente las botas, querida Scarlett, si no descansas un poco. Son casi las cuatro. Vayamos a casa a tomar un bocado.

—No quiero. Quiero bailar un poco más y comer un poco más de cerdo asado y uno de aquellos helados verdes, y probar esa espantosa cerveza verde que bebían Matt y Jamie.

—Podrás hacerlo esta noche. ¿Te das cuenta de que Matt y Jamie han renunciado hace una hora o mas?

—¡Son unos blandengues! —declaró Scarlett—. Pero tú no lo eres. Eres el mejor de los O'Hara, Colum. Jamie lo dijo, y tenía razón.

Colum sonrió al ver sus mejillas coloradas y sus ojos chispeantes.

—Excepto tú, Scarlett —dijo—. Ahora voy a quitarte la bota, la que tiene el agujero.

Deshizo el cordón de la bota de cabritilla negra, se la quitó del pie y la abrió para vaciar la arena y los guijarros. Después recogió un cucurucho de helado que yacía en el suelo, dobló el grueso papel y lo introdujo dentro de la bota.

—Así podrás llegar a casa. Supongo que allí tienes más botas.

—Desde luego. Oh, así voy mucho mejor. Gracias, Colum. Tú siempre sabes lo que hay que hacer.

—Sé que lo que hemos de hacer ahora es ir a casa, tomar una taza de té y descansar.

Scarlett odiaba confesarlo, incluso para sus adentros, pero estaba fatigada. Caminó despacio al lado de Colum, por la calle Drayton, sonriendo a la gente sonriente que llenaba las aceras.

—¿Por qué es san Patricio el patrón de Irlanda? —preguntó—. ¿Es también el patrón de otros sitios?

Colum pestañéo una vez, sorprendido por su ignorancia.

—Todos los santos son santos para todas las personas y en todos los lugares del mundo. San Patricio es un santo especial para los irlandeses, porque nos trajo el cristianismo cuando estábamos siendo todavía engañados por los druidas, y echó a todas las serpientes de Irlanda para que nuestro país pareciese el jardín del Edén sin la serpiente.

Scarlett se echó a reír.

—Te lo estás inventando.

—De ninguna manera. No hay una sola serpiente en toda Irlanda.

—Es magnífico. Yo aborrezco las serpientes.

—Realmente, deberías venir conmigo cuando vuelva a casa, Scarlett. Te encantaría el viejo país. El barco sólo tarda dos semanas y un día hasta Galway.

—Es muy poco tiempo.

—En efecto. Los vientos soplan hacia Irlanda y llevan a los nostálgicos viajeros a casa con la misma rapidez con que una nube vuela en el cielo. Es estupendo ver todas las velas desplegadas y el gran barco bailando mágicamente sobre el mar. Las blancas gaviotas planean sobre él hasta que la tierra casi se pierde de vista; entonces dan media vuelta y chillan, porque no pueden acompañarlo durante todo el trayecto. Luego son los delfines los que lo escoltan y, a veces, una gran ballena, arrojando agua como una fuente, asombrada de tener un compañero adornado con velas. Navegar es delicioso. Te sientes tan libre que crees que podrías volar.

—Lo sé —dijo Scarlett—. Es exactamente así. Te sientes libre.

46

Aquella noche Scarlett impresionó a Kathleen al ponerse su vestido de seda verde claro para las fiestas del parque Forsyth, pero horrorizó a la muchacha al insistir en calzarse los finos escarpines de tafilete verde en lugar de las botas.

—Pero la arena y los ladrillos son tan ásperos, Scarlett, que gastarán completamente las suelas de tus elegantes zapatitos.

—Mejor. Por una vez en mi vida, quiero bailar hasta gastar dos pares de zapatos en una fiesta. Cepíllame el cabello, Kathleen, por favor, y sujétalo con la cinta de terciopelo verde. Quiero sentirlo suelto y ondeando cuando baile.

Había dormido veinte minutos y tenía la impresión de que podría bailar hasta el amanecer.

El baile tenía lugar en la vasta plaza de losas de granito que rodeaba la fuente, y el agua lanzaba reflejos de piedras preciosas y murmuraba bajo el alegre y atractivo ritmo del *reel* y la excitante belleza de las baladas.

Scarlett bailó un *reel* con Daniel, y sus piececitos calzados con los delicados escarpines relucían como llamitas verdes en los intrincados pasos de la danza.

—Eres una maravilla, querida Scarlett —gritó él.

La asió de la cintura con ambas manos, la levantó sobre su cabeza y la hizo girar y girar mientras seguía con los pies el compás insistente del *bodhran*. Scarlett extendió los brazos y levantó la cara hacia la luna, girando y girando entre la niebla plateada que envolvía la fuente.

—Así es como me siento esta noche —dijo a sus primos cuando el primer cohete se elevó en el cielo y estalló con un esplendor que hizo palidecer el brillo de la luna.

El miércoles por la mañana, Scarlett andaba cojeando. Tenía los pies hinchados y doloridos.

—No seas tonta —dijo, cuando Kathleen lamentó el estado de sus pies—, lo pasé maravillosamente.

Envió a Kathleen abajo en cuanto ésta hubo acabado de sujetarle el corsé. Todavía no quería comentar con los demás todas las satisfacciones del día de san Patricio; deseaba evocar a solas y con calma todos los recuerdos. En realidad no importaba si llegaba un poco tarde al desayuno; hoy no tenía que ir al mercado. No se pondría las medias, se calzaría las zapatillas y se quedaría en casa.

Ciertamente, había muchos escalones desde la tercera planta hasta la cocina. Nunca había reparado en ello al bajarlos corriendo. Ahora, cada uno de ellos significaba una punzada de dolor si no descendía con el máximo cuidado. Pero no importaba. Valía la pena quedarse un día o incluso dos en casa por haber gozado de aquel alegre baile. Tal vez podría pedir a Katie que encerrase la vaca en el cobertizo. Scarlett tenía miedo a las vacas, siempre lo había tenido. Pero, si Katie la encerraba, podría sentarse en el patio. El aire primaveral traía unos efluvios tan frescos y dulces a través de las ventanas abiertas que ansiaba salir y sumergirse en él.

«Bueno..., casi estoy en la planta del salón, a más de medio camino. Ojalá pudiese bajar más de prisa. Tengo hambre.»

Al poner cuidadosamente el pie derecho sobre el primer peldaño del último tramo de escalera, el olor a pescado frito salió a su encuentro desde la cocina. «Maldita sea —pensó—, vuelve a ser día de abstinencia. Lo que me gustaría sería una buena loncha de tocino.»

De pronto, sin previo aviso, su estómago se contrajo y se le llenó la garganta. Scarlett se volvió, presa del pánico, y corrió hacia la ventana. Abrió las cortinas con manos frenéticas, se asomó y apoyándose en el alféizar vomitó sobre las gruesas hojas verdes del joven magnolio del patio. Los vómitos se repitieron hasta que quedó rendida y tuvo la cara mojada de lágrimas y de sudor grasiento. Entonces se derrumbó poco a poco y quedó acurrucada sobre el suelo del pasillo.

Se enjugó la boca con el dorso de la mano, pero el débil ademán no mitigó en absoluto el sabor amargo que tenía en ella. «Si al menos pudiese beber un poco de agua», pensó. El estómago se le contrajo a modo de respuesta, y tuvo unas arcadas.

Se llevó las manos al diafragma y se echó a llorar. «Ayer debí de comer algo corrompido por el calor. Voy a morirme aquí, como un perro.» Su respiración era entrecortada y jadeante. Si pudiese al menos aflojarse el corsé; le apretaba el dolorido estómago y la privaban del aire que necesitaba. Las rígidas ballenas eran como una cruel jaula de hierro.

Jamás en su vida se había sentido tan mareada.

De la planta baja le llegaban las voces de la familia: la de Maureen, preguntando dónde estaba ella y la de Kathleen diciendo que bajaría en seguida. Entonces se abrió una puerta de golpe, y oyó a Colum. También él preguntaba por ella. Scarlett apretó los dientes. Tenía que levantarse. Tenía que acabar de bajar la escalera. No quería que la encontrasen así, berreando como una niña pequeña porque se había excedido en la fiesta. Se enjugó las lágrimas con el dobladillo de la falda y se levantó.

—Ahí está —dijo Colum cuando Scarlett apareció en el umbral. Después corrió hacia ella—. Pobre pequeña Scarlett, pareces estar caminando sobre cristales rotos. Deja que te ponga cómoda.

La levantó en brazos antes de que pudiese decir una palabra y la llevó al sillón que Maureen había colocado rápidamente cerca de la chimenea.

Todos se atrafagaron a su alrededor, olvidado el desayuno, y a los pocos segundos, Scarlett se encontró con los pies sobre un cojín y una taza de té en la mano. Pestañeó para contener las lágrimas, unas lágrimas de debilidad y de alegría. Era bueno que cuidasen de ella, que la quisiesen. Ahora se sentía mil veces mejor. Tomó cuidadosamente un sorbo de té, y le sentó bien.

Tomó una segunda taza y, después, una tercera y una tostada. Pero desvió la mirada del pescado frito y de las patatas. Nadie pareció advertirlo, pues estaban demasiado ocupados buscando los libros de los niños y las bolsas del almuerzo antes de enviar a los chiquillos al colegio.

Cuando se cerró la puerta detrás de los chicos, Jamie besó a Maureen en los labios, a Scarlett en la cabeza y a Kathleen en la mejilla.

—Me voy ahora al almacén —dijo—. Hay que quitar las banderas y colocar el remedio contra la jaqueca sobre el mostrador, donde todos los afectados puedan alcanzarlo fácilmente. Las celebraciones son cosa buena, pero el día siguiente puede ser una carga terrible.

Scarlett agachó la cabeza para disimular el rubor de su semblante.

—Ahora quédate aquí, Scarlett —ordenó Maureen—. Kathleen y yo limpiaremos la cocina en un santiamén y después nos iremos al mercado mientras tú descansas un poco. Tú, Colum O'Hara, quédate también donde estás; no quiero que tus grandes botas me estorben el paso. Tampoco quiero perderte de vista; te veo demasiado de tarde en tarde. Si no fuese por el cumpleaños de la anciana Katie Scarlett, te pediría que no volvieses tan pronto a Irlanda.

—¿Katie Scarlett? —dijo Scarlett.

Maureen dejó caer el paño jabonoso que tenía en la mano.

—¿Acaso nadie pensó en decírtelo? —exclamó—. Tu abuela, cuyo nombre te pusieron, va a cumplir un siglo el mes próximo.

—Y todavía tiene la lengua tan afilada como cuando era joven —dijo riendo Colum—. Es algo de lo que todos los O'Hara nos sentimos orgullosos.

—Yo estaré en casa para la fiesta —dijo Kathleen, resplandeciendo de satisfacción.

—Ojalá pudiese yo asistir a ella —dijo Scarlett—. Papá solía contar muchas anécdotas acerca de la abuela.

—Pero puedes hacerlo, querida Scarlett. Piensa en la alegría que darías a la anciana.

Kathleen y Maureen corrieron junto a Scarlett, apremiándola, animándola, persuadiéndola, hasta que empezó a darle vueltas la cabeza. «¿Por qué no?», se dijo.

Cuando viniese Rhett a buscarla, ella tendría que volver a Charleston. ¿Por qué no retrasarlo un poco más? Aborrecía Charleston. Los vestidos de tonos apagados, las interminables visitas y los comités, las murallas de cortesía que la dejaban fuera o los muros de casas en decadencia y de jardines descuidados que la encerraban en su interior. Aborrecía la manera de hablar de los charlestonianos: su modo de arrastrar las vocales, las alusiones privadas a primos y antepasados, las palabras y frases en francés y en latín y sabe Dios en qué otras lenguas, su conocimiento de lugares donde ella no había estado nunca, de personas de las que nunca había oído hablar y de libros que nunca había leído. Aborrecía su sociedad: los carnets de baile, las hileras de recepción y las normas tácitas que se presumía que debía conocer y no conocía, la inmoralidad que ellos aceptaban y la hipocresía que la condenaba por pecados que nunca había cometido.

«No quiero llevar vestidos ñoños y decir "sí, señora" a viejas matronas cuyo abuelo por parte de madre fue algún famoso héroe de Charleston o algo parecido. No quiero pasarme todas las mañanas de los domingos escuchando a mis tías zahiriéndose mutuamente. No quiero tener que pensar que el baile de santa Cecilia es el no va más en esta vida. Prefiero el día de san Patricio.»

Scarlett rió en voz alta.

—¡Voy a ir! —dijo.

De pronto, se sintió magníficamente, incluso olvidó su revuelto estómago. Se levantó para abrazar a Maureen y apenas se dio cuenta del daño que le hacían los pies.

Charleston podía esperar hasta que ella volviese. Rhett podía esperar también. Sabía Dios que ella le había estado esperando demasiado a menudo. ¿Por qué no había de visitar ella al resto de los parientes O'Hara? Solamente emplearía dos semanas y un día para ir en un gran barco de vela a aquella otra Tara. Y sería irlandesa y feliz durante algún tiempo, antes de someterse a las normas de Charleston.

Sus delicados y magullados pies repicaron el ritmo de un *reel*.

Sólo dos días más tarde, Scarlett fue capaz de bailar durante horas en la fiesta con que celebraron el regreso de Stephen, que había llegado de Boston. Y no mucho después de esto, se encontró en un carruaje descubierto con Colum y Kathleen, en dirección a los muelles fluviales de Savannah.

Los preparativos no habían ofrecido ninguna dificultad. Los norteamericanos no necesitaban pasaporte para entrar en las islas Británicas. Ni siquiera necesitaban cartas de crédito, aunque Colum insistió en que le diese una su banquero. «Por si acaso», había dicho. No había aclarado para qué caso, pero a Scarlett no le importaba. Estaba embriagada con aquella aventura.

—¿Estás seguro de que no perderemos el barco, Colum? —preguntó Kathleen, temerosa—. Has venido a buscarnos muy tarde. Jamie y los demás salieron hace una hora.

—Estoy seguro, estoy seguro —la tranquilizó Colum. Hizo un guiño a Scarlett—. Y si me he retrasado un poco no ha sido por mi culpa, ya que el gran Tom MacMahon se ha empeñado en ratificar su promesa respecto al asunto del obispo tomando un par de copas, y no he querido ofenderle.

—Si perdemos esa barca me moriré —gimió Kathleen.

—Bueno, no te preocupes más, querida Kathleen. El capitán no zarpará sin nosotros; Seamus O'Brien es amigo mío desde hace muchos años. Pero no lo será tuyo si llamas barca al *Brian Boru.* Es un barco, y magnífico por cierto. Ya lo verás dentro de poco.

En aquel momento, el carruaje tomó un recodo y pasando por debajo de un arco bajó traqueteando una oscura, resbaladiza y empedrada pendiente. Kathleen gritó y Colum se rió a carcajadas. A Scarlett se le cortó el aliento de la emoción.

Y llegaron al río. La agitación, el color y el caos eran todavía más excitantes que aquella alocada carrera cuesta abajo para llegar al muelle. Barcos de todas las clases y dimensiones estaban amarrados a los pilares de madera; más barcos que los que jamás había visto ella en Charleston. Carros cargados y tirados por pesados percherones recorrían la ancha calle empedrada haciendo resonar las ruedas de madera o de hierro con un constante estruendo. Voces masculinas se alzaban por doquier. Rodaban barriles por rampas de madera hasta las cubiertas con un ruido ensordecedor.

Un buque de vapor hizo sonar su estridente sirena; otro tocó su estrepitosa campana. Una hilera de estibadores descalzos avanzaba por una pasarela llevando balas de algodón y cantando. Banderas de brillantes colores y llamativos gallardetes ondeaban al viento. Las gaviotas se lanzaban en picado dando chillidos.

El cochero se levantó e hizo chascar el látigo. El carruaje se lanzó adelante con una sacudida, asustando a un grupo de boquiabiertos transeúntes. Scarlett rió desafiando una ráfaga de viento. El coche se ladeó al rodear un montón de toneles que esperaban a ser cargados, luego adelantó a una lenta carreta y se detuvo en seco.

—Supongo que no esperarás que te pague un plus por los cabellos blancos que has echo crecer en mi cabeza —dijo Colum al cochero.

Se apeó de un salto y alargó una mano para ayudar a bajar a Kathleen.

—No has olvidado mi caja, ¿verdad, Colum? —dijo ésta.

—Todos los trastos están aquí, querida. Ahora ve y da un beso de despedida a tus primos. —Señaló hacia Maureen—. No puedes dejar de ver aquellos cabellos rojos que brillan como un faro.

Cuando Kathleen se alejó corriendo, Colum se dirigió a media voz a Scarlett.

—No olvidarás lo que te dije acerca de tu nombre, ¿verdad, querida Scarlett?

—No lo olvidaré —dijo ella, y sonrió, celebrando la inofensiva conspiración.

—Durante el viaje y en Irlanda serás Scarlett O'Hara a secas —le había dicho, haciendo un guiño—. No tiene nada que ver contigo, querida Scarlett, pero Butler es un apellido muy famoso en Irlanda, y todo lo que le ha dado fama es odioso.

A Scarlett no le importaba en absoluto. Le gustaría ser una O'Hara durante todo el tiempo posible.

El *Brian Boru* era, como había prometido Colum, un barco magnífico. En el brillante casco blanco resplandecía una dorada cenefa de volutas, que también adornaba la tapa color esmeralda que ocultaba la gigantesca rueda de paletas; y el nombre, pintado en esa tapa con letras doradas de más de medio metro de altura, estaba rodeado de un marco de flechas doradas. La Union Jack ondeaba en su asta, pero una bandera de seda verde, recamada con un arpa dorada, se agitaba atrevida en el mástil de proa. Era un buque de pasajeros, un navío de lujo, como correspondía a los costosos gustos de los ricos americanos que viajaban a Irlanda por sentimentalismo, para ver los pueblos donde habían nacido sus abuelos emigrantes o para exhibirse visitando con todo esplendor las aldeas donde ellos mismos habían nacido. Los salones eran desmesurados y estaban decorados con un boato excesivo. La tripulación tenía orden de satisfacer todos los antojos de los pasajeros. La bodega era enorme, desproporcionada si se la comparaba con la de los barcos corrientes, porque los americanos de origen irlandés traían consigo regalos para todos sus parientes y regresaban con múltiples recuerdos de sus visitas. Los mozos trataban cada baúl y cada caja como si estuviesen llenos de objetos de cristal. Y a menudo lo estaban. No era infrecuente que la próspera tercera generación de esposas americano-irlandesas iluminara todas las habitaciones de sus nuevas residencias con lámparas de cristal de Waterford.

Una amplia plataforma dotada de una sólida barandilla había sido instalada encima de la rueda de paletas. Scarlett se plantó en ella, con Colum y un puñado de pasajeros atrevidos, para darles una última despedida a sus primos. Sólo había tenido tiempo de hacerlo apresuradamente en el muelle, porque el *Brian Boru* tenía que aprovechar el descenso de la marea. Envió calurosos besos al grupo de los O'Hara. Esta mañana los niños no habían asistido al colegio y Jamie había cerrado el almacén durante una hora, para que Daniel y él pudiesen bajar a despedir a Colum y a las dos jóvenes.

Ligeramente detrás del grupo y algo apartado, estaba el silencioso Stephen. Levantó una vez la mano enviando una señal a Colum.

Significaba que los baúles de Scarlett habían sido abiertos durante el trayecto hasta el barco y que en ellos se habían introducido ciertos objetos. Entre las capas de papel de seda que resguardaban las enaguas, batas y vestidos, iban ahora, cuidadosamente envueltos, los rifles y las cajas de municiones que Stephen había comprado en Boston.

Como sus padres y abuelos y generaciones de antepasados, Stephen, Jamie, Matt, Colum y el tío James estaban implicados en la lucha armada contra el gobierno inglés que sojuzgaba a Irlanda. Durante más de doscientos años, los O'Hara se habían jugado la vida para oponerse e incluso matar a veces a sus enemigos realizando pequeñas acciones ineficaces y malogradas. Sólo en los últimos diez años habían empezado los luchadores a unirse creando una organización. Disciplinados y peligrosos, financiados desde Estados Unidos, los fenianos* eran ahora conocidos en toda Irlanda. Eran héroes para los campesinos irlandeses, anatema para los terratenientes ingleses y revolucionarios que merecían la muerte para las fuerzas militares inglesas.

Colum O'Hara era el más eficaz recaudador de fondos y uno de los principales líderes clandestinos de la Sociedad Feniana.

* Los *Fenian* eran antiguos héroes militares de Irlanda. De ellos tomó el nombre una sociedad secreta irlandesa fundada en Nueva York a mediados del siglo XIX con la finalidad de liberar a Irlanda de la dominación inglesa. *(N. del T.)*

Libro Cuarto

LA TORRE

47

El *Brian Boru* avanzó trabajosamente entre los bancos del río Savannah, arrastrado por remolcadores a vapor. Cuando llegó por fin al Atlántico, su fuerte sirena saludó a los remolcadores que se alejaban mientras eran desplegadas sus grandes velas. Los pasajeros lanzaron vítores cuando la proa del buque se sumergió en las olas de un verde grisáceo de la desembocadura del río, y las potentes ruedas de paletas empezaron a batir el agua.

Scarlett y Kathleen estaban una al lado de la otra, observando cómo se distanciaba rápidamente la costa llana en medio de una suave neblina verde, y finalmente desaparecía.

«¿Qué he hecho?», pensó Scarlett, y se agarró a la barandilla, presa de un pánico momentáneo.

Entonces miró al frente, hacia la ilimitada extensión del océano moteado por el sol, y la emoción de la aventura hizo que su corazón latiera más de prisa.

—¡Oh! —exclamó Kathleen. Después gimió—: ¡Uy!

—¿Qué te pasa, Kathleen?

—¡Uy! Me había olvidado del mareo —jadeó la muchacha.

Scarlett contuvo la risa. Rodeó con un brazo la cintura de Kathleen y la condujo al camarote. Aquella noche, la silla de Kathleen en la mesa del capitán permaneció vacía. Scarlett y Colum hicieron honor a la cena pantagruélica que les sirvieron. Después Scarlett llevó un tazón de caldo a su infortunada prima y se lo dio a cucharadas.

—Dentro de un día o dos estaré bien —prometió Kathleen, con voz débil—. No tendrás que cuidarme para siempre.

—Calla y toma un poco más —dijo Scarlett.

«Gracias a Dios —pensó—, yo no tengo el estómago delicado. Incluso he digerido la comida venenosa del día de san Patricio, de lo contrario no habría podido disfrutar tanto con la cena.»

Se despertó de pronto cuando los primeros resplandores rojos de la aurora teñían el horizonte, y corrió frenética y torpemente hacia el pequeño lavabo contiguo al camarote. Allí se hincó de rodillas y vomitó en la taza de porcelana adornada con flores del retrete de caoba.

No podía estar mareada a causa del mar. Habría sido absurdo, cuando le gustaba tanto navegar. En Charleston, cuando la pequeña balandra saltaba sobre las olas en la tormenta, no había sentido en absoluto náuseas; ni cuando el barco se sumergía en el seno de las olas. El *Brian Boru* no se movía en comparación con aquel sube y baja. No podía imaginarse qué era lo que andaba mal en ella...

Poco a poco, Scarlett levantó la debilitada cabeza. Su boca y sus ojos se abrieron de par en par al comprender. Sintió una fuerte excitación, cálida y fortalecedora, y una risa profunda brotó de su garganta.

«Estoy embarazada. ¡Estoy embarazada! Recuerdo lo que sentí las otras veces.»

Apoyó la espalda en la pared y estiró los brazos. «Oh, ¡qué bien me encuentro! Por horrible que sea la sensación en mi estómago, me encuentro maravillosamente. Ahora tendré a Rhett. Será mío. No puedo esperar a decírselo.»

Súbitas lágrimas de dicha rodaron por sus mejillas, y apoyó las manos en el vientre para proteger la nueva vida que crecía dentro de él. ¡Oh, cuánto quería a este hijo! El hijo de Rhett. El hijo de los dos. Sabía que sería vigoroso; podía ya sentir su fuerza incipiente. Una cosita vigorosa e intrépida, como Bonnie.

Los recuerdos inundaron su mente. La cabecita de Bonnie reposando en la palma de su mano, apenas mayor que la de un gatito; la niña entre las manazas de Rhett, como una muñeca. ¡Cuánto la adoraba éste! Su ancha espalda inclinada sobre la cuna; su voz grave emitiendo esos sonidos inarticulados con que se habla a los niños pequeños; jamás hubo en el mundo un hombre tan hechizado por un bebé... Rhett se sentiría feliz cuando ella se lo dijese. Se lo imaginaba con los oscuros ojos resplandecientes de alegría, y con la blanca sonrisa iluminando su cara de pirata.

Scarlett sonrió también, pensando en ello. «Sí, soy feliz —se dijo—. Melly decía siempre que era esto lo que una sentía al esperar un bebé.»

—¡Oh, Dios mío! —murmuró en voz alta.

«Melly murió al tratar de tener uno, y mis entrañas están en mal estado, según dijo el doctor Meade después de tener yo aquel aborto.» Por esto no sabía que estaba embarazada; ni siquiera había prestado atención a la falta de la regla, porque ésta era muy irregular desde hacía mucho tiempo. ¿Y si moría por tener este pequeño? «Oh, Dios mío, por favor, por favor, no permitas que muera cuando voy a tener al fin lo que necesito para ser feliz.» Se santiguó una y otra vez en una confusa mezcla de súplica, propiciación y superstición.

Después sacudió, irritada, la cabeza. ¿Qué estaba haciendo? Se portaba como una tonta. Era fuerte y estaba rebosante de salud. Todo lo contrario de Melly. Bueno, Mamita siempre decía que era vergonzosa la manera en que ella paría una criatura, con casi la misma facilidad que una gata callejera. Todo iría bien, y su pequeño estaría también magníficamente. Y su vida sería dichosa, con Rhett amándola y amando a su hijo. Serían la familia más feliz y amante del mundo. Dios mío, no había pensado en doña Eleanor. ¡Con lo que su suegra quería a los niños! «La señora Eleanor reventará de orgullo. Me la imagino en el mercado, contándoselo a todo el mundo, hasta al encorvado viejo que barre la basura. Este bebé será la comidilla de Charleston, incluso antes de que empiece a respirar.»

Charleston... Allí es donde debería ir. No a Irlanda. «Quiero ver a Rhett, para decírselo.»

Tal vez el *Brian Boru* podría hacer escala allí. El capitán era amigo de Colum; Colum lograría persuadirle. Los ojos de Scarlett brillaban ahora. Se puso en pie y se lavó la cara; después se enjuagó la boca para librarla de aquel sabor amargo. Era demasiado temprano para hablar con Colum; por consiguiente, volvió a la cama y se sentó en ella, reclinada en las almohadas, para hacer planes.

Cuando se levantó Kathleen, Scarlett estaba durmiendo con una sonrisa de satisfacción en los labios. ¿Por qué no tenerlo todo?, había decidido. No necesitaba hablar con el capitán. Podía ir a conocer a su abuela y a sus parientes irlandeses. Podía correr la aventura de cruzar el océano. Rhett la había hecho esperar en Savannah. Bueno, ahora que esperara él a saber lo de su hijo. Pasarían bastantes meses antes de que el niño naciese. Ella tenía derecho a divertirse un poco antes de volver a Charleston. Seguro que, cuando estuviese allí, no podría asomar siquiera la nariz a la calle. Se presumía que las damas en tan delicado estado no debían moverse en absoluto.

No; primero iría a Irlanda. Nunca tendría otra oportunidad de hacerlo.

Y lo pasaría bien en el *Brian Boru.* Los mareos como el de esta mañana nunca habían durado mucho más de una semana con sus otros hijos. Pasaría pronto. Como Kathleen, dentro de un par de días se encontraría bien.

Cruzar el Atlántico en el *Brian Boru* era como una continua noche de sábado en casa de los O'Hara, en Savannah... pero con todavía más bullicio. Al principio, a Scarlett le encantó.

El barco acabó de llenarse de pasajeros en Boston y en Nueva York; pero en opinión de Scarlett no parecían en absoluto yanquis. Eran irlandeses y estaban orgullosos de serlo. Tenían esa vitalidad que era tan atractiva en los O'Hara y aprovechaban todo lo que el barco podía ofrecerles. Durante todo el día había algo que hacer: concursos de damas, acaloradas competiciones de tejo en la cubierta, o excitada participación en juegos de azar como apostar sobre el número de millas que recorrería el barco el día siguiente. Por la noche, cantaban con los músicos profesionales y bailaban enérgicamente todos los *reels* irlandeses y los valses vieneses.

Incluso cuando terminaban el baile, continuaba la diversión. Siempre había una partida de whist en el salón de juego de señoras, y Scarlett era siempre solicitada como pareja. A excepción de las apuestas que en Charleston se hacían con el café racionado, nunca había visto unos envites tan elevados, por lo que cada juego era emocionante. También lo eran sus ganancias. Los pasajeros del *Brian Boru* eran pruebas vivientes de que Estados Unidos era el país de las grandes oportunidades, y no les importaba gastar sus dineros recién ganados.

También Colum se beneficiaba de sus liberales bolsillos. Mientras las mujeres jugaban a las cartas, los hombres se retiraban generalmente al bar para beber whisky y fumar cigarros. Allí, Colum arrancaba lágrimas de piedad y de orgullo a unos ojos normalmente astutos y secos. Hablaba de la opresión de Irlanda bajo el gobierno inglés, recitaba la lista de mártires por la causa de la libertad irlandesa y aceptaba generosos donativos para la Hermandad Feniana.

Una travesía en el *Brian Boru* era siempre una empresa provechosa, y Colum hacía el viaje al menos dos veces al año, aunque el lujo excesivo de los salones y las comidas pantagruélicas le repugnaban en secreto cuando pensaba en la pobreza y las necesidades de los irlandeses en Irlanda.

Al final de la primera semana, también Scarlett consideraba con desaprobación a los otros pasajeros. Tantos los hombres como las mujeres cambiaban de traje cuatro veces al día, para mostrar la variedad y el coste de su vestuario. Scarlett nunca había visto tantas joyas en su vida. Se dijo que se alegraba de haber dejado las suyas en la caja de seguridad del banco de Savannah, pues parecerían muy pobres comparadas a las que se exhibían en el comedor todas las noches. Pero en realidad, no se alegraba en absoluto. Se había acostumbrado a tener más de todo que cualquiera de sus conocidos: una casa más grande, más criados, más lujo, más cosas, más dinero. Le molestaba decididamente ver allí un despliegue de lujo más llamativo del que ella había hecho nunca. En Savannah, Kathleen, Mary Kate y Helen habían manifestado ingenuamente su envidia, y todos los O'Hara habían satisfecho la necesidad que tenía Scarlett de admiración. Los pasajeros del barco no la envidiaban, ni siquiera la admiraban como los O'Hara, y por eso ella estaba muy descontenta con esa gente. No podría soportar un país lleno de irlandeses, si todos eran como éstos. Si oía otra vez *Vestida de verde*, se pondría a gritar.

—Sencillamente, no te gustan los nuevos ricos americanos, querida Scarlett —la apaciguó Colum—. Y es que tú eres toda una dama.

Era exactamente lo que él tenía que decir. Toda una dama era lo que ella debería ser después de terminadas estas vacaciones. Gozaría de estos últimos días de libertad y después volvería a Charleston, se pondría sus severos vestidos y recobraría sus buenos modales, y sería una dama durante el resto de su vida.

Al menos, ahora, cuando Eleanor y todos los de Charleston hablasen de los viajes que hicieron a Europa antes de la guerra, no se sentiría excluida. Tampoco diría que esta experiencia no le había gustado. Las damas no decían estas cosas. Suspiró inconscientemente.

—Vamos, querida Scarlett, no es tan terrible —dijo Colum—. Mira las cosas por su lado alegre. Les estás limpiando las bolsas en la mesa de juego.

Ella se echó a reír. Era verdad. Estaba ganando una fortuna; algunas noches, hasta treinta dólares. ¡Cómo se reiría Rhett cuando se lo contase! A fin de cuentas, él había sido jugador en los barcos del Mississippi durante un tiempo. Pensándolo bien, no era realmente mala cosa pasar otra semana en el mar. No tendría que tocar un centavo del dinero de Rhett.

La actitud de Scarlett con respecto al dinero era una complicada mezcla de tacañería y generosidad. Había sido su medida de seguridad durante todos esos años en que guardaba cada centavo de su fortuna tan duramente ganada, recelando con rabia de cualquier petición, real o imaginaria, que pudieran hacerle de un solo dólar de su tesoro. Y sin embargo, aceptaba sin discutir la responsabilidad de mantener a sus tías y a la familia de Melanie. Había cuidado de ellos incluso cuando no sabía dónde encontraría los medios para cuidar de sí misma. Si ocurría alguna calamidad imprevista, continuaría cuidando de ellos, aunque le costase pasar hambre. No pensaba en ello; simplemente, las cosas eran así. Sus sentimientos hacia el dinero de Rhett eran igualmente inconsecuentes. Ella era su esposa, y gastaba pródigamente en la casa de la calle Peachtree tan costosa de mantener, en su guardarropa y sus artículos de lujo. Pero el medio millón que él le había dado era diferente. Inviolable. Scarlett pensaba devolvérselo íntegramente cuando volviesen a ser realmente marido y mujer. Él se lo había ofrecido como pago de la separación, y ella no podía aceptarlo porque tampoco aceptaría la separación.

Le molestaba haber tenido que echar mano de parte del dinero de él, sacándolo del banco para realizar el viaje. Todo había ocurrido tan de prisa que no había tenido tiempo de disponer del dinero que tenía en Atlanta. En Savannah había dejado un pagaré en la caja de seguridad junto con el oro restante, y estaba resuelta a gastar lo menos posible de las monedas de oro que mantenían ahora erguida su espalda y estrecha su cintura al ocupar las tiras del corsé donde antes habían estado las ballenas de acero. Era mucho mejor ganar en el whist y tener su propio dinero para gastar. Con un poco de suerte, dentro de una semana habría añadido al menos otros ciento cincuenta dólares a su caudal.

Pero, a pesar de todo, se alegraría cuando terminase el viaje. Incluso con todas las velas hinchadas por el viento, el *Brian Boru* era demasiado grande para que sintiese la emoción que recordaba haber experimentado al navegar en plena tormenta en el puerto de Charleston. Y no había visto un solo delfín, a pesar de las poéticas promesas de Colum.

—¡Allí están, querida Scarlett! —La voz generalmente tranquila y melodiosa de Colum se alzó a causa de la excitación. Tomó a Scarlett del brazo y la acercó a la barandilla del buque—. Nuestros acompañantes han llegado; pronto veremos tierra.

En lo alto, las primeras gaviotas trazaban círculos sobre el *Brian Boru.* Scarlett abrazó impulsivamente a Colum. Y volvió a hacerlo cuando señaló él unas esbeltas formas plateadas en el agua próxima. Por fin, eran delfines.

Mucho más tarde, Scarlett se plantó entre Colum y Kathleen tocada con su sombrero predilecto que trataba de sujetar sobre su cabeza contra el ataque del fuerte viento. Estaban entrando en el puerto, avanzando a media marcha. Scarlett miró asombrada una isla rocosa a estribor. Parecía imposible que algo, aunque fuese una imponente muralla de piedra mellada, pudiese resistir los embates de las olas que rompían contra ella y la salpicaban de blanca espuma. Scarlett estaba acostumbrada a las bajas y onduladas colinas del condado de Clayton, y aquel peñasco desnudo era el espectáculo más exótico que jamás había visto.

—Nadie tratará de vivir allí, ¿verdad? —preguntó a Colum.

—En Irlanda no se malgasta un palmo de tierra —respondió él—. Pero se necesita mucho valor para sentirse bien en Inishmore.

—Inishmore.

Scarlett repitió el bello y extraño nombre. Sonaba como música. Y como ningún nombre que hubiese oído antes.

Después guardó silencio. Lo propio hicieron Colum y Kathleen; cada uno de ellos contemplaba las anchas y relucientes aguas azules de la bahía de Galway, pensando cada cual en lo suyo.

Colum veía Irlanda delante de él y su corazón se henchía de amor y de dolor por sus sufrimientos. Como hacía muchas veces cada día, renovó su voto de destruir a los opresores de su país y devolverlo a su propio pueblo. No le inquietaban las armas escondidas en los baúles de Scarlett. Los aduaneros de Galway concentraban principalmente su atención en los buques de carga, asegurándose de que fuesen pagados los debidos aranceles al Gobierno británico. Mirarían al *Brian Boru* con desdén. Siempre lo hacían. Los americanos irlandeses afortunados satisfacían el sentimiento británico de superioridad sobre ambos, irlandeses y americanos. Aun así, pensó Colum, había sido una suerte convencer a Scarlett de que viniese con él. Sus enaguas iban mucho mejor, para esconder armas, que las docenas de botas americanas y los trozos de percal que había comprado. E incluso ella aflojaría los cordones de su bolsa cuando viese la pobreza de su pueblo. No es que tuviese muchas esperanzas de que esto ocurriese. Colum era realista y había tomado la medida a Scarlett desde el primer momento. No la apreciaba menos porque fuese tan inconscientemente egocéntrica. Era un sacerdote, y las flaquezas humanas merecían ser perdonadas. Con tal de que los humanos no fuesen ingleses. En realidad, incluso cuando estaba manipulando a Scarlett, Colum la apreciaba, lo mismo que apreciaba a todos los O'Hara.

Kathleen se agarraba con fuerza a la barandilla del barco. «De buena gana saltaría y continuaría a nado —pensó—; por lo feliz que me siento al acercarme a Irlanda. Iría más de prisa que el barco. El hogar. El hogar. El hogar...»

Scarlett aspiró profundamente el aire produciendo un pequeño crujido. En aquella islita llana había un castillo. ¡Un castillo! No podía ser otra cosa, pues tenía algo parecido a dientes en la cima. ¿Qué importaba que estuviese medio derruido? Era un castillo de verdad, como los de las ilustraciones de los libros infantiles. Apenas podía esperar a descubrir cómo era Irlanda.

Cuando acompañada de Colum bajó por la plancha, Scarlett se dio cuenta de que entraba en un mundo completamente diferente. En los muelles había mucha actividad, como en los de Savannah; eran ruidosos, muy concurridos, peligroso con el trajín de los carros y de los estibadores que cargaban o descargaban toneles, cajas y fardos. Pero todos los hombres eran blancos y se gritaban los unos a los otros en una lengua que no tenía sentido para ella.

—Es gaélico, la vieja lengua irlandesa —le explicó Colum—; pero no debes inquietarte, querida Scarlett. El gaélico es a duras penas conocido en Irlanda, salvo aquí, en el oeste. Todo el mundo habla inglés; no tendrás dificultades.

Como para demostrar que estaba equivocado, un hombre se dirigió a él con un acento tan pronunciado que, de momento, no se enteró Scarlett de que estaba hablando en inglés.

Colum se echó a reír cuando ella se lo dijo.

—Es verdad que suena de un modo extraño —asintió—, pero es inglés. Un inglés como el que hablan los ingleses, por la nariz, como si se les atragantase. Ése era un sargento del Ejército de Su Majestad.

Scarlett rió entre dientes.

—Creí que era un vendedor de botones.

La corta y ceñida chaqueta de uniforme del sargento, muy adornada, tenía en la pechera más de una docena de cordones dorados sujetos entre pares de bruñidos botones de metal. A Scarlett le pareció un disfraz.

Apoyó una mano en el codo de Colum.

—Me alegro infinitamente de haber venido —dijo.

Y era verdad. Aquí todo era diferente, nuevo. No era de extrañar que la gente disfrutase tanto viajando.

—Llevarán al hotel nuestro equipaje —dijo Colum cuando volvió al banco donde había dejado a Scarlett y a Kathleen—. Todo está arreglado. Mañana estaremos camino de Mullingar y de nuestra casa.

—Ojalá pudiésemos partir ahora mismo —dijo, esperanzada, Scarlett—. Todavía es temprano, apenas mediodía.

—Pero el tren ha salido a las ocho, querida Scarlett. El hotel está muy bien y además tiene una buena cocina.

—Lo recuerdo —dijo Kathleen—. Esta vez haré honor a todos aquellos dulces tan selectos. —Estaba radiante de felicidad; no parecía la misma muchacha a quien Scarlett había conocido en Savannah—. Cuando viajamos en la otra dirección, estaba demasiado afligida para llevarme algo a la boca. Oh, Scarlett, no puedes imaginarte lo que significa para mí sentir el suelo de Irlanda bajo los pies. Tengo ganas de hincarme de rodillas y besarlo.

—Vamos —dijo Colum—. Tendremos que competir para tomar un coche de alquiler; hoy es sábado y día de mercado.

—¿Día de mercado? —dijo Scarlett.

Kathleen palmoteó.

—¡Día de mercado en una gran ciudad como Galway! Oh, Colum, debe de ser estupendo.

Era ciertamente estupendo y excitante, y exótico para Scarlett. Toda la plaza cubierta de césped que se extendía ante el hotel Railway estaba rebosante de vida, llena de color. Cuando el coche de alquiler los dejó frente al hotel, Scarlett suplicó a Colum que visitasen de inmediato el mercado; no hacía falta que viesen sus habitaciones o comiesen en seguida. Kathleen la apoyó:

—Hay comida de sobra en los puestos del mercado, Colum, y quiero comprar algunas medias para regalar a las chicas. En Estados Unidos no las hay como éstas, pues de haberlas encontrado las habría comprado allí. Sé que a Brigid le hacen ilusión.

Colum sonrió.

—Y no me sorprendería que también le hiciese ilusión a Kathleen O'Hara. Está bien; yo me encargaré de las habitaciones. Procura que la prima Scarlett no se pierda. ¿Tienes dinero?

—Bastante, Colum. Jamie me lo dio.

—Pero es dinero americano, Kathleen. No puedes gastarlo aquí.

Scarlett agarró el brazo de Colum, presa del pánico. ¿Qué quería decir? ¿No valía su dinero aquí?

—Claro, sólo que aquí utilizamos un dinero de otra clase, querida Scarlett. Encontarás que las monedas inglesas son más variadas. Yo me encargaré de ir a cambiar el dinero para todos. ¿Cuánto quieres?

—Tengo todas mis ganancias del whist. En billetes. —Dijo la última palabra con desprecio y enojo. Todo el mundo sabía que los billetes no valían lo que decían los números impresos en ellos. Hubiese debido obligar a los perdedores a pagarle en plata o en oro. Abrió el bolso y sacó un fajo de billetes de uno, cinco y diez dólares.

—Cámbialos si puedes —dijo, tendiendo el dinero a Colum.

Éste arqueó las cejas.

—¿Tanto? Me alegro de que no me pidieses que jugase a las cartas contigo, querida Scarlett. Debes de tener al menos doscientos dólares.

—Doscientos cuarenta y siete.

—Fíjate bien, querida Kathleen. Nunca volverás a ver una fortuna como ésta junta. ¿Te gustaría sostenerla?

—Oh, no, no me atrevería.

La joven se echó atrás con las manos en la espalda y mirando fijamente a Scarlett.

«Cualquiera diría que soy yo la verde y no el dinero», pensó molesta Scarlett. Doscientos dólares no era una suma tan importante. Era, prácticamente, lo que había pagado por sus pieles. Seguramente Jamie recaudaba al menos doscientos dólares al mes en el almacén. Kathleen no tenía motivo para asombrarse tanto.

—Tomad. —Colum alargó una mano—. Aquí hay unos cuantos chelines para cada una. Podéis comprar algo mientras yo cambio el dinero; después nos encontraremos en aquel puesto de empanadas para tomar un bocado.

Señaló hacia una bandera amarilla que ondeaba en el centro de la bulliciosa plaza.

Scarlett siguió con los ojos la dirección de su dedo y se le encogió el corazón. La calle entre la escalinata del hotel y la plaza se estaba llenando de ganado que se movía lentamente. ¡No podría cruzarla!

—Yo abriré paso para las dos —dijo Kathleen—. Toma mis dólares, Colum. Ven, Scarlett, dame la mano.

La tímida muchacha a quien había conocido Scarlett en Savannah había dejado de existir. Kathleen estaba en su casa. Resplandecían sus mejillas y sus ojos, y su sonrisa era tan brillante como el sol que la alumbraba.

Scarlett trató de excusarse, de protestar; pero Kathleen no le hizo caso. Pasó entre la manada de vacas, tirando de Scarlett, y a los pocos segundos estaban sobre el césped de la plaza. Scarlett no había tenido tiempo de chillar de miedo en medio de las vacas, ni de gritar con indignación a Kathleen. Y una vez en la plaza, estaba demasiado fascinada para recordar su miedo o su enojo. Le habían gustado los mercados de Charleston y de Savannah por la animación y el colorido y la variedad de productos. Pero no eran nada comparados con el día de mercado en Galway.

Dondequiera que mirase, allí pasaba algo. Hombres y mujeres regateaban, compraban, vendían, discutían, reían, encomiaban, criticaban, cerraban tratos; y los objetos de esas transacciones eran corderos, ovejas, gallinas, pollos, huevos, vacas, cerdos, mantequilla, crema, cabras, asnos...

—Son encantadores —dijo Scarlett, cuando vio los corderos de patas larguiruchas, los cestos de chillones cerditos sonrosados, los pequeños y peludos borricos con sus largas orejas forradas de rosa, y una y otra vez, los vestidos de alegres colores que lucían docenas de mujeres jóvenes y de muchachas. Cuando vio la primera de esas figuras de abigarrado atuendo pensó que la chica iba disfrazada; después vio otra y otra y otra, hasta que cayó en la cuenta de que todas vestían de manera parecida. No era de extrañar que Kathleen hubiese hablado de medias. Dondequiera que mirase Scarlett, veía tobillos y piernas cubiertas con medias a rayas azules y amarillas, rojas y blancas, amarillas y rojas, blancas y azules. Las muchachas de Galway no usaban botas sino zapatos de piel negra y tacón bajo, y las faldas les llegaban a diez o quince centímetros por encima de los tobillos. ¡Y qué faldas! Anchas, oscilantes, de colores vivos como las medias: rojos, azules, verdes y amarillos. Las blusas eran de tonos más oscuros, pero todavía alegres, con largas mangas abrochadas y pañoletas de hilo, blancas y almidonadas, plegadas y prendidas con alfileres sobre el pecho.

—Yo quiero también unas cuantas medias, Kathleen. Y una de

esas faldas. Y una blusa y un pañuelo. Me hacen mucha ilusión... ¡Son preciosos!

Kathleen sonrió satisfecha.

—¿Te gustan los vestidos irlandeses, Scarlett? Me alegro mucho. Lo que lleváis vosotras es tan elegante que creí que te burlarías de lo nuestro.

—Ojalá pudiese yo vestir así todos los días. ¿Es eso lo que lleváis cuando estáis en vuestro país? No me extraña que quisieras volver; eres afortunada.

—Éstos son los vestidos mejores, los de los días de mercado, para llamar la atención de los chicos. Te mostraré las prendas de diario. Ven.

Kathleen asió nuevamente a Scarlett de la muñeca y la condujo entre el gentío igual que había hecho entre las vacas. Cerca del centro de la plaza había unas mesas (simples tablas sobre caballetes) llenas de prendas femeninas. Scarlett abrió unos ojos como platos. Quería comprar todo lo que veía. ¡Qué medias... y qué chales tan maravillosos, tan suaves al tacto... y qué puntillas! Vaya, su modista de Atlanta vendería su alma por unas puntillas tan preciosas. ¡Y allí estaban las faldas! ¡Oh, qué preciosa estaría ella con aquel tono rojo... o con aquel azul! Pero, un momento; había otro azul en la mesa contigua, un azul más oscuro. ¿Cuál era mejor?

Oh, y unos rojos más claros allí... Se sentía mareada por aquel enorme surtido. Tenía que tocarlo todo; la lana era tan suave, tan gruesa, tan confortable y de colores tan vivos bajo su mano enguantada... Rápidamente, se quitó decidida un guante para poder palpar el tejido. Era diferente de todos los que había tocado...

—He estado esperando en el puesto de las empanadas y la boca se me hacía agua —dijo Colum, apoyando una mano en su brazo—. No te impacientes; podrás volver, querida Scarlett. —Se descubrió y saludó con la cabeza a las mujeres vestidas de negro erguidas detrás de las mesas—. Que el sol resplandezca para siempre sobre su delicado trabajo —dijo—. Les pido perdón en nombre de mi prima americana. Ha enmudecido de admiración. Ahora voy a darle de comer y si santa Brígida lo permite, podrá hablar con ustedes cuando vuelva.

Las mujeres sonrieron a Colum, miraron nuevamente de soslayo a Scarlett y dijeron «gracias, padre» al llevársela Colum de allí.

—Kathleen me ha dicho que te habías quedado turulata —dijo él, riendo entre dientes—. Te ha tirado de la manga una docena de veces, la pobrecilla, pero ni la has mirado.

—Me olvidé de ella —confesó Scarlett—. Nunca había visto juntas tantas cosas maravillosas. Estaba pensando comprarme un traje para cuando se celebre una fiesta. Pero no sé si podré esperar tanto para ponérmelo. Dime la verdad, Colum, ¿crees que estaría bien que me vistiese como las jóvenes irlandesas mientras esté aquí?

—Creo que no podrías hacer nada mejor, querida Scarlett.

—¡Qué divertido! Serán unas vacaciones deliciosas, Colum. Me alegro de haber venido.

—Todos nos alegramos, prima Scarlett.

No entendía en absoluto la moneda inglesa. La libra era de papel y casi no pesaba nada. El penique era grande, como un dólar de plata, y la monedita que llamaban *tuppence*, que quería decir dos peniques, era más pequeña que un penique. Además, había monedas llamadas medios peniques y otras llamadas chelines... Era para confundir a cualquiera. Pero esto no importaba en realidad; todo le saldría de balde, con las ganancias del whist. Lo único que contaba era que las faldas costaban dos chelines, y los zapatos, uno. Las medias valían solamente peniques. Scarlett dio la bolsa de monedas a Kathleen.

—Haz que me detenga antes de que se acaben —dijo, y empezó a comprar.

Los tres iban cargados cuando se dirigieron al hotel. Scarlett había compra faldas de todos los colores y de todos los gruesos (las más finas también servían de enaguas, le había dicho Kathleen) y docenas de medias, para ella misma, para Kathleen, para Brigid y para todas las otras primas a quienes iba a conocer. También había comprado camisas y metros y metros de puntillas anchas y estrechas, y otras convertidas en cuellos, pañuelos y lindas cofias. Y una larga capa azul con capucha, más otra roja porque no sabía cuál elegir, más otra negra porque Kathleen le había dicho que la mayoría de la gente vestía de negro los días laborables, y una falda negra, por la misma razón, debajo de la cual podía llevar enaguas de colores. Pañuelos, blusas y enaguas de hilo (de un hilo como jamás había visto), y seis docenas de pañuelos del mismo material. Y montones de chales: había perdido la cuenta.

—Estoy agotada —gimió, feliz, cuando se dejó caer en el mullido sofá del cuarto de estar de su habitación.

Kathleen depositó la bolsa del dinero sobre su falda. Todavía estaba llena hasta más de la mitad.

—¡Dios mío! —dijo Scarlett—. ¡Me va a encantar Irlanda!

48

Scarlett estaba entusiasmada con sus llamativos «disfraces». Trató de engatusar a Kathleen para que se pusiese «de tiros largos» como ella y volviesen las dos a la plaza, pero la muchacha se mostró cortésmente inflexible en su negativa.

—Cenaremos tarde, Scarlett, según la costumbre inglesa del hotel, y mañana tenemos que partir temprano. Hay muchos días de mercado; en la ciudad más próxima a nuestro pueblo tenemos uno cada semana.

—Pero no como el de Galway, a juzgar por lo que has dicho —observó con recelo Scarlett.

Kathleen confesó que la ciudad de Trim era mucho, mucho más pequeña. Sin embargo, no quiso volver a la plaza. Scarlett, aunque de mala gana, no insistió más.

El comedor del hotel Railway era famoso por su cocina y su servicio. Dos camareros con librea hicieron sentar a Kathleen y a Scarlett a una mesa grande, junto a una alta ventana con lujosos cortinajes, y se quedaron detrás de sus sillas para servirlas. Colum tuvo que contentarse con el camarero de frac encargado de la mesa. Los O'Hara encargaron una cena de seis platos, y Scarlett estaba disfrutando de una tajada del famoso salmón de Galway acompañada de una delicada salsa, cuando oyó música en la plaza. Retiró las cortinas de pesados flecos, la de seda que pendía debajo de ella, y el visillo de grueso encaje.

—¡Lo sabía! —declaró—. Sabía que tendríamos que volver. Están bailando en la plaza. Vayamos allá inmediatamente.

—Scarlett, sólo hemos empezado a cenar —arguyó Colum.

—¡Tonterías! Comimos hasta hartarnos en el barco; lo que menos necesitamos es otra cena interminable. Quiero ponerme mi vestido nuevo y bailar.

Nada pudo disuadirla.

—No te comprendo en absoluto, Colum —dijo Kathleen.

Los dos estaban sentados en uno de los bancos de la plaza, cerca del sitio donde bailaban, para el caso de que Scarlett se viese en dificultades. Ésta, vistiendo una falda azul sobre unas enaguas rojas y amarillas, bailaba el *reel* como si no hubiese hecho otra cosa en su vida.

—¿Qué es lo que no comprendes?

—¿Por qué nos alojamos en ese elegante hotel inglés, como un rey y unas reinas? Y ya que estábamos en él, ¿por qué no podíamos comer esa deliciosa cena? Sé que será la última. ¿Por qué no has querido decirle «no» a Scarlett, como he hecho yo?

Colum le asió la mano.

—Lo cierto es, hermanita, que Scarlett no está todavía preparada para Irlanda, ni para los O'Hara que viven en ella. Espero facilitarle las cosas. Es mejor verla vestida de irlandesa para lo que considera una alegre aventura, que verla llorar al enterarse de que las colas de sus lujosos trajes de seda se mancharán de lodo. Bailando el *reel* conoce a gente irlandesa y la encuentra agradable, a pesar de su tosca indumentaria y de sus manos sucias. Es un gran acontecimiento para ella, aunque yo preferiría estar durmiendo.

—Pero mañana nos iremos a casa, ¿eh? —preguntó Kathleen llena de añoranza.

Colum le estrechó la mano.

—Iremos a casa, te lo prometo. Pero viajaremos en un vagón de primera clase y no debes hacer comentarios sobre ello. Dispondré que Scarlett se aloje con Molly y Robert, y de esto tampoco has de decir una palabra.

Kathleen escupió en el suelo.

—Esto para Molly y su Robert. Pero, mientras sea Scarlett y no yo quien está con ellos, estoy dispuesta a morderme la lengua.

Colum frunció el ceño, pero no por lo que acababa de decir su hermana. La actual pareja de baile de Scarlett estaba tratando de abrazarla. Colum no podía saber que desde los quince años Scarlett era experta en incitar a los hombres y librarse después de ellos. Se levantó rápidamente y se dirigió hacia el lugar del baile. Pero, antes de que llegase allí, Scarlett había escapado de su admirador. Corrió hacia Colum.

—¿Vienes por fin a bailar conmigo?

Él tomó las manos que ella le tendía.

—Vengo a llevarte de aquí. Ya tendríamos que estar durmiendo.

Scarlett suspiró. Su cara arrebolada lo parecía todavía más bajo el rojo farolillo de papel que pendía sobre su cabeza. En toda la plaza, faroles de vivos colores colgaban de las ramas de altos y copudos árboles. Debido a la música de los violines y a los gritos y risas que lanzaba la nutrida concurrencia mientras bailaba, Scarlett no llegó a captar exactamente las palabras de Colum, pero el significado estaba claro.

Además, sabía que él tenía razón, pero le fastidiaba tener que dejar de bailar. Nunca había gozado de una libertad tan embriagadora, ni siquiera en el día de san Patricio. Su traje irlandés no estaba hecho para llevarlo con corsé, y Kathleen había apretado el corsé sólo lo suficiente para que no se le deslizase hasta las rodillas. De modo que podía bailar eternamente sin quedarse sin aliento. Era como si su cuerpo no estuviese sujeto en absoluto.

A pesar del rojo resplandor del farolillo, Colum parecía cansado. Scarlett sonrió y asintió con la cabeza. Habría muchos más bailes, y ella estaría dos semanas en Irlanda, hasta que su abuela celebrase su centésimo cumpleaños. «La primera Katie Scarlett. ¡No me perdería esa fiesta por nada del mundo!»

«Esto está mucho mejor que nuestros trenes —pensó Scarlett al ver las puertas abiertas de los compartimientos individuales—. Es agradable tener una pequeña habitación propia, en vez de estar sentada en un vagón con un montón de desconocidos. Tampoco hay que caminar por el pasillo al subir y al bajar, ni los pasajeros están a punto de caer sobre la falda de una cuando pasan junto a tu asiento.» Sonrió satisfecha a Colum y a Kathleen.

—Me gustan los trenes irlandeses. Me gusta todo lo de Irlanda.

Se instaló cómodamente en el ancho asiento, deseosa de salir de la estación y poder contemplar el paisaje. Tenía que ser distinto al de Estados Unidos.

Irlanda no la defraudó.

—Caramba, Colum —dijo, cuando llevaban una hora viajando—, ¡desde luego este país está lleno de castillos! Hay virtualmente uno en cada monte, y más en las llanuras. ¿Por qué están todos en ruinas? ¿Por qué no vive nadie en ellos?

—En su mayoría son muy antiguos, Scarlett; tienen cuatrocientos años o más. La gente encontró sitios más cómodos donde vivir.

Ella asintió con la cabeza. Esto era lógico. Debía ser incómodo subir y bajar tantas escaleras en las torres. Sin embargo, los castillos eran terriblemente románticos. Apretó de nuevo la nariz contra el cristal de la ventanilla.

—¡Oh, qué lástima! —dijo—. Ya no podré ver más castillos. Está empezando a llover.

—Cesará pronto —prometió Colum.

Y cesó, antes de que llegasen a la próxima estación.

—Ballinasloe —leyó en voz alta Scarlett—. Vuestros pueblos tienen nombres muy bonitos. ¿Cómo se llama el lugar donde viven los O'Hara?

—Adamstown —respondió Colum. Se rió al ver la expresión del semblante de Scarlett—. No, no es muy irlandés. Lo cambiaría para ti si pudiese, como lo cambiaría para todos nosotros. Pero el dueño es inglés, y no le gustaría.

—¿Posee alguien toda una ciudad?

—No es una ciudad; lo de *town* se debe solamente a la jactancia inglesa. Apenas si es un pueblo. Le pusieron el nombre del hijo del inglés que lo construyó como un pequeño regalo para Adam. Después fue heredado por su hijo y su nieto, etcétera. Su dueño actual no viene nunca. Vive casi siempre en Londres. Es su apoderado quien lo administra todo.

Había un poco de amargura en las palabras de Colum. Scarlett decidió que era mejor no hacer preguntas. Se contentó con mirar los castillos.

Cuando el tren empezó a reducir la marcha para la próxima estación, vio un castillo enorme que no había sufrido el menor desperfecto. ¡Alguien debía vivir allí! ¿Sería un noble? ¿Un príncipe? Nada de esto, le dijo Colum. Era el cuartel de un regimiento del ejército británico.

«Oh, seguro que esta vez he metido la pata», pensó Scarlett. Kathleen tenía encendidas las mejillas.

—Compraré un poco de té —dijo Colum cuando se detuvo el tren. Bajó la ventanilla y se asomó. Kathleen miraba fijamente al suelo. Scarlett se plantó al lado de Colum. Le convenía estirar las piernas—. Siéntate, Scarlett —dijo enérgicamente él.

Ella se sentó. Pero distinguió los grupos de hombres elegantemente uniformados en el andén, y observó que Colum sacudía la cabeza cuando le preguntaron si había algún asiento desocupado en el compartimiento. ¡Qué tipo tan frío era! Nadie podía ver el interior del compartimiento porque sus hombros llenaban toda la ventanilla, y había tres grandes plazas vacías. Tendría que recordarlo la próxima vez que viajase en un tren irlandés, si Colum no estaba con ella. Él le alargó unas tazas de té y un paño plegado y abultado al arrancar el tren.

—Prueba una especialidad irlandesa —dijo sonriente ahora—; lo llaman *barm brack*.

El tosco trapo envolvía grandes rebanadas de un delicioso pan ligero relleno de fruta. Scarlett comió también el de Kathleen y preguntó a Colum si podía comprar un poco más cuando se detuviesen en la próxima estación.

—¿No puedes resistir el hambre otra media hora? Entonces nos apearemos y podremos comer como es debido.

Scarlett asintió encantada. La novedad del tren y de los paisajes abundantes en castillos había empezado a perder interés. Estaba deseosa de llegar a su destino.

Pero el rótulo de la estación decía «Mullingar» y no «Adamstown». Pobrecilla, dijo Colum, ¿no se lo había dicho? Sólo podían ir parte del camino en tren. Cuando hubiesen comido harían el resto del viaje por carretera. No eran más que unos treinta y dos kilómetros; llegarían a casa antes de anochecer.

¡Treinta y dos kilómetros! Bueno, esto estaba tan lejos como Atlanta de Jonesboro. Tardarían siglos, y habían estado ya prácticamente seis horas en el tren. Necesitó toda su fuerza de voluntad para sonreír amablemente cuando Colum le presentó a su amigo Jim Daly. Daly no era siquiera guapo. Pero su carro era bonito: tenía unas ruedas altas pintadas de un rojo brillante y los costados de un azul lustroso con el nombre de J. DALY en letras de oro. Fuese cual fuere su negocio, pensó Scarlett, Jim Daly debía ganarse bien la vida.

El negocio de Jim Daly era una taberna y cervecería. Aunque era dueña de un bar, Scarlett nunca había estado en su propio establecimiento. El hecho de entrar en la vasta habitación que olía a cerveza hizo que se sintiese agradablemente atrevida, y miró con curiosidad el largo y barnizado mostrador de roble; pero no tuvo tiempo de captar más detalles antes de que Daly abriese otra puerta y la hiciese pasar. Los O'Hara iban a almorzar con él y su familia en sus habitaciones particulares de encima de la taberna.

Era una buena comida, pero Scarlett igual habría podido estar en Savannah. No había nada extraño o exótico en una pierna de cordero con salsa de menta y puré de patata. Y toda la conversación giró alrededor de los O'Hara de Savannah, de su salud y sus andanzas. Resultó que la madre de Jim Daly era otra prima O'Hara. Scarlett no tenía la impresión de encontrarse en Irlanda, y mucho menos encima de una taberna. Ninguno de los Daly parecía muy interesado en su opinión. Estaban todos demasiado absortos hablando entre ellos.

Las cosas mejoraron después de la comida. Jim Daly insistió en ofrecerle el brazo para dar un paseo y visitar Mullingar. Colum y Kathleen los siguieron. Y no era que hubiese gran cosa que ver, pensó Scarlett. Se trataba de una pequeña población, de solamente una calle y cinco veces más tabernas que tiendas; pero a Scarlett le sentaba bien estirar las piernas. La plaza del pueblo no era ni la mitad de la de Galway, y nada ocurría en ella. Una joven con un pañuelo negro sobre la cabeza y el pecho se acercó a ellos tendiendo una mano.

—Que Dios los bendiga, caballero y señora —gimió.

Jim dejó caer unas monedas en su mano y ella repitió la bendición, haciendo una reverencia. Scarlett se quedó escandalizada. ¡La descarada estaba pidiendo limosna! Ciertamente, ella no le habría dado nada; no había motivo para que la muchacha no trabajase para ganarse la vida; parecía estar bien de salud.

Hubo un estallido de carcajadas y Scarlett se volvió para ver la causa. Un grupo de soldados había entrado en la plaza desde una calle lateral. Uno de ellos estaba fastidiando a la pordiosera, mostrándole una moneda con el brazo levantado de manera que no pudiese alcanzarla. ¡Era un bruto! ¿Pero qué podía esperar esa joven, si se estaba poniendo en ridículo mendigando en la calle? Sobre todo tratándose de soldados. Todo el mundo sabía que eran toscos y rudos... Aunque tenía que confesar que casi no parecían soldados. Parecían más bien juguetes grandes de un niño pequeño, con aquellos ridículos uniformes de fantasía. Evidentemente, sus únicas funciones militares serían desfilar en formación los días de fiesta. Por fortuna, no había en Irlanda verdaderos soldados como los yanquis. Ni serpientes ni yanquis. El soldado arrojó la moneda en un charco sucio y lleno de espuma y rió de nuevo con sus amigos. Scarlett vio que Kathleen agarraba el brazo de Colum con las dos manos. Él se desprendió y caminó hacia los soldados y la pordiosera. ¿Qué pasaría si les echaba un sermón sobre lo que hacían los buenos cristianos? Colum se arremangó y ella contuvo el aliento. «¡Parece igual que papá! ¿Va a enzarzarse en una pelea?» Colum se arrodilló en la plaza empedrada y pescó la moneda en el fétido charco. Scarlett exhaló un suspiro de alivio. No se habría preocupado si Colum se hubiese enfrentado a uno de aquellos soldados afeminados, pero cinco podían ser demasiados incluso para un O'Hara. Y en todo caso, ¿por qué tenía que armar jaleo por los problemas de una mendiga?

Colum se levantó, de espaldas a los soldados. Éstos estaban visiblemente molestos por el giro que había tomado su chanza. Cuando Colum asió a la mujer de un brazo y se la llevó de allí, los militares se volvieron en dirección contraria y caminaron rápidamente hacia la próxima esquina.

«Bueno, nada malo ha sucedido —pensó Scarlett—, salvo a las rodilleras del pantalón de Colum. Supongo que las gastará mucho de todas maneras, ya que es un cura. Es curioso, pero casi siempre me olvido de esto. Si Kathleen no me hubiese sacado de la cama al amanecer, no me habría acordado de que tenía que ir a misa antes de tomar el tren.»

La visita a la población fue muy breve. No había barcos que ver en el Canal Real, y a Scarlett no le interesaba en absoluto el entusiasmo de Jim Daly por viajar a Dublín por el canal en vez de ir en tren. ¿Por qué había de interesarle a ella el viaje a Dublín? Lo único que quería era emprender la marcha hacia Adamstown.

Al poco rato vio cumplido su deseo. Cuando volvieron, había un pequeño carruaje destartalado delante de la taberna de Jim Daly. Un hombre con delantal y en mangas de camisa estaba cargando sus baúles en el techo del carruaje; las maletas estaban ya sujetas en la parte de atrás. Si el baúl de Scarlett pesaba ahora mucho menos que en la estación, cuando Jim Daly y Colum lo habían cargado en el carro de aquél, nadie lo mencionó. Cuando los baúles estuvieron bien atados, el hombre en mangas de camisa desapareció en el interior de la taberna. Volvió ataviado con una capa y un sombrero de cochero.

—Yo también me llamo Jim —dijo brevemente—. En marcha.

Scarlett subió y se sentó en el rincón más alejado. Kathleen lo hizo junto a ella, y Colum, enfrente.

—Que Dios os acompañe —gritaron los Daly.

Scarlett y Kathleen agitaron sus pañuelos en la ventanilla. Colum se desabrochó la chaqueta y se quitó el sombrero.

—No sé lo que haréis vosotras, pero yo voy a tratar de dormir un poco —dijo—. Espero que me disculpéis.

Se descalzó, estiró las piernas y apoyó los pies en el asiento, entre Scarlett y Kathleen. Ellas se miraron y se inclinaron para desabrocharse las botas. A los pocos minutos, se arrellanaron también, apoyando la cabeza en los ángulos del carruaje y descansando los pies a los lados de Colum. «Oh, si pudiese llevar mi traje de Galway, no podría estar más cómoda», pensó Scarlett. Una de las tiras del corsé rellenas de oro se le clavaba en las costillas por mucho que hiciese. Sin embargo se durmió rápida y fácilmente.

Se despertó una vez cuando la lluvia empezó a repicar en la ventanilla, pero pronto la adormeció de nuevo aquel suave sonido. Cuando volvió a despertarse, estaba brillando el sol.

—¿Hemos llegado? —preguntó, soñolienta.

—No; todavía nos falta un trecho —respondió Colum.

Scarlett miró hacia fuera y aplaudió.

—¡Oh, mirad cuantas flores! Podría coger una sacando la mano. Abre la ventanilla, Colum. Haré un ramo.

—La abriremos cuando nos detengamos. Las ruedas levantan demasiado polvo.

—Pero yo quiero unas cuantas de esas flores.

—Esto no es más que un seto, querida Scarlett. Verás lo mismo durante todo el camino.

—Por este lado también, ¿lo ves? —dijo Kathleen.

Scarlett lo vio. La planta desconocida y sus brillantes flores de color rosa estarían casi al alcance de su mano si alargaba el brazo. Era maravilloso viajar con paredes de flores a ambos lados. Cuando Colum cerró los ojos, Scarlett bajó despacio el cristal de la ventanilla.

49

—Pronto llegaremos a Ratharney —dijo Colum—. Unos pocos kilómetros más, y estaremos en el condado de Meath.

Kathleen suspiró, dichosa. A Scarlett le brillaron los ojos. Condado de Meath. «Papá lo consideraba el paraíso —pensó—, y puedo adivinar por qué.» Aspiró el dulce aire de la tarde a través de la ventanilla abierta, una mezcla del suave perfume de las flores de color rosa y el rico olor de la hierba calentada por el sol en los campos invisibles al otro lado de los tupidos setos, más el penetrante aroma que los propios setos exhalaban. «Si él pudiese estar aquí conmigo, sería perfecto. Ahora tendré que disfrutarlo el doble, por papá y por mí.» Inhaló profundamente y captó un indicio de frescura en el ambiente.

—Creo que volverá a llover —dijo.

—No durará —le prometió Colum—, y después todo olerá aún mejor.

Llegaron y pasaron tan rápidamente por Ratharney que Scarlett apenas vio nada. En un santiamén, el seto desapareció y fue sustituido por una pared sólida, y, al mirar por la ventanilla del carruaje, percibió Scarlett otra ventanilla abierta del mismo tamaño, que encuadraba el rostro de un hombre que la estaba mirando. Todavía estaba intentando sobreponerse a la impresión que le habían causado los ojos del desconocido, salido de ninguna parte, cuando el carruaje dejó atrás la última casa de la hilera de edificios y el seto empezó de nuevo. Ni siquiera habían reducido la velocidad.

Pero ésta se redujo pronto. La carretera había empezado a serpentear en bruscas y cortas eses. Scarlett se había asomado un poco a la ventanilla, tratando de otear la carretera que habían de recorrer.

—¿Estamos ya en el condado de Meath, Colum?

—Estaremos muy pronto.

Pasaron ante una casita de campo. A la sazón el coche avanzaba casi al paso, de manera que Scarlett pudo verla bien. Sonrió y agitó una mano saludando a una niña pelirroja que estaba plantada en la puerta. La pequeña sonrió a su vez. Se le habían caído los dientes de delante, y el hueco daba a su sonrisa un encanto especial. Todo lo de aquella casita cautivaba a Scarlett. Estaba hecha de piedra y las paredes, de un blanco brillante, tenían pequeñas ventanas cuadradas, con los marcos pintados de rojo. La puerta era también roja y estaba dividida en dos partes, con la mitad superior abierta hacia dentro. La niña asomaba apenas la cabeza y, detrás de ella, Scarlett percibió un fuego que chisporroteaba en una habitación en penumbra. Pero lo mejor era el tejado cubierto de paja que hacía como un festón al encontrarse con las paredes de la casa. Era como una ilustración de un cuento de hadas. Se volvió para sonreír a Colum.

—Si esa niña tuviese los cabellos rubios, esperaría que apareciesen los tres osos en cualquier instante.

Por la expresión de Colum comprendió que no sabía de qué estaba hablando.

—¡Rizos de Oro, tonto! —Él sacudió la cabeza—. Caramba, Colum, es un cuento de hadas. ¿No tenéis cuentos de hadas en Irlanda?

Kathleen se echó a reír.

Colum hizo un guiño.

—Querida Scarlett —dijo—, no sé nada de vuestros cuentos de hadas ni de vuestros osos, pero si son duendes lo que estás buscando, has venido al lugar adecuado. Irlanda está llena de duendes.

—Habla en serio, Colum.

—Estoy hablando en serio. Y tú deberías aprender algo acerca de los duendes o puedes verte en graves apuros. Piensa que la mayoría de ellos sólo son un poco pesados, y que hay algunos, como el zapatero, con quien todos quisieran tropezar...

El carruaje se había detenido en seco. Colum asomó la cabeza a la ventanilla. Cuando se echó atrás, ya no sonreía. Alargó el brazo por delante de Scarlett y asió la correa con que se abría y cerraba la ventanilla. Con un rápido tirón, levantó el cristal.

—Quedaos quietas y no habléis con nadie —ordenó secamente en voz baja—. No dejes que ella se mueva, Kathleen.

Metió los pies en las botas y se ató los cordones con celeridad.

—¿Qué pasa? —preguntó Scarlett.

—Silencio —dijo Kathleen.

Colum abrió la portezuela, agarró su sombrero, se apeó y cerró la portezuela. Su cara parecía esculpida en piedra gris cuando se alejó.

—Kathleen.

—Cállate. Esto es importante, Scarlett. No digas nada.

Retumbó un ruido sordo y vibraron las paredes de cuero del carruaje. Incluso a través de las ventanillas cerradas pudieron oír Scarlett y Kathleen las fuertes y secas palabras que gritaba un hombre desde algún lugar delante de ellas.

—¡Tú! ¡Cochero! ¡Largo de aquí! Esto no es un espectáculo para que lo mires boquiabierto. Y usted, cura, ¡vuelva a su coche y váyase!

La mano de Kathleen se cerró sobre la de Scarlett.

El carruaje osciló sobre sus muelles y rodó despacio hacia el lado derecho de la estrecha carretera. Las rígidas ramas y espinas del seto arañaron el grueso cuero. Kathleen se apartó de la ventanilla y se acercó más a Scarlett. Sonó otro ruido sordo y ambas se sobresaltaron. Scarlett apretó la mano de Kathleen. ¿Qué pasaba?

El carruaje siguió adelante llegando frente a otra casa de campo, idéntica a la que Scarlett había considerado ideal para Rizos de Oro. Plantado en la puerta abierta, había un soldado de negro uniforme con galones dorados, que colocaba dos pequeños taburetes de tres patas sobre una mesa, delante de la casa. A la izquierda de la puerta se hallaba un oficial montado en un espantadizo caballo bayo, y a la derecha, estaba Colum. Hablaba pausadamente a una mujer bajita y llorosa cuyo pañuelo negro le había resbalado de la cabeza descubriendo sus rojos cabellos que le caían desgreñados sobre las mejillas y los hombros. Sostenía a un niño pequeño en brazos; Scarlett advirtió sus ojos azules y la pelusa rojiza de la redonda cabeza. Una niña, que podía haber sido hermana gemela de aquella otra pequeña que sonreía asomada a la puerta, estaba sollozando contra el delantal de la madre. Ambas, madre e hija, iban descalzas. Varios soldados se mantenían en el centro de la carretera, cerca de un gran trípode hecho de troncos de árbol. Un cuarto tronco se balanceaba, colgado de cuerdas sujetas al vértice del trípode.

—Sigue adelante, Paddy —gritó el oficial.

El carruaje chirrió y avanzó rozando el seto. Scarlett se dio cuenta de que Kathleen estaba temblando. Algo terrible sucedía aquí. Parecía que aquella pobre mujer estaba a punto de desmayarse... o de volverse loca. Ojalá pudiese Colum ayudarla.

La mujer cayó de rodillas. «Dios mío, se está desmayando, ¡dejará caer el pequeño!» Scarlett fue a agarrar el pestillo de la portezuela y Kathleen le sujetó el brazo.

—Kathleen, déjame...

—Quieta. Por el amor de Dios, estáte quieta.

El tono desesperado y apremiante del murmullo de Kathleen hizo que Scarlett se detuviese.

¿Qué diablos era aquello? Scarlett observó, sin dar crédito a sus ojos. La llorosa madre estaba aferrada a la mano de Colum y la besaba. Él hizo la señal de la cruz sobre su cabeza. Después la ayudó a levantarse. Tocó la cabeza del bebé y la de la niña y apoyando ambas manos en los hombros de la madre, hizo que ésta se volviese de espaldas a la casa.

El carruaje siguió adelante con lentitud, y los ruidos sordos empezaron de nuevo detrás de ellas. El vehículo comenzó a apartarse del seto y siguió avanzando después de colocarse en el centro de la carretera.

—¡Deténgase, cochero! —gritó Scarlett, antes de que Kathleen pudiese impedírselo.

Estaban dejando a Colum atrás, y ella no podía permitir que esto ocurriese.

—No, Scarlett, no —le suplicó Kathleen, pero ella había abierto ya la portezuela incluso antes de que se detuviese el carruaje.

Saltó a la carretera y echó a correr hacia el ruido, sin prestar atención a la cola de su elegante traje, que se arrastraba sobre la fina capa de barro.

Lo que vio y oyó hizo que se parase en seco y lanzase un grito de protesta. El tronco oscilante volvió a golpear las paredes de la casa, y la fachada de ésta se derrumbó hacia dentro, astillando las ventanas y haciendo saltar añicos brillantes de limpio cristal. Los marcos rojos de las ventanas cayeron entre el polvo levantado por las piedras blancas al rodar, y la doble puerta roja se plegó sobre sí misma. El ruido era horrible, chirriante..., estridente, como producido por una cosa viva.

Por unos momentos hubo un silencio y después se oyó otro ruido, un chisporroteo que se convirtió en rugido, y los envolvió un acre y sofocante olor a humo. Scarlett vio las antorchas en las manos de tres soldados y las llamas que devoraban la cubierta de paja del tejado. Pensó en la tropa de Sherman, en las quemadas paredes y chimeneas de Doce Robles, en Dunmore Landing, y gimió de dolor y de terror. ¿Dónde estaba Colum? Cielo santo, ¿qué había sido de él?

El hombre vestido de oscuro salió apresuradamente de entre el espeso humo que empezaba a llenar la carretera.

—De prisa —gritó a Scarlett—. Vuelve al coche.

Antes de que pudiese ella salir del trance que la paralizaba, Colum se plantó a su lado y la agarró del brazo.

—Vamos, Scarlett, no te quedes ahí —dijo en tono apremiante pero controlado—. Debemos ir a casa.

El carruaje rodó con toda la rapidez que podían imprimirle los caballos por la serpenteante carretera. Scarlett era sacudida de un lado a otro, entre la ventanilla cerrada y Kathleen, pero apenas lo advertía. Todavía estaba estremecida por aquella extraña y terrible experiencia. Sólo cuando el carruaje redujo la marcha y se movió chirriando, pero con más suavidad, dejó su corazón de palpitar y pudo recobrar el aliento.

—¿Qué pasaba allí? —preguntó, y su propia voz le sonó extraña.

—Estaban desahuciando a aquella pobre mujer —dijo secamente Kathleen— y Colum la consolaba. No hubieses debido entrometerte, Scarlett. Pudiste ponernos en peligro a todos.

—Calla, Kathleen; no debes reprenderla —dijo Colum—. Scarlett no podía saberlo.

Scarlett quería protestar diciendo que había visto cosas peores, mucho peores; pero se contuvo. Le interesaba más comprender lo que pasaba.

—¿Por qué la han desahuciado? —preguntó.

—No tenían dinero para pagar el alquiler —le explicó Colum—. Y lo peor es que su marido trató de interrumpir el procedimiento cuando vinieron los soldados por primera vez. Golpeó a uno de ellos y se lo llevaron a la cárcel, dejando a la mujer con los pequeños y, además, temiendo por él.

—Es triste. ¡Parecía tan afligida! ¿Qué hará ahora, Colum?

—Tiene una hermana en una casa de campo carretera abajo, no demasiado lejos. La he enviado allí.

Scarlett se tranquilizó un poco. Era lamentable. La pobre mujer estaba desesperada. Sin embargo, todo acabaría bien. Su hermana debía de vivir en la casita de Rizos de Oro, y no se hallaba lejos. A fin de cuentas, la gente tenía obligación de pagar el alquiler. Ella encontraría un nuevo tabernero si su arrendatario trataba de defraudarla. Y si el marido había pegado a un soldado, esto era imperdonable. Tenía que haber sabido que iría a la cárcel por ello. Hubiese debido pensar en su mujer antes de hacer algo tan estúpido.

—Pero ¿por qué destruyeron la casa?

—Para impedir que los arrendatarios volviesen a ella.

Scarlett dijo lo primero que le pasó por la cabeza.

—¡Qué tontería! El propietario hubiese podido alquilarla a otros.

Colum parecía cansado.

—No quiere alquilarla a nadie. La casa llevaba anejo un pequeño trozo de tierra, y él está haciendo lo que llaman «organizar» su propiedad. Lo destinará todo a pastos y enviará el ganado bien cebado al mercado. Por esto elevó todos los alquileres atrasados. Ya no le interesa cultivar la tierra. El marido sabía lo que se le venía encima, todos lo saben en cuanto empieza la cosa. Durante meses, han estado vendiéndose lo poco que tienen para pagar el alquiler, y se han quedado sin nada. Son todos estos meses los que alimentan la cólera de un hombre y hacen que trate de defenderse con los puños... Y las pobres mujeres se desesperan al ver a su hombre derrotado. Aquella pobre criatura trataba, con el bebé sobre el pecho, de interponerse entre el ariete y la casita de campo de su marido. Era lo único que podía hacer para que él se sintiese como un hombre.

A Scarlett no se le ocurrió nada que decir. No sabía que pudiesen ocurrir cosas como ésta. Era una ruindad. Los yanquis eran peores, pero allá había tenido lugar una guerra. No habían destruido para que un puñado de vacas pudiesen tener más hierba para pastar. ¡Pobre mujer! Oh, habría podido ser Maureen, sosteniendo a Jacky cuando era un bebé.

—¿Estás seguro de que irá a casa de su hermana?

—Convino en hacerlo, y no es de las que mienten a un sacerdote.

—Entonces, estará bien, ¿no?

Colum sonrió.

—No te preocupes, querida Scarlett. Estará perfectamente.

—Hasta que sea organizada la finca de su hermana. —La voz de Kathleen era ronca. La lluvia empezó a repicar y a resbalar por el cristal de las ventanillas. Entró agua en el carruaje, cerca de la cabeza de Kathleen, por un desgarrón hecho por el seto—. ¿Quieres darme tu pañuelo grande, Colum, para tapar este agujero? —dijo riendo—. ¿Y quieres rezar una oración para que vuelva a salir el sol?

¿Cómo podía estar tan alegre después de aquello y con esa gotera por añadidura? ¡Y, por todos los santos, Colum se estaba riendo con ella!

Ahora el carruaje iba más de prisa, mucho más de prisa. El cochero tenía que estar loco. Nadie podía ver nada a través de un aguacero como éste y la carretera era muy estrecha y, además, con muchas curvas. Se producirían diez mil desgarrones más en el carruaje.

—¿No sientes la ansiedad que embarga a los buenos caballos de Jim Daly, Scarlett? Creen que están en una pista de carreras, pero sé que un hipódromo como éste sólo puede encontrarse en el condado de Meath. Seguro que nos estamos acercando a casa. Será mejor que te cuente algo sobre la gente menuda antes de que te encuentres con un gnomo y no sepas con quién estás hablando.

De pronto un sesgado rayo de sol penetró por la ventanilla mojada por la lluvia, convirtiendo las gotas de agua en fragmentos de arco iris. «El hecho de que llueva y brille el sol un momento después para que acto seguido vuelva a llover no es natural», pensó Scarlett. Desvió la mirada de los arco iris y la fijó en Colum.

—Viste una parodia de los gnomos en el desfile de Savannah —empezó diciendo Colum—, y te diré que es bueno para todos los que lo vieron que no haya gnomos en Estados Unidos, porque su cólera habría sido terrible y habrían convocado a todos sus parientes para vengarse.

»Sin embargo, en Irlanda, donde se los respeta como es debido, no molestan a nadie y nadie los molesta. Encuentran un lugar agradable y se instalan en él para dedicarse a su oficio de zapateros. No como grupo, fíjate bien, pues el gnomo es amante de la soledad, sino uno en un sitio, otro en otro, y así sucesivamente hasta que, a juzgar por lo que dicen muchos cuentos, puedes estar seguro de encontrar uno en cada arroyo y cada piedra del país. Sabes que está allí por el repiqueteo de su martillo al clavar la suela y el tacón del zapato. Entonces, si te acercas sin hacer más ruido que una oruga, puedes pillarle desprevenido. Algunos dicen que tienes que agarrarlo por un brazo o por un tobillo, pero la mayoría cree que basta con mirarle fijamente para capturarlo.

»Él te suplicará que le sueltes, pero debes negarte. Prometerá darte cuanto desees, pero tiene fama de embustero y no has de creerle. Te amenazará con alguna desgracia terrible, pero no puede hacerte daño, por lo que desdeñarás sus amenazas. Y por fin se verá obligado a comprar su libertad con el tesoro que ha escondido en sitio seguro y próximo.

»¡Y vaya un tesoro! Un cántaro de oro, que tal vez no parezca gran cosa a los ojos de un profano, pero que está hecho con gran astucia por el gnomo y no tiene fondo, de manera que lo que tienes que hacer es ir sacando el oro de allí durante toda tu vida, y siempre habrá más.

»Te dará todo esto sólo para recobrar su libertad, pues no le gusta la compañía. Quiere estar solo a toda costa. Pero también es muy astuto, tanto que burla a casi todos los que le capturan, distrayendo su atención. Y si aflojas tu presa o miras a otro lado, desaparece en un instante, y lo único que has ganado ha sido una aventura para poder contarla.

—Me parece que no es muy difícil que una persona mantenga su presa o que siga vigilante, si esto significa ganar un tesoro —dijo Scarlett—. Este cuento es absurdo.

Colum se echó a reír.

—Práctica y de cara al negocio, querida Scarlett; eres precisamente la clase de persona a quien gustan ellos de burlar. Están seguros de que harán lo que quieran, precisamente porque nunca creerás que son ellos la causa. Si estuvieses paseando por un camino y oyeses el martilleo, tú no te detendrías para mirar lo que es.

—Lo haría, si creyese esa clase de gansadas.

—Exacto. Como no crees, no te detendrías.

—¡Tonterías, Colum! Ya veo lo que estás haciendo. Me echas la culpa de no captar algo que, para empezar, no existe.

Comenzaba a incomodarse. Los juegos de palabras y de ingenio eran demasiado resbaladizos, y no tenían objeto.

No se dio cuenta de que Colum había distraído su atención para que no pensara en el desahucio.

—¿Le has hablado ya a Scarlett de Molly, Colum? —preguntó Kathleen—. Tiene derecho a estar sobre aviso, creo yo.

Scarlett se olvidó de los gnomos. Comprendía el chismorreo, y le gustaba.

—¿Quién es Molly?

—La primera O'Hara de Adamstown a quien conocerás —dijo Colum—; es hermana mía y de Kathleen.

—Media hermana —le corrigió Kathleen—, y aún me sobra la mitad.

—Cuenta —la animó Scarlett.

El relato fue tan largo que duró hasta casi el término del viaje, pero Scarlett no se percató del paso del tiempo y de los kilómetros. Estaba escuchando cosas de su propia familia.

Así se enteró de que Colum y Kathleen eran también medios hermanos. Su padre, Patrick, que era uno de los hermanos mayores de Gerald O'Hara, se había casado tres veces. Entre los hijos de su primera esposa estaban Jamie, que se había ido a Savannah, y Molly, que, según Colum, era una belleza.

—Tal vez cuando era joven —dijo Kathleen.

Patrick se había casado con su segunda esposa, la madre de Colum, al enviudar de la primera, y después de su muerte había desposado a la madre de Kathleen, que lo era también de Stephen.

«El silencioso», comentó Scarlett para su coleto.

En Adamstown conocería a diez primos O'Hara, algunos con hijos e incluso nietos. El 11 de noviembre haría quince años que había muerto Patrick, que descansase en paz.

Además, estaban su tío Daniel, que vivía aún, y sus hijos y nietos. De ellos, Matt y Gerald estaban en Savannah, pero seis se habían quedado en Irlanda.

—Siempre me haré un lío —dijo aprensivamente Scarlett.

Todavía confundía a algunos hijos O'Hara en Savannah.

—Colum quiere que empieces por lo más fácil —dijo Kathleen—. En la casa de Molly no hay ningún O'Hara, salvo ella misma, y aun es capaz de negar su propio apellido.

Después del agrio comentario de Kathleen, Colum le aclaró lo de Molly. Estaba casada con un tal Robert Donahue, un hombre acomodado, propietario de una próspera finca de más de cuarenta hectáreas. Era lo que llamaban los irlandeses un «agricultor fuerte». Molly había trabajado primero como cocinera de Donahue. Cuando murió la mujer de éste, Molly se convirtió, después del adecuado tiempo de luto, en su segunda esposa y madrastra de sus cuatro hijos. Nacieron cinco hijos del segundo matrimonio, el mayor de los cuales era corpulento y estaba rebosante de salud a pesar de ser sietemesino; pero todos eran ahora adultos y tenían casa propia.

Molly no apreciaba mucho a sus parientes O'Hara, dijo imparcialmente Colum (Kathleen resopló), pero ello era tal vez debido a que su marido era el propietario de sus tierras. Robert Donahue daba tierras en arriendo, además de los campos de su propia finca, y subarrendaba una pequeña porción a los O'Hara.

Colum empezó a enumerar los hijos y nietos de Robert, pero ahora había empezado ya Scarlett a hacer caso omiso del abrumador alud de nombres y edades de «aquellos engendros». Y no prestó mayor atención hasta que Colum se refirió a su propia abuela.

—La vieja Katie Scarlett vive todavía en la casa de campo que construyó su marido para ella cuando se casaron en 1789. Nada conseguirá que se traslade a otro sitio. Mi padre (y el de Kathleen) se casó por primera vez en 1815 y llevó a su esposa a vivir en la atestada casa. Cuando empezaron a llegar los hijos, construyó cerca de allí una casa grande donde criarlos, en la que dispuso una cama mullida cerca del fuego, reservándola para su madre cuando ésta fuese anciana. Pero ella no quiso saber nada de esto. Así, Sean vive en la casa de campo con nuestra abuela, y las chicas, como Kathleen aquí presente, cuidan de ellos.

—Cuando no hay escapatoria —añadió Kathleen—. La abuela no da realmente trabajo, sólo hay que pasar la escoba y limpiar el polvo; pero Sean parece que se esfuerce en recoger barro y esparcirlo por el suelo limpio. ¡Y siempre tiene cosas que zurcir! Es capaz de destrozar una camisa nueva antes de que una acabe de pegarle los botones. Sean es hermano de Molly y sólo medio hermano nuestro. Es un desastre de hombre, casi tan inútil como Timothy, aunque tiene veinte y pico de años más que él.

A Scarlett le daba vueltas la cabeza. No se atrevió a preguntar quién era Timothy, por miedo de que le lanzasen otra docena de nombres.

En todo caso, no había tiempo. Colum abrió la ventanilla y gritó al cochero:

—Para, Jim, por favor; me apearé y subiré al pescante contigo. Tendremos que desviarnos por una vereda ahí delante y he de mostrarte el camino.

Kathleen le tiró de la manga.

—Oh, Colum, querido, di que puedo apearme contigo y dirigirme andando a casa. No puedo esperar. A Scarlett no le importará viajar sola hasta la casa de Molly, ¿verdad, Scarlett?

Y le sonrió con una esperanza tan manifiesta que Scarlett habría accedido aunque no hubiese deseado quedarse a solas durante los próximos minutos.

No iba a presentarse en casa de la belleza de la familia O'Hara (por mucho que se hubiese marchitado), sin escupir en un pañuelo y limpiarse el polvo de la cara y las botas. Después se pondría un poco de agua de colonia del frasquito de plata que llevaba en el bolso y se empolvaría un poco, y tal vez se pondría también una pizca, sólo una pizca, de colorete.

50

El camino que conducía a la casa de Molly atravesaba el centro de un pequeño huerto de manzanos; el crepúsculo teñía de malva las delicadas flores contra el azul oscuro del bajo cielo. Unos sencillos arriates de primaveras bordeaban la casa cuadrada suavizando sus ángulos. Todo estaba muy cuidado.

Y también el interior. Los severos sillones de crin del salón tenían antimacasares en los respaldos, cada mesa estaba cubierta con un almidonado tapete blanco ribeteado de encaje y no había sombra de ceniza en la chimenea, donde ardía un fuego de carbón sobre la pulida reja.

La propia Molly era impecable, tanto en su vestimenta como en sus modales. Su traje de color vino estaba adornado con docenas de resplandecientes botones plateados, y sus brillantes cabellos oscuros estaban pulcramente recogidos bajo una delicada cofia blanca de guipur con pliegues de encaje. Ofreció la mejilla derecha y después la izquierda para que las besara Colum y expresó a Scarlett su «más cordial bienvenida» cuando ésta le fue presentada.

«¡Y ni siquiera le habían anunciado mi llegada!» Scarlett quedó favorablemente impresionada, a pesar de la innegable belleza de Molly. Ésta tenía la piel más fina y aterciopelada que había visto jamás, y sus brillantes ojos azules estaban libres de ojeras o bolsas. Tampoco tenía patas de gallo ni arrugas dignas de mención, salvo las que iban de la nariz a la boca. «Y éstas incluso las niñas pueden tenerlas», resumió Scarlett en una rápida valoración. Colum debía haberse equivocado; Molly no podía ser una mujer cincuentona.

—Estoy encantada de conocerte, Molly, y no tengo palabras para agradecerte que me recibas en tu preciosa casa —dijo Scarlett.

Y no era que la casa fuese para tanto. Limpia como recién pintada, sí, pero el salón no era más grande que el más pequeño dormitorio de su residencia de la calle Peachtree.

—¡Caramba, Colum! ¿Cómo pudiste marcharte y dejarme sola allí? —se lamentó el día siguiente—. Ese dichoso Robert es el hombre más aburrido del mundo, estuvo todo el rato hablando de sus vacas, ¡por el amor de Dios!, y de la leche que da cada una de ellas. Tuve miedo de empezar a mugir antes de que acabásemos de comer. De comer, según me dijeron al menos cincuenta veces, no de cenar. ¿Qué importa esto?

—En Irlanda, los ingleses comen por la noche, y los irlandeses, cenan.

—Pero ellos no son ingleses.

—Tienen aspiraciones a serlo. Una vez, Robert tomó un vaso de whisky en la Casa Grande con el administrador del conde, cuando fue a pagar la renta.

—¡Colum! Bromeas.

—Me río, querida Scarlett, pero no bromeo. Pero no te preocupes por esto; lo importante es si has encontrado cómoda la cama.

—Supongo que sí, aunque habría podido dormir sobre mazorcas, de tan cansada que estaba. Debo decir que es agradable poder caminar. El viaje de ayer fue muy largo. ¿Está lejos la casa de la abuela?

—A no más de cuatrocientos metros, pasando por esta trocha.

—Trocha. Tenéis nombres bonitos para todo. Nosotros llamaríamos sendero a un camino como éste. Claro que el nuestro tampoco tendría estos setos. Creo que probaré a ponerlos en Tara para sustituir algunas de las vallas. ¿Cuánto tiempo se necesita para que alcancen este espesor?

—Depende de lo que se plante. ¿Qué clase de arbustos hay en el condado de Clayton? ¿O tenéis algún árbol que pueda podarse para que se quede enano?

Por ser un cura, Colum estaba sorprendentemente bien informado sobre estas cosas, pensó Scarlett mientras él explicaba y comentaba el arte de instalar un seto. Pero tenía mucho que aprender en lo tocante a calcular distancias, pues el angosto y serpenteante sendero medía mucho más de cuatrocientos metros de longitud.

Llegaron en un instante a un claro. Delante de ellos se erguía una casita cubierta con un tejado de paja, con paredes blancas y pequeñas ventanas de marcos pintados de un azul fresco y brillante. Un espeso penacho de humo brotaba de la breve chimenea trazando una raya pálida sobre el soleado cielo azul, y un gato moteado estaba durmiendo en el alféizar de una de las ventanas abiertas.

—¡Es adorable, Colum! ¿Cómo pueden conservar las casas tan blancas? ¿Es gracias a la lluvia?

Scarlett sabía que habían caído tres chaparrones durante la noche, y esto solamente antes de que ella se durmiese. El barro de la trocha le hizo pensar que debió de haber llovido más.

—El agua ayuda un poco —dijo Colum, sonriendo. Le gustaba que ella no se quejase de cómo se le estaban poniendo el borde de la falda y las botas gracias al paseo—. Pero la verdad es que has visitado este lugar en la época mejor. Remozamos sin falta nuestras casas dos veces al año: en Navidad y en Pascua, por dentro y por fuera, encalando y pintando. Veremos si la abuela no está durmiendo.

—Estoy nerviosa —confesó Scarlett.

No dijo por qué. En realidad, tenía miedo del aspecto que tendría una persona de casi cien años de edad. ¿Y si le revolvía el estómago la imagen de su propia abuela? ¿Qué haría?

—No estaremos mucho rato —dijo Colum, como si leyese sus pensamientos—. Kathleen nos espera para tomar una taza de té.

Scarlett le siguió alrededor de la casa hasta la entrada. La mitad superior de la puerta azul estaba abierta, pero no consiguió ver nada en el interior salvo unas sombras. Y había un extraño olor, un olor a tierra y en cierto modo agrio que le hizo fruncir la nariz. ¿Era así como olía la ancianidad?

—¿Hueles el fuego de turba, Scarlett? Sí, estás oliendo el verdadero corazón cálido de Irlanda. El fuego de carbón de Molly no significa nada; sólo es más inglés. Pero el fuego de turba evoca nuestro hogar. Maureen me dijo que sueña con él algunas noches y se despierta con el corazón lleno de añoranza. Pienso llevarle unos cuantos pedazos cuando volvamos a Savannah.

Scarlett inhaló, con curiosidad. Era un olor raro, como de humo, pero no exactamente. Siguió a Colum a través de la puerta baja y entró en la casa, pestañeando para adaptar los ojos a la oscuridad interior.

—¿Eres tú al fin, Colum O'Hara? Quisiera saber por qué has traído a Molly a verme. Cuando Bridie me había prometido la visita de la niña de mi Gerald.

Su voz era aguda y malhumorada, pero no cascada ni débil. Scarlett sintió alivio y una especie de asombro. Ésta era la madre de papá, de quien él había hablado tantas veces.

Pasando delante de Colum fue a arrodillarse al lado de la anciana, que estaba sentada en un sillón de madera junto a la chimenea.

—Soy la hija de Gerald, abuela. Él me puso tu nombre, Katie Scarlett.

La primera Katie Scarlett era menuda y morena, de piel oscurecida por casi un siglo de aire libre, sol y lluvia. Su cara era redonda como una manzana, y arrugada como una manzana que se hubiera guardado demasiado tiempo. Pero los pálidos ojos azules eran claros y penetrantes. Se envolvía los hombros y el pecho con un grueso pañolón de lana de vivo color azul cuyos flecos reposaban en su falda. Los finos cabellos blancos estaban cubiertos por un gorro rojo de punto.

—Deja que te mire, niña —dijo, y sus dedos correosos levantaron la barbilla de Scarlett—. ¡Por todos los santos, me dijo la verdad! Tienes los ojos verdes como un gato. —Se santiguó rápidamente—. Quisiera saber de dónde te vienen. Pensé que Gerald estaba borracho cuando me lo escribió. Dime, joven Katie Scarlett, ¿era una bruja tu madre?

Scarlett se echó a reír.

—Más bien era una santa, abuela.

—¿De veras? ¿Y se casó con mi Gerald? ¡Qué maravilla! O tal vez... O tal vez se volvió santa al estar casada con él, con todas las tribulaciones que esto debía ocasionarle. Dime, ¿siguió siendo él tan peleón hasta el final de sus días?

—Temo que sí, abuela.

Ésta le empujó con los dedos.

—¿«Temes» que sí? Yo me alegro. Recé para que América no le estropease. Colum, encenderás una vela de acción de gracias en la iglesia.

—Descuida.

Los viejos ojos observaron de nuevo a Scarlett.

—No lo has dicho con mala intención, Katie Scarlett. Te perdono. —Sonrió de pronto, primero con los ojos. Después, los pequeños labios fruncidos se dilataron en una sonrisa de ternura conmovedora. No había un solo diente en las encías de color de rosa—. Pediré que enciendan otra vela por la gracia que me ha sido concedida de verte antes de irme a la tumba.

Los ojos de Scarlett se llenaron de lágrimas.

—Gracias, abuela.

—De nada, de nada —dijo la vieja Katie Scarlett—. Ahora llévatela, Colum; voy a descansar.

Cerró los ojos y apoyó la barbilla sobre el pecho abrigado por el pañuelo.

Colum tocó a Scarlett en un hombro.

—Nos vamos.

Kathleen salió corriendo por la roja puerta de la casa de campo próxima, haciendo que las gallinas se desparramasen cloqueando por el patio.

—Bienvenida a casa, Scarlett —gritó alegremente—. El té está preparado y hay una hogaza de pan recién cocido que te va a encantar.

Scarlett se sorprendió de nuevo al ver el cambio experimentado por Kathleen. Parecía feliz. Y vigorosa. Llevaba lo que Scarlett seguía considerando como un disfraz: una falda marrón hasta el tobillo sobre enaguas azules y amarillas. La falda estaba recogida por un lado y sujeta debajo de la cinturilla del delantal, mostrando las brillantes enaguas. Scarlett no tenía ningún traje tan atractivo. Pero ¿por qué iba Kathleen descalza y con las piernas desnudas, si las medias a rayas habrían completado tan bien su indumentaria?, se preguntó.

Había pensado pedirle a Kathleen que se quedase también a vivir en casa de Molly. Aunque la muchacha no disimulaba su antipatía por su media hermana, podría aguantarla durante diez días, y Scarlett la necesitaba de veras. Molly tenía una criada que actuaba también de doncella particular, pero que como peinadora era un desastre. Sin embargo, Scarlett intuyó que la Kathleen actual, feliz en su casa y segura de sí misma, no se plegaría fácilmente a sus deseos. Sería inútil insinuarle aquel traslado; ella tendría que resignarse a llevar un moño hecho de cualquier manera o a ponerse una redecilla. Reprimió un suspiro y entró en la casa.

Ésta era muy pequeña. Mayor que la de la abuela, pero todavía insuficiente para una familia. ¿Dónde dormían todos? La puerta de la entrada conducía directamente a la cocina, una cocina de tamaño doble que la de la abuela, pero equivalente a sólo la mitad del dormitorio de Scarlett en Atlanta. Lo más notable en ella era la gran chimenea de piedra en el centro de la pared de la derecha. Una escalera peligrosamente empinada se alzaba hasta una abertura de la pared, a la izquierda de la campana de la chimenea, y una puerta, a su derecha, se abría a otra habitación.

—Siéntate cerca del fuego —la invitó Kathleen.

Ardía una pequeña fogata de turba sobre el suelo de piedra del hogar. La misma piedra tallada cubría el suelo de la cocina, que resplandecía pálidamente debido al constante fregado, y el olor a jabón se mezclaba con el fuerte aroma de la turba encendida.

«Dios mío —pensó Scarlett—, mi familia es realmente muy pobre. ¿Por qué diablos lloraba Kathleen por volver aquí?» Sonrió forzadamente y se sentó en la silla que Kathleen había acercado a la chimenea.

En las horas que siguieron Scarlett comprendió por qué razón Kathleen había encontrado que el espacio y el lujo relativo de Savannah no conseguían sustituir por completo a la enjalbegada casita con tejado de paja del condado de Meath. Los O'Hara de Savannah habían creado una especie de isla feliz, poblada por ellos mismos, que reproducía la vida que habían conocido en Irlanda. Pero aquí estaba el original.

Una continua sucesión de cabezas fue apareciendo en la mitad superior de la puerta; esas personas decían «Que Dios os bendiga» y se les contestaba con la invitación de «Pasad y sentaos junto al fuego», de modo que los visitantes penetraban en la casa. Mujeres, niñas, niños, muchachos, hombres y bebés entraban y salían, solos o en grupos de dos o de tres. Las musicales voces irlandesas saludaban a Scarlett y le daban la bienvenida, felicitaban de nuevo a Kathleen por su vuelta a casa, y todas ellas con un calor tan sincero que Scarlett casi podía palparlo. Era algo tan distinto de la artificiosidad de las visitas de cumplido como lo es el día de la noche. Cada uno le explicaba su grado de parentesco. Los hombres y las mujeres le contaban anécdotas de su padre, hechos que los de más edad recordaban y que los jóvenes repetían porque los habían escuchado de labios de sus padres o abuelos. Scarlett reconocía los rasgos de Gerald O'Hara en muchos de los rostros reunidos alrededor del fuego, y oía su voz al escuchar las de ellos. «Es como si papá estuviese aquí en persona —pensó—; veo cómo debió de ser cuando era joven, cuando vivía aquí.»

Kathleen fue puesta al corriente de las noticias y chismorreos del pueblo, que cada recién llegado volvía a repetir, de manera que al poco rato tuvo Scarlett la impresión de conocer al herrero y al cura y al tabernero y a la mujer que tenía una gallina que ponía un huevo de doble yema casi a diario. Cuando el padre Danaher asomó la calva cabeza por la puerta, pareció la cosa más natural del mundo, y cuando él entró Scarlett le observó automáticamente, como los demás, para descubrir si le habían zurcido la sotana, desgarrada por una astilla de la puerta del cementerio.

«Es como solía ser el condado —pensó—; todo el mundo se conoce y conoce los asuntos de los demás. Pero esto es más reducido, más íntimo, más agradable en cierto modo.» Sin darse cuenta, oía y sentía que el pequeño mundo que estaba viendo era más amable que todo lo que había conocido hasta entonces. Sólo sabía que disfrutaba muchísimo al estar en él.

«Son las mejores vacaciones que podía pasar —se dijo—. Tendré mucho que contarle a Rhett. Tal vez volveré aquí con él; siempre ha estado dispuesto a ir a París o a Londres sin pensarlo un instante. Desde luego, no podríamos vivir así; es demasiado... demasiado... pueblerino. Pero es pintoresco, encantador y divertido. Mañana me pondré mi ropa de Galway cuando vaya a ver a todo el mundo, y no llevaré corsé. Me pondré la enagua amarilla con la falda azul, o tal vez la roja...»

Sonó una campana a lo lejos, y la joven de la falda roja, que estaba mostrando los primeros dientes de su pequeño a Kathleen, de un salto se levantó de su taburete de tres patas.

—¡El Ángelus! ¿Quién me hubiese creído capaz de dejar que mi Kevin llegase a casa sin haber puesto todavía la comida al fuego?

—Entonces, llévate un poco de estofado, Mary Helen; nosotros tenemos demasiado. Cuando llegué a casa, Thomas me recibió con cuatro gordos conejos que había cazado con las trampas.

Antes de un minuto, Mary Helen se puso en camino llevando a su pequeño sobre la cadera y un cuenco cubierto con una servilleta en el brazo.

—¿Me ayudarás a poner la mesa, Colum? Los hombres vendrán a comer. No sé adónde habrá ido Bridie.

Uno a uno, casi pisándose los talones, entraron los hombres de la casa que venían de trabajar en los campos.

Scarlett conoció al hermano de su padre, Daniel, un hombre álto, vigoroso, delgado y anguloso, de ochenta años, y a sus hijos. Había cuatro de ellos, de edades comprendidas entre veinte y cuarenta y cuatro años, además, según recordó, de Matt y Gerald, que estaban en Savannah. «La casa debió de haber sido como ésta cuando papá era joven, con él y sus corpulentos hermanos.» Colum parecía asombrosamente bajo, incluso sentado a la mesa, entre los altos hombres O'Hara.

Bridie entró corriendo en el momento en que Kathleen estaba sirviendo estofado en unos cuencos azules y blancos. Bridie estaba empapada. La blusa se le pegaba a los brazos y los cabellos le chorreaban sobre la espalda. Scarlett miró a través de la puerta, pero brillaba el sol.

—¿Te has caído en un pozo, Bridie? —preguntó el hermano menor, llamado Timothy.

Se alegraba de poder desviar de sí mismo la atención de sus hermanos, que le habían estado incordiando con su debilidad por una joven anónima a la que llamaban solamente «cabellos de oro».

—Me estuve lavando en el río —dijo Bridie.

Y empezó a comer, prescindiendo del alboroto causado por su declaración. Incluso Colum, que raras veces criticaba a alguien, levantó la voz y dio un puñetazo sobre la mesa.

—Mírame a mí y no al conejo, Brigid O'Hara. ¿No sabes que el Boyne se cobra una vida todos los años por cada kilómetro de longitud?

El Boyne.

—¿Es el río que dio su nombre a la Batalla del Boyne, Colum? —preguntó Scarlett, y toda la mesa guardó silencio—. Papá me lo contó por lo menos cien veces. Decía que los O'Hara habían perdido todas sus tierras por causa de aquella batalla.

Los cuchillos y los tenedores repicaron de nuevo.

—Es verdad —dijo Colum—, pero el río continuó en su cauce. Marca el límite de esta tierra; te lo mostraré, si quieres verlo. Pero no si piensas en emplearlo como bañera. Tienes que ser más sensata, Brigid. ¿Qué te pasó por la cabeza?

—Kathleen me dijo que vendría la prima Scarlett y Eileen me dijo que la doncella de una dama debe lavarse todos los días antes de tocar la ropa o los cabellos de una señora. Por consiguiente, fui a lavarme. —Miró de frente a Scarlett por primera vez—. Quiero gustarte, para que me lleves a América contigo.

Sus ojos azules eran solemnes, y había levantado resueltamente la redonda y suave barbilla. A Scarlett le gustó su aspecto. Estaba segura de que Bridie no derramaría lágrimas de nostalgia. Pero sólo podría valerse de ella cuando hubiera terminado el viaje. Ninguna dama del Sur había tenido jamás una doncella blanca. Buscó las palabras adecuadas para decírselo a la chica.

Colum lo hizo por ella.

—Ya estaba decidido que irías a Savannah con nosotros, Bridie; no hacía falta que arriesgases tu vida...

—¡Hurra! —gritó Bridie. Después se puso colorada—. No gritaré tanto cuando esté a tu servicio —dijo seriamente a Scarlett. Y dirigiéndose a Colum añadió—: Sólo estaba en el vado, Colum, donde el agua te llega apenas a la rodilla. No soy tan tonta como crees.

—Ya veremos qué clase de tonta eres —dijo Colum, sonriendo de nuevo—. Scarlett tendrá que enseñarte qué es lo que necesita una dama, pero no debes pedírselo hasta que llegue el momento de partir. Estarás dos semanas con ella en el barco y allí tendrás tiempo de aprenderlo todo. Espera hasta entonces, ayudando a Kathleen en las tareas de la casa.

Bridie suspiró profundamente.

—Ser la más joven es una carga terrible.

Todos la abuchearon, salvo Daniel, que no habló en absoluto durante la comida. Cuando ésta hubo terminado, echó la silla hacia atrás y se levantó.

—Los surcos se cavan mejor con este tiempo seco —dijo—. Hay que volver al trabajo cuando se acaba de comer. —Se inclinó ceremoniosamente ante Scarlett—. Joven Katie Scarlett O'Hara, honras mi casa con tu presencia y te doy la bienvenida. Tu padre fue muy querido aquí y su ausencia ha sido como una losa sobre mi pecho durante estos más de cincuenta años.

Ella se quedó demasiado sorprendida para decir una palabra. Cuando se le ocurrió algo, Daniel se había perdido de vista detrás del granero, camino de los campos.

Colum apartó su silla y la acercó a la chimenea.

—Tú no puedes saberlo, querida Scarlett, pero has causado sensación en esta casa. Es la primera vez que he oído decir a Daniel O'Hara algo que no tuviese nada que ver con la finca. Será mejor que te andes con cuidado, si no quieres que las viudas y las solteras del lugar te echen algún maleficio. Daniel es viudo, ¿sabes?, y no le vendría mal una nueva esposa.

—¡Colum! ¡Pero si es un viejo!

—¿Y no está su madre tan campante a los cien años? A él le quedan todavía muchos de vida. Será mejor que le recuerdes que tienes un marido en casa.

—Tal vez recordaré a mi marido que no es el único varón sobre la tierra. Le diré que tiene un rival en Irlanda.

Esta idea la hizo reír. ¿Rhett celoso de un campesino irlandés? Pero ¿por qué no? Un día podría mencionarlo, sin decir que era tío suyo y tan viejo como los montes de la región. ¡Oh, se iba a divertir cuando tuviese a Rhett donde ella quería! Una punzada imprevista de añoranza la hirió como un dolor físico. No le gastaría bromas con Daniel O'Hara ni con nada. Lo único que quería era estar con él, amarle, tener este pequeño para que le amasen los dos.

—Colum tienes razón en una cosa —dijo Kathleen—. Daniel te ha dado la bendición del amo de la casa. Cuando no puedas resistir un minuto más a Molly, tendrás un sitio aquí, si lo deseas.

Scarlett vio la oportunidad de satisfacer su curiosidad.

—¿Dónde metéis a la gente? —preguntó, sin andarse por las ramas.

—Tenemos el desván, dividido en dos partes. Los chicos duermen en una de ellas, y Bridie y yo, en la otra. Y tío Daniel se apropió de la cama cerca del fuego cuando la abuela no la quiso. Te la mostraré. —Kathleen tiró del respaldo de un canapé de madera que había junto a la pared, más allá de la escalera, y que al abrirse descubrió un grueso colchón cubierto con una manta de lana a cuadros rojos—. Tío Daniel dijo que dormiría en ella para demostrarle a la abuela lo que se había perdido, pero yo siempre creí que se sentía demasiado solo en la habitación después de morir tía Theresa.

—¿En la habitación?

—Allí. —Kathleen señaló hacia la puerta—. La arreglamos como cuarto de estar, para aprovecharla. La cama está todavía allí, por si un día te interesa.

Scarlett no podía imaginarse que le interesase nunca. En su opinión, si había siete personas en una casa pequeña, sobraban lo menos cuatro o cinco. Y sobre todo siendo gente tan corpulenta. «No es extraño que llamasen a papá el enano de la camada —pensó—, ni que él siempre se comportase como si creyese tener dos metros de estatura.»

Colum y ella visitaron de nuevo a la abuela antes de volver a casa de Molly, pero la vieja Katie Scarlett estaba durmiendo junto al fuego.

—¿Crees que está bien? —murmuró Scarlett.

Colum sólo asintió con la cabeza. Esperó a que hubiesen salido de la casa para decir:

—He visto la cazuela sobre la mesa, y está casi vacía. La abuela habrá preparado y compartido la comida de Sean mientras nosotros estábamos allí. Siempre duerme la siesta después de comer.

Los altos setos que flanqueaban la trocha estaban rebosantes de flores de espino y se oía el canto de los pájaros en la enramada, a tres palmos sobre la cabeza de Scarlett. Era maravilloso caminar por allí, a pesar de la humedad del suelo.

—¿Hay un camino que conduzca al Boyne, Colum? Dijiste que me llevarías.

—Y te llevaré. Por la mañana, si quieres. Le prometí a Molly que hoy volverías temprano a casa. Va a dar un té en tu honor.

¡Una fiesta! ¡En su honor! Había sido una buena idea venir a conocer a sus parientes antes de establecerse en Charleston.

51

«La merienda ha sido rica, pero esto es lo único bueno que podría decir —pensó Scarlett. Sonrió amablemente y estrechó la mano a cada una de las invitadas de Molly cuando éstas se despidieron—. ¡Cielo santo! Qué dedos tan lánguidos y flojos tienen estas mujeres, y todas hablan como si se les hubiese pegado algo a la garganta. Jamás en la vida había visto un puñado de gente tan vulgar.»

Scarlett no había tropezado nunca con el refinamiento excesivo de los provincianos que aspiraban a pertenecer a la alta burguesía. En Charleston y en el círculo que ella consideraba «los amigos de Melly» en Atlanta, había una verdadera aristocracia que se burlaba de la presunción, y una franqueza tosca en los terratenientes del condado de Clayton. La costumbre que tenían Molly y sus amigas de estirar el dedo meñique cuando levantaban la taza de té y la afectación con que mordían, como ratoncitos, las pastas y los bocadillos le parecían ridículas y lo eran en realidad. Había consumido el excelente refrigerio con excelente apetito y hecho oídos sordos a las insinuaciones que la incitaban a considerar vulgares a las personas que se ensuciaban las manos trabajando en el campo.

—¿Qué hace Robert, Molly? ¿No se quita nunca los guantes? —había preguntado, satisfecha al ver que se formaban arrugas en la tez perfecta de Molly cuando ésta fruncía el ceño.

«Supongo que Molly reñirá a Colum por haberme traído aquí; pero no me importa. Le ha estado bien empleado, por hablarme como si yo no fuese una O'Hara y ella tampoco. ¿Y de dónde ha sacado la idea de que una plantación es lo mismo que..., ¿cómo lo ha llamado?, una casa solariega inglesa? Yo también tendré que decirle unas palabras a Colum. Sus caras, empero, eran dignas de verse cuando les he dicho que todos nuestros criados y mozos de labranza eran siempre negros. Creo que nunca han oído hablar de piel oscura ni han visto nunca a un negro. Desde luego, éste es un lugar muy raro.»

—Ha sido una fiesta magnífica, Molly —dijo Scarlett—. Confieso que he comido hasta casi reventar. Creo que subiré a mi habitación a descansar un rato.

—Naturalmente, puedes hacer lo que quieras, Scarlett. Aunque había mandado al chico que trajera el cabriolé para que pudiésemos dar un paseo, pero si prefieres dormir...

—Oh, no, me encantará salir. ¿Crees que podremos ir hasta el río?

Había proyectado librarse de Molly, pero la oportunidad era demasiado buena para desdeñarla. La verdad era que prefería ir a ver el Boyne en coche que andando. No se había fiado en absoluto de Colum cuando éste le dijo que estaba cerca. Y resultó que había hecho bien en no confiar en él. Calzando guantes amarillos para que hiciesen juego con los radios amarillos de las altas ruedas del cabriolé, Molly condujo el carruaje hacia la carretera principal y después a través del pueblo. Scarlett miró con interés la hilera de edificios de triste aspecto.

El cabriolé cruzó la verja más grande que jamás había visto Scarlett, una obra tremenda de hierro forjado rematada con puntas de lanza doradas y con una abigarrada placa de intrincado dibujo enmarcada en oro en el centro de cada hoja de la puerta.

—Es el escudo del conde —dijo respetuosamente Molly—. Iremos hasta la Casa Grande y veremos el río desde el jardín. El conde está ausente, y Robert tiene permiso del señor Alderson.

—¿Quién es ése?

—El administrador del conde. Él dirije toda la propiedad. Robert le conoce.

Scarlett trató de parecer impresionada. Estaba claro que Molly esperaba que se quedara deslumbrada, aunque no sabía por qué. ¿Qué tenía de importante un administrador? Era una persona a sueldo.

Su pregunta recibió contestación después de un largo trayecto por un paseo enarenado y perfectamente recto que cruzaba una gran extensión de césped recortado. Todo aquello le recordó, por un instante, las grandes terrazas de Dunmore Landing. Pero la idea se le borró de la cabeza en cuanto avistó la Casa Grande.

Era inmensa; no parecía un solo edificio, sino un conjunto de terrados almenados, de torres y muros. No se asemejaba a ninguna casa que hubiese visto jamás Scarlett o de la que hubiera oído hablar. Era más bien una pequeña ciudad. Ahora comprendía por qué respetaba tanto Molly al administrador. Mantener un lugar como éste debía requerir más gente y más trabajo que la mayor plantación que nunca hubiese existido. Estiró el cuello para mirar los muros de piedra y las ventanas con tracería de mármol. La mansión que Rhett había construido para ella era la residencia más grande y, en opinión de Scarlett, más imponente de Atlanta, y sin embargo, habría cabido en un rincón de este palacio y pasado casi inadvertida. «Me gustaría ver el interior...»

Molly se horrorizó de que Scarlett lo insinuase siquiera.

—Tenemos permiso para pasear por el jardín. Ataré el poni a aquel poste y entraremos por aquella puerta.

Señaló hacia una abertura coronada por un alto arco ojival. La puerta de hierro estaba entreabierta. Scarlett se apeó de un salto del cabriolé.

El arco conducía a un terraplén recubierto de gravilla. Era la primera vez que Scarlett veía una grava rastrillada de manera que formase dibujos. Casi no se atrevía a caminar sobre ella. Las huellas de sus pisadas estropearían la perfección de las curvas en forma de «ese» trazadas por el rastrillo. Observó aprensivamente el jardín más allá del terraplén. Sí, había grava en los senderos. Y había sido rastrillada; no en curvas, gracias a Dios, pero tampoco se veía allí una pisada. «Me pregunto cómo lo harán —pensó—. El hombre que maneja el rastrillo por fuerza ha de tener pies.» Respiró profundamente y haciendo acopio de valor echó a andar a través del terraplén hacia los escalones de mármol que conducían al jardín. El ruido de sus botas sobre la grava sonaba tan fuerte como disparos de fusil a sus oídos. Ahora se arrepentía de haber venido.

¿Y dónde estaba Molly? Scarlett se volvió lo más delicadamente que pudo. Molly caminaba cuidadosamente, poniendo los pies en las huellas que había dejado Scarlett. Ésta se sintió mucho mejor al ver que su prima (pese a sus pretensiones) estaba aún más intimidada que ella. Examinó la mansión mientras esperaba a que Molly la alcanzase. Tenía un aspecto mucho más accesible vista desde ese lado. Las habitaciones que daban a la terraza tenían puertas vidrieras. Estaban cerradas y con las cortinas corridas, pero no eran demasiado grandes para entrar y salir por ellas, no eran tan abrumadoras como las puertas de la fachada. Era posible creer que allí vivían personas, no gigantes.

—¿Por dónde se va al río? —preguntó Scarlett a su prima.

No iba a dejar que una casa vacía la obligase a hablar bajo. Pero tampoco tenía ganas de entretenerse. Rehusó la sugerencia de Molly de pasear por todos los senderos y todos los jardines.

—Sólo quiero ver el río. Estoy harta de jardines; le dan demasiados desvelos a mi marido.

Esquivó la manifiesta curiosidad de Molly sobre su matrimonio mientras seguían el camino central, en dirección a los árboles que señalaban el final del jardín. Y el río, apareció de pronto, a través de un hueco que parecía natural entre dos grupos de árboles. Scarlett jamás había visto un agua como aquélla, de un marrón dorado. La luz del sol se extendía sobre el río como oro fundido, girando en los lentos remolinos de un agua oscura como el brandy.

—¡Qué hermoso! —dijo en voz alta, pero suavemente.

No había esperado tanta belleza.

«Por lo que me dijo papá, el río debería ser rojo a causa de toda la sangre que se ha vertido en él, e impetuoso y turbulento. Pero apenas parece moverse. Conque éste es el Boyne.» Había oído hablar de él durante toda su vida, y ahora estaba lo bastante cerca para agacharse y tocarlo. Sintió una emoción desconocida, algo que no podía nombrar. Buscó alguna definición, alguna comprensión; era importante, ¡si pudiera encontrarla...!

—Ésta es la vista —dijo Molly, en su dicción más refinada—. Todas las fincas de categoría tienen una vista al río desde sus jardines.

Scarlett tuvo ganas de pegarle. Ahora ya no encontraría nunca lo que había estado buscando. Miró hacia donde señalaba Molly y descubrió una torre al otro lado del río. Era como las que había visto desde el tren, hecha de piedra y en parte arruinada. El musgo teñía de verde la base y había enredaderas adheridas a sus costados. Era mucho más grande de lo que parecían ser las torres vistas desde lejos; diríase que añadía diez metros de ancho y el doble de alto. Tuvo que convenir con Molly en que era una vista muy romántica.

—Vayámonos —dijo después de echar otra mirada al río.

De pronto, se sentía muy cansada.

—Colum, creo que voy a matar a mi querida prima Molly. Habrías tenido que oír la noche pasada al horrible Robert, durante la cena, diciéndonos lo afortunadas que éramos de poder pasear por los jardines del conde. Lo dijo al menos setecientas veces y cada vez Molly se lanzaba a perorar durante diez minutos acerca de lo emocionante que había sido.

»Y esta mañana, casi se ha desmayado al verme vestida con las prendas que compré en Galway. Su voz ya no era un gorjeo de dama refinada, te lo aseguro. Me ha echado un sermón, diciendo que iba a arruinar su posición y a avergonzar a Robert. ¡A Robert! Él debería avergonzarse cada vez que ve su cara tonta y gorda en un espejo. ¿Cómo se atreve Molly a decir que puedo avergonzarle?

Colum le dio unas palmadas en la mano.

—No es la mejor compañera que desearía para ti, querida Scarlett, pero Molly tiene sus virtudes. Nos ha prestado el cabriolé para todo el día y podremos hacer una magnífica excursión sin que tengamos que pensar en su dueña. Fíjate en los setos cuajados de flores de endrino y en los cerezos silvestres que florecen en aquel huerto. Es un día demasiado hermoso para malgastarlo con recuerdos enojosos. Y pareces una encantadora moza irlandesa con tus medias a rayas y las enaguas rojas.

Scarlett se miró los pies y se echó a reír. Colum tenía razón. ¿Por qué había de permitir que Molly le estropease el día?

Fueron a Trim, una antigua población con mucha historia que a juicio de Colum no interesaría en absoluto a Scarlett. En cambio, le habló del día de mercado que se celebraba todos los sábados, lo mismo que en Galway, aunque tuvo que reconocer que era bastante menos importante. Pero la mayoría de los sábados había una adivina (cosa que raras veces se encontraba en Galway) que vaticinaba una estupenda fortuna a quien pagaba dos peniques, una suerte razonable al que daba un penique y muchas tribulaciones a aquél cuyo bolsillo sólo le permitía sacar medio penique.

Scarlett se rió (Colum siempre la hacía reír) y tocó la bolsa que pendía entre sus senos. Estaba disimulada por la camisa y su capa azul de Galway. Nadie podía sospechar que llevaba doscientos dólares en oro en vez de corsé. Esta libertad era casi indecorosa. No había salido de casa sin corsé desde que tenía once años.

Él le mostró el famoso castillo de Trim, y Scarlett simuló interesarse por las ruinas. Después Colum le enseñó la tienda donde había trabajado Jamie desde los dieciséis años hasta que se marchó a Savannah a los cuarenta y dos, y el interés de Scarlett fue real. Hablaron con el dueño y, naturalmente, tuvieron que dejar que cerrase la tienda y acompañarle al piso alto para conocer a su esposa, la cual se habría muerto de pesar si no hubiese podido oír de labios de Colum las noticias frescas de Savannah, y si no hubiese podido saludar a la visitante O'Hara, que era ya la comidilla de la región por su belleza y su encanto americano.

También fue preciso avisar a los vecinos de que ése era un gran día porque tenían visitantes de marca, y aquéllos se apresuraron a subir al piso alto de la tienda. Eran tantos que Scarlett se maravilló de que cupiesen todos entre aquellas paredes.

—Los Mahoney se ofenderían si no los visitáramos —dijo Colum, cuando se despidieron al fin del antiguo patrono de Jamie.

¿Quiénes? Eran familia de Maureen y tenían la taberna más importante de Trim. ¿Había bebido Scarlett alguna vez cerveza negra? El número de personas fue esta vez todavía mayor, y aumentaba a cada momento.

Pronto hubo comida y música de violines. Transcurrieron horas y había empezado ya el largo crepúsculo cuando iniciaron el corto viaje hacia Adamstown. El primer chaparrón del día (había sido un fenómeno tener tanto sol, dijo Colum) intensificó el aroma de las flores en los setos. Scarlett levantó la capucha de su capa, y los dos cantaron durante todo el camino hasta el pueblo.

—Me detendré aquí, en la taberna, para ver si ha llegado alguna carta para mí —dijo Colum.

Ató las riendas del poni en la fuente del pueblo. Al instante, empezaron a asomar cabezas en la abierta parte superior de la puerta de todas las casas.

—Scarlett —gritó Mary Helen—, al pequeño le ha salido otro diente; ven a tomar una taza de té y lo verás.

—No, Mary Helen; venid aquí con el bebé y el diente y el marido y todo lo demás —dijo Clare O'Gorman, O'Hara de soltera—. Scarlett es prima hermana mía y Jim se muere por conocerla.

—También es prima mía, Clare —gritó Peggy Monaghan—, y en la chimenea tengo una cosa que sé que le gusta.

Scarlett no sabía qué hacer.

—¡Colum! —gritó.

Era bastante fácil, dijo él. Entrarían en cada casa por turno, empezando por la más próxima, e irían recogiendo amigos durante el recorrido. Cuando todo el pueblo estuviese en una de las casas, entonces se quedarían allí un rato.

—No demasiado tiempo, recuérdalo, porque tendrás que cambiarte para la cena con Molly. Ella tiene sus defectos, como todos, pero no puedes dejarla con un palmo de narices bajo su propio techo. Ha luchado demasiado descartando esta clase de enaguas para ser capaz de soportarlas en su comedor.

Scarlett apoyó una mano en el brazo de Colum.

—¿Crees que podría alojarme en casa de Daniel? —preguntó—. Aborrezco estar en la de Molly... ¿De qué te ríes, Colum?

—Me he estado preguntando cómo podría persuadir a Molly de que nos dejase el cabriolé un día más. Ahora creo que podré convencerla de que nos lo preste a diario durante tu estancia aquí. Entra allí para admirar el nuevo diente, y yo iré a charlar un poco con Molly. No tomes esto a mal, querida Scarlett, pero probablemente me ofrecerá lo que sea si le prometo llevarte a otra parte. Nunca te perdonará lo que dijiste sobre los elegantes guantes de cabritilla de Robert para ordeñar las vacas. Es la broma que se comenta más en las cocinas, desde aquí hasta Mullingar.

Antes de cenar, Scarlett quedó instalada en la habitación «de encima» de la cocina. Incluso el tío Daniel sonrió cuando Colum le contó lo de los guantes de Robert. Esta notable ocurrencia fue añadida a la historia, haciendo que el relato fuese todavía más gracioso.

Scarlett se adaptó con asombrosa facilidad a la sencillez de la casita de dos habitaciones de Daniel. Con un dormitorio propio, una cama cómoda y Kathleen cuidando discreta e infatigablemente de la limpieza y de la cocina, a Scarlett sólo le quedaba divertirse durante sus vacaciones. Y se divirtió... enormemente.

52

Durante la semana siguiente, Scarlett estuvo más ocupada que nunca y fue, en algunos aspectos, más dichosa. Físicamente se sentía más fuerte que nunca. Liberada de la opresión de los cordones apretados que exigía la moda y de la jaula metálica del corsé, podía moverse más rápidamente y respirar hondo por primera vez en muchos años. Además, era una de esas mujeres cuya vitalidad aumentaba con la preñez, como en respuesta a las necesidades de la vida que crecía dentro de ella. Dormía profundamente y se despertaba al cantar los gallos, con un apetito feroz para el desayuno y para el día que le esperaba.

La jornada siempre traía consigo el tranquilo encanto de las satisfacciones familiares y el estímulo de nuevas experiencias. Colum estaba siempre dispuesto a llevarla «de aventuras», según decía, en el cabriolé de Molly. Pero primero tenía que arrancarla de sus nuevas amigas. Éstas asomaban la cabeza a la puerta de Daniel inmediatamente después del desayuno; para una visita, para invitarla a sus casas, para contarle algo que tal vez no había oído aún o para mostrarle una carta de Estados Unidos que requería alguna explicación del significado de ciertas palabras o frases. Ella conocía bien Estados Unidos, y le suplicaban una y otra vez que contase cómo era. Pero Scarlett era también irlandesa, aunque la pobrecilla no conocía Irlanda y había docenas de cosas que explicarle, enseñarle y mostrarle.

Había una candidez en las mujeres irlandesas que la desarmaba; era como si fuesen de otro mundo, un mundo exótico en el que todas creían y donde había duendes de todas clases, que hacían cosas mágicas y de hechicería. Se reía de buena gana cuando por la noche Kathleen ponía una taza de leche y un plato de migas de pan en la puerta, para el caso de que alguna «persona menuda» que pasara por allí tuviese hambre. Y cuando la taza y el plato aparecían vacíos y limpios por la mañana, Scarlett decía, con sensatez, que uno de los gatos de la finca debía de haber consumido el contenido. Su escepticismo no molestaba en absoluto a Kathleen, y la cena que ésta preparaba para los duendes llegó a ser, para Scarlett, uno de los episodios más encantadores de su vida con los O'Hara.

También lo eran los ratos que pasaba con su abuela. «Es dura como una roca», pensaba Scarlett con orgullo, y se imaginaba que la sangre de la abuela que llevaba en sus venas le había hecho aguantar los tiempos más desesperados de su vida. Iba a menudo a la pequeña casita y, si la vieja Katie Scarlett estaba despierta y con ganas de hablar, se sentaba en un taburete y le pedía que le contase cosas sobre la infancia de papá.

Más tarde, cedía a los ruegos de Colum y subía al cabriolé para disfrutar de la aventura cotidiana. Abrigada con sus faldas de lana y protegida por la capa y la capucha, aprendió en poco días a no prestar atención a las ráfagas de viento del oeste ni a los breves y ligeros chaparrones que descargaban con frecuencia. Precisamente caía uno de estos chaparrones cuando Colum la llevó a ver la «verdadera Tara». La capa de Scarlett onduló a su alrededor cuando llegó a la cima de los desiguales escalones de piedra de la ladera de la pequeña colina donde los Grandes Reyes de Irlanda habían gobernado y hecho música, amado y odiado, donde habían celebrado banquetes y luchado, para finalmente ser derrotados.

«Ni siquiera hay un castillo.» Scarlett miró a su alrededor y sólo vio corderos desparramados que pacían. Su lana parecía gris bajo la luz gris del cielo gris. Se estremeció, y esto la sorprendió. «Un ganso se ha paseado sobre mi tumba.» La explicación infantil atravesó su mente, haciéndola sonreír.

—¿Te gusta? —preguntó Colum.

—Oh, sí, es muy bonito.

—No mientas, querida Scarlett, ni busques cosas bonitas en Tara. Ven conmigo.

Le tendió la mano y Scarlett la asió.

Caminaron despacio sobre la ubérrima hierba, hacia un sector de suelo desigual cubierto de lo que parecían montículos herbosos. Colum pasó sobre algunos de ellos y se detuvo.

—El propio san Patricio estuvo plantado aquí, como nosotros ahora. Entonces no era más que un hombre, un sencillo misionero, probablemente tan corriente como yo. La santidad vino más tarde y él creció en la imaginación de la gente como un gigante invencible armado con la santa palabra de Dios. Pero yo creo que es mejor recordar que primero fue un hombre. Seguramente tuvo miedo al hallarse sólo, enfrentado con su delgada capa y sus sandalias al poder del Gran Rey y de sus magos. Patricio tenía solamente su fe y su mensaje de verdad y la necesidad de transmitirlo. El viento debía de ser frío y su afán sería como una llama devoradora. Había quebrantado ya la ley del Gran Rey al encender una hoguera una noche en que el decreto ordenaba que había que apagar todos los fuegos. Sabía que la infracción podía costarle la vida. Pero corrió deliberadamente ese riesgo para llamar la atención del rey y demostrarle la importancia del mensaje que él, Patricio, le traía. No temía la muerte; temía solamente defraudar a Dios. Y no le defraudó. El rey Laoghaire, desde su antiguo y enjoyado trono, otorgó al audaz misionero el derecho a predicar sin impedimentos. E Irlanda se hizo cristiana.

Había en la voz tranquila de Colum algo que obligaba a Scarlett a escuchar y tratar de comprender lo que estaba diciendo y algo más. Ella no había pensado nunca en los santos como personas, como seres capaces de tener miedo. En realidad, no había pensado siquiera en ellos; no eran más que nombres de días festivos. Ahora, al mirar la figura baja y robusta de Colum con su cara ordinaria y sus cabellos grises agitados por el viento, le fue posible imaginar la cara y la figura de otro hombre de ordinario aspecto, pero en la misma actitud resuelta. Aquel hombre no tenía miedo a morir. ¿Cómo podía alguien no tener miedo a la muerte? ¿Cómo debía ser su estado de ánimo? Sintió una punzada de envidia humana pensando en san Patricio, en todos los santos, e incluso, en cierto modo, en Colum. «No lo comprendo y nunca lo comprenderé», pensó.

La comprensión llegó lentamente, pesadamente. Había aprendido una gran verdad, dolorosa y conmovedora: hay cosas demasiado profundas, demasiado complejas, demasiado conflictivas para ser explicadas o entendidas fácilmente. Scarlett se sintió sola y expuesta al viento del oeste.

Colum siguió andando delante de ella. Sólo había una docena de pasos hasta el lugar donde se detuvo de nuevo.

—Allí —dijo—, ¿ves aquella hilera de bajos montículos?

Scarlett asintió con la cabeza.

—Deberías disponer de música y de un vaso de whisky; te ayudarían a aguantar el viento y te despejarían la vista; pero no puedo darte nada de esto; así que tal vez deberías cerrar los ojos para ver. Esto es todo lo que queda de la sala del banquete de las mil velas. Los O'Hara estuvieron aquí, querida Scarlett, y todos aquellos a quienes conoces, los Monaghan, Mahoney, MacMahon, O'Gorman, O'Brien, Danaher, Donahue, Carmody, y otros a los que no conoces aún. Todos los héroes estaban allí. La comida era buena y abundante, y también la bebida. Y había música para animar el corazón. Cabían allí mil invitados, iluminados por las mil velas. ¿Puedes verlo, Scarlett? Las llamas resplandecían, multiplicando su número por dos, tres, diez veces, al reflejarse en los brazaletes y las copas de oro que los presentes se llevaban a los labios, y en los rojos, verdes y azules de las grandes gemas engastadas en oro que sostenían las capas carmesíes sobre sus hombros. Qué apetito tan grande tenían todos para los venados y los jabalíes y los patos asados nadando en su grasa, para el aguamiel y el whisky irlandés, para la música que los impulsaba a golpear las mesas con los puños haciendo que los platos de oro saltaran y tintinearan. ¿Ves a tu papá? ¿Y a Jamie? ¿Y al tunante de Brian, mirando de soslayo a las mujeres? ¡Oh, qué jolgorio! ¿Puedes verlo, Scarlett?

Ella se echó a reír con Colum. Sí, papá habría vociferado, habría cantado *Peg en un coche descubierto* y pedido que le llenasen una vez más la copa, porque el canto daba una sed terrible a los hombres. ¡Cómo le habría gustado!

—Sin duda había caballos —dijo confiadamente—. Papá siempre debía tener un caballo.

—Caballos tan vigorosos y hermosos como grandes olas rompiendo sobre la playa.

—Y alguien paciente para llevarle a la cama después.

Colum rió. La rodeó con los brazos, la estrechó y la soltó.

—Sabía que sentirías la gloria de todo esto —dijo.

Había orgullo en sus palabras, y estaba orgulloso de ella. Scarlett le sonrió; sus ojos brillaban como esmeraldas vivas.

El viento hizo caer la capucha sobre sus hombros y una calidez acarició su cabeza descubierta. Había pasado el chaparrón. Miró hacia el cielo azul recién lavado; nubes de un blanco deslumbrador se movían como bailarinas empujadas por las ráfagas de viento. Parecían muy cercanas, y el cielo irlandés, muy cálido y protector.

Después bajó la mirada y vio Irlanda delante de ella, verde sobre verde en los herbosos campos, en las tiernas hojas nuevas y en los setos rebosantes de vida. ¡Cuánto espacio abarcaba con la vista!, hasta percibía la curva de la tierra ribeteada por la niebla. Algo antiguo y pagano se agitó en su interior, y el ser silvestre y apenas amansado que se ocultaba dentro de ella surgió ardiente a través de su sangre. Esto era la realeza, esta altura sobre el mundo, esta proximidad al sol y al cielo. Extendió los brazos con entusiasmo alegrándose de estar viva, sobre este monte, con el mundo a sus pies.

—Tara —dijo Colum.

—Me he sentido tan extraña, Colum, que no parecía yo.

Scarlett apoyó el pie en uno de los radios amarillos de la rueda y subió al cabriolé.

—Son los siglos, querida Scarlett. Toda la vida vivida aquí, toda la alegría y todo el dolor, todos los festines y las batallas están en el aire que te rodea y en la tierra que tienes debajo. Es el tiempo, los años innumerables, que pesan ingrávidos sobre la tierra. No puedes verlo ni oírlo ni olerlo ni tocarlo, pero lo sientes, rozando tu piel y hablando sin palabras. El tiempo. Un misterio.

Scarlett se arrebujó en su capa bajo el cálido sol.

—Ha sido como en el río; ha hecho que me sintiese peculiar. Casi encontré una palabra para definirlo, pero se me escapó.

Le contó lo del jardín del conde y el río y la vista de la torre.

—«Los jardines de categoría tienen vistas», ¿verdad? —La voz de Colum temblaba de irritación—. ¿Fue esto lo que te dijo Molly?

Scarlett encogió más el cuerpo debajo de la capa. ¿Qué había dicho que fuese tan indignante? Nunca había visto a Colum así; era un extraño, no era él.

Colum se volvió hacia ella y sonrió, y Scarlett vio que se había equivocado.

—¿Te importaría fomentar uno de mis vicios, Scarlett? Hoy van a presentar los caballos en el hipódromo de Trim. Me gustaría examinarlos y elegir uno para una pequeña apuesta en la carrera del domingo.

Ella respondió que le gustaría mucho.

Trim estaba a unos dieciséis kilómetros. «No muy lejos», pensó Scarlett. Pero la carretera se retorcía y serpenteaba, y a veces trazaba una curva en dirección contraria a la que seguían, para serpentear y dar más vueltas hasta que, al fin, siguieron de nuevo la dirección deseada. Scarlett asintió con entusiasmo cuando Colum propuso que se detuviesen en un pueblo para tomar una taza de té y un bocado. De nuevo en el cabriolé, recorrieron un breve trecho hasta un cruce y, entonces, tomaron una carretera más ancha y más recta. Colum tocó al poni con el látigo para que emprendiese un paso más vivo. Pocos minutos más tarde, le fustigó de nuevo algo más fuerte y cruzaron un pueblo grande a tal velocidad que el cabriolé se balanceó sobre sus altas ruedas.

—Ese pueblo parecía desierto —dijo Scarlett cuando redujeron la marcha—. ¿Por qué, Colum?

—Nadie quiere vivir en Ballyhara; tiene una historia siniestra.

—¡Qué lástima! Parecía muy bonito.

—¿Has estado alguna vez en una carrera de caballos, Scarlett?

—En una carrera de verdad sólo una vez, en Charleston, pero en casa celebrábamos carreras continuamente. Papá era el más entusiasta. No sabía cabalgar hablando con el jinete que estaba a su lado. Tenía que hacer una carrera en cada kilómetro de camino.

—¿Y por qué no?

Scarlett se echó a reír. Colum se parecía a veces a papá.

—En Trim deben de haberlo cerrado todo —le comentó ella, cuando descubrió la muchedumbre que llenaba el hipódromo—. Todo el mundo está aquí. —Vio una serie de caras conocidas—. Y supongo que también lo han cerrado todo en Adamstown.

Los chicos O'Hara saludaron con la mano y sonrieron. Si los viera el viejo Daniel ella no quería estar en su lugar, pues todavía no habían terminado de cavar las zanjas.

El óvalo de tierra apisonada tenía una longitud de cuatro kilómetros y ochocientos metros. Unos trabajadores estaban terminando de instalar el último obstáculo, pues se iba a celebrar una carrera de obstáculos. Colum ató el poni a un árbol, a cierta distancia de la pista, y fueron los dos a mezclarse con la multitud.

Todos estaban muy animados, y todo el mundo conocía a Colum y quería conocer a Scarlett, «la damita que había preguntado sobre la costumbre de Robert Donahue de llevar guantes para trabajar en la granja».

—Me siento como la bella del baile —dijo en voz baja a Colum.

—¿Y quién mejor que tú para ese papel?

La condujo, parándose muchas veces, hacia el sector donde los jinetes o los cuidadores hacían caminar en círculo a los caballos.

—¡Pero si son magníficos, Colum! ¿Qué están haciendo unos caballos como éstos en una pequeña carrera de un pueblucho?

Él le explicó que no era una carrera pequeña ni se trataba de un «pueblucho». Había un premio de cincuenta libras para el ganador, más de lo que muchos comerciantes o agricultores ganaban en un año. Y los obstáculos eran una verdadera prueba. Un ganador en Trim podía competir en las carreras más famosas de Punchestown o Galway o incluso Dublín.

—O ganar por diez cuerpos cualquier carrera en Estados Unidos —añadió Colum, haciendo un guiño—. Los caballos irlandeses son los mejores del mundo; así se reconoce en todas partes.

—Supongo que como el whisky irlandés —dijo la hija de Gerald O'Hara.

Había oído afirmar ambas cosas desde que era pequeña. Las vallas le parecían de una altura inverosímil; tal vez Colum tuviera razón. Sería un espectáculo emocionante. Y antes que las carreras, tendría lugar el día de mercado de Trim. Ciertamente, nadie podía desear unas vacaciones mejores que éstas.

Una especie de murmullo se propagó entre la muchedumbre. «¡Una pelea! ¡Una pelea!» Colum se subió a las barandas para mirar. Una amplia sonrisa se pintó en su semblante, y se golpeó con el puño derecho la palma de la mano izquierda.

—¿Quieres apostar algo, Colum? —le invitó un hombre que estaba junto a él en la baranda.

—Desde luego. Cinco chelines por los O'Hara.

Scarlett casi hizo caer a Colum al agarrarle de un tobillo.

—¿Qué pasa?

La multitud se apartaba de la pista para acercarse al lugar de la contienda. Colum saltó, asió a Scarlett de la muñeca y empezó a correr.

Tres o cuatro docenas de hombres, jóvenes y viejos, luchaban a puñetazos ayudándose con botas y codos, entre gruñidos y chillidos. Los mirones formaron un amplio círculo desigual a su alrededor, gritando para animarlos. Dos montones de chaquetas en un lado daban testimonio de la súbita iniciación de la pelea; muchos se las habían quitado tan rápidamente que las mangas habían quedado vueltas del revés. Dentro del «ring», las camisas se estaban tiñendo de rojo, de la sangre de su dueño o del hombre a quien estaba pegando. No había orden ni concierto. Cada cual golpeaba al que estaba más cerca y miraba después a su alrededor, en busca de su próximo objetivo. El que caía al suelo era rudamente puesto en pie por la persona más próxima y empujado de nuevo hacia el combate.

Scarlett no había visto nunca a hombres luchando con los puños. El ruido de los golpes y la sangre que brotaba de las bocas y de las narices la horrorizaron.

Los cuatro hijos de Daniel estaban allí, y suplicó a Colum que los sacase del fregado.

—¿Y perder mis cinco chelines? No seas tonta, mujer.

—Eres horrible, Colum O'Hara; sencillamente horrible.

Más tarde repitió aquellas palabras a Colum y a los hijos de Daniel y a Michael y a Joseph, dos hermanos de Colum a los que no había conocido antes. Todos se hallaban reunidos en la cocina de la casa de Daniel. Kathleen y Brigid estaban lavando tranquilamente las heridas, haciendo caso omiso de los gritos de dolor y de las acusaciones de brutalidad. Colum repartía vasos de whisky.

«Digan lo que digan, no creo que sea en modo alguno divertido», pensó Scarlett. No podía creer que las peleas entre bandos fuesen parte de la diversión, en las ferias y acontecimientos públicos, para los O'Hara y sus amigos. «Sólo estaban animados», ¡vaya una explicación! Y las chicas eran peores, a juzgar por cómo zaherían a Timothy porque sólo tenía un ojo a la funerala.

53

El día siguiente, Colum la sorprendió al presentarse antes del desayuno, montado a caballo y llevando a otro corcel de la brida.

—Dijiste que te gustaba cabalgar —le recordó—. He pedido prestadas unas monturas. Pero tengo que devolverlas antes del Ángelus del mediodía; agarra, pues, el pan que sobró anoche y larguémonos antes de que se llene la casa de visitantes.

—No está ensillado, Colum.

—Bueno, ¿sabes o no sabes montar? Toma el pan y Bridie te echará una mano para ayudarte a montar.

Scarlett no había montado a pelo y a horcajadas desde que era pequeña. Había olvidado esa sensación de formar una sola criatura con el caballo. Pero lo recordó todo de repente, como si nunca hubiese dejado de montar de aquella manera, y pronto pudo prescindir de las riendas; la presión de las rodillas indicaba al caballo lo que tenía hacer.

—¿Adónde vamos?

Estaban en una trocha por la que nunca había pasado.

—Al Boyne. Tengo que mostrarte algo.

El río. El pulso de Scarlett se aceleró. Había algo allí que la atraía y la repelía al mismo tiempo.

Empezó a llover, y ella se alegró de que Bridie la hubiese hecho coger un chal. Se cubrió la cabeza y cabalgó en silencio detrás de Colum, escuchando el ruido de la lluvia sobre las hojas del seto y el lento repiqueteo de los cascos de los caballos. ¡Qué tranquilo estaba todo! No se sorprendió cuando dejó de llover. Ahora podrían posarse de nuevo los pájaros en el seto.

Terminó el camino, y allí estaba el río. Las márgenes eran tan bajas que el agua casi las cubría.

—Éste es el vado donde viene a lavarse Bridie —dijo Colum—. ¿Te gustaría tomar un baño?

Scarlett se estremeció exageradamente.

—No soy tan valiente. El agua debe de estar helada.

—Ya lo verás, aunque sólo te salpique un poco. Vamos a pasar al otro lado. Sujeta bien las riendas.

Su caballo se metió cautelosamente en el agua. Scarlett se recogió la falda debajo de los muslos y lo siguió.

Colum desmontó en la orilla opuesta.

—Baja y desayunaremos —dijo—. Ataré los caballos a un árbol.

Allí crecían árboles junto al río. Su sombra moteaba la cara de Colum. Scarlett saltó al suelo y le tendió las riendas. Encontró un lugar soleado para sentarse, apoyando la espalda en el tronco de un árbol. Pequeñas flores amarillas con hojas en forma de corazón alfombraban la ribera. Cerró los ojos y escuchó la voz tranquila del río, el susurro sibilante de las hojas sobre su cabeza, los trinos de los pájaros. Colum se sentó a su lado y ella abrió lentamente los ojos. Él partió la media hogaza de pan en dos pedazos y le dio el más grande.

—Tengo que contarte una historia mientras comemos —dijo—. La tierra donde estamos recibe el nombre de Ballyhara. Hace doscientos años, o poco menos, era de tu gente, de nuestra gente. Era tierra de los O'Hara.

Scarlett se irguió, sorprendida, mirando a un lado y otro.

—Vamos, tranquilízate y cómete el pan, Katie Scarlett. La historia es larga. —La sonrisa de Colum atajó la pregunta en sus labios—. Hace dos mil años, más o menos, los primeros O'Hara se asentaron aquí y se adueñaron de la tierra. Hace mil años (ya ves cómo nos estamos acercando), los vikingos, a quienes hoy llamaríamos escandinavos, descubrieron la riqueza verde de Irlanda y trataron de apoderarse de ella. Los irlandeses, como los O'Hara, observaron los ríos por donde podían entrar aquellos barcos alargados con cabeza de dragón y construyeron fuertes defensas contra el enemigo.

Colum arrancó un trozo de pan y se lo llevó a la boca. Scarlett esperó con impaciencia. Eran tantos años..., su mente no podía abarcarlos. «¿Qué pasó después de hace mil años?»

—Los vikingos fueron rechazados —dijo Colum— y los O'Hara araron su tierra y engordaron su ganado durante doscientos años y más. Construyeron un castillo fortaleza con cabida suficiente para ellos y sus servidores, pues los irlandeses tienen buena memoria y pensaron que del mismo modo que habían venido los vikingos podían venir otros invasores. Y así fue. Esta vez no eran vikingos, sino ingleses, que antaño habían sido franceses. Se apoderaron de más de media Irlanda; pero los O'Hara prevalecieron detrás de sus fuertes murallas y cultivaron su tierra durante otros quinientos años.

»Hasta la batalla del Boyne, cuya lamentable historia ya conoces. Después de dos mil años de estar al cuidado de los O'Hara, la tierra se convirtió en inglesa. Los O'Hara fueron empujados a través del vado; es decir, los que quedaban, las viudas y sus pequeños. Uno de estos niños creció y fue arrendatario del inglés del otro lado del río. Su nieto, cultivador de los mismos campos, se casó con nuestra abuela, Katie Scarlett. Junto a su padre, miró al otro lado de las aguas pardas del Boyne y vio cómo era derribado el castillo de los O'Hara y construida una casa inglesa en su lugar. Pero se conservó el nombre. Ballyhara.

«Y papá vio la casa, y sabía que esta tierra era de los O'Hara.» Scarlett lloró por su padre, comprendió la ira y el dolor que había percibido en su semblante y oído en su voz cuando él comentaba, a gritos, la batalla del Boyne. Colum se acercó al río y bebió formando un cuenco con las manos. Después las lavó, las juntó en forma de taza y llevó agua a Scarlett. Cuando ésta hubo bebido, le enjugó las lágrimas de las mejillas con sus dedos húmedos y delicados.

—No quería contarte esto, Katie Scarlett...

Ella le interrumpió, irritada.

—Tenía derecho a saberlo.

—También yo lo creo.

—Cuéntame el resto. Sé que hay más. Lo leo en tu cara.

Colum estaba pálido, como si padeciese un dolor insoportable.

—Sí, hay más. La Ballyhara inglesa fue construida para un joven lord. Dicen que era rubio y hermoso como Apolo, y él se creía también un dios. Decidió hacer de Ballyhara la propiedad mejor de toda Irlanda. Su pueblo (pues era dueño de Ballyhara hasta la última piedra y la última hoja) debía ser más grande que cualquier otro, más grande que la propia Dublín. Y así fue, aunque no en lo que a Dublín se refiere, salvo por su única calle, que era más ancha que la más ancha de la capital. Sus caballerizas eran como una catedral; sus ventanas, claras como diamantes; sus jardines, una delicada alfombra hasta el Boyne. Los pavos reales abrían sus enjoyados abanicos sobre el césped, y hermosas damas cubiertas de joyas daban brillo a sus fiestas. Era señor de Ballyhara.

»Su único pesar era que sólo tenía un hijo, y él era hijo único. Sin embargo, vivió para ver nacer a su nieto, antes de irse al infierno. Y tampoco aquel nieto tuvo hermanos. Pero era bello y rubio, y llegó a ser señor de Ballyhara, de sus caballerizas del tamaño de una catedral y de su gran pueblo. Y también lo fue su hijo después de él.

»Recuerdo al joven señor de Ballyhara. Yo no era más que un niño, y me parecía maravilloso a más no poder. Montaba un alto caballo ruano y, cuando la pequeña nobleza aplastaba nuestro maíz bajo los cascos de sus caballos al cazar el zorro, él siempre nos arrojaba monedas a los chiquillos. Parecía muy alto y delgado sobre la montura, con su chaqueta colorada y sus pantalones blancos y sus botas altas y relucientes. Yo no podía comprender por qué nos quitaba mi padre las monedas y las rompía maldiciendo al señor por dárnoslas.

Colum se levantó y empezó a pasear por la orilla del río. Cuando continuó su relato, su voz sonaba débil por el esfuerzo de dominarla.

—Llegó el hambre y, con él, la muerte. «No puedo soportar ver el sufrimiento de mis arrendatarios —dijo el señor de Ballyhara—. Compraré dos buenos barcos, los dejaré en libertad y podrán viajar de balde a América, donde hay comida en abundancia. No me importa que esto perjudique a mis vacas, pues no hay nadie para ordeñarlas, ni que mis campos se llenen de ortigas, porque no hay nadie para cultivarlos. Me importa más la gente de Ballyhara que el ganado o el maíz.»

»Los granjeros y los lugareños le besaron la mano agradeciéndole su bondad, y muchos de ellos se prepararon para el viaje. Pero no todos pudieron soportar el dolor de abandonar Irlanda. "Nos quedaremos, aunque nos muramos de hambre", dijeron al joven señor. Entonces hizo pregonar que todo hombre o mujer que lo pidiese podría ocupar gratuitamente un camarote vacío.

»Mi padre le maldijo de nuevo. Despotricó contra sus dos hermanos, Matthew y Brian, por aceptar la dádiva del inglés. Pero ellos estaban resueltos a marcharse... Se ahogaron, con todos los demás, cuando las carcomidas embarcaciones se hundieron en la primera tormenta. Estas naves fueron llamadas amargamente los "barcos ataúdes".

»Un hombre de Ballyhara esperó en las caballerizas, sin importarle que fuesen tan hermosas como una catedral. Y cuando el joven señor acudió para montar su alto caballo ruano, le agarró y colgó al rubio señor de Ballyhara en la torre junto al Boyne, donde antaño habían vigilado los O'Hara los barcos con proa en forma de dragón.

Scarlett se tapó la boca con la mano. Colum estaba muy pálido, paseando arriba y abajo y hablando con aquella voz que no era la suya. ¡La torre! Debía de ser la misma. Se apretó los labios con más fuerza. No debía hablar.

—Nadie sabe —siguió diciendo Colum— el nombre del tipo de las caballerizas. Algunos dicen un nombre; otros, un nombre diferente. Cuando llegaron los soldados ingleses, los varones que quedaban en Ballyhara no quisieron denunciarle. Los ingleses los ahorcaron a todos, en represalia por la muerte del joven señor.

El semblante de Colum aparecía blanco a la sombra jaspeada de los árboles. De su garganta brotó un grito inarticulado e inhumano.

Se volvió a Scarlett, que retrocedió ante sus ojos enloquecidos y su rostro atormentado.

—«¡Una bonita vista!» —gritó Colum, y la fuerza de su grito fue como el disparo de un cañón.

Cayó de rodillas sobre la orilla rebosante de flores amarillas y se dobló hacia delante para ocultar la cara. Su cuerpo se estremeció.

Scarlett alargó las manos en su dirección, pero las dejó caer sobre la falda. No sabía qué hacer.

—Perdóname, querida Scarlett —dijo el Colum que conocía, levantando la cabeza—. Mi hermana Molly es la vergüenza del mundo occidental por decir una cosa así. Siempre tuvo la virtud de enfurecerme. —Sonrió, y su sonrisa fue casi convincente—. Tenemos tiempo de ir hasta Ballyhara, si quieres verlo. Está abandonado desde hace casi treinta años, pero no ha sufrido acciones de vandalismo. Nadie quiere acercarse allí.

Tendió la mano, y la sonrisa de su pálido semblante era auténtica.

—Ven. Los caballos están ahí.

El caballo de Colum abrió un camino entre las zarzas y los enredados matorrales, y pronto Scarlett pudo ver los gigantescos muros de piedra de la torre que se alzaban ante ellos. Colum levantó una mano para avisarla y detuvo su montura. Hizo bocina con ambas manos y gritó:

—*Seachain, seachain.*

Las extrañas sílabas resonaron en las piedras.

Colum volvió la cabeza, y sus ojos eran alegres. Había vuelto el color a sus mejillas.

—Esto es gaélico, querida Scarlett, el antiguo irlandés. Una *cailleach*, una amiga, vive en una choza cerca de aquí. Según unos, es una bruja tan vieja como Tara, y según otros, es la esposa que huyó de Paddy Flynn, de Trim, hace veinte años. He gritado para avisarle que pasamos por aquí. Podría no gustarle verse sorprendida. Mira, yo no digo que crea en brujas, pero nada se pierde con ser respetuoso.

Cabalgaron hasta el claro que rodeaba la torre. De cerca, descubrió Scarlett que las piedras no estaban unidas con mortero, y sin embargo, no se habían movido un centímetro de su posición original. ¿Qué antigüedad había dicho Colum que tenía? ¿Mil años? ¿Dos mil? Lo mismo daba. La torre no le daba miedo, aunque sí se había asustado cuando Colum había hablado de aquella manera antinatural. La torre no era más que un edificio, la obra más bella que jamás había visto. «No es en modo alguno siniestra —se dijo—. En realidad, me atrae.» Se acercó más y pasó los dedos por las junturas.

—Eres muy valiente, querida Scarlett. Ya te he advertido que hay quienes dicen que la torre está habitada por el fantasma de un ahorcado.

—¡Tonterías! Los fantasmas no existen. Además, el caballo no se acercaría si hubiese alguno aquí. Todo el mundo sabe que los animales perciben esas cosas.

Colum rió entre dientes.

Scarlett apoyó la mano en la piedra alisada por siglos de intemperie. Sintió en ella el calor del sol y el frío de la lluvia y el viento. Una tranquilidad desacostumbrada invadió su corazón.

—Seguro que es muy antigua —dijo, sabiendo que sus palabras eran inadecuadas, sabiendo que esto no importaba.

—Ha sobrevivido —dijo Colum—, como un árbol poderoso cuyas raíces llegan muy hondo, hasta el centro de la tierra.

—Raíces muy hondas.

¿Dónde había oído esto? ¡Claro! Rhett lo decía de Charleston. Sonrió mientras acariciaba las viejas piedras. Ahora podría ella enseñarle un par de cosas sobre raíces profundas. Le bastaba esperar a que Rhett empezase a jactarse de la antigüedad de Charleston.

La casa de Ballyhara había sido también construida con piedras, pero éstas eran unos rectángulos perfectos de granito tallado. Parecía sólida, resistente; los cristales rotos y los marcos descoloridos de las ventanas contrastaban de un modo incongruente con la permanencia intacta de la piedra. Era una mansión grande, con dos alas anejas que eran, por sí solas, más grandes que cualquier casa que conociese Scarlett. «Construida para durar», se dijo. Era realmente una vergüenza, una lástima, que nadie viviese en ella.

—¿No tenía hijos el señor de Ballyhara? —preguntó a Colum.

—No. —Parecía satisfecho—. Creo que tenía una esposa y que ésta volvió con los suyos. O fue a parar a un manicomio. Algunos dicen que se volvió loca.

Scarlett intuyó que era mejor no mostrar admiración por la casa.

—Veamos el pueblo —dijo.

Era una villa, demasiado grande para ser un pueblo, y en ella no quedaba una ventana o una puerta enteras en parte alguna. Todo estaba abandonado e hizo que a Scarlett se le pusiese carne de gallina. El odio había causado esa desolación.

—¿Cuál es el mejor camino para volver a casa? —le preguntó a Colum.

54

—Mañana es el cumpleaños de la abuela —dijo Colum, cuando se despidió de Scarlett en casa de Daniel—. El hombre juicioso debería mantenerse apartado hasta entonces, y yo presumo de serlo. Di a la familia que volveré por la mañana.

¿Por qué era tan asustadizo?, se preguntó Scarlett. No podía haber mucho que hacer para el cumpleaños de una anciana. Un pastel, desde luego, ¿pero qué más? Ella había decidido ya regalar a su abuela el precioso cuello de encaje que había comprado en Galway. Tendría tiempo sobrado de comprar otro cuando emprendiese el viaje de regreso. Pero, ¡cielo santo, eso sería al final de esta semana!

Scarlett descubrió, en cuanto hubo cruzado la puerta, que le iba a tocar arrimar el hombro. Había que fregar y pulir toda la casa de la vieja Katie Scarlett, aunque ya estuviese limpia, y también la casa de Daniel. Después, había que desherbar y barrer el patio de la vieja casa de campo, para instalar en él bancos, sillas y taburetes para todos los que no cupiesen en el interior. Y también había que limpiar y fregar el granero cubriendo el suelo con una nueva capa de paja para aquellos que quisieran pasar allí la noche. Iba a ser una gran fiesta. No eran muchas las personas que cumplían cien años.

—Comed y marchaos —dijo Kathleen a los hombres, cuando éstos llegaron para la comida.

Puso una jarra de crema de leche, cuatro hogazas de pan y un cuenco de mantequilla sobre la mesa. Ellos se mostraron sumisos como corderos, comieron con una rapidez inverosímil y se marcharon sin decir palabra, agachándose para salir por el bajo dintel de la puerta.

—Ahora empezaremos nosotras —anunció Kathleen, cuando se hubieron ido los varones—. Scarlett, necesito grandes cantidades de agua del pozo. Los cubos están junto a la puerta.

Scarlett, como los hombres O'Hara, no pensó siquiera en discutir.

Después de la comida, todas las mujeres del pueblo vinieron a la casa, con sus hijos pequeños, para ayudar en el trabajo. Había mucho ruido, el trabajo era fatigoso y a Scarlett le salieron ampollas en los suaves montículos de las palmas de las manos, junto a la base de los dedos. Y sin embargo, se divertía como jamás hubiese podido imaginar. Descalza como las otras, con las faldas arremangadas, un gran delantal ceñido a la cintura y las mangas levantadas hasta el codo, se sentía como si volviese a ser una niña jugando en el patio de la cocina e irritando a Mamita porque se ensuciaba el delantal y se había quitado los zapatos y las medias. Sólo que ahora tenía compañeras de juego divertidas, en vez de la llorona Suellen y de Carreen, que era demasiado pequeña para jugar con ellas.

«¿Cuánto tiempo hace de esto...? Poco, en comparación con algo tan viejo como la torre, supongo... Raíces muy hondas... Colum estaba terrible esta mañana... con su tremendo relato sobre aquellos barcos... Los que se ahogaron eran mis tíos, hermanos de papá. Maldito sea el señor inglés. No sé si alegrarme de que lo ahorcasen.»

Nunca se había celebrado una fiesta como la del cumpleaños de la anciana Katie Scarlett. Miembros de la familia O'Hara de todo el condado de Meath y de más allá acudieron en tartanas y carros, a caballo o a pie. Media población de Trim estaba allí, y toda alma viviente de Adamstown. Traían regalos y noticias, y comida preparada especialmente para el festín, aunque Scarlett hubiera dicho que había ya bastante para un ejército. El carro de Mahoney, de Trim, llegó cargado de barrilitos de cerveza, lo mismo que el de Jim Daly, de Mullingar. Seamus, el hijo mayor de Daniel, fue con el caballo de labor a Trim y volvió con una caja de pipas de arcilla sujeta a la espalda como una enorme y angulosa joroba, y dos sacos de tabaco que pendían de la montura como unas alforjas. Pues cada hombre, y también muchas mujeres, debían recibir una pipa nueva en una ocasión tan memorable.

La abuela de Scarlett recibió a los invitados y sus regalos como una reina, aposentada en su sillón de alto respaldo, luciendo el nuevo cuello de encaje sobre el traje de seda negra, dormitando cuando le venía en gana y bebiendo whisky con el té. Cuando sonó el toque del Ángelus por la tarde, dentro y fuera de la casita de campo había más de trescientas personas, llegadas para felicitar a Katie Scarlett O'Hara en su centésimo cumpleaños.

Ella había pedido que fuese una celebración «al estilo antiguo», y un hombre de edad ocupaba el sitio de honor junto al fuego, delante de ella. Con dedos nudosos y amorosos, éste retiró la envoltura de hilo de un arpa, y más de trescientas voces suspiraron de alegría. Aquel hombre era MacCormac, el único auténtico heredero de la música de los bardos, ahora que el gran O'Carolan estaba muerto. Habló y su voz fue ya como una música.

—Os diré las palabras del maestro Turlough O'Carolan: «Paso mi tiempo feliz y contento en Irlanda, bebiendo con todo hombre vigoroso que sea verdadero amante de la música.» Y añado estas palabras de cosecha propia: Bebo con todo hombre vigoroso y con una mujer tan fuerte como Katie Scarlett O'Hara. —Le hizo una reverencia—. Quiero decir cuando nos ofrezca algo que beber. —Dos docenas de manos llenaron vasos. Él eligió cuidadosamente el más grande, lo levantó en honor de la vieja Katie Scarlett, y lo apuró de un trago—. Ahora os cantaré la historia de la llegada de Finn MacCool.

Sus dedos doblados pulsaron las cuerdas del arpa y su magia llenó el aire.

Y a partir de entonces, la música ya no cesó. Habían acudido dos gaiteros con sus gaitas, y entre los presentes se contaban innumerables violinistas, docenas de silbatos, concertinas, manos que hacían repicar huesos, y el animado e incitante redoble de los *bodhrans*; todos seguían la enérgica dirección de Colum O'Hara.

Las mujeres llenaban platos de comida, Daniel O'Hara cuidaba de los barrilitos de cerveza, los bailarines llenaban el centro del patio y nadie dormía en absoluto, salvo la vieja Katie Scarlett cuando le daba por ahí.

—Nunca había imaginado una fiesta semejante —dijo Scarlett.

Respiraba de prisa, recobrando el aliento antes de volver al recinto del baile, teñido de rosa por la salida del sol.

—¿Quieres decir que nunca has celebrado el primero de mayo? —exclamaron, extrañados, unos primos venidos no sabía ella de dónde.

—Tendrás que quedarte para el primero de mayo, joven Katie Scarlett —dijo Timothy O'Hara, y un coro de voces se unió a la suya.

—No puedo. Tenemos que tomar el barco.

—Pero habrá otros barcos, ¿no?

Scarlett se levantó de un salto. Ya había descansado bastante y los violinistas estaban empezando un nuevo *reel.* Mientras bailaba hasta quedarse de nuevo sin aliento, aquella pregunta fue repitiéndose en su cabeza como el estribillo de una canción. Tenía que haber otros barcos. ¿Por qué no quedarse y divertirse bailando el *reel* con sus medias a rayas durante un poco más de tiempo? Charleston seguiría en su sitio cuando ella llegase, con las mismas tertulias y las mismas casas arruinadas detrás de los mismos altos y hostiles muros.

Rhett también continuaría allí; que esperase. Ella le había esperado lo bastante en Atlanta, pero las cosas eran ahora diferentes. El pequeño que llevaba en el vientre haría que Rhett fuese suyo cuando ella quisiera reclamarlo.

Sí, decidió, podía quedarse para el primero de mayo. ¡Lo estaba pasando tan bien!

El día siguiente, preguntó a Colum si sabía de algún otro barco que zarpase después del primero de mayo.

Ciertamente, había uno. Un barco muy bueno, que hacía primero escala en Boston, la ciudad que él debía visitar durante su estancia en Estados Unidos. Ella y Bridie podían seguir solas el resto del viaje hasta Savannah.

—Zarpa el día nueve por la noche. Sólo tendrás medio día para hacer tus compras en Galway.

No necesitaba tanto tiempo; ya había pensado en ello. Nadie llevaría en Charleston medias o enaguas de Galway. Eran demasiado llamativas y vulgares. Solamente guardaría unas pocas de las que había comprado para ella. Serían unos recuerdos maravillosos. Las otras se las regalaría a Kathleen y a sus nuevas amigas del pueblo.

—El nueve de mayo. Es mucho más tarde de lo que habíamos proyectado, Colum.

—Sólo una semana y un día después del primero de mayo, Katie Scarlett. Nada en absoluto, comparado con la eternidad.

¡Era verdad! Nunca volvería a tener una oportunidad igual. Además, sería bueno para Colum. El viaje de ida y vuelta de Savannah a Boston sería muy pesado para él. Y después de lo amable que había sido con ella, era lo menos que podía hacer en su favor...

El 26 de abril, el *Brian Boru* zarpó de Galway con dos camarotes vacíos.

El buque había llegado el 24, un viernes, con pasajeros y correspondencia. El correo fue clasificado el sábado en Galway; como el domingo era fiesta, la pequeña bolsa para Mullingar salió el lunes. El martes, la diligencia de Mullingar a Drogheda dejó una bolsa más pequeña en Navan y, el miércoles, salió de allí un cartero a caballo con un paquete de cartas para la administradora de Correos de Trim. Entre las misivas había un sobre grande y grueso para Colum O'Hara, remitido en Savannah, Georgia. El cartero comentó que Colum O'Hara recibía mucha correspondencia, que la familia O'Hara era muy afectuosa, y que el cumpleaños de la anciana había sido una noche que él no olvidaría pronto. El cartero se detuvo en la taberna de Adamstown.

—Pensé que era una tontería esperar otras veinticuatro horas —dijo a Matt O'Toole, que regentaba la taberna, la pequeña tienda y la oficina de Correos de la esquina—. En Trim, lo habrían dejado en el compartimiento correspondiente a Adamstown hasta mañana, y otro empleado lo habría traído.

El cartero aceptó con presteza el vaso de cerveza negra que le ofreció Matt O'Toole en nombre de Colum. La taberna de O'Toole podía ser pequeña y necesitar una capa de pintura, pero tenía una cerveza negra muy buena. Matt O'Toole llamó a su mujer, que estaba en el patio tendiendo la colada.

—Cuídate de la taberna, Kate. Yo voy a casa del tío Daniel.

El padre de Matt era hermano de Theresa, la esposa difunta de Daniel O'Hara. Que en paz descanse.

—¡Colum! ¡Esto es maravilloso!

Dentro del sobre remitido por Jamie a Colum, había una carta de Tom MacMahon, el contratista de la catedral. El obispo se había dejado convencer y accedido a que Scarlett redimiera la dote de su hermana. «Tara. Mi Tara. Haré en ella maravillas. Pero, ¡voto a mil bombas!»

—Colum, ¿has visto esto? El codicioso obispo pide cinco mil dólares por el tercio de Tara que corresponde a Carreen. ¡Por todos los diablos! Se podría comprar todo el condado de Clayton por cinco mil dólares. Tendrá que bajar el precio.

Él le dijo que los obispos de la Iglesia no regateaban. Si Scarlett quería comprar aquella dote y tenía el dinero para ello, había de pagarlo. Además, de esa manera financiaría la obra de la Iglesia, si esto le hacía más aceptable la transacción.

—Sabes que no es así, Colum. No me gusta que me den gato por liebre, aunque sea la Iglesia. Perdona si esto te ofende. Sin embargo, Tara debe ser mía; he puesto en ello todo mi empeño. Oh, qué tonta fui al dejarme convencer para quedarme. ¡Ahora podríamos estar a medio camino de Savannah!

Colum no se molestó en corregirla. La dejó buscando una hoja de papel y una pluma.

—¡Tengo que escribir inmediatamente a tío Henry Hamilton! Él puede cuidar de todo y tenerlo preparado cuando yo llegue allí.

El jueves, Scarlett fue sola a Trim. Era una lástima que Kathleen y Bridie estuviesen ocupadas en la granja, y exasperante que Colum hubiese desaparecido sin decir a nadie adónde iba ni cuándo volvería. Sin embargo, ella no podía remediarlo, y tenía mucho que hacer. Quería comprar algunos bonitos tazones de cerámica como los que usaba Kathleen en la cocina, y muchas cestas (de todas las formas, y las había muy variadas) y montones y montones de gruesos paños de hilo y servilletas, pues no había nada parecido en las tiendas de su tierra. Ella haría que la cocina de Tara fuese cómoda y acogedora, como las cocinas irlandesas. A fin de cuentas, ¿no era el nombre de Tara todo lo irlandés que se podía desear?

En cuanto a Will y Suellen, sería muy generosa con ellos, pues al menos Will se lo merecía. Había muchísima tierra buena en oferta en el condado. Wade y Ella vendrían a vivir con Rhett y con ella en Charleston. Rhett los apreciaba mucho. Encontraría un buen colegio, que tuviese un corto período de vacaciones. Rhett frunciría probablemente el ceño, como hacía siempre que consideraba su manera de tratar a los hijos; pero, cuando naciese el pequeño y viese lo mucho que ella le amaba, dejaría de criticarla continuamente.

Y en verano, residirían en Tara, una Tara renacida y hermosa que sería un hogar.

Scarlett sabía que estaba haciendo castillos en el aire. Tal vez Rhett no querría salir nunca de Charleston, y ella tendría que contentarse con visitas ocasionales a Tara. Pero ¿por qué no soñar despierta en un hermoso día de primavera como éste, conduciendo un cochecito tirado por un poni y llevando medias a rayas rojas y azules? ¿Por qué no?

Soltó una risita y tocó el cuello del poni con el látigo. «Vaya, parezco toda una irlandesa.»

El primero de mayo fue todo lo que le habían prometido. Hubo comida y baile en todas las calles de Trim, más cuatro gigantescos palos de mayo plantados en el césped, en el interior de las murallas del arruinado castillo. La cinta que sostenía Scarlett era roja, y una corona de flores ceñía sus cabellos; luego un oficial inglés la invitó a dar un paseo hasta el río, y ella rehusó en términos que no dejaban lugar a duda.

Volvieron a casa después de salir el sol; Scarlett recorrió a pie los seis kilómetros y medio con el resto de la familia, porque no quería que se acabase la noche, aunque ahora era de día, y porque empezaba ya a añorar a sus primos, a toda la gente que había conocido. Ansiaba estar de nuevo en su casa, disponer los detalles sobre Tara, empezar a trabajar en ello; pero se alegraba de haberse quedado para el primero de mayo. Ahora faltaba solamente una semana para su partida. Parecía muy poco tiempo.

El miércoles, Frank Kelly, el cartero a caballo de Trim, se detuvo en la casa de Matt O'Toole para tomar una cerveza y fumar una pipa.

—Hay una carta muy abultada para Colum O'Hara —dijo—. ¿Qué crees que puede ser?

Especularon agradablemente dando rienda suelta a su fantasía. En América, todo era posible, de modo que no había razón para que no elucubrasen cuanto quisieran. El padre O'Hara era un hombre simpático, todo el mundo lo reconocía, y muy hablador. Pero a decir verdad, nunca se iba de la lengua.

Matt O'Toole no llevó la carta a Colum. No hacía falta. Sabía que esa misma tarde Clare O'Gorman visitaría a su vieja abuela, y por lo tanto, si Colum no pasaba antes por aquí, ella le llevaría la carta. Matt sopesó el sobre. Debía de contener noticias excepcionalmente buenas ya que enviar tanto peso habría costado mucho dinero. O tal vez comunicaba un desastre realmente mayúsculo.

—Hay una carta para ti, Scarlett. Colum la dejó sobre la mesa. Y cuando quieras te serviré una taza de té. ¿Ha sido agradable tu visita a Molly? —preguntó Kathleen con curiosidad.

Scarlett no la defraudó. Conteniendo la risa, le describió su visita.

—Cuando entré en el salón de Molly, ésta estaba tomando el té con la esposa del médico, y su taza de té tintineó y a punto estuvo de romperse. Supongo que Molly no acababa de decidirse a salir del paso diciendo que yo era su nueva criada. Pero entonces la mujer del médico dijo con una vocecilla aflautada: «Oh, la rica prima americana. Es un honor.» Y no pestañeó al ver mi ropa. Cuando oyó aquello, Molly se levantó de un salto, como un gato escaldado, y se apresuró a darme uno de sus dobles besos en la mejilla. Te prometo, Kathleen, que Molly tenía lágrimas en los ojos cuando le dije que sólo había ido a buscar un traje de viaje en mi baúl. Se moría por que me quedase, y ya no le importaba mi aspecto. La besé a mi vez cuando me dispuse a marcharme, y también a la esposa del médico, por añadidura. Más valía hacer las cosas a lo grande.

Kathleen se mondaba de risa, hasta el punto de que la ropa que estaba cosiendo se deslizó al suelo formando un montón. Scarlett dejó caer su traje de viaje al lado de la costura. Estaba segura de que habría que ensancharle la cintura. Si no era el pequeño quien la hacía más gruesa, entonces la culpa de su corpulencia sería achacable a la falta de corsé y al exceso de comida. Fuese lo que fuese, no tenía intención de emprender el largo viaje con unas ropas tan apretadas que no pudiese respirar. Tomó el sobre y lo llevó a la puerta para que le diese la luz. Estaba lleno de direcciones y de fechas impresas con sellos de goma. ¡Caramba!, su abuelo era el hombre más perverso del mundo, o quizás era aquel horrible Jerome el responsable; sí, esto era lo más probable. El sobre había sido dirigido a su abuelo a la atención de ella, y él había tardado varias semanas en remitirlo a Maureen. Lo rasgó con impaciencia. Era de algún despacho oficial de Atlanta y en principio había sido enviado a la casa de la calle Peachtree. Confió en no haber dejado de pagar algún impuesto o algo parecido. Entre el dinero que tendría que dar al obispo por Tara y el costo de las casas que estaba construyendo, sus reservas se estaban reduciendo demasiado para tirar dinero en recargos. Y necesitaría mucho para llevar a cabo lo que había planeado hacer en Tara, por no hablar de la compra de una casa para Will. Palpó la bolsa que llevaba debajo de la camisa. No; el dinero de Rhett era de Rhett.

El documento estaba fechado el 26 de marzo de 1875, el día en que había partido de Savannah en el *Brian Boru*. Scarlett leyó las primeras líneas y se detuvo. Esto no tenía sentido. Volvió al principio y leyó más despacio. Su semblante perdió todo el color.

—Kathleen, ¿sabes dónde está Colum?

«Oh, mi voz parece absolutamente normal. Es curioso.»

—Creo que está con la abuela. Clare ha venido a buscarlo. ¿No puedes esperar un poco? Casi he terminado de arreglar este vestido mío para que lo lleve Bridie durante el viaje, y sé que quiere que se lo pruebe y que tú des tu parecer.

—No puedo esperar.

Tenía que ver a Colum. Algo había ido terriblemente mal. Tenían que marcharse hoy, en este instante. Debía regresar a casa.

Colum estaba en el patio delantero de la casa.

—Nunca había visto una primavera tan soleada —dijo—. El gato y yo nos estamos tostando un poco.

Al verlo, la calma antinatural de Scarlett desapareció y desde lejos se puso a decirle a gritos:

—¡Llévame a casa, Colum! ¡Malditos seáis tú y todos los O'Hara e Irlanda! Nunca debí marcharme de casa.

Tenía la mano dolorosamente apretada y las uñas clavadas en la carne. Arrugado dentro de su palma, un documento del Estado soberano de Georgia certificaba que había sido registrada la sentencia de divorcio a favor de Rhett Kinnicutt Butler con motivo del abandono de su esposa, Scarlett O'Hara Butler, sentencia dictada por el Distrito Militar de Carolina del Sur, administrado por el Gobierno Federal de los Estados Unidos de América.

—En Carolina del Sur no hay divorcio —dijo Scarlett—. Me lo dijeron dos abogados.

Repitió esto una y otra vez, siempre con las mismas palabras, hasta que tuvo tan irritada la garganta que no pudo seguir vocalizando, y entonces formó en silencio con los labios las palabras que le dictaba la mente. Una y otra vez.

Colum la condujo a un rincón tranquilo del huerto. Se sentó a su lado y le habló, pero al no conseguir que ella le escuchase trató de consolarla tomando sus manos apretadas en las suyas, y permaneció junto a ella sin decir nada durante el ligero chaparrón que cayó con el crepúsculo, durante la brillante puesta de sol y hasta que se hizo la oscuridad. Cuando estuvo la cena preparada, Bridie vino a buscarlos y Colum la despidió.

—Scarlett está trastornada, Bridie. Di a los de casa que no se preocupen, que sólo necesita un poco de tiempo para reponerse de la impresión. Ha recibido noticias de Estados Unidos: su esposo está gravemente enfermo y ella teme que muera sin estar a su lado.

Bridie echó a correr para comunicarlo. Scarlett estaba rezando, dijo. La familia rezó también; la cena estaba fría cuando al fin empezaron a comer.

—Lleva un farol fuera, Timothy —dijo Daniel.

Los ojos vidriosos de Scarlett reflejaron la luz.

—Kathleen te envía también un chal —murmuró Timothy.

Colum asintió con la cabeza, colocó la prenda sobre los hombros de Scarlett y despidió a Timothy con un ademán.

Pasó otra hora. Las estrellas titilaban en un cielo casi sin luna; eran más resplandecientes que la luz del farol. Se oyó un breve chillido en un campo de trigo próximo y, después, un aleteo casi inaudible. Un búho había matado a una presa.

—¿Qué voy a hacer?

La voz áspera de Scarlett sonó muy alto en la oscuridad. Colum suspiró y dio gracias a Dios. Lo peor de la impresión había pasado.

—Volveremos a tu tierra como habíamos proyectado, querida Scarlett. No hay nada que no pueda remediarse.

Su voz era tranquila, firme, apaciguadora.

—¡Divorciada!

Había una alarmante nota de histerismo en aquella voz cansada. Colum le apretó vivamente las manos.

—Lo que se hace puede deshacerse, Scarlett.

—Hubiese debido quedarme allí. Nunca me lo perdonaré.

—Vamos. Los «hubiese» no resuelven nada. Hay que pensar en lo que sucederá después.

—Él nunca me aceptará de nuevo, ya que tiene el corazón tan duro como para haberse divorciado de mí. Esperaba que volviese a buscarme, Colum; estaba segura de que lo haría. ¿Cómo pude ser tan tonta? Y tú aún no lo sabes todo. Estoy embarazada, Colum. ¿Cómo puedo tener un hijo, si no tengo marido?

—Vamos, vamos —dijo pausadamente Colum—. Ésta puede ser la solución. Sólo tienes que decírselo.

Scarlett se llevó las manos al vientre. Claro, ¿cómo había sido tan estúpida? Una risa entrecortada brotó de su garganta. Ningún trozo de papel escrito haría que Rhett Butler renunciase a su hijo. Rhett haría que el divorcio fuese anulado, borrado del registro. Rhett lo podía todo. Lo había demostrado una vez más. No había divorcio en Carolina del Sur..., a menos que Rhett Butler se empeñase en que lo hubiese.

—Quiero irme ahora mismo, Colum. Debe haber un barco que zarpe más pronto. Me volveré loca si tengo que esperar.

—Nos marcharemos el viernes temprano, querida Scarlett, y el barco zarpará el sábado. Si nos vamos mañana, tendremos que esperar un día entero antes de hacernos a la mar. ¿No prefieres pasarlo aquí?

—Oh, no, tengo que saber que he emprendido ya el viaje. Aunque sólo haya hecho parte del camino, estaré dirigiéndome hacia casa y hacia Rhett. Todo se arreglará; yo haré que se arregle. Todo acabará bien..., ¿no es verdad, Colum? Di que todo acabará bien.

—Sí, Scarlett. Ahora deberías comer algo, tomar al menos una taza de leche. Tal vez con unas gotas de licor. También necesitas dormir. Tienes que conservar todas tus fuerzas, por mor del pequeño.

—¡Oh, sí! Lo haré. Cuidaré mucho de mí. Pero primero tengo que probarme el vestido, y hacer de nuevo mi baúl. Oye, Colum, ¿cómo encontraremos un carruaje para ir a la estación?

Su voz se elevaba de nuevo. Colum se levantó y la ayudó a ponerse en pie.

—Yo me encargaré de todo, las chicas me ayudarán en lo del baúl. Pero solamente si comes algo antes de probarte el traje.

—¡Sí! Sí, esto es lo que haremos.

Estaba un poco más tranquila, pero todavía peligrosamente nerviosa. Debía obligarla a beberse la leche y el whisky en cuanto llegasen a la casa. ¡Pobre criatura! Si él supiese algo más acerca de las mujeres y los hijos, se sentiría mucho más seguro. Últimamente, Scarlett había dormido poco y bailado como un derviche. ¿Podría esto precipitar el parto? Si perdía a su hijo, él temía por su razón.

55

Como otras muchas personas antes que él, Colum subestimó la energía de Scarlett O'Hara. Ésta insistió en que esa misma noche trajeran su equipaje de la casa de Molly y ordenó a Brigid que empaquetase sus cosas mientras Kathleen le ajustaba el vestido.

—Fíjate bien en cómo se ata, Bridie —le dijo con aspereza cuando Kathleen le puso el corsé—. Vas a tener que hacerlo tú en el barco, y no podré ver detrás de mí para darte instrucciones.

Su actitud febril y su voz entrecortada habían ya atemorizado a Bridie. El agudo grito de dolor que lanzó Scarlett cuando Kathleen tiró de las cintas, hizo que Bridie gritase también. «No importa que duela —se recordó Scarlett—, siempre duele y siempre ha dolido. Pero había olvidado que fuese tanto. Pronto volveré a acostumbrarme. No perjudica al pequeño. Siempre llevé corsés lo más largos posible cuando estuve embarazada, y en períodos más avanzados que ahora. Todavía no estoy de diez semanas. La ropa ha de caberme, no hay más remedio. Mañana estaré en aquel tren, aunque me cueste la vida.»

—Tira, Kathleen —jadeó—, tira más fuerte.

Colum se dirigió a Trim y consiguió que el carruaje estuviese a su disposición un día antes de lo previsto. Después hizo varias visitas en las que difundió la noticia de la terrible preocupación de Scarlett. Cuando hubo terminado, era tarde y estaba cansado. Pero ahora nadie se extrañaría de que la O'Hara americana se hubiese marchado como un ladrón, de noche y sin despedirse.

Scarlett salió con bien de sus despedidas de la familia. La impresión del día anterior la había acorazado en una especie de concha de insensibilidad. Sólo flaqueó una vez, cuando se despidió de su abuela. Mejor dicho, cuando la vieja Katie Scarlett se despidió de ella.

—Que Dios te acompañe —dijo la anciana— y que los santos guíen tus pasos. Me alegro de que hayas estado aquí por mi cumpleaños, niña de Gerald. Lo único que lamento es que no estarás en mi velatorio... ¿Por qué lloras, muchacha? ¿No sabes que, para los vivos, no hay fiesta más grande que un velatorio? Es una lástima que te lo pierdas.

Scarlett guardó silencio en el carruaje que los llevaba a Mullingar y en el tren de Galway. Bridie estaba demasiado nerviosa para hablar, pero su entusiasmo se manifestaba en sus mejillas coloradas y en sus grandes ojos fascinados. Nunca se había alejado más de quince kilómetros de su casa en sus quince años de vida.

Cuando llegaron al hotel, Bridie se quedó boquiabierta ante su grandeza.

—Os llevaré a vuestra habitación —dijo Colum— y volveré a tiempo para acompañaros al comedor. Ahora voy a bajar al puerto para arreglar lo de la carga de los baúles. También quiero ver los camarotes que nos han destinado. Si no son los mejores llegaré a tiempo de cambiarlos.

—Iré contigo —declaró Scarlett.

Era lo primero que decía.

—No hace falta, querida Scarlett.

—Lo hago por mí. Quiero ver el barco o no estaré segura de que está realmente ahí.

Colum le siguió la corriente. Y Bridie preguntó si podía ir también. El hotel era demasiado grande para ella. No quería quedarse sola allí.

La brisa del atardecer estaba cargada de sal. Scarlett respiró profundamente, recordando que el aire de Charleston era siempre salado. No se daba cuenta de las lágrimas que rodaban lentamente por sus mejillas. Si pudiesen hacerse inmediatamente a la mar... ¿Accedería el capitán? Tocó la bolsa de oro entre sus senos.

—Estoy buscando el *Evening Star* —dijo Colum a un estibador.

—Está allá abajo —dijo el hombre, señalando con el pulgar—. Hace menos de una hora que ha atracado.

Colum disimuló su sorpresa. El barco hubiese debido llegar treinta horas antes. No hacía falta que Scarlett supiese que el retraso podía crear dificultades.

Los equipos de descargadores iban y venían metódicamente del *Evening Star*, un buque que transportaba carga además de pasajeros.

—Éste no es ahora lugar adecuado para una mujer, querida Scarlett. Volvamos al hotel y yo vendré más tarde.

Scarlett apretó los dientes.

—No. Quiero hablar con el capitán.

—Estará demasiado ocupado para recibir a nadie, ni siquiera a una persona tan adorable como tú.

Ella no estaba de humor para cumplidos.

—Tú le conoces, ¿verdad, Colum? Conoces a todo el mundo. Haz que pueda verle ahora.

—No le conozco; nunca le he visto, Scarlett. ¿Por qué había de conocerle? Esto es Galway, no el condado de Meath.

Un hombre uniformado bajó por la pasarela del *Star*. Las dos grandes sacas de lona que acarreaba sobre los hombros parecían no pesarle en absoluto; su andar era rápido y ligero, extraño en un hombre de su corpulencia.

—¿No es el padre Colum O'Hara en persona? —gritó al acercarse a ellos—. ¿Cómo estás tan lejos de la taberna de Matt O'Toole, Colum? —Dejó una de las sacas en el suelo y se quitó la gorra para saludar a Scarlett y Bridie—. ¿No he dicho siempre que los O'Hara tienen una suerte endiablada con las damas? —exclamó, riendo su propia broma—. ¿Les has dicho que eres un cura, Colum?

Scarlett esbozó una sonrisa mecánica cuando Colum le presentó a Frank Mahoney, y no prestó atención a la cadena de primos que le relacionaba con la familia de Maureen. ¡Quería hablar con el capitán!

—Voy a llevar la correspondencia de Estados Unidos a la oficina de Correos para que la clasifiquen mañana —dijo Mahoney—. ¿Quieres echar un vistazo, Colum, o esperarás a estar de nuevo en casa para leer tus perfumadas cartas de amor?

Rió ruidosamente su propio ingenio.

—Eres muy amable, Frank. Echaré un vistazo, si me lo permites. —Colum desató la saca que tenía junto a sus pies y la acercó al farol de gas que iluminaba el muelle. Encontró fácilmente el sobre de Savannah—. Hoy la suerte me sonríe —dijo—. Sabía, por la última carta de mi hermano, que pronto recibiría otra, pero ya había perdido las esperanzas de que así fuese. Gracias, Frank. ¿Me permites que te invite a una cerveza?

Se metió una mano en el bolsillo.

—No hace falta. Lo he hecho por la satisfacción de quebrantar las normas inglesas. —Frank cargó de nuevo con la saca—. El maldito supervisor estará ya mirando su reloj de oro; no puedo retrasarme. Buenas tardes, señoras.

Había media docena de cartas más pequeñas en el sobre. Colum las miró, buscando la escritura característica de Stephen.

—Aquí hay una para ti, Scarlett —dijo.

Puso el sobre azul en la mano de Scarlett, encontró la carta de Stephen y la abrió. Había empezado a leerla cuando oyó un grito estridente y prolongado y sintió un peso que resbalaba contra él. Antes de que pudiese alargar los brazos, Scarlett quedó extendida a sus pies. El sobre azul y las finas hojas de papel se desprendieron de su mano inerte y la brisa las desparramó sobre los adoquines. Mientras Colum levantaba los hombros de Scarlett y le tomaba el pulso en el cuello, Bridie corrió detrás de los papeles.

El coche de alquiler saltaba y se tambaleaba mientras volvían al hotel a toda velocidad. La cabeza de Scarlett oscilaba de un modo grotesco a un lado y otro, aunque Colum trataba de sujetar con firmeza aquel cuerpo fláccido entre sus brazos. La alzó en vilo y cruzó rápidamente el vestíbulo del hotel.

—Llamad a un médico —gritó a los criados con librea— y dejadme pasar.

Una vez en la habitación de Scarlett, la tendió en la cama.

—Vamos, Bridie, ayúdame a quitarle la ropa —dijo—. Tenemos que hacer que respire con holgura.

Sacó un cuchillo de una funda de cuero que guardaba en el interior de su chaqueta. Bridie desabotonó hábilmente la espalda del vestido de Scarlett. Colum cortó los cordones del corsé.

—Ahora —dijo—, ayúdame a apoyar su cabeza sobre las almohadas y cúbrela con algo de abrigo. —Frotó con fuerza los brazos de Scarlett y le dio unas suaves palmadas en las mejillas—. ¿Tienes sales?

—No, Colum, ni creo que ella las tenga.

—El médico las tendrá. Espero que sólo sea un desmayo.

—Se desmayó, padre eso es todo —dijo el doctor cuando salió del dormitorio de Scarlett—, pero el desvanecimiento ha sido fuerte. Le he dejado un tónico a la chica para cuando recobre el conocimiento. ¡Esas señoras! Son capaces de interrumpir toda la circulación de la sangre por seguir la moda. Pero no es nada grave; se pondrá bien.

Colum le dio las gracias, le pagó y le acompañó hasta la puerta. Entonces se sentó pesadamente en un sillón junto a la mesa iluminada por una lámpara y hundió la cabeza entre las manos. Había ocurrido algo muy grave, y dudaba de que Scarlett O'Hara fuera a «ponerse bien». Las hojas arrugadas y manchadas de agua de la carta estaban esparcidas en la mesa junto a él. Entre ellas había un recorte de periódico. «Ayer por la tarde —decía—, en una ceremonia privada en el Hogar de Viudas y Huérfanos de la Confederación, la señorita Anne Hampton contrajo matrimonio con el señor Rhett Butler.»

56

La mente de Scarlett daba vueltas y más vueltas subiendo en espiral para salir de la oscuridad a la conciencia, pero un cierto instinto la obligaba a hundirse de nuevo resbalando hacia las sombras, lejos de la insoportable verdad que la estaba esperando. Esto se repetía una y otra vez y la lucha era tan fatigosa que yacía extenuada, pálida e inmóvil en la cama, como si estuviese muerta.

Soñó, y su sueño era agitado y apremiante. Se hallaba en Doce Robles, y la mansión volvía estar entera y tan hermosa como antes de ser incendiada por las tropas de Sherman. La graciosa escalera curva parecía mágicamente suspendida en el espacio, y sus pies subían ágilmente los peldaños. Ashley subía delante de ella, sin oír sus gritos que le conminaban a detenerse. «¡Ashley!», le llamaba, «¡espérame, Ashley!», y corría tras él.

¡Qué larga era aquella escalera! No recordaba que fuese tan alta; parecía alargarse todavía más mientras ella corría, y Ashley estaba muy lejos en lo alto. Tenía que alcanzarlo. No sabía por qué, pero sí que debía hacerlo, de modo que corrió más de prisa, siempre más de prisa, hasta que el corazón palpitó con fuerza en su pecho. «¡Ashley!», gritó, «¡Ashley!». Se detuvo y encontró una fuerza que ignoraba poseer; trepó, corriendo todavía más de prisa.

Sintió alivio en el cuerpo y en el alma al tocar con la mano la manga de Ashley. Entonces, él se volvió y ella gritó sin emitir ningún sonido: Ashley no tenía cara, solamente una forma borrosa, pálida y sin facciones.

Después estaba cayendo, dando tumbos en el espacio, fijos los ojos aterrorizados en la figura de allá arriba, pugnando su garganta por gritar. Pero el único sonido era una risa, que subía desde abajo como una nube para envolverla y burlarse de su mudez.

«Voy a morir —pensó—. Un terible dolor me aplastará, y moriré.»

Pero de pronto, unos brazos vigorosos la rodearon y frenaron suavemente la caída. Los conocía, y conocía el hombro en el que reclinaba la cabeza. Era Rhett. Rhett la había salvado. Estaba segura en su abrazo. Volvió la cabeza y la levantó para mirarle a los ojos. El terror paralizó todo su cuerpo. La cara de él era amorfa, como de niebla o de humo, igual que la de Ashley. Entonces la risa empezó de nuevo, desde el vacío que hubiese debido ser el rostro de Rhett.

Scarlett recobró de golpe el conocimiento, huyendo de aquel horror, y abrió los ojos. La rodeaban la oscuridad y lo desconocido. La lámpara se había apagado y Bridie estaba durmiendo en un sillón, invisible en un rincón del vasto dormitorio. Scarlett estiró los brazos sobre la cama grande y extraña. Sus dedos tocaron tela suave, nada más. Los lados del colchón estaban demasiado lejos para alcanzarlos. Parecía estar aislada en una rara extensión hecha de suavidad sin contornos definidos. Tal vez se extendía hacia el infinito en la silenciosa oscuridad... Se contrajo de miedo su garganta. Estaba sola y perdida en la sombra.

¡Basta! Su mente se esforzó en alejar el pánico, le exigió que se sobrepusiera. Scarlett encogió cuidadosamente las piernas y se volvió, quedando acurrucada de rodillas. Sus movimientos eran lentos, a fin de no hacer ruido. Podía haber cualquier cosa en la oscuridad, algo que estuviera escuchando. Se arrastró con angustiada precaución hasta que sus manos tocaron el borde de la cama y, después, la dura solidez de la armazón de madera.

«Qué mema eres, Scarlett O'Hara —se dijo cuando lágrimas de alivio empezaron a rodar por sus mejillas—. Claro que la cama es extraña, y también lo es la habitación. Te desmayaste como una niña tonta, débil y frágil, y Colum y Bridie te trajeron al hotel. Basta de tonterías de gata asustada.»

Entonces, el recuerdo la atacó, como un golpe físico. Había perdido a Rhett... Él se había divorciado de ella... y se había casado con Anne Hampton. No podía creerlo, pero era verdad.

¿Por qué, por qué había hecho una cosa así? Ella estaba tan segura de que la amaba... No podía haberlo hecho; era imposible.

Pero lo había hecho.

«Nunca lo conocí. —Scarlett oyó estas palabras como si las dijese en voz alta—. Nunca lo conocí en absoluto. ¿Quién era el hombre a quien amé y cuyo hijo llevo en las entrañas?

»¿Qué va a ser de mí?»

Aquella noche, en la espantosa oscuridad de una habitación de hotel invisible, en una país a miles de kilómetros del suyo, Scarlett O'Hara realizó el acto más valeroso que jamás había tenido que hacer. Se enfrentó con el fracaso.

«Todo ha sido por mi culpa. Hubiese debido volver a Charleston en cuanto supe que estaba embarazada. Preferí divertirme, y estas semanas de diversión me han costado la única dicha que realmente me importaba. No pensé que Rhett podía creer que me había escapado; sólo pensaba en el día siguiente, en el próximo *reel.* Mejor dicho, no pensaba en absoluto. Nunca lo he hecho.»

Todos los impetuosos e irreflexivos errores de su vida se acumularon alrededor de Scarlett en el negro silencio de la noche, y ella se obligó a considerarlos. Charles Hamilton: se había casado con él para fastidiar a Ashley y no le había importado en absoluto. Frank Kennedy: se había portado terriblemente con él; le había mentido acerca de Suellen para casarse con él y obtener el dinero para salvar Tara. Rhett... Oh, había cometido incontables errores. Se había casado con él cuando no le amaba. Y no se había esforzado en hacerlo feliz; nunca le había preocupado que fuese feliz..., hasta que fue demasiado tarde.

«Oh, Dios mío, perdóname; nunca pensé en lo que les hacía, en lo que sentían ellos. Les hice daño y más daño a todos ellos, porque no me paré a pensar.

»Y también a Melanie, especialmente a Melly. Me atosiga el recuerdo de lo mala que fui con ella. Nunca sentí gratitud por la manera en que me quiso y me defendió. Ni siquiera le dije nunca que también la quería, porque no pensé en ello hasta el final, cuando ya no había nada que hacer.

»¿He prestado alguna vez atención en mi vida a lo que estaba haciendo? ¿He pensado, al menos una vez, en las consecuencias?»

La desesperación y la vergüenza atenazaban el corazón de Scarlett. ¿Cómo podía haber sido tan estúpida? Ella despreciaba a los estúpidos. Entonces cerró los puños, apretó las mandíbulas e irguió la espalda. No se revolcaría en el pasado, compadeciéndose de sí misma. No se lamentaría... ante nadie, ni siquiera ante sí misma.

Miró fijamente a la oscuridad, con los ojos secos. No lloraría ahora. Tendría el resto de la vida para llorar. Ahora debía pensar, y pensar cuidadosamente, antes de decidir lo que tenía que hacer.

Debía pensar en su hijo.

Por un instante lo aborreció, aborreció la gruesa cintura y el cuerpo torpe y pesado que tendría que soportar. Se suponía que esto le habría devuelto a Rhett, y no había sido así. Pero había cosas que podía hacer una mujer; había oído hablar de mujeres que se habían librado de hijos no deseados...

Rhett no se lo perdonaría nunca si lo hacía. ¿Y qué importaba esto? Rhett se había ido, para siempre.

Un sollozo reprimido brotó de los labios de Scarlett, a pesar de toda su fuerza de voluntad.

«Perdido. Le he perdido. Estoy derrotada. Rhett ha ganado.»

La invadió una cólera súbita, cauterizando su dolor y dando energía a su cuerpo y a su espíritu agotados.

«He perdido, pero me las pagarás, Rhett Butler —pensó con una amarga impresión de triunfo—. Te haré más daño del que tú me has hecho a mí.»

Apoyó suavemente las manos sobre su vientre. Oh, no, no iba a librarse del pequeño. Cuidaría de él mejor de lo que había sido cuidado ningún niño en toda la historia del mundo.

Su mente se llenó de imágenes de Rhett y Bonnie. «Él amó siempre a Bonnie más que a mí. Lo habría dado todo, habría dado su vida por resucitarla. Yo tendré una nueva Bonnie, solamente mía. Y cuando sea lo bastante mayor, cuando me quiera solamente a mí, más que a nada o a nadie en el mundo, dejaré que Rhett la vea, para que se dé cuenta de lo que habrá perdido...

»¿Qué estoy pensando? Debo de estar loca. Sólo hace un minuto que recordaba el mucho daño que le había hecho, y me odiaba por ello. Ahora le odio a él y pienso dañarle todavía más. No quiero ser así, no quiero imaginar estas cosas, no.

»Rhett se ha ido; lo he reconocido. No puedo entregarme al pesar o a la venganza; sería una pérdida de tiempo cuando lo que tengo que hacer es construir una nueva vida con los despojos de la antigua. Tengo que encontrar algo nuevo, algo importante, algo por lo que vivir. Y puedo hacerlo, si me empeño.»

Durante el resto de la noche, la mente de Scarlett repaso metódicamente las posibilidades. Encontró callejones sin salida, encontró y superó obstáculos, encontró sorprendentes rincones de la memoria, la imaginación y la madurez. Recordó su juventud y el condado y los días de antes de la guerra. Los recuerdos eran en cierto modo indoloros, lejanos, y comprendió que ya no era aquella Scarlett, que podía prescindir de ella, dejar descansar los viejos tiempos y a sus muertos.

Se concentró en el futuro, en las realidades, en las consecuencias. Sus sienes empezaron a latir, y luego toda la cabeza le dolió terriblemente, pero siguió pensando.

Sólo cuando empezaron a sonar los primeros ruidos en la calle, se ajustaron todas las piezas dentro de su mente y supo lo que iba a hacer. En cuanto se filtró un poco de luz entre las cortinas, llamó:

—¡Bridie!

La niña se levantó de un salto, pestañeando.

—¡Gracias a Dios que te has reanimado! —exclamó—. El médico dejó este tónico. Buscaré la cuchara; está sobre esta mesa, por ahí.

Scarlett abrió la boca para tomar el amargo medicamento.

—Bueno —dijo firmemente—, ya estoy bien. Abre las cortinas, pues ya debe ser de día. Tengo que desayunar; me duele la cabeza y he de recobrar las fuerzas.

Estaba lloviendo. Una verdadera lluvia, no los ligeros chaparrones de costumbre. Sintió una turbia satisfacción.

—Colum querrá saber que estás mejor; estaba muy preocupado. ¿Puedo llamarle?

—Ahora no. Dile que le veré más tarde, pues tengo que hablar con él. Pero todavía no. Vamos, díselo. Y pídele que te enseñe cómo has de pedir mi desayuno.

57

Scarlett se esforzó en tragar, poco a poco, el desayuno, aunque apenas se daba cuenta de lo que comía. Como había dicho a Bridie, tenía que recobrar fuerzas.

Después de desayunar, despidió a Bridie, dándole instrucciones de que volviese al cabo de dos horas. Entonces se sentó ante el escritorio colocado junto a la ventana y, concentrándose y frunciendo ligeramente el ceño, llenó rápidamente hoja tras hoja de un grueso papel de carta, cremoso y sin membrete.

Cuando hubo terminado, dobló y cerró dos cartas, y miró fijamente y durante largo rato el papel en blanco que tenía delante. Lo había proyectado todo en las negras horas de la noche; sabía lo que debía escribir, pero no podía decidirse a tomar la pluma y empezar. Toda ella se rebelaba contra lo que tenía que hacer.

«No puedo retrasarlo más; nada cambiará, por mucho que espere. No hay otro camino. Tengo que escribir al tío Henry, humillarme y pedirle que me ayude. Es el único en quien puedo confiar.» Apretó los dientes y tomó la pluma. Su escritura, generalmente clara, era temblorosa y desigual, fruto de una tensa resolución, cuando estampó en el papel las palabras por las que entregaba el control de sus negocios en Atlanta y de su precioso caudal en oro del banco de Atlanta en manos de Henry Hamilton.

Era como echar piedras sobre su propio tejado. Se sentía físicamente enferma, casi presa del vértigo. No temía que el viejo abogado la estafase, pero no era probable que vigilase cada penique como ella había hecho siempre.

Una cosa era que recogiese e ingresase en el banco el producto del almacén y del alquiler del bar, y otra muy distinta confiarle el control de las existencias y los precios del almacén, y dejarle fijar la cuantía del alquiler del bar.

El control. Estaba cediendo el control de su dinero, de su seguridad, de su éxito. Precisamente cuando más lo necesitaba. Comprar la parte de Carreen en Tara iba a abrir un profundo agujero en su oro acumulado, pero era demasiado tarde para desdecirse del trato con el obispo, y tampoco lo haría aunque pudiese. Su sueño de pasar los veranos en Tara con Rhett se había desvanecido, pero Tara seguía siendo Tara, y estaba resuelta a hacerla suya.

La construcción de las casas en las afueras de la población constituía también una merma en sus recursos, pero tenía que hacerlo. Ojalá no estuviese segura de que el tío Henry accedería a cuanto sugiriese Joe Colleton sin preguntarle el coste.

Peor aún, ella no se enteraría de cómo marchaban sus asuntos, para bien o para mal. Podía ocurrir cualquier cosa.

—¡No puedo hacerlo! —gimió en voz alta.

Pero siguió escribiendo. Tenía que hacerlo. Iba a tomarse unas largas vacaciones, escribió, a viajar un poco. No mantendría contacto ni podía dar una dirección para que le enviasen la correspondencia. Releyó las palabras. Las vio confusas y pestañeó para librarse de las lágrimas. Basta, se dijo. Era absolutamente esencial romper todos los lazos, o Rhett podría dar con ella. Y no debía saber nada de su hijo hasta que ella quisiese informarle.

Pero ¿cómo podría soportar no saber lo que hacía tío Henry con su dinero? ¿O ignorar si el «pánico» aumentaba, amenazando sus ahorros? ¿O si se incendiaba su casa, o peor aún, su almacén?

Tendría que soportarlo, sí. La pluma rascó apresuradamente el papel, detallando instrucciones y consejos que probablemente no serían atendidos por Henry Hamilton.

Cuando regresó Bridie, todas las cartas estaban sobre el papel secante, dobladas y cerradas. Scarlett permanecía sentada en un sillón, con el destrozado corsé sobre la falda.

—Oh, me olvidé de decírtelo —gimió Bridie—. Tuvimos que cortar los cordones para que pudieses respirar. ¿Qué quieres que haga? Debe haber alguna tienda cerca de aquí; podría ir y...

—Déjalo, no es importante —la interrumpió Scarlett—. Puedes hilvanarme la espalda de un vestido y me pondré una capa para ocultar las puntadas. Vamos, se está haciendo tarde y tengo mucho que hacer.

Bridie miró hacia la ventana. ¿Tarde? Sus ojos de campesina le decían que todavía no eran las nueve de la mañana. Fue dócilmente a abrir la bolsa de costura que Kathleen le había ayudado a preparar para su nuevo papel de doncella.

Treinta minutos más tarde, llamó Scarlett a la puerta de la habitación de Colum. Estaba ojerosa por falta de sueño, pero inmaculadamente acicalada y perfectamente serena. No sentía el menor cansancio. Había pasado lo peor; ahora tenía cosas que hacer. Esto le devolvía su fuerza.

Sonrió a su primo cuando él abrió la puerta.

—¿Protegerá tu fama el alzacuello de sacerdote, si entro en tu habitación? —le preguntó—. Tengo que hablar contigo en privado.

Colum se inclinó y acabó de abrir la puerta.

—Sé bienvenida —le dijo—. Me alegro de verte sonreír, querida Scarlett.

—Espero que pronto podré reír... ¿Se perdió la carta de Estados Unidos

—No. Yo la tengo. Guardada. Comprendo lo que pasó.

—¿De veras? —Scarlett sonrió de nuevo—. Entonces eres más inteligente que yo. Yo lo sé, pero probablemente no lo comprenderé jamás. Pero esto no hace al caso. —Dejó sobre una mesa las tres cartas que había escrito—. Te hablaré de éstas dentro de un momento. Primero tengo que decirte que no voy a ir contigo y con Bridie. Voy a quedarme en Irlanda. —Levantó una mano—. No, no digas nada. Lo he pensado bien. Ya no hay nada para mí en Estados Unidos.

—Oh, no, querida Scarlett; no te precipites. ¿Acaso no te dije que no hay nada que no pueda deshacerse? Tu marido se ha divorciado una vez; volverá a hacerlo cuando regreses y le hables del pequeño.

—Te equivocas, Colum. Rhett nunca se divorciará de Anne. Ella es de su clase, de su gente, de Charleston. Y además, es como Melanie. Esto no significa nada para ti, pues no conociste a Melly. Rhett la conocía. Supo lo extraordinaria que era mucho antes que yo. Respetaba a Melly. Fue la única mujer a quien respetó jamás, tal vez a excepción de su madre, y la admiraba como se merecía. La chica con la que se ha casado ahora vale diez veces más que yo, lo mismo que Melly, y Rhett lo sabe. También vale diez veces más que Rhett, pero le ama. Más vale que él lleve esta cruz.

Había una amargura salvaje en sus palabras.

«Huy, cuánto sufre», pensó él. Debía de haber una manera de ayudarla.

—Ahora tienes tu Tara, Scarlett, en la que tanto habías soñado. ¿No será esto un consuelo hasta que cicatrice tu corazón? Puedes construir el mundo que quieres para el hijo que llevas en tu seno, una gran plantación, obra de su abuelo y de su madre. Si es niño, puedes ponerle Gerald.

—No has pensado nada que no haya yo pensado antes. Gracias, pero no puedes encontrar una solución si yo no pude encontrarla; créeme Colum. Mira, si hay una herencia que considerar, yo tengo ya un hijo, un niño del que nada sabes. Pero lo principal es este pequeño. No puedo volver a Tara para tenerlo, ni puedo llevarlo allí cuando haya nacido. La gente no creería nunca que es legítimo. Siempre han pensado, tanto en el condado como en Atlanta, que yo no valgo gran cosa. Y salí de Charleston el día siguiente... de concebirlo. —La cara de Scarlett palideció dolorosamente—. Nadie creería que es de Rhett. Dormimos en habitaciones separadas durante años. Dirían que soy una ramera y que mi hijo es un bastardo, y se relamerían de satisfacción.

La amargura de sus palabras quedó marcada en su boca torcida.

—No, Scarlett, no. Tu marido sabe la verdad. Reconocerá al pequeño.

Los ojos de Scarlett echaron chispas.

—Oh, lo reconocería, sí, y me lo quitaría. No puedes imaginarte, Colum, lo que siente Rhett por los niños, por sus hijos. Es como si el amor le volviese loco. Necesitaría poseerlo, amarlo por encima de todo, que lo fuese todo para él. Se lo llevaría en cuanto aspirase el primer aliento. Y no creas que no podría hacerlo. Ha conseguido el divorcio que era imposible. Cambiaría la ley o haría que se dictase otra nueva. No hay nada que no pueda hacer.

Susurraba con voz ronca, como si tuviese miedo. Tenía el rostro descompuesto por el odio y por un terror furioso e irracional.

Pero entonces cambió de pronto, como si se hubiese caído un velo. Su semblante se tornó suave y tranquilo, salvo por los llameantes ojos. Apareció una sonrisa en sus labios, que hizo que Colum O'Hara sintiese un escalofrío en la espina dorsal.

—Es mi hijo —dijo Scarlett. Su voz grave y pausada era como el ronroneo de un gato gigantesco—. Sólo mío. Rhett nada sabrá de su existencia hasta que yo quiera, y entonces será demasiado tarde para que pueda hacer algo. Voy a rezar para que sea una niña. Una hermosa niña de ojos azules.

Colum se santiguó.

Scarlett rió con dureza.

—¡Pobre Colum! No te impresiones tanto; habrás oído hablar de la mujer despreciada. Y no temas, no volveré a asustarte.

Sonrió y él casi pudo creer que se había imaginado la expresión que tenía su rostro un momento antes. La sonrisa de Scarlett era franca y afectuosa.

—Sé que tratas de ayudarme y te lo agradezco, Colum; te lo agradezco de veras. Has sido muy bueno para mí, un buen amigo, probablemente el mejor amigo que he tenido nunca, a excepción de Melly. Eres como un hermano. Siempre deseé tener un hermano. Espero que seas siempre mi amigo.

Colum le aseguró que lo sería. Pensó que nunca había visto un alma más necesitada de ayuda.

—Quiero que lleves estas cartas a Estados Unidos, Colum, por favor. Ésta es para mi tía Pauline. Deseo que sepa que recibí la suya y que disfrute lo más posible al pensar «Ya te lo dije». Y ésta es para mi abogado de Atlanta, pues hay que arreglar algunos asuntos. Deberías echar las dos al correo en Boston; no quiero que nadie sepa dónde estoy en realidad. Esta otra deseo que la entregues en mano. Significará un viaje más largo para ti, pero es terriblemente importante. Es para el banco de Savannah. Tengo un montón de oro y mis joyas en su cámara acorazada, y cuento contigo para que me lo traigas. ¿Te dio Bridie la bolsa que llevaba yo colgada del cuello? Bien. Con esto podré empezar. Ahora necesito que me encuentres un abogado en quien pueda confiar..., si es que existe alguno. Voy a emplear el dinero de Rhett Butler. Voy a comprar Ballyhara, que es donde empezaron los O'Hara. Este hijo mío va a tener una herencia que Rhett no podría darle nunca; le mostraré un par de cosas sobre lo profundas que pueden ser las raíces.

—Te lo suplico, querida Scarlett, espera un poco. Podemos quedarnos un tiempo en Galway, y Bridie y yo te cuidaremos. Todavía no has superado la conmoción. Después de dos impresiones tan fuertes, no estás en condiciones de tomar unas decisiones tan importantes.

—Supongo que crees que me he vuelto loca. Tal vez sí. Pero éste es el camino que he de seguir, Colum, y voy a seguirlo. Con tu ayuda o sin ella. Tampoco hay motivo para que Bridie y tú os quedéis. Pienso volver mañana a casa de Daniel y pedirles que me acepten de nuevo hasta que Ballyhara sea mía. Si crees que necesito que alguien me cuide, puedes confiar en Kathleen y en ellos. Vamos, Colum, confiésalo. Te he pillado.

Él extendió las manos y lo confesó.

Más tarde, la acompañó al despacho de un abogado inglés que tenía fama de triunfar en todo lo que se proponía y empezó la búsqueda del dueño de Ballyhara.

El día siguiente, Colum fue al mercado en cuanto se instalaron las primeras mesas. Llevó al hotel lo que quería Scarlett.

—Aquí está todo, señora O'Hara —dijo—. Camisas y faldas y un chal y una capa y medias, todo ello negro, para la pobre viuda, y le he dicho a Bridie que esta noticia fue la causa de tu desmayo. Tu marido fue víctima de la enfermedad sin que tuvieses tiempo de acudir a su lado. Y aquí va también... un pequeño regalo mío. Pienso que, cuando la ropa de luto haga decaer tu ánimo, te sentirás mejor sabiendo que llevas esto.

Colum depositó un montón de abigarradas enaguas sobre la falda de Scarlett.

Ésta sonrió. Sus ojos se llenaron de lágrimas de emoción.

—¿Cómo sabías lo arrepentida que estaba de regalar todas mis prendas irlandesas a las primas de Adamstown? —Señaló el baúl y las maletas—. Todo eso ya no lo necesitaré. Llévatelo y dalo a Maureen para que lo reparta.

—Esto es prodigalidad e impetuosidad, Scarlett.

—¡Tonterías! Ya he prescindido de las botas y de los zapatos elegantes. Los trajes ya no me sirven: Nunca volveré a estrujarme con un corsé, nunca jamás. Soy Scarlett O'Hara, una mujer irlandesa con una falda holgada y unas enaguas rojas secretas. ¡Seré libre, Colum! Construiré un mundo para mí, según mis leyes, no las de los demás. Y no te preocupes por mí. Voy a aprender a ser feliz.

Colum desvió la mirada de la fría expresión resuelta del semblante de Scarlett.

58

El barco retrasó dos días la partida, por lo que Colum y Bridie pudieron acompañar a Scarlett a la estación del ferrocarril el domingo por la mañana. Antes, fueron todos a misa.

—Tienes que decirle unas palabras, Colum —murmuró Bridie a su oído cuando se encontraron en el vestíbulo, y miró hacia Scarlett.

Colum disimuló su sonrisa con una tosecilla. Scarlett se había vestido como una campesina viuda, llevando incluso un pañuelo en vez de capa.

—Hemos de seguirle la corriente, Bridie —dijo firmemente él—. Tiene derecho a llevar luto como mejor le parezca.

—Pero, Colum..., en este gran hotel inglés, todo el mundo la mirará y hará comentarios.

—¿Acaso no tienen derecho a hacerlo? Déjalos que miren y que digan lo que quieran. No nos daremos por enterados.

Asió con firmeza el brazo de Bridie y ofreció la otra mano a Scarlett. Ésta apoyó elegantemente la suya sobre ella, como si su primo la condujese a un salón de baile.

Cuando se hubo sentado Scarlett en su compartimiento de primera clase en el tren, Colum observó con regocijo, y Bridie con horror, cómo varios grupos de viajeros ingleses abrían sucesivamente la puerta y se alejaban con rapidez.

—Las autoridades no deberían permitir que esa gente tomase billetes de primera clase —dijo en voz alta una mujer a su marido.

Scarlett alargó una mano y sujetó la puerta antes de que los ingleses pudiesen cerrarla. Llamó a Colum, que estaba en la plataforma más próxima.

—¡Caray! Olvidé mi cesta de patatas cocidas, padre. ¿Quiere rezar una oración a la Virgen para que haya alguien que venda algo de comer en este tren?

Su acento era tan exagerado que Colum entendió a duras penas las palabras. Todavía se reía cuando un mozo de la estación cerró la puerta y el tren empezó a moverse. Le satisfizo ver que la pareja inglesa prescindía de su digna actitud en sus prisas por meterse en otro compartimiento.

Scarlett agitó la mano y sonrió hasta que Colum dejó de ver su ventanilla.

Entonces se retrepó en su asiento, relajó el semblante y permitió que una sola lágrima brotase de sus ojos. Estaba muy fatigada y temía el regreso a Adamstown. La casita de dos habitaciones de Daniel le había parecido pintoresca y agradablemente distinta de todo aquello a lo que estaba acostumbrada, mientras había estado allí en visita de vacaciones. Ahora era una casa modesta y exigua llena de gente, y constituía el único sitio al que podría llamar su hogar durante..., no sabía cuánto tiempo. Tal vez el abogado no encontrara al propietario de Ballyhara. Tal vez el propietario no quisiera vender. El precio podía ser incluso superior a todo el dinero que Rhett le había dado.

Su plan, cuidadosamente meditado, estaba lleno de agujeros, y no podía estar segura de nada.

«Ahora no quiero pensar en esto. Nada puedo hacer al respecto. Al menos, nadie me molestará aquí tratando de hablar conmigo.» Levantó los brazos que separaban los tres mullidos asientos, se estiró suspirando y se quedó dormida, con el billete en el suelo, donde pudiese verlo el revisor. Había hecho un plan e iba a seguirlo con la mayor fidelidad posible. Sería mucho más fácil si no estuviese medio muerta de fatiga.

Dio el primer paso sin tropiezo. Compró un poni y un cabriolé en Mullingar y partió hacia Adamstown. El vehículo no era tan elegante como el de Molly, sino que parecía bastante destartalado. Pero el poni era más joven, más alto y vigoroso. Y con esto había empezado.

La familia se asombró al verla regresar y le dio el pésame lo mejor que pudo. Una vez expresado éste, nunca volvieron a manifestar sus sentimientos; sólo le preguntaron qué podían hacer por ella.

—Podéis enseñarme —dijo Scarlett—. Quiero aprender cómo se maneja una finca irlandesa.

Acompañó a Daniel y a sus hijos en su trabajo rutinario. Incluso apretó los dientes y aprendió todo lo referente al ganado, hasta el modo de ordeñar la vaca. Y después de conocer todo lo que pudo de la finca de Daniel, se propuso conquistar a Molly, y luego a su antipático marido, Robert. Su finca era cinco veces mayor que la de Daniel. Después de Robert, le tocó el turno a su jefe, el señor Alderson, administrador de toda la hacienda del conde. Ni siquiera en los días en que cautivaba a todos los hombres del condado de Clayton había sido Scarlett tan encantadora, ni había trabajado tan de firme o tenido tanto éxito. No tenía tiempo de fijarse en la austeridad de la casa de campo. Lo único que importaba era el blando colchón al terminar el largo, larguísimo día de trabajo.

Al cabo de un mes, sabía casi tanto como Alderson acerca de Adamstown y había descubierto al menos seis maneras de mejorar la finca. Fue precisamente entonces cuando recibió la carta del abogado de Galway.

La viuda del difunto propietario de Ballyhara había vuelto a casarse sólo un año después de la muerte de aquél y había muerto a su vez hacía cinco años. Su heredero e hijo mayor, que tenía ahora veintisiete años, vivía en Inglaterra, donde como primogénito era heredero de los bienes de su padre, que vivía todavía. El joven había dicho que tomaría en consideración cualquier oferta que excediese de quince mil libras. Scarlett estudió la copia del mapa topográfico de Ballyhara que el remitente había adjuntado a la carta. La hacienda era mucho más extensa de lo que se imaginaba.

«Bueno, está a ambos lados de la carretera de Trim —se dijo—. Y hay otro río. Linda con el Boyne por este lado y —miró las letras menudas— con el Knightsbrook por el otro. Qué nombre tan elegante. Knightsbrook. Dos ríos. La finca tiene que ser mía. Pero... ¡quince mil libras!»

Sabía ya por Alderson que diez libras era lo que se pagaba por tierras labrantías de primera calidad, y este precio era alto. Ocho libras estaba mejor, aunque un negociante astuto podía rebajarlo a siete y media. Ballyhara tenía también una extensión considerable de terreno pantanoso rico en turba. La turba era útil como combustible y había la suficiente como para durar unos cuantos siglos. Pero nada podía cultivarse en un pantano y la tierra de los campos a su alrededor era demasiado ácida para el trigo. Además, los campos habían permanecido baldíos durante treinta años y había que limpiarlos de maleza y arrancar las malas hierbas. No debería pagar la hectárea de terreno a más de unas nueve libras, lo cual representaba cuatro mil novecientas sesenta libras, o cinco mil quinientas ochenta como máximo. Desde luego, estaba la casa, y era grande. Pero esto la tenía sin cuidado. Los edificios de la población eran más importantes. Cuarenta y seis en total, más dos iglesias. Cinco de las casas eran grandes, y dos docenas, eran simples casitas de campo.

Pero todas estaban desocupadas. Y probablemente seguirían estándolo si nadie cuidaba de la finca. Diez mil libras por todo sería un precio más que justo. El dueño podría considerarse afortunado si las conseguía. Diez mil libras... ¡eran cincuenta mil dólares! Scarlett se horrorizó. «Tengo que empezar a pensar en términos de libras y chelines, de otro modo actuaré con imprudencia. Diez mil no parece una cantidad muy grande, pero cincuenta mil dólares es harina de otro costal. Sé que es una fortuna. Escatimando y ahorrando y negociando con astucia en los aserraderos y en el almacén... y vendiendo los aserraderos... y alquilando el bar... y sin gastar nunca un penique que no fuese absolutamente necesario, año tras año y durante diez, sólo conseguí reunir un poco más de treinta mil dólares. Y ni siquiera tendría la mitad de éstos si Rhett no lo hubiese pagado todo durante casi siete años. El tío

Henry dice que soy una mujer rica con mis treinta mil, y supongo que tiene razón. Las casas que estoy construyendo no cuestan más de cien. ¿Quién diablos tiene cincuenta mil dólares para comprar un pueblo fantasma y una tierra baldía?

»Personas como Rhett Butler, sí. Y yo tengo quinientos mil dólares suyos. Para recuperar la tierra que fue robada a los míos.» Porque Ballyhara no era simplemente tierra; era tierra de los O'Hara. ¿Cómo podía pensar siquiera en lo que debía o no debía pagar? Scarlett hizo una oferta en firme de quince mil libras: lo toma o lo deja.

Después de confiar la carta al correo, se estremeció de pies a cabeza. ¿Y si Colum no volvía a tiempo con su oro? No había manera de saber cuánto tardaría el abogado en solucionar el asunto, ni cuándo volvería Colum. Scarlett apenas se despidió de Matt O'Toole después de darle la carta: tenía prisa.

Caminó lo más rápidamente que le permitía el terreno desigual, deseando que lloviese. Los altos y espesos setos retenían el calor de junio en el estrecho camino. Scarlett no llevaba un sombrero que le mantuviera fresca la cabeza y le protegiera el cutis de los rayos del sol. Casi nunca lo llevaba; los frecuentes chaparrones y las nubes que los precedían y los seguían hacían innecesarios los sombreros. En cuanto a las sombrillas, no eran más que objetos de adorno en Irlanda.

Cuando llegó al vado del Boyne, se arremangó las faldas y se plantó en el agua hasta que se le refrescó el cuerpo. Después se dirigió a la torre.

Durante el mes que llevaba ahora en la casa de Daniel, la torre se había hecho muy importante para ella. Siempre iba allí cuando estaba preocupada por algo, o disgustada o triste. Sus grandes piedras conservaban tanto el calor como el frío; podía apoyar las manos o la mejilla en ellas y encontrar solaz y consuelo en su antigua y perdurable solidez. A veces, le hablaba como a un padre. Más raramente, extendía los brazos sobre sus piedras y lloraba. Nunca oía ningún ruido, aparte de su propia voz y el gorjeo de los pájaros y el murmullo del río. Nunca percibía la presencia de los ojos que la estaban observando.

Colum volvió a Irlanda el 18 de junio. Envió un telegrama desde Galway. LLEGARÉ VEINTICINCO JUNIO CON LOS GÉNEROS DE SAVANNAH. El pueblo estaba alborotado. Nunca se había recibido un telegrama en Adamstown, y en cuanto al cartero, nunca había habido un jinete menos interesado en la cerveza negra de Matt O'Toole ni un caballo tan veloz para transportar a un jinete.

Cuando, dos horas más tarde, un segundo jinete entró al galope en el pueblo sobre una montura todavía más notable, la excitación de la gente no tuvo límites. Otro telegrama de Galway para Scarlett. OFERTA ACEPTADA STOP SIGUEN CARTA Y CONTRATO.

Después de una brevísima discusión, los lugareños convinieron en hacer la única cosa sensata: O'Toole y la herrería cerrarían, el médico cerraría su puerta, el padre Danaher sería el portavoz y todos subirían a la casa de Daniel O'Hara para descubrir lo que pasaba.

Allí se enteraron de que Scarlett había salido en su cabriolé, y eso fue todo, porque Kathleen no sabía más que ellos. Pero todos vieron y leyeron los telegramas. Scarlett los había dejado sobre la mesa, a la vista de todo el mundo.

Scarlett recorría los tortuosos caminos hacia Tara con corazón jubiloso. Ahora podía empezar de veras. Su plan estaba claro en su cabeza, y cada paso seguía lógicamente al anterior. Pero esta excursión a Tara no era uno de los pasos; se le había ocurrido al recibir el segundo telegrama, más como una obligación que como un impulso. Necesitaba absolutamente, en este espléndido día de sol, ver desde el monte Tara la dulce tierra verde que sería ahora su hogar elegido.

Había muchos más corderos pastando que la otra vez que visitó el lugar. Al mirar los gruesos lomos del ganado pensó en la lana. Nadie apacentaba corderos en Adamstown; tendría que enterarse de los problemas y de los beneficios de la cría de ganado lanar partiendo de otra fuente de información.

Scarlett se detuvo en seco. Había gente en los montículos que antaño fueran el gran salón de banquetes de Tara. Había esperado estar sola. Y además, los malditos entrometidos eran ingleses. El resentimiento contra los ingleses era parte de la vida de todo irlandés, y Scarlett lo había absorbido junto con el pan que comía y con la música a cuyo son bailaba. Esos excursionistas no tenían derecho a tender esteras y manteles donde habían comido antaño los Grandes Reyes de Irlanda, ni a hablar con sus estruendosas voces donde habían sonado las arpas.

Y en particular cuando aquél era el lugar donde había pretendido Scarlett O'Hara estar a solas para contemplar su tierra. Echando chispas por los ojos contempló a aquellos tipos elegantes con sombrero de paja y a aquellas señoras con sus sombrillas de seda floreada.

«No dejaré que me estropeen el día; iré adonde no pueda verlos.» Se dirigió al montículo doblemente cercado que había sido la mansión amurallada del rey Cormac, constructor del salón de banquetes. Allí estaba Lia Fail, la piedra del destino. Scarlett se apoyó en ella. Colum se había impresionado al verla hacer eso el día en que él le había mostrado Tara. La Lia Fail era la prueba para la coronación de los antiguos reyes, le había dicho. Si la piedra emitía un grito, el hombre puesto a prueba era aceptable como Gran Rey de Irlanda.

Aquel día Scarlett estaba tan extrañamente entusiasmada que nada la habría sorprendido, ni siquiera que la columna de granito gastada por la intemperie la hubiese llamado por su nombre, cosa que, desde luego, no había hecho. Era casi tan alta como ella; su cima era un buen sitio para descansar en él la nuca. Miró con ojos soñadores las nubes que surcaban el cielo azul allá en lo alto y sintió que el viento le levantaba mechones sueltos de cabellos en la frente y en las sienes. Las voces inglesas eran ahora como una apagada música de fondo para el delicado tintineo de los cencerros que algunos corderos llevababan colgados del cuello. ¡Todo estaba tan tranquilo! «Tal vez por esto necesitaba venir a Tara —pensó—. He estado tan ocupada que me he olvidado de ser feliz, y ésta era la parte más importante de mi plan. ¿Puedo ser feliz en Irlanda? ¿Puedo hacer que sea mi verdadero hogar?

»Hay felicidad en la vida libre que vivo aquí. Y habrá mucha más cuando haya llevado a término mi plan. He realizado la parte más ardua, la parte que dependía de otras personas. Ahora, todo está en mis manos. ¡Y hay tanto que hacer!» Sonrió a la brisa.

El sol se escondía y salía de detrás de las nubes, y las altas y verdes hierbas exhalaban un olor a vida. La espalda de Scarlett resbaló sobre la piedra, y ella quedó sentada en el suelo. Tal vez encontraría un trébol de flor amarilla; Colum había dicho que aquí los había en mayor cantidad que en cualquier otro lugar de Irlanda. Ella lo había buscado en muchos terrenos herbosos, pero nunca había visto aún el inconfundible trébol irlandés. Cediendo a un impulso, se bajó las medias negras y se las quitó. ¡Qué blancos eran sus pies! ¡Uf! Se arremangó las faldas encima de las rodillas para que el sol le calentase los pies y las piernas. Las enaguas rojas y amarillas, debajo de la falda negra, la hicieron sonreír de nuevo. Colum había tenido razón en esto.

Scarlett movió los dedos de los pies bajo la brisa.

¿Qué era eso? Irguió la cabeza.

Y la pequeña cosa viva se movió de nuevo dentro de su cuerpo.

—Oh —murmuró, y de nuevo—: ¡Oh!

Apoyó suavemente las manos sobre el ligero abultamiento debajo de sus faldas. Lo único que pudo tocar fue la tela de lana doblada. No la sorprendió no poder palpar el movimiento; sabía que pasarían muchas semanas antes de que sus manos pudiesen sentir el pataleo.

Se levantó de cara al viento y adelantó el vientre protegiéndolo con las manos. Campos verdes y dorados y árboles frondosos se extendían hasta donde alcanzaba su mirada.

—Todo esto es tuyo, pequeño irlandés —dijo—; tu madre te lo dará. ¡Ella sola!

Sentía la fresca hierba bajo sus pies y la cálida tierra debajo de la hierba. Se arrodilló y arrancó unas matas. Su rostro tenía una expresión extraña cuando cavó la tierra con las uñas, se frotó el vientre con los húmedos y fragantes terrones y dijo:

—La verde y alta Tara será tuya.

En la casa de Daniel estaban hablando de Scarlett. Esto no era nada nuevo; Scarlett había sido el tema principal de conversación de los lugareños desde que llegó de Estados Unidos. Kathleen no lo tomaba a mal, ¿por qué habría de molestarle? También a ella le fascinaba y desconcertaba Scarlett. En cambio, comprendía fácilmente su decisión de quedarse en Irlanda.

—¿Acaso no estaba yo afligida, añorando la niebla y la tierra blanda y todo lo de aquí en aquella ciudad caliente y sofocante? Cuando Scarlett ha visto lo que es mejor, no ha querido renunciar a ello; esto es todo.

—¿Es verdad, Kathleen, que su marido le pegaba y que ella huyó para salvar a su pequeño?

—En absoluto, Clare O'Gorman. ¿Quién difundiría una mentira tan horrible? —Peggy Monarghan estaba indignada—. Es bien sabido que la enfermedad que le ha llevado a la tumba ya le aquejaba. Hizo que ella se marchase para no contagiar al bebé que ella lleva en su seno.

—Es terrible ser viuda y estar sola, con un hijo en camino —suspiró Kate O'Toole.

—No tan terrible como podría ser —dijo Kathleen la sabelotodo—; no si eres más rica que la reina de Inglaterra.

Las comadres se acomodaron mejor en sus asientos alrededor del fuego. Ahora iban al grano. De todas las intrigantes especulaciones sobre Scarlett, el tema más interesante era su dinero.

¿Y no era una gran cosa ver una fortuna en manos irlandesas en vez de inglesas, por una vez en la vida? Ninguna de ellas sabía que el chismorreo no hacía más que empezar.

Scarlett sacudió las riendas sobre el lomo del poni.

—Adelante —dijo—; el pequeño tiene prisa por llegar a casa.

Por fin estaba en camino de Ballyhara. Hasta que la compra fue segura, no se había atrevido a ir más allá de la torre. Ahora podía mirarlo todo de cerca, ver lo que tenía.

—Las casas de mi pueblo..., mis iglesias y mis tabernas y mi oficina de Correos..., mi pantano y mis campos y mis dos ríos... ¡Hay que hacer maravillas aquí!

Estaba resuelta a que su hijo naciese en el sitio que sería su hogar. La Casa Grande de Ballyhara. Pero también había que hacer todo lo demás. Los campos eran lo más importante. Y tener una herrería en el pueblo, para arreglar bisagras y forjar rejas de arado. Y reparar goteras, poner cristales a las ventanas, colocar de nuevo las puertas sobre sus goznes. Ahora que la propiedad era suya había que atajar inmediatamente el deterioro. Y tenía que pensar en el pequeño, desde luego. Prestó toda su atención a la vida que llevaba en su seno, pero no sintió ningún movimiento.

—Chico listo —dijo en voz alta—, duerme mientras puedas. De ahora en adelante, estaremos siempre muy ocupados.

Sólo faltaban veinte semanas para el nacimiento. No era difícil calcular la fecha. Nueve meses desde el 14 de febrero, el día de san Valentín. Scarlett torció la boca. ¡Qué ironía...! Pero no quería pensar en esto ahora..., ni nunca. Tenía que fijar su mente en el 14 de noviembre y en el trabajo que debía llevar a cabo antes de entonces. Sonrió y empezó a cantar.

Cuando vi a la dulce Peg fue un día de mercado.
Conducía su carreta, sentada en cojín de heno.
Mas cuando el heno era tierno y con flores de primavera
ninguna flor era más bella que la joven a quien canto,
sentada en su carreta.
En la barrera el portazguero
no le pidió paga alguna,
sólo se rascó la coronilla
y se quedó mirando la carreta...

¡Qué magnífico era ser feliz! Esta excitada anticipación y esta animación inesperada equivalían ciertamente a la felicidad. En Galway había dicho que iba a ser feliz, y lo era.

—Seguro —añadió en voz alta, y se rió de sí misma.

59

Colum se sorprendió al ver a Scarlett esperándole en la estación de Mullingar. Y Scarlett se sorprendió al verlo apearse del furgón de equipajes y no del vagón de pasajeros. Y al ver que un compañero se apeaba detrás de él.

—Te presento a Liam Ryan, querida Scarlett, el hermano de Jim Ryan.

Liam era un mocetón tan corpulento como los O'Hara (a excepción de Colum) y vestía el uniforme verde de la Policía Real Irlandesa. «¿Cómo diablos podía Colum confraternizar con uno de ellos?», pensó Scarlett. La policía paramilitar era todavía más aborrecida que la milicia inglesa, porque investigaba, detenía y castigaba a sus paisanos por orden de los ingleses.

Scarlett quiso saber si Colum traía el oro. Lo traía, y también a Liam Ryan con su rifle, para custodiarlo.

—En mi vida he transportado muchos paquetes —dijo Colum—, pero nunca estuve tan nervioso como ahora.

—Unos empleados del banco han venido conmigo para hacerse cargo de él —dijo Scarlett—. He elegido Mullingar porque ofrece mayor seguridad, pues tiene la guarnición militar más importante.

Había aprendido a aborrecer a los soldados, pero tratándose de la seguridad de su oro, se alegraba de emplearlos. Se valdría del banco de Trim a su conveniencia, para pequeñas sumas.

En cuanto tuvo el oro guardado en la cámara de seguridad del banco y hubo firmado los documentos para la compra de Ballyhara, Scarlett asió el brazo de Colum y tiró de él hacia la calle.

—Tengo un cabriolé y podemos ponernos en marcha inmediatamente. He de encontrar en seguida un herrero y poner en funcionamiento la herrería. O'Gorman no sirve; es demasiado perezoso. ¿Me ayudarás a encontrar uno? Le pagaré bien por trasladarse a Ballyhara y se ganará bien la vida cuando esté allí, pues tendrá todo el trabajo que pueda desear. He comprado guadañas, hachas y palas, pero hay que afilarlas. ¡Ah! También necesito braceros para limpiar los campos, carpinteros para reparar las casas, y cristaleros y techadores y pintores, ¡todo lo imaginable!

Tenía las mejillas coloradas y los ojos brillantes de entusiasmo. Estaba increíblemente bella con su traje negro de campesina.

Colum se desprendió de su mano y le agarró con firmeza el brazo.

—Todo se hará, querida Scarlett, y casi tan rápidamente como deseas. Pero no con el estómago vacío. Ahora iremos a casa de Jim Ryan. Tiene pocas ocasiones de ver a su hermano de Galway, y es difícil encontrar una cocinera tan magnífica como la señora Ryan.

Scarlett hizo un ademán de impaciencia. Después se esforzó en calmarse. La autoridad de Colum era tranquila pero imponente. Además, recordó que debía comer debidamente y beber mucha leche por el bien del pequeño. Ahora cada día sentía muchas veces sus sutiles movimientos.

Pero después de comer, no pudo dominar su irritación cuando Colum le dijo que no iría con ella en seguida. Scarlett tenía muchas cosas que mostrarle, mucho que hablar y planificar, ¡y quería hacerlo ahora!

—Tengo trabajo en Mullingar —dijo él, con plácida e inconmovible firmeza—. Estaré en el pueblo dentro de tres días, te doy mi palabra. Incluso fijaré la hora. Nos encontraremos en casa de Daniel a las dos de la tarde.

—Nos encontraremos en Ballyhara —dijo Scarlett—. Me he trasladado ya allí. A la casa amarilla que está situada en la calle principal.

Le volvió la espalda, enojada, y se encaminó dando zancadas hacia su cabriolé.

Aquella noche, cuando Jim Ryan hubo cerrado la taberna, dejó abierto el pestillo, y varios hombres entraron uno a uno, sin hacer ruido, para reunirse en una habitación del piso alto. Colum expuso detalladamente lo que había que hacer.

—Es una oportunidad que Dios nos ofrece —dijo, con fervor—: una población entera para nosotros. Todos los fenianos concentrados, con todas sus habilidades, en un lugar que los ingleses no pensarán nunca en investigar. Todo el mundo cree ya que mi prima está loca por comprar a un precio tan alto una propiedad que habría podido tener gratis a cambio de librar a su dueño de pagar los impuestos. Además, es americana, de una raza que tiene fama de ser muy peculiar. Los ingleses se ríen demasiado de ella para recelar de lo que ocurra en su propiedad. Hace tiempo que necesitamos un centro de operaciones seguro. Aunque sin saberlo, Scarlett nos lo está ofreciendo.

Colum llegó a la calle cubierta de hierbajos de Ballyhara a las dos y cuarenta y tres minutos de la tarde. Scarlett estaba plantada delante de su casa, con los brazos en jarras.

—Llegas tarde —le reprendió.

—Sí, pero seguro que me perdonarás, querida Scarlett, cuando te diga que vienen detrás de mí el herrero y su carro cargado con la fragua, los fuelles y todo lo demás.

La casa de Scarlett era su vivo retrato: primero el trabajo y después la comodidad si llegaba a haberla. Colum lo observó todo con ojos engañosamente perezosos. Las ventanas rotas del salón estaban limpiamente tapadas con papel encerado pegado a los cristales. Herramientas agrícolas de nuevo y brillante acero estaban amontonadas en los rincones de la habitación. El suelo había sido barrido, pero no fregado. En la cocina había un catre estrecho dotado de un grueso colchón de paja cubierto con sábanas de hilo y una manta de lana. Ardía un pequeño fuego de turba en la gran chimenea de piedra. Los únicos utensilios de cocina eran una cafetera de hierro y una pequeña olla. Arriba, en la repisa de la chimenea, había latas de té y de harina de avena, dos tazas, platitos, cucharas y una caja de cerillas. La única silla de la habitación estaba colocada junto a una mesa grande debajo de la ventana. Sobre la mesa había un libro grande de contabilidad, abierto, con anotaciones de puño y letra de Scarlett.

Dos grandes lámparas de aceite, una botella de tinta, una caja de plumillas y trapitos para limpiarlas, y un montón de papel, estaban en la parte de atrás de la mesa. Un fajo más grueso de papel se hallaba en la parte delantera. Las hojas estaban cubiertas de notas y cálculos, y sujetas con una gran piedra bien limpia. El mapa topográfico de Ballyhara había sido clavado en la pared más próxima. También colgaba en la pared un espejo, encima de un estante donde se encontraban el peine y los cepillos engarzados en plata, y las cajitas con tapa de plata para guardar las horquillas, los polvos, el colorete y la crema de glicerina, y un frasco con agua de rosas. Colum reprimió una sonrisa al ver todo aquello, pero se encolerizó cuando vio la pistola junto a esos objetos de tocador.

—Podrían encarcelarte por tener esa arma —dijo levantando demasiado la voz.

—Tonterías —dijo ella—. Me la dio el capitán de la milicia. Una mujer que vive sola y de quien se sabe que tiene mucho oro debe protegerse, me dijo. Si le hubiese dejado, habría puesto uno de sus soldaditos de juguete ante mi puerta.

La risa de Colum hizo que arquease las cejas. No creía que fuese tan gracioso lo que había dicho.

En los estantes de la despensa había mantequilla, leche, azúcar, un escurreplatos con dos platos, un cuenco con huevos, un jamón colgado del techo y una hogaza de pan duro.

Había cubos de agua en un rincón, así como una lata de aceite de lámpara y un lavabo con la jofaina, la jarra, el platito que contenía el jabón, y un toallero con una toalla. La ropa de Scarlett pendía de clavos en la pared.

—Veo que no usas el piso de arriba —comentó Colum.

—¿Por qué habría de hacerlo? Aquí tengo todo lo que necesito.

—Has hecho maravillas, Colum; estoy realmente impresionada.

Scarlett estaba en mitad de la ancha calle de Ballyhara, observando la actividad que reinaba a lo largo de ella. Sonaban martillazos en todas partes, se esparcía un olor a pintura fresca, ventanas nuevas centelleaban en una docena de edificios y, delante de ella, un hombre subido en una escalera estaba colocando un rótulo con letras doradas sobre la puerta de la casa que Colum había decidido arreglar en primer lugar.

—¿De veras hemos de terminar primero la taberna? —preguntó Scarlett.

Había estado preguntando lo mismo desde que Colum se lo había anunciado.

—Los hombres trabajarán con más ganas si hay un lugar donde tomar una jarra de cerveza una vez terminada su labor —dijo él por milésima vez.

—Así lo has dicho cada vez que has abierto la boca, pero yo sigo creyendo que eso puede empeorar las cosas. Mira, si yo no los vigilase continuamente, nada quedaría hecho a su debido tiempo. Harían como ésos. —Scarlett señaló con el pulgar los grupos de mirones a lo largo de la calle—. Deberían estar en el sitio del que han venido, haciendo su trabajo en lugar de contemplar cómo trabajan otros.

—Querida Scarlett, forma parte de nuestro carácter nacional el aprovechar primero las diversiones que nos ofrece la vida y preocuparnos después por los deberes. Es lo que da su encanto y su alegría a los irlandeses.

—Bueno, a mí no me parece encantador ni me alegra en absoluto. Estamos prácticamente en agosto y todavía no ha sido escardado ningún campo. ¿Cómo podré sembrar en primavera, si los campos no quedan escardados y abonados en otoño?

—Todavía te quedan varios meses, querida Scarlett. Fíjate en lo que has hecho en sólo semanas.

Scarlett miró. Dejó de fruncir el ceño y sonrió.

—Es verdad —dijo.

Colum sonrió también. No dijo nada sobre cómo tuvo que apaciguar y presionar a los trabajadores para impedir que dejasen sus herramientos y se marchasen. No les gustaba estar bajo el mando de una mujer, sobre todo tan exigente como Scarlett. Si el poder oculto de la Hermandad Feniana no se hubiese empeñado en resucitar Ballyhara, a saber cuántos se habrían marchado a pesar de que Scarlett pagaba salarios superiores a los normales.

También él miró a lo largo de la bulliciosa calle. La vida sería buena para estos hombres, y también para otros, pensó, cuando Ballyhara hubiese sido restaurada. Había ya otros dos taberneros que querían establecerse en el pueblo, y un hombre que poseía una provechosa tienda de mercería en Bective también deseaba hacerlo. Las casas, incluso las más pequeñas, eran mejores que aquellas en que vivían la mayoría de los jornaleros a quienes había elegido. Estaban tan impacientes como Scarlett por que se reparasen los techos y las ventanas, para poder despedirse de los propietarios actuales y empezar a trabajar en los campos de Ballyhara.

Scarlett entró corriendo en su casa y salió de nuevo, enguantada y con un cubo para leche en la mano.

—Espero que harás que todo el mundo trabaje y no celebraréis la inauguración de la taberna mientras yo esté ausente —dijo—. Voy a ir a casa de Daniel en busca de pan y leche.

Colum le prometió cuidar de que no se interrumpiese el trabajo. Nada dijo sobre la locura de que cabalgase a lomos de un poni sin ensillar en el estado en que se hallaba. Scarlett le había echado ya una bronca por sugerir que era una imprudencia.

—Por el amor de Dios, Colum, apenas he pasado de los cinco meses. ¡Casi es como si no estuviese embarazada!

En realidad, estaba más preocupada de lo que nunca le daría a entender. Ninguno de sus anteriores hijos le había dado tantas molestias. Le dolía continuamente la parte inferior de la espalda y, en ocasiones, veía en su ropa interior o en las sábanas unas manchas de sangre que hacían que el corazón le diese un vuelco. Las lavaba con el jabón más fuerte que tenía, el destinado a los suelos y las paredes, como si pudiese eliminar la causa desconocida junto con las manchas. Después de su aborto, el doctor Meade le había advertido que la caída la había perjudicado gravemente, y ella había tardado mucho tiempo en recobrarse, pero se negaba a reconocer que el embarazo no se desarrollaba del todo bien. El feto no patalearía con tanta fuerza si no estuviese sano. Y ella no tenía tiempo de andarse con remilgos.

Los frecuentes viajes habían creado un sendero bien definido a través de los herbosos campos de Ballyhara hasta el vado. El poni lo seguía ahora casi por instinto, y Scarlett tenía tiempo de pensar. Debería comprar pronto un caballo, pues se estaba haciendo demasiado pesada para el poni. Eso también era notable, pues nunca había engordado tanto en sus embarazos anteriores. ¿Y si tuviese gemelos? Sería estupendo, ¿no? Le estaría bien empleado a Rhett. Ella tenía dos ríos en su finca, mientras que él tenía solamente uno en su plantación. Nada complacería más a Scarlett que tener dos bebés, para el caso de que Anne tuviese uno. Pero la idea de que Rhett le diese un pequeño a Anne era demasiado dolorosa para soportarla. Volvió los ojos y la mente hacia los campos de Ballyhara. Había que empezar a trabajar en ellos, dijese lo que dijese Colum.

Como siempre, se detuvo junto a la torre antes de cabalgar hasta el vado. ¡Qué buenos constructores fueron los antiguos O'Hara, y qué inteligentes! El viejo Daniel había hablado durante casi un minuto cuando ella se lamentó de que hubiese desaparecido la escalera. No había habido, dijo él, ninguna escalera exterior, sino solamente interior. Una escala daba acceso a la puerta, que se hallaba a cuatro metros del suelo. Si había peligro, la gente podía correr a la torre, retirar la escala después de haber subido y disparar flechas o arrojar piedras o verter aceite hirviendo sobre los atacantes desde las estrechas ventanas, fuera del alcance de los enemigos.

«Uno de estos días, traeré aquí una escalera de mano y echaré un vistazo al interior. Espero que no haya murciélagos. Odio los murciélagos. ¿Por qué no los echó san Patricio cuando limpió esta tiera de serpientes?»

Scarlett fue a ver a su abuela, la encontró durmiendo y asomó la cabeza a la puerta de la casa de Daniel.

—¡Scarlett! ¡Cuánto me alegro de verte! Entra y cuéntanos las últimas maravillas que has hecho en Ballyhara.

Kathleen asió la tetera.

—Esperaba que vinieses. Tenemos malta caliente.

Tres mujeres del pueblo estaban allí. Scarlett tomó un taburete y se reunió con ellas.

—¿Cómo está el pequeño? —preguntó Mary Helen.

—Perfecto —dijo Scarlett.

Observó la cocina familiar. Era acogedora y cómoda, pero Scarlett ardía en deseos de ofrecer a Kathleen su nueva cocina, la de la casa más grande del pueblo de Ballyhara.

Scarlett había ya elegido mentalmente las viviendas que iba a dar a la familia. Todos tendrían hogares grandes, espaciosos. La más pequeña era la de Colum, una de las situadas en la linde del pueblo con el resto de la finca; pero la había elegido él mismo, por lo que no iba ella a discutirlo. A fin de cuentas, por ser cura, nunca tendría una familia propia. Sin embargo, había casas mucho más grandes en el pueblo. Scarlett había escogido la mejor para Daniel, porque Kathleen estaba con él y probablemente ambos querrían que la abuela viviese con ellos; además tenía que haber sitio para la familia de Kathleen cuando ésta se casara, cosa que le sería fácil con la dote que le daría Scarlett y en la que incluiría la casa. Después, una casa para cada uno de los hijos de Daniel y de Patrick, incluso para el misterioso Sean, que vivía con la abuela. Y tierras labrantías, todas las que quisieran, para que también ellos pudiesen casarse. Pensaba que era terrible que los jóvenes y las muchachas no pudiesen casarse porque no tenían tierras ni dinero para comprarlas. Los terratenientes ingleses eran realmente despiadados, por la manera en que pisoteaban la tierra irlandesa. Los irlandeses eran quienes bregaban cultivando el trigo o la avena y engordando las reses y los corderos, pero después tenían que venderlo todo a los ingleses, a los precios que fijaban éstos, para que exportasen el grano y el ganado a Inglaterra a fin de que más ingleses ganasen más dinero. A ningún agricultor le quedaba mucho después de pagar la renta, y ésta podía elevarse a voluntad de los ingleses. Era peor que la aparcería; era como estar bajo los yanquis después de la guerra, cuando se llevaron todo lo que quisieron y aumentaron los impuestos sobre Tara hasta las nubes. No era extraño que los irlandeses odiasen tanto a los ingleses. Ella odiaría también a los yanquis hasta el día de su muerte.

Pero pronto se librarían los O'Hara de todo esto. ¡Cómo se sorprenderían cuando ella se lo dijese! Y no tardaría mucho en hacerlo: en cuanto las casas estuviesen terminadas y los campos a punto. No iba a hacerles regalos a medias; quería que todo fuese perfecto. Habían sido muy buenos con ella. Y eran su familia.

Los regalos eran un secreto bien guardado; ni siquiera se lo había dicho aún a Colum. Lo había reservado para sí desde aquella noche, en Galway, en que había concebido el plan. Y lo que acrecentaba su placer era que cada vez que miraba la calle de Ballyhara sabía cuáles de las casas serían de los O'Hara. Entonces tendría muchas viviendas que visitar, muchas chimeneas a las que acercar un taburete, muchos hogares con primos con los que jugaría e iría a la escuela su pequeño, y grandes celebraciones que organizar dentro de la Casa Grande.

Porque, naturalmente, allí estaría ella y el pequeño, en la espaciosa, enorme y fantásticamente elegante Casa Grande. Más grande que la de East Battery, más grande que la de Dunmore Landing, incluso tal como era antes de que los yanquis la incendiasen. Y con aquellas tierras que habían sido de los O'Hara antes de que nadie hubiese oído hablar de Dunmore Landing, de Charleston, de Carolina del Sur o de Rhett Butler. Cómo abriría éste los ojos y cómo se le rompería el corazón cuando viese a su hermosa hija (¡ojalá fuese una niña!) en su bello hogar, convertida en una O'Hara, sólo hija de su madre.

Scarlett acariciaba el sueño de la dulce venganza. Pero esto tardaría años, y las casas de los O'Hara eran una realidad inmediata. En cuanto ella las tuviera a punto.

60

Colum apareció en la puerta de Scarlett a finales de agosto, cuando el cielo estaba aún teñido de rosa por la aurora. Diez hombres corpulentos estaban plantados en silencio detrás de él, en la brumosa penumbra.

—Aquí están los hombres que limpiarán los campos —dijo—. ¿Estás satisfecha al fin?

Ella lanzó un grito de alegría.

—Voy a buscar mi chal para protegerme de la humedad —dijo—, y saldré en seguida. Llévalos al primer campo más allá de la entrada.

Todavía no había acabado de vestirse, tenía los cabellos revueltos e iba descalza. Trató de darse prisa, pero la excitación entorpecía sus movimientos. ¡Había esperado tanto! Y cada día le resultaba más difícil ponerse las botas. «¡Dios mío, qué gorda estoy! Quizá tendré trillizos.» ¡Al diablo con todo! Se recogió los cabellos de cualquier manera y los sujetó con horquillas; después agarró su chal y corrió descalza por la calle.

Los hombres estaban agrupados con aire taciturno alrededor de Colum, en el camino de entrada lleno de maleza cuya verja habían dejado abierta. «Nunca había visto cosa igual... Parecen árboles, más que hierbas... Yo diría que son ortigas... Para escardar media hectárea haría falta toda la vida...»

—¡Vaya unos ánimos! —dijo claramente Scarlett—. ¿Tenéis miedo de ensuciaros las manos?

Ellos la miraron con desdén. Todos habían oído hablar de la mujercita de modales autoritarios; nada había de femenino en ella.

—Estábamos discutiendo la mejor manera de empezar —dijo Colum para apaciguarla.

Pero Scarlett no estaba para apaciguamientos.

—No empezaréis si pasáis el rato discutiendo. Yo os mostraré cómo hay que empezar. —Apoyó la mano izquierda en la curva inferior de su hinchado vientre para sostenerlo, se inclinó hacia delante y, con la mano derecha, agarró un puñado de ortigas por la base. Gruñó y, de un tirón, las arrancó del suelo—. Bueno —dijo despectivamente—, ya hemos empezado.

Arrojó las plantas espinosas a los pies de los hombres. De su mano arañada brotaba sangre. Scarlett se escupió en la palma, y después de enjugársela en la negra falda de viuda se alejó, caminando pesadamente sobre los pálidos y al parecer frágiles pies.

Los hombres la siguieron con la mirada. Primero uno, después otro y después todos, se quitaron los sombreros.

No eran los únicos que habían aprendido a respetar a Scarlett O'Hara. Los pintores habían descubierto que era capaz de trepar hasta la punta de la escalera más alta, moviéndose como un cangrejo para acomodar su cuerpo, con objeto de señalar descuidos o brochazos desiguales. Los carpinteros que trataban de despilfarrar los clavos la encontraban martilleando cuando llegaban al trabajo. De un golpe «capaz de despertar a los muertos», cerraba las puertas recién instaladas para probar sus goznes, y se plantaba dentro de las chimeneas con un haz de juncos encendidos, para ver si había hollín y asegurarse de que tirasen bien. Los techadores dijeron, con temor, que «sólo el brazo vigoroso del padre O'Hara le había impedido deambular por el tejado para contar las pizarras». Era exigente con todos y más aún consigo misma.

Y cuando oscurecía demasiado para poder trabajar, todos los hombres que se habían quedado hasta tan tarde tenían tres cañas de cerveza gratis aguardándolos en la taberna. E incluso cuando habían terminado de beber, de fanfarronear y de quejarse, distinguían a Scarlett, a través de la ventana de su cocina, inclinada sobre sus papeles y escribiendo a la luz de la lámpara.

—¿Te has lavado las manos? —preguntó Colum, cuando entró en la cocina.

—Sí, y me las he untado con un poco de pomada. Fue una tontería. A veces me enfado y no sé lo que hago. Estoy preparando el desayuno, ¿quieres un poco?

Colum olfateó.

—¿Gachas de avena sin sal? Preferiría ortigas hervidas.

Scarlett hizo una mueca.

—Entonces, ve a buscarlas. Yo me abstengo de tomar sal durante una temporada; así no se me hinchan tanto los tobillos..., aunque esto no importará muy pronto. Ahora ya no puedo verme las botas para atarme los cordones y, dentro de un par de semanas, no podré alcanzarlas. Lo he pensado bien, Colum, y creo que tendré una camada, no un chiquillo.

—Yo también «lo he pensado bien», como tú dices. Necesitas una mujer que te ayude.

Esperó que Scarlett protestase, pues ésta se oponía automáticamente a cualquier sugerencia en el sentido de que no podía hacerlo todo. Pero asintió. Colum sonrió. Tenía precisamente la mujer adecuada, dijo; alguien que podría ayudarla en todo; incluso a llevar los libros, en caso necesario. Una mujer de edad, pero no demasiado vieja para no aceptar las órdenes de Scarlett ni tan débil de carácter para no plantarle cara si era preciso. Tenía experiencia en dirigir el trabajo, manejar a la gente y también el dinero. En realidad, era el ama de llaves de la Casa Grande de una hacienda próxima a Laracor, al otro lado de Trim. Entendía en partos, aunque no era comadrona. Había tenido seis hijos. Podía ponerse ahora mismo al servicio de Scarlett; estaba dispuesta a cuidar de ella y de esta vivienda hasta que la Casa Grande fuese reparada. Después contrataría la servidumbre necesaria y la dirigiría.

—Confesarás, querida Scarlett, que en Estados Unidos no tenéis nada como una Casa Grande irlandesa. Ésta requiere una persona con experiencia. También necesitarás un administrador que controle al mayordomo y a los criados, más un jefe de cuadra para mandar a los mozos, y una docena de jardineros con uno que los dirija...

—¡Basta! —Scarlett sacudió furiosamente la cabeza—. No estoy proyectando iniciar un reino aquí. Necesito una mujer que me ayude, sí, pero sólo usaré unas pocas habitaciones de ese caserón de piedra, para empezar. Por consiguiente, tendrás que preguntar a ese dechado de mujer si está dispuesta a renunciar a su alta y poderosa posición. Dudo que responda que sí.

—Se lo preguntaré.

Colum estaba seguro de que aceptaría, aunque tuviese que fregar los suelos. Rosaleen Mary Fitzpatrick era hermana de un feniano que había sido ejecutado por los ingleses, e hija y nieta de hombres que se habían hundido en los barcos ataúd de Ballyhara. Era el miembro más apasionado y abnegado de su círculo interior de insurrectos.

Scarlett sacó tres huevos pasados por agua de la olla y vertió después agua hirviendo en la tetera.

—Puedes comer un huevo o dos, si eres demasiado orgulloso para comer mis gachas —ofreció a Colum—. Sin sal, naturalmente.

Colum rehusó.

—Bueno, yo estoy hambrienta.

Puso gachas en un plato, rompió los huevos y los añadió a los cereales. Las yemas no estaban cocidas, y Colum desvió la mirada.

Scarlett comió con apetito, hablando rápidamente entre bocado y bocado. Le contó el plan que había pergeñado para toda la familia; su intención de hacer que todos los O'Hara viviesen en un lujo relativo en Ballyhara. Colum esperó a que acabase de comer y entonces dijo:

—Ellos no querrán. Han estado cultivando esa tierra desde hace casi doscientos años.

—Claro que querrán. Todo el mundo quiere siempre mejorar de posición, Colum. —Él sacudió la cabeza por toda respuesta—. Te demostraré que estás equivocado. ¡Se lo preguntaré ahora mismo! Pero no; éste no es mi plan. Primero quiero tenerlo todo preparado.

—Scarlett, esta misma mañana he traído a tus agricultores.

—¡Esos gandules!

—Tú no me dijiste lo que pensabas hacer. Yo contraté a esos hombres. Sus esposas e hijos llegarán de un momento a otro para instalarse en las casitas del final de la calle. Se han despedido de los patronos que tenían.

Scarlett se mordió el labio.

—Está bien —dijo al cabo de un momento—. En todo caso, voy a instalar a la familia en casas, no en chozas. Estos hombres pueden trabajar para los primos.

Colum abrió la boca, pero volvió a cerrarla. Era inútil discutir. Y estaba seguro de que Daniel no se trasladaría nunca.

Mediada la tarde, Colum llamó a Scarlett, que estaba en lo alto de una escalera observando un enyesado reciente.

—Quiero que veas lo que han hecho tus «gandules» —dijo.

Scarlett se alegró tanto que sus ojos se llenaron de lágrimas. Con la guadaña y la hoz, habían abierto un camino lo bastante ancho para que pudiese conducir el cabriolé por donde sólo había podido pasar a caballo. Ahora podría visitar de nuevo a Kathleen y traer leche para el té y las gachas. Durante la última semana y más, se había sentido demasiado pesada para montar a caballo.

—Saldré inmediatamente —dijo.

—Entonces, deja que te ate las botas.

—No; me aprietan los tobillos. Iré descalza, ahora que tengo un coche y un camino transitable. Pero puedes enganchar el poni.

Colum la vio alejarse con un sentimiento de alivio. Volvió a su casa de portero, a sus libros, su pipa y su vaso de buen whisky, con la impresión de gozar de una recompensa merecida. Scarlett O'Hara era la persona más agotadora de cualquier género, edad y nacionalidad que hubiese conocido.

«¿Y por qué —se preguntó— siempre añado mentalmente "pobre niñita" cuando pienso en algo que la atañe?»

Aquel día parecía realmente una pobre criatura cuando irrumpió de pronto en casa de Colum durante el tardío crepúsculo de verano. La familia había rehusado (amable pero repetidamente) primero su invitación y luego sus ruegos de que se trasladasen a Ballyhara.

Colum había llegado a creer que Scarlett era casi incapaz de llorar. No había llorado al recibir la notificación de divorcio, ni siquiera al sufrir el último golpe con las nuevas de que Rhett había vuelto a casarse.

Pero en esa cálida y lluviosa noche de agosto lloró y sollozó durante horas, hasta que se quedó dormida en el cómodo sofá, un lujo que no tenía en sus dos habitaciones espartanas. Él la cubrió con una colcha ligera y se fue a su dormitorio. Se alegraba de que Scarlett hubiese encontrado alivio a su dolor, pero temía que ella no viese su propio arrebato bajo la misma luz. Por consiguiente, la dejó sola; tal vez su prima preferiría no verle durante unos cuantos días. Las personas fuertes no gustan de tener testigos en sus momentos de debilidad.

Estaba equivocado. «Una vez más», pensó. ¿Llegaría alguna vez a conocer a esta mujer? Por la mañana, se encontró frente a Scarlett sentada a la mesa de la cocina, comiendo los únicos huevos que había en la casa.

—Tenías razón, Colum. Son mucho mejores con sal... Y puedes empezar a buscar unos buenos inquilinos para mis casas. Tendrán que ser personas acomodadas, porque todo lo de estas viviendas es de primera calidad, y espero sacar buenos alquileres.

Scarlett estaba profundamente dolida, aunque no volvió a demostrarlo ni a referirse a ello. Continuó yendo a casa de Daniel varias veces a la semana en el cabriolé, y trabajando tan duro como siempre en Ballyhara, aunque su preñez le resultaba cada vez más molesta. A finales de septiembre, quedó terminado el pueblo. Todas las casas estaban limpias, recién pintadas por dentro y por fuera, y con sólidas puertas y buenas chimeneas y tejados herméticos. La población iba creciendo rápidamente.

Había dos tabernas más, un taller de zapatero remendón que reparaba arneses además de botas, la mercería que se había trasladado desde Bective, un viejo sacerdote para la pequeña iglesia católica, dos maestros para la escuela que empezaría a funcionar en cuanto llegase la autorización de Dublín, un joven abogado que esperaba formarse una clientela, y su joven esposa, todavía más nerviosa, que observaba a la gente de la calle desde detrás de sus cortinas de blonda. Los niños de los agricultores jugaban en la calle, las esposas de éstos chismorreaban en las entradas de sus casas, el cartero de Trim venía todos los días a dejar la correspondencia al culto caballero que había inaugurado una tienda de libros y papel de escribir y tinta en la habitación aneja a la mercería. A Scarlett le habían prometido que a partir de primeros de año se abriría una oficina de Correos oficial, y un médico había alquilado la casa más grande con la intención de ocuparla en la primera semana de noviembre.

Esto último fue la mejor noticia para Scarlett. El único hospital del sector estaba en el asilo de Dunshauglin, a veintidós kilómetros de distancia. Ella no había visto ningún asilo, último refugio de los indigentes, y esperaba no verlo jamás. Creía firmemente en que había que trabajar en vez de pedir limosna, pero prefería no tener que reparar en los desdichados que acababan allí sus días. Y ciertamente, no era lugar adecuado para que un niño empezase allí su vida.

Ahora tendría su propio médico, lo cual estaba más de acuerdo con su estilo. También estaría el doctor a mano para los casos de garrotillo y viruela y otras enfermedades que suelen aquejar a los pequeños. Ahora ya sólo le restaba hacer correr la voz de que necesitaría una nodriza para mediados de noviembre.

Y preparar la casa.

—¿Dónde está esa perfecta señora Fitzpatrick, Colum? Creo que me dijiste, hace un mes, que había accedido a venir.

—Así es. Y se despidió dando un aviso de un mes, como correspondía a una persona responsable. Llegará el primero de octubre; es decir, el jueves próximo. Le he ofrecido alojamiento en mi casa.

—¿De veras? Creía que sería mi ama de llaves. ¿Por qué no puede vivir aquí?

—Porque tu casa, querida Scarlett, es el único edificio de Ballyhara que no ha sido reparado.

Scarlett miró sorprendida a su alrededor. Nunca había prestado atención al aspecto de lo que era su cocina y cuarto de trabajo; sólo era un lugar temporal que le convenía para observar los trabajos llevados a cabo en la población.

—Está fatal, ¿verdad? —dijo—. Será mejor que terminemos rápidamente la mansión para poder trasladarme a ella. —Sonrió, pero con dificultad—. La verdad es, Colum, que estoy casi agotada. Me alegraré de que el trabajo quede acabado para poder descansar un poco.

Lo que no dijo fue que el trabajo no había sido más que esto, trabajo, desde que los primos se negaron a trasladarse allí. Esto le había quitado a Scarlett la alegría de rehabilitar las tierras de los O'Hara, ya que los O'Hara no disfrutarían de ellas. Había tratado una y otra vez de imaginarse por qué habían rechazado su oferta. La única respuesta que tenía sentido era que no querían estar demasiado cerca de ella, que en realidad no la querían, a pesar de que eran amables y afectuosos. Ahora se sentía sola, incluso cuando estaba con ellos, incluso cuando estaba con Colum. Había creído que éste era su amigo, pero él le había dicho que sus parientes nunca vendrían. Los conocía, era uno de ellos.

Ahora a Scarlett le dolía continuamente la espalda. También le dolían las piernas, y tenía los pies y los tobillos tan hinchados que caminar era un tormento. Hubiese preferido no tener ese hijo. La ponía enferma y había sido él quien le había dado la idea de comprar Ballyhara. Y aún le faltaban seis, no, seis semanas y media.

«Si tuviese fuerzas, me pondría a chillar», pensó, desalentada. Pero logró sonreír débilmente a Colum.

«Parece como si quisiera decir algo y no supiese cómo hacerlo. Bueno, no puedo ayudarle. Tampoco yo sé qué decir.»

Sonó una llamada en la puerta de la calle.

—Iré yo —dijo Colum.

«Está bien; corre como un conejo.»

Él volvió a la cocina con un paquete en la mano y una sonrisa poco convincente en el semblante.

—Era la señora Flanagan, de la tienda. Ha recibido y traído el tabaco que pediste para la abuela. Yo se lo llevaré.

—No. —Scarlett se puso trabajosamente en pie—. Ella me lo encargó. Es lo único que me ha pedido en la vida. Engancha el poni y ayúdame a subir al cabriolé. Se lo llevaré yo.

—Iré contigo.

—Apenas si quepo yo en el asiento. ¿Cómo podríamos caber los dos? Trae el cabriolé y ayúdame a subir a él. Por favor.

«Sólo Dios sabe cómo podré apearme de él.»

El «tétrico Sean», como le llamaba Scarlett para sus adentros, estaba en casa con su abuela. Él la ayudó a bajar del coche y le ofreció el brazo para entrar en la casa.

—No hace falta —dijo alegremente ella—; puedo apañármelas.

Sean la ponía siempre nerviosa. Todos los fracasos la ponían nerviosa, y Sean era el O'Hara que había fracasado. Era el tercer hijo de Patrick. El mayor había muerto; Jamie trabajaba en Trim, en vez de cultivar el campo, y así, al morir Patrick en 1861, Sean había heredado el cultivo de la finca. Entonces «sólo» tenía treinta y dos años, y el «sólo» era una excusa que creía adecuada para todos sus contratiempos. Lo llevaba todo tan mal que era probable que perdiese el arrendamiento.

Daniel, por ser el mayor, reunió a los hijos de Patrick y a los suyos propios. Aunque tenía sesenta y siete años, confiaba más en sí mismo que en Sean o en su propio hijo Seamus, que también tenía «sólo» treinta y dos años. Daniel había trabajado junto a su hermano toda la vida, y ahora que Patrick se había ido, no se mordería la lengua ni observaría cómo se iba al garete el trabajo de toda su vida. Sería Sean quien tendría que irse.

Sean se fue. Pero no lejos. Ahora hacía doce años que vivía con su abuela, dejando que ésta cuidase de él. Sean se negaba a trabajar en la finca de Daniel. Sacaba de tino a Scarlett. Ahora se alejó de él lo más deprisa que le permitían sus hinchados pies.

—¡La hija de Gerald! —dijo su abuela—. Me alegro de verte, joven Katie Scarlett.

Scarlett lo creyó. Siempre creía a su abuela.

—He traído tu tabaco, abuela Katie Scarlett —dijo con sincera alegría.

—Me has hecho un gran favor. ¿Quieres fumar una pipa conmigo?

—No, gracias, abuela. Todavía no soy tan irlandesa.

—Oh, es una lástima. Bueno, yo no puedo serlo más. Entonces, llena una pipa para mí.

La casita estaba en silencio, salvo por el sonido de las suaves aspiraciones de la abuela a través de la boquilla de su pipa. Scarlett puso los pies sobre un taburete y cerró los ojos. Aquella tranquilidad era un bálsamo para ella.

Cuando oyó gritos en el exterior, se enfureció. ¿Acaso no podía tener media hora de sosiego? Salió lo más deprisa que pudo al patio, presta a hacer callar a quien estuviese metiendo tanto ruido.

Lo que vio la aterrorizó tanto que olvidó su cólera, el dolor de la espalda y el tormento de los pies; todo, salvo su miedo. Había soldados en el patio de Daniel, y policías, y un oficial montado a caballo blandiendo un sable desenvainado. Los soldados estaban montando un trípode con troncos de árboles. Scarlett se acercó tambaleándose a Kathleen, que estaba llorando en la puerta.

—Aquí hay otra de ellas —dijo uno de los soldados—. Miradla. Estas miserables irlandesas crían como conejas. ¿Por qué no aprenden a llevar zapatos en vez de tener hijos?

—No hacen falta los zapatos en la cama —dijo otro— o debajo de un arbusto.

El inglés se echó a reír. Los policías miraron al suelo.

—¡Usted! —gritó Scarlett—. El del caballo. ¿Qué están haciendo usted y esos hombres maleducados en esta finca?

—¿Me lo dices a mí, muchacha?

El oficial la miró de arriba abajo. Ella levantó la barbilla y fijó en él la mirada de sus fríos ojos verdes.

—No soy una muchacha, señor, y usted no es un caballero, aunque pretenda ser un oficial.

Él se quedó boquiabierto. «Ahora, su larga nariz apenas se ve —pensó Scarlett—. Supongo que será porque los peces no tienen nariz, y él parece un pez fuera del agua.» El ardor del combate la llenaba de energía.

—Pero usted no es irlandesa —dijo el oficial—. ¿Es usted la americana?

—No le importa quién soy yo. Pero a mí me importa lo que están haciendo aquí. Explíquese.

El oficial recordó quién era. Cerró la boca e irguió la espalda. Scarlett advirtió que los soldados se habían quedado también rígidos y miraban, primero a ella y después a su oficial. Los policías miraban también, pero de reojo.

—Estoy ejecutando una orden del Gobierno de Su Majestad para desahuciar a las personas que residen en esta finca, por falta de pago en la renta.

Agitó un papel enrollado.

Scarlett tenía el corazón en la garganta. Levantó todavía más el mentón. Pudo ver, más allá de los soldados, a Daniel y a sus hijos que venían corriendo de los campos, con horcas y garrotes, dispuestos a luchar.

—Tiene que ser un error —dijo Scarlett—. ¿Cuál es la cantidad que se supone que ha dejado de pagarse?

«Contesta pronto, por el amor de Dios, narizotas —pensó—. Si algún O'Hara golpease a un soldado, lo meterían en la cárcel o algo peor.»

Todo pareció acontecer con redoblada lentitud. El oficial tardó una eternidad en desenrollar el papel. Daniel, Seamus, Thomas, Patrick y Timothy avanzaban como si caminasen debajo del agua. Scarlett se desabrochó la blusa. Tenía los dedos torpes como si fuesen salchichas y los botones parecían de sebo.

—Treinta y una libras, ocho chelines y nueve peniques —dijo el oficial.

Scarlett pensó que tardaba una hora en pronunciar cada palabra. Entonces oyó gritos en el campo y vio a los corpulentos O'Hara que corrían agitando los puños y las armas. Agarró frenéticamente el cordón que llevaba alrededor del cuello y la bolsa del dinero que apareció al tirar del cordón.

Palpó las monedas y los billetes doblados, y rezó en silencio una oración de gracias. Llevaba el salario de todos los trabajadores de Ballyhara. Más de cincuenta libras. Ahora estaba fría como un helado.

Levantó el cordón del cuello, se lo pasó por encima de la cabeza e hizo sonar la bolsa en su mano.

—Aquí tiene lo que se debe y algo más por sus molestias, grosero —dijo. Su mano era firme, y su puntería, buena. La bolsa fue a dar en la boca del oficial. Chelines y peniques cayeron por delante de su guerrera y se esparcieron en el suelo—. Limpien esto —dijo—, ¡y llévese a esa chusma que ha traído consigo!

Volvió la espalda a los soldados.

—Por el amor de Dios, Kathleen —dijo en voz baja—, ve al campo y detén a los hombres antes de que se arme un verdadero follón.

Más tarde, Scarlett se enfrentó al viejo Daniel. Estaba lívida. ¿Qué habría pasado si no hubiese traído el tabaco? ¿Y si éste no hubiese llegado hoy?

Miró fijamente a su tío y estalló:

—¿Por qué no me dijiste que necesitabas dinero? Te lo habría dado de buen grado.

—Los O'Hara no pedimos limosna —dijo Daniel.

—¿Limosna? No es limosna cuando se trata de la propia familia, tío Daniel.

Daniel la miró con aquellos ojos enormemente viejos.

—Lo que no ganas con las propias manos es limosna —dijo—. Conocemos tu historia, joven Scarlett O'Hara. Cuando mi hermano Gerald perdió su juicio, ¿por qué no acudiste a sus hermanos de Savannah? Todos eran parientes tuyos.

A Scarlett le temblaron los labios.

Él tenía razón. No había pedido ni aceptado ayuda de nadie. Había tenido que llevar sola su carga. Su orgullo no le había permitido ceder, mostrarse débil.

—¿Y cuándo sufristeis la hambruna? —quiso saber—. Papá os habría enviado todo lo que tenía. Y también el tío James y el tío Andrew.

—Nos equivocamos. Pensamos que terminaría. Cuando comprendimos la realidad, era demasiado tarde.

Scarlett miró los delgados y erguidos hombros de su tío, la orgullosa inclinación de su cabeza. Y le comprendió. Ella habría hecho lo mismo. También comprendió por qué se había equivocado al ofrecerle Ballyhara como un sustituto de la tierra que él había cultivado durante toda su vida. Eso habría hecho que todo su trabajo, el de sus hijos, sus hermanos, su padre y el padre de su padre no significase nada.

—Robert os subió la renta, ¿no? Porque yo hice una irónica observación sobre sus guantes. Quiso hacérmelo pagar a través de ti.

—Robert es un hombre codicioso; lo cual no quiere decir que esto tenga nada que ver contigo.

—¿Permitirás que os ayude? Sería para mí un honor.

Scarlett vio aprobación en los ojos del viejo Daniel. Después, un destello de humor.

—Se trata del hijo de Patrick, Michael. Trabaja en las caballerizas de la Casa Grande. Tiene la ambición de criar caballos. Podría aprender en el Curragh, si pudiese pagarlo.

—Te doy las gracias —dijo seriamente Scarlett.

—¿Quiere alguien cenar, o tengo que echar la comida a los cerdos? —dijo Kathleen con fingida irritación.

—Tengo tanta hambre que me echaría a llorar —dijo Scarlett—. Ya debes saber que soy una cocinera horrible.

«Soy feliz —pensó—. Me duele todo el cuerpo, pero soy feliz. Si este pequeño no se siente orgulloso de ser un O'Hara, le retorceré el pescuezo.»

61

—Necesita una cocinera —dijo la señora Fitzpatrick—. Yo no cocino muy bien.

—Yo tampoco —dijo Scarlett, y la señora Fitzpatrick la miró—. Tampoco soy buena cocinera —se apresuró a decir.

Le parecía que no iba a gustarle esta mujer, por mucho que la encomiase Colum. «Cuando le he preguntado cómo se llamaba —pensó—, ha contestado "señora Fitzpatrick". Sabía que me refería a su nombre de pila. Yo nunca llamé señora o señor o señorita a nadie que estuviese a mi servicio. Bien es verdad que nunca he tenido una sirviente blanca. Porque Kathleen o Bridie no cuentan como doncellas. Me alegro de que la señora Fitzpatrick no sea pariente mía.»

La señora Fitzpatrick era una mujer alta; al menos le pasaba la mitad de la cabeza a Scarlett. No estaba delgada, pero tampoco había en ella una pizca de grasa; parecía maciza como un árbol. Imposible decir la edad que tenía. Su piel era inmaculada, como la de la mayoría de las irlandesas, debido a la constante humedad del aire. Tenía un aspecto cremoso. El colorido de sus mejillas era muy curioso, como dos pinceladas de un rosa fuerte en vez de un tono sonrosado general. La nariz era gruesa, una nariz de campesina, pero con el hueso prominente, y los labios, delgados y largos como una cuchillada. Lo más sorprendente y peculiar eran las oscuras y extrañamente delicadas cejas, que formaban unos arcos finos y perfectos sobre los ojos azules, en vivo contraste con los cabellos blancos como la nieve. Llevaba un severo traje gris, con cuello y puños blancos de hilo. Tenía las firmes y hábiles manos cruzadas sobre la falda. Scarlett casi se avergonzó de las suyas, que se habían vuelto ásperas. Las de la señora Fitzpatrick eran suaves, de uñas cortas y brillantes, con las cutículas en perfectas medias lunas.

Había un endurecimiento inglés en su habla irlandesa. Todavía era dulce, pero había perdido musicalidad en las abreviadas consonantes.

«Ya sé lo que es —pensó Scarlett—; es una mujer práctica.» Y esta idea hizo que se sintiese mejor. Podía entenderse con una mujer práctica, tanto si ésta le gustaba como si no.

—Confío en que mis servicios le resultarán útiles, señora O'Hara

—dijo la señora Fitzpatrick, y no cabía duda de que confiaba en todo lo que hacía o decía.

¿O acaso la estaba desafiando esta mujer? ¿Pretendería llevar ella la dirección?

La señora Fitzpatrick continuaba hablando:

—Quisiera expresarle mi satisfacción por conocerla y trabajar para usted. Será un honor ser el ama de llaves de «la O'Hara».

¿Qué quería decir?

Las cejas oscuras se arquearon.

—¿No lo sabe? Nadie habla de otra cosa. —La fina boca de la señora Fitzpatrick se entreabrió en una sonrisa—. Ninguna mujer en nuestros tiempos, y tal vez en muchos siglos, había hecho cosa igual. La llaman «la O'Hara», la cabeza de la familia O'Hara en todas sus ramas y ramificaciones. En los días de los Grandes Reyes, cada familia tenía su jefe, su representante, su campeón. Algún lejano antepasado suyo fue el O'Hara que encarnaba todo el valor y el orgullo de todos los O'Hara. Hoy han resucitado para usted aquella denominación.

—No lo comprendo. ¿Qué he de hacer?

—Lo ha hecho ya. Es respetada y admirada, confían en usted y la honran. El título es otorgado, no heredado. Solamente tiene que ser lo que es. Es la O'Hara.

—Creo que tomaré una taza de té —dijo débilmente Scarlett.

No sabía de qué estaba hablando la señora Fitzpatrick. ¿Bromeaba? ¿Se burlaba? No; estaba segura de que aquella mujer era incapaz de bromear. ¿Qué significaba «la O'Hara»? Trató de formar las palabras en silencio con la lengua. La O'Hara. Era como un redoble de tambor. Algo profundo, oculto, enterrado, primitivo, se encendió dentro de ella. La O'Hara. Brilló una luz en sus claros ojos cansados, haciendo que resplandeciesen con un fuego verde de esmeralda. La O'Hara. «Tendré que pensar mañana en esto... y todos los días durante el resto de mi vida. Oh, me siento diferente, fuerte... "Solamente ha de ser lo que es", ha dicho ella. ¿Qué significa esto? La O'Hara.»

—Su té, señora O'Hara.

—Gracias, señora Fitzpatrick. —De alguna manera, el aplomo intimidante de aquella mujer se había hecho admirable, no enojoso. Scarlett tomó la taza y la miró a los ojos—. Tome el té conmigo, por favor —dijo—. Tenemos que hablar de la cocinera y de otras cosas. Sólo disponemos de seis semanas, y hay mucho que hacer.

Scarlett no había estado nunca en la Casa Grande. La señora Fitzpatrick disimuló su asombro y su curiosidad por ello. Había sido ama de llaves de una familia distinguida, directora de una casa muy grande, pero que no podía compararse en magnificencia a la Casa Grande de Ballyhara. Ayudó a Scarlett a hacer girar la gruesa llave deslustrada en la gran cerradura oxidada y empujó la puerta con todo su peso.

—Moho —dijo, cuando percibieron el olor—. Necesitaremos un ejército de mujeres con cubos y cepillos de fregar. Echemos ante todo un vistazo a la cocina. Ninguna cocinera digna de este nombre se emplearía en una casa que no tuviese una cocina de primera clase. Esta parte del edificio puede ser arreglada más tarde. Prescinda del papel que se desprende de las paredes y de los excrementos de animales en el suelo. La cocinera no verá siquiera estas habitaciones.

Unas columnatas abovedadas conectaban las dos grandes alas con el bloque principal de la casas. Siguieron primero la que miraba al este y se encontraron en una habitación espaciosa que hacía esquina. Sus puertas se abrían a pasillos interiores que conducían a más habitaciones y a una escalera que llevaba a todavía más habitaciones.

—Su administrador podrá trabajar aquí —dijo la señora Fitzpatrick, cuando volvieron a la espaciosa habitación de la esquina—. Las otras estancias podrán servir para alojar a la servidumbre y como almacenes. El administrador no suele residir en la Casa Grande; tendrá que buscarle un alojamiento en la población procurando que sea amplio, de acuerdo con su posición de director de la finca. Éste será su despacho oficial.

Scarlett no replicó en seguida. Estaba viendo, en su memoria, otro despacho y el ala de otra Casa Grande. Los «invitados solteros» habían ocupado aquella ala en Dunmore Landing, había dicho Rhett. Bueno, ella no pensaba tener invitados solteros, ni de otra clase, para llenar una docena de habitaciones. Pero podía ciertamente utilizar un despacho como el de Rhett. Haría que el carpintero le construyese una mesa escritorio grande, el doble de grande que la de Rhett, y colgaría planos de la finca en las paredes y miraría por la ventana, lo mismo que hacía él. Pero vería las piedras limpiamente talladas de Ballyhara, no un montón de ladrillos quemados, y tendría campos de trigo, no un gran número de arbustos floridos.

—Yo seré la administradora de Ballyhara, señora Fitzpatrick. No pienso hacer que un desconocido administre mi hacienda.

—No quisiera faltarle al respeto, señora O'Hara, pero no sabe usted lo que está diciendo. Es un trabajo que requiere todo el tiempo. No se trata solamente de cuidar de las provisiones y suministros, sino que hay que escuchar también las quejas y resolver las disputas entre los trabajadores y los granjeros y la gente de la población.

—Yo lo haré. Pondremos bancos en el vestíbulo para que pueda sentarse la gente y el primer domingo de cada mes, después de la misa, recibiré a todos los que tengan algún problema.

El firme mentón de Scarlett dio a entender al ama de llaves que era inútil discutir.

—Y no habrá escupideras, señora Fitzpatrick, ¿está claro?

La señora Fitzpatrick asintió con la cabeza, aunque nunca había oído aquella palabra, pues en Irlanda se fumaba en pipa, no se mascaba tabaco.

—Bien —dijo Scarlett—. Ahora busquemos esa cocina que tanto le preocupa. Debe de estar en la otra ala.

—¿Se siente con ánimos de andar tanto? —preguntó la señora Fitzpatrick.

—Hay que hacerlo —dijo Scarlett.

Caminar era una tortura para sus pies y su espalda, pero no había más remedio. Le horrorizaba el estado de la casa. ¿Cómo ponerla en condiciones en seis semanas? Pero había que hacerlo. El niño debía nacer en la Casa Grande.

—Magnífica —fue el dictamen de la señora Fitzpatrick con referencia a la cocina.

Era inmensa, con una altura de dos pisos y claraboyas rotas en el techo. Scarlett estaba segura de no haber visto nunca un salón de baile tan grande. Una enorme chimenea de piedra ocupaba casi toda la pared del fondo de la habitación. Sendas puertas a cada lado de ella daban a una recocina de piedra hacia el norte y a una habitación vacía hacia el sur.

—La cocinera puede dormir aquí; esto está muy bien, y aquello —y la señora Fitzpatrick señaló hacia arriba— es lo más conveniente que jamás he visto. —Una galería con balaustres se extendía a lo largo de la pared de la cocina, a nivel del segundo piso—. Yo ocuparé las habitaciones de encima del cuarto de la cocinera y de la recocina. Así, la cocinera y las criadas no sabrán nunca si las estoy observando y se mantendrán alertas. La galería debe de conectar con la segunda planta de la casa. Usted también podrá venir a asomarse para ver lo que pasa en la cocina. Esto hará que no pierdan el tiempo.

—¿Por qué no he de entrar simplemente en la cocina y ver lo que hacen?

—Porque interrumpirían el trabajo para hacerle reverencias y esperar órdenes y, mientras tanto, se quemaría la comida.

—Habla usted de «ellas» y de «criadas», señora Fitzpatrick. Creí que tendríamos solamente una cocinera.

La señora Fitzpatrick hizo un ademán, señalando el suelo y las paredes y las ventanas.

—Una mujer sola no podría con todo esto. Ninguna cocinera competente lo intentaría. Quisiera ver la despensa y el lavadero; probablemente están en el sótano. ¿Quiere usted bajar?

—No. Me sentaré fuera, para no sentir este olor.

Encontró una puerta. Conducía a un jardín amurallado y cubierto de hierba. Scarlett entró de nuevo en la cocina. Una segunda puerta daba a la columnata. Se sentó en el suelo embaldosado y se apoyó en una columna. Se sentía muy fatigada. No se había imaginado que la casa requiriese tanto trabajo. Vista desde fuera, parecía casi intacta.

El pequeño pateó y ella empujó distraídamente hacia abajo el pie o lo que fuese.

—Hola, chiquitín —murmuró—, ¿qué te parece esto? Llaman «la O'Hara» a tu madre. Supongo que estás impresionado. Yo lo estoy.

Cerró los ojos reflexivamente.

La señora Fitzpatrick volvió, sacudiéndose telarañas de la ropa.

—Servirá —dijo escuetamente—. Ahora, lo que necesitamos las dos es una buena comida. Iremos a la taberna.

—¿A la taberna? Las damas no van solas a las tabernas.

La señora Fitzpatrick sonrió.

—Es su taberna, señora O'Hara —le dijo—. Puede ir a ella siempre que quiera. Puede ir a todas partes, cuando le apetezca. Es usted la O'Hara.

Scarlett le dio vueltas a la idea. Esto no era Charleston ni Atlanta. ¿Por qué no podía ir a la taberna? ¿Acaso no había clavado ella misma la mitad de las tablas del suelo? ¿Y no decía todo el mundo que la señora Kennedy, la esposa del tabernero, hacía para sus empanadas de carne una pasta que se deshacía en la boca?

El tiempo se volvió lluvioso; ya no eran los breves chaparrones o los días brumosos a que Scarlett se había acostumbrado, sino lluvias realmente torrenciales que a veces duraban tres o cuatro horas. Los agricultores se quejaban de que la tierra se apelmazaba si caminaban sobre los campos recién roturados para esparcer las carretadas de abono que había comprado Scarlett. Pero ésta, que se obligaba a caminar diariamente para comprobar los progresos de la Casa Grande, bendecía el barro del camino porque estaba blando bajo sus hinchados pies. Había renunciado totalmente a las botas y tenía un cubo de agua detrás de la puerta principal para lavarse los pies en cuanto entraba. Colum se reía al verlo.

—La irlandesa que llevas dentro se está fortaleciendo cada día más, querida Scarlett. ¿Has aprendido esto de Kathleen?

—De los primos cuando regresaban de los campos. Siempre se lavaban para quitarse la tierra de los pies. Me imaginaba que lo hacían a fin de que Kathleen no se enfadase si ensuciaban su limpio suelo.

—Nada de eso. Lo hacían porque los irlandeses, y también las irlandesas, lo han hecho desde los tiempos que recuerdan nuestro bisabuelos. ¿Gritas *«seachain»* antes de tirar el agua?

—No seas tonto, ¡claro que no! Y tampoco pongo una taza de leche en la puerta cada noche. No creo que pueda mojar a ningún gnomo ni darle de cenar. Esto son supersticiones infantiles.

—Tú lo dices. Pero un día, un *pooka* te hará pagar tu insolencia. —Miró nerviosamente debajo de la cama y de la almohada de Scarlett.

Scarlett tuvo que echarse a reír.

—Está bien, morderé el anzuelo, Colum. ¿Qué es un *pooka*? Supongo que es el primo segundo de un gnomo.

—Los gnomos se indignarían si te oyesen. El *pooka* es una criatura temible, maliciosa y astuta. Hará que se te corte la crema en un instante o que se te enreden los cabellos con el cepillo.

—O que se me hinchen los tobillos, supongo. Esto es lo peor que he pasado en mi vida.

—¡Pobrecilla! ¿Cuánto falta?

—Unas tres semanas. He dicho a la señora Fitzpatrick que limpie una habitación para mí y ponga en ella una cama.

—¿Te resulta útil la señora Fitzpatrick, Scarlett?

Ella tuvo que confesar que sí. La señora Fitzpatrick no estaban tan orgullosa de su posición como para que le importase trabajar duramente. Muchas veces la había encontrado Scarlett fregando el suelo de piedra y los fregaderos de la cocina para mostrar a las criadas cómo debían hacerlo.

—Pero, Colum, está gastando el dinero como si fuese inagotable. Tengo ya allí tres criadas, sólo con objeto de que todo esté lo bastante limpio para que una cocinera acceda a venir. Y una cocina como yo nunca había visto, con toda clase de quemadores y hornos y un depósito para agua caliente. Cuesta casi cien libras, y diez más por su transporte en ferrocarril. Y después de todo esto, el herrero tendrá que instalar toda clase de soportes y espetones y ganchos en la chimenea, únicamente para el caso de que a la cocinera no le guste preparar ciertas cosas en el horno. Las cocineras deben de estar más mimadas que la reina.

—También son más útiles. Te alegrarás cuando te sientes a tomar la mejor comida de tu vida en tu propio comedor.

—Si tú lo dices... Pero me gustan bastante las empanadas de carne de la señora Kennedy. La noche pasada me comí tres. Una para mí y dos para ese elefantito que llevo dentro. Oh, qué feliz seré cuando esto haya terminado... Dime una cosa, Colum. —Éste había estado ausente y Scarlett no se sentía tan a sus anchas con él como antes, pero necesitaba preguntarle lo siguiente—: ¿Te has enterado de que me llaman la O'Hara?

Se había enterado y estaba orgulloso de ella y creía que se lo merecía.

—Eres una mujer notable, Scarlett O'Hara. Ninguno de los que te conocen piensa de otra manera. Has superado golpes que habrían destrozado a cualquier mujer... o a cualquier hombre. Y nunca has gemido ni pedido que te compadezcan. —Sonrió con picardía—. Y has conseguido algo casi milagroso: hacer trabajar de firme a todos esos irlandeses. Y escupir a los ojos de aquel oficial inglés. Bueno, dicen que le acertaste en uno de ellos desde cien pasos de distancia.

—¡Eso no es verdad!

—¿Y por qué habría que estropear con la verdad un cuento espléndido? El viejo Daniel fue el primero que te llamó la O'Hara, y estaba allí.

¿El viejo Daniel? Scarlett se puso colorada de satisfacción.

—Muy pronto podrás competir, en anécdotas, con el fantasma de Finn MacCool, a juzgar por lo que dice la gente. Todo el país se alegra de tenerte aquí. —El tono ligero de Colum se hizo más grave—. Pero quiero advertirte una cosa, Scarlett. No te burles de las creencias de la gente; sería un insulto para ellos.

—¡Nunca lo hago! Voy a misa todos los domingos, aunque parezca que el padre Flynn vaya a quedarse dormido en cualquier momento.

—No me refiero a la Iglesia. Me refiero a los duendes y a los *pookas* y demás. Una de las grandes hazañas por las que te alaban es que hayas vuelto a la tierra de los O'Hara cuando todo el mundo sabe que en ella se aparece el fantasma del joven señor.

—No puedes hablar en serio.

—Puedo y lo hago. No importa que tú lo creas o no. El pueblo irlandés lo cree. Si te burlas de sus creencias, es como si les escupieras a los ojos.

Scarlett lo comprendió, aunque fuese una tontería.

—Me morderé la lengua y no me reiré, salvo de ti; pero no voy a gritar antes de vaciar el cubo.

—No tienes que hacerlo. Dicen que eres tan respetuosa que murmuras suavemente.

Scarlett rió hasta que molestó al pequeño y recibió unas fuertes patadas.

—Mira lo que has hecho, Colum. Debo de tener las entrañas moradas. Pero vale la pena. No me había reído tanto desde que te marchaste. Te quedarás un tiempo aquí, ¿verdad?

—Cierto. Quiero ser uno de los primeros en ver a tu elefantito. Espero que me nombres padrino.

—¿Quieres serlo? Contaba contigo para que le bautizases.

La sonrisa de Colum se extinguió.

—No puedo hacerlo, querida Scarlett. Haré cualquier otra cosa que me pidas, aunque sea ir a buscar la luna para ti. Pero no administro sacramentos.

—¿Por qué? Es tu oficio.

—No, Scarlett; esto es función de un cura de la parroquia o, en ocasiones especiales, de un obispo o arzobispo o más. Yo soy un cura misionero, que trabaja para aliviar los sufrimientos de los pobres. No administro sacramentos.

—¿No podrías hacer una excepción?

—No podría, y con esto queda zanjada la cuestión. Pero seré el mejor de los padrinos, si me lo pides, y cuidaré de que al padre Flynn no se le caiga el niño dentro de la pila o al suelo, y enseñaré al pequeño el catecismo con tal elocuencia que se imaginará que está aprendiendo unos versos humorísticos. Pídemelo, querida Scarlett, o romperás mi anhelante corazón.

—Claro que te lo pediré.

—Entonces ya tengo lo que he venido a buscar. Ahora puedo ir a mendigar una comida en una casa donde le pongan sal.

—Entonces, ve. Yo voy a descansar hasta que deje de llover; después iré a ver a la abuela y a Kathleen mientras pueda. El Boyne está ya casi demasiado crecido para vadearlo.

—Prométeme otra cosa y no te molestaré más. Quédate en casa el sábado por la noche, con la puerta fuertemente cerrada y las cortinas corridas. Es la víspera del día de Todos los Santos, y los irlandeses creen que todos los duendes andan rondando por ahí desde que empezó el mundo, y también fantasmas y espíritus que llevan la cabeza debajo del brazo y toda clase de seres sobrenaturales. Respeta la costumbre y enciérrate donde no puedas verlos. Prescinde de las empanadas de carne de la señora Kennedy. Hazte unos huevos pasados por agua. O, si te sientes realmente irlandesa, cena whisky regado con cerveza.

—¡No es extraño que vean espectros! Pero haré lo que dices. ¿Por qué no vienes tú aquí?

—¿Y pasar en la casa toda la noche con una mujer tan seductora como tú? Tendría que quitarme el cuello clerical.

Scarlett le sacó la lengua. ¡Seductora! Tal vez para un elefante.

El cabriolé se tambaleó de un modo alarmante al cruzar el vado y Scarlett decidió no quedarse mucho rato en casa de Daniel. Su abuela parecía soñolienta, y por esto no se sentó.

—Sólo he pasado un momento a saludarte, abuela; no estropearé tu siesta.

—Entonces dame un beso de despedida, joven Katie Scarlett. Eres una chica encantadora.

Scarlett abrazó suavemente el duro y delgado cuerpo, y besó con fuerza la vieja mejilla. Casi inmediatamente, la abuela inclinó la cabeza sobre el pecho.

—No puedo quedarme mucho rato, Kathleen, pues el río está subiendo mucho. Cuando vuelva a bajar, dudo que pueda subir al cabriolé. ¿Habías visto alguna vez una criatura tan gigantesca?

—Sí, pero tú no querrás creerlo. Cada niño es único para su madre, según he podido observar. ¿Tienes un minuto para comer un bocado y tomar una taza de té?

—No debería hacerlo, pero lo haré. ¿Puedo sentarme en el sillón de Daniel? Es el más grande.

—Hazlo. Daniel ha sido siempre más complaciente contigo que con cualquiera de nosotras.

«La O'Hara», pensó Scarlett. Esto la caldeó más que el té y que el fuego que olía a humo.

—¿Tendrás tiempo para ver a la abuela, Scarlett?

Kathleen puso al lado del sillón un taburete sobre el que dejó el té y un trozo de pastel.

—Ya he estado con ella. Ahora está durmiendo.

—Muy bien. Sería una lástima que hubiese perdido la oportunidad de despedirse de ti. Ha sacado su sudario de la caja donde guarda sus tesoros. Ya no vivirá mucho.

Scarlett miró fijamente la cara serena de Kathleen. ¿Cómo podía decir estas cosas en el mismo tono de voz con que hablaría del tiempo o de algo parecido? ¿Y tomar después el té y comer pastel con toda tranquilidad?

—Ojalá tengamos antes algunos días secos —siguió diciendo Kathleen—. Los caminos están tan enfangados que a la gente le costaría venir al velatorio. Pero habremos de tomar las cosas como vengan.

Advirtió el horror de Scarlett y lo interpretó mal.

—Todos la echaremos de menos, Scarlett, pero ella está ya dispuesta a marcharse, y los que han vivido tanto como la vieja Katie Scarlett saben cuándo se acerca su fin. Deja que llene tu taza; lo que queda debe de estar frío.

La taza repicó en el platito al posarla Scarlett.

—No puedo quedarme más tiempo, Kathleen; tengo que cruzar el vado.

Kathleen sonrió comprensivamente.

—¿Nos lo harás saber cuando empiecen los dolores? Me gustaría estar contigo.

—Lo haré, y gracias. ¿Me echarás una mano para subir al cabriolé?

—¿Quieres llevarte un trozo de pastel para más tarde? Puedo envolverlo en un santiamén.

—No, no, gracias; me preocupa el agua.

«Todavía me preocupa más volverme loca —pensó Scarlett al arrancar en el coche—. Colum tiene razón; todos los irlandeses creen en espectros. ¿Quién lo habría pensado de Kathleen? Y mi abuela, preparándose el sudario. Sólo Dios sabe de lo que son capaces en la víspera de Todos los Santos. También yo voy a cerrar y atrancar la puerta. Todo esto me da escalofríos.»

El poni perdió pie durante un largo y terrible momento al cruzar el vado. «Tengo que reconocerlo: se acabaron los viajes para mí hasta que haya nacido el pequeño. Ojalá hubiese aceptado el pastel.»

62

Las tres jóvenes lugareñas estaban plantadas en la ancha puerta del dormitorio de la Casa Grande que Scarlett había elegido para sí. Todas llevaban grandes y sencillos delantales y cofias con volantes; pero esto era lo único en que se asemejaban. Annie Doyle era menuda y redonda como un cachorro; Mary Moran, alta y desgarbada como un espantapájaros; Peggy Quinn, pulcra y bonita como una muñeca cara. Estaban asidas de la mano y juntas las tres.

—Si no le importa, señora Fitzpatrick, nos marcharemos ahora, antes de que empiece a llover con fuerza —dijo Peggy.

Las otras muchachas asintieron enérgicamente con la cabeza.

—Muy bien —dijo la señora Fitzpatrick—, pero venid temprano el lunes para recuperar el tiempo.

—Oh, sí, señora —dijeron ellas a coro, haciendo torpes reverencias.

Sus zapatos repicaron con fuerza en la escalera.

—A veces me desespero —suspiró la señora Fitzpatrick—, pero he hecho buenas doncellas de un material peor que éste. Al menos tienen buena voluntad. Ni siquiera la lluvia las habría preocupado, si no fuese hoy víspera de Todos los Santos. Supongo que creen que si las nubes oscurecen el cielo es lo mismo que si se hiciese de noche. —Miró el reloj de oro que llevaba prendido en el pecho—. Son poco más de las dos... Volvamos a lo que estábamos hablando. Temo que toda esta humedad impedirá que terminemos cuando queríamos, señora O'Hara. Ojalá no fuese así, pero no voy a mentirle. Hemos arrancado todo el papel viejo de las paredes y fregado y limpiado todo. Pero hay que enyesar algunos trozos y esto quiere decir que las paredes tienen que estar secas. Después ha de secarse el yeso antes de pintar o empapelar. Dos semanas no serán suficientes.

Scarlett adelantó el mentón.

—Voy a tener mi pequeño en esta casa, señora Fitzpatrick. Se lo dije desde el principio.

Su cólera rebotó en la calma de la señora Fitzpatrick:

—Tengo que hacerle una sugerencia... —dijo ésta.

—Con tal que no sea que me marche a otra parte...

—Al contrario. Creo que con un buen fuego en la chimenea y unas cortinas gruesas y alegres en las ventanas, las paredes desnudas no desentonarán en absoluto.

Scarlett miró con ceño el yeso resquebrajado, gris y manchado de agua.

—Parecen horribles —dijo.

—Con una alfombra y los muebles, todo será muy diferente. Tengo una sorpresa para usted. La encontramos en el desván. Venga a verla.

Abrió la puerta de una habitación contigua. Scarlett caminó pesadamente hasta ella y soltó una carcajada.

—¡Santo Dios! ¿Qué es eso?

—Lo llaman una cama de lujo. ¿No es notable?

Se rió con Scarlett mientras observaba el extraordinario mueble en el centro de la habitación. Era una cama inmensa, de al menos tres metros de largo y dos y medio de ancho. Cuatro gruesas columnas de roble oscuro, talladas en forma de diosas griegas, sostenían el armazón de un dosel sobre sus cabezas coronadas de laurel. Las tablas de la cabecera y de los pies mostraban escenas en bajorrelieve de hombres con togas en posiciones heroicas, debajo de emparrados de vides y flores. Encima de la punta redondeada de la alta cabecera había una corona dorada y desconchada.

—¿Qué clase de gigante supone usted que durmió aquí? —preguntó Scarlett.

—Seguro que fue hecha especialmente para una visita del virrey.

—¿Quién es el virrey?

—El jefe del Gobierno en Irlanda.

—Bueno, diré en su favor que es lo bastante grande para la gigantesca criatura que voy a tener..., suponiendo que el médico pueda alcanzarla cuando salga.

—Entonces, ¿ordenaré que hagan el colchón? Hay un hombre en Trim que puede hacerlo en dos días.

—Sí, encárguelo. Y también sábanas, o haga que cosan juntas unas cuantas. Creo que podría dormir una semana en esa cama y no hacerlo dos veces en el mismo sitio.

—Con un dosel y cortinas, será por sí sola como una habitación.

—No como una habitación; será como una casa. Y tiene usted razón: en cuanto me meta en ella no me daré cuenta de la fealdad de las paredes. Es usted maravillosa, señora Fitzpatrick. Ahora me encuentro mejor que en muchos meses. ¿Se puede imaginar lo que significará para un bebé entrar en el mundo de esta manera? ¡Probablemente eso hará que alcance los tres metros de estatura!

Rieron las dos de buen grado mientras bajaban despacio la fregada escalera de granito hasta la planta baja. «Lo primero que habrá que hacer, será ponerle una alfombra —pensó Scarlett—. O tal vez cerraré el segundo piso. Estas habitaciones son tan grandes que será como tener una casa enorme de una sola planta. Si la señora Fitzpatrick y la cocinera lo permiten. ¿Por qué no? Sería inútil ser la O'Hara si no pudiese tener las cosas a mi manera.» Se apartó a un lado para que la señora Fitzpatrick abriese la pesada puerta de la entrada.

Vieron una cortina de agua en el exterior.

—¡Maldita sea! —dijo Scarlett.

—No es más que un chaparrón —dijo el ama de llaves—. No puede durar, con esta fuerza. ¿Quiere tomar una taza de té? La cocina está caliente y seca. He tenido encendidos los fogones durante todo el día para ponerlos a prueba.

—Me parece bien.

Siguió los lentos pasos cuidadosos de la señora Fitzpatrick hasta la cocina.

—Todo esto es nuevo —dijo Scarlett con recelo. No le gustaba que se hiciesen gastos sin su aprobación. Y las sillas con cojines junto al horno parecían demasiado cómodas para una cocinera y unas criadas que se presumía que estarían trabajando—. ¿Cuánto ha costado esto? —preguntó, dando unas palmadas sobre la pesada mesa de madera.

—Unas cuantas pastillas de jabón. Estaba en el cuarto trastero, terriblemente sucia. Las sillas son de la casa de Colum. Sugirió que conquistásemos a la cocinera con cosas cómodas antes de que viera el resto de la casa. He hecho una lista de muebles para su habitación. Está sobre esa mesa para que usted dé su aprobación.

Scarlett se sintió culpable. Entonces sospechó que la otra había pretendido que se sintiese así, y se enfurruñó.

—¿Qué me dice de todas aquellas listas que aprobé la semana pasada? ¿Cuándo van a llegar esas cosas?

—La mayoría de ellas están ya aquí, en la recocina. Pensaba desempaquetarlas con la cocinera la semana próxima. La mayoría de las cocineras tienen su propio sistema de ordenar los utensilios.

Scarlett se sintió molesta de nuevo. La espalda le dolía más que de costumbre. Se apretó el sitio más doloroso. Entonces sintió una nueva punzada en el costado y en la pierna, que hizo que el dolor de la espalda fuese insignificante. Se agarró a un lado de la mesa para sostenerse y miró torpemente el líquido que fluía a lo largo de sus piernas y sobre los pies descalzos, para formar un charco en el fregado suelo de piedra.

—He roto aguas —dijo al fin— y son rojas. —Miró hacia la ventana y la fuerte lluvia exterior—. Lo siento, señora Fitzpatrick, pero tendrá que mojarse. Ayúdeme a subir sobre esta mesa y déme algo para enjugar el agua... o la sangre. Después diríjase corriendo a la taberna o a la tienda y diga a alguien que vaya en busca de un médico a toda prisa. Voy a dar a luz.

El lacerante dolor no se repitió. Con los cojines de las sillas debajo de la cabeza y de la rabadilla, Scarlett estaba muy cómoda. Deseó beber algo, pero decidió que era mejor no moverse de la mesa. Si el dolor volvía de nuevo, podía caerse y hacerse daño.

«Probablemente no hubiese debido enviar a la señora Fitzpatrick a asustar a la gente. Sólo he tenido tres contracciones desde que se fue, y no fueron gran cosa. Realmente, me sentiría bien si no perdiese tanta sangre. Brota a cada contracción y cada vez que patalea el pequeño. Esto no me había ocurrido nunca. Cuando se rompen aguas, son claras, no sanguinolentas. Algo anda mal.

»¿Dónde está el médico? Una semana más, y en un momento lo habría tenido en la puerta. Ahora supongo que vendrá algún desconocido de Prim. Bueno, doctor, una nunca sabe, pero no suponía que ocurriese así; pensaba estar en una cama con una corona de oro en la cabecera, no sobre una mesa del cuarto trastero. ¿Qué manera de empezar es ésta para un bebé? Tendré que llamarle "Potro" o "Saltarín" o algo que huela a caballo.

»Sangre de nuevo. Esto no me gusta. ¿Por qué no vuelve la señora Fitzpatrick? Al menos podría beber un vaso de agua, por el amor de Dios; estoy seca como un hueso. Basta de patear, pequeño; no tienes que portarte como un caballo porque estemos en una mesa ordinaria. ¡Basta! Me haces sangrar. Frena un poco (esto es gracioso) hasta que llegue el médico; entonces podrás salir. A decir verdad, me alegraré de librarme de ti.

»Seguro que fue más fácil empezar que terminar contigo... No, no debo pensar en Rhett; me volveré loca si lo hago.

»¿Por qué no para de llover? De diluviar diría más bien. También se levanta el viento. Es una buena tormenta. Vaya un momento he elegido para tener un bebé, para romper aguas... ¿Por qué sera roja? ¿Voy a desangrarme sobre una mesa, por el amor de Dios, sin beber al menos una taza de té? ¡Oh, no sé qué daría por un café! A veces lo echo tanto en falta que tengo ganas de gritar... o de llorar... Oh, Señor, ¡vuelve a chorrear! Al menos no me duele. Apenas ha sido una contracción; más bien un tirón o algo así... Entonces, ¿por qué brota tanta sangre? ¿Qué va a pasar cuando empiece el verdadero parto? Dios mío, habrá un río de sangre sobre el suelo. Todo el mundo tendrá que lavarse los pies. Me pregunto si la señora Fitzpatrick tiene un cubo de agua para lavarse los pies. Me pregunto si grita antes de tirarla. Me pregunto dónde diablos estará. Es cuanto esto haya terminado, la despediré..., y no le daré ningún informe, al menos ningún informe que pueda mostrar. ¡Mira que escapar y dejarme aquí sola, muriéndome de sed!

»No patees así. Pareces una mula, más que un caballo. Oh, Dios mío, la sangre... Pero no voy a perder el dominio de mí misma, no. No lo perderé. La O'Hara no hace estas cosas. La O'Hara. Esto me gusta mucho... ¿Qué ha sido eso? ¿El médico?»

Entró la señora Fitzpatrick.

—¿Está usted bien, señora O'Hara?

—Muy bien —dijo la O'Hara.

—He traído sábanas y mantas y almohadas blandas. Pronto llegarán unos hombres que traen un colchón. ¿En qué más puedo servirla?

—Quisiera un poco de agua.

—En seguida.

Scarlett se incorporó sobre un codo y bebió ávidamente.

—¿Quién ha ido a buscar al médico?

—Colum. Trató de cruzar el río para ir a avisar al médico de Adamstown, pero no pudo. Ha ido a Trim.

—Me lo figuré. Quisiera un poco más de agua, por favor, y una toalla limpia. Ésta está empapada.

La señora Fitzpatrick trató de disimular el horror que se pintó en su semblante cuando vio la toalla empapada en sangre entre las piernas de Scarlett. La recogió y la llevó corriendo a uno de los fregaderos de piedra. Scarlett miró el rastro de brillantes gotas rojas en el suelo. «Eso es parte de mí», se dijo; pero no podía creerlo. Se había cortado muchas veces en su vida: jugando de pequeña, recogiendo algodón en Tara, incluso cuando había arrancado las ortigas. Pero en todas estas veces juntas no había echado tanta sangre como la que había empapado la toalla. Su abdomen se contrajo y manó más sangre sobre la mesa. «Esa estúpida mujer; le dije que necesitaba otra toalla.»

—¿Qué hora marca su reloj, señora Fitzpatrick?

—Las cinco y dieciséis minutos.

—Supongo que la tormenta debe hacer más lento el viaje. Quisiera un poco de agua y otra toalla, por favor. No, pensándolo bien, prefiero un poco de té, con mucho azúcar.

«Demos algo que hacer a esa mujer y tal vez dejará de estar encima de mí como un paraguas. Estoy harta de conversación y de sonrisas alentadoras. La verdad es que estoy medio muerta de miedo. Las contracciones no son más fuertes ni más frecuentes. No voy a ninguna parte. Al menos el colchón es mejor que la mesa, pero ¿qué pasará cuando se empape también? ¿Está arreciando la tormenta o estoy imaginando cosas.»

La lluvia repicaba ahora en las ventanas, impulsada por el fuerte viento. Colum O'Hara fue casi derribado por una rama arrancada de un árbol del bosque próximo a la casa. Pasó por encima de ella y siguió adelante, encorvado contra el viento. Entonces cayó en la cuenta de que debía dejar el camino expedito, se volvió en redondo, fue empujado contra la rama, se esforzó en encontrar algo firme donde apoyar el pie en el cenagal del camino, apartó la rama a un lado y, luchando contra el viento, reemprendió la marcha hacia la casa.

—¿Qué hora es? —preguntó Scarlett.

—Casi las siete.

—Una toalla, por favor.

—Querida Scarlett, ¿te duele mucho?

—¡Oh, Colum! —Scarlett se incorporó a medias—. ¿Ha venido el médico contigo? El pequeño no patalea tanto como antes.

—Encontré una comadrona en Dunshauglin. No se puede llegar a Trim; el río ha inundado la carretera. Échate ahora, como una buena madre. No te fatigues más de lo necesario.

—¿Dónde está ella?

—En camino. Mi caballo es más veloz, pero ella me sigue de cerca. Ha asistido a centenares de partos; estarás en buenas manos.

—Yo he tenido otros hijos, Colum. Pero esta vez es diferente, algo anda muy mal.

—Ella sabrá lo que hay que hacer, querida; no te inquietes.

La comadrona llegó a las ocho dadas. Su uniforme almidonado había perdido su apresto al ser mojado por la lluvia, pero sus modales competentes eran tan animados como si no hubiese sido llamada para un caso urgente.

—Un pequeño, ¿eh? Tranquilícese, señora; sé todo lo que hay que saber para ayudar a las lindas criaturas a venir a este valle de lágrimas. —Se quitó la capa y la tendió a Colum—. Extiéndala cerca del fuego para que se seque —dijo, con una voz acostumbrada a mandar—. Jabón y agua caliente, buena mujer, para que pueda lavarme las manos. Aquí estará bien.

Caminó vivamente hasta el fregadero. Al ver las toallas empapadas en sangre, vaciló e hizo un frenético ademán para llamar a la señora Fitzpatrick. Las dos conversaron en voz baja.

El brillo que habían adquirido los ojos de Scarlett se apagó. Los párpados se cerraron sobre unas súbitas lágrimas.

—Veamos lo que tenemos aquí —dijo la comadrona con falsa animación. Levantó las faldas de Scarlett y le palpó el abdomen—. Una criatura vigorosa. Me ha saludado con una patada. Tendremos que invitarla a salir, para que mamá pueda descansar un poco. —Se volvió a Colum—. Será mejor que salga, señor; éste es un trabajo de mujeres. Ya le llamaré cuando su hijo haya nacido.

Scarlett rió entre dientes. Colum se quitó el abrigo. El cuello de sacerdote resplandeció a la luz de la lámpara.

—¡Oh! —dijo la comadrona—. Perdóneme, padre.

—Pues he pecado —dijo Scarlett, con voz estridente.

—Scarlett —dijo suavemente Colum.

La comadrona le llevó hacia el fregadero.

—Tal vez debería quedarse, padre —dijo—, para los últimos ritos.

Lo dijo demasiado fuerte. Scarlett la oyó.

—¡Oh, Dios mío! —gritó.

—Ayúdeme —ordenó la comadrona a la señora Fitzpatrick—. Le mostraré cómo tiene que sujetarle las piernas.

Scarlett chilló cuando la mujer introdujo una mano en su útero.

—¡Basta! ¡Jesús, qué dolor! ¡Haga que se calme!

Cuando la comadrona hubo terminado de reconocerla, Scarlett gemía de angustia. La sangre, que cubría el colchón y los muslos de Scarlett, había salpicado el vestido de la señora Fitzpatrick, el uniforme de la comadrona y el suelo a un metro a cada lado de la mesa. La comadrona se recogió la manga del brazo izquierdo. El derecho estaba rojo hasta la mitad del antebrazo.

—Tendré que probar con las dos manos —dijo.

Scarlett gimió. La señora Fitzpatrick se plantó delante de la mujer.

—Yo tengo seis hijos —dijo—. Lárguese de aquí. Colum, echa a esa carnicera de esta casa, antes de que mate a la señora O'Hara y yo la mate a ella. Válgame Dios, que será esto lo que pase.

La habitación fue iluminada de pronto por un relámpago a través de la claraboya y de las ventanas, y una lluvia todavía más fuerte repicó en los cristales.

—No voy a salir con este tiempo —gritó la comadrona—. Está muy oscuro.

—Entonces, llévala a otra habitación, pero sácala de aquí. Y después, Colum, ve a buscar al herrero. Está acostumbrado a asistir a animales; una mujer no puede ser muy diferente.

Colum asió de un brazo a la acobardada comadrona. Los relámpagos rayaban el cielo y la mujer gritó. Él la sacudió como a un trapo.

—Cálmese mujer. —Miró a la señora Fitzpatrick con ojos turbios y afligidos—. No vendrá, Rosaleen; nadie vendrá, ahora que ya ha oscurecido. ¿Has olvidado qué noche es ésta?

La señora Fitzpatrick pasó un trapo fresco y húmedo por las sienes y las mejillas de Scarlett.

—Si no lo traes tú, Colum, lo haré yo. Tengo un cuchillo y una pistola en la mesa de tu casa. Sólo habrá que mostrarle que hay cosas más temibles que los fantasmas.

Colum asintió con la cabeza.

—Iré —dijo.

Joseph O'Neill, el herrero, se santiguó. Su cara brillaba de sudor. Tenía los negros cabellos pegados al cráneo por haber andado bajo el aguacero, pero el sudor era reciente.

—Una vez atendí a una yegua en un caso como éste; pero no puedo ser tan violento con una mujer. —Miró a Scarlett y sacudió la cabeza—. Eso va contra la naturaleza; no puedo.

Había lámparas encendidas a lo largo de los bordes de los fregaderos, y los relámpagos se sucedían continuamente. La vasta cocina estaba iluminada como si fuese de día, salvo en los rincones. La tormenta que descargaba en el exterior parecía estar atacando las gruesas paredes de piedra de la casa.

—Tienes que hacerlo, hombre, o ella morirá.

—Sí, y también el pequeño, si no está muerto ya desde hace rato. No se mueve.

—Entonces, no pierdas tiempo, Joseph. Por el amor de Dios, hombre, es su única esperanza.

Colum mantenía la voz serena, autoritaria.

Scarlett se agitó febrilmente sobre el colchón ensangrentado. Rosaleen Fitzpatrick le humedeció los labios con agua y vertió unas cuantas gotas entre ellos. Temblaron los párpados de Scarlett; abrió los ojos. Los tenía vidriosos por la fiebre. Gimió lastimeramente.

—¡Joseph! Te lo ordeno.

El herrero se estremeció. Levantó el brazo musculoso sobre el vientre hinchado de Scarlett. Un relámpago resplandeció en la hoja del cuchillo que tenía en la mano.

—¿Quién es éste? —dijo claramente Scarlett.

—Que san Patricio me valga —clamó el herrero.

—¿Quién es esa bella dama, Colum, del lindo traje blanco?

El herrero dejó caer el cuchillo al suelo y se echó atrás. Tenía las manos estiradas delante de él, con las palmas hacia fuera, presa del terror.

El viento se arremolinó, arrancó una rama y la lanzó contra la ventana de encima del fregadero. Trozos de cristales hirieron los brazos de Joseph O'Neill y saltaron sobre su cabeza. El hombre cayó al suelo, gritando, y el viento silbó a través de la ventana rota. Sonaba un ruido estridente en todas partes; fuera, dentro, en los gritos del herrero, en los aullidos del viento, en la tormenta, a lo lejos, en los gemidos del vendaval.

Las llamas de las lámparas parpadearon y oscilaron, y algunas se apagaron. En medio de la tormenta, la puerta de la cocina se abrió y se cerró de nuevo. Una figura voluminosa, envuelta en un mantón, cruzó la cocina pasando entre aquella gente aterrorizada, y se acercó a la ventana. Era una mujer de cara redonda y arrugada. Metió la mano en el fregadero y estrujó una de las toallas, escurriendo la sangre.

—¿Qué está haciendo?

Rosaleen Fitzpatrick se recobró de su terror y dio unos pasos en dirección a la mujer. Colum alargó un brazo y la detuvo. Había reconocido a la *cailleach*, la maga que vivía cerca de la torre.

La maga amontonó las toallas manchadas de sangre y tapó con ellas la ventana. Entonces se volvió.

—Encended las lámparas de nuevo —dijo.

Su voz era ronca, como si tuviese herrumbre en la garganta.

Se quitó el mojado mantón negro, lo dobló cuidadosamente y lo dejó sobre una silla. Debajo de él llevaba otro, de color marrón. También se lo quitó, lo dobló y lo puso sobre la silla. Después otro, azul oscuro, con un agujero en el hombro. Y otro, rojo, con más agujeros que lana.

—No has hecho lo que te dije —reprendió a Colum. Después se acercó al herrero y le dio una patada en el costado—. Aquí estorbas, herrero; vuelve a tu fragua.

Miró de nuevo a Colum. Éste encendió una lámpara, buscó otra y la encendió también, hasta que ardió una llama firme en cada una de ellas.

—Gracias, padre —dijo cortésmente la vieja—. Envía a O'Neill a casa; la tormenta está amainando. Luego ven aquí y sostén dos lámparas en alto, cerca de la mesa. —Tú —y se volvió a la señora Fitzpatrick— haz lo mismo. Yo me encargaré de la O'Hara.

Una docena o más de bolsas hechas con trapos de diferentes colores colgaba de un cordón ceñido a su cintura. Sus dedos manchados y nudosos tocaron el cuello de Scarlett y después la frente; entonces le levantó los párpados y los soltó. Sacó una hoja de árbol doblada de una de las bolsas y la puso sobre el vientre de Scarlett. Extrajo de otra bolsa una cajita de rapé y la dejó al lado de la hoja. Colum y la señora Fitzpatrick permanecían rígidos como estatuas, sosteniendo las lámparas, pero seguían con los ojos todos los movimientos de la vieja.

La hoja, una vez desplegada, contenía unos polvos. La mujer los esparció sobre el vientre de Scarlett. Después tomó una pasta de la cajita de rapé y, extendiéndola sobre los polvos, frotó la piel de Scarlett.

—Voy a atarla para que no se haga daño ella misma —dijo la mujer, y, con unas cuerdas que llevaba en la cintura, sujetó las piernas de Scarlett por debajo de las rodillas y le ciñó los hombros, atando los extremos en las sólidas patas de la mesa.

Los viejos ojillos se fijaron primero en la señora Fitzpatrick y después en Colum.

—Gritará, pero no sentirá dolor —dijo—. Vosotros no os mováis. La luz es vital.

Antes de que pudiesen replicar, sacó un fino cuchillo, lo limpió con algo que tomó de otra bolsa y rajó el vientre de Scarlett de arriba abajo. El grito que lanzó ésta fue como el aullido de un alma en pena.

Antes de que ese sonido se extinguiese, la *cailleach* sostenía con las dos manos un bebé cubierto de sangre. Escupió al suelo algo que tenía en la boca, y después sopló una, dos, tres veces, dentro de la boca del pequeño. Éste agitó los brazos y después las piernas.

Colum murmuró un avemaría.

El cuchillo cortó el cordón umbilical, el bebé fue acostado sobre las sábanas dobladas y la mujer volvió al lado de Scarlett.

—Acercad las lámparas —dijo.

Sus manos y sus dedos se movieron rápidamente, a veces con un destello del cuchillo, y trozos de membrana ensangrentada cayeron al suelo junto a sus pies. Vertió más fluido oscuro entre los labios de Scarlett y, después, un líquido incoloro en la terrible herida del vientre. Un cascado canturreo acompañó sus breves y precisos movimientos mientras cosía la herida.

—Envolvedla en ropa blanca y luego en lana, mientras yo lavo al bebé —dijo, y cortó con el cuchillo las cuerdas que sujetaban a Scarlett.

Cuando Colum y la señora Fitzpatrick hubieron terminado, volvió la mujer. El bebé estaba arrebujado en una suave manta blanca.

—La comadrona dejó esto olvidado —dijo la *cailleach*.

Su risita fue respondida por el sonido gutural de la criatura; era una niña, y abrió los ojos. Los iris azules parecían pálidos anillos pintados alrededor de las negras y todavía no enfocadas pupilas. Tenía largas pestañas negras, y dos finas líneas por cejas. No estaba colorada y deformada como la mayoría de los recién nacidos, porque no había pasado por el conducto del alumbramiento. La naricita, las orejas y la boca, así como el suave cráneo pulsátil, eran perfectos. Su piel olivácea parecía muy oscura en contraste con la manta blanca.

63

Scarlett quiso volverse hacia las voces y la luz que su mente adormecida percibía vagamente. Había algo..., algo importante..., una interrogación. Unas manos firmes sostuvieron su cabeza, unos dedos delicados le abrieron los labios y un líquido dulce y refrescante bañó su lengua y se deslizó por su garganta, y ella se durmió de nuevo.

La segunda vez que se esforzó en recobrar la conciencia, recordó cuál era aquella interrogación, la pregunta importantísima, vital. El bebé. ¿Estaba muerto? Se palpó el abdomen y el contacto le produjo un fuerte dolor. Se mordió los labios, apretó más fuerte con las manos y las apartó. Ningún pataleo, ningún abultamiento correspondiente a un pie inquieto. La criatura había muerto. Scarlett lanzó un débil grito de desesperación, no más fuerte que un maullido, y el líquido dulce y sedante volvió a verterse en su boca. En medio de su sueño de drogada, pequeñas lágrimas se filtraron entre sus párpados cerrados.

Medio consciente por tercera vez, trató de aferrarse a la oscuridad, de seguir durmiendo, de apartar el mundo. Pero el dolor aumentó, desgarrador; hizo que ella se moviese para librarse de él, y entonces el dolor adquirió tal intensidad que Scarlett gimoteó sin poderlo remediar. El frío frasquito de cristal goteó, liberándola de nuevo. Más tarde, cuando volvió a flotar en el borde de la conciencia, Scarlett abrió con presteza la boca, anhelando aquella oscuridad sin sueños. Pero, esta vez, un pañó frío y mojado le humedeció los labios, y oyó una voz conocida que sin embargo no pudo recordar.

—Querida Scarlett... Katie Scarlett O'Hara..., abre los ojos...

Su mente buscó, se nubló, se fortaleció. Colum. Era Colum. Su primo. Su amigo... ¿Por qué no la dejaba dormir, si era su amigo? ¿Por qué no le daba el medicamento, antes de que volviese el dolor?

—Katie Scarlett...

Entreabrió los ojos. La luz le hizo daño, y cerró los párpados.

—Eres una buena chica, querida Scarlett. Abre los ojos. Tengo algo para ti.

Su tono era zalamero, pero insistente. Scarlett abrió los ojos. Alguien había retirado la lámpara, y la penumbra era agradable.

«Es mi amigo Colum.» Trató de sonreír, pero los recuerdos inundaron su mente, y sus labios se torcieron emitiendo sollozos entrecortados e infantiles.

—El bebé ha muerto, Colum. Hazme dormir de nuevo. Ayúdame a olvidar, por favor. Por favor, Colum.

El trapo mojado acarició sus mejillas, humedeció su boca.

—No, no, no, Scarlett. El bebé está aquí. No ha muerto.

Poco a poco, se aclaró el significado de las palabras. No ha muerto, le decía la mente.

—¿No está muerto? —dijo ella.

Percibió la cara de Colum, la sonrisa de Colum.

—No ha muerto, querida, no ha muerto. Mira. Está aquí.

Scarlett volvió la cabeza sobre la almohada. ¿Por qué le costaba tanto sólo volver la cabeza? Había allí un bulto blanco, en las manos de alguien.

—Tu hija, Katie Scarlett —dijo Colum.

Abrió los pliegues de la manta, y ella vio la carita dormida.

—¡Oh! —susurró.

«Tan pequeña y tan perfecta y tan indefensa. Mira su piel; es como pétalos de rosa, como crema...; no, es más oscura que la crema, y sólo ligeramente sonrosada. Parece tostada por el sol, como... como un pequeño pirata. ¡Se parece muchísimo a Rhett!

»¡Rhett! ¿Por qué no estás aquí, para ver a tu pequeña? A tu hermosa y morena chiquilla.

»Mi hermosa chiquilla morena. Deja que te mire.»

Scarlett sintió una extraña y terrible debilidad, un calor que inundaba todo su cuerpo como una fuerte ola que la embargaba de un ardor indoloro.

La pequeña abrió los ojos y los fijó directamente en los de Scarlett. Y ésta sintió amor. Un amor sin condiciones, sin exigencias, sin razonamientos, sin interrogantes, sin ataduras, sin reservas, sin egoísmo.

—Hola, niña —dijo.

—Ahora toma tu medicamento —dijo Colum.

Y la carita morena desapareció.

—¡No! No; quiero a mi pequeña. ¿Dónde está?

—La tendrás la próxima vez que te despiertes. Abre la boca, querida Scarlett.

—No quiero —trató de decir ella; pero las gotas estaban ya en su lengua y, al cabo de un momento, se sumió en la oscuridad.

Durmió, sonriendo, con un fulgor de vida debajo de su mortal palidez.

Tal vez era porque la pequeña se parecía a Rhett; tal vez porque Scarlett apreciaba sobre todo las cosas por las que había tenido que luchar con más empeño; tal vez porque había estado tantos meses con los irlandeses, que adoraban a los niños. Más probablemente, era una de esas maravillas que ofrece la vida porque sí. Lo cierto es que, fuese cual fuese su origen, un amor puro se había adueñado de Scarlett O'Hara, después de una vida vacía, de no saber lo que le faltaba.

Scarlett se negó a tomar más sedantes. La larga herida roja en su cuerpo le dolía como producida por una hoja de acero al rojo; pero lo olvidaba gracias a la enorme alegría que sentía siempre que tocaba, o incluso que miraba, a su pequeña.

—¡Despedidla! —dijo Scarlett, al ver entrar a la nodriza joven y rebosante de salud—. Una y otra vez tuve que vendarme los pechos y sufrir lo indecible hasta que la leche se me retiraba, y sólo para portarme como una dama y conservar la figura. Voy a criar a mi hija y no me separaré de ella. La alimentaré y haré que sea fuerte y la veré crecer.

Cuando la niña encontró el pezón por vez primera y chupó afanosamente con una pequeña arruga de concentración en la frente, Scarlett sonrió con aire triunfal.

—Sí, eres hija de mamá, con un hambre de lobo y resuelta a conseguir lo que deseas.

La niña fue bautizada en la habitación de Scarlett, porque ésta estaba demasiado débil para caminar. El padre Flynn se plantó junto al majestuoso lecho donde yacía Scarlett, reclinada sobre las almohadas festoneadas de encaje y sosteniendo a su hija en brazos hasta que tuvo que entregársela a Colum, que era el padrino. Kathleen y la señora Fitzpatrick eran las madrinas. La niña llevaba un vestidito de hilo bordado, delgado a fuerza de lavados, pues lo habían lucido cientos de pequeños O'Hara, de generación en generación. La pequeña recibió el nombre de Katie Colum O'Hara. Agitó los brazos y pataleó al sentir el agua, pero no lloró.

Kathleen llevaba su mejor vestido azul con cuello de encaje, aunque hubiese debido vestir de luto porque la vieja Katie Scarlett había muerto. Sin embargo, todos convinieron en que no había que decírselo a Scarlett hasta que estuviese más fuerte.

Rosaleen Fitzpatrick observaba al padre Flynn con ojos de ave de rapiña, presta a agarrar la pequeña si el sacerdote flaqueaba un instante. Se había quedado pasmada durante más de un minuto, cuando Scarlett le pidió que fuese madrina.

—¿Cómo ha adivinado lo que siento por esta pequeña? —preguntó al recobrar la voz.

—No lo sabía, pero sé que no tendría a mi hija si usted no hubiese impedido que la matase aquel monstruo de mujer. Recuerdo muchas cosas de aquella noche.

Cuando hubo terminado la ceremonia, Colum tomó a Katie de las manos del padre Flynn y la depositó en los brazos extendidos de Scarlett. Después sirvió un vasito de whisky al cura y a los padrinos e hizo un brindis:

—Por la salud y la felicidad de madre e hija, de la O'Hara y la más joven de los O'Hara.

Después de lo cual, acompañó al tambaleante y santo varón a la taberna de Kennedy, donde invitó a unas rondas a todo el mundo para celebrar el acontecimiento. Esperó, contra toda esperanza, que esto acallaría los rumores que empezaban ya a circular en todo el condado de Meath.

Joe O'Neill, el herrero, se había mantenido acobardado en un rincón de la cocina de Ballyhara hasta que se hizo de día, y entonces había corrido a su herrería para beber y dárselas de valiente.

—Incluso el propio san Patricio habría necesitado esta noche más oraciones de las que él conocía —dijo a todos los que querían escucharle, que no eran pocos.

»Yo me disponía a salvar la vida de la O'Hara cuando entró la bruja a través de la pared de piedra y me arrojó con terrible fuerza al suelo. Entonces me dio una patada, y sentí en mi carne que aquello no era un pie humano, sino una pezuña hendida. Hizo un maleficio a la O'Hara y le arrancó el niño del vientre. La criatura estaba ensangrentada, y la sangre salpicó el suelo y las paredes y el aire. Un hombre timorato se habría tapado los ojos para no ver un espectáculo tan horrible. Pero Joseph O'Neill vio el fuerte cuerpo del bebé debajo de la sangre, y os digo que era un varón, con los atributos de la virilidad claramente visibles entre las piernas.

»"Yo lavaré la sangre", dijo la diablesa, y nos volvió la espalda; después, tendió al padre O'Hara una criatura flaca, débil y casi muerta, una hembra de un color oscuro como la tierra de una tumba. ¿Qué me decís? Si no fue el cambio de un niño por otro, ¿qué vi aquella terrible noche? Nada bueno saldrá de esto, ni para la O'Hara, ni para ninguna persona a quien roce la sombra del misterioso bebé puesto en el lugar del hijo robado de la O'Hara.

La historia de Dunshauglin llegó a Ballyhara al cabo de una semana. La O'Hara se estaba muriendo, dijo la comadrona, y sólo podía salvarse si la libraban del bebé muerto que llevaba en su seno. ¿Quién podía saber de esas cosas, por lamentables que fuesen, más que una comadrona que había visto toda clase de partos? De pronto, la madre doliente se sentó en la cama del padecimiento y dijo: «¡Veo al hada maligna que anuncia la muerte! Alta y vestida de blanco y con una belleza sobrenatural en el semblante.» Entonces, los diablos rompieron el cristal de la ventana con una espada tomada del infierno y el hada salió volando y lanzando el grito de la muerte. Estaba reclamando el alma del niño perdido, pero el bebé muerto volvió al mundo de los vivos chupando el alma de la buena anciana que era abuela de la O'Hara. Todo fue obra del diablo, y no hay duda de que el bebé que la O'Hara considera suyo no es más que un espíritu necrófago.

—Creo que tendría que avisar a Scarlett —dijo Colum a Rosaleen Fitzpatrick—, pero ¿qué puedo decirle? ¿Que la gente es supersticiosa? ¿Que la víspera de Todos los Santos es una fecha peligrosa para nacer? No sé qué consejo darle; no hay manera de proteger a la pequeña de las habladurías.

—Yo velaré por la seguridad de Katie —dijo la señora Fitzpatrick—. Nada ni nadie entrará en esta casa sin que yo lo autorice, y nada le ocurrirá a la pequeña. Las habladurías se olvidan con el tiempo, Colum; lo sabes muy bien. Ocurrirán otras cosas que disiparán estos cuentos, y todo el mundo verá que Katie no es más que una niña como otra cualquiera.

Una semana más tarde, la señora Fitzpatrick llevó una bandeja de té y bocadillos a la habitación de Scarlett y escuchó con paciencia mientras ésta se quejaba como venía haciendo desde hacía días.

—No sé por qué tengo que estar encerrada para siempre en esta habitación. Me encuentro lo bastante bien para levantarme y andar un poco por ahí. Mire qué sol más hermoso brilla hoy. Quiero llevar a Katie a dar un paseo en el cabriolé, y lo más que puedo hacer es estarme sentada detrás de la ventana, mirando cómo caen las hojas. Estoy segura de que ella también lo está observando. Levanta la mirada y sigue su caída con los ojos. ¡Oh, mire! ¡Acérquese! Mire los ojos de Katie aquí, a la luz. Están cambiando su color azul. Yo creía que se volverían castaños como los de Rhett, porque es su vivo retrato. Pero ahora puedo ver las primeras motas diminutas, y son verdes. ¡Tendrá mis ojos!

Scarlett besó el cuello de la pequeña.

—Eres la niña de mamá, ¿verdad, Katie O'Hara? No, no Katie. Cualquiera puede llamarse Katie. Voy a llamarte Kitty Cat, ya que tienes los ojos verdes.

Izó a la solemne criatura, para ponerla de cara al ama de llaves.

—Señora Fitzpatrick, tengo el gusto de presentarle a Cat O'Hara.

Y la sonrisa de Scarlett fue como un rayo de sol.

Rosaleen Fitzpatrick se sintió más atemorizada de lo que en su vida había estado.

64

La forzosa ociosidad de la convalecencia proporcionó a Scarlett muchas horas para pensar, ya que su hijita pasaba durmiendo la mayor parte del día y de la noche, como suelen hacer todos los bebés. Scarlett trató de leer, pero nunca le había gustado la lectura y en esto no había cambiado.

Lo que había cambiado eran sus pensamientos.

Primero y principal, estaba su amor por Cat. A las pocas semanas, la criatura era demasiado pequeña para reaccionar ante algo que no fuese el hambre y la satisfacción del pecho y la leche cálida de Scarlett. «Es el hecho de amar lo que me hace tan feliz —pensaba la madre—. Esto no tiene nada que ver con ser amada. Me gusta creer que Cat me quiere, pero la verdad es que sólo quiere comer.»

Scarlett era capaz ahora de reírse de sí misma. Scarlett O'Hara, que había convertido el hecho de enamorar a los hombres en un deporte, en una diversión, no era más que una fuente de alimento para la única persona a la que amaba más de lo que jamás había amado en su vida.

Porque, en realidad, no había amado a Ashley; esto lo sabía desde hacía mucho tiempo. Sólo había querido lo que no podía tener, y lo había llamado amor.

«Malgasté más de diez años en un falso amor, y perdí a Rhett, el hombre a quien realmente amaba.»

¿O tal vez no lo amaba?

Rebuscó en su memoria, a pesar del dolor. Siempre le dolía pensar en Rhett, en haberle perdido, en su fracaso. El dolor se mitigaba un poco cuando pensaba en la manera en que él la había tratado y la cólera se sobreponía al dolor. Pero la mayoría de las veces, conseguía apartar a Rhett de su mente; así no se angustiaba.

Sin embargo, durante aquellos días en que no tenía nada que hacer, volvía una y otra vez a repasar su vida, y no podía dejar de recordarle.

¿Le había amado?

«Seguramente —pensaba—, y debo amarle todavía, o no me dolería el corazón al recordar su sonrisa o el sonido de su voz.»

Pero durante diez años había evocado a Ashley de la misma manera, imaginándose su voz y su sonrisa.

«Y sobre todo deseé a Rhett cuando me hubo dejado.»

Todo eso era demasiado desconcertante. Hacía que le doliese la cabeza todavía más que el corazón. No quería pensar en ello. Era mejor pensar en Cat, pensar en lo feliz que era.

¿Pensar en la felicidad?

«Era feliz incluso antes de que naciese Cat. Fui feliz desde el día en que entré en la casa de Jamie. No como ahora, pues creo que nadie se puede sentir tan feliz como yo cuando miro a Cat, cuando la tengo en brazos, cuando la alimento. Pero también me sentía dichosa, porque los O'Hara me aceptaban tal como era. No esperaban que fuese como ellos; nunca me hicieron sentir que debía cambiar, nunca me hicieron sentir que estaba equivocada.

»Incluso cuando lo estaba. No tenía derecho a esperar que Kathleen me peinase y zurciese mi ropa y me hiciese la cama. Me estaba dando aires, con personas que nunca hicieron nada tan vulgar como darse tono. Pero nunca dijeron: "¡Oh, deja de darte importancia, Scarlett!" No, me dejaban hacer y me aceptaban, con mis pretensiones y todo. Tal como era.

»Me equivoqué terriblemente cuando quise que Daniel y todos los demás se trasladasen a Ballyhara. Trataba de hacer méritos con ellos. Quería que viviesen en casas grandes y que fuese grandes agricultores, con mucha tierra y jornaleros que hiciesen el trabajo más pesado. Quería cambiarlos. Nunca me pregunté lo que querían ellos. No los tomé por lo que eran.

»Oh, nunca le haré una cosa así a Cat. Nunca haré que sea diferente de lo que es. Siempre la amaré como ahora, de todo corazón, sea ella como fuere.»

«Mi madre nunca me quiso como quiero yo a Cat. Tampoco a Suellen o a Carreen. Quería que yo fuese diferente de como era, quería que fuese como ella. Que lo fuésemos todas, las tres. Y hacía mal.»

Scarlett sintió horror por lo que estaba pensando. Siempre había creído que su madre era perfecta. Era inconcebible que Ellen O'Hara hubiese hecho algo mal.

Pero la idea no quería desaparecer. Volvía una y otra vez, cuando se descuidaba ella de cerrar la puerta. Volvía de diferentes maneras, con diferentes adornos. No la dejaba en paz.

Su madre había estado equivocada. No era necesario ser una dama como ella. Ni siquiera era siempre lo mejor que se podía ser. No si a una no la hacía feliz. Feliz era lo mejor que se podía ser, pues una podía dejar que los otros lo fuesen también. Cada cual a su manera.

«Mi madre no era feliz. Era amable y paciente y cuidadosa, con nosotras y con papá y con los de color. Pero no era cariñosa, no era feliz. ¡Oh, pobre mamá! Ojalá hubieses podido sentir lo que siento yo ahora; ojalá hubieses podido ser feliz.»

¿Qué era lo que había dicho su abuelo? Que su hija Ellen se había casado con Gerald O'Hara para huir de un desengaño amoroso. «¿Era por esto que no había sido nunca feliz? ¿Había suspirado por alguien a quien no podía tener, como suspiré yo por Ashley? O como suspiro ahora por Rhett, cuando no puedo evitarlo.»

¡Qué desastre! ¡Qué horrible e insensato desastre! Si la felicidad era tan maravillosa, ¿cómo podía aferrarse alguien a un amor que le hacía infeliz? Scarlett se juró que no lo haría. Ahora sabía lo que era ser feliz, y no iba a estropearlo.

Tomó en brazos a su hijita dormida y la estrechó contra su pecho. Cat se despertó y agitó las manos, protestando.

—Oh, Kitty Cat, lo siento. Pero tenía que abrazarte un poco.

¡Todos estaban equivocados! La idea era tan explosiva que despertó a Scarlett de un profundo sueño. «¡Estaban equivocados! Todos: los que me negaron el saludo en Atlanta, tía Eulalie y tía Pauline y casi todo el mundo en Charleston. Querían que yo fuese como ellos y, como no lo soy, me censuraron, hicieron que sintiese que algo andaba terriblemente mal en mí, que pensara que era una mala persona y que merecía que me mirasen con desprecio.

»Y yo no había hecho nada tan terrible. Me castigaban porque no me regía por sus normas. Trabajaba más duro que cualquier jornalero, para ganar dinero, y preocuparse del dinero era impropio de una dama. No importaba que sostuviese Tara y ayudase a las tías que estaban con el agua al cuello, y mantuviese a Ashley y a su familia, y pagase casi toda la comida que se servía en la mesa de tía Pitty, además de arreglarle el tejado y llenarle el cubo de carbón. Todos creían que no hubiese debido ensuciarme las manos con los libros de contabilidad del almacén, ni sonreír cuando vendía madera a los yanquis. Yo hacía bastantes cosas que no hubiese debido hacer, pero trabajar para ganar dinero no era una de ellas, y era precisamente lo que más me censuraban. No, no exactamente. Lo que censuraban era que tuviese éxito en ello.

»Esto e impedir que Ashley se rompiese el cuello arrojándose a la tumba detrás de Melly. Si hubiese sido al revés, si la hubiese salvado a ella en el entierro de Ashley, habría estado muy bien. ¡Hipócritas!

»¿Qué derecho tienen a juzgarme unas personas cuya vida entera es un embuste? ¿Qué hay de malo en trabajar más de lo que una puede? ¿Por qué es tan terrible entrometerse e impedir que ocurra una desgracia a alguien, y en especial si es un amigo?

»Estaban equivocados. Aquí, en Ballyhara, trabajé cuanto pude y me admiraron por ello. Impedí que tío Daniel perdiese su granja y me llamaron la O'Hara.

»Por esto, el hecho de ser la O'Hara hace que me sienta extraña y feliz al mismo tiempo. Es porque la O'Hara es encomiada por las mismas cosas que había creído que eran malas en todos los años anteriores. La O'Hara se habría quedado hasta tarde llevando la contabilidad del almacén; la O'Hara habría agarrado a Ashley en el borde de la tumba.

»¿Qué había dicho la señora Fitzpatrick? "No tiene que hacer nada; sólo tiene que ser lo que es." Y soy Scarlett O'Hara, que a veces comete errores y a veces hace bien las cosas, pero que ya no pretende nunca ser lo que no es. Soy la O'Hara, y nunca me habrían llamado así si fuese tan mala como pensaban en Atlanta. No soy mala en absoluto. Tampoco soy una santa, bien lo sabe Dios. Pero estoy dispuesta a ser diferente, estoy dispuesta a ser lo que soy, no a fingir lo que no soy.

»Soy la O'Hara, y me enorgullezco de ello. Hace que me sienta feliz y cabal.»

Cat emitió un sonido gutural para indicar que estaba despierta y dispuesta a alimentarse. Scarlett la levantó de su cesta y se acomodó con ella en la cama. Le sostuvo la delicada cabeza con una mano y la guió hacia su pecho.

—Palabra de honor, Cat O'Hara. Podrás crecer y ser lo que seas, aunque resultes tan diferente de mí como el día de la noche. Si quieres ser una dama, te mostraré cómo has de hacerlo, piense yo lo que piense acerca de ello. A fin de cuentas, conozco todas las reglas, aunque sea incapaz de observarlas.

65

—Voy a salir, y no se hable más del asunto —dijo Scarlett, mirando tercamente a la señora Fitzpatrick.

El ama de llaves estaba plantada en el umbral como una montaña inconmovible.

—No, no saldrá usted.

Scarlett cambió de táctica.

—Por favor, déjeme —le suplicó, con la sonrisa más dulce de su repertorio—. El aire fresco me sentará muy bien. También aumentará mi apetito, y usted siempre me está diciendo que no como lo suficiente.

—Esto mejorará. Ya ha llegado la cocinera.

Scarlett se olvidó de que la estaba camelando.

—¡Ya era hora! ¿Se ha dignado Su Alteza explicar por qué ha tardado tanto?

La señora Fitzpatrick sonrió.

—Empezó puntualmente su viaje, pero las almorranas la molestaban tanto que tuvo que detenerse cada quince kilómetros a pasar la noche durante el camino. Me parece que no tendremos que preocuparnos de que esté holgazaneando en una mecedora en vez de mantenerse en pie para el trabajo.

Scarlett trató de no reírse, pero no pudo evitarlo. Y tampoco podía enfadarse con la señora Fitzpatrick; habían intimado demasiado. La mujer se había trasladado al apartamento del ama de llaves el día siguiente al nacimiento de Cat. Fue la acompañante constante de Scarlett mientras ésta estuvo enferma. Y después, se mantuvo siempre a su disposición.

Mucha gente vino a visitar a Scarlett durante las largas semanas de convalescencia que siguieron al nacimiento de Cat. Colum, casi diariamente; Kathleen, casi a días alternos; sus primos O'Hara, todos los domingos después de la misa; Molly, con más frecuencia de lo que Scarlett deseaba. Pero la señora Fitzpatrick estaba siempre allí. Servía té y pasteles a las visitantes, whisky y pasteles a los hombres y, cuando se iban, se quedaba con Scarlett para enterarse de las noticias que le habían traído y terminar el refrigerio. Y también ella traía noticias sobre lo que ocurría en el pueblo de Ballyhara y en Trim, y chismes que había oído en las tiendas. Impedía que Scarlett se sintiese demasiado sola.

Scarlett propuso a la señora Fitzpatrick que la llamara Scarlett y le preguntó:

—¿Cuál es su nombre de pila?

La señora Fitzpatrick no se lo dijo. Sería demasiada familiaridad, afirmó rotundamente, y explicó la estricta jerarquía de una Casa Grande irlandesa. Su posición como ama de llaves se vería perjudicada si el respeto inherente a su cargo se viera empañado por un trato demasiado familiar, aunque fuese por parte de la dueña. Tal vez especialmente por parte de la dueña.

Todo esto era demasiado sutil para Scarlett, pero la cortés inflexibilidad de la señora Fitzpatrick le dio a entender que era importante. Aceptó los nombres que propuso el ama de llaves. Scarlett podía llamarla «señora Fitz» y ella llamaría «señora O» a Scarlett. Pero únicamente cuando estuviesen solas. Delante de la gente, había que mantener todo el ceremonial.

—¿Incluso delante de Colum? —preguntó Scarlett.

La señora Fitz lo pensó y cedió: Colum era un caso especial.

Scarlett trató de sacar provecho de la parcialidad de la señora Fitz para con él.

—Sólo iré hasta la casa de Colum —dijo—. Hace un siglo que no ha venido a verme, y le echo de menos.

—Se ausentó por cuestiones de negocios y usted lo sabe. Oí cómo él le anunciaba que se marchaba.

—¡Caray! —murmuró Scarlett—. Usted gana. —Volvió a su sillón junto a la ventana y se sentó—. Vaya a hablar con la señorita Almorranas.

La señora Fitz se rió a carcajadas.

—A propósito —dijo, antes de salir—, se llama señora Keane. Pero puede llamarla señorita Almorranas si le place. Probablemente no la verá nunca. Está bajo mi jurisdicción.

Scarlett esperó hasta estar segura de que la señora Fitz no la sorprendería, y se dispuso a salir. Ya se había mostrado obediente durante bastante tiempo. Era un hecho aceptado que, después del parto, la mujer debía recuperarse durante un mes, pasando la mayor parte del tiempo en la cama, y ella ya había cumplido. No veía por qué tenía que añadir tres semanas más sólo porque el nacimiento de Cat no había sido normal. El médico de Ballyhara le había parecido un buen hombre; incluso le había recordado un poco al doctor Meade. Pero el doctor Devlin reconocía que no tenía experiencia en cesáreas. ¿Por qué había de escucharle? Particularmente cuando debía hacer algo importante. La señora Fitz le había contado de qué modo había aparecido aquella anciana, como por arte de magia, para extraer a Cat de su matriz en medio de la tempestad de la víspera de Todos los Santos. Colum le había dicho quién era aquella mujer: la *cailleach* de la torre. Scarlett le debía la vida, y la de Cat. Tenía que darle las gracias.

El frío pilló a Scarlett por sorpresa. Octubre había sido bastante cálido, ¿cómo podía haber tanta diferencia en el lapso de un mes? Envolvió con los pliegues de la capa a la pequeña, arrebujada ya en la manta. Cat estaba despierta. Sus grandes ojos miraron la cara de su madre.

—Cariño —dijo suavemente Scarlett—. Eres muy buena, Cat; nunca lloras, ¿verdad?

Cruzó el enladrillado patio de la caballeriza, en dirección al camino que tan a menudo había seguido con el cabriolé.

—Sé que está por ahí, en algún lugar —gritó Scarlett a los espesos matorrales que crecían bajo los árboles que circundaban el claro alrededor de la torre—. Será mejor que salga y hable conmigo, porque no me moveré de aquí hasta que lo haga, aunque me muera de frío. Y también la niña, si es que le importa.

Esperó confiadamente. La mujer que había traído a Cat al mundo no la dejaría mucho tiempo expuesta a la fría humedad en la sombra de la torre.

Cat apartó los ojos de la cara de Scarlett y miró a un lado y otro, como si buscase algo. Unos minutos más tarde, oyó Scarlett un susurro entre los espesos acebos, a su derecha. La maga salió de entre dos arbustos.

—Por aquí —dijo, y retrocedió.

Al acercarse Scarlett, vio que allí había un sendero. Nunca lo habría encontrado si la vieja no hubiese mantenido separadas las ramas espinosas de los acebos mediante uno de sus pañolones. Scarlett lo siguió hasta que desapareció en un bosquecillo de árboles de ramas bajas.

—Me rindo —dijo—. ¿Hacia dónde he de ir ahora?

Sonó una risa ronca detrás de ella.

—Por aquí —dijo la maga.

Pasó alrededor de Scarlett y se inclinó debajo de las ramas. Scarlett la imitó. Después de unos cuantos pasos, pudo erguirse. En el claro del centro del bosquecillo había una pequeña choza de barro cubierta de cañas. Una fina voluta de humo gris brotaba de la chimenea.

—Entra —dijo la mujer, y abrió la puerta.

—Es una niña preciosa —dijo, después de examinar todos los detalles del cuerpo de Cat, hasta las uñas de los deditos de los pies—. ¿Qué nombre le has puesto?

—Katie Colum O'Hara.

Era la segunda vez que hablaba Scarlett. Una vez dentro de la choza, había empezado a dar las gracias a la maga, pero ésta la interrumpió.

—Dame la pequeña —dijo, alargando los brazos.

Scarlett le entregó a Cat y guardó silencio durante el detallado reconocimiento.

—Katie Colum —repitió la mujer—. Suena débil y suave para una criatura tan vigorosa. Yo me llamo Grainne. Un nombre fuerte.

Su voz áspera hizo que el nombre gaélico sonase como un desafío. Scarlett rebulló en su taburete. No sabía qué responder.

La mujer envolvió a Cat en su pañal y sus mantas. Después la levantó y murmuró algo a su oído, en voz tan baja que Scarlett no pudo distinguir sus palabras, a pesar de aguzar el oído. Los deditos de Cat agarraron los cabellos de Grainne. La maga sostuvo a la niña contra su hombro.

—No lo habrías entendido aunque lo hubieses oído —dijo—. He hablado en irlandés. Era un hechizo. Habrás oído decir que conozco la magia, además de las hierbas.

Scarlett confesó que así era.

—Tal vez sea verdad. Tengo algún conocimiento de las antiguas palabras y los antiguos procedimientos, pero no diré que sean mágicos. Miro y escucho y aprendo. A alguien puede parecerle magia que uno vea, siendo ciego, o que oiga, siendo sordo. Esto depende en gran manera de lo que uno crea. No esperes que pueda hacer magia para ti.

—No he dicho que haya venido para esto.

—Entonces, ¿sólo para darme las gracias? ¿Es esto todo?

—Sí, lo es, y ahora que lo he hecho debo marcharme, antes de que me echen en falta en casa.

—Te pido perdón —dijo la mujer—. Son pocos los que sienten agradecimiento cuando intervengo en sus vidas. Me extraña que no estés enfadada por lo que hice a tu cuerpo.

—Salvaste mi vida y la de mi hija.

—Pero se la quité a todos los otros bebés. Un médico hubiese podido hacerlo mejor.

—Bueno, no pude conseguir un médico, porque de haber podido lo habría tenido.

Scarlett se mordió la lengua. Había venido a dar las gracias, no a ofender a la maga. Pero ¿por qué ésta había de hablar enigmáticamente, con aquella voz áspera y pavorosa? Le ponía la carne de gallina.

—Perdone —dijo Scarlett—, he sido muy torpe. Estoy segura de que ningún médico lo habría hecho mejor. Probablemente, ni la mitad de bien. Y no sé lo que ha querido decir con lo de los otros bebés. ¿Tal vez que tenía mellizos y el otro murió?

Era una posibilidad, pensó. Había estado muy gorda durante el embarazo. Pero seguramente la señora Fitz o Colum se lo habrían dicho... O tal vez no. No le habían comunicado la muerte de la vieja Katie Scarlett hasta dos semanas después de su fallecimiento.

Un sentimiento de insoportable pérdida le estrujó el corazón.

—¿Había otro bebé? ¡Tiene que decírmelo!

—¡Chitón! Estás molestando a Katie Colum —dijo Grannie—. No había un segundo hijo en tu seno. No pensé que fueras a interpretar mal mis palabras. La mujer de los cabellos blancos parecía muy inteligente; creí que lo comprendería y te lo diría. Extraje la matriz con la pequeña, y no supe ponerla de nuevo en su sitio. No volverás a tener hijos.

Las palabras de la maga y su manera de decirlas eran terriblemente definitivas, y Scarlett estuvo segura de que eran verdad. Pero no podía, no quería creerlas. ¿No tener más hijos, ahora que al fin había descubierto la alegría total de ser madre, ahora que había aprendido, demasiado tarde, lo que era amar? No podía ser. Era demasiado cruel.

Scarlett nunca había comprendido cómo había podido Melanie arriesgar la vida conscientemente por tener otro hijo, pero ahora sí que lo entendía. Ella haría lo mismo. Soportaría de nuevo el dolor y el miedo y la sangre, por aquel momento de ver la cara de su pequeña por primera vez.

Cat emitió un sonido que era como un maullido suave. Era su manera de avisar que empezaba a tener hambre. Scarlett sintió que su leche empezaba a fluir como respuesta. «¿Por qué me lo estoy tomando así? ¿Acaso no tengo ya la criatura más maravillosa del mundo? No voy a perder la leche inquietándome por hijos imaginarios, cuando mi Cat es real y necesita a su madre.»

—Tengo que irme —dijo Scarlett—. Es casi la hora de dar de mamar a la pequeña.

Tendió las manos para asir a Cat.

—Una palabra más —dijo Grainne—. Una advertencia.

Scarlett tuvo miedo. Lamentó haber traído a Cat. ¿Por qué no se la devolvía la mujer?

—No te apartes de tu hija; hay quienes dicen que fue traída por una bruja y que debe estar embrujada.

Scarlett se estremeció.

Los dedos manchados de Grannie deshicieron suavemente el apretón de Cat. Besó la cabeza cubierta de suave pelusa y murmuró:

—Adiós, Dara. —Entregó la niña a Scarlett—. La llamaré «Dara» en mi recuerdo. Significa roble. Me alegro de haberla visto y de que me hayas dado las gracias. Pero no vuelvas a traerla. Tener que ver conmigo no es bueno para ella. Ahora vete. Alguien viene, y no deben verte... No, el camino que sigue esa otra no es el tuyo. Es el que viene del norte y lo emplean ciertas mujeres estúpidas que compran pociones para alcanzar el amor o la belleza o para perjudicar a personas odiadas. Ve. Guarda a la pequeña.

Scarlett la obedeció de buen grado. Caminó obstinadamente bajo la fría lluvia que había empezado a caer, inclinando la cabeza y la espalda para proteger a su hijita de todo mal. Cat hacía unos ruiditos, como si estuviese chupando, bajo el amparo de la capa de su madre.

La señora Fitzpatrick vio la capa mojada en el suelo cerca del fuego, pero no hizo comentarios.

—La señorita Almorranas parece tener buena mano con la pasta —dijo—. He traído unas tartas con su té.

—Muy bien, estoy muerta de hambre.

Había dado de mamar a Cat y dormido un poco, y el sol brillaba de nuevo. Scarlett estaba ahora segura de que el paseo le había sentado muy bien. No aceptaría un «no» por respuesta la próxima vez que quisiera salir.

La señora Fitz no trató de impedírselo. Cuando era inútil, sabía reconocerlo.

Al regresar Colum, Scarlett bajó a tomar el té a casa de él pues quería que la aconsejase.

—Deseo comprar una calesa cerrada, Colum. Hace demasiado frío para ir de un lado a otro en el cabriolé, y tengo cosas que hacer. ¿Quieres elegir una por mí?

Colum dijo que lo haría de buen grado, pero que podía elegirla ella misma si lo prefería. Los constructores de carruajes se los traerían para que los viese, como lo harían los vendedores de cualquier otra cosa que quisiese comprar. Por algo era la dama de la Casa Grande.

—¿Cómo no se me había ocurrido? —dijo Scarlett.

Al cabo de una semana, conducía una bonita calesa negra con una fina franja amarilla en cada costado, tirada por un hermoso caballo gris que hacía honor a la promesa del vendedor en el sentido de que era muy brioso y que raras veces había que utilizar con él el látigo.

Scarlett adquirió asimismo un «juego de salón» compuesto de butacas de brillante roble tapizadas de verde, diez sillas adicionales que podían colocarse cerca de la chimenea y una mesa redonda cubierta de mármol, de tamaño suficiente para seis comensales. Todo esto reposaba sobre una alfombra Wilton en la habitación contigua a su dormitorio. Colum podía contar lo que quisiera sobre mujeres francesas que recibían a mucha gente tumbadas en sus camas; ella tendría un lugar adecuado para atender a sus visitantes. Tampoco le importaba lo que dijese la señora Fitz, pues no veía por qué tenía que emplear las habitaciones de la planta baja para recibir visitas cuando había muchas habitaciones vacías en el piso alto.

No tenía aún su gran mesa escritorio con el sillón correspondiente, porque el carpintero de Ballyhara los estaba construyendo. ¿De qué le serviría ser dueña de un pueblo si no era lo bastante inteligente para favorecer los negocios de sus habitantes? Si los arrendatarios ganaban dinero no dejarían de pagarle el alquiler.

Dondequiera que fuese, llevaba a Cat en el asiento contiguo, acostada en una cesta acolchada. La pequeña emitía sonidos infantiles y espurriaba, y Scarlett estaba segura de que cantaba con ella cuando rodaban por la carretera. Mostraba a Cat en todas las tiendas y casas de Ballyhara. La gente se santiguaba cuando veía a la niña de piel oscura y ojos verdes, y Scarlett se alegraba. Creía que bendecían a su hijita.

Al acercarse la Navidad, Scarlett perdió parte del entusiasmo que había sentido al liberarse del cautiverio de la convalecencia.

—No quisiera estar en Atlanta por nada del mundo, aunque me invitasen a todas las fiestas, y tampoco en Charleston, con sus tontos carnets de baile y sus hileras de recepción —dijo a Cat—, pero me gustaría estar en alguna parte donde no hubiese siempre tanta humedad.

Pensaba que sería estupendo vivir en una casita de campo, para poder enjalbegarla y pintar los marcos de las ventanas como hacían Kathleen y los primos, y todos los otros lugareños, tanto los de Adamstown como los que habitaban junto a los caminos. Cuando fue a la taberna, el 22 de diciembre, y vio que limpiaban y pintaban de nuevo las tiendas y las casas, a pesar de haberlas remozado en otoño, dio saltos de alegría. Su satisfacción por la prosperidad de su pueblo borró la ligera tristeza que a menudo sentía cuando iba a la taberna en busca de compañía. A veces parecía que las conversaciones se volvían forzadas en cuanto entraba ella.

—Tenemos que adornar la casa para la Navidad —dijo a la señora Fitz—. ¿Cómo lo hacen los irlandeses?

—Ponen ramas de acebo en las repisas de las chimeneas y en las puertas y ventanas —dijo el ama de llaves—. Y una vela grande, generalmente roja, en una ventana, para alumbrar el camino del Niño Jesús.

Scarlett declaró que pondrían una en cada ventana, pero la señora Fitz se opuso rotundamente. Solamente en una ventana. Scarlett podía poner todas las velas que quisiera sobre las mesas o en el suelo, si esto la hacía feliz, pero sólo una ventana debía tener una vela. Y ésta debía encenderse la víspera de Navidad, con el toque del Ángelus.

El ama de llaves sonrió.

—Lo tradicional es que el hijo menor de la casa encienda un junco con los carbones de la chimenea en cuanto se oye el toque del Ángelus, y encienda después la vela con la llama del junco. Usted tendrá que ayudar un poco a Cat.

Scarlett y Cat pasaron el día de Navidad en casa de Daniel. Todos admiraron a Cat casi lo bastante para satisfacer a Scarlett. Y la gente que entró por la puerta abierta fue lo bastante numerosa para que a Scarlett no le obsesionara el recuerdo de las Navidades pasadas en Tara en los viejos tiempos, cuando la familia y los sirvientes de la casa salían al amplio porche después del desayuno, respondiendo al grito de «¡regalos de Navidad!» Entonces Gerald O'Hara ofrecía un vaso de whisky y tabaco de mascar a cada bracero, junto con una chaqueta y unas botas nuevas. A su vez Ellen O'Hara rezaba una breve oración para cada mujer y cada niño, y les entregaba cortes de percal y franela junto con naranjas y palos de caramelo. A veces añoraba Scarlett las cálidas palabras que chapurreaban los negros y las resplandecientes sonrisas en las caras morenas, y el recuerdo se le hacía casi insoportable.

—Tengo que volver a casa, Colum —dijo Scarlett.

—¿No estás ahora en casa, en la tierra de tu pueblo que has convertido de nuevo en tierra O'Hara?

—Oh, Colum, ¡no te las des de irlandés conmigo! Sabes lo que quiero decir. Añoro las voces del Sur y el sol del Sur y la comida del Sur. Quiero comer pan de maíz y pollo frito y gachas de maíz. Nadie en Irlanda sabe lo que es el maíz. Empleáis la misma palabra para toda clase de granos.

—Lo sé, Scarlett, y lamento la añoranza que sientes. ¿Por qué no vas de visita allí cuando llegue el buen tiempo para la navegación? Puedes dejar a Cat aquí. La señora Fitzpatrick y yo cuidaremos de ella.

—¡Nunca! Nunca me separaré de Cat.

No había nada que hacer. Pero, de vez en cuando, la idea volvía a surgir en la cabeza de Scarlett: «Son solamente dos semanas y un día para cruzar el océano y, a veces, los delfines juegan junto al barco durante horas sin fin.»

El día de Año Nuevo, Scarlett tuvo la primera indicación de lo que significaba realmente ser la O'Hara. La señora Fitz entró en su habitación con el té de la mañana en vez de enviar a Peggy Quinn con la bandeja del desayuno.

—Que todos los santos bendigan a la madre y a la hija en el año que comienza —dijo alegremente—. Debo informarle sobre lo que tiene que hacer antes de desayunar.

—También feliz Año Nuevo para usted, señora Fitz; pero ¿de qué diablos está hablando?

De una tradición, de un rito, de una exigencia, dijo la señora Fitz. Sin ello, no habría suerte en todo el año. Scarlett podía tomar un sorbo de té, pero nada más.

El primer alimento sólido en casa había de ser el *barm brack* especial de Año Nuevo que ella le traía en la bandeja. Debía comer tres bocados en nombre de la Trinidad.

—Pero, antes de empezar —dijo la señora Fitz—, venga a la habitación que he preparado. Porque, después de haber tomado los bocados en honor de la Santísima Trinidad, tiene que arrojar el pastel con toda su fuerza contra una pared para que se rompa en pedazos. Ayer hice fregar la pared y el suelo con este fin.

—Es la cosa más absurda que he oído en mi vida. ¿Por qué tendría que echar a perder un pastel tan bueno? Y en todo caso, ¿por qué habría de comer pastel para desayunar?

—Porque es así como hay que hacerlo. Cumpla con su deber, antes de que el resto de la gente de esta casa se muera de hambre. Nadie puede comer hasta que usted haya roto el pastel.

Scarlett se puso la bata de lana y obedeció.

Tomó un sorbo de té para humedecerse la boca; después mordió tres veces el borde del rico pastel de fruta, siguiendo las indicaciones de la señora Fitz. Era tan grande que tuvo que sostenerlo con ambas manos.

Luego, Scarlett repitió la oración que le había enseñado la señora Fitz para que no hubiese hambre en todo el año, y levantando el pastel con las dos manos lo arrojó contra la pared. Trocitos de bizcocho se desparramaron por toda la habitación.

Scarlett se echó a reír.

—¡Menuda porquería he hecho! Pero el lanzamiento ha sido divertido.

—Me alegro de que le haya gustado —dijo el ama de llaves—. Tendrá que hacerlo con cinco más. Todos los hombres, mujeres y niños de Ballyhara han de recibir un trocito para que les dé suerte. Están esperando fuera. Las criadas bajarán los trozos en bandejas cuando usted haya terminado.

—¡Dios mío! —dijo Scarlett—. Hubiese debido comer pedazos más pequeños.

Después del desayuno, Colum la acompañó por todo el pueblo para efectuar el rito siguiente. Si una persona de cabellos oscuros visitaba una casa el día de Año Nuevo, le traía suerte para todo el año. Pero la tradición exigía que aquella persona entrase una vez, luego fuese acompañada fuera de la casa y escoltada para entrar de nuevo en ella.

—Y no te atrevas a reír —le ordenó Colum—. Cualquier persona de cabellos oscuros trae buena suerte, pero el jefe de un clan trae diez veces más.

Cuando la ceremonia hubo terminado Scarlett se tambaleaba.

—Gracias a Dios hay todavía muchas casas vacías —jadeó—. Estoy harta de té y no puedo con todo el pastel que llevo en el estómago. ¿De veras teníamos que comer y beber en cada una de las casas?

—Querida Scarlett, no sería una auténtica visita si no te ofreciesen su hospitalidad y tú no la aceptases. Si hubieses sido un hombre, te habrían dado whisky en vez de té.

Scarlett hizo una mueca.

—Tal vez a Cat le habría gustado.

El primero de febrero era considerado el principio del año agrícola en Irlanda. Acompañada por todos los que trabajaban y vivían en Ballyhara, Scarlett se plantó en el centro de un vasto campo, y, después de rezar una oración para que las cosechas fuesen buenas, hundió una pala en la tierra, la levantó y volcó la primera paletada. Ahora podía empezar el año. No sin antes consumir pastel de manzanas acompañado con leche, desde luego, porque el primero de febrero era también el día de santa Brígida, la otra patrona de Irlanda que era asimismo patrona de las vaquerías.

Mientras todo el mundo estaba comiendo y charlando después de la ceremonia, Scarlett se arrodilló al lado de la tierra removida y tomó un puñado de la fértil marga.

—Esto es para ti, papá —murmuró—. Mira, Katie Scarlett no ha olvidado lo que tú le dijiste: que la tierra del condado de Meath es la mejor del mundo, mejor incluso que la de Georgia y de Tara. Haré todo lo que pueda para cuidar de ella, papá, y la amaré como tú me enseñaste. Es suelo O'Hara, y vuelve a ser nuestro.

El antiquísimo proceso de arar, escardar, sembrar y rezar tenía una dignidad sencilla y esforzada que conquistó la admiración y el respeto de Scarlett por todos los que vivían de la tierra; una admiración y un respeto que había sentido cuando vivía en la casa de campo de Daniel y que sentía ahora por los agricultores de Ballyhara. Y también por sí misma, porque a su modo era uno de ellos. No tenía fuerza para manejar el arado, pero podía proporcionárselo, y comprar los caballos de tiro y el grano para sembrar en los surcos.

La Oficina de la Administración era su hogar, todavía más que sus habitaciones de la Casa Grande. Junto a la mesa escritorio había otra cuna para Cat, idéntica a la de su dormitorio, que Scarlett mecía con el pie mientras trabajaba en sus libros y sus cuentas. Las disputas que tanto habían atemorizado a la señora Fitzpatrick resultaron ser asuntos de sencillo arreglo. Especialmente si una era la O'Hara y su palabra era ley. Scarlett siempre había tenido que intimidar a la gente para ser obedecida; ahora le bastaba con hablar tranquilamente y nadie discutía sus instrucciones. Le gustaba mucho el primer domingo de cada mes. Incluso empezó a darse cuenta de que, en ocasiones, los demás sostenían opiniones dignas de ser escuchadas. En realidad, los cultivadores sabían más que ella de agricultura y podían aprender de ellos. Y lo necesitaba. Ciento veinte hectáreas de tierra de Ballyhara constituían su propia finca. Los labradores se la cultivaban y Scarlett les arrendaba los restantes terrenos por la mitad del precio acostumbrado. Scarlett conocía bien la aparcería, que era lo más corriente en el Sur, pero ser una gran terrateniente era todavía nuevo para ella. Estaba resuelta a ser la mejor de Irlanda.

—Los agricultores también aprenden de mí —dijo a Cat—. Nunca habían oído hablar de abonar la tierra con fosfatos hasta que les entregué aquellos sacos. Si esto significa una mejor cosecha de trigo para nosotros, le devolveré a Rhett algo de su dinero.

Nunca empleaba la palabra «padre» cuando le hablaba a Cat. ¿Quién sabía lo que podía captar y recordar una niña pequeña? En especial si era tan claramente superior en todos los aspectos a las demás criaturas.

Al alargarse los días, el viento y la lluvia se hicieron más suaves y templados. Cat O'Hara era cada día más fascinadora; estaba desarrollando su individualidad.

—Ciertamente, te puse el nombre adecuado —le dijo Scarlett—; eres la criatura más independiente que jamás he visto.

Los grandes ojos verdes de Cat miraron atentamente a su madre mientras hablaba; después volvieron a la absorta contemplación de sus propios dedos. La pequeña nunca daba trabajo; tenía una capacidad infinita para entretenerse sola. Destetarla fue difícil para Scarlett, pero no para Cat. A ésta le gustaba inspeccionar las papillas y el biberón con los dedos y la boca. Parecía encontrar sumamente interesantes todas las experiencias. Era una niña robusta, con la columna vertebral muy recta y la cabeza erguida. Scarlett la adoraba, y de una manera especial, la respetaba. Le gustaba levantar a Cat y besarle los suaves cabellos y el cuello y las mejillas y las manos y los pies, y ansiaba poner a Cat sobre su falda y mecerla. Pero la niña solamente toleraba unos pocos minutos de mimo antes de liberarse con los pies y los puños. Y la carita morena de Cat era capaz de adoptar una expresión tan ofendida que Scarlett no podía por menos que echarse a reír, incluso al verse rechazada por la fuerza.

Los momentos más felices para las dos era cuando al terminar el día compartían el baño. La niña chapoteaba y reía, y Scarlett la sostenía, la subía y bajaba y le cantaba. A continuación venía la delicia de secarle los pequeños miembros perfectos, cada dedo de las manos y de los pies, y de empolvar la sedosa piel de Cat y cada una de sus arrugas infantiles. Cuando Scarlett tenía veinte años, la guerra le había obligado a renunciar a su juventud de la noche a la mañana. Su voluntad y su resistencia se habían endurecido, lo mismo que su rostro. Pero en la primavera de 1876, a sus treinta y un años, recobró gradualmente la dulzura de la esperanza, la juventud y la ternura. Aunque no se daba cuenta de ello, pues su preocupación por la finca y por la niña había sustituido a su anterior entrega a la propia vanidad.

—Necesita alguna ropa —le dijo un día la señora Fitz—. He oído decir que hay una modista que quiere alquilar la casa donde vivió usted, si hace pintar de nuevo el interior. Es viuda y lo bastante acomodada para pagar un buen alquiler. A las mujeres del pueblo les gustaría tenerla aquí, y usted la necesita, a menos que quiera buscar una modista en Trim.

—¿Qué tiene de malo mi aspecto? Visto decentemente de negro, como corresponde a una viuda. Las enaguas apenas se ven.

—Usted no viste decentemente de negro. Lleva ropa de campesina, manchada de barro, con las mangas arremangadas, y es la señora de la Casa Grande.

—Tonterías, señora Fitz. ¿Cómo podría montar a caballo para ir a ver si crece el heno, si sólo tuviese trajes de vestir en la casa? Además, me gusta estar cómoda. En cuanto pueda volver a llevar faldas y blusas de colores, empezaré a preocuparme de si hay manchas en ellas. Siempre he aborrecido el luto. No veo ninguna razón para tratar de que el negro parezca agradable. Por más que se haga, siempre será negro.

—Entonces, ¿no le interesa la modista?

—Claro que me interesa. Otro alquiler es siempre interesante. Y uno de estos días le encargaré algunos vestidos. Después de la siembra. Los campos tendrían que estar arados para sembrar el trigo esta semana.

—Hay otro alquiler posible —dijo cuidadosamente el ama de llaves. Se había sorprendido más de una vez por la inesperada astucia de Scarlett—. Brendan Kennedy piensa que le convendría añadir una posada a su taberna. Podría emplear la casa contigua a la suya.

—¿Quién vendría a Ballyhara para alojarse en una posada? Es una locura... Además, si Brendan Kennedy quiere tomar algo en alquiler, debería decirlo y venir a hablar personalmente conmigo, no molestarla a usted para que lo haga en su nombre.

—Bueno, probablemente lo dijo porque sí.

La señora Fitzpatrick entregó a Scarlett el libro de cuentas con los gastos de la semana y dejó de referirse momentáneamente a la posada. Tendría que dejarlo en manos de Colum; era mucho más persuasivo que ella.

—Vamos a tener más criados que la reina de Inglaterra —dijo Scarlett.

Decía lo mismo todas las semanas.

—Si va a criar vacas, necesitará manos que las ordeñen... —dijo el ama de llaves.

—... y que separen la crema y hagan mantequilla... —terminó Scarlett—. Ya lo sé. Y la mantequilla se vende. Supongo que lo que ocurre es que no me gustan las vacas. Más tarde pensaré sobre esto, señora Fitz. Ahora quiero llevar a Cat a que vea cómo extraen turba de la ciénaga.

—Será mejor que se dé prisa. Se ha acabado el dinero en la cocina, y mañana hay que pagar a las chicas.

—¡Caray! Tendré que ir a buscar algún dinero al banco. Iré a Trim.

—Si yo fuese el banquero, no le daría dinero a una criatura vestida como usted.

Scarlett se echó a reír.

—¡Bah! Dígale a la modista que ordenaré pintar la casa.

Pero no abrir la posada, pensó la señora Fitzpatrick. Tendría que hablar con Colum esa noche.

Los fenianos habían crecido en fuerza y número en toda Irlanda. Al disponer de Ballyhara, tenían ahora lo que más necesitaban: un lugar seguro donde podrían reunirse los cabecillas de cada condado para proyectar la estrategia, y donde pudiese refugiarse un hombre que huyese de la milicia; aunque los desconocidos pasarían difícilmente inadvertidos en una población que era poco más que una aldea. Las patrullas de la milicia y de la policía de Trim eran pocas, pero un hombre dotado de buena vista podía destruir los planes mejor urdidos.

—Realmente, necesitamos la posada —dijo Rosaleen Fitzpatrick en tono apremiante—. Es lógico que un hombre que tenga negocios en Trim quiera alquilar una habitación que esté cerca de la ciudad pero que sea más barata que las de ésta.

—Tienes razón, Rosaleen —la tranquilizó Colum—, y hablaré con Scarlett. Pero no inmediatamente. Es demasiado perspicaz. Esperemos un poco. Así, cuando yo plantee el tema, no se preguntará por qué insistimos tanto.

—Pero no debemos perder tiempo, Colum.

—Tampoco debemos perderlo todo por precipitarnos. Lo haré cuando crea que es el momento oportuno.

La señora Fitzpatrick tuvo que conformarse con esto. Colum era el responsable. Se consoló recordando que, al menos, había introducido en el pueblo a Margaret Scanlon. Y ni siquiera había tenido que inventar un cuento para conseguirlo. Scarlett necesitaba alguna ropa. Era lamentable que se empeñase en vivir de esta manera, llevando los vestidos más baratos y utilizando dos habitaciones donde había veinte. Si Colum no hubiese sido Colum, Rosaleen habría dudado de lo que decía: que, no hacía mucho tiempo, Scarlett había sido una mujer muy elegante.

—*«... y si el anillo de brillantes se vuelve de latón, mamá te comprará un espejo»* —cantó Scarlett, y Cat chapoteó vigorosamente en el agua jabonosa del baño—. Mamá te comprará también unos vestidos muy lindos —dijo—, y algunos para ella. Y viajaremos en aquel barco tan grande.

No había motivo para demorarlo. Tenía que ir a Estados Unidos. Si partía poco después de Pascua, podría regresar con tiempo sobrado para la recolección.

Scarlett tomó una decisión el día en que vio un delicado fulgor verde sobre el campo en el que había volcado la primera paletada de tierra. Un fuerte arranque de entusiasmo y de orgullo hizo que tuviese ganas de gritar: «Esto es mío, mi tierra, mis simientes cobrando vida.» Miró los pequeños tallos a duras penas visibles y se los imaginó creciendo, haciéndose cada vez más altos y vigorosos, y después floreciendo, perfumando el aire y emborrachando a las abejas hasta que casi no pudiesen volar. Los hombres los cortarían, centelleando sus guadañas de plata, y harían altos almiares de paja dorada. Año tras año se repetiría el ciclo de sembrar y segar, el milagro anual del nacimiento y el crecimiento. La hierba crecería y se convertiría en heno. El trigo maduraría y se convertiría en pan. Y la avena maduraría y se convertiría en harina. Cat crecería, gatearía, caminaría, hablaría, comería la harina de avena y el pan, y saltaría sobre la paja amontonada en el altillo del granero, como había hecho Scarlett de pequeña. Ballyhara era su hogar. Entrecerró los ojos y miró hacia el sol, vio las nubes que se deslizaban en dirección al astro y supo que pronto llovería y que poco después se despejaría el cielo y el sol calentaría los campos, hasta que cayera la lluvia siguiente y, a continuación, brillara de nuevo el sol.

«Sentiré una vez más el calor abrasador del sol de Georgia —decidió—, tengo derecho a ello. A veces lo añoro terriblemente. Pero, de alguna manera, Tara es más un sueño que un recuerdo. Pertenece al pasado, como la Scarlett que yo solía ser. Aquella vida y aquella persona nada tienen ya que ver conmigo. He hecho mi elección. La Tara de Cat es la Tara irlandesa. También será la mía. Yo soy la O'Hara de Ballyhara. Conservaré mi parte de Tara como herencia para Wade y Ella, pero venderé todo lo de Atlanta y cortaré aquellos lazos. Ballyhara es ahora mi hogar. Nuestras raíces son aquí muy hondas, las de Cat y las mías y las de papá. Me llevaré un poco de tierra O'Hara cuando me vaya, para mezclarla con la arcilla de Georgia que cubre la tumba de Gerald O'Hara.»

Pensó brevemente en los asuntos que tenía pendientes. Todos podían esperar. Debía reflexionar sobre la mejor manera de hablarles a Wade y a Ella acerca del que sería su maravilloso nuevo hogar. Ellos no creerían que su madre quisiera tenerlos consigo..., ¿por qué habían de creerlo? En verdad, ella nunca lo había querido. Hasta que había descubierto lo que era amar a un hijo, ser una verdadera madre.

«Va a ser difícil —se dijo muchas veces—, pero puedo hacerlo. Puedo compensar el pasado. Tengo tanto amor en mí que se desborda. Quiero dar algo de este amor a mi hijo y a mi hija. Al principio, tal vez no les guste Irlanda..., es tan diferente..., pero cuando hayamos ido un par de veces al mercado, y a las carreras, y les compre unos ponis... Ella estará preciosa con faldas y enaguas. A todas las niñas pequeñas les gusta vestirse como las mayores... Y tendrán millones de primos, con todos los O'Hara que andan por aquí, y todos los niños de Ballyhara para jugar con ellos...»

66

—No puedes marcharte hasta después de Pascua, querida Scarlett —dijo Colum—. Hay una ceremonia el Viernes Santo que sólo la O'Hara puede celebrar.

Scarlett no discutió. Ser la O'Hara era demasiado importante para ella. Pero esto la fastidiaba. ¿Qué podía importar que fuese una u otra persona quien plantase la primera patata? También la irritaba que Colum no quisiese ir con ella. Y él pasaba últimamente mucho tiempo fuera. «Cuestiones de negocios», decía. Bueno, ¿por qué no podía volver a recaudar fondos en Savannah, en vez de hacerlo dondequiera que fuese?

La verdad era que todo la irritaba. Ahora que había decidido marcharse, tenía ganas de estar fuera. Se mostraba irascible con Margaret Scanlon, la modista, porque tardaba demasiado tiempo en confeccionarle los vestidos. Y porque la señora Scanlon parecía muy intrigada cuando ella le encargó coloridos vestidos de seda y de hilo además de los negros de luto.

—Veré a mi hermana en América —dijo alegremente Scarlett—, y a ella le gustan mucho los colores.

«Y no me importa que lo creas o dejes de creerlo —pensó, malhumorada—. En realidad, no soy viuda, y no voy a regresar a Atlanta con un aspecto triste y desaliñado.» De pronto, la falda, las medias, la camisa y el pañuelo, tan negros y utilitarios, le resultaban indeciblemente deprimentes. Apenas podía esperar el momento de ponerse el vestido verde con grandes volantes de tupido encaje color crema. O el de seda rosa con rayas azul marino... Si Margaret Scanlon los terminaba.

—Te sorprenderás cuando veas lo guapa que está tu mamá con sus vestidos nuevos —dijo a Cat—. También he encargado algunos vestiditos maravillosos para ti.

Y la niña sonrió, mostrando su pequeña colección de dientes.

—Te gustará el barco grande —le prometió Scarlett.

Había reservado el camarote mejor y más grande en el *Brian Boru*, que zarparía de Galway el viernes después de Pascua.

El domingo de Ramos se enfrió el tiempo y empezó una lluvia fuerte y sesgada que siguió cayendo en Viernes Santo. Scarlett quedó calada y aterida hasta los huesos después de la larga ceremonia en el campo descubierto.

Corrió a la Casa Grande en cuanto pudo, ansiando tomar un baño caliente y una taza de té. Pero ni siquiera tuvo tiempo de ponerse ropa seca. Kathleen la estaba esperando con un mensaje urgente.

—El viejo Daniel te llama, Scarlett. Enfermó del pecho y se está muriendo.

Scarlett contuvo el aliento cuando vio al viejo Daniel. Kathleen se santiguó.

—Está durmiendo —dijo en voz baja.

Los ojos de Daniel O'Hara estaban hundidos en las cuencas y tenía tan chupadas las mejillas que su cara parecía una calavera revestida de piel. Scarlett se arrodilló junto a la austera cama plegable y asió la mano del enfermo. Una mano cálida, seca y fláccida.

—Tío Daniel, soy Katie Scarlett.

Daniel abrió los ojos. El tremendo esfuerzo de voluntad que debió realizar hizo que Scarlett tuviese ganas de llorar.

—He de pedirte un favor —dijo él.

Su respiración era jadeante.

—Lo que quieras.

—Entiérrame en tierra O'Hara.

«No seas tonto, la muerte está muy lejos», quiso decirle Scarlett; pero no podía mentir al viejo.

—Haré esto —dijo, a la manera irlandesa.

Daniel cerró los ojos. Scarlett empezó a llorar. Kathleen la condujo a una silla junto al fuego.

—¿Me ayudarás a preparar el té, Scarlett? Vendrán todos.

Scarlett asintió con la cabeza, incapaz de hablar. Hasta este momento no se había dado cuenta de lo importante que había sido su tío en su vida. Raras veces hablaba y ella no le hablaba casi nunca; estaba simplemente allí, firme, tranquilo, inmutable y fuerte. El jefe de la casa. Para ella, tío Daniel era «el O'Hara».

Kathleen envió a Scarlett a casa antes de que anocheciese.

—Tienes que cuidar a tu pequeña, y aquí nada más puedes hacer. Vuelve mañana.

El sábado todo fue muy parecido. Durante todo el día, acudió continuamente gente a presentar sus respetos. Scarlett preparó una tetera tras otra, partió los pasteles que traían los visitantes y untó pan con mantequilla para hacer bocadillos.

El domingo, hizo compañía a su tío, mientras Kathleen y los varones O'Hara iban a misa. Cuando volvieron, se marchó a Ballyhara. La O'Hara debía celebrar la Pascua en la iglesia de Ballyhara. Scarlett pensó que el padre Flynn nunca terminaría el sermón; pensó que nunca podría desprenderse de la gente del pueblo, que preguntaba por su tío y expresaba su esperanza de que se recuperase. Ni siquiera después de cuarenta días de severo ayuno (pues no había dispensa para los O'Hara de Ballyhara) tenía Scarlett apetito para la gran comida de Pascua.

—Llévela a la casa de su tío —sugirió la señora Fitzpatrick—. Allí hay hombres robustos que hacen todavía el trabajo de la finca. Necesitan comer mucho, la pobre Kathleen está demasiado ocupada con el viejo Daniel.

Scarlett besó y abrazó a Cat antes de salir. Cat acarició con sus manitas las mejillas surcadas de lágrimas de su madre.

—Eres encantadora, Kitty Cat. Gracias, preciosa. Mamá volverá pronto y después jugaremos y cantaremos en el baño. Y dentro de unos días emprenderemos un viaje maravilloso en el gran barco.

Scarlett se despreció a sí misma por pensar que ojalá no perdieran el *Brian Boru.*

Aquella tarde, Daniel se reanimó un poco. Reconoció a la gente y la llamó por sus nombres.

—Gracias a Dios —dijo Scarlett a Colum.

También dio gracias a Dios porque Colum estaba allí. ¿Por qué tenía que pasar tanto tiempo fuera? Le había echado en falta ese largo fin de semana.

Fue Colum quien le comunicó, el lunes por la mañana, que Daniel había muerto durante la noche.

—¿Cuándo será el entierro? Quisiera embarcar el viernes.

Era muy consolador tener un amigo como Colum; podía contárselo todo, sin tener miedo de que la censurase o la interpretase mal.

Colum sacudió despacio la cabeza.

—No podrá ser, querida Scarlett. Hay muchas personas que respetaban a Daniel y muchos O'Hara que vendrán de lejos por carreteras encharcadas. El velatorio durará al menos tres días, probablemente cuatro. Después, se celebrará el entierro.

—¡Oh, no, Colum! Dime que no tendré que ir al velatorio; es demasiado morboso, creo que no podría soportarlo.

—Tienes que ir, Scarlett. Yo estaré contigo.

Scarlett percibió las lamentaciones incluso antes de avistar la casa. Miró a Colum con desesperación, pero él tenía hermético el semblante.

Una verdadera multitud se hallaba reunida delante de la puerta de la casa. Eran tantos los que habían venido a dar el pésame por la muerte de Daniel que no había sitio para todos en el interior. Scarlett oyó que decían «la O'Hara» y vio que le abrían paso. Habría deseado de todo corazón que no le rindiesen aquel honor. Pero entró en la vivienda con la cabeza baja, resuelta a cumplir su deber con Daniel.

—Está en el salón —dijo Seamus.

Scarlett hizo acopio de valor. Los misteriosos lamentos procedían de allí. Entró.

Altos y gruesos cirios ardían sobre unas mesas colocadas junto a la cabecera y los pies de la cama grande. Daniel yacía sobre la colcha envuelto en una mortaja blanca ribeteada de negro. Tenía cruzadas sobre el pecho las manos curtidas por el trabajo, y las cuentas de un rosario entre los dedos.

¿Por qué nos dejaste? ¡Ochón!
¡Ochón, Ochón, Ullagón Ó!

La mujer que así se lamentaba iba balanceándose de un lado a otro. Scarlett reconoció en ella a la prima Peggy, que vivía en el pueblo. Se arrodilló al lado de la cama a rezar una oración por Daniel, pero aquellos quejidos confundían de tal modo su mente que no podía pensar.

Ochón, Ochón.

Aquel grito gemebundo, primitivo, le oprimía el corazón, la asustaba. Se puso en pie y se dirigió a la cocina.

Miró con incredulidad la multitud de hombres y mujeres que llenaban la habitación y que comían, bebían y hablaban como si no ocurriese nada desacostumbrado. El aire estaba denso a causa del humo de las pipas de arcilla que fumaban los hombres, a pesar de que la puerta y las ventanas se encontraban abiertas. Scarlett se acercó al grupo que rodeaba al padre Danaher.

—Sí, despertó para llamar a los suyos por su nombre y terminar con el alma limpia. Oh, su confesión fue magnífica; jamás oí otra mejor. Daniel O'Hara era un hombre excelente. No volveremos a ver uno como él en nuestra vida.

Scarlett se apartó.

—¿Y no recuerdas, Jim, aquella vez en que Daniel y su hermano Patrick, que en gloria esté, llevaron a la magnífica cerda del inglés a parir en la turbera? Fueron doce los pequeños y todos chillaban, y la cerda era tan fiera como un jabalí. El administrador estaba temblando y el inglés maldecía, y todos los demás se reían ante aquel espectáculo.

Jim O'Gorman emitió una carcajada y golpeó el hombro del narrador con su manaza de herrero.

—A decir verdad, Ted O'Hara, yo no lo recuerdo y tú tampoco. Ninguno de los dos había nacido cuando ocurrió el suceso de la cerda, y lo sabes muy bien. Se lo oíste contar a tu padre, como se lo oí narrar yo al mío.

—Pero debió ser estupendo, Jim. Tu primo Daniel era un gran hombre, ésta es la verdad.

«Sí que lo era», pensó Scarlett. Fue de un lado a otro, escuchando una docena de anécdotas de la vida de Daniel. Alguien se fijó en ella.

—Cuéntanos, por favor, Katie Scarlett, cómo rehusó tu tío la tierra y las cien cabezas de ganado que le ofreciste.

Ella pensó rápidamente.

—Ocurrió así —empezó a decir, y una docena de ansiosos oyentes se inclinaron hacia ella. «¿Qué voy a decir ahora?», pensó—. Yo... yo le dije: «Tío Daniel..., quiero hacerte un regalo.» —Valía la pena exagerar un poco—. Le dije: «Tengo una finca de... cuarenta hectáreas y... un arroyo y una turbera y... cien bueyes y cincuenta vacas lecheras y trescientos gansos y veintinco cerdos y... seis yuntas de caballos.» —Los oyentes suspiraron, admirados. Scarlett estaba inspirada—. «Tío Daniel», le dije, «todo esto es para ti y, además, una bolsa de oro.» Pero me respondió, con una voz tan fuerte que me eché a temblar: «No lo tocaré, Katie Scarlett O'Hara.»

Colum la agarró de un brazo y la llevó fuera de la casa pasando entre la multitud, hacia detrás del granero. Entonces, se echó a reír.

—Tú siempre me sorprendes, querida Scarlett. Acabas de convertir a Daniel en un gigante, pero no sé si en un gigante tonto o en un gigante demasiado noble para aprovecharse de una mujer tonta.

Scarlett rió con él.

—Ahora empezaba a gustarme, Colum; hubieses debido dejar que me quedase.

De pronto se tapó la boca con la mano. ¿Cómo podía estar riendo en el velatorio de tío Daniel?

Colum le asió la muñeca y le bajó la mano.

—Está bien —dijo—, se supone que el propósito de un velatorio consiste en celebrar la vida de un hombre y su importancia para todos los que acuden. La risa es parte de ello, tanto como las lamentaciones.

Daniel O'Hara fue inhumado el jueves. Su entierro fue casi tan sonado como el de la vieja Katie Scarlett. La joven Scarlett presidió el desfile hacia la fosa que los hijos de Daniel habían cavado en el antiguo cementerio amurallado de Ballyhara, que ella y Colum habían descubierto y limpiado.

Scarlett llenó una bolsa de cuero con tierra de la tumba de Daniel. Cuando la desparramase sobre la de su padre, casi sería como si estuviese enterrado junto a su hermano.

Cuando hubo terminado el entierro, la familia se dirigió a la Casa Grande para tomar algo. La cocinera de Scarlett celebró tener una ocasión de lucir sus cualidades. Largas mesas sobre caballetes habían sido colocadas en el salón que no se usaba y en la biblioteca. Estaban cubiertas de jamones, patos, pollos, carne de buey, montañas de pan y de pasteles, jarras de cerveza negra, barrilitos de whisky, ríos de té. Cientos de O'Hara habían hecho el viaje a pesar de los enfangados caminos.

Scarlett bajó a Cat para presentarla a sus parientes. La admiración de éstos fue mayor de lo que Scarlett había podido desear.

Entonces trajo Colum un violín y su tambor; tres primos sacaron silbatos, y la música se prolongó durante horas. Cat agitó las manitas al son de la música hasta que se fatigó y quedó dormida en la falda de su madre. «Me alegro de haber perdido el barco —pensó Scarlett—; esto es maravilloso. Lástima que haya sido causado por la muerte de Daniel.»

Dos de sus primos se acercaron a ella y se inclinaron para hablarle en voz baja.

—Necesitamos a la O'Hara —dijo Thomas, el hijo de Daniel.

—¿Vendrás mañana a casa después del desayuno? —preguntó Joe, el hijo de Patrick.

—¿De qué se trata?

—Te lo diremos mañana, cuando no haya ruido y puedas pensar.

La cuestión era: ¿Quién heredaría la finca de Daniel? Debido a la antigua crisis que tuvo lugar cuando murió el viejo Patrick, dos primos O'Hara se la disputaban. Como su hermano Gerald, Daniel no había hecho testamento.

«Se repite lo de Tara», pensó Scarlett, y su decisión fue fácil. Seamus, hijo de Daniel, había trabajado de firme en la finca durante treinta años, mientras que Sean, hijo de Patrick, había vivido con la vieja Katie Scarlett sin hacer nada. Scarlett entregó la finca a Seamus. «Como hubiese debido papá entregarme Tara», pensó.

Ella era la O'Hara; por consiguiente, no hubo discusión. Scarlett estaba entusiasmada, segura de que había hecho a Seamus más justicia de la que le habían hecho a ella.

El día siguiente, una mujer ya madura dejó una cesta de huevos en la puerta de la Casa Grande. La señora Fitz descubrió que era la novia de Seamus. Había estado esperando durante casi veinte años a que él le pidiese que se casaran. Seamus le propuso matrimonio una hora después de la decisión de Scarlett.

—Ha sido muy amable —dijo Scarlett—, pero espero que no se casen demasiado pronto. Al paso que voy, nunca llegaré a Estados Unidos.

Finalmente logró reservar un camarote en un barco que zarparía el 26 de abril, exactamente un año después de la fecha en que al principio había supuesto que terminarían sus «vacaciones» en Irlanda.

El barco no era el lujoso *Brian Boru*, ni siquiera un verdadero barco de pasajeros. Pero Scarlett tenía sus propias supersticiones, y creía que, si esperaba de nuevo hasta después del primero de mayo, ya no se marcharía nunca. Además, Colum conocía el barco y a su capitán. Era un carguero, sí, pero solamente transportaba balas del mejor lino irlandés, ninguna mercancía sucia. Y la esposa del capitán viajaba siempre con él, por lo que Scarlett tendría una compañera femenina y una carabina. Y lo mejor de todo, el barco no tenía rueda de paletas ni motor a vapor. Sólo navegaría a vela.

67

El tiempo se mantenía estable desde hacía más de una semana. Los caminos estaban secos, y los setos, floridos; el insomnio febril que Cat padeció una noche, resultó ser debido solamente a un nuevo diente que le salía. La víspera de su partida, Scarlett se dirigió medio corriendo y medio danzando al pueblo de Ballyhara para recoger el último vestidito de Cat confeccionado por la modista. Confiaba en que ahora nada pudiera ir mal.

Mientras Margaret Scanlon envolvía el vestidito en papel de seda, Scarlett contempló la población desierta a la hora de comer y vio que Colum entraba en la abandonada iglesia protestante del otro lado de la ancha calle.

«Bueno —pensó—, por fin va a hacerlo. Creí que nunca atendería a razones. Es absurdo que todo el pueblo tenga que apretujarse en aquella capilla diminuta para oír misa los domingos, cuando esta iglesia grande permanece vacía. El mero hecho de que haya sido construida por protestantes no es razón para que los católicos no la utilicen. No sé por qué se ha resistido tanto tiempo —se dijo—, pero no voy a reprochárselo. Sólo le diré que estoy encantada de que haya cambiado de idea.»

—Volveré en seguida —dijo a la señora Scanlon.

Caminó apresuradamente por el herboso sendero que conducía a la pequeña entrada lateral, llamó a la puerta, la empujó y la abrió. De inmediato sonó un fuerte ruido y después otro, y sintió que algo punzante le atravesaba la manga, oyo caer una rociada de piedrecitas en el suelo, a su pies, y un estampido que resonó dentro de la iglesia.

Un rayo de luz que entraba por la puerta abierta cayó directamente sobre un desconocido que se había vuelto en redondo para enfrentarse a ella. Su cara mal afeitada estaba torcida en una mueca y sus ojos oscuros y con ojeras parecían los de un animal salvaje.

Estaba medio agachado y le apuntaba con una pistola que sostenía apartada de su figura harapienta con dos manos sucias pero firmes como una roca.

«Me ha disparado —sólo pudo pensar Scarlett—. Ha matado ya a Colum y ahora va a matarme a mí. ¡Cat! Nunca volveré a ver a Cat.» Una ira ardiente liberó a Scarlett de la parálisis física del miedo. Levantó los puños y se lanzó adelante.

El ruido del segundo disparo fue una explosión que resonó, ensordecedora, en el techo abovedado durante un tiempo que pareció eterno. Scarlett se arrojó al suelo, gritando.

—Cállate, por favor, querida Scarlett —dijo Colum.

Ella reconoció su voz, que sin embargo no parecía la suya. Esta voz era dura, helada.

Scarlett miró hacia arriba. Vio el brazo derecho de Colum alrededor del cuello del hombre, y la mano izquierda cerrada sobre la muñeca de éste, y la pistola apuntando al techo. Se puso lentamente en pie.

—¿Qué pasa aquí? —dijo pausadamente.

—Cierra la puerta, por favor —dijo Colum—. Entra bastante luz por las ventanas.

—¿Qué... pasa... aquí?

Colum no le respondió.

—Suéltala, Davey, muchacho —dijo al hombre.

La pistola cayó con un ruido metálico sobre el suelo de piedra. Colum bajó poco a poco el brazo del hombre. Desprendió rápidamente el suyo del cuello del hombre, cerró los puños y le golpeó con fuerza. El cuerpo inconsciente cayó a sus pies.

—Se pondrá bien —dijo Colum. Pasó ágilmente por el lado de Scarlett, cerró la puerta sin hacer ruido y corrió el cerrojo.

—Ahora, querida Scarlett, tenemos que hablar.

Colum la agarró del brazo desde atrás. Scarlett se volvió para enfrentarse a él.

—No hables en plural, Colum. Serás tú. Tú me dirás lo que pasa aquí.

El tono de voz de su primo volvió a ser afectuoso y melódico.

—Ha sido un suceso lamentable, querida Scarlett...

—No me llames «querida Scarlett». No voy a dejarme engatusar, Colum. Ese hombre ha intentado matarme. ¿Quién es? ¿Por qué has venido a verle a escondidas? ¿Qué pasa aquí?

La cara de Colum era solamente una mancha pálida en la sombra. El cuello de su camisa lucía sorprendentemente blanco.

—Ven donde podamos vernos —dijo a media voz, y caminó hacia un sitio donde unos finos rayos de sol entraban sesgados por las ventanas entabladas.

Scarlett no podía dar crédito a sus ojos.

Colum estaba sonriendo.

—Oh, ha sido una lástima; si hubiésemos tenido la posada esto no habría ocurrido. Quería tenerte alejada de esto, querida Scarlett; será enojoso cuando lo sepas.

¿Cómo podía sonreír? ¿Cómo se atrevía? Iba a decirlo, pero estaba demasiado horrorizada para hablar.

Colum le habló de la Hermandad Feniana.

Cuando él terminó, Scarlett recobró la voz.

—¡Judas! ¡Sucio y embustero traidor! Yo confiaba en ti. Pensaba que eras mi amigo.

—Ya dije que era una cuestión enojosa.

Ella se sentía demasiado afligida para enfadarse por su sonrisa y su triste respuesta. Todo había sido una traición. Colum había abusado de ella, engañándola desde el momento en que se habían conocido. Todos la habían engañado: Jamie y Maureen, todo sus primos de Savannah y de Irlanda, todos los cultivadores de Ballyhara, todos los del pueblo de Ballyhara. Incluso la señora Fitz. Su felicidad había sido engañosa. Todo era un engaño.

—¿Quieres escucharme, Scarlett? —Ella aborrecía ahora la voz de Colum, musical y seductora. «No le escucharé.» Trató de taparse los oídos, pero las palabras de él se filtraban entre sus dedos—. Recuerda tu Sur, aplastado por las botas de los conquistadores, y piensa en Irlanda, en su belleza y su sangre vital en las manos asesinas del enemigo. Éste nos robó el lenguaje. Enseñar a un niño a hablar irlandés es delito en esta tierra. Imagínate, Scarlett, que vuestros yanquis hablasen una lengua que vosotros no entendieseis, con palabras que tuvieseis que aprender a la fuerza, porque si no supieseis lo que quiere decir «alto» podrían mataros por no deteneros. Y que estos mismos yanquis enseñasen su idioma a tu hija, y ésta hablase una lengua diferente de la tuya, con lo que no podría comprender tus palabras cariñosas y tú no sabrías lo que te diría ella y no podrías complacer sus deseos. Los ingleses nos robaron nuestro lenguaje y, con él, se llevaron a nuestros hijos.

»Se apoderaron de nuestra tierra, que es nuestra madre. No nos dejaron nada cuando perdimos a nuestros hijos y a nuestra madre. Conocimos la derrota en nuestras almas.

»Y ahora piensa, Scarlett, en cuando te quitaron tu Tara. Luchaste por ella, y me dijiste cómo: con toda tu voluntad, con todo tu corazón, con todo tu ingenio, con todo tu poder. Si había que mentir, podías mentir; si había que engañar, podías engañar; si había que matar, podías matar. Lo mismo nos ocurre a nosotros, los que luchamos por Irlanda.

»Y sin embargo, somos más afortunados que tú. Porque todavía tenemos tiempo para gozar de la vida. Para la música y el baile y el amor. Tú sabes lo que es amar, Scarlett. He visto nacer y florecer tu amor por tu hija. ¿No ves que el amor se alimenta sin glotonería de sí mismo, que el amor es un vaso siempre lleno a rebosar, que vuelve a llenarse cuando has bebido de él?

»Lo propio ocurre con nuestro amor por Irlanda y su gente. Yo te quiero, Scarlett; todos nosotros te queremos. No dejamos de quererte porque sea Irlanda nuestro amor de los amores. ¿Acaso te despreocupas tú de tus amigos porque cuidas a tu hija? Las dos cosas no son incompatibles. Tú creías que yo era tu amigo, tu hermano. Y lo soy, Scarlett y lo seré siempre. Tu felicidad me alegra, tus penas me afligen. Y sin embargo, Irlanda es mi alma; para mí, no es traición todo lo que se hace para librarla de la esclavitud. Pero ella no roba el amor que siento por ti, sino que lo aumenta.

Las manos de Scarlett se habían separado automáticamente de sus oídos y pendían fláccidas junto a sus costados. Colum la había hechizado, como siempre que hablaba de esa manera, aunque ella no comprendía más de la mitad de lo que le estaba diciendo. Tenía la impresión de estar envuelta en una tela de araña que la calentaba y sujetaba al mismo tiempo.

El hombre que estaba inconsciente en el suelo gimió. Scarlett miró con miedo a Colum.

—¿Es un feniano este hombre?

—Sí. Y un fugitivo. Creyó que un amigo suyo le había denunciado a los ingleses.

—Y tú le diste esta pistola.

Era una afirmación, no una pregunta.

—Sí, Scarlett. Como verás, ya no tengo secretos para ti. Tengo armas escondidas en esta iglesia inglesa. Soy el armero de la Hermandad. Cuando llegue el día, y será pronto, muchos miles de irlandeses estarán armados para el alzamiento, y las armas procederán de este lugar inglés.

—¿Cuándo? —preguntó Scarlett, temiendo la respuesta.

—No se ha dijado la fecha. Necesitamos cinco envíos más; seis, si es posible.

—Esto es lo que haces en Estados Unidos.

—Sí. Recaudo dinero, con ayuda de muchos; otros encuentran la manera de comprar armas con él, y yo las traigo a Irlanda.

—En el *Brian Boru.*

—Y en otros navíos.

—Vais a disparar contra los ingleses.

—Sí. Pero seremos más compasivos que ellos. Ellos han matado a mujeres y niños, además de a nuestros hombres. Nosotros sólo mataremos a los soldados. Al soldado se le paga para que esté expuesto a morir.

—Pero tú eres sacerdote —dijo ella—; no puedes matar.

Colum guardó silencio durante varios minutos. Motas de polvo giraban perezosamente en los rayos de luz que entraban por la ventana e incidían en su cabeza gacha. Cuando la levantó, vio Scarlett que sus ojos estaban llenos de pesar.

—Cuando yo tenía ocho años —dijo—, vi cómo se llevaban los carros de trigo y los rebaños por la carretera de Adamstown a Dublín, hacia las mesas de banquete que tenían allí los ingleses. También vi morir a mi hermana de hambre, porque sólo tenía dos años y carecía de fuerzas para aguantar sin alimentarse. Mi hermano tenía tres, y tampoco él tuvo fuerza. Los más pequeños eran siempre los primeros en morir. Lloraban porque tenían hambre y eran demasiado pequeños para comprenderlo, cuando les decían que no había comida. Yo lo comprendía, porque tenía ocho años y sabía más que ellos. Y no lloraba, porque también sabía que, si lo hacía, gastaría una energía que era necesaria para sobrevivir sin alimentos.

»Murió otro hermano, de siete años, y después otro de seis y otro de cinco y, para mi vergüenza, he olvidado cuál de ellos era el niño y cuál la niña: entonces falleció mi madre, pero siempre he creído que murió de pena más que de hambre.

»Se necesitan muchos meses para morir de hambre, Scarlett. Y no es una muerte piadosa. Durante todos aquellos meses, los carros llenos de comida pasaban por delante de nosotros.

La voz de Colum parecía muerta. Después se animó.

—Yo era un muchacho prometedor. Cuando cumplí los diez años y hubieron quedado atrás los tiempos del hambre y tuve comida para alimentarme, aprendí rápidamente, fui un buen estudiante. Nuestro cura se dio cuenta de ello y dijo a mi padre que tal vez, a su debido momento, podría ser aceptado en el seminario. Mi padre me dio todo lo que podía dar. Mis hermanos mayores trabajaron más de lo que les correspondía en la finca para que yo no tuviese que hacer nada en ella y pudiese dedicarme a mis libros. Nadie me lo reprochó, pues es un gran honor para una familia tener un hijo sacerdote. Y yo lo acepté todo sin pensar, pues tenía una fe pura y total en la bondad de Dios y la sabiduría de la Santa Madre Iglesia; tenía lo que creía que era vocación de sacerdote. —Ahora levantó la voz—. Creía, ésta es la respuesta. El seminario contiene muchos libros santos y hombres santos y toda la sabiduría de la Iglesia. Estudié y recé y busqué. Encontré éxtasis en la oración, conocimiento en los estudios. Pero no el conocimiento que estaba buscando. «¿Por qué —preguntaba a mis maestros— tienen los niños que morir de hambre?» Pero la única respuesta que me daban era «confía en la sabiduría de Dios y ten fe en su amor.»

Colum levantó los brazos sobre su torturado semblante y gritó:

—Dios, Padre mío, siento Tu presencia y Tu inmenso poder. Pero no puedo ver Tu rostro. ¿Por qué has vuelto la espalda a Tu pueblo irlandés?

Bajó los brazos.

—No hay respuesta, Scarlett —dijo, con voz entrecortada—,

nunca la ha habido. Pero tuve una visión y la he seguido. En mi visión, los niños hambrientos se juntaban y su debilidad no era tanta al aumentar su número. Se alzaban a miles, alargando los bracitos descarnados, y volcaban las carretas llenas de comida, y no morían. Ahora, mi vocación es volcar aquellos carros, echar a los ingleses de sus mesas de banquete, dar a Irlanda el amor y la piedad que Dios le ha negado.

Scarlett se estremeció ante aquella blasfemia.

—Irás al infierno.

—¡Estoy en el infierno! Cuando veo soldados burlándose de una madre que tiene que mendigar para comprar comida para sus hijos, es una visión infernal. Cuando veo a viejos que tienen que caminar por la calzada enfangada de la calle para que los soldados sean dueños de las aceras, veo el infierno. Cuando veo deshaucios, palizas, carros llenos de grano pasando por delante de una familia que tiene un metro cuadrado de patatas para no morir de hambre, digo que toda Irlanda es un infierno, y de buen grado sufriré la muerte y después el tormento por toda la eternidad, para librar a los irlandeses de una hora de infierno en la tierra.

Scarlett estaba estremecida por su vehemencia. Trataba de comprender. ¿Y si ella no hubiese estado allí cuando llegaron los ingleses con su ariete a la casa de Daniel? ¿Y si perdiese todo su dinero y Cat tuviese hambre? ¿Y si los soldados ingleses fuesen realmente como los yanquis y robasen sus animales e incendiasen los campos cuyas plantas habían visto crecer?

Sabía lo que era verse impotente ante un ejército. Sabía lo que era el hambre. Eran recuerdos que ni todo el oro del mundo podía borrar.

—¿Cómo puedo ayudarte? —preguntó a Colum.

Él luchaba por Irlanda, e Irlanda era la patria de su pueblo y de su hija.

68

La esposa del capitán del barco era una mujer robusta y de cara colorada que miró a Cat y le tendió los brazos.

—¿Querrá venir conmigo?

Cat alargó las manitas como respuesta. Scarlett estuvo segura de que lo que interesaba a Cat eran las gafas que pendían de una cadena que llevaba la mujer alrededor del cuello, pero no lo dijo. Le encantaban que admirasen a Cat, y esto era lo que hacía la esposa del capitán.

—Es preciosa —dijo—; no, querida, las gafas se ponen en la nariz, no en la boca... Es preciosa, con esa piel de color de aceituna. ¿Es su padre español?

Scarlett pensó rápidamente.

—Su abuela —dijo.

—¡Ah, ya! —Quitó las gafas de los dedos de Cat y las sustituyó por una galleta—. Yo soy cuatro veces abuela; es lo más maravilloso del mundo. Empecé a navegar con el capitán cuando nuestros hijos fueron mayores, porque no podía soportar la casa vacía. Pero ahora tengo la ilusión de los nietos. Después de Savannah, iremos a recoger carga en Filadelfia, y podré estar dos días allí con mi hija y sus dos pequeños.

«Me va a matar con su charla antes de que salgamos de la bahía —pensó Scarlett—. No podré soportarlo dos semanas.»

Pero pronto descubrió que no debía preocuparse. La esposa del capitán repetía lo mismo tan a menudo que Scarlett sólo tenía que asentir con la cabeza y decir «¡Madre mía!» a intervalos, sin escuchar en absoluto. Y aquella mujer se portaba magníficamente con Cat. Scarlett podía hacer ejercicio sobre cubierta sin tener que inquietarse por la pequeña. Entonces era cuando podía pensar mejor, con el aire salobre dándole en la cara. Sobre todo, hacía planes. Había mucho que hacer. Tenía que encontrar un comprador para el almacén. Después, estaba la casa de la calle Peachtree. Rhett pagaba su conservación, pero era ridículo mantenerla allí vacía, cuando no volvería a emplearla de nuevo... Por consiguiente, vendería la casa de la calle Peachtree y el almacén. Y la taberna. Esto último era una lástima. La taberna producía unos ingresos excelentes y no le causaba ninguna molestia. Pero había resuelto liberarse de Atlanta, y esto incluía la taberna.

¿Y las casas que estaba construyendo? No sabía nada en absoluto acerca de aquel proyecto. Tenía que comprobarlo y asegurarse de que el constructor seguía usando madera de Ashley...

Tenía que asegurarse de que Ashley estaba bien. Y Beau. Lo había prometido a Melanie.

Entonces, cuando hubiese terminado con Atlanta, iría a Tara. Esto debía ser lo último. Porque, cuando Wade y Ella se enterasen de que irían a casa con ella, estarían ansiosos por partir. No sería justo tenerlos pendientes de esto. Y despedirse de Tara sería lo más duro para ella. Tendría que hacerlo rápidamente; así no le dolería tanto. ¡Oh, cuánto deseaba verla!

Las largas y lentas millas remontando el río Savannah desde el mar a la ciudad parecían eternizarse. El barco tenía que ser remolcado por una embarcación a motor en el canal. Scarlett caminaba impaciente de un lado a otro de la cubierta, con Cat en brazos, tratando de distraerse con la excitada reacción de la pequeña al levantar súbitamente el vuelo las aves de la marisma. Ahora estaban tan cerca, ¿por qué no podían llegar de una vez? Quería ver Estados Unidos y oír voces americanas.

Por fin. Allí estaba la ciudad. Y los muelles. «Oh, escucha Cat; escucha las canciones. Son canciones de los negros, porque esto es el Sur, ¿no sientes el sol? Durará días y días. Oh, querida mía, mi Cat, ésta es la tierra de mamá.»

La cocina de Maureen estaba igual que antes, nada había cambiado: la familia era la misma, y el afecto, y las bandadas de niños O'Hara. El hijo de Patricia era varón, tenía casi un año, y Katie estaba embarazada. Cat fue admitida al momento en la rutina diaria del triple hogar. Miró a los otros niños con curiosidad, les tiró de los pelos, dejó que tirasen de los suyos, se convirtió en uno de ellos.

Scarlett estaba celosa. «Ella no me añorará en absoluto, y no puedo soportar dejarla, pero tengo que hacerlo —pensó—. Demasiadas personas de Atlanta conocen a Rhett y podrían hablarle de ella. Yo le mataría antes que permitir que me la quitase. No puedo llevarla conmigo. No tengo elección. Cuanto antes me vaya, antes volveré. Y traeré a su hermano y a su hermana como un regalo para ella.»

Envió telegramas a tío Henry Hamilton en su despacho, y a Pansy en la casa de la calle Peachtree, y tomó el tren para Atlanta el 12 de mayo. Estaba excitada y nerviosa. Había pasado tanto tiempo fuera que podía haber ocurrido cualquier cosa. Ahora no debía inquietarse por ello; muy pronto lo sabría. Mientras tanto, disfrutaría del cálido sol de Georgia y del placer de vestir bien. Había tenido que llevar luto en el barco, pero ahora estaba radiante con su traje de hilo irlandés verde esmeralda.

Pero había olvidado lo sucios que eran los trenes norteamericanos. Las escupideras de cada extremo del vagón estuvieron pronto rodeadas de maloliente jugo de tabaco. El pasillo se llenó de inmundos desperdicios antes de que el tren hubiera recorrido treinta kilómetros. Un borracho pasó tambaleándose junto a su asiento y, de pronto, se dio ella cuenta de que no viajaría sola. Bueno, cualquiera podía retirar su maletín y sentarse a su lado. En Irlanda se hacían mucho mejor las cosas. Primera clase significaba lo que indicaba su nombre. Nadie se metía en el compartimiento de otro. Desplegó el periódico de Savannah como un escudo. Su lindo traje de hilo estaba ya arrugado y manchado de polvo.

El barullo en la estación de Atlanta y los vocingleros y atrevidos conductores en el torbellino de Five Points hicieron que el corazón de Scarlett palpitase emocionado, y que olvidase ella la suciedad del tren. ¡Qué animado era todo, y vital, y siempre cambiante! Había casas que antes no existían, nombres nuevos sobre las entradas de viejas tiendas, ruido y prisa y empujones.

Desde la ventanilla de su carruaje contempló ávidamente las casas de la calle Peachtree, identificando a sus propietarios y observando que habían llegado tiempos mejores para ellos. Los Merrywether tenían un tejado nuevo; los Meade, una pintura de otro color. Nada estaba tan descuidado como cuando se había marchado ella hacía un año y medio.

¡Y allí estaba su casa! ¡Oh! No recordaba que estuviese tan apretujada entre las otras. Apenas se veía el jardín, ¿Había estado siempre tan cerca de la calle? Por el amor de Dios, ¡qué tonta soy! ¿Qué importa esto ahora? He decidido venderla.

No era buen momento para vender, dijo el tío Henry Hamilton. La depresión no había mejorado y los negocios andaban mal en todas partes. El mercado más perjudicado era el de los bienes inmuebles, y los inmuebles más perjudicados eran las casas grandes como la suya. La gente no prosperaba, sino todo lo contrario.

En cambio, las casas pequeñas, como las que ella había estado construyendo en la afueras de la ciudad, se vendían con la mitad de rapidez con que se acababan de construir. Scarlett estaba ganando con ellas una fortuna. ¿Por qué quería vender? La casa no le costaba nada, pues Rhett pagaba todas las facturas y aún sobraba dinero.

«Me está mirando como si oliese mal o algo parecido —pensó Scarlett—. Me echa la culpa del divorcio.» Por un instante, tuvo ganas de protestar, de contarle su versión de la historia, de contarle lo que había ocurrido en realidad.

El tío Henry era el único que había estado de su parte. Sin él, no habría un alma en Atlanta que no la despreciara.

Pero ¿qué importaba esto? La idea brilló en su mente como una bengala. Henry Hamilton se equivocaba al juzgarla, como se equivocaron todos los demás de Atlanta. «Yo no soy como ellos, y no quiero serlo. Soy diferente. Soy yo. Soy la O'Hara.»

—Si no quieres tomarte el trabajo de vender mi propiedad, no te lo echaré en cara, Henry —dijo—. Pero dímelo.

Había una dignidad sencilla en sus modales.

—Soy viejo, Scarlett. Probablemente te convendría tener un abogado más joven.

Scarlett se levantó del sillón, tendió la mano y sonrió con verdadero aprecio.

Sólo cuando se hubo marchado pudo expresar él con palabras la diferencia que había visto en ella.

—Scarlett se ha hecho mayor. Ya no me ha llamado «tío Henry».

—¿Está la señora Butler en casa?

Scarlett reconoció inmediatamente la voz de Ashley. Salió corriendo del cuarto de estar al vestíbulo; con un rápido ademán despidió a la doncella que había abierto la puerta.

—Querido Ashley, ¡cuánto me alegro de verte!

Le tendió ambas manos. Él la sujetó con fuerza y se quedó mirándola.

—Nunca habías estado tan encantadora, Scarlett. Los climas extranjeros te sientan bien. Dime dónde has estado y lo que has hecho. Tío Henry dijo que habías ido a Savannah, pero que después había perdido todo contacto contigo. A todos nos extrañó.

«Apuesto a que sí, en especial a tu hermana de lengua viperina», pensó ella.

—Entra y siéntate —dijo—. Me muero de ganas de oír todas las noticias.

La doncella estaba esperando a un lado. Al pasar junto a ella, Scarlett le dijo en voz baja:

—Tráenos café y unas pastas.

Condujo a Ashley al cuarto de estar, se sentó en el extremo de un sofá y dio unos golpecitos al asiento a su lado.

—Siéntate aquí, Ashley. Quiero verte bien.

«Gracias a Dios, ha perdido aquel aire de perro apaleado. Henry Hamilton ha debido tener razón al decir que Ashley estaba muy bien.» Scarlett le observó a través de las pestañas mientras hacía sitio en una mesa para la bandeja del café. Ashley Wilkes seguía siendo un hombre guapo. Sus facciones finas y aristocráticas se habían acentuado con la edad. Pero parecía mayor de lo que era. «No puede tener más de cuarenta años —pensó Scarlett—, y sus cabellos son más plateados que dorados. Seguro que pasa mucho más tiempo que antes en el aserradero; tiene mejor color, no aquel gris de oficina que tenía antes.» Le miró y sonrió. Se alegraba de verle. Y en especial, de ver que estaba tan bien. La obligación que había contraído con Melanie no parecía ahora tan pesada.

—¿Cómo está tía Pitty? ¿E India? ¿Y Beau? ¡Debe de estar hecho casi un hombre!

Pitty e India estaban igual, dijo Ashley haciendo una mueca. Pitty se ponía histérica por el menor motivo e India estaba muy ocupada con el trabajo del comité para mejorar la moralidad de Atlanta. Las dos le mimaban de una manera abominable, como dos solteronas rivalizando en el papel de madre protectora. Y también trataban de mimar a Beau, pero él no quería saber nada de esto. Los ojos grises de Ashley brillaron con orgullo. Beau era un verdadero hombrecito. Pronto cumpliría doce años, pero se diría que tenía casi quince. Era presidente de una especie de club creado por chicos del vecindario. Habían construido una casa en un árbol del jardín trasero de Pitty, hecha de la mejor madera del aserradero. Beau se había cuidado de esto; ya sabía de madera más que su padre, dijo Ashley con una mezcla de tristeza y admiración. Y el muchacho, añadió aún con más orgullo, tenía dotes de erudito. Había ganado ya un premio de composición latina en el colegio y leía libros adecuados para jóvenes mucho mayores que él...

—Pero debo de aburrirte con todo esto, Scarlett. Los padres orgullosos somos una lata.

—En absoluto, Ashley —mintió Scarlett.

Libros, libros, libros; esto era exactamente lo malo de los Wilkes. Existían a través de los libros, no de la vida misma. Pero tal vez el muchacho se desenvolvería bien. Si ya entendía de madera, podía esperarse algo de él. Y ahora, si Ashley no se ponía demasiado envarado, ella podría cumplir otra de las promesas que había hecho a Melly. Apoyó una mano en la manga de Ashley.

—Tengo que pedirte un gran favor —dijo, con ojos suplicantes.

—Lo que quieras, Scarlett, ya lo sabes —dijo Ashley, cubriendo la mano de ella con la suya.

—Quisiera que me prometieses que dejarás que envíe a Beau a la universidad y, después, a una gran gira europea con Wade. Significaría mucho para mí; a fin de cuentas, le considero prácticamente como un hijo más, ya que lo he visto nacer. Y últimamente he recibido mucho dinero, por lo que esto no es problema. Serías muy ruin si te negases.

—Scarlett...

La sonrisa de Ashley se había extinguido. Ahora parecía muy serio.

«Caray, va a ser difícil. Afortunadamente, ahí viene esa torpe doncella con el café. Él no puede hablar delante de ella, y así tendré ocasión de insistir antes de que pueda decir que no.»

—¿Cuántas cucharadas de azúcar, Ashley? Yo te las pondré.

Ashley tomó la taza de su mano y la dejó sobre la mesa.

—Dejemos que el café espere un momento, Scarlett. —Le asió la mano—. Mírame, querida.

Sus ojos eran suavemente luminosos. Scarlett se distrajo de lo que estaba pensando. «Oh, parece casi igual que el viejo Ashley, el Ashley Wilkes, de Doce Robles.»

—Sé de dónde procede ese dinero, Scarlett; al tío Henry se le escapó de la lengua. Comprendo lo que debes sentir, pero no hace falta que te aflijas. Él no fue nunca digno de ti; te has librado de Rhett, y no importa cómo. Puedes olvidarlo todo, como si nunca hubiese ocurrido.

«Por todos los diablos, ¡Ashley se me va a declarar!»

—Te has librado de Rhett. Di que te casarás conmigo, Scarlett, y dedicaré toda mi vida a hacerte feliz como mereces.

«Hubo un tiempo en que habría dado el alma por estas palabras —pensó Scarlett—; no es justo que, ahora que las oigo, no sienta nada en absoluto.» Oh, ¿por qué tenía Ashley que hacer esto? Pero, antes de que la pregunta se completase en su cabeza, supo la respuesta. Era a causa de las viejas habladurías, aunque ahora parecían muy lejanas. Ashley estaba resuelto a redimirla a los ojos de la sociedad de Atlanta. ¡Algo muy propio de él! Se portaría como una caballero, aunque esto significase arruinar su propia vida.

«Y también la mía, dicho sea de pasada. Supongo que no ha pensado en esto.» Scarlett se mordió la lengua para no descargar su cólera sobre él. ¡Pobre Ashley! Él no tenía la culpa de ser como era. Rhett lo había dicho: Ashley pertenecía a la época de antes de la guerra. «No tiene sitio en el mundo actual. No puedo enfadarme ni mostrarme ruin. No quiero perder a nadie que fue parte de los días de gloria. Lo único que queda de aquel mundo son los recuerdos y las personas que los comparten.»

—Queridísimo Ashley —dijo—, no quiero casarme contigo. Esto es todo. No voy a coquetear contigo, ni a decir mentiras y dejar que vayas jadeando tras de mí. Soy demasiado vieja para esto, y también te aprecio demasiado. Has representado mucho en mi vida, y siempre será igual. Di que dejarás que conserve esto.

—Desde luego, querida. Me honra que sientas de esta manera. No volveré a molestarte refiriéndome al matrimonio.

Sonrió y parecía tan joven, tan igual al Ashley de Doce Robles, que a Scarlett le dio un vuelco el corazón. El querido Ashley. No le dejaría adivinar que ella había percibido un claro alivio en su voz. Todo estaba bien. No, mejor que bien. Ahora podrían ser realmente amigos. El pasado había terminado felizmente.

—¿Cuáles son tus planes, Scarlett? Espero que habrás vuelto definitivamente a casa.

Ella se había preparado para esta pregunta incluso antes de zarpar de Galway. Debía asegurarse de que nadie de Atlanta pudiese saber cómo encontrarla; esto la haría demasiado vulnerable frente a Rhett, la expondría a perder a Cat.

—Voy a liquidar mis cosas, Ashley; no quiero estar atada en absoluto durante un tiempo. Después de ir a Savannah, fui a visitar a unos familiares de papá en Irlanda y luego viajé un poco. —Tenía que andarse con cuidado con lo que decía. Ashley había estado en el extranjero y la pillaría inmediatamente si afirmaba haber estado en sitios donde no había puesto los pies—. Por alguna razón, no llegué a ver Londres. Pienso que podría ir a vivir allí una temporada. Ayúdame, Ashley. ¿Crees que Londres es una buena idea?

Scarlett sabía, por Melanie, que él consideraba Londres una ciudad perfecta. Esto le distraería y se olvidaría de hacer más preguntas.

—He pasado una tarde magnífica, Ashley. Volverás otra vez, ¿verdad? Estaré algún tiempo aquí, arreglando mis asuntos.

—Todo lo a menudo que pueda. Será un placer. —Ashley tomó el sombrero y los guantes de manos de la doncella—. Adiós, Scarlett.

—Adiós. Oh..., Ashley, me harás el gran favor que te pedí, ¿no? Me darás un gran disgusto si no accedes.

—No creo...

—Te juro, Ashley Wilkes, que si no me dejas establecer un pequeño fondo para Beau, mis lágrimas serán como un río desbordado. Y sabes tan bien como yo que ningún caballero debe hacer llorar deliberadamente a una dama.

Ashley se inclinó sobre la mano de ella.

—Estaba pensando que habías cambiado mucho, Scarlett, pero me equivocaba. Puedes hacer bailar a los hombres a tu antojo y conseguir que les guste. Sería un mal padre si negase a Beau un regalo tuyo.

—Oh, Ashley, te quiero y siempre te querré. Gracias.

«Y corre a la cocina y cuéntalo —pensó Scarlett, observando cómo cerraba la puerta la doncella detrás de Ashley—. Las gatas viejas tendrán algo sustancioso para poder chismorrear. Además, quiero a Ashley y siempre le querré, de una manera que ellas no comprenderían nunca.»

Scarlett tardó mucho más de lo esperado en terminar sus asuntos en Atlanta. No salió para Tara hasta el 10 de junio.

«¡Casi un mes lejos de Cat! No puedo soportarlo. Podría olvidarse de mí. Probablemente le habrá salido otro diente, tal vez dos. ¿Y si está inquieta y nadie sabe que se sentiría mejor si pudiese chapotear en el agua? ¡Y hace tanto calor! Puede tener un sarpullido. Los niños irlandeses no están acostumbrados al tiempo caluroso.»

Durante su última semana en Atlanta, Scarlett estuvo tan nerviosa que apenas podía dormir. ¿Por qué no llovía? Un polvo rojo lo cubría todo al cabo de sólo media hora de haberlo limpiado.

Pero, una vez en el tren de Jonesboro, pudo relajarse. A pesar de la demora, había hecho todo lo que se había propuesto, y mejor de lo que habían creído posible Henry Hamilton y su nuevo abogado.

Naturalmente, la taberna había sido lo más fácil. La depresión aumentaba su negocio y su valor. Pero le dolía lo del almacén. Valía más por el solar sobre el que estaba emplazado que como negocio; los nuevos propietarios iban a derribarlo y a construir un edificio de ocho plantas. Five Points seguía siendo Five Points, con depresión o sin ella. Con estas dos ventas había conseguido dinero suficiente para comprar otras veinte hectáreas y levantar otras cien casas en las afueras de la ciudad. Esto significaría prosperidad para Ashley durante un par de años. Además, el constructor le había dicho que también otros constructores empezaban a comprar exclusivamente a Ashley. Podían estar seguros de que no les vendería madera verde, cosa que no podía decirse de los otros almacenes de madera de Atlanta. En realidad, parecía que iba a triunfar a pesar de sí mismo.

Y ella iba a ganar una fortuna. Henry Hamilton había tenido razón en esto. Sus casitas se vendían en cuanto quedaban terminadas.

Habían producido beneficios. Muchos beneficios. Se quedó impresionada cuando vio el dinero que había acumulado en su cuenta del banco. Lo suficiente para cubrir todos los gastos que le habían preocupado en Ballyhara durante todos aquellos meses de mucho dispendio y pocos ingresos. Ahora su balance se había equilibrado. La cosecha sería una ganancia limpia, y aún proporcionaría semillas para el año próximo. Y los ingresos por alquileres en el pueblo continuarían aumentando. Antes de marcharse ella, un tonelero quería alquilar una de las casas vacías y Colum dijo que pensaba en un sastre para otra.

Habría hecho lo mismo si no hubiese ganado tanto dinero, pero así resultaba mucho más fácil. El constructor recibió la orden de enviar todos los futuros beneficios a Stephen O'Hara, en Savannah. Así éste tendría todo el dinero necesario para cumplir las instrucciones de Colum.

«Es curioso lo que me ha pasado con la casa de la calle Peachtree. Cualquiera habría dicho que me pesaría desprenderme de ella. A fin de cuentas es donde viví con Rhett, y el sitio donde nació Bonnie y pasó su vida terriblemente breve. Pero lo único que he sentido ha sido alivio. Cuando aquel colegio de niñas me hizo una oferta, habría besado a la vieja y adusta directora. Sentí como si me rompiesen unas cadenas. Ahora soy libre. Se acabaron mis obligaciones en Atlanta. Nada me ata a ella.»

Scarlett sonrió para sí. Lo mismo que le había ocurrido con sus corsés. No había vuelto a ponérselos desde que Colum y Kathleen le habían librado de uno de ellos en Galway. Su cintura tenía unos cuantos centímetros más, pero todavía estaba más delgada que la mayoría de las mujeres que veía por la calle y que iban apretadas hasta casi no poder respirar. Y se sentía cómoda, al menos todo lo cómoda posible con aquel calor. También podía vestirse sola, sin depender de una doncella. Y le costaba poco hacerse ella misma el moño. Era delicioso bastarse a sí misma. Era delicioso no tener que preocuparse de lo que hiciesen o dejasen de hacer otras personas, ni de lo que aprobasen o censurasen. Y lo más delicioso de todo era regresar a casa, a una Tara, y después llevar a sus hijos a otra. Pronto estaría con su preciosa Cat. Y luego, volvería a la dulce Irlanda, fresca y lavada por la lluvia. Acarició con la mano la blanda bolsa de cuero que llevaba en la falda. Lo primero que haría sería llevar esta tierra de Ballyhara a la tumba de su padre.

«¿Puedes ver lo que pasa desde donde estás, papá? ¿Lo sabes? Si es así, estarás orgulloso de tu Katie Scarlett, papá. Soy la O'Hara.»

69

Will Benteen la estaba esperando en la estación de Jonesboro. Scarlett miró su cara curtida por la intemperie y su cuerpo engañosamente desmadejado, y sonrió de oreja a oreja. Will debía ser el único hombre creado por Dios que podía parecer como si estuviese repantigado en una percha. Le abrazó fuertemente.

—Caramba, Scarlett, tendrías que avisar; casi me has hecho caer. Me alegro de verte.

—Y yo de verte a ti, Will. Creo que me alegro más de verte a ti que a cualquiera de las personas a quienes he visto en este viaje.

Era verdad. Apreciaba a Will incluso más que a los O'Hara de Savannah. Tal vez porque había pasado con ella los malos tiempos, tal vez porque amaba a Tara tanto como ella. Tal vez, simplemente, porque era un hombre bueno y honrado.

—¿Dónde está tu doncella, Scarlett?

—Oh, me he dejado de esa tontería, Will. Ya no hago muchas tonterías que solía hacer.

Will cambió de sitio la paja que llevaba en la boca.

—Ya lo he advertido —dijo lacónicamente.

Scarlett se echó a reír. Nunca había pensado en lo que debía sentir un hombre al ser abrazado por una mujer que no llevase corsé.

—Se acabaron las jaulas para mí, Will, de la clase que sean.

Deseaba poder decirle por qué era tan feliz; hablarle de Cat, de Ballyhara. Si hubiese sido solamente Will, se lo habría contado al instante, pues confiaba en él. Pero era el marido de Suellen y ella no confiaría en su hermana ni por todo el oro del mundo. Y Will podía creerse obligado a contarlo todo a su mujer.

Scarlett tuvo que morderse la lengua. Subió al asiento del carro. Nunca había visto que Will usase su calesa, pues con el carro aprovechaba el viaje a la estación para comprar en las tiendas. El carro estaba cargado de sacos y cajas.

—Cuéntame las novedades, Will —dijo Scarlett cuando estuvieron en la carretera—. ¡Hace tanto tiempo que no me entero de nada!

—Bueno, veamos. Supongo que primero querrás saber algo de los chicos. Ella y nuestra Susie están muy unidas. Como Susie es un poco más pequeña, esto da superioridad a Ella, lo cual le ha hecho mucho bien. Apenas vas a reconocer a Wade cuando le veas. Empezó a espigarse cuando cumplió los catorce años en enero pasado, y parece que no va a parar de hacerlo. Pero, aunque parece enclenque, es fuerte como una mula. Y trabaja como una de éstas. Gracias a él, hemos podido cultivar este año ocho hectáreas más.

Scarlett sonrió. Wade sería una gran ayuda en Ballyhara, y a él le encantaría. Nunca había pensado que pudiese tener madera de agricultor. Debía de haber salido a papá. La bolsa de cuero estaba caliente sobre su falda.

—Nuestra Martha tiene ahora siete años, y Jane, la pequeña, cumplió dos en septiembre último. Suellen perdió una criatura el año pasado; era otra niña.

—Oh, Will, lo siento.

—Decidimos no probar de nuevo —dijo Will—. Fue muy duro para Suellen, pero el médico lo aconsejó. Tenemos tres niñas rebosantes de salud y esto es más de lo que necesita la mayoría de la gente para ser feliz. Desde luego, me habría gustado tener un varón, pero no me quejo. Además, Wade ha sido para mí como el mejor de los hijos. Es un chico magnífico, Scarlett.

A ella le encantó oír esto. Y la sorprendió. Will tenía razón; no iba a conocer a Wade. No, si era como le describía Will. Recordaba a un niño tímido, asustado y pálido.

—Aprecio tanto a Wade que accedí a hablar contigo en su nombre, aunque no me gusta entrometerme en asuntos ajenos. Siempre le has causado un poco de miedo, Scarlett, ya lo sabes. En fin, lo que él desea que te diga es que no quiere seguir estudiando. Este mes ha terminado un curso en el colegio, y no está obligado a continuar.

Scarlett sacudió la cabeza.

—No, Will. Puedes decírselo tú o se lo diré yo. Su papá fue a la universidad y Wade irá también. No lo tomes a mal, Will, pero un hombre no puede llegar muy lejos sin instrucción.

—No lo tomo a mal, no hay motivo para ello, pero pienso que estás equivocada. Wade sabe leer y escribir y hacer todos los cálculos que puede necesitar un agricultor. Y esto es lo que él desea: ser agricultor, cultivar Tara, poner en ello todo su empeño. Dice que su abuelo construyó Tara sin más estudios que los que tiene él, y no ve por qué tendría que ser un caso diferente. El chico no es como yo, Scarlett. Caray, yo apenas sé hacer algo más que escribir mi nombre. Él estudió cuatro años en aquel colegio elegante de Atlanta y tres más aquí, en la escuela y en la tierra. Sabe todo lo que necesita saber un joven campesino. Y esto es lo que es él, Scarlett, un joven campesino, y con ello se siente feliz. Lamentaría que tú lo echases a perder.

Scarlett se irritó. ¿Con quién se imaginaba Will Benteen que estaba hablando? Ella era la madre de Wade y sabía lo que le convenía.

—Antes de que te salgas de tus casillas, deja que termine lo que tengo que decir —prosiguió Will, con su lenta voz cansina. Miraba directamente al frente, hacia la roja y polvorienta carretera—. En el Tribunal del Condado me mostraron los nuevos documentos sobre Tara. Parece que te has hecho con la participación de Carreen. No sé lo que piensas hacer, Scarlett, ni te lo pregunto. Pero te diré una cosa. Si llega alguien por la carretera agitando papeles legales para apoderarse de Tara, pienso recibirle en la entrada con una escopeta en la mano.

—Will, te juro sobre un montón de Biblias que no pienso hacer nada sobre Tara.

Scarlett se alegró de que esto fuese verdad. La suave y lenta voz nasal de Will era más terrible que el más fuerte de los gritos.

—Me alegro de oír esto. Yo pienso que Tara debería ser de Wade. Es el único nieto varón de tu padre, y la tierra debería permanecer en la familia. Espero que le dejes donde está, Scarlett, que siga siendo mi mano derecha y como un hijo para mí, tal como es ahora. Tú harás lo que quieras. Siempre lo hiciste. Di mi palabra a Wade de que hablaría contigo, y ya lo he hecho. Dejemos la cosa así, si no te importa. He dicho cuanto tenía que decir.

—Lo pensaré —prometió Scarlett.

El carro chirrió en la carretera familiar y Scarlett vio que la tierra que había conocido como campos cultivados volvía a estar llena de árboles achaparrados y de maleza. Tuvo ganas de llorar. Will advirtió el encogimiento de sus hombros y el gesto doliente de su boca.

—¿Dónde has estado este par de años, Scarlett? De no haber sido por Carreen, no habríamos sabido adónde te dirigiste; pero después también ella perdió tu pista.

Scarlett sonrió forzadamente.

—Me lancé a la aventura, Will; he viajado mucho. Visité a mis parientes O'Hara. Un puñado de ellos vive en Savannah, y son la gente más buena que puedas figurarte. Permanecí con ellos bastante tiempo. Y después fui a Irlanda a conocer a otros más. No puedes imaginarte la cantidad de O'Hara que hay.

Sintió un nudo en la garganta. Apretó la bolsa de cuero contra el pecho.

—Will, he traído algo para papá. ¿Quieres detenerte delante del cementerio e impedir que se acerque alguien durante un rato?

—Desde luego.

Scarlett se arrodilló bajo el sol, junto a la tumba de Gerald O'Hara. La negra tierra irlandesa se deslizó entre sus dedos para mezclarse con el polvo de arcilla roja de Georgia.

—Oh, papá —murmuró, y el ritmo de sus palabras era irlandés—, el condado de Meath es un gran lugar. Todos ellos te recuerdan bien, papá. Yo no sabía, papá, y lo siento, yo no sabía que hubieses debido tener un buen velatorio, en el que se contasen todas las anécdotas de cuando eras muchacho. Levantó la cabeza y la luz del sol brilló en las lágrimas que rodaban en su semblante. Su voz sonó entrecortada por el llanto, pero habló lo mejor que pudo, y su pena era grande.

¿Por qué me dejaste? ¡Ochón!
¡Ochón, Ochón, Ullagón Ó!

Scarlett se alegró de no haber contado a nadie de Savannah su plan de llevarse a Wade y a Ella a Irlanda. Ahora no tendría que explicar por qué los había dejado en Tara; habría sido muy humillante decir la verdad, decir que sus propios hijos no la querían, que eran extraños para ella y que ella era una extraña para ellos. No podía confesar a nadie, ni siquiera a ella misma, lo mucho que le dolía y lo mucho que se culpaba. Se sentía pequeña y ruin; apenas podía alegrarse por Ella y por Wade, que evidentemente eran felices.

Todo le había dolido en Tara. Se sentía como una forastera. Salvo el retrato de la abuela Robillard, apenas reconocía nada de la casa. Suellen había empleado el dinero de cada mes en comprar nuevos muebles y accesorios. La pulcra madera de las mesas tenía un brillo irritante a los ojos de Scarlett; los colores de las alfombras y de las cortinas eran demasiado vivos. Aborrecía todo aquello. Y el calor sofocante que había añorado en la lluviosa Irlanda le produjo un dolor de cabeza que duró toda la semana que estuvo allí.

Le gustó visitar a Tony y a Sally Fontaine, pero su nuevo bebé le recordó lo mucho que echaba en falta a Cat.

Solamente lo pasó bien en casa de los Tarleton. Su finca prosperaba y la señora Tarleton le habló sin parar de su yegua preñada e insistió en que Scarlett admirase el caballo de tres años que tanto prometía.

Las visitas recíprocas y sin previa invitación habían sido siempre una buena costumbre del condado.

Pero se alegró de marcharse de Tara, y esto le dolía también. Si no hubiese sabido lo mucho que quería Wade aquella tierra, le habría partido el corazón su propio afán de marcharse. Al menos, su hijo ocuparía su sitio. Vio a su nuevo abogado en Atlanta, después de la visita a Tara, y otorgó testamento, dejando sus dos tercios de Tara a su hijo. No iba a hacer como su padre y como su tío Daniel, y dejar un conflicto detrás de ella. Y si Will moría primero, no confiaba en absoluto en Suellen. Firmó el documento, lo rubricó y se sintió libre.

Para volver junto a su Cat, que curaba todos los males de Scarlett en un segundo. La cara de la pequeña se iluminó al verla y alargó los bracitos e incluso quiso que la abrazase y toleró que la besara una docena de veces.

—¡Está muy morena y rebosante de salud! —exclamó Scarlett.

—No es de extrañar —dijo Maureen—. Le gusta tanto el sol que se quita el gorro en cuanto una vuelve la espalda. Es una gitanilla, y da gusto verla a cada hora del día.

—Del día y de la noche —la corrigió Scarlett, estrechando a Cat.

Stephen dio instrucciones a Scarlett para el viaje de regreso a Galway. A ella no le gustaron. A decir verdad, tampoco le gustaba mucho Stephen. Pero Colum le había dicho que Stephen cuidaría de todo; por consiguiente, se vistió de luto y se guardó las quejas.

El barco se llamaba *The Golden Fleece*, y era lo último en lujo. Scarlett no puso reparos a las dimensiones ni a la comodidad de su camarote. Pero el buque no hacía una travesía directa, por lo cual tardaba una semana más, y ella ansiaba volver a Ballyhara para ver cómo estaban las cosechas.

Sólo cuando estuvo en la pasarela vio el gran aviso de partida con el itinerario del barco; de haberlo visto antes, se habría negado a viajar, a pesar de lo que dijese Stephen. *The Golden Fleece* embarcaba pasajeros en Savannah, Charleston y Boston, y los desembarcaba en Liverpool y Galway.

Scarlett se volvió, presa de pánico, dispuesta a regresar corriendo al muelle. No podía ir a Charleston, ¡no podía! Rhett sabría que estaba en el barco, Rhett lo sabía siempre todo y vendría a su camarote para llevarse a Cat.

«Antes le mataré.» La cólera calmó su pánico, y se volvió de nuevo para subir a la cubierta. Rhett Butler no iba a hacer que se acobardase y echase a correr. Todo su equipaje estaba ya a bordo, y tenía la seguridad de que Stephen enviaba armas a Colum en sus baúles. Confiaban en ella. Además, quería volver a Ballyhara, y no dejaría que nada ni nadie se interpusiese en su camino.

Cuando llegó a su camarote, estaba ardiendo de ira contra Rhett. Había transcurrido más de un año desde que se había divorciado de ella para casarse inmediatamente con Anne Hampton. Durante aquel año, había estado Scarlett tan atareada y había experimentado tantos cambios en su vida que consiguió mitigar el dolor que él le había causado. Ahora, se le desgarraba el corazón y junto con el dolor sentía un miedo terrible al imprevisible poder de Rhett. Pero lo transformó en cólera. La cólera era fortalecedora.

Bridie viajó con Scarlett durante una parte del trayecto. Los O'Hara de Boston le habían encontrado un buen empleo como doncella de una dama. Antes de enterarse de que el barco haría escala en Charleston, Scarlett se había alegrado de tener la compañía de Bridie. Pero la idea de detenerse en Charleston la puso tan nerviosa que la charla constante de su joven prima casi la volvía loca. ¿Por qué no podía Bridie dejarla en paz? Bajo la tutela de Patricia, la joven había aprendido todos los deberes de su empleo, y deseaba hacer pruebas con Scarlett. Se afligió al enterarse de que Scarlett había dejado de llevar corsé y se lamentó de que ninguno de sus trajes necesitase arreglos. Scarlett quería decirle que el primer deber de la doncella de una dama era hablar solamente cuando la interpelaban; pero apreciaba a Bridie, y no era culpa de la chica que tuviesen que hacer escala en Charleston. Por consiguiente, se esforzó en sonreír y comportarse como si nada la preocupase.

El barco navegó remontando la costa durante la noche y entrando en el puerto de Charleston al amanecer. Scarlett no había dormido en absoluto. Subió a cubierta nada más salir el sol. Una niebla de color de rosa flotaba sobre las aguas del extenso puerto. Más allá, la ciudad aparecía confusa e insustancial, como en un sueño. La blanca espadaña de la iglesia de Saint Michael estaba teñida del rosado más pálido. Scarlett se imaginó que podía oír débilmente sus campanada familiares a lo lejos, entre el lento chapaleo del motor del barco. Ahora debían de estar descargando las primeras barcas de pesca en el mercado; no, todavía era temprano, todavía estarían llegando. Aguzó la mirada, pero la niebla ocultaba las barcas que quizá navegaran delante del buque.

Se concentró y trató de recordar las diferentes clases de pescado, las verduras, los nombres de las vendedoras de café, el hombre del salchichón..., cualquier cosa, con tal de tener la mente ocupada, de olvidar lo que no se atrevía a recordar.

Pero al despejar el sol el horizonte detrás de ella, se levantó la niebla y vio las murallas melladas de Fort Sumter a un lado. El *Fleece* estaba entrando en las aguas donde había navegado con Rhett y reído con él, observando los delfines, y donde ambos habían sido sorprendidos por la tormenta.

«¡Maldito sea! Le odio, y también a su maldita Charleston...»

Scarlett se dijo que debía ir a su camarote y encerrarse en él con Cat; pero estaba como clavada en la cubierta. Poco a poco, la ciudad se hizo más grande, más distinta, resplandeciendo con el blanco, rosado y verde de sus tonos pastel bajo el aire trémulo de la mañana. Podía oír las campanas de Saint Michael, oler el fuerte y dulce aroma tropical de las flores, ver las palmeras de los jardines de White Point, el brillo opalescente de la arenilla en los senderos. Entonces pasó el barco por delante del paseo de East Battery. Scarlett lo divisó desde la cubierta. Allí estaban las altas columnas de la casa Butler, las galerías sombreadas, la puerta principal, las ventanas de la sala de estar, su dormitorio... ¡Las ventanas! Y el telescopio en el salón de juego. Se recogió las faldas y echó a correr.

Ordenó que le sirviesen el desayuno en su camarote e insistió en que Bridie se quedase con ella y Cat. Sólo estaba segura allí, encerrada, oculta a la vista. Donde Rhett no pudiese enterarse de la existencia de Cat y llevársela.

El camarero extendió un resplandeciente mantel blanco sobre la mesa redonda del saloncito de Scarlett, y después entró un carrito con bandejas de plata tapadas en sus dos pisos. Bridie soltó una risita. Mientras colocaba meticulosamente los cubiertos y el jarrito de flores central, el camarero habló de Charleston. Scarlett tuvo que hacer un esfuerzo para no corregirle, tantos eran sus errores. Pero era escocés e iba en un barco escocés, ¿qué podía saber de Charleston?

—Zarparemos a las cinco —dijo el camarero—, cuando hayan descargado la mercancía y embarcado los nuevos pasajeros. Tal vez quieran ustedes, señoras, hacer una excursión para visitar la ciudad. —Empezó a colocar los platos y a levantar las tapas—. Hay un coche de alquiler, con un cochero que conoce todos los lugares dignos de verse. Sólo cuesta cincuenta peniques o bien dos dólares y cincuenta centavos americanos. Está esperando al pie de la pasarela. O si prefieren tomar aire fresco sobre el agua, hay en el muelle siguiente, hacia el sur, una barca que remonta el río. Hace unos diez años, hubo una terrible guerra civil en América. Podrán ver las ruinas de grandes mansiones incendiadas por los ejércitos que se las disputaban. Pero tendrían que apresurarse, pues la barca saldrá dentro de cuarenta minutos.

Scarlett trató de comer un trozo de tostada, pero se le atragantó. El reloj dorado de encima de la mesa desgranaba los minutos. Sonaba muy fuerte a sus oídos. Al cabo de media hora, Scarlett se levantó de un salto.

—Voy a salir, Bridie, pero no te atrevas a dar un paso. Abre las portillas, emplea el ventilador de ahí arriba, pero quédate aquí con Cat, con la puerta cerrada por mucho calor que sientas. Pide lo que quieras para comer y beber.

—¿Adónde vas, Scarlett?

—No te preocupes por esto. Volveré antes de que zarpe el barco.

La barca de la excursión era una pequeña embarcación con una rueda de paletas en la parte de atrás, pintada de rojo, blanco y azul. Su nombre, en letras doradas, era *ABRAHAM LINCOLN*. Scarlett la recordaba bien. La había visto pasar por delante de Dunmore Landing.

En el Sur viajaba poca gente durante el mes de julio, de modo que solamente había una docena de pasajeros. Scarlett se sentó debajo de un toldo de la cubierta superior, abanicándose y maldiciendo su traje de luto y los efectos de las mangas largas y el cuello alto bajo el calor estival del Sur.

Un hombre con sombrero de copa a rayas rojas y blancas hacía comentarios a través de un altavoz. Y la estaba irritando por momentos.

«Mira todos esos yanquis de cara gorda —pensó—, furiosa; se están relamiendo con esto. Crueles dueños de esclavos, ¡vaya por Dios! Vendiéndolos junto al río, ¡y un cuerno! Nosotros amábamos a nuestros negritos como si fuesen de la familia, y algunos de ellos eran más dueños de nosotros que nosotros de ellos. *La cabaña del tío Tom.* ¡Tonterías! Ninguna persona decente leería esas gansadas.»

Lamentó no haber resistido el impulso de participar en la excursión. Sólo serviría para disgustarla. En realidad, la estaba ya disgustando, y todavía no habían entrado en el río Ashley y ni siquiera salido del puerto.

Afortunadamente, el comentarista agotó su material y, durante largo rato, los únicos ruidos fueron los zumbidos de los émbolos y el chapoteo del agua al caer de la rueda. Las hierbas de la marisma eran verdes y doradas en ambas orillas, y gruesos robles cubiertos de musgo se alzaban en la ribera del río. Sobre las hierbas volaban libélulas en el aire poblado de moscas enanas, y en ocasiones, un pez saltaba del agua y volvía a caer en ella. Scarlett permanecía sentada en silencio, apartada de los otros pasajeros, alimentando su rencor. La plantación de Rhett estaba arruinada, y él no hacía nada por salvarla. ¡Camelias! Ella tenía en Ballyhara cientos de hectáreas de buenos cultivos donde había encontrado solamente maleza. Y había reconstruido todo un pueblo, mientras él permanecía sentado, contemplando sus quemadas chimeneas.

Por esto había venido de excursión, se dijo. Se sentiría mejor viendo hasta qué punto le estaba superando. Pero se ponía tensa cada vez que la barca enfilaba un recodo del río, y se relajaba cuando había pasado sin que hubiera aparecido la casa de Rhett.

Se había olvidado de Ashley Barony. La gran mansión cuadrada de ladrillos de Julia Ashley parecía imponente, erguida en el centro de su prado sin adornar.

—Ésta es la única plantación que no destruyeron las heroicas fuerzas de la Unión —vociferó el hombre del absurdo sombrero—. Su jefe tenía tan buen corazón que no quiso perjudicar a la débil mujer soltera que yacía enferma en esa casa.

Scarlett se echó a reír. ¡La «débil mujer soltera»! Seguro que la señorita Julia le hizo temblar de miedo. Los otros pasajeros la miraron con curiosidad, pero Scarlett no se dio cuenta. Ahora vendría Dunmore Landing...

Sí, allí se divisaba la mina de fosfato. ¡Era mucho más grande! Estaban cargando cinco barcazas. Observó a un tipo que estaba en el muelle con un sombrero de ala ancha. Era aquel soldadote blanco..., no podía recordar su nombre, algo como Hawkins..., pero no importaba; detrás de aquel remanso, más allá del alto roble...

La luz sesgada del sol esculpió las hermosas terrazas de césped de Dunmore Landing convirtiéndolas en gigantescos escalones de terciopelo verde y desparramó lentejuelas sobre los dos lagos en forma de mariposa que se extendía al lado del río. El grito involuntario de Scarlett quedó ahogado por las exclamaciones de los yanquis agolpados a su alrededor junto a la barandilla. Encima de las terrazas, las chimeneas quemadas eran como altos centinelas destacándose contra un cielo azul dolorosamente brillante; un caimán estaba tomando el sol sobre el trecho de hierba que separaba los dos lagos. Dunmore Landing era como su dueño: cultivada, dañada, peligrosa. E inalcanzable. Los postigos estaban cerrados en el ala que se había conservado, en el lugar que empleaba Rhett para despacho y vivienda.

Scarlett miraba ávidamente de un lado a otro, comparando su recuerdo con lo que veía. Había sido limpiada una buena parte del jardín y todo parecía prosperar. Se estaba levantando algún edificio detrás de la casa, pues se notaba el olor a madera tierna y Scarlett avistó la cima de un tejado. Los postigos de la casa habían sido reparados, o tal vez eran nuevos; en todo caso no estaban combados y su pintura verde resplandecía. Rhett había trabajado mucho durante el otoño y el invierno.

O habían trabajado otros. Scarlett trató de mirar a otra parte. No quería ver los jardines recién despejados. A Anne le encantan estas flores tanto como a Rhett. Y el que hubieran ajustado los postigos probablemente significaba que habían remozado la casa para vivir en ella juntos los dos. ¿Preparaba Rhett el desayuno para Anne?

—¿Se encuentra bien, señorita?

Scarlett pasó por delante del preocupado desconocido.

—El calor... —dijo—. Me pondré más a la sombra.

Durante el resto de la excursión, miró solamente la cubierta desigualmente pintada. El día parecía durar eternamente.

70

Daban las cinco cuando Scarlett bajó corriendo la rampa del *Abraham Lincoln.* Maldita barca de imbéciles. Se detuvo para recobrar aliento en el muelle. Pudo ver que la pasarela de *The Golden Fleece* no había sido retirada aún. Menos mal. Pero el director de la excursión merecía una azotaina. Ella había estado medio loca de inquietud desde las cuatro.

—Gracias por esperarme —dijo al oficial del barco que estaba en lo alto de la pasarela.

—Oh, todavía tienen que venir otros —dijo él.

Y Scarlett transfirió su cólera al capitán del *Fleece.* Si había dicho a las cinco, tenía que zarpar a las cinco. Cuanto antes se alejase de Charleston, más tranquila se sentiría. Debía de ser el lugar más caluroso del mundo. Hizo pantalla con la mano para mirar el cielo. Ni una nube a la vista. Ni lluvia, ni viento. Sólo calor. Miró a lo largo de la cubierta, hacia sus habitaciones. La pobrecilla Cat estaría prácticamente asada de calor. En cuanto saliesen del puerto, la sacaría a la cubierta para que respirase la poca brisa que podía producir el movimiento del barco.

Un repiqueteo de cascos de caballo y unas risas femeninas le llamaron la atención. Tal vez eran las personas a quienes estaban esperando. Miró hacia abajo y vio un coche descubierto, con tres fabulosos sombreros lucidos por otras tantas mujeres que iban en él. Nunca había visto nada parecido y estaba segura, aun contemplándolos desde lejos, de que debían ser muy caros: de alas anchas, adornados con penachos de plumas sujetos con joyas resplandecientes, y envueltos en tenues velos de tul, aquellos sombreros, vistos desde la perspectiva de Scarlett, eran como maravillosas sombrillas o como fantásticos pasteles sobre grandes bandejas.

«Yo estaría sencillamente deslumbrante con un sombrero como esos.» Se inclinó ligeramente sobre la barandilla parar mirar a las mujeres. Estaban muy elegantes, incluso con aquel calor, ataviadas con vestidos claros de organdí o de gasa adornados con..., parecían cintas anchas de seda, ¿o eran encañonados de encaje?, sobre unos corpiños rígidos. Scarlett pestañeó. Sin polisón, ni siquiera la mínima expresión, y sin cola. No había visto nada parecido en Savannah ni en Atlanta. ¿Quién sería aquella gente? Devoró con los ojos los claros guantes de cabritilla y las sombrillas cerradas; de encaje, pensó, pero no podía estar segura. Fuesen quienes fueren, ciertamente lo estaban pasando bien, mondándose de risa y sin apresurarse para subir al barco que se retrasaba por su causa.

El hombre con sombrero jipijapa que iba con ellas se apeó del coche. Se quitó el sombrero con la mano izquierda y levantó la derecha para ayudar a bajar a la primera mujer.

Las manos de Scarlett se cerraron sobre la barandilla. «¡Dios mío, era Rhett! He de meterme dentro a toda prisa. No. No. Si él va a viajar en este barco, tengo que sacar a Cat de aquí, encontrar un lugar donde ocultarnos, encontrar otro barco. Pero no puedo hacer esto. Tengo dos baúles en la bodega, con vestidos muy adornados y los rifles de Colum entre ellos. En nombre de Dios, ¿qué voy a hacer?» Su mente galopaba de una idea imposible a otra, mientras miraba ciegamente el grupo de allá abajo.

Poco a poco, su cerebro registró lo que estaba viendo: Rhett se inclinaba, besando sucesivamente las manos extendidas. Aguzó el oído y oyó el repetido «Adiós y gracias» de las mujeres. Cat estaba a salvo.

Pero no Scarlett. Su cólera protectora se había extinguido, y su corazón corría peligro.

«Él no me ve. Puedo mirarle cuanto quiera. Por favor, no te pongas el sombrero, Rhett.»

¡Qué buen aspecto tenía! Su piel era morena; su sonrisa, tan blanca como su camisa de hilo. Era el único hombre del mundo que no arrugaba la tela de hilo. Ah, y aquel mechón de cabellos que tanto le molestaba caía de nuevo sobre su frente. Rhett lo echó atrás con dos dedos, en un ademán que Scarlett conocía tan bien que sintió que le flaqueaban las rodillas al recordarlo. ¿Qué estaba diciendo ahora? Sin duda algo muy divertido, pero con aquella voz íntima y grave que reservaba para las mujeres. ¡Maldito sea! Ella hubiese querido que aquella voz le murmurase a ella, solamente a ella.

El capitán del barco bajó por la pasarela ajustándose la chaqueta con charreteras doradas. «No les dé prisa —quiso gritarle Scarlett—. Espere un poco. Es mi última oportunidad. Nunca volveré a verle. Deje que guarde esta visión de él.

»Debe hacer poco que se ha cortado el pelo, pues se ve aquella línea pálida sobre sus orejas. ¿Son más grises sus sienes? Parece tan elegante, con hilos de plata en sus cabellos negros como el ala de un cuervo. Recuerdo su tacto bajo mis dedos: crespo y sorprendentemente suave al mismo tiempo. Y los músculos de los hombros y de los brazos, deslizándose suavemente bajo la piel, dilatando la piel cuando se endurecían. Quiero...»

La sirena del barco sonó con fuerza. Scarlett se sobresaltó. Oyó unas rápidas pisadas, el ruido sordo de la plancha, pero mantuvo los ojos fijos en Rhett. Éste sonreía, mirando hacia arriba, a su derecha. Contempló sus ojos oscuros y sus cejas gruesas y su bigote impecablemente recortado; toda su cara firme, masculina, inolvidable, un semblante pirata.

—Mi amado —murmuró—, mi amor.

Rhett saludó de nuevo. El barco se estaba alejando del muelle. Se caló el sombrero y se volvió. Con el dedo pulgar, inclinó el sombrero hacia atrás.

«No te vayas», gritó el corazón de Scarlett.

Rhett miró por encima del hombro como si hubiese oído algo. Su mirada se encontró con la de ella, y la sorpresa hizo que su esbelto cuerpo se pusiese rígido. Durante un largo, inconmensurable momento, se miraron los dos mientras se ensanchaba el espacio entre ellos. Entonces la afabilidad suavizó el semblante de Rhett, al llevarse éste dos dedos al ala del sombrero a modo de saludo. Scarlett levantó la mano.

Él estaba todavía plantado en el muelle cuando el barco embocó el canal hacia el mar abierto. Cuando Scarlett ya no pudo verle, se dejó caer, aturdida, en una silla de la cubierta.

—No seas tonta, Bridie; el camarero estará sentado junto a la puerta. Vendrá a buscarnos si Cat se mueve un poco. No hay motivo para que no vengas al comedor. No puedes cenar aquí todas las noches.

—Tengo un motivo para ello, Scarlett. No me siento cómoda entre elegantes damas y caballeros, fingiendo ser una de éstas.

—Eres tan buena como ellas, ya te lo he dicho.

—Yo ya te he oído, Scarlett, pero tú no me escuchas. Prefiero comer aquí, con todas esas tapaderas de plata sobre las fuentes y empleando mis propios modales. Pronto tendré que ir a donde me diga que vaya la dama a cuyo servicio estaré, y hacer lo que ella me mande. Seguro que comer a lo grande y con toda comodidad no será uno de mis deberes. Tengo que aprovecharlo mientras pueda.

Scarlett comprendió el punto de vista de Bridie. Pero ella no podía cenar en el camarote. No esta noche. Tenía que descubrir quiénes eran aquellas mujeres y por qué estaban con Rhett, o se volvería loca.

En cuanto entró en el comedor, supo que eran inglesas. El acento distintivo imperaba en la mesa del capitán.

Scarlett le dijo al camarero que deseaba cambiarse a una mesa pequeña, próxima a la pared. La mesa próxima a la pared estaba también cerca de la del capitán.

Eran catorce en la mesa de éste: una docena de pasajeros ingleses, el capitán y su lugarteniente. Scarlett tenía fino el oído y pudo precisar casi inmediatamente que los acentos de los pasajeros eran diferentes del de los oficiales del barco, aunque todos eran ingleses y, por consiguiente, dignos de desprecio por parte de quienes tuviesen una gota de sangre irlandesa.

Estaban hablando de Charleston. Scarlett dedujo que no tenían en mucho aprecio a aquella ciudad.

—Amigos míos —chilló una de las mujeres—, nunca había visto una cosa tan horrible. ¿Cómo pudo decir mi querida mamá que era el único lugar civilizado de Estados Unidos? Sencillamente, temo que se haya chiflado sin que nos diésemos cuenta.

—Bueno, Sarah —dijo el hombre sentado a su izquierda—, tienes que tener en cuenta la guerra que han sufrido. Yo encontré que los hombres son muy amables. Están arruinados, desde luego, pero nunca lo mencionan. Y el licor era de primera calidad. Whisky de pura malta en el bar del club.

—Querido Geoffrey, tú creerías que el Sahara es un país civilizado si hubiese un club con un whisky potable. Sabe Dios que en Charleston hacía todavía más calor. Es un clima horrendo.

Hubo un coro de asentimiento.

—En cambio —dijo una juvenil voz femenina—, aquel hombre tan atractivo llamado Butler dijo que los inviernos son deliciosos. Nos invitó a volver.

—Estoy seguro de que te invitó a volver, Felicity —terció una mujer mayor—. Te comportaste de un modo vergonzoso.

—No hice tal cosa, Frances —protestó Felicity—. Sólo me divertí un poco por primera vez en este espantoso viaje. No sé por qué me envió papá a Estados Unidos. Es un país horrible.

Un hombre se echó a reír.

—Te envió, querida hermana, para librarte de las garras de aquel cazador de dotes.

—Pero era muy atractivo. No sé de qué sirve tener una fortuna si hay que rechazar a cada hombre atractivo de Inglaterra simplemente porque no es rico.

—Al menos se supone que tú los rechazarás, Felicity —dijo una muchacha—. Esto es bastante fácil. Piensa en nuestro pobre hermano. Se presume que Roger atraerá como moscas a las ricas herederas americanas y se casará con una de ellas para llenar las arcas de la familia.

Roger gruñó y todos los demás rieron.

«Hablad de Rhett», imploró Scarlett en silencio.

—Sencillamente, no hay demanda de varones con el mero título de «honorable» —dijo Roger—. No puedo metérselo en la cabeza a papá. Las herederas quieren lucir tiaras.

La mujer mayor a quien llamaban Frances dijo que creía que eran todos unos desvergonzados y que no podía comprender a los jóvenes de hoy en día.

—Cuando yo era una pollita... —empezó a decir.

Felicity sofocó una risita.

—Frances, querida, cuando tú eras una «pollita», no había gente joven. Tu generación nació teniendo ya cuarenta años y censurándolo todo.

—Tu impertinencia es intolerable, Felicity. Hablaré con tu padre.

Siguió un breve silencio. «¿Por qué diablos no dice esa Felicity algo más sobre Rhett?», pensó Scarlett.

Fue Roger quien citó el nombre. Butler, dijo, le había ofrecido unas buenas cacerías si volvía en otoño. Al parecer, tenía unos campos de arroz que se habían convertido en herbazales y donde los patos se posaban prácticamente en el cañón de la escopeta.

Scarlett desmenuzó un panecillo. ¿A quién le importaba un comino los patos? Por lo visto, a los otros ingleses. Hablaron de caza durante todo el plato fuerte de la cena. Scarlett estaba pensando que habría hecho mejor quedándose con Bridie, cuando captó una conversación en voz baja entre Felicity y su hermana, que resultó llamarse Marjorie. Ambas creía que Rhett era uno de los hombres más intrigantes que habían conocido jamás. Scarlett escuchó, con una mezcla de curiosidad y orgullo.

—Es una lástima que esté tan enamorado de su esposa —dijo Marjorie, y a Scarlett se le encogió el corazón.

—Una chiquilla tan insignificante —dijo Felicity.

Scarlett se sintió un poco mejor.

—Oí decir que fue algo de rebote. ¿No te lo contó nadie? Estuvo casado con una belleza absolutamente deslumbradora. Pero ella se escapó con otro hombre y dejó plantado a Rhett Butler. Él no lo ha superado nunca.

—Caramba, Marjorie, ¿te imaginas cómo debía ser el otro hombre, si ella dejó a Butler por él?

Scarlett sonrió para sí. Era un gran consuelo saber que se decía que ella había abandonado a Rhett, y no al revés.

Se sintió mucho mejor que cuando se había sentado. Tal vez tomaría incluso un poco de postre.

El día siguiente, los ingleses descubrieron a Scarlett. Los tres jóvenes convinieron en que era una figura sumamente romántica, una misteriosa y joven viuda. «Y además, muy bonita», añadió Roger. Sus hermanas le dijeron que debía estar volviéndose ciego, pues con su pálida tez y oscuros cabellos y aquellos ojos verdes, la viuda era terriblemente hermosa. Lo único que necesitaba era una ropa adecuada, y todo el mundo volvería la cabeza a su paso. Decidieron «abordarla». Marjorie dio el primer paso admirando a Cat cuando Scarlett la sacó a la cubierta a tomar el aire.

Scarlett estaba más que dispuesta a dejarse «abordar». Quería oír todos los detalles de cada hora que habían pasado en Charleston. No le fue difícil inventar una trágica historia de su matrimonio y su luto que satisfizo todo el afán de melodrama de los demás. Roger se enamoró de ella en menos de una hora.

La madre de Scarlett le había enseñado que la discreción sobre las cuestiones familiares era uno de los distintivos de la verdadera dama. Felicity y Marjorie Cowperthwaite la sorprendieron al desvelarle tranquilamente los secretos de su familia. Su madre, decían, era una mujer bonita y astuta que había atrapado a su padre: se las arregló para ser atropellada por el caballo que él montaba.

—El pobre papá es tan tonto —rió Marjorie— que creyó que probablemente la habría destrozado porque tenía rasgado el vestido y los pechos al aire. Estamos seguras de que se lo rasgó ella misma incluso antes de salir de la vicaría. Se casó con él antes de que papá comprendiera lo que pretendía.

Para mayor confusión de Scarlett, Felicity y Marjorie eran ladies. No simplemente, ladies como opuestas a mujeres. Eran lady Felicity y lady Marjorie, y su «tonto papá» era conde.

Frances Sturbridge, su desaprobadora carabina, era también una lady, explicaron, pero era lady Sturbridge, no lady Frances, porque no había nacido noble y se había casado con un hombre que era solamente baronet.

—En cambio, yo podría casarme con el lacayo y Marjorie podría fugarse con el limpiabotas, y seguiríamos siendo lady Felicity y lady Marjorie en los barrios bajos de Bristol, donde nuestros maridos robarían a los pobres para mantenernos.

Scarlett tuvo que echarse a reír.

—Esto es demasiado complicado para mí —confesó.

—Oh, querida, puede haber cosas mucho más complicadas que nuestra aburrida y pequeña familia. Cuando te tropiezas con viudas y horribles pequeños vizcondes y esposas de hijos terceros, etcétera, es como un laberinto. Mamá tiene que pedir consejo cada vez que da un banquete, o seguro que alguien terriblemente importante se sentiría ofendido. Sencillamente, no hay que sentar a la hija del hijo menor de un conde, como Roger, en un lugar inferior al de alguien como la pobre Frances. Todo es demasiado absurdo.

Las damas Cowperthwaite eran más que un poco atolondradas y ligeras de cascos, y Roger parecía haber heredado parte de la torpeza de papá, pero formaban un trío animado y afectuoso que simpatizó realmente con Scarlett. Ellos hicieron que el viaje le resultase divertido y que lamentase verlos desembarcar en Liverpool.

Ahora le quedaban casi dos días enteros antes de llegar a Galway, y no podría demorar más tiempo el pensar sobre el encuentro con Rhett en Charleston, que en realidad no había sido tal.

¿Había sentido él la misma impresión al reconocerla que la que había experimentado ella al encontrarse sus miradas? Para Scarlett había sido como si el resto del mundo hubiese desaparecido y se encontrasen a solas en un lugar y un tiempo ajenos a todo y a todos los seres existentes. ¿Era posible que ella pudiese sentirse tan atada a él por una mirada y que él no sintiese lo mismo? ¿Lo era?

Revivió aquel momento y le dio vueltas hasta que empezó a pensar que lo había soñado o incluso que se lo había imaginado.

Cuando el *Fleece* entró en la bahía de Galway, fue Scarlett capaz de almacenar el recuerdo junto con todos los preciados recuerdos de Rhett que conservaba en su memoria. Ballyhara la estaba esperando, y se acercaba la época de la recolección.

Pero ante todo tenía que sonreír y hacer que sus baúles pasaran sin ser registrados por los inspectores de Aduana. Colum estaba esperando las armas.

Era difícil recordar que todos los ingleses eran malas personas, cuando los Cowperthwaite eran tan encantadores.

71

Colum estaba aguardando al pie de la plancha cuando Scarlett bajó de *The Golden Fleece.* La pilló por sorpresa, pues solamente sabía que alguien iría a recibirla y se encargaría de sus baúles. Al ver al robusto personaje de raído traje negro clerical y sonriente semblante irlandés, Scarlett sintió que había vuelto a casa. Su equipaje pasó por la aduana sin que le hiciesen más preguntas que ésta:

—¿Cómo andan las cosas en América?

A lo cual respondió ella:

—Hace un calor terrible.

Y:

—¿Qué edad tiene esta hermosa criatura?

A lo cual contestó Scarlett con orgullo:

—Le faltan tres meses para cumplir el año, y ya está tratando de andar.

Tardaron casi una hora en recorrer la corta distancia desde el puerto hasta la estación del ferrocarril. Scarlett no había visto nunca tantos atascos en el tráfico, ni siquiera en Five Points.

Era a causa de las carreras de caballos de Galway, dijo Colum. Y añadió rápidamente detalles antes de que Scarlett pudiese recordar lo que le había ocurrido el año anterior en Galway. Carreras de obstáculos y carreras lisas, durante cinco días en el mes de julio. Significaba que la milicia y los policías estarían demasiado ocupados en la ciudad para perder tiempo en los muelles. También quería decir que no se podía conseguir una habitación de hotel por ningún precio. Tomarían el tren de la tarde hasta Ballynasloe y pasarían la noche allí. Scarlett lamentó que no hubiese un tren hasta Mullingar. Quería llegar a casa.

—¿Cómo están los campos, Colum? ¿Ha madurado ya el trigo? ¿Se ha segado el heno? ¿Ha habido mucho sol? ¿Y qué me dices de la turba que se extrajo? ¿Fue suficiente? ¿Se secó como se presumía? ¿Es buena? ¿Da mucho calor al arder?

—Espera y lo verás, querida Scarlett. Te sentirás satisfecha con tu Ballyhara, estoy seguro de ello.

Scarlett se sintió mucho más que satisfecha. Se sintió victoriosa. La gente del pueblo había levantado arcos adornados con ramas verdes y cintas de oro a lo largo de su camino a través de la población. Todo el mundo permanecía junto a los arcos agitando pañuelos y sombreros, celebrando su regreso. «Oh, gracias, gracias, gracias», gritaba ella una y otra vez, con lágrimas en los ojos.

En la Casa Grande, la señora Fitzpatrick, las tres heterogéneas criadas, las cuatro vaqueras y los mozos de cuadra estaban alineados para recibirla. Scarlett se contuvo a duras penas de abrazar a la señora Fitz, pero se atuvo a las normas del ama de llaves y mantuvo su dignidad. En cambio, Cat no estaba atada por las reglas; se echó a reír y tendió los brazos a la señora Fitzpatrick, y fue inmediatamente estrechada en un abrazo emocionado.

Menos de una hora más tarde, Scarlett se había puesto sus prendas de campesina de Galway y caminaba rápidamente por sus campos, llevando a Cat en brazos. Disfrutaba moviéndose, estirando las piernas. Había pasado sentada demasiadas horas, días y semanas. En trenes, en barcos, en despachos y en sillones. Ahora quería andar, montar a caballo, agacharse, estirar los brazos, correr, bailar. Era la O'Hara, estaba de nuevo en casa y el sol calentaba entre las suaves, refrescantes y efímeras lluvias irlandesas.

Fragantes montones de heno dorado, de más de dos metros de altura, se alzaban en los campos. Scarlett hizo una cueva en uno de ellos y se metió allí con Cat, para jugar a que estaban en una casa. Cat chilló entusiasmada cuando su madre hizo caer parte del «techo» sobre ambas, y después, cuando el polvo la hizo estornudar. Arrancó florecillas secas y se las llevó a la boca. Su expresión de asco, cuando las escupió, hizo reír a Scarlett. Y como Cat frunciese el ceño al oír su risa, Scarlett se rió todavía más.

—Será mejor que te acostumbres a que se rían de ti, señorita Cat O'Hara —dijo—, porque eres una niña tonta maravillosa, que hace muy feliz, muy feliz a su mamá, y cuando alguien es feliz se ríe mucho.

Scarlett se llevó a Cat a casa cuando la pequeña empezó a bostezar.

—Quítale el heno de los cabellos mientras duerme —dijo a Peggy Quinn—. Volveré a tiempo para darle la cena y bañarla.

En el establo, Scarlett interrumpió la lenta masticación y contemplación de uno de los caballos de labor para montar en él a pelo y a horcajadas, y recorrer Ballyhara en el largo y lento crepúsculo. Los campos de trigo tenían un brillante color amarillo, incluso bajo la luz azulada. La cosecha sería copiosa. Scarlett regresó contenta a casa. Probablemente, Ballyhara no rendiría nunca tantos beneficios como los que había obtenido construyendo y vendiendo casas baratas, pero había otras satisfacciones, además de la de ganar dinero. La tierra de los O'Hara volvía a ser fértil; ella la había recuperado, al menos en parte, y el año próximo habría más hectáreas labradas, y el año siguiente, todavía más.

—Me alegro de estar de vuelta —dijo Scarlett a Kathleen la mañana siguiente—. Traigo casi un millón de mensajes de todos los de Savannah.

Se sentó satisfecha junto al fuego y dejó que Cat explorase el suelo. Al poco rato, empezaron a aparecer cabezas sobre la media puerta, pues todo el mundo estaba deseando saber noticias de América, de Bridie y de todos los demás.

Con el toque del Ángelus, las mujeres volvieron apresuradamente por la trocha al pueblo, y los hombres O'Hara llegaron de los campos para la cena.

Todos se presentaron salvo Seamus y, desde luego, Sean, que siempre había comido en la pequeña casita con la vieja Katie Scarlett O'Hara. Scarlett no lo advirtió de momento. Estaba demasiado atareada saludando a Thomas y a Patrick y a Timothy y persuadiendo a Cat de que soltase la cuchara que estaba tratando de comerse.

Sólo después de que los hombres retornaran a su trabajo, le contó Kathleen lo mucho que habían cambiado las cosas mientras ella estaba fuera.

—Siento decírtelo, Scarlett, pero a Seamus le sentó muy mal que no te quedases para su boda.

—Ojalá hubiese podido, pero me fue imposible. Él debería saberlo. Tenía asuntos que resolver en América.

—Tengo la impresión de que es más bien Pegeen quien está ofendida. ¿Te has fijado en que no estaba entre los visitantes esta mañana?

La verdad era, confesó Scarlett, que no se había fijado en absoluto. Sólo había visto a Pegeen una vez; en realidad, no la conocía. ¿Cómo era? Kathleen eligió cuidadosamente sus palabras. Pegeen era una mujer hacendosa, dijo, que tenía la casa limpia y ponía bien la mesa y cuidaba de que Seamus y Sean estuviesen cómodos en la casita. Sería una atención para toda la familia si Scarlett iba a visitarla y admirar el hogar que estaba construyendo. Era tan celosa de su dignidad que esperaba a ser visitada antes de visitar ella a alguien.

—¡Oh, qué tontería! —dijo Scarlett—. Tendré que despertar a Cat.

—Déjala aquí; yo cuidaré de ella mientras zurzo la ropa. Será mejor que no te acompañe.

Por lo visto, a Kathleen no le gustaba la esposa de su primo, pensó Scarlett; esto era interesante. Y Pegeen prefería vivir aparte en lugar de ir a la casa más grande con Kathleen, al menos para cenar. ¡Celosa de su dignidad! ¡Qué gasto de energía, preparar dos comidas en vez de una! A Scarlett le pareció muy poco probable que simpatizase con Pegeen, pero había resuelto ser amable. No debía ser fácil entrar en una familia que llevaba tantos años compartiéndolo todo, y Scarlett sabía demasiado lo que era ser una forastera.

Pegeen hizo que a Scarlett le resultase difícil mantenerse amable. La mujer de Seamus era muy quisquillosa. «Y parece que haya bebido vinagre», pensó. Pegeen sirvió un té que había reposado tanto tiempo que era casi imbebible. «Supongo que quiere que sepa que la he hecho esperar.»

—Lamento no haber estado aquí para la boda —dijo valientemente Scarlett. Era mejor agarrar al toro por los cuernos—. Te traigo los mejores deseos de todos los O'Hara de América, además de los míos. Espero que Seamus y tú seáis muy felices.

Estaba satisfecha de sí misma. «Me he expresado bien», pensó.

Pegeen asintió rígidamente con la cabeza.

—Le diré a Seamus lo amable que has sido —dijo—. Desea hablar unas palabras contigo. Le dije que no se alejase. Le llamaré ahora mismo.

«¡Bien! —dijo Scarlett para sí—, no es la vez que he sido mejor recibida en mi vida.» No estaba segura de desear que Seamus «hablase unas palabras» con ella. Apenas si había cruzado diez con el hijo mayor de Daniel en todo el tiempo que había residido en Irlanda.

Después de escuchar las «palabras» de Seamus, Scarlett tuvo la certeza de que hubiese preferido no oírlas. Éste dijo que esperaba que ella pagase el arrendamiento de la granja, que vencía pronto, y que creía justo que él y Pegeen ocupasen la casa más grande, ya que ahora él había reemplazado a Daniel como dueño.

—Mary Margaret está dispuesta a lavar la ropa y a cocinar para mis hermanos, además de para mí. Kathleen puede hacerlo para Sean, ya que es su hermana.

—Con gusto pagaré el alquiler —dijo Scarlett, aunque habría preferido que se lo pidiesen, no que se lo ordenasen—. Pero no sé por qué me hablas de dónde vais a vivir los unos y los otros. Pegeen..., quiero decir, Mary Margaret y tú deberíais discutir esto con tus hermanos y Kathleen.

—Tú eres la O'Hara —casi gritó Pegeen— y tienes la última palabra.

—Ella tiene razón, Scarlett —dijo Kathleen, cuando Scarlett se lamentó—; tú eres la O'Hara.

Y antes de que Scarlett pudiese replicar, sonrió y añadió que, en definitiva, aquello importaba poco. Pronto se marcharía de la casa de Daniel, pues iba a casarse con un muchacho de Dunsany. Éste se le había declarado el sábado pasado, que era día de mercado en Trim.

—Todavía no se lo he dicho a los demás; esperaba que tú volvieses.

Scarlett la abrazó.

—¡Es magnífico! Dejarás que yo me encargue de la boda, ¿no? Será una fiesta maravillosa.

—Así salí del apuro —le comentó aquella noche a la señora Fitz—. Pero sólo por los pelos. Creo que ser la O'Hara no es exactamente lo que me había imaginado.

—¿Y qué era lo que se había imaginado, señora?

—No sé. Supongo que algo más divertido.

En agosto fueron recolectadas las patatas. Era la mejor cosecha que jamás habían visto, dijeron los campesinos. Entonces empezaron a segar el trigo. A Scarlett le gustaba observarlos. Las brillantes hoces resplandecían bajo el sol y los tallos dorados caían como rizada seda. A veces ella ocupaba el sitio del hombre que seguía al segador. Pedía prestado el palo de extremo curvo y recogía las espigas caídas en pequeñas gavillas. No lograba imitar el rápido movimiento que hacía el hombre para atar cada gavilla con un tallo de trigo, pero manejaba bien el palo curvo. «Esto es mejor que cosechar algodón», dijo a Colum. Sin embargo, aún había momentos en que fuertes punzadas de añoranza la pillaban desprevenida. Colum le dijo que comprendía sus sentimientos, y Scarlett estuvo segura de que era así. Él era el hermano que siempre había deseado tener.

Colum parecía preocupado, pero decía que sólo era debido a que le disgustaba que cosechar el trigo fuese más importante que terminar la posada que Brandon Kennedy estaba montando en el edificio contiguo a su taberna. Scarlett recordó al hombre desesperado de la iglesia, a aquel hombre que Colum había descrito como un «fugitivo». Se preguntó qué hacía Colum por ellos, en el caso de que hubiese más. Pero en realidad prefería no saberlo y no lo preguntó.

Valía más pensar en cosas agradables, como la boda de Kathleen. Kevin O'Conner no era el hombre que Scarlett habría elegido para ella, pero saltaba a la vista que estaba locamente enamorado. Y poseía una buena finca, con veinte vacas en el prado, por lo que era considerado un buen partido. Kathleen tenía una dote importante, consistente en el dinero que había ahorrado vendiendo huevos y mantequilla, además de todos los utensilios de cocina de la casa de Daniel. Acertadamente, aceptó un regalo de cien libras de Scarlett. No tendría que añadirlas a su dote, dijo, con un guiño malicioso.

La gran contrariedad de Scarlett fue que no se podría celebrar la fiesta de la boda en la Casa Grande. La tradición exigía que se celebrase en la casa donde viviría la pareja. Lo más que podía hacer Scarlett era contribuir al banquete nupcial con unos cuantos gansos y media docena de barriles de cerveza negra. Incluso esto sería pasarse un poco de la raya, le advirtió Colum. Los familiares del novio eran los anfitriones.

—Bueno, si voy a pasarme un poco de la raya, puedo pasarme totalmente —dijo Scarlett a Colum. Y también avisó a Kathleen, para el caso de que quisiera ponerle inconvenientes—. Voy a quitarme el luto. Estoy harta de vestir de negro.

Bailó todos los *reels* en la fiesta de la boda, llevando enaguas azules y rojas debajo de una falda verde oscuro, y medias a rayas verdes y amarillas.

Después lloró durante todo el camino hasta Ballyhara.

—Voy a echarla mucho de menos, Colum. Y también echaré de menos la granja y a todos los visitantes. Porque nunca volveré allí; no con la horrible Pegeen sirviendo su horrible y pasado té.

—Veinte kilómetros no son el fin del mundo, querida Scarlett. Cómprate un buen caballo para montarlo, en vez de ir en tu cochecito, y te plantarás en Dunsany sin darte cuenta.

Scarlett no veía que aquello tuviese sentido, aunque veinte kilómetros seguían siendo una larga distancia. Lo que se negaba rotundamente a considerar era la tranquila sugerencia de Colum de que empezara a pensar en volver a casarse. A veces se despertaba por la noche, y la oscuridad de su habitación era como el oscuro misterio de los ojos de Rhett cuando se encontraron sus miradas al zarpar su barco de Charleston. ¿Qué había sentido él?

Sola en el silencio de la noche, sola en la enorme y adornada cama, sola en la negra habitación a oscuras, Scarlett se preguntaba y soñaba cosas imposibles, y a veces lloraba de dolor, porque aún le deseaba.

—Cat —dijo claramente Cat, cuando vio su imagen en el espejo.

—¡Oh, gracias a Dios! —exclamó Scarlett.

Había tenido miedo de que su hijita no hablase nunca. Cat hacía raras veces gorgoritos, como suelen hacer los niños pequeños, y miraba a los que le hablaban en términos infantiles con una expresión de profundo asombro. Caminó a los diez meses, edad que sabía Scarlett que era muy temprana; pero, un mes más tarde, era todavía casi muda, salvo por lo mucho que se reía.

—Di «ma-má» —le suplicaba Scarlett; pero era inútil—. Di «ma-má» —probó de nuevo después de que Cat pronunciara su propio nombre; pero la niña se desprendió de sus manos y cruzó temerariamente el suelo.

Su andadura era más entusiasta que hábil.

—Pequeño monstruo engreído —le gritó Scarlett—. Todas las niñas empiezan a hablar diciendo «ma-má», no su propio nombre.

Cat se detuvo en seco. Se volvió a mirar a su madre con una sonrisa que Scarlett más tarde tachó de «positivamente diabólica».

—Mamá —dijo tranquilamente, y echó a andar de nuevo.

—Probablemente habría podido decirlo antes si hubiese querido —dijo Scarlett al padre Flynn—. Me lo arrojó como se arroja un hueso a un perro.

El propio sacerdote sonrió con tolerancia. En sus ya largos años había escuchado a muchas madres orgullosas de sus retoños.

—Es un gran día —dijo amablemente.

—¡Un gran día en todos los aspectos, padre! —exclamó Tommy Doyle, el más joven de los cultivadores de Ballyhara—. Seguro que ésta ha sido una gran cosecha.

Volvió a llenar su vaso y el del padre Flynn. Un hombre tenía derecho a relajarse y divertirse en la celebración de la cosecha.

Scarlett aceptó también un vaso de cerveza negra. Los brindis empezarían pronto y sería de mala suerte que no participase en ellos al menos con un sorbo. Después de que la fortuna había sonreído a Ballyhara durante todo el año, ella no iba a arriesgarse a provocar algún mal. Miró las largas y cargadas mesas instaladas a lo largo de la ancha calle de Ballyhara. Todas ellas estaban rodeadas de personas que se divertían. Esto era lo mejor de ser la O'Hara. Todos habían trabajado, cada cual a su manera, y ahora estaban todos juntos, todos los habitantes del pueblo, para celebrar los resultados de aquel esfuerzo.

Había comida y bebida, caramelos y un pequeño tiovivo para los niños, y una plataforma para bailar más tarde, delante de la posada sin terminar. El aire se había vuelto dorado a la luz de la tarde, el trigo era dorado sobre la mesa, y un dorado sentimiento de felicidad embargaba a todos por igual. Era exactamente lo que debía ser la fiesta de la cosecha.

Un ruido de caballos que se acercaban hizo que las madres buscasen con la mirada a sus hijos pequeños. El corazón de Scarlett se paró un instante al no poder encontrar a Cat. Entonces la vio sentada sobre las rodillas de Colum en el extremo de la mesa. Él estaba hablando con el hombre que tenía al lado. Cat asentía con la cabeza, como si lo entendiese todo. Scarlett sonrió. ¡Qué graciosa era su hija!

Un grupo de militares apareció a caballo al final de la calle. Tres hombres, tres oficiales, con los brillantes botones de sus uniformes más dorados que el trigo. Pusieron sus monturas al paso, y se extinguió el vocerío alrededor de las mesas. Varios hombres se pusieron en pie.

—Al menos los soldados tienen el decoro de no pasar al galope levantando polvo —dijo Scarlett al padre Flynn.

Pero cuando se detuvieron delante de la iglesia vacía, ella enmudeció también.

—¿Por dónde se va a la Casa Grande? —preguntó uno de los oficiales—. Tengo que hablar con el propietario.

Scarlett se levantó.

—Yo soy la dueña —dijo, y le sorprendió que su boca, de pronto seca, pudiese articular palabras.

El oficial miró sus revueltos cabellos y su abigarrado traje de campesina. Torció los labios en una mueca.

—Muy gracioso, muchacha; pero no estamos para juegos.

Scarlett sintió una emoción que había llegado a serle casi extraña: una cólera regocijada. Se subió sobre el banco donde había estado sentada y puso los brazos en jarras. Parecía insolente y lo sabía.

—Nadie le ha invitado aquí, soldado, para jugar ni para nada más. Y ahora, ¿qué es lo que quiere? Soy la señora O'Hara.

Un segundo oficial hizo avanzar unos pasos su caballo. Desmontó y se plantó delante y debajo de Scarlett, que seguía de pie sobre el banco.

—Hemos venido a entregarle esto, señora O'Hara. —Se quitó el sombrero y uno de sus guantes blancos y tendió un papel enrollado a Scarlett—. La guarnición enviará un destacamento a Ballyhara para su protección.

Scarlett sintió la tensión, como una tormenta, en la cálida atmósfera de final de verano. Desenrolló el papel y lo leyó despacio, dos veces. La tensión acumulada en los músculos de sus hombros se aflojó cuando comprendió con claridad el significado del documento. Levantó la cabeza y sonrió de modo que todos pudiesen verlo. Después dedicó plenamente su sonrisa al oficial que la estaba mirando desde abajo.

—El coronel es muy amable —dijo—, pero en realidad esto no me interesa, y no puede enviar soldados a mi pueblo sin mi consentimiento. ¿Tendrá usted la bondad de decírselo en mi nombre? No siento la menor inquietud en Ballyhara. Nos desenvolvemos muy bien. —Devolvió la hoja de papel vitela al oficial—. Todos parecen un poco acalorados. ¿Quieren tomar un vaso de cerveza?

La admirada expresión de su semblante había encantado a los hombres desde que tenía quince años, como encantó ahora al oficial. Éste se puso colorado y balbució, exactamente igual que habían hecho docenas de jóvenes seducidos por ella en el condado de Clayton, en Georgia.

—Gracias, señora O'Hara, pero..., ejem..., el reglamento... Personalmente me encantaría..., pero el coronel..., ejem..., creería que...

—Lo comprendo —dijo amablemente Scarlett—. ¿Tal vez en otra ocasión?

El primer brindis de la fiesta de la cosecha fue para la O'Hara. Lo habría sido de todos modos, pero las aclamaciones fueron ahora ensordecedoras.

72

El invierno hizo que Scarlett se sintiese inquieta. Salvo montar a caballo, no tenía otra actividad, y ella necesitaba estar atareada. Los nuevos campos fueron rozados y abonados a mediados de noviembre, y después, ¿en qué tuvo que pensar? Ni siquiera le sometían muchas quejas o disputas el primer domingo de cada mes. Cierto que Cat pudo cruzar andando la habitación para encender la vela de Navidad, y que tuvieron lugar las ceremonias del día de Año Nuevo, de la ruptura del *barm brack* contra la pared y de ser la visitante de cabellos oscuros en la población; pero incluso aquellos cortos días le parecieron demasiado largos. Ahora que se sabía que apoyaba a los fenianos, era calurosamente recibida en la taberna de Kennedy, pero pronto se cansó de las canciones sobre los benditos mártires por la libertad de Irlanda y de las estentóreas amenazas de echar a los ingleses a patadas. Sólo bajaba a la taberna cuando necesitaba compañía. Se alegró sobremanera cuando llegó el día de santa Brígida, el primero de febrero, y comenzó el nuevo año agrícola. Volcó la primera paletada de tierra con tal entusiasmo que ésta se desparramó en un ancho círculo a su alrededor.

—Este año será aún mejor que el pasado —predijo con cierta imprudencia.

Pero los nuevos campos eran una carga imposible para los cultivadores. Nunca había tiempo bastante para hacerlo todo. Scarlett importunaba con insistencia a Colum pidiéndole que trajese más trabajadores al pueblo. Había todavía muchas casitas desocupadas. Pero él no quería que llegasen desconocidos, y Scarlett desistió. Comprendía la necesidad de secreto de los fenianos. Por fin, Colum encontró una solución de compromiso. Ella podría contratar jornaleros para el verano. La llevaría a la feria del trabajo en Drogheda. También se celebraría la feria de caballos, y podría comprar los que necesitaba.

—Caray, Colum O'Hara. Debí estar ciega y medio ida cuando pagué buenos dineros por los caballos de labor que tenemos. No van más de prisa que una tortuga en un camino lleno de piedras. No voy a dejarme timar de nuevo.

Colum sonrió para sí. Scarlett era una mujer notable, extraordinariamente competente en muchas cosas. Pero nunca podría con un chalán irlandés, estaba seguro de ello.

«Pero —se confesó— he estado seguro de otras cosas y ella me ha demostrado que estaba equivocado.» La feria de Drogheda sería muy interesante.

—Querida Scarlett, pareces una moza pueblerina, no una hacendada. Nadie creerá que puedes pagar ni un viaje en el tiovivo y mucho menos el precio de un caballo.

Ella frunció el ceño en un gesto que quería ser amenazador. No comprendía que tenía todo el aspecto de una chica emperifollada para una feria. Su camisa verde hacía que sus ojos fuesen aún más verdes, y su falda azul era del color del cielo en primavera.

—¿Quieres tener la bondad, *padre* Colum O'Hara, de arrancar con el carrito? Sé lo que estoy haciendo. Si parezco rica, el chalán creerá que puede endosarme su peor jamelgo. Me desenvolveré mucho mejor vestida de campesina. Y ahora, vamos. He estado esperando semanas y semanas. No veo la razón de que la feria del trabajo no pueda celebrarse el día de santa Brígida, que es cuando empiezan las labores del campo.

Colum le sonrió.

—Algunos de los muchachos van a la escuela, querida Scarlett.

Sacudió las riendas y se pusieron en camino.

—Les va a servir de mucho estropearse los ojos con los libros, cuando podrían estar al aire libre y ganar un buen sueldo por añadidura.

La impaciencia le hacía sentirse irritable.

Fueron transcurriendo los kilómetros; los setos estaban llenos de flores de endrino. Cuando estuvieron realmente en camino, Scarlett empezó a sentirse mejor.

—Nunca he estado en Drogheda, Colum. ¿Me gustará?

—Creo que sí. La feria es muy importante, más que las que has visto hasta ahora.

Sabía que Scarlett no se había referido a la ciudad al preguntar por Drogheda. Le gustaba el bullicio de las ferias. Las emocionantes posibilidades que deparaba una calle tortuosa de una vieja ciudad eran incomprensibles para ella. Scarlett gustaba de las cosas obvias y fácilmente comprensibles. Era un rasgo que a él le inquietaba a menudo. Sabía que su prima no comprendía realmente el peligro que corría al colaborar con la Hermandad Feniana, y esa ignorancia podía llevarla al desastre.

Pero hoy era él quien participaba en los asuntos de ella. Pretendía disfrutar tanto como Scarlett en la feria.

—Mira, Colum, ¡es enorme!

—Temo que demasiado. ¿Quieres escoger primero los mozos o los caballos? Están en extremos diferentes de la feria.

—¡Oh, qué lata! Los mejores se los quitarán de las manos al principio. Te diré lo que vamos a hacer: elige tú los muchachos y yo iré directamente a los caballos. Ven a buscarme cuando termines. ¿Estás seguro de que los mozos irán a Ballyhara por sus propios medios?

—Han venido aquí para ser contratados y están acostumbrados a caminar. Es probable que algunos hayan recorrido a pie cien kilómetros para llegar aquí.

Scarlett sonrió.

—Entonces será mejor que les mires los pies, antes de firmar nada. Yo estaré mirando los dientes. ¿Hacia dónde he de ir?

—Hacia aquella esquina, donde están las banderas. En la feria de Drogheda verás algunos de los mejores caballos de Irlanda. He oído decir que se han pagado cien guineas y más por uno de ellos.

—¡Tonterías! ¡Qué cuentista eres, Colum! Yo conseguiré tres yuntas por menos de eso, ya lo verás.

Había grandes tiendas de lona que servían de cuadras temporales para los caballos. «¡Oh! —pensó Scarlett—, nadie va a venderme un animal con poca luz.» Se abrió paso entre la ruidosa muchedumbre que iba de un lado a otro dentro de la tienda.

«¡Caramba! Nunca en mi vida había visto tantos caballos en un sitio. Colum ha sido muy listo al traerme aquí. Podré elegir cuanto quiera.» Fue de un lugar a otro, dando codazos, examinando los caballos. «Todavía no», decía a los traficantes. No le gustaba en absoluto el sistema irlandés. No se podía ir directamente al propietario y preguntarle qué pedía por su animal. No, esto era demasiado fácil. En cuanto alguien mostraba el menor interés, uno de los intermediarios nombraba un precio exagerado, por arriba o por debajo de lo normal, y al fin conseguía que comprador y vendedor se pusiesen de acuerdo. Scarlett había aprendido, a costa suya, algunos de sus trucos. Si te agarraban una mano y daban en ella una palmada tan fuerte que dolía, esto significaba que habías comprado un caballo sin darte cuenta.

Le gustó el aspecto de un par de ruanos que el traficante proclamó que se avenían perfectamente, tenían tres años y costaban solamente setenta libras la pareja.

Scarlett cruzó las manos en la espalda.

—Sáquenlos a la luz, donde pueda verlos —dijo.

El dueño y el intermediario y la gente que se hallaba cerca protestaron ruidosamente.

—Esto le quita toda la gracia —dijo un hombrecillo en pantalón de montar y suéter.

Scarlett insistió, pero suavemente. «Se cazan más moscas con una gota de miel...», se dijo. Miró el pelaje brillante de los caballos, lo acarició y observó la pomada que se le había adherido a la palma de la mano. Después asió con destreza de experto la cabeza de uno de los caballos y le examinó los dientes. Se echó a reír. ¡Tres años, santo cielo!

—Lléveselos dentro —dijo, haciendo un guiño al intermediario—. Hasta mi abuelo es más joven que ellos.

Se estaba divirtiendo mucho.

Pero, al cabo de una hora, solamente había encontrado tres caballos que le gustasen, tanto por lo que eran como por su precio. Cada vez había tenido que camelar al dueño para que la dejase examinar el caballo a plena luz del día. Miró con envidia a los que compraban caballos para la caza. Gracias a unos obstáculos montados al aire libre, éstos podían ver bien lo que compraban y asegurarse de que los animales hacían lo que se esperaba de ellos. Los corceles eran muy hermosos. Sin embargo, en un caballo de labor, el aspecto no importaba. Volvió la espalda a los que saltaban. Necesitaba otros tres caballos de tiro. Mientras sus ojos se acostumbraban a la sombra del interior de la tienda, Scarlett se apoyó en uno de sus gruesos postes que la sustentaban. Empezaba a cansarse, y sólo había hecho la mitad de su trabajo.

—¿Dónde está tu Pegaso, Bart? No veo nada que vuele sobre los obstáculos.

Scarlett alargó las manos para agarrarse al poste. «Estoy perdiendo la cabeza. Me ha parecido la voz de Rhett.»

—Si me llevases a una cacería de patos...

«¡Lo es! ¡Lo es! No puedo equivocarme. La voz de Rhett es única.» Se volvió rápidamente, pestañeando para observar la plaza iluminada por el sol.

«Es su espalda, ¿no? Lo es, estoy segura de que lo es. Si dijese algo más, si volviese la cabeza... No puede ser Rhett. ¿Por qué tendría que estar en Irlanda? Pero esa voz no puede engañarme.»

Él se volvió para hablarle a un hombre delgado y de cabellos rubios que estaba a su lado. Era Rhett. Los nudillos de Scarlett se habían puesto blancos por la fuerza con que agarraba el poste. Estaba temblando.

El otro hombre dijo algo, señaló con el látigo, y Rhett asintió con la cabeza. Entonces, el rubio se separó de él y se perdió de vista, y Rhett se quedó solo. Scarlett permanecía en la sombra, mirando hacia la luz.

«No te muevas», se ordenó cuando él empezó a alejarse. Pero no pudo obedecer. Salió de la sombra y corrió tras él.

—¡Rhett!

Él, que nunca había sido desmañado, se detuvo con torpeza, y se volvió en redondo. Una expresión que ella no logró definir se pintó en su semblante, y sus ojos oscuros parecieron muy brillantes debajo de la visera de su gorra. Después sonrió, con aquella sonrisa burlona que ella conocía tan bien.

—Apareces en los lugares más inesperados, Scarlett —dijo.

«Se está burlando de mí, pero no me importa. Nada me importa, con tal de que pronuncie mi nombre y esté cerca de mí.» Podía oír las palpitaciones de su propio corazón.

—Hola, Rehtt —dijo—. ¿Cómo estás?

Sabía que era una tontería, que era inadecuado decir esto; pero algo tenía que decir. Él torció la boca.

—Me encuentro muy bien a pesar de estar muerto —dijo, con voz cansina—. ¿O estoy equivocado? Creí haber visto una viuda en el muelle de Charleston.

—Pues sí. Algo tenía que decir. No estoy casada, quiero decir que no tengo marido.

—No trates de explicarte, Scarlett. No a estas alturas.

—¿De qué estás hablando?

¿Quería mostrarse cruel? «No seas cruel, Rhett, por favor.»

—No tiene importancia. ¿Qué te ha traído a Irlanda? Creí que estabas en Inglaterra.

—¿Qué te hizo creer eso?

«¿Por qué estamos plantados aquí, diciendo tonterías? ¿Por qué no puedo pensar? ¿Por qué digo estas estupideces?»

—No desembarcaste en Boston.

A Scarlett le dio un vuelco el corazón al oírlo. Eso quería decir que él se había tomado el trabajo de averiguar adónde iba, que se preocupaba por ella, que no quería que desapareciese. El gozo embargó su corazón.

—¿Debo suponer, por tu alegre vestido, que ya no llevas luto por mí? —dijo Rhett—. ¿No te da vergüenza, Scarlett? Todavía no me he enfriado en la tumba.

Ella miró horrorizada su ropa de campesina y, después, la impecable chaqueta de tweed de él, hecha a la medida, y la perfecta pechera blanca. ¿Por qué Rhett tenía que hacerla quedar siempre como una tonta? ¿Por qué ella no podía al menos enfadarse?

Porque le amaba. Tanto si él lo creía como si no, era la verdad.

Sin reflexionar ni pensar en las consecuencias, Scarlett miró al hombre que había sido su marido durante muchos años de mentiras.

—Te amo, Rhett —dijo, con sencilla dignidad.

—Qué desgraciada eres, Scarlett. Siempre pareces enamorarte del marido de otra mujer. —Se levantó cortésmente la gorra—. Disculpa que te deje ahora, pues tengo otro compromiso. Adiós.

Le volvió la espalda y se alejó. Scarlett le siguió con la mirada. Tenía la impresión de que él la había abofeteado.

Sin motivo. Ella no le había pedido nada; le había ofrecido lo más grande que había aprendido a dar. Y él lo había pisoteado. La había puesto en ridículo.

No; ella se había puesto en ridículo.

Scarlett se quedó plantada allí, como una aislada figurita de colores, en medio del ruido y el ajetreo de la feria caballar, durante un tiempo inconmensurable. Entonces volvió a enfocar el mundo y vio a Rhett y a su amigo cerca de otra tienda, en un círculo de interesados espectadores. Otro individuo con chaqueta también de tweed sostenía a un inquieto caballo bayo por la brida, mientras un hombre de rostro colorado y chaqueta a cuadros subía y bajaba el brazo derecho, haciendo los ademanes comúnmente utilizados en la compra-venta de caballos. El hombre exhortó al amigo de Rhett y al dueño del caballo a que cerrasen el trato, y Scarlett creyó oír las palmadas.

Sus pies se movieron automáticamente, y cruzó el espacio que la separaba de aquel grupo. Si al avanzar tuvo que sortear a unas cuantas personas, ella no lo advirtió, pues en cierto modo era como si el resto de los presentes se hubieran esfumado.

La voz del intermediario parecía un canto ritual, cadencioso e hipnótico:

—... ciento veinte, señor, sabe que es un buen precio, incluso por un animal tan magnífico como éste..., y usted, señor, puede subir a veinticinco, para añadir un noble animal como éste a sus cuadras. ¿Ciento cuarenta?, bien, tiene que ser un poco razonable, el caballero ha subido a ciento veinticinco, sólo debe dar un pequeño paso para que los dos se encuentren; diga que ciento cuarenta es su precio, habiéndolo bajado de cuarenta y dos, y cerraremos el trato antes de que se acabe el día... Ciento cuarenta es la cifra, y ahora que comprueba usted la generosidad del caballero, demuestre que puede igualarla. Diga ciento treinta en vez de ciento veinticinco, y estarán tan próximos que todo podrá arreglarse por el costo de un par de cervezas...

Scarlett se metió en el triángulo formado por el vendedor, el comprador y el intermediario. Su rostro estaba sorprendentemente blanco, en contraste con el verde de su camisa, y sus ojos eran más verdes que las esmeraldas.

—Ciento cuarenta —dijo claramente.

El intermediario la miró confuso, roto el ritmo de su perorata. Scarlett escupió en la mano derecha y la hizo chocar con la de él. Después escupió de nuevo, mirando al vendedor. Éste levantó la suya, escupió en la palma y la hizo chocar dos veces con la de ella, en la antiquísima fórmula para cerrar el trato. El intermediario sólo pudo escupir y chocar a su vez la mano en señal de conformidad.

Scarlett miró al amigo de Rhett.

—Espero no haberle molestado demasiado —dijo, con voz meliflua.

—Bueno, no; es decir...

Rhett le interrumpió:

—Bart, permite que te presente a... —Hizo una pausa.

Scarlett no le miró.

—Señora O'Hara —dijo al asombrado compañero de Rhett. Le tendió la mojada mano derecha—. Soy viuda.

—John Morland —dijo él, tomando la sucia mano. Se inclinó, la besó y, después, sonrió tristemente, mirándola a los ojos—. Debe ser usted digna de ver saltando una valla, señora O'Hara. ¡Por no hablar de verla galopar a campo traviesa! ¿Suele cazar en esta región?

—Pues... —¡Dios mío, qué había hecho! ¿Qué iba a decir? ¿Y qué iba a hacer con un pura sangre de caza en la cuadra de Ballyhara?—. Confieso, señor Morland, que sólo ha sido un impulso femenino. Tenía que ser dueña de este caballo.

—Yo he sentido lo mismo, pero por lo visto no he sido lo bastante rápido —dijo la cultivada voz inglesa—. Será un honor para mí si quiere reunirse alguna vez conmigo, es decir, para ir a cazar desde mi casa. Está cerca de Dunsany, si conoce usted esta parte del condado.

Scarlett sonrió. Había estado en aquella parte del condado no hacía mucho, para la boda de Kathleen. No era extraño que el nombre de John Morland le resultase familiar. Había oído hablar mucho de «sir John Morland» al marido de Kathleen. «Es un gran hombre, por ser un hacendado —había dicho Kevin O'Connor una docena de veces—. ¿Sabéis que me dijo él mismo que me rebajaba cinco libras del arrendamiento como regalo de boda?»

«Cinco libras —pensó ella—. ¡Qué generosidad por parte de un hombre que habría pagado treinta veces más por un caballo!»

—Conozco Dunsany —dijo Scarlett—. No está lejos de la casa de unos amigos a los que voy a visitar. Me encantará ir de cacería con usted alguna vez. Puedo ir el día que usted señale.

—¿El sábado próximo?

Scarlett sonrió. Escupió en la palma y levantó la mano.

—¡Trato hecho!

John Morland se echó a reír. Escupió en la suya y la hizo chocar dos veces con la de ella.

—¡Trato hecho! Una copa a las siete y desayuno después.

Por primera vez desde que se había acercado a ellos, Scarlett miró a Rhett. Él la estaba contemplando, al parecer desde hacía rato. Había diversión en sus ojos, y algo más que ella no podía definir. «Por todos los diablos, ¡cualquiera diría que es la primera vez que me ve!»

—Señor Butler, me he alegrado mucho de verle —dijo amablemente.

Le tendió la mano con un gesto elegante. Rhett se quitó el guante para tomarla.

—Señora O'Hara —dijo, haciendo una reverencia.

Scarlett saludó con la cabeza al asombrado intermediario y al sonriente ex dueño del caballo.

—Mi mozo vendrá dentro de poco para hacer los arreglos necesarios —dijo con desenvoltura, y se arremangó las faldas para sacarse un fajo de billetes de banco de la liga que le sujetaba las medias rayadas de verde y de rojo por encima de la rodilla—. Será en guineas, ¿no?

Contó el dinero y lo puso en la mano del vendedor. Luego se dio la vuelta y se alejó con un remolino de faldas.

—Una mujer muy notable —dijo John Morland.

Rhett sonrió de labios afuera.

—Asombrosa —convino.

—¡Colum! Temí haberte perdido.

—¡Qué va! Tenía hambre. ¿Has comido tú?

—No; me olvidé.

—¿Has quedado satisfecha con tus caballos?

Scarlett le miró desde la baranda de la pista de saltos donde se había encaramado.

—Creo que he comprado un elefante. No habrás visto un caballo tan grande en tu vida. Tuve que comprarlo, y no sé por qué.

Colum apoyó una mano tranquilizadora en su brazo. La risa de ella era entrecortada y sus ojos tenían un brillo de dolor.

73

—Cat salir —dijo la vocecita.

—Hoy no, cariño. Pronto, pero no hoy.

Scarlett se sentía terriblemente vulnerable. ¿Cómo podía haber sido tan imprudente? ¿Cómo podía haber ignorado el peligro en que ponía a Cat? Dunsany no estaba muy lejos, no lo bastante lejos para que su gente no supiese nada de la O'Hara y de su hijita de piel morena. Tenía a Cat con ella de día y de noche, en sus dos habitaciones del piso alto, mientras observaba el paseo de entrada con preocupación desde la ventana. La señora Fitz transmitía sus órdenes respecto a todo lo que había que hacer, y que debía ser efectuado a toda velocidad. La modista iba y venía para arreglar el traje de montar de Scarlett; el zapatero trabajaba como un gnomo hasta altas horas de la noche haciéndole las botas; el mozo de cuadra se afanaba con trapos y aceite embadurnando la agrietada y seca silla de montar que había sido dejada en el cuarto trastero treinta años antes de la llegada de Scarlett, y uno de los muchachos de la feria del trabajo, que era un buen jinete y suave con las riendas, ejercitaba al vigoroso caballo bayo. Cuando amaneció el sábado, Scarlett estaba perfectamente preparada.

Su montura era un caballo castrado de pelaje bayo llamado Media Luna. Era, según dijo a Colum, un corcel muy grande, de pecho ancho, largo lomo y patas musculosas. Un caballo para un hombrón; de modo que Scarlett parecía menuda y frágil y muy femenina sobre él. Tenía miedo de parecer ridícula. Estaba convencida de haber hecho una tontería. No conocía el temperamento ni las peculiaridades de Media Luna, y no tenía modo de conocerlas porque montaba a la amazona, como hacían todas las damas. Cuando era muchacha, a Scarlett le había gustado montar de esta manera. Producía una graciosa caída de la falda que resaltaba su fina cintura. Y también, en aquellos tiempos en que casi siempre cabalgaba al paso, era la mejor posición para coquetear con los hombres que iban a su lado.

Pero ahora esta silla era un grave estorbo. No podía dirigir el caballo presionándolo con las rodillas, porque una de éstas se enganchaba en el pomo de la silla y la otra permanecía rígida, ya que sólo apoyándose en el único estribo podía una dama equilibrar su inestable posición. «Probablemente me caeré antes de llegar a Dunsany —pensó con desesperación—, y ciertamente me romperé el cuello si llego a la primera valla.» Sabía por su padre que saltar vallas, zanjas, setos, cercas y muros era la parte más emocionante de la cacería. Colum empeoró las cosas cuando le dijo que las damas solían evitar tomar parte activa en la caza. El desayuno era el lado social del acontecimiento, y los trajes de montar resultaban muy favorecedores. Los accidentes graves eran mucho más probables cuando se montaba a la amazona y nadie censuraba a las damas por ser prudentes.

Scarlett tenía la certeza de que Rhett se alegraría de verla cobarde y débil. Y prefería romperse el cuello a darle esta satisfacción. Tocó el cuello de Media Luna con la fusta.

—Probemos el trote y veamos si puedo conservar el equilibrio en esta maldita silla —suspiró en voz alta.

Colum había descrito la caza del zorro a Scarlett, pero ésta no estaba preparada para la primera impresión. Morland Hall era una amalgama de edificaciones de más de dos siglos de antigüedad, cuyas alas, chimeneas, ventanas y paredes estaban unidas desordenadamente alrededor de un patio amurallado donde antaño se alzara la torre del homenaje del castillo fortaleza levantado por el primer baronet Morland en 1615.

El patio cuadrado estaba lleno de jinetes y de excitados perros. Scarlett olvidó sus aprensiones al ver aquello. Colum había omitido mencionar que los hombres vestían las mal llamadas *«pinks»*, chaquetas de un rojo brillante y con dos faldones. Nunca había visto nada tan llamativo en su vida.

—¡Señora O'Hara! —Sir John Morland cabalgó hacia ella, con el sombrero de copa en la mano—. Sea bienvenida. No creía que viniese.

Scarlett frunció los párpados.

—¿Le dijo esto Rhett?

—Al contrario. Me comentó que no la asustaban ni los caballos salvajes. —Morland lo dijo sin ninguna ironía—. ¿Le gusta Media Luna? —El baronet acarició el fino cuello del caballo—. Es muy hermoso.

—Sí, ¿verdad? —dijo Scarlett.

Iba buscando a Rhett con los ojos. «¡Cuánta gente! Maldito velo, hace que todo parezca confuso.» Llevaba las prendas de montar más conservadoras que permitía la moda: traje totalmente negro de lana con cuello alto, y sombrero de copa bajo y negro, con un velo sobre la cara sujeto al moño envuelto en una redecilla sobre la nuca. Era peor que el luto, pensó, pero sin duda un atuendo respetable, un verdadero antídoto contra las faldas de brillantes colores y las medias a rayas. Scarlett sólo se rebeló en una cosa: no llevaría corsé bajo su traje. La silla de amazona era ya una tortura suficiente.

Rhett la estaba mirando. Ella desvió rápidamente la vista cuando al fin dio con él. «Está convencido de que daré un espectáculo. Ya verás, señor Rhett Butler. Tal vez me rompa todos los huesos, pero nadie va a reírse de mí, y especialmente tú.»

«Cabalga con naturalidad, sentada lo más atrás posible, y observa lo que hacen los demás», le había dicho Colum. Scarlett empezó siguiendo su consejo. Sentía sudorosas las palmas de las manos dentro de los guantes. Los que iban delante aceleraron el paso; entonces, junto a ella, una mujer se echó a reír y fustigó a su caballo, haciendo que emprendiese el galope. Scarlett miró brevemente el panorama de espaldas rojas y negras que descendían la cuesta delante de ella y los caballos que saltaban sin esfuerzo el murete de piedra al pie de la colina.

«Ya está —pensó—. Ahora es demasiado tarde para preocuparme.» Cambió de posición sin darse cuenta y sintió que Media Luna avanzaba más y más de prisa, como un seguro veterano de cien cacerías. El muro quedó detrás de ella y Scarlett apenas había advertido el salto. No era de extrañar que John Morland hubiese deseado comprar Media Luna. Scarlett se rió en voz alta. No importaba que no hubiese cazado en su vida y que no hubiese usado una silla de amazona desde hacía más de quince años. Se sentía bien, mejor que bien. Se estaba divirtiendo. «No es extraño que papá nunca abriese una valla. ¿Por qué molestarse, si uno puede saltar por encima de ella?»

Los espectros de su padre y de Bonnie que tanto la atosigaran se habían desvanecido, lo mismo que su miedo. Solamente había la excitación del aire húmedo rozando su piel y la energía del animal al que controlaba.

Esto y la nueva determinación de alcanzar y adelantar a Rhett Butler dejándolo muy atrás.

Scarlett se había recogido la enfangada cola de su vestido sobre el brazo izquierdo y sostenía una copa de champán en la mano derecha. Se le había concedido una pata del zorro, y John Morland se acercó a decirle que, si ella se lo permitía, haría montar el trofeo sobre un pie de plata.

—Me encantará, sir John.

—Por favor, llámame Bart. Todos mis amigos me llaman así.

—Por favor, llámame Scarlett. Todos me llaman así, sean o no sean amigos. —Estaba atolondrada y tenía coloradas las mejillas de resultas de la emoción de la caza y de su éxito—. Jamás he pasado un día mejor —dijo a Bart.

Casi era verdad. Otros jinetes la habían felicitado, y Scarlett había percibido una admiración inconfundible en los ojos de los hombres y envidia en los de las mujeres. Dondequiera que mirase, veía hombres apuestos y hermosas mujeres, bandejas de plata con copas de champán, criados, riqueza; gente que se divertía, buena vida. Era como la vida de antes de la guerra, salvo que ahora ella había crecido, podía hacer y decir lo que quisiera, y era Scarlett O'Hara, una campesina del norte de Georgia en el castillo de un baronet, platicando con lady Tal y lord Cual e incluso con una condesa. Era como un cuento de hadas, y a Scarlett le daba vueltas la cabeza.

Casi podía olvidarse de que Rhett estaba allí y borrar el recuerdo de haber sido insultada y despreciada.

Pero solamente «casi», pues su traidora mente seguía recordando retazos de conversaciones y escenas apenas percibidas de refilón mientras regresaban al finalizar la cacería: Rhett, comportándose como si no le importase que ella le hubiese vencido..., bromeando con la condesa como si ésta fuese una persona cualquiera..., pareciendo tan a sus anchas y cómodo e impertérrito..., siendo tan... tan Rhett. En todo caso, podía irse al diablo.

—Te felicito, Scarlett.

Rhett se había plantado a su lado y ella no le había visto acercarse. El brazo de Scarlett experimentó una sacudida, derramando el champán sobre su falda.

—Maldita sea, Rhett, ¿por qué tienes que sobresaltar a la gente de esta manera?

—Lo siento. —Rhett le ofreció un pañuelo—. Y siento haberme comportado como un patán en la feria. Mi única excusa es que me sorprendió verte allí.

Scarlett tomó el pañuelo y se inclinó para limpiarse la falda. Era inútil; su traje estaba ya salpicado de barro después de la cacería a campo traviesa. Pero ese ademán le daba ocasión de ordenar sus pensamientos y ocultar la cara por un instante. «No le mostraré lo mucho que me importa —se juró en silencio—. No le mostraré el daño que me ha hecho.» Al levantar la cabeza, sus ojos centelleaban y sus labios se habían abierto en una sonrisa.

—¿Tú te sorprendiste? —dijo—. Imagínate lo que me sorprendería yo. ¿Qué diablos estás haciendo en Irlanda?

—Comprar caballos. Estoy resuelto a ganar en las carreras el año próximo. Las cuadras de John Morland tienen fama por sus potros de un año. El martes salgo hacia París para examinar unos cuantos más. Y a ti, ¿qué te llevó a Drogheda vestida con el traje local?

Scarlett se echó a reír.

—Oh, Rhett, ya sabes lo que me gusta disfrazarme. Pedí prestada aquella ropa a una de las doncellas de la casa donde estoy invitada. —Miró de un lado a otro, buscando a John Morland—. Tengo que despedirme y marcharme —dijo por encima del hombro—. Mis amigos se pondrán furiosos si no vuelvo pronto.

Durante un instante posó los ojos en Rhett y se alejó a toda prisa. No se atrevía a quedarse, a estar cerca de él, en la misma habitación..., en la misma casa.

Empezó a llover cuando estaba a poco más de ocho kilómetros de Ballyhara. Scarlett culpó a la lluvia de la humedad de sus mejillas.

El miércoles llevó a Cat a Tara. Los viejos montículos eran lo bastante altos para que Cat se sintiese victoriosa cuando trepaba hasta su cima. Scarlett observaba su desaforada carrera cuesta abajo, obligándose a no decirle que podía caerse.

Habló a Cat de Tara y de su familia y de los banquetes de los Grandes Reyes. Antes de marcharse de allí, levantó a la pequeña lo más que pudo para que viese el país donde había nacido.

—Eres una pequeña irlandesa, Cat, y tus raíces son profundas aquí... ¿Entiendes algo de lo que estoy diciendo?

—No —dijo Cat.

Scarlett la dejó en el suelo para que pudiese correr. Ahora, con sus pequeñas pero vigorosas piernas, Cat no andaba nunca, siempre corría. La niña se cayó repetidas veces, pues tropezaba con las antiguas irregularidades ocultas bajo la hierba. Pero no lloró: se ponía de pie y seguía corriendo. Observarla era como una cura para Scarlett. Hacía que se sintiese de nuevo entera.

—¿Quién es un tal Parnell, Colum? Todos hablaban de él durante el desayuno de antes de la cacería, pero no pude hallar sentido a lo que estaban diciendo.

—Un protestante —dijo Colum—, y angloirlandés. Nadie que debiese interesarles.

Scarlett quería discutirlo, pero sabía que sería una pérdida de tiempo. Colum nunca hablaba de los ingleses y, en especial, de los terratenientes ingleses en Irlanda, que eran llamados angloirlandeses; se las arreglaba para cambiar el tema antes de que ella se diese cuenta. A Scarlett le molestaba que su primo ni siquiera admitiese que algunos ingleses podían ser buenas personas. A ella le habían gustado las hermanas a quienes había conocido en el barco, y en la cacería todos habían sido muy amables. La intransigencia de Colum hacía que se sintiese distanciada de él. Si al menos quisiese hablar de esto en vez de echarle un rapapolvo...

Hizo a la señora Fitz la otra pregunta que había estado atosigándola. ¿Quiénes eran los Butler irlandeses a quienes todo el mundo odiaba tanto?

El ama de llaves fue a buscar un mapa de Irlanda.

—¿Ve usted esto? —Pasó la mano por todo un condado, tan grande como el condado de Meath—. Esto es Kilkenny, la tierra de los Butler. Son los duques de Ormonde, pero su apellido es Butler. Es probablemente la familia angloirlandesa más poderosa que existe.

Scarlett miró atentamente el mapa. No lejos de la ciudad de Kilkenny, leyó el nombre «Dunmore Cave». Y la plantación de Rhett se llamaba Dunmore Landing. Tenía que haber una relación.

Scarlett se echó a reír. Se había sentido muy superior porque los O'Hara habían gobernado ochenta hectáreas y aquí estaban los Butler, dueños de todo un condado. Sin levantar un dedo, Rhett había ganado una vez más. Siempre ganaba. ¿Cómo podía censurarse a una mujer por amar a un hombre así?

—¿Qué es tan divertido, señora O?

—Yo misma, señora Fitz. Gracias a Dios, puedo reírme de ello.

Sin llamar, Mary Moran asomó la cabeza a la puerta. Scarlett no le dijo nada. La larguirucha y nerviosa muchacha se comportaría aún peor durante semanas si alguien la criticaba. ¡Las criadas! Todo un problema, como si una tuviera pocos.

—¿Qué hay, Mary?

—Un caballero pregunta por usted.

La doncella le tendió una tarjeta. Sus ojos eran aún más redondos que de ordinario.

Sir John Morland, Bart.

Scarlett bajó corriendo la escalera.

—¡Bart! ¡Qué sorpresa! Entra, podemos sentarnos en la escalera. No tengo muebles.

Estaba sinceramente contenta de verle, pero no podía llevarle a la sala de estar. Cat estaba durmiendo en la habitación contigua.

Bart se sentó en el escalón de piedra, como si el hecho de no tener muebles fuese la cosa más natural del mundo. Le había costado muchísimo encontrarla, dijo, hasta que tropezó con el cartero en la taberna. Era su única excusa por haberse retrasado tanto en entregarle su trofeo de la caza.

Scarlett miró la placa de plata con su nombre y la fecha de la cacería. La pata del zorro ya no estaba ensangrentada, lo cual era algo, pero nada tenía de bonita.

—Asquerosa, ¿no? —dijo alegremente Bart.

Scarlett se echó a reír. Dijese lo que dijese Colum, le gustaba John Morland.

—¿Te gustaría saludar a Media Luna?

—Pensé que nunca lo sugerirías. Me estaba preguntado qué podía hacer para insinuarlo. ¿Cómo está?

Scarlett hizo una mueca.

—Temo que padece de falta de ejercicio. Me siento culpable de ello, pero he estado muy ocupada. Es la época de la siega.

—¿Qué tal vuestra cosecha?

—Hasta ahora, muy bien. Si no empieza a llover de verdad.

Cruzaron la columnata hasta llegar a la cuadra. Scarlett iba a pasar de largo para dirigirse a los pastos donde estaba Media Luna, pero Bart la detuvo. ¿Podía entrar? Sus cuadras eran famosas y él no las había visto nunca. Scarlett sintió cierta perplejidad, pero accedió de buen grado. Los caballos estaban trabajando o pastando, por lo que nada había que ver excepto establos vacíos; pero si él quería verlos...

Los compartimientos estaban separados por columnas de granito con capiteles dóricos. Altos arcos surgían de las columnas para encontrarse y cruzarse formando una bóveda de piedra que parecía ingrávida como el aire y el cielo.

John Morland hizo chascar los nudillos y se disculpó. Cuando estaba realmente entusiasmado, dijo, lo hacía sin pensar.

—¿No te parece extraordinario tener una cuadra que parece una catedral? Yo instalaría un órgano en ella y tocaría Bach para los caballos durante todo el día.

—Probablemente se les atragantaría.

La risa estridente de Morland hizo que Scarlett se riese también; parecía tan cómico... Llenó una pequeña bolsa de avena para que él se la diese a Media Luna.

Mientras caminaba al lado de Morland, Scarlett iba buscando la manera de interrumpir sus admirados comentarios sobre la cuadra, de decir algo casual que le indujese a hablar de Rhett.

No hizo falta.

—Digo que ha sido una suerte para mí que fueses amiga de Rhett Butler —exclamó Bart—. Si él no nos hubiese presentado, nunca habría podido ver tus cuadras.

—Me sorprendió mucho tropezarme así con él —dijo rápidamente Scarlett—. ¿De qué le conoces?

En realidad, no conocía en absoluto a Rhett, respondió Bart. Ciertos viejos amigos le habían escrito hacía un mes diciendo que Rhett iría a ver sus caballos. Entonces llegó Rhett con una carta de presentación.

—Es un hombre notable, realmente entendido en caballos. Y sabe mucho. Ojalá hubiese podido quedarse más tiempo. ¿Sois viejos amigos? Él no me lo ha dicho.

«Afortunadamente», pensó Scarlett.

—Tengo varios parientes en Charleston —dijo—. Le conocí cuando estuve allí para visitarlos.

—Entonces habrás conocido a mis amigos, los Brewton. Cuando yo estudiaba en Cambridge, bajaba a Londres para la temporada social con la esperanza de encontrar allí a Sally Brewton. Estaba loco por ella, como todo el mundo.

—¡Sally Brewton! ¿La de la cara de mono? —exclamó Scarlett sin pensar.

Bart sonrió.

—La misma. ¿No es maravillosa? ¡Es tan original!

Scarlett asintió con la cabeza sin mucho entusiasmo, y sonrió también. Pero, en verdad, nunca comprendería cómo podían estar locos los hombres por una mujer tan fea.

John Morland daba por sabido que todos los que conocían a Sally tenían que adorarla, y habló de ella durante media hora, mientras se inclinaba sobre la valla de la dehesa y trataba de atraer a Media Luna para que comiese avena de su mano.

Scarlett le escuchaba a medias mientras daba vueltas a sus propios pensamientos. Entonces, el nombre de Rhett captó toda su atención. Bart rió entre dientes al referir un chisme que Sally incluía en su carta. Al parecer, Rhett había caído en la trampa más vieja de la historia. Los niños de un orfanato fueron de excursión al campo, concretamente a la finca de Rhett, y cuando llegó la hora de marcharse faltaba uno de los huérfanos. ¿Y qué hizo él, sino ir en su busca con la maestra? Todo terminó bien; el niño fue encontrado, pero no antes de que fuese de noche. Lo cual significó, naturalmente, que la maestra soltera se vio comprometida y Rhett tuvo que casarse con ella.

Lo peor era que había tenido que huir de la ciudad años antes, al negarse a reparar la honra de otra chica con la que había sido indiscreto.

—Lo lógico sería que hubiera tenido cuidado después de la primera vez —dijo riéndose Bart—. Debe de ser mucho más distraído de lo que parece. ¿No te parece gracioso, Scarlett...? ¿Scarlett?

Ella recobró su serenidad.

—Hablando como mujer, diría que le estuvo bien empleado al señor Butler. Parece un hombre capaz de trastornar a muchas chicas cuando no está distraído.

John Morland se desternilló de risa. El ruido atrajo a Media Luna, que se acercó cansadamente a la valla. Bart sacudió la bolsa de avena.

Scarlett se sentía satisfecha y, sin embargo, tenía ganas de llorar. «Conque ésta había sido la causa de que Rhett tuviese tanta prisa en divorciarse y volver a casarse. ¡Qué largarta es esa Anne Hampton! Me engañó muy bien. O tal vez no. Tal vez fue sólo mala suerte para mí que tardasen tanto en encontrar al huérfano perdido. Y que Anne sea la favorita de Eleanor. Y que se parezca tanto a Melly.»

Media Luna rechazó la avena. John Morland sacó una manzana del bolsillo. El caballo relinchó, ilusionado.

—Oye, Scarlett —dijo Bart, mientras partía la manzana—. Tengo que decirte algo un poco delicado.

Extendió la palma de la mano, con un cuarto de manzana para Media Luna.

—¡Un poco delicado! —Si supiese lo delicada que había sido ya su conversación. Scarlett rió—. No me importa que malcríes a ese animal, si es esto lo que quieres decir.

¡Oh, no! Bart abrió mucho los ojos. ¿Qué le había hecho concebir esta idea?

Explicó que era algo realmente delicado. Alice Harrington, la fornida rubia que había terminado en una zanja el día de la cacería, celebraba una fiesta el fin de semana de san Juan y quería invitar a Scarlett, pero no se atrevía. Le había encargado que la sondease acerca de ello.

Scarlett tenía cien preguntas que hacer. Esencialmente se referían a cuándo, dónde y qué tendría que llevar en la fiesta. Estaba segura de que Colum se pondría furioso, pero no le importaba. Quería ataviarse bien y beber champán y cabalgar como el viento, saltando de nuevo vallas y arroyos y siguiendo a los perros y al zorro.

74

Harrington House era una casa enorme, construida con piedras de Portland. No estaba lejos de Ballyhara, sólo más allá de una aldea llamada Pike Corner situada en un cruce de caminos. La entrada era difícil de encontrar, pues no había verja ni casa del guarda, sino únicamente un par de sencillas columnas de piedra. El paseo enarenado bordeaba un ancho lago y desembocaba en una explanada enarenada delante de la casa de piedra.

El criado salió por la puerta principal al oír las ruedas del cochecito. Ayudó a Scarlett a apearse y después la dejó al cuidado de una doncella que esperaba en el zaguán.

—Me llamo Wilson, señorita —dijo ésta, haciendo una reverencia—. ¿Quiere descansar un poco después del viaje o prefiere reunirse con los demás?

Scarlett prefirió reunirse con los demás y el criado la condujo a lo largo de un pasillo hasta una puerta abierta que daba a un jardín.

—¡Señora O'Hara! —exclamó Alice Harrington.

Ahora la recordó Scarlett perfectamente. «Terminó en una zanja» no había sido una descripción muy detallada, como tampoco el calificativo de «fornida». Si Bart hubiese dicho «gorda y gritona», ella la habría identificado inmediatamente. Alice Harrington salió al encuentro de Scarlett con una ligereza sorprendente y proclamó con voz estentórea lo mucho que se alegraba de verla.

—Espero que le guste el croquet; yo soy muy mala y a mi equipo le encantaría librarse de mí.

—Nunca he jugado —dijo Scarlett.

—¡Tanto mejor! Tendrá la suerte de los principiantes. —Le tendió su mazo—. Rayas verdes; es perfecto para usted. Tiene unos ojos extraordinarios. Venga y le presentaré a los demás; usted será la salvación de mi pobre equipo.

El equipo de Alice, ahora de Scarlett, estaba constituido por un anciano en traje de tweed, que le fue presentado como «general Smyth-Burns» y una pareja formada por dos jóvenes veinteañeras que llevaban gafas: Emma y Chizzie Fulwich. El general le presentó a sus adversarios: Charlotte Montague, una dama alta y delgada de cabellos grises maravillosamente peinados, el primo de Alice, Desmond Grantley, que era tan corpulento como ella, y un matrimonio muy elegante cuyos componentes le fueron nombrados como Genevieve y Ronald Bennet.

—Tenga cuidado con Ronald —le dijo Emma Fulwich—; hace trampas.

El juego era divertido, pensó Scarlett, y el aroma del césped recién cortado era mejor que el de las flores. Su instinto competitivo alcanzó su más alto nivel antes de terminar la tercera vuelta, y se ganó un «¡Bien!» y una palmada en el hombro del general cuando golpeó la bola de Ronald Bennet, lanzándola fuera del césped.

Al terminar el juego, Alice Harrington los llamó a voces para tomar el té. La mesa estaba montada al pie de un haya enorme; su sombra era muy agradable. Scarlett se alegró al ver a John Morland. Éste estaba escuchando atentamente a una joven sentada a su lado en un banco, pero agitó los dedos saludando a Scarlett. Los otros invitados estaban también allí. Scarlett conoció a sir Francis Kinsman, un prototipo de hombre guapo y calavera, y a su esposa, y simuló de manera convincente que recordaba al marido de Alice, Henry, por haberlo visto en la cacería de Bart.

A la compañera de Bart le molestó sin duda que los interrumpiesen con las presentaciones, pero se mostró fríamente amable. «La honorable Louisa Ferncliff», dijo Alice, con resuelta animación. Scarlett sonrió, dijo «¿Cómo está usted?» y no pasó de ahí. Comprendió que a la honorable no le gustaría que la llamasen Louisa de buenas a primeras, y seguro que no había que dirigirse a una señora llamándola «honorable». Especialmente cuando parecía que ésta deseaba que John Morland sugiriese un pequeño y nada honorable besuqueo detrás de un arbusto.

Desmond Grantley acercó una silla a Scarlett y le preguntó si le permitía traerle un surtido de bocadillos y pastas. Scarlett aceptó generosamente. Mirando esa reunión de representantes de lo que Colum llamaba desdeñosamente «pequeña aristocracia», pensó una vez más que su primo no debería ser tan intransigente. Esta gente era realmente muy amable. Estaba convencida de que lo iba a pasar muy bien.

Después del té, Alice Harrington llevó a Scarlett a su dormitorio. La habitación se hallaba lejos, pues tuvieron que cruzar unos salones bastante destartalados, subir una ancha escalera de gastada barandilla y caminar a lo largo de un amplio pasillo sin alfombrar. El aposento era vasto, pero a juicio de Scarlett estaba escasamente amueblado, y el papel de las paredes se veía descolorido.

—Sara ha deshecho tu equipaje. Subirá a prepararte el baño y ayudarte a vestirte a las siete, si te parece bien. La cena es a las ocho.

Scarlett aseguró a Alice que todo le parecía bien.

—Hay enseres de escribir en esta mesa y algunos libros en aquélla, pero si prefieres otra cosa...

—Oh, no, Alice. Pero no quiero robarte más tiempo cuando tienes otros invitados a los que atender. —Tomó un libro al azar—. Hace un siglo que quería leer esta obra.

Lo que quería realmente era librarse del incesante y ruidoso recital de Alice cantándole las virtudes de su gordo primo Desmond. «No es de extrañar que tuviese tantas ganas de invitarme —pensó Scarlett—; debe de saber que Desmond no puede, por sí solo, hacer latir más de prisa el corazón de una mujer. Supongo que ha descubierto que soy una viuda rica y quiere ayudarle a ponerme los puntos antes de que otros se enteren de quién soy. Lo siento, Alice, pero será inútil.»

En cuanto se hubo marchado Alice, la doncella que le habían adjudicado a Scarlett llamó a la puerta y entró. Hizo una reverencia y sonrió muy atenta.

—Es para mí un honor vestir a la O'Hara —dijo—. ¿Cuándo llegarán los baúles?

—¿Los baúles? ¿Qué baúles? —preguntó Scarlett.

La doncella se tapó la boca con la mano y emitió un pequeño gemido.

—Será mejor que te sientes —dijo Scarlett—. Me parece que tengo que hacerte unas cuantas preguntas.

La muchacha se sometió de buen grado. Scarlett se fue alarmando por momentos al enterarse de muchas cosas que ignoraba.

Lo peor era que no habría cacería. La caza tenía lugar en otoño y en invierno. La única razón de que sir John Morland hubiese organizado una cacería había sido mostrar sus caballos a su rico invitado americano.

Casi igualmente mala era la noticia de que las damas se vestían para el desayuno, se cambiaban para el almuerzo, se cambiaban para la tarde y se cambiaban para la cena; nunca llevaban la misma ropa. Scarlett sólo tenía dos vestidos de día, un traje para la cena y su ropa de amazona. Además, sería inútil enviar a buscar más vestidos a Ballyhara. La señora Scanlon, la modista, se había pasado la noche sin dormir para terminar la prendas que Scarlett había traído consigo. Todo lo que se había hecho para el viaje a Estados Unidos estaba irremediablemente pasado de moda.

—Creo que me marcharé temprano por la mañana —dijo.

—Oh, no —exclamó la doncella—, no debe hacer esto, señora O'Hara. ¿Qué importa lo que hagan las otras damas? Sólo son inglesas.

Scarlett sonrió a la chica.

—Conque somos nosotras contra ellas, Sarah, ¿es esto lo que quieres decir? ¿Cómo has sabido que yo era la O'Hara?

—Todos los del condado de Meath conocen a la O'Hara —dijo la muchacha con orgullo—; todos los irlandeses.

Scarlett sonrió. Se sentía mejor.

—Bueno, Sarah —dijo—, cuéntamelo todo sobre los ingleses que están aquí.

Scarlett tenía la seguridad de que los criados de la casa lo sabían todo acerca de todo el mundo. Siempre era igual.

Sarah no la defraudó. Cuando Scarlett bajó para la cena estaba apercibida contra todo el esnobismo con que pudiese encontrarse. Sabía más acerca de los otros invitados que sus propias madres.

No obstante, se sentía como una paleta. Y estaba furiosa contra John Morland. Éste sólo le había dicho «vestidos ligeros para el día y algo un poco escotado para la cena». Las otras señoras iban ataviadas y enjoyadas como reinas, pensó, y ella había dejado en casa sus perlas y sus pendientes de brillantes. También estaba segura de que su traje de noche revelaba claramente que había sido confeccionado por una modista de pueblo.

Apretó los dientes y resolvió pasarlo bien a pesar de todo. «Será mejor así, ya que nunca me invitarán a otras casas.»

En realidad disfrutó con multitud de cosas. Además del croquet, había botes en el lago, sin contar los concursos de tiro con arco y un juego llamado tenis, ambas cosas de última moda, según le dijeron.

Después de la cena del sábado, todos empezaron a rebuscar en el interior de grandes cajas de disfraces que habían sido traídas al salón. Todos hacían payasadas y reían a mandíbula batiente dando muestras de una desenvoltura que Scarlett envidiaba. Henry Harrington la envolvió en una sedosa capa de cola larga y resplandeciente de oropeles y le puso una corona de bisutería en la cabeza.

—Esto te convierte en la Titania de esta noche —dijo.

Los demás también se disfrazaron con prendas sacadas de las cajas; anunciaban a gritos quiénes eran y corrían por la vasta habitación escondiéndose detrás de los sillones sin dejar de perseguirse.

—Sé que todo esto es muy tonto —dijo John Morland en son de disculpa, oculto dentro de una enorme cabeza de león de cartón piedra—. Pero es la noche de san Juan y se nos permite hacer locuras.

—Estoy muy enfadada contigo, Bart —le dijo Scarlett—. Eres de muy poca ayuda para una dama. ¿Por qué no me dijiste que necesitaba docenas de vestidos?

—Oh, ¿de veras? Yo nunca me fijo en lo que llevan las damas. No comprendo por qué le dan ellas tanta importancia.

Cuando todos se hubieron cansado de aquel juego, el largo, larguísimo crepúsculo irlandés llegaba a su fin.

—Ya es de noche —gritó Alice—. Vayamos a ver las hogueras.

Scarlett sintió una punzada de culpa. Debería estar en Ballyhara. La noche de san Juan era casi tan importante como el día de santa Brígida en la tradición agrícola. Las hogueras marcaban la noche más corta del año y proporcionaban una protección mística al ganado y a las mieses.

Cuando los que participaban en la fiesta salieron al oscuro jardín, distinguieron el resplandor de una hoguera lejana y oyeron las notas de un *reel* irlandés. Scarlett sabía que hubiese debido estar en Ballyhara. La O'Hara debía estar presente en la ceremonia de la hoguera, y también cuando saliese el sol y el ganado fuese obligado a pasar sobre las mortecinas ascuas. Colum le había dicho que no debía ir a una fiesta de angloirlandeses porque, creyese o no en ellas, las antiguas tradiciones eran importantes para los nativos. Scarlett se había enfadado con él. Las supersticiones no podían dirigir su vida. Pero ahora sospechaba que se había equivocado.

—¿Por qué no estás en la hoguera de Ballyhara? —le preguntó Bart.

—¿Por qué no estás tú en la vuestra? —replicó Scarlett, irritada.

—Porque no me quieren allí —dijo John Morland. Su voz sonó muy triste en la oscuridad—. Fui una vez. Pensaba que debía tener algún fundamento la costumbre de hacer pasar el ganado sobre las cenizas. Que sería bueno para los cascos o algo parecido. Quise probarlo con los caballos.

—¿Dio resultado?

—Nunca lo supe. La celebración perdió toda su alegría cuando yo llegué; por consiguiente, me fui.

—Yo hubiera debido marcharme de aquí —dijo bruscamente Scarlett.

—¡Qué cosa tan absurda! Aquí eres la única persona de verdad. Y americana por añadidura. Eres la flor exótica en un campo de malezas, Scarlett.

Ella no lo había encarado de ese modo. Pero era lógico. La gente siempre apreciaba más a los invitados venidos de lejos. Se sintió mucho mejor, hasta que oyó que la honorable Louisa decía:

—¿No son divertidos? Adoro a los irlandeses cuando se muestran paganos y primitivos como ahora. Si no fuesen tan perezosos y tan estúpidos, no me importaría vivir en Irlanda.

Scarlett se juró en silencio pedir disculpas a Colum en cuanto volviese a casa. No hubiera debido abandonar ni a su gente ni su hogar.

—¿Hay alguien que no haya cometido nunca algún error, querida Scarlett? Si no hubieras visto con tus propios ojos cómo son esos «anglos», ¿cómo lo sabrías? Sécate los ojos y ve a ver los campos. Los jornaleros han empezado a apilar los montones de heno.

Scarlett besó a su primo en la mejilla. Colum no había dicho «ya te lo dije».

Durante las semanas que siguieron, Scarlett fue invitada a otras dos fiestas por personas a las que había conocido en la casa de Alice Harrington. Escribió afectadas y corteses excusas en ambos casos. Cuando estuvieron terminados los almiares, envió a los jornaleros a trabajar en el arruinado jardín de detrás de la casa. El verano próximo podría estar recubierto de un tupido césped, y a Cat le encantaría jugar al croquet. Esta parte de la fiesta había sido divertida.

El trigo estaba amarillo y maduro, casi a punto para la siega, cuando un jinete trajo una nota para Scarlett y se invitó a tomar una taza de té «o algo más varonil» en la cocina, mientras esperaba que escribiese ella una respuesta.

Charlotte Montague deseaba visitarla, si ella no tenía inconveniente.

¿Quién diablos era Charlotte Montague? Scarlett tuvo que rebuscar en su memoria durante casi diez minutos antes de recordar a la agradable y discreta señora mayor que había estado en la casa de los Harrington. Recordó que la señora Montague no había corrido de un lado a otro como un indio salvaje en la noche de san Juan. Había desaparecido después de la cena. Aunque no por esto dejaba de ser inglesa.

Pero ¿qué podía querer? Había despertado su curiosidad. La nota decía «para un asunto de considerable importancia para las dos».

Fue personalmente a la cocina para entregar al mensajero de la señora Montague la respuesta invitándola a tomar el té aquella tarde. Sabía que invadía el territorio de la señora Fitz, pues en teoría Scarlett sólo debía ver la cocina desde la galería superior. Pero la cocina era suya, ¿no? Y si Cat había empezado a pasar horas allí todos los días, ¿por qué no podía ir ella?

Scarlett estuvo a punto de ponerse el vestido de color de rosa para recibir a la señora Montague. Era más fresco que las faldas de Galway y la tarde era muy cálida para Irlanda. Pero volvió a guardarlo en su armario ropero. No pretendería ser lo que no era. Ordenó preparar *barm brack* para el té, en lugar de las tortas que solía tomar.

Charlotte Montague llevaba una chaqueta y una falda grises de hilo, con una chorrera de encaje que los dedos de Scarlett se perecían por tocar. Nunca había visto un encaje tan espeso y complicado.

La señora Montague se quitó los guantes grises de cabritilla y el sombrero gris con plumas, y luego tomó asiento en el mullido sillón colocado ante la mesa del té.

—Gracias por recibirme, señora O'Hara. Supongo que no querrá que nos andemos por las ramas hablando del tiempo y preferirá saber por qué he venido, ¿no? —La voz y la sonrisa de la señora Montague eran extrañamente forzadas.

—Me estoy muriendo de curiosidad —dijo Scarlett.

Le gustaba este comienzo.

—Me he enterado de que usted es una mujer de negocios muy afortunada, tanto aquí como en América... No se alarme. Soy capaz de guardarme lo que sé; es una de mis virtudes más valiosas. Otra, como puede usted imaginarse, es que tengo medios de enterarme de cosas que los otros ignoran. También soy una mujer de negocios. Y me gustaría hablarle de los míos, si me lo permite.

Scarlett sólo pudo asentir con la cabeza. ¿Qué sabía de ella esta mujer? ¿Y cómo lo había sabido?

La señora Montague dijo que, para expresarlo de la manera más sencilla, ella arreglaba asuntos. Era la hija más joven del hijo más joven de una buena familia, y se había casado con el hijo más joven de otra. Ya antes de morir él en un accidente de caza, ella se había cansado de estar siempre al margen de las cosas, de intentar mantener las apariencias y de llevar la vida de un matrimonio distinguido, a pesar de su continua falta de dinero. Al enviudar, se vio relegada a la posición de pariente pobre, lo cual le resultaba intolerable.

Tenía inteligencia, educación, buen gusto y entrada en las mejores casas de Irlanda. Se aprovechó de ello, añadiendo discreción e información a los atributos con que había empezado.

—Soy, por decirlo así, una invitada y amiga profesional. Doy generosamente consejos en cuestiones de indumentaria, de recepciones, de decoración de interiores, o actuando de casamentera. Y recibo buenas comisiones de modistas y sastres, corredores de apuestas y joyeros, ebanistas y vendedores de alfombras. Soy hábil y tengo mucho tacto, y dudo de que alguien sospeche que me pagan por todo ello. Y si lo sospechan, o no quieren saberlo o están tan satisfechos con el resultado que no les importa; sobre todo porque nada les cuesta.

Scarlett estaba asombrada y fascinada. ¿Por qué le confesaba todo esto aquella mujer, precisamente a ella?

—Le cuento esto porque estoy segura de que usted no es tonta, señora O'Hara. Se extrañaría, y con razón, si le ofreciese ayudarla por, según suelen decir, bondad de corazón. En mi corazón no hay bondad, salvo que convenga a mi bienestar personal. Tengo que hacerle una proposición de negocios. Usted se merece algo mejor que una pequeña fiesta vulgar dada por una mujercita vulgar como Alice Harrington. Tiene usted belleza e inteligencia y dinero. Puede ser una persona muy singular. Si se pone en mis manos, bajo mi tutela, haré de usted la mujer más admirada y más solicitada de Irlanda. Esto requerirá dos o tres años. Después, se le abrirán todas las puertas y podrá usted hacer todo lo que quiera. Será famosa. Y yo tendré dinero suficiente para retirarme y vivir lujosamente.

La señora Montague sonrió.

—He estado esperando durante casi veinte años a que apareciese alguien como usted.

75

En cuanto se hubo marchado Charlotte Montague, Scarlett se dirigió apresuradamente desde la cocina a las habitaciones de la señora Fitzpatrick. Sabía que lo correcto sería llamar al ama de llaves en vez de ir a su encuentro, pero eso le tenía ahora sin cuidado, porque necesitaba hablar con alguien.

La señora Fitz salió de su habitación antes de que Scarlett alcanzara a llamar a la puerta.

—Hubiese debido enviar a buscarme, señora O'Hara —dijo en voz baja.

—Lo sé, lo sé, pero habría tardado demasiado, y lo que tengo que decirle no puede esperar.

Scarlett estaba sumamente agitada. La mirada fría de la señora Fitzpatrick la calmó rápidamente.

—Tendrá que esperar —dijo—. Las criadas que están en la cocina oirían todo lo que usted dijese y lo repetirían con adornos. Camine despacio conmigo y siga mi ejemplo.

Scarlett se sintió como una niña reprendida. Hizo lo que la otra le decía.

En mitad de la galería que daba sobre la cocina, la señora Fitzpatrick se detuvo. Scarlett la imitó y contuvo su impaciencia mientras la señora Fitz le comentaba las mejoras realizadas en la cocina. La ancha balaustrada era lo bastante grande para sentarse en ella, pensó perezosamente Scarlett, pero permaneció erguida como el ama de llaves, mirando hacia la cocina y contemplando el exagerado ajetreo de las criadas.

La señora Fitzpatrick caminaba con paso majestuoso, pero avanzaba. Nada más llegar a la casa, Scarlett empezó a hablar en cuanto la puerta se hubo cerrado detrás de ellas.

—Desde luego, es ridículo —dijo, después de contar lo que le había dicho la señora Montague—. Lo mismo le he dicho a ella. «Soy irlandesa», le he dicho, «y no deseo ser solicitada por los ingleses.»

Scarlett hablaba muy de prisa y estaba colorada.

—Ha hecho muy bien, señora O. Esa mujer no es mejor que una ladrona, a juzgar por sus propias palabras.

La vehemencia de la señora Fitzpatrick impuso silencio a Scarlett, que no repitió lo que la señora Montague le había explicado: «Ser irlandesa es uno de sus atributos más intrigantes: medias a rayas y patatas hervidas un día, y perdiz y ropa de seda el día siguiente. Puede tener ambas cosas; será en bien de su leyenda. Escríbame cuando se decida.»

El relato de Rosaleen Fitzpatrick sobre la visitante de Scarlett enfureció a Colum.

—¿Por qué tenía Scarlett que abrirle la puerta? —rugió.

Rosaleen trató de calmarle.

—Se siente sola, Colum. No tiene amigos, salvo tú y yo. La niña vale más que el mundo entero para su madre, pero no le hace mucha compañía. Creo que un poco de vida social sería bueno para ella. Y para nosotros, si lo piensas bien. La posada de Kennedy está casi terminada. Pronto nuestros hombres andarán entrando y saliendo de allí. Si además de ellos entran y salen otras gentes, eso distraerá la atención de los ingleses, ¿no te parece?

»Yo le tomé en seguida la medida a la tal Montague. Es una mujer fría y codiciosa. Escúchame: lo primero que hará será decirle a Scarlett que la Casa Grande tiene que ser restaurada y amueblada. La engañará con los precios de todas las obras, pero Scarlett puede permitírselo. Y todos los días del año habrá forasteros que pasarán por Trim y vendrán a Ballyhara con sus pinturas y terciopelos y modas francesas. Nadie prestará atención a un par de viajeros más.

»Muchos se preguntan ya acerca de la linda viuda americana. ¿Por qué no busca marido? Yo digo que será mejor enviarla a las fiestas de los ingleses. De otro modo, serán los oficiales ingleses quienes empezarán a venir a cortejarla.

Colum le prometió «pensarlo». Aquella noche salió y paseó varios kilómetros tratando de decidir qué era mejor para Scarlett, qué era mejor para la Hermandad y cómo conciliar ambas cosas.

Últimamente estaba tan preocupado que no siempre pensaba con claridad. Había recibido noticias de que varios miembros se habían apartado del movimiento feniano. Dos años seguidos de buenas cosechas estaban consiguiendo que los hombres se sintiesen cómodos, y la comodidad hacía más difícil arriesgarlo todo. Además, a unos fenianos que se habían infiltrado en la policía les llegaban rumores de que había un delator en la Hermandad. Los grupos clandestinos estaban siempre en peligro a causa de los chivatos. Dos veces, en el pasado, había fracasado un levantamiento debido a una traición. Pero el actual había sido cuidadosa y lentamente proyectado. Se habían tomado todas las precauciones y no se había dejado nada al azar. Ahora no podía fallar. La cosa estaba demasiado próxima. Los consejos superiores habían planeado dar la señal para la acción el próximo invierno, cuando tres cuartas partes de la milicia inglesa se hallarían fuera de sus guarniciones para la caza del zorro. Pero de pronto se había recibido otra consigna: esperar hasta que el delator fuese identificado y liquidado. A Colum la espera se le hacía insoportable.

Cuando salió el sol, caminó a través de la rosada niebla que cubría el suelo hasta la Casa Grande, entró con una llave propia y fue al cuarto de Rosaleen.

—Creo que tienes razón —le dijo—. ¿Merece esto una taza de té?

Más tarde, la señora Fitzpatrick pidió disculpas a Scarlett, confesando que se había precipitado y dejado llevar por los prejuicios. Aconsejó a Scarlett que empezase a crearse una vida social con la ayuda de Charlotte Montague.

—He decidido que era una idea tonta —replicó Scarlett—. Estoy demasiado atareada.

Cuando Rosaleen se lo dijo a Colum, éste se echó a reír. Ella se marchó dando un portazo.

La cosecha, la celebración de la fiesta de la cosecha, días dorados de otoño, hojas doradas empezando a caer. Scarlett celebró la abundante recolección y lamentó la terminación del año agrícola. Septiembre era el mes en que vencían las rentas semestrales, y ella sabía que a sus arrendatarios les quedarían buenos beneficios. Ser la O'Hara era una gran cosa.

Dio una fiesta sonada para el segundo cumpleaños de Cat. Todos los niños de Ballyhara menores de diez años jugaron en las grandes habitaciones vacías de la planta baja, probaron los helados seguramente por primera vez y comieron *barm brack* aromatizado, así como grosellas y uvas. Cada uno de ellos volvió a casa con una brillante moneda de dos peniques. Scarlett se aseguró de que lo hiciesen temprano, debido a todas las supersticiones de la víspera del día de Todos los Santos. Entonces llevó a Cat arriba para que durmiese su siesta.

—¿Te ha gustado tu fiesta de cumpleaños, querida?

Cat sonrió, soñolienta.

—Sí. Sueño, mamá.

—Sé que lo tienes, ángel mío. Ha pasado la hora de la siesta. Vamos... a la cama... Hoy puedes dormir en la cama grande de mamá porque es tu cumpleaños.

Cat se incorporó en cuanto la hubo acostado Scarlett.

—¿Dónde está el regalo de Cat?

—Te lo daré, encanto.

Scarlett trajo la gran muñeca de porcelana de la caja donde la había dejado Cat. Ésta sacudió la cabeza.

—El otro.

Se volvió sobre la panza y se deslizó por debajo del edredón hasta el suelo. Después se arrastró debajo de la cama. Volvió a salir con un gato atigrado en brazos.

—Por el amor de Dios, Cat, ¿de dónde ha venido eso? Dámelo antes de que te arañe.

—¿Me lo devolverás?

—Desde luego, si quieres. Pero es un gato callejero, pequeña, y tal vez no quiera estar en la casa.

—Me quiere.

Scarlett cedió. El gato no había arañado a Cat, y ésta parecía dichosa con él. ¿Qué mal podía hacerle? Los metió a los dos en la cama. «Probablemente tendré que dormir con un centenar de pulgas —se dijo—, pero un cumpleaños es un cumpleaños.»

Cat reclinó la cabeza sobre la almohada. De pronto abrió los ojos.

—Cuando Annie me traiga la leche —dijo—, dejaré que mi amigo se beba la mía.

Cerró sus verdes ojos y se quedó dormida.

Annie llamó a la puerta y entró con una taza de leche caliente. Cuando volvió a la cocina, dijo que la señora O'Hara se había mondado de risa, no sabía por qué. Había dicho algo sobre gatos y leche. Si alguien quería saber su opinión, dijo Mary Moran, diría que lo más correcto sería que una niña llevase un nombre cristiano para que la protegiesen los santos. Las tres criadas y la cocinera se santiaguaron tres veces.

La señora Fitzpatrick las vio y oyó desde la galería. Se santiguó también y rezó mentalmente una oración. Cat sería pronto demasiado mayor para tenerla siempre protegida. La gente temía a los niños que las brujas habían cambiado por otros, y la gente tendía a destruir lo que temía.

En el pueblo de Ballyhara, las madres estaban lavando a sus hijos con agua en la que habían macerado durante todo el día raíces de angélica. Era una protección conocida contra las brujas y los espíritus.

El cuerno fue la causa. Scarlett estaba ejercitando a Media Luna cuando ambos oyeron el cuerno de caza y después los perros. Alguien estaba cazando por los alrededores. Por lo que sabía, Rhett podía estar incluso con los cazadores. Scarlett hizo que Media Luna saltase tres zanjas y cuatro setos en Ballyhara, pero no era lo mismo. Escribió a Charlotte Montague el día siguiente.

Dos semanas más tarde, tres carros subieron pesadamente por el paseo de entrada. Habían llegado los muebles para las habitaciones de la señora Montague. La dama les seguía en un pequeño carruaje, junto con su doncella.

Esa dama dispuso que le colocaran los muebles en un dormitorio y un cuarto de estar próximos a los de Scarlett, y dejó que su doncella deshiciese el equipaje.

—Empecemos —dijo a Scarlett.

—Daría lo mismo que yo no estuviera presente —explicó Scarlett—. Lo único que me dejan hacer es firmar cheques por cantidades escandalosas de dinero.

Hablaba a Ocras, el gato de Cat. Ese nombre significaba «hambriento» en irlandés, y se lo había puesto la cocinera en un momento de desesperación. Ocras no hacía el menor caso a Scarlett, pero ésta no tenía a nadie más con quien hablar. Charlotte Montague y la señora Fitzpatrick raras veces le pedían su opinión. Ambas sabían cómo debía ser una Casa Grande, y ella, no.

Tampoco le interesaba mucho. Durante la mayor parte de su vida, la casa donde había vivido había estado simplemente allí, tal como era, y ella nunca se había preocupado. Tara era Tara, la casa de tía Pittypat era la casa de tía Pittypat, aunque la mitad de ella le perteneciese. Scarlett sólo se había interesado por la casa que Rhett había construido para ella. Había comprado los muebles y los accesorios más nuevos y más caros, y le habían gustado porque demostraban lo rica que era. La propia casa nunca la satisfizo; apenas si la veía. Como tampoco veía realmente la Casa Grande de Ballyhara. Estilo «paladiano» del siglo dieciocho, decía Charlotte; pero ¿qué tenía esto de importante? A Scarlett le importaban sólo la tierra, por su riqueza y sus cosechas, y el pueblo, por sus alquileres y servicios y porque nadie, ni siquiera Rhett, tenía un pueblo en propiedad.

Sin embargo, comprendía perfectamente que aceptar invitaciones implicaba la obligación de corresponder a ellas, y no podía invitar a nadie a una casa que sólo tenía dos habitaciones amuebladas. Presumió que era una suerte que Charlotte Montague quisiera transformar la Casa Grande para ella. Ella tenía cosas más interesantes en las que emplear su tiempo.

Se mantuvo firme en las cosas que le importaban: Cat debía tener una habitación contigua a la suya, no en una parte aislada de la casa, destinada a ella y su niñera; y Scarlett llevaría las cuentas, no confiaría todos sus asuntos a un administrador. Aparte de esto, Charlotte y la señora Fitz podían hacer lo que quisieran. El costo la estremeció, pero había accedido a dar mano libre a Charlotte y era demasiado tarde para echarse atrás. Además, el dinero no le importaba ahora tanto como antes.

Así pues, Scarlett se refugiaba en su despacho y Cat se adueñaba de la cocina, mientras los trabajadores hacían cosas desconocidas, caras, ruidosas y malolientes en su casa durante interminables meses. Al menos ella dirigía la explotación agrícola y cumplía los deberes inherentes a la O'Hara. También estaba adquiriendo caballos.

—Entiendo poco o nada de caballos —dijo Charlotte Montague, y esa declaración hizo que Scarlett enarcara las cejas, pues había llegado a creer que Charlotte era experta en todo—. Necesitará al menos cuatro caballos de silla y seis para la caza, aunque ocho sería mejor, y debe pedir a sir John Morland que la ayude a escogerlos.

—¡Seis caballos para la caza! Por el amor de Dios, Charlotte, ¡está hablando de más de quinientas libras! —gritó Scarlett—. ¡Está usted loca! —Bajó la voz al tono normal; había aprendido que gritar a la señora Montague era una pérdida de energía; nada alteraba a aquella mujer—. Le enseñaré algo acerca de caballos —dijo, con maliciosa dulzura—; sólo se puede montar uno. Las yuntas son para los carruajes y los arados.

Pero en la discusión llevó las de perder. Como de costumbre. Se dijo que por esto no se tomaba la molestia de rebatir que necesitara ayuda de John Morland. Pero sabía que, en realidad, había estado esperando contar con un motivo para ver a Bart. Tal vez éste tendría alguna noticia de Rhett. Scarlett fue a Dunsany el día siguiente. Morland se mostró encantado de su petición. Naturalmente, la ayudaría a encontrar los mejores caballos de Irlanda.

—¿Has tenido noticias de tu amigo americano, Bart?

Confió en que la pregunta pareciese casual; había esperado bastante rato para introducirla en la conversación. John Morland podía hablar de caballos durante más tiempo que papá y Beatrice Tarleton.

—¿Te refieres a Rhett? —A Scarlett le dio un vuelco el corazón al oír su nombre—. Sí, cuida de su correspondencia mucho más que yo.

Señaló hacia un montón desordenado de cartas y facturas sobre la mesa.

¿Iba a seguir siempre así? ¿Qué había de Rhett?

Bart se encogió de hombros y se volvió de espaldas a la mesa.

—Está resuelto a inscribir la potra que me compró en las carreras de Charleston. Le dije que había sido entrenada para saltar obstáculos y no para una carrera lisa, pero él está seguro de que lo compensará con su rapidez. Temo que se lleve una desilusión. Tal vez dentro de tres o cuatro años tendrá razón, pero si recordamos que la madre es hija de...

Scarlett dejó de escucharle. John Morland era capaz de seguir la estirpe de la potra remontándose hasta el Diluvio. ¿Por qué no podía decirle lo que quería saber? ¿Era Rhett feliz? ¿La había mencionado a ella?

Miró la cara intensamente animada del joven baronet y le perdonó. A su propia y excéntrica manera, era uno de los hombres más encantadores del mundo.

La vida de John Morland giraba alrededor de los caballos. Era un hacendado concienzudo, interesado en su finca y en sus arrendatarios. Pero sus cuadras y sus pistas de adiestramiento para caballos de carreras eran su verdadera pasión, seguida de cerca por la caza del zorro en invierno con los caballos que criaba para este fin.

Posiblemente eran una compensación de la romántica tragedia ocasionada por su absoluta devoción a la mujer que se había adueñado de su corazón cuando ambos eran poco más que unos niños. Ella se llamaba Grace Hastings. Se había casado con Julian Hastings hacía casi veinte años. John Morland y Scarlett compartían ese lazo de un amor sin esperanzas.

Charlotte le había dicho lo que sabía «todo el mundo en Irlanda»: que John era relativamente inmune a las mujeres a la caza de marido, porque tenía poco dinero. Su título y su propiedad eran antiguos, muy antiguos; pero no tenía más ingresos que sus rentas e invertía casi hasta el último penique en sus caballos. Pero aun así, era muy atractivo a su manera, alto y rubio, de cálidos e interesados ojos grises, y una sonrisa encantadora que reflejaba la bondad de su carácter. Era extrañamente cándido por tratarse de un hombre que había pasado sus cuarenta y pico de años en los círculos mundanos de la sociedad británica. Ocasionalmente, una mujer con dinero propio, como la honorable Louisa, se enamoraba de él y le perseguía tenazmente para confusión de Morland y diversión de todos los demás. Entonces, sus excentricidades se hacían más pronunciadas; su distracción se convertía casi en vaciedad; se abrochaba mal los botones del chaleco, su risa ruidosa y contagiosa se hacía a veces impertinente, y cambiaba tan a menudo de posición su colección de pinturas de George Stubbs que las paredes de su casa estaban llenas de agujeros.

Scarlett observó que un bello retrato del famoso caballo Eclipse estaba peligrosamente colocado en equilibrio inestable sobre un montón de libros. Pero esto le importaba poco; quería saber algo de Rhett. Decidió lanzarse de cabeza y preguntarlo. Bart no se acordaría después.

—¿Te habló Rhett de mí?

Morland pestañeó; estaba pensando en los antepasados de la potra. Después captó la pregunta.

—Oh, sí, me preguntó si creía que estarías dispuesta a vender Media Luna. Tiene intención de reanudar las cacerías en Dunmore. Quiere que esté con los ojos abiertos por si se presenta algún ejemplar parecido a Media Luna.

—Entonces, supongo que tendrá que regresar para comprarlos —dijo Scarlett, rezando para recibir una respuesta afirmativa.

Pero la de Bart la defraudó.

—No; tendrá que confiar en mí. Su esposa está esperando un niño, ¿sabes?, y Rhett no quiere apartarse de su lado. Pero ahora que voy a aconsejarte para que compres lo mejorcito, no podré ayudar a Rhett. Le escribiré y se lo diré en cuanto tenga tiempo.

Scarlett estaba tan preocupada con las noticias de Bart que éste tuvo que sacudirle el brazo para que le prestase atención.

—¿Cuándo quieres empezar la búsqueda de los caballos para la caza? —le preguntó.

—Hoy —le respondió ella.

A lo largo de todo el invierno, fue cada sábado con John Morland a una u otra cacería en el condado de Meath, probando caballos que estaban en venta. No era fácil encontrar monturas a su gusto, pues exigía que el caballo fuese tan intrépido como ella. Cabalgaba como si la persiguiesen los demonios, y esto le permitía, en definitiva, dejar de imaginarse a Rhett como padre de una criatura que no fuese Cat.

Cuando estaba en casa, procuraba extremar la atención y el cariño que brindaba a la pequeña. Como de costumbre, Cat desdeñaba los abrazos. Pero escuchaba los relatos sobre caballos durante todo el tiempo que empleaba Scarlett en contarlos.

Cuando llegó febrero, Scarlett volcó la primera paletada de tierra con el mismo entusiasmo de años anteriores. Había conseguido relegar a Rhett al pasado y raras veces pensaba en él.

Era un año nuevo, lleno de promesas. Si Charlotte y la señora Fitz terminaban lo que estaban haciendo en su casa, podría incluso dar una fiesta. Echaba en falta a Kathleen y al resto de la familia. Pegeen hacía las visitas tan incómodas que Scarlett casi nunca veía ya a sus primos.

Esto podía esperar, tendría que esperar. Ahora era el tiempo de la siembra.

En junio, Scarlett pasó un día largo y agotador con la modista que Charlotte Montague había traído de Dublín y que ahora le tomaba medidas. La señora Sims era implacable: Scarlett tenía que levantar los brazos, extenderlos hacia delante y hacia los lados, alzar uno y bajar el otro en todas las posiciones imaginables y en algunas que jamás habría imaginado, durante lo que parecían horas. Después, lo mismo, pero sentada. Después, en todas las posiciones de la cuadrilla, el vals, el cotillón.

—La mortaja ha sido lo único para lo que no me ha tomado medidas —gruñó Scarlett.

Charlotte Montague esbozó una de sus raras sonrisas.

—Probablemente lo hizo, sin que usted se diese cuenta. Daisy Sims es muy cabal.

—Me niego a creer que esa terrible mujer se llame Daisy —dijo Scarlett.

—No la llame nunca así, a no ser que ella la invite a hacerlo. Nadie que no ostente al menos el título de duquesa puede tomarse familiaridades con Daisy. Es la mejor en su oficio; nadie se arriesgaría a ofenderla.

—Usted la llamó Daisy.

—También soy la mejor en mi oficio.

Scarlett rió. Le gustaba Charlotte Montague, y también la respetaba. Aunque no le gustaría intimar con ella como amiga.

Entonces se puso su ropa de campesina y cenó (Charlotte le recordó que era la comida) antes de dirigirse a la colina próxima al río Knightsbrook para encender la hoguera de san Juan. Cuando oyó el son familiar de los violines, las gaitas y el *bodhran* pensó en lo afortunada que era. Si era verdad lo que Charlotte le había prometido, disfrutaría de ambos mundos, el irlandés y el «anglo». El pobre Bart, recordó, no era bien recibido en la hoguera de su propia finca.

Scarlett pensó de nuevo en su buena fortuna cuando presidió el banquete de la fiesta de la cosecha. Ballyhara consiguió otra recolección abundante, no tanto como las de los dos años anteriores, pero todavía lo bastante para que sonasen monedas en los bolsillos de todos los hombres. Todo el mundo celebraba en Ballyhara su buena fortuna. Todos salvo Colum, advirtió Scarlett. Parecía que no hubiese dormido en una semana. Ella deseaba preguntarle qué le sucedía, pero su primo llevaba semanas mostrándose hosco como un oso con ella. Y según la señora Fitz ya no iba nunca a la taberna.

Bueno, ella no iba a dejar que el malhumor de Colum estropease su propia satisfacción. La fiesta de la cosecha valía la pena.

La temporada de caza empezaría también el día menos pensado, y su nuevo traje de amazona era el más elegante que jamás hubiese visto. La señora Sims hacía honor a cuanto Charlotte decía de ella.

—Si está dispuesta, podemos echar un vistazo —dijo Charlotte Montague.

Scarlett dejó la taza del té. Estaba más interesada de lo que quería confesar.

—Es usted muy amable, Charlotte, habida cuenta que todas las puertas, salvo las de mis habitaciones, han estado cerradas durante prácticamente un año. —Quería parecer malhumorada, pero sospechaba que Charlotte era demasiado lista para dejarse engañar—. Iré a buscar a Cat para que nos acompañe.

—Como quiera, Scarlett, pero ella ha estado presenciando todas las obras. Es una niña muy notable; siempre aparece en cuanto una puerta o una ventana han quedado abiertas. Algunos pintores se ponían muy nerviosos cuando la encontraban en lo alto de sus andamios.

—No me diga estas cosas o me dará un ataque. Es como un mono; sube a todas partes. —Scarlett llamó y buscó a Cat inútilmente. A veces la independencia de la niña la molestaba, como ahora. Generalmente se enorgullecía de ella—. Supongo que nos alcanzará si le interesa —dijo al fin—. Vamos allá; estoy impaciente por verlo.

Podía confesarlo. No engañaba a nadie.

Charlotte la condujo primero arriba, a los largos pasillos flanqueados por los dormitorios de los invitados, y después abajo, hacia lo que todavía costaba a Scarlett llamar el primer piso en vez del segundo como hacían los americanos.

Charlotte la llevó al extremo de la casa más alejado de las habitaciones que Scarlett había estado usando.

—Su dormitorio, su baño, su *boudoir*, su vestidor, el cuarto de juego de Cat, el dormitorio de la niña.

Charlotte abría las puertas de par en par para revelar sus trabajos. A Scarlett le encantaron los femeninos muebles de un verde pálido realzados con dorados de sus habitaciones y el friso con pinturas de animales que representaban las letras del alfabeto en el cuarto de juego de Cat. Las sillas y mesas del tamaño adecuado para la niña la hicieron aplaudir. ¿Cómo no se le había ocurrido esto a ella? Incluso había un juego de té infantil sobre una mesa, y un sillón pequeño junto a la chimenea.

—Sus habitaciones privadas son francesas —dijo Charlotte—, estilo Luis XVI, si le interesa. Representan lo que hay en usted de Robillard. Su sangre O'Hara predomina en los salones de la planta baja.

Lo único que conocía Scarlett de la planta baja era el vestíbulo embaldosado de mármol. Empleaba su puerta para salir al exterior y la ancha escalera de piedra para subir a los pisos de arriba. Charlotte Montague hizo que lo cruzase rápidamente. Abrió la alta puerta de uno de los lados e introdujo a Scarlett en el comedor.

—¡Dios mío! —exclamó Scarlett—. No conozco a bastante gente para ocupar todas esas sillas.

—La conocerá —dijo Charlotte. Condujo a Scarlett a través de la larga habitación, hacia una puerta también alta—. Ésta es su habitación para el desayuno y para pasar la mañana. También podrá comer aquí si lo desea, cuando los comensales sean pocos. —Se dirigió a otras puertas—. La sala grande y el salón de baile —anunció—. Confieso que éste me satisface mucho.

En una pared larga se abrían varias puertaventanas espaciadas, entre las que se habían colocado sendos espejos de marco dorado. En el centro de la pared de enfrente resaltaba una chimenea rematada por otro espejo de marco dorado. Todos los espejos estaban ligeramente inclinados de manera que no sólo reflejaban la habitación sino también el elevado techo. En éste se habían pintado escenas de las leyendas heroicas de Irlanda. Los edificios de los Grandes Reyes en el monte de Tara parecían más bien templos romanos. A Scarlett le entusiasmó.

—Todos los muebles de esta planta son de fabricación irlandesa, lo mismo que las telas de lana y de hilo, y los objetos de plata, de porcelana y de cristal; casi todo. Aquí es donde la O'Hara ejercerá sus funciones de anfitriona. Venga, todavía tenemos que ver la biblioteca.

A Scarlett le gustaron los sillones y el sofá tapizados de cuero, y reconoció que los libros encuadernados en piel eran preciosos.

—Ha hecho usted un magnífico trabajo, Charlotte —dijo, sinceramente.

—Sí; bueno, no fue tan difícil como temí al principio. Los que vivieron aquí seguramente emplearon un diseño de Lancelot Brown para trazar los jardines, de manera que sólo tuvimos que podar y limpiar. El huerto será muy productivo el año próximo, aunque tal vez habrá que esperar dos para que los árboles den fruto. Hubo que podarlos a conciencia.

Scarlett no tenía la más remota idea ni el menor interés en lo que estaba diciendo Charlotte. Lamentaba que Gerald O'Hara no pudiese ver el techo del salón de baile y que Ellen O'Hara no pudiese admirar los muebles de su *boudoir.*

Charlotte abrió más puertas.

—Aquí estamos de nuevo en el vestíbulo —dijo—. Un excelente movimiento circular para reuniones numerosas. Los arquitectos georgianos sabían perfectamente lo que hacían... Salgamos por la puerta principal, Scarlett.

Acompañó a ésta hasta lo alto de la escalinata que bajaba al paseo recientemente enarenado.

—Su personal, señora O'Hara.

—¡Dios mío! —dijo débilmente Scarlett.

Dos largas hileras de criados uniformados estaban delante de ella. A su derecha, la señora Fitzpatrick se hallaba ligeramente adelantada con respecto a la cocinera, cuatro criadas de cocina, cuatro doncellas para las habitaciones de arriba, dos camareras, tres lecheras, la jefa de la lavandería y tres lavanderas.

A su izquierda vio Scarlett un hombre de aspecto solemne que sólo podía ser un mayordomo, ocho criados, dos ágiles muchachos, el caballerizo, a quien ya conocía, y seis mozos de cuadra, además de cinco hombres que supuso eran jardineros, a juzgar por sus manos sucias de tierra.

—Creo que tengo que sentarme —murmuró.

—Primero sonría y déles la bienvenida a Ballyhara —dijo Charlotte.

Su tono no admitía réplica. Scarlett hizo lo que ella le decía.

De nuevo dentro de la casa, que ahora se había convertido en una gran mansión, Scarlett empezó a reír bajito.

—Todas visten mejor que yo —dijo. Miró el rostro inexpresivo de Charlotte Montague—. Está a punto de reventar de risa, Charlotte; no puede engañarme. Usted y la señora Fitz debieron divertirse mucho proyectando esto.

—Bastante —confesó Charlotte.

Una sonrisa fue lo más próximo a «reventar de risa» que pudo Scarlett obtener de ella.

Scarlett invitó a todos los habitantes de Ballyhara y de Adamstown a subir a ver la renovada Casa Grande. La larga mesa del comedor estaba cubierta de manjares y bebidas, y ella iba de una habitación a otra, animando a todo el mundo a servirse y llevándoles a ver los Grandes Reyes. Charlotte Montague estaba en pie, inmóvil, a un lado de la gran escalera, censurándola en silencio, pero Scarlett hacía caso omiso de ella. Trataba de no advertir la incomodidad y la confusión de sus primos y de los lugareños; sin embargo, a la media hora de su llegada, estaba a punto de llorar.

—Va en contra de la tradición, señora O —le murmuró al oído Rosaleen Fitzpatrick—; no es por usted. Ningún campesino había cruzado nunca el umbral de una Casa Grande en Irlanda. Nuestro pueblo se rige por viejas costumbres, y no estamos preparados para el cambio.

—Pero yo creía que los fenianos querían cambiarlo todo.

La señora Fitz suspiró.

—Así es; pero el cambio es para volver a costumbres todavía más antiguas que las que mantienen a los lugareños fuera de las Casas Grandes. Quisiera saber explicarme con más claridad.

—No se preocupe, señora Fitz. He cometido un error, esto es todo. No volverá a ocurrir.

—Fue el error de un corazón generoso. Esto la honra.

Scarlett se obligó a sonreír. Pero estaba pasmada y trastornada. ¿De qué servía tener todas estas habitaciones decoradas al estilo irlandés, si los irlandeses no se sentían cómodos en ellas? ¿Y por qué la trataban sus primos como una forastera en su propia casa?

Cuando todos se hubieron marchado y la servidumbre hubo limpiado todo rastro de la fiesta, Scarlett fue pasando de una habitación a otra.

«Bueno, a mí me gusta —decidió—. Me gusta mucho.» Era, pensó, un escenario mucho mejor de lo que había sido o sería jamás Dunmore Landing.

Se plantó en medio de las imágenes reflejadas de los Grandes Reyes y se imaginó que Rhett estaba con ella, lleno de envidia y de admiración. Pasarían años antes de que Cat fuese mayor y se le rompiese a él el corazón por no haber visto crecer a su hija para convertirse en la bella heredera de la casa de los O'Hara.

Scarlett subió corriendo la escalera y fue a la habitación de Cat.

—Hola —dijo ésta. Estaba sentada a su mesita, vertiendo cuidadosamente leche en una taza para su gato atigrado. Ocras la observaba atentamente desde su puesto de mando en el centro de la mesa—. Siéntate, mamá —la invitó Cat, y Scarlett lo hizo en una de las sillitas.

Si Rhett pudiese estar con ellas para tomar el té... Pero no estaba, nunca estaría, y ella tenía que aceptarlo. Rhett tomaría el té con su otro hijo, con sus otros hijos... que le daría Anne. Scarlett resistió el impulso de tomar a Cat en brazos.

—Quisiera dos terrones de azúcar, por favor, señorita O'Hara.

Aquella noche Scarlett no podía dormir. Permanecía sentada en el centro de su exquisita cama francesa, arrebujada en el edredón de seda para conservar el calor. Pero el calor y la comodidad que quería era sentirse abrazada por Rhett, oír su voz grave burlándose de la desastrosa fiesta hasta que tuviese ella que reírse de su error.

Quería consuelo para su disgusto. Quería el amor, el cuidado y la comprensión de una persona mayor. Su corazón había aprendido a amar, estaba rebosante de amor, y no tenía a nadie a quien brindárselo.

¡Maldito fuese Rhett por ponerse en su camino! ¿Por qué no podía ella amar a Bart Morland? Era amable, era atractivo y a Scarlett le gustaba estar con él. Si realmente le hubiese querido, no dudaba ni un instante de que habría podido hacerle olvidar a Grace Hastings. Pero no le quería, éste era el problema. No quería a nadie, salvo a Rhett.

¡No es justo!, pensaba, como una chiquilla. Y como una chiquilla, se durmió llorando.

Cuando se despertó, había recobrado su aplomo. ¿Qué importaba que su fiesta no hubiese gustado a nadie? ¿Qué importaba si Colum no se había quedado más de diez minutos? Tenía otros amigos, y tendría muchos más. Ahora que la casa estaba por fin arreglada, Charlotte se afanaba como una araña tejiendo una red de planes para el futuro. Y mientras tanto, el tiempo era perfecto para la caza y la señora Sims le había confeccionado un traje de amazona que la favorecía extraordinariamente.

76

Scarlett acudió a la cacería de sir John Morland con sus mejores galas. Montaba un caballo de silla e iba acompañada de dos mozos de cuadra que conducían a Media Luna y a Comet, uno de sus nuevos caballos adiestrados para cazar. La falda de su nuevo traje flotaba elegantemente sobre la nueva silla de amazona, y ella estaba muy satisfecha de sí misma. Había tenido que luchar como una fiera contra la señora Sims, pero había triunfado. Nada de corsé. Charlotte se había quedado pasmada. Nadie, dijo, había discutido jamás con Daisy Sims y triunfado. «Nadie, tal vez, antes que yo —pensó Scarlett—. También salí vencedora de la discusión con Charlotte.»

Ésta había dicho que la cacería de Bart Morland no era lo adecuado para que Scarlett ingresara en el mundo de la sociedad irlandesa. Él era irreprochable y, salvo por la falta de dinero, uno de los solteros más atractivos de la región. Pero su casa no era en modo alguno lujosa.

Los criados que le servían el desayuno eran en realidad mozos de cuadra vestidos durante unas pocas horas con librea. Charlotte había conseguido una invitación mucho más importante para Scarlett, exactamente lo que necesitaba para un *début* real.

Scarlett no podía ir a Morland Hall antes que a la mansión elegida por Charlotte.

—Puedo hacerlo y lo haré —dijo firmemente Scarlett—. Bart es amigo mío.

Lo repitió hasta que Charlotte se dio por vencida. No le dijo lo demás. Necesitaba ir a alguna parte donde se sintiese al menos un poco cómoda.

Ahora que se acercaba el momento, la perspectiva de entrar en la Sociedad, con mayúscula, la asustaba más de lo que la atraía. No paraba de pensar en lo que Mamita había dicho una vez de ella: «Una mula con arneses de caballo.»

Cuando el baúl que contenía los vestidos confeccionados por la señora Sims inspirándose en París fue introducido en la casa, Scarlett pensó cada vez más a menudo en aquella frase. Se imaginaba a cientos de lores, ladies, condes y condesas repitiéndola por lo bajo cuando ella asistiese a su primera fiesta importante.

—Me alegro de verte, Bart.

—Y yo de verte a ti, Scarlett. Media Luna parece estar a punto para una buena carrera. Ven aquí y tomarás una copa con mi invitado especial. Ha sido la caza del león. Estoy tan orgulloso como Lucifer.

Scarlett sonrió delicadamente al joven miembro del Parlamento por el condado de Meath. Era muy guapo, pensó, aunque en general no le gustaban los hombres que llevaban barba, incluso tan bien cuidada como la del señor Parnell. Había oído antes este nombre..., ah, sí, desayunando con Bart. Ahora lo recordaba. Colum detestaba a Parnell.

Tendría que prestarle atención para poder contarle a Colum todo lo que pudiese averiguar acerca de él. Después de la cacería. Ahora, Media Luna estaba tan impaciente como ella por emprender la caza.

—Por mi vida que no comprendo cómo puedes ser tan terco, Colum. —Scarlett había pasado del entusiasmo de la explicación a la cólera—. Por el amor de Dios, ni siquiera te has preocupado nunca de ir a escucharle. Bueno, yo le oí y era fascinador; todo el mundo estaba pendiente de sus palabras. Y quiere exactamente lo mismo que tú: Irlanda para los irlandeses, y nada de desahucios ni de rentas ni de terratenientes. ¿Qué más puedes pedir?

La paciencia de Colum se agotó.

—¡Haz el favor de no ser tan tonta y confiada! ¿No sabes que tu señor Parnell es también un terrateniente? Y protestante. Y educado en la universidad inglesa de Oxford. Está buscando votos, no justicia. Es un político, y su política de autonomía, que tú te has tragado con el azúcar de sus buenos modales y su cara bonita, no es más que un palo para amenazar a los ingleses y una zanahoria para tentar a los pobres e ignorantes asnos irlandeses.

—¡No hay modo de hablar contigo! Bueno, él dijo claramente que apoya a los fenianos.

Colum la agarró de un brazo.

—¿Dijiste tú algo?

Ella se desprendió de un tirón.

—¡Claro que no! Me tomas por una imbécil y me das lecciones como si lo fuese, pero no lo soy. Y te diré una cosa. No hay motivo para hacer contrabando de armas y empezar una guerra si podéis obtener lo que queréis sin ella. Yo he vivido una guerra que iniciaron un puñado de exaltados en defensa de unos pomposos principios. Lo que se consiguió con ello fue la muerte de la mayoría de mis amigos y la ruina de todos. Por nada. Ahora te digo, Colum O'Hara, que hay una manera de devolver Irlanda a los irlandeses sin matar ni incendiar, y esto es lo que pretendo. No más dinero para que Stephen compre armas. Y no más armas escondidas en mi pueblo. Quiero que las saquéis de aquella iglesia. Me da igual lo que hagáis con ellas; por mí podéis arrojarlas al pantano. Pero quiero librarme de las armas. En seguida.

—¿Quieres decir librarte también de mí?

—Si insistes... —Los ojos de Scarlett se llenaron de lágrimas—. ¿Qué estoy diciendo? ¿Qué estás diciendo? Oh, Colum, no dejes que suceda esto. Eres mi mejor amigo, casi un hermano para mí. Por favor, por favor, Colum, no seas tan cabezota. Yo no quiero luchar.

Las lágrimas se derramaron de sus ojos.

Colum le asió la mano y la estrechó con fuerza.

—Oh, querida Scarlett, no somos Colum y Scarlett quienes hablamos, sino nuestro temperamento irlandés. Es una lástima que gritemos y discutamos. Perdóname, *Aroon.*

—¿Qué significa «*Aroon*»? —preguntó ella, entre sollozos.

—Significa «querida». En irlandés eres mi Scarlett *aroon.*

—Una bonita palabra.

—Entonces, muy adecuada para ti.

—Colum, estás hechizando de nuevo a los pájaros de los árboles, pero no voy a dejar que me hechices a mí y me hagas olvidar. Prométeme que te librarás de esas armas. No te pido que votes por Charles Parnell; sólo prométeme que no empezarás una guerra.

—Te lo prometo, Scarlett *aroon.*

—Gracias. Me siento infinitamente mejor. Ahora tengo que irme. ¿Subirás a la casa para comer en mi habitación de la mañana, aunque sea de noche?

—No puedo, Scarlett *aroon.* Tengo que encontrarme con un amigo.

—Tráele también. Con la cocinera alimentando a los nueve millones de criados que de pronto me han caído encima, estoy segura de que habrá comida suficiente para ti y tu amigo.

—Esta noche no. Otro día.

Scarlett no insistió; tenía lo que quería. Antes de irse a casa pasó por la pequeña capilla y se confesó con el padre Flynn. Su enfado con Colum fue parte de la confesión, pero no lo principal. Había ido allí para ser absuelta de un pecado que le helaba la sangre: el haber dado gracias a Dios cuando John Morland le comunicó que seis meses atrás la esposa de Rhett había perdido a su pequeño.

Poco después de salir Scarlett, Colum O'Hara se confesó también, pues le había mentido a su prima y éste era un pecado grave. Después de rezar su penitencia, se encaminó al arsenal de la iglesia anglicana para asegurarse de que las armas estaban bien escondidas, para el caso de que ella decidiese investigar.

El domingo, Charlotte Montague y Scarlett se dirigieron a la fiesta que era el *début* de Scarlett, después de que ésta oyese una misa temprana. La fiesta duraría una semana. A Scarlett no le gustaba estar tanto tiempo lejos de Cat, pero la celebración del cumpleaños de su hija acababa de terminar (la señora Fitz estaba todavía furiosa por el daño causado por las carreras de los niños en el parquet del salón de baile) y estaba segura de que Cat no la echaría de menos. Estaría muy atareada inspeccionando todas las instalaciones nuevas e investigando a los nuevos criados.

Scarlett, Charlotte y su doncella, Evans, se dirigieron en la elegante berlina a la estación de ferrocarril de Trim.

La fiesta debía celebrarse en el condado de Monaghan, demasiado lejos para ir por carretera.

Scarlett estaba más excitada que nerviosa. Asistir primero a la fiesta de John Morland había sido una buena idea. Charlotte estaba nerviosa por las dos, aunque lo disimulaba; el futuro de Scarlett en el mundo elegante dependería de la impresión que causara durante esta semana. Y el de Charlotte también.

Miró a Scarlett para tranquilizarse. Sí, estaba adorable en su traje de viaje de merino verde. Sus ojos eran un don de Dios, característicos y memorables. Y su cuerpo esbelto y sin corsé sería sin duda comentado y aceleraría el pulso de los hombres. Parecía exactamente lo que Charlotte había insinuado a algunas amistades selectas: una hermosa y no demasiado joven viuda americana, con un aspecto y un encanto coloniales; un poco desmañada, pero agradable como resultado de ello; románticamente irlandesa, como sólo podía serlo una extranjera; muy rica, tal vez enormemente rica, hasta el punto de que podía permitirse tener un carácter libre; educada, con algo de sangre francesa aristocrática, pero vigorosa y exuberante como buena americana; imprevisible pero con buenos modales, ingenua pero con experiencia; en conjunto, un ingreso intrigante e interesante para ese círculo de personas que se conocían demasiado y estaban deseando poder hablar de alguien nuevo.

—Tal vez debería repetirle los nombres de quienes probablemente van a asistir a la fiesta —sugirió Charlotte.

—No, Charlotte, por favor, pues volvería a olvidarlo. Además, sé lo más importante. Un duque es más que un marqués; después viene el conde, y luego el vizconde, el barón y el baronet. Puedo llamar «señor» a todos los hombres, como en el Sur, por lo que no debo preocuparme de los tratamientos de «milord» y «su excelencia» pero nunca debo llamar «señora» a una dama, como se hace en Estados Unidos, porque esto está reservado para la reina Victoria, y ella no estará allí. Por consiguiente, a menos que me pidan que emplee el nombre de pila, me limitaré a sonreír sin emplear ningún tratamiento. Unos simples «señor» o «señorita» bastarán, salvo que se trate de algún «honorable». Esto me parece gracioso. ¿Por qué no «respetable» o algo parecido?

Charlotte se estremeció por dentro. Scarlett era demasiado confiada, demasiado despreocupada.

—No ha prestado atención, Scarlett. Hay algunos apellidos sin título alguno, ni siquiera «honorable», que son tan importantes como el de cualquier duque que no posea sangre real. Los Herbert, Burke, Clarke, Lefroy, Blennerhassett...

Scarlett sofocó una risilla. Charlotte se interrumpió. Lo que tuviese que ser, sería.

La casa era una inmensa estructura de estilo gótico con torres y torreones, ventanales con vidrieras multicolores altos como los de una catedral, pasillos de más de cien metros de longitud. La confianza de Scarlett flaqueó cuando vio todo aquello. «Eres la O'Hara», se recordó y subió los escalones de la entrada levantando retadora la barbilla.

Antes de que la cena de aquella noche tocara a su fin, Scarlett sonreía a todo el mundo, incluso al criado que se mantenía detrás de su silla de alto respaldo. Los platos fueron todos excelentes, copiosos, exquisitamente presentados, pero Scarlett apenas los probó. Se estaba deleitando con la admiración que despertaba. No menos de cuarenta y seis invitados asistían a la reunión, y todos querían conocerla.

—... y el día de Año Nuevo, tengo que llamar a todas las puertas de la población, entrar en la casa, salir y volver a entrar y tomar una taza de té. Confieso que no sé cómo no me he vuelto amarilla como un chino después de beberme casi la mitad del té de China —le comentó alegremente al comensal sentado a su izquierda, que estaba fascinado por los deberes de la O'Hara.

Cuando, siguiendo el ejemplo de la anfitriona, cada invitado dedicó su atención a su vecino de la derecha, Scarlett entusiasmó al general retirado que tenía a ese lado relatándole con detalle el sitio de Atlanta. Su acento del Sur no era el que se esperaba de una americana, dijeron más tarde sus dos interlocutores a quienes quisieron escucharles, y además era una mujer extraordinariamente inteligente.

También era «extraordinariamente atractiva». La desmesurada sortija de prometida adornada con diamantes y esmeraldas que había recibido de Rhett resplandecía de manera impresionante en su pecho no excesivamente descubierto. Charlotte la había hecho transformar en un colgante que pendía de una cadena de oro blanco tan fina que era casi invisible. Después de la cena, Scarlett jugó al whist con su acostumbrada habilidad. Su pareja ganó dinero suficiente para cubrir todas sus pérdidas en las tres fiestas anteriores, y desde entonces Scarlett fue solicitada tanto por las damas como por los caballeros.

La mañana siguiente, y las cinco sucesivas, fueron dedicadas a la caza. Aunque montaba un caballo de las cuadras de su anfitriona, Scarlett se mostró diestra e impávida. Su éxito estaba asegurado. Nada admiraba tanto a la pequeña aristocracia angloirlandesa como la buena equitación.

Charlotte Montague tenía que estar alerta para borrar de su rostro la expresión de un gato que acabase de zamparse un tazón de espesa crema.

—¿Se ha divertido? —preguntó a Scarlett, durante el camino de vuelta a Ballyhara.

—¡Muchísimo, Charlotte! Bendita sea por hacer que me invitasen. Todo ha sido perfecto. Es un magnífico detalle dejar bocadillos en el dormitorio. Yo siempre tengo hambre a altas horas de la noche; supongo que a todo el mundo le ocurre lo mismo.

Charlotte se rió hasta que saltaron lágrimas de sus ojos. Lo cual enojó a Scarlett.

—No veo que sea tan gracioso tener buen apetito. Las partidas de naipes duran tanto que pasa mucho tiempo desde que se acaba la cena hasta que la gente se acuesta.

Cuando Charlotte pudo hablar, se explicó. En las casas más sofisticadas, los platos de bocadillos colocados en los dormitorios de las damas podían emplearse como una señal para sus admiradores. Si una dama depositaba el plato en el suelo del pasillo, delante de su habitación eso constituía una invitación a entrar.

Scarlett se puso colorada.

—Oh, Charlotte, yo me comí hasta la última migaja. ¿Qué habrán pensado las criadas?

—No solamente las criadas, Scarlett. Todos los asistentes a la fiesta deben de estar preguntándose quién fue el afortunado. O los afortunados. Naturalmente, ningún caballero alardearía de este honor, o no sería un caballero.

—Nunca podré volver a mirar a ninguno de ellos a la cara. Es lo más escandaloso que jamás he oído. ¡Una asquerosidad! Y creí que todos eran bellísimas personas.

—Pero, mi querida niña, son precisamente las bellísimas personas quienes inventan estos discretos trucos. Todo el mundo conoce las normas y nadie se refiere a ellas. Las diversiones de la gente son un secreto, a menos que prefieran contarlas.

Scarlett iba a decir que en el lugar del que procedía, la gente era honrada y decente. Pero entonces se acordó de Sally Brewton, de Charleston. Sally había hablado de la misma manera, refiriéndose a «discreción» y «diversiones» como si la infidelidad y la promiscuidad fuesen cosas normales y aceptadas.

Charlotte Montague sonrió satisfecha. Si algo había sido necesario para crear una leyenda alrededor de Scarlett O'Hara, el error que cometió con los bocadillos lo había logrado. Ahora sería conocida como una beldad agradablemente colonial, pero satisfactoriamente sofisticada.

Charlotte empezó a hacer mentalmente los primeros planes para su retiro. Sólo unos pocos meses más, y nunca tendría que volver a sufrir el fastidio de una fiesta elegante de cualquier clase.

—Haré que nos traigan el *Irish Times* todos los días —dijo a Scarlett—, y tendrá que estudiar cada una de sus palabras. Todas las personas que conozca en Dublín esperarán que esté enterada de las noticias que publica.

—¿Dublín? No me dijo que iríamos a Dublín.

—Ah, ¿no? Creía que se lo había dicho. Le pido disculpas, Scarlett. Dublín es el centro de todo; le encantará. Es una verdadera ciudad, no un pueblo grande como Drogheda o Galway. Y la vista del castillo le causará la impresión más grande que habrá experimentado en toda su vida.

—¿Un castillo? ¿No es una ruina? No sabía que existiesen. ¿Vive allí la reina?

—No, gracias a Dios. La reina es una buena gobernante, pero una mujer sumamente gris. No; en el castillo de Dublín está el representante de su majestad, el virrey. Será presentada a él y a la virreina en el salón del trono...

La señora Montague le describió a Scarlett un cuadro de pompa y esplendor como nunca había imaginado. En comparación, el baile de santa Cecilia en Charleston parecía una birria. Tanta magnificencia hizo que Scarlett desease de todo corazón triunfar en la sociedad de Dublín. Esto pondría en su sitio a Rhett Butler, y él ya no sería importante para ella.

«Ahora puedo ya decírselo —pensó Charlotte—. Después del éxito que Scarlett ha tenido esta semana, la invitación llegará sin duda alguna. Ya no es probable que yo pierda el depósito que el año pasado hice en el Shelbourne a fin de que reservasen la habitación para la temporada social, cuando recibí la nota de Scarlett.»

—¿Dónde está mi preciosa Cat? —gritó Scarlett al entrar corriendo en la casa—. Mamá ha llegado, encanto. —Después de media hora de búsqueda, encontró a Cat en la cuadra y sentada sobre Media Luna. Se la veía terriblemente pequeña sobre el gran caballo. Scarlett bajó la voz para no asustar a Media Luna—. Ven con mamá, querida y abrázame muy fuerte.

A Scarlett le palpitó el corazón al ver que su hija saltaba sobre la paja junto a los cascos herrados del caballo. La perdió de vista hasta que la niña asomó su carita morena por encima de la media puerta del compartimiento y, sin intentar abrirla, se encaramó por ella y saltó al otro lado. Scarlett se arrodilló para abrazarla.

—Oh, cuánto me alegro de verte, ángel mío. Te he echado mucho de menos. ¿Me añorabas?

—Sí.

Cat se desprendió de sus brazos. «Bueno, al menos me ha añorado; nunca me lo había dicho.» Scarlett se levantó cuando la cálida oleada de amor por Cat se convirtió de nuevo en la solicitud total que era su emoción acostumbrada.

—No sabía que te gustasen los caballos, Kitty Cat.

—Sí. Me gustan los animales.

Scarlett se obligó a parecer alegre.

—¿Te gustaría tener un poni sólo para ti? ¿Del tamaño adecuado para una niña pequeña?

«No pensaré en Bonnie, no. Prometí no poner trabas a Cat ni envolverla en algodón porque perdí a Bonnie en aquel accidente. Prometí a Cat, casi en el momento de nacer, que dejaría que fuese como quisiera ser y que le daría toda la libertad que ha de tener un espíritu libre. No sabía que me resultaría tan difícil, que querría protegerla en cada momento. Pero tengo que cumplir mi promesa. Sé que era una promesa sensata. Cat tendrá un poni si quiere, y aprenderá a saltar y yo la contemplaré hacerlo aunque me muera de angustia. Quiero demasiado a Cat para tenerla encerrada.»

Scarlett no podía saber que durante su ausencia Cat había bajado al pueblo de Ballyhara. A sus tres años, su hija, que empezaba a interesarse por otros niños y por sus juegos, había ido a buscar a algunos de los críos que habían asistido a su fiesta de cumpleaños. Cuatro o cinco chiquillos estaban jugando en la ancha calle, pero cuando Cat se acercó a ellos, echaron a correr. Dos de los niños se detuvieron para agarrar unas piedras y arrojárselas.

—*¡Cailleach! ¡Cailleach!* —gritaron, aterrorizados.

Habían aprendido la palabra de sus madres. Quería decir «bruja» en gaélico.

Cat miró a su madre.

—Sí, me gustaría un poni —dijo. Los ponis no arrojaban piedras. Pensó en contar a su madre lo que habían hecho aquellos chicos y preguntarle qué quería decir aquella palabra. Le apetecía aprender nuevas palabras. Pero ésta no le gustaba. No lo preguntaría—. Quisiera tener un poni hoy.

—Hoy no puedo encontrarlo, pequeña. Empezaré a buscarlo mañana, te lo prometo. Vayamos a casa y tomaremos el té.

—¿Con pastas?

—Sí, con pastas.

Después de subir a sus habitaciones, Scarlett se quitó el bonito traje de viaje lo más rápidamente que pudo. Sentía la necesidad indefinida de ponerse la blusa, la falda y las abigarradas medias de campesina.

A mediados de diciembre, Scarlett paseaba por los largos pasillos de la Casa Grande como un animal enjaulado. Había olvidado lo mucho que aborrecía los oscuros, cortos y húmedos días de invierno. Pensó varias veces en bajar a la taberna de Kennedy; pero, desde la desacertada fiesta que ofreció a los habitantes del pueblo, ya no se sentía tan cómoda con ellos como antes. Cabalgaba un poco aunque no era necesario, pues los mozos de cuadra cuidaban de ejercitar a los caballos. Pero necesitaba salir, incluso bajo la gélida lluvia. Cuando había algunas horas de sol, observaba cómo montaba Cat su poni de Shetland dando grandes y alegres saltos sobre el prado helado. Sabía que esto era malo para la hierba del próximo verano, pero Cat era tan inquieta como ella. A Scarlett le costaba mucho persuadirla de que se quedara en casa, aunque fuera en la cocina o en las cuadras.

En Nochebuena, Cat encendió la vela del Niño Jesús y, después, todas las que pudo alcanzar en el árbol de Navidad. Colum la sostuvo en alto para que llegase a las de más arriba.

—Una costumbre inglesa muy estrafalaria —dijo—; probablemente incendiarás tu casa.

Scarlett miró los brillantes adornos y las resplandecientes velas del árbol.

—Creo que es muy bonito, a pesar de que esta moda la implantase la reina de Inglaterra —dijo—. Además, he puesto acebo en todas las puertas y ventanas, Colum; todo es muy irlandés en Ballyhara, salvo en esta habitación. No seas gruñón.

Colum se echó a reír.

—Cat O'Hara, ¿sabías que tu padrino era gruñón?

—Hoy sí —dijo Cat.

Esta vez, la risa de Colum no fue forzada.

—«La verdad habla por boca de los niños...» —dijo—. La culpa ha sido mía por preguntarle.

Ayudó a Scarlett a traer el regalo de Cat cuando ésta se hubo dormido. Era un poni de juguete, de tamaño natural, montado sobre un balancín.

La mañana del día de Navidad, Cat lo miró desdeñosamente.

—No es de verdad.

—Es un juguete, querida, para que montes en él dentro de casa cuando hace mal tiempo.

Cat montó sobre el caballito y se meció. Convino en que, por ser un poni que no era de verdad, no estaba mal como juguete.

Scarlett lanzó un suspiro de alivio. Ahora no se sentiría tan culpable cuando fuese a Dublín. Tenía que encontrarse allí con Charlotte, en el hotel Gresham, el día después del *barm brack* y el té de Año Nuevo.

77

Scarlett no tenía idea de que Dublín estuviese tan cerca. Le pareció que se acababa de acomodar en el tren en Trim cuando anunciaron Dublín. Evans, la doncella de Charlotte Montague, fue a recibirla a la estación e indicó a un mozo que cogiese sus maletas.

—Sígame, por favor, señora O'Hara —le dijo después, echando a andar.

A Scarlett le costó seguirla, debido a la presurosa muchedumbre que llenaba la estación. Ésta era el edificio más grande y con más trajín que jamás hubiese visto Scarlett.

Pero nada tan bullicioso como las calles de Dublín. Scarlett apretó la nariz contra el cristal de la ventanilla del coche de alquiler. Charlotte tenía razón: le encantaría Dublín.

El carruaje se detuvo demasiado pronto. Scarlett se apeó, ayudada por un criado de lujoso uniforme, y se quedó mirando fijamente un tranvía tirado por caballos que pasaba por allí. Evans le tocó un brazo.

—Por aquí, tenga la bondad.

Charlotte la estaba esperando detrás de una mesa de té en el saloncito de su habitación.

—¡Charlotte! —exclamó Scarlett—. He visto un tranvía de dos pisos, y ambos llenos a rebosar.

—Buenas tardes, Scarlett. Me alegro de que Dublín le guste. Dé su chal a Evans y venga a tomar el té. Tenemos mucho que hacer.

Aquella misma tarde la señora Sims se presentó con tres ayudantes que transportaban varios trajes envueltos en muselina. Scarlett se los probó e hizo los movimientos que le ordenaban, mientras la señora Sims y la señora Montague discutían todos los detalles de cada prenda. Los trajes de noche eran a cuál más elegante. Scarlett se pavoneaba delante del espejo de cuerpo entero cada vez que la señora Sims la dejaba un momento en paz.

Cuando la modista y sus aprendizas se marcharon, Scarlett descubrió de pronto que estaba agotada. Accedió inmediatamente y de buen grado a la sugerencia de Charlotte de que cenasen en la habitación, y comió con voracidad.

—No engorde ni un milímetro, Scarlett, o habrá que rehacer todos los trajes —le advirtió Charlotte.

—Todo lo que engorde lo perderé yendo de compras —dijo Scarlett. Untó con mantequilla otro pedazo de pan—. Al menos he visto ocho escaparates que parecían maravillosos en el camino de la estación al hotel.

Charlotte sonrió con indulgencia. Recibiría una buena comisión de todas las tiendas donde comprase Scarlett.

—Podrá ir de compras cuanto le apetezca, se lo prometo. Pero solamente por la tarde. Durante las mañanas, tendrá que posar para su retrato.

—Esto es una tontería, Charlotte. ¿Para qué quiero yo un retrato? Una vez me hicieron uno y lo aborrecí. Se me veía tan ruin como una serpiente.

—No parecerá ruin en éste, le doy mi palabra. *Monsieur* Hervé es un experto en damas. Y el retrato es importante. Hay que hacerlo.

—Está bien, ya que usted lo dice; pero no me gustará, se lo aseguro.

La mañana siguiente, a Scarlett la despertó el ruido del tráfico. Todavía era de noche, pero bajo la luz de los faroles Scarlett distinguió cuatro hileras de carros, rodales y carruajes de toda clase, que atestaban la calle debajo de la ventana de su dormitorio. «No es extraño que Dublín tenga unas calles tan anchas —pensó alegremente—; casi todo lo que lleva ruedas en Irlanda debe de estar aquí. —Olisqueó el aire y notó cierto aroma—. Sin duda me estoy volviendo loca. Juraría que huelo a café.»

Unos dedos repicaron suavemente en la puerta.

—Cuando esté lista, el desayuno espera en el cuarto de estar —dijo Charlotte—. He despedido al camarero; bastará con que se ponga una bata.

Scarlett abrió la puerta con tal ímpetu que casi derriba a la señora Montague.

—¡Café! Si supiese cuánto he echado en falta el café. Oh, Charlotte, ¿por qué no me dijo que toman café en Dublín? Habría cogido el tren cada mañana sólo para venir a desayunar aquí.

El sabor del café era todavía mejor que su aroma. Afortunadamente, Charlotte prefería el té, porque Scarlett se bebió toda la cafetera.

Después se puso sumisamente las medias y combinaciones de seda que sacó Charlotte de una caja. Se sintió perversa. La ligera y resbaladiza ropa interior era completamente distinta de las prendas de batista o de muselina que había llevado toda la vida. Se envolvió bien en su bata de lana cuando entró Evans con una mujer a la que no había visto nunca.

—Ésta es Serafina —dijo Charlotte—. Es italiana; por consiguiente, no se preocupe si no entiende nada de lo que dice. Va a peinarla. Lo único que tiene usted que hacer es estarse quieta y dejarla hablar.

«Está conversando con cada pelo de mi cabeza», pensó Scarlett al cabo de casi una hora. Su cuello empezaba a ponerse rígido, y no tenía la menor idea de lo que le estaba haciendo aquella mujer. Charlotte había hecho sentar a Scarlett cerca de la ventana, donde la luz de la mañana era más fuerte.

La señora Sims y una oficiala, que habían llegado hacía veinte minutos, parecían tan impacientes como Scarlett.

—*Ecco!* —dijo Serafina.

—*Benissimo* —dijo la señora Montague.

—Bueno —dijo la señora Sims.

Su oficiala levantó una envoltura de muselina descubriendo el vestido que sostenía la señora Sims. Scarlett contuvo el aliento. El raso blanco resplandecía bajo la luz y ésta hacía que los bordados de plata brillasen como si tuviesen vida. Era un vestido fantástico. Scarlett se levantó, alargando las manos para tocarlo.

—Primero los guantes —ordenó la señora Sims—. Cada dedo dejaría una marca.

Scarlett vio que la modista llevaba guantes blancos de cabritilla. Tomó los largos guantes que le tendía Charlotte, ya doblados hacia atrás y empolvados para que pudiese ponérselos sin estirarlos.

Cuando Scarlett hubo acabado de calzárselos, Charlotte empleó un pequeño abrochador de plata con rapidez y habilidad. Serafina le tapó a Scarlett la cabeza con un pañuelo de seda y le quitó el peinador, y la señora Sims le bajó el vestido a lo largo de sus brazos levantados y se lo ciñó al cuerpo. Mientras abrochaba la espalda, Serafina le quitó a Scarlett el pañuelo de la cabeza y dio unos pocos y delicados toques a sus cabellos. Llamaron a la puerta.

—Muy puntual —dijo la señora Montague—. Debe de ser *monsieur* Hervé. Queremos que la señora O'Hara se coloque aquí, señora Sims.

Charlotte condujo a Scarlett al centro de la habitación. Scarlett oyó que abría la puerta y hablaba en voz baja. «Supongo que estará hablando en francés y esperará que yo también lo haga —pensó—. No; Charlotte debe conocerme ya lo bastante para no esperar tal cosa. Quisiera tener un espejo para ver cómo me sienta el traje.»

La oficiala de la señora Sims le tocó la punta de un pie y después la del otro indicándole a Scarlett que los levantase. Ésta no alcanzó a ver los zapatos que le ponía aquella mujer, pues la señora Sims le daba golpecitos en las paletillas y le murmuraba que se mantuviera derecha. La oficiala arreglaba el borde de la falda.

—Señora O'Hara —dijo Charlotte Montague—, permita que le presente a *monsieur* François Hervé.

Scarlett miró al hombre corpulento y calvo que se plantó delante de ella e hizo una reverencia.

—¿Cómo está usted? —dijo ella.

¿Se suponía que debía dar la mano al pintor?

—*Fantastique* —dijo éste, y chascó los dedos.

Dos hombres trasladaron el espejo de cuerpo entero junto a un lienzo de pared entre dos ventanas. Cuando se apartaron, Scarlett pudo contemplar su propia imagen.

El traje de raso blanco era más escotado de lo que creía, de modo que descubría con atrevimiento sus hombros y parte de su pecho. Scarlett examinó después la figura de una mujer a la que apenas conocía. Los cabellos estaban apilados en lo alto de su cabeza, formando una masa de rizos y mechones hábilmente dispuestos de un modo que parecía casi natural. El deslumbrante raso blanco moldeaba su esbelto cuerpo y la sedosa cola blanca con aplicaciones de plata se extendía en un sinuoso semicírculo alrededor de los zapatos de níveo satén con tacones de plata. «Me parezco más al retrato de la abuela Robillard que a mí misma.»

Nada quedaba de su acostumbrado aspecto infantil. Parecía toda una mujer, no la bella coqueta del condado de Clayton. Y le gustaba mucho lo que veía. Esta desconocida la desconcertaba y excitaba. Las comisuras de sus suaves labios temblaban débilmente y sus ojos habían adquirido un tono más profundo y misterioso. Levantó la barbilla con suprema confianza y miró directamente a sus propios ojos con expresión de desafío y de aprobación.

—Sí —murmuró Charlotte Montague hablando consigo misma—. He aquí a la mujer que va a conquistar Irlanda, o el mundo entero, si lo desea.

—Traed el caballete —dijo el artista—. De prisa, imbéciles. Voy a pintar un retrato que me hará famoso.

—No lo comprendo —dijo Scarlett a Charlotte después de la sesión—. Es como si nunca hubiese visto a esta persona en mi vida y, sin embargo, la conociese... Estoy confusa, Charlotte.

—Mi querida niña, éste es el principio de la sabiduría.

—Charlotte, tomemos uno de esos graciosos tranvías —suplicó Scarlett—. Me merezco una recompensa después de haber estado horas plantada como una estatua.

Había sido una sesión muy larga, convino Charlotte; probablemente, las siguientes serían más cortas. Además, sin duda llovería y sin buena luz *monsieur* Hervé no podría pintar.

—Entonces, ¿de acuerdo? ¿Tomaremos el tranvía?

Charlotte asintió con la cabeza. Scarlett tuvo ganas de abrazarla, pero Charlotte Montague no se prestaba a esto. Y, de una manera indefinida, tampoco ella ahora, pensó Scarlett. Verse como una mujer, y ya no como una muchacha, la había emocionado pero también inquietado. Tardaría un poco en acostumbrarse.

Subieron la escalera metálica de caracol hasta la imperial del tranvía. Estaba descubierta y hacía mucho frío, pero la vista era soberbia. Scarlett miró hacia un lado y otro de la ciudad, observó las anchas y bulliciosas calles, las amplias y atestadas aceras. Dublín era la primera ciudad que veía digna de este nombre. Tenía una población de más de un cuarto de millón de habitantes, mientras que Atlanta era una urbe de crecimiento rápido y sólo tenía veinte mil.

El tranvía rodaba sobre sus raíles entre el tráfico, que se veía forzado a respetar su inexorable derecho de paso. Los transeúntes y los vehículos se apartaban a toda prisa y en el último momento, librándose por poco y con estrépito, cosa que entusiasmaba a Scarlett.

Entonces vio el río. El tranvía se detuvo en el puente y ella divisó el curso del Liffey. Puente tras puente y tras puente, todos ellos diferentes, todos recorridos por un tráfico intenso. Los muelles aparecían seductores con sus tiendas y su muchedumbre; el agua, brillante bajo la luz del sol.

El Liffey quedó atrás; el tranvía entró de pronto en una zona de sombra, con altos edificios a ambos lados. Scarlett sintió un escalofrío.

—Será mejor que nos apeemos en la próxima parada —dijo Charlotte.

Así lo hicieron. Charlotte iba delante indicándole el camino. Después de cruzar una bulliciosa encrucijada, señaló hacia una calle que trazaba una curva delante de ellas.

—La calle Grafton —dijo, como si hiciese una presentación—. Tomaremos un coche de alquiler para volver al Gresham, pero iremos a pie si es la única manera de ver las tiendas. ¿Quiere tomar antes un café? Debería conocer Bewley's.

—No lo sé, Charlotte. Me gustaría echar primero un vistazo a esta tienda. Aquel abanico del escaparate, el del rincón del fondo, con borlas de color de rosa, es adorable. Oh, y ese chino de ahí; de momento no lo había visto. ¡Y esa preciosa almohadilla! Mire, Charlotte, el bordado de esos guantes. ¿Ha visto nunca algo igual? ¡Oh, qué maravilla!

Charlotte hizo una seña al portero ataviado con librea. Éste abrió la puerta y se inclinó.

Charlotte no mencionó que en la calle Grafton había al menos otras cuatro tiendas llenas de cientos de abanicos y de guantes. Estaba segura de que Scarlett descubriría por sí sola que un atributo importante de una gran ciudad es una gama infinita de tentaciones.

Al cabo de diez días de posar para el pintor y probarse trajes e ir de tiendas, Scarlett volvió a Ballyhara cargada de docenas de regalos para Cat, varios obsequios para la señora Fitz y Colum, diez libras de café y una cafetera para ella misma. Se había enamorado de Dublín y ansiaba volver allí.

En Ballyhara, la estaba esperando su Cat. En cuanto el tren hubo salido de la ciudad, Scarlett sintió prisa por llegar a casa. Tenía muchas cosas que contarle a Cat, y debía hacer muchos planes para cuando se llevase a su graciosa niña campesina a la ciudad. Además, quería reanudar su trabajo de oficina durante las horas que seguían a la misa. Lo había aplazado durante una semana. Y pronto sería el día de santa Brígida. Para Scarlett éste era el mejor momento, cuando ella anunciaba el comienzo del año al volcar la primera paletada de tierra. ¡Qué suerte la suya! Tenía las dos cosas: el campo y la ciudad, a O'Hara y esta mujer todavía desconocida en el espejo de cuerpo entero.

Cat se quedó tan absorta en un libro de dibujos de animales que olvidó abrir su otro regalo. Scarlett aprovechó esta ocasión para correr por el paseo hasta la casa de Colum, a fin de darle la bufanda de casimir que le había comprado y de comunicarle todas sus impresiones sobre Dublín.

—Oh, lo siento —dijo al ver que su primo tenía un visitante, un elegante caballero que le era desconocido.

—No, no —dijo Colum—. Entra y te presentaré a John Devoy. Acaba de llegar de Estados Unidos.

Devoy se mostró cortés pero se vio claramente que no le había gustado la interrupción. Scarlett se excusó, dejó el regalo de Colum y volvió rápidamente a casa. ¿Qué clase de americano era ése que se desplazaba a un sitio tan alejado como Ballyhara y no se alegraba de encontrarse con una compatriota? ¡Debía ser uno de los fenianos de Colum! Y estaría disgustado porque Colum ya no participaba en aquella loca revolución.

La verdad era todo lo contrario. John Devoy parecía seriamente decidido a apoyar a Parnell, y era uno de los fenianos americanos más influyentes. Si abandonaba el apoyo a la revolución, ésta recibiría un golpe casi mortal. Colum estuvo aportando apasionadas razones contra la autonomía hasta bien avanzada la noche.

—Ese hombre quiere poder y se valdrá de la traición para conseguirlo —dijo, refiriéndose a Parnell.

—¿Y qué decir de ti, Colum? —replicó Devoy—. Yo diría que no puedes soportar que un hombre de valía haga tu trabajo, y lo haga mejor que tú.

La réplica de Colum fue inmediata.

—Pronunciará discursos en Londres hasta que se hiele el infierno y aparecerá en primera página en todos los periódicos, pero los irlandeses seguiremos pasando hambre, pisoteados por los ingleses. El pueblo irlandés no ganará nada en absoluto. Y cuando se canse de las palabras del señor Parnell, se alzará. Sin organización y sin esperanzas de triunfo. Te digo, Devoy, que esperamos demasiado. Parnell habla, tú hablas, yo hablo, y mientras tanto los irlandeses sufren.

Cuando Devoy se hubo marchado a la posada de Kennedy para pasar la noche, Colum se dedicó a pasear por su pequeño cuarto de estar hasta que se acabó el aceite de la lámpara. Entonces se sentó en la fría oscuridad, en un taburete, junto a las mortecinas ascuas del hogar, rumiando sobre el arrebato de Devoy. ¿Acaso éste tenía razón? ¿Sería su móvil el poder y no el amor a Irlanda? ¿Cómo podía un hombre conocer de veras su propia alma?

Un débil y desteñido rayo de sol brilló brevemente cuando Scarlett hundió una pala en el suelo el día de santa Brígida. Era un buen presagio para el año próximo. Para celebrarlo, invitó a toda la población de Ballyhara a beber cerveza negra y comer empanadas de carne en la taberna de Kennedy. Estaba segura de que sería el año mejor de todos. El día siguiente, fue a Dublín para pasar allí las seis semanas conocidas como «la temporada del castillo».

78

Esta vez, ella y Charlotte tenían una habitación en el hotel Shelbourne, no en el Gresham. El Shelbourne era el lugar donde había que alojarse en Dublín durante la temporada. Scarlett no había entrado en el imponente edificio de ladrillos en su anterior visita a Dublín.

—Aprovechamos la ocasión para que nos vean —le dijo Charlotte.

Scarlett echó una mirada circular al enorme vestíbulo y comprendió por qué había querido Charlotte que se alojasen aquí. Todo era grande e imponente: el espacio, el personal, los huéspedes, la controlada y silenciosa actividad. Levantó el mentón y siguió al maletero por la corta escalera de la primera planta. Scarlett no podía ser más atractiva. Aunque ella no lo sabía, el conserje pensó que era exactamente como la había descrito Charlotte. «La reconocerá en seguida. Es sumamente bella y mantiene la cabeza erguida como una emperatriz.»

Además de la habitación, habían reservado un salón privado para Scarlett. Charlotte se lo mostró antes de que bajasen para tomar el té. El retrato acabado estaba expuesto sobre un caballete de metal en un rincón de la habitación decorada de brocado verde. Scarlett lo miró, asombrada. ¿Tenía realmente ella aquel aspecto? Aquella mujer parecía no temer nada y en cambio ella se sentía tan nerviosa como un gato. Siguió a Charlotte escalera abajo, aturdida.

Charlotte identificó a algunas de las personas que estaban en otras mesas del suntuoso salón.

—De hecho, acabará conociéndolos a todos. Cuando les haya sido presentada, les convidará a tomar té y café en su salón todas las tardes. Y esas personas querrán que también sus amigos la conozcan y los traerán para presentárselos.

«¿Quién? —tuvo ganas de preguntar Scarlett—. ¿Quién traerá a sus amigos, y quiénes serán esos amigos?» Pero no lo preguntó. Charlotte sabía siempre lo que hacía. Lo único que debía preocupar a Scarlett era no enredarse con la cola de su vestido al dar un paso atrás después de la presentación. Charlotte y la señora Sims iban a hacérselo ensayar diariamente hasta que llegase el gran día.

El ostentoso sobre blanco con el sello del chambelán se recibió en el hotel el día siguiente a la llegada de Scarlett. La expresión de Charlotte no reveló en absoluto el alivio que sentía. Nunca podía una estar segura de los planes mejor urdidos. Abrió el sobre con dedos firmes.

—El primer salón, tal como esperaba —dijo—. Pasado mañana.

Scarlett aguardó entre un grupo de jovencitas y señoras vestidas de blanco, de pie en el rellano que había ante las puertas cerradas del salón del trono. Tenía la impresión de que llevaba esperando un siglo. ¿Por qué diablos se había avenido a esto? No podía responder a su propia pregunta; era demasiado complicado. De una parte, ella era la O'Hara, resuelta a conquistar a los ingleses. De otra parte, era una joven americana deslumbrada por la grandeza de la pompa real del Imperio británico. En el fondo, Scarlett nunca había rehuido un desafío, ni nunca lo haría.

El ujier iba proclamando los nombres de todas las señoras, pero no el suyo. ¡Por el amor de Dios! ¿Iba a ser la última? Charlotte no la había prevenido acerca de este particular, e incluso había esperado hasta el último minuto, para advertirle que estaría siempre sola. «Me reuniré con usted para cenar después de la recepción.» Vaya una manera de tratarla, arrojándola a los lobos. Se miró nuevamente de arriba abajo. La aterrorizaba que el delantero de aquel traje pudiese caer escandalosamente. El suceso sería realmente..., ¿cómo lo había llamado Charlotte? «Una experiencia para ser recordada.»

—Señora Scarlett O'Hara.

«¡Oh, Dios mío, soy yo!» Repitió en silencio lo que le había enseñado Charlotte Montague. «Avance y deténgase delante de la puerta. Un criado le levantará la cola del traje, que usted llevará plegada sobre el brazo izquierdo, y la extenderá detrás de usted. El caballero ujier abrirá la puerta. Espere a que la anuncie.»

—La señora Scarlett O'Hara, la O'Hara de Ballyhara.

Scarlett miró el salón del trono. «Bueno, papá, ¿qué piensas ahora de tu Katie Scarlett? —se dijo—. Voy a caminar cincuenta kilómetros sobre esa alfombra roja y besar al virrey de Irlanda, primo de la reina de Inglaterra.» Echó una ojeada al caballero ujier, majestuosamente ataviado, y su párpado derecho tembló en lo que casi podía parecer un guiño de conspiración.

La O'Hara avanzó como una emperatriz para enfrentarse a la magnificencia del virrey de barba roja y presentó la mejilla para el beso ceremonial de bienvenida.

«Ahora vuélvete hacia la virreina y haz una reverencia. Recta la espalda. No te inclines demasiado. Levántate. Ahora atrás, atrás, tres pasos atrás; no te preocupes, el peso de la cola la mantiene separada de tu cuerpo. Ahora extiende el brazo izquierdo. Espera. Deja que el criado tenga tiempo de arreglar la cola sobre tu brazo. Ahora vuélvete. Sal.»

Las rodillas de Scarlett esperaron sumisamente a que se hubiese sentado a una de las mesas de la cena para empezar a temblar.

Charlotte no trató de disimular su satisfacción. Entró en el dormitorio de Scarlett agitando los rígidos cuadrados de cartulina blanca.

—Mi querida Scarlett, ha tenido un éxito deslumbrador. Estas invitaciones han llegado incluso antes de que me hubiese levantado y vestido. Baile de gala, esto es muy especial. Baile de san Patricio, esto era de esperar. Segundo salón, donde podrá observar a otras mujeres puestas a prueba. Y un pequeño baile en el salón del trono. Tres cuartas partes de los pares de Irlanda no han sido nunca invitados a uno de estos pequeños bailes.

Scarlett rió entre dientes. El terror de la presentación había quedado atrás, ¡y ella había alcanzado un gran éxito!

—Creo que ya no me importa haber gastado la cosecha de trigo del año pasado en todos aquellos vestidos nuevos. Salgamos hoy de compras y me gastaré la de este año.

—No tendrá tiempo. Once caballeros, entre ellos el caballero ujier, han escrito pidiendo permiso para visitarla. Más catorce damas, con sus hijas. La hora del té no será suficiente. Tendrá que ofrecer también café y té por las mañanas. Las doncellas están abriendo ahora su salón. Encargué flores de color de rosa; por consiguiente, póngase el traje de tafetán a cuadros marrón y rosa para la mañana, y el de terciopelo verde con pechera rosa para la tarde. Evans vendrá para peinarla en cuanto se levante.

Scarlett fue la sensación de la temporada. Los caballeros acudían en tropel para conocer a la rica viuda que era además, bastaba con verla, increíblemente hermosa. Las madres invadían su salón privado, llevando consigo a sus hijas para que conociesen a los caballeros. Después del primer día, Charlotte no volvió a encargar flores, pues los admiradores enviaban tantas que no había sitio para todas. Muchos ramos iban acompañados de estuches de cuero de las mejores joyerías de Dublín, pero Scarlett devolvió de mala gana todos los broches, brazaletes, anillos y pendientes.

—Incluso una americana del condado de Clayton, en Georgia, sabe que se espera que una devuelva los favores —dijo a Charlotte—. No quiero sentirme obligada con nadie, al menos de esta manera.

Sus idas y venidas eran fielmente y a veces detalladamente referidas en la columna de sociedad del diario *Irish Times.* Dueños de tiendas, en traje de mañana, acudían personalmente a mostrarle artículos escogidos que esperaban que le gustasen, y ella adquirió, en son de desafío, muchas de las joyas que no había querido aceptar. El virrey bailó dos veces con Scarlett en el baile de gala.

Todos los invitados a sus cafés y tés admiraban su retrato. Scarlett lo contemplaba cada mañana y cada tarde, antes de que llegasen los primeros visitantes. Estaba aprendiendo. Charlotte Montague observaba su metamorfosis con interés. La coqueta inveterada fue sustituida por una mujer serena y un tanto irónica, que sólo tenía que fijar sus misteriosos ojos verdes en un hombre, una mujer o un niño para atraerlos, como hipnotizados, a su lado.

«Solía esforzarme lo indecible para ser atractiva —pensaba Scarlett—, y ahora no hago nada en absoluto.» Aunque no comprendía de qué modo lo lograba, aceptaba su propio don con sencilla gratitud.

—¿Ha dicho doscientas personas, Charlotte? ¿Llama usted a eso un pequeño baile?

—Relativamente. Siempre asisten quinientos o seiscientos invitados al baile de gala y al de san Patricio, y más de mil a los de los salones. Ciertamente, usted conoce al menos a la mitad de las personas que estarán allí; probablemente, a mucho más de la mitad.

—Pero sigo pensando que es una lástima que a usted no la hayan invitado.

—Las cosas son así. No estoy ofendida.

Charlotte esperaba con ilusión aquella noche. Pensaba examinar su libro de cuentas. El éxito de Scarlett y su liberalidad habían superado en mucho sus cálculos más optimistas. Se sentía como un nabab y le gustaba recrearse con su riqueza. Semanalmente recibía «regalos» por un total de casi cien libras a cambio de admitir a ciertas personas a la hora del café. Y todavía faltaban dos semanas para que terminase la temporada. Permanecería encantada en el hotel cuando Scarlett partiera hacia esa velada privilegiada.

Scarlett se detuvo en la puerta del salón del trono para gozar del espectáculo.

—¿Sabe una cosa, Jeffrey? Nunca me acostumbro a este lugar —dijo al caballero ujier—. Soy como Cenicienta en el baile.

—Nunca la he comparado a Cenicienta, Scarlett —dijo él con adoración. Scarlett se había adueñado de su corazón cuando le guiñó un ojo al entrar en el primer salón.

—Pues no andaría muy errado —dijo Scarlett.

Saludaba distraídamente con la cabeza en respuesta a las reverencias y sonrisas que le dedicaban sus conocidos. Era delicioso. No podía ser real; ella no podía estar realmente allí. Todo había ocurrido tan de prisa que necesitaba tiempo para asimilarlo.

El gran salón resplandecía, lleno de dorados. Columnas doradas sostenían el techo; planos pilares dorados ocupaban los lienzos de pared entre las altas ventanas adornadas con cortinas de terciopelo carmesí ribeteadas de oro. Sillones dorados de tapicería carmesí rodeaban las mesas de la cena colocadas junto a las paredes, y en el centro de cada mesa había un candelabro de oro. Las lámparas de gas, de complicada talla, estaban revestidas de oro, lo mismo que el espléndido dosel que cubría los tronos dorados y rojos. Galones dorados adornaban los trajes de etiqueta de los hombres, compuestos de levita de brocado y pantalón blanco de satén hasta las rodillas. Hebillas de oro realzaban sus escarpines de baile de satén. Botones dorados, charreteras doradas, alamares dorados, galones dorados relucían en los uniformes de los militares y en los trajes de gala de los oficiales del virrey.

Muchos hombres llevaban bandas brillantes cruzadas sobre el pecho, y en ellas se habían prendido sus enjoyadas condecoraciones; junto al borde del pantalón del virrey asomaba, bajo las rodillas, la famosa charretera. Los hombres vestían casi con tanto lujo como las mujeres.

Casi, pero no del todo, pues las mujeres lucían joyas en el cuello, en el pecho, en las orejas y en las muñecas, y muchas de ellas, también diademas. Sus trajes eran de costosos tejidos: raso, terciopelo, brocado, seda, muchos de ellos bordados con hilos resplandecientes de oro y de plata.

«Es para cegar a cualquiera; será mejor que entre y presente mis respetos.» Scarlett cruzó el salón para hacer una reverencia a los nobles anfitriones. Cuando ya se retiraba, la música empezó a sonar.

—¿Me permite?

Un hombre de rojo uniforme con galones de oro le ofreció el brazo para que apoyase la mano. Scarlett sonrió. Era Charles Ragland. Le había conocido en una fiesta y él la había visitado todos los días desde su llegada a Dublín. No disimulaba su admiración por ella. El hermoso rostro de Charles se ruborizaba cada vez que Scarlett le hablaba. Era sumamente amable y atractivo, a pesar de ser un soldado inglés. No todos eran como los yanquis, dijese lo que dijese Colum. En primer lugar, vestían infinitamente mejor. Ella apoyó ligeramente la mano en el brazo de Ragland y éste la acompañó hasta situarse ambos en la cuadrilla.

—Estás muy guapa esta noche, Scarlett.

—También tú, Charles. Estaba pensando que los hombres se acicalan más que las damas.

—Doy gracias por vestir de uniforme. Los pantalones hasta la rodilla son muy molestos, y un hombre se siente como un perfecto idiota con zapatos de satén.

—Les está bien empleado. Han estado mirando los tobillos de las damas durante siglos; a ver qué sienten cuando nosotras les miramos las piernas.

—Scarlett, me dejas escandalizado.

Cambió la figura del baile y él se alejó de su lado.

«Probablemente, sí», pensó Scarlett. A veces, Charles era tan ingenuo como un colegial. Miró a su nueva pareja.

—¡Dios mío! —exclamó.

Era Rhett.

—¡Qué halagador! —dijo él, con su maliciosa media sonrisa.

Nadie más que él sonreía así. Scarlett se sentía llena de luz, y ligera, como si flotase sobre un suelo pulido, rebosante de dicha.

Y entonces, antes de que pudiese hablar de nuevo, las figuras de la cuadrilla llevaron a Rhett a otra parte y ella sonrió automáticamente a su nueva pareja. El amor que brillaba en sus ojos dejó a éste sin aliento. La mente de Scarlett era un torbellino. «¿Por qué está Rhett aquí? ¿Tal vez porque necesitaba verme? ¿Porque no puede mantenerse lejos de mí?»

La cuadrilla continuó ceremoniosamente, haciendo que Scarlett temblase de impaciencia. Cuando el baile terminó, se encontró delante de Charles Ragland. Necesitó de todo su dominio para sonreír y darle las gracias y murmurar apresuradamente una excusa antes de volverse para buscar a Rhett.

Su mirada encontró la de él casi inmediatamente. Estaba plantado muy cerca, casi al alcance de su mano.

El orgullo impidió a Scarlett precipitarse hacia él. «Sabe que yo le estaba buscando —pensó con irritación—. Pero ¿quién se imagina que es, para meterse en mi mundo y quedarse ahí esperando que caiga en sus brazos? Hay muchos hombres en Dublín, incluso en este salón, que me han estado colmando de atenciones, revoloteando en mi sala de recepción, enviándome flores todos los días, y notas, e incluso joyas. ¿Qué le hace pensar al alto y poderoso señor Rhett Butler que sólo tiene que levantar el dedo meñique para que corra a su lado?»

—¡Qué agradable sorpresa! —dijo, y se sintió complacida del tono frío de su voz.

Rhett tendió una mano y Scarlett puso la suya en ella sin pensar.

—¿Puede concederme este baile, señora... O'Hara?

Scarlett contuvo el aliento, alarmada.

—No vas a delatarme, ¿verdad, Rhett? ¡Todo el mundo cree que soy viuda!

Él sonrió y la tomó en sus brazos al empezar la música.

—Tu secreto está seguro conmigo, Scarlett.

Ella sintió en el cuello el cosquilleo de su voz, y su cálido aliento. Le flaquearon las rodillas.

—¿Qué diablos estás haciendo aquí? —preguntó.

Tenía que saberlo. La mano de él, caliente y firme en su cintura, la sostenía y la dirigía haciéndola girar en las vueltas. Inconscientemente, Scarlett se deleitaba con su fuerza y se rebelaba contra el control que ejercía sobre ella, incluso mientras recordaba el deleite que siempre le había producido seguir sus pasos en los vertiginosos giros del vals.

Rhett rió entre dientes.

—No pude resistir la curiosidad —dijo—. Estaba en Londres por negocios y todo el mundo hablaba de una americana que estaba tomando por asalto el Castillo de Dublín. ¿Podía ser la Scarlett de las medias a rayas?, me pregunté. Tenía que averiguarlo. Bart Morland confirmó mis sospechas, y después no pude conseguir que dejase de hablar de ti. Incluso me llevó a dar un paseo a caballo por tu pueblo. Según él, lo reconstruiste con tus propias manos.

La miró de la cabeza a los pies.

—Has cambiado, Scarlett —dijo, a media voz—. La encantadora joven se ha convertido en una elegante mujer. Te felicito; de veras.

La sinceridad natural y el calor de su voz hicieron que Scarlett olvidase su resentimiento.

—Gracias, Rhett —dijo.

—¿Eres feliz en Irlanda, Scarlett?

—Sí, lo soy.

—Me alegro.

Sus palabras tenían un significado más hondo.

Por primera vez en todos los años que le conocía, Scarlett comprendió a Rhett, al menos en parte. «Ha venido a verme —se dijo—; ha estado pensando siempre en mí, preguntándose adónde había ido y cómo estaba. Dijese lo que dijese, nunca dejó de preocuparse por mí. Me ama y siempre me amará, como le amaré yo siempre a él.»

Este convencimiento la llenó de dicha, y lo sorbió poco a poco, como el champán, para que durase más. Rhett estaba aquí, con ella, y, en este momento, los dos se encontraban más juntos de lo que habían estado nunca.

Un edecán se acercó a ellos cuando terminó el vals.

—Su Excelencia solicita el honor de su próximo baile, señora O'Hara.

Rhett arqueó las cejas, en aquel gesto burlón que Scarlett conocía tan bien. Ésta le dedicó con disimulo una sonrisa.

—Dígale a su Excelencia que estaré encantada. —Miró a Rhett antes de apoyarse en el brazo del ayudante—. En el condado de Clayton —murmuró a Rhett—, diríamos que estoy picando muy alto.

Oyó la risa de él al alejarse.

«No me lo tiene en cuenta —se dijo, y al mirar por encima del hombro vio que él continuaba riendo—. Realmente, es demasiado —pensó—; no es justo: incluso, le sientan bien esos absurdos pantalones de raso y esos zapatos.» Sus ojos verdes centellearon alegremente cuando se inclinó ante el virrey antes de que ambos se pusieran a bailar.

No le sorprendió demasiado que Rhett ya no estuviese allí cuando le buscó de nuevo. Desde que le conocía, Rhett aparecía y desaparecía sin dar explicaciones. «No debí extrañarme al verle aquí esta noche —pensó—. Me sentía como Cenicienta; ¿por qué no había de estar aquí mi Príncipe Azul?» Aún se sentía rodeada por sus brazos, como si éstos le hubiesen dejado una marca; de no ser por eso le hubiera sido fácil creer que lo había inventado todo: el salón dorado, la música, la presencia de él, incluso la de ella.

Cuando regresó a sus habitaciones del Shelbourne, Scarlett encendió la lámpara de gas y se plantó delante de un gran espejo para verse, bajo la brillante luz, tal como la había visto Rhett. Parecía bella y segura de sí misma, como su retrato, como el retrato de su abuela.

Le embargó un sentimiento de tristeza. ¿Por qué no podía ser ella como el otro retrato de la abuela Robillard? Aquel en el que parecía dulce y sonrojada por el amor dado y recibido.

Pues también había percibido tristeza y despedida en las palabras solícitas de Rhett.

En mitad de la noche, Scarlett O'Hara se despertó en la lujosa habitación perfumada de la mejor planta del mejor hotel de Dublín y lloró con fuertes sollozos convulsivos. «Si al menos...», repetía una y otra vez en su cabeza.

79

La angustia de la noche no dejó señales visibles en Scarlett. A la mañana siguiente, su cara era dulce y serena y sus sonrisas tan agradables como siempre mientras servía café y té a los hombres y mujeres que llenaban su salón. En algún momento, durante las horas sombrías de la noche, había encontrado valor para dejar marchar a Rhett.

«Si le amo —se dijo—, no debo tratar de tenerle sujeto. Tengo que dejarle en libertad, al igual que trato de dejar en libertad a Cat porque la quiero.»

Ojalá hubiese podido hablarle de ella a Rhett; se sentiría tan orgulloso...

«Quisiera que hubiese terminado la temporada del castillo. Añoro terriblemente a Cat. Me pregunto qué estará haciendo ahora.»

Cat estaba corriendo, con la fuerza de la desesperación, a través del bosque de Ballyhara. La niebla de la mañana persistía aún en algunos lugares, y la niña no veía bien adónde iba. Tropezaba y caía, pero se levantaba en seguida. Tenía que seguir corriendo, aunque le faltaba el resuello por haber corrido ya tanto. Sintió venir otra piedra y se agachó, para protegerse, detrás del tronco de un árbol. Los muchachos que la perseguían gritaban y se burlaban de ella. Casi la habían alcanzado, aunque nunca se habían atrevido, con anterioridad, a entrar en el bosque próximo a la Casa Grande. Pero ahora no corrían peligro. Sabían que la O'Hara estaba en Dublín, con los ingleses. Sus padres no hablaban de otra cosa.

—¡Allí está! —gritó uno, y los demás levantaron las manos disponiéndose a arrojar las piedras.

Pero la figura que salió de detrás de un árbol no era Cat. Era la *cailleach*, y los señalaba con un dedo nudoso. Los chicos gritaron de miedo y echaron a correr.

—Ven conmigo —dijo Grainne—. Te daré un poco de té.

Cat puso la mano en la de la vieja. Grainne salió de su escondite y caminó despacio, por lo que Cat no tuvo dificultad en seguirla.

—¿Habrá pastas? —preguntó la niña.

—Sí —dijo la *cailleach*.

Aunque Scarlett añoraba Ballyhara, aguantó hasta el final de la temporada del castillo. Había dado su palabra a Charlotte Montague. «Es exactamente como la temporada de Charleston —pensó—. ¿Por qué será, me pregunto, que la gente distinguida dedica tanto esfuerzo a divertirse durante un lapso tan largo? Su éxito iba en aumento cada día, y la señora Fitz sacaba astutamente partido de los párrafos entusiastas del *Irish Times* que describían las apariciones de Scarlett. Todas las tardes llevaba el periódico a la taberna de Kennedy para mostrar a la gente de Ballyhara lo famosa que era la O'Hara. Día a día, los gruñidos que provocaba la relación de Scarlett con los ingleses cedieron el paso al orgullo de que la O'Hara fuese más admirada que cualquiera de las mujeres angloirlandesas.

Colum no aplaudía la sagacidad de Rosaleen Fitzpatrick. Estaba demasiado malhumorado para advertir algo gracioso en ello.

—Los «anglos» la seducirán como están seduciendo a John Devoy —decía.

Colum estaba equivocado y tenía razón al mismo tiempo. Nadie habría deseado en Dublín que Scarlett fuese menos irlandesa; esa característica formaba parte de su atractivo. La O'Hara era un caso singular. Pero Scarlett había descubierto una verdad inquietante. Los angloirlandeses se consideraban tan irlandeses como los O'Hara de Adamstown.

—Estas familias vivían en Irlanda antes de que América fuese colonizada —dijo un día Charlotte Montague, con irritación—. ¿Por qué no puede llamarles simplemente irlandeses?

Scarlett no conseguía desembrollar las complejidades de la cuestión, por lo que dejó de intentarlo. En realidad no tenía por qué hacerlo, decidió. Ella podía tener ambos mundos: la Irlanda de las fincas de Ballyhara y la Irlanda del Castillo de Dublín. Cat los tendría también, cuando fuese mayor. Y esto era mucho mejor que lo que habría tenido si se hubiese quedado en Charleston, se dijo resueltamente.

Cuando terminó el baile de san Patricio a las cuatro de la mañana, la temporada del castillo acabó también. El siguiente acontecimiento tendría lugar a varios kilómetros de distancia, en el condado de Kildare. Todo el mundo estaría en las carreras de Punchestown, le dijo Charlotte. Y esperaría que ella estuviese también allí.

Scarlett rehusó.

—Me encantan las carreras y los caballos, Charlotte, pero tengo que volver a casa. Este mes me he retrasado ya bastante en el trabajo. Pagaré las reservas del hotel que hizo usted.

No hacía falta, dijo Charlotte. Podría venderlas por el cuádruplo de lo que le habían costado. Y personalmente, no le interesaban los caballos.

Dio las gracias a Scarlett por haber hecho de ella una mujer independiente.

—Ahora también usted es independiente, Scarlett. Ya no me necesita. Siga a bien con la señora Sims y deje que ella la vista. El Shelbourne ha reservado sus habitaciones para la temporada del año próximo. Su casa estará en condiciones de recibir a cuantos invitados quiera tener, y su ama de llaves es la mujer de su condición más competente que jamás he conocido. Ahora usted está en el mundo. Puede hacer lo que quiera con él.

—¿Y qué hará usted, Charlotte?

—Tendré lo que siempre he deseado. Un pequeño apartamento en un *palazzo* romano. Buena comida, buen vino y sol del Mediterráneo día tras día. Aborrezco la lluvia.

«Ni siquiera Charlotte podría quejarse de este tiempo», pensó Scarlett. La primavera era más soleada que todas las que ella recordaba. La hierba era alta y abundante, y el trigo sembrado tres semanas antes del día de san Patricio había teñido ya de verde los campos. La cosecha de ese año compensaría sobradamente las decepciones del anterior. Era maravilloso estar en casa.

—¿Cómo está Ree? —preguntó a Cat.

Era muy propio de su hija llamar «Rey» al pequeño poni de Shetland, pensó Scarlett con indulgencia. Cat valoraba muy alto lo que apreciaba. También le gustaba a Scarlett que la niña hubiese empleado la palabra gaélica. Le complacía considerarla como una verdadera pequeña irlandesa. Aunque más bien parecía una gitana. Sus cabellos negros no se sometían a la disciplina de las trenzas y el tiempo soleado había tostado todavía más su piel. Cat se quitó el sombrero y los zapatos en cuanto salió de casa.

—A Ree no le gusta que monte con silla. Y a mí tampoco. A pelo es mucho mejor.

—No, preciosa. Tienes que aprender a montar con silla y Ree tiene que aprender a llevarla. Da gracias a Dios de que no sea una silla de amazona.

—¿Cómo la que usas tú cuando vas de caza?

—Sí. También la usarás un día, pero dentro de mucho tiempo.

Cat cumpliría cuatro años en octubre; no era mucho más pequeña de lo que lo era Bonnie cuando sufrió aquella caída. La silla de amazona tendría que esperar mucho. Si Bonnie hubiese montado a horcajadas en vez de aprender a montar de lado... No, no debía pensar eso, o se le rompería el corazón.

—¿Te gustaría que fuésemos a caballo hasta el pueblo, Cat? Podríamos visitar a Colum.

Scarlett estaba preocupada por él; estos días parecía muy malhumorado.

—A Cat no le gusta el pueblo. ¿Podemos ir al río?

—Muy bien. Hace tiempo que no he estado en el río; es una buena idea.

—¿Podré subir a la torre?

—No. La puerta está demasiado en alto, y seguro que la torre estará llena de murciélagos.

—¿Iremos a ver a Grainne?

Las manos de Scarlett se cerraron sobre las riendas.

—¿De qué conoces a Grainne?

Ésta le había dicho que mantuviese a Cat lejos de allí, que la guardase cerca de casa. ¿Quién la había llevado allí? ¿Y por qué?

—Dio leche a Cat.

A Scarlett no le gustó su forma de decirlo. Cat sólo se refería a sí misma en tercera persona cuando algo la ponía nerviosa o la irritaba.

—¿Qué te disgusta de Grainne, Cat?

—Cree que Cat es otra niña llamada Dara. Cat se lo dijo, pero ella no lo oyó.

—Oh, encanto, ella sabe que eres tú. Dara es un nombre muy especial que te puso cuando eras muy pequeña. Es un nombre gaélico, como los que tú les has puesto a Ree y a Ocras. Dara significa roble, el árbol mejor y más fuerte de todos.

—Es una tontería. Una niña no puede ser un árbol. No tiene hojas.

Scarlett suspiró. Se alegraba sobremanera cuando Cat quería hablar, pues a menudo estaba callada; pero no siempre era fácil hablar con ella. «Es muy testaruda, y se da cuenta cuando tratas de inventarte algo —pensó—. Hay que decirle la verdad y toda la verdad, o te lanza una mirada asesina.»

—Mira, Cat, allí está la torre. ¿Te dije lo antigua que es?

—Sí.

Scarlett tuvo ganas de reír. Sería mala cosa enseñar a mentir a una niña pequeña; pero, a veces, una mentirijilla era bien acogida.

—Me gusta la torre —dijo Cat.

—A mí también, querida.

Scarlett se preguntó por qué había estado tanto tiempo sin acudir a ese lugar. Casi había olvidado la extraña sensación que le producían aquellas viejas piedras. La torre era misteriosa y tranquila al mismo tiempo. Se prometió no dejar pasar tantos meses sin ir a visitarla. A fin de cuentas, ése era el verdadero corazón de Ballyhara, el sitio donde había empezado.

Los espinos florecían ya en los setos, y sólo corría el mes de abril. ¡Vaya una estación tenían! Scarlett redujo la marcha del calesín para respirar a fondo el aire impregnado de aromas. En realidad, no tenía prisa; los vestidos podían esperar. Se dirigía a Trim para recoger un paquete de vestidos de verano que había enviado la señora Sims. Había seis invitaciones para fiestas domésticas que se celebrarían en junio. No estaba segura de poder entregarse tan pronto a las diversiones, pero tenía ganas de tratar a gente de su edad. Cat era lo más querido para ella, pero... Y la señora Fitz estaba tan atareada gobernando la gran mansión que nunca le quedaba tiempo para tomar una taza de té en amigable compañía. Colum se había ido a Galway para recibir a Stephen. Scarlett albergaba encontrados sentimientos acerca de la venida de Stephen a Ballyhara. El tétrico Stephen. Tal vez no lo sería tanto en Irlanda. Tal vez se había mostrado tan raro y callado en Savannah porque estaba comprometido en el asunto de las armas. ¡Al menos esto había terminado! Ahora Scarlett se embolsaba la renta procedente de sus casitas de Atlanta, y esos ingresos extra le venían muy bien. Debía de haber dado una fortuna a los fenianos. Era mucho mejor gastar en vestidos; los vestidos no hacían daño a nadie.

Stephen traería también noticias de Savannah. Ella se perecía por saber cómo estaban todos. Maureen era tan perezosa como ella para escribir. Hacía meses que Scarlett no sabía nada de los O'Hara de Savannah. Ni de otras personas. Era lógico que al tomar la decisión de vender sus posesiones en Atlanta, hubiese decidido dejar a su espalda todo lo de América y no mirar nunca atrás.

Sin embargo, se alegraría de saber algo de la gente de Atlanta. Por los beneficios que le aportaban. Scarlett estaba al tanto de que las casitas se vendían bien, por lo que el negocio de Ashley debía marchar viento en popa. Pero ¿qué sería de tía Pittypat? ¿Y de India? ¿Se habría secado tanto que no sería más que polvo? ¿Y todas las personas que habían sido tan importantes para ella tanto tiempo atrás? «Ojalá hubiese mantenido un contacto personal con mis tías en vez de enviarles sus pensiones a través de mi abogado. Hice bien en no decirles dónde estaba, hice bien en proteger a Cat de Rhett; aunque a juzgar por su comportamiento en el castillo tal vez éste no haría ahora nada. Si escribiese a Eulalie, ella me daría todas las noticias de Charleston. Me hablaría de Rhett. ¿Pero podría soportar saber que Anne y él son felices criando caballos de carreras y pequeños Butler? Creo que prefiero no saberlo. Dejaré en paz a las tías.

»Lo único que conseguiría sería un millón de páginas de frases cruzadas dándome consejos, y ya tengo bastante con los que me da la señora Fitz. Tal vez tiene razón al decir que debería dar unas cuantas fiestas; es una lástima ser dueña de esa casa y mantener ociosa a toda la servidumbre. Pero está terriblemente equivocada en lo que respecta a Cat. Me importa un bledo lo que hagan las madres "anglo"; no voy a permitir que una niñera dirija la vida de Cat. Ahora ya veo a mi hija demasiado poco, pues siempre está en las cuadras o en la cocina o dando vueltas por la casa o subiéndose a un árbol. Y la idea de enviarla a un colegio de monjas es una tontería. Cuando sea lo bastante mayor, le bastará la escuela de Ballyhara. Allí tendrá también amigas. A veces me preocupa que no quiera jugar con otros niños... ¿Qué diablos pasa ahora? Hoy no es día de mercado. ¿Por qué está el puente lleno de gente?

Scarlett se inclinó fuera del pescante y tocó en el hombro a una mujer que pasaba apresuradamente.

—¿Qué sucede?

La mujer miró hacia arriba. Le brillaban los ojos y su semblante expresaba una gran excitación.

—Es una flagelación. Tendrá que darse prisa, o se lo perderá.

Una flagelación. Scarlett no quería presenciar cómo azotaban a un pobre diablo de soldado. Sabía que era una de las penas con que se castigaba a los militares. Trató de dar la vuelta, pero la masa de gente ávida de ver el espectáculo se lo impidió. La multitud golpeaba a su caballo y empujaba y zarandeaba su calesín. Lo único que pudo hacer Scarlett fue apearse y sostener la brida, apaciguar al caballo con caricias y palabras suaves y caminar al paso de la turba que la rodeaba.

Cuando la gente se detuvo, llegó a oídos de Scarlett el silbido del látigo y el espantoso y líquido sonido que producía al dar en la carne. Quiso taparse los oídos, pero necesitaba las manos para calmar al asustado caballo. Le pareció que los espantosos ruidos no acabarían nunca.

—... cien. Ya está —oyó que decía alguien.

Después, un murmullo decepcionado se alzó de la multitud. Scarlett sujetó fuertemente la brida, pues al dispersarse la muchedumbre los golpes y empujones eran más fuertes que antes.

No cerró los ojos hasta que fue demasiado tarde. Había visto ya el cuerpo mutilado, y la imagen quedó grabada en su cerebro. El hombre estaba atado a una rueda de gran tamaño, sujetas las muñecas y los tobillos con correas. Una camisa azul manchada de púrpura colgaba sobre el tosco pantalón de lana desde la cintura dejando al descubierto la que debió de haber sido una ancha espalda. Ahora no era más que una gigantesca llaga roja, de la que pendían colgajos de piel y de carne.

Scarlett volvió la cabeza, ocultando la cara en la crin del caballo. Se sentía mareada. El caballo sacudió nerviosamente la cabeza, apartándola. Flotaba un horrible olor a sudor en el aire.

Oyó que alguien vomitaba y se le revolvió el estómago. Se inclinó lo mejor que pudo sin soltar la brida y vomitó a su vez sobre los adoquines.

—Está bien, muchacho, no es una vergüenza devolver el desayuno después de una flagelación. Ve a la taberna y tómate un whisky doble. Maybury me ayudará a soltarlo.

Scarlett levantó la cabeza para mirar al que hablaba, un soldado británico con uniforme de sargento de la Guardia. Le estaba diciendo aquello a un soldado raso de pálido semblante. Éste se alejó tambaleándose. Otro se adelantó para ayudar al sargento. Cortaron la correa por detrás de la rueda y el cuerpo cayó sobre el barro empapado en sangre.

«Eso era hierba verde la semana pasada —pensó Scarlett—. No puede ser. Eso tiene que ser hierba tierna y verde.»

—¿Qué hacemos con la esposa, sargento?

Un par de soldados sujetaban los brazos de una mujer que se debatía en silencio, envuelta en una capa negra con capucha.

—Soltadla. Esto ha terminado. Vayámonos de aquí. La carreta vendrá más tarde a recogerle.

La mujer corrió detrás de los hombres. Agarró la manga con galones dorados del sargento.

—Su jefe prometió que podría enterrarle —gritó—. Me dio su palabra.

El sargento la empujó.

—A mí sólo me dieron órdenes para los azotes; lo demás no es de mi incumbencia. Déjame en paz, mujer.

La figura envuelta en la capa negra se quedó sola en la calle, observando cómo entraban los soldados en la taberna. Emitió un sollozo entrecortado.

Después se volvió y corrió hacia la rueda, hacia el cuerpo ensangrentado.

—Danny, ¡oh, Danny, amor mío!

Se agachó y se arrodilló sobre aquel barro horripilante, tratando de levantar los hombros desgarrados y reclinar la cabeza del hombre sobre su falda. La capucha cayó hacia atrás, descubriendo una cara pálida y de finos huesos, unos cabellos de oro pulcramente recogidos en un moño, y unos ojos azules con cárdenas ojeras de dolor. Scarlett se quedó como petrificada. Moverse, hacer repicar las ruedas del carruaje sobre los adoquines sería una intrusión cruel en la tragedia de aquella mujer.

Un chiquillo sucio y descalzo cruzó corriendo la plaza.

—¿Puede darme un botón o algo, señora? Mi madre quiere un recuerdo.

Sacudió el hombro de la mujer.

Scarlett avanzó sobre las piedras, sobre la hierba salpicada de sangre, hasta el borde del fango removido. Agarró de un brazo al muchacho. Éste miró hacia arriba, sorprendido, boquiabierto. Scarlett le dio una bofetada con toda su fuerza. Sonó como el chasquido de un disparo de fusil.

—¡Fuera de aquí, sucio diablejo! ¡Fuera de aquí!

El chico se alejó corriendo, chillando de miedo.

—Gracias —dijo la mujer del flagelado.

Scarlett se dio cuenta de que se había metido en el asunto. Tenía que hacer lo que estuviese en su mano.

—Conozco a un médico en Trim —dijo—. Iré a buscarle.

—¿Un médico? ¿Cree que querrá sangrarle?

Sus palabras amargas, desesperadas, tenían acento inglés, como las voces de los asistentes a los bailes del castillo.

—Preparará a su marido para el entierro —dijo suavemente Scarlett.

La mano ensangrentada de la mujer asió el dobladillo de la falda de Scarlett. Se lo llevó a los labios en un beso humilde de gratitud. Los ojos de Scarlett se llenaron de lágrimas. «Dios mío, no merezco esto. Si hubiese podido habría dado media vuelta en el coche.»

—No —dijo—, no haga eso, por favor.

La mujer se llamaba Harriet Stewart, y su marido, Daniel Kelly. Esto fue todo lo que supo Scarlett hasta que Daniel Kelly estuvo dentro del ataúd cerrado, en la capilla católica. Entonces la viuda, que sólo había hablado para contestar las preguntas del cura, miró a su alrededor con ojos enloquecidos.

—¿Y Billy? ¿Dónde está Billy? Tendría que estar aquí.

El sacerdote se enteró de que Billy era hijo de ella y que había quedado encerrado en una habitación del hotel para que no viese la flagelación.

—Fueron muy amables —dijo la mujer—, me dejaron pagar con mi anillo de boda, aunque no es de oro.

—Yo iré a buscarle —dijo Scarlett—. Padre, ¿cuidará usted de la señora Kelly?

—Lo haré. Traiga también una botella de brandy, señora O'Hara. Esta pobre mujer está a punto de derrumbarse.

—No me derrumbaré —dijo Harriet Kelly—. No puedo. Debo cuidar de mi hijo. Es tan pequeño..., sólo tiene ocho años.

Su voz era fina y tan quebradiza como una capa de hielo.

Scarlett se apresuró. Billy Kelly era un muchacho rubio y robusto, muy alto para su edad, vocinglero y encolerizado. Se rebelaba contra su cautiverio detrás de la gruesa puerta cerrada, y contra los soldados británicos.

—Cogeré una barra de hierro de una herrería y les aplastaré la cabeza hasta que me maten a tiros —gritó.

El dueño del hotel tuvo que hacer acopio de toda su fuerza para sujetarle.

—¡No seas estúpido, Billy Kelly! —Las secas palabras de Scarlett fueron como un cubo de agua fría arrojada a la cara del muchacho—. Tu madre te necesita, y tú quieres aumentar su dolor. ¿Qué clase de hombre eres?

El dueño del hotel pudo soltarle entonces. El muchacho se había calmado.

—¿Dónde está mi madre? —preguntó, ahora como lo que era: un niño pequeño y asustado.

—Ven conmigo —dijo Scarlett.

80

La historia de Harriet Stewart Kelly se fue revelando lentamente. Ella y su hijo llevaban más de una semana en Ballyhara antes de que Scarlett se enterase de lo más esencial de aquélla. Hija de un clérigo inglés, Harriet había desempañado el cargo de institutriz auxiliar en la familia del barón Witley. Era instruida, por ser mujer, tenía entonces diecinueve años y nada sabía del mundo.

Uno de sus deberes era acompañar a los niños de la casa en sus paseos a caballo antes del desayuno. Se enamoró de la blanca sonrisa y de la voz ritmada y festiva del mozo de cuadra que también los acompañaba. Cuando éste le pidió que se fugara con él, creyó que era la aventura más romántica del mundo. La aventura terminó en la pequeña finca del padre de Daniel Kelly. No había referencias, ni por ende empleos, para un mozo de cuadra y una institutriz que se habían fugado. Danny trabajó los campos pedregosos con su padre y sus hermanos, y Harriet hizo todo lo que le mandaba la madre de él, que era principalmente fregar el suelo y zurcir la ropa. Ella había aprendido el arte del bordado, por ser éste uno de los conocimientos necesarios para una dama. El hecho de que Billy fuese hijo único era prueba de que la aventura amorosa había terminado. Danny Kelly añoraba el mundo de los buenos caballos en grandes cuadras y el chaleco de rayas, el sombrero de copa y las altas botas de cuero que constituían el llamativo uniforme de gala del mozo de cuadra. Echaba a Harriet la culpa de haber caído en desgracia y se consolaba con el whisky. La familia de él la odiaba, porque era inglesa y protestante.

Danny fue detenido por atacar a un oficial inglés en una taberna. Cuando le condenaron a cien latigazos, su familia lo dio ya por muerto y preparó el velatorio. Pero Harriet tomó a Billy de la mano, cargó con una hogaza de pan y emprendió el camino de más de treinta kilómetros hasta Trim, que era donde estaba el cuartel del regimiento del oficial agredido. Suplicó por la vida de su marido. Accedieron a entregarle su cuerpo para que lo enterrase.

—Llevaré a mi hijo a Inglaterra, señora O'Hara, si me presta usted el dinero para el viaje. Mis padres han muerto, pero tengo primos que podrían darnos un hogar. Se lo devolveré con lo que gane. Encontraré algún empleo.

—¡Qué tontería! —dijo Scarlett—. ¿No se ha dado cuenta de que tengo una niña pequeña que es más revoltosa que un potro salvaje? Cat necesita una institutriz. Además, ya se ha pegado a Billy como una sombra. Sobre todo, necesita un amigo. Me haría un grandísimo favor si se quedara, señora Kelly.

Lo cual era verdad, hasta cierto punto. Lo que se calló Scarlett fue que no confiaba en absoluto en la capacidad de Harriet para encontrar el barco adecuado que la llevase a Inglaterra y, mucho menos, para ganarse la vida cuando estuviese allí. «Tiene mucho temple, pero no es lista —fue la valoración de Scarlett—. Lo único que sabe es lo que aprendió en los libros.» Scarlett nunca había tenido un concepto muy elevado de la gente estudiosa.

A pesar de que desdeñaba a Harriet por su falta de sentido práctico, Scarlett se alegraba de tenerla en su casa. Desde su regreso de Dublín, la vasta mansión le había parecido terriblemente vacía. No había pensado que echaría en falta a Charlotte Montague, pero así era. Harriet llenaba perfectamente este vacío. En muchos aspectos, era incluso mejor compañía que Charlotte, pues a Harriet le fascinaba cualquier cosa que hiciesen los pequeños y Scarlett se enteraba de pequeñas aventuras que de no ser por la institutriz Cat no habría explicado por considerar que no valía la pena.

Billy Kelly era también una buena compañía para Cat, y Scarlett pudo dejar de inquietarse por su aislamiento. El único aspecto negativo de la presencia de Harriet era la hostilidad de la señora Fitzpatrick.

—No queremos ingleses en Ballyhara, señora O —había dicho cuando Scarlett trajo a Harriet y a su hijo de Trim—. Ya era bastante malo tener a la Montague aquí, pero al menos ésta hacía algo útil para usted.

—Bueno, tal vez no quiera usted a la señora Kelly, pero yo sí, ¡y ésta es mi casa!

Estaba harta de que le dijesen lo que debía y lo que no debía hacer. Primero había sido Charlotte, y ahora, la señora Fitz. Harriet no la criticaba nunca, antes al contrario. Estaba tan agradecida por el techo bajo el cual se cobijaba y por la ropa que le daba Scarlett, que ésta tenía a veces ganas de gritarle que no fuese tan dócil y sumisa.

Scarlett tenía ganas de gritarle a todo el mundo, y se avergonzaba de sí misma, porque no había el menor motivo para su malhumor. Todo el mundo decía que no se recordaba una temporada tan fructífera. Las espigas tenían ya la mitad de la altura normal y los campos de patatas estaban llenos de verdes y tupidas plantas. Se sucedían los días soleados, y las celebraciones del mercado semanal de Trim se prolongaban hasta bien entrada la noche. Scarlett bailaba hasta agujerearse los zapatos y las medias, pero la música y las risas no conseguían levantar su ánimo por mucho tiempo. Cuando Harriet suspiraba románticamente al ver las jóvenes parejas que caminaban junto al río asidas del brazo, Scarlett se apartaba de ella con un impaciente encogimiento de hombros. Gracias a Dios que cada día encontraba invitaciones en el correo, pensó. Las fiestas particulares empezarían pronto. Comparado con las elegantes celebraciones de Dublín y las tentaciones de las tiendas, el día de mercado de Trim perdía casi todo su atractivo.

A finales de mayo, las aguas del Boyne estaban tan bajas que se distinguían las piedras colocadas siglos atrás para cruzar a pie el vado. Los agricultores observaban ansiosamente las nubes empujadas por el viento del oeste a través del hermoso cielo bajo. Los campos necesitaban lluvia. Los breves chaparrones que refrescaban el aire humedecían el suelo justo lo necesario para atraer las raíces del trigo y el heno hacia la superficie, debilitando los tallos.

Cat comentó que el sendero que conducía a la choza de Grainne se estaba convirtiendo en un camino trillado.

—Tiene más mantequilla de la que puede comer —dijo Cat extendiendo la suya sobre su panecillo—. La gente compra hechizos para que llueva.

—¿Has decidido ser amiga de Grainne?

—Sí. Billy la quiere.

Scarlett sonrió. Lo que decía Billy era ley para Cat. Afortunadamente, el muchacho tenía muy buen carácter; la adoración de Cat habría podido ser una prueba terrible. Pero él era paciente como un santo. Además, Billy había heredado la pericia de su padre con los caballos. Estaba enseñando a Cat a montar bien, mucho mejor de lo que habría podido hacer Scarlett. En cuanto Cat tuviese unos pocos años más, montaría un caballo, no un poni. Afirmaba al menos dos veces al día que los ponis eran para niñas pequeñas y que ella era grande. Por suerte fue Billy quien dijo que «no lo bastante grande». Cat nunca habría aceptado esto de boca de Scarlett.

Scarlett asistió a una fiesta particular en Roscommon, a primeros de junio, confiando en que no abandonaba a su hija. Probablemente ésta no se daría siquiera cuenta de su ausencia. ¡Qué humillación!

—¿Verdad que hace un tiempo espléndido? —decían todos en la fiesta.

Después de la comida jugaron al tenis bajo una luz suave y clara que duraba hasta después de las diez.

Scarlett se alegró de estar con muchas de las personas con quienes más había simpatizado en Dublín. El único a quien no saludó con verdadero entusiasmo fue Charles Ragland.

—Los soldados de tu regimiento fueron quienes azotaron a aquel desgraciado hasta matarlo, Charles. Nunca lo olvidaré y nunca lo perdonaré. El hecho de vestir de paisano no cambia la circunstancia de que eres un soldado inglés y de que los militares son monstruos.

Sorprendentemente, Charles no se disculpó.

—Lamento de veras que lo vieses, Scarlett. La flagelación es mala cosa. Pero están sucediendo cosas aún peores y debemos impedirlas.

Rehusó dar ejemplos, pero Scarlett oyó hablar, en la conversación general, de que las acciones violentas contra los hacendados iban extendiéndose por toda Irlanda. Los amotinados incendiaban campos, degollaban vacas; un administrador de una importante finca próxima a Galway cayó en una emboscada y fue hecho pedazos. Se hablaba en voz baja y con ansiedad de un resurgimiento de los Whiteboys, bandas organizadas de merodeadores que años atrás habían aterrorizado a los terratenientes. No podía ser, decían los más sensatos; estos últimos incidentes eran aislados y esporádicos, generalmente obra de alborotadores conocidos. Pero, en efecto, hacían que uno se sintiese un poco incómodo cuando los arrendatarios se quedaban mirando fijamente su coche al pasar.

Scarlett perdonó a Charles. Pero dijo que no debía esperar que olvidase.

—Incluso asumiría la culpa de la flagelación si esto pudiera conseguir que me recordases —dijo ardientemente él. Después se ruborizó como un muchacho—. Maldita sea, invento discursos dignos de lord Byron cuando estoy en el cuartel pensando en ti, y sólo farfullo tonterías cuando me hallo en tu presencia. ¿Verdad que sabes que estoy terriblemente enamorado de ti?

—Sí, lo sé. Está bien, Charles. Creo que lord Byron no me habría gustado, y tú me gustas mucho.

—¿De veras, ángel mío? ¿Puedo esperar que...?

—Me parece que no, Charles. Pero no te desesperes. No es por ti. Creo que no podría dar esperanzas a nadie.

Los bocadillos se fueron secando lentamente en la habitación de Scarlett durante la noche.

—¡Qué bien se está en casa! Temo que soy una persona horrible, Harriet. Cuando estoy fuera, me muero por estar en casa, por mucho que me divierta. Pero apuesto a que antes de que termine esta semana empezaré a pensar en la próxima invitación que he aceptado. Cuéntame todo lo que ha ocurrido durante mi ausencia. ¿Incordió mucho Cat a Billy?

—No mucho. Han inventado un juego al que llaman «hundir a los vikingos». No sé de dónde viene este nombre. Cat dijo que usted podía explicarlo, que ella solamente recordaba el nombre. Han puesto una escala de cuerda en la torre. Billy sube piedras por ella y, después, las arrojan por las troneras al río.

Scarlett se echó a reír.

—La muy pícara. Hacía siglos que me estaba pinchando para que subiésemos a la torre. Y me doy cuenta de que ha conquistado a Billy para hacer el trabajo más pesado. Esto antes de cumplir los cuatro años. Cuando tenga seis, será terrible. Habrá que atizarla con un palo para hacerle aprender las letras.

—Probablemente no. Siente ya curiosidad por el alfabeto de animales que hay en su habitación.

Scarlett sonrió ante la implícita sugerencia de que su hija era probablemente casi un genio. Estaba dispuesta a creer que Cat podría hacerlo todo más pronto y mejor que cualquier otra niña pequeña en la historia de la humanidad.

—¿Quiere contarme la fiesta, Scarlett? —preguntó melancólicamente Harriet.

La experiencia no le había hecho perder sus románticos sueños.

—Fue delicioso —dijo Scarlett—. Éramos..., oh, creo que un par de docenas, y por una vez no había ningún aburrido general retirado que explicase lo mucho que había aprendido del duque de Wellington. Celebramos un concurso de croquet, con apuestas y con handicaps, como en una carrera de caballos. Yo estaba en un equipo con...

—¡Señora O'Hara! —exclamó alguien, gritando. De un salto, Scarlett se levantó del sillón. Una doncella entró corriendo, jadeante y sofocada—. La cocina... —farfulló—. Cat... se ha quemado...

Scarlett casi la derribó al pasar junto a ella. A medio camino de la columnata que separaba la casa de la cocina, percibió ya los gemidos de Cat. Scarlett corrió más de prisa. Cat no lloraba nunca.

«No sabía que la sartén estaba caliente...» «Le he untado la mano con mantequilla...» «La dejó caer inmediatamente...» «Mamá... Mamá...» Sonaban voces a su alrededor, pero Scarlett sólo oía la de Cat.

—Mamá está aquí, querida. Curaremos a Cat en un santiamén.

Tomó en brazos a la niña que lloraba y se dirigió a la puerta. Había visto la roncha colorada en la palma de la mano de Cat. Estaba tan hinchada que su hija tenía los deditos extendidos.

Scarlett habría jurado que el paseo de entrada había doblado su longitud. Corría lo más rápidamente que podía sin arriesgarse a caer. «Si el doctor Devlin no está en su casa, no encontrará un techo bajo el que cobijarse cuando vuelva. Arrojaré todos sus muebles a la calle, y a su familia con ellos.»

Pero el doctor estaba allí.

—Vamos, vamos, no tiene que ponerse así, señora O'Hara. Todos los niños sufren accidentes, ¿no? Deje que le eche un vistazo.

Cat lanzó un grito cuando el médico le apretó la mano. Un grito que se clavó en Scarlett como un cuchillo.

—Es una mala quemadura, sí —dijo el doctor Devlin—. La tendremos untada hasta que se llene la ampolla; después la abriremos y extraeremos la pus.

—Le duele mucho, doctor. ¿No puede hacer algo?

Las lágrimas de Cat empapaban el hombro de Scarlett.

—La mantequilla es lo mejor. Enfriará la quemadura con el tiempo.

—¿Con el tiempo?

Scarlett se volvió y echó a correr. Pensó en el líquido que le habían puesto en la lengua cuando nació Cat y que había aliviado rápidamente su dolor.

Llevaría a la pequeña a la maga.

¡Qué lejos estaba! Había olvidado que el río y la torre estuviesen tan lejos. Se le estaban cansando las piernas, y no podía ser. Corrió como si la persiguiesen los perros del infierno.

—¡Grainne! —gritó, al llegar a los acebos—. ¡Socorro! ¡Auxilio, por el amor de Dios!

La maga salió de la sombra.

—Nos sentaremos aquí —dijo pausadamente—. No hace falta correr más. —Se sentó en el suelo y tendió los brazos—. Ven con Grainne, Dara. Haré que desaparezca el dolor.

Scarlett puso a Cat en la falda de aquella mujer. Luego se acurrucó en el suelo, presta a agarrar a su hija y correr de nuevo adonde pudiese encontrar ayuda. Si era capaz de pensar en algún sitio o en alguien.

—Quiero que pongas tu mano en la mía, Dara. Yo no la tocaré. Ponla tú misma en mi mano. Hablaré a la quemadura y ésta me prestará atención. Desaparecerá.

La voz de Grainne era tranquila, segura. Los ojos verdes de Cat contemplaron la cara arrugada y plácida de Grainne. Y la niña colocó su manita lesionada sobre la palma correosa y manchada de hierba de Grainne.

—Tienes una quemadura muy grande y muy fuerte, Dara. Tendré que persuadirla. Tardaré algún tiempo, pero pronto empezarás a sentirte mejor.

Grainne sopló suavemente sobre la carne quemada. Una vez, dos veces, tres veces. Acercó los labios a la mano de Cat y a la suya y empezó a murmurar algo a la palma de la niña.

Sus palabras eran inaudibles; su voz, como el susurro de suaves hojas jóvenes o del agua clara y mansa fluyendo sobre guijarros bajo la luz del sol. Al cabo de unos minutos, no más de tres, Cat dejó de llorar y Scarlett se sentó en el suelo, relajados los músculos de alivio. El murmullo continuó, grave, monótono, tranquilizador. Cat agachó la cabeza y después la dejó caer sobre el pecho de Grainne. Los murmullos prosiguieron. Scarlett se echó hacia atrás, apoyándose en los codos. Después inclinó la cabeza, se deslizó sobre el suelo en posición supina, y no tardó en dormirse. Y Grainne siguió murmurando a la quemadura, una y otra vez, mientras Cat y Scarlett dormían, y la hinchazón se redujo poco a poco, muy despacio, y también la mancha roja, hasta que la piel de Cat quedó como si no se hubiese quemado en absoluto. Grainne levantó entonces la cabeza y se lamió los agrietados labios. Puso una mano de Cat sobre la otra y, después, cruzó los dos brazos alrededor de la criatura dormida y la meció suavemente, murmurando en voz baja. Al cabo de un largo rato, se calló.

—Dara. —Cat abrió los ojos—. Es hora de que os vayáis. Díselo a tu madre. Grainne está cansada y quiere dormir ahora. Tienes que llevar a tu madre a casa.

La maga puso a Cat en pie. Luego se volvió y entró en la espesura de acebos, arrastrándose sobre las manos y las rodillas.

—Mamá. Es hora de irnos.

—¡Cat! ¿Cómo he podido dormirme así? Oh, lo siento, ángel mío. ¿Qué ha pasado? ¿Cómo te encuentras, pequeña?

—He dormido. Mi mano está curada. ¿Puedo subir a la torre?

Scarlett miró la palma indemne de la mano de la niña.

—Oh, Kitty Cat, tu mamá necesita un beso y un abrazo, por favor.

Sostuvo a Cat contra su pecho durante un momento y después la soltó. El no retenerla fue el regalo que hizo a su hija.

Ésta apretó los labios sobre la mejilla de Scarlett.

—Creo que ahora prefiero tomar té con pastas en vez de subir a la torre —dijo. Era su regalo a su madre—. Vayamos a casa.

La O'Hara estaba hechizada y la bruja y la niña cambiada estaban hablando en una lengua desconocida.

Nell Garrity dijo que lo había visto con sus propios ojos y que se asustó tanto que dio media vuelta y se metió en el Boyne, olvidando que tenía que volver por el vado. Sin duda se habría ahogado si el río hubiese estado tan crecido como de ordinario.

—Estaban arrojando hechizos a las nubes para que pasaran sin descargar lluvia.

—¿Y no se secó aquel mismo día la vaca de Annie McGinty, que era una de las mejores lecheras de Trim?

—Dan Houlihan, de Navan, tiene tan irritadas las verrugas de los pies que no puede apoyarlos en el suelo.

—La niña cambiada monta en un lobo disfrazado de poni durante el día.

—Su sombra se proyectó sobre mi mantequera y la manteca no llegó a cuajar.

—Algunos que están bien enterados dicen que ve en la oscuridad y que sus ojos brillan como el fuego cuando anda merodeando por ahí.

—¿Y no ha oído usted nunca la historia de su nacimiento, señor Reilly? Fue la víspera de Todos los Santos, y el cielo estaba lleno de cometas...

Estos rumores corrían de un hogar a otro en todo el distrito.

La señora Fitzpatrick encontró el gato atigrado de Cat en la puerta de la Casa Grande. Ocras había sido estrangulado y destripado. Envolvió los restos en un trapo y lo escondió en su habitación hasta que pudo ir al río sin ser observada, para tirarlo.

Rosaleen Fitzpatrick entró en la casa de Colum sin llamar. Él la miró, pero siguió sentado en su sillón.

—¡Lo que me imaginaba! —exclamó ella—. No puedes beber en la taberna como un hombre decente; tienes que esconder aquí tu debilidad con una excusa ridícula para un hombre.

Su voz estaba llena de desprecio, lo mismo que su movimiento cuando golpeó las piernas inertes de Stephen O'Hara con la punta de la bota. Éste roncaba entrecortadamente por la boca abierta. El olor a whisky estaba pegado a su ropa, saturaba su aliento.

—Déjame en paz, Rosaleen —dijo cansadamente Colum—. Mi primo y yo estamos llorando la muerte de la esperanza de Irlanda.

La señora Fitzpatrick puso los brazos en jarras.

—¿Y qué me dices de las esperanzas de tu prima, Colum O'Hara? ¿Te emborracharás con otra botella cuando Scarlett llore la muerte de su querida pequeña? ¿Llorarás con ella cuando tu ahijada haya muerto? Porque yo te digo, Colum, que la niña está en mortal peligro.

Rosaleen cayó de rodillas delante del sillón de Colum y le sacudió de un brazo.

—Por el amor de Cristo y de su bendita Madre, Colum, ¡tienes que hacer algo! Yo he hecho todo lo que he podido, pero no quieren escucharme. Tal vez sea incluso demasiado tarde para que te escuchen a ti, pero tienes que intentarlo. No puedes esconderte del mundo de esta manera. La gente siente tu deserción, y también la siente tu prima Scarlett.

—Katie Colum O'Hara —farfulló Colum.

—Su sangre manchará tus manos —le dijo Rosaleen con fría claridad.

El día y la noche siguientes, Colum visitó todas las casas y todas las tabernas de Ballyhara y de Adamstown. La primera visita fue al despacho de Scarlett, donde la encontró estudiando las cuentas de la finca. Ella dejó de fruncir el ceño cuando le vio en la puerta, pero volvió a fruncirlo cuando sugirió él que diese una fiesta para celebrar el regreso de su primo Stephen a Irlanda.

Scarlett capituló al fin, como sabía él que haría, y entonces pudo Colum emplear la invitación a la fiesta como pretexto para todas las demás visitas. Escuchó atentamente para descubrir algún indicio de que el aviso de Rosaleen era fundado. Pero no oyó nada, para su gran alivio.

Después de la misa del domingo, todos los lugareños y los O'Hara del condado de Meath fueron a Ballyhara para dar la bienvenida a Stephen y oír noticias de América. Había largos tableros posados sobre caballetes en el césped, con humeantes fuentes de carne acecinada y de coles, cestas llenas de patatas cocidas calientes y espumosas jarras de cerveza negra. Las puertaventanas del salón estaban abiertas, y dejaban ver los héroes irlandeses pintados en el techo, eran una invitación a entrar a la Casa Grande para todos aquellos que lo desearan.

Era casi una buena fiesta.

Más tarde Scarlett se consoló pensando que lo había hecho todo lo mejor posible y que había pasado mucho rato con Kathleen.

—Te he echado mucho en falta, Kathleen —dijo a su prima—. Nada ha vuelto a ser igual desde que te marchaste. Para lo que me sirve, el vado podría estar bajo tres metros de agua, y no puedo soportar ir a la casa de Pegeen.

—Y si las cosas fuesen siempre iguales, Scarlett, ¿qué razón tendríamos para respirar? —replicó Kathleen.

Era madre de un varón rebosante de salud y esperaba darle un hermanito dentro de seis meses.

«Ella no me ha añorado en absoluto», pensó tristemente Scarlett.

Stephen no habló más en Irlanda de lo que solía hablar en Estados Unidos, pero a la familia no pareció importarle. «Es muy callado», decían. Scarlett le evitaba. Para ella, seguía siendo el tétrico Stephen. Pese a todo, había traído una noticia magnífica. El abuelo Robillard había muerto dejando su fortuna a Pauline y Eulalie. Éstas vivían juntas en la casa rosada, tomaban sus tónicos todos los días y tenían fama de ser aún más ricas que las hermanas Telfair.

Durante la fiesta, se oyeron truenos a lo lejos. Todos los presentes dejaron de hablar, dejaron de comer, dejaron de reír, para mirar esperanzados el brillante y burlón cielo azul. El padre Flynn decía una misa especial a diario y la gente encendía velas implorando en privado la lluvia.

El día de san Juan, las nubes empujadas por el viento del oeste empezaron a amontonarse en vez de pasar de largo. A última hora de la tarde llenaron el horizonte con su masa gris y pesada. Los hombres y mujeres que estaban construyendo la hoguera para la celebración de la noche levantaron la cabeza y notaron efluvios de lluvia en las intermitentes ráfagas de viento. Ciertamente, se imponía una celebración si volvía a llover y se salvaban las cosechas.

La tormenta estalló al anochecer, en una salva de truenos ensordecedores y de relámpagos que iluminaron el cielo más que la luz del día, y la lluvia cayó a raudales. La gente se arrodilló en el suelo, cubriéndose la cabeza. El granizo caía con fuerza y sus piedras de hielo eran grandes como nueces. Gritos de dolor y de miedo llenaban los momentos de silencio entre los estampidos del rayo. Scarlett, en aquel momento, salía de la Casa Grande, dispuesta a oír música y bailar alrededor de la hoguera. Volvió a entrar inmediatamente, calada hasta los huesos en pocos segundos, y corrió escalera arriba en busca de Cat. Ésta miraba por la ventana, muy abiertos los ojos verdes y tapándose los oídos con las manos. Harriet Kelly estaba acurrucada en un rincón, abrazando a Billy para protegerle. Scarlett se arrodilló al lado de Cat para observar aquella furia de la naturaleza.

Duró media hora; después se aclaró el cielo, que apareció tachonado de estrellas y con tres cuartos de luna brillante. Los leños de la hoguera se habían empapado y esparcido; esta noche el fuego de san Juan no se encendería. Y los campos de hierba y de trigo habían sido aplanados por el granizo, que los cubría con bolitas irregulares de un blanco grisáceo.

Un lamento brotó de las gargantas de los irlandeses de Ballyhara. Su penetrante sonido entró en la habitación de Cat a través de las paredes de piedra y los cristales de las ventanas. Scarlett se estremeció y abrazó a la morena criatura. Cat gimoteó suavemente. No le bastaban las manos para librarse de aquel sonido.

—Hemos perdido nuestra cosecha —dijo Scarlett. Estaba de pie sobre una mesa en mitad de la ancha calle de Ballyhara, hablando a los habitantes de la población—. Pero podemos salvar muchas cosas. La hierba se secará para convertirse en forraje y tendremos paja, aunque no podamos moler grano para hacer harina. Voy a ir ahora mismo a Trim y Navan y Drogheda, a comprar provisiones para el invierno. No habrá hambre en Ballyhara. Os lo prometo, palabra de la O'Hara.

Entonces la aclamaron.

Pero, por la noche, delante de su chimenea, hablaron de la bruja y de la niña cambiada y de la torre donde ésta había despertado al fantasma del señor ahorcado, que ahora se vengaba.

81

El cielo despejado y el calor implacable volvieron y duraron. La primera página del *Time* sólo hablaba de noticias y especulaciones sobre el tiempo. Las páginas dos y tres publicaban cada día más reportajes sobre agresiones contra las propiedades y los administradores de los hacendados.

Scarlett ojeaba todos los días el periódico y lo dejaba a un lado. Al menos ella no tenía, gracias a Dios, que preocuparse por sus arrendatarios. Sabían que cuidaría de ellos.

Pero no era fácil. Demasiado a menudo, cuando llegaba a un pueblo o a una ciudad que al parecer tenía reservas de harina de trigo y de maíz, descubría que no eran más que rumores o que esas reservas se habían agotado. Al principio, regateaba enérgicamente los exagerados precios, pero a medida que escaseaban las provisiones se alegraba tanto de encontrar algo que pagaba lo que le pedían, con frecuencia por artículos de mala calidad.

«La situación es tan mala como lo fue en Georgia después de la guerra —pensó—. No; es peor. Porque entonces luchábamos contra los yanquis, que lo robaban o quemaban todo. Ahora lucho por las vidas de mucha más gente, pues antes no eran tantos los que dependían de mí en Tara. Y ni siquiera sé quién es el enemigo. No puedo creer que Dios haya lanzado una maldición contra Irlanda.»

Pero compró velas por valor de cien dólares para que las encendiesen los vecinos de Ballyhara al hacer sus rogativas en la capilla. Y cuando iba a caballo o conducía su calesín rodeaba con cuidado los montones de piedras que habían empezado a aparecer junto a los caminos o en los campos. No sabía a qué viejas deidades se pretendía apaciguar; pero si éstas traían la lluvia, estaba dispuesta a ofrecerles todas las piedras del condado de Meath. Las llevaría con sus propias manos si era necesario.

Se sentía impotente, y ésta era una nueva y espantosa experiencia. Había pensado que entendía de cultivos porque se había criado en una plantación. En realidad, los buenos años en Ballyhara no habían sido más de lo que esperaba, porque había trabajado de firme y exigido lo mismo de los demás. Pero, ¿qué iba a hacer ahora, si la voluntad de trabajar no era suficiente?

Continuó asistiendo a las fiestas que había aceptado con tanto entusiasmo. Pero ahora no lo hacía por divertirse, sino buscando información de otros terratenientes.

Scarlett llegó con un día de retraso a Kilbawney Abbey para la fiesta de los Gifford.

—Lo siento muchísimo, Florence —dijo a lady Gifford—; si tuviese mejores modales, habría pensado en enviar un telegrama. Pero la verdad es que iba de la Ceca a la Meca tratando de comprar harina de trigo y de maíz, y perdí la noción de las fechas.

Lady Gifford sintió tal alivio al ver llegar a Scarlett que no se ofendió. Todos los asistentes a la fiesta habían aceptado su invitación y no las de otros anfitriones porque ella les había prometido que Scarlett estaría allí.

—Esperaba la oportunidad de estrecharle la mano, joven dama.

El caballero de pantalón de golf sacudió vigorosamente la mano de Scarlett. Y es que el marqués de Trevanne era un viejo vigoroso, de revuelta barba blanca y nariz aguileña surcada de alarmantes venas purpúreas.

—Gracias, señor —dijo Scarlett.

«¿Por qué?», se preguntó.

El marqués se lo dijo, con la voz fuerte de los sordos. Se lo hizo saber a todos los asistentes, tanto si querían escucharle como si no. Sus bramidos llegaron hasta el campo de croquet.

Scarlett se merecía toda clase de felicitaciones, vociferó, por haber salvado Ballyhara. Él le había dicho a Arthur que no fuese tonto, que no malgastase su dinero comprando barcos a los ladrones que le robaban al afirmar que su madera era sólida. Pero Arthur no había querido escucharle; estaba resuelto a arruinarse. Había pagado ochenta mil libras, más de la mitad de su patrimonio, lo suficiente para comprar toda la tierra del condado de Meath. Era un tonto, siempre lo había sido; carecía de sentido común, y él lo había sabido desde que eran unos muchachos. Pero, maldita sea, él quería a Arthur como un hermano, aunque fuese tonto. Había sido un amigo verdadero para él. Y había llorado, sí, señorita, había llorado cuando Arthur se ahorcó. Siempre había sabido que era tonto, pero no había creído que pudiese llegar a tal extremo. Arthur adoraba aquella casa, le había dado su corazón y acabó ofreciéndole la vida. Era un crimen que Constance la hubiese abandonado de aquella manera. Habría tenido que conservarla en memoria de Arthur.

El marqués estaba agradecido a Scarlett por haber hecho lo que la propia viuda de Arthur no había tenido el decoro de hacer.

—Quisiera estrecharle de nuevo la mano, señora O'Hara.

Scarlett accedió. ¿De qué estaba hablando el viejo? El joven señor de Ballyhara no se había ahorcado; un hombre del pueblo lo había arrastrado hasta la torre y colgado allí. Colum se lo había dicho. El marqués debía estar equivocado. Los viejos confunden las cosas en su memoria... O era Colum el equivocado. A la sazón no era más que un chiquillo y solamente sabía lo que decía la gente; ni siquiera estaba entonces en Ballyhara; la familia residía en Adamstown... Pero tampoco el marqués estaba en Ballyhara; sólo sabía lo que decía la gente. Todo era demasiado confuso.

—Hola, Scarlett.

Era John Morland. Scarlett sonrió dulcemente al marqués y retiró la mano, apoyándola en el codo de Morland.

—¡Cuánto me alegro de verte, Bart! Te busqué en todas las fiestas de la temporada y no te encontré en ninguna de ellas.

—Este año me las salté. Dos yeguas preñadas tienen siempre más importancia que un virrey. ¿Qué ha sido de ti?

Había pasado un siglo desde la última vez que le había visto, y habían ocurrido muchas cosas. Scarlett apenas sabía por dónde empezar.

—Sé lo que te interesa, Bart —dijo—. Uno de los caballos de caza que me ayudaste a comprar está saltando mejor que Media Luna. Se llama Comet. Es como si un día hubiese levantado la cabeza y decidido que quería divertirse en vez de trabajar...

Se apartaron a un rincón tranquilo para hablar. A su debido tiempo, Scarlett se enteró de que Bart no tenía ninguna noticia de Rhett. También se enteró de otras cosas que no deseaba saber sobre lo que había que hacer para ayudar a parir a una yegua cuando el potro estaba vuelto del revés en el útero. No importaba. Bart era uno de sus amigos predilectos y siempre lo sería.

Todos los demás hablaban del tiempo. Irlanda no había padecido una sola sequía en toda su historia, ¿y qué otro nombre podía darse a esta serie de días soleados? Casi no había un rincón del país que no necesitase lluvia. Habría dificultades cuando venciesen los arrendamientos en septiembre.

Scarlett no había pensado en eso. Sintió un peso enorme en el corazón. Desde luego, los cultivadores no podrían pagar sus arriendos. Y si ella no les hacía pagar, ¿cómo iba a esperar que pagasen los inquilinos del pueblo? Las tiendas y las tabernas, incluso el médico, dependían del dinero que gastaban los agricultores. Ella no tendría ningún ingreso.

Era terriblemente difícil mantener una apariencia de animación, pero tenía que hacerlo. Oh, se alegraría mucho cuando terminase este fin de semana.

La última noche de la fiesta fue el catorce de julio, el día de la Bastilla. Se había aconsejado a los invitados que trajesen disfraces. Scarlett se puso las prendas mejores y más brillantes de Galway, con cuatro enaguas de diferentes colores debajo de una falda roja. Sus medias a rayas le picaban a causa del calor, pero causaron tal sensación que bien valió la pena aquella incomodidad.

—Nunca hubiera imaginado que las campesinas vistiesen de un modo tan atractivo a pesar de su mugre —exclamó lady Gifford—. Voy a comprarme todas las piezas de esa vestimenta para llevarlas en Londres el próximo año. La gente me suplicará que les dé el nombre de mi modista.

«¡Qué mujer tan estúpida! —pensó Scarlett—. Gracias a Dios, ésta es la última noche.»

Charles Ragland acudió al baile después de la cena. La fiesta a la que había asistido había terminado por la mañana.

—Me habría marchado de todos modos —dijo más tarde a Scarlett—. Cuando me enteré de que estabas tan cerca, tuve que venir.

—¿Tan cerca? Estabas a ochenta kilómetros.

—Si hubiese estado a doscientos me habría dado lo mismo.

Scarlett dejó que Charles la besara a la sombra del gran roble. Hacía tanto tiempo que no la habían besado, ni sentido el brazo vigoroso de un hombre ciñéndola protector... Tuvo la impresión de derretirse en aquel abrazo. Era maravilloso.

—Amada mía —dijo Charles con voz ronca.

—Silencio. Sólo bésame hasta que sienta vértigo, Charles.

Y lo sintió. Se agarró a sus anchos y musculosos hombros para no caerse. Pero cuando Charles le dijo que iría a su habitación, Scarlett se apartó de él; tenía nuevamente clara la cabeza. Los besos eran una cosa; compartir su cama, ¡ni hablar!

Quemó la nota de arrepentimiento que deslizó él por debajo de su puerta durante la noche, y se marchó temprano por la mañana para no tener que despedirse.

Cuando llegó a casa, fue en seguida en busca de Cat. No se sorprendió al enterarse de que la niña había ido a la torre con Billy. Era el único lugar fresco de Ballyhara. Lo que la sorprendió fue encontrar a Colum y a la señora Fitzpatrick esperándola a la sombra del frondoso árbol que se erguía detrás de la casa, con el té preparado sobre una mesita.

A Scarlett le encantó. Hacía tanto tiempo que Colum se comportaba como un extraño, parecía tan reacio a venir a la Casa Grande, que era maravilloso tener de vuelta al que era casi un hermano para ella.

—Voy a contarte una cosa muy rara —le dijo—. Me volví medio loca de curiosidad cuando la oí. ¿Qué te parece, Colum, es posible que el joven señor se ahorcase en la torre?

Scarlett describió al marqués de Trevanne con malicioso cuidado e imitó su discurso al repetirlo.

Colum dejó su taza de té con una precisión exactamente calculada.

—No puedo opinar, querida Scarlett —dijo, y su voz era tan ligera y alegre como le gustaba a Scarlett recordarla—. Todo es posible en Irlanda, de no ser así este país estaría plagado de serpientes como el resto del mundo. —Sonrió al levantarse—. Y ahora tengo que irme. He descuidado mis deberes cotidianos solamente para ver tu hermosa persona; no hagas caso de cuanto pueda decirte esta mujer sobre mi afición a las pastas de té.

Y se alejó tan rápidamente que Scarlett no tuvo tiempo de envolver algunas pastas en una servilleta para que se las llevase.

—Volveré en seguida —dijo la señora Fitz, y corrió detrás de Colum.

—¡Vaya! —dijo Scarlett. Vio a Harriet Kelly a lo lejos, al otro lado del amarillento césped, y agitó una mano—. ¡Venga a tomar el té! —le gritó.

Quedaba mucho.

Rosaleen Fitzpatrick tuvo que levantarse la falda y correr para alcanzar a Colum en mitad del largo paseo. Caminó en silencio a su lado hasta que recobró el aliento y pudo hablar.

—¿Y qué pasa ahora? —preguntó—. De vuelta a tu botella, ¿no es verdad?

Colum se detuvo y se volvió de cara a ella.

—No hay verdad en nada, y esto es lo que me destroza el corazón. ¿No la has oído? Citando las mentiras del inglés tan convencida. Igual que Devoy y los demás creen las seductoras mentiras inglesas de Parnell. Si me quedo más tiempo, Rosaleen, haría añicos sus tazas inglesas de té y rebatiría sus afirmaciones aullando como un perro encadenado.

Rosaleen leyó la angustia en los ojos de Colum y su expresión se endureció. Llevaba mucho tiempo derramando compasión sobre su lacerado espíritu y no había servido de nada. A Colum le torturaba un sentimiento de fracaso y de traición. Después de llevar más de veinte años trabajando por la libertad de Irlanda, después de desempeñar con éxito la tarea que le habían encomendado, después de llenar el arsenal de la iglesia protestante de Ballyhara, le habían dicho a Colum que nada de aquello tenía valor. Las acciones políticas de Parnell eran más importantes. Colum siempre había estado dispuesto a morir por su país; no podía soportar la vida si no creyera que lo estaba ayudando.

Rosaleen Fitzpatrick compartía la desconfianza de Colum hacia Parnell, compartía su frustración ahora que el trabajo de ambos había sido rechazado por los líderes fenianos. Pero podía dejar a un lado sus propios sentimientos para cumplir órdenes. Su empeño era tan grande como el de él, o tal vez más, porque ansiaba la venganza personal todavía más que la justicia.

Sin embargo, ahora dejó a un lado su fidelidad a la causa feniana. El sufrimiento de Colum la afectaba más que el de Irlanda, pues le amaba de una manera que ninguna mujer podía permitirse tratándose de un sacerdote, y no podía dejar que se destruyese a sí mismo con sus dudas y su cólera.

—¿Qué clase de irlandés eres, Colum O'Hara? —le dijo duramente—. ¿Dejarás que Devoy y los otros gobiernen solos y mal? Ya sabes lo que pasa. La gente está luchando por su cuenta y pagando un precio terrible por la falta de un líder. No quieren a Parnell más de lo que tú lo quieres. Tú creaste los medios necesarios para tener un ejército. ¿Por qué no construyes ahora el ejército empleando aquellos medios, en vez de emborracharte como una cuba a la manera de un holgazán bravucón en la taberna de la esquina?

Colum la miró; después dirigió su mirada a lo lejos, y sus ojos se llenaron poco a poco de esperanza.

Rosaleen bajó la vista. No podía arriesgarse a dejarle ver la emoción que ardía en sus ojos.

—No sé cómo puede soportar este calor —dijo Harriet Kelly.

A pesar de la sombrilla, había una capa de sudor en su delicado semblante.

—Me gusta —dijo Scarlett—. Es como en mi país. ¿No le he hablado nunca del Sur, Harriet?

Harriet dijo que no.

—El verano era mi estación predilecta —dijo Scarlett—. Me gustaban el calor y los días secos. ¡Era tan hermoso! Las plantas de algodón verdes y a punto de abrirse, hilera tras hilera, extendiéndose hasta donde alcanzaba la vista. Los mozos cantaban mientras sachaban, y la música se oía a lo lejos, como si flotase en el aire.

Oyó sus propias palabras y se horrorizó. ¿A qué se refería? ¿A su «país»? Irlanda era ahora su país.

Harriet tenía los ojos soñadores.

—¡Qué preciosidad! —suspiró.

Scarlett la miró con desagrado, y después volcó ese desagrado hacia sí misma. Los sueños románticos habían ocasionado terribles males a Harriet Kelly, y todavía no había aprendido.

«Pero yo sí. No tuve que volver la espalda al Sur; el general Sherman lo hizo por mí, y soy demasiado vieja para pretender que aquello no ocurrió jamás.

»No sé lo que me pasa; estoy hecha un lío. Tal vez es el calor; tal vez he perdido la costumbre de soportarlo.»

—Voy a trabajar en las cuentas, Harriet —dijo.

Las limpias columnas de números le producían siempre un efecto calmante, y ahora lo necesitaba más que nunca.

Sin embargo, los libros de contabilidad le resultaron terriblemente deprimentes. El único dinero que ingresaba era el beneficio de las casitas que estaba construyendo en las afueras de Atlanta. Bueno, al menos esto no iba ya a parar al movimiento revolucionario que había preconizado Colum. Ese dinero la ayudaría un poco; mucho, en realidad. Pero no lo bastante. Había gastado sumas increíbles en la casa y en el pueblo. Y en Dublín. No podía creer que hubiese derrochado tanto en Dublín, aunque las ordenadas columnas de números lo demostraban sin lugar a dudas.

Si Joe Colleton escatimase un poco al construir aquellas casas... Seguirían vendiéndose bien, pero los beneficios serían mucho mayores. No dejaría que comprase madera más barata, ya que el primordial objeto de aquella construcción habia sido salvar el negocio de Ashley. Pero había otras maneras de reducir los gastos. Los cimientos..., las chimeneas..., los ladrillos no tenían que ser de primera calidad

Scarlett sacudió la cabeza, impaciente. Joe Colleton no haría nunca eso por propia iniciativa. Era como Ashley, honrado hasta la médula y lleno de ideales nada prácticos. Recordaba haberlos visto cuando hablaban los dos en la obra. Si había pájaros del mismo plumaje, eran ellos dos. No le extrañaría que interrumpiesen una discusión sobre el precio de la madera para empezar a comentar algún libro que habían leído.

La mirada de Scarlett se hizo pensativa.

Tendría que enviar a Harriet Kelly a Atlanta.

Sería una esposa perfecta para Ashley. Esos dos eran también aves del mismo corral, pues vivían de los libros y no sabían desenvolverse en el mundo real. Harriet era mema en muchos sentidos, pero cumplidora de sus obligaciones; había aguantado casi diez años a su inútil marido, y tenía una clase propia de sentido común. Era preciso mucho valor para abordar al jefe de la guarnición y suplicarle por la vida de Danny Kelly. Ashley necesitaba esta clase de apoyo. También necesitaba cuidar de alguien. No podía serle beneficioso tener a India y a tía

Pitty preocupándose continuamente de él. En cuanto a Beau, los perjuicios que esas contemplaciones podían causarle eran impensables. Billy Kelly podría enseñarle unas cuantas cosas. Scarlett sonrió. Sería mejor que enviase una cajita de sales para tía Pitty junto con Billy Kelly.

Su sonrisa se desvaneció. No; no sería conveniente. Cat estaría muy triste sin Billy. Se había mostrado muy afligida durante toda una semana cuando se escapó Ocras, y el gato atigrado no había significado una décima parte de lo que representaba Billy en su vida.

Además, Harriet no podía soportar el calor.

No; no daría resultado. En absoluto.

Scarlett inclinó de nuevo la cabeza sobre los libros de contabilidad.

82

—Tenemos que dejar de gastar tanto dinero —dijo Scarlett con irritación. Sacudió el libro de cuentas delante de la señora Fitzpatrik—. No hay motivo para que tengamos que alimentar a un ejército de criados cuando la harina para el pan cuesta una fortuna. Habrá que despedir al menos a la mitad. A fin de cuentas, ¿de qué sirven? Y no me venga con la vieja canción de que hay que batir la crema para hacer mantequilla, porque si algo abunda demasiado en estos tiempos es la mantequilla. No se puede vender ni a medio penique la libra.

La señora Fitzpatrick esperó a que Scarlett terminase su perorata. Entonces tomó tranquilamente el libro de sus manos y lo dejó sobre la mesa.

—Así, ¿va a echarles a la calle? —dijo—. Encontrarán sobrada compañía, pues muchas Casas Grandes de Irlanda están haciendo precisamente lo que usted propone. No pasa un día en que no acudan doce o más infelices a la puerta de la cocina, mendigando un plato de sopa. ¿Quiere aumentar su número?

Scarlett se acercó con impaciencia a la ventana.

—No, claro que no, no sea ridícula. Pero tiene que haber alguna manera de reducir gastos.

—Es mucho más costoso alimentar a sus hermosos caballos que a sus criados.

La voz de la señora Fitzpatrick era fría. Scarlett se volvió a ella.

—Ya basta —dijo furiosa—. Déjeme en paz.

Tomó el libro y se dirigió a su escritorio. Pero estaba demasiado agitada para concentrarse en las cuentas. «¿Cómo puede ser tan ruin la señora Fitz? Debería saber que disfruto con la caza más que con cualquier otra cosas en mi vida. Lo único que me ayuda a soportar este horrible verano es saber que llegará el otoño y empezaré a cazar de nuevo.»

Scarlett cerró los ojos y trató de recordar las frescas mañanas, con la ligera escarcha de la noche convertida en niebla baja, y el sonido del cuerno señalando el comienzo de la cacería. Un pequeño músculo tembló involuntariamente bajo la suave piel de su mandíbula apretada. Su fuerte no era la imaginación, sino la acción.

Abrió los ojos y los fijó tenazmente en las cuentas. Sin cereales para vender ni rentas por cobrar, este año perdería dinero. Esta convicción la inquietaba, porque siempre había ganado dinero en los negocios, y perderlo era un cambio sumamente desagradable.

Pero Scarlett se había criado en un mundo donde se aceptaba que, a veces, podía ser mala una cosecha o podía una tormenta causar un desastre. Sabía que el año próximo sería diferente y, sin duda alguna, mejor. Aunque la sequía y el granizo habían causado estragos, ella no había fracasado. Esto no era como el negocio de la madera o el almacén, donde habría sido ella la única responsable si no hubiese habido ganancias. Además, las pérdidas producirían poca mella en su fortuna. Podía derrochar durante el resto de su vida y las cosechas podían fallar cada año en Ballyhara, y ella seguiría teniendo mucho dinero.

Suspiró inconscientemente. Durante muchos años había trabajado y escatimado y ahorrado, creyendo que, si podía tener dinero suficiente, sería feliz. Ahora lo tenía, gracias a Rhett, y por alguna razón, no significaba nada en absoluto, salvo que ya no le quedaba nada por lo que trabajar, proyectar y esforzarse.

No era tan tonta como para desear ser pobre y estar de nuevo desesperada; pero necesitaba un reto, algo en que ejercitar su rápida inteligencia, obstáculos que vencer. Y así pensaba, con añoranza, en saltar vallas y zanjas y aventurarse a lomos de un vigoroso caballo al que podía dominar con su fuerza de voluntad.

Cuando terminó las cuentas, se volvió al montón de correspondencia personal, gruñendo en silencio. Aborrecía escribir cartas. Sabía ya lo que había en el correo. Muchas invitaciones. Las apartó a un lado. Harriet podría escribir corteses excusas, pues nadie sabría que no las había escrito ella misma, y a Harriet le gustaba ser útil.

Había también otras dos propuestas de matrimonio; Scarlett recibía al menos una a la semana. Pretendían ser cartas de amor, pero ella sabía muy bien que no las recibiría si no fuese una viuda rica. Al menos, la mayoría de ellas.

Respondió a la primera con las frases adecuadas: «su interés me honra», «incapaz de corresponder a su afecto en el grado que usted se merece» y «doy un valor incalculable a su amistad», que exigía y ofrecía el protocolo. La segunda no era tan fácil. La enviaba Charles Ragland. De todos los hombres a quienes había conocido en Irlanda, Charles era realmente el más apetecible para ella. Su adoración era convincente, muy diferente de las frases aduladoras que prodigaban la mayoría de los hombres. Estaba segura de que no iba detrás de su dinero. No carecía de fortuna, pues pertenecía a una familia de grandes hacendados en Inglaterra. Era el hijo menor y había elegido el Ejército en vez de la Iglesia. Pero debía tener algún dinero propio. Su uniforme de gala costaba más que todos los trajes de baile que ella poseía, a Scarlett no le cabía la menor duda.

¿Qué más? Charles era guapo. Tan alto como Rhett, aunque rubio en vez de moreno. Pero no de un rubio desvaído, como muchos hombres de tez blanca. Sus cabellos eran dorados, con un ligero toque de rojo que contrastaba con su piel curtida. Era realmente muy atractivo. Las mujeres le miraban como si quisieran comérselo con los ojos.

Entonces, ¿por qué no le amaba? Había pensado en esto y todavía reflexionaba a menudo y largamente sobre ello. Pero no podía; no le interesaba lo bastante.

«Quiero amar a alguien. Sé lo que se siente amando; el mejor sentimiento del mundo. No puedo soportar la injusticia de haber aprendido a amar demasiado tarde. Charles me quiere, y yo deseo ser amada, lo necesito. Me siento sola sin amor. ¿Por qué no puedo quererle? Porque amo a Rhett, ésta es la razón. Y esto se aplica a Charles y a todos los demás hombres del mundo. Ninguno de ellos es Rhett.

»Nunca tendrás a Rhett», le decía su mente.

Y su corazón gritaba angustiado. «¿Crees que no lo sé? ¿Crees que podré olvidarlo? ¿Crees que esta idea no me persigue cada vez que le veo en Cat? ¿Crees que no me asalta de nuevo cuando creo que mi vida me pertenece?»

Scarlett escribió cuidadosamente, buscando las palabras más amables para rechazar a Charles Ragland. Él no lo comprendería si le dijese que realmente le apreciaba, que tal vez incluso le amaba un poco porque él la amaba a ella, y que el afecto que por él sentía era un impedimento a su matrimonio. No quería que él se casara con una mujer que pertenecería para siempre a otro hombre.

La última fiesta particular del año se celebraba no lejos de Kilbride, que a su vez no estaba lejos de Trim. Scarlett podía acudir a la fiesta en su carruaje, ahorrándose todas las molestias de tomar el tren.

Salió muy temprano por la mañana, cuando todavía hacía fresco. Sus caballos sufrían mucho con el calor, a pesar de que los lavaban cuatro veces al día. Incluso ella había empezado a sentir el bochorno; le picaba la piel y sudaba durante casi toda la noche, cuando trataba de dormir. Gracias a Dios, era ya el mes de agosto. El verano acabaría pronto, si no se negaba a hacerlo.

El cielo estaba todavía teñido de rosa, pero había ya una neblina de calor en la lejanía.

Scarlett esperaba haber calculado bien el tiempo para el viaje. Deseaba que ella y su caballo pudiesen estar a la sombra cuando brillase el sol en lo alto.

«Me pregunto si Nan Sutcliffe estará levantada. Nunca me pareció que fuese madrugadora. Pero no importa. No me vendría mal tomar un baño frío y cambiarme de ropa antes de ver a nadie. Espero que haya una doncella competente que me atienda, no como aquella lerda idiota de los Gifford. Casi les arranca las mangas a mis vestidos al colgarlos. Tal vez la señora Fitz tenga razón; generalmente la tiene. Pero no quiero tener una doncella personal a mi alrededor todas las horas del día. Peggy Quinn hace todo lo que necesito en casa, y si la gente quiere que vaya a visitarlos, ha de aguantar que no lleve a mi doncella. En realidad, tendría que dar yo una fiesta en mi casa, para corresponder a la hospitalidad que me han brindado. Todos han sido muy amables... Pero todavía no. Lo dejaré para el próximo verano. Puedo decir que este año ha hecho demasiado calor y que, además, estaba preocupada por los cultivos...»

Dos hombres salieron de las sombras, a ambos lados de la carretera. Uno de ellos sujetó la brida del caballo; el otro apuntó con un fusil. La mente de Scarlett galopó, y también su corazón. ¿Por qué no había pensado en traer su revólver? Tal vez se apoderarían solamente de su coche y sus maletas, y la dejarían volver a Trim a pie si juraba no dar su descripción. ¡Idiotas! ¿Por qué no llevaban al menos unos antifaces, como los bandoleros de que hablaba el periódico?

¡Por el amor de Dios! Llevaban uniforme, no eran Whiteboys.

—Maldita sea, ¡vaya susto me han dado!

Seguía sin distinguir bien a aquellos hombres. Los uniformes verdes de la Real Policía Irlandesa se confundían con los oscuros setos.

—Tendré que pedirle que se identifique, señora —dijo el hombre que sujetaba el caballo—. Kevin, mira tú en la parte de atrás del carruaje.

—¡No se atrevan a tocar mis cosas! ¿Quiénes se imaginan que son? Yo soy la señora O'Hara, de Ballyhara, y me dirijo a la casa de los Sutcliffe, en Kilbride. El señor Sutcliffe es magistrado y hará que se sienten los dos en el banquillo.

En realidad, no sabía que Ernest Sutcliffe fuese magistrado, pero lo parecía con su espeso bigote rojizo.

—¿Es la señora O'Hara? —El susodicho Kevin, que tenía que registrar el calesín, se colocó a su lado y se quitó el sombrero—. Hemos oído hablar de usted en el cuartel, señora. Hace un par de semanas le dije a Johnny, aquí presente, que deberíamos ir a conocerla.

Scarlett le miró con incredulidad.

—¿Para qué? —dijo.

—Dicen que ha venido usted de América, señora O'Hara, y puedo dar fe de ello después de oírla hablar. También dicen que procede del gran estado llamado Georgia. Es un país que los dos apreciamos de veras, ya que luchamos allí en el año sesenta y tres y después.

Scarlett sonrió.

—¿Ah, sí? —Era curioso haber encontrado a alguien de su país en la carretera de Kilbride—. ¿De dónde son ustedes? ¿De qué parte de Georgia? ¿Estuvieron a las órdenes del general Jood?

—No, señora; yo era uno de los muchachos de Sherman. Johnny estaba con los Confederados; de ahí le viene su nombre, por lo de Johnny Reb y todo lo demás.

Sacarlett sacudió la cabeza para despejarla. No debía haber oído bien. Pero más preguntas y respuestas confirmaron aquellas palabras. Los dos hombres, ambos irlandeses, eran ahora los mejores amigos. Compartían recuerdos de cuando habían estado en bandos opuestos en una guerra salvaje.

—No lo comprendo —confesó Scarlett al fin—. Ustedes estuvieron tratando de matarse hace quince años y son ahora amigos. ¿No discuten siquiera sobre el Norte y el Sur y sobre quién tenía razón?

«Johnny Reb» se echó a reír.

—¿Qué le importa a un soldado quién tenga o no tenga razón? Está allí para luchar, que es lo que le gusta. No importa por quién se luche, con tal de que sea una buena pelea.

Cuando Scarlett llegó a la casa de los Sutcliffe, sorprendió al mayordomo hasta casi hacerle perder su aplomo profesional al pedirle un brandy con el café. Estaba más confusa de lo que se habría atrevido a confesar.

Después se bañó, se puso un traje limpio y bajó, recuperada su serenidad. Hasta que vio a Charles Ragland. ¡Él no debía estar en esa fiesta! Scarlett se comportó como si no hubiese advertido su presencia.

—Tienes un aspecto magnífico, Nan. Y tu casa me encanta. Mi habitación es tan bonita que me quedaría aquí para siempre.

—Nada me complacería más, Scarlett. ¿Conoces a John Graham?

—Solamente por su fama. Estaba deseando que nos presentasen. ¿Cómo está usted, señor Graham?

—Señora O'Hara.

John Graham era un hombre alto y delgado, con la soltura de movimientos propia del atleta nato. Era el montero mayor de los Blazer de Galway, tal vez la cacería más famosa de Irlanda. Todos los cazadores de zorros de Gran Bretaña esperaban ser invitados a las cacerías Blazer. Graham lo sabía, y Scarlett sabía que él lo sabía. No había por qué andarse con remilgos.

—¿Se deja usted sobornar, señor Graham?

«¿Por qué no dejaba Charles de mirarla de esa manera? ¿Y qué estaba haciendo aquí?»

John Graham echó atrás la cabeza de plateados cabellos y soltó una carcajada. Sus ojos brillaron divertidos al mirar de nuevo a Scarlett.

—Siempre había oído decir que los americanos iban directamente al grano, señora O'Hara. Ahora veo que es verdad. ¿Qué piensa ofrecerme exactamente?

—¿Qué le parecería un brazo y una pierna? Puedo sostenerme con una sola pierna en una silla de amazona; es lo único bueno que tienen esas sillas, y sólo necesito una mano para las riendas.

El montero mayor sonrió.

—Una oferta muy extravagante. También había oído decir esto de los americanos; que tienden a exagerar las cosas.

Scarlett se estaba cansando de chanzas. Y la presencia de Charles la ponía nerviosa.

—Lo que tal vez no ha oído usted decir, señor Graham, es que los americanos saltamos los obstáculos cuando los irlandeses dan un rodeo y los ingleses se vuelven a casa. Si me deja usted cabalgar con los Blazer, tomaré al menos una pata o me comeré una bandada de cuervos delante de todos... y sin sal.

—Por Dios, señora, con un estilo como el suyo, será siempre bienvenida.

Scarlett sonrió.

—Le tomo la palabra —dijo.

Escupió en la palma de la mano. Graham sonrió ampliamente y escupió en la suya. El choque de las palmas resonó en la larga galería.

Entonces fue Scarlett al encuentro de Charles Ragland.

—Ya te dije en mi carta, Charles, que ésta era la única fiesta particular de todo el país a la que no debías asistir. Has hecho mal en venir.

—No he venido para importunarte, Scarlett. Quería decírtelo de palabra y no por carta. No temas que te apremie o te moleste. Sé cuando un «no» significa «no». El regimiento sale para Donegal la próxima semana; ésta era mi última oportunidad de decir lo que quería decirte. Y de verte una vez más, lo confieso. Prometo no acecharte ni mirarte con ojos lánguidos. —Sonrió con triste humor—. También ensayé este discurso. ¿Qué te ha parecido?

—Bastante bien. ¿Qué pasa en Donegal?

—Disturbios provocados por los Whiteboys. Parece que se concentran allí en mayor número que en cualquier otro condado.

—Dos guardias me han detenido para registrar mi calesín.

—Las patrullas están en plena actividad. Con las rentas a punto de vencer... Pero no hablemos de asuntos oficiales. ¿Qué le has dicho a John Graham? Hacía años que no le veía reír así.

—¿Le conoces?

—Mucho. Es tío mío.

Scarlett rió hasta dolerle los costados.

—¡Oh, estos ingleses! ¿Es esto lo que llaman timidez? Si hubieses alardeado un poco de este parentesco, me habrías ahorrado mucho trabajo. He estado tratando de relacionarme con los Blazer durante un año, pero no conocía a nadie.

—La que realmente te gustará es mi tía Leticia. Montando a caballo, puede hacer que tío John se caiga al suelo sin volverse siquiera para mirar atrás. Ven; te presentaré.

Se oían truenos prometedores, pero no llovía. Al mediodía, el aire era sofocante. Ernest Sutcliffe tocó el gong para llamar la atención de todos. Su esposa y él habían proyectado algo diferente para la tarde, dijo nerviosamente.

—Habrá el croquet y el tiro con arco acostumbrados, ¿eh? O la biblioteca y el billar en la casa, ¿eh? O lo que suele haber en estos casos, ¿eh?

—Dilo de una vez, Ernest —dijo su esposa.

Con muchas interrupciones y balbuceos, Ernest lo dijo al fin. Había trajes de baño para cuantos quisieran utilizarlos, y cuerdas tendidas sobre el río para que se agarrasen los atrevidos mientras se refrescaban en el agua impetuosa.

—Realmente, no tan «impetuosa» —le corrigió Nan Sutcliffe—. Sólo una pequeña corriente. Los criados servirán champán helado.

Scarlett fue una de las primeras en aceptar. Sería como estar en una bañera de agua fría toda la tarde.

Y era mucho más divertido que una bañera, aunque el agua estaba más caliente de lo que ella había esperado. Agarrándose con ambas manos, Scarlett avanzó a lo largo de la cuerda hacia el centro del río, donde el agua era más profunda. De pronto, sintió el tirón de la corriente. Allí el agua era más fría, tanto que se le puso rápidamente la carne de gallina en los brazos. La corriente la empujó contra la cuerda e hizo que resbalasen sus pies. Ahora se sujetaba con todas sus fuerzas. Sus piernas giraban sin control y el ímpetu del agua hacía que su cuerpo se volviese a uno y otro lado. Sintió la peligrosa tentación de soltar la cuerda y dejarse llevar por la corriente. Libre de tierra bajo sus pies; libre de paredes y de caminos y de cuanto podía ser controlado o controlarla. Durante un largo momento y con el corazón palpitante imaginó que se soltaba.

Estaba temblando por el esfuerzo que tenía que hacer para mantenerse asida a la cuerda. Poco a poco, con intensas concentración y resolución, fue progresando, mano tras mano, hasta librarse del tirón de la corriente. Volvió la cabeza para que no la vieran los demás, que chapoteaban y gritaban, y se echó a llorar, sin saber por qué.

En el agua más templada junto al margen del río había lentos remolinos, como dedos de la corriente. Scarlett se fue dando cuenta de sus caricias y se dejó flotar. Cálidos zarcillos móviles se enredaban en sus piernas, sus muslos, su cuerpo, sus senos, alrededor de la cintura y de las rodillas, debajo de la blusa de lana y el pantalón bombacho. Sentía un afán que no podía nombrar, un vacío en su interior. «Rhett», murmuró contra la cuerda, arañándose los labios, deseando la rudeza y el dolor.

—¿No es divertido? —gritó Nan Sutcliffe—. ¿Quién quiere champán?

Haciendo un esfuerzo, Scarlett miró a su alrededor.

—Scarlett, valiente, has ido directamente a la parte más peligrosa. Tienes que volver. Ninguna de nosotras se atrevería a llevarte el champán.

«Sí —pensó Scarlett—. Tengo que volver.»

Después de cenar, se acercó a Charles Ragland. Scarlett tenía muy pálidas las mejillas y muy brillantes los ojos.

—¿Puedo ofrecerte un bocadillo esta noche? —le preguntó en voz baja.

Charles era un amante experimentado y hábil. Sus manos eran delicadas; sus labios, firmes y cálidos. Scarlett cerró los ojos y dejó que su piel recibiese el contacto como había recibido las caricias del río. Entonces, él pronunció su nombre y ella sintió que se desvanecía la sensación de éxtasis. «No —pensó—, no quiero, no debo dejar que se desvanezca.» Cerró los ojos con más fuerza, pensó en Rhett, se imaginó que aquellas manos eran las de Rhett, y aquellos labios, los de Rhett, y que era Rhett quien llenaba su vacío doloroso.

Pero de nada servía. No era Rhett. Y el dolor hacía que tuviese ganas de morir. Volvió la cabeza a la boca afanosa de Charles y lloró hasta que él se hubo calmado.

—Querida —dijo él—, ¡te amo tanto!

—Por favor —sollozó Scarlett—, oh, vete, por favor.

—¿Qué tienes, querida? ¿Te encuentas mal?

—Todo ha sido por mi culpa. Déjame sola, por favor.

Su voz era tan débil, tan llena de desesperación que Charles tendió los brazos para consolarla; pero en seguida se echó atrás, comprendiendo que era el único consuelo que podía darle. Se vistió en silencio, salió y cerró la puerta sin hacer ruido.

83

Tengo que incorporarme a mi regimiento. Te amaré siempre. Tuyo, Charles.

Scarlett dobló cuidadosamente la nota y la introdujo debajo de las perlas en su joyero. Si tan sólo...

Pero había poco espacio en su corazón para otros. Rhett estaba allí. Riéndose de ella, burlándola, desafiándola, superándola, dominándola, amparándola.

Bajó a desayunar con oscuras sombras debajo de los ojos, impresas por las lágrimas que habían sustituido al sueño. Parecía fresca en su vestido verde de hilo. Se sentía como encerrada en hielo.

Tuvo que sonreír, hablar, escuchar y reír. El deber de los invitados consiste en hacer que las fiestas sean un éxito. Miró a las personas sentadas a ambos lados de la larga mesa. Todas sonreían, charlaban, escuchaban, reían. «¿Cuántas de ellas tendrán también heridas interiores? —se preguntó—. ¿Cuántos se sentirían como muertos, y agradecidos por ello? ¡Qué valiente es la gente!»

Asintió con la cabeza al criado que sostenía un plato para ella ante el largo aparador. Al ver su señal el sirviente levantó una tras otras las tapas de plata de las fuentes, buscando su aprobación. Scarlett aceptó unas lonchas de tocino y una cucharada de picadillo de pollo con crema.

—Sí, un tomate asado a la parrilla —dijo—. No, nada frío.

Había jamón, pato en conserva, huevos de codorniz, carne sazonada, pescado salado, gelatinas, helados, fruta, quesos, panecillos, condimentos, mermeladas, salsas, vinos, cerveza, sidra, café..., nada le apetecía.

—Tomaré té —dijo.

Estaba segura de que sería capaz de tomar un poco de té. Entonces podría volver a su habitación. Afortunadamente era una gran fiesta, destinada sobre todo a la caza. La mayoría de los hombres habrían salido ya con sus escopetas. Más tarde se serviría el almuerzo en la casa y también en el campo, donde tuviese lugar la cacería. Asimismo, el té se serviría dentro y fuera de la casa. Cada cual podía elegir sus diversiones. No se exigía a nadie estar en un lugar especial y a una hora especial, hasta que se sirviese la cena. La tarjeta de invitada que encontró en su habitación decía que a las siete cuarenta y cinco todos se reunirían en el salón después de la primera llamada del gong. A las ocho, pasarían al comedor.

Le indicaron una silla al lado de una dama a la que no conocía. El criado dejó sobre la mesa el plato de Scarlett y una pequeña bandeja con servicio individual de té. Luego retiró la silla para que ella se sentase, sacudió los pliegues de la servilleta y la puso sobre su falda. Scarlett miró a su vecina.

—Buenos días —dijo—, me llamo Scarlett O'Hara.

La dama tenía una sonrisa encantadora.

—Buenos días. Estaba deseando conocerla. Mi prima Lucy Fane me dijo que la había conocido en casa de Bart Morland, cuando Parnell estuvo allí. Dígame, ¿no le parece agradablemente sedicioso confesar que uno apoya la autonomía? Bueno, me llamo May Taplow.

—Un primo mío dijo que estaba seguro de que yo no sería partidaria de la autonomía si Parnell fuese bajo y gordo y tuviese verrugas —dijo Scarlett.

Ésta sirvió el té, mientras May Taplow reía. «Lady May Taplow, para ser exacta», pensó Scarlett. El padre de May era duque, y su marido, hijo de un vizconde. Era curioso cómo se enteraba una de estas cosas mientras transcurrían las fiestas. Y más curioso aún cómo se acostumbraba una joven campesina de Georgia a pensar en hacer tal o cual cosa. «Pronto hablaré como los de aquí para que los criados sepan lo que quiero. En realidad, supongo que no es muy diferente de cuando decía "maní" a un negrito para que supiese que quería un puñado de cacahuetes.»

—Temo que su primo podría acusarme de lo mismo a mí —confesó May—. Perdí todo interés en la sucesión cuando Bertie empezó a engordar.

Ahora fue Scarlett quien confesó:

—No sé quién es Bertie.

—Tonta de mí —dijo May—, claro que no lo sabe. Usted no asiste a la temporada en Londres, ¿verdad? Lucy me dijo que administra personalmente su finca. Creo que eso es maravilloso. Hace que los hombres que no pueden pasarse sin un administrador parezcan tan perezosos como lo son en su mayoría. Bertie es el príncipe de Gales. Un hombre realmente encantador, que disfruta dándoselas de pícaro; pero empieza a vérsele el plumero. Su esposa, Alexandra, le gustaría mucho. Es sorda como una tapia, de modo que no se le puede contar ningún secreto salvo escribiéndolo, pero bellísima y tan dulce como hermosa.

Scarlett se echó a reír.

—Si tuviese idea de lo que siento, May, se moriría de risa. En mi país, cuando yo era una niña, se chismorreaba sobre todo acerca del dueño del nuevo ferrocarril. Todo el mundo se preguntaba cuándo había empezado a llevar zapatos. Apenas puedo creer que estemos hablando del futuro rey de Inglaterra.

—Lucy me dijo que me volvería loca por usted, y tenía razón. Prométame que será nuestra invitada si un día decide visitar Londres. ¿Qué pensaba del hombre del ferrocarril? ¿Qué clase de zapatos llevaba? ¿Cojeaba al andar? Estoy segura de que me encantaría América.

Scarlett descubrió con sorpresa que se había comido todo el desayuno. Y que todavía tenía hambre. Levantó la mano y el criado que estaba detrás de su silla se le acercó.

—Discúlpeme, May, pero voy a pedir algo más —dijo—. Un poco de *kedgeree**, por favor, y café, con mucha crema.

«La vida sigue. Y una vida muy buena. Resolví ser feliz y creo que lo soy. Sólo tengo que ser consciente de ello.»

Sonrió a su nueva amiga.

—El hombre del ferrocarril era un *cracker* de los pies a la cabeza...

May pareció confusa.

—Bueno, llamamos *cracker* al hombre blanco que probablemente no llevó nunca zapatos. No es lo mismo que un blanco pobre...

Cautivaba a la hija del duque.

Aquella noche se puso a llover durante la cena. Todos salieron de la casa y corretearon alegremente. El terrible verano terminaría pronto.

Scarlett emprendió el regreso al mediodía. Hacía fresco; la lluvia había limpiado los polvorientos setos, y pronto empezaría la temporada de caza. ¡Los Blazer de Galway! «Decididamente, quiero tener

* Plato consistente en pescado con arroz y huevos. *(N. del T.)*

mis propios caballos. Deberé ocuparme de enviarlos por ferrocarril. Supongo que lo mejor sería cargarlos en Trim, llevarlos a Dublín y después traerlos a Galway. La otra alternativa es la larga carretera hasta Mullingar, hacerlos descansar allí y enviarlos en tren a Galway. Me pregunto si tendré que mandar también forraje. Y tendré que preguntar en qué cuadras podré guardarlos. Mañana escribiré a John Graham...»

Llegó a casa sin darse cuenta.

—¡Una buena noticia!

Scarlett no había visto nunca a Harriet tan excitada. «Oh, es mucho más bonita de lo que creía —pensó—. Con la ropa adecuada...»

—Mientras estaba fuera, recibí una carta de mis primos de Inglaterra. Ya le dije que les había escrito contándoles la suerte que había tenido y lo amable que era, ¿no? Este primo, que se llama Reginald Parsons pero a quien llamamos Reggie, ha conseguido que Billy sea admitido en el colegio donde estudia su hijo, quiero decir, el hijo de Reggie. Se llama...

—Un momento, Harriet. ¿De qué está hablando? Creí que Billy iría a la escuela de Ballyhara.

—Naturalmente, habría tenido que ir, de no existir otra opción. Así lo escribí a Reggie.

Scarlett apretó los dientes.

—Quisiera saber que hay de malo en la escuela de aquí.

—Nada malo. Es una buena escuela irlandesa de pueblo. Pero yo quiero algo mejor para Billy, supongo que lo comprende.

—No, no lo comprendo.

Estaba dispuesta a defender la escuela de Ballyhara, las escuelas irlandesas, la propia Irlanda, a voz en grito si era necesario. Entonces miró largamente el rostro de expresión dulce e indefensa de Harriet Kelly. Su expresión ya no era dulce, no había debilidad en ella. Los ojos grises de Harriet eran normalmente soñadores; ahora parecían de acero. Estaba dispuesta a luchar contra todos y contra todo por su hijo. Scarlett había visto eso antes de ahora, la oveja convertida en león, cuando Melanie Wilkes sostenía algo en lo que creía.

—¿Y Cat? Se encontrará muy sola sin Billy.

—Lo siento, pero tengo que pensar en lo que será mejor para Billy.

Scarlett suspiró.

—Quisiera sugerir una alternativa, Harriet. Las dos sabemos que, en Inglaterra, Billy será siempre considerado como el hijo irlandés de un mozo de cuadra irlandés. En América, puede convertirse en todo lo que puede desear que sea...

A primeros de septiembre, Scarlett levantó en brazos a la estoicamente silenciosa Cat para que se despidiese de Billy y de su madre, cuyo barco se disponía a zarpar del puerto de Kinstown con rumbo a Estados Unidos. Billy estaba llorando, pero la cara de Harriet irradiaba resolución y esperanza. En sus ojos se reflejaban sus ensoñaciones. Scarlett deseó que al menos una parte de aquellos sueños se convirtiesen en realidad. Había escrito a Ashley y al tío Henry Hamilton hablándoles de Harriet y pidiéndoles que fuesen a esperarla y le encontrasen un lugar donde instalarse para trabajar de maestra. Estaba segura de que al menos harían esto. El resto dependería de Harriet y de las circunstancias.

—Vayamos al zoo, Kitty Cat. Allí hay jirafas y leones y osos y un elefante grande, muy grande.

—A Cat le gustan más los leones.

—Tal vez cambies de idea cuando veas los oseznos.

Permanecieron una semana en Dublín, yendo al zoo todos los días, comiendo bollos de crema en la cafetería de Bewley y asistiendo después al teatro de marionetas, seguido de té en el Shelbourne, con fuentes de plata cargadas de bocadillos y tortas, tazones de plata llenos de crema batida y bandejas de plata colmadas de pasteles. Scarlett comprobó que su hija era infatigable y tenía un sistema digestivo a toda prueba.

De nuevo en Ballyhara, ayudó a Cat a convertir la torre en su casa particular, que sólo podía visitarse por invitación. Cat barrió las telarañas y los excrementos de siglos, arrojándolos por la alta puerta; después, Scarlett subió cubo tras cubo de agua del río y, entre las dos, fregaron las paredes y el suelo de la habitación. Cat reía y chapoteaba y soplaba pompas de jabón mientras fregaba, haciendo que Scarlett recordara los baños que tomaba su hija cuando era un bebé. No le importaba que tardasen una semana en limpiar el lugar, ni que faltasen los escalones de piedra que habían conducido a los niveles superiores. A Cat le habría gustado limpiar la torre hasta la cima.

Terminaron justo a tiempo para lo que habría sido la fiesta de la cosecha en un año normal. Pero Colum había aconsejado a Scarlett que no tratase de organizar una celebración cuando no había nada que celebrar. La ayudó a distribuir las bolsas de harina, de sal y de azúcar, y las patatas y las coles que llegaron a la población en grandes carros, enviados por todos los abastecedores que Scarlett pudo encontrar.

—Ni siquiera han dado las gracias —dijo amargamente cuando hubo terminado la distribución—. O si algunos las dieron, parecieron no decirlo de buen grado. Hubiérase dicho que sólo muy pocos comprendían que también a mí me ha perjudicado la sequía. Perdí el trigo y el heno lo mismo que ellos, no cobraré mis rentas y les he comprado todos esos alimentos.

No era capaz de expresar lo que más la hería: la tierra, la tierra O'Hara, se había vuelto contra ella, así como la gente, su gente de Ballyhara.

Vertió toda su energía en la torre de Cat. Ahora, la misma mujer que ni siquiera había echado una ojeada por la ventana para ver lo que le sucedía a su casa pasaba horas recorriendo todas las habitaciones, examinando cada mueble, cada alfombra, cada manta, colcha o almohada, y eligiendo lo mejor. Cat era el juez supremo. Repasó todo lo que había elegido su madre y escogió una alfombra de baño floreada, tres colchas hechas de retales de varios colores, y un jarrón de Sèvres para sus pinceles. Dejó la alfombra y las colchas en un profundo hueco de la gruesa pared de la torre. «Para mi siesta», dijo Cat. Después fue pacientemente de la casa a la torre, trasladando sus cuadernos de pintura predilectos, su caja de colores, su colección de hojas y un estuche conteniendo migajas rancias de pasteles que le habían gustado en particular. Pensaba atraer pájaros y animales a su habitación. Entonces los pintaría y colgaría los cuadros en la pared.

Scarlett escuchaba los planes de Cat y observaba sus laboriosos preparativos, enorgulleciéndose de la decisión de Cat de crear un mundo que la satisficiese incluso en ausencia de Billy. Pensó tristemente que podía aprender mucho de su hija de cuatro años. La víspera de Todos los Santos ofreció a Cat la fiesta de cumpleaños que había proyectado la pequeña; preparó cuatro pastelitos, con cuatro velas cada uno de ellos. Madre e hija compartieron uno, sentadas en el limpio suelo de la torre santuario de Cat. Regalaron el segundo a Grainne, y fueron a comerlo con ella. Después se marcharon a casa, dejando los otros dos pasteles para los pájaros y los animales.

El día siguiente no quedaba una migaja, informó Cat con entusiasmo. No invitó a su madre a subir a verlo. Ahora la torre era sólo suya.

Como todo el mundo en Irlanda, Scarlett leyó aquel otoño los periódicos con una alarma que se convirtió en indignación. Su alarma fue causada por la cantidad de desahucios que los diarios reseñaban. Comprendía perfectamente que los agricultores luchasen. Atacar a un alguacil o a un par de guardias con los puños o las horcas era solamente una reacción humana normal, y Scarlett lamentaba que no sirviese para impedir ningún desahucio. No era culpa del agricultor que las cosechas se hubiesen arruinado y él no tuviera grano que vender. Scarlett lo sabía por experiencia propia.

En las cacerías no se hablaba de otra cosa, y los terratenientes eran mucho menos tolerantes que Scarlett. Les preocupaban los casos de resistencia por parte de los labriegos. «Maldita sea, ¿qué esperan? Si no pagan los arrendamientos, no pueden conservar sus casas. Lo saben muy bien, pues siempre ha sido así. Una puñetera rebelión, esto es lo que es..., y que la damas perdonen el lenguaje.» Pero cuando intervinieron los Whiteboys, la reacción de Scarlett fue la misma que tuvieron los dueños de las fincas vecinas. Se habían producido incidentes aislados durante el verano. Los Whiteboys estaban ahora más organizados y eran más brutales. Noche tras noche incendiaban graneros y heniles, mataban bueyes y corderos, degollaban cerdos, rompían las patas o cortaban los tendones a los asnos y a los caballos de labor. Destrozaban escaparates y arrojaban estiércol o antorchas encendidas al interior de las tiendas. Y al convertirse el otoño en invierno, menudearon las emboscadas contra los militares, soldados ingleses y guardias irlandeses, y contra los que iban en carruajes o a caballo. Scarlett se hacía acompañar por dos mozos de cuadra cuando se dirigía a las cacerías.

Y estaba constantemente preocupada por Cat. Perder a Billy parecía haber trastornado a la niña mucho menos de lo que Scarlett temía. Cat nunca estaba abatida o quejumbrosa. Siempre se entretenía con algún proyecto o algún juego que había inventado. Pero sólo tenía cuatro años, y esto hacía que Scarlett temiese que se independizase demasiado. Estaba resuelta a no tener enjaulada a su hija, pero empezó a desear que fuese menos ágil, menos independiente, menos intrépida. Cat visitaba las cuadras, los graneros, los corrales y la vaquería, el jardín y los cobertizos. Recorría los bosques y los campos como una criatura silvestre que se encontrase en ellos a sus anchas, y la casa le ofrecía mil oportunidades para jugar en habitaciones que se limpiaban pero no se usaban, en desvanes llenos de cajas y baúles, en sótanos repletos de provisiones, y en cuartos destinados a la servidumbre, a guardar la plata, la leche, la mantequilla, y el queso, a conservar hielo, a planchar y lavar, hacer reparaciones de carpintería y lustrar botas..., a las innumerables actividades propias de la Casa Grande.

Era inútil buscar a Cat. Podía estar en cualquier parte. Siempre venía a casa a las horas de comer y de bañarse. Scarlett no entendía cómo podía saber su hijita la hora que era; pero Cat no se retrasaba nunca.

Madre e hija montaban a caballo todos los días, después del desayuno. Pero Scarlett tenía miedo de ir por los caminos, a causa de los Whiteboys, y no quería estropear la intimidad de sus excursiones haciéndose acompañar por mozos de cuadra; por consiguiente, solían tomar el sendero que había utilizado ella aquella primera vez, yendo más allá de la torre, cruzando el río por el vado y siguiendo por el *boreen* que conducía a la casa de campo de Daniel. «Es posible que a Pegeen

O'Hara no le guste —pensó Scarlett—, pero tendrá que aguantarnos, a Cat y a mí, si quiere que siga pagando la renta de Seamus.» Deseaba que el hijo más joven de Daniel, Timothy, no tardara tanto en encontrar esposa. Entonces tendría la casa pequeña, y sin duda la muchacha había de ser mejor que Pegeen. Scarlett echaba de menos la fácil intimidad que había encontrado en su familia antes de que Pegeen entrase a formar parte de ella.

Cada vez que se marchaba para una cacería, Scarlett preguntaba a Cat si la preocupaba quedarse sola. La pequeña fruncía el entrecejo, con perplejidad, sobre sus claros ojos verdes. «¿Por qué se preocupa la gente?», preguntaba. Y Scarlett se sentía mejor. En diciembre, explicó a Cat que estaría más tiempo ausente, porque iría más lejos y en tren. La respuesta de Cat fue la misma.

Scarlett salió un martes para la esperada cacería con los Blazer de Galway. Quería tomarse un día de descanso y que reposaran también sus caballos antes de la caza del jueves. No estaba cansada; antes al contrario, estaba casi demasiado excitada para estarse quieta. Pero no quería arriesgarse. Quería estar en plena forma. Si el jueves era un triunfo para ella, se quedaría el viernes y el sábado. Y entonces sí que tendría que estar en su mejor condición.

Al terminar el primer día de caza, John Graham ofreció a Scarlett la pata ensangrentada que había ganado. Ella la aceptó con una breve reverencia.

—Gracias, excelencia.

Y todos aplaudieron.

Los aplausos fueron todavía más fuertes cuando entraron dos criados que sostenían una enorme fuente con una humeante empanada.

—He contado a todos su apuesta, señora O'Hara —le dijo Graham—, y hemos inventado una pequeña broma para usted. Esto es una empanada de carne de cuervo trinchada. Y tomaré el primer bocado. El resto de los Blazer me imitarán. Yo había esperado que usted lo hiciese sin acompañamiento.

Scarlett le dedicó su sonrisa más dulce.

—Echaré un poco de sal para usted, señor.

El tercer día de caza conoció al hombre de cara de ave de rapiña que montaba un caballo negro. Se había fijado antes en él; era imposible no hacerlo. Cabalgaba con una temeridad arrogante que hacía que observarle fuese peligrosamente fascinador. Scarlett había estado a punto de caerse el día anterior, cuando había dado él un salto inverosímil delante de ella, y ella había frenado de golpe su montura para observarle.

Muchos le rodearon durante el desayuno; todos hablaban y él casi no decía nada. Era lo bastante alto para que Scarlett viese su cara aguileña, sus ojos oscuros y unos cabellos que casi eran azules de tan negros.

—¿Quién es aquel hombre alto y que parece aburrido? —preguntó a una conocida.

—¡Oh, querida! Es Luke Fenton. El hombre más fascinador y más terrible de Gran Bretaña.

Scarlett no hizo ningún comentario en voz alta. En privado, pensó que el tal Fenton necesitaba que le bajasen un poco los humos.

Fenton puso su caballo junto al de Scarlett. Ésta se alegró de montar en Media Luna, pues así estaba casi a su altura.

—Buenos días —dijo Fenton, tocando el ala de su sombrero de copa—. Tengo entendido que somos vecinos, señora O'Hara. Me gustaría visitarla y presentarle mis respetos, si me lo permite.

—Me complacería mucho. ¿Dónde está su finca?

Fenton arqueó las espesas y negras cejas.

—¿No lo sabe? En el otro lado del Boyne, en Adamstown.

Conque éste era el conde de Kilmessan. Scarlett se alegró de no haberle reconocido.

Saltaba a la vista que él había esperado que supiera quién era. ¡Qué presunción!

—Conozco bien Adamstown —dijo Scarlett—. Tengo unos primos O'Hara que son arrendatarios suyos.

—¿Ah, sí? Yo nunca sé los nombres de mi arrendatarios. —Sonrió. Sus dientes eran blancos y brillantes—. Es encantadora esa franqueza suya tan americana sobre sus humildes orígenes. Incluso se ha comentado en Londres; ya ve que su sinceridad resulta útil para sus propósitos.

Se tocó el sombrero con la fusta y se alejó.

«¡Qué desfachatez la suya! ¡Y qué mala educación! Ni siquiera me ha dicho su nombre.»

Cuando llegó a casa, Scarlett indicó a la señora Fitz que diese instrucciones al mayordomo: ella no estaría en casa para el conde de Kilmessan las dos primeras veces que viniese a visitarla.

Entonces concentró su atención en adornar la casa para la Navidad. Decidió instalar un árbol más grande ese año.

Scarlett abrió el paquete de Atlanta en cuanto lo llevaron a su despacho. Harriet Kelly le enviaba harina de maíz. «Que Dios la bendiga; creo que echo mucho de menos el pan de maíz. Y un regalo de Billy para Cat. Se lo daré cuando venga a tomar el té. Ah, y aquí hay una carta muy larga.» Scarlett se sentó cómodamente a leerla delante de una taza de café. Las cartas de Harriet estaban siempre llenas de sorpresas.

La primera carta, que Harriet había escrito no más llegar a Atlanta, contenía, entre ocho hojas de apretada escritura dando las gracias, la increíble noticia de que India Wilkes tenía un pretendiente formal. Nada menos que un yanqui, que era el nuevo pastor de la iglesia metodista. A Scarlett la regocijó la idea. India Wilkes, personificación de la noble Causa de la Confederación. Bastaba con que se le acercase un yanqui con pantalones para que se olvidase incluso de que había habido una guerra.

Scarlett hojeó las páginas que reseñaban los progresos de Billy. A Cat le interesarían; las leería más tarde en voz alta. Entonces encontró lo que estaba buscando. Ashley había pedido a Harriet que se casara con él.

«Es lo que yo quería, ¿no? Es tonto que sienta una punzada de envidia. ¿Cuándo será la boda? Le enviaré un magnífico regalo. ¡Oh, por el amor de Dios! Dice que tía Pitty no puede vivir sola en la casa con Ashley, cuando se case India, porque no estaría bien. Es increíble. Bueno, sí, lo creo. Es muy propio de tía Pitty preocuparse de lo que diría la gente sobre ella, la solterona más vieja del mundo, si conviviera con un hombre soltero. Al menos esto hará que Harriet se case muy pronto. No debe de haber sido la declaración más apasionada del mundo, pero estoy segura de que Harriet se alegrará pensando en encajes y capullos de rosa. Lástima que la boda sea en febrero. Habría estado tentada de ir, pero no lo bastante para perderme la temporada del Castillo. Parece imposible que antaño pensara en Atlanta como en una gran ciudad. Preguntaré a Cat si le gustaría ir conmigo a Dublín después de Año Nuevo. La señora Sims dijo que las pruebas sólo nos ocuparían unas pocas horas por las mañanas. Me pregunto qué harán con esos pobres animales del zoo en invierno.»

—¿Queda otra taza de café en esa cafetera, señora O'Hara?

Scarlett se sobresaltó y miró boquiabierta al conde de Kilmessan. «Oh, Dios mío, qué facha debo tener; apenas me he cepillado los cabellos esta mañana.»

—Advertí a mi mayordomo que dijese que no estaba en casa esta mañana —dijo bruscamente.

Luke Fenton sonrió.

—Pero yo he venido por la parte de atrás. ¿Puedo sentarme?

—Me sorprende que espere a que se lo diga. Pero hágalo, por favor. Sin embargo, toque antes la campanilla. Aquí sólo tengo una taza, ya que no pensaba recibir a nadie.

Fenton tiró del cordón de la campanilla, y tomó una silla cerca de la de ella.

—Emplearé su taza si no le importa. Tardarían una semana en traer otra.

—Me importa, ¡qué cuernos! —saltó Scarlett. Después se echó a reír—. No había dicho «qué cuernos» en veinte años. Y me sorprende no haber sacado también la lengua. Es usted un hombre muy irritante, milord.

—Luke.

—Scarlett.

—¿Puedo tomar un poco de café?

—La cafetera está vacía..., ¡qué cuernos!

Fenton parecía un poco menos imponente cuando se reía, que fue lo que hizo entonces.

84

Scarlett visitó aquella tarde a su prima Molly, haciendo que esa criatura socialmente ambiciosa hiciera gala de tanta amabilidad que apenas le llamaron la atención las imprevistas preguntas de Scarlett sobre el conde de Kilmessan. La visita fue muy corta. Molly no sabía nada, salvo que la decisión del conde de pasar algún tiempo en su finca de Adamstown había extrañado a su servidumbre y a su administrador. Éstos mantenían la casa y las cuadras a punto en todo momento, para el caso de que se le ocurriese venir, pero ésta era la primera vez que lo había hecho en casi cinco años. El personal estaba ahora preparando una fiesta en la casa, dijo Molly. La última vez que había venido el conde había tenido cuarenta invitados, todos ellos con sus criados y sus caballos. Los cuidadores de los sabuesos del conde habían venido también con sus jaurías. La caza se había prolongado durante dos semanas y al final tuvo lugar un baile de celebración.

En la casa de campo de Daniel, los hombres O'Hara comentaban la llegada del conde con amargo humorismo. Kilmessan había elegido una mala época, decían. Los campos estaban demasiado secos y duros para ser estropeados por los cazadores, como la última vez. La sequía había llegado antes que él y sus amigos.

Scarlett volvió a Ballyhara sin haberse enterado de gran cosa. Luke Fenton no le había dicho nada acerca de una cacería ni de una fiesta en su casa. Si no la invitaba, sería una terrible bofetada. Después de comer escribió media docena de cartas a personas con quienes había hecho amistad durante la temporada. «Se comenta mucho en estos parajes —escribió— la inesperada aparición de Luke Fenton en su casa cerca de aquí. Ha estado ausente durante tantos años que ni siquiera los tenderos cuentan chismes acerca de él.»

Sonrió al cerrar los sobres. «Si esto no hace salir a la luz los secretos más vergonzosos de su pasado, creo que nada lo conseguirá.»

La mañana siguiente tuvo buen cuidado en ponerse uno de los trajes que había llevado en los salones de Dublín. «Me importa un bledo parecerle atractiva a aquel hombre irritante —se dijo—, pero no permitiré que entre furtivamente en mi casa sin estar yo preparada para recibir visitas.»

El café se enfrió en la cafetera.

Aquella tarde Fenton la encontró en los campos ejercitando a Comet. Scarlett llevaba vestido y capa irlandeses y montaba a horcajadas.

—Eres muy inteligente, Scarlett —dijo él—. Siempre he estado convencido de que las sillas de amazonas son perjudiciales para un buen caballo, y éste parece excelente. ¿Quieres ponerlo a prueba contra el mío en una pequeña carrera?

—Me encantaría —dijo Scarlett, en tono meloso—. Pero la sequía ha dejado el terreno tan reseco que temo que te asfixie la polvareda que levantaré detrás de mí.

Fenton arqueó las cejas.

—El que pierda pagará el champán para que los dos nos quitemos el polvo de la garganta —la desafió él.

—Acepto. ¿A Trim?

—A Trim.

Fenton hizo dar media vuelta a su caballo e inició la carrera antes de que Scarlett se diese cuenta de lo que pasaba. Quedó cubierta de polvo antes de alcanzarle en la carretera, luego respiró con dificultad al espolear a Comet y comenzó a toser cuando cruzaron el puente empatados. Se detuvieron en el prado junto a las murallas del castillo.

—Me debes la bebida —dijo Fenton.

—¡Y un cuerno! Ha sido un empate.

—Entonces, yo te debo otra. ¿Nos tomamos dos botellas o prefieres desempatar con una carrera de regreso?

Scarlett espoleó a Comet y tomó la delantera. Oyó que Luke Fenton reía detrás de ella.

La carrera terminó en el antepatio de Ballyhara. Scarlett ganó, pero por poco. Sonrió satisfecha, contenta de sí misma, contenta de Comet, contenta de Luke Fenton por la diversión que le había proporcionado.

Él tocó el ala de su polvoriento sombrero con la fusta.

—Yo llevaré el champán para la comida. Espérame a las ocho.

Y se alejó al galope.

Scarlett se le quedó mirando. ¡Qué caradura era aquel hombre! Comet dio unos pasos de lado, nerviosamente, y Scarlett se dio cuenta de que había aflojado las riendas. Las levantó y dio unas palmadas en el cuello de Comet.

—Está bien. Necesitas descansar y que te almohacen bien. También yo necesito un baño. Creo que me he dejado engañar.

Y se echó a reír.

—¿Para qué es esto? —preguntó Cat, observando fascinada cómo su madre se insertaba los brillantes en los lóbulos de las orejas.

—Para adorno —dijo Scarlett.

Sacudió la cabeza y los brillantes oscilaron y resplandecieron junto a su cara.

—Como el árbol de Navidad —dijo Cat.

Scarlett se rió.

—Supongo que algo así. Nunca se me había ocurrido.

—¿Me adornarás también a mí por Navidad?

—No hasta que seas mayor, mucho mayor, Kitty Cat. Las niñas pequeñas pueden llevar pequeños collares de perlas o brazaletes de oro, pero los brillantes son para las señoras mayores. ¿Quieres que te regale alguna joya en Navidad?

—No; no si son joyas para niñas pequeñas. ¿Por qué te adornas tú? Todavía faltan muchos días para la Navidad.

Scarlett se sorprendió al darse cuenta de que Cat no la había visto nunca en traje de noche. Cuando habían estado en Dublín, siempre habían cenado en sus habitaciones del hotel.

—Vendrá un invitado a cenar —dijo—, y vestiremos de etiqueta.

«La primera vez que esto ocurre en Ballyhara —pensó—. La señora Fitz tenía razón: debí haberlo hecho antes. Es divertido tener compañía y vestir de etiqueta.»

El conde Kilmessan era un compañero de mesa agradable y cortés. Scarlett habló mucho más de lo que había pretendido: sobre caza, sobre aprender a montar de pequeña, sobre Gerald O'Hara y su afición de buen irlandés a los caballos.

Era fácil hablar con Luke Fenton.

Tan fácil que se olvidó de lo que quería preguntarle hasta el final de la comida.

—Supongo que tus invitados llegarán de un momento a otro —dijo, cuando les hubieron servido el postre.

—¿Qué invitados?

Luke levantó la copa de champán para examinar el color.

—Bueno, los invitados a la cacería —dijo Scarlett.

Fenton probó el vino e hizo una señal de aprobación al mayordomo.

—¿De dónde has sacado esta idea? No voy a celebrar ninguna cacería, ni espero invitados.

—Entonces, ¿qué estás haciendo en Adamstown? Dicen que nunca vienes aquí.

Las copas estaban llenas. Luke levantó la suya para brindar.

—¿Brindamos por pasarlo bien? —dijo.

Scarlett sintió que se ponía colorada. Estaba casi segura de que aquello había sido una proposición. Levantó a su vez la copa.

—Brindemos porque sabes perder y obsequiar con un champán muy bueno —dijo sonriendo y mirándole a través de las bajadas pestañas.

Más tarde, cuando se preparaba para meterse en la cama, le dio vueltas y más vueltas en la cabeza a las palabras de Luke. ¿Había venido a Adamstown solamente para verla? ¿Pretendía seducirla? Si era así, se llevaría la mayor sorpresa de su vida. Ella le vencería en este juego como le había vencido en la carrera.

Y también sería divertido hacer que un hombre tan arrogante se enamorase locamente de ella.

Los hombres no deberían ser tan guapos ni tan ricos; esto les hacía creer que podían obtener cuanto quisieran.

Scarlett subió a la cama y se metió entre las sábanas. Esperaba con ilusión ir a montar a caballo con Fenton por la mañana, tal como le había prometido.

Hicieron otra carrera, esta vez hasta Pike Corner, y Fenton ganó. Después volvieron a Adamstown y Fenton volvió a ganar. Scarlett quería cambiar de monturas y probar de nuevo, pero Luke rehusó riendo.

—Podrías romperte el cuello con tu terquedad, y yo no cobraría nunca mis ganancias.

—¿Qué ganancias? No habíamos apostado nada en esta carrera.

Él sonrió y no dijo nada más, pero recorrió su cuerpo con la mirada.

—¡Eres insoportable, Luke Fenton!

—Así me lo han dicho más de una vez. Pero nunca con tanta vehemencia. ¿Tienen todas las americanas un carácter tan apasionado?

«Nunca lo sabrás por mí», pensó Scarlett, pero contuvo la lengua al igual que había reprimido un fruncimiento de nariz. Había sido un error dejar que él la incitase a enfadarse, y estaba todavía más enojada consigo misma que contra él. «Tengo experiencia en esto. Rhett me hacía perder siempre los estribos, y esto le daba ventaja cada vez.»

Rhett... Scarlett miró los cabellos negros de Luke Fenton. No era de extrañar que ella se hubiese fijado en él entre toda la gente que llenaba el prado de los Blazer de Galway. Se parecía a Rhett. Pero sólo a primera vista. Había en él algo muy diferente, no sabía exactamente qué.

—Te doy las gracias por la carrera, Luke, aunque no haya ganado —dijo—. Ahora he de irme; tengo que hacer.

Una momentánea expresión de sorpresa se pintó en el semblante de él; después sonrió.

—Esperaba que desayunarías conmigo.

Scarlett correspondió a su sonrisa.

—Esperaba que lo esperarías.

Sintió que él la seguía con la mirada al alejarse. Cuando un mozo de cuadra llegó a Ballyhara por la tarde, con un ramo de flores de invernadero y una invitación de Luke a comer en Adamstown, Scarlett no se sorprendió. Escribió una nota de excusa para que la llevase el mozo a su señor.

Entonces corrió escalera arriba, riendo entre dientes, para ponerse de nuevo el traje de montar. Estaba arreglando las flores en un jarrón cuando Luke entró por la puerta del largo salón.

—Si no me equivoco, querías hacer otra carrera hasta Pike Corner —dijo él.

La risa de Scarlett sólo estaba en sus ojos.

—En eso no te equivocas —dijo.

Colum se plantó sobre el mostrador de la taberna de Kennedy.

—Ahora dejad de gritar, todos vosotros. ¿Qué más podía hacer la pobre mujer? —preguntó—. ¿No os perdonó las rentas? ¿Y no os dio comida para el invierno? Y hay más grano y harina en el almacén, para cuando se acabe lo que tenéis. Me avergüenza ver a unos hombres mayores haciendo pucheros e inventando agravios como pretexto para seguir bebiendo. Emborrachaos como cubas si queréis; el hombre tiene derecho a envenenarse el estómago y arruinarse la cabeza con whisky, pero no culpéis a la O'Hara de vuestras flaquezas.

«... Se ha pasado a los hacendados», «... pavoneándose con la aristocracia durante todo el verano», «... casi no pasa un día sin que galope por la carretera con el endiablado señor de Adamstown...» Éstos y otros gritos encolerizados atronaban la taberna.

Colum los hizo callar a todos.

—¿Qué clase de hombres son los que murmuran como un puñado de mujeres sobre los vestidos y las fiestas y las aventuras de otras? Me dais asco. —Escupió sobre el mostrador—. ¿Quién quiere lamer esto? No sois hombres; esto es lo que os merecéis.

El súbito silencio podía ir seguido de cualquier clase de reacción. Colum separó los pies y mantuvo las manos delante de él, presto a apretar los puños.

—Bueno, Colum, estamos inquietos porque no tenemos motivos para quemar algo y pegar algunos tiros como oímos que hacen los muchachos en otras poblaciones —dijo el más viejo de los cultivadores—. Baja de ahí y saca tu *bodhran* y yo tocaré el silbato y Kennedy el violín para acompañarte. Cantemos algo sobre el levantamiento y emborrachémonos juntos como buenos fenianos.

Colum aprovechó la oportunidad que se le brindaba de calmar el ambiente y bajó de un salto del mostrador. Estaba ya cantando cuando sus pies tocaron el suelo:

Junto al río melodioso, se juntaron los hombres armados,
relucientes sus fusiles sobre el verdor de los prados.
¡Muerte a todos los traidores! ¡Adelante! Sí, marchemos,
¡y un canto a la libertad y al alzamiento entonemos!

Era cierto que Scarlett y Luke Fenton galopaban en sus caballos por los caminos de los alrededores de Ballyhara y de Adamstown. También saltaban vallas, zanjas, setos y el río Boyne. Casi todas las mañanas, durante una semana, vadeó Fenton el río helado y entró en la habitación del desayuno para pedir una taza de café y desafiar a Scarlett a una carrera. Ella le esperaba siempre simulando aplomo; pero, en realidad, Fenton la mantenía constantemente nerviosa. Era un hombre de rápido ingenio; su conversación era imprevisible, y Scarlett no podía distraerse o bajar la guardia ni un minuto. Luke la hacía reír, la irritaba, haciendo que se sintiese animada hasta las puntas de los dedos de las manos y los pies.

Las carreras por el campo relajaban un poco la tensión que experimentaba Scarlett cuando él estaba cerca. La batalla entre ellos era ahora más clara, implacable y no disimulada. Pero la excitación que sentía ella al verse obligada a llevar su valor hasta el límite era tan amenazadora como estimulante. Percibía que algo poderoso y desconocido, oculto en su más hondo interior, corría peligro de escapar a su control.

La señora Fitz le advirtió que la gente de la población estaba inquieta por su comportamiento.

—La O'Hara está perdiendo el respeto del pueblo —dijo gravemente—. El trato social que mantiene con los «anglos» es algo diferente, lejano. Pero estas correrías con el conde de Kilmessan los irritan porque demuestran que prefiere al enemigo.

—No me importa que se irriten. Mi vida sólo es asunto mío.

La vehemencia de Scarlett sorprendió a la señora Fitzpatrick.

—Entonces, ¿es eso? —dijo, y su tono ya no era severo en absoluto—. ¿Está enamorada de él?

—No, no lo estoy. Ni voy a estarlo. Por consiguiente, déjeme en paz y dígales a los demás que lo hagan también.

Rosaleen Fitzpatrick se guardó sus pensamientos después de esto. Pero su instinto de mujer vio peligro en el brillo febril de los ojos de Scarlett.

«¿Estoy enamorada de Luke Fenton?» La pregunta de la señora Fitzpatrick obligó a Scarlett a preguntarse eso a sí misma. «No», respondió al momento.

«Entonces, ¿por qué estoy malhumorada todo el día si él no aparece por la mañana?»

No podía hallar una respuesta convincente.

Pensaba en lo que sus amigas le habían comentado respecto a Fenton al responder a las cartas en que ella le mencionaba. El conde de Kilmessan era famoso, decían todas. Poseía una de las mayores fortunas de Gran Bretaña, tenía propiedades en Inglaterra y en Escocia, además de sus fincas de Irlanda. Era amigo íntimo del Príncipe de Gales, disponía de una gran mansión en Londres, donde se rumoreaba que alternaba las bacanales con recepciones delicadamente preparadas, y sus invitaciones eran afanosamente buscadas por toda la alta sociedad. Había sido el blanco predilecto de los padres casamenteros durante más de veinte años, desde que había heredado su título y su fortuna a la edad de dieciocho; pero siempre se había librado de ser capturado incluso por varias famosas bellezas con fortuna propia. Circulaban rumores sobre corazones destrozados, reputaciones perdidas e incluso suicidios. Y más de un marido se había batido con él en el campo del honor. Era inmoral, cruel, peligroso y, según algunos, malvado. Por consiguiente, era el hombre más misterioso y fascinador del mundo. Scarlett se imaginó la sensación que causaría si una viuda irlandesa-americana de más de treinta años triunfaba allí donde habían fracasado todas las nobles bellezas inglesas, y sus labios esbozaron una débil y secreta sonrisa que se extinguió en seguida.

Luke Fenton no daba ninguna de las señales del hombre locamente enamorado. Pretendía poseerla, no casarse con ella.

Entrecerró los ojos. «No voy a dejar que añada mi nombre a la larga lista de sus conquistas», se prometió.

Pero no podía dejar de preguntarse lo que experimentaría si él la besaba.

85

Luke Fenton fustigó su caballo y adelantó a Scarlett, riendo a carcajadas. Ella se inclinó hacia delante, animando a gritos a Media Luna para que corriese más. Casi inmediatamente, tuvo que tirar de las riendas. El camino trazaba una curva entre dos altas paredes de piedra, y Luke se había detenido y dado media vuelta a su caballo para cerrarle el paso.

—¿A qué estás jugando? —preguntó ella—. Podía haber chocado de lleno contigo.

—Exactamente lo que yo quería —dijo Fenton.

Antes de que Scarlett comprendiese lo que estaba pasando, él agarró a Media Luna de la crin e hizo que se juntasen los dos caballos. Su otra mano se cerró sobre la nuca de Scarlett y mantuvo su cabeza inmóvil mientras apretaba la boca sobre la de ella. Era un beso brutal que la forzaba a abrir los labios para introducirle la lengua entre los dientes. Su mano la obligaba a someterse. El corazón de Scarlett palpitó de sorpresa, de miedo y, al prolongarse el beso, de un estremecimiento que la impulsaba a rendirse ante la fuerza de él. Cuando Fenton la soltó, estaba temblando y medio desfallecida.

—Ahora dejarás de rehusar mis invitaciones a cenar —dijo Luke. Sus ojos oscuros brillaban de satisfacción.

Scarlett recobró el aplomo.

—Presumes demasiado —dijo, furiosa consigo misma porque le faltaba el aliento.

—¿De veras? Lo dudo.

Luke le rodeó los hombros con el brazo y la estrechó sobre su pecho mientras la besaba de nuevo. Luego buscó uno de sus senos y lo apretó hasta casi causarle dolor. Scarlett sintió un afán de corresponderle, un deseo de notar sus manos sobre todo su cuerpo y sus labios brutales contra su piel.

Los nerviosos caballos se movieron, rompiendo el abrazo, y Scarlett estuvo a punto de caerse de la silla. Luchó por recobrar el equilibrio, tanto sobre su montura como en sus pensamientos. No debía hacer esto, no debía entregarse a él. Si lo hacía, él perdería todo interés en cuanto la hubiese conquistado; lo sabía.

Y no quería perderle. Le deseaba. No era un muchacho enfermo de amor, como Charles Ragland; era un hombre. Incluso podría enamorarse de un hombre como éste.

Scarlett acarició a Media Luna, calmándolo, dándole interiormente gracias por haberla salvado de una locura. Cuando se volvió de cara a Luke Fenton, sus labios hinchados se dilataron en una sonrisa.

—¿Por qué no te envuelves en una piel de animal y me subes a tu caballo tirándome de los pelos? —dijo. Había la mezcla perfecta de humor y desdén en su voz—. Así no asustarías a los corceles.

Puso a Media Luna al paso y después al trote, emprendiendo la vuelta por donde habían venido.

Volvió la cabeza y habló por encima del hombro.

—No iré a cenar, Luke; pero puedes seguirme hasta Ballyhara para tomar café. Si quieres algo más, puedo ofrecerte un almuerzo temprano o un desayuno tardío.

Scarlett murmuró unas palabras al oído de Media Luna instándolo a darse prisa. Incapaz de interpretar el significado del ceño fruncido de Fenton, Scarlett sentía algo muy afín al miedo.

Había desmontado ya cuando Luke llegó al patio de las caballerizas. Él pasó una pierna por encima de su montura, saltó al suelo y arrojó las riendas a un mozo de cuadra.

Scarlett fingió no advertir que Luke había echado mano del único mozo que había a la vista. Condujo ella misma a Media Luna a la cuadra, en busca de otro mozo.

Cuando su vista se adaptó a la pálida luz, se detuvo en seco, temerosa de moverse. Justo delante de ella, Cat se hallaba de pie sobre la grupa de Comet, descalza y con las piernas al aire, extendiendo los bracitos para conservar el equilibrio. Llevaba un grueso suéter que había tomado prestado de uno de los mozos de cuadra y que formaba un bulto al caer sobre sus faldas arremangadas; las largas mangas de la prenda ocultaban con creces las puntas de los dedos infantiles. Como de costumbre, los cabellos de Cat se habían destrenzado y eran una mata de pelo enmarañada. Parecía una golfilla o una pequeña gitana.

—¿Qué estás haciendo, Cat? —preguntó Scarlett, en voz baja.

Conocía la naturaleza nerviosa del caballo. Un ruido fuerte podía espantarlo.

—Estoy empezando a hacer prácticas de circo —dijo Cat—. Como aquel dibujo de la dama a caballo de mi libro. Pero necesitaré una sombrilla para salir a la pista.

Scarlett mantuvo pausada la voz. Esto era todavía más espantoso que lo de Bonnie. Comet podía sacudirse a Cat de encima y aplastarla.

—Sería mejor que empezases a ensayar el próximo verano. Debes de tener los pies helados, encaramada así sobre el lomo de Comet.

—¡Oh! —Cat saltó inmediatamente al suelo, junto a los cascos herrados—. No había pensado en eso. —Su voz salía de los bajos del compartimiento cerrado. Scarlett contuvo el aliento. Entonces trepó Cat sobre la puerta, llevando las botas y las medias de lana en una mano—. Sabía que las botas me harían daño.

Scarlett hubiese querido tomar en brazos a su hija y ponerla a salvo. Pero Cat se habría incomodado. Miró hacia la derecha, buscando un mozo que se encargase de Media Luna. Vio a Luke Fenton, plantado en silencio y mirando a Cat.

—Ésta es mi hija Katie Colum O'Hara —dijo Scarlett.

«E interprétalo como quieras», pensó.

Cat, que se estaba atando los cordones de las botas, levantó la vista y observó la cara de Fenton antes de hablar.

—Me llamo Cat —dijo—. ¿Cómo se llama usted?

—Luke —dijo el conde de Kilmessan.

—Buenos días, Luke. ¿Te gustaría comer la yema de mi huevo? Ahora voy a desayunar.

—Me gustaría mucho —dijo él.

Iniciaron un extraño desfile; Cat dirigía la marcha hacia la casa, y Luke Fenton caminaba a su lado ajustando sus largas zancadas a las breves pisadas de la niña.

—He desayunado antes —le dijo Cat—, pero vuelvo a tener hambre y desayunaré otra vez.

—Me parece muy sensato —dijo él, y no había burla en el tono reflexivo de su voz.

Scarlett los siguió a los dos. Todavía estaba trastornada por el susto que le había dado Cat, y aún no se había repuesto del todo de la emoción apasionada que le había producido el beso de Luke. Se sentía atolondrada y confusa. Nunca habría sospechado que a Fenton pudieran gustarle los niños, y sin embargo parecía fascinado por Cat. Además sabía tratarla de la manera adecuada, tomándola en serio en lugar de adoptar una actitud condescendiente por el hecho de que fuera tan pequeña. Cat no aguantaba a los que trataban de mimarla. De alguna manera, Luke parecía advertirlo y respetarla por ello.

Scarlett sintió que sus ojos se llenaban de lágrimas. Oh, sí, podía amar a este hombre. Podría ser un padre excelente para su hija. Pestañeó rápidamente. No era un momento para sentimentalismos. Por el bien de Cat y por el suyo propio, debía ser fuerte y mantener despejada la cabeza. Miró la oscura y lustrosa cabeza de Luke Fenton, inclinada sobre Cat. Parecía muy alto, ancho y vigoroso. Invencible.

Tembló por dentro, pero rechazó su cobardía. Triunfaría. Tenía que triunfar. Quería a aquel hombre para ella y para Cat.

Scarlett casi se echó a reír al contemplar la escena que ofrecían Luke y Cat. Cat estaba totalmente absorta en la delicada operación de cortar la punta de la cáscara del huevo pasado por agua sin hacerla pedazos; Fenton estaba observando a Cat con igual concentración.

De pronto y sin previo aviso, un dolor desesperado acabó con la diversión de Scarlett. Aquellos ojos oscuros que observaban a Cat deberían ser los de Rhett, no los de Luke Fenton. Rhett debería estar fascinado por su hija, ser el único que compartiese el huevo de su desayuno, ser el único que caminase a su lado, adaptando sus zancadas a los cortos pasos de ella.

Una añoranza dolorosa traspasó el pecho de Scarlett, y la angustia tanto tiempo contenida colmó el hueco donde debería estar su corazón. Ansiaba la presencia de Rhett, su voz, su amor.

«Si yo le hubiese hablado de Cat antes de que fuera demasiado tarde... Si me hubiese quedado en Charleston... Si...»

Cat tiró de la manga de Scarlett.

—¿Vas a comer tu huevo, mamá? Lo abriré para ti.

—Gracias, querida —dijo Scarlett a su pequeña. «No seas tonta», se dijo a sí misma. Sonrió a Cat y a Luke Fenton. Lo pasado, pasado estaba, y tenía que pensar en el futuro—. Sospecho que tendrás que comer otra yema, Luke —dijo, riendo.

Cat se despidió y salió corriendo después del desayuno, pero Luke Fenton se quedó.

—Trae más café —dijo éste a la doncella, sin mirarla—. Háblame de tu hija —dijo a Scarlett.

—Sólo le gusta la clara de los huevos —respondió Scarlett, sonriendo para disimular su turbación.

¿Qué debía decirle sobre el padre de Cat? Supongamos que Luke le preguntase su nombre, cómo había muerto, quién era.

Pero Fenton sólo le preguntó por Cat.

—¿Cuántos años tiene esa extraordinaria hija tuya, Scarlett?

Mostró asombro cuando ésta le dijo que Cat tenía apenas cuatro años; preguntó si siempre era tan dueña de sí misma, si siempre había sido tan precoz, si era muy nerviosa... A Scarlett le gustó su sincero interés y habló hasta dolerle la garganta de las maravillas de Cat O'Hara.

—Deberías verla en su poni, Luke; monta mejor que yo... o que tú. Y trepa a cualquier sitio como un mono. Los pintores tenían que bajarla de sus escaleras... Conoce los bosques tan bien como cualquier zorro y tiene una especie de brújula interior, que hace que nunca se pierda... ¿Nerviosa? Su cuerpo nada tiene de nervioso. Es tan intrépida que a veces me asusta. Y nunca se queja cuando se da un golpe o se hace un chichón. Incluso cuando era muy pequeña, casi nunca lloraba, y cuando empezó a andar y se caía, sólo parecía sorprendida y se levantaba en seguida... Desde luego, ¡está rebosante de salud! ¿Has visto lo derecha que anda y lo vigorosa que es? Come como un lobo y nunca está enferma. No creerías la cantidad de dulces y de bollos de crema que es capaz de engullir sin inmutarse...

Cuando Scarlett advirtió que se había puesto un poco ronca, miró el reloj y se echó a reír.

—Dios mío, he estado charlando durante un siglo. Pero tú tienes la culpa, Luke, por incitarme. Hubieses debido hacerme callar.

—En absoluto. Me interesa.

—Ten cuidado o me pondré celosa. Actúas como si te estuvieses enamorando de mi hija.

Fenton arqueó las cejas.

—El amor es para los tenderos y las novelas por entregas. A mí me interesa ella. —Se levantó, se inclinó, tomó la mano de Scarlett y la besó delicadamente—. Salgo para Londres por la mañana, para pasar las vacaciones; por consiguiente, me despediré ahora de ti.

Scarlett se levantó también, muy cerca de él.

—Echaré de menos nuestras carreras —le dijo ella sinceramente—. ¿Volverás pronto?

—Vendré a veros a ti y a Cat cuando regrese.

«¡Bien! —pensó Scarlett cuando él se hubo marchado—. Ni siquiera ha tratado de darme un beso de despedida. —No sabía si había sido un cumplido o un insulto—. Debe lamentar lo que hizo cuando me besó antes —decidió—. Supongo que perdió el dominio de sí mismo. Y seguro que le espanta la palabra "amor".»

Llegó a la conclusión de que Luke Fenton mostraba todos los síntomas del hombre que se estaba enamorando contra su voluntad. Y eso le gustaba mucho. Habría sido un padre maravilloso para Cat... Se tocó suavemente los magullados labios con la punta de un dedo. Y era un hombre muy excitante.

86

Luke Fenton ocupó mucho la mente de Scarlett durante las semanas siguientes.

Ella estaba inquieta y, las mañanas de sol, cabalgaba a solas por los caminos que habían recorrido juntos. Cuando Cat y ella adornaron el árbol, recordó la satisfacción con que se había acicalado para la cena la primera noche en que él había visitado Ballyhara. Y cuando Scarlett tiró con Cat de la espoleta del pato de Navidad, deseó que Luke volviese pronto de Londres.

En ocasiones cerraba la ojos y trataba de recordar lo que había sentido al ser abrazada por él, pero cada vez que lo intentaba se irritaba, porque eran la cara de Rhett y el abrazo de Rhett y la risa de Rhett los que brotaban siempre en su memoria. Esto ocurría porque hacía muy poco que conocía a Luke, se decía. Con el tiempo, su presencia borraría el recuerdo de Rhett; era lógico.

La víspera de Año Nuevo se oyó un gran bullicio, y Colum entró tocando el *bodhran*, seguido de dos violinistas y de Rosaleen Fitzpatrick, que hacía sonar los huesos. Scarlett chilló, agradablemente sorprendida, y corrió para abrazar a su primo.

—Había renunciado a toda esperanza de que vinieses a casa, Colum. Ahora tendremos un buen año, ya que ha comenzado así.

Despertó a Cat y vivieron los primeros momentos de 1880 con música y amor a su alrededor.

El día de Año Nuevo empezó con risas, al ser estrellado el *barm brack* contra la pared, salpicando de migajas y grosella el cuerpo danzante y la cara boquiabierta de Cat.

Pero después, las nubes oscurecieron el cielo y un viento helado tiró del mantón de Scarlett mientras ésta hacía las visitas de Año Nuevo en su población. Colum bebía en cada casa un vaso de licor, rechazando el té, y charlaba de política con los hombres hasta que a Scarlett le entraban ganas de gritar.

—Entonces, querida Scarlett, ¿no quieres venir a la taberna y levantar un vaso para brindar por el Año Nuevo y por una nueva esperanza para los irlandeses? —dijo Colum, cuando hubieron visitado la última casa.

Scarlett olió el whisky en su aliento.

—No; estoy cansada, tengo frío y me voy a casa. Ven conmigo y estaremos un rato tranquilos junto al fuego.

—Los ratos tranquilos son los que más temo, Scarlett *aroon.* La tranquilidad hace que las sombras penetren en el alma del hombre.

Colum cruzó tambaleándose la puerta de la taberna de Kennedy, y Scarlett subió arrastrando los pies por el paseo de la Casa Grande, arrebujada en su mantón. La falda roja y las rayas azules y amarillas de las medias parecían deslucidas bajo la fría luz gris.

Café caliente y un baño caliente, se prometió, empujando la pesada puerta de la entrada principal. Cuando entró en el vestíbulo oyó una risa ahogada, y el corazón le dio un salto. Cat debía de estar jugando al escondite. Scarlett simuló no haberse dado cuenta de nada. Cerró la puerta detrás de ella, tiró el mantón sobre una silla y miró a su alrededor.

—Feliz Año Nuevo, la O'Hara —dijo Luke Fenton—. ¿O eres María Antonieta? ¿Es este disfraz de campesina lo mejor que han creado las modistas de Londres para los bailes de disfraces este año?

Estaba en el descansillo de la escalera.

Scarlett le miró fijamente. Había vuelto. Oh, ¿por qué la había sorprendido de esta manera? No era como ella lo había proyectado. Pero no importaba. Luke había vuelto, y pronto, y ya no se sentía cansada en absoluto.

—Feliz Año Nuevo —dijo.

Y lo era.

Fenton se apartó a un lado y Scarlett vio a Cat en la escalera detrás de él. Tenía los dos brazos levantados, pues sostenía con ambas manos una brillante corona de oro sobre su desgreñada cabeza. Bajó la escalera hacia Scarlett, risueños los ojos verdes, temblándole la boca por el esfuerzo de mantenerse seria. Arrastraba un largo manto de terciopelo carmesí ribeteado de armiño.

—Cat lleva tus insignias, condesa —dijo Luke—. He venido para concertar nuestra boda.

A Scarlett le flaquearon las rodillas y se quedó sentada en el suelo de mármol, en el círculo rojo que formaba su falda y por debajo del cual salían las enaguas verde y azul. Sintió un destello de cólera mezclado con la impresión de triunfo. No podía ser verdad. Era demasiado fácil. La cosa ya no resultaba divertida.

—Parece que nuestra sorpresa ha tenido éxito, Cat —dijo Luke, desatando los gruesos cordones de seda que ceñían el cuello de la niña y tomando la corona de sus manos—. Ahora puedes irte, tengo que hablar con tu madre.

—¿Puedo abrir mi caja?

—Sí. Está en tu habitación.

Cat miró a Scarlett, sonrió y subió riendo la escalera. Luke recogió el manto con el brazo izquierdo, colgó la corona de su muñeca derecha y bajó para colocarse al lado de Scarlett, tendiéndole la diestra. Parecía muy alto, muy corpulento, y sus ojos se veían muy negros. Ella le asió la mano y él la ayudó a ponerse en pie.

—Vayamos a la biblioteca —dijo Fenton—. Hay fuego encendido y una botella de champán para brindar por nuestro trato.

Scarlett se dejó conducir. Él quería casarse con ella. No podía creerlo. Estaba aturdida, se había quedado sin habla con la impresión. Mientras Luke escanciaba el vino, se calentó junto al fuego.

Luke le tendió una copa. Scarlett la tomó. Su mente empezaba a captar lo que sucedía, y recobró la voz.

—¿Por qué has dicho «trato», Luke?

¿Por qué no había dicho que la amaba y que deseaba que fuese su esposa?

Fenton tocó la copa de ella con el borde de la suya.

—Qué es el matrimonio sino un trato, Scarlett? Nuestros respectivos abogados redactarán los contratos, pero esto no es más que una cuestión de forma. Seguramente sabes lo que puedes esperar. No eres una jovencita, ni eres tonta.

Scarlett dejó cuidadosamente su copa sobre una mesa. Luego se sentó cuidadosamente en un sillón. Algo andaba terriblemente mal. No había calor en el rostro ni en las palabras de él. Ni siquiera la miraba.

—Quisiera que me dijeses, por favor —dijo lentamente—, lo que puedo esperar.

Fenton encogió los hombros con impaciencia.

—Está bien. Verás que soy muy generoso. Presumo que esto es lo que te interesa más.

Era, dijo, uno de los hombres más ricos de Inglaterra, aunque suponía que ella lo había averiguado. Admiraba sinceramente su destreza en trepar por la escala social. Podía guardarse su propio dinero. Naturalmente, le proporcionaría todo lo necesario para vestidos, carruajes, joyas, criados, etcétera. Esperaba que le dejase en buen lugar. Había observado que tenía capacidad para ello.

También podía quedarse Scarlett con Ballyhara durante toda su vida, ya que a ella parecía divertirle. Asimismo, podría pasear por

Adamstown cuando quisiera enfangarse las botas. Después de la muerte de Scarlett, Ballyhara pasaría al hijo de los dos, y Adamstown sería de éste cuando Luke hubiera fallecido. La unión de tierras contiguas había sido siempre uno de los principales motivos de enlace matrimonial.

—Pues, desde luego, la cláusula esencial del trato es que me des un heredero. Soy el último de mi estirpe y mi deber es continuarla. Cuando me des un hijo, podrás disponer de tu vida, siempre que prestes la atención acostumbrada a mantener una apariencia de discreción.

Volvió a llenar su copa y la apuró. Scarlett debía dar gracias a Cat por su corona, dijo Luke.

—Inútil decir que yo no pensaba en convertirte en condesa de Kilmessan. Eres la clase de mujer con la que me gusta jugar. Cuanto más fuerte es el espíritu de una mujer, mayor es el placer de doblegarlo a mi voluntad. Habría sido interesante. Pero no tan interesante como esa hija tuya. Quiero que mi hijo sea como ella: intrépido, con una salud indestructible. La sangre de los Fenton se ha debilitado con la endogamia. Esto lo remediará una infusión de tu vitalidad campesina. He advertido que mis arrendatarios O'Hara, tus familiares, viven hasta una edad avanzada. Serás un bien muy valioso para mí, Scarlett. Me darás un heredero del que podré estar orgulloso, y no nos dejarás en mal lugar a él y a mí en sociedad.

Scarlett le había estado mirando como un animal hipnotizado por una serpiente. Pero ahora se rompió el hechizo. Tomó su copa de encima de la mesa.

—¡Esto será cuando se hiele el infierno! —dijo, y arrojó la copa al fuego. El alcohol se inflamó—. Éste es el brindis para sellar tu trato, Luke Fenton. Sal de mi casa. Me das asco.

Fenton se echó a reír.

Scarlett se puso tensa, dispuesta a saltar sobre él, a machacarle el burlón semblante.

—Creí que te preocupabas por tu hija —dijo él con una sonrisa de desprecio—. Debí estar equivocado.

Estas palabras inmovilizaron a Scarlett.

—Me decepcionas, Scarlett —dijo él—, de veras. Te atribuía más inteligencia de la que demuestras. Olvida tu vanidad herida y considera lo que tienes a tu alcance. Una posición inexpugnable en el mundo para ti y para tu hija. A ésta la adoptaré, por lo que se convertirá en lady Catherine. Desde luego, ni hablar de «Katie»; es un nombre de criada de cocina. Como hija mía, tendrá derecho, inmediatemente, a lo mejor que pueda necesitar o desear. Colegios, amigos y, en definitiva, el matrimonio: sólo tendrá que elegir el marido que prefiera. Nunca le causaré daño; es demasiado valiosa para mí como modelo que habrá de imitar mi hijo. ¿Puedes negarle todo esto por no ver cumplido tu afán plebeyo de una aventura amorosa? No lo creo.

—Cat no necesita tus preciosos títulos ni «lo mejor de todo», Luke Fenton, y yo tampoco. Lo hemos pasado muy bien sin ti y seguiremos siendo como somos.

—¿Por cuánto tiempo, Scarlett? No confíes demasiado en tu éxito en Dublín. Eras una novedad, y las novedades son efímeras. En un ambiente provinciano como el de Dublín, la gente es capaz de brindar por un orangután, con tal de que vista bien. Disfrutarás de una temporada más, dos como máximo, y después se olvidarán de ti. Cat necesita la protección de un apellido y de un padre. Soy uno de los pocos hombres con poder suficiente para lavar la mancha de un hijo bastardo... No, ahórrate las protestas. No me importa el cuento que te inventes. No estarías en este rincón de Irlanda dejado de la mano de Dios, si tu hija fuese bien recibida en Estados Unidos.

»No hablemos más. Empiezo a aburrirme y detesto el tedio. Házmelo saber cuando recobres la cordura, Scarlett. Entonces aceptarás mi trato. Siempre obtengo lo que quiero.

Fenton echó a andar hacia la puerta.

Scarlett le gritó que se detuviese. Había una cosa que tenía que saber.

—No puedes hacer que todo salga como tú quieres, Luke Fenton. ¿No te ha pasado por la cabeza que tu esposa podrá darte una hija y no un hijo?

Fenton se volvió de cara a ella.

—Eres una mujer vigorosa y sana. Acabarás dándome un varón. Pero en el peor de los casos, si me dieses solamente hijas, una de ellas podría casarse con un hombre dispuesto a renunciar a su apellido y tomar el nuestro. Entonces, un Fenton heredaría todavía el título y continuaría la estirpe. Y yo habría cumplido mi obligación.

La frialdad de Scarlett rivalizó con la de él.

—Piensas en todo, ¿eh? ¿Y si yo fuese estéril? ¿O si tú no pudieses engendrar un hijo?

Fenton sonrió.

—Mi virilidad ha quedado demostrada por los bastardos que he tenido en todas las ciudades de Europa; por consiguiente, tu insulto no me afecta en absoluto. En cuanto a ti, ahí está Cat.

Una expresión de sorpresa se pintó en su semblante, y volvió atrás, hacia Scarlett, haciendo que ésta retrocediese ante su súbito acercamiento.

—Vamos, Scarlett, no quieras hacer un drama. ¿No te he dicho que sólo destrozo a las amantes, no a las esposas? Ahora no tengo el menor deseo de tocarte. Me olvidaba de tu corona, y debo guardarla en lugar seguro hasta el día de la boda. Es un tesoro de familia. La ceñirás a su debido tiempo. Házmelo saber, cuando capitules. Me voy a Dublín para abrir mi casa allí y prepararme para la temporada. Escríbeme a Merrion Square.

Le hizo una reverencia y se marchó riendo.

Scarlett mantuvo orgullosamente erguida la cabeza hasta que oyó que la puerta de la entrada se cerraba tras él. Entonces corrió a cerrar la de la biblioteca. A salvo de las miradas de la servidumbre, se arrojó sobre la gruesa alfombra y sollozó desesperadamente. ¿Cómo había podido estar tan equivocada? ¿Cómo había pensado que podría querer a un hombre que desconocía lo que era el amor? ¿Y qué iba a hacer ahora? Su mente recordaba la imagen de Cat en la escalera, coronada y riendo satisfecha. ¿Qué tenía que hacer?

—Rhett —gritó, con voz entrecortada—, Rhett, ¡te necesitamos tanto!

87

Scarlett no dio señales externas de vergüenza, pero se culpó con rabia de las emociones que había sentido por Luke Fenton. Cuando estaba a solas, evocaba el recuerdo como una herida mal cicatrizada, castigándose con el dolor que esto le producía.

¡Qué tonta había sido al imaginarse una vida feliz en familia, al haber construido un futuro sobre la base de ese desayuno en que Cat repartió los huevos en sus tres platos! ¡Y qué visible presunción, haber creído que podía hacer que él la amase! Si esto se sabía, todo el mundo se burlaría de ella. Inventaba fantásticas venganzas. Diría a todo Irlanda que él la había pedido en matrimonio y ella le había rechazado; escribiría a Rhett y éste vendría para matar a Fenton por llamar bastarda a su hija; se reiría de Fenton ante el altar y le diría que no podía tener más hijos, que él había cometido una estupidez al casarse con ella; le invitaría a cenar y envenenaría su comida...

El odio enardecía su corazón. Scarlett lo extendía a todos los ingleses y resolvió, apasionadamente, ayudar con más empeño a la Hermandad Feniana de Colum.

—Pero ahora ya no me serviría tu dinero, querida Scarlett —le dijo él—. Nuestro trabajo consiste ahora en proyectar las acciones de la Liga de la Tierra. Nos oíste hablar el día de Año Nuevo, ¿no te acuerdas?

—Cuéntamelo de nuevo, Colum, tiene que haber algo que pueda hacer para ayudaros.

No podía hacer nada. Sólo los arrendatarios de fincas podían ser miembros de la Liga, y no se emprendería ninguna acción hasta que venciesen las rentas en la primavera. Un cultivador de cada finca pagaría el arrendamiento; todos los demás se negarían a pagar, y si el arrendador los desahuciaba, todos irían a vivir a la casa cuya renta se hubiese pagado.

Scarlett no comprendía la razón de este plan, pues el terrateniente arrendaría las fincas a otros.

Oh, no, dijo Colum, era allí donde actuaría la Liga. Obligarían a todos a mantenerse apartados y, sin cultivadores, el terrateniente perdería sus rentas y también las cosechas, porque no habría nadie que cuidase de ellas. Era una idea genial; sólo lamentaba no haberla concebido él mismo.

Scarlett fue a ver a sus primos y los presionó para que ingresasen en la Liga. Les prometió que si los desahuciaban podrían alojarse en Ballyhara.

Todos los O'Hara rehusaron.

Scarlett se quejó amargamente a Colum.

—No te culpes de la ceguera de los otros, querida Scarlett. Estás haciendo todo lo necesario para compensar sus fallos. ¿No eres tú la O'Hara y no honras el apellido? ¿No sabes que en todas las casas de Ballyhara y en la mitad de las de Trim se conservan recortes de periódicos de Dublín, donde se dice que la O'Hara resplandeció como una estrella irlandesa en el castillo del virrey inglés? Los guardan en la Biblia, junto con tarjetas de oración y estampas de santos.

El día de santa Brígida llovió ligeramente. Scarlett recitó las plegarias rituales con un fervor que nunca había igualado, y sus ojos se llenaron de lágrimas cuando volcó la primera paletada de tierra. El padre Flynn la roció con agua bendita y después el cáliz pasó de mano en mano para que todos bebiesen. Los agricultores salieron del campo en silencio, con la cabeza gacha. Sólo Dios podía salvarlos. Nadie podría aguantar otro año como el pasado.

Scarlett volvió a la casa y se quitó las botas enfangadas. Entonces invitó a Cat a tomar cacao en su habitación, mientras ella disponía las cosas que tenía que llevarse a Dublín. Partiría antes de una semana. No tenía deseos de ir, pues Luke Fenton estaría allí, ¿y cómo iba a enfrentarse a él? Con la cabeza alta; era la única manera. Su gente deseaba que tuviera esa actitud.

La segunda temporada de Scarlett en Dublín fue todavía más triunfal que la primera. En el Shelbourne la esperaban invitaciones para todas las celebraciones del Castillo, más cinco pequeños bailes y dos cenas en los apartamentos privados del virrey. También había encontrado, en un sobre sellado, la invitación más deseada de todas: su carruaje sería admitido en la entrada especial de detrás del Castillo. Ya no tendría que aguardar durante horas en la calle Dame, mientras los carruajes entraban de cuatro en cuatro en el Castillo, para depositar a los invitados. También halló tarjetas que solicitaban su presencia en fiestas y banquetes en casas particulares. Estos actos tenían fama de ser mucho más entretenidos que las ceremonias del Castillo, a las que asistían cientos de personas. Scarlett rió de buen grado. ¿Era ella un orangután vestido de seda? No, no lo era, y el montón de invitaciones lo demostraba. Era la O'Hara de Ballyhara, irlandesa y orgullosa de serlo. ¡Era una mujer singular! No importaba que Luke Fenton estuviese en Dublín. Podía burlarse cuanto quisiera. Ella le miraría a los ojos sin miedo ni vergüenza, ¡y al diablo con él!

Revisó el montón de invitaciones, clasificando y escogiendo, y una pequeña burbuja de entusiasmo surgió en su corazón. Era agradable sentirse solicitada, llevar bonitos trajes y bailar en elegantes salones. ¿Qué importaba que el mundo social de Dublín fuese «anglo»? Ahora sabía lo bastante para reconocer que las sonrisas y los ceños fruncidos, las reglas y las transgresiones, los honores y el ostracismo, los triunfos y los fracasos de aquella sociedad eran parte del juego. Nada de ello era importante; nada de ello tenía significación para el mundo de las realidades, fuera de los dorados salones de baile. Pero los juegos se habían inventado para jugarlos, y ella era una buena jugadora. A fin de cuentas, se alegraba de haber venido a Dublín. Le gustaba ganar.

Scarlett se enteró de que la presencia de Luke Fenton en Dublín había provocado un frenesí de curiosidad y de especulaciones.

—Amiga mía —dijo May Taplow—, incluso en Londres no se habla de otra cosa. Todo el mundo sabe que Fenton considera Dublín una ciudad provinciana de tercera categoría. Su casa no ha sido abierta desde hace decenios. ¿Por qué diablos está él aquí?

—No puedo imaginármelo —respondió Scarlett, pensando en cuál sería la reacción de May si ella se lo dijese.

Fenton aparecía en todos los lugares a los que iba ella. Scarlett le saludaba con fría cortesía y hacía caso omiso de la expresión de desdeñosa confianza que veía en sus ojos. Después del primer encuentro, ni siquiera sentía cólera cuando por casualidad se cruzaban sus miradas. Él ya no tenía poder para herirla.

No por sí mismo. Pero Scarlett se sentía traspasada de dolor cada vez que miraba la espalda de un hombre alto y de oscuros cabellos, vestido de terciopelo o de brocado, y resultaba que era Fenton. Pues ella buscaba siempre a Rhett entre la multitud. Él había estado en el Castillo el año pasado, ¿por qué no había de estar este año..., esta noche..., y en este salón?

Pero siempre era Fenton, dondequiera que mirase, en las conversaciones de cuantos la rodeaban, en las columnas de todos los periódicos que leía.

Al menos era de agradecer que Fenton no le prestase una atención especial; de haber sido así, las habladurías la habrían perseguido también a ella. Pero Scarlett deseaba ardientemente que el nombre de él no estuviese a diario en todas las bocas.

Los rumores se fundieron gradualmente en dos teorías: Fenton había preparado su casa tanto tiempo olvidada para una visita oficiosa y subrepticia del príncipe de Gales, o había caído bajo el embrujo de lady Sophia Dudley, que había sido la comidilla de Londres en mayo y estaba repitiendo ahora su éxito en Dublín. Era la historia más vieja del mundo: un hombre anda de picos pardos y resiste los lazos que le tienden las mujeres durante años y años, hasta que, ¡zas!, cumplidos los cuarenta, pierde la cabeza y entrega el corazón a la belleza y la inocencia.

Lady Sophia Dudley tenía diecisiete años. Sus cabellos eran dorados como la mies madura; sus ojos, tan azules como el cielo de verano, y su tez tan blanca y sonrosada que nada tenía que envidiar a la porcelana. Al menos, así lo decían las coplas que se escribían sobre ella y se vendían por un penique en todas las esquinas de las calles.

En realidad, era una muchacha hermosa y tímida, que se hallaba bajo el control de su ambiciosa madre y se ruborizaba, a menudo y seductoramente, a causa de las atenciones y los cumplidos que se le brindaban. Scarlett la veía muchas veces. El salón privado de Sophia era contiguo al suyo. Ocupaba el segundo lugar por su mobiliario y por la vista sobre St. Stephen's Green, pero el primero por las personas que se disputaban su admisión en él. Y no era que Scarlett se viese en modo alguna desatendida; una viuda rica y con buenas relaciones, de fascinadores ojos verdes, sería siempre solicitada.

«¿Por qué debería sorprenderme esto? —pensó Scarlett—. Le doblo la edad, y tuve mi apogeo el año pasado.» Pero a veces le costaba morderse la lengua cuando se relacionaba el nombre de Sophia con el de Luke Fenton. Era notorio que un duque había pedido la mano de Sophia, pero todo el mundo estaba de acuerdo en que debería preferir a Fenton. Un duque tenía precedencia sobre un conde, pero Fenton era cuarenta veces más rico y cien veces más guapo que el duque. «Y sería mío, si yo quisiera», tenía Scarlett ganas de decir. ¿A quién escribirían entonces coplas?

Se riñó por su mezquindad. Se dijo que era una tonta al pensar en la predicción de Luke Fenton de que la olvidarían dentro de un año o dos. Y trató de no preocuparse por las pequeñas arrugas que su piel mostraba junto a los ojos.

El primer domingo que Scarlett fue a Ballyhara para desempeñar sus funciones públicas, se sintió satisfecha de alejarse de Dublín. Las últimas semanas de la temporada parecían interminables.

Era buena cosa estar en casa, pensar en algo real, como que Paddy O'Faolain le había pedido una mayor asignación de turba, en vez de cavilar lo que tendría que ponerse para la próxima fiesta. Y era pura gloria tener a Cat, que con sus vigorosos bracitos casi la había estrangulado al darle el abrazo de bienvenida. Cuando hubo resuelto la última disputa y accedido a la última petición, Scarlett fue a la habitación de la mañana para tomar el té con Cat.

—Te he guardado la mitad —dijo Cat.

Tenía la boca tiznada de chocolate de los dulces que había traído Scarlett de Dublín.

—Muy bien hecho, Kitty Cat, pero en realidad no tengo hambre. ¿Quieres algunos más?

—Sí.

—Sí, gracias.

—Sí, gracias. ¿Puedo comerlos ahora?

—Puedes hacerlo, señorita.

Los dulces desaparecieron antes de que Scarlett hubiese vaciado su taza. Cat era voraz cuando se trataba de estas golosinas.

—¿Adónde iremos de paseo? —le preguntó Scarlett.

Cat dijo que le gustaría ir a visitar a Grainne.

—Ella te quiere, mamá. A mí me quiere más, pero también te quiere mucho.

—Me parece muy bien —dijo Scarlett.

Le gustaría ir a la torre. Le daba una sensación de serenidad, y había poca serenidad en su corazón.

Scarlett cerró los ojos y apoyó la mejilla sobre las lisas y antiguas piedras durante un largo rato. Cat no podía estarse quieta.

Entonces tiró Scarlett de la escala de cuerda de la alta puerta para comprobar su estado. Estaba manchada por la intemperie. Parecía bastante resistente; sin embargo, pensó que sería mejor cambiarla por otra nueva. Si se rompía y Cat se caía..., no podía pensar en ello. ¡Y deseaba tanto que Cat la invitase a subir a su habitación! Tiró de nuevo de la escala, como incitándola a hacerlo.

—Grainne nos estará esperando, mamá. Hemos hecho mucho ruido.

—Está bien, encanto; ya voy.

La maga no parecía más vieja ni diferente de la primera vez que Scarlett la había visto. «Apostaría a que lleva incluso los mismos chales», pensó Scarlett.

Cat se ajetreaba en la pequeña y oscura choza, bajando tazas del estante, amontonando las ascuas resplandecientes de turba para poner la olla. Estaba como en su casa.

—Llenaré la olla en la fuente —dijo, y salió.

Grainne la miró cariñosamente.

—Dara me visita a menudo —dijo—. Es la amabilidad personificada para un alma solitaria. No tengo valor para despedirla, pues comprende mi situación. Los solitarios se reconocen entre ellos.

Scarlett se irritó.

—Le gusta estar sola, pero no tiene por qué ser una niña solitaria. Le he preguntado una y otra vez si le gustaría jugar con otros niños, y siempre dice que no.

—Es muy inteligente. Ellos tratan de arrojarle piedras, pero Dara es más rápida que ellos.

Scarlett creyó haber oído mal.

—¿Qué es lo que hacen?

Los chiquillos de la población, explicó tranquilamente Grainne, perseguían en el bosque a Dara, como si fuese un animal. Pero ella los oía mucho antes de que la alcanzasen. Sólo los mayores se acercaban lo bastante para arrojarle las piedras que llevaban. Y si se acercaban era porque podían correr más de prisa que Dara sobre sus piernas más largas. Ella sabía librarse también de ellos. No se atrevían a darle caza dentro de su torre, pues tenían miedo de esa construcción, habitada como estaba por el fantasma del joven señor ahorcado.

Scarlett estaba aterrorizada. ¡Su preciosa Cat, atormentada por los chiquillos de Ballyhara! Azotaría a cada uno de ellos con sus propias manos, desahuciaría a sus padres, haría añicos todos sus muebles. Empezó a levantarse de la silla.

—¿Y harás responsable a la niña de la ruina de Ballyhara? —dijo Grainne—. Siéntate, mujer. Otros serían iguales. Temen a quien es diferente de ellos mismos. Y tratan de expulsar a lo que temen.

Scarlett volvió a sentarse. Sabía que la maga tenía razón. Ella misma había pagado, una y otra vez, el precio de ser diferente. Sus piedras habían sido la frialdad, la crítica, el ostracismo. Pero ella las había provocado. Cat no era más que una niña pequeña. Era inocente. ¡Y estaba en peligro!

—¡No puedo hacer nada! —exclamó—. Es intolerable. Tengo que hacer que se detengan.

—Oh, no hay manera de detener la ignorancia. Dara ha encontrado su propio sistema, y es bastante para ella. Las supersticiones no hieren su alma. Está segura en su habitación de la torre.

—No es bastante. ¿Y si la alcanzase una piedra? ¿Y si la hirieran? ¿Por qué no me dijo ella que se encontraba sola? No puedo tolerar que sea desgraciada.

—Escucha a esta vieja, la O'Hara. Escucha a tu corazón. Hay una tierra que los hombres conocen solamente por las canciones de los *seachain.* Su nombre es Tir na n-Og y se encuentra debajo de los montes. Hay hombres, y también mujeres, que encontraron el camino de esa tierra y nunca se los volvió a ver. No hay muerte ni decadencia en Tir na n-Og. No hay penas ni dolor, ni odio, ni hambre. Todos viven en paz entre ellos, y lo tienen todo en abundancia, sin trabajar.

»Esto es lo que quisieras dar a tu hija, me dirás. Pero escúchame bien. En Tir na n-Og, como no hay dolor, tampoco hay alegría.

»¿Entiendes el significado de la canción de los *seachain*?

Scarlett sacudió la cabeza.

Grainne suspiró.

—Entonces no puedo sosegar tu corazón. Dara es más inteligente. Déjala tranquila.

Como si la vieja la hubiese llamado, entró Cat por la puerta. Tenía concentrada su atención en la pesada olla llena de agua, y no miró a su madre ni a Grainne. Las dos la observaron en silencio, mientras colgaba cuidadosamente la olla del gancho de hierro sobre los carbones y atizaba las ascuas para amontonarlas bajo el recipiente.

Scarlett tuvo que volver la cabeza. Si continuaba mirando a su hija, sabía que no podría contenerse y la tomaría en brazos para estrecharla en un abrazo protector. Y eso a Cat no le gustaría. «Tampoco debo llorar —se dijo—. Podría asustarla. Se daría cuenta del miedo que tengo.»

—Mira, mamá —dijo Cat. Estaba vertiendo cuidadosamente agua en una vieja tetera de porcelana marrón. El vapor exhalaba un olor dulzón, y Cat sonrió—. He puesto todas las hojas necesarias, Grainne —dijo, riéndose.

Parecía orgullosa y feliz.

Scarlett asió el chal de la maga.

—Dime qué he de hacer —le suplicó.

—Harás lo que tengas que hacer. Dios guardará a Dara.

«No comprendo nada de lo que dice», pensó Scarlett. Pero, por alguna razón, se calmó su terror. Bebió la infusión de Cat en el silencio y en el calor amigables de la habitación en penumbra y perfumada por las hierbas, contenta de que Cat dispusiese de este lugar para acudir a él... Y tuviese la torre. Antes de volver a Dublín, encargó una escala de cuerda nueva y más resistente.

88

Ese año, Scarlett fue a Punchestown para las carreras. Había sido invitada a Bishopscourt, sede del conde de Clonmell, al que llamaban condesito. Para su satisfacción, sir John Morland era otro de los invitados. Para su disgusto, Luke Fenton estaba también allí.

Scarlett corrió al encuentro de Morland en cuanto le fue posible.

—¡Bart! ¿Cómo estás? Eres la persona más casera que jamás he conocido. Te he buscado en todas partes sin encontrarte en ninguna.

Morland estaba resplandeciente de alegría y hacía chascar con fuerza los nudillos.

—He estado ocupado, Scarlett, y en la ocupación más placentera. Después de tanto años, estoy seguro de tener un ganador.

Otras veces había dicho lo mismo. Bart quería tanto a sus caballos que siempre estaba «seguro» de que uno de sus potros sería el campeón de la próxima Grand National. Scarlett tuvo ganas de abrazarle. Apreciaría igualmente a John Morland aunque éste no tuviera relación alguna con Rhett.

—... la llamé Diana, por su ligereza y todo lo demás, y además John, por mi nombre. Pues, en resumidas cuentas, soy prácticamente su padre, salvo en el aspecto biológico. Y al juntar los dos nombres se convirtieron en Dijon. Un nombre de mostaza, pensé, y no me gustó. Demasiado francés para una yegua irlandesa. Pero después lo pensé mejor. Cálida y picante, tan fuerte que hace llorar los ojos. No estaba mal. Parecía indicar algo como «Apartaos, que allá voy». Y le quedó Dijon. Con ella voy a ganar una fortuna. Apuesta cinco libras por mi yegua, Scarlett; es dinero seguro.

—Haré que sean diez, Bart.

Scarlett estaba buscando la manera de mencionar a Rhett. Por esto no captó al principio lo que John Morland estaba diciendo.

—... realmente hundido si me equivoco. Mis arrendatarios están haciendo esa huelga de arriendos que soñaba la Liga de la Tierra. Me quedaré sin blanca. Me pregunto cómo pude tener tan buena opinión de Charles Parnell. Nunca creí que acabase yendo del brazo con esos bárbaros fenianos.

Scarlett se quedó horrorizada. Jamás había sospechado que la Liga de la Tierra actuaría contra una persona como Bart.

—No puedo creerlo, Bart. ¿Qué vas a hacer?

—Si gana aquí, supongo que la próxima carrera grande será en Galway y, después, en Phoenix Park; pero tal vez la haré participar en un par de carreras menos importantes, en mayo y junio, para que no olvide lo que se espera de ella, por decirlo así.

—No, no, Bart, no me refiero a Dijon. ¿Qué vas a hacer con la huelga de arriendos?

La cara de Morland perdió una parte de su entusiasmo.

—No lo sé —dijo—. Esos arriendos son lo único que tengo. Nunca he desahuciado a nadie; no me ha pasado por la cabeza. Pero ahora tal vez tendré que hacerlo. Es una vergüenza.

Scarlett estaba pensando en Ballyhara. Al menos ella no tendría dificultades. Había perdonado todos los arriendos hasta que se hiciese la recolección.

—Ah, olvidaba decírtelo, Scarlett. Tengo buenas noticias de Rhett Butler, nuestro amigo americano.

A Scarlett le dio una salto el corazón.

—¿Va a venir?

—No. Yo le esperaba. Le escribí acerca de Dijon, ¿sabes? Pero él me contestó diciendo que no podía venir. Va a ser padre en junio. Esta vez han tomado precauciones extraordinarias; la esposa ha guardado cama durante meses, hasta que no ha habido peligro de que se repita lo de la otra vez. Pero todo ha marchado espléndidamente. Según Rhett, ella está levantada y contenta como unas Pascuas. Y también él está contento, naturalmente. Nunca vi a un hombre tan empeñado en ser padre como Rhett.

Scarlett se apoyó en el respaldo de una silla. Los sueños y las ocultas esperanzas que había albergado se habían acabado para siempre.

Condesito había reservado toda una sección de la tribuna de hierro pintada de blanco para sus invitados. Scarlett estaba con ellos, observando la pista con sus gemelos de nácar. El césped era de un verde brillante y el interior del largo óvalo era una masa de movimiento y de color. Había gente de pie en carros, sobre los asientos y los techos de sus carruajes, otros caminaban, solos o en grupos, o se apretujaban detrás de la barandilla interior.

Empezó a llover y Scarlett se alegró de que hubiese un segundo piso en la tribuna. Servía de techo a los privilegiados que se sentaban debajo.

—¡Estupendo! —dijo, riendo, Bart Morland—. Dijon corre que da gusto sobre el barro.

—¿Has pensado algo, Scarlett? —dijo una voz suave al oído de ella.

—Todavía no lo he decidido, Luke.

Cuando los jockeys salieron a la pista, Scarlett aclamó y aplaudió con los demás. Convino veinte veces con John Morland en que, incluso a simple vista, se podía apreciar que Dijon era el caballo más hermoso de todos los que estaban allí. Pero, mientras hablaba y sonreía, su mente sopesaba metódicamente las alternativas, los más y los menos de su vida. Sería sumamente deshonroso casarse con Luke Fenton. Éste quería un hijo y ella no podía dárselo. Salvo Cat, que estaría a salvo y segura. Nadie se preguntaría sobre la identidad de su verdadero padre. Bueno, en realidad, se lo preguntarían, pero esto importaría poco. En definitiva, ella sería la O'Hara de Ballyhara y la condesa de Kilmessan.

«¿Qué honor le debo a Luke Fenton? Él no sabe lo que es el honor, ¿por qué habría de honrarle yo?»

Dijon ganó. John Morland estaba en la gloria. Todos se agolpaban a su alrededor, gritando y dándole palmadas en la espalda.

Amparándose en aquella algarabía, Scarlett se volvió a Luke Fenton.

—Dile a tu abogado que se ponga en contacto con el mío por lo de los contratos —dijo—. Elijo finales de septiembre como fecha de la boda. Después de la fiesta de la cosecha.

—Colum, voy a casarme con el conde de Kilmessan —dijo Scarlett.

Él se echó a reír.

—Y yo tomaré por esposa a la reina del infierno. Será una boda tan sonada que las legiones de Satán asistirán al banquete.

—No es broma, Colum.

La risa de él se interrumpió, como cortada con un cuchillo, y Colum miró el pálido y resuelto semblante de Scarlett.

—No lo permitiré —gritó—. Ese hombres es un demonio, además de inglés.

Las mejillas de Scarlett se tiñeron de rojo.

—¿Tú... no... lo... *permitirás*? —dijo lentamente—. ¿Tú... no... lo... permitirás? ¿Quién te imaginas que eres, Colum? ¿Dios? —Se acercó a él, echando chispas por los ojos, casi tocándole la cara con la suya—. Escucha bien, Colum O'Hara. Ni tú ni nadie en el mundo puede hablarme de esa manera. ¡No lo tolero!

La mirada de él era igualmente colérica, y los dos se enfrentaron en silencio durante un momento interminable. Después ladeó Colum la cabeza y sonrió.

—Ay, querida Scarlett, el temperamento de los O'Hara pone en nuestras bocas palabras que no quisiéramos decir. Te pido perdón, y ahora hablemos de esto.

Scarlett se echó atrás.

—No quieras engatusarme, Colum —dijo tristemente—. No te creo. He venido a hablar con mi amigo más íntimo y no le he encontrado aquí. Tal vez no estuvo nunca.

—No, querida Scarlett, ¡no digas eso!

Ella encogió los hombros, en un breve movimiento de desaliento.

—No importa —dijo—. He tomado mi resolución. Voy a casarme con Luke Fenton y a trasladarme a Londres en septiembre.

—Serás la deshonra de tu pueblo, Scarlett O'Hara.

La voz de Colum era dura como el acero.

—Esto es mentira —dijo cansadamente Scarlett—. Díselo a Daniel, que está enterrado en tierra O'Hara que se perdió hace cientos de años. O a tus preciosos fenianos, que me han estado utilizando todo este tiempo. No temas, Colum, no voy a denunciaros. Ballyhara seguirá siendo como es, con la posada para los fugitivos y las tabernas para que podáis hablar mal de los ingleses. Te nombraré mi administrador y la señora Fitz hará que la Casa Grande continúe como hasta ahora. En realidad es eso, no yo, lo único que te interesa.

—¡No! —gritó Colum—. Oh, estás completamente equivocada. Tú eres mi orgullo y mi encanto, y Katie Colum tiene mi corazón en sus manitas. Pero llevo a Irlanda en el alma, y debe ser lo primero. —Tendió las manos en ademán de súplica—. Di que me crees, pues te estoy diciendo la verdad.

Scarlett trató de sonreír.

—Te creo. Y tú debes creerme a mí. Aquella mujer sabia me dijo: «Harás lo que tengas que hacer.» Esto es lo que estás haciendo tú con tu vida, Colum, y es lo que yo estoy haciendo con la mía.

Scarlett volvió a la Casa Grande arrastrando los pies. Era como si éstos cargaran con todo el peso que lastraba su corazón. La escena con Colum había calado hondo. Ella había acudido a su primo antes que a nadie, esperando comprensión y compasión, esperando contra toda esperanza que pudiese indicarle alguna manera de salir del camino que había elegido. Colum le había fallado, y se sentía muy sola. Temía decirle a Cat que iba a casarse, que tendrían que abandonar los bosques de Ballyhara que la pequeña adoraba, y la torre que era su refugio especial. La reacción de Cat la animó.

—Me gustan las ciudades —dijo—. Es donde están los zoos.

«Estoy haciendo lo adecuado —pensó Scarlett—. Ahora lo sé de cierto.» Envió a buscar libros ilustrados sobre Londres en Dublín y escribió a la señora Sims pidiéndole una cita. Tenía que encargarle un traje de novia.

Pocos días más tarde llegó un mensajero de Fenton, con una carta y un paquete. En la carta decía el conde que estaría en Inglaterra hasta la semana de la boda. El enlace no se anunciaría hasta que terminase la temporada social en Londres. Y Scarlett debía encargar un traje de novia que hiciese juego con las joyas que le enviaba por el mismo mensajero. ¡Todavía le quedaban tres meses de libertad! Nadie la importunaría con preguntas o invitaciones hasta que se publicase la noticia del noviazgo. Dentro del paquete encontró un estuche cuadrado de cuero granate, con finos adornos de oro. Al levantar la tapa, Scarlett se quedó boquiabierta. El estuche estaba forrado de terciopelo gris y dividido en compartimientos que contenían un collar, dos brazaletes y unos pendientes.

Las monturas eran de oro viejo, mate y de un tono casi de bronce. Las piedras preciosas eran rubíes, todas ellas parejas y grandes como la uña de su dedo pulgar. Los pendientes eran un solo rubí ovalado engastado en una montura de forma intrincada. Los brazaletes tenían doce piedras cada uno y el collar estaba hecho de dos hileras de gemas engarzadas en gruesas cadenas. Por primera vez comprendió Scarlett la diferencia entre unas joyas y otras. Nadie se referiría a éstas como simples piezas de joyería. Eran demasiado excepcionales y demasiado valiosas. Sus dedos temblaban cuando se abrochó los brazaletes sobre las muñecas. No pudo hacer lo propio con el collar, sino que tuvo que llamar a Peggy Quinn. Cuando se vio en el espejo, suspiró profundamente. Su piel parecía de alabastro en contraste con el rojo oscuro de los rubíes. Los cabellos eran, por alguna razón, más negros y lustrosos. Trató de recordar cómo era la corona. También estaba engastada con rubíes. Parecería una reina cuando fuese presentada a la reina de verdad. Entrecerró los verdes ojos. Londres sería un ambiente mucho más desafiante que Dublín. Tal vez llegaría incluso a gustarle mucho.

Peggy Quinn no perdió tiempo en llevar la noticia a los criados y a su familia de la población de Ballyhara. Aquellas magníficas joyas, más el manto ribeteado de armiño, más las semanas de café por la mañana, sólo podían significar una cosa. La O'Hara iba a casarse con el malvado conde de Kilmessan.

¿Y qué será de nosotros? La pregunta y el temor se difundieron de un hogar a otro como un incendio forestal.

En abril, Scarlett y Cat iban cabalgando juntas por los campos de trigo. La niña frunció la nariz ante el fuerte olor del estiércol recién esparcido. Las cuadras y los graneros no olían nunca de esa manera; y eran ensuciados diariamente. Scarlett se rió.

—No pongas mala cara a la tierra abonada, Cat O'Hara. Es un dulce perfume para el agricultor, y tú tienes sangre de agricultor en las venas. No quiero que lo olvides jamás.

Miró con orgullo los campos arados, sembrados y abonados. «Esto es mío, le di nueva vida», pensó. Sabía que era lo que más echaría de menos cuando se trasladasen a Londres. Pero tendría siempre este recuerdo y esta satisfacción. En su corazón, sería la O'Hara para siempre. Y algún día podría Cat volver aquí, cuando fuese mayor y capaz de protegerse.

—Nunca, nunca olvides el lugar del que procedes —dijo Scarlett a su hija—. Debes estar orgullosa de él.

—Tendrá que jurar sobre un montón de Biblias que no lo dirá a nadie —advirtió Scarlett a la señora Sims.

La modista más renombrada de Dublín miró fríamente a Scarlett.

—Nadie ha tenido nunca motivo para poner en tela de juicio mi discreción, señora O'Hara.

—Voy a casarme, señora Sims, y quiero que usted diseñe mi traje de novia. —Colocó el estuche de las joyas delante de ella y lo abrió—. Llevaré esto con él.

La señora Sims abrió mucho los ojos y la boca. Scarlett se sintió compensada de todas las horas de tortura que había pasado en las pruebas dictatoriales de la modista. La impresión debió acortar en diez años la vida de la mujer.

—¿Debo suponer, señora O'Hara, que llevará armiño con estas alhajas?

—Desde luego.

—Entonces, sólo hay un traje posible. De terciopelo blanco de seda, con aplicaciones de encaje; el de Galway sería el mejor. ¿De cuánto tiempo dispongo? El encaje tiene que hacerse y, después, coserse sobre el terciopelo alrededor de cada pétalo de cada flor. Esto requiere tiempo.

—¿Bastarán cinco meses?

Las cuidadas manos de la señora Sims revolvieron sus bien peinados cabellos.

—Muy poco tiempo... Veamos... si tomo dos costureras más... O si las monjas quisieran hacerlo... Será la boda más comentada de Irlanda, de Gran Bretaña... Hay que hacerlo, cueste lo que cueste.

Se dio cuenta de que estaba hablando en voz alta y se tapó la boca con los dedos. Demasiado tarde.

Scarlett se compadeció de ella. Se levantó y le tendió la mano.

—Dejo el traje a su discreción, señora Sims. Confío plenamente en usted. Ya me dirá cuándo tengo que venir a Dublín para la primera prueba.

La señora Sims tomó su mano y la estrechó.

—Oh, yo iré a su casa para las pruebas, señora O'Hara. Y me agradaría que me llamase Daisy.

En el condado de Meath, el día soleado no satisfizo a nadie. Los cultivadores temían que anunciase otro año como el pasado. En Ballyhara, la gente sacudía la cabeza y pronosticaba un desastre. ¿Acaso no había visto Molly Keenan que la niña cambiada por otra salía de la casa de la bruja? Y otra vez lo había visto Paddy Conroy, aunque nunca diría, salvo en el confesionario, lo que él estaba haciendo allí. También decían que se habían oído lechuzas en Pike Corner en pleno día, y que el becerro galardonado de la señora MacGruder había muerto por la noche por causas desconocidas. La lluvia que cayó el día siguiente no sirvió para acallar los rumores.

En mayo, Colum fue con Scarlett a la feria de contratación de jornaleros que se celebraba en Drogheda. El trigo se presentaba bien, la hierba de los prados estaba casi a punto de siega, las hileras de patatas tenían un follaje verde y sano. Los dos primos guardaban un silencio desacostumbrado, preocupados con sus respectivos asuntos privados. La inquietud de Colum se debía al aumento de las tropas de la milicia y la policía en todo el condado de Meath. Sus informadores decían que vendría todo un regimiento a Navan. La Liga de la Tierra había hecho un buen trabajo; él habría sido el último en negar la ventaja de la reducción de los arriendos. Pero las huelgas de pago habían irritado a los terratenientes. Ahora se hacían desahucios sin previo aviso y los tejados de paja ardían antes de que los inquilinos pudiesen sacar los muebles de las casas. Se decía que dos niños habían muerto a causa de las quemaduras. El día siguiente, dos soldados resultaron heridos. Tres fenianos habían sido detenidos en Mullingar, Jim Daly entre ellos. Se le acusaba de incitar a la violencia, aunque había estado día y noche detrás del mostrador de su taberna durante toda la semana.

Scarlett recordaba la feria anterior por una cosa: Rhett había estado allí con Bart Morland. Evitaba incluso mirar hacia el lugar donde se realizaba la compraventa de caballos; cuando Colum sugirió dar una vuelta por allí, Scarlett casi gritó al decirle que no, que quería volver a casa. Habían estado algo distanciados desde que ella le había comunicado que iba a casarse con Luke Fenton. Colum no le dirigía palabras duras, pero no hacía falta: la cólera y el reproche se pintaban en sus ojos.

Lo propio ocurría con la señora Fitz. ¿Quiénes se imaginaban que eran, para juzgarla de esa manera? ¿Qué sabían ellos de sus penas y de sus temores? ¿No les bastaba con disfrutar de Ballyhara cuando ella se marchase? En realidad, era lo que siempre habían querido. No; esto no era justo. Colum era casi un hermano para ella, y la señora Fitz, una amiga. Razón de más para que debiesen mostrarse comprensivos. No era justo. Scarlett empezó a imaginar que veía desaprobación en todas partes, incluso en las caras de los tenderos de Ballyhara cuando se esforzaba en pensar qué podría comprarles durante esos meses difíciles de antes de la recolección. «No seas tonta —se dijo—, estás imaginando cosas porque no estás realmente segura de lo que vas a hacer. Es lo mejor para Cat y para mí. Y a nadie le importa lo que haga.» Se irritaba fácilmente, salvo con Cat, y a ésta la veía poco. En una ocasión, subió varios peldaños de la nueva escalera de cuerda, pero los volvió a bajar. «Soy una mujer mayor, no puedo andar por ahí lamentándome como una niña pequeña en busca de consuelo.» Trabajaba en los campos día tras día, contenta de estar ocupada, agradeciendo el dolor de los brazos y las piernas después del trabajo. Agradeciendo, sobre todo, la rica cosecha. Su miedo acerca de que sería otro año malo fue menguando gradualmente.

La noche del 24 de junio completó su curación. La hoguera fue más grande que nunca, y la música y el baile era lo que necesitaba para relajar su tensión nerviosa y recobrar el ánimo. Cuando el brindis por la O'Hara resonó en los campos de Ballyhara, Scarlett tuvo la impresión de que todo andaba bien en el mundo.

Sin embargo, lamentaba un poco haber rehusado todas las invitaciones a fiestas particulares de aquel verano. Tuvo que hacerlo, pues le daba miedo separarse de Cat. Pero se sentía sola y tenía demasiado tiempo libre para pensar y preocuparse. Se sintió casi feliz cuando recibió el nervioso telegrama de la señora Sims diciendo que el encaje no había llegado del convento de Galway y que las monjas no habían respondido sus cartas y telegramas.

Scarlett sonreía cuando llegó en su calesín a la estación de Trim. Había luchado otras veces con madres superioras y le alegraba tener una razón para hacerlo de nuevo.

89

Por la mañana tuvo el tiempo justo para ir al taller de la señora Sims, calmarla, enterarse exactamente de los metros y del dibujo del encaje que había encargado, y correr a la estación para tomar el primer tren a Galway. Scarlett se instaló cómodamente y abrió el periódico.

«Dios mío, aquí está.» *The Irish Times* publicaba en primera página el anuncio de los planes para la boda. Scarlett miró de soslayo a los otros pasajeros del compartimiento, para ver si alguno de ellos estaba leyendo el periódico. El deportista en traje de tweed estaba enfrascado en una revista de deportes; la madre elegantemente vestida estaba jugando a las cartas con su hijo. Scarlett volvió a su lectura. *The Times* había añadido sus propios comentarios al anuncio formal. Scarlett sonrió al leer la parte referente a «la O'Hara de Ballyhara, un bello ornamento de los círculos más distinguidos de la sociedad del virreinato» y «la exquisita y audaz amazona».

Había traído solamente una pequeña maleta para su estancia en Dublín y Galway, por lo que sólo necesitó un mozo que la acompañase desde la estación hasta el más próximo hotel.

La zona de recepción estaba llena de gente.

—¿Qué diablos pasa? —dijo Scarlett.

—Las carreras —dijo el mozo—. No habrá hecho la tontería de venir a Galway sin saberlo, ¿verdad? Aquí no encontrará una habitación donde dormir.

«Impertinente —pensó Scarlett—, veremos si te doy una propina.»

—Espera aquí —dijo. Se dirigió al mostrador de recepción—. Quisiera hablar con el director.

El atrafagado recepcionista la miró de arriba abajo y dijo:

—Sí, señora, desde luego; un momento. —Y desapareció detrás de una puerta de cristal esmerilado.

Volvió con un hombre calvo de chaqué negro y pantalón a rayas.

—¿Alguna queja, señora? Temo que el servicio del hotel es menos..., digamos, cuidadoso, los días de carreras. Cualquier inconveniente que...

Scarlett le interrumpió.

—Recuerdo que el servicio es impecable. —Sonrió atractivamente—. Por eso me gusta alojarme en el hotel de la Estación. Necesito una habitación para esta noche. Soy la señora O'Hara de Ballyhara.

La melosidad del director se evaporó como el rocío en agosto.

—¿Una habitación para esta noche? Es completamente im...

El recepcionista le estaba tirando de la manga. El director le miró furioso. El recepcionista le murmuró algo al oído y señaló con un dedo el *Times* que había sobre el mostrador.

El director del hotel hizo una reverencia. Su sonrisa era temblorosa debido a su afán de complacer.

—Es un honor para nosotros, señora O'Hara. Confío en que aceptará una habitación muy particular, la mejor de Galway, como invitada de la dirección. ¿Trae equipaje? Un criado lo llevará arriba.

Scarlett le hizo una seña al mozo. Casarse con un conde tenía sus ventajas.

—Envíe eso a mis habitaciones. Yo volveré más tarde.

—Será servida, señora O'Hara.

En realidad, Scarlett no creía que necesitaría las habitaciones. Esperaba poder tomar el tren de la tarde para volver a Dublín; tal vez, incluso, el de primera hora de la tarde, si tenía tiempo de enlazar con el viaje de noche hacia Trim. «Afortunadamente, los días son largos —se dijo—. Tendré hasta las diez de la noche, si es preciso. Ahora veamos si las monjas se dejan impresionar por Luke Fenton tanto como el director del hotel. Lástima que sea protestante. Supongo que no debí hacer jurar a Daisy Sims que lo guardaría todo en secreto.» Scarlett echó a andar hacia la puerta que daba a la plaza.

«¡Uy, qué multitud tan maloliente! Debe de estar lloviendo en el hipódromo.» Scarlett se abrió paso entre dos hombres de rostro colorado que estaban gesticulando. Se dio de manos a boca con sir John Morland y apenas le reconoció. Parecía encontrarse gravemente enfermo. Su cara generalmente sonrosada estaba pálida y no había luz en sus ojos normalmente afectuosos e interesados.

—Querido Bart. ¿Estás bien?

Él pareció tener dificultad en enfocar la mirada en su cara.

—Oh, lo siento, Scarlett. No estoy en mis cabales. Tomé una copa de más y, ya sabes...

¿A esta hora del día? No era propio de John Morland beber demasiado a cualquier hora, pero menos antes del almuerzo. Scarlett le asió firmemente del brazo.

—Vamos, Bart. Vas a tomar café conmigo y a comer algo.

Le llevó al comedor. Morland andaba con paso vacilante. «Supongo que, a fin de cuentas, necesitaré mi habitación —pensó ella—;

pero Bart es mucho más importante que correr tras un encaje. ¿Qué diablos puede haberle sucedido?»

Lo supo después de tomar mucho café. John Morland se derrumbó y lloró al explicárselo.

—Incendiaron mis cuadras, Scarlett, incendiaron mis cuadras. Había llevado a Dijon a correr en Balbriggan; no era una gran carrera, pero pensé que podría gustarle correr sobre arena, y cuando llegamos a casa, las cuadras no eran más que negras ruinas. ¡Dios mío, qué olor! ¡Dios mío! Oigo los relinchos de los caballos en mis sueños, e incluso en mi cabeza cuando estoy despierto.

Scarlett sintió náuseas. Dejó su taza. No podía ser. Nadie podía hacer una cosa tan horrible. Tenía que haber sido un accidente.

—Fueron mis arrendatarios. Por lo de los alquileres, ¿sabes? ¿Cómo pueden odiarme tanto? Yo traté siempre de ser un buen arrendador. ¿Por qué no habrán quemado la casa? En la finca de Admund Barrows quemaron la casa. Y hubieran podido quemarme a mí dentro de ella; no me habría importado, con tal de que hubiesen respetado los caballos. ¡Por el amor de Dios, Scarlett! ¿Qué les habían hecho mis pobres caballos?

Ella nada podía decirle. Bart amaba sus cuadras más que la propia vida... Pero, un momento: él estaba lejos de allí, con Dijon, que era su alegría y su orgullo.

—Tienes a Dijon, Bart. Puedes empezar de nuevo, hacerla criar. Es una yegua maravillosa, la más hermosa que he visto jamás. Y puedes usar las cuadras de Ballyhara. ¿No te acuerdas? Me dijiste que eran como una catedral. Instalaremos un órgano. Podrás criar a tus nuevos potros con música de Bach. No puedes darte por vencido, Bart; tienes que seguir adelante. Lo sé, porque también yo he estado en la ruina. No puedes abandonar, no puedes.

Los ojos de John Morland eran como ascuas apagadas.

—Esta noche salgo para Inglaterra en el barco de las ocho. No quiero volver a ver una cara irlandesa ni oír una voz irlandesa. Puse a Dijon en lugar seguro mientras vendí la finca. Esta tarde participaré en la carrera en la que todos los caballos están sujetos a opción de compra y, cuando ésta haya terminado, habrá también terminado Irlanda para mí.

Sus ojos trágicos estaban ahora serenos. Y secos. Scarlett casi habría preferido que llorase de nuevo. Al menos eso querría decir que sentía algo, mientras que ahora se diría que Bart nunca podría volver a sentir nada. Parecía muerto. Entonces, mientras ella le observaba, éste experimentó una transformación. Sir John Morland, baronet, volvió a la vida con un esfuerzo de voluntad. Irguió los hombros y su boca se torció en una sonrisa. Una pizca de humor brilló en sus ojos.

—Pobre Scarlett, temo que te hecho pasar un mal rato. He sido un bruto. Perdóname. Seguiré adelante, a pesar de todo. Termina tu café, sé buena chica, y ven conmigo a la pista. Apostaré cinco libras por Dijon en tu nombre, y podrás invitarme a champán con las ganancias cuando ella haya derrotado al resto de los caballos.

Scarlett nunca había respetado a nadie como respetó a Bart Morland en aquel momento. Consiguió sonreír para corresponderle.

—Añadiré otras cinco libras por mi cuenta, Bart, y podremos tomar también caviar. ¿Hecho?

Escupió en la palma de la mano y la tendió. Morland escupió a su vez, hizo chocar las manos y sonrió.

—Buena chica —dijo.

Mientras se dirigían al hipódromo, Scarlett trató de recordar lo que había oído decir sobre «carreras con opción de compra». Todos los caballos que corrían en ellas estaban en venta, por los precios fijados por sus propietarios. Al terminar la carrera, cualquiera podía «reclamar» un determinado caballo, y el dueño estaba obligado a venderlo por el precio que había fijado. A diferencia de las otras ventas de caballos en Irlanda, no había regateo. Los caballos que no eran reclamados quedaban de nuevo en poder de sus propietarios.

Scarlett no creyó por un instante que los caballos no pudiesen comprarse antes de que empezase la carrera, fuesen cuales fuesen las normas. Cuando llegaron al hipódromo, preguntó a Bart el número de su palco. Dijo que quería arreglarse un poco. En cuanto él se hubo marchado, preguntó a un empleado dónde estaba la oficina donde se efectuarían las compras. Esperaba que Bart hubiese puesto un precio exorbitante a Dijon. Ella pretendía comprar la yegua y enviársela más tarde, cuando se hubiese instalado él en Inglaterra.

—¿Cómo puede usted decir que Dijon ha sido ya reclamada? Se presume que esto se hace después de la carrera.

El hombre del sombrero de copa reprimió una sonrisa.

—No es usted la única persona perspicaz, señora. Debe de ser una cualidad americana. El caballero que reclamó la yegua era también americano.

—Pagaré el doble.

—Esto no puede hacerse, señora O'Hara.

—¿Y si comprase Dijon al baronet antes de que empiece la carrera?

—Imposible.

Scarlett estaba desesperada. Tenía que adquirir aquel caballo para Bart.

—Puedo sugerirle una cosa.

—Oh, por favor. ¿Qué puedo hacer? Es sumamente importante.

—Podría preguntar al nuevo propietario si está dispuesto a vender.

—Sí. Lo haré. —Pagaría el rescate de un rey en caso necesario. El hombre había dicho que se trataba de un americano. Bien. El dinero lo podía todo en América—. ¿Quiere indicarme quién es?

El hombre del sombrero de copa consultó una hoja de papel.

—Podría encontrarle en el Jury's Hotel. Lo ha dado como su dirección. Su apellido es Butler.

Scarlett había empezado a volverse para marcharse. Dio un traspié para recobrar el equilibrio. Su voz sonó extrañamente fina al preguntar:

—¿No será por casualidad el señor Rhett Butler?

El hombre pareció tardar una eternidad en consultar la hoja de papel que tenía en la mano antes de responder:

—Sí, ése es su nombre.

«¡Rhett! ¡Aquí! Bart debió de escribirle sobre las cuadras, sobre la venta de su propiedad, sobre Dijon. Y él a buen seguro estará haciendo lo que yo iba a hacer. Ha venido para ayudar a un amigo.

»O para comprar un ganador de las próximas carreras de Charleston. Pero no importa. Ni siquiera el pobre, querido y trágico Bart importa ahora, y que Dios me perdone. Voy a ver a Rhett. —Scarlett se dio cuenta de que estaba corriendo, corriendo, abriéndose paso a empujones entre la gente sin disculparse—. Al diablo con todos y con todo. Rhett está aquí, a sólo unos cientos de metros de distancia.»

—¿El palco número ocho? —preguntó jadeando a un empleado.

Éste se lo señaló. Scarlett se obligó a respirar despacio hasta que creyó que su aspecto debía parecer normal. Nadie podía ver las palpitaciones de su corazón, ¿verdad? Subió los dos escalones del adornado palco. En la gran pista ovalada, cubierta de césped, doce jockeys de brillantes camisas fustigaban a sus caballos hacia la meta. La gente gritaba alrededor de Scarlett, animando a los caballos: pero ella no oía nada. Rhett estaba observando la carrera a través de unos prismáticos. Incluso a tres metros de distancia pudo oler ella el whisky en su aliento. Rhett se estaba meciendo sobre los pies. ¿Borracho? No. Él aguantaba bien el licor. ¿Tanto le había trastocado la catástrofe de Bart? «Mírame —suplicó su corazón—. Baja lo prismáticos y mírame. Pronuncia mi nombre. Deja que vea tus ojos cuando digas mi nombre. Deja que vea en tus ojos algo dedicado a mí. Hubo un tiempo en que me querías.» Gruñidos y aclamaciones saludaron el final de la carrera. Rhett bajó los gemelos con mano temblorosa.

—Maldita sea, Bart, he perdido cuatro veces seguidas —dijo, riendo.

—Hola, Rhett —dijo ella.

Él volvió veloz la cabeza y Scarlett vio sus ojos oscuros. No expresaban otro sentimiento hacia ella más que cólera.

—Hola, condesa. —Sus ojos la recorrieron desde las botas de cabritilla hasta el sombrero con plumas de garceta—. Ciertamente pareces una mujer muy... cara. —Se volvió bruscamente hacia John Morland—. Hubieses debido avisarme, Bart, y me habría quedado en el bar. Déjame pasar.

Hizo tambalear a Morland al empujarle para salir del palco por el lado opuesto a aquel en que se hallaba Scarlett.

Ésta le siguió desesperadamente con la mirada mientras se perdía entre la multitud. Después sus ojos se llenaron de lágrimas.

John Morland le dio unas torpes palmadas en el hombro.

—Te pido disculpas en nombre de Rhett, Scarlett. Ha bebido demasiado. Hoy has tenido que habértelas con los dos. No habré sido muy divertido para ti.

No muy divertido. ¿Era así como lo llamada Bart? ¿No muy divertido, verse pisoteada? «Yo no pedía gran cosa. Sólo que me saludase y dijese mi nombre. ¿Qué derecho tiene Rhett a insultarme? ¿No puedo casarme de nuevo, después de haberme rechazado él como a un pingo? ¡Maldito sea! ¡Qué se vaya derecho al infierno! ¿Por qué es justo y de buen tono que él se divorcie de mí para poder casarse con una digna joven de Charleston y tener dignos hijos charlestonianos que se críen dignamente como tales, y es en cambio indigno que yo me case de nuevo y dé a su hija todas las cosas que él hubiese debido darle?»

—Espero que tropiece con sus propios pies de borracho y se rompa la cabeza —dijo a Bart Morland.

—No seas tan dura con Rhett, Scarlett. Sufrió una verdadera tragedia la primavera pasada. Me avergüenzo de lamentar tanto lo de mis cuadras cuando hay gente que sufre como Rhett. Te conté lo de su hijo, ¿no? Pues ocurrió algo terrible. Su esposa murió al dar a luz y el hijo sólo vivió cuatro días.

—¿Qué? ¿Qué? Repítelo.

Le sacudió el brazo con tanta fuerza que a Morland se le cayó el sombrero. Él la miró con perplejidad y consternación, casi con miedo. Había en ella algo salvaje, algo muy intenso que era nuevo para él. Repitió que la esposa y el hijo de Rhett habían muerto.

—¿Adónde ha ido? —gritó Scarlett—. Debes saberlo, Bart, debes tener alguna idea de adónde puede haber ido.

—No lo sé, Scarlett. Al bar, a su hotel, a una taberna..., a cualquier parte.

—¿Va a ir contigo esta noche a Inglaterra?

—No. Dijo que quería visitar a unos amigos. Es un tipo realmente asombroso; tiene amigos en todas partes. ¿Sabías que una vez fue de safari con el virrey? A los dos los invitó un maharajá. Debo decir que me sorprende que se haya emborrachado de esa manera. No recuerdo que jamás haya bebido tanto como yo. La noche pasada me llevó a mi hotel y me metió en la cama. Estaba en plena forma: su brazo era firme y podía apoyarme en él. En realidad, yo contaba con él para que me ayudase a pasar el día. Pero cuando bajé esta mañana, el conserje me dijo que Rhett había pedido café y un periódico mientras me esperaba y que, de pronto, se había marchado incluso sin pagar. Entonces fui al bar para esperarle... ¿Qué te pasa, Scarlett? Hoy no puedo comprenderte. ¿Por qué estás llorando? ¿He hecho algo que no debía? ¿He dicho algo que te ha ofendido?

Scarlett tenía los ojos llenos de lágrimas.

—¡Oh, no, no, querido, queridísimo John Morland, Bart! No has dicho nada malo, en absoluto. Él me ama. Me ama. Me has dicho lo mejor que he oído jamás.

«Rhet ha venido a buscarme. Por eso está en Irlanda. No por el caballo de Bart, pues hubiese podido comprar la yegua y todo lo demás por correspondencia. Ha venido a buscarme en cuanto se ha visto libre de nuevo. Luke Fenton no va a asustarle. Rhett tiene que haberme deseado tanto como yo le he deseado a él. He de volver a casa. No sé dónde encontrarle, pero él puede encontrarme a mí. A Rhett Butler no le impresionan los títulos ni el armiño ni las coronas. Me quiere y vendrá a buscarme. Lo sé. Sabía que me amaba; no me equivoqué al pensarlo. Y sé que vendrá a Ballyhara. He de estar allí cuando él venga.»

—Adiós, Bart; tengo que marcharme —dijo.

—¿No quieres ver ganar a Dijon? ¿Y nuestras apuestas?

John Morland sacudió la cabeza. Scarlett se había ido. ¡Esos americanos! Unos tipos fascinadores, pero nunca los comprendería.

Perdió el tren directo a Dublín por diez minutos. El siguiente no saldría hasta las cuatro. Scarlett se mordió los labios, decepcionada.

—¿Cuándo sale el próximo tren hacia cualquier localidad en dirección este?

El hombre de detrás de la reja era de una lentitud exasperante.

—Ahora podría ir a Ennis, si le parece. Está al este de Athenry, después al sur. Éste tren tiene dos vagones nuevos, y muy cómodos, según dicen las señoras... También está el tren de Kildare, pero éste no podrá tomarlo, porque ya han tocado el silbato... O podría ir a Tuam; es un viaje corto, más hacia el norte que hacia el este, pero su locomotora es la mejor de toda la línea Great Western... ¿Señora...?

Scarlett estaba vertiendo lágrimas sobre el uniforme del encargado de la barrera.

—... acabo de recibir un telegrama: mi marido ha sido atropellado por un carro de la leche, ¡y tengo que tomar ese tren hacia Kildare!

Ese tren no la dejaría demasiado lejos de Trim y Labbyhara; le ahorraría más de la mitad del camino. Haría el resto a pie, si hacía falta.

Cada parada era una tortura. ¿Por qué no podían darse prisa? De prisa, de prisa, de prisa, decía su mente al compás de las ruedas. Su maleta estaba en la mejor habitación del hotel de la Estación de Galway, y en el convento, unas monjas de ojos enrojecidos daban las últimas puntadas a un encaje exquisito. Nada de esto importaba. Tenía que estar en casa, esperando, cuando llegase Rhett. Si John Morland no hubiese tardado en contárselo todo, ahora podría estar en el tren de Dublín. Incluso Rhett quizás estuviera en él, ya que podía haber ido a cualquier parte al marcharse del palco de Bart.

El tren tardó casi tres horas y media en llegar a Moate, donde Scarlett se apeó. Eran más de las cuatro, pero al menos estaba en camino, en vez de hallarse en el tren que precisamente ahora estaría saliendo de Galway.

—¿Dónde puedo comprar un buen caballo? —preguntó al jefe de estación—. No me importa lo que cueste, con tal de que tenga una silla y unas riendas y sea veloz.

Todavía tenía que recorrer casi ochenta kilómetros.

El dueño del caballo quería regatear. ¿No era esto la mitad del placer de una venta?, preguntó a sus amigos de la taberna de King's Coach después de invitarles a una jarrita de cerveza. Aquella loca le había arrojado los soberanos de oro y había partido como si la persiguiese el diablo. ¡Y a horcajadas! No quería decir la cantidad de puntillas ni de pierna descubierta que había entrevisto; sólo que la dama llevaba media de seda y unas botas no lo bastante gruesas para caminar con ellas y mucho menos para apoyarlas en un estribo.

Scarlett condujo el caballo, que cojeaba, a través del puente de Mullingar exactamente antes de las siete. En la cuadra de caballos de alquiler, tendió las riendas a un mozo.

—No está cojo —dijo—, sino sólo fatigado y un poco débil. Que se enfríe despacio y estará en tan buenas condiciones como antes, aunque nunca fue gran cosa. Te lo regalaré si me vendes uno de los caballos de caza que alquilas a los oficiales del fuerte. No me digas que no tienes ninguno, pues he cazado con algunos oficiales y sé donde alquilaban sus monturas. Ponle esta silla en menos de cinco minutos y habrá una guinea de más para ti.

A las siete y diez estaba en camino, con cuarenta y dos kilómetros por delante e instrucciones para encontrar un atajo si iba a campo traviesa en vez de seguir la carretera.

A las nueve pasó por delante del castillo de Trim y entró en la carretera de Ballyhara. Le dolían todos los músculos del cuerpo y tenía la impresión de que sus huesos estaban astillados. Pero se hallaba a sólo algo más de cinco kilómetros de su casa, y el brumoso crepúsculo le producía una suave y agradable sensación en los ojos y en la piel. Empezó a llover un poco. Scarlett se inclinó hacia delante y acarició el cuello del caballo.

—Te almohazarán bien y te darán el mejor afrecho remojado del condado de Meath, te llames como te llames. Has saltado como un campeón. Ahora iremos al trote hasta casa; te mereces un descanso.

Entrecerró los ojos y apoyó la cabeza sobre el pecho. Esa noche dormiría como jamás lo había hecho en su vida. Era difícil creer que esa mañana estaba en Dublín y que había cruzado dos veces Irlanda desde del desayuno.

«Ahí está el puente de madera sobre el Knightsbrook. Una vez en el puente, casi estaré en Ballyhara. Solamente un kilómetro y medio hasta la población; ochocientos metros hasta el cruce de caminos; después, paseo arriba, y habré llegado. Cinco minutos, no muchos más.» Se irguió, chascó la lengua contra los dientes y espoleó el caballo con los tacones de las botas.

«Algo anda mal. El pueblo de Ballyhara se encuentra ahí delante y no hay luces en las ventanas. Generalmente, las tabernas relucen como lunas a esta hora.» Scarlett golpeó los flancos del animal con los tacones de sus maltrechas y delicadas botas de calle. Había dejado atrás las primeras cinco casas oscuras cuando vio un grupo de hombres en la encrucijada donde empezaba el paseo de la Casa Grande. Guerreras rojas. La milicia. ¿Qué estaban haciendo en su población? ¿Acaso no les había dicho que no los quería allí? ¡Qué fastidio, precisamente esta noche, cuando estaba a punto de caerse de fatiga! «Desde luego —pensó—, por esto están a oscuras las tabernas; no quieren tener que servir bebida a los ingleses. Me libraré de ellos y todo volverá a ser normal. Ojalá no pareciese tan desaliñada. Es difícil dar órdenes cuando una está mostrando su ropa interior. Será mejor que vaya andando. Al menos las faldas cubrirán mis rodillas.»

Tiró de las riendas. Le costó reprimir un gemido cuando pasó la pierna por encima de la grupa del caballo. Pudo ver que un soldado..., no, un oficial, se apartaba del grupo apostado en el cruce de caminos y avanzaba en su dirección. ¡Muy bien! Le diría lo que pensaba; su estado de ánimo era el adecuado para ello. Esos hombres se hallaban en su pueblo, en su camino, cerrándole el paso e impidiéndole volver a su casa. El oficial se detuvo delante de la oficina de Correos. Al menos, podría tener la cortesía de llegar hasta ella. Scarlett caminó muy erguida por el centro de la calle ancha de su población.

—Usted, la del caballo. ¡Alto o dispararé!

Scarlett se detuvo en seco. No por la orden del oficial, sino por su voz. Conocía aquella voz. Santo cielo, era la única voz del mundo que había esperado no volver a oír en su vida. Pero debía haber oído mal; estaba tan cansada que se imaginaba cosas, que inventaba pesadillas.

—Todos los demás, los que estáis en vuestras casas, no tendréis dificultades si entregáis al cura Colum O'Hara. Traigo una orden de detención contra él. Nadie sufrirá el menor daño si él se entrega.

Scarlett sintió un loco impulso de echarse a reír. Esto no podía ser. Pero había oído bien, conocía aquella voz, la había oído junto a su oído pronunciando palabras de amor. Era Charles Ragland. Una vez, sólo una vez en toda la vida, se había acostado con un hombre que no era su marido, y ahora, ese individuo, había venido del otro extremo de Irlanda para detener a su primo. Era ilógico, absurdo, imposible. Bueno, por lo menos podía estar segura de una cosa: si ella no se moría de vergüenza al mirarlo, Charles Ragland era el único oficial del Ejército británico que haría lo que ella deseaba: marcharse y dejarlos en paz a ella y a su primo. Soltó las riendas del caballo y avanzó.

—¿Charles?

En el mismo instante en que ella pronunciaba su nombre, Charles Ragland gritó:

—¡Alto! —Y disparó su revólver al aire.

Scarlett se estremeció.

—Charles Ragland, ¿te has vuelto loco? —chilló.

Sonó un segundo disparo que apagó sus palabras y Ragland pareció dar un salto y cayó de rodillas. Scarlett empezó a correr.

—¡Charles, Charles! —Oyó más disparos, oyó gritos; pero no les prestó atención—. ¡Charles!

«¡Scarlett!», oyó, y «¡Scarlett!» desde otra dirección, y «Scarlett», débilmente, y esta vez lo había dicho Charles al arrodillarse ella junto a él. Sangraba horriblemente del cuello; su roja sangre brotaba a chorros manchando su guerrera colorada.

—Scarlett, túmbate en el suelo, Scarlett *aroon.*

Colum estaba en alguna parte, cerca de ella; pero ahora no podía mirarle.

—Charles, oh, Charles, iré a buscar un médico, iré a buscar a Grainne; ella podrá ayudarte.

Charles levantó una mano y ella la tomó entre las suyas. Sintió resbalar lágrimas sobre su semblante, pero no se dio cuenta de que estaba llorando. Charles no debía morir; había sido tan cariñoso, tan tierno con ella... No debía morir. Era un hombre bueno y amable. Había un ruido terrible a su alrededor. Algo pasó zumbando cerca de su cabeza. Dios mío, ¿qué sucedía? Eran disparos; la gente estaba disparando, los ingleses trataban de matar a los suyos. No podía permitirlo. Pero tenía que ayudar a Charles, y se oían botas que corrían, y Colum estaba gritando. Dios mío, ¿qué podía hacer ella para impedir todo eso? La mano de Charles se estaba enfriando.

—¡Charles! ¡Charles, no te mueras!

—¡Allí está el cura! —gritó alguien.

Sonaron disparos en las ventanas a oscuras de las casas de Ballyhara. Un soldado se tambaleó y cayó.

Un brazo rodeó a Scarlett desde atrás y ella levantó los suyos para defenderse del invisible atacante.

—Más tarde, querida; ahora no es momento de luchar —dijo Rhett—. No volveremos a tener una oportunidad mejor. Yo te llevaré, no te resistas. —La cargó sobre un hombro, pasando un brazo por detrás de sus rodillas, y corrió agachado hacia las sombras—. ¿Por dónde podemos salir de aquí? —dijo.

—Suéltame y te lo mostraré —dijo Scarlett.

Rhett la dejó en el suelo. Sus manazas se cerraron sobre los hombros de ella, la atrajo con impaciencia y la besó suavemente pero con firmeza. Luego la soltó.

—No quisiera que me matasen antes de conseguir lo que he venido a buscar —dijo él, y ella percibió risa en su voz—. Vamos, Scarlett, salgamos de aquí.

Ella le asió de la mano y encogiéndose echó a correr por un estrecho y oscuro pasadizo entre dos casas.

—Sígueme, esto conduce a un *boreen**. No podrán vernos cuando estemos allí.

—Adelante —dijo Rhett.

Soltó la mano y le dio un ligero empujón. Scarlett habría querido retener aquella mano, no soltarla nunca. Pero el fuego era intenso y próximo, y Scarlett corrió en busca de la seguridad del *boreen*.

Los setos eran altos y espesos. En cuanto Scarlett y Rhett se hubieron adentrado cuatro pasos en el *boreen*, el ruido del combate se hizo apagado y confuso. Scarlett se detuvo para recobrar aliento, para mirar a Rhett, para comprender que al fin estaban juntos. Su corazón rebosaba felicidad.

Pero el ruido del tiroteo al parecer lejano requirió su atención y Scarlett recordó. Charles Ragland estaba muerto. Ella había visto a un

* En gaélico, vereda, camino angosto. *(N. del T.)*

soldado herido, tal vez muerto también. La milicia perseguía a Colum, disparaba contra los habitantes de su población, tal vez los mataba. De poco la matan a ella... y también a Rhett.

—Tenemos que ir a la casa —dijo—. Allí estaremos seguros. Tengo que decir a la servidumbre que se mantenga lejos del pueblo hasta que esto haya terminado. De prisa, Rhett; tenemos que darnos prisa.

Cuando Scarlett echó a andar, él la asió del brazo.

—Espera, Scarlett. Tal vez no deberías ir a la casa. Yo acabo de venir de allí. Está a oscuras y vacía, querida, con todas las puertas abiertas. La servidumbre se ha marchado.

Scarlett desprendió su brazo. Gimió aterrorizada mientras se arremangaba las faldas y corría, más de prisa de lo que jamás había corrido en su vida. Cat. ¿Dónde estaba Cat? Rhett le decía algo, pero ella no le prestaba atención. Tenía que ir junto a Cat.

Detrás del *boreen*, en la calle ancha de Ballyhara, había cinco cadáveres con guerrera roja y tres que llevaban la tosca indumentaria de los campesinos. El librero yacía sobre el destrozado escaparate, y rojas burbujas brotaban de sus labios mientras murmuraba una oración. Colum O'Hara rezó con él y, cuando el hombre expiró, trazó una cruz sobre su frente. Los cristales rotos reflejaban la pálida luz de la luna, que se estaba haciendo visible en el cielo que se oscurecía rápidamente. Había parado de llover.

Colum cruzó la pequeña habitación en tres largas zancadas. Agarró la escoba que estaba junto a la chimenea y la introdujo entre las brasas; chisporroteó un instante y se inflamó. Una lluvia de chispas cayó de aquella antorcha sobre la negra sotana de Colum al salir éste corriendo a la calle. Sus cabellos blancos eran más brillantes que la luna.

—Seguidme, ingleses asesinos —gritó, corriendo hacia la vacía iglesia protestante—, y moriremos juntos por la libertad de Irlanda.

Dos balas le alcanzaron en el ancho pecho, y cayó de rodillas. Pero consiguió ponerse en pie y dar otros siete pasos vacilantes antes de que otros tres disparos le hiciesen girar a la derecha, a la izquierda y de nuevo a la derecha, y caer al suelo.

Scarlett subió corriendo la ancha escalinata y entró en el gran zaguán oscuro, con Rhett pisándole los talones.

—¡Cat! —chilló—. ¡Cat! —La palabra resonó en la escalera de piedra y en el suelo de mármol—. ¡Cat!

Rhett la agarró de los brazos. Sólo la cara blanca y los ojos pálidos de ella eran visibles en la sombra.

—¡Scarlett! —gritó él—. Serénate. Ven conmigo. Tenemos que marcharnos de aquí. Los criados debían saber algo. La casa no es segura.

—¡Cat!

Rhett la sacudió.

—Basta. El gato* no es importante. ¿Dónde están las cuadras, Scarlett? Necesitamos caballos.

—¡Oh, tonto! —dijo Scarlett. Su voz tensa estaba llena de amor y compasión—. No sabes lo que estás diciendo. Suéltame. Tengo que encontrar a Cat, a Katie O'Hara, a la que llamo Cat. Es tu hija.

Las manos de Rhett se cerraron sobre los brazos de Scarlett.

—¿Qué diablos estás diciendo? —Trató de mirarla a la cara, pero no podía distinguir su expresión en la oscuridad—. Respóndeme, Scarlett —le pidió, sacudiéndola.

—¡Suéltame, maldito seas! Ahora no hay tiempo para explicaciones, Cat debe estar aquí, en alguna parte; pero hay mucha oscuridad y ella estará sola; pregunta más tarde. Ahora esto no tiene importancia.

Trató de liberarse, pero él era demasiado vigoroso.

—Es importante para mí.

Su voz era áspera y apremiante.

—Está bien, está bien. Ocurrió cuando estábamos navegando y estalló la tormenta. ¿No te acuerdas? En Savannah, descubrí que estaba embarazada, pero tú no habías venido a buscarme y estaba irritada, y por eso no te lo dije. ¿Cómo iba a saber que te casarías con Anne antes de que pudieses enterarte de lo de la niña?

—¡Oh, Dios mío! —gimió Rhett, y soltó a Scarlett—. ¿Dónde está? —dijo—. Tenemos que encontrarla.

—La encontraremos, Rhett. Hay una lámpara sobre la mesa junto a la puerta. Enciende una cerilla para que podamos verla.

La llama amarilla de la cerilla duró lo bastante para que pudiesen localizar y encender la lámpara de metal. Rhett la levantó.

—¿Dónde buscamos primero?

—Puede estar en cualquier parte. Empecemos. —Le condujo rápidamente a través del comedor y del cuarto del desayuno—. ¡Cat! —llamó—, Kitty Cat, ¿dónde estás? —Su voz era fuerte pero ya no histérica. No asustaría a la niña—. Cat...

—¡Colum! —gritó Rosaleen Fitzpatrick.

Salió corriendo de la taberna de Kennedy y se deslizó por entre la tropa británica, empujando para abrirse paso; luego se precipitó por el centro de la calle ancha en dirección al cuerpo tumbado de Colum.

* Juego de palabras intraducible. Cat, en inglés significa «gato». *(N. del T.)*

—No disparéis —gritó un oficial—. Es una mujer.

Rosaleen cayó de rodillas y puso la manos sobre las heridas de Colum.

—*Ochón* —gimió.

Se meció de un lado a otro, cantando un lamento fúnebre. El tiroteo quedó interrumpido; la intensidad de su dolor imponía respeto y los soldados desviaron la mirada.

Rosaleen bajó los párpados sobre los ojos muertos con dedos delicados, manchados con la sangre de él, y murmuró una despedida en gaélico. Después se puso en pie de un salto, cogió la humeante antorcha y la agitó para reavivar la llama. Su expresión era terrible bajo aquella luz. Y fue tan rápida su carrera que no se disparó un tiro hasta que alcanzó el pasadizo que conducía a la iglesia.

—¡Por Irlanda y su mártir Colum O'Hara! —gritó en tono victorioso, y entró corriendo en el arsenal, blandiendo la antorcha.

Por un instante, reinó el silencio. Después, la pared de piedra de la iglesia estalló en la ancha calle formando una columna de llamas con un estampido ensordecedor.

El cielo se iluminó más que si fuese de día.

—¡Dios mío! —jadeó Scarlett.

Se había quedado sin aliento. Se tapó los oídos con las manos y corrió, llamando a Cat, mientras se sucedían las explosiones y empezaba a arder el pueblo de Ballyhara.

Subió corriendo la escalera, con Rhett a su lado, y siguió por el pasillo hasta las habitaciones de Cat.

—Cat —llamó una y otra vez tratando de disimular el miedo que había en su voz—. Cat.

Los animales pintados en la pared, el juego de té sobre un mantel recién planchado, la suave colcha de la cama de Cat, todo quedó alumbrado por una luz anaranjada.

—La cocina —dijo Scarlett—, a ella le gusta la cocina. La llamaremos desde arriba.

Corrió de nuevo por el pasillo, seguida de Rhett. Cruzó el cuarto de estar, con los libros de cocina, los libros de cuentas, la lista de los amigos a invitar a la boda. Salió a la galería que conducía a la habitación de la señora Fitzpatrick y se detuvo en el centro y se inclinó sobre la balaustrada.

—Kitty Cat —llamó suavemente—, contesta a mamá, por favor, si estás ahí abajo. Es importante, cariño.

Mantenía la voz tranquila.

La luz anaranjada centelleó en los utensilios de cobre de la pared, al lado del horno. Brillaban ascuas rojas en la chimenea. La vasta habitación estaba en silencio, llena de sombras. Scarlett aguzó los oídos y la vista: iba a volverse cuando oyó una vocecilla.

—A Cat le duelen los oídos.

«¡Oh, gracias a Dios!», se regocijó Scarlett. Tenía que mantenerse tranquila y serena.

—Lo sé, pequeña; ha sido un ruido espantoso. Tapa los oídos a Cat. Bajaré en seguida. ¿Me esperas?

Habló con despreocupación, como si no hubiese nada que temer, pero la balaustrada vibraba bajo sus manos apretadas.

—Sí.

Scarlett hizo un ademán. Rhett la siguió en silencio a lo largo de la galería y cruzaron la puerta. Ella la cerró cuidadosamente tras de sí. Entonces empezó a temblar:

—¡Tenía tanto miedo! Temía que se la hubiesen llevado. O que le hubiesen hecho daño.

—Mira, Scarlett —dijo Rhett—. Debemos darnos prisa.

A través de las ventanas abiertas que daban el paseo, se veía un racimo lejano de luces, de antorchas, que avanzaba en dirección a la casa.

—¡Corre! —dijo Scarlett.

Percibió la expresión serena y enérgica del rostro de Rhett, a la luz anaranjada del cielo encendido. Ahora podía mirarle, confiar en él. Cat estaría a salvo. Él la cogió del brazo para sostenerla al tiempo que la arrastraba presuroso al encuentro de Cat.

Bajaron corriendo la escalera y cruzaron el salón de baile. Los héroes de Tara, iluminados por el fuego, cobraban vida en lo alto. La columnata que conducía al ala de la cocina resplandecía de luz, y a sus oídos llegó el rumor confuso de gritos lejanos de irritación. Scarlett cerró de golpe la puerta de la cocina tras ellos dos.

—Ayúdame a atrancarla —jadeó.

Rhett tomó la barra de hierro de sus manos y la encajó en las ranuras.

—¿Cómo te llamas? —preguntó Cat, saliendo de las sombras, junto a la chimenea.

—Rhett —dijo él, y su voz era ronca.

—Más tarde podréis ser amigos —dijo Scarlett—. Tenemos que ir a las cuadras. Hay una puerta que da al huerto de la cocina; pero las paredes del huerto son muy altas y no sé si hay una puerta exterior. ¿Lo sabes tú, Cat?

—¿Vamos a escapar?

—Sí, Kitty Cat; la gente que hizo aquel ruido horrible quiere hacernos daño.

—¿Llevan piedras?

—Y muy grandes.

Rhett encontró la puerta que daba al huerto de la cocina y miró hacia fuera.

—Te levantaré sobre mis hombros, Scarlett, y entonces podrás subir a lo alto de la pared; yo alzaré a Cat para que la cojas.

—Sí, pero tal vez haya una puerta. Cat, tenemos que darnos prisa. ¿Hay una puerta en la pared?

—Sí.

—Bien. Da la mano a mamá y vayamos allá.

—¿A las cuadras?

—Sí. Vamos, Cat.

—Por el túnel iríamos más deprisa.

—¿Qué túnel?

La voz de Scarlett temblaba. Rhett volvió atrás en la cocina y le rodeó los hombros con un brazo.

—El túnel que da a las habitaciones de los criados. Éstos lo emplean para mirar por la ventana cuando estamos desayunando.

—Es horrible —dijo Scarlett—. Si lo hubiese sabido...

—Cat, condúcenos a tu madre y a mí al túnel, por favor —dijo Rhett—. ¿Quieres que te lleve en brazos o prefieres correr?

—Si tenemos que darnos prisa, será mejor que me lleves. Yo no puedo correr tanto como tú.

Rhett se arrodilló, tendió los brazos y su hija se arrojó confiada en ellos. Él procuró no estrecharla con demasiada fuerza en un breve abrazo del que no pudo abstenerse.

—Ahora, sube a mi espalda, Cat, y agárrate a mi cuello. Y dime hacia dónde tengo que ir.

—Más allá de la chimenea. Por esa puerta que está abierta. Es la de la despensa. La del túnel también está abierta. Yo la abrí por si tenía que escapar. Mamá estaba en Dublín.

—Vamos, Scarlett, más tarde tendrás tiempo de asombrarte. Cat va a salvar nuestro inútil pellejo.

El túnel tenía unas ventanas altas y enrejadas. Casi no se veía nada; pero Rhett avanzaba rápidamente, sin tropezar. Tenía doblados los brazos y las manos debajo de las rodillas de Cat. La hizo saltar y la niña chilló satisfecha. «Dios mío, nuestra vidas están en peligro y él juega a los caballos.» Scarlett no sabía si llorar o reír. ¿Hubo alguna vez un hombre que estuviese tan loco por los niños como Rhett Butler?

Desde el ala de la servidumbre, Cat los dirigió a una puerta que daba al patio de las cuadras. Los caballos estaban locos de miedo; se encabritaban, relinchaban, daban coces a las puertas de los compartimientos.

—Sujeta a Cat, mientras yo los dejo salir —dijo Scarlett, en tono apremiante.

El relato de Bart Morland estaba vivo en su memoria.

—Tú coge a la niña. Lo haré yo.

Rhett puso a Cat en brazos de Scarlett. Ésta se dirigió a la zona más resguardada, que era el túnel.

—Kitty Cat, ¿puedes quedarte sola aquí un ratito mientras mamá ayuda a sacar los caballos?

—Sí. Pero sólo un ratito. No quiero que hagas daño a Ree.

—Lo enviaré a una buena dehesa. Eres una niña valiente.

—Sí —dijo Cat.

Scarlett corrió al lado de Rhett y juntos soltaron a todos los caballos, salvo a Comet y Media Luna, que retuvieron para sí.

—Podemos montar a pelo —dijo Scarlett—. Yo llevaré a Cat.

Ahora distinguían unas antorchas que se movían dentro de la casa. De pronto, las llamas prendieron en una cortina. Scarlett se precipitó hacia el túnel, mientras Rhett calmaba a los caballos. Cuando Scarlett volvió corriendo, con Cat en brazos, él había montado en Comet y con una mano sujetaba a Media Luna por la crin, para que se estuviese quieto.

—Dame a Cat —dijo él.

Scarlett le entregó a su hija, subió al montadero y, desde allí, a lomos de Media Luna.

—Muéstrale a Rhett el camino del vado, Cat. Iremos por donde vamos siempre a casa de Pegeen, ¿te acuerdas? Después podemos tomar la carretera de Adamstown hasta Trim. No está lejos. Habrá té y pastas en el hotel. No te duermas. Enséñale a Rhett el camino. Yo os seguiré. Vamos.

Se detuvieron en la torre.

—Cat dice que nos invita a su habitación —dijo pausadamente Rhett.

Por encima de sus anchos hombros Scarlett vio las llamas que lamían el cielo en la distancia. Adamstown estaba también ardiendo, por lo tanto tenían cortada la retirada. Saltó de su montura.

—No están muy lejos —dijo. Ahora estaba serena. El peligro era demasiado inminente para dejarse llevar por los nervios—. Salta, Cat, y sube por esa escalera como un mono.

Rhett y ella azuzaron a los caballos para que galoparan hacia la orilla del río, y siguieron a la pequeña.

—Retira la escala. Así no podrán alcanzarnos —dijo Scarlett a Rhett.

—Pero sabrán que estamos aquí —dijo él—. Puedo impedir que entren. Sólo pueden subir de uno en uno. Ahora callad: ya los oigo.

Scarlett se acurrucó en el cubil de Cat y abrazó a la niña.

—Cat no tiene miedo.

—Silencio, preciosa. Mamá sí que lo tiene.

Cat se tapó la boquita con la mano.

Las voces y las antorchas se iban acercando. Scarlett reconoció el habla jactanciosa de Joe O'Neill, el herrero.

—¿Y no había dicho yo que mataríamos hasta el último inglés, si se atrevían a entrar en Ballyhara? ¿Visteis la cara que puso aquél cuando levanté el brazo? «Si tienes un Dios —le dije—, cosa de la que dudo, haz ahora las paces con Él», y le clavé la pica, como si ensartase a un cerdo gordo.

Scarlett tapó los oídos a Cat. «¡Qué terror debe sentir mi impávida y pequeña Cat! Nunca se había pegado tanto a mí en su vida.» Scarlett sopló suavemente en el cuello de Cat murmurándole *«aroon, aroon»*, y la meció en su falda de un lado a otro, como si sus brazos fuesen los lados altos y seguros de una fuerte cuna.

Otras voces se superpusieron a la de O'Neill.

—La O'Hara se había pasado a los ingleses, ¿no lo dije yo hace tiempo...?

—Sí, sí que lo dijiste, Brendan, y fui un estúpido al discutirlo...

—¿La visteis ahora de rodillas, junto al de la guerrera roja...?

—Fusilarla sería poco para ella; yo digo que debemos ahorcarla...

—Quemarla sería mejor, debemos quemarla...

—La niña cambiada es la que hemos de quemar. Ha sido la causante de todas nuestras desdichas. Yo digo que ella hechizó a la O'Hara...

—... hechizó los campos... y la nubes para que no lloviese...

—... la niña cambiada... cambiada... cambiada...

Scarlett contuvo el aliento. Las voces estaban tan próximas, eran tan inhumanas, tan parecidas a los aullidos de bestias salvajes... Miró el perfil de la silueta de Rhett, apenas visible en la sombra próxima de la abertura de la que pendía la escala. Advirtió que él estaba alerta, en controlada tensión. Era capaz de matar a cualquiera que se atreviese a subir por la escala de cuerda, pero ¿no podía alcanzarle una bala si se dejaba ver? «¡Rhett! ¡Oh, Rhett, ten cuidado!» Scarlett sentía un intenso hormigueo de felicidad en todo el cuerpo. Rhett había venido. Y la amaba. La chusma llegó a la torre y se detuvo.

—¡La torre..., están en la torre!

Los gritos fueron como ladridos de una jauría en la muerte del zorro. Scarlett sentía los latidos de su corazón en sus oídos. Entonces la voz de O'Neill se impuso a todas las demás:

—No están ahí; no han retirado la escala...

—La O'Hara es muy lista; nos quiere engañar con esto —arguyó otro, y todos se mostraron de acuerdo.

—Sube tú, Denny; tú hiciste la cuerda, conoces su resistencia...

—¿Por qué no vas tú a verlo, Dave Kennedy, ya que la idea ha sido tuya...? Según dicen, la niña habla con el fantasma ahí arriba.

—El muerto todavía colgado allí, con los ojos abiertos y penetrantes como un cuchillo...

—Mi vieja madre le vio el día de Todos los Santos; el fantasma, caminaba y arrastraba la cuerda, y ésta destruía todo lo que tocaba...

—Yo me marcho de aquí; esto me da escalofríos en la espalda...

—Pero ¿y si la O'Hara y la niña están ahí arriba? Tenemos que matarlas por el mal que nos han hecho...

—Oh, lo mismo da que mueran de hambre o en la hoguera. Quemad la escala, muchachos. Si tratan de bajar, ¡se romperán el cuello!

Scarlett notó el olor de la cuerda que se estaba quemando y tuvo ganas de gritar de júbilo. ¡Se habían salvado! Nadie podía subir ahora. Mañana ella misma haría una cuerda rasgando a tiras las colchas que había en el suelo. Encontrarían la manera de llegar a Trim, cuando se hiciese de día. ¡Estaban a salvo! Se mordió los labios para no reír, para no llorar, para no llamar a Rhett, a fin de sentir su nombre en la garganta, de oírlo resonar en el aire y de escuchar su grave, segura y alegre respuesta, y su propio nombre en la boca de él.

Pasó un largo rato antes de que las voces y el ruido de pisadas se extinguiesen por completo. Pero ni siquiera entonces habló Rhett. Se acercó a ella y a Cat, y las abrazó con fuerza. Era bastante. Scarlett descansó en su pecho la cabeza; era cuanto quería.

Mucho más tarde, cuando Cat se sumió en un profundo sueño, Scarlett la tendió en el suelo y la cubrió con una colcha. Entonces se volvió hacia Rhett. Le ciñó el cuello con los brazos, y los labios de él se posaron en los de ella.

—¿Qué quiere decir esto? —murmuró Scarlett, cuando terminó el beso—. Casi me has dejado sin aliento, señor Butler.

Él ahogó una risa y se desprendió suavemente del abrazo de ella.

—Apártate de la pequeña. Tenemos que hablar.

Sus palabras tranquilas y pronunciadas en voz baja no despertaron a la niña. Rhett la arrebujó en la colcha.

—Ven aquí, Scarlett —dijo.

Alejándose de la oquedad, Rhett se acercó a una ventana. Su perfil parecía el de un halcón al dibujarse contra el cielo iluminado por el fuego. Ella le siguió. Sentía en su interior la certeza de que podía seguirle hasta el fin del mundo. Bastaba con que él la llamase por su nombre. Nadie había pronunciado nunca su nombre como lo hacía Rhett.

—Nos iremos de aquí —dijo confiadamente, cuando estuvo al lado de él—. Hay un sendero oculto que parte de la casita de la bruja.

—¿Qué?

—En realidad, no es una bruja; al menos yo no creo que lo sea, y en todo caso, importa poco. Ella nos mostrará el camino. O Cat nos indicará uno; pasa mucho tiempo en el bosque.

—¿Hay algo que Cat no sepa?

—No sabe que tú eres su padre.

Scarlett vio que él contraía los músculos de la mandíbula inferior.

—Algún día te daré una paliza por no habérmelo dicho.

—Iba a hacerlo, ¡pero tú me lo impediste! —dijo acaloradamente Scarlett—. Te divorciaste de mí cuando decían que era imposible divorciarse, y después, antes de que tuviese yo tiempo de hacer nada, te marchaste y te casaste. ¿Qué podía hacer? ¿Llamar a tu puerta con mi criatura envuelta en un chal, como una mujer deshonrada? ¿Cómo pudiste hacer una cosa semejante? Fue una mala jugada, Rhett.

—¿Una mala jugada? ¿Después que te marchases sabe Dios adónde, sin decir una palabra a nadie? Mi madre estuvo enferma de angustia, literalmente enferma, hasta que tu tía Eulalie le dijo que estabas en Savannah.

—Pero yo le dejé una nota. No habría causado un disgusto a tu madre por nada del mundo. Quiero mucho a Eleanor.

Rhett le asió el mentón con una mano e hizo que volviese la cara bajo la luz viva y cambiante que entraba por la ventana. De pronto, la besó; después la abrazó con fuerza estrechándola contra su pecho.

—Ocurrió de nuevo —dijo—. Mi querida, impetuosa, terca, maravillosa y desesperante Scarlett, ¿te das cuenta de que esto nos había sucedido ya otras veces? Señales no percibidas, oportunidades perdidas, malos entendidos que jamás hubiesen debido producirse. Tenemos que poner fin a estas cosas. Soy ya viejo para situaciones dramáticas.

Enterró los labios y la risa en los cabellos enmarañados de Scarlett. Ésta cerró los ojos y apoyó la cabeza en el ancho pecho de él. A salvo en la torre, a salvo en brazos de Rhett, podía descansar aliviada. Lágrimas de agotamiento cayeron a raudales por sus mejillas, y sus hombros se desplomaron. Rhett la estrechó y le acarició la espalda.

Al cabo de un largo rato, los brazos de él se tensaron afanosos, y Scarlett sintió correr por sus venas una energía nueva, excitante. Levantó la cara hacia él, y no hubo descanso ni seguridad en el éxtasis cegador que sintió cuando se juntaron sus labios. Sus dedos peinaron los espesos cabellos de Rhett; le sujetaron la cabeza, para que su boca no se separase de la de ella, hasta que se sintió débil y, al mismo tiempo, fuerte y llena de vida. Solamente el miedo de despertar a Cat reprimió el grito salvaje de alegría que iba a brotar de su garganta.

Cuando sus besos se hicieron demasiado apremiantes, Rhett se apartó. Agarró el antepecho de piedra de la ventana con manos nerviosas y de blancos nudillos. Su respiración era entrecortada.

—Un hombre puede controlarse hasta ciertos límites, querida, y un suelo de piedra es todavía más incómodo que una playa mojada.

—Dime que me amas —le pidió Scarlett.

Rhett le hizo un guiño.

—¿Qué te hace pensar esto? Si he venido tan a menudo a Irlanda en esos malditos barcos de vapor, ruidosos y traqueteantes, es porque me gusta muchísimo el clima de aquí.

Ella se echó a reír. Luego le golpeó un hombro con ambos puños.

—Dime que me amas.

Rhett le ciñó las muñecas con los dedos.

—Te amo, pequeña déspota. —Su expresión se endureció—. Y mataré a ese bastardo de Fenton si trata de apoderarse de ti.

—¡Oh, Rhett, no seas tonto! Ni siquiera me gusta Luke Fenton. Es un monstruo horrible y cruel. Sólo iba a casarme con él porque no podía tenerte a ti. —El gesto de escepticismo de las arqueadas cejas de Rhett la obligó a continuar—. Bueno, no me disgustaba la idea de vivir en Londres... y de ser condesa... y de hacerle pagar sus insultos casándome con él y haciendo que todo su dinero fuese para Cat.

Los ojos negros de Rhett brillaron divertidos. Besó las manos aprisionadas de Scarlett.

—Te he echado mucho de menos —dijo.

Conversaron durante toda la noche, sentados muy juntos sobre el frío suelo y con las manos entrelazadas. Rhett no se cansaba de oírla hablar acerca de Cat, y a Scarlett la entusiasmaba contarle cosas de su hija, gozando con lo orgulloso que se sentía él al enterarse.

—Haré todo lo que pueda para que ella me quiera más que tú —le advirtió Rhett.

—No podrás conseguirlo —dijo confiadamente Scarlett—. Cat y yo nos comprendemos muy bien, y ella no soportará que la mimes y la trates como a una niña pequeña.

—¿Ni que la adore?

—Oh, está acostumbrada a esto. Yo la he adorado siempre.

—Ya veremos. Según dices, tengo un don especial para conquistar a las mujeres.

—Y ella lo tiene para conquistar a los hombres. Te hará pasar por el aro antes de que termine la semana. Había un niño llamado Billy Kelly... Oh, Rhett, ¿sabes una cosa? Ashley se ha casado. Yo hice de casamentera. Envié la madre de Billy a Atlanta...

La historia de Harriet Kelly dio pie a la noticia de que India Wilkes había encontrado al fin un marido, lo cual dio a su vez pie a la noticia de que Rosemary seguía soltera.

—Y probablemente seguirá siéndolo —dijo Rhett—. Ahora está en Dunmore Landing, tirando dinero para restaurar los campos de arroz y pareciéndose cada día más a Julia Ashley.

—¿Es feliz?

—Está resplandeciente de felicidad. Habría hecho ella misma mis bártulos si con ello hubiese apresurado mi partida.

Scarlett le interrogó con la mirada. Sí, le dijo Rhett: él había abandonado Charleston. Fue un error pensar que algún día podría vivir a gusto allí.

—Volveré, pues Charleston impregna la sangre de un charlestoniano; pero iré de visita, no para quedarme.

Lo había intentando, se había dicho que quería la estabilidad de la familia y de la tradición. Pero finalmente había empezado a sentir el dolor lacerante de sus alas cortadas. No podía volar. Estaba atado al suelo, a los antepasados, a santa Cecilia, a Charleston. Amaba Charleston, Dios mío, ¡cuánto la amaba! Adoraba su belleza y su gracia y su brisa salobre y su valor ante el fracaso y la ruina. Pero esto no era bastante. Necesitaba el desafío, el riesgo, alguna clase de bloqueo al que burlar. Scarlett suspiró silenciosamente. Ella aborrecía Charleston y estaba segura de que Cat también la aborrecería. Gracias a Dios, Rhett no iba a llevarla de nuevo allí.

En voz pausada, preguntó por Anne. Rhett guardó silencio durante lo que a ella le pareció una eternidad. Después habló, y su voz estaba llena de pesar.

—Se merecía algo mejor que yo, algo mejor que lo que le ofreció la vida. Tenía un valor tranquilo y una energía que avergonzarían a los que se consideran héroes... Yo estaba loco en aquel entonces. Tú te habías ido y nadie sabía dónde estabas. Creí que querías castigarme, y por esto, para castigarte y demostrate que no me importaba que te hubieses marchado, conseguí el divorcio. Fue como una amputación.

Rhett miraba fijamente al espacio sin ver. Scarlett esperó. Deseaba ardientemente no haber herido a Anne, dijo él. Había rebuscado en su memoria y en su alma, y no había encontrado ningún mal causado adrede. Ella era demasiado joven y le amaba demasiado para sospechar que la ternura y el efecto no eran más que sombras del amor de un hombre. Él no sabría nunca si debía culparse por haberse casado con ella. Anne había sido feliz. Una de las injusticias del mundo era que fuese tan fácil hacer felices con tan poco a los seres ingenuos y amantes. Scarlett apoyó la cabeza en el hombro de él.

—Es una gran cosa, hacer feliz a alguien —dijo—. Yo no lo comprendí hasta que nació Cat. Había muchas cosas que no comprendía. De alguna manera, aprendí de ella.

Rhett apoyó la mejilla en la cabeza de Scarlett.

—Has cambiado —dijo—. Te has hecho mayor. Tendré que conocerte de nuevo.

—Y yo tendré que conocerte a ti. Punto. Nunca te conocí, ni siquiera cuando estábamos juntos. Pero esta vez lo haré mejor, te lo prometo.

—No te esfuerces demasiado o me agotarás.

Rhett rió entre dientes y después la besó en la frente.

—Deja de reírte de mí, Rhett Butler... No, no lo hagas. Me gusta, aunque me ponga furiosa. —Olisqueó el aire—. Está lloviendo. La lluvia debería apagar los incendios. Cuando salga el sol, veremos si queda algo. Ahora deberíamos tratar de dormir un poco. Dentro de unas horas tendremos mucho que hacer.

Apoyó la cabeza en el cuello de él y bostezó.

Mientras ella dormía, Rhett la cambió de sitio, la levantó en brazos y se sentó de nuevo, sosteniéndola como había sostenido a Cat. La suave lluvia irlandesa tendió una cortina de silencio alrededor de la vieja torre de piedra.

Al salir el sol, Scarlett se movió y se despertó. Cuando abrió los ojos, lo primero que vio fue la cara sombreada por la barba y los ojos hundidos de Rhett, y suspiró satisfecha. Después se estiró y gimió débilmente.

—Me duele todo el cuerpo —se lamentó. Frunció el ceño—. Y estoy muerta de hambre.

—Constancia, tienes nombre de mujer —murmuró Rhett—. Levántate, amor mío; me estás rompiendo las piernas.

Se acercaron cuidadosamente al escondite de Cat. Estaba oscuro, pero pudieron oír los suaves ronquidos de la niña.

—Si se pone boca arriba, duerme con la boca abierta —murmuró Scarlett.

—Sabe hacer muchas cosas —dijo Rhett.

Scarlett reprimió la risa. Asió la mano de Rhett y le llevó hacia una ventana. Lo que vieron era desconsolador. Docenas de oscuras columnas de humo se alzaban en todas partes, manchando el suave color de rosa del cielo. Los ojos de Scarlett se llenaron de lágrimas.

Rhett le rodeó los hombros con un brazo.

—Podremos reconstruirlo todo, querida.

Scarlett pestañeó.

—No, Rhett; no quiero hacerlo, Cat no está segura en Ballyhara, y creo que yo tampoco. No venderé, pues esto es tierra O'Hara y no dejaré que pase a otras manos. Pero no quiero otra Casa Grande ni otro pueblo. Mis primos encontrarán agricultores que cultiven la tierra. Por mucho que disparen y quemen, los irlandeses amarán siempre la tierra. Papá solía decirme que ésta es como una madre para el irlandés.

»Pero yo no soy ya de aquí. Tal vez no lo fui jamás, o no habría estado tan dispuesta a ir a Dublín para fiestas y cacerías... No sé a qué país pertenezco, Rhett. Ni siquiera me siento ya en casa cuando voy a Tara.

Para sorpresa de Scarlett, Rhett se echó a reír, y su risa estaba llena de alegría.

—Me perteneces a mí, Scarlett, ¿no lo habías pensado? Y nosotros pertenecemos al mundo, a todo el mundo. No somos capaces de quedarnos en casa junto a la chimenea. Somos aventureros, bucaneros, burladores de bloqueo. Sin un reto, sólo vivimos a medias. Podemos ir a cualquier parte, con tal de que vayamos juntos: el lugar nos pertenecerá. Pero, querida, nosotros no le perteneceremos nunca. Esto queda para otra gente, no para ti ni para mí.

La miró de arriba abajo, y las comisuras de sus labios temblaron con ironía.

—Dime la verdad en esta primera mañana de nuestra nueva vida juntos, Scarlett. ¿Me amas de todo corazón, o simplemente me querías porque no podías tenerme?

—¡Oh, Rhett, qué cosas dices! Te amo de todo corazón y siempre te amaré.

La pausa que precedió a la respuesta de Scarlett fue tan infinitesimal que solamente Rhett podía haberla percibido. Echó la cabeza atrás y soltó un carcajada.

—Amada mía —dijo—, ya veo que nuestras vidas nunca serán monótonas. Estoy impaciente por empezar de nuevo.

Una manita sucia tiró de sus pantalones. Rhett miró hacia abajo.

—Cat irá con vosotros —dijo su hija.

Rhett la subió a su hombro, brillándole los ojos de emoción.

—¿Está usted lista, señora Butler? —preguntó a Scarlett—. Los bloqueos nos esperan.

Cat rió, regocijada. Miró a Scarlett con ojos que centelleaban y le contó su secreto:

—La escala vieja está debajo de mis colchas, mamá. Grainne me dijo que la guardase.

ÍNDICE